KB020170

중고생이 꼭 읽어야 할

한국단편소설

75하

초판 1쇄 발행 2022년 5월 9일
초판 3쇄 발행 2024년 2월 20일

지은이   황순원 외
엮은이   성낙수, 박찬영, 김형주
펴낸이   박찬영
편집   최나래, 정예림, 김지은
표지 디자인   이지후
내지 디자인   박민정
삽화   조혜림
마케팅   조병훈, 박민규, 최진주, 김도언
낭송   MBC 성우 채의진

발행처   리베르
주소   서울특별시 성동구 왕십리로 58 서울숲포휴 11층
등록신고번호   제2013-17호
전화   02-790-0587, 0588
팩스   02-790-0589
홈페이지   www.liber.site
커뮤니티   blog.naver.com/liber_book(블로그)
e-mail   skyblue7410@hanmail.net

ISBN   978-89-6582-344-5(44810), 978-89-6582-342-1(세트)

리베르(Liber 전원의 신)는 자유와 지성을 상징합니다.

중고생이 꼭 읽어야 할

한국
단편
소설
75 하

황순원 외 지음 | **성낙수 · 박찬영 · 김형주** 엮음

리베르

현대인들은 대체로 규격화된 생활을 한다. 집, 학교, 직장이라는 울타리를 맴돌며 틀에 맞춘 공부와 일을 한다. 여행을 할 때도 정해진 코스를 거친다. 편리한 생활을 누리되 사무치는 경험이 없다. 그만큼 우리 사회가 안정되었다는 증거이다. 하지만 안정이란 보호막은 다양한 인생 경험의 통로를 막기도 한다. 과잉 보호와 대학 입시라는 틀에 매여 있는 청소년들이 부조리한 국면에 처했을 때 혼란에 빠지거나 도덕적으로 해이해지는 현상을 보일 수 있다.

청소년들이 경험의 세계를 확대하는 가장 좋은 방법은 한국인의 정신적 고향을 담고 있는 한국 단편 소설을 읽는 것이다. 청소년들은 자신과 밀접한 관계를 맺고 있는 부모와 조부모 세대의 이야기를 읽음으로써 세대 간의 격차를 뛰어넘는 성숙한 정신세계를 가꿀 수 있을 것이다. 소설 읽기를 통한 다양한 간접 경험은 눈앞의 논술 고사나 수능 시험에 도움을 줄 뿐 아니라 과거와 미래의 삶을 통찰하는 데도 큰 도움을 줄 것이다. 청소년은 물론 성인들도 반드시 읽어야 할 『한국단편소설 75』의 선정 기준과 장점을 밝혀 둔다.

1. 『한국단편소설 75』는 문학사적 의의, 예술성, 대중성을 작품 선정의 준거로 삼는다.

발표 시기를 기준으로 삼아 1900년대에서 2010년대까지의 작품을 선정했다. 일반적으로 춘원 이광수의 『무정』이 발표된 1917년을 한국 현대 소설의 시작으로 잡지만, 1921년에 발표된 김동인의 「배따라기」로도 볼 수 있다. 「배따라기」는 현대 소설의 특징을 고루 갖추었으며 내용 대부분이 한글로 집필되었다는 의미가 있다. 한국 소설은 일제 강점기와 전후 상황을 거쳐 1960년대에 와서 완숙기에 접어든다.

2. 문학 교과서에 수록된 작품을 면밀히 검토한다.

　수능 출제 가능성이 높은 작품들을 두 권으로 압축하기 위해 작품 선정에 고민을 거듭했다. 선정 위원들이 여러 차에 걸쳐 재검토 작업에 들어가기도 했다. 한 작가의 작품 중에서도 시대성과 예술성을 지닌 대표작을 고르되 기준에 부합되면 여러 작품을 골랐다.

3. 해설은 '작품 길잡이, 구성과 줄거리, 생각해 볼까요?'로 나누어 작품의 완전한 이해를 도모한다.

　소설 구성 단계(발단, 전개, 위기, 절정, 결말)에 따라 줄거리를 구분해 작품을 빠르고 정확하게 파악하도록 한다. '생각해 볼까요?'는 수능 시험, 수행 평가, 논술 고사에 대비해 창의적인 생각을 유도한다. 75편이란 최다 작품을 수록하면서도 전문을 실어 완전한 감상을 할 수 있도록 한다.

4. 등장인물의 관계와 소설 흐름을 한눈에 확인할 수 있는 '인물 관계도'와 '소설 한 장면'을 넣는다.

　소설 75편을 모두 읽다 보면 작품마다 어떤 인물이 어떤 모습으로 등장했는지 기억하기 어려울 수 있다. 작중 등장인물의 관계를 한눈에 확인할 수 있는 '인물 관계도'를 넣어 인물 간의 관계가 소설 전개에 어떤 영향을 주었는지 생각해 보도록 유도한다. 또한 소설 구성 단계에 맞춰 '소설 한 장면'이라는 이름의 삽화를 넣어 작품의 줄거리를 효과적으로 파악할 수 있게 한다. 소설 내용이 간략히 정리된 그림은 작품을 보다 쉽게 이해하도록 돕는다.

5. 어려운 어휘는 간략한 주석을 달아 내용을 바로 이해할 수 있도록 배려한다.

　기존의 현대 소설 작품집은 고전 문학보다 쉽다는 선입견 때문에 주석에 소홀한 면이 있었다. 그러나 문학 작품에는 일반인이 잘 모르는 토속어, 방언, 전문어 등이 자주 나온다. 이러한 어휘를 모르고 보면 감상의 중요 포인트를 놓쳐 버릴 수 있다.

엮은이 씀

목차

* 표시된 작품은 줄거리와 해설을 담은 MP3 파일이 제공됩니다. 리베르 출판사 블로그 (http://blog.naver.com/liber_book)에서 다운받으실 수 있습니다.

김동리

❖ 무녀도 ❖

딸 낭이와 함께 사는 무당 모화에게 예수교를 믿는 아들 욱이가 돌아온다. 서로의 신앙을 강요하는 과정에서 모화는 욱이를 죽이게 된다. 마을에 교회가 들어서고 예수교가 급속히 전파된다. 시간이 흐른 후 굿을 하던 모화는 물속으로 들어가 나오지 않는다. 이후 낭이는 아버지를 따라다니며 무녀도를 그리는 일로 살아간다.

❖ 역마 ❖

주막을 운영하며 아들 성기와 함께 사는 옥화에게 체 장수 영감이 딸 계연을 맡기고 떠난다. 성기와 계연은 사랑에 빠지지만, 옥화는 계연이 자신의 동생이라는 것을 알게 된다. 진실을 알고 홀가분해진 성기는 하동을 향해 떠난다.

❖ 등신불 ❖

'나'는 태평양 전쟁에 학병으로 끌려갔다가 대학 선배인 진기수의 도움을 받아 극적으로 탈출한다. '나'는 정원사에 안치된 만적이라는 스님의 등신불을 보고 그 역사와 소신공양에 대해 생각한다.

채만식

❖ 레디메이드 인생 ❖

고등 교육을 받고도 실업자 신세인 P는 신문사 취업에 실패한 후 방황한다. P는 시골 형님 집에 맡겨둔 아들 창선이 자신에게 오게 되자 고학력 실업자보다는 생활인이 낫다며 인쇄소에 취직시킨다.

❖ 치숙 ❖

'나'는 사회주의 운동을 하다 옥살이를 한 아저씨를 한심하게 여긴다. '나'는 부자의 돈을 빼앗아 쓰는 사회주의를 공부한 아저씨가 대학을 잘못 다녔다고 비난한다. 아저씨는 일본인 주인의 눈에 들어 잘 살아 보겠다는 '나'가 도리어 딱하다고 한다. '나'는 세상에 해만 끼치는 아저씨 같은 사람은 사라져야 한다고 생각한다.

◆ 왕치와 소새와 개미 ◆
왕치와 소새와 개미는 각자 잔치를 열기로 한다. 부지런한 개미와 소새는 무사히 잔치를 치르지만, 게으른 왕치는 잉어에게 잡아먹힌다. 왕치를 찾아 나선 소새가 잉어를 잡고, 잉어 배 속에서 왕치가 튀어나와 자신이 잡아 왔다고 너스레를 떤다.

◆ 논 이야기 ◆
일제 강점기에 요시카와에게 땅을 판 한 생원은 광복 후 일본인들이 온갖 재산을 남겨 두고 달아났다는 이야기를 듣는다. 이에 한 생원은 땅을 되찾았다고 생각하지만 요시카와에게 판 땅은 조선인 농장 관리인을 거쳐 이미 다른 사람에게 넘어간 상태다. 한 생원은 독립 날 만세를 부르지 않길 잘했다고 중얼거린다.

◆ 미스터 방 ◆
신기료장수였던 방삼복은 광복 후 미군 장교의 통역이 되어 부를 모은다. 친일파 백 주사는 군중의 습격을 받아 재산을 빼앗겼다. 방삼복은 복수를 원하는 백 주사의 청탁을 수락하지만, 양칫물을 S소위 얼굴에 떨어뜨리는 바람에 턱을 가격당한다.

◆ 이상한 선생님 ◆
친일파인 박 선생님은 조선말을 하는 학생들을 무섭게 혼내는 반면에 강 선생님은 조선말을 하는 학생을 혼내지 않고, 조선말을 사용하기도 한다. 광복이 되자 강 선생님은 교장이 되지만 빨갱이라는 소문 때문에 파면되고 박 선생님이 교장이 된다. 학생들은 미국을 찬양하는 박 선생님을 이상한 선생님이라고 여긴다.

염상섭

◆ 두 파산 ◆
정례 모친은 생계를 유지하기 위해 은행에서 돈을 빌려 문방구를 차린다. 장사가 여의치 않자 친구 옥임과 교장에게 빚을 얻어 가게를 운영하지만 이자도 못 갚는 지경에 이른다. 결국 정례 모친은 가게를 처분하고 옥임의 성격 파탄을 한탄한다.

황순원

◆ 독 짓는 늙은이 ◆
아내가 젊은 조수와 도망치자 아픈 송 영감은 어린 아들 당손이와 살아갈 길이 막막해진다. 어느 날 앵두나무 집 할머니가 송 영감을 찾아와 당손이를 좋은 집에 보내자고 제안한다. 처음에 고함을 치던 송 영감은 죽음을 예감하고 당손이를 양자로 보내기로 결심한다. 가마 속에 들어간 송 영감은 죽음을 맞이한다.

◆ 소나기 ◆
소년은 서울에서 온 소녀를 우연히 만난다. 둘은 함께 놀다가 소나기를 만나고, 소년은 소녀를 업고 도랑을 건넌다. 소년은 소녀가 이사를 간다고 말하자 상심한다. 소녀가 이사 가기 전날, 소년은 소녀가 죽었다는 소식을 듣는다.

◆ 학 ◆
치안대원인 성삼은 인민군에게 협조한 혐의로 잡혀 온 어린 시절 단짝 친구 덕재의 호송 임무를 맡는다. 성삼은 농민 동맹 부위원장까지 지낸 덕재에게 적대감을 품지만, 빈농의 자식이라는 이유로 이용당했다는 사실을 알고 오해를 푼다. 어린 시절 학 사냥을 하던 추억을 떠올린 성삼은 덕재를 풀어 준다.

손창섭

◆ 비 오는 날 ◆
원구는 비가 오는 날이면 동욱 남매의 음울한 모습이 떠오른다. 동욱은 여동생 동옥이 그린 초상화를 미군 부대에 팔아 생활하고, 동욱은 불편한 다리 때문에 세상에 대한 적개심을 가지고 있다. 어느 날 원구는 남매의 집을 찾았다가 그들이 떠났다는 소식을 듣는다.

오상원

◆ 유예 ◆

수색대 소대장인 '나(그)'는 선임 하사를 포함한 부하들을 모두 잃고 인민군에게 포로로 잡힌다. 인민군 대장은 '나'를 회유하려 한 시간의 유예 시간을 주지만 '나'는 끝내 전향을 거부한다. '나'는 마지막 순간까지 자신을 잃어서는 안 된다고 다짐하며 눈길을 걸어가다 허리에 총격을 받고 쓰러진다.

김성한

◆ 바비도 ◆

15세기 초엽 헨리 4세 치하의 영국, 교회의 부패는 극에 달한다. 종교 재판정에 끌려간 바비도는 사교와 헨리 태자의 회유를 단호하게 거절한다. 화형을 선고받은 바비도는 불길과 연기에 휩싸인다.

하근찬

◆ 수난이대 ◆

징용에 끌려갔다가 팔을 잃은 만도는 아들 진수가 살아 돌아온다는 소식에 역으로 나간다. 만도는 기차에서 내린 진수가 한쪽 다리를 잃은 것을 보고 놀란다. 집을 가던 진수와 만도는 외나무다리에 이르자 서로를 의지하여 다리를 건넌다.

박경리

◆ 불신 시대 ◆

진영의 남편은 9·28 수복 전야에 사망하고 아들 문수는 의사의 무관심으로 죽는다. 진영은 성당에 가지만 전혀 위로받지 못하고, 절에서도 돈을 적게 냈다는 이유로 불평을 듣는다. 병원도 신뢰할 수 없다. 진영은 절에 가서 문수의 위패와 사진을 거두어 태운 뒤 자신에게 아직 항거할 수 있는 생명이 남아 있음을 생각한다.

이범선

✦ 오발탄 ✦
철호는 실성한 어머니, 만삭의 아내, 양공주가 된 동생 명숙, 상이군인으로 제대한 동생 영호를 생각하면 마음이 어둡다. 어느 날 영호는 권총 강도 짓을 벌이다 경찰서에 갇히고, 아내는 출산 중에 목숨을 잃는다. 철호는 가족의 거듭된 불행에 삶의 방향을 잃고 방황한다.

✦ 표구된 휴지 ✦
어느 날 은행에 다니는 친구가 '나'에게 편지를 가져와 표구해 달라고 부탁한다. 편지는 친구의 은행에 저금하러 온 지게꾼 청년이 동전을 싸 가지고 온 종이로 고향을 떠난 자식을 걱정하는 내용이 적혀 있다. '나'는 표구된 편지를 화실에 걸어 놓고 가끔씩 바라보면서 표구를 부탁한 친구의 심정을 이해하게 된다.

강신재

✦ 젊은 느티나무 ✦
'나'는 어머니의 재혼으로 한집에서 살게 된 이복 오빠 현규에게 사랑을 느낀다. 얼마 후 어머니가 새아버지를 따라 미국에 가게 된다. 그와 단둘이 지낼 일이 걱정된 '나'는 시골로 내려간다. '나'를 찾아온 현규는 훗날을 기약하자고 말한다.

김승옥

✦ 무진기행 ✦
제약 회사 간부인 '나'는 머리를 식히고자 고향인 무진으로 내려간다. '나'는 무진에서 만난 음악 선생 하인숙에게서 자신의 과거 모습을 발견하지만, 아내로부터 갑자기 상경하라는 전보를 받고 무진을 떠난다.

✦ 서울, 1964년 겨울 ✦
'나'와 '안'은 선술집에서 우연히 만나 대화를 나눈다. 그러던 중 한 사내가 끼어들어 오늘 자신의 아내가 죽었다고 고백한다. 통금 시간이 다 되어서야 여관에 든 세 사람은 혼자 있기 싫다는 사내의 말을 외면하고 각자 다른 방으로 들어간다. 다음 날 아침 '안'이 '나'를 깨우며 사내가 죽었다고 말한다.

김정한

◆ 모래톱 이야기 ◆

K중학교 교사인 '나'는 조마이섬의 나룻배 통학생 건우에게 관심을 가진다. '나'는 가정 방문을 갔다가 윤춘삼 씨와 갈밭새 영감을 만나고, 섬의 소유권이 부당하게 바뀌어 왔다는 것을 알게 된다. 그해 여름 갈밭새 영감은 살인죄로 투옥된다. 건우는 학교에 나타나지 않고 군대가 조마이섬 땅을 고르고 있다는 소문이 들린다.

조세희

◆ 뫼비우스의 띠 ◆

수학 교사는 학생들에게 앉은뱅이와 꼽추의 이야기를 들려준다. 그들은 아파트 재개발 때문에 집을 헐값에 빼앗기자 복수를 결심한다. 앉은뱅이는 부동산 업자를 살해하지만, 꼽추는 약장수를 따라가겠다고 한다. 이야기를 마친 교사는 '뫼비우스의 띠'에 대해 설명한 후 지식을 이익에 따라 쓰지 말라고 충고한다.

◆ 난장이가 쏘아 올린 작은 공 ◆

낙원구 행복동에 사는 난장이인 아버지 그리고 어머니, 영수, 영호, 영희는 아파트 재개발 사업으로 집이 철거될 위기에 처한다. 마을 사람들이 투기업자에게 입주권을 팔고 동네를 떠나자, 그들도 결국 입주권을 판다. 하지만 입주권을 팔아도 가족에게 남은 돈은 없고 끝내 아버지는 자살한다.

전상국

◆ 우상의 눈물 ◆

'나'는 기표와 재수파에게 메스껍다는 이유로 폭행당한다. 반장이 된 형우는 기표의 자존심을 건드려 폭행당하지만 끝까지 가해자를 밝히지 않음으로써 영웅이 된다. 담임과 형우의 주도면밀한 계획에 의해 기표는 효자로 미화된다. 무기력한 아이로 전락한 기표는 무서워 견딜 수 없다는 내용의 편지를 남기고 사라진다.

임철우

◆ 사평역 ◆

작은 산골 간이역 대합실에서 사람들은 막차를 기다린다. 대합실에는 농부와 아버지, 중년 사내, 대학생, 서울 여자, 행상꾼 아낙네들, 춘심이, 미친 여자가 있다. 그들은 각자의 사연을 가슴에 품은 채 톱밥 난로의 불빛을 바라본다.

박완서

◆ 해산 바가지 ◆

'나'는 치매에 걸린 시어머니를 모실 요양원을 보러 가던 길에 초가지붕 위에 열린 박을 보고 해산 바가지를 떠올린다. 시어머니는 손주가 태어날 때마다 정성껏 해산 바가지를 준비하고 한결같이 사랑을 주는 분이었다. 감동한 '나'는 좀 더 편안해진 마음과 태도로 시어머니를 돌보며 임종 때까지 곁을 지킨다.

◆ 그 여자네 집 ◆

'나'는 김용택의 시 「그 여자네 집」을 읽고 곱단과 만득을 떠올린다. 연인 사이였던 그들은 일제 강점기에 강제 징병과 정신대 문제 때문에 헤어지게 된다. 세월이 흘러 우연히 만나게 된 만득은 간접적으로 피해를 받은 사람들도 일제의 피해자라고 말하며 눈물을 흘린다.

이문구

◆ 유자소전 ◆

사람들은 생각이 깊고 침착하며 성품이 곧은 유재필을 '유자'라고 부른다. 그는 재벌 총수의 운전수가 되지만 사람보다 잉어를 중시하는 총수를 보며 회의를 느낀다. 좌천되어 운수 회사 노선 상무가 된 유자는 공명정대하게 일을 처리해 피해자와 가해자 모두에게 도움을 준다. 이후 유자는 간암으로 갑작스럽게 세상을 떠난다.

오정희

◆ 소음 공해 ◆

자원봉사를 다녀온 '나'는 위층에서 들리는 소음에 신경이 날카로워진다. '나'는 경비원을 통해 항의해도 소음이 멈추지 않자 슬리퍼를 들고 위층에 직접 찾아간다. '나'는 위층 여자가 휠체어를 타는 장애인임을 알게 되고 부끄러움을 느낀다.

윤흥길

◆ 종탑 아래에서 ◆

'나'는 하굣길에 익산 군수 관사의 철책 안에서 노는 시각 장애인 소녀 명은을 만난다. '나'는 명은에게 종소리를 들려주고 종을 직접 치고 싶다는 명은에 부탁에 명은을 데리고 교회로 간다. 명은과 '나'는 종지기 몰래 밧줄에 매달려 종을 친다. '나'는 종지기에게 맞으면서도 밧줄을 놓지 않고 명은에게 소원을 빌라고 한다.

성석제

◆ 아무도 모르라고 ◆

'나'의 고등학교 시절, 한 친구가 뛰어난 노래 실력으로 모두를 놀라게 하였다. 알고보니 대학을 가고 싶어 하는 그 친구를 위해 음악 선생님이 대가 없이 노래 실력을 키우도록 도와준 것이다. '나'는 열렬히 바라고 간절히 노력하면 밝은 미래가 찾아온다는 음악 선생님의 말씀을 마음에 새기고 살아간다.

김동리
(1913~1995)

✉ 작가에 대하여

경북 경주 출생. 본명은 시종(始終). 1929년 경신고등보통학교를 중퇴하고 귀향해 문학 작품을 섭렵하였다. 1934년 시 「백로」가 〈조선일보〉에 입선되었다. 단편 「화랑의 후예」가 1935년 〈조선중앙일보〉에 당선되면서 본격적인 소설 창작활동을 시작하였다. 순수 문학과 신인간주의의 문학 사상으로 일관해 온 그는 8·15 광복 직후 민족주의 문학 진영에 가담해 김동석·김병규와 순수 문학에 관한 논쟁을 벌이는 등 좌익 문단에 맞서 우익 측의 민족 문학론을 옹호하기도 하였다.

김동리는 휴머니즘을 바탕으로 한 인간 구원의 문제를 주로 다룬다. 그의 문학적 여정은 3기로 나눌 수 있다. 초기에는 토속적, 샤머니즘적, 동양적 신비의 세계를 배경으로 인간의 숙명적 운명을 다룬다. 그 대표작이 「무녀도」와 「황토기」다. 중기에는 6·25 전쟁을 계기로 역사의식과 현실 의식이 강화되면서 보편적 휴머니즘을 추구한다. 「귀환장정」, 「흥남철수」, 「역마」 등이 이 시기의 대표작들이다. 후기에는 보다 근원적인 인간 구원의 문제를 다루면서 현대 문명에 대한 비판 의식을 형상화한다. 『사반의 십자가』, 「목공 요셉」 등이 인간 구원의 문제를 다룬 것이라면 「등신불」, 「원왕생가」 등은 불교적인 인간 해석이 돋보이는 작품이다.

무녀도

⚓ 작품 길잡이

갈래: 순수 소설, 액자 소설
배경: 시간 - 개화기 / 공간 - 모화의 집, 강가 모래벌판
시점: 1인칭 관찰자 시점
주제: 무속 사상과 기독교 사상의 갈등이 빚은 혈육 간의 비극적 종말
출전: 〈중앙〉⁽¹⁹³⁶⁾

📷 인물 관계도

모화 ———————— 사내

(종교 대립) 사생아

(무녀도를 팔아서 생활)

욱이   낭이

모화	무속적이고 신령적인 세계관을 가지고 있는 무당이다.
욱이	모화의 사생아로 기독교인이 되어 돌아와 모화와 대립한다.
낭이	모화의 딸로 언어 장애가 있지만 그림에 능하다.
사내	낭이의 아버지로 홀로 남은 낭이를 데리고 떠난다.

📋 구성과 줄거리

도입 (외화)　　**'나'는 집안에 전해 내려오는 '무녀도'의 내력을 듣게 됨**
서화와 골동에 취미가 있었던 할아버지의 소장품 중에는 무녀도가 있다. '나'는 할아버지에게 무녀도에 얽힌 이야기를 듣게 된다.

발단 (내화)　　**딸 낭이와 함께 사는 모화에게 아들 욱이가 찾아옴**
경주에서 멀리 떨어진 집성촌 마을에 모화라는 무당이 딸 낭이와 살고 있다. 어느 날 모화가 무당이 되기 전 낳은 아들 욱이가 10년 만에 돌아온다.

전개 (내화)　　**무당인 모화와 예수교를 믿는 욱이 사이에 갈등이 발생함**
예수교 신자가 되어 있었던 욱이는 낭이에게 성경 읽기와 하나님 모시기를 권하고, 평양의 목사에게 교회를 지어야겠다고 간청하는 내용의 편지를 보낸다. 한편 모화는 예수 귀신을 쫓기 위해 치성을 드린다.

위기 (내화)　　**욱이가 모화의 칼에 찔림**
욱이가 돌아온 날 밤, 모화는 성경을 불구우며 치성을 드린다. 잠결에 성경이 없어진 것을 안 욱이가 부엌으로 갔을 때에는 이미 성경이 재가 되어 가고 있다. 욱이는 모화를 말리려다 모화가 휘두르는 칼에 찔리고 만다.

절정 (내화)　　**욱이는 죽음에 이르고 마을에는 교회당이 들어섬**
모화의 극진한 간호에도 불구하고 욱이의 건강은 날로 악화된다. 마을에는 교회가 들어서고 예수교가 급속히 전파된다. 평양에서 온 현 목사는 이 마을의 교회가 욱이의 노력으로 건설되었다고 치하한다. 욱이는 목사에게 건네받은 성경을 가슴에 안고 숨을 거둔다.

결말 (내화)　　**모화가 마지막으로 굿을 하며 물속으로 들어감**
모화는 물에 빠진 부잣집 며느리의 혼백을 건지는 굿을 맡게 된다. 혼백이 건져지지 않자 모화는 주문을 외며 물속으로 들어가 돌아오지 않는다.

종결 (외화)　　**아버지가 나타나 낭이를 데리고 감**
그 이후 혼자 누워 있는 낭이를 아버지가 데리러 온다. 낭이는 아버지를 따라 다니며 무녀도를 그리는 일로 연명한다.

무녀도

1

뒤에 물러 누운 어둑어둑한 산, 앞으로 폭이 넓게 흐르는 검은 강물, 산마루로 들판으로 검은 강물 위로 모두 쏟아져 내릴 듯한 파아란 별들, 바야흐로 숨이 고비에 찬, 이슥한 밤중이다. 강가 모랫벌에 큰 차일을 치고, 차일 속엔 마을 여인들이 자욱이 앉아 무당의 시나위 ^{무악에서 유래된 가락의 한 가지. 피리, 해금, 장구, 징,} ^{북 등으로 편성되는 합주} 가락에 취해 있다. 그녀들의 얼굴들은 분명히 슬픈 흥분과 새벽이 가까워 온 듯한 피곤에 젖어 있다. 무당은 바야흐로 청승에 자지러져 뼈도 살도 없는 혼령으로 화한 듯 가벼이 쾌잣자락을 날리며 돌아간다…….

이 그림이 그려진 것은 아버지가 장가를 들던 해라 하니, 나는 아직 세상에 태어나기도 이전의 일이다. 우리 집은 옛날의 소위 유서 있는 가문으로, 재산과 문벌로도 떨쳤지만, 글하는 선비란 것도 우글거렸고, 특히 진귀한 서화와 골동품으로서는 나라 안에서 손꼽힐 만큼 높이 일컬어졌었다. 그리고 이 서화와 골동품을 즐기는 취미는 아버지에서 다시 손자로 대대 가산과 함께 물려져 내려오는 가풍이기도 했다.

우리 집 살림이 탁방난 ^{일이 되고 안 되는 것이 드러나 끝난. 여기서는 집안 형편이 안좋아진} 것은 아버지 때였으나, 그즈음만 해도 아직 옛날과 다름없이 할아버지께서는 사랑에서 나그네를 겪으셨고, 그러자니 시인묵객 ^{詩人墨客 먹을 가지고 글씨를 쓰거나 그림을 그리는 사람} 들이 끊일 새 없이 찾아들곤 하였다. 그 무렵이라 한다. 온종일 흙바람이 불어 뜰 앞엔 살구꽃이 터져 나오는 어느 봄날 어스름 때였다. 색다른 나그네가 대문 앞에 닿았다. 동저고리 바람에 패랭이를 쓰고 그 위에 명주 수건을 잘라 맨, 나이 한 쉰 가까이 되어 뵈는, 체수도 조그만 사내가 나귀 고삐를 잡고 서고, 나귀에는 열예닐곱쯤이나 뵈는, 낯빛이 몹시 파리한 소녀 하나가 안장 위에 앉아 있었다. 남자 하인과 그 상전의 따님 같아도 보였다.

그러나 이튿날 그 사내는,

"이 여아는 소인의 여식이옵는데, 그림 솜씨가 놀랍다 하기에 대감의 문전을 찾았삽내다."

소녀는 흰옷을 입었었고, 옷 빛보다 더 새하얀 그녀의 얼굴엔 깊이 모를 슬픔이 서리어 있었다.

"아기의 이름은?"

"……."

"나이는?"

"……."

주인이 소녀에게 말을 건네 보았었으나, 소녀는 굵은 두 눈으로 한 번 그를 바라보았을 뿐 입을 떼려고 하지는 않았다.

아비가 대신 입을 열어,

"여식의 이름은 낭이狼伊, 나이는 열일곱 살이옵고……"

하더니, 목소리를 더 낮추며,

"여식은 가는귀가 좀 먹었습니다."

했다.

주인도 이번에는 고개를 끄덕였다. 그러고는 사내를 보고, 며칠이든지 묵으며 소녀의 그림 솜씨를 보여 달라고 했다.

그들 아비 딸은 달포한 달이 조금 넘는 기간 동안이나 머물러 있으며, 그림도 그리고 자기네의 지난 이야기도 자세히 하소연했다고 한다.

할아버지께서는 그들이 떠나는 날에, 이 불행한 아비 딸을 위하여 값진 비단과 충분한 노자를 아끼지 않았으나, 나귀 위에 앉은 가련한 소녀의 얼굴에는 올 때나 조금도 다름없는 처절한 슬픔이 서려 있었을 뿐이라고 한다.

이 여아는 소인의 여식이옵는데, 그림 솜씨가 놀랍다 하기에 대감의 문전을 찾았삽내다.

🔖 소설 한 장면　　도입(외화)　'나'는 집안에 전해 내려오는 '무녀도'의 내력을 듣게 됨

……소녀가 남기고 간 그림—이것을 할아버지께서는 '무녀도'라 불렀지만—과 함께 내가 할아버지로부터 전해 들은 이야기는 다음과 같다.

2

경주읍에서 성 밖으로 오 리쯤 나가서 조그만 마을이 있었다. 여민촌 혹은 집성촌이라 불리는 마을이었다.

이 마을 한구석에 모화毛火라는 무당이 살고 있었다. 모화서 들어온 사람이라 하여 모화라 부르는 것이었다. 그것은 한 머리 찌그러져 가는 묵은 기와집으로, 지붕 위에는 기와버섯이 퍼렇게 뻗어 올라 역한 흙냄새를 풍기고, 집 주위는 앙상한 돌담이 군데군데 헐리인 채 옛 성처럼 꼬불꼬불 에워싸고 있었다. 이 돌담이 에워싼 안의 공지같이 넓은 마당에는 수채가 막힌 채, 빗물이 괴는 대로 일 년 내 시퍼런 물이끼가 뒤덮여 늘쟁이, 명아주, 강아지풀, 그리고 이름 모를 여러 가지 잡풀들이 사람의 키도 묻힐 만큼 거멓게 엉키어 있었다. 그 아래로 뱀같이 길게 늘어진 지렁이와 두꺼비같이 늙은 개구리들이 구물거리며 움칠거리며, 항시 밤이 들기만 기다릴 뿐으로, 이미 수십 년 혹은 수백 년 전에 벌써 사람의 자취와는 인연이 끊어진 도깨비굴 같기만 했다.

이 도깨비굴같이 낡고 헐리인 집 속에 무녀 모화와 그 딸 낭이는 살고 있었다. 낭이의 아버지 되는 사람은 경주읍에서 칠십 리가량 떨어져 있는 동해변 어느 길목에서 해물 가게를 보고 있는데, 풍문에 의하면 그는 낭이를 세상에 없이 끔찍이 생각하는 터이므로, 봄·가을철이면 분 잘 핀 다시마와 조촐한 꼭지미역한 줌에 쥐어지게 잡아맨 미역 같은 것을 가지고 다녀가곤 한다는 것이었다. 나중 욱이昱伊가 돌연히 나타나지 않았다면, 이 도깨비굴 속에 그녀들을 찾는 사람이라야 모화에게 굿을 청하러 오는 사람들과 봄가을에 한번씩 낭이를 찾아 주는 그녀의 아버지 정도로, 세상 사람들과는 별로 왕래도 없이 살아가는 쓸쓸한 어미, 딸이었을 것이다.

간혹 원근 동네에서 모화에게 굿을 청하러 오는 사람이 있어도 아주 방문 앞까지 들어서며,

"여보게, 모화네 있는가?"

"여보게, 모화네."

하고, 두세 번 부르도록 대답이 없다가, 아주 사람이 없는 모양이라고 툇

마루에 손을 짚고 방문을 열려고 하면 그때서야 안에서 방문을 먼저 열고 말없이 내다보는 계집애 하나, 그녀의 이름이 낭이었다. 그럴 때마다 낭이는 대개 혼자서 그림을 그리고 있다가 놀라 붓을 던지며 얼굴이 파랗게 질린 채 와들와들 떨곤 하는 것이었다.

이와 같이, 모화는 어느 하루를 집구석에서 살림이라고 살고 있는 날이 없었다. 날이 새기가 무섭게 성안으로 들어가면 언제나 해가 서쪽 산마루에 걸릴 무렵에야 돌아오곤 했다. 술이 얼근해서 수건엔 복숭아를 싸들고 춤을 추며,

"따님아, 따님아, 김씨 따님아,
수국 꽃님 낭이 따님아,
용궁이라 들어가니,
열두 대문이 다 잠겼다.
문 열으소, 문 열으소,
열두 대문 열어 주소."

청승 가락을 뽑으며 동구로 들어오는 것이었다.

"모화네, 오늘도 한잔했구나."

마을 사람들이 인사를 하면 모화는 수줍은 듯이 어깨를 비틀며,

"예에, 장에 갔다가요."

하고, 공손스레 절을 하곤 하였다.

모화는 굿을 할 때 이외에는 대개 주막에 가 있었다.

그만큼 모화는 술을 즐기었고 낭이는 또한 복숭아를 좋아하며 어미가 술이 취해 돌아올 때마다 여름 한철은 언제나 그녀의 손에 복숭아가 들려 있었다.

"따님 따님, 우리 따님."[1]

모화는 집 안에 들어서면서도 이렇게 가락을 붙여 낭이를 불렀다.

낭이는 어릴 때 나들이에서 돌아오는 어미의 품에 뛰어들어 젖을 빨 듯, 어미의 수건에 싸인 복숭아를 받아먹는 것이었다.

---

1) 딸을 따님이라고 부르는 것은 낭이에 대한 애정을 보여 준다. 또한 낭이가 수국 용신의 딸이라고 믿어 함부로 대하지 않는 것으로 모화의 깊은 신앙심을 나타내기도 한다.

모화의 말을 들으면 낭이는 수국 꽃님의 화신으로, 그녀가 꿈에 용신님을 만나 복숭아 하나를 얻어먹고 꿈꾼 지 이레 만에 낭이를 낳은 것이라 했다. 그녀의 말에 의하면 수국 용신님은 따님이 열두 형제였다. 첫째는 달님이요, 둘째는 물님이요, 셋째는 구름님이요 …… 이렇게 열두째는 꽃님이었는데, 산신님의 열두 아드님과 혼인을 시키게 되어 달님은 해님에게, 물님은 나무님에게, 구름님은 바람님에게, 각각 차례대로 배혼을 정해 나가려니까 막내 따님인 꽃님은 본시 연애를 좋아하시는 성미라, 자기 차례가 돌아오기를 미처 기다릴 수 없어, 열한째 형인 열매님의 낭군님이 되실 새님을 가로채어 버렸더니 배필을 잃은 열매님과 나비님은 슬피 울며, 제각기 용신님과 산신님께 호소한 결과 용신님이 먼저 크게 노하고 벌을 내려 꽃님의 귀를 먹게 하시고, 수국을 추방하시니, 꽃님에서 그만 복사꽃이 되어 봄마다 강가로 산기슭으로 붉게 피지만 새님이 가지에 와 아무리 재잘거려도 지금까지 귀가 먹은 채 말 없는 벙어리가 되어 있는 것이라 한다.

　모화는 주막에서 술을 먹다 말고, 화랑이 광대와 비슷한 놀이꾼의 패들과 어울려서 춤을 추다 말고, 별안간 미친 것처럼 일어나 달아나곤 했다. 물으면 집에서 따님이 자기를 부르노라고 했다.

　그녀는 수국 용신님께서 낭이 따님을 잠깐 자기에게 맡겼으므로 자기는 그동안 맡아 있는 것뿐이라 했다.

　그러므로 자기가 만약 이 따님을 정성껏 섬기지 않으면 큰어머님 되시는 용신님의 노염을 살까 두렵노라 하였다.

　낭이뿐 아니라, 모화는 보는 사람마다 너는 나무 귀신의 화신이다, 너는 돌 귀신의 화신이다 하여, 걸핏하면 칠성에 가 빌라는 둥 용왕에 가 빌라는 둥 했다.

　모화는 사람을 볼 때마다 늘 수줍은 듯, 어깨를 비틀며 절을 했다. 어린애를 보고도 부들부들 떨며 두려워했다. 때로는 개나 돼지에게도 아양을 부렸다.

　그녀의 눈에는 때때로 모든 것이 귀신으로만 비친다는 것이었다. 그것은 사람뿐 아니라 돼지, 고양이, 개구리, 지렁이, 고기, 나비, 감나무, 살구나무, 부지깽이, 항아리, 섬돌, 짚신, 대추나뭇가지, 제비, 구름, 바람, 불, 밥, 연, 바가지, 다래끼, 솥, 숟가락, 호롱불 …… 이러한 모든 것이 그녀와 서로 보고, 부르고, 말하고, 미워하고, 시기하고, 성내고 할 수 있는 이웃 사람같이 보이곤 했다. 그리하여 그 모든 것을 '님'이라 불렀다.

3

욱이가 돌아온 뒤부터 이 도깨비굴 속에는 조금씩 사람 냄새가 나기 시작했다. 부엌에 들어서기를 그렇게 싫어하던 낭이도 욱이를 위해서는 가끔 밥을 짓는 것이었다. 그리고 밤이면 오직 컴컴한 어둠과 별빛만이 차 있던 이 허물어져 가는 기와집 처마 끝에도 희부연 종이 등불이 고요히 걸려지곤 했다.

욱이는 모화가 아직 모화 마을에 살 때, 귀신이 지피기 전, 어떤 남자와의 사이에서 생긴 사생아였다. 그는 어릴 적부터 무척 총명하여 신동이란 소문까지 났으나, 근본이 워낙 미천하여 마을에서는 순조롭게 공부를 시킬 수가 없어, 그가 아홉 살 되었을 때 아는 사람의 주선으로 어느 절간에 보낸 뒤, 그동안 한 십 년간 까맣게 소식조차 묘연하다가 얼마 전 표연히 이 집에 나타난 것이었다. 낭이와는 말하자면 어미를 같이하는 오뉘뻘이었다. 낭이가 대여섯 살 되었을 때 그때만 해도 아직 병으로 귀가 멀기 전이라 '욱이, 욱이' 하고 몹시 그를 따르곤 했었다. 그러던 것이 욱이가 절간으로 떠난 지 얼마 되지 않아 낭이는 자리에 눕게 되어 꼭 삼 년 동안을 시름시름 앓고 나더니, 그 길로 귀가 멀어 버렸던 것이다. 그러나 귀가 어느 정도로 먹은 지는 아무도 아는 사람이 없었다. 한두 번 그의 어미를 향해 어눌하나마,

"우, 욱이 어디 가서?"

이렇게 물은 적이 있었다.

"절에 공부하러 갔다."

"어어디, 절에?"

"지림사, 큰 절에……."

그러나 이것은 거짓말이었다. 모화 자신도 사실인즉 욱이가 어느 절에가 있는지 통 모르고 있었고, 다만 모른다고 하기가 싫어서 이렇게 머리에 떠오르는 대로 대답했을 뿐이었다.

모화는 장에서 돌아와 처음 욱이를 보았을 때, 그 푸른 얼굴에 난데없는 공포의 빛이 서리며, 곧 어디로 달아날 것같이 한참 동안 어깨를 뒤틀고 허둥거리다가 말고 별안간 그 후리후리한 키에 긴 두 팔을 벌려, 흡사 무슨 큰 새가 저희 새끼를 품듯 달려들어 욱이를 안았다.

"이게 누고, 이게 누고? 아이고…… 내 아들아, 내 아들아!"

모화는 갑자기 목을 놓고 울었다.

"내 아들아, 내 아들아! 늬가 왔나, 늬가 왔나?"

모화는 앞뒤도 살피지 않고 온 얼굴을 눈물로 씻었다.

"오마니, 오마니."

욱이도 어미의 한쪽 어깨에 볼을 대고 오래도록 울었다. 어미을 닮아 허리가 날씬하고 목이 가는 이 열아홉 살 난 청년은 그동안 절간으로 어디로 외롭게 유랑해 다닌 사람 같지도 않게, 품위가 있고 아름다운 얼굴이었다.

낭이도 그때에야 이 청년이 욱이인 것을 진정으로 깨닫는 모양이었다. 처음 혼자 방에 있는데, 어떤 낯선 청년이 와서 방문을 열기에 너무도 놀라고 간이 뛰어 말—표정으로도— 한마디도 못 하고 방구석에 서서 오들오들 떨고만 있었던 것이다. 이제 낭이는 그 어머니가 욱이를 얼싸안고 내 아들아, 내 아들아 하며 우는 것을 보고 어쩌면 저도 눈물이 날 것 같았다.

낭이는 그 어머니에게도 이렇게 인정이 있다는 것을 보자 형언할 수 없는 즐거움을 깨달았다.

그러나 욱이는 며칠을 가지 않아 모화와 낭이에게 알 수 없는 이상한 수수께끼와 같은 것이 되었다.

그는 음식을 받아 놓고나, 밤에 잠을 자려고 할 때나, 또 아침에 자리에서 일어났을 때 반드시 한참 동안씩 주문 같은 것을 외는 것이었다. 그러고는 틈틈이 품속에서 조그만 책 한 권을 꺼내어 읽곤 하는 것이었다. 낭이가 그것을 수상스레 보고 있으려니까 욱이는 그 아름다운 얼굴에 미소를 지으며,

이게 누고? 아이고……
내 아들아, 내 아들아!

오마니, 오마니

소설 한 장면 발단(내화) 딸 낭이와 함께 사는 모화에게 아들 욱이가 찾아옴

"너도 이 책을 읽어라."

하고 그 조그만 책을 낭이 앞에 펴 보이곤 했다. 낭이는 지금까지 '심청전' 이란 책을 여러 차례 두고 읽어서 국문쯤은 간신히 읽을 수 있었으므로, 욱이가 내놓은 그 조그만 책을 들여다보니, 맨 처음 껍데기에 큰 글자로 '신약전서'란, 넉 자가 똑똑히 씌어 있었다.[1] '신약전서'란 생전 처음 보는 이름이다.

낭이가 알 수 없다는 듯이 욱이를 바라보자, 욱이는 또 만면에 미소를 띠며,

"너 사람을 누가 만들어 냈지 아니?"

하였다. 그러나 낭이에게는 이 말이 들리지도 않았을 뿐더러, 욱이의 손짓과 얼굴 표정을 통해 대강 짐작할 수 있었다 하더라도 이건 지금까지 생각도 해 보지 못한 어려운 말이었다.

"그럼 너 사람이 죽어서 어떻게 되는 줄은 아니?"

"……."

"이 책에는 그런 것들이 모두 씌어 있다."

그러고는 손으로 몇 번이나 하늘을 가리켰다. 그리하여 낭이가 알아들은 말이라고는 겨우 한마디 '하나님'이었다.

"우리 사람을 만든 것은 하나님이다. 하나님은 우리 사람뿐 아니라 천지만물을 다 만들어 내셨다. 우리가 죽어서 돌아가는 곳도 하나님 전이다."

이러한 욱이의 '하나님'은 며칠 지나지 않아 곧 모화의 의혹과 반발을 불러일으켰다. 욱이가 온 지 사흘째 되던 날, 아침밥을 받아 놓고 그가 기도를 드리려니까, 모화는,

"너 불도佛道에도 그런 법이 있나?"

이렇게 물었다. 모화는 욱이가 그동안 절간에 가 있다 온 줄만 믿고 있었으므로, 그가 하는 짓은 모두 불도에 관한 일인 줄로만 생각하는 모양이었다.

"아니요 오마니, 난 불도가 아닙내다."

"불도가 아니고, 그럼 무슨 도가 있어?"

"오마니, 절간에서 불도가 보기 싫어 달아났댔쇠다."

"불도가 보기 싫다니, 불도야 큰 도지……. 그럼 넌 뭐 신선도야?"

"아니요 오마니, 난 예수도올시다."

"예수도?"

---

1) 심청전은 전통적인 것을 의미하고 신약 전서는 외래적이며 서구적인 것을 의미한다.

"북선 지방에서는 예수교라고 합데다. 새로 난 교지요."

"그럼, 너 동학당이로군!"

"아니요 오마니, 나는 동학당이 아닙내다. 나는 예수도올시다."

"그래. 예수도온가 하는 데서는 밥 먹을 때마다 눈을 감고 주문을 외이나?"

"오마니, 그건 주문이 아니외다. 하나님 앞에 기도 드리는 것이외다."

"하나님 앞에?"

모화는 눈을 둥그렇게 떴다.

"네, 하나님께서 우리 사람을 내셨으니깐요."

"야아, 너 잡귀가 들렸구나!"

모화의 얼굴빛은 순간 퍼렇게 질리었다. 그러고는 더 묻지 않았다.

다음 날, 모화가 그 마을에 객귀 들린 사람이 있어 '물밥'을 내주고 돌아오려니까 욱이가,

"오마니, 어디 갔다 오시나요?"

하고 물었다.

"저 박급창 댁에 객귀를 물려 주고 온다."

욱이는 한참 동안 무엇을 생각하는 모양이더니,

"그럼 오마니가 물리면 귀신이 물러 나갑데까?"

한다.

"물러 나갔기 사람이 살아났지."

모화는 별소리를 다 듣는다는 듯이 대답했다. 그는 지금까지 이 경주 고을 일원을 중심으로 수백 번의 푸닥거리 무당이 간단하게 음식을 차려 놓고 잡귀를 풀어 먹이는 굿 와 굿을 하고 수백 수천 명의 병을 고쳐 왔지만, 아직 한 번도 자기의 하는 굿이나 푸닥거리에 신령님의 감응을 의심한다든가 걱정해 본 적은 없었다. 더구나 누구의 객귀에 물밥을 내주는 것쯤은 목마른 사람에게 물 한 그릇을 떠 주는 것만큼이나 당연하고 손쉬운 일로만 여겨왔다. 모화 자신만이 그렇게 생각할 뿐 아니라 굿을 청하는 사람, 객귀가 들린 사람 쪽에서도 그와 같이 믿고 있는 편이기도 했다. 그들은 무슨 병이 나면 먼저 의원에게 보이려는 생각보다 으레 모화에게 찾아갈 것으로 생각하는 것이었다. 그들의 생각에는 모화의 푸닥거리나 푸념이 의원의 침이나 약보다 훨씬 반응이 빠르고 효험이 확실하고 준비가 손쉬웠던 것이다. ……한참 동안 고개를 수그리고 무엇을 생각하고 있던 욱이는, 고개를 들어 그 어머니의 얼굴을 똑

바로 바라보며,

"오마니, 이것 보시오. 마태복음 제구 장 삼십오 절이올시다. 저희가 나갈 때에 사귀 들려 벙어리 된 자를 예수께 데려오매, 사귀가 쫓겨나니 벙어리가 말하거늘……."

그러나 이때 벌써 모화는 자리에서 일어나, 방구석에 언제나 차려 놓은 '신주상' 앞에 가서,

"신령님네, 신령님네, 동서남북 상하 천지,
날것은 날아가고, 길 것은 기어가고
머리검하 초로인생 실낱 같안 이 목숨이,
신령님네 품이길래 품속에 품았길래,
대로같이 가옵내다, 대로같이 가옵내다.
부정한 손 물리치고, 조콜한 손 받으실새,
터주님이 터 주시고 조왕님이 요 주시고,
삼신님이 명 주시고 칠성님이 들르시고,
미륵님이 돌보셔서 실낱 같안 이 목숨이,
대로같이 가옵내다. 탄탄대로같이 가옵내다."

아니요. 오마니, 난 절간에서 불도가 싫어 달아났소다. 난 예수도올시다.

뭐, 예수도? 아아, 너 잡귀가 들렸구나!

🔘 소설 한 장면　전개(내화)　무당인 모화와 예수교를 믿는 욱이 사이에 갈등이 발생함

모화의 두 눈은 보석같이 빛나고, 강렬한 발작과도 같이 등허리를 떨며 두 손을 비벼댔다. 푸념이 끝나자 신주상 위의 냉수 그릇을 들어 물을 머금더니 욱이의 낯과 온몸에 확 뿜으며,

"엇쇠 귀신아, 물러서라,
여기는 영주 비루봉 상상봉혜,
깎아 질린 돌베랑혜, 쉰 길 청수혜,
너희 올 곳이 아니니라.
바른손혜 칼을 들고 왼손혜 불을 들고,
엇쇠 잡귀신아, 썩 물러서라. 툇툇!"

이렇게 외쳤다.

욱이는 처음 어리둥절해서 모화의 푸념하는 양을 바라보고 있다가, 이윽고 고개를 수그려 잠깐 기도를 올리고 나서 일어나 잠자코 밖으로 나가 버렸다.

모화는 욱이가 나간 뒤에도 한참 동안 푸념을 계속하며 방구석마다 물을 뿜고 주문을 외었다.

4

욱이는 그 길로 이 지방의 예수교인들을 찾아보기로 했다. 그날 곧 돌아올 줄 알았던 욱이는 해가 지고 밤이 깊어도 돌아오지 않았다. 모화와 낭이, 어미 딸은 방구석에 음울하게 웅크리고 앉아 욱이가 돌아오기만 기다리는 것이었다.

"예수 귀신 책 거 없나?"

모화는 얼마 뒤에 낭이더러 이렇게 물었다. 낭이는 고개를 저었다. 그러자 갑자기 낭이도 욱이의 그 신약전서란 책을 제가 맡아 두지 않았음을 후회했다. 모화는 분명히 욱이가 무슨 몹쓸 잡귀에 들린 것으로만 간주하는 모양이었다. 그것은 마치 욱이가 모화와 낭이를 으레 사귀 들린 사람들로 생각하는 것과도 같았다. 그는 모화뿐만 아니라 낭이까지도 어미의 사귀가 들어가서 벙어리가 된 것이라고 믿는 것이었다.

"예수 당시에도 사귀 들려 벙어리 된 자를 예수께서 몇 번이나 고쳐 주시지 않았나."

욱이는 이렇게 생각하는 것이었다. 그리고 그는 자기의 힘으로 자기가 하나님께 열심히 기도를 드림으로써, 그 어미와 누이동생의 병을 고쳐야 한다고 마음속으로 굳게 결심하는 것이었다.

'예수께서 무리들이 달려와서 모이는 것을 보시고 그 더러운 귀신을 꾸짖어 가라사대 벙어리와 귀머거리 귀신아, 내가 네게 명하노니 그 아이에게서 나오고 다시 들어가지 마라 하시니 사귀가 소리 지르며 아이를 심히 오그라뜨리고 나가니, 그 아이가 죽은 것같이 되매 여러 사람이 말하기를 죽었다 하거늘, 오직 예수 그 손을 잡아 일으키시니 드디어 일어서더라. 집에 들어가시매 제자들이 조용히 묻자와 가로되 우리는 어찌하여 능히 그 귀신을 쫓아내지 못하였나이까. 예수 가라사대 기도 아니 하여서는 이런 유를 나가게 할 수 없나니라 ^{마가복음 9장 25~29절} .'

그리하여 욱이는 자기도 하나님께 기도만 간절히 드리면 그 어미와 누이동생에게 들어 있는 사귀도 내어 쫓을 수 있으리라 믿었다. 일방, 그는 그가 지금까지 배우고 있던 평양 현 목사와 이 장로에게도 편지를 띄웠다.

'목사님, 저는 하나님의 은혜로 무사히 오마니를 찾아왔습내다. 그러하오나 이 지방에는 오직 우리 주님의 복음이 전파되지 않아서 사귀 들린 자와 우상 섬기는 자가 매우 많은 것을 볼 때, 하루바삐 주님의 복음을 이 지방에 전파하도록 교회를 지어야 하겠삽내다. 목사님께 말씀 드리기는 매우 부끄러운 일이나 저의 오마니는 무당 사귀가 들려 있고, 저의 누이동생은 귀머거리와 벙어리 귀신이 들려 있습내다. 저는 마가복음 제구 장 제이십구 절에 있는 우리 주님 예수 그리스도의 말씀대로 이 사귀들을 내어 쫓기 위하여 열심히 기도를 드립니다마는 교회가 없으므로 기도 드릴 장소가 매우 힘드옵내다. 하루바삐 이 지방에 교회되기를 하나님께 기도 올려 주소서.'

이 현 목사는 미국 선교사로서, 욱이가 지금까지 먹고 입고 공부를 하게 된 것이 모두 그의 도움이었다. 욱이가 열다섯 살까지 절간에서 중의 상좌 노릇을 하고 있다가, 그해 여름에 혼자서 서울 구경을 간다고 나선 것이 이리저리 유랑하여 열여섯 되던 해 가을엔 평양까지 가게 되었고, 거기서 그해 겨울 이 장로의 소개로 현 목사의 도움을 받게 되었던 것이었다.

이번엔 욱이가 평양서 어머니를 보러 간다고 하니까, 현 목사는 욱이를 불러 놓고 이렇게 말했다.

"지금부터 삼 년 동안 이 사람 고국 갈 것이오. 그때, 만일 욱이가 함께 가기 원하면 이 사람 같이 미국 가게 될 것이오."

"목사님, 고맙습니다. 저는 목사님을 따라 미국 가기가 원입니다."

"그러면 속히 모친 만나 보고 오시오."

그러나 욱이가 어머니의 집이라고 찾아온 곳은 지금까지 그가 살고 있는 현 목사나 이 장로의 집보다 너무나 딴 세상이었다. 그 명랑한 찬송가 소리와 풍금 소리와 성경 읽는 소리와 모여 앉아 기도를 올리고 맛난 음식을 향해 즐겁게 웃음 웃는 얼굴들 대신 군데군데 헐어져 가는 돌담과 기와버섯이 퍼렇게 뻗어 오른 묵은 기와집과 엉킨 잡초 속에 꾸물거리는 개구리, 지렁이들과 그 속에서 무당 귀신과 귀머거리 귀신이 각각 들린 어미 딸 두 여인을 보았을 때, 그는 흡사 자기 자신이 무서운 도깨비굴에 홀려 든 것이 아닌가 하고 새삼 의심이 들 지경이었다.

욱이가 이 지방 예수교인들을 두루 만나 보고 집으로 돌아온 뒤부터 야릇하게 변해진 것은 낭이의 태도였다. 그 호리호리한 몸매와 종잇장같이 희고 매끄러운 얼굴에 빛나는 굵은 두 눈으로 온종일 말 한마디, 웃음 한 번 웃는 일 없이 방구석에 틀어박혀 앉은 채 욱이의 하는 양만 바라보고 있다가, 밤이 되어 처마 끝에 희부연 종이 등불이 걸리고 하면, 피에 주린 싸늘한 손과 입술로 욱이의 목덜미나 가슴팍으로 뛰어들곤 했다. 욱이는 문득문득 목덜미로 가슴팍으로 낭이의 차디찬 손과 입술을 느낄 적마다 깜짝깜짝 놀라곤 하였으나, 그녀가 까무러칠 듯이 사지를 떨며 다시 뛰어들 제면 그도 당황히 낭이의 손을 쥐어 주며, 그 희부연 종이 등불이 걸려 있는 처마 밑으로 이끌곤 했다.

낭이의 태도가 미묘해진 뒤부터 욱이의 얼굴빛은 날로 창백해 갔다. 그렇게 한 보름 지난 뒤 그는 또 한 번 표연히 집을 나가고 말았다.

모화는 욱이가 집을 나간 지 이틀째 되던 날 밤, 문득 자리에서 일어나 앉으며 긴 한숨을 내쉬었다. 그러고는 곁에 누워 있는 낭이를 흔들어 깨우더니 듣기에도 음울한 목소리로,

"욱이가 언제 온다더누?"

물었다. 낭이가 잠자코 있으려니까,

"왜 욱이 저녁 밥상은 보아 두라고 했는데 없노."

하고 낭이더러 화를 내었다. 모화는 날이 갈수록 점점 더 초조한 빛으로 밤중마다 부엌에다 들기름 불을 켜고 부뚜막 위에 욱이의 밥상을 차려 놓고는 기도를 드리는 것이었다.

"성주는 우리 성주, 칠성은 우리 칠성, 조왕은 우리 조왕,
비나이다 비나이다 신주님께 비나이다.
하늘에는 별, 바다에는 진주,
금은 같안 이내 장손, 관옥 같안 이내 방성,
산신혜 명을 빌하 삼신혜 수를 빌하,
칠성혜 복을 빌하 삼신혜 덕을 빌하,
조왕님 전 요오를 타고 터주님전 재주 타니
하늘에는 별, 바다에는 진주,
삼신 조왕 마다하고 아니 오지 못하리라.
예수 귀신하, 서역 십만 리 굶주리던 불권신하,
탄다, 훨훨 불이 탄다. 불귀신이 훨훨 탄다.
타고 나니 이내 방성 금은같이 앉았다가,
삼신 찾아오는구나, 조왕 찾아오는구나."

모화는 혼자서 손을 비비고 절을 하고 일어나 춤을 추고, 갖은 교태를 다 부리며 완연히 미친 것같이 날뛰었다. 낭이는 방에서 부엌으로 난 봉창 구멍에 눈을 대고 숨소리를 죽여 오랫동안 어미의 날뛰는 양을 지켜보고 있다가, 별안간 몸에 한기가 들며 아래턱이 달달달 떨리기 시작하였다. 그는 미친 것처럼 뛰어 일어나며 저고리를 벗었다. 치마를 벗었다. 그리하여 어미는 부엌에서, 딸은 방 안에서 한 장단 한 가락에 놀듯 어우러져 춤을 추곤했다. 그러한 어느 새벽, 낭이는 정신을 차리고 보니 발가벗은 알몸뚱이로 방바닥에 쓰러져 있는 그녀 자신을 발견한 일도 있었다.

두 번째 집을 나갔던 욱이는 다시 얼굴에 미소를 띠며 그녀들 어미 딸 앞에 나타났다.

모화는 그때 마침 굿 나갈 때 신을 새 신발을 신어 보고 있었는데 욱이가 오는 것을 보자, 그 후리후리한 허리에 긴 팔을 벌려 새가 알을 품듯, 그의 상반신을 얼싸안고 울기 시작했다.

이번엔 아무런 푸념도 없이 오랫동안 욱이의 목을 안은 채 잠자코 울기만 하는 것이었다. 언제나 퍼런 그 얼굴에도 이때만은 붉은 기운이 돌며, 그 천연스런 몸짓은 조금도 귀신 들린 사람 같지 않았다.

"오마니, 나 방에 들어가 좀 쉬겠쇠다."

욱이는 어미의 포옹을 끄르고 일어나 방에 들어가 누웠다.

모화는 웬일인지 욱이가 방에 들어간 뒤에도 혼자 툇마루에 앉아 고개를 수그린 채 몹시 쓸쓸한 얼굴이었다. 그러더니 무슨 생각엔지 일어나 방에 들어가 낭이의 그림을 이것저것 뒤져 보는 것이었다.

그날 밤이었다.

밤중이나 되어 욱이가 잠결에 그의 품속에 언제나 품고 있는 성경책을 더듬어 보았을 때 품속에 허전함을 느꼈다. 그와 동시에 웅얼웅얼하며 주문을 외는 소리도 들려왔다. 자리에서 일어나 보았으나 품속에서 성경을 찾을 수는 없었다. 그리고 낭이와 욱이 사이에 누워 있을 그의 어머니는 보이지 않았다. 그는 어떤 불길하고 무서운 예감에 몸이 부르르 떨리었다. 바로 그때였다. 그의 귀에는 땅속에서 귀신이 우는 듯한, 웅얼웅얼하는 주문을 외는 듯한 소리가 좀 더 또렷이 들려왔다. 다음 순간, 그는 거의 무의식적으로 방에서 부엌으로 난 봉창 구멍에 눈을 갖다 대었다.

"서역 십만 리 굶주린 불귀신하,
한쪽 손에 불을 들고 한쪽 손에 칼을 들고,
이리 가니 산신님이 예 기신다.
저리 가니 용신님이 예 기신다.
칠성이라 돌아가니 칠성님이 예 기신다.
구름 속에 쌔어 간다, 바람 속에 묻혀 간다.
구름님이 예 기신다. 바람님이 제 기신다.
용궁이라 당도하니 열두 대문 잠겨 있다.
첫째 대문 두드리니 사천왕이 뛰어나와
종발눈 부릅뜨고, 주석 철퇴 높이 든다.
둘째 대문 두드리니 불개 두 쌍 뛰어나와
꽃불은 수놈이 낼룽, 불씨는 암놈이 낼룽,
셋째 대문 두드리니 물개 두 쌍 뛰어나와
수놈이 공공 꽃불이 죽고
암놈이 공공 불씨가 죽고……."

모화는 소복 단장에 쾌자까지 두르고 온갖 몸짓, 갖은 교태를 다 부려 가며 손을 비비다, 절을 하다, 덩싯거리며 춤을 추다 하고 있다. 부뚜막 위에는 깨끗한 접싯불들기름불이 켜져 있고, 접싯불 아래 놓인 소반 위에는 냉수 한 그릇과 흰 소금 한 접시가 놓여 있을 따름이다. 그리고 그 곁에는 지금 막 그 마지막 불꽃이 나불거리고 난 새빨간 파란 연기 한 오리가 오르는 '신약전서'의 두꺼운 표지는 한 머리 이미 파리한 재가 되어 가고 있었다.

모화는 무엇에 도전이나 하는 것처럼 입가에 야릇한 냉소까지 띠며, 소반에 얹힌 접시의 소금을 집어 연기마저 사라진 새까만 재 위에 뿌렸다.

"서역 십만 리 예수 귀신이 돌아간다.
당산에 가 노자 얻고, 관묘에 가 신발 신고,
두 귀에 방울 달고 방울 소리 발맞추어
재 넘고 개 건너 잘도 간다.
인제 가면 언제 볼꼬, 발이 아파 못 오겠다.
춘삼월에 다시 오랴, 배가 고파 못 오겠다……."

모화의 음성은 마주魔酒 정신을 흐리게 하는 술 같은 향기를 풍기며 온 피부에 스며들었다. 그 보석 같은 두 눈의 교태와 쾌잣자락과 함께 나부끼는 손짓은, 이제 차마 더 엿볼 수 없게 욱이의 심장을 쥐어짜는 것이었다. 욱이는 가위눌린 사람처럼 간신히 긴 숨을 내쉬며 뛰어 일어났다. 다음 순간, 자기 자신도 모르게 방문을 뛰어나온 그는 부엌문을 박차고 들어가 소반 위에 차려 놓은 냉수 그릇을 집어 들려 하였다. 그러나 그가 냉수 그릇을 집어 들기 전에 모화의 손에는 식칼이 번득이고 있었고, 모화는 욱이와 물그릇 사이에 식칼을 두르며 조용히 춤을 추고 있는 것이었다.

"엇쇠 귀신하, 물러서라.
너 이제 보아 하니 서역 십만 리 굶주리던 잡귀신하,
여기는 영주 비루봉 상상봉혜
깎아지른 돌벼랑혜, 쉰 길 청수혜, 엄나무 발에
너희 올 곳이 아니다.
바른손혜 칼을 들고 왼손혜 불을 들고,
엇쇠 서역 잡귀신하, 썩 물러서라."

이때, 모화는 분명히 식칼로 욱이의 면상을 겨누어 치려하였다. 순간, 욱이는 모화의 칼날을 왼쪽 귓전에 느끼며 그의 겨드랑이 밑을 돌아 소반 위에 차려 놓은 냉수 그릇을 들어서 모화의 낯에다 그릇째 끼얹었다. 이 서슬에 불이 기울어져 봉창에 붙었다. 욱이는 봉창에서 방 안으로 붙어 들어가는 불길을 잡으려고 부뚜막 위로 뛰어올랐다. 그러자 물그릇을 뒤집어쓰고 분노에 타는 모화는 욱이의 뒤를 쫓아 칼을 두르며 부뚜막으로 뛰어올랐다. 봉창에서 방 안으로 붙어 들어가는 불길을 덮쳐 끄는 순간, 뒤등허리가 찌르르하여 휙 몸을 돌이키려 할 때 이미 피투성이가 된 그의 몸은 허옇게 이를 악물고 웃음 웃는 모화의 품속에 안겨져 있었다.

5

욱이의 몸은 머리와 목덜미와 등허리에 세 군데 상처를 입었다.

그러나 욱이의 병은 이 세 군데 칼로 맞은 상처만이 아니었다. 그는 날이 갈수록 갈비뼈가 앙상하게 드러나고 두 눈자위가 패어 들기 시작했다.

모화는 욱이의 병간호에 남은 힘을 다하여 그가 원하는 것이 있으면 낮과 밤을 헤아리지 않고 뛰어갔다. 가끔 욱이를 일으켜 앉히어서 자기의 품에 안아도 주었다. 물론, 약도 쓰고 굿도 하고 주문도 외웠다. 그러나 욱이의 병은 낫지 않았다.

🔖 소설 한 장면　위기(내화)　욱이가 모화의 칼에 찔림

모화는 욱이의 병간호에 열중한 뒤부터 굿에는 그만큼 신명이 풀린 듯하였다. 누가 굿을 청하러 와도 아들의 병을 핑계로 대개 거절을 했다. 그러자 모화의 굿이나 푸념의 반응이 이전과 같이 신령하지 않다고들 하는 사람이 하나둘씩 생기기도 했다.

이러할 즈음, 이 고을에도 조그만 교회당이 서고 선교사가 들어왔다. 그리하여 그것은 바람에 불처럼 온 고을에 뻗쳤다. 읍내의 교회에서는 마을마다 전도대를 내보냈다. 그리하여 이 모화의 마을에까지 '복음'이 전파되었다.

"여러 부모 형제 자매, 우리 서로 보게 된 것 하나님 앞에 감사 드릴 것이오. 하나님 우리 만들었소. 매우 사랑했소. 우리 모두 죄인이올시다. 우리 마음속 매우 흉악한 것뿐이오. 그러나 예수 우리 위해 십자가에 못 박혔소. 그러므로 예수 그리스도 믿음으로 우리 구원받을 것이오. 우리 매우 반가운 뜻으로 찬송할 것이오. 하나님 앞에 기도 드릴 것이오."

두 눈이 파랗고 콧대가 칼날 같은 미국 선교사를 보는 것은 원숭이 구경보다도 재미나다고들 하였다.

"돈은 한 푼도 안 받는다. 가자."

마을 사람들은 떼를 지어 모여들었다.

이 마을 방 영감네 이종사촌 손자사위요, 선교사와 함께 온 양 조사^{助事} 부인은 집집마다 심방하여 가로되,

"무당과 판수^{점치는 일을 업으로 삼는 소경}를 믿는 것은 거룩거룩하시고 절대적 하나밖에 없는 우리 하나님 아버지께 죄가 됩니다. 무당이 무슨 능력이 있습니까. 보십시오, 무당은 썩어 빠진 고목나무나, 듣도 보도 못하는 돌미륵한테도 빌고 절을 하지 않습니까. 판수가 무슨 능력이 있습니까. 보십시오, 제 앞도 못 보아 지팡이로 더듬거리는 그가 어떻게 눈 밝은 사람을 구원할 수 있겠습니까. 우리 인생을 만든 것은 절대적 하나밖에 없는 하나님 아버지올시다. 그러므로 아버지께서는 말씀하셨습니다. 내 앞에 다른 신을 두지 말라……."

이리하여 하나님 아버지의 외아들 예수 그리스도가 온갖 사귀 들린 사람, 문둥병 든 사람, 앉은뱅이, 벙어리, 귀머거리 고친 이야기가 한정 없이 쏟아진다.

모화는 픽 웃곤 했다.

"그까짓 잡귀신들."

그러나 그들의 비방과 저주는 뼛골에 사무치는 듯 그녀는 징을 울리고 꽹과리를 치며 외쳤다.

"엇쇠 귀신아, 물러서라.
당대 고축년에 얻어먹던 잡귀신아,
늬 어이 모화를 모르나냐.
아니 가고 봐 하면 쉰 길 청수에
엄나무 발에, 무쇠 가마에, 백말 가죽에
늬 자자손손을 가두어 못 얻어먹게 하고
다시는 세상 밖에 내주지 아니하여
햇빛도 못 보게 할란다.
엇쇠 귀신아, 썩 물러가거라.
서역 십만 리로 꽁무니에 불을 달고,
두 귀에 방울 달고 왈강달강 왈강달강
벼락같이 떠나거라."

그러나 '예수 귀신'들은 결코 물러나지 않았을 뿐 아니라, 점점 늘어만 갔다. 게다가, 옛날 모화에게 굿과 푸념을 빌러 다니던 사람들까지 하나둘씩 모두 예수 귀신이 들기 시작하였다.

이러는 동안 서울서 또 부흥 목사가 내려왔다. 그는 기도를 드려서 병을 고치는 능력이 있다 하여 온 고을 사람들이 모여들기 시작하였다. 그가 병자의 머리 위에 손을 얹고,

"이 죄인은 저의 죄로 말미암아 심히 괴로워하고 있사옵니다."

하고 기도를 올리면, 여자들이 월수병 대하증쯤은 대개 '죄 씻음'을 받을 수 있었다. 그밖에도 소경이 눈을 뜨고, 앉은뱅이가 걷고, 귀머거리가 듣고, 벙어리가 말하고, 반신불수와 지랄병까지 저희 믿음 여하에 따라 모두 죄 씻음을 여자들의 은가락지 금반지가 나날이 수를 다투어 강단 위에 내걸리게 된다. 기부금이 쏟아진다. 이리 되면, 모화의 굿 구경에 견줄 나위가 아니라고들 하였다.

"양국놈들이 요술단을 꾸며 왔어."

모화는 픽 웃고 이렇게 말했다. 굿과 푸념으로 사람 속에 든 사귀 잡귀신

을 쫓는 것은 지금까지 신령님께서 자기에게만 허락하신 자기의 특수한 권능이었다. 그리고 그의 신령님은 오늘날 예수꾼들이 그렇게도 미워하고 시기하는 고목이기도 했고, 미륵돌이기도 했고, 산이기도 했고, 물이기도 했다.

"무당과 판수를 믿는 것은 절대적 한 분밖에 안 계시는 거룩거룩하신 하나님 아버지께 죄가 됩니다."

예수 귀신들이 나발을 불고 북을 치며 비방을 하면, 모화는 혼자서 징을 울리고 꽹과리를 치며,

"꽁무니에 불을 달고, 두 귀에 방울 달고, 왈강달강 왈강달강, 서역 십만리로 물러서라, 잡귀신아."

이렇게 응수하곤 했다.

6

욱이의 병은 그해 가을 지나 겨울철에 들면서부터 표 나게 악화되어 갔다. 모화가 가끔 간장이 녹듯 떨리는 음성으로,

"이것아 이것아, 늬가 이게 웬일이고? 머나먼 길에 에미라고 찾아와서 늬가 이게 무슨 꼴고?"

손을 잡고 눈물 흘리면,

"오마니, 너무 걱정하지 마시오. 나는 죽어서 우리 아버지께로 갈 것이오."

욱이는 조용히 이렇게 말했다. 그리고 무어 생각나는 게 없느냐고 물으면 그는 조용히 고개를 돌렸다. 그러나 어미가 밖에 나가고 낭이가 혼자 있을 때엔 이따금 낭이의 손을 잡고,

"나 성경 한 권 가졌으면……."

하는 것이었다.

이듬해 봄, 그가 세상을 떠나기 사흘 전에 그가 그렇게도 그리워하고 기다리던 현 목사가 평양에서 찾아왔다. 현 목사는 박 영감네 이종사촌 손자사위인 양 조사의 인도로 뜰 안에 들어서자, 그 황폐한 광경과 역한 흙냄새에 미간을 찌푸리며,

"이런 가운데서 욱이가 살고 있소?"

양 조사에게 이렇게 물었다.

욱이는 양 조사가 들어오는 것을 보자 두 눈에 광채를 띠며,

"목사님, 목사님."

이렇게 두 번 불렀다.

현 목사는 잠자코 욱이의 여윈 손을 쥐었다. 별안간 그의 온 얼굴은 물든 것처럼 붉어지며 무수한 주름살이 미간과 눈초리에 잡혔다. 그는 솟아오르는 감정을 누르려는 듯이 한참 동안 눈을 감고 있었다.

양 조사는 긴장된 침묵을 깨뜨리려는 듯이 입을 열었다.

"경주에 교회가 이렇게 속히 서게 된 것은 이분의 공로올시다."

그리하여 그의 말을 들으면, 욱이는 평양 현 목사에게 진정을 했고, 현 목사께서는 욱이의 편지에 의하여 대구 노회에 간청을 했고, 일방 경주 교인들은 욱이의 힘으로 서로 합심하여 대구 노회와 연락한 결과, 의외로 속히 교회 공사가 진척되었던 것이라 하였다.

현 목사가 의사와 함께 다시 오기를 약속하고 일어나려 할 때 욱이는,

"목사님, 나 성경 한 권만 사 주시오."

했다.

현 목사는 손가방 속에서 자기의 성경책을 내주었다. 성경책을 받아 쥔 욱이는 그것을 가슴에 안고 눈을 감았다. 그의 감은 눈에서는 이슬방울이 맺히었다.

□ 소설 한 장면　　절정(내화)　욱이는 죽음에 이르고 마을에는 교회당이 들어섬

모화 집 마당에는 예년과 다름없이 잡풀이 엉기고 늙은 개구리와 지렁이들이 그 속에 웅크리고 있었다. 그녀는 그동안 거의 굿을 나가지 않고, 매일 그 찌그러져 가는 묵은 기와집, 잡초 속에서 혼자서 징, 꽹과리만 울리고 있었다. 사람들은 모화가 인제 아주 미친 것이라 하였다. 모화는 부엌에다 오색 헝겊을 걸고, 낭이의 그림으로 기를 만들어 달고는, 사뭇 먹기조차 잊어버린 채 입술은 먹같이 검어지고 두 눈엔 날로 이상한 광채가 짙어갔다.

"서역 십만 리 예수 귀신 돌아간다.
꽁무니에 불을 달고, 두 귀에 방울 달고, 왈강달강 왈강달강,
엇쇠 귀신아, 썩 물러가거라.
자늬 아니 가고 봐 하면, 쉰 길 청수에, 엄나무 바알에, 무쇠 가마에, 흰말 가죽에,
너이 자자손손을 다 가두어 죽일란다. 엇쇠! 귀신아!"

그녀는 날마다 같은 푸념으로 징, 꽹과리를 울렸다. 혹 술잔이나 가지고 이웃 사람이 찾아가,
"모화네, 아들 죽고 섭섭해서 어쩌나?"
하면 그녀는 다만,
"우리 아들은 예수 귀신이 잡아갔소."
하고 한숨을 내쉬곤 했다.
"아까운 모화 굿을 언제 또 볼꼬?"
사람들은 모화를 아주 실신한 사람으로 치고 이렇게 아까워하곤 했다. 이러할 즈음에 모화의 마지막 굿이 열린다는 소문이 났다. 읍내 어느 부잣집 며느리가 '예기소'에 몸을 던진 것이었다. 그래 모화는 비단옷 두 벌을 받고 특별히 굿을 응낙했다는 말도 났다. 그리고 이와 동시에 모화가 이번 굿에서 딸 낭이의 입을 열게 할 계획이라는 소문이 났다.
"흥, 예수 귀신이 진짠가 신령님이 진짠가 두고 보지."
이렇게 장담했다는 것이다. 사람들은 기대와 호기심에 들끓었다. 그들은 놀랍고 아쉬운 마음으로 산을 넘고 물을 건너 모여 들었다.
굿이 열린 백사장 서북쪽으로는 검푸른 소 물이 깊은 비밀과 원한을 품은 채 조용히 굽이돌아 흘러내리고 있었다―명주구리 하나 들어간다는 이

깊은 소에는 해마다 사람이 하나씩 빠져 죽기 마련이라는 전설이 있다—.

백사장 위에는 수많은 엿장수, 떡장수, 술 가게, 밥 가게 들이 포장을 치고, 혹은 거적을 두르고 득실거렸고, 그 한복판 큰 차일 속에서 굿은 벌어져 있었다. 청사, 홍사, 녹사, 백사, 황사의 오색사 초롱이 꽃송이같이 여기저기 차일 아래 달리고 그 초롱불 밑에서 떡시루, 탁주 동이, 돼지 통새미 들이 온 시루, 온 동이, 온 마리째 놓인 대감상, 무더기 쌀과 타래실과 곶감 꼬치, 두부를 놓은 제석상과, 삼색 실과에 백설기와 소채 소탕에 자반, 유과 들을 차려 놓은 미륵상과, 열두 가지 산채로 된 산신상과, 열두 가지 해물을 차린 용신상과, 음식이란 음식마다 한 접시씩 놓은 골목상과, 냉수 한 그릇만 놓은 모화상과 이밖에도 여러 가지 크고 작은 전물상奠物床 주로 무당이 굿할 때 부처나 신에게 올리는 음식이나 재물을 차려 놓은 상들이 쭉 늘어놓아져 있었다.

이날 밤 모화의 얼굴에는 평소에 볼 수 없던 정숙하고 침착한 빛이 서려 있었다. 어제같이 아들을 잃고 또 새로 들어온 예수교도들로부터 가지각색 비방과 구박을 받아 오던 그녀로서는 의아스러우리만큼 새침하게 가라앉아 있어, 전날 달밤으로 산에 기도를 다닐 적의 얼굴을 연상케 했다. 그녀는 전날과 같이 여러 사람 앞에서 아양을 부리거나 수선을 떨지도 않았다. 그러나 그녀는 그 호화스러운 전물상들을 둘러보고도 만족한 빛 한번 띠지 않고, 도리어 비웃듯이 입을 비쭉거렸다.

"더러운 년들, 전물상만 차리면 그만인가."

입 밖에 내어놓고 빈정거리기까지 하였다. 그러자 자리에서는 모화가 오늘 밤 새로운 귀신이 지핀다고들 수군거리기 시작했다. 그 가운데 한 여자가 돌연히,

"아, 죽은 김씨 혼신이 덮였군."

하자 다른 여자들도,

"바로 그 김씨가 들렸다. 저 청승맞도록 정숙하고 새침한 얼굴 좀 봐라. 그리고 모화네가 본디 어디 저렇게 이뻤나, 아주 김씨를 덮어 썼구면."

이렇게들 수군댔다. 이와 동시, 한쪽에서는 오늘 밤 굿으로 어쩌면 정말 낭이가 말을 하게 될 게라는 얘기도 퍼졌고, 또 한쪽에서는 낭이가, 누구 아이인지는 모르지만 배가 불러 있다는 풍설도 돌았다.

……하여간 이 여러 가지 소문들이 오늘 밤 굿으로 해결이 날 것이라고 막연히 그녀들은 믿고 있는 것이었다.

모화는 김씨 부인이 처음 태어났을 때부터 물에 빠져 죽을 때까지의 사연을 한참씩 넋두리하다가는 전악들의 젓대, 피리, 해금에 맞추어 춤을 덩실거렸다. 그녀의 음성은 언제보다도 더 구슬펐고 몸뚱이는 뼈도 살도 없는 율동으로 화한 듯 너울거렸고…… 취한 양, 얼이 빠진 양 구경하는 여인들의 숨결은 모화의 쾌잣자락만 따라 오르내렸다. 모화의 쾌잣자락은 모화의 숨결을 따라 나부끼는 듯했고, 모화의 숨결은 한 많은 김씨 부인의 혼령을 받아 청승에 자지러진 채, 비밀을 품고 조용히 굽이돌아 흐르는 예기소의 강물과 함께 자리를 옮겨 가는 하늘의 별들을 삼킨 듯했다.

밤중이나 되어서였다.

혼백이 건져지지 않는다는 것이었다. 화랑이들과 작은 무당들이 몇 번이나 초망자招亡者 줄에 밥그릇을 달아 물속에 던져도 밥그릇 속에 죽은 사람의 머리카락이 들어오지 않는 것으로 보아 김씨가 초혼에 응하질 않는 모양이라 하였다.

작은 무당 하나가 초조한 낯빛으로 모화의 귀에 입을 바짝 대며,

"여태 혼백을 못 건져서 어떡해?"

하였다.

모화는 조금도 서둘지 않고 오히려 당연하다는 듯이 손수 넋대무당이 물에 빠져 죽은 사람의 넋을 건지는 데 쓰는 장대를 잡고 물가로 들어섰다.

초망자 줄을 잡은 화랑이는 넋대가 가리키는 방향으로 이리저리 초혼 그릇을 물속에 굴렸다.

"일어나소 일어나소,
서른세 살 월성 김씨 대주 부인,
방성으로 태어날 때 칠성에 복을 빌어."

모화는 넋대로 물을 휘저으며 진정 목이 멘 소리로 혼백을 불렀다.

"꽃같이 피난 몸이 옥같이 자란 몸이,
양친 부모도 생존이요, 어린 자식 뉘어 두고,
검은 물에 뛰어들 제 용신님도 외면이라,
치마폭이 봉긋 떠서 연화대를 타단 말가,

삼단 머리 흐트러져 물귀신이 되단 말가.”

모화는 넋대를 따라 점점 깊은 물속으로 들어갔다. 옷이 물에 젖어 한 자락 몸에 휘감기고, 한 자락 물에 떠서 나부꼈다. 검은 물은 그녀의 허리를 잠그고, 가슴을 잠그고, 점점 부풀어 오른다.

그녀는 차츰 목소리가 멀어지며 넋두리도 허황해지기 시작했다.

“가자시라 가자시라 이수중분 백로주로,
불러 주소 불러 주소 우리 성님 불러 주소,
봄철이라 이 강변에 복숭아꽃이 피그덜랑,
소복 단장 낭이 따님 이내 소식 물어 주소,
첫 가지에 안부 묻고, 둘째 가…….”

할 즈음, 모화의 몸은 그 넋두리와 함께 물속에 아주 잠겨 버렸다. 처음엔 쾌잣자락이 보이더니 그것마저 잠겨 버리고, 넋대만 물 위에 빙빙 돌다가 흘러내렸다.

🖐 **소설 한 장면**　**결말(내화)**　모화가 마지막으로 굿을 하며 물속으로 들어감

열흘쯤 지난 뒤다.

동해변 어느 길목에서 해물 가게를 보고 있던 체수^{몸의 크기} 조그만 사내가 나귀 한 마리를 몰고 왔을 때, 그때까지 아직 몸이 완쾌하지 못한 낭이가 퀭한 눈으로 자리에 누워 있었다.

사내는 낭이에게 흰죽을 먹이기 시작했다.

"아버으이."

낭이는 그 아버지를 보자 이렇게 소리를 내어 불렀다. 모화의 마지막 굿이 떠돌던 예언대로 영검을 나타냈는지 그녀의 말소리는 전에 없이 알아들을 만도 했다.

다시 열흘이 지났다.

"여기 타라."

사내는 손으로 나귀를 가리켰다.

"……."

낭이는 잠자코 그 아버지가 시키는 대로 나귀 위에 올라앉았다.

그네들이 떠난 뒤엔 아무도 그 집을 찾아오는 사람이 없었고, 밤이면 그 무성한 잡풀 속에서 모기들만이 떼를 지어 울었다.

🗣 소설 한 장면 종결(외화) 아버지가 나타나 낭이를 데리고 감

🔭 생각해 볼까요?

선생님 이 작품은 액자식 구성으로 이루어져 있어요. 외화는 소설의 도입부예요. 화자의 할아버지가 낭이를 만났던 사연과 무녀도에 대한 내용을 다루지요. 내화는 소설의 주된 줄거리로 모화와 욱이, 낭이의 이야기를 다뤄요. 종결 부분은 낭이의 아버지가 나타나 낭이를 데려가는 내용으로 일종의 후일담이지요. 즉 서두에서 화자가 무녀도를 입수하게 된 경위를 소개한 후 이 무녀도에 관한 이야기가 전개되는 거예요. 「무녀도」의 이러한 액자식 구성은 어떤 효과가 있는지 말해 볼까요?

💬 1   🤍 1

↳ **학생 1** 외화에서 내화의 이야기를 하게 된 경위를 설명하여 사실성을 부여해요. 또한 작가와 등장인물 사이의 거리를 유지함으로써 독자의 흥미를 유발해요.

선생님 표면적으로 보면 어머니인 모화와 아들인 욱이가 서로 다른 종교관 때문에 갈등을 겪고 있어요. 그 결과로 모화가 죽고 낭이가 앓아 누웠다가 집을 떠나게 되지요. 이러한 결말은 토속 신앙이 상징하는 전통문화가 기독교가 상징하는 외래문화에 밀려나는 것처럼 보여요. 그러나 욱이 또한 죽음을 맞이하기 때문에 그렇게만 해석할 수는 없지요. 여기에서 드러나는 작품의 주제 의식은 무엇인지 말해 볼까요?

💬 3   🤍 3

↳ **학생 1** 아들 욱이를 살해한 후 괴로워하다 결국 죽음을 택하는 모화의 모습에서 외래문화의 영향으로 전통적 샤머니즘이 소멸해 가는 세태를 볼 수 있어요.

↳ **학생 2** 전통문화가 퇴조할 수밖에 없다는 걸 인정하면서도 이를 낭이의 마음속에 한과 같은 에너지로 남겨 둔 결말에는 인간적인 삶에 대한 작가의 의지와 세계관이 담겨 있어요.

↳ **학생 3** 모화와 욱이의 이야기는 필연적인 운명과 이에 저항하려는 인간의 의지를 보여 주기도 해요.

선생님 이 작품에서 낭이는 어떤 역할을 하나요?

💬 2   🤍 2

↳ **학생 1** 이야기를 이끌어 가는 인물은 아니지만 어머니인 모화와 오빠인 욱이 사이에서 모든 상황을 지켜보는 중간자의 역할을 해요. 어머니와 오빠가 죽은 후에는 그 슬픔과 한을 마음에 간직한 채 떠도는 삶을 살아가요.

↳ **학생 2** 모화가 딸인 낭이를 "수국꽃님의 화신이므로 정성껏 섬겨야 한다."라고 말하는 모습, 낭이가 말을 잘 하지 못하지만 그림에 소질이 있다는 설정 등은 이야기에 신비감을 부여하는 역할을 해요.

선생님 모화는 마지막 굿을 하다가 스스로 물속으로 들어가 죽음을 맞이해요. 이러한 모화의 죽음은 무엇을 의미할까요?

 2 ♥ 2

↳ **학생 1** 물은 이별과 죽음, 소멸을 상징하기도 하지만, 반대로 만물을 자라게 하는 생성을 상징하기도 해요.

↳ **학생 2** 이러한 물의 의미를 고려해 볼 때 모화의 몸이 넋두리와 함께 물에 잠기는 것은 현실적으로는 '죽음'을 뜻하지만 정신적으로는 '접신의 경지'에 들어갔음을 의미해요.

『을화』 ▼ Q

연관 검색어   장편 소설

김동리는 단편 「무녀도」를 1978년 『을화』라는 제목의 장편으로 개작하였다. 주요 내용과 등장인물은 「무녀도」와 매우 유사하다.

이 소설에서는 을화라는 이름의 무당이 등장한다. 주로 을화의 내력과 입무 과정, 그 속에서 겪는 꿈과 고통을 구체적으로 그린다. 또한 「무녀도」에서의 욱이처럼 기독교 신자가 되어 돌아오는 영술이라는 이름의 아들이 등장한다. 그러나 을화는 영술을 잃은 후 살아남는다는 결말이 다르다.

김동리는 "샤머니즘의 세계를 문학적으로 더욱 깊이 있게 형상화하고 죽음과 삶에 대한 문제를 제시하고자 장편 『을화』를 쓰게 되었다."라고 밝혔다. 이 작품은 신문화와 전통문화의 갈등을 넘어, 그 한계를 극복하고자 노력하는 인간의 의지를 그려낸다는 점에서 의의가 크다.

역마

#화개장터   #역마살   #운명론   #개인과운명간의갈등

⚓ 작품 길잡이

갈래: 순수 소설
배경: 시간 - 구체적 시간은 나오지 않음 / 공간 - 화개장터
시점: 3인칭 전지적 작가 시점
주제: 한국적 운명관(역마살)에의 순종과 인간성의 구현
출전: 〈백민〉(1948)

📷 인물 관계도

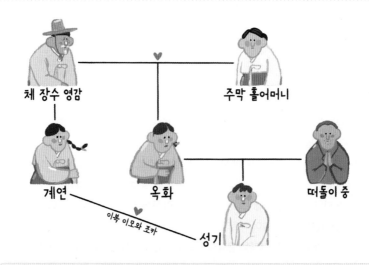

성기   역마살을 타고난 인물로 계연과의 사랑이 좌절된 후 운명에 순응하여 고향을 떠난다.
계연   성기와의 사랑을 이루지 못하고 떠난다.
옥화   주막을 운영하면서 아들의 역마살을 없애려고 하지만 실패하고 운명을 받아들인다.

📖 구성과 줄거리

발단   **체 장수 영감이 딸 계연을 옥화에게 맡기고 장사를 떠남**
체 장수 영감은 남사당패 우두머리였을 때 하동 화개장터의 주막집에서 여주인과 하룻밤 인연을 맺은 적이 있다. 36년 후 그는 어린 딸 계연을 데리고 다시 화개에 들른다. 옥화는 아들 성기와 단둘이 살면서 화개에서 주막을 하고 있다. 성기의 아버지는 떠돌이 중이어서 어디론가 떠나 버렸다. 체 장수 영감은 계연을 주막에 맡기고 장삿길을 떠난다.

전개   **옥화의 아들 성기와 계연이 서로 사랑하게 됨**
성기는 가정을 꾸리는 것에는 관심이 없고 늘 어디론가 떠돌아다니고 싶어 한다. 옥화는 역마살을 걱정하여 아들을 쌍계사에 보내고 장날에만 집에 와 머물며 장터에서 책을 팔게 한다. 여자에 관심이 없던 성기가 계연에게 관심을 보이자, 옥화는 두 사람이 혼인하여 정착하도록 하기 위해 서로 가깝게 지내도록 배려한다. 성기와 계연은 칠불사 구경을 가면서 더욱 가까워진다.

위기   **옥화는 계연이 자신의 동생이라고 예감함**
어느 날 옥화는 계연의 머리를 빗겨 주다가 왼쪽 귓바퀴 위의 조그만 사마귀를 발견한다. 옥화는 영감이 36년 전 이 주막에 들른 적이 있었다던 이야기를 떠올린다.

절정   **계연이 성기의 이복 이모라는 사실이 밝혀짐**
옥화는 체 장수 영감이 자신의 아버지이고 계연은 이복동생임을 확인한다. 성기와 계연의 사이를 우려한 옥화는 계연을 떠나 보낸다.

결말   **성기는 운명에 순응하며 길을 떠남**
계연이 떠나자 성기는 자리에 누워 앓는다. 보다 못한 옥화는 계연이 성기의 이복 이모라는 사실을 밝힌다. 성기는 마음의 상처를 입지만 홀가분한 마음으로 엿목판을 메고 하동을 향해 떠난다.

역마

'화개장터'의 냇물은 길과 함께 흘러서 세 갈래로 나 있었다. 한 줄기는 전라도 구례 쪽에서 오고 한 줄기는 경상도 쪽 화개협에서 흘러내려, 여기서 합쳐서, 푸른 산과 검은 고목 그림자를 거꾸로 비치인 채, 호수같이 조용히 돌아, 경상 전라 양 도의 경계를 그어 주며, 다시 남으로 남으로 흘러내리는 것이, 섬진강 본류였다.

하동, 구례, 쌍계사의 세 갈래 길목이라 오고 가는 나그네로 하여, '화개장터'엔 장날이 아니라도 언제나 흥성거리는 날이 많았다. 지리산 들어가는 길이 고래로 허다하지만, 쌍계사 세이암의 화개협 시오 리를 끼고 앉은 '화개장터'의 이름이 높았다. 경상 전라 양 도 접경이 한두 군데일 리 없지만 또한 이 '화개장터'를 두고 일렀다. 장날이면 지리산 화전민들의 더덕, 도라지, 두릅, 고사리들이 화갯골에서 내려오고, 전라도 황아장수^{온갖 잡화를 등에} ^{지고 팔러 다니던 장수}들의 실, 바늘, 면경, 가위, 허리끈, 주머니끈, 족집게 골 백분 들이 또한 구렛길에서 넘어오고, 하동길에서는 섬진강 하류의 해물 장수들이 김, 미역, 청각, 명태, 자반조기, 자반고등어들이 올라오곤 하여 산협^{山峽 산속의} ^{골짜기}치고는 꽤 성한 장이 서는 것이기도 했으나, 그러나 '화개장터'의 이름은 장으로 하여서만 있는 것이 아니었다.

장이 서지 않는 날일지라도 인근 고을 사람들에게 그곳이 그렇게 언제나 그리운 것은, 장터 위에서 화갯골로 뻗쳐 앉은 주막마다 유달리 맑고 시원한 막걸리와 펄펄 살아 뛰는 물고기의 회를 먹을 수 있기 때문인지도 몰랐다. 주막 앞에 늘어선 능수버들 가지 사이사이로 사철 흘러나오는 그 한 많고 멋들어진 춘향가 판소리 육자배기^{남도에서 널리 불리는 잡가의 한 가지}들이 있기 때문인지도 몰랐다. 게다가 가끔 전라도 지방에서 꾸며 나오는 남사당 여사당 협률^{協律 고대 중국에서 시를 음악에 맞추던 일} 창극 광대들이 마지막 연습 겸 첫 공연으로 여기서 으레 재주와 신명을 떨고서야 경상도로 넘어간다는 한갓 관습과 전례가 '화개장터'의 이름을 더욱 높이고 그렇게 하는 것인지도 몰랐다.

가운데도 옥화^{玉花}네 주막은 술맛이 유달리 좋고 값이 싸고 안주인, 즉 옥화의 인심이 후하다 하여 화개장터에서는 가장 이름이 난 주막이었다. 얼마 전에 그 어머니가 죽고 총각 아들 하나와 단 두 식구만으로 안주인 옥화가 돌아올 길 망연한 남편을 기다리며 살아간다는 것이라 하여 그들은 더욱 호의와 동정을 기울이는 것인지도 몰랐다. 혹 노자가 딸린다거나 행장이 불비할 때 그들은 으레 옥화네 주막을 찾았다.

"나 이번에 경상도서 돌아올 때 함께 회계하지라오."

그들은 예사로 이렇게들 말하곤 하였다.

늘어진 버들가지가 강물에 씻기고, 저녁놀에 은어가 번득이고 하는 여름철 석양 무렵이었다.

나이 예순도 훨씬 더 넘어 뵈는 늙은 체 장수 하나가, 쳇바퀴와 바닥 감들을 어깨에 걸머진 채 손에는 지팡이와 부채를 들고 옥화네 주막을 찾아왔다. 바로 그 뒤에는 나이 열대여섯 살쯤 나 뵈는 몸매가 호리호리한 소녀 하나가 조그만 보따리를 옆에 끼고 서 있었다. 그들은 무척 피곤해 보였다.

"저 큰애기까지 두 분입니까?"

옥화는 노인보다 '큰애기'의 얼굴을 바라보며 이렇게 물었다. 노인은 조용히 고개를 끄덕였다.

그날 밤 저녁상을 물린 뒤 노인은 옥화에게 인사를 청했다. 살기는 구례에 사는데 이번엔 경상도 쪽으로 벌이를 떠나온 길이라 하였다. 본시 여수가 고향인데 젊어서 친구를 따라 한때 구례에 와서도 살다가, 그 뒤 목포로 광주로 전전하였고, 나중 진도로 건너가 거기서 열 일여덟 해 사는 동안 그만 머리털까지 세어져서는, 그래 몇 해 전부터 도로 구례에 돌아와 사는 것이라 하였다. 그렇지만 저런 큰애기를 데리고 어떻게 다니느냐고 옥화가 묻는 말에 그렇잖아도 이번에는 죽을 때까지 아무 데도 떠나지 않으려고 했던 것인데 떠나지 않고는 두 식구가 가만히 굶을 판이라 할 수 없었던 것이라 하겠다.

"그럼, 저 큰애기는 하라부지^{할아버지} 딸입니까?"

옥화는 '남포불^{남포등에 켜 놓은 불. '남포'는 '램프'에서 유래한 말} 그림자가 반쯤 비긴 바람벽 구석에 붙어 앉아 가끔 그 환한 두 눈으로 이족을 바라보곤 하는 소녀의 동그스름한 어깨를 바라보며 이렇게 물었다.

노인은 또 고개를 끄덕였다. 그리 평생 객지로만 돌아다니고 나니 이제 고향 삼아 돌아온 곳이래야 또한 객지라 그들 아비 딸이 어디다 힘을 입고 살아가야 할는지 아무데도 의탁할 곳이 없다고 그들의 외로운 신세를 한탄도 했다.

"나도 젊었을 때는 노는 것을 좋아했지라오. 동무들과 광대도 꾸며 갖고 댕겨 봤는듸 젊어서 한번 바람 들어 놓게 평생 못 가기 마련이랑게…… 그것이 스물네 살 때 정초닝게 꼭 서른여섯 해 전일 것이여, 바로 이 장터에서도 하룻밤 논 일이 있었지라오."

노인은 조용히 추억의 실마리를 더듬는 듯, 방안을 두리번거리며 살펴보곤 하는 것이었다.

"어이유! 참 오래전일세!"

옥화는 자못 놀라운 시늉이었다.

이튿날은 비가 왔다.

화개장날만 책전을 펴는 성기^{性騏}는 내일 장 볼 준비도 할 겸 하루를 앞두고 절에서 마을로 내려오고 있었다.

쌍계사에서 화개장터까지는 시오 리가 좋은 길이라 해도, 굽이굽이 벌어진 물과 돌과 산협의 장려한 풍경이 언제보다 그에게 길 덜미를 내지 않게 하였다.

처음엔 글을 배우러 간다고 할머니에게 손목을 끌리다시피 하여 간 곳이

나도 젊었을 때는 노는 것을 좋아했지라오. 꼭 서른여섯 해 전일 것이여, 바로 이 장터에서도 하룻밤 논 일이 있었지라오.

어이유! 참 오래전일세!

🔘 소설 한 장면 발단 체 장수 영감이 딸 계연을 옥화에게 맡기고 장사를 떠남

절이었고, 그다음엔 손위 동무들의 사랑에 끌려다니다시피쯤 하여 왔지만 이즘 와서는 매일같이 듣는 북소리, 목탁 소리, 그리고 그 경을 치게 회맑은 은행나무, 염주나무, 이런 것까지 모두 싫증이 났다.

당초부터 어디로 훨훨 가 보고나 싶던 것이 소망이었지만, 그러나 어디로 간다는 건 말만 들어도 당장에 두 눈이 시뻘개져서 역정을 내는 어머니였다.

"서방이 있나, 일가친척이 있나, 너 하나만 믿고 사는 이년의 팔자에 너조차 밤낮 어디로 간다고만 하니 난 누굴 믿고 사냐?"

어머니의 넋두리는 인제 귀에 못이 박일 정도였다.

이러한 어머니보다도 차라리, 열 살 때부터 절에 보내어 중질을 시켰으니, 인제 역마살驛馬煞 늘 분주하게 이리저리 떠돌아다니게 된 액운 도 거진 다 풀려 갈 것이라고 은근히 마음을 늦추시는 편이던 할머니는, 성기가 세 살 났을 때 보인 그의 사주에 시천역時天驛 늦은 나이에 방랑자가 되는 사주 이 들었다 하여 한때는 얼마나 낙담을 했던 것인지 모른다. 하동 산다는 그 키가 나지막한 명주 치마저고리를 입은 할머니가 혹시 갑자을축을 잘못 짚지나 않았나 하여, 큰절쌍계사 에 있는 어느 노장에게도 가 물어보고 지리산 속에서 도를 닦아 나온다던 어떤 키 큰 영감에게도 다시 뵈어 봤지만 시천역엔 조금도 요동이 없었다.

"천성 제 애비 팔자를 따라갈려는 게지."

할머니가 어머니를 좀 비꼬아 하는 말이었으나 거기 깊은 원망이 든 것도 아니었다. 그러나 이런 말엔 각별나게 신경을 쓰는 옥화는,

"부모 안 닮는 자식 없단다. 근본은 다 엄마 탓이지."

도리어 어머니에게 오금을 박고 들었다.

"이년아 에미한테 너무 오금 박지 마라. 남사당을 붙었음, 너를 버리고 내가 그놈을 찾아갔냐, 너더러 찾아 달라 성화를 댔냐?"

그러나 서른여섯 해 전에 꼭 하룻밤 놀다 갔다는 젊은 남사당의 진양조 가락에 반하여 옥화를 배게 된 할머니나, 구름같이 떠돌아다니는 중과 인연을 맺어 성기를 가지게 된 옥화나 다같이 '화개장터' 주막에 태어났던 그녀들로서는 별로 누구를 원망할 턱도 없는 어미 딸이었다. 성기에게 역마살이 든 것은 어머니가 중 서방을 정한 탓이요, 어머니가 중 서방을 정한 것은 할머니가 남사당에게 반했던 때문이라면 성기의 역마운도 결국은 할머니가 장본이라, 이에 할머니는 성기에게 중질을 시켜서 살을 때우려고도

서둘러 보았던 것이고, 중질에서 못다 푼 살을, 이번에는 옥화가 그에게 책 장사라도 시켜서 풀어 보려는 속셈인 것이었다. 성기로서도 불경보다는 암만해도 이야기책에 끌리는 눈치요, 중질보다는 차라리 장사라도 해 보고 싶다는 소청이기도 하여, 그러나 옥화는 꼭 화개장만 보기로 다짐까지 받은 뒤, 그에게 책전을 내어 주기로 했던 것이었다.

성기가 마루 앞 축대 위에 올라서는 것을 보자 옥화는 놀란 듯이 자리에서 일어나 앉으며,

"더운데 왜 인저사 내려오냐?"

곁에 있던 수건과 부채를 집어 그에게 주었다.

지금까지 옥화에게 이야기책을 읽어 들려주고 있은 듯한 낯선 계집애는, 책 읽던 것을 멈추고 얼굴을 들어 성기를 바라보았다. 갸름한 얼굴에 흰자위 검은자위가 꽃같이 선연한 두 눈이었다. 순간, 성기는 가슴이 찌르르하며 갑자기 생기 띠어 진눈으로 집 앞에 늘어선 버들가지를 바라보았다.

얼마 뒤, 계집애는 안으로 들어가고, 옥화는 성기의 점심상을 차려 들고 나와서,

"체 장수 딸이다."

하였다. 어머니도 즐거운 얼굴이었다.

"체 장수라니?"

성기는 밥상을 받은 채, 그러나 얼른 숟가락을 들지도 않고, 그의 어머니의 얼굴을 쳐다보았다.

"구례 산다더라. 이번에 어쩌면 하동으로 해서 진주 쪽으로 나가 볼 참이라는데 어제저녁에 화갯골로 들어갔다."

그리고 저 딸아이는 그 체 장수의 무남독녀인데 영감이 화갯골 쪽으로 들어갔다 나와서, 하동 쪽으로 나갈 때 데리고 가겠다고, 하도 간청을 하기에 그동안 좀 맡아 있어 주기로 했다면서, 옥화는 성기의 눈치를 살피듯 그의 얼굴을 물끄러미 바라보았다.

"화갯골에서는 며칠이나 있겠다던고?"

"들어가 보고 재미나면 지리산 쪽으로 깊이 들어가 볼 눈치더라."

그리고 나서, 옥화는 또,

"그래도 그런 사람의 딸같이는 안 뵈지?"

하였다. 계연契妍이란 이름이었다.

성기는 잠자코 밥숟가락을 들었다. 그러나 밥은 반도 먹지 않고, 상을 물려 버렸다.

이튿날 성기가 책전에 있으려니까, 그 체 장수 딸이 그의 점심을 이고 왔다. 집에서 장터까지래야 소리 지르면 들릴 만한 거리였지만, 그래도 전날늘 이고 다니던 '상돌 엄마'가 있을 터인데 이렇게 벌써 처녀티가 나는 남의 큰애기더러 이런 사환심부름을 함. 또는 심부름을 시킴을 시켜 미안하단 생각이 들었다. 그러나 정작 그녀 쪽에서는 그러한 빛도 없이, 그 꽃송이같이 화안한 두 눈에 웃음까지 담은 채, 그의 앞에 밥함지를 공손스레 놓고는, 떡과 엿과 참외들을 팔고 있는 음식전 쪽으로 곧장 눈을 팔고 있었다.

"상돌 엄만 어디 갔는디?"

성기는 계연의 그 아리따운 두 눈에서 흥건한 즐거움을 가슴으로 깨달으며, 그러나 고개는 엉뚱한 방향으로 돌린 채, 차라리 거친 음성으로 이렇게 물었다.

"손님이 마루에 가뜩 찼는디 상돌 엄마가 혼자사 바삐 서두닝께 어머니가 지더러 갖고 가라 했어요."

그동안 거의 입을 열어 말하는 일이 없었던 계연은, 성기가 묻는 말에, 의외로 생경한 전라도 쪽 토음±흡 방언으로 이렇게 말했다. 그 가냘프고 갸름한 어깨와 목하며, 어디서 그렇게 힘차고 괄괄한 음성이 울려 나오는 것인지 알 수가 없었다. 한 줌이나 될 듯한 가느다란 허리와 호리호리한 몸매에 비하여 발달된 팔다리와 토실토실한 두 손등과 조그맣게 도톰한 입술을 가진 탓인지도 몰랐다.

"계연아, 오빠 세숫물 놔 드려라."

이튿날 아침에도 옥화는 상돌 엄마를 부엌에 둔 채 역시 계연에게 성기의 시중을 들게 하였다. 세숫물을 놓는 일뿐 아니라 숭늉 그릇을 들고 다니는 것이나 밥상을 차려 오는 것이나 수건을 찾아 주는 것이나 성기에 따른 시중은 모조리 그녀로 하여금 들게 하였다. 그러고는,

"아이가 맘이 컴컴치 않고, 인정이 있고, 얄미운 데가 없어."

옥화는 자랑 삼아 이런 말도 하였다.

"저의 아버지는 웬일인지 반 억지 비슷하게 거저 곧장 나만 믿겠다고, 아주 양딸처럼 나한테다 맡기구 싶은 눈치더라만……."

옥화는 잠깐 말을 끊어서 성기의 낯빛을 살피고 나서 다시,

"그래 너한테도 말을 들어 봐야겠고 해서 거저 대강 들을 만하고 있었잖냐······. 언제 한번 데리고 가서 칠불^{七佛} 일곱 부처 구경이나 시켜 줘라."

하는 것이, 흡사 성기의 동의를 구하는 모양 같기도 하였다.

그리고 나서 옥화는 계연의 말을 옮겨, 구례 있는 저의 집이래야 구례 읍에서 외따로 떨어진 무슨 산기슭 밑에 이웃도 없이 있는 오막살인가 보더라고도 하였다.

"그럼 살림은 어쩌고 나왔을까?"

"살림이래야 그까진 거 머 방문에 자물쇠 채워 두었으면 그만 아냐, 허지만 그보다도 나그넷길에 데리고 나선 계연이가 걱정이지."

이러한 옥화의 말투로 보아서는 체 장수 영감이 화갯골에서 나오는 대로 계연을 아주 양딸로 정해 둘 생각인 듯이도 보였다. 다만 성기가 꺼릴까 보아 이것만을 저어하는 눈치 같았다. 지금까지 몇 번이나 옥화는 성기더러 장가를 들라고 권했으나 그는 응치 않았고, 집에 술 파는 색시를 몇 차례나 두어도 보았지만 색시 쪽에서 간혹 성기에게 말썽을 내인 적은 있어도 성기가 색시에게 그러한 마음을 두는 일은 한 번도 있은 적이 없어, 이러한 일들로 해서, 이번에도 옥화는 그녀로 하여금 성기의 미움이나 받지 않게 할 양으로 그녀의 좋은 점만 이야기하는 듯한 눈치 같기도 하였다.

아랫집 실과 가게에서 성기가 짚신 한 켤레를 사 들고 오려니까 옥화는 비죽이 웃는 얼굴로 막걸리 한 사발을 그에게 떠 주며,

"오늘 날씨가 너무 덥잖냐?"

고 하였다. 술 거를 때 누구에게나 맛 뵈기 떠 주기를 잘하는 옥화였다. 계연이는 방에서 옷을 갈아입고 있었다.

"계연아, 너도 빨리 나와, 목마를 텐데 미리 좀 마시고 가거라."

옥화는 방을 향해서도 이렇게 소리를 질렀다.

항라^{亢羅} 명주실, 모시실, 무명실 따위로 짜는 피륙의 한 가지 적삼에 가는 삼베 치마를 갈아입고 나오는 계연은 그 선연한 두 눈의 흰자위 검은자위로 인하여 물에 어리인 한 송이 연꽃이 떠오르는 듯하였다.

"꼭 스무 해 전에 내가 입었던 거다."

옥화는 유감^{有感} 느끼는 바가 있음 한 듯이 계연의 옷맵시를 살펴 주며 말했다.

"어제 꺼내서 품을 좀 주여 놨더니만 청승스리 맞는고나, 보기 보단 품을 여

간 많이 입잖는다, 이 앤…… 자, 얼른 마셔라, 오빠 있음 무슨 내외할 사이냐?"

그러자 계연은 웃는 얼굴로 술잔을 받아 들고 방으로 들어가 마시고 나오는 모양이었다.

성기는 먼저 수양 버드나무 밑에 와서 새 신발에 물을 축이었다. 계연이도 곧 뒤를 따라 나섰다. 어저께 성기가 칠불암까지 책값 수금 관계로 좀 다녀올 일이 있다고 했더니, 옥화가 그러면 계연이도 며칠 전부터 산나물을 캐러 간다고 벼르는 중이고, 또 칠불암 구경은 어차피 한 번 시켜 주어야 할 게고 하니, 이왕이면 좀 데리고 가잖겠느냐고 하였다.

성기는 가슴도 좀 뛰고, 그래서, 나물을 내가 어떻게 아느냐고, 싫다고 했더니 너더러 누가 나물까지 캐라느냐, 앞에서 길만 끌어 주면 되잖느냐고 우기어, 기승한 어머니에게 성기는 더 항변을 못하고 말았던 것이다.

성기는 처음부터 큰길을 버리고, 사람이 잘 다니지 않는, 수풀 속 산길을 돌아가기로 하였다. 원체가 지리산 밑이요, 또 나뭇길도 본디부터 똑똑히 나 있지 않는 곳이라, 어려서부터 자라난 고장이라곤 하지만 울울한 수풀 속에서 성기는 몇 번이나 길을 잃은 채 헤매곤 하였다.

쳐다보면 위로는 하늘을 찌를 듯한 높은 산봉우리요, 내려다보면 발아래는 바다같이 뿌우연 수풀뿐, 그 위에 흰 햇살만 물줄기처럼 내리퍼붓고 있었다. 머루, 다래, 으름은 이제 겨우 파랗게 메아리 쳐 있고, 가지마다 새빨간 복분자, 오디는 오히려 철이 겨운 듯한 머리 까맣게 먹물이 돌았다.

성기는 제 손으로 다듬은 퍼런 아가위나무 가지로 앞에서 칡덩굴을 헤쳐 가며 가고 있는데, 계연은 뒤에서, 두릅을 꺾는다, 딸기를 딴다, 하며 자꾸 혼자 처지곤 하였다.

"빨리 오잖고 뭘 하나?"

성기가 걸음을 멈추고 서서 나무라면 계연은 딸기를 따다 말고, 두릅을 꺾다 말고, 그 조그맣고 도톰한 입술을 꼭 다물고는 뛰어오는 것인데, 한참만 가다 보면 또 뒤에 떨어지곤 하였다.

"아이고머니 어쩔꺼나!"

갑자기 뒤에서 계연이가 소리를 질렀다. 돌아다보니 떡갈나무 위에서, 가지에 치맛자락이 걸려 있다. 하필 떡갈나무에는 뭣 하러 올라갔을 까고, 곁에 가 쳐다보니, 계연의 손이 닿을 만한 위치에 그 아래쪽 딸기나무 가지가 넘어와 있다. 딸기나무에는 가시가 있고 또 비탈에서 있어 올라갈 수가 없으니까, 그 딸기나무와 가지가 서로 얽힌 떡갈나무 쪽으로 올라간 모양이었다. 몸을 구부려 손으로 치맛자락을 벗기려면 간신히 잡고 서 있는 윗가지에서 손을 놓아야 하겠고, 손을 놓았다가는 당장 나무에서 떨어질 형편이다. 나무 아래서 쳐다보니 활짝 걷어 올려진 베치마 속에, 정강마루까지를 채 가루지 못한 짤막한 베고의가 흰한 햇살을 받아 그 안의 뽀오얀 것을 그대로 보여 주고 있었다.

성기는 짚고 있던 생나무 지팡이로 치맛자락을 벗겨 주려 하였으나, 지팡이가 짧아서 그렇겠지만 제 자신도 모르게, 지팡이 끝은 계연의 그 발가스레하고 매초롬한 종아리만을 자꾸 건드리고 있었다.

"아이 싫어! 남에서 떨어진당게!"

계연은 소리를 질렀다. 게다가 마침 다람쥐란 놈까지 한 마리 다래 넌출
<small>길게 뻗어 나가 너덜너덜 늘어진 식물의 줄기</small>
위로 타고 와서, 지금 막 계연이가 잡고 서 있는 떡갈나무 가지 위로 건너뛰려 하고 있다.

"아 곧 떨어진당게! 그 막대로 저 다램이나 때려 줬음 쓰겠는듸."

계연은 배 아래를 거진 햇살에 흰히 드러내인 채 있으면서도 다래 넌출 위에서 이쪽을 건너다보고 그 요망스런 턱주가리를 쫑긋거리고 있는 다람쥐가 더 안타까운 모양으로 또 이렇게 소리를 질렀다.

"요놈의 다램이가……."

성기는 같은 나무 밑둥치에까지 올라가서야 겨우 계연의 치맛자락을 벗겨 주고, 그러고는 막대로 다시 조금 전에 다람쥐가 앉아 있던 다래 넌출도 한 번 툭 쳤다. 이 소리에 놀랐는지 산비둘기 몇 마리가 '푸드득' 하고 아래쪽 머루 넌출 위로 날아갔다.

"샘물이 있어야 쓰겠는듸."

계연은 치맛자락을 걷어 올려 이마의 땀을 씻으며 이렇게 말했다.

모롱이를 돌아 새로운 산줄기를 탈 때마다 연방 더 우악스런 멧부리요, 어두운 수풀을 지나 환하게 열린 하늘을 내다볼 때마다 바다같이 질편한 골짜기에 차 있느니 머루, 다래 넌출이요, 딸기, 칡의 햇덩굴이다. 산속으로 들어갈수록 여기저기서 난장판으로 뻐꾸기들은 울고, 이따금씩 낄낄거리고 골을 건너 날아가는 꿩 울음소리마저 야지의 가을 벌레 소리 듣는 듯 신산을 더했다.

해는 거진 하늘 한가운데를 돌아 바야흐로 머리에 불을 끼었고, 어두운 숲 그늘 속에는 해삼 같은 시꺼먼 달팽이들이 허연 진물을 토한 채 땅에 붙

어 늘어졌다.

햇살이 따갑고, 땀이 흐르고, 목이 마를수록 성기들은 자꾸 넌출 속으로만 들짐승들처럼 파묻히었다. 나무딸기, 덤불 딸기, 산 복숭아, 아가위, 오디, 손에 닿는 대로 따서 연방 입에 가져가지만 입에 넣으면 눈 녹듯 녹아질 뿐, 떨적지근한 침을 삼키면 그만이었다. 간혹 이에 걸린다는 것이 아직 익지 않은 산 복숭아, 아가위 따위인데, 딸기 녹은 침물로는 그 쓰고 떫은 볼에까지 묻어졌다. 먹을수록 목이 마른 딸기를 계연은 그 새파란 산 복숭아서껀^{산 복숭아랑 함께}, 둥그런 칡 잎으로 하나 가득 따서 성기에게 주었다. 성기는 두 손바닥 위에다 그것을 받아서는 고개를 수그려 물을 먹듯 입을 대어 먹었다. 먹고 난 칡 잎은 아무렇게나 넌출 위로 던져 버린 채 칡 넌출이 담뿍 감겨 있는 다래 덩굴 위에 비스듬히 등을 대이고 누웠다.

계연은 두 번째 또 칡 잎의 것을 성기에게 주었다. 성기는 성가신 듯이 그냥 비스듬히 누운 채 그것을 그대로 입에 들이부어 한입 가득 물고는 나머지를 그냥 넌출 위로 던졌다. 그리고 그는 곧 코를 골기 시작하였다.

세 번째 칡 잎에다 딸기 알 머루 알을 골라 놓은 계연은 그러나 성기가 어느덧 잠이 들어 있음을 보자 아까 성기가 하듯 하여 이번엔 제가 먹어 치웠다.

"참 잘도 잔당게."

계연은 혼잣말로 중얼거리며 자기도 다래 덩굴에 등을 대이고 비스듬히 드러누워 보았으나 곧 재채기가 났다. 목이 몹시 말랐다. 배도 고팠다.

갑자기 뻐꾸기 소리가 무서웠다.

"덩굴 속에는 샘물이 없는가?"

계연은 덩굴을 헤치고 한참 들어가다 문득 모과나무 가지에 이리저리 얽히고 주렁주렁 열린 으름 덩굴을 발견하였다.

"이것이 익어 있음 쓰겠는듸."

계연은 이렇게 중얼거리며 아직도 파아란 오이를 만지듯 딴딴하고 우들우들한 으름을 제일 큰 놈으로만 세 개를 골라 따 쥐었다. 그리하여 한나절 동안 무슨 열매든지 손에 닿는 대로 마구 따 입에 넣곤 하던 버릇으로 부지중 입에 가져가 한번 덥석 물어 떼었더니 이내 비릿하고 떫직스레한 풀 같은 것이 입에 하나 가득 끼었다.

"아, 풋내 나!"

계연은 입안의 것을 뱉고 나서 성기 곁으로 갔다. 해는 벌써 점심때도 겨운 듯 갈증과 함께 시장기도 들었다.

"일어나 샘물 찾아가장게."

계연은 성기의 어깨를 흔들었다.

성기는 눈을 떴다.

계연은 당황하여, 쥐고 있던 새파란 으름 두 개를 성기의 코끝에 내어 밀었다. 성기는 몸을 일으켜 그녀의 둥그스름한 어깨와 목덜미를 껴안았다. 그러고는 입술이 포개졌다.

그녀의 조그맣고 도톰한 입술에서는 한나절 먹은 딸기, 오디, 산 복숭아, 으름들의 달짝지근한 풋내와 함께, 황토 흙을 찌는 듯한 향긋하고 고수한 고기 냄새가 느껴졌다.

까악까악하고 난데없는 가마귀 한 마리가 그들의 머리 위로 울며 날아갔다.

"칠불은 아직 멀지라?"

계연은 다래 덩굴에 걸어 두었던 점심을 벗겨 들었다.

화갯골로 들어간 체 장수 영감은 보름이 넘도록 돌아오지 않았다. 떠날 때 한 말도 있고 하니 지리산 속으로 아주 들어간 모양이라고, 옥화와 계연은 생각하고 있었다.

오빠, 이거 먹어 봐.

🏀 소설 한 장면 　전개　 옥화의 아들 성기와 계연이 서로 사랑하게 됨

"산중에서 아주 여름을 내시는 갑네."

옥화는 가끔 이런 말도 하였다. 그리고 그들은 끈기 있게 이야기책을 들고 앉곤 하였다. 계연의 약간 구성진 전라도 지방 토음은 날이 갈수록 점점 더 맑고 처량한 노래 조를 띠어 왔다.

그동안 옥화와 계연의 사이에 생긴 새로운 사실이 있다면, 옥화가 계연의 왼쪽 귓바퀴 위에 있는 조그만 사마귀 한 개를 발견한 것쯤이었다.

어느 날 아침, 그녀의 머리를 빗어 땋아 주고 있던 옥화는 갑자기 정신을 잃은 사람처럼 참빗 쥔 손을 부들부들 떨고 있었다.

"어머니, 왜 그리여?"

계연이 놀라 물었으나 옥화는 그녀의 두 눈만 멀거니 바라보고 있을 따름 말이 없었다.

"어머니, 왜 그러시여?"

계연이 또 한번 물었을 때, 옥화는 겨우 정신이 돌아오는 듯, 긴 한숨을 내쉬며,

"아무것도 아니다."

하고, 다시 빗질을 시작하는 것이었다.

계연은 속으로 이상한 생각이 들었으나 아무것도 아니라는 옥화에게 다시 더 캐어물을 도리도 없었다.

이튿날 옥화는 악양에 볼일이 좀 있어 다녀오겠노라면서 아침 일찍이

어머니, 왜 그리여?

아무것도 아니다.

📖 소설 한 장면 위기 옥화는 계연이 자신의 동생이라고 예감함

머리를 빗고 떠났다. 성기는 큰방에서 낮잠을 자고 있었다. 소나기가 왔다. 계연이가 밖에서 빨래를 걷어 안고 들어오면서,

"어쩔 거나, 어머니 비 만나시겠는듸!"

하였다. 그녀의 치맛자락은 바깥의 신선한 비바람을 묻혀다 성기의 자는 낯을 스쳐 주었다. 성기는 눈을 뜨는 결로 손을 뻗쳐 그녀의 치맛자락을 거머잡았다. 그녀는 빨래를 안은 채 고개를 획 돌이켜 성기의 얼굴을 가만히 바라보았다. 그녀의 두 볼에 바야흐로 조그만 보조개가 패려 할 때, 밖에서 인기척이 났다.

"어머니, 옷 다 젖겠는듸!"

또 한 번 이렇게 말하며, 계연은 마루로 나갔다. 성기는 어느덧 또 코를 골기 시작하였다.

성기가 다시 잠이 깨었을 때는, 손님들이 마루에서 막걸리를 마시고 있었다. 계연은 그들의 치다꺼리를 해 주고 있는 모양으로 부엌에서,

"명태랑 풋고추밖엔 안주가 없는듸!"

하고 소리가 났다.

나중 손님들이 돌아간 뒤, 성기는 그녀더러,

"어머니 없을 땐 손님 받지 말라고."

약간 볼멘 소리로 이런 말을 하였다.

"허지만 오늘 해 넘김, 이 술은 시어질 것인듸, 그냥 두면 어머니 오셔서 화내시지 않을 것이오?"

계연은 성기에게 타이르듯이 이렇게 말했다. 조금 뒤 그녀는 다시 웃는 낯으로 성기 곁에 다가서며,

"오빠, 날 면경 하나만 사 주시오. 똥그란 놈이 꼭 한 개만 있었음 쓰겠는듸."

하였다. 이튿날이 마침 장날이라 성기는 점심을 가지고 온 그녀에게 미리 사 두었던 조그만 면경 하나와 찰떡을 꺼내 주었다.

"아이고머니!"

면경과 찰떡을 보자, 계연은 놀란 듯이 소리를 질렀다. 그녀는 그 꽃 같은 두 눈에 웃음을 담뿍 담은 채 몇 번이나 면경을 들여다보곤 하더니, 그것을 품속에 넣고는 성기가 점심을 먹고 있는 곁에 돌아앉아 어느덧 짝짝 소리까지 내며 찰떡을 먹고 있었다.

성기는 남이 보지 않게 전 앞에 사람 그림자가 얼씬할 때마다 자기의 몸

을 이리저리 움직여서 그것을 가려 주었다. 딴은 떡뿐 아니라 참외고 복숭아고 엿이고 유과고 일체 군것을 유달리 좋아하는 그녀의 성미인 듯하였다. 집 앞으로 혹 참외 장수나 엿장수가 지나가는 것을 보면 계연은 골무를 깁거나 바늘겨레ᵇ바늘 꽂아 두는 물건. 바늘방석를 붙이다 말고, 튀어 일어나 그것들이 시야에서 사라질 때까지 멀거니 바라보며 서 있곤 하였다.

한번은 성기가 절에서 내려오려니까, 어머니는 어디 갔는지 눈에 띄지 않고, 그녀만이 마루 끝에 걸터앉은 채 이웃 주막의 놈팡이 하나와 더불어 참외를 먹고 있었다. 성기를 보자 좀 무안스러운 듯이 얼굴을 약간 붉히며 곧 일어나 반가운 표정을 지어 보였다.

"아, 오빠!"

"……."

그러나 성기는 그러한 그녀를 거들떠도 보지 않고 그대로 자기의 방으로만 들어가 버렸다. 계연은 먹던 참외도 마루 끝에 놓은 채 두 눈이 휘둥그레 성기의 뒤를 따라왔다.

"오빠 왜?"

"……."

"응, 왜 그리여?"

"……."

그러나 성기는 아무런 대꾸도 없었다. 그녀가 두 팔을 성기의 어깨 위에 얹어, 그의 목을 껴안으려 했을 때, 성기는 맹렬히 몸을 뒤틀어 그녀의 팔을 뿌리치고는 돌연히 미친 것처럼 뛰어들어 따귀를 때리기 시작하였다.

처음 그녀는,

"오빠, 오빠!"

하고 찡그린 얼굴로 성기를 쳐다보며 두 손을 내어 밀어 그의 매질을 막으려 하였으나, 두 차례 세 차례 철썩철썩하고, 그의 손이 그녀의 얼굴에 와 닿자 방구석에 가 얼굴을 쿡 처박은 채 얼마든지 그의 매질에 몸을 맡기듯이 하고 있었다.

이튿날 장에 점심을 가지고 온 계연은 그 작고 도톰한 입술을 꼭 다문 채, 말이 없었으나, 그의 꽃같이 선연한 두 눈엔 어저께의 일에 깊은 적의도 원한도 품어 있지 않은 듯하였다.

그날 밤 그녀가 혼자 강가에 나와 있는 것을 보고, 성기는 그녀의 뒤를 쫓아 나갔다. 하늘엔 별이 파랗게 빛나고 있었으나 나무 그늘은 강가를 칠야같이 뒤덮어 있었다.

"오빠."

계연은 성기가 바로 그녀의 곁에까지 왔을 때 일어나 성기의 턱 앞으로 바싹 다가 들어서며 낮은 목소리로 이렇게 불렀다.

"오빠, 요즘은 어쩌자고 만날 절에만 노 있는 것이여?"

그 몹시도 굴곡이 강렬한 전라도 지방 토음이 이렇게 속삭이었다.

그즈음 성기는 장을 보러 오는 날 이외에는 절에서 일체 내려오지를 않았다. 옥화가 악양 명도에게 갔다 소나기에 젖어 돌아온 뒤부터는, 어쩐지 그와 그녀의 사이를 전과 달리 경계하는 듯한 눈치라, 본래 심장이 약하고 남의 미움 받기를 유달리 싫어하는 그는, 그러한 어머니에 대한 노여움도 있고 하여 기어코 절에서 배겨 내려 했던 것이었다.

이날 밤만 해도 계연의 물음에, 성기가 무어라고 대답도 채 하기 전에, '계연아, 계연아!' 하는, 옥화의 목소리가 또 어느덧 들려오고 있었다. 성기는 콧잔등을 찌푸리며 말을 하려다 말고 입을 다물어 버렸다.

'아, 어머니도 어쩌면 저다지 야속할까?'

성기는 갑자기 목이 뿌듯해졌다.

반딧불이 지나갔다. 계연은 돌 위에 걸터앉아, 손으로 여뀌 풀을 움켜잡으며, 혼잣말같이, 또 무어라 속삭이는 것이었으나 냇물 소리에 가리어 잘 들리지 않았다.

이튿날 아침 일찍이 성기가 방 안으로, 부엌으로 누구를 찾으려는 듯 기웃기웃하다가 좀 실망한 듯한 낯으로 그냥 절로 올라가고 말았을 때, 그녀는 역시 이 여뀌 풀 있는 냇물 가에서 걸레를 빨고 있었던 것이다.

사흘 뒤에 성기가 다시 절에서 내려오니까, 체 장수 영감은 마루 위에서 막걸리를 마시고 있고, 계연은 고개를 떨어버린 채 마루 끝에 걸터앉아 있었다. 머리를 감아 빗고 새옷—새옷이래야 전날의 그 항라 적삼을 다시 빨아 다린 것—을 갈아입고, 조그만 보따리 하나를 곁에 두고, 슬픔에 잠겨 있던 계연은, 성기를 보자 그 꽃같이 선연한 두 눈에 갑자기 기쁨을 띠며 허리를 일으켰다. 그러나 바로 그다음 순간, 그 노기를 띤 듯한 도톰한 입술은 분명히 그들 사이에 일어난 어떤 절박하고 불행한 사실을 전하고 있었다.

막걸리 사발을 들어 영감에게 권하고 있던 옥화는 성기를 보자,

"계연이가 시방 떠난단다."

대번에 이렇게 말했다.

옥화의 말을 들으면, 영감은 그날, 성기가 절로 올라가던 날 저녁때에 돌아왔었더라는 것이었다. 그 이튿날이니까, 즉 어저께, 영감은 그녀를 데리고 떠나려고 하는 것을 하루 더 쉬어 가라고 만류를 해서, 그래 오늘 아침엔 일찍이 떠난다고 이렇게 막 행장을 차려서 나서는 길이라 하였다.

그러나 이것은 실상 모두 나중 다시 들어서 알게 된 것이었고, 처음은 그저 쇠뭉치로 돌연히 머리를 얻어맞은 것같이 골치가 띵하며, 전신의 피가 어느 한곳으로 쫙 모이는 듯한, 양쪽 귀가 머리 위로 쫑긋이 당기어 올라가는 듯한, 혀가 목구멍 속으로 말려 들어가는 듯한, 눈언저리에 퍼러런 불이 번쩍번쩍 일어나는 듯한, 어지러움과 노여움과 조마로움이 한데 뭉치어 발끝에서 머리끝까지의 그의 전신을 어디로 휩쓸어 가는 듯만 하였다. 그는 지금껏 이렇게까지 그녀에게 마음이 가 있어 떨어질 수 없게 되었으리라고는 너무도 뜻밖이었다. 그것이 이제 영원히 헤어지려는 이 순간에 와서야 갑자기 심지에 불을 켜듯 확 타오를 마련이던가, 하는 것이 자꾸만 꿈과 같았다. 자칫하면 체면도 염치도 다 놓고 엉엉 울음이 터질 것만 같이 목이 징징 우는 것을, 그러는 중에서도 이 얼굴을 어머니에게 보여서는 아니 된다는 의식에서 떨리는 입술을 깨물며, 마루 끝에 궁둥이를 찧듯 털썩 앉아 버렸다.

"아들이 참 잘생겼소."

영감은 분명히 성기를 두고 하는 말인 모양이었다. 그러나 성기는 그쪽으로 고개를 돌려 보지 않은 채, 그들에게 무슨 적의나 품은 듯이 앉아 있었다.

옥화는 그동안 또 성기에게 역시 그 체 장수 영감의 이야기를 전해 들려주고 있는 모양이었다. 지리산 속에서 우연히 옛날 고향 친구의 아들이 된다는 낯선 젊은이 하나를 만났다. 그는 영감의 고향인 여수에서 큰 공장을 경영하는 실업가로, 지리산 유람을 들어왔다가 이야기 끝에 우연히 서로 알게 되었다. 그는 영감에게 함께 고향으로 돌아가 살자고 했다. 영감은 문득 고향 생각도 날 겸 그 청년의 도움으로 어떻게 형편이 좀 필 것같이도 생각되어 그를 따라 여수로 돌아가기로 결정을 하고 나오는 길이라……,

옥화가 무어라고 한참 하는 이야기는 대개 이러한 의미인 듯하였으나, 조마롭고 어지럽고 노여움으로 이미 두 귀가 멍멍하여진 그에게는 다만 벌떼처럼 무엇이 왕왕거릴 뿐 아무것도 분명히 들리지 않았다.

"막걸리 맛이 어찌나 좋은지 배가 부르당게."

그동안 마지막 술잔을 들이키고 난 영감은 부채와 지팡이를 집어 들면서 이렇게 말했다.

"여수 쪽으로 가시게 되면 영영 못 보게 되겠구만요."

옥화도 영감을 따라 일어서며 이렇게 말했다.

"사람 일을 누가 알간듸, 인연 있음 또 볼 터이지."[1]

영감은 커다란 미투리^{삼 껍질, 모시 따위로 짚신처럼 삼은 신}에 발을 끼며 말했다.

"아가, 잘 가거라."

옥화는 계연의 조그만 보따리에다 돈이 든 꽃주머니 하나를 정표로 넣어 주며 하직을 하였다.

계연은 애걸하듯 호소하듯 붉은 두 눈으로 한참 동안 옥화의 얼굴을 쳐다보고만 있었다.

"또 오너라."

옥화는 계연의 머리를 쓸어 주며 다만 이렇게 말하였고, 그러자 계연은 옥화의 가슴에다 얼굴을 묻으며 엉엉 소리를 내어 울기 시작하였다.

옥화가 그녀의 그 물결같이 흔들리는 둥그스름한 어깨를 쓸어 주며,

"그만 울어, 아버지가 저기 기다리고 계신다."

하는 음성도 이젠 아주 풀이 죽어 있었다.

"그럼 편히 계시요."

영감은 옥화에게 하직을 하였다.

"하라부지 거기 가 보시고 살기 여의찮거든 여기 와서 우리하고 같이 삽시다."

옥화는 또 한 번 이렇게 당부하는 것이었다.

"오빠, 편히 사시오."

계연은 이미 시뻘겋게 된 두 눈으로 성기의 마지막 시선을 찾으며 하직

---

1) 운명론적 세계관이 드러나 있다. 등장인물들이 보이는 공통적인 태도로, 작품 전체의 주제인 운명에 대한 인식과 순응을 보여 준다.

인사를 했다.

성기는 계연의 이 말에 꿈을 깬 듯, 마루에서 벌떡 일어나, 계연의 앞으로 당황히 몇 걸음 어뜩어뜩 걸어오다간, 돌연히 다시 정신이 나는 듯 그 자리에 화석처럼 발이 굳어 버린 채, 한참 동안, 장승같이 계연의 얼굴만 멍하게 바라보고 있었다.

"오빠, 편히 사시오."

이렇게 두 번째 하직을 하는 순간까지도, 계연의 그 시뻘건 두 눈은 역시 성기의 얼굴에서 그 어떤 기적과도 같은 구원만을 기다리는 것이었고 그러나, 성기는 그 자리에 그냥 주저앉아 버릴 뻔하던 것을 겨우 버드나무 가지를 움켜잡을 수 있었을 뿐이었다.

계연의 시뻘겋게 상기된 얼굴은, 옥화와 그녀의 아버지가 지켜보고 있다는 것도 잊은 듯이 성기의 얼굴만 뚫어지게 바라보고 있었으나, 버드나무에 몸을 기대인 성기의 두 눈엔 다만 불꽃이 활활 타오를 뿐, 아무런 새로운 명령도 기적도 나타나지 않았다.

"오빠, 편히 사시오."

하고, 거의 울음이 다 된, 마지막 목소리를 남기고 돌아선 계연의 저만치 가고 있는 항라 적삼을, 고운 햇빛과 늘어진 버들가지와 산울림처럼 울려 오는 뻐꾸기 울음 속에, 성기는 우두커니 지켜보고 있을 뿐이었다.

성기가 다시 자리에서 일어나게 된 것은 이듬해 우수, 경칩도 다 지나, 청명 무렵의 비가 질금거릴 즈음이었다. 주막 앞에 늘어선 버들가지는 다시 실같이 푸르러지고 살구, 복숭아, 진달래들이 골목 사이로 산기슭으로 울긋불긋 피고 지고 하는 날이었다.

아들의 미음상을 차려 들고 들어온 옥화는 성기가 미음 그릇을 비우는 것을 보자, 이렇게 물었다.

"아직도 너, 강원도 쪽으로 가 보고 싶냐?"

"……."

성기는 조용히 고개를 돌렸다.

"여기서 장가들어 나랑 같이 살겠냐?"

"……."

성기는 역시 고개를 돌렸다.

그해 아직 봄이 오기 전, 보는 사람마다 성기의 회춘^{回春 중한 병에서 회복되어 건강을 되찾음}을 거의 다 단념하곤 하였을 때, 옥화는 이왕 죽고 말 것이라면, 어미의 맘속이나 알고 가라고 그래, 그 체 장수 영감은, 서른여섯 해 전 남사당을 꾸며 와 이 '화개장터'에 하룻밤을 놀고 갔다는 자기의 아버지임에 틀림이 없었다는 것과, 계연은 그 왼쪽 귓바퀴 위의 사마귀로 보아 자기의 동생임이 분명하더라는 것을, 동정하노라면서, 자기의 왼쪽 귓바퀴 위의 같은 검정 사마귀까지를 그에게 보여 주었다.

"나도 처음부터 영감이 '서른여섯 해 전'이라고 했을 때 가슴이 섬뜩하긴 했다. 그렇지만 설마 했지, 그렇게 남의 간을 뒤집어 놀 줄이야 알았나. 하도 아슬아슬해서 이튿날 악양으로 가 명도까지 불러 봤더니 요것도 남의 속을 빤히 디려다보려나 보는 듯이 재줄대는구나, 차라리 망신을 했지."

옥화는 잠깐 말을 그쳤다. 성기는 두 눈에 불을 켜듯 한 형형한 광채를 띠고, 그 어머니의 얼굴을 쳐다보고 있었다.

"차라리 몰랐으면 또 모르지만 한번 알고 나서야 인륜이 있는듸 어찌겠냐."

그리고 부디 에미 야속타고나 생각지 말라고 옥화는 아들의 뼈만 남은 손을 눈물로 씻었다. 옥화의 이 마지막 하직같이 하는 통정 이야기에 의외로도 성기는 도로 힘을 얻은 모양이었다.[1] 그 불타는 듯한 형형한 두 눈으로 천장을 한참 바라보고 있던 성기는 무슨 새로운 결심이나 하듯 입술을 지그시 깨물고 있었다.

아버지를 찾아 강원도 쪽으로 가 볼 생각도 없다. 집에서 장가들어 살림을 할 생각도 없다, 하는 아들에게, 그러나, 옥화는 이제 전과 같이 고지식한 미련을 두는 것도 아니었다.

"그럼 어쩔랴냐? 너 좋을 대로 해라."

"……."

성기는 아무런 말도 없이 도로 자리에 드러누워 버렸다.

그리고 나서 한 달포나 넘어 지난 뒤였다.

성기가 좋아하는 여러 가지 산나물이 화갯골에서 연달아 자꾸 내려오는

---

1) 어머니에 대한 원망과 계연에 대한 사랑과 같은 복잡한 감정으로부터 자유로워지고, 현실을 받아들임으로써 오히려 마음이 편안해진 것이다.

이른 여름의 어느 장날 아침이었다. 두릅회에 막걸리 한 사발을 쭉 들이켜고 난 성기는 옥화더러,

"어머니 나 엿판 하나만 맞춰 주."[1]

하였다.

"……."

옥화는 갑자기 무엇으로 머리를 얻어맞은 듯이 성기의 얼굴을 멍하니 바라보고 있었다.

그런지도 다시 한 보름이나 지나, 뻐꾸기는 또다시 산울림처럼 건드러지게 울고, 늘어진 버들가지엔 햇빛이 젖어 흐르는 아침이었다. 새벽녘에 잠깐 가는 비가 지나가고, 날은 다시 유달리 맑게 개인 '화개장터' 삼거리 길 위에서, 성기는 그 어머니와 하직을 하고 있었다. 갈아입은 옥양목 고의적삼에, 명주 수건까지 머리에 질끈 동여매고 난 성기는, 새로 맞춘 새하얀 나무 엿판을 질빵 해서 느직하게 엉덩이 즈음에다 걸었다. 위 목판에는 새하얀 가락엿이 반 넘어 들어 있었고, 아래 목판에는 팔다 남은 이야기책 몇 권과 간단한 방물이 좀 들어 있었다.

> 차라리 몰랐으면 또 모르지만 한번 알고 나서야 인륜이 있는디 어찌겠냐.

🗨 소설 한 장면　　절정　계연이 성기의 이복 이모라는 사실이 밝혀짐

---

1) 엿판은 떠돌이의 삶을 상징한다. 성기는 운명을 받아들여 방랑하는 삶을 선택했다는 걸 알 수 있다.

그의 발 앞에는, 물과 함께 갈리어 길도 세 갈래로 나 있었으나, 화갯골 쪽엔 처음부터 등을 지고 있었고, 동남으로 난 길은 하동, 서남으로 난 길이 구례, 작년 이맘때도 지나 그녀가 울음 섞인 하직을 남기고 체 장수 영감과 함께 넘어간 산모퉁이 고갯길은 퍼붓는 햇빛 속에 지금도 하동 장터 위를 굽이돌아 구례 쪽을 향했으나, 성기는 한참 뒤 몸을 돌렸다. 그리하여 그의 발은 구례 쪽을 등지고 하동 쪽을 향해 천천히 옮겨졌다.

한 걸음, 한 걸음, 발을 옮겨 놓을수록 그의 마음은 한결 가벼워져, 멀리 버드나무 사이에서 그의 뒷모양을 바라보고 서 있을 어머니의 주막이 그의 시야에서 완전히 사라져 갈 무렵 하여서는, 육자배기 가락으로 제법 콧노래까지 흥얼거리며 가고 있는 것이었다.[1]

🖐 **소설 한 장면**　**결말**　성기는 운명에 순응하며 길을 떠남

---

1) 역마살을 계속 거부해 왔던 성기가 운명에 순응하기로 결심한 순간 해방감을 느끼고 있다. 엿장수가 되어 길을 떠나는 것은 계연과의 비극적인 인연에서 벗어날 수 있는 유일한 방법이자 구원의 길이라고 볼 수 있다.

생각해 볼까요?

 선생님 일반적으로 전통 사회는 폐쇄성을 띠는 모습으로 묘사돼요. 이에 반해 장터는 정기적으로 개방되어 많은 사람이 모이는 열린 공간을 의미하지요. 이러한 관점에서 볼 때 화개장터는 어떤 상징성을 지닌 공간일까요?

 3 ♥ 3

↳ **학생 1** 장터는 만남과 헤어짐이 교차하는 공간이에요. 수많은 인연이 맺어지기도 하지만 장터에서 이루어진 인간관계는 일시적일 가능성이 커요.

↳ **학생 2** 성기의 역마살, 체 장수 영감과 계연의 일시적 체류, 계연이 성기의 이복 이모라는 사실 등은 등장인물들의 불안정하고 일시적인 관계를 보여 줘요.

↳ **학생 3** 작가는 이 소설의 배경을 화개장터라는 구체적인 장소로 설정함으로써 인물들이 처한 운명에 개연성을 높여요.

 선생님 이 소설의 서두는 "화개장터의 냇물은 길과 함께 흘러서 세 갈래로 나 있었다."라며 시작돼요. 한 줄기는 구례 쪽에서 오고, 한 줄기는 화개협에서 흘러내려 서로 합쳐지며 하동으로 향하지요. 결말에서 성기가 집을 떠날 때 하동 쪽으로 방향을 택한 이유와 그 의미는 무엇일까요?

 1 ♥ 1

↳ **학생 1** 어머니가 있는 화갯골로 난 길은 과거의 삶을 의미하고, 계연이 떠난 구례 방향의 길은 운명을 거역하겠다는 것을 의미해요. 그러므로 이 길들이 아닌 하동을 택한 것은 자신의 운명에 순응하겠다는 의지의 표현으로 이해할 수 있어요.

화개장터	▼ 🔍

연관 검색어   재래시장   하동   섬진강

경남 하동군과 전남 구례군·광양시의 경계 지역에는 화개장터라는 재래시장이 있다. 이 시장은 가수 조영남이 불렀던 노래 〈화개장터〉로 더욱 유명해졌다. 노래 가사에는 5일마다 열리는 화개장터에서 하동 사람과 구례 사람이 모여 물건을 사고판다는 내용이 담겨 있다.

노래의 가사처럼 예전에는 경상도와 전라도 사람들이 화개장터에 모여 농산물, 해산물 등을 사고팔았다. 6·25 전쟁 이후 점점 쇠퇴하였지만 현재도 여전히 하동의 관광 명소로 그 명맥을 유지하고 있다. 김동리의 소설 「역마」의 배경도 이 화개장터이다.

등신불

#불교   #소신공양   #전통적   #자기희생

⚓ 작품 길잡이

갈래: 구도 소설, 액자 소설
배경: 시간 - 1940년대 태평양 전쟁 당시(액자 내부 - 당나라 때)
　　　공간 - 양자강 유역의 사찰인 정원사
시점: 1인칭 주인공 시점
주제: 인간의 세속적 고뇌와 종교적 구원
출전: 〈사상계〉(1961)

📷 인물 관계도

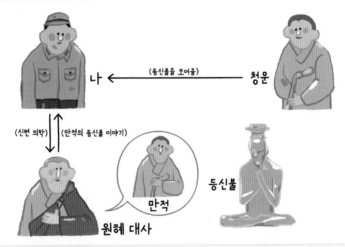

나 ←──(등신불을 보여줌)── 청운

(신변 의탁) ↑↓ (만적의 등신불 이야기)

만적

원혜 대사

등신불

나	태평양 전쟁 당시 학병으로 끌려가지만 대학 선배인 진기수의 도움으로 탈출하여 불교에 귀의한다.
원혜 대사	정원사의 주지승으로 '나'를 거두어 주고 인도한다.
만적	당나라 때 사람으로 소신공양으로 성불한 정운사 스님이다.

📋 구성과 줄거리

도입 '나'는 등신불을 보게 된 연유를 밝힘

'나'는 정원사의 등신불에 대해 보고 들은 그대로를 적으려 한다. '나'는 정원사라는 먼 이역의 고찰(古刹)을 찾게 된 연유부터 밝힌다.

발단 학병인 '나'는 진기수 씨의 도움으로 탈출해 정원사에 도착함

'나'는 스물세 살 때인 1943년 일본의 대정대학 재학 중에 학병으로 끌려왔으나 목숨을 건지기 위해 탈출을 결심한다. '나'는 대정대학 유학생 출신인 불교학자 진기수 씨를 찾아가서 도움을 청한다. 그가 적국의 옷을 입은 '나'를 믿지 않자, '나'는 오른손 식지를 깨물어 혈서를 쓴다.

전개 정원사의 금불각에 모셔진 등신불을 본 '나'는 충격을 받음

경암 대사의 뒤를 따라 정원사에 도착한 '나'는 원혜 대사를 배알한다. 진기수 씨의 편지를 본 노승은 "붉은이로다."라고 말한다. 청운의 안내로 초라하고 애절한 느낌의 등신불(等身佛)을 접한 '나'는 전율과 충격에 휩싸인다.

위기 청운의 이야기를 들은 '나'는 등신불에 대해 의문을 가짐

'나'는 청운으로부터 소신공양에 대한 이야기를 들었을 때 몸이 부르르 떨리면서도 아무래도 석연치 못한 것을 느낀다. 소신공양으로 성불을 했다면 부처님이 되었어야 하는데, 고뇌와 비원이 서린 듯한 얼굴의 금불은 여전히 '나'를 의문스럽게 만든다.

절정 원혜 대사가 만적의 기록을 읽게 하고 그에 대한 이야기를 들려줌

그날 저녁 청운과 함께 원혜 대사에게 저녁 인사를 갔을 때 원혜 대사는 '나'에게 「만적선사소신성불기」를 읽으라고 한 후 등신금불에 대한 이야기를 들려준다.

결말 원혜 대사는 소신공양과 '나'가 한 행위의 유사성을 은근히 암시함

이야기를 마친 원혜 대사는 '나'에게 남경에서 진기수 씨에게 혈서를 바치느라 입으로 살을 물던 오른손 식지를 들어 보라고 한다. 그러나 대사는 왜 손가락을 들어 보라고 했는지, '나'의 식지와 만적의 소신공양이 무슨 관계가 있다는 건지 더 이상 말이 없다.

등신불

등신불等身佛 사람의 크기와 같게 만든 불상 은 양자강揚子江 북쪽에 있는 정원사淨願寺의 금불각金佛閣 속에 안치되어 있는 불상의 이름이다. 등신금불等身金佛 또는 그냥 금불이라고도 불렀다.

그러니까 나는 이 등신불, 등신금불로 불리는 불상에 대해 보고 듣고 한 그대로를 여기다 적으려 하거니와, 그보다 먼저, 내가 어떻게 해서 그 정원사라는 먼 이역의 고찰古刹을 찾게 되었는지 그것부터 이야기해야겠다.

내가 일본의 대정대학 재학 중에, 학병—태평양 전쟁—으로 끌려 나간 것은 일구사삼1943년 이른 여름, 내 나이 스물세 살 나던 때였다.

내가 소속된 부대는 북경北京 서 서주徐州를 거쳐 남경南京 난징. 중국 장쑤성의 성도 에 도착되었다. 그리하여 우리는 다른 부대가 당도할 때까지 거기서 머무르게 되었다. 처음에 주둔駐屯이라기보다 대기待機에 속하는 편이었으나 다음 부대의 도착이 예상보다 늦어지자 나중은 교체 부대가 당도할 때까지 주둔군의 임무를 맡게 되었다.

그때 우리는 확실한 정보는 아니지만 대체로 인도지나인도차이나나 인도네

**등신불은 양자강 북쪽에 있는 정원사의 금불각 속에 안치되어 있는 불상의 이름이다.
나는 이 불상에 대해 보고 듣고 한 그대로를 여기다 적으려 한다.**

🍎 소설 한 장면　　도입　　'나'는 등신불을 보게 된 연유를 밝힘

시아 방면으로 가게 된다는 것을 어림으로 짐작하고 있었기 때문에, 하루라도 오래 남경에 머물면 머물수록 그만치 우리의 목숨이 더 연장되는 거와 같이 생각하고 있었다. 따라서 교체 부대가 하루라도 더 늦게 와 주었으면 하고 마음속으로 은근히 빌고 있는 편이기도 했다.

실상은 그냥 빌고 있는 심정만도 아니었다. 더 나아가서 이 기회에 기어이 나는 나의 목숨을 건져 내어야 한다고 결심했다. 나는 이런 기회를 위하여 미리 약간의 준비―조사―까지 해 두었던 것이다. 그것은 중국의 불교 학자로서 일본에 와 유학을 하고 돌아간―특히 대정대학 출신으로―사람들의 명단을 조사해 둔 일이 있었다. 나는 비장秘藏 ^{남이 모르게 감추어 두거나 소중히 간직함}한 작은 쪽지에서 '남경 진기수陳奇修'란 이름을 발견했을 때, 야릇한 흥분으로 가슴이 두근거리며 머릿속까지 횡해지는 듯했다.

그러나 낯선 이역의 도시에서, 더구나 나 같은 일본군에 소속된 한국 출신 학병의 몸으로써, 그를 찾고 못 찾고 하는 일이 곧 내가 죽고 사는 판가름이라고 생각하지 않았던들, 또 내가 평소에 나의 책상머리에 언제나 걸어두고 바라보던 관세음보살님의 미소로써 나를 굽어보고 있는 것이라고 믿어지지 않았던들 그때의 그러한 용기와 지혜를 내 속에서 나는 자아내지 못했을는지 모른다.

나는 우리 부대가 앞으로 사흘 이내에 남경을 떠난다고 하는―그것도 확실한 정보가 아니고 누구의 입에선가 새어 나온 말이지만―조마조마한 고비에 정심원靜心院 ^{남경에 있는 중국인 불교 포교당}에 있는 포교사布敎師를 통하여 진기수 씨가 남경 교외의 서공암棲空庵이라는 작은 암자에 독거獨居하고 있다는 것을 알게 되었다.

그날 내가 서공암에서 진기수 씨를 찾게 된 것은 땅거미가 질 무렵이었다. 나는 그를 보자 합장을 올리며 무수히 머리를 수그림으로써 나의 절박한 사정과 그에 대한 경의를 먼저 표한 뒤 솔직하게 나의 처지와 용건을 털어놓았다.

그러나 평생 처음 보는 타국 청년―그것도 적군의 군복을 입은―에게 그러한 협조를 쉽사리 약속해 줄 사람은 없었다. 그의 두 눈이 약간 찡그러지며 입에서는 곧 거절의 선고가 내릴 듯한 순간, 나는 미리 준비하고 갔던 흰 종이를 끄집어내어 내 앞에 폈다. 그러고는 바른편오른편 손 식지집게손가락 끝을 스스로 물어서 살을 떼어 낸 다음 그 피로써 다음과 같이 썼다.

'願免殺生 歸依佛恩' ^{원면살생 귀의불은, 원컨대 살생을 면하게 하옵시며 부처님의 은혜 속에 귀의코자 하나이다.}

나는 이 여덟 글자의 혈서를 두 손으로 받들어 그의 앞에 올린 뒤, 다시 합장을 했다.

이것을 본 진기수 씨는 분명히 얼굴빛이 달라졌다. 그것은 반드시 기쁜 빛이라 할 수는 없었으나 조금 전의 그 거절의 선고만은 가셔진 듯한 얼굴이었다.

잠깐 동안 침묵이 흐른 뒤, 진기수 씨는 나직한 목소리로 입을 열었다.

"나를 따라오게."

나는 곧 자리에서 일어나 그의 뒤를 따라갔다.

깊숙한 골방이었다.

진기수 씨는 나를 그 컴컴한 골방 속에 들여보내고 자기는 문을 닫고 도로 나가 버렸다. 조금 뒤 그는 법의^{法衣 승려가 입는 가사나 장삼 따위의 옷} 한 벌을 가져와 방 안으로 디밀며,

"이걸로 갈아입게."

하고 또다시 문을 닫고 나갔다.

나는 한숨이 터져 나왔다. 이제야 사는가 보다 하는 생각이 나의 가슴속을 후끈하게 적셔 주는 듯했다. 내가 옷을 갈아입고 났을 때, 이번에는 또 간소한 저녁상이 디밀어졌다.

저도 스님처럼 대정대학 출신입니다. 한국인이지만 일본 학도병으로 끌려왔습니다. 불교에 귀의하고자 하니 도와주십시오.

願免殺生 歸依佛恩
(원면살생 귀의불은)

🔊 소설 한 장면 　발단　 학병인 '나'는 진기수 씨의 도움으로 탈출해 정원사에 도착함

나는 말없이 디밀어진 저녁상을 또한 그렇게 말없이 받아서 지체없이 다 먹어 치웠다.

내가 빈 그릇을 문밖으로 내어놓자 밖에서 기다리고나 있었던 듯 이내 진기수 씨가 어떤 늙은 중 하나를 데리고 들어왔다.

"이분을 따라가게. 소개장은 이분에게 맡겼어. 큰절本刹의 내법사 스님한 테 가는……."

"……."

나는 무조건 네, 네, 하며 곧장 머리를 끄덕일 뿐이었다. 나를 살려 주려 는 사람에게 무조건 나를 맡길 수밖에 없었던 것이다.

"길은 일본 병정들이 알지도 못하는 산속 지름길이야. 한 백 리 남짓 되 지만 오늘이 스무하루니까 밤중 되면 달빛도 좀 있을 게구…… 그럼…… 불연佛緣 중생이 불교나 부처와 맺은 인연 깊기를…… 나무관세음보살."

그는 나를 향해 합장을 하며 머리를 수그렸다.

"……."

나는 목이 콱 메어 옴을 깨달았다. 눈물이 핑 돈 채 나도 그를 향해 잠자 코 합장을 올렸다.

어둡고 험한 산길을 경암鏡岩―나를 데리고 가는 늙은 중―은 거침없이 걸었다. 아무리 발에 익은 길이라 하지만 군데군데 나뭇가지가 걸리고 바 닥이 파이고 돌이 솟고 게다가 굽이굽이 간수澗水 골짜기에서 흐르는 물가 가로지른 초 망草莽 풀숲 속의 지름길을 칠흑 같은 어둠 속에서 어쩌면 그렇게도 잘 뚫고 나 가는지 그저 신기하기만 했다. 내가 믿는 것은 젊음 하나뿐이련만 그는 이 십 리나 삼십 리를 걸어도 힘에 부치어 쉬자고 할 기색은 보이지 않았다.

나는 쉴 새 없이 손으로 이마의 땀을 씻어 가며 그의 뒤를 따랐으나 한 참씩 가다 보면 어느덧 그를 어둠 속에 잃어버리곤 했다. 나는 몇 번이나 나뭇가지에 얼굴이 긁히고, 돌에 차여 무릎을 깨고 하며 "대사…….", "대 사……." 그를 불러야만 했다. 그럴 때마다 경암은 혼잣말로 낮게 중얼거리 며 나를 기다려 주는 것이나, 내가 가까이 가면 또 아무 말도 없이 그냥 휙 돌아서서 걸음을 옮겨 놓기 시작하는 것이다.

밤중도 훨씬 넘어 조각달이 수풀 사이로 비쳐들면서 나는 비로소 생기를 얻기 시작했다. 이제부터는 경암이 제아무리 앞에서 달린다 하더라도 두 번 다시 그를 놓치지는 않으리라 맘속으로 다짐했다.

이렇게 정세가 바뀌어졌음을 그도 느끼는지 내가 그의 곁으로 다가서자 그는 나를 흘낏 돌아다보더니, 한쪽 팔을 들어 먼 데를 가리키며 반원을 그어 보이고는 이백 리라고 했다. 이렇게 지름길을 가지 않고 좋은 길로 돌아가면 이백 리 길이라는 뜻인 듯했다.

나는 한마디 얻어들은 중국말로 "쎄 쎄." 하고 장단을 맞추며 고개를 끄덕여 보이곤 했다.

우리가 정원사 산문 앞에 닿았을 때는 이튿날 늦은 아침 녘이었다. 경암은 푸른 수풀 속에 거뭇거뭇 보이는 높은 기와집들을 손가락질로 가리키며 자랑스러운 얼굴로 무어라고 중얼거렸다. 나는 또 고개를 끄덕이며 "하오! 하오!"를 되풀이했다.

산문을 지나 정문을 들어서니 산 무더기 같은 큰 다락이 정면에 버티고 섰다. 현판을 쳐다보니 태허루太虛樓라 씌어 있었다.

태허루 곁을 돌아 안마당 어귀에 들어서니 정면 한가운데 높직이 앉아 있는 가장 웅장한 건물이 법당이라고는 짐작이 가나 그 양옆으로 첩첩이 가로세로 혹은 길쭉하게 눕고, 혹은 높다랗게 서고 혹은 둥실하게 앉은 무수한 집들이 모두 무슨 이름에 어떠한 구실을 하는 것들인지 첫눈엔 그저 황홀하고 얼떨떨할 뿐이었다.

경암은 나를 데리고, 그 첩첩이 둘러앉은 집들 사이를 한참 돌더니 청정실淸淨室이란 조그만 현판이 붙은 조용한 집 앞에 와서 기척을 했다. 방문이 열리더니 한 스무 살이나 될락 말락한 젊은 중이 얼굴을 내밀며 알은체를 한다. 둘이서―젊은이는 방문 앞에 서고 경암은 뜰아래 선 채― 한참 동안 말을 주고받고 한 끝에 경암이 나를 데리고 집 안으로 들어갔다.

방 안에는 머리가 하얗게 세고 키가 성큼하게 커 뵈는 노승이 미소 띤 얼굴로 경암과 나를 맞아 주었다. 나는 말이 통하지 않으므로 노승 앞에 발을 모으고 서서 정중히 합장을 올렸다. 어저께 진기수 씨 앞에서 연거푸 머리를 수그리던 것과는 달리 이번에는 한 번만 정중하게 머리를 수그려 절을 했던 것이다.

노승은 미소 띤 얼굴로 고개를 끄덕이며 나에게 자리를 가리킨 뒤 경암이 내어 드린 진기수 씨의 편지를 펴 보았다.

"불은佛恩 부처의 은혜이로다."

편지를 읽고 난 노승은 이렇게 말했다—그것도 그때는 알아듣지 못 했지만 나중에 가서 알고 보니 그랬다. 그리고 이것도 나중에야 알게 된 일이지만 이 노승이 두어 해 전까지 이 절의 주지를 지낸 원혜 대사圓慧大師로 진기수 씨가 말한 자기의 법사法師 스님이란 곧 이분이었던 것이다—.

그날 저녁 나는 원혜 대사의 주선으로 그가 거처하고 있는 청정실 바로 곁의 조그만 방 한 칸을 혼자서 쓸 수 있게 되었다.

나를 그 방으로 인도해 준 젊은이—원혜 대사의 시봉侍奉 모셔 받듦 —는,

"저와 이웃이죠."

희고 넓적한 이를 드러내 보이며 빙긋이 웃었다. 그리고 자기 이름을 청운淸雲이라 부른다고 했다.

나는 방 한 칸을 따로 쓰고 있었지만 결코 방 안에 들어앉아 게으름을 피우지는 않았다. 나를 죽을 고비에서 건져 준 진기수 씨—그의 법명法名은 혜운慧雲이었다—나 원혜 대사의 은덕을 생각해서라도 나는 결코 남의 입길에 오르내릴 짓을 해서는 안 되리라고 결심했다.

나는 아침 일찍이 일어나 세수를 하고, 예불을 끝내면 청운과 함께 청정실 안팎과 앞뒤의 복도와 뜰을 먼지 티끌 하나 없이 쓸고 닦았다.

뿐만 아니라, 다른 스님들을 따라 산에 가 약도 캐고 식량 준비도 거들었다—이 절에서도 전쟁 관계로 식량이 달렸으므로 산중의 스님들은 여름부터 식용이 될 만한 풀잎과 나무뿌리 같은 것들을 캐러 산으로 가곤 했었다—.

일을 마치고 돌아오면 손발을 깨끗이 씻고 내 방에 꿇어 앉아 불경을 읽거나 그렇지 않으면 청운에게 중국어를 배웠다. 이것은 나의 열성에다 청운의 호의가 곁들어서 그런지 의외로 빨리 진척이 되어 사흘 만에 이미 간단한 말로—물론 몇 마디씩이지만—대화하는 흉내까지 낼 수 있게 되었다.

아무리 방에 혼자 있을 때라도 취침 시간 이외엔 방 안에 번듯이 드러눕지 않도록 내 자신과 씨름을 했다. 그렇게 버릇을 들이지 않으려고 나는 몇 번이나 내 자신에게 다짐을 놓았는지 모른다. 졸음이 와서 정 견디기가 어려울 때는 밖으로 나와 어정대며 바람을 쐬곤 했다.

처음엔 이렇게 막연히 어정대며 바람을 쐬던 것이 얼마 가지 않아 나는

어정대지 않게 되었다. 으레 가는 곳이 정해지게 되었다. 그것은 저 금불각
金佛閣이었던 것이다.

　여기서도 물론 나는 법당 구경을 먼저 했다. 본존本尊 법당에 모신 부처 가운데 가장 으뜸인
부처을 모셔 둔 곳이니만큼 그 절의 풍도나 품격을 가장 대표적으로 보여 주
는 곳이라는 까닭으로서보다도 절 구경은 으레 법당이 중심이라는 종래의
습관 때문이라고 하는 편이 옳았는지 모른다. 그러나 내가 법당에서 얻은
감명은 우리나라의 큰 절이나 일본의 그것에 견주어 그렇게 자별自別 본디부터 남
다르고 특별함하다고 할 것이 없었다. 기둥이 더 굵대야 그저 그렇고, 불상이 더
크대야 놀랄 정도는 아니요, 그 밖에 채색이나 조각에 있어서도 한국이나
일본의 그것에 비하여 더 정교한 편은 아닌 듯했다. 다만 정면 한가운데 높
직이 모셔져 있는 세 위位의 불상—훌륭히 도금을 입힌—을 그대로 살아
있는 사람으로 간주하고 힘겨룸을 시켜 본다면 한국이나 일본의 그것보다
더 놀라운 힘을 쓸 수 있지 않을까 하는 생각이었다. 그러니까 나로서는 어
디까지나 '살아 있는 사람으로 간주하고 힘겨룸을 시켜 본다면' 하는 가정
에서 말한 것이지만, 그네의 눈으로써 보면 자기네의 부처님佛像이 그만큼
더 거룩하게만 보일는지 모를 일이었다. 더 쉽게 말하자면 내가 위에서 말
한 더 놀라운 힘이란 체력을 뜻하는 것이지만 그들의 눈에는 그것이 어떤
거룩한 법력이나 도력으로 비칠는지도 모른다는 것이었다.

　그리고 내가 특히 이런 생각을 더하게 된 것은 금불을 구경한 뒤였다. 금
불각 속에 모셔져 있는 등신불을 보고 받은 깊은 감명이 그 절의 모든 것
을, 특히 법당에 모셔져 있는 세 위의 큰 불상을, 거룩하게 느끼게 하는 어
떤 압력 같은 것이 되어 나타났다고나 할까.

　물론 나는 청운이나 원혜 대사로부터 금불각에 대하여 미리 들은 바는
없었지만 금불각이 앉은 자리라든가 그 집 구조로 보아서 약간 특이한 느
낌이 그 안의 불상등신불을 구경하기 전에 이미 들지 않았던 것은 아니다. 그
것은 무엇보다도 법상 뒤꼍에서 길 반가량 높이의 돌계단을 올라가서, 거
기서부터 약 오륙십 미터 거리의 석대가 구축되고 그 석대가 곧 금불각에
이르는 길이 되어 있기 때문인지도 몰랐다. 더구나 그 석대가 똑같은 크기
의 넓적넓적한 네모 잽이 돌로 쌓아져 있는데 돌 위엔 보기 좋게 거뭇거뭇
한 돌옷이 입혀져 있었던 것이다. 말하자면 법당 뒤꼍의 동북쪽 언덕을 보
기 좋은 돌로 평평하게 쌓아서 석대를 만들고 그 위에 금불각을 세워 놓은

것이다. 게다가 추녀와 현판을 모두 돌아가며 도금을 입히고 네 벽에 새긴 조상彫像 조각상과 그림에 도금을 많이 써서 그야말로 밖에서는 보는 건물 그 자체부터 금빛이 현란했다.

나는 본디 비단이나, 종이나, 나무나, 쇠붙이 따위에 올린 금물이나 금박 같은 것을 왠지 거북해하는 성미라 금불각에 입혀져 있는 금빛에도 그러한 경계심과 반감 같은 것을 품고 대했지만, 하여간 이렇게 석대를 쌓고 금칠을 하고 할 때는 그네들로서 무엇인가 아끼고 위하는 마음의 표시를 하느라고 한 짓임에 틀림없을 것이라고 보지 않을 수 없다.

그러면서도 나는 그 아끼고 위하는 것이 보나마나 대단한 것은 아니리라고 혼자 속으로 미리 단정을 내리고 있었다. 나의 과거 경험으로 본다면 이런 것은 대개 어느 대왕이나 황제의 갸륵한 뜻으로 순금을 많이 넣어서 주조鑄造 녹인 쇠붙이를 거푸집에 부어 물건을 만듦한 불상이라든가 또는 어느 천자가 어느 황후의 명복을 빌기 위해서 친히 불사를 일으킨 연유의 불상이라든가 하는 따위―대왕이나 황제의 권리를 보여 주기 위한 금빛이 십상이었기 때문이었다.

나의 이러한 생각은 그들이 이 금불각의 권위를 높이기 위하여 좀처럼 문을 열어 주지 않는 것을 보고 더욱 굳어졌다. 적어도 은화 다섯 냥 이상의 새전賽錢 신령이나 부처 앞에 돈을 바침. 또는 그 돈이 아니면 문을 여는 법이 없다는 것이다. 그렇지 않으면 어느 선남선녀의 큰 불공이 있을 때라야만 한다는 것이다. 그리고 이때―큰 불공이 있을―에도 본사 승려 이외에 금불각을 참례參禮 예식이나 제사 등에 참여함하는 자는 또 따로 새전을 내야 한다는 것이다.

그렇다면 더구나 신도들의 새전을 긁어모으기 위한 술책으로 좁쌀 만한 언턱거리 남에게 무턱대고 억지로 떼를 쓸 만한 핑계. 또는 사단을 만들 거리를 가지고 연극을 꾸미고 있는 것임에 틀림이 없으리라고 나는 아주 단정을 하고 도로 내 방으로 돌아왔다가 그때 마침 청운이 중국어를 가르쳐 주려고 왔기에,

"저 금불각이란 게 뭐지?"

아무것도 아닌 것처럼 물어보았다.

"왜요?"

청운이 빙긋이 웃으며 도로 물었다.

"구경 갔더니 문을 안 열어 주던데……."

"지금 같이 가 볼까요?"

"무어, 담에 보지."

"담에라도 그럴 거예요, 이왕 맘 난 김에 가 보시구려."

청운이 은근히 권하는 빛이기도 해서 나는 그렇다면 하고 그를 따라 나갔다.

이번에는 청운이 숫제 금불각을 담당한 노승에게서 쇳대^{열쇠}를 빌려 와서 손수 문을 열어 주었다. 그리고 문 앞에 선 채 그도 합장을 올렸다.

나는 그가 문을 여는 순간부터 미묘한 충격에 사로잡힌 채 그가 합장을 올릴 때도 그냥 멍하니 불상만 바라보고 서 있었다. 우선 내가 예상한 대로 좀 두텁게 도금을 입힌 불상임에는 틀림이 없었다. 그러나 그것은 전혀 내가 미리 예상했던 그러한 어떤 불상이 아니었다. 머리 위에 향로를 이고 두 손을 합장한, 고개와 등이 앞으로 좀 수그러진, 입도 조금 헤벌어진, 그것은 불상이라고 할 수도 없는, 형편없이 초라한, 그러면서도 무언지 보는 사람의 가슴을 쥐어짜는 듯한, 사무치게 애절한 느낌을 주는 등신대^{等身大 사람의 크기와 같은 크기}의 결가부좌상^{結跏趺坐像 완전히 책상다리를 하고 앉는 가부좌상}이었다. 그렇게 정연하고 단아하게 석대를 쌓고 추녀와 현판에 금물을 입힌 금불각 속에 안치되어 있음 직한 아름답고 거룩하고 존엄성 있는 그러한 불상과는 하늘과 땅 사이라고나 할까, 너무도 거리가 먼, 어이가 없는, 허리도 제대로 펴고 앉지 못한, 머리 위에 조그만 향로를 얹은 채 우는 듯한, 웃는 듯한, 찡그린 듯한, 오뇌^{懊惱 뉘우쳐 한탄하고 번뇌함}와 비원^{悲願 부처와 보살의 자비심에서 우러난 중생 구제의 소원}이 서린 듯한, 그러면서도 무어라고 형언할 수 없는 슬픔이랄까 아픔 같은 것이 보는 사람의 가슴을 콱 움켜잡는 듯한, 일찍이 본 적도 상상한 적도 없는 그러한 어떤 가부좌상이었다.

내가 그것을 바라보는 순간부터 나는 미묘한 충격에 사로잡히게 되었다고 말했지만 그러나 그 미묘한 충격을 나는 어떠한 말로써도 설명할 길이 없다. 다만 나는 그것을 바라보고 있는 동안 처음 보았을 때 받은 그 경악과 충격이 점점 더 전율과 공포로 화하여 나를 후려갈기는 듯한 어지러움에 휩싸일 뿐이었다고나 할까. 곁에 있던 청운이 나의 얼굴을 들여다보았을 때도 나는 손끝 하나 까딱하지 못하며 정강마루^{정강뼈 앞 가죽에 마루가 진 곳}와 아래턱을 그냥 덜덜덜 떨고 있을 뿐이었다.

'저건 부처님이 아니다! 불상도 아니야!'

나는 내 자신도 모르는 사이에 이렇게 목이 터지도록 소리를 지르고 싶었으나 나의 목구멍은 얼어붙은 듯 아무런 말도 새어 나지 않았다.

이튿날 새벽 예불을 마치고 내가 청운과 더불어 원혜 대사에게 아침 인사를 드리러 갔을 때 스님은,

"어저께 금불각 구경을 갔었니?" 물었다.

내가 겁에 질린 얼굴로 참배했었다고 대답하자 스님은 꽤 만족한 얼굴로,

"불은이로다."

했다.

나는 맘속으로 그건 부처님이 아니었어요, 부처님의 상호 相好 부처의 몸에 갖추어진 훌륭한 용모와 형상가 아니었어요, 하고 소리를 지르고 싶은 충동을 깨달았으나 굳이 입을 닫치고 참을 수밖에 없었다.

이때 스님원혜 대사은 내 맘속을 헤아리는 듯,

"그래 어느 부처님이 제일 맘에 들더냐?" 물었다.

나는 실상 그 등신불에 질리어 그 곁에 모신 다른 불상들은 거의 살펴보지도 못했던 것이다.

"다른 부처님은 미처 보지도 못했어요. 가운데 모신 부, 부처님이 어떻게나 무, 무서운지……."

나는 또 아래턱이 덜덜덜 떨리어 말을 이을 수 없었다.

원혜 대사는 말없이 나의 얼굴—아래턱이 덜덜덜 떨리는—을 가만히 건너다보고만 있었다. 그러자 나는 지금 금방 내 입으로 부처님이라고 말한

저건 부처님이 아니다!
불상도 아니야!

🔊 소설 한 장면 전개 정원사의 금불각에 모셔진 등신불을 본 '나'는 충격을 받음

것이 생각났다. 왜 그런지 그렇게 말해서는 안 될 것을 말한 듯한 야릇한 반발이 내 속에서 폭발되었다.

"그렇지만…… 아니었어요……. 부처님의 상호 같지 않았어요."

나는 전신의 힘을 다하여 겨우 이렇게 말해 버렸다.

"왜, 머리에 얹은 것이 화관이 아니고 향로라서 그러니? ……그렇지, 그건 향로야."

원혜 대사는 조금도 나를 꾸짖는 빛이 아니었다. 오히려 나의 그러한 불만에 구미가 당기는 듯한 얼굴이었다.

"……."

나는 잠자코 원혜 대사의 얼굴을 쳐다보고 있었다. 곁에 있던 청운이 두어 번이나 나에게 눈짓을 했을 만큼 나의 두 눈은 스님을 쏘아보듯이 빛나고 있었다.

"자네 말대로 하면 부처님이 아니고 나한^{羅漢 아라한. 소승 불교의 수행자 가운데서 가장 높은 경지에 오른 이}님이란 말인가. 그렇지만 나한님도 머리 위에 향로를 쓴 분은 없잖아. 오백나한^{五百羅漢} 중에도……."

나는 역시 입을 닫힌 채 호기심에 가득 찬 눈으로 스님의 얼굴을 쳐다볼 뿐이었다.

그러나 원혜 대사는 더 자세한 이야기를 들려주지 않았다.

"그렇지, 본래는 부처님이 아니야. 모두가 부처님이라고 부르게 됐어. 본래는 이 절 스님인데 성불^{成佛 부처가 됨}을 했으니까 부처님이라고 부른 게지. 자네도 마찬가지야."

스님은 말을 마치고 가만히 두 손을 모아 합장을 한다.

나도 머리를 숙이며 합장을 올리고 자리에서 일어났다.

그날 아침 공양을 마치고 청정실로 건너올 때 청운은 나에게 턱으로 금불각 쪽을 가리키며

"나도 첨엔 이상했어, 그렇지만 이 절에선 영검^{사람의 기원대로 되는 신기한 징험}이 제일 많은 부처님이라오."

"영검이라고?"

나는 이렇게 물었지만 실상은 청운이 서슴지 않고 부처님이라고 부르는 말에 더욱 놀랐던 것이다. 조금 전에도 원혜 대사로부터 '모두가 부처님이라고 부르게 됐다.'는 말을 듣긴 했지만 그때까지의 나의 머릿속에 박혀 있는

습관화된 개념으로써는 도저히 부처님과 스님을 혼동할 수 없었던 것이다.

"그럼, 그래서 그렇게 새전이 많다오."

청운의 대답이었다. 그는 계속해서 들려주었다.

─스님의 이름은 잘 모른다. 당나라 때다. 일천수백 년 전이라고 한다. 소신공양燒身供養 자기 몸을 불살라 부처 앞에 바침으로 성불을 했다. 공양을 드리고 있을 때 여러 가지 신이神異 신기하고 이상한 일가 일어났다. 이것을 보고 들은 수많은 사람들이 구름같이 모여들어서 아낌없이 새전과 불공을 드렸는데 그들 가운데 영검을 보지 못한 사람은 하나도 없다. 그 뒤에도 계속해서 영검이 있었다. 지금까지 여기 금불각金佛閣에 빌어서 아이를 낳고 병을 고치고 한 사람의 수효는 수천수만을 헤아린다. 그 밖에도 소원을 성취한 사람은 이루 다 헤아릴 수가 없다─.

나도 청운에게서 소신공양이란 말을 들었을 때 몸이 부르르 떨렸다.

"그러면 그럴 테지……."

나는 무슨 뜻인지 이렇게 중얼거렸다. 그리고 잇달아 눈을 감고 합장을 올렸다. 나무아미타불, 나무아미타불! 나의 입에서는 나도 모르게 염불이 흘러나왔다.

아아, 그 고뇌! 그 비원! 나의 감은 두 눈에서는 눈물이 번져 나왔다. 나무아미타불, 나무아미타불! 나는 발작과도 같이 곧장 염불을 외었다.

"나도 처음 보았을 때는 가슴이 뭉클했다오. 그 뒤에 여러 번 보고 나니까 차츰 심상해지더군요."

청운은 빙긋이 웃으며 나를 위로하듯이 말했다.

그것은 그렇다 하더라도 나에게는 아무래도 석연치 못한 것이 있다─.

소신공양으로 성불을 했다면 부처님이 되었어야 하지 않는가. 부처님이 되었다면 지금까지 모든 불상에서 보아 온 바와 같은 거룩하고 원만하고 평화스러운 상호는 아니라 할지라도 그에 가까운 부처님다움은 있어야 하지 않을까. 거룩하고 부드럽고 평화스러운 맛은 지녔어야 하지 않겠는가. 그러나 금불각의 가부좌상은 어디까지나 인간을 벗어나지 못한 고뇌와 비원이 서린 듯한 얼굴이 아니던가. 그럼에도 불구하고 과거의 어떠한 대각大覺 도를 닦아 크게 깨달음. 또는 그 사람보다도 그렇게 영검이 많다는 것은 무슨 까닭인가.

나의 머릿속에서는 잠시도 이러한 의문들이 가셔지지 않았다. 더구나 청운에게서 소신공양으로 성불했다는 이야기를 들은 뒤부터는 금불이 아닌 새까만 숯덩이가 곧잘 눈에 삼삼거려 배길 수 없었다.

　사흘 뒤에 나는 다시 금불을 찾았다. 사흘 전에 받은 충격이 어쩌면 나의 병적인 환상의 소치가 아닐까 하는 마음과 또 청운의 말대로 '여러 번' 봐서 '심상해'진다면 나의 가슴에 사무친 '오뇌와 비원'의 촉수도 다소 무디어지리라는 생각에서이다.

　문이 열리자, 나는 그날 청운이 하던 대로 이내 머리를 수그리며 합장을 올렸다. 입으로는 쉴 새 없이 나무아미타불을 부르며—눈까풀과 속눈썹이 바르르 떨리며 나의 눈이 열렸을 때 금불은 사흘 전의 그 모양 그대로 향로를 이고 앉아 있었다. 거룩하고 원만한 것의 상징인 듯한 부처님의 상호와는 너무나 거리가 먼, 우는 듯한, 웃는 듯한, 찡그린 듯한, 오뇌와 비원이 서린 듯한, 가부좌상임에는 변함이 없었으나, 그 무어라고 형언할 수 없는 슬픔이랄까 아픔 같은 것이 전날처럼 송두리째 나의 가슴을 움켜잡는 듯한 전율에 휩쓸리지는 않았다. 나의 가슴은 이미 그러한 '슬픔이랄까 아픔 같은 것'으로 메워져 있었고 또, 그에게서 '거룩하고 원만한 것의 상징인 부처님의 상호'를 기대하는 마음은 가셔져 있었기 때문인지도 몰랐다.

　나는 다시 눈을 감고 합장을 올리며 입술이 바르르 떨리듯 오랫동안 아

등신불은 당나라 때 사람이야. 소신공양으로 성불을 했지. 나도 처음 보았을 때는 가슴이 뭉클했다오.

부처님이라면 거룩하고 평화로워야 하지 않은가. 그러나 그것은 인간을 벗어나지 못한 고뇌와 비원이 서린 듯한 얼굴이 아니던가.

🗨 소설 한 장면　위기　청운의 이야기를 들은 '나'는 등신불에 대해 의문을 가짐

미타불을 부른 뒤 그 앞에서 물러났다.

그날 저녁 예불을 마치고 청운과 더불어 원혜 대사에게 저녁 인사—자리에 들기 전의—를 갔을 때 스님은 나를 보고,

"너 금불을 보고 나서 괴로워하는구나?" 했다.

나는 고개를 수그린 채 입을 열지 못하고 있었다.

"그럼, 너 금불각에 있는 그 불상의 기록을 봤느냐?"

스님이 또 물으시기에 내가 못 봤다고 했더니, 그러면 기록을 한번 보라고 했다.

이튿날 내가 청운과 더불어 아침 인사를 드릴 때 원혜 대사는, 자기가 금불각에 일러두었으니 가서 기록을 청해서 보고 오라고 했다.

나는 스님께 합장하고 물러나와 곧 금불각으로 올라갔다. 금불각의 노승이 돌함石函에서 내준 폭이 한 뼘 남짓, 길이가 두 뼘 가량 되는 책자를 받아 들었을 때 향기가 코를 찌르는 듯했다—벌레를 막기 위한 향료인 듯—. 두터운 표지 위에는 금 글씨로 '만적선사소신성불기萬寂禪師燒身成佛記'라 쓰여 있고, 책 모서리에는 금물이 먹어져 있었다.

표지를 젖히자 지면은 모두 잿빛 바탕—물감을 먹인 듯—이요, 그 위에 사연은 금 글씨로 다음과 같이 씌어져 있었다.

萬寂法名俗名曰耆姓曹氏也金陵出生父未詳母張氏改嫁謝公仇之家仇有一子
名曰信年似與耆名十有餘歲一日母給食干二兒秘置以毒信之食耆偶窺之而按是母
貪謝家之財爲我故謀害前室之子以如此耆不堪悲懷乃自欲將取信之食母見之驚而
失色奪之曰是非汝之食也何取信之食也信與耆默而不答數日後信去自家行蹟渺然
耆曰信已去家我必携信然後歸家卽以隱身而爲僧改稱萬寂以此爲法名住於金陵法
林院後移淨願寺無風庵修法干海覺禪師寂二十四歲之春曰我生非大覺之材不如供
養吾身以報佛恩乃燒身而供養佛前時忽降雨沛然不犯寂之燒身寂光漸明忽懸圓光
以如月輪會衆見之而震感佛恩癒身病衆曰是焚之法力所致競擲私財賽錢多積以賽
鍍金寂之燒身拜之爲佛然後奉置干金佛閣時唐中宗十六年聖曆二年三月朔日

만적은 법명이요, 속명은 기, 성은 조씨다. 금릉서 났지만 아버지가 어떤 이인지는 잘 모른다. 어머니 장씨는 사구謝仇라는 사람에게 개가改嫁 결혼하였던 여자가 남편과 사별하거나 이혼하여 다른 남자와 결혼함를 했는데 사구에게 한 아들이 있어 이름을 신이라 했다. 나이는 기와 같은 또래로 모두가 여남은 살씩 되었다. 하루는 어미가 두 아이에게 밥을 주

는데 가만히 독약을 신의 밥에 감추었다. 기가 우연히 이것을 엿보게 되었는데 혼자 생각하기를 이는 어머니가 나를 위하여 사씨 집의 재산을 탐냄으로써 전실^{前室} 남의 전처를 높여 이름 자식인 신을 없애려고 하는 짓이라 하였다. 기가 슬픈 맘을 참지 못하여 스스로 신의 밥을 제가 먹으려 할 때 어머니가 보고 크게 놀라 질색을 하며 그것을 뺏고 말하기를, 이것은 너의 밥이 아니다. 어째서 신의 밥을 먹느냐 했다. 신과 기는 아무도 대답하지 않았다. 며칠 뒤 신이 자기 집을 떠나서 자취를 감춰버렸다. 기가 말하기를 신이 이미 집을 나갔으니 내가 반드시 찾아 데리고 돌아오리라 하고 곧 몸을 감추어 중이 되고 이름을 만적이라 고쳤다. 처음에는 금릉에 있는 법림원에 있다가 나중은 정원사 무풍암으로 옮겨서, 거기서 해각 선사에게 법을 배웠다. 만적이 스물네 살 되던 해 봄에, 나는 본래 도^道를 크게 깨칠 인재가 못 되니 내 몸을 이냥 공양하여 부처님의 은혜에 보답함과 같지 못하다 하고 몸을 태워 부처님 앞에 바치는데, 그때 마침 비가 쏟아졌으나 만적의 타는 몸을 적시지 못할 뿐 아니라, 점점 더 불빛이 환하더니, 홀연히 보름달 같은 원광^{圓光 둥글게 빛나는 빛. 후광}이 비치었다. 모인 사람들이 이것을 보고 크게 불은을 느끼고 모두가 제 몸의 병을 고치니 무리들이 말하기를, 이는 만적의 법력 소치라 하고 다투어 사재를 던져 새전이 많이 쌓여졌다. 새전으로써 만적의 탄 몸에 금을 입히고 절하여 부처님이라 하였다. 그 뒤 금불각에 모시니 때는 당나라 중종 십육년 성력^{연호} 이년 삼월 초하루다.

　내가 이 기록을 다 읽고 나서 청정실로 돌아가니 원혜 대사가 나를 불렀다.
　"기록을 보고 나니 괴롬이 덜하냐?"
　스님이 물었다.
　"처음같이 무섭지는 않았습니다마는 그 괴롭고 슬픈 빛은 가셔지지 않았습니다."
　내가 대답하자, 스님은 고개를 끄덕이며,
　"당연한 일이야, 기록이 너무 간략하고 섬소^{纖疏 체격이나 구조가 가냘프고 어설픔}해서……."
　했다. 그것이 자기는 그보다 훨씬 많은 것을 알고 있는 듯한 말씨였다.
　"그렇지만 천이백 년도 넘는 옛날 일인데 기록 이외에 다른 일을 어떻게 알겠습니까?"
　또 내가 물었다.
　이에 대하여 원혜 대사는 전해 내려오는 이야기가 있는데 산^절에서는 그것을 함부로 이야기하지 않는 것으로 알고 있으며, 그러니까 그만치 금불각의 등신불에 대해서는 모두들 그 영검을 두려워하고 있는 셈이라고 정색을 하고 말했다.

원혜 대사가 나에게 들려준 이야기는 다음과 같다. 이것은 물론 천이백년 간 등신금불에 대하여 절에서 내려오는 이야기를 원혜 대사가 정리해서 간단히 한 이야기이다.

―만적이 중이 되기까지의 이야기는 대개 기록과 같다. 그러나 그가 자기 몸을 불살라서 부처님께 공양을 올린 동기에 대해서는 전해 오는 다른 이야기가 몇 있다. 그것을 차례로 쫓아 이야기하면 다음과 같다.

만적이 처음 금릉 법림원에서 중이 되었는데 그때 그를 거두어 준 스님에 취뢰吹籟라는 중이 있었다. 그 절의 공양을 맡아 있는 공양주供養主 절에서 밥 짓는 사람 스님이었다. 만적은 취뢰 스님의 상좌上佐 스승의 대를 이을 여러 승려 가운데 가장 높은 사람로 있으면서 불법을 배우기 시작했다. 그러니까 취뢰 스님이 그에 대한 일체를 돌보아 준 것이다.

만적이 열여덟 살 때―그러니까 그가 법림원에 들어온 지 오년 뒤―취뢰 스님이 열반涅槃 모든 번뇌에서 벗어난, 영원한 진리를 깨달은 경지. 주로 덕이 높은 승려의 죽음하시게 되자 만적은 스님취뢰의 은공을 갚기 위하여 자기 몸을 불전에 헌신할 결의를 했다.

만적이 그 뜻을 법사법림원 운봉 선사雲峰禪師에게 아뢰자 운봉 선사는 만적의 그릇器됨을 보고 더 수도를 계속하도록 타이르며 사신捨身 불사나 불도를 위해 목숨을 버림을 허락지 않았다.

만적이 정원사의 무풍암에 해각 선사를 찾았다는 것도 운봉 선사의 알선에 의한 것이다. 그가 해각 선사 밑에서 지낸 오 년간의 수도 생활이란 뼈를 깎고 살을 가는 정진精進 정력을 다해 나아감. 몸을 깨끗이 하고 마음을 가다듬이었으나 법력의 경지는 짐작할 길이 없다.

만적이 스물세 살 나던 해 겨울에 금릉 방면으로 나갔다가 전날의 사신謝信을 만났다. 열세 살 때 자기 어머니의 모해를 피하여 집을 나간 사신이었다. 그리고 자기는 이 사신을 찾아 역시 집을 나왔다가 그를 찾지 못하고 중이 된 채 어느덧 꼭 십 년 만에 그를 다시 만난 것이다. 그러나 그때 다시 만난 사신을 보고는 비록 속세의 인연을 끊어 버린 만적으로서도 눈물을 금할 수 없었던 것이다. 착하고 어질던 사신이 어쩌면 하늘의 형벌을 받았단 말인고, 사신은 문둥병이 들어 있던 것이다.

만적은 자기의 목에 걸었던 염주를 벗겨서 사신의 목에 걸어 주고 그길로 곧장 정원사에 돌아왔다.

그때부터 만적은 화식火食 불에 익히거나 삶은 음식을 먹음. 또는 그 음식 을 끊고 말을 잃었다. 이듬해 봄까지 그가 먹은 것은 하루에 깨 한 접시씩뿐이었다―그때까지의 목욕재계는 말할 것도 없다―.

이듬해 이월 초하룻날 그는 법사 스님 운봉 선사과 공양주 스님 두 분만을 모시고 취단식就壇式을 봉행 奉行 제사나 의식 따위를 치름했다. 먼저 법의를 벗고 알몸이 된 뒤에 가늘고 깨끗한 명주를 발끝에서 어깨까지―목 위만 남겨 놓고― 전신에 감았다. 그러고는 단 위에 올라가 가부좌跏趺坐를 개고 앉자 두 손을 모아 합장을 올렸다. 그리하여 그가 염불을 외우기 시작하는 것과 동시에 곁에서 들기름 항아리를 받들고 서 있던 공양주 스님이 그의 어깨에서부터 기름을 들어부었다.

기름을 다 붓고, 취단식이 끝나자 법사 스님과 공양주 스님은 합장을 올리고 그 곁을 떠났다.

기름에 결은 만적은 그때부터 한 달 동안―삼월 초하루까지― 단 위에서 움직이지 않았다. 가부좌를 갠 채, 합장을 한 채, 숨 쉬는 화석이 되어 가고 있었다.

이레칠일에 한 번씩 공양주 스님이 들기름 항아리를 안고 장막―흰 천으로 장막을 치고 있었다― 안으로 들어오면 어깨에서부터 다시 기름을 부어 주고 돌아가는 일밖에 그 누구도 이 장막 안을 엿보지 못했다.

착하고 어질던 사신이 문둥병에 걸린 걸 보고 만적은 소신공양을 했지.

과연 이런 표정을 가질 수밖에 없었겠군요.

🎬 소설 한 장면 　절정　 원혜 대사가 만적의 기록을 읽게 하고 그에 대한 이야기를 들려줌

이렇게 한 달이 찬 뒤, 이날의 성스러운 불공에 참여하기 위하여 산중의 스님들은 물론이요, 원근 각처의 선남선녀들이 모여들어, 정원사 법당 앞 넓은 뜰을 메웠다.

대공양大供養 소신공양을 가리킴은 오시 초에 장막이 걷히면서부터 시작되었다. 오백을 헤아리는 승려가 단을 향해 합장을 하고 선 가운데 공양주 스님이 불 담긴 향로를 받들고 단 앞으로 나아가 만적의 머리 위에 얹었다. 그와 동시 그 앞에 합장하고 선 승려들의 입에서 일제히 아미타불이 불리기 시작했다.

만적의 머리 위에 화관같이 씌워진 향로에서는 점점 더 많은 연기가 오르기 시작했다. 이미 오랫동안의 정진으로 말미암아 거의 화석이 되어 가고 있는 만적의 육신이지만, 불기운이 그의 숨골정수리을 뚫었을 때는 저절로 몸이 움칠해졌다. 그리하여 그때부터 눈에 보이지 않게 그의 고개와 등, 가슴이 조금씩 앞으로 숙여져 갔다.

들기름에 결은 만적의 육신이 연기로 화하여 나가는 시간은 길었다. 그러나 그 앞에 선 오백의 대중승려은 아무도 쉬지 않고 아미타불을 불렀다.

신시申時 이십사시의 스무째 시. 오후 6시 반에서 7시 반까지 말에 갑자기 비가 쏟아졌다. 그러나 웬일인지 단 위에는 비가 내리지 않았다. 만적의 머리 위로는 더 많은 연기가 오르기 시작했다. 염불을 올리던 중들과 그 뒤에서 구경하던 신도들이 신기한 일이라고 눈이 휘둥그레져서 만적을 바라보았을 때 그의 머리 뒤에는 보름달 같은 원광이 씌워져 있었다.

이때부터 새전이 쏟아지기 시작하여 그 뒤 삼 년간이나 그칠 날이 없었다. 이 새전으로 만적의 타다가 굳어진 몸에 금을 씌우고 금불각을 짓고 석대를 쌓았다―.

원혜 대사의 이야기를 듣고 있는 동안 나는 맘속으로 이렇게 해서 된 불상이라면 과연 지금의 저 금불각의 등신금불같이 될 수밖에 없으리란 생각이 들었다. 그리고 많은 부처님불상 가운데서 그렇게 인간의 고뇌와 슬픔을 아로새긴 부처님등신불이 한 분쯤 있는 것도 무방한 일일 듯했다.

그러나 이야기를 다 마치고 난 원혜 대사는 이제 다시 나에게 그런 것을 묻지는 않았다.

"자네 바른손 식지를 들어 보게."

했다.

이것은 지금까지 그가 이야기해 오던 금불각이나 등신불이나 만적의 소신공양과는 아무런 상관도 없는 엉뚱한 이야기가 아닐 수 없다.

나는 달포 전에 남경 교외에서 진기수 씨에게 혈서를 바치느라고 내 입으로 살을 물어 뗀 나의 식지를 쳐들었다.

그러나 원혜 대사는 가만히 그것을 바라보고 있을 뿐 더 말이 없다. 왜 그 손가락을 들어 보이라고 했는지 이 손가락과 만적의 소신공양이 무슨 관계가 있다는 겐지 이제 그만 손을 내리어도 좋다는 겐지 뒷말이 없는 것이다.

"……."

"……."

태허루에서 정오를 아뢰는 큰 북소리가 목어^{木魚 목탁}와 함께 으르렁거리며 들려온다.

🕯 소설 한 장면　　결말　원혜 대사는 소신공양과 '나'가 한 행위의 유사성을 은근히 암시함

🔭 생각해 볼까요?

선생님 이 작품은 액자식 구성으로 외화와 내화로 이루어져 있어요. 각각 어떤 이야기를 담고 있는지 말해 볼까요?

💬 1 ♥ 1

↳ **학생 1** 외화는 학병에서 탈출한 '나'의 정원사 생활과 등신불을 본 소감이에요. 내화는 원혜 대사에게 전해 들은 이야기로 만적이 등신불이 된 연유와 과정에 대한 이야기예요.

선생님 등신불은 사람의 크기 정도로 만든 불상을 뜻해요. 소설에서 만적은 등신불이 되지요. 앉은 채로 몸을 불살라 소신공양을 하고 자세를 그대로 유지한 채 타다 굳은 몸에 금을 씌워 '인간 불상'을 만든 거예요. 이 작품에서 '등신불'이 상징하는 것은 무엇일까요?

💬 2 ♥ 2

↳ **학생 1** 이 작품은 불교를 소재로 하고 있지만, 불교의 초월적 신앙이 아닌 실존적인 인간의 경험과 정신에 뿌리를 두고 있어요. 고통과 번뇌로부터 적극적으로 벗어나려 하는 인간의 강한 의지를 보여 주지요. 또한 만적의 등신불은 '인간이란 불성과 인성을 동시에 지닌 존재'라는 점을 은연중에 암시해요.

↳ **학생 2** 또한 사람의 몸에 금을 입혀 만든 등신불은 자연과 초자연 간의 긴밀한 상관관계를 보여 주기도 해요.

선생님 만적이 자신의 육신을 불태울 때 갑자기 비가 쏟아졌지만 그가 가부좌를 하고 앉은 단 위에는 비가 내리지 않아요. 오히려 만적의 머리 위로 더 많은 연기가 피어오르기 시작하고, 그의 머리 위에는 '보름달 같은 원광'이 씌워지죠. 원광은 불상의 몸 뒤에서 둥글게 비치는 빛을 말해요. 이러한 원광이 만적의 머리 위에 비친 것은 어떤 의미일까요?

💬 2 ♥ 2

↳ **학생 1** 만적의 소신공양을 지켜본 사람들은 극단적인 순간에 이르자 인간의 힘이 더 강력하게 발휘되고 있음을 알게 됐을 거예요.

↳ **학생 2** 이러한 원광은 극한의 고통을 극복하는 힘을 상징해요.

선생님 '나'는 등신불을 보고 큰 충격을 받아요. 그 이유는 무엇일까요?
 1 ♥ 1

　　학생 1 '나'가 생각하는 불상의 모습은 인간 세상에서 겪는 번뇌에서 벗어나 해탈의 경지에 오른 거룩한 모습이에요. '나'는 중생에게 자비를 베푸는 온화한 모습을 갖춘 부처님을 상상하였어요. 그러나 등신불은 허리도 제대로 펴지 못한 채 앉아서 우는 것 같기도 하고 찡그린 것 같기도 한 표정을 짓고 있어요. 그 모습은 인간적 비원과 고뇌가 서린 듯한 일그러진 모습이어서 '나'를 놀라게 하였어요.

 선생님 원혜 대사가 '나'에게 식지를 들어 보라고 한 이유는 무엇일까요?
 2 ♥ 2

　　학생 1 '나'는 자신의 살을 스스로 떼어내는 희생을 치름으로써 죽음의 위기에서 벗어났어요. 이때 '나'의 혈서는 만적의 소신공양과 연결되어 '자기 희생을 통한 구원'이라는 의미를 가져요.

　　학생 2 '나'가 식지에서 살을 떼어 낸 행위와 만적의 소신공양이 정신적으로 일치함을 암시해요. 부처님의 은혜는 그냥 주어지지 않고 치열한 삶의 결과로 얻어지는 것임을 넌지시 일깨우며 '나'가 그런 세계로 나아가기를 바라는 마음을 전하려는 것이죠.

일제의 강제 징용과 징병 　　　　　▼ 🔍

연관 검색어　　일제 강점기　　국가 총동원법　　국민 징용령　　학도병

일제는 제2차 세계 대전 중 전쟁에 필요한 인력을 확보하기 위해 1938년 국가 총동원법을 실시하였다. 이후 1939년에는 국민 징용령을 제정해 노동력 징발을 추진하였다. 강제 징용된 조선인들은 훗카이도, 사할린, 남양 군도 등지의 탄광과 군수 공장, 철도 공사장 등에 강제로 끌려가 가혹한 중노동에 시달렸다. 심지어 공사가 끝난 후에 기밀 누설 방지를 명목으로 집단 학살을 당하기도 하였다.

또한 일제는 징병령을 발동해 조선의 청년들을 전쟁의 총알받이로 끌고 갔다. 심지어 14세 이상의 소년을 소년병으로 모집하기까지 하였다. 당시 학도병제와 징병제로 21만 명의 조선인 젊은이들이 전쟁터로 끌려갔고 많은 이들이 이국땅에서 전사하였다.

채만식
(1902~1950)

✉ 작가에 대하여

호는 백릉(白菱). 전라북도 옥구(현 군산시) 출생. 중앙고등보통학교를 거쳐 일본 와세다대학교 영문과를 중퇴하였다. 귀국 후 〈동아일보〉, 〈조선일보〉 기자를 역임하였다. 1925년 단편 「세 길로」가 〈조선문단〉에 추천되면서 등단하였다. 그 후 희곡 「사라지는 그림자」, 단편 「화물자동차」, 「부촌」 등 동반작가적 경향의 작품을 발표하였다. 1934년에 「레디메이드 인생」, 「인텔리와 빈대떡」 등 풍자적인 작품을 발표해 작가로서의 기반을 굳혔다. 그 뒤 단편 「치숙」, 「소망」, 「예수나 믿었더면」, 「지배자의 무덤」 등 풍자성이 짙은 작품을 계속 발표하였다. 중편으로는 『태평천하』가 있고, 장편으로는 『탁류』가 있다.

식민지 시절 채만식의 사회적 관심사는 실직 인텔리들의 고뇌와 궁핍한 생활이었다. 「레디메이드 인생」, 「치숙」 등과 같은 작품에서 인텔리를 양산하면서 그들에게는 기회를 만들어 주지 않는 식민지 정책에 대해 비판한다. 그는 비판적인 글에 대한 일제의 검열을 피하기 위해 풍자라는 우회적 방법을 이용해 부정적인 사회 현실을 작품에 담았다.

레디메이드 인생

⚓ 작품 길잡이

갈래: 풍자 소설
배경: 시간 - 일제의 수탈이 강화되던 1930년대 / 공간 - 경성
시점: 3인칭 전지적 작가 시점
주제: 식민지 치하 지식인 실업자가 겪는 고통과 좌절
출전: 〈신동아〉(1934)

📷 인물 관계도

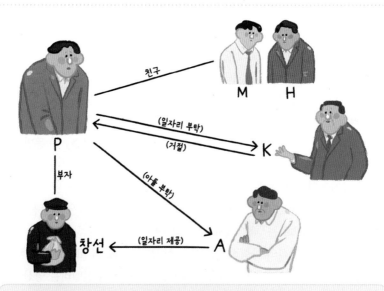

P	가난한 지식인이다. 식민지 체제를 비판하나 결국 아무런 해결도 하지 못한다.
M, H	P의 친구들로 P와 같은 처지에 놓인 실업자이다.
A	인쇄소 과장이다. P의 부탁을 받아 창선을 맡는다.

📋 구성과 줄거리

발단 **P는 K사장을 찾아가서 일자리를 부탁했다가 거절당함**

고등 교육을 받고도 실업자 신세인 P는 안면이 있는 신문사의 K사장을 찾아가 일자리를 부탁한다. K사장은 빈자리가 없다는 이유로 거절하면서 농촌 운동이나 하라고 충고한다. 그는 당장 먹고살기도 힘든 형편에 문맹 퇴치나 농촌 생활 개선 운동이 웬 말이냐며 반발한다.

전개 **P는 자신과 같은 '레디메이드 인생'을 양산한 사회를 비난함**

거리로 나온 P는 자신이 농민이나 노동자였다면 실직하지 않았을 것이라고 생각하며 자신이 인텔리인 것을 한탄한다. 또한, 노동자와 농민의 교육열을 부추겨 자신과 같은 지식인 실업자를 양산해 낸 일제의 교육 정책을 원망한다.

위기 **P는 아들을 보내겠다는 형의 편지를 받고, M, H와 함께 술을 마심**

그가 거리를 배회하다 산꼭대기에 있는 셋방으로 돌아오자, 주인 노파가 시골 형이 보낸 편지를 건네준다. 편지에는 P의 아들 창선을 거두기가 힘드니 서울로 보내겠다고 쓰여 있다. 마침 비슷한 처지에 있는 M과 H가 P를 찾아온다. 법률을 전공한 M과 경제학을 전공한 H도 빈털터리 실업자다. 세 사람은 M의 법률책을 잡혀서 마련한 돈으로 술을 마신다.

절정 **아들 창선이 서울로 올라옴**

이튿날 P는 아들이 온다는 전보를 받는다. 돈을 변통한 그는 풍로, 냄비, 양재기 등을 사 가지고 오는 길에 인쇄소의 문선 과장 A를 찾아간다. P는 월급은 필요 없으니 자기 아이에게 일만 가르쳐 달라고 조른다. 다음 날 P는 고향 사람과 함께 서울로 온 창선을 집으로 데리고 온다.

결말 **P는 창선을 인쇄소에 무료 견습공으로 취직시킴**

이튿날 창선을 인쇄소에 맡긴 P는 레디메이드 인생이 드디어 임자를 만나 팔렸다고 자조한다.

레디메이드 인생

1

"머, 어데 빈자리가 있어야지."

K사장은 안락의자에 푹신 파묻힌 몸을 뒤로 벌떡 젖히며 하품을 하듯이 시원찮게 대답을 한다. 미상불 그는 두 팔을 쭉— 내뻗고 기지개라도 한번 쓰고 싶은 것을 겨우 참는 눈치다.

이 K사장과 둥근 탁자를 사이에 두고 공손히 마주 앉아 얼굴에는 '나는 선배인 선생님을 극히 존경하고 앙모합니다.' 하는 비굴한 미소를 띠고 있는 구변, 없는 구변을 다하여 직업 동냥의 구걸 문구를 기다랗게 늘어놓던 P……[1] P는 그러나 취직 운동에 백전백패의 노졸인지라 K씨의 힘 아니 드는 한마디의 거절에도 새삼스럽게 실망도 아니 한다. 대답이 그렇게 나왔으니 이제 더 졸라도 별수가 없는 것이지만 헛일 삼아 한마디 더 해 보는 것이다.

"글쎄올시다, 그러시다면 지금 당장 어떻게 해 주십사고 무리하게 조를 수야 있겠습니까마는…… 그러면 이담에 결원이 있다든지 하면 그때는 꼭……."

이렇게 말하고 P는 지금까지 외면하였던 얼굴을 돌리어 K사장을 조심성 있게 바라보았다. 그러나 K사장은 우선 고개를 좌우로 두어 번 흔들고는 여전히 하품 섞인 대답을 한다.

"결원이 그렇게 나나 어데…… 그리고 간혹 가다가 결원이 난다 하더라도 유력한 후보자가 몇십 명씩 밀려 있어서……."

P는 아무 말도 아니 하고 고개를 숙였다. 이제는 영영 틀어진 것이다. '안녕히 계십시오.' 하고 일어서는 것밖에는 별수가 없다.

별수가 없이 되었으니 '네 그렇습니까.' 하고 선선히 일어서야 할 것이지만 지금까지 은근히 모시고 있던 태도에 비하여 그것이 너무 낮이 간지러운 표변임을 알기 때문에 실망이나 하는 체하고 잠시 더 앉아 있는 것이다.

---

1) 개성 없이 알파벳으로 표현된 주인공의 이름은 그가 기성품처럼 당대 사회에서 양산된 지식인이라는 것을 나타낸다.

"거 참, 큰일들 났어."

K사장은 P가 낙심해 하는 것을 보고 별로 밑천이 들지 아니하는 일이라서 알뜰히 걱정을 나누어 준다.

"저렇게 좋은 청년들이 일거리가 없어서 저렇게들 애를 쓰니."

P는 속으로 코똥ㅋ방귀을 '흥' 하고 뀌었으나 아무 대답도 아니 하였다. K사장은 P가 이미 더 조르지 아니하리라고 안심한지라 먼저 하품 섞어 '빈자리가 있어야지.' 하던 시원찮은 태도는 버리고 그가 늘 흉중에 묻어 두었다가 청년들에게 한바탕씩 해 들려주는 훈화를 꺼낸다.

"그렇지만 내가 늘 말하는 것인데…… 저렇게 취직만 하려고 애를 쓸 게 아니야. 도회지에서 월급 생활을 하려고 할 것만이 아니라 농촌으로 돌아가서……."

"농촌으로 돌아가서 무얼 합니까?"

K는 말중동말의 중간 부분을 갈라 불쑥 반문하였다. 그는 기왕 취직 운동은 글러진 것이니 속 시원하게 시비라도 해 보고 싶은 것이다.

"허! 저게 다 모르는 소리야…… 조선은 농업국이요, 농민이 전 인구의 팔 할이나 되니까 조선 문제는 즉 농촌 문제라고 볼 수가 있는데, 아 지금 농촌에서 할 일이 오죽이나 많다구?"

"저는 그 말씀 잘 못 알아듣겠는데요. 저희 같은 사람이 농촌에 가서 할 일이 있을 것 같잖습니다."

"그럴 리가 있나! 가령 응…… 저…….'"

K사장은 '응…… 저…….' 하고 더듬으면서 끝내 대답을 하지 못한다. 그것은 무리가 아니다.

그가 구직하러 오는 지식 청년들에게 농촌으로 돌아가 농촌 사업을 하라는 것과 다음에 또 꺼내는 일거리를 만들라는 것은 결코 현실에서 출발한 이론적 근거가 있는 것이 아니었다. 그저 지식 계급의 구직꾼이 넘치는 것을 보고 막연히 '농촌으로 돌아가라.', '일을 만들어라.'고 해 왔을 따름이다. 따라서 거기에 대한 구체적 플랜이 있는 것도 아니었었던 것이다. 한편으로는 한 행셋거리로, 또 한편으로는 구직꾼 격퇴의 수단으로 자룡이 헌창 쓰듯 썼을 뿐이다.

그리하여 그동안까지는 대개는 그 막연한 설교를 들은 성 만 성하고 물러가는 것이 그들의 행투였었는데 오늘 이 P에게만은 그렇지가 아니하여 불가불 구체적 설명을 해 주어야 하게 말머리가 돌아선 것이다. 그래서 그는 떠듬떠듬 생각해 가면서 생각나는 대로 주워섬기는 것이다.

"가령 응…… 저…… 문맹 퇴치 운동도 있지. 농민의 구 할은 언문도 모른단 말이야! 그리고 생활 개선 운동도 좋고…… 헌신적으로."

"헌신적으로요?"

"그렇지…… 할 테면 헌신적으로 해야지."

"무얼 먹고 헌신적으로 그런 사업을 합니까……? 먹을 것이 있어서 그런 농촌 사업이라도 할 신세라면 이렇게 취직을 못해서 애를 쓰겠습니까?"

"허! 그게 안된 생각이야……. 자기가 먹고 살 재산이 있으면서 사회를 위해서 일도 아니하고 번들번들 논다는 것은 그것은 타락된 생각이야."

P는 K사장이 억단^{臆斷 억측으로 판단함}을 내세우는 것을 보고 속으로 싱긋이 웃었다.

"그렇지만 지금 조선 농촌에서는 문맹 퇴치니 생활 개선이니 합네 하고 손끝이 하얀 대학이나 전문학교 졸업생들이 몰려오는 것을 그다지 반겨하기는커녕 머릿살을 앓을 것입니다……. 농민이 우매하다든지 문화가 뒤떨어졌다든지 또 생활이 비참한 것의 근본 원인이 기역니은을 모른다든가 생활 개선을 할 줄 몰라서 그런 것이 아니니까요. 그리고 조선의 지식 청년들이 모두 그런 인도주의자가 되어집니까?"

"되면 되지 안 될 건 무어야?"

"그건 인도주의란 그것이 한 개 공상이니까 그렇겠지요."

"허허……, 그러면 P군은 ××주의잔가?"

"되다가 찌부러진 찌스레깁니다. 철저한 ××주의자라면 이렇게 선생님한테 와서 취직 운동도 아니 합니다."

"못써! 그렇게 과격한 사상으로 기울어서야 쓰나……. 정 농촌으로 돌아가기가 싫거든 서울서라도 몇 사람 맘 맞는 사람이 모여서 무슨 일을, 조선에 신문이 모자라니 신문을 하나 경영하든지 또 조그맣게 하자면 잡지 같은 것도 좋고 또 영리사업도 좋고……. 그러면 취직 운동하는 것보다 훨씬 낫지 않은가?"

"좋은 줄이야 압니다만 누가 돈을 내놓습니까?"

"그거야 성의 있게 하면 자연 돈도 생기는 거지."

P는 엉터리없는 수작을 더 하기가 싫어 웬만큼 말을 끊고 일어섰다.

속에 있는 말을 어느 정도까지 활활 해 준 것이 시원은 하나, 또 취직이 글렀구나 생각하니 입안에서 쓴 침이 괴어 나온다.

복도에서 편집국장 C를 만났다. P는 C와 자별히^{친분이 남보다 특별하게} 사이가 가까운 터였었다.

"사장 만나러 왔소?"

C가 묻는 것이다.

"아니."

P는 거짓말을 하였다. 그는 지금 K사장을 만나 거절당한 이야기를 하기가 어쩐지 창피하기도 할 뿐 아니라, 또 전부터 C더러 K사장에게 자기의 취직 운동을 부탁해 왔던 터인데 직접 이렇게 찾아와서 만났다고 하기가 혐의쩍기^{마음에 꺼리고 싫어할 만한 점이 있음}도 하여 시치미를 뚝 뗀 것이다.

"아주 단념하오."

C는 자기에게 부탁한 취직 운동을 단념하란 말이다. 그러면 벌써 C가 K사장에게 이야기를 하였고 그 결과 일이 틀어진 것을 P는 모르고 와서 헛노릇을 한바탕한 것이다. P는 먼저 C를 만나 보지 아니하고 K사장을 만난 것을 후회하였다. C는 잠깐 멈췄던 말을 계속한다.

어데 빈자리가 있어야지. 차라리 농촌으로 돌아가서 문맹 퇴치 운동이나 생활 개선 운동을 해 보면 어떤지……

그런 농촌 사업이라도 할 신세라면 이렇게 취직을 못해서 애를 쓰겠습니까? 농민의 생활이 비참한 것이 생활 개선을 할 줄 몰라서 그런 것은 아니지 않습니까.

⌀ 소설 한 장면　발단　P는 K사장을 찾아가서 일자리를 부탁했다가 거절당함

"어제 아침에 사장더러 P군의 사정이 퍽 난처하니 어떻게 생각해 봐 주면 좋겠다고 여러 말을 했다가 코떼었소무안하도록 핀잔을 들었소. 신문사가 구제 기관이 아닌데 남의 사정 난처한 것을 어떻게 하라느냐고 그럽디다. 하기야 그게 옳은 말이지만……."

신문사가 구제 기관이 아니라고 한다는 그 말이 P의 머리에는 침 끝으로 찌르는 것같이 정신이 들게 울리었다.

"흥! 망할 자식들!"

P는 혼잣말로 이렇게 두덜거리며 C와 작별도 아니 하고 밖으로 나와 버렸다.

2

P는 광화문 네거리의 기념 비각 옆에서 발길을 멈추고 망설였다. 어디로 갈까 하는 것이다.

봄 하늘이 맑게 개었다. 햇볕이 살이 올라 포근히 온몸을 싸고돈다. 덕석추울 때 소의 등을 덮어 주기 위해 만든 멍석 같은 것 같은 겨울 외투를 벗어 버리고 말쑥말쑥하게 새로 지은 경쾌한 춘추복의 젊은이들이 봄볕처럼 명랑하게 오고 가고 한다.

멋쟁이로 차린 여자들의 목도리가 나비같이 보드랍게 나부낀다. 그 오동보동한 비단 다리를 바라다보노라니 P는 전에 먹던 치킨커틀릿 생각이 났다.

창을 활활 열어젖힌 전차 속의 봄 사람들을 보니 P도 전차를 잡아타고 교외나 나가고 싶었다. 그러나 크림 맛을 못 본 지 몇 달이 된 낡은 구두, 구기적거린 동복 바지, 양편 포켓이 오뉴월 쇠불알같이 축 처진 양복 저고리, 땟국 묻은 와이셔츠와 배배 꼬인 넥타이, 엿장수가 이 전어치 주마던 낡은 모자, 이렇게 아래로부터 훑어 올려 보며 생각하니 교외의 산보는커녕 얼른 돌아가서 차라리 이불을 뒤집어쓰고 드러눕고만 싶었다.

마침 기념비각 앞에 자동차 하나가 머무르더니 서양 사람 내외가 내린다. 그들은 사내가 설명을 하고 여자가 듣고 하면서 기념비각을 앞뒤로 구경한다. 여자는 사진까지 찍는다.

대원군이 만일 이 꼴을 본다면……. 이렇게 생각하매 P는 저절로 미소가 입가에 떠올랐다.

3

대원군은 한말^{韓末 대한 제국의 마지막 시기}의 돈키호테였다. 그는 바가지를 쓰고 벼락을 막으려 하였다. 바가지는 여지없이 부스러졌다. 역사는 조선이라는 조그마한 땅덩이나마 너무 오래 뒤떨어뜨려 놓지 아니하였다.

갑신정변에 싹이 트기 시작하여 가지고 일한합방의 급격한 역사 변천을 거쳐 자유주의의 사조는 기미년에 비로소 확실한 걸음을 내디뎠다.

자유주의의 새로운 깃발을 내어 걸은 '시민'의 기세는 등등하였다.

"양반? 흥! 누구는 발이 하나기에 너희만 양발^班이라느냐?"

"법률의 앞에서는 만인이 평등이다."

"돈……, 돈이 있으면 무어든지 할 수 있다."

신흥 부르주아지는 민주주의의 간판을 이용하여 노동자 농민의 등을 어루만지고 경제적으로 유력한 봉건 귀족과 악수를 하는 동시에 지식 계급을 대량으로 주문하였다.

'유자천금 불여교자 일권서^{遺子千金 不如敎子 一卷書 자식에게 재산을 남겨 주는 것보다 한 권의 책을 가르치는 것이 낫다}'라는 봉건 시대의 진리가 자유주의의 세례를 받아 일단의 더 발전된 얼굴로 민중을 열광시켰다.

"배워라. 글을 배워라……. 지식만 있으면 누구나 양반이 되고 잘살 수가 있다."

이러한 정열의 외침이 방방곡곡에서 소스라쳐 일어났다.

신문과 잡지가 붓이 닳도록 향학열을 고취하고 피가 끓는 지사들이 향촌으로 돌아다니며 삼 촌^{세치}의 혀를 놀려 권학^{勸學}을 부르짖었다.

"배워라. 배워야 한다. 상놈도 배우면 양반이 된다."

"가르쳐라. 논밭을 팔고 집을 팔아서라도 가르쳐라. 그나마도 못하면 고학^{苦學}이라도 해야 한다."

"공자 왈 맹자 왈은 이미 시대가 늦었다. 상투를 깎고 신학문을 배워라."

"야학을 실시하여라."

재등^{齋藤 사이토 마코토. 제3대, 제5대 조선 총독. 형식상의 문화 정책으로 우리 민족에 대한 회유 정책을 씀} 총독이 문화 정치의 간판을 내어 걸고 골골이 학교를 증설하였다. 보통학교의 교장이 감발^{발감개. 버선이나 양말 대신 발에 칭칭 감는 좁고 긴 무명천}을 하고 촌으로 돌아다니며 입학을 권유하였다. 생도에게는 월사금을 받기는커녕 교과서와 학용품을 대 주었다.

민간의 유지는 돈을 걷어 학교를 세웠다. 민립 대학도 생기려다가 말았다. 청년회에서 야학을 설치하였다. 갈돕회가 생겨 갈돕만주 외우는 소리가 서울에 신풍경을 이루었고 일반은 고학생을 존경하였다.

여학생이라는 새 숙어가 생기고 신여성이라는 새 여인이 생겨났다.

이와 같이 조선의 관민이 일치되어 민중의 지식 정도를 높이는 데 진력을 하였다. 즉, 그들 관민이 일치하여 계획한 조선의 문화 정도는 급속도로 높아 갔다.

그리하여 민중의 지식 보급에 애쓴 보람은 나타났다.

면 서기를 공급하고, 순사를 공급하고, 군청 고원을 공급하고, 간이 농업학교 출신의 농사 개량 기수를 공급하였다.

은행원이 생기고 회사 사원이 생겼다. 학교 교원이 생기고 교회의 목사가 생겼다.

신문 기자가 생기고 잡지 기자가 생겼다. 민중의 지식 정도가 높았으니 신문 잡지 독자가 부쩍 늘고 의사와 변호사의 벌이가 윤택하여졌다.

소설가가 원고료를 얻어먹고, 미술가가 그림을 팔아먹고, 음악가가 광대의 천호賤號 천한 호칭에서 벗어났다.

인쇄소와 책 장사가 세월을 만나고 양복점 구둣방이 늘비하여졌다.

연애결혼에 목사님의 부수입이 생기고 문화 주택을 짓느라고 청부업자가 부자가 되었다. 그리하여 부르주아지는 '가보'를 잡고, 공부한 일부의 지식꾼은 진주 투전이나 화투 따위의 노름에서 다섯 끗을 이르는 말를 잡았다.

그러나 노동자와 농민은 무대 노름판에서 투전의 끗수가 열이나 스물로 되어 쓸 끗수가 아주 없게 된 경우를 말함를 잡았다. 그들에게는 조선의 문화 향상이나 민족적 발전이나가 도리어 무거운 짐을 지어 주었을지언정 덜어 주지는 아니하였다. 그들은 배 주고 속 얻어먹은 셈이다.

······ ―원문 20여 자 탈락― ······[1]

인텔리······, 인텔리 중에도 아무런 손끝의 기술이 없이 대학이나 전문학교의 졸업 증서 한 장을, 또는 그 조그마한 보통 상식을 가진 직업 없는 인텔리······, 해마다 천여 명씩 늘어 가는 인텔리······, 뱀을 본 것은 이들 인텔리다.

부르주아지의 모든 기관이 포화 상태가 되어 더 수요가 아니 되니 그들은 결국 꼬임을 받아 나무에 올라갔다가 흔들리는 셈이다. 개밥의 도토리다.

---

1) 일제의 검열로 인해 삭제된 부분이다.

인텔리가 아니 되었으면 차라리 …… —원문 7~8자 탈락— …… 노동자가 되었을 것인데, 인텔리인지라 그 속에는 들어갔다가도 도로 달아나오는 것이 구십구 퍼센트다. 그 나머지는 모두 어깨가 축 처진 무직 인텔리요, 무기력한 문화 예비군 속에서 푸른 한숨만 쉬는 초상집의 주인 없는 개들이다. 레디메이드 인생이다.

4

"제一길!"

P는 혼자 두덜거리며 지금까지 서 있던 기념 비각 옆을 떠났다.

…… —원문 80여 자 탈락— ……

P는 자기 자신이고 세상의 모든 일이고 모두 짜증이 나고 원수스러웠다.

광화문 큰 거리를 총독부 쪽으로 어슬어슬 걸어가노라니 그의 그림자가 짤막하게 앞에 누워 간다. P는 그 자기 그림자를 콱 밟고 싶었다. 그러나 발을 내어 디디면 그림자도 그만큼 앞으로 더 나가곤 한다. 이 그림자와 자기 자신에서, 그리고 그림자를 밟으려는 자기 자신과 앞으로 달아나는 그림자에서 P는 자기의 이중인격의 모순상을 발견하였다.

직업 없는 인텔리……, 해마다 천여 명씩 늘어 가는 인텔리…… 인텔리라니, 개밥의 도토리다. 레디메이드 인생이다.

🔍 소설 한 장면　전개　P는 자신과 같은 '레디메이드 인생'을 양산한 사회를 비난함

동십자각 옆에까지 온 P는 그 건너편 담배 가게 앞으로 갔다.

"담배 한 갑 주시오."

하고 돈을 꺼내려니까 담배 가게 주인이,

"네, 마콥^{마코. 담배 이름}니까?"

묻는다.

P는 담배 가게 주인을 한번 거듭떠보고 다시 자기의 행색을 내려 훑어보다가 심술이 버쩍 났다. 그래서 잔돈으로 꺼내려는 것을 일부러 일 원짜리로 꺼내려는데 담배 가게 주인은 벌써 마코 한 갑 위에다 성냥을 받쳐 내어민다.

"해태^{담배 이름}주어요."

P는 돈을 들이밀면서 볼먹은 소리를 질렀다. 그러나 담배 가게 주인은 그저 무신경하게 '네ㅡ.' 하고는 마코를 해태로 바꾸어 주고 팔십오 전을 거슬러 준다.

P는 저편이 무렴^{無廉 염치가 없음}해 하지 아니하는 것이 더욱 얄미웠다.

그는 해태 한 개를 꺼내어 붙여 물고 다시 전찻길을 건너 개천가로 해서 올라갔다. 이제는 포켓 속에 남은 것이 꼭 삼 원하고 동전 몇 푼이다. 엊그제 겨울 외투를 사 원에 잡혀서 생긴 것이다.

방세와 전깃불 값이 두 달 치나 밀렸다. 삼 원은 방세 한 달 치를 주고 일 원에서 전등 삯 한 달 치를 주고도 싶었으나, 그러고 나면 그 나머지로 설렁탕이나 호떡을 사 먹어도 하루밤에는 못 지낸다. 그래 그대로 넣어 두고 한 이틀 지내는 동안에 일 원이 거진 달아났던 판인데 공연한 객기를 부리느라고 당치도 아니한 해태를 샀기 때문에 이제는 일 원 돈은 완전히 달아나고 삼 원만 남은 것이다.

P는 포켓 속에 손을 넣고 잔돈과 지폐를 섞어 삼 원 남은 돈을 만지작거렸다. 그러면서 왼편 손으로는 손가락을 꼽아 가며 삼 원을 곱쟁이 쳐 보았다.

육 원, 십이 원, 이십사 원, 사십팔 원, 구십육 원, 백구십이 원, 팔 원 모자라는 이백 원…… 사백 원, 팔백 원, 일천육백 원, 삼천이백 원, 육천사백 원, 일만 이천팔백 원. 팔백 원은 떼어 버리고 이만 사천 원, 사만 팔천 원, 구만 육천 원, 십구만 이천 원, 삼십팔만 사천 원, 칠십육만 팔천 원, 일백오십삼만 육천 원……

삼 원을 열여덟 번만 곱집으면 일백오십만 원이 된다. 일백오십만 원 그놈이 있으면…… 이렇게 생각하매 어깨가 으쓱해졌다.

삼 원의 열여덟 곱쟁이가 일백오십만 원이니 퍽 쉬운 것이다……. 그놈만 있으면 백만 원을 들여서 오십 전짜리 십육 페이지 신문을 하나 했으면 우선 K사장의 엉엉 우는 꼴을 볼 수가 있을 것이다.

그러나 아쉬운 대로 십오만 원만 있어도, 일만 오천 원 아니 일천오백 원만 있어도, 아니 일백오십 원만 있어도, 십오 원만 있어도 우선 방세와 전등삯을 주고 한 달은 살아가겠다.

P는 한숨을 내쉬었다. 한 달? 한 달만 살고 나면 그다음은 어떻게 하나……? 그래도 몇백 원은 있어야지, 아니 몇천 원은, 아니 몇만 원은…….

P는 늘 하는 버릇으로 이런 터무니없는 공상을 되풀이하였다.

그는 최근 이러한 공상을 하면서부터 취직을 시들하게 여겼다. 취직이 된댔자 사오십 원이나 오륙십 원이 월급이다. 그것을 가지고 빠듯빠듯 살아간들 무슨 아기자기한 재미가 있을 턱도 없는 것이다.

가령 근실히 해서 월괘 저금月掛 貯金 매달 적립하는 저금 같은 것도 하고 집도 장만하고 여편네도 생기고 사장이나 중역들의 눈에 들어 지위도 부장쯤으로는 올라가고, 그리하여 생활의 근거도 안정이 되고 하면 지금 같은 곤란은 당하지 아니하겠지만, 그러나 P에게는 아직도 젊은 때의 야심이 있어 그러한 고식된 안정이나 명색 없는 생활은 도리어 피하고 싶었던 것이다. 좀 더 남의 눈에 띄고, 좀 더 재미있고 그리고 자유로운 생활. 물론 그는 지금이라도 누가 한 달에 삼십 원만 줄 테니 와서 일을 해 달라면 마치 주린 개가 고기를 보고 덤비듯이 덮어놓고 덤벼들 것이다. 그러나 속으로는 그와 딴판으로 배포를 부리고 있는 것이다.

P가 삼청동으로 올라가느라고 건춘문 앞까지 이르렀을 때 저편에서 말쑥하게 몸치장을 한 여자 하나가 마주 내려왔다. 역시 삼청동 근처에 사는 여자인지 P와는 가끔 마주치는 여자다.

P는 그 여자와 만날 때마다 일부러 눈여겨보지 않는 체하면서도 실상은 고비 살살 관찰을 하였고, 그리고 속으로는 연애라도 좀 했으면 하던 터였었다. 무엇보다도 동그스름한 얼굴에 이목구비가 모두 모지지 아니하고 얼굴의 윤곽이 둥글듯이 모가 나지 아니한 것, 그래서 맘자리마음의 본바탕도 그렇게 둥글려니 하는 것이 P의 마음을 끈 것이다.

그 여자는 자주 만나는 이 협수룩한 양복쟁이 P를 먼빛으로도 알아보았는지 처녀다운 조심스런 몸매로 길을 가로 비켜 가까이 왔다.

P는 고개를 꼿꼿이 쳐들고 앞만 쳐다보면서도 속으로는, '저 여자가 지금 내 옆으로 다가와서 조그만 소리로 정답게 구애를 한다면? 사뭇 들여 안긴다면? ……어쩔꼬?'

이런 생각을 하면서 히죽이 웃는데 여자는 벌써 지나쳐 버렸다.

'흥! 어쩌긴 무얼 어째? ……이년아, 일없다는데 왜 이래! 하고 발길로 칵 차 내던지지.'

하고 P는 어깨를 으쓱하였다.

삼청동 꼭대기에 있는 집―집이 아니라 사글세로 든 행랑방―에 돌아왔다. 객지에 혼자 있으니 웬만하면 하숙에 있을 것이로되 방값이 밀리고 그것에 졸릴 것이 무서워 P는 방을 얻어 가지고 있던 것이다.

먹는 것이야 수중에 돈이 있는 데에 따라 호떡, 설렁탕도, 백화점의 런치도, 그러잖고 몇 끼씩 굶기도 하여 대중이 없었다.

볕 구경을 잘 못해서 겨울에도 곰팡이가 슬고 이불을 며칠씩 그대로 펴 두는 방바닥에서는 먼지가 풀신풀신 올랐다.

하도 어설퍼 앉으려고도 아니 하고 방 가운데 우두커니 서서 있노라니까 안방 문 여닫는 소리가 들리며 주인 노파가 나와서 캑 하고 기침을 한다. P는 또 방세 졸릴 일이 아득하였다.

그러나 노파는 방세보다도 우선 편지 한 장을 들이밀어 준다. 고향의 형에게서 온 것이다.

편지를 뜯어 읽고 난 P는 말가웃^{한 말 반쯤의 분량}이나 되게 한숨을 푸― 내쉬었다. 그러고는 편지를 박박 찢어 버렸다.

5

편지의 요건은 P의 아들에 관한 것이다.

P에게는 연전에 갈린 아내와의 사이에 생긴 창선이라는 아들이 있다. 금년에 아홉 살이다.

아내와 갈릴 때에 저편에서 다만 어린애만이라도 주었으면 그것을 데리고 길러 가는 재미로 혼자 사는 세상에 낙을 붙이겠다고 사정하였다. 그리고 적어도 중학까지는 마치게 하겠다는 것이었다.

그렇게 했으면 P도 한 짐을 덜었을 것이다. 그러나 그는 듣지 아니하였다.

어릴 적부터 소박데기^{소박맞은 여자} 어미의 손에서 아비의 원망과 푸념을 들어 가면서 자란 자식은 자란 뒤에 그 아비에게 호감을 가지지 못한다. P는 자식을 꼭 찾고 싶은 것은 아니나 아무튼 장성하면 아비라고 찾아올 터인데 그때에 P는 이미 늙고 자식은 팔팔하게 젊은 놈이 옛날에 제 어미를 소박한 아비라서 아니꼽게 군다면 그것은 차마 못 당할 노릇이다.

이러한 생각으로 P는 창선이를 내주지 아니한 것이다. 그러나 빼앗아 놓고 보니 이제 겨우 네댓 살밖에 아니 먹은 것을 자기 손으로 어찌할 수가 없다. 그리하여 할 수 없이 어렵사리 지내는 그 형에게 맡겨 놓고 다시 서울로 올라온 것이다. 보통학교에 다닐 나이가 되면 서울로 데려오겠다고 해두고…….

P의 형은 작년에 조카를 보통학교에 입학시켰다. 그러나 극빈 축에 드는 집안인지라 몇 푼 아니 되는 월사금과 학비를 대지 못하여 중도에 퇴학시켰다. 애초에 입학시킬 상의로 P에게 편지를 했을 때에 P는 공부 같은 것은 시켜 봤자 소용이 없으니 차라리 뼈가 보드라운 때부터 생일^{특별한 지식이 필요 없는, 몸으로 하는 일}을 시키라고 하였다. P의 형은 그러나 백부의 도리로나 집안의 체면으로나 창선이에게 생일을 시킬 수가 없었다. 차라리 자기 손에 두어 헐벗기고 헐입히면서 공부도 시키지 못하니 제 아비인 P더러 데려가라고 작년부터 편지를 하던 터이다.

금년도 입학 시기가 당하매 P의 형은 P에게 누차 편지를 하였다. 금년에 입학을 시키지 못하면 명년에는 학령이 초과되어 들여 주지 아니할 것이어서 데려다가 공부를 시키라는 것이다.

그 어린것이 굶기를 먹듯 하고 재주는 있으면서 남의 집 아이들이 학교에 다니는 것을 부러워하는 꼴은 차마 애처로워 볼 수가 없다. 차라리 이 꼴 저 꼴 보지 않는 것이 속이나 편하겠다.

이번 편지에는 이러한 구절이 있고 끝에 가서,

여비가 몇 원 변통되면 차를 태우고 전보를 칠 테니 정거장에 나와 데려가거라. 나도 웬만하면 객지에 혼자 있는 너에게 어린 자식을 떠맡기듯이 보내겠느냐마는 잘못하다가 그것을 굶겨 죽이겠기에 생각다 못해 단행하는 것이다.

이러한 말이 씌어 있었다.

P는 박박 찢은 편지를 돌돌 뭉쳐 방구석에 내던지고 한숨을 푸— 내쉬었다.

이제는 자식을 데리고 있기가 피할 수 없이 되었는데, 어떻게 했으면 좋을까 하는 것이다. 그는 형이 원망스럽고 아니꼬웠다.

굳이 제 아비를 따라 보낸다는 것이 아니라 부득부득 공부를 시키려는 것 때문이다. 기왕 서울로 보내나 시골서 데리고 있으나 고생시키기는 일반이니 차라리 시골서 일찍부터 생일이나 시켰으면 P에게는 여러 가지로 좋을 것이었다.

"흥! 체면! 공부! 죽여도 인텔리는 만들잖는다."

P는 혼자 이렇게 두덜거렸다.

"집에서 온 편지유? 무슨 걱정이 생겼수?"

말거리를 찾지 못하여 머뭇거리고 섰던 안방 노인이 동정이나 하는 듯이 이렇게 묻는다.

"아니오."

P는 마지못해 코대답을 하였다.

"필경 무슨 걱정이 생긴 게구려!"

노인은 자기의 말거리를 만들려고 아니라는데도 이렇게 걱정을 내어놓는다.

"그게 모다 가난한 탓이지! 저렇게 젊고 똑똑한 이가……. 저게 모다 가난한 탓이야! 어데 구실자리^{일자리} 말한다더니 아직 아니 됐수?"

"네, 아직……."

"거 큰일 났구려! 어서 돼야 할 텐데……. 나도 꼭 죽겠수……. 이 늙은 것이……! 돈 좀 마련되잖았수?"

"네, 아직 좀……."

"저걸 어쩌나! 오늘은 물값이야 전깃불 값이야 사뭇 받으러 달려들 텐데!"

"메칠만 더 미루십시오. 설마하니 마나님이야 아니 드리겠습니까……."

"아무렴! 실수야 없을 줄 알지만 내가 하도 옹색하니깐 그러는 거지……."

P는 노인이 지껄이게 두어 두고 혼자 생각하였다. 전에 아는 집에서 셋방을 얻어 들었을 때에는 두 달이고 석 달이고 세가 밀려도 조르는 법이 없었다.

밀려도 조르지 아니하는 아는 집……, 이것이 P는 도리어 미안해서 이곳으로 옮겨 온 것이다. 옮겨 와 가지고 막상 졸림질을 당하니 미안해도 졸리지는 아니하던 옛집이 그리워지는 것이다.

노인이 문을 가로막고 서서 수다스런 소리로 더 지껄이려고 하는데 마침 P의 동무 M과 H가 찾아왔다.

"어데 나가나?"

M이 그러잖아도 벌씸한 코를 한 번 더 벌씸하고 사이 벌어진 앞니를 내어 보이며 싱끗 웃는다.

몸집은 M과 같이 통통하지만 키가 적어 M의 뒤에 가려 섰던 H가 옆으로 나서며,

"안녕합시요."

하고 인사를 한다.

P는 싱끗이 웃었다. 이 M과 H는 같은 하숙에 있는데 두 사람은 곧잘 같이 돌아다닌다. 같이 가는 것을 나란히 세워 놓고 보면 하나는 키가 커서 우뚝하고 하나는 키가 작아서 납작 붙어 가는 것 같다.

얼굴도 M은 우둘부둘한 게 정객 타입으로 생겼고—잘못하면 복싱 링에 내세워도 좋겠고— H는 안존한 게 사무원 타입이다.

일상의 언행을 보아도 H는 무슨 이야기가 자기 전문인 법률에 관한 것에 다다르면 육법전서의 조목을 따르르 외우면서 이러고저러고 하다고 설명을 하고, M은 동경서 학생 ××에 제휴를 했던 만큼, 그리고 전문이 정경과인 만큼 좌익 진영에서 쓰는 어투가 그대로 나온다.

"여전히 모다 동색^{同色}이 창연하군!"

P는 두 사람의 특특한 겨울 양복을 보고, 그리고 자기의 행색을 내려 보며 웃었다.

M이 신을 벗고 들어와 먼지 앉은 책상 위에 걸터앉으며,

"춘래불사춘^{春來不似春 봄이 왔지만 봄답지 않다는 뜻}일세."

하고 한마디 외운다. H도 따라 들어와 한편에 앉으며 한마디 한다.

"아직 괜찮아…… 거리에서 보니까 동복 입은 사람이 많데……"

"괜찮기는 무어 괜찮아…… 우리가 길로 돌아다니니까 사방에서 아이구 아야! 소리가 들리데."

"왜?"

"봄이 발밑에서 짓밟히느라고."

"하하하하."

세 사람은 소리를 내어 웃었다.

"참 시험 본 것 어떻게 되었소?"

P는 H가 일전에 총독부에서 본 고원 채용 시험을 생각하고 물어보았다.

"말두 마시우…… 이제는 꼭 들어앉어 공부나 해 갖고 변호사 시험이나 치겠소."

사람이 별로 변통성도 없고 그렇다고 여기저기 반연도 없어 취직이 여의하게 되지 못하는 것을 볼 때에 P는 가엾은 생각이 늘 들곤 하였다.

"가만있게…… 어서 변호사 시험만 패스하게. 그러면 이제 내가 백만 원짜리 주식회사를 조직해 가지고 자네를 법률 고문으로 모셔 옴세."

이것은 M이 늘 농 삼아 하는 농담이다. M도 일 년 동안이나 취직 운동을 하면서 지냈건만 그는 되레 배포가 유하다. 조금 더 재빠르게 했으면 M은 벌써 취직이 되었을는지도 모르나 그는 타고난 배포와 그리고 남에게 아유 **구용** 阿諛苟容 남에게 잘 보이려고 구차스럽게 아첨하는 모양 을 하기 싫어하는 성질로 말하자면 취직

전선의 낙오자다.

별로 만나야 할 일도 없다. 그러나 제각기 혼자 있으면 우울해지니까 이렇게 서로 찾으며 자주 만나게 된다.

만나 앉아서 이야기라도 지껄이면 그동안만은 명랑하여진다. 지금 서울 안에 P니 M이니 H와 매일 만나 하는 일 없이 돌아다니고 주머니 구석에 돈푼 있으면 서로 털어 선술 잔이나 먹고 하는 룸펜^{lumpen 독일어로 부랑자, 실업자를 뜻함}의 패가 수없이 많다.

무어나 일을 맡겼으면 불이 번쩍 일게 해낼 팔팔한 젊은 사람들이다. 그렇건만 그들은 몸을 비비 꼬고 있다.

아무 데도 용납지 못하는 사람들이다. ××적 ××에서 그들을 불러들이기에는 ××적 ××의 주관적 정세가 너무도 미약하다. 그것은 그들의 몇 부분이 동경서 학생으로 있을 시절에는 그 속에서 활발하게 ××을 계속하던 것이 조선에 나오면서 탈리되는 것으로 보아 그러한 해석을 내리지 아니할 수가 없다.

그렇다고 부르주아의 기성 문화 기관에 들어가자니 그곳에서는 수요를 찾지 아니한다. 레디메이드로 된 존재들이니 아무 때라도 저편에서 필요해야만 몇씩 사들여 간다.

M이 마코를 꺼내 놓고 붙여 문다. P는 포켓 속에 들어 있는 해태를 차마 내놓기가 낯이 따가워 M의 마코를 집어 당겼다.

…… —원문 80여 자 탈락— ……

P는 설명을 시작한다. P 자신 그러한 장난 비슷한 공상은 하면서 일단 해 보라고 하면 주저할 것이지만 어쨌거나 그랬으면 통쾌하리라는 것이다.

"면점 경무국에 들어가서 아주 까놓고 이야기를 한단 말이야. 우리가 지금 대상으로 하는 것은 총독부가 아니라 조선의 소위 민간 측 유지들이니까 간섭을 말아 달라고."

"그러면 관허 ^{官許 정부에서 특정한 일을 허가함. 또는 그런 허가} 메이데이 ^{May Day 노동절. 5월 1일} 로구만."

"그래 관허도 좋아…… 그래 가지고는 기에다가는 무어라고 쓰느냐 하면 '우리에게 향학열을 고취한 놈이 누구냐?' ……어때?"

"조—치!"

"인텔리에게 직업을 대라…… 이렇게 노래를 지어 부르거든."

…… —원문 10여 자 탈락— ……

"응…… 유지와 명사의 가면을 박탈시키라고…… 한 몇십 명이 그렇게 데모를 한단 말이야! 하하하하."

M은 이렇게 웃고 H는 시원찮게 핀잔을 준다.

"듣그럽소^{떠드는 소리가 듣기 싫소}, 여보…… 아 글쎄, 멀끔멀끔한 양복쟁이들이 종로 네거리로 기를 받고 그렇게 다녀 봐! 애들이 와서 나 광고지 한 장 주, 하잖나."

"하하하하."

"허허허허."

창밖에서 냉이 장수가 싸구려 소리를 외치고 지나간다. M이 그에 응하여,

"이크! 봄을 덤핑하는구나!"

"흥, 경제학자라 다르군……. 참, 우리 하숙에서는 채소를 좀 멕여 주어야지!"

"밥값을 잘 내 보지."

"그도 그렇지만."

"나는 석 달 치 밀렸네."

"나도 그렇게 될걸."

"그러니까 나처럼 이렇게 아파트 생활을 해요."

이것은 P의 말이다. 아파트라고 말해 놓고도 서글퍼서 허허 웃었다.

"조선식 아파트! 그렇지만 우리가 아파트 생활을 했다면 아마 두어 달 전에 굶어 죽었을걸."

"나는 돈을 보면 초면 인사를 해야 되겠네……. 본 지가 하도 오래라서 낯을 잊었어."

"여보게."

하고 M이 의젓하게 H를 달군다.

"돈 구경한 지 오래됐다지?"

"응."

"존 수가 있네."

"뭣?"

"자네 책 좀 삼사^{三四} 구락부^{동아리, 클럽의 일본식 표현}에 보내세."

"싫으이."

"자네 돈 구경하고…… 구경하고 나서 그놈으로 한잔 먹고…… 한잔 말

이 났으니 말이지 요즘 같으면 술이나 실컷 먹고 주정이라도 했으면 속이
시원하겠네."

"그러니까 말이야…… 가세. 가서 다섯 권만 잽혀."

"일없다."

"내가 찾어 주지."

"흥."

"정말이야."

"싫여."

6

그날 밤.

P와 M은 H를 졸라 그의 법률 책을 잡혀 돈 육 원을 만들어 가지고 나섰다.

선술집에 가서 엔간히 취하도록 먹은 뒤에 C라는 카페에 가서 술 두 병
을 놓고 자정이 되도록 노닥거렸다.

그곳에서 나올 때는 육 원 돈이 이 원 남았다. 이 원의 처치를 생각하던
세 사람은 일제히 동관으로 가기로 하였다.

세 사람이 모두 다리가 비틀거렸다. 그중에도 P는 더욱 취하였다.

닐리리 가락으로 들어박힌 갈봇집.

다 쓰러져 가는 초가집을 세 사람이 아는 집 들어서듯이 쑥쑥 들어서니,

"들어옵시오."

"어서 옵시오."

라고 머리 딴 계집애와 배가 북통 같은 애 밴 계집이 마루로 나선다.

P가 무심결에 해태 갑을 꺼내어 붙여 무니까 머리 딴 계집애가 P의 목을
걸싸 안고 볼에다 입을 쪽 맞추더니,

"나도 하나."

하고 손을 벌린다. P는 기가 막혀 담뱃갑을 내미는데 H와 M은 박수를
하며,

"브라보!"

하고 굉장하게 큰 소리로 외친다.

건넌방에 들어가 앉으니 마루에서 따그락따그락 소리가 난다.

배부른 계집은 푸대접을 받고 머리 딴 계집애가 H와 M의 손으로 옮겨

다니면서 주물린다. 깩깩 소리를 지르고 엄살을 한다. 말을 붙이고 대답을 주고받고 하는 것이 H와 M은 전에 한번 와 본 집인 듯하다.

술상이 들어왔다.

잔은 사발만 한데 술 주전자는 눈알만 하다. 술을 부어 놓으니 M이 척 받아 놓고는 노래를 투정한다. 계집애는 그보다 더 약아 제가 그 술을 쪽 들이마시고는 빈 잔만 M의 입에 대어 준다.

P는 개숫물 음식 그릇을 씻은 물 같이 밍밍한 술을 두어 잔 받아먹는 동안에 비위가 꽉 거슬려서 진정하느라고 드러누웠다.

H가 계집애를 무릎에 올려놓고 신이 나게 노래를 부른다. 물론 고저도, 장단도 맞지 아니하는 노래다.

M이 애 밴 계집을 실컷 시달려 주다가 머리 땋은 계집애를 빼앗아 가더니 귀에 대고 무어라고 속삭거린다. 그러면서 둘이서 연해 P를 건너다보며 싱긋벙긋 웃는다.

조금 있다가 계집애가 P에게로 오더니 귀에다 입을 대고 속삭인다.

"저이가 나더러 당신하고 오늘 저녁…… 응, 어때?"

"그래라."

P는 불쑥 성난 것처럼 대답했다.

"아이! 승거워!"

계집애는 P를 한 번 꼬집어 주고 다시 M에게로 달아났다.

M에게로 가서 또 무어라고 속삭거리더니 재차 와 가지고는 귓속말을 한다.

"자고 가, 응."

"그래 글쎄."

"꼭."

"응."

"정말."

"응."

술은 네 주전자가 들어왔는데 세 사람 손님은 두서너 잔씩밖에 아니 먹었다. 그 나머지는 다 저희가 먹었다. 계집애가 술이 곤주가 되게 취해 가지고 해롱해롱 까분다.

술값을 치르는 것을 보고 P도 따라 일어섰다. M이 몸뚱이로 슬쩍 밀어서

방 안으로 들여보내고 뒤에서 계집애가 양복 뒷깃을 잡아당긴다.

"그래라, 자고 간다."

P는 방 가운데 벌떡 드러누웠다.

"이 집이 어디냐?"

계집애가 옆에 와서 앉는 것을 보고 P가 물었다.

"××도 ××."

"언제 왔니?"

"작년에."

P는 몸을 일으켰다. 또 속이 왈칵 뒤집혀 좀더 진정하려고 하는 생각인데 계집애가 콱 밀어뜨린다.

"나이 몇 살이냐?"

"열여덟."

"부모는?"

"부모가 있으면 여기서 이 짓을 해?"

"왜 이 짓이 나쁘냐?"

"흥…… 나도 사람이야."

"에─꾸! 나는 네가 신선인 줄 알았더니 인제 알고 보니까 사람이로구나!"

"드끄러!"

계집애는 눈을 쭉 흘기고는 갑자기 웃으면서 P의 목을 그러안는다.

"자고 가, 응."

"우리 마누라한테 자볼기 맞고 쫓겨난다."

"그러면 나한테 와서 나하고 살지…… 여기 내 빚 팔십 원만 물어 주면……."

"팔십 원이냐?"

"응."

"가겠다."

P가 또 일어나려는 것을 계집이 껴안고 놓지 아니한다.

"자고 가…… 내가 반했어."

"아서라."

"정말!"

"놓아."

"아니야, 안 놓아. 자고 가요, 응…… 자고…… 나 돈 좀 주어."

"돈? 내가 돈이 있어 보이니?"

"돈 소리가 절렁절렁 나는데?"

미상불 P의 포켓 속에서는 아까부터 잔돈 소리가 가끔 잘랑거렸다.

"자고 나 돈 조―꼼 주고 가, 응."

"얼마나?"

"암만도 좋아…… 오십 전도, 아니 이십 전도."

계집애의 말이 떨어지기도 전에 P는 불에 덴 것같이 벌떡 일어섰다. 일어서면서 그는 포켓 속에 손을 넣어 있는 대로 돈을 움켜쥐어 방바닥에 홱 내던졌다. 일 원짜리 지전 두 장과 백동전이 방바닥에 요란스럽게 흐트러진다.

"아따 돈!"

해 던지고는 P는 뛰어나왔다. 그의 눈에는 눈물이 괴었다.

7

P는 정조真操적으로 순진한 사나이가 아니다. 열네 살 때에 소꿉질 같은 장가를 갔고 그 뒤 동경 가서 있을 동안에 거기 여자와 살림도 하였다.

조선에 돌아와 직업을 가지고 있는 사이에 기생과 사귀어 한동안 죽을 동 살 동 모르게 지내기도 하였다.

그 밖에도 정을 두어 지낸 여자가 두엇 더 있다. 그러나 삼십이 되도록 지금까지 유곽을 가거나 은근짜몰래 정조를 파는 여자 집을 가거나 동관의 색주가 집에 가서 잠자리를 한 일은 없다.

그것은 P의 괴벽이다. 어떠한 여자를 막론하고 그가 정이 들지 아니한 여자면 절대로 관계를 아니 한다는 것이다.

그 대신 한번 P의 눈에 들면 따라서 정이 들면 아무것도 돌아보지 아니하고 심각한 열정에 맡기어 완전히 그 여자를 움켜쥐어 버리며 또한 그 여자에게 전부를 내주어 버린다. 그리하여 그는 늘 올 오어 너싱All or Nothing 전부가 아니면 아무것도 아님 을 말한다.

이것이 처세상 퍽 이롭지 못한 것을 P도 잘 안다. 또 공연한 승벽勝癖 이기기를 남달리 즐기는 성벽 이요 고집인 줄 알건만 그는 그것을 고치지 못한다.

이날 밤에도 그는 그 계집애를 조금도 어떻게 하겠다는 생각은 나지 아니하였다.

술 취한 끝에 속이 괴로우니까 진정을 하자는 판인데 '오십 전 아니 이십 전도 좋아.' 하는 소리에 버쩍 흥분이 된 것이다.

너무도 인간이 단작스럽고 ^{하는 짓이 보기에 매우 치사스럽고} 악착스러운 것 같았다. P가 노상 보고 듣는 세상이 돈을 중간에 놓고 악착스럽게 아등바등하는 것임을 모르는 바는 아니나 정조 대가로 일금 이십 전을 요구하는 것은 처음 보았다.

P는 그러한 여자가 정조를 파는 데 무신경한 것도 잘 알고 있으며, 따라서 그것이 비도덕이니 어쩌니 하는 것도 아니다. 그의 관점과 해석은 그런 것보다 더 나아간 입장에 있었다.

그러나 '이십 전만 주어도.' 소리에는 이것저것 생각하고 헤아릴 나위도 없었다. 더럽고 얄미우면서 그러면서도 눈물이 괴었다. 삼 원쯤 되는 전 재산을 털어 내던지고 정신없이 뛰어나온 것이다.

술 취한 P를 혼자 남겨 둔 H와 M은 골목에 기다리고 서서 있었다. P가 뛰어나오는 것을 보고 그들은 우선 농을 건넨다.

"한 턱 하오."

"장가간 턱 하게."

P는 고개를 흔들었다. 그리고 멍하니 서서 생각을 하였다.

다분의 가면 밑에서 꿈틀거리는 인도주의에 몹시 증오를 느끼는 P는 이 날 밤 자기의 행동을 어떻게 해석할지 몰라 괴로워하였다.

내일을 굶어야 할 그 돈이지만 돈이 아까운 것이 아니다. 정조 값으로 이십 전을 주어도 좋다는데 왜 정조는 퇴하고 돈만 있는 대로 다 떨어 주었는가? 왜 눈에 눈물은 괴었는가?

8

P는 머리가 띵하고 속이 뉘엿거리어 정신을 차릴 수가 없었다. 그는 두 친구에게 인사도 변변히 하지 아니하고 코를 벤 듯이 삼청동으로 올라왔다. 어서 바삐 좀 드러눕고만 싶었던 것이다.

아무리 방구들은 차고 지저분하게 늘어놓았어도 제 처소는 반가운 것이다. 더구나 몸이 괴로울 때는!

P는 누더기 양복이나마 벗으려고도 아니 하고 그대로 펴 두었던 이부자리 속에 몸을 파묻었다. 드러누우니 취기가 새삼스레 더하여 영영 옷 벗을

생각도 잊어버리고 그대로 잠이 들었다.

얼마를 자고 났는지 괴로워 부대끼다 못하여 잠이 깨었을 때는 목이 타는 듯이 말랐다.

물은 없다. 물이 없어 못 먹는다고 생각하니 목은 더 말랐다.

밤은 어느 때나 되었는지 짐작할 수가 없다. 전등은 그대로 켜져 있다. 밖에서는 사람 지나다니는 발자국 소리도 들리지 아니한다. 전차 갈리는 소리도 들리지 아니하고 가끔가다가 자동차의 경적이 딴 세상의 소리같이 감감하게 들려온다.

밤이 깊지 아니했으면 잠긴 안대문을 두드려 주인 노인에게라도 물을 청하겠지만 이 깊은 밤에 그리하기도 미안하다. 그것도 방세나 여일하게^{한결같게} 내었을 제 말이지 얼굴 대하기를 이편에서 피하는 판에 차마 못할 일이다.

물지게장수의 삐득거리는 소리가 들리나 하고 귀를 기울였으나 감감히 소리가 없다.

목은 더욱더욱 말라 들어온다. 입술이 바싹 마르고 입안이 침기가 없고 목구멍이 바삭바삭 소리가 날 듯이 마르고, 그러고는 창자 속까지 말라 내려가는 듯하다.

방금 미칠 듯하다. 눈앞에 용용하게 흘러가는 푸른 한강이 어릿어릿하고 쏴— 쏟아지는 수통 꼭지가 보이는 듯하다.

P는 배고픈 고비는 많이 겪어 보았으나 이대도록 목마른 참은 당하기 처음이다. 배는 고프면 기운이 없고 착 가라앉을 뿐이었지만 목이 극도로 마름에는 금시 미치고 후덕후덕 날뛸 것 같다.

일어나서 삼청동 꼭대기로 올라가면 산골짜기의 물도 있고 또 우물도 있기는 하다. 그러나 이 어두운 밤에 어디가 어딘지 보이지 아니할 테고 또 우물에는 두레박도 없을 것이다.

겨우겨우 참아 가며 몇 시간을 삐대었다. 실상 한 시간도 못 되는 동안이지만 P에게는 여러 시간인 듯만 싶었다.

그런 뒤에 겨우 물지게 소리를 듣고 그는 수통 있는 곳을 찾아 뛰어나갔다.

사정 이야기도 변변히 하지 아니하고 쏟아지는 수통 꼭지에 매어 달려 한 동이는 되리시피 냉수를 들이켰다. 물장수가 어이가 없어 멀끔히 쳐다보고만 있다가 P의 꾸벅 하고 돌아서는 등 뒤에다 혀를 끌끌 찬다.

밥보다도 더 다급하게 그립던 물을 실컷 들이켜고 나니 찌뿌듯하게 엉킨 듯 불쾌하던 취기도 적이 걷히고 정신이 말쑥하여졌다.

P는 새삼스럽게 양복을 벗어 던지고 다시 자리에 파묻혔다. 이제는 잠이 십 리나 달아나고 눈이 초랑초랑하여진다. 그러면서 어젯밤 일이 머리에 떠오른다.

그것은 마치 못 먹을 것을 먹은 것처럼 께름칙한 기억이다. 아무렇게나 씻어 넘겨 버리재도, 그러나 머리 한구석에 박혀 가지고 사라지려 하지 아니하는 어룽班點 어룽이. 어룽어룽한 무늬가 있는 점과 같다. 어떻게 해서라도 시원스러운 해석을 내리고라야 마음이 놓일 것 같다.

정조 대가로 일금 이십 전을 부르는 여자…….

방금 세상에는 한 번 정조를 빼앗긴 것으로 목숨을 버려 자살하는 여자가 있다. 그러는 한편 '이십 전도 좋소.' 하는 여자가 있다.

여자의 정조가 그것을 잃었다고 자살을 하도록 그다지도 고귀한 것이라면 '이십 전에도 팔겠소.' 하는 여자가 눈을 멀끔멀끔 뜨고 살아 있는 사실은 무엇으로 설명할 것인가?

또 정조를 '이십 전에도 팔겠소.' 하는 여자가 있도록 그것이 아무렇지도 아니한 것이라면 그것을 한 번 빼앗긴 때문에 생명을 내버리는 여자가 있는 것은 무엇으로 설명할 것인가?

이 두 여자가 모두 건전한 양심의 소유자라고 볼 수는 없다.

그러나 그 가운데 나무라기로 들면 차라리 정조를 빼앗긴 것으로 자살한 여자를 나무랄 것이지 '이십 전에 팔겠소.' 하는 여자는 나무랄 수가 없다.

열여섯 살부터 시작하여 이래 삼 년이나 색주가 집으로 굴러다니는 여자다.

언제 누구에게 귀 떨어진 도덕관념이나 정당한 인생관을 얻어들은 적이 없을 것이다.

술잔을 들고 앉아 한 잔이라도 오는 손님에게 더 먹여 한 푼어치라도 주인의 수입을 도와주면 칭찬이 오니 그만이다.

"고년 어여쁘다. 나하고 ××."

하고 손님이 말하면 그에 좇아 비록 조발早發 어떤 꽃이 다른 꽃보다 일찍 핌 일지언정 생리적 만족을 얻는 한편, 그야말로 단돈 이십 전이라도 벌면 그만이다.

옆에서 그것을 시키기는 할지언정 그것이 나쁘다고 가르쳐 주는 사람이 있을 턱이 없는 것이다. 사실 일반 매춘부가 정조적으로 양심을 가진 듯이 보인다는 것은 그 대부분이 되레 한 가식假飾에 지나지 못하는 것이다.

그것은 그들에게 있어서 일종의 정당성을 가진 노동인 것이다.

그러니까 그것을 보고 불쌍하다고 여기고 동정을 하는 것은 위문이 폐문이다 ^{위로의 말이 쓸데없는 말이다}.

지금 세상은 정당한 성도덕이 서 있는 때도 아니다.

그것은 한 세대에 여러 가지의 시대사조가 헝클어져 있는 때문이다. 그러니까 여자의 정조에 대하여도 일률적으로 선악과 시비를 가릴 수는 없는 것이다.

하룻밤 몸값을 '이십 전도 좋소.' 하는 여자, 그에게는 다른 사람이 갖는 성도덕도 없고 따라서 자신을 타락이라서 슬퍼하지도 아니한다.

그 여자 자신을 나무랄 필요도 없는 것이요, 동정을 할 필요도 없는 것이다. 그 여자 자신은 결코 불쌍한 사람이 아니다.

예수의 사랑도 아무리 그 사랑이 크고 넓다 했을지언정 그것은 '불쌍한 사람', '죄 지은 사람'에게 미칠 수 있는 것이다.

'불쌍하지 아니한', '죄 짓지 아니한' 동관의 색주가 계집애에게는 누구의 동정이나 사랑도 일없는 것이다.

'뭣? 관념적이라고?'

그렇다. 관념적이라도 할 수 없다. 그러나 그것은 그 여자의 주관을 객관화한 것이다. 그러니까 그것은 한 엄연한 현실이다.

…… —원문 30여 자 탈락— ……

또 그 병적 현실에 메스를 대는 것은 집단의 역사적 문제이지만 룸펜 인텔리의 결벽과 흥분쯤으로는 문제도 되지 아니한다.

다만 취객이 삼 원 각수^{角數 돈을 '원'으로 셀 때 남는 몇 전}를 던져 주었음으로 해서 그 여자는 감격 없는 기쁨을 맛보았을 뿐일 것이다.

'이게 웬 떡이냐…… 어제 저녁에 꿈이 괜찮더니 이런 땡을 잡을 양으로 그랬구나…… 웬 얼간망둥이냐.'

그 계집애는 응당 그렇게밖에는 더 생각되지 아니하였을 것이다. 그것이 결코 무리가 없는 당연한 일이다.

P는 여기까지 생각하고 입맛 쓴 고소를 띠었다.

'흥! 되지 못하게…… 장님이 눈병 앓는 사람더러 불쌍하다고 한 셈인가.'

P는 돌아누우면서 혀를 끌끌 찼다.

9

일천구백삼십사 년의 이 세상에도 기적이 있다.

그것은 P가 굶어 죽지 아니한 것이다.[1] 그는 최근 일주일 동안 돈이 생긴 데가 없다. 잡힐 것도 없었고 어디서 벌이를 한 적도 없다.

그렇다고 남의 집 문 앞에 가서 '밥 한술 주시오.' 하고 구걸한 일도 없고 남의 것을 훔치지도 아니하였다.

그러나 그동안 굶어 죽지 아니하였다. 야위기는 하였지만 그래도 멀쩡하게 살아 있다. P와 같은 인생을 이 세상에 하나도 없이 싹 치운다면 근로하는 사람이 조금은 편해질는지도 모른다.

P가 소부르주아 축에 끼이는 인텔리가 아니요 노동자였더라면 그동안 거지가 되었거나 비상수단을 썼을 것이다. 그러나 그에게는 그러한 용기도 없다. 그러면서도 죽지 아니하고 살아 있다. 그렇지만 죽기보다도 더 귀찮은 일은 그를 잠시도 해방시켜 주지 아니한다.

그의 아들 창선이를 올려 보낸다고 어제 편지가 왔고 오늘은 내일 아침에 경성역에 당도한다는 전보까지 왔다.

오정 때 전보를 받은 P는 갑자기 정신이 난 듯이 쩔쩔매고 돌아다니며 돈마련을 하였다. 최소한도 이십 원은…… 하고 돌아다닌 것이 석양 때 겨우 십오 원이 변통되었다.

종로에서 풍로니 냄비니 양재기니 숟갈이니 무어니 해서 살림 나부랭이를 간단하게 장만하여 가지고 올라오는 길에 전에 잡지사에 있을 때 안 ×× 인쇄소의 문선文選 활판 인쇄에서 원고 내용대로 활자를 골라 뽑는 일 과장을 찾아갔다.

월급도 일없고 다만 일만 가르쳐 주면 그만이니 어린아이 하나를 써 달라고 졸라 대었다.

A라는 그 문선 과장은 요리조리 칭탈무엇 때문이라고 핑계를 댐을 하던 끝에 그는 P가 누구 친한 사람의 집 어린애를 천거하는 줄 알았던 것이다.

"보통학교나 마쳤나요?"

하고 물었다.

"아니요."

P는 솔직하게 대답하였다.

---

1) 구걸이나 도둑질을 하지 않고도 굶어 죽지 않았다는 것을 기적이라고 표현함으로써 P의 무능력을 비꼬고 있다.

"나이 몇인데?"

"아홉 살."

"아홉 살?"

A는 놀라 반문을 하는 것이다.

"기왕 일을 배울 테면 아주 어려서부터 배워야지요."

"그래도 너무 어려서 원…… 뉘 집 애요?"

"내 자식놈이랍니다."

P는 그래도 약간 얼굴이 붉어짐을 깨달았다. A는 이 말에 가장 놀라운 일을 보겠다는 듯이 입만 벌리고 한참이나 P를 물끄러미 바라다본다.

"왜? 내 자식이라고 공장에 못 보내란 법 있답디까?"

"아니, 정말 그래요?"

"정말 아니고?"

"괜히 실없는 소리……! 자제라고 해야 들어줄 테니까 그러시지?"

"아니, 그건 그렇잖아요. 내 자식놈야요."

"그럼 왜 공부를 시키잖구?"

"인쇄소 일 배우는 것도 공부지."

"그건 그렇지만 학교에 보내야지."

"학교에 보낼 처지도 못 되고 또 보낸댔자 사람 구실도 못 할 테니까……."

"거 참, 모를 일이오……. 우리 같은 놈은 이 짓을 해 가면서도 자식을 공부시키느라고 애를 쓰는데 되려 공부시킬 줄 아는 양반이 보통학교도 아니 마친 자제를 공장엘 보내요?"

"내가 학교 공부를 해 본 나머지 그게 못쓰겠으니까 자식은 딴 공부를 시키겠다는 것이지요."

"글쎄 정 그러시다면 내가 내 자식 진배없이 잘 데리고 있으면서 일이나 착실히 가르쳐 드리리다마는…… 원, 너무 어린데 애차랍잖애요?"

"애차라운 거야 애비 된 내가 더하지요만 그것이 제게는 약이니까……."

P는 당부와 치하를 하고 인쇄소를 나왔다. 한 짐 벗어 놓은 것같이 몸이 거뜬하고 마음이 느긋하였다.

그는 집으로 올라가는 길에 싸전에 쌀 한 말을 부탁하고 호배추도 몇 통 사들였다. 그렁저렁 오 원을 썼다.

십 원 남은 중에 주인 노인에게 육 원을 내어 주니 입이 귀밑까지 찢어진다. 그 끝에 P가 사 온 호배추를 내어 주며 김치를 담가 달라고 하니 선선히 응낙한다. 그리고 자식을 데리고 자취를 하겠다니까 깍두기야 간장이야 된장 같은 것을 아까운 줄 모르고 날라다 주곤 한다.

10

이튿날 전에 없이 첫새벽에 일어난 P는 서투른 솜씨로 화롯밥을 지어 놓고 정거장으로 나갔다.

그의 형에게서 온 편지에 S라는 고향 사람이 서울 올라오는 길에 따라 보낸다고 했으니까 P는 창선이보다도 더 낯이 익은 S를 찾았다.

과연 차가 식식거리고 들어서매 인간을 뱉어 내놓는 찻간에서 S가 창선이를 데리고 두리번거리며 내려왔다.

어디서 생겼는지 새까만 고쿠라 양복을 입고 이화표 붙은 학생 모자를 쓰고 거기다가 보따리를 하나 지고 무엇 꾸린 것을 손에 들고 차에서 내리는 어린아이…… 저게 내 자식이니라 생각하니 P는 어쩐지 속으로 얼굴이 붉어지며 한편 가엾기도 하였다.

S가 두 손에 짐을 가득 들고 두리번거리다가 가까이 온 P를 보고 반겨 소

🗨️ 소설 한 장면 　절정　 아들 창선이 서울로 올라옴

리를 지른다. 창선이가 모자를 벗고 학교식으로 경례를 한다. 얼굴을 자세히 보니 너댓 살 적에 보던 것보다 더한층 저의 외가를 닮았다. P는 그것이 몹시 불만이었다.

"그새 재미나 좋았나?"

S의 하는 첫인사다.

"뭘 그저 그렇지……. 괜한 산 짐을 지고 오느라고 애썼네."

P는 이렇게 인사 겸 치하를 하였다.

"원, 천만에……! 그 애가 나이는 어려도 어떻게 속이 찼는지……. 너 늬 아버지 알어보겠니?"

S는 창선이를 돌아보며 웃는다. 창선이는 고개를 숙이고 수줍은지 아무 대답도 아니 한다.

P는 S와 창선이를 데리고 구름다리로 올라왔다.

"저희 외할머니가 저 양복이야 떡이야 모두 해 가지고 자네 댁에까지 오셨더라네…….[1] 오서서 어제 떠나는데 정거장까지 나오셨는데 여러 가지 신신당부를 하시데…… 자네에게 전하라고."

S는 P가 그다지 듣고 싶지도 아니한 이야기를 뒤따라오며 늘어놓는다. 그의 가슴에는 옛날의 반감이 솟구쳐 올랐다.

"별걱정 다 하던 게로군……. 내 자식 내가 어련히 할까 봐 쫓아다니며 그래!"

"그래도 노인들이야 어데 그런가……. 객지에서 혼자 있는데 데리고 있기 정 불편하거든 당신에게로 도루 보내게 하라고 그러시데……."

"그 집에 내 자식이 무슨 상관이 있어서 보내라는 거야? ……보낼 테면 그때 데려왔을라구……."

P는 그것이 모두 그와 갈린 아내의 조종인 줄 알기 때문에 더구나 심정이 났다. 화가 나는 대로 하면 어린아이가 입고 온 양복도 벗겨 내던지고 싶었으나 꿀꺽 참았다.

11

일찍 맛보아 보지 못한 새살림을 P는 시작하였다.

---

1) 양복은 학생복으로 창선이 학업을 이어나가길 바라는 외가의 바람이 담겨 있다.

창선이가 도착한 날 밤.

창선이는 아랫목에서 삭삭 잠을 자고 있다. 외롭게 꿈을 꾸고 있으려니 생각하매 전에 없던 애정이 솟아오르는 듯하였다.

이튿날 아침 일찍 창선이를 데리고 ××인쇄소에 가서 A에게 맡기고 안내키는 발길을 돌이켜 나오는 P는 혼자 중얼거렸다.

"레디메이드 인생이 비로소 겨우 임자를 만나 팔리었구나."[1]

레디메이드 인생이 비로소
겨우 임자를 만나 팔리었구나!

🍎 소설 한 장면   결말   P는 창선을 인쇄소에 무료 견습공으로 취직시킴

---

1) 어린 아들을 인쇄소 직공으로 취직시킨 자신에 대한 자조적 비판이 드러난다.

🔭 생각해 볼까요?

선생님 이 작품의 제목은 '레디메이드 인생'이에요. 이러한 제목에 담긴 뜻은 무엇일까요?

💬 2 🤍 2

학생 1 자신의 의지와는 무관하게 사회의 요구에 따라 하나의 부속품처럼 사용되는 존재를 뜻해요. 지식인들은 많은 교육을 받고 사회에 나갈 준비를 갖췄지만 누군가에게 선택되어 팔려 가기만을 기다려야 하는 상황이에요. 레디메이드, 즉 기성품 같은 존재라는 거예요.

학생 2 주인공의 이름이 'P'라는 알파벳으로 설정된 것도 당대 지식인들이 기성품처럼 양산되었음을 나타낸다고 이해할 수 있어요.

선생님 P와 K사장은 각각 이율배반적인 면을 지니고 있어요. 이에 대해 구체적으로 설명해 볼까요?

💬 2 🤍 2

학생 1 P는 식민지 체제를 비판적으로 인식하지만 자신의 체면을 중시하고 허위의식에서 벗어나지 못해요. 지식인이 노동자보다 못하다고 생각하여 어린 아들을 인쇄소에 취직시키면서도 정작 자신은 노동 현장과 거리를 두고 있어요. 즉 P는 현실을 인식하면서도 변화하지 못하는 지식인의 한계를 지니고 있어요.

학생 2 K사장은 전형적인 신흥 자본가 계급으로 일본의 우민화 정책에 동조하는 인물이에요. 구체적인 대안도 없으면서 구직자들에게 취직만 한다고 애쓸 것이 아니라 농촌으로 가서 무슨 일이든 찾아볼 것을 권해요. 그러면서도 사회를 위해 일하지 않는 사람들은 '번들번들 논다는 타락된 생각'을 하는 사람들이라며 비난해요.

선생님 P는 아홉 살 난 아들을 학교에 보내지 않고 인쇄소 직공으로 취직시켜요. 그 이유는 무엇일까요?

💬 3 🤍 3

학생 1 P는 고등 교육을 받았지만 취직하여 일하지 못하는 상황이에요. 이러한 자신의 처지를 비관하고 있어요. 그래서 아들을 학교에 보내기 보다는 차라리 어릴 때부터 일을 배우도록 하는 게 낫다고 생각한 거예요.

학생 2 이러한 행동에는 공부를 많이 해서 지식인이 되어도 현실적인 삶을 살아 가는 데에는 도움이 되지 않는다는 인식이 깔려 있어요.

학생 3 당대 사회와 지식인의 삶에 대한 냉소적이고 풍자적인 태도가 드러나요.

선생님 이 작품에서 작가는 무엇을 비판하고 있나요?

💬 2   ♥ 2

학생 1 일제 강점기였던 당시에는 일제의 문화 정책과 교육열로 인해 지식인들이 많이 생겨났어요. 그러나 정작 일할 수 있는 환경은 갖추어지지 않았기 때문에 이들이 고등실업자로 전락해 버리는 경우가 많았어요. 작가는 소외된 인텔리의 모습을 통해 이러한 현실을 신랄하게 비판하고 있어요.

학생 2 맞아요. 그러면서도 일제뿐 아니라 당대 지식인들이 지닌 무능과 허위의식 역시 비판해요.

1930년대 문학 경향   ▼ 🔍

연관 검색어   모더니즘 소설   농촌 소설   가족사 소설   역사 소설

1930년대에는 일제의 탄압 때문에 현실 비판적인 소설을 창작하기가 어려웠다. 그러자 소설가들은 이념이나 사회 계몽이 아닌, 다양한 주제와 소재를 다룬 작품을 발표하였다.

이 시기에는 대표적으로 박태원의 「소설가 구보 씨의 일일」이나 이상의 「날개」와 같은 모더니즘 소설, 김유정의 「동백꽃」이나 심훈의 「상록수」와 같은 농촌 소설, 염상섭의 「삼대」나 채만식의 「태평천하」와 같은 가족사 소설, 김동인의 「운현궁의 봄」과 같은 역사 소설이 등장하였다.

일제의 탄압 속에서도 우리나라의 작가와 작품 수는 눈에 띄게 늘어났다. 작품의 수준도 상당히 높아지고 한층 성숙해졌다. 그러나 중·일 전쟁 이후 일제의 강요로 친일 문학 활동에 앞장서는 작가들이 등장하였고, 1941년 태평양 전쟁이 일어나면서 우리나라 소설은 암흑기에 접어들었다.

치숙

#풍자 #반어적표현 #일제에동화 #신빙성없는화자

⚓ 작품 길잡이

갈래: 풍자 소설
배경: 시간 - 일제 강점기 / 공간 - 서울
시점: 1인칭 관찰자 시점
주제: 일제에 순응하는 '나'와 사회주의 사상을 가진 아저씨의 갈등
출전: 〈동아일보〉(1938)

📷 인물 관계도

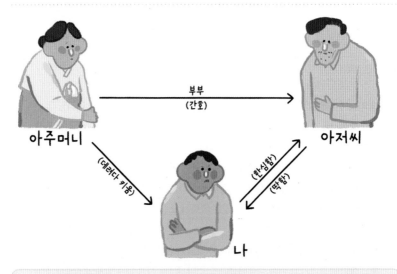

나	일제에 순응하는 인물로 아저씨를 이해하지 못하고 냉소적인 시선으로 바라본다.
아저씨	대학을 나온 뒤 사회주의 운동을 하다 감옥살이를 한다. '나'의 조롱과 비난의 대상이 된다.

📖 구성과 줄거리

발단   사회주의 운동으로 옥살이를 한 아저씨는 출옥 후 폐병을 앓음

'나'는 아저씨를 한심하게 여긴다. 그는 사회주의 운동을 한 혐의로 옥살이를 하다
가 출옥한 후 폐병으로 앓아누워 있다. 나이가 서른셋이나 되는 아저씨는 일본에
서 대학도 다녔지만 아직도 철이 들지 않은 실업자다.

전개   '나'는 아저씨와 고생하는 아주머니를 모두 답답하게 생각함

아저씨의 아내인 아주머니는 일곱 살에 부모를 잃은 '나'를 데려다 키워 주신 분이
다. 아저씨는 착한 아주머니를 쫓아내고 신여성과 딴살림을 차린다. 그 후 아저씨
는 사회주의 운동으로 잡혀가 옥살이를 한다. 아주머니는 식모로 일해 번 돈을 모
아 집을 장만하고, 5년 만에 출옥한 아저씨를 맞이한다. 아주머니는 폐병 환자가
된 아저씨의 병 수발을 하지만 정작 아저씨는 자리에서 일어나면 또 사회주의 운
동을 하겠다고 말한다.

위기   '나'는 철저히 일본인으로 동화되어 살아가겠다고 다짐함

'나'의 생각에 대학까지 나와 막벌이 노동도 못하는 아저씨는 보통학교 4년밖에
다니지 않았지만 앞길이 훤히 트인 '나'보다 나은 것이 없다. 일한 만큼 대가를 받
는 것이 아니라 부자의 것을 빼앗을 궁리만 하는 사회주의자들은 틀림없이 불한
당이라고 '나'는 생각한다. '나'는 일본인 상점에서 일하고 있지만 열심히 일해서
일본 여자와 결혼하고 이름도 일본식으로 바꾸고 아이를 낳으면 일본인 학교에
보낼 꿈을 가지고 있다.

절정   '나'는 아저씨의 한심한 행태에 대해 비판함

'나'는 아저씨가 쓴 '경제'란 글을 보고 사회주의에 대해 반박하고 나선다. 돈을 모
아서 부자가 되는 것이 경제가 아니냐는 '나'의 주장에 아저씨는 그것은 이재학이
지 경제학이 아니라고 반박한다. '나'는 부자의 돈을 빼앗아 쓰는 사회주의를 공부
한 아저씨가 대학을 잘못 다녔다고 공박한다. 아저씨는 일본인 주인의 눈에 들고
일본 여자에게 장가들어 잘 살아 보겠다는 '나'가 도리어 딱하다고 한다.

결말   '나'는 아저씨 같은 사람은 세상에 해독만 끼친다고 생각함

'나'는 세상에 해만 끼치는 아저씨 같은 사람은 사라져야 한다고 생각한다.

치숙

우리 아저씨 말이지요? 아따 저 거시키, 한참 당년에 무엇이냐 그놈의 것, 사회주의라더냐 막걸리라더냐, 그걸 하다 징역 살고 나와서 폐병으로 시방 앓고 누웠는 우리 오촌 고모부 그 양반…….

뭐, 말두 마시오. 대체 사람이 어쩌면 글쎄……. 내 원!

신세 간데없지요.

자, 십 년 적공積功 많은 힘을 들여 애를 씀, 대학교까지 공부한 것 풀어먹지도 써먹지도 못 했지요. 좋은 청춘 어영부영 다 보냈지요, 신분에는 전과자라는 붉은 도장 찍혔지요. 몸에는 몹쓸 병까지 들었지요. 이 신세를 해 가지골랑은 굴속 같 은 오두막집 단칸 셋방 구석에서 사시장철 밤이나 낮이나 눈 따악 감고 드 러누웠군요.

재산이 어디 집 터전인들 있을 턱이 있나요. 서 발 막대 내저어야 짚검불 하나 걸리는 것 없는 철빈鐵貧 더할 수 없이 가난함인데.

우리 아주머니가, 그래도 그 아주머니가, 어질고 얌전해서 그 알량한 남편 양반 받드느라 삯바느질이야 남의 집 품빨래야 화장품 장사야, 그 칙살스런 하는 짓이나 말 따위가 잘고 더러운 데가 있는 벌이를 해다가 겨우겨우 목구멍에 풀칠을 하지요.

어디루 대나 그 양반은 죽는 게 두루 좋은 일인데 죽지도 아니해요.

우리 아주머니가 불쌍해요. 아, 진작 한 나이라도 젊어서 팔자를 고치는 게 아니라, 무슨 놈의 수난 후분後分 늙은 뒤의 운수나 처지을 바라고 있다가 끝끝내 고 생을 하는지.

근 이십 년 소박을 당했지요.

이십 년을 설운 청춘 한숨으로 보내고서 다 늦게야 송장 여대치게 생긴 그 양반을 그래도 남편이라고 모셔다가는 병 수발 들랴, 먹고살랴, 애마음과 힘 의 수고로움가 진盡 다하여 없어짐하고 다니는 걸 보면 참말 가엾어요.

그게 무슨 죄다짐이람? 팔자, 팔자 하지만 왜 팔자를 고치지를 못하고서 그래요. 우리 죄선조선 구식 부인네들은 다아 문명을 못하고 깨지를 못해서 그러지.

그 양반이 한시바삐 죽기나 했으면 우리 아주머니는 차라리 신세 편하리다. 심덕 좋겠다, 솜씨 얌전하겠다 하니, 어디 가선들 자기 일신 몸 가누고 편안히 못 지내요?

　가만 있자, 열여섯 살에 아저씨네 집으로 시집을 갔다니깐, 그게 내가 세 살 적이니 꼬박 열여덟 해로군. 열여덟 해면 이십 년 아니오.

　그때 우리 아저씨 양반은 나이 어리기도 했지만, 공부를 한답시고 서울로 동경으로 십여 년이나 돌아다녔고, 조금 자라서 색시 재미를 알 만하니까는 누가 이쁘달까 봐 이혼하자고 아주머니를 친정으로 쫓고는 통히^{전혀} 불고 不顧^{돌아보지 않음}를 하고…….

　공부를 다 마치고 오더니만, 그담에는 그놈의 짓에 들입다 발광해 다니면서 명색 학생 출신이라는 딴 여편네를 얻어 살았지요. 그 여편네는 나도 몇 번 보았지만 상관대기라고 별반 출^{내놓을} 수도 없이 생겼습디다. 그 인물로 남의 첩이야? 일색 소박은 있어도 박색 소박은 없다더니, 사실 소박맞은 우리 아주머니가 그 여편네게다 대면 월등 이뻤다우.

　그래 그 뒤에, 그 양반은 필경 붙들려 가서 오 년이나 전중이^{징역살이하는 사람을 속되게 이르는 말}를 살았지요. 그동안에 아주머니는 시집이고 친정이고 모두 폭 망해서 의지가지없이 됐지요.

　그러니 어떻게 해요? 자칫하면 굶어 죽을 판인데.

우리 아저씨 말이지요? 사회주의라더냐 막걸리라더냐, 그걸 하다 징역 살고 나와서 폐병으로 시방 앓고 누워 있죠.

🔔 소설 한 장면　　발단　사회주의 운동으로 옥살이를 한 아저씨는 출옥 후 폐병을 앓음

할 수 없이 얻어먹고 살기도 해야 하려니와, 또 아저씨 나오는 것도 기다려야 한다고 나를 반연攀緣 무엇에 이르기 위한 연줄로 삼음 삼아 서울로 올라왔더군요. 그게 그러니까 아저씨가 나오던 그 전해로군.

그때 내가 나이는 어려도 두루 납뛴날뛴 보람이 있어서 이내 구라다상네 식모로 들어갔지요.

그 무렵에 참 내가 아주머니더러 여러 번 권면을 했지요. 그러지 말고 개가改嫁 결혼했던 여자가 남편과 사별하거나 이혼해 다른 남자와 결혼함 를 가라고. 글쎄 어린 소견에도 보기에 퍽 딱하고 민망합디다.

계제階梯 어떤 일을 할 수 있게 된 형편이나 기회 에 마침 또 좋은 자리가 있었고요. 미녜상이라고 미쓰꼬시 앞에서 바나나 다다끼우리投賣 투매. 손해를 무릅쓰고 주식이나 채권을 싼값에 팔아 버리는 일 를 하는 인데 사람이 퍽 좋아요.

우리 집 다이쇼主人도 잘 알고 하는데, 그이가 늘 나더러 죄선 오깜상하고 살았으면 좋겠다고, 중매 서 달라고 그래쌌어요.

돈은 모아 둔 게 없어도 다 벌어먹고 살 만하니까 그런 사람 만나서 살면 아주머니도 신세 편할 게 아니냐구요.

그런 걸 글쎄, 몇 번 말해도 흉한 소리 말라고 듣질 않는 걸 어떡허나요.

아무튼 그런 것 말고라도 참, 흰말흰소리. 터무니없이 자랑으로 떠벌리거나 거드럭거리며 허풍을 떠는 말 이 아니라 이날 이때까지 내가 그 아주머니 뒤도 많이 보아 주었다우. 또 나도 그럴 만한 은공이 없잖아 있구요.

내가 일곱 살에 부모를 잃었지요. 그러고 나서 의탁할 곳이 없이 됐는데 그때 마침 소박을 맞고 친정살이를 하는 그 아주머니가 나를 데려다가 길러 주었지요.

그때만 해도 그 집이 그다지 군색하게 지내진 않았으니깐요. 아주머니도 아주머니지만 종조從祖 할아버지의 형 또는 아우 할머니며 할아버지도 슬하에 딴 자손이 없어서 나를 퍽 귀애하겠지요.

열두 살까지 그 집에서 자랐군요.

사 년이나마 보통학교도 다녔고.

아마 모르면 몰라도 그 집안에 그렇게 치패致敗 살림이 결딴남 하지만 않았으면 나도 그냥 붙어 있어서 시방쯤은 전문학교까지는 다녔으리다.

이런 은공이 있으니까 나도 그걸 저버리지 않고 그래서 내 깜냥일을 해내는 얼마간의 힘 에는 갚을 만치 갚노라고 갚은 셈이지요.

허기야 요새도 간혹 아주머니가 찾아와서 양식 없다는 사정을 더러 하곤 하는데 실토정實吐情 사정이나 심정을 솔직하게 말함 말이지 좀 성가시기는 해요.

그러는 족족 그 수응을 하자면 내 일을 못 하겠는걸. 그래 대개 잘라 떼기는 하지요.

그렇지만 그 밖에, 가령 양명절 때면 고깃근이라도 사 보낸다든지, 또 오며가며 들러 이야기 낱이라도 한다든지, 그런 건 결단코 범연히 차근차근한 맛이 없이 데면데면히 하진 않으니까요.

아무튼 그래서, 아주머니는 꼬박 일 년 동안 구라다상네 집 오마니로 있으면서 월급 오 원씩 받는 걸 그대로 고스란히 저금을 하고, 또 틈틈이 삯바느질을 맡아다가 조금씩 벌어 보태고, 또 나올 무렵에 구라다상네 양주兩主 바깥 주인과 안주인, 즉 부부를 말함가 퍽 기특하다고 돈 칠 원을 상급으로 주고, 그런 게 이럭저럭 돈 백 원이나 존존히 됐지요.

그 돈으로 방 한 칸 얻고 살림 나부랭이도 조금 장만하고 그래 놓고서 마침 그 알량꼴량한 서방님이 놓여나오니까 그리로 모셔 들였지요.

놓여나오는 날 나도 가서 보았지만, 가막소監獄 문 앞에 막 나서자 아주머니가 기다리고 있으니까 그래도 눈물이 핑 돌던데요.

전에 그렇게도 죽을 동 살 동 모르고 좋아하던 첩년은 꼴도 안 뵈구요. 남의 첩년이란 건 다 그런 거지요, 뭐.

우리 아저씨 양반은 혹시 그 여편네가 오지 않았나 하고 사방을 휘휘 둘러보던데요. 속이 그렇게 없다니까. 여편네는커녕 아주머니하고 나하고 그 외는 어리친 개새끼 한 마리 없더라.

그래 막, 자동차에 올라타려다가 피를 토했지요. 나중에 들었지만 가막소 안에서 달포한 달이 조금 넘는 기간 전부터 토혈을 했나 봐요.

그래 다 죽어 가는 반송장을 업어 오다시피 해다가 뉘어 놓고, 그날부터 아주머니는 불철주야로, 할 짓 못 할 짓 다 해 가면서 부스대고 날뛴 덕에 병도 차차로 차도가 있고, 그러더니 인제는 완구히 살아는 났지요. 뭐 참 시방은 용 꼴인걸요, 용 꼴.

부인네 정성이 무서운 겝디다.

꼬박 삼 년이군. 나 같으면 돌아가신 부모가 살아오신대도 그 짓 못 해요.

자, 그러니 말이지요. 우리 아저씨라는 양반이 작히나 양심이 있고 다 그럴 양이면, 어허, 내가 어서 바삐 몸이 충실해져서, 어서 바삐 돈을 벌어다가 저 아내를 편안히 거느리고, 이 은공과 전날의 죄를 갚아야 하겠구나…… 이런 맘을 먹어야 할 게 아니냐구요?

아주머니의 은공을 갚자면 발에 흙이 묻을세라 업고 다녀도 참 못다 갚지요.

그러고저러고 간에 자기도 이제는 속 차려야지요. 하기야 속을 차려서 무얼 하재도 전과자니까 관리나 또 회사 같은 데는 들어가지 못하겠지만, 그야 자기가 저지른 일인 걸 누구를 원망할 일도 아니고, 그러니 막 벗어부치고 노동이라도 해야지요.

대학교 출신이 막벌이 노동이란 게 꼴 가관이지만 그래도 할 수 없지, 뭐.

그런 걸 보고 가만히 나를 생각하면, 만약 우리 증조할아버지네 집안이 그렇게 치패를 안 해서 나도 전문학교를 졸업을 했으면, 혹시 우리 아저씨 모양이 됐을지도 모를 테니 차라리 공부 많이 않고서 이 길로 들어선 게 다행이다…… 이런 생각이 들어요.

사실 우리 아저씨 양반은 대학교까지 졸업하고도 이제는 기껏 해 먹을 거란 막벌이 노동밖에 없는데, 보통학교 사 년 겨우 다니고서도 시방 앞길이 환히 트인 내게다 대면 고츠카이 小使 소사. 관청이나 회사, 학교, 가게 따위에서 잔심부름을 시키기 위하여 고용한 사람 만도 못하지요.

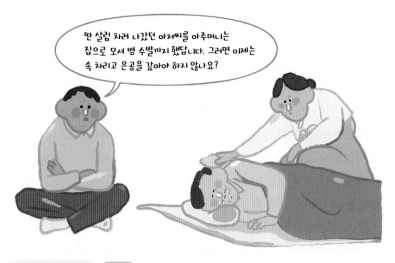

딴 살림 차려 나갔던 아저씨를 아주머니는 집으로 모셔 병 수발까지 했답니다. 그러면 이제는 속 차리고 은공을 갚아야 하지 않나요?

🔖 소설 한 장면 　전개　 '나'는 아저씨와 고생하는 아주머니를 모두 답답하게 생각함

아, 그런데 글쎄 막벌이 노동을 하고 어쩌고 하기는커녕 조금 바시시 살아 날 만하니까 이 주책꾸러기 양반이 무슨 맘보를 먹는고 하니, 내 참 기가 막혀!

아니, 그놈의 것하고는 무슨 대천지원수가 졌단 말인지, 어쨌다고 그걸 끝끝내 하지 못해서 그 발광인고?

그러나마 그게 밥이 생기는 노릇이란 말인지? 명예를 얻는 노릇이란 말인지. 필경은, 붙잡혀 가서 징역 사는 놀음?

아마 그놈의 것이 아편하고 꼭 같은가 봐요. 그렇길래 한번 맛을 들이면 끊지를 못하지요?

그렇지만 실상 알고 보면 그게 그다지 재미가 난다거나 맛이 있다거나 그런 것도 아니더군 그래요. 부랑당^{불한당. 떼를 지어 다니던 강도}패던데요. 하릴없이 ^{조금도 틀림이 없이} 부랑당팹디다.

저 서양 어디선가, 일하기 싫어하는 게으름뱅이 몇 놈이 양지쪽에 모여 앉아서 놀고먹을 궁리를 했더라나요. 우리 집 다이쇼가 다 자상하게 이야기를 해 줍디다.

게, 그 녀석들이 서로 구론^{口論 구두로 논쟁함}을 하기를, 자, 이 세상에는 부자가 있고 가난한 사람이 있고 하니 그건 도무지 공평한 일이 아니다. 사람이란 건 이목구비하며 사지육신을 꼭 같이 타고났는데, 누구는 부자로 잘살고 누구는 가난하다니 그게 될 말이냐. 그러니 부자가 가진 것을 우리 가난한 사람들하고 다 같이 고르게 나눠 먹어야 경우가 옳다.

야— 그거 옳은 말이다. 야— 그 말 좋다. 자— 나눠 먹자.

아, 이렇게 설도를 해 가지고 우 하니 들고 일어났다는군요.

아—니, 그러니 그게 생 날 부랑당 놈의 짓이 아니고 무어요?

사람이란 것은 제가끔 분지복^{分之福 분복. 타고난 복}이 있어서 기수를 잘 타고나든지 부지런하면 부자가 되는 법이요, 복록^{福祿 복되고 영화로운 삶을 이르는 말}을 못 타고나든지 게으른 놈은 가난하게 사는 법이요, 다 이렇게 마련인데, 그거야말로 공평한 천리인 것을, 딥다^{'들입다'의 줄임말. 막 무리하게 힘을 들여} 불공평하다께 될 말이오? 그러고서 억지로 남의 것을 뺏어 먹자고 들다니 그놈들이 부랑당이지 무어요.

짓이 부랑당 짓일 뿐 아니라, 또 만약에 그러기로 들면 게으른 놈은 점점 더 게으름만 부리고 쫓아다니면서 부자 사람네가 가진 것만 뺏어 먹을 테니 이 세상은 통으로 도적놈의 판이 될 게 아니오? 그나마, 부자 사람네가 모아 둔 걸 다 뺏기고 더는 못 먹어 내는 날이면 그때는 이 세상 망하는 날이 아니오?

저마다 남이 농사지어 놓으면 그걸 뺏어 먹으려고 일 않고 번둥번둥 놀 것이고, 남이 옷감 짜 놓으면 그걸 뺏어다가 입으려고 번둥번둥 놀 것이고 그럴 테니 대체 곡식이며 옷감이며 그런 것이 다 어디서 나올 데가 있어야지요. 세상 망할밖에!

글쎄 그놈의 짓이 그렇게 세상 망쳐 놓을 장본인 줄은 모르고서 가난한 놈들, 그중에도 일하기 싫은 게으름뱅이들이 위선 당장 부자 사람네 것을 뺏어 먹는다니까 거기 혹해 가지골랑 너도나도 와 하니 참섭參涉 어떤 일에 끼어들어 간섭함을 했다는구려.

바로 저 아라사 러시아의 우리말 표기가 그랬대요.

그래서 아나나 다를까 농군들이 곡식을 안 만들기 때문에 사람이 수만 명씩 굶어 죽는다는구려. 빠안한 이치지 뭐.

위선 먹기는 곶감이 달다고 그 지랄들을 했다가 잘코사니 미운 사람의 불행을 고소하게 여길 때 하는 말 야!

아 그런데, 그 못된 놈의 풍습이 삽시간에 동서양 각국 안 간 데 없이 퍼져 가지골랑 한동안 내지內地 외국이나 식민지에서 본국을 이르는 말로 여기서는 일본 본토를 말함에도 마구 굉장히 드세게 돌아다녔고,[1] 내지가 그러니까 멋도 모르는 죄선 영감상들도 덩달아서 그 흉내를 냈다나요.

그렇지만 시방은 그새 나라에서 엄하게 밝히고 금하고 한 덕에 많이 너끔해졌고 그런 마음먹는 사람은 별반 없다나 봐요.

그럴 게지, 글쎄. 아, 해서 좋을 양이면야 나라에선들 왜 금하며 무슨 원수가 졌다고 붙잡다가 징역을 살리나요.

좋고 유익한 것이면 나라에서 도리어 장려하고, 잘할라치면 상급도 주고 그러잖아요.

활동사진이며 스모며 만자이滿句며 또 왓쇼왓쇼일본 전통 축제의 하나랄지 세이레이 나가시 일본 전통 행사의 하나랄지 라디오 체조랄지 그런 건 다 유익한 일이니까 나라에서 설도도 하고 그러잖아요.

나라라는 게 무언데? 그런 걸 다 잘 분간해서 이럴 건 이러고 저럴 건 저러라고 지시하고, 그 덕에 백성들은 제각기 제 분수대로 편안히 살도록 애

---

1) 본국을 일본이라고 말하는 것에서 '나'는 일제의 식민 통치에 동화되어 있는 인물임을 알 수 있다.

써 주는 게 나라 아니오?

그놈의 것 사회주의만 하더라도 나라에서 금하질 않고 저희가 하는 대로 두어 두었어 보아? 시방쯤 세상이 무엇이 됐을지…….

다른 사람들도 낭패 본 사람이 많았겠지만, 위선 나만 하더라도 글쎄 어쩔 뻔했어! 아무 일도 다 틀리고 뒤죽박죽이지.

내 이상과 계획은 이렇거든요.

우리 집 다이쇼가 나를 자별히 귀애하고 신용을 하니까 인제 한 십 년만 더 있으면 한밑천 들여서 따로 장사를 시켜 줄 그런 눈치거든요.

그러거들랑 그것을 언덕 삼아 가지고 나는 삼십 년 동안 예순 살 환갑까지만 장사를 해서 꼭 십만 원을 모을 작정이지요. 십만 원이면 죄선 부자로 쳐도 천석꾼이니, 뭐 떵떵거리고 살 게 아니냐구요.

그리고 우리 다이쇼도 한 말이 있고 하니까, 나는 내지인 규수한테로 장가를 들래요. 다이쇼가 다 알아서 얌전한 자리를 골라 중매까지 서 준다고 그랬어요. 내지 여자가 참 좋지요.

나는 죄선 여자는 거저 주어도 싫어요.

구식 여자는 얌전은 해도 무식해서 내지인하고 교제하는 데 안 됐고, 신식 여자는 식자나 들었다는 게 건방져서 못 쓰고, 도무지 그래서 죄선 여자는 신식이고 구식이고 다 제에발이야요.

내지 여자가 참 좋지 뭐. 인물이 개개 일자로 이쁘것다, 얌전하것다, 상냥하것다, 지식이 있어도 건방지지 않것다, 좀이나 좋아!

그리고 내지 여자한테 장가만 드는 게 아니라 성명도 내지인 성명으로 갈고, 집도 내지인 집에서 살고, 옷도 내지 옷을 입고, 밥도 내지식으로 먹고, 아이들도 내지인 이름을 지어서 내지인 학교에 보내고…….

내지인 학교라야지 죄선 학교는 너절해서 아이들 버려 놓기나 꼭 알맞지요.

그리고 나도 죄선말은 싹 걷어치우고 국어^{일본말}만 쓰고요.

이렇게 다 생활 법식부텀도 내지인처럼 해야만 돈도 내지인처럼 잘 모으게 되거든요.

내 이상이며 계획은 이래서 그 십만 원짜리 큰 부자가 바로 내다뵈고, 그리로 난 길이 환하게 트이고 해서 나는 시방 열심으로 길을 가고 있는데, 글쎄 그 미쳐 살기 든 놈들이 세상 망쳐 버릴 사회주의를 하려 드니, 내가 소름이 끼칠 게 아니냐구요? 말만 들어도 끔찍하지!

세상이 망해서 뒤집히면 그래 나는 어쩌란 말인고? 아무것도 다 허사가 될 테니 그런 억울할 데가 있더람?

뭐 참, 우리 집 다이쇼 말이 일일이 지당해요.

여느 절도나 강도나 사기나 그런 죄는 도적이면 도적을 해 가는 그 당장, 그 돈만 축을 내니까 오히려 죄가 가볍지만, 그놈의 것 사회주의인지 지랄인지는 온 세상을 뒤죽박죽을 만들어 놓고 나라를 통째로 소란하게 하니까 도저히 용서할 수가 없대요.

용서라니! 나 같으면 그런 놈들은 모조리 쓸어다가 마구 그저 그냥…….

그런 일을 생각하면, 털어놓고 말이지 우리 아저씬가 그 양반도 여간 불측不測 생각이나 행동 따위가 괘씸하고 엉큼함 스러워 뵈질 않아요. 사실 아주머니만 아니면 내가 무슨 천주학이라고 나쁜 병까지 앓는 그 양반을 찾아다니나요. 죽는대도 코도 안 풀어 붙일걸.

그러나마 전자의 죄상을 다 회개를 하고 못된 마음을 씻어 버렸을세 말이지, 뭐 흰 개꼬리 삼 년이라더냐, 종시 그 모양일걸요.

그러니깐 그게 밉살머리스러워서, 더러 들렀다가 혹시 마주 앉아도 위정일부러 뼈끝 저린 소리나 내쏘아 주고 말을 다잡아 가지골랑 꼼짝 못하게시리 몰아세워 주곤 하지요.

나는 좌선 여자는 거저 주어도 싫어요. 내지 여자한테 장가 들구 성명도 내지인 성명으로 갈고, 집도 내지인 집에서 살고, 옷도 내지 옷을 입고…….

🔊 소설 한 장면　위기　'나'는 철저히 일본인으로 동화되어 살아가겠다고 다짐함

저번에도 한번 혼을 단단히 내 주었지요. 아, 그랬더니 아주머니더러 한다는 소리가, 그 녀석 사람 버렸더라고, 아무짝에도 못쓰게 길이 들었더라고 그러더라나요.

내 원, 그 소리를 듣고 하도 어처구니가 없어서!

대체 사람도 유만부동類萬不同 비슷한 것이 많으나 서로 같지 않음이지, 그 아저씨가 나더러 사람 버렸느니 아무짝에도 못쓰게 길이 들었느니 하더라니, 원 입이 몇 개나 되면 그런 소리가 나오는 구멍도 있누? 죄선 벙어리가 다 말을 해도 나 같으면 할 말 없겠더구면서도, 하면 다 말인 줄 아나 봐?

이를테면 그게 명색 훈계 비슷한 거렷다? 내게다가 맞대 놓고 그런 소리를 하다가는 되잡혀서 혼이 날 테니까 슬며시 아주머니더러 이르란 요량이던 게지?

기가 막혀서…… 하느님이 사람의 콧구멍을 두 개로 마련하기 참 다행이야. 글쎄 아무려면 내가 자기처럼 다아 공부는 못 하고 남의 집 고조小僧 소승. 가게 일을 보아 주는 점원 노릇으로, 반또番頭 번두. 지금의 수위 노릇으로 이렇게 굴러먹을 값에 이래 보여도 표창을 두 번이나 받은 모범 점원이요, 남들이 똑똑하고 재주 있고 얌전하다고 칭찬이 놀랍고, 앞길이 환히 트인 유망한 청년인데, 그래 자기 눈에는 내가 버린 놈이고 아무짝에도 못 쓰게 길이 든 놈으로 보였단 말이지?

하하, 오옳지! 거 참 그렇겠군. 자기는 자기 하는 짓이 옳으니까 남이 하는 짓은 다 글렀단 말이렷다?[1] 그러니까 나도 자기처럼 그놈의 것 사회주의인지 급살 맞을 것인지나 하다가 징역이나 살고 전과자나 되고 폐병이나 앓고, 다 그랬더라면 사람 버리지도 않고 아무짝에도 못 쓰게 길든 놈도 아니고 그럴 뻔했군그래!

흥! 참……. 제 밑 구린 줄 모르고서 남더러 어쩌구저쩌구 한다는 게, 꼭 우리 아저씨 그 양반을 두고 이른 말인가 봐.

그날도 실상 이랬더라우. 혼을 내주었더니, 아주머니더러 그런 소리를 하더란 그날 말이오.

그날이 마침 내가 쉬는 날이길래 아주머니더러 할 이야기도 있고 해서 아침결에 좀 들렀더니, 아주머니는 남의 혼인집으로 바느질을 해 주러 갔다고 없고, 아저씨 양반만 여전히 아랫목에 가서 드러누웠어요.

---

1) 자신을 향한 아저씨의 비난에 대해서 반어적이고 냉소적인 어조를 사용하고 있다.

그런데 보니깐 어디서 모두 뒤져냈는지, 머리맡에다가 헌 언문 잡지를 수북이 쌓아 놓고는 그걸 뒤져요. 그래 나도 심심 삼아 한 권 집어 들고 떠들어 보았더니, 뭐 읽을 맛이 나야요. 대체 죄선 사람들은 잡지 하나를 해도 어찌 모두 그 꼬락서니로 해 놓는지.

사진도 없지요, 망가^{만화}도 없지요. 그러고는 맨판 까달스런 한문 글자로다가 처박아 놓으니 그걸 누구더러 보란 말인고?

더구나 우리 같은 놈은 언문도 그런대로 뜯어보기는 보아도 읽기에 여간 괴롭지가 않아요.

그러니 어려운 언문하고 까다로운 한문하고를 섞어서 쓴 글은 뜻을 몰라 못 보지요.[1] 언문으로만 쓴 것은 소설 나부랭인데, 읽기가 힘이 들 뿐 아니라 또 죄선 사람이 쓴 소설이란 건 재미가 있어야죠. 나는 죄선 신문이나 죄선 잡지하구는 담쌓고 남 된 지 오랜걸요.

잡지야 뭐 〈킹구〉나 〈쇼넹구라부〉 덮어 먹을 잡지가 있나요. 참 좋아요. 한문 글자마다 가나를 달아 놓았으니 어떤 대문을 척 펴들어도 술술 내리읽고 뜻을 훤하니 알 수가 있지요.

그리고 어떤 대문을 읽어도 유익한 교훈이나 재미나는 소설이지요.

소설 참 재미있어요. 그중에도 기쿠지 캉^{菊池寬} 소설……. 어쩌면 그렇게도 아기자기하고도 달콤하고도 재미가 있는지. 그리고 요시가와 에이지^{吉川英治}, 그의 소설은 진찐바라바라^{칼싸움} 하는 지다이모노^{역사물}인데 마구 어깻바람이 나구요.

소설이 모두 그렇게 재미가 있지요, 망가가 많지요, 사진이 많지요, 그러고도 값은 좀 헐하나요. 십오 전이면 바로 고 전달치를 사 볼 수 있고, 보고 나서는 오 전에 도루 파는데요.

잡지도 기왕 하려거든 그렇게나 해야지, 죄선 사람들은 제엔장 큰소리는 곧잘 하더구먼서도 잡지 하나 반반한 거 못 만들어 내니!

그날도 글쎄 잡지가 그 꼴이라, 아예 글은 볼 멋도 없고 해서 혹시 망가나 사진이라도 있을까 하고 책장을 후르르 넘기노라니깐 마침 아저씨 이름이 있겠나요! 하도 신통해서 쓰윽 펴들고 보았더니 제목이 첫 줄은 경제, 사회…… 무엇 어쩌구 잔주를 달아 놨겠지요.

---

1) '나'가 언문과 한문을 읽을 줄 모르는 무지하고 교양 없는 사람이라는 게 드러난다.

그것만 보아도 벌써 그럴듯해요. 경제는 아저씨가 대학교에서 경제를 배웠다니까 경제 속은 잘 알 것이고, 또 사회는 그것 역시 사회주의를 했으니까 그 속도 잘 알 것이고, 그러니까 경제하고 사회주의하고 어떻게 서로 관계가 되는 것이며 어느 편이 옳다는 것이며 그런 소리를 썼을 게 분명해요.

뭐, 보나 안 보나 속이야 빠안하지요. 대학교까지 가설랑 경제를 배우고도 돈 모을 생각은 않고서 사회주의만 하고 다닌 양반이라 경제가 그르고 사회주의가 옳다고 우겨댔을 거니까요.

아무렇든 아저씨가 쓴 글이라는 게 신기해서 좀 보아 볼 양으로 쓰윽 훑어봤지요. 그러나 웬걸 읽어 먹을 재주가 있나요. 글자는 아주 어려운 자만 아니면 대강 알기는 알겠는데, 붙여 보아야 대체 무슨 뜻인지를 알 수가 있어야지요.

속이 상하길래 읽어 보자던 건 작파하고서 아저씨를 좀 따잡고 몰아세울 양으로 그 대목을 차악 펴 놨지요.

"아저씨?"

"왜 그러니?"

"아저씨가 여기다가 경제 무어라구 쓰구, 또 사회 무어라구 썼는데, 그러면 그게 경제를 하란 뜻이오? 사회주의를 하란 뜻이오?"

"뭐?"

못 알아듣고 뚜렛뚜렛 _{어리둥절하여 눈을 이리저리 굴리는 모양} 해요. 자기가 쓰고도 오래돼서 다 잊어버렸거나, 혹시 내가 말을 너무 까다롭게 내기 때문에 섬뻑 대답이 안 나왔거나 그랬겠지요. 그래 다시 조곤조곤 따졌지요.

"아저씨…… 경제란 것은 돈 모아서 부자되라는 것 아니오? 그런데, 사회주의란 것은 모아 둔 부자 사람의 돈을 뺏어 쓰는 것 아니오?"

"이 애가 시방!"

"아니, 들어 보세요."

"너, 그런 경제학, 그런 사회주의 어디서 배웠니?"

"배우나마나, 경제란 건 돈 많이 벌어서 아껴 쓰구 나머지 모아 두는 게 경제 아니오?"

"그건 보통, 경제한다는 뜻으루 쓰는 경제고, 경제학이니 경제적이니 하는 건 또 다르다."

"다를 게 무어요? 경제는 돈 모으는 것이고, 그러니까 경제학이면 돈 모으는 학문이지요."

"아니란다. 혹시 이재학 理財學 나라를 다스리는 데 필요한 자금의 조달, 관리, 운용 따위에 대하여 연구하는 학문 이라면 돈 모으는 학문이라고 해도 근리 近理 이치에 가까움 할지 모르지만 경제학은 그런 게 아니란다."

"아—니, 그렇다면 아저씨 대학교 잘못 다녔소. 경제 못하는 경제학 공부를 오 년이나 했으니 그게 무어란 말이오? 아저씨가 대학교까지 다니면서 경제 공부를 하구두 왜 돈을 못 모으나 했더니, 인제 보니깐 공부를 잘못해서 그랬군요!"

"공부를 잘못했다? 허허, 그랬을는지도 모르겠다. 옳다, 네 말이 옳아!"

이거 봐요 글쎄. 단박 꼼짝 못하잖나. 암만 대학교를 다니고, 속에는 육조를 배포했어도 그렇다니깐 글쎄…….

"아저씨?"

"왜 그러니?"

"그러면 아저씨는 대학교를 다니면서 돈 모아 부자되는 경제 공부를 한 게 아니라 모아 둔 부자 사람네 돈 뺏어 쓰는 사회주의 공부를 했으니 말이지요…….."

"너는 사회주의가 무얼루 알구서 그러냐?"

"내가 그까짓 걸 몰라요?"

한바탕 주욱 설명을 했지요.

내 얼굴만 물끄러미 올려다보고 누웠더니 피식 한번 웃어요. 그러고는 그 양반이 하는 소리겠다요.

"그게 사회주의냐? 부랑당이지."

"아—니, 그럼 아저씨두 사회주의가 부랑당인 줄은 아시는구려?"

"내가 언제 사회주의가 부랑당이랬니?"

"방금 그리잖았어요?"

"글쎄, 그건 사회주의가 아니라 부랑당이란 그 말이다."

"거 보시우! 사회주의란 것은 그렇게 날부랑당이어요. 아저씨두 그렇다구 하면서 아니래시오?"

"이 애가 시방 입심 겨룸을 하자나!"

이거 봐요. 또 꼼짝 못하지요? 다아 이래요, 글쎄…….

"아저씨?"

"왜 그러니?"

"아저씨두 맘 달리 잡수시오."

"건 어떻게 하는 말이냐?"

"걱정 안 되시우?"

"나 같은 사람이 걱정이 무슨 걱정이냐? 나는 네가 걱정이더라."

"나는 뭐 버젓하게 요량이 있는걸요."

"어떻게?"

"이만저만한가요!"

또 한바탕 주욱 설명을 했지요. 이야기를 다 듣더니 그 양반 한다는 소리
좀 보아요.

"너두 딱한 사람이다!"

"왜요?"

"……."

"아니, 어째서 딱하다구 그러시우?"

"……."

"네? 아저씨?"

"……."

"아저씨?"

"왜 그래?"

"내가 딱하다구 그러셨지요?"

"아니다, 나 혼자 한 말이다."

"그래두……."

"이 애?"

"네?"

"사람이란 것은 누구를 물론허구 말이다, 아첨하는 것같이 더러운 게 없
느니라."

"아첨이오?"

"저, 위로는 제왕, 밑으로는 걸인, 그 모든 사람이 위선 시방 이 제도의 이
세상에서 말이다, 제가끔 제 분수대루 살어가는 데 있어서 말이다, 제 개성
을 속여 가면서꺼정 생활에다가 아첨하는 것같이 더러운 것이 없고, 그런
사람같이 가련한 사람은 없느니라. 사람이란 건 밥 두 그릇이 하필 밥 한 그

릇보다 더 배가 부른 건 아니니까."

"그건 무슨 뜻인데요?"

"네가 일본인 여자와 결혼을 해서 성명까지 갈고 모든 생활 법도를 일본화하겠다는 것이 말이다."

"네, 그게 좋잖아요?"

"그것이 말이다, 진실로 깊은 교양이나 어진 지혜의 판단에서 우러나온 것이라면 그도 모를 노릇이겠지. 그렇지만 나는 보매, 네가 그런다는 것은 다른 뜻으로 그러는 것 같다."

"다른 뜻이라니요?"

"네 주인의 비위를 맞추고, 이웃의 비위를 맞추고 하자고……."

"그야 물론이지요! 다이쇼의 신용을 받아야 하고, 이웃 내지인들 하구도 좋게 지내야지요. 그래야 할 게 아니겠어요?"

"……."

"아저씨는 아직두 세상 물정을 모르시오. 나이는 나보담 많구 대학교 공부까지 했어도 일찌감치 고생살이를 한 나만큼 세상 물정은 모릅니다. 시방이 어느 세상인데 그러시우?"

"이 애?"

"네?"

"네가 방금 세상 물정이랬지?"

"네."

"앞길이 환하니 트였다구 그랬지?"

"네."

"환갑까지 십만 원 모은다구 그랬지?"

"네."

"네가 말하는 세상 물정하구 내가 말하려는 세상 물정하구 내용이 다르기도 하지만, 세상 물정이란 건 그야말로 그리 만만한 게 아니다."

"네?"

"사람이란 건 제아무리 날구 뛰어도 이 세상에 형적形跡 ^{사물의 형상과 자취를 아울러 이르는 말} 없이 그러나 세차게 주욱 흘러가는 힘, 그게 말하자면 세상 물정이겠는데, 결국 그것의 지배하에서 그것을 따라가지 별수가 없는 거다."

"네?"

"쉽게 말하면 계획이나 기회를 아무리 억지루 만들어 놓아도 결과가 뜻대루는 안 된단 말이다."

"젠장, 아저씨두…… 요전 〈킹구〉라는 잡지에두 보니까, 나폴레옹이라는 서양 영웅이 그랬답디다. 기회는 제가 만든다구. 그리고 불가능이란 말은 바보의 사전에서나 찾을 글자라구요. 아 자꾸자꾸 계획하구 기회를 만들구 해서 분투 노력해 나가면 이 세상 일 안 되는 일이 어디 있나요? 한 번 실패하거든 갑절 용기를 내 가지구 다시 일어서지요. 칠전팔기 모르시오?"

"나폴레옹도 세상 물정에 순응할 때는 성공했어도, 그것에 거슬리다가 실패를 했더란다. 너는 칠전팔기해서 성공한 몇 사람만 보았지, 여덟 번 일어섰다가 아홉 번째 가서 영영 쓰러지구는 다시 일어나지 못한 숱한 사람이 있는 건 모르는구나?"

"그래두 두구 보시우. 나는 천하 없어두 성공하구 말 테니……. 아저씨는 그래서 더구나 못써요. 일해 보기두 전에 안 될 줄로 낙심 먼저 하구……."

"하늘은 꼭 올라가 보구래야만 높은 줄 아니?"

원 마지막 가서는 할 소리가 없으니깐 동에도 닿지 않는 비유를 가져다 둘러대는 걸 보아요. 그게 어디 당한 말인고? 안 올라가 보면 뭐 하늘 높은 줄 모를 천하 멍텅구리도 있을까? 그만해 두려다가 심심하기에 또 말을 시켰지요.

아저씨…… 경제란 것은 돈 모아서 부자되는 것 아니오? 그런데, 사회주의란 것은 모아 둔 부자 사람의 돈을 뺏어 쓰는 것 아니오?

뭐야? 너두 딱한 사람이다! 사람이란 것은 아첨하는 것같이 더러운 게 없느니라. 세상 물정이란 건 그야말로 그리 만만한 게 아니다.

📖 소설 한 장면 절정 '나'는 아저씨의 한심한 행태에 대해 비판함

"아저씨?"

"왜 그래?"

"아저씨는 인제 몸 다아 충실해지면 어떡허실려우?"

"무얼?"

"장차……."

"장차?"

"어떡허실 작정이세요?"

"작정이 새삼스럽게 무슨 작정이냐?"

"그럼 아저씨는 아무 작정 없이 살어가시우?"

"없기는?"

"있어요?"

"있잖구?"

"무언데요?"

"그새 지내 오던 대루……."

"그러면 저 거시키 무엇이냐 도루 또 그걸……?"

"그렇겠지."

"아저씨?"

"……."

"아저씨?"

"왜 그래?"

"인젠 그만두시우."

"그만두라구?"

"네."

"누가 심심소일루 그러는 줄 아느냐?"

"그렇잖구요?"

"……."

"아저씨?"

"……."

"아저씨?"

"왜 그래?"

"아저씨 올해 몇이지요?"

"서른셋."

"그러니 인제는 그만큼 해 두고 맘 잡어서 집안일 할 나이두 아니오?"

"집안일은 해서 무얼 하나?"

"그렇기루 들면 그 짓은 해서 또 무얼 하나요?"

"무얼 하려구 하는 게 아니란다."

"그럼, 아무 희망이나 목적이 없으면서 그래요?"

"목적? 희망?"

"네."

"개인의 목적이나 희망은 문제가 다르니까…… 문제가 안 되니까……."

"원, 그런 법도 있나요?"

"법?"

"그럼요!"

"법이라……!"

"아저씨?"

"……."

"아저씨?"

"왜 그래?"

"아주머니가 고맙잖습디까?"

"고맙지."

"불쌍하지요?"

"불쌍? 그렇지, 불쌍하다면 불쌍한 사람이지!"

"그런 줄은 아시느만?"

"알지."

"알면서 그러시우."

"고생을 낙으로, 그 쓰라린 맛을 씹고 씹고 하면서 그것에서 단맛을 알어
내는 사람도 있느니라. 사람도 있는 게 아니라, 사람마다 무슨 일에고 진정
과 정신을 꼬박 거기다가만 쓰면 그렇게 되는 법이니라. 그러니까 그쯤 되
면 그때는 고생이 낙이지. 너의 아주머니만 두고 보더라도 고생이 고생이
면서 고생이 아니고 고생하는 게 낙이란다."

"그렇다고 아저씨는 그걸 다행히만 여기시우?"

"아니."

"그러거들랑 아저씨두 아주머니한테 그 은공을 더러는 갚어야 옳을 게 아니오?"

"글쎄, 은공을 모르는 건 아니지만……."

"그러니 인제 병이나 확실히 다아 나으신 뒤엘라컨……."

"바뻐서 원……."

글쎄 이 한다는 소리 좀 보지요? 시치미 뚜욱 떼고 누워서 바쁘다는군요!

사람 속 차릴 여망輿望 어떤 개인이나 사회에 대한 많은 사람의 기대를 받음. 또는 그 기대 없어요. 그저 어디로 대나 손톱만큼도 쓸모는 없고 남한테 사폐만 끼치고, 세상에 해독만 끼칠 사람이니, 뭐 하루바삐 죽어야 해요. 죽어야 하고, 또 죽어서 마땅해요. 그런데 글쎄 죽지를 않고 꼼지락꼼지락 도로 살아나니 성화라구는, 내…….

🍎 소설 한 장면 　결말　 '나'는 아저씨 같은 사람은 세상에 해독만 끼친다고 생각함

선생님 치숙은 '어리석을 치(痴)'에 '아저씨 숙(叔)'이 결합된 단어예요. 즉 '어리석은 아저씨'를 의미하지요. 이러한 제목이 의도하는 바는 무엇일까요?

 2 🤍 2

학생 1 화자인 '나'가 아저씨를 어리석고 우둔하다고 생각하기 때문에 이런 제목을 쓴 것 같아요.

학생 2 맞아요. 하지만 소설 전체의 맥락으로 보면 반어적인 표현임을 알 수 있어요. 독자는 이 소설을 읽으면서 오히려 화자에 대해 비판적인 시각을 갖게 되기 때문이에요.

선생님 이 작품에서 작가가 풍자하려고 하는 대상은 누구일까요?

 2 🤍 2

학생 1 주된 풍자 대상은 화자인 '나'예요. 아직 소년인 화자는 전도된 가치를 신봉하면서도 자신의 문제점을 전혀 모르고 있어요. 그런 화자가 아저씨를 신랄하게 비판하는 데서 아이러니가 발생해요.

학생 2 하지만 작가는 화자가 비판하는 아저씨에 대해서도 어느 정도 비판적 태도를 보이고 있어요. 아저씨는 화자의 말처럼 무능하고 현실 착오적인 삶을 사는 이상론자이기 때문이에요.

신빙성 없는 화자	▼

연관 검색어　치숙　사랑손님과 어머니　날개

'신빙성 없는 화자'란 미성숙, 무교양, 무지로 인해 자신이 서술하는 일에 대해 정확하게 해석하거나 평가하지 못하는 화자를 말한다. 보통 순진한 사람이나 어린아이로 설정되는 경우가 많다. 신빙성 없는 화자는 때로 등장인물의 심리를 오해하여 잘못 파악하기도 한다. 이때 화자의 내면과 외부 세계에 차이가 일어난다. 독자는 화자에게 어느 정도 거리를 두고 상황을 객관적으로 판단하고자 하는데, 이는 독자들의 상황 인식에 도움을 주고 재미를 유발한다.

이러한 신빙성 없는 화자가 등장하는 다른 작품으로는 주요섭의 「사랑손님과 어머니」 이상의 「날개」 등이 있다.

왕치와 소새와 개미

⚓ 작품 길잡이

갈래: 우화 소설
배경: 시간 - 가을 / 공간 - 농촌
시점: 3인칭 전지적 작가 시점
주제: 조화로운 공동체 생활의 추구, 이기적 태도에 대한 경계
출전: 〈문장〉(1941)

📷 인물 관계도

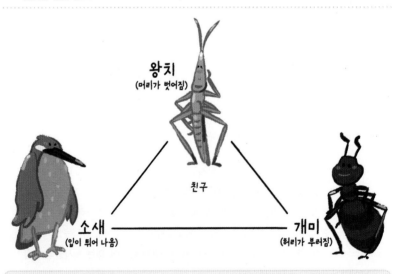

왕치（머리가 벗어짐）

친구

소새（입이 튀어 나옴）　　**개미**（허리가 부러짐）

왕치	염치가 없고 게을러 소새의 미움을 산다.
소새	날쌔고 부지런하지만 마음씨가 너그럽지 못하다. 게으른 왕치를 못마땅하게 여긴다.
개미	부지런하고 인정이 많다. 제 몫을 하지 못하는 왕치를 가엾게 생각한다.

📑 구성과 줄거리

발단 **왕치와 소새와 개미의 생김새와 성격을 소개함**
왕치는 머리가 벗어지고, 소새는 주둥이가 나오고, 개미는 허리가 잘록 부러진 데
는 내력이 있다. 왕치와 개미와 소새는 함께 산다. 개미는 부지런하고 소새는 제
앞가림을 했으나 왕치는 놀고먹기만 해서 눈치를 먹는다.

전개 **셋은 잔치 계획을 세우고 개미와 소새는 잔치를 치름**
어느 가을날 셋은 하루씩 맡아 잔치를 치르기로 한다. 개미는 촌 마누라의 넓적다
리를 물어 촌 마누라가 내동댕이친 밥 광주리로 푸짐한 상을 차린다. 다음 날 소새
는 물가로 나가 잉어를 잡아 와서 잔치를 치른다.

위기 **고생만 하고 허탕을 친 왕치가 잉어에게 잡아먹힘**
왕치의 차례인 셋째 날 왕치는 들로, 산으로, 잔디밭으로 나가 보았으나 아무것도
잡지 못한다. 물가에 온 왕치는 용기를 내어 잉어를 잡으려다 오히려 잉어에게 잡
아먹힌다.

절정 **소새와 개미가 왕치를 구했지만 오히려 왕치는 큰소리침**
개미와 소새는 왕치를 찾으러 나선다. 왕치를 찾지 못하고 돌아오는 길에 소새가
물가에서 잉어를 잡는다. 소새와 개미가 잉어를 먹고 있는데 배 속에서 왕치가 뛰
어나온다. 왕치는 자신을 구출한 소새와 개미에게 고맙다는 말은커녕, 자기가 잉
어를 잡아 온 것처럼 너스레를 떤다.

결말 **왕치, 소새, 개미의 생김새에 얽힌 내력을 밝힘**
소새는 왕치의 넉살에 화가 나서 주둥이가 한 발이나 나왔고, 왕치는 속을 못 차리
고 공것을 밝혀 이마가 벗어졌고, 개미는 소새와 왕치를 보고 너무 웃어서 허리가
부러진다.

왕치와 소새와 개미

왕치^{방아깨비의 큰 암컷}는 머리가 훌러덩 벗어지고, 소새^{물새의 한 종류}라는 새는 주둥이가 뚜우 나오고, 개미는 허리가 잘록 부러졌다. 이 왕치의 대머리와 소새의 주둥이 나온 것과 개미의 허리 부러진 것과는 이만저만찮은 내력이 있다.

옛날 옛적, 거기 어디서, 개미와 소새와 왕치가 한집에서 함께 살고 있었다.

개미는 시방이나 그때나 다름없이 부지런하고 일을 잘했다. 소새도 소갈찌^{소갈머리. 마음이나 속생각을 낮잡아 이르는 말}는 좀 괴팍하고 박절스런 구석은 있으나, 본이 재치가 있고 바지런바지런해서, 제 앞 하나는 넉넉 꾸려 나가고도 남았다.

딱한 건 왕치였다. 파리 한 마리 건드릴 근력도 없는 약질이었다. 편편 놀고먹어야 했다. 놀고먹으면서도 양 통만 커서, 먹기는 남 갑절이나 먹었다. 놀고먹으면서 양 통만 커 가지고 먹기는 남 갑절이나 먹는 것도 염치 아닌 노릇인데, 속이 없고 빙충맞았다. 희떱고^{실속은 없어도 마음이 넓고 손이 크고} 비위가 좋았다.

부모 자식이나 동태^{同胎} 동기간^{同氣間 형제자매 사이}이라도 모를 텐데, 타성바지^{자기와 다른 성씨를 가진 사람}의 아무렇지도 않은 남남끼리 한집 한 울안에 모여 살면서 그

옛날 옛적, 개미와 소새와 왕치가 한집에서 함께 살고 있었다.

 소설 한 장면　　발단　왕치와 소새와 개미의 생김새와 성격을 소개함

모양이니, 눈치는 독판^{독무대} 먹어 두어야 했다. 개미는 그래도 천성이 너그럽고 낙천가가 되어서 과히 허물을 하지 않았지만, 성미 까슬한^{몹시 거칠고 뻣뻣한 느낌이 있는} 소새는 영 아주 왕치를 못 볼 상으로 미워했다. 걸핏하면 꽁해 가지고는 구박을 하고 눈치를 했다.

어느 가을이었다. 백곡이 풍등한^{농사를 지은 것이 아주 잘된} 식욕의 가을이었다.

가을도 되고 했으니, 우리 잔치나 한번 차리는 게 어떠냐고, 셋이 모여 앉은 자리에서 소새가 발의를 했다.

"거참, 조오흔 말일세!"

잔치도 잔치지만, 일변 저를 끔끔수^{체면이 깎일 일을 당해 갖는 부끄러움}를 주자는 설도^{舌刀 '칼날 같은 혀'라는 뜻으로, 날카로운 말을 비유적으로 이르는 말}인 줄은 모르고, 먹을 속 살가운 왕치가 냉큼 받아서 찬성이었다.

잠자코 있으나, 개미도 이의는 없었다.

사흘 잔치를 하기로 했다.

사흘 동안 계속해서 잔치를 하는데, 차리기는 하나가 하루씩 독담^{獨擔 혼자서 담당함}으로 맡아서 차리기로 했다. 가령 첫날은 소새가 잔치를 차리면 둘째 날은 왕치가, 그리고 마지막 날은 개미가…… 이렇게.

왕치는 그렇게 잔치를 하루씩 독담해서 차린다는 데는 속으로 뜨악 걱정스러웠으나, 그렇다고 체면에 나는 못합네 할 수는 없는 터라, 어물어물 코대답^{탐탁하지 아니거나 대수롭지 아니하게 여겨 건성으로 하는 대답}을 해 두었다. 둘이가 먼저 차리거든 우선 먹어 놓고 볼 일이라는 떡심^{억세고 질긴 근육. 성질이 매우 질긴 사람을 비유적으로 이르는 말}이었다. 반생을 이런 떡심으로 부지해 왔으니, 별로 새삼스러울 것도 없었다.

첫날은 개미가 나섰다.

들로 나갔다.

들에서는 한참 벼를 거두기가 바빴다. 마침 보니, 촌 마누라 하나가 샛밥^{'곁두리'의 방언. 농사꾼이나 일꾼들이 끼니 외에 참참이 먹는 음식}을 내가느라고, 한 광주리 목이 오므라들게 해서 이고, 들 가운데로 지나고 있었다.

좋을씨구나. 개미는 뽀르르 쫓아가서 가랑이 속으로 기어올라 가서는, 너벅다리^{'넓적다리'의 방언}께를 사정없이 꽉 물어 떼었다.

"아이고머닛!"

죽는 소리를 치면서 촌 마누라는 머리의 밥 광주리를 내동댕이치고는, 다리야 날 살리라고 도망을 쳤다.

부—연 입쌀밥^{입쌀로 지은 밥}에, 얼큰한 풋김치에, 구수한 된장찌개에, 짭짤한 자반갈치 토막에, 곰콤한 새우젓에—.

죄다 집으로 날라다 놓고는, 셋이 모여 앉아서 맛있게 잘 먹었다. 보기 드문, 건^{푸짐하고 배부른} 잔치였다.

다음 날은 소새가 나섰다.

물가로 갔다.

바닥이 들여다보이게 맑은 물에서 붕어도 뛰고 가물치도 놀고 했다. 여느 때와는 달라, 소새는 붕어나 가물치나 단치^{민물고기의 하나} 따위는 눈도 거들떠보지 않고, 말뚝에 가 오도카니^{작은 사람이 넋이 나간 듯이 가만히 한자리에 서 있거나 앉아 있는 모양} 앉아서는 기다렸다.

이윽고 싯누런 잉어가 한 놈 꿈틀거리면서 물 위로 머리를 솟구쳤다.

잔뜩 겨냥을 대고 노리던 소새는, 휘익 날면서 주둥이로 잉어의 눈을 꿰어 들었다.

집으로 돌아오니, 개미와 왕치는 손뼉을 치며 맞이했다.

성성한 잉어를 놓고 둘러앉아서 먹는 맛은 또한 자별했다.

소새 차례의 둘째 날의 잔치도 그래서 걸게 지났다.

🔰 소설 한 장면 　전개　 셋은 잔치 계획을 세우고 개미와 소새는 잔치를 치름

마지막, 셋째 날은 드디어 왔다.

왕치는 무어라고든 핑계를 대고서 뱃심 _{염치나 두려움이 없이 제 고집대로 버티는 힘} 으로 뭉갤 생각이었으나, 보니 소새의 팽—팽한 눈살이, 안 될 말이었다.

잘 먹은 죄가 이렇게 큰 거라고 생각하면서, 아무 가량假量 _{어떤 일에 대해 확실한 계산은 아니나 얼마쯤이나 정도가 되리라고 짐작해 봄} 도 없는 채 집을 나섰다.

우선 들로 나가 보았다.

편한 _{끝이 아득할 정도로 넓은} 들에는 벼만 가득히 익고, 농군들이 벼를 거두기에 바빴지, 보아야 만만히 건드림 직한 거라곤 없었다. 설마 한들 벼 이삭이나 한 목쟁이 _{'목정강이'의 잘못. 목덜미를 이루고 있는 뼈} 주워 가지고 갈 수는 없고.

막막히 헤매고 다니다가 한 곳을 당도한즉, 애꾸눈이 엿장수가 엿목판을 뚜드리면서

"엿들 사려! 호두엿 사려."

하고 멋들어지게 외우고 지나갔다.

덮어놓고 후룩후룩 날아가서, 엿목판에 가 앉았다. 한 목판 그득 담긴 엿이 또한 먹음직스러웠다.

이걸 송두리째 집으로 가져만 갔으면 걸기도 하고 한바탕 뽐낼 판인데, 그러나 무슨 재주로!

어떻게 했으면 좋을꼬 하고 요리조리 엿목판을 끼웃거리며 궁리를 한다는 게, 무심결에 엿장수의 어깨에 가 앉았던 모양이었다.

"잡것, 재수 없네!"

엿장수가 손바닥으로 탁 치는 바람에, 하마터면 엿장수의 어깨에서 참혹한 죽음을 할 뻔하고는, 혼비백산 질겁하여 도망을 쳤다.

들을 지나서 산 밑으로 가 보았다.

꿩도 날고, 토끼도 기었다. 바위 틈바구니엔 벌집도 있고, 그 단 꿀 냄새에 회가 동했다. 그러나 모두가 화중지병畵中之餠 _{그림의 떡} 이었다.

잔디밭에서 송아지 데리고 암소가 놀고 있었다.

어미는 너무 크고, 송아지들한테 가 앉아 보았다. 간지럽다고 강중강중 뛰었다.

요놈을 어떻게 살살 꼬여서 집으로 끌고 갔으면 좋겠는데, 그게 도무지 도리가 없었다.

이마빡으로 옮아앉아서 터럭을 물고 진득이 잡아당겼다. 부룩송아지 _{아직 길}

^{들지 아니한 송아지}니, 대가리를 사뭇 내젓는 통에 저만치 가서 떨어졌다.

이 녀석 어디 보자고 엉덩짝에 가 앉아서는,

"이러! 이러!"

하고 간질여 보았다.

하는 것을 송아지는 파리인 줄 알고, 꼬리를 획 쳐서 옆구리가 끄덕하도록 얻어맞았다.

하릴없이 물가로 와 보았다.

붕어가 뛰고 메기가 놀고, 역시 그럼직한 것이 없는 게 아니나, 잡는 재주가 없었다.

그럭저럭 해는 점심 새때^{끼니와 끼니의 중간 되는 때}도 지나, 오래지 않아 날이 저물게 되었다.

그대로 빈손으로 돌아가자니 차마 체모가 아니었다. 그렇다고 해서 언제까지고 이렇게 헤매기만 할 수도 없었다.

답답했다.

엉엉 앉아서 울었다.

막 그럴 즈음, 어저께 소새가 잡아 가지고 온 그런 잉어가 한 놈, 싯누런

🖐 소설 한 장면 　위기　고생만 하고 허탕을 친 왕치가 잉어에게 잡아먹힘

몸뚱이를 굼실거리면서 물 위로 떠올랐다.

왕치는 분연히 성을 벌컥 내며 분해하는 기색으로, 울기를 그치고 팔을 부르걷었다 옷의 소매나 바지를 힘차게 걷어 올렸다.

"그래, 사내대장부가 세상에 나서, 온 이래야 옳담매?"

그러면서 단연 그 잉어를 잡을 결심으로, 후르륵 날아, 마침 솟구치는 잉어의 콧등에 오똑 앉았다.

잉어야 그러잖아도 속이 출출한 판인데, 이게 웬 떡이냐고 날름 혀로 차서는, 씹고 무엇하고 할 것도 없이 그대로 꼴깍 삼켜 버렸다.

아침에 일찍 나간 채 한낮이 겨워도 때가 지나거나 기울어서 늦어도 왕치는 돌아오지 않아서, 집에서는 소새와 개미는 걱정을 하며 이제나 저제나 까맣게 기다렸다.

그러면서 개미는 소새를 자꾸만 탓을 했다. 부질없이 그런 설도를 해서 그 못난이를 갖다가 못할 노릇을 시켰냐고. 괜히 참, 어디 가서 함부로 넘성거리다가 몸을 다치든지, 아닐 말로 죽든지 하면 저 일을 장차 어떡한단 말이냐고.

소새는 민망하여, 아 작자가 하도 염장艶粧 예쁘고 아리땁게 단장함 을 못 차리고 보기 싫게 굴기에 좀 그래 보았다고. 그래도 난 못 하겠노라고 아랫목에 앉아서 뭉개든지, 무어라고 핑계를 대고 꾀로 바워 내려니 했지, 누가 그렇게 성큼 나설 줄이야 알았느냐고. 아무려나 어서 무사히 돌아오기나 했으면 좋겠다고. 누누이 발명發明 죄나 잘못이 없음을 말해 밝힘. 또는 그리해 발뺌하려 함 겸 후회하기를 마지않았다.

한낮이 겨우고 다시 새때가 되어 오자, 참다못해 둘이는 왕치를 찾으러 나섰다.

개미는 들로 나섰다. 그러나 암만 찾고 다녀도 왕치의 종적은 알 길이 없었다.

소새는 물가로 나갔다. 역시 암만 찾고 다녀도—벌써 잉어의 배 속으로 들어간 뒤라— 왕치는 눈에 뜨이지 않았다.

어느덧 날은 저물어 땅거미가 져서 더 찾을래야 찾을 수도 없고, 소새는 마음만 한껏 초조하면서, 거듭 뉘우쳐 싸면서 하릴없이 집으로 돌아가기로 했다. 혹시 그동안 왕치가 제풀에 돌아와서 있으면 작히 좋으면 하는 일루一縷 한 오리의 실이라는 뜻으로, 몹시 미약하거나 불확실하게 유지되는 상태를 이르는 말 의 희망을 가지고.

그리하여 마침 수면을 날아 건너는데, 잉어가 한 놈 굼실거리며 물 위로 떠오르는 게 보였다. 이왕이니 사냥이나 해 가지고 갈 생각으로 휙, 몸을 떨어뜨리면서 주둥이로 잉어의 눈을 꿰어 찼다.

집에서는 개미가 먼저 돌아와서 까맣게 혼자 기다리고 있었다.

둘이는 필경 일을 저지른 일이라고 걱정에 땅이 꺼졌으나, 다시 더 찾아본들 날은 이미 저물었고, 밝는 다음 날로 미루는 수밖에 없었다.

하나가 빠졌는데 집 안이 텅 빈 것같이 섭섭한 집 안에서, 둘이는 방금 소새가 잡아 가지고 온 잉어를 먹기 시작했다. 좋은 음식을 대하니, 한결 없는 동무가 생각이 나서 목에 걸렸다.

중간쯤 먹었을 때였다.

별안간 후루룩하더니 둘이가 먹고 있는 잉어 배때기 속에서 왕치가 풀쩍 뛰어나오는 것이었다. 아까, 왕치를 산 채로 먹은 그 잉어를 공교로이 소새가 잡아 온 것이었다.

소새와 개미는—반가운 것도 반가운 것이지만 깜짝 놀라— 뒤로 나가자빠지는데, 풀쩍 그렇게 잉어 배때기 속에서 뛰어나오면서 왕치의 하는 거동이 과연 절창^{絶唱 뛰어나게 잘 부름. 또는 그런 노래}이었다.

"휘! 더워! 어서들 먹게! 아, 이놈의 걸 내가 잡느라고 어떻게 그만 애를 썼던지! 에이 덥다! 어서들 먹게!"

이렇게 너스레를 떨면서, 땀 난 이마를 쓱쓱 손바닥으로 씻으면서.

🗨 소설 한 장면   절정 소새와 개미가 왕치를 구했지만 오히려 왕치는 큰소리침

소새는 반가운 것도 놀란 것도 인제는 어디로 가고, 슬그머니 배알이 상했다. 잡기를 번연히 소새 제가 잡아, 그 덕에 생선 배때기 속에서 귀신도 모르게 죽을 것을 살려 냈어, 한 것을, 넉살 좋게, 제가 잡느라고 애를 쓴 건 무어며, 숫제 어서들 먹으라고 연성 생색을 내니, 세상 그런 비위 장도 있더냔 말이었다.

소새는 그래서 주둥이가 한 자나 되게 뚜— 하니 나와 가지고는 샐룩한 눈을 깔아뜨리고 앉아 말이 없었다.

개미가 비로소 정신을 차려 둘이를 다시금 보니, 참 우스워 기절을 하였겠다.

속을 못 차리고 공것 힘이나 돈을 들이지 않고 얻은 물건을 너무 바치고 무엇을 지나칠 정도로 바라거나 요구하고 하면 이마가 벗어진다더니, 정말 왕치는 이마의 땀을 쓱쓱 씻는데 보기 좋게 빈대머리 번들번들한 게 빈대 같은 모양이라는 뜻으로 '대머리'를 빗대어 말함가 홀러덩 단박에 벗어지고 만 것이었다.

소새는 또 주둥이가 한 발이나 쑥— 나와 버렸고.

개미는 하도하도 우습다 못해 대굴대굴 구르다가 그만 허리가 부러지고 말았다.

이래서 그때부터 왕치는 대머리가 벗어진 것이고, 소새는 주둥이가 길어진 것이고, 개미는 허리가 부러진 것이고 했다는 것이다.

…… 그때부터 왕치는 대머리가 벗어진 것이고,
소새는 주둥이가 길어진 것이고,
개미는 허리가 부러진 것이고 했다는 것이다.

 소설 한 장면　결말　왕치, 소새, 개미의 생김새에 얽힌 내력을 밝힘

🔭 생각해 볼까요?

선생님 왕치와 소새와 개미의 성격은 어떤가요?
💬 1 ❤️ 1

↳ **학생 1** 매일 놀고 먹는 왕치는 체면만 생각해 제 분수를 모르고 이 일 저 일에 경솔하게 뛰어들어 죽을 뻔하다가 가까스로 살아나요. 제 몫을 제대로 해내는 소새는 이기적이어서 제 앞가림을 못하는 왕치를 미워해요. 부지런한 개미는 인정이 많아서 제 앞가림도 못하는 왕치를 측은하게 생각해요.

선생님 「왕치와 소새와 개미」의 주제는 어떤 점에 초점을 맞추냐에 따라 달라져요. 함께 얘기해 볼까요?
💬 4 ❤️ 4

↳ **학생 1** 서술자가 글의 앞뒤에서 밝힌 내용에 초점을 맞추면 '왕치, 소새, 개미의 생김새에 얽힌 내력'이 주제가 돼요.

↳ **학생 2** 왕치의 이기적인 모습과 왕치를 죽음으로 몰고 간 소새의 좁은 소견에 초점을 맞추면 '조화로운 공동체 생활 추구'가 주제예요.

↳ **학생 3** 허황되게 자신보다 몸집이 큰 송아지나 잉어를 잡으려는 왕치를 볼 때는 '자기 분수를 알아야 한다.'라는 교훈을 얻을 수 있어요.

↳ **학생 4** 먹을 것을 챙기고 놀기만 하는 왕치에 초점을 맞추면 '이기심을 버리자.'라는 교훈을 얻을 수 있어요.

선생님 「왕치와 소새와 개미」에서 민담적 요소는 어떻게 드러나나요?
💬 4 ❤️ 4

↳ **학생 1** '옛날 옛적'과 같은 막연한 배경이 작품에서 드러나는 민담적 요소 중 하나예요.

↳ **학생 2** 민담에는 비현실과 현실이 공존할 수 있어요. 왕치와 소새와 개미가 함께 사는 것도 같은 맥락이죠.

↳ **학생 3** 또 민담은 자유로운 반복과 대립으로 흥미를 끌어요. 세 동물 이야기의 반복은 줄거리를 기억하게 하며 시와 같은 율동감과 안정감을 줘요.

↳ **학생 4** 그렇지만 이 작품은 민담은 아니에요. 민담은 입에서 입으로 전승되는 것이지만 이 소설은 작가의 창작물이기 때문이죠.

선생님　우의는 추상적인 개념이나 사상을 사람이나 동물과 같은 구체적인 형상으로 바꾸어 나타내는 표현법이에요. 우의를 알레고리라고도 하는데, 알레고리란 표면적인 의미와 이면적인 의미의 이중적인 의미 구조를 가지는 이야기를 말해요. 그렇다면 알레고리가 은유법, 상징과 구별되는 점을 찾아볼까요?

 3　♥ 3

　학생 1　은유법은 하나의 단어나 문장과 같은 작은 단위에서 구사되는 반면, 알레고리는 이야기 전체가 하나의 총체적인 은유법으로 이루어져 있다는 점이 달라요.

학생 2　상징은 실질적인 존재성을 지니지만, 알레고리는 인물이나 장소들이 작가에 의해 창작되었기에 임의적인 존재성을 지녀요.

　학생 3　「왕치와 소새와 개미」는 우의적 기법을 활용한 우화 소설이에요. 1차적으로는 사물이나 동물 세계의 이야기지만, 2차적으로는 인간 세계를 빗대어 말하는 이중적인 의미 구조여서 알레고리로서의 성격을 지녀요.

설화의 종류　　　　　　　　　　　　　▼

연관 검색어　　신화　전설　민담

설화(說話)란 각 민족 사이에 입에서 입으로 전승되어 오는 이야기를 통틀어 이르는 말로 신화, 전설, 민담이 있다. 신화란 인간 이상의 능력을 지닌 주인공이 탁월한 능력을 발휘하는 내용의 이야기다. 주로 나라를 만든 인물의 건국신화가 많다. 전설이란 어느 특정 지역에서 구체적 장소나 사물에 얽혀 전해 내려오는 이야기를 말하는데, 구체적인 증거물이 남아 있다는 게 특징이다. 민담은 재미와 교훈을 주기 위하여 꾸며낸 이야기로 전설과 다르게 자세한 시간과 장소, 증거물이 등장하지는 않는다.

논 이야기

#풍자 #구한말 #광복직후 #토지유상분배

⛵ 작품 길잡이

갈래: 풍자 소설
배경: 시간 - 8·15 광복 직후(동학 농민 운동, 일제 강점기, 8·15 광복)
　　　　공간 - 전라도 옥구의 어느 농촌
시점: 3인칭 전지적 작가 시점
주제: 엉뚱한 기대와 절망의 아이러니를 통해 이기적인 개인과 현실을 풍자
출전: 『해방문학선집』(1946)

📷 인물 관계도

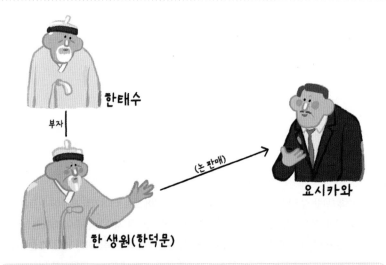

한 생원	일본인에게 판 땅을 독립 후 거저 되찾을 수 있다고 생각하는 어리석은 인물이다.
요시카와	일본인 지주로 한 생원의 일곱 마지기 땅을 포함해 조선인들의 땅을 비싼 값으로 사들여 고리대금을 한다.

📋 구성과 줄거리

발단　**광복 직후 한 생원은 일본인에게 판 논을 되찾을 수 있다고 기대함**
일인(日人)들이 온갖 재산을 그대로 내어놓고 달아나게 되었다는 이야기를 들은 한 생원은 어깨가 우쭐하다. 일인에게 팔아넘긴 땅이 도로 자신의 것이 된다고 생각하니 조선이 독립했다는 소식보다 더 기쁜 일이다.

전개　**한태수는 구한말에 누명을 쓰고 잡혀가 논의 일부를 빼앗기고 풀려남**
한 생원에게는 아버지 한태수가 장만한 열서너 마지기와 일곱 마지기의 두 자리 논이 있었다. 그런데 아버지 한태수가 동학의 잔당에 가담했다는 누명을 쓰고 잡혀가자, 아버지를 구하기 위하여 논 열서너 마지기를 고을 원(군수)에게 강제로 바쳤다. 그 뒤 한 생원은 경술년에 나라가 망하자 오히려 잘되었다고 생각한다.

위기　**한 생원은 남은 토지를 일본인에게 팔고 나머지 돈도 모두 탕진함**
경술합방 이듬해, 한 생원은 나머지 논 일곱 마지기를 팔지 않으면 안 될 형편에 놓인다. 마침 일인 요시카와가 땅을 시세보다 갑절이나 더 주고 산다기에, 그 돈으로 빚도 갚고 다른 논을 사리라 생각하고 모두 판다. 그러나 요시카와가 주변 땅값을 올려놓았기 때문에 빚만 갚고 논은 살 수가 없다.

절정　**광복 후 일인에게 판 멧갓에 가 보니 이미 남의 소유가 됨**
그로부터 35년 후 광복이 된다. 한 생원이 요시카와에게 팔아넘긴 멧갓은 농장 관리인 강태식을 거쳐 다른 사람에게 소유권이 넘어간다. 잇속에 밝은 무리들이 일본인 농장이나 재산을 부당 처분한 것이다.

결말　**한 생원은 논을 판 나라의 농정(農政)에 대해 불만을 토로함**
그 뒤 일인의 재산을 조선 사람에게 판다는 소문이 들린다. 한 생원은 그 논을 살 재력도 없거니와, 전의 임자가 있는데 아무에게나 판다는 것이 불합리한 처사라고 생각한다. 구장에게 달려간 한 생원은 조선의 독립 날 만세 안 부른 것을 다행이라고 말한다.

논 이야기

1

일인들이 토지와 그 밖에 온갖 재산을 죄다 그대로 내어놓고, 보따리 하나에 몸만 쫓기어 가게 되었다는 이야기를 들은 한 생원은 어깨가 우쭐하였다.

"거 보슈 송 생원, 인전들, 내 생각나시지?"

한 생원은 허연 탑삭부리^{짧고 다보록하게 수염이 난 사람}에 묻힌 쪼글쪼글한 얼굴이 위아래 다섯 개밖에 안 남은 누런 이빨과 함께 흐물흐물 웃는다.

"그러면 그렇지, 글쎄 놈들이 제아무리 영악하기로소니 논에다 네 귀탱이 말뚝 박구선 인도깨비처럼, 어여차 어여차, 땅을 떠 가지구 갈 재주야 있을 이치가 있나요?"

한 생원은 참으로 일본이 항복을 하였고, 조선은 독립이 되었다는 그날—팔월 십오 일 적보다도 신이 나는 소식이었다. 자기가 한 말^{豫言}이 꿈결같이도 이렇게 와 들어맞다니……. 그리고 자기가 한 말대로, 자기가 일인에게 팔아넘긴 땅이 꿈결같이도 도로 자기의 것이 되게 되었다니……. 이런 세상에 신기하고 희한할 도리라고는 없었다.

조선이 독립이 되었다는 팔월 십오 일, 그때는 한 생원은 섬뻑^{선뜻. 흔쾌히} 만세를 부르고 싶은 생각이 나지 않았어도, 이번에는 저절로 만세 소리가 나오려고 하였다.[1]

팔월 십오 일 적에 마을에서는 젊은 사람들이 설도^{說道 도리를 설명함}를 하여 태극기를 만들고, 닭을 추렴^{모임이나 놀이의 비용 등으로 각자가 금품을 얼마씩 내어 거둠}하고, 술을 사고 하여 놓고 조촐히 만세를 불렀다.

한 생원은 그 자리에 참례^{參禮 예식·제사 등에 참여함}를 하지 아니하였다. 남들이 가서 같이 만세를 부르자고 하였으나 한 생원은 조선이 독립이 되었다는 것이 별양 반가운 줄을 모르겠었다. 그저 덤덤할 뿐이었다.

물론 일본이 항복을 하였으니 전쟁은 끝이 난 것이요, 전쟁이 끝이 났으니 벼 공출^{供出 일제가 식량·물자 등을 민간에게 강제적으로 바치게 한 일}을 비롯하여 솔뿌리 공출이야, 마초^{馬草 말에게 먹이는 풀. 말꼴} 공출이야, 채소 공출이야, 가지가지의 그 억울하고 성

---

1) 한 생원은 국가의 존폐와 상관없이 자신에게 직접적으로 이득이 되는 일만 중시하는 이기적인 인물이다.

가신 공출이 없어지고 말 것이었다.

또, 열여덟 살배기 손자 놈 용길이가 징용에 뽑혀 나갈 염려가 없을 터이었다. 얼마나 한 생원은, 일찍이 아비를 여의고, 늙은 손으로 여태껏 길러 온 외톨 손자 놈 용길이가 징용에 뽑히지 말게 하려고, 구장과 면의 노무계 직원과, 부락 담당 직원에게 굽은 허리를 굽실거리며 건사^{제게 딸린 것을 잘 보살피고 돌봄}를 묻고 하였던고. 굶는 끼니를 더 굶어 가면서 그들에게 쌀을 보내어 주기, 그들이 마을에 얼씬하면 부랴부랴 청해다 씨암탉 잡고 술대접하기, 한참 농사일이 몰릴 때라도, 내 농사는 손이 늦어도 용길이를 시켜 그들의 논에 모 심고 김매어 주고 하기. 이 노릇에 흰머리가 도로 검어질 지경이요 빚은 고패^{감당하지 못할 정도로 큰 빚}가 넘도록 지고 하였다.

하던 것이 인제는 전쟁이 끝이 났으니, 징용 이자는 싹 씻은 듯 없어질 것. 마음 턱 놓고 두 발 쭉 뻗고 잠을 자도 좋았다.

이런 일을 생각하면 한 생원도 미상불 다행스럽지 아니한 것은 아니었다. 그러나 오직 그뿐이었다.

독립?

신통할 것이 없었다.

독립이 되기로서니, 가난뱅이 농투성이^{'농부'를 낮잡아 이르는 말}가 별안간 나으리

소설 한 장면 | 발단 | 광복 직후 한 생원은 일본인에게 판 논을 되찾을 수 있다고 기대함

논 이야기 165

주사 될 리 만무하였다. 가난뱅이 농투성이가 남의 세토ᴮ±소작 얻어 비지땀 흘려 가면서 일 년 농사지어 절반도 넘는 도지소작료 물고, 나머지로 굶으며 먹으며 연명이나 하여 가기는 독립이 되거나 말거나 매양 일반일 터이었다.

공출이야 징용이야 하여서 살기가 더럭 어려워지기는, 전쟁이 나면서부터였었다. 전쟁이 나기 전에는 일 년 농사지어 작정한 도지, 실수 않고 물면 모자라나따나모자라나따나. 모자라더라도 아무 시비와 성가심 없이 내 것 삼아 놓고 먹을 수가 있었다.

징용도 전쟁이 나기 전에는 없던 풍토였었다. 마음 놓고 일을 하였고, 그것으로써 그만이었지, 달리는 근심 걱정될 것이 없었다.

전쟁 사품어떤 동작이나 일이 진행되는 바람이나 겨를에 생겨난 공출이니 징용이니 하는 것이 전쟁이 끝이 남으로써 없어진 다음에야, 독립이 되기 전 일본 정치 밑에서도 남의 세토 얻어 도지 물고 나머지나 천신하는처음으로 또는 오랜만에 차례가 돌아와 얻을 수 있는 가난뱅이 농투성이에서 벗어날 것이 없을진대, 한갓 전쟁이 끝이 나서 공출과 징용이 없어진 것이 다행일 따름이지, 독립이 되었다고 만세를 부르며 날뛰고 할 흥이 한 생원으로는 나는 것이 없었다.

일인에게 빼앗겼던 나라를 도로 찾고, 그래서 우리도 다시 나라가 있게 되었다는 이 잔주술에 취해 자질구레한 말을 늘어놓음도, 역시 한 생원에게는 시뿌듬한시뿌둥한. 마음에 차지 않아 아주 시들한 것이었다. 한 생원은 나라를 도로 찾는다는 것은 구한국 시절로 다시 돌아가는 것으로밖에는 달리는 생각할 수가 없었다.

한 생원네는 한 생원의 아버지의 부지런함으로 장만한, 열서너 마지기와 일곱 마지기의 두 자리 논이 있었다. 선대의 유업도 아니요, 공문서空文書 무등기 땅을 거저 주운 것도 아니요, 버젓이 값을 내고 산 것이었다. 하되 그 돈은 체계나 돈놀이고리대금업로 모은 돈이 아니요, 품삯 받아 푼푼이 모으고 악의악식惡衣惡食 너절하고 조악한 옷을 입고 맛없는 음식을 먹음하면서 모은 돈이었다. 피와 땀이 어린 땅이었다.

그 피땀 어린 논 두 자리에서, 열 서 마지기를 한 생원네는 산 지 겨우 오 년 만에 고을 원군수에게 빼앗겨 버렸다.

지금으로부터 오십 년 전, 갑오 을미 병신 하는 병신丙申년, 한 생원의 나이 스물한 살 적이었다.

그 안해바로 전해. 전년 을미년 늦은 가을에 김 아무金某라는 원이 동학란에 도망친 원 대신으로 새로이 도임到任 지방 관리가 근무지에 도착함을 해 와서, 동학의 잔당을 비질하듯 잡아 죽였다.

피비린내 나는 살육이 이듬해 병신년 봄까지 계속되었고, 그리고 여름…… 인제는 다 지났거니 하여 겨우 안도를 한 참인데, 한태수^{한 생원의 아버지}가 원두막에서 동헌^{지방 관아에서 공사를 처리하던 중심 건물}으로 붙잡혀 가 옥에 갇히었다. 혐의는 동학에 가담하였다는 것이었다.

한태수는 전혀 동학에 가담한 일이 없었다. 그의 말대로 하면, 동학 근처에도 가 보지 아니한 사람이었다.

옥에 가두어 놓고는 매일 끌어내다 실토를 하라고, 동류의 성명을 불라고, 주리를 틀면서 문초를 하였다. 육십이 넘은 늙은 정강이가 살이 으깨어지고 뼈가 아스러졌다.

나중 가서야 어찌 될 값에, 당장의 아픔을 견디다 못하여 동학에 가담하였노라고 자복^{자백}을 하였다. 입에서 나오는 대로 아는 사람의 이름을 불렀다.

불린 일곱 사람이 잡혀 들어와 같은 문초를 받았다. 처음에는 내뻗었으나 원체 아픔을 이기지 못하여 자복을 하였다.

남은 것은 처형을 하는 것뿐이었다.

하루는 이방이, 한태수의 아내와 아들^{한 생원}을 조용히 불렀다.

이방은 모자더러, 좌우간 살려낼 도리를 하여야 않느냐고 하였다.

모자는 엎드려 빌면서, 제발 이방님 덕택에 목숨만 살려지이다고 하였다.

"꼭 한 가지 묘책이 있기는 있는데……. 그럼 내가 시키는 대로 할 테냐?"

"불속이라도 뛰어들어 가겠습니다."

"논문서를 가져오느라. 사또께 다 바쳐라."

"논문서를요?"

"아까우냐?"

"……."

"가장이나 아비의 목숨보다 논이 더 소중하냐?"

"그 땅이 다른 땅과도 달라서……."

"정히 그렇게 아깝거던 고만두는 것이고."

"논문서만 가져다 바치면 정녕 모면을 할까요?"

"아니 될 노릇을 시킬까?"

"그럼 이 길로 나가서 가지고 오겠습니다."

"밤에 조용히 내아^{內衙 관사}로 오도록 하여라. 나도 와서 있을 테니. 그리고 네 논이 두 자리가 있것다?"

"네."

"열서 마지기와 일곱 마지기."

"네."

"그 열서 마지기를 가지고 오라."

"열서 마지기를요?"

"아까우냐?"

"……"

"아깝거들랑 고만두려무나."

"그걸 바치고 나면 소인네는 논 겨우 일곱 마지기를 가지고 수다한 권솔

眷率 한집에 거느리고 사는 식구. 식솔 에 살아갈 방도가……."

"당장 가장이나 애비의 목숨은 어데로 갔던지?"

"……"

"땅이야 다시 장만도 할 수가 있는 것이 아니냐?"

모자는 서로 돌아보면서 말하였다.

"바칩시다."

"바치자."

사흘 만에 한태수는 놓여나왔다. 다른 일곱 명도 이방이 각기 사이에 들

아비를 살리고 싶으면 논 열서 마지기를 사또께 바쳐라. 논문서를 가지고 밤에 조용히 오도록 하여라.

그렇게나 많이요? 하지만 아버지께서 모면할 수 있다면 가지고 오겠습니다.

🔔 소설 한 장면   전개   한태수는 구한말에 누명을 쓰고 잡혀가 논의 일부를 빼앗기고 풀려남

어 각기 얼마씩의 땅을 바치고 놓여나왔다.

그 뒤 경술^{庚戌}년에 일본이 조선을 합방하여 나라는 망하였다.

사람들이 나라 망한 것을 원통히 여길 때, 한 생원은,

"그깐 놈의 나라, 시원히 잘 망했지."

하였다. 한 생원 같은 사람으로는 나라란 백성에게 고통이지 하나도 고마운 것이 아니었다. 또 꼭 있어야 할 요긴한 것도 아니었다.

그런 나라라는 것을, 도로 찾았다고 하여, 섬뻑 감격이 일지 아니한 것도 일변 의당한 노릇이라 할 것이었다.

논 스무 마지기에서 열서 마지기를 빼앗기고 나니, 원통한 것도 원통한 것이지만, 앞으로 일이 딱하였다. 논이나 겨우 일곱 마지기를 가지고는 어림도 없었다.

하릴없이 남의 세토를 얻어, 그 보충을 하여야 하였다. 그러나 남의 세토는 도지를 물어야 하는 것이라, 힘은 내 논을 지을 때와 마찬가지로 들면서도 가을에 가서 차지를 하기는 절반이 못 되는 것이었다. 그렇지만 그렇다고 남의 세토를 소작 아니할 수는 없었다.

이리하여 한 생원네는 나라 명색이 망하지 않고 내 나라로 있을 적부터 가난한 소작농이었다.

경술년 나라가 망하고, 삼십육 년 동안 일본의 다스림 밑에서도 같은 가난한 소작농이었다.

그리고 속담에, 남의 불에 게 잡기_{남의 덕택으로 거저 이익을 보게 됨을 비유} 로 남의 덕에 나라를 도로 찾기는 하였다지만 한국 말년의 나라만을 여겨 그 나라가 오죽할 리 없고, 여전히 남의 세토나 지어 먹는 가난한 소작농이기는 일반일 것이라고 한 생원은 생각하던 것이었다.

일본이 항복을 하던 바로 전의 삼사 년에, 공출이야 징용이야 하면서 별안간 군색함과 불안이 생겼던 것이지, 그 밖에는 나라가 망하여 없어지고서 일본의 속국 백성으로 사는 것이, 경술년 이전 나라가 있어 가지고 조선 백성으로 살적보다 별양 못한 것이 한 생원에게는 없었다. 여전히 남의 세토를 지어, 절반 이상이나 도지를 물고 그 나머지를 천신하는 가난한 소작인이요, 순사나 일인이나 면서기들의 교만과 압박보다 못할 것도 없거니와 더할 것도 없었다.

독립이 된 이 앞으로도, 그것이 천지개벽이 아닌 이상 가난한 농투성이가 느닷없이 부자 장자 될 이치가 없는 것이요, 원·아전·토반^{土班} 여러 대를 이어서 그

지방에서 붙박이로 사는 양반 이나 일본 놈 대신에, 만만하고 가난한 농투성이를 핍박하는 '권세 있는 양반들'이 생겨날 것이요 할 것이매, 빼앗겼던 나라를 도로 찾아 다시금 조선 백성이 되었다는 것이 조금도 신통하거나 반가울 것이 없었다.

원과 토반과 아전이 있어, 토색 討索 금품을 억지로 달라고 함 질이나 하고 붙잡아다 때리기나 하고 교만이나 피우고, 하되 세미 稅米 조세로 바치던 쌀 는 국가의 이름으로 꼬박꼬박 받아 가면서 백성은 죽어야 모른 체를 하고 하는 나라의 백성으로도 살아 보았다.

천하 오랑캐, 애비와 자식이 맞담배질을 하고, 남매간에 혼인을 하고, 뱀을 먹고 하는 왜인들이, 저희가 주인이랍시고서 교만을 부리고, 순사와 헌병은 칼바람에 조선 사람을 개돼지 대접을 하고, 공출을 내어라 징용을 나가거라 야미 뒷거래 를 하지 마라 하면서 볶아 대고, 또 일본이 우리나라다, 나는 일본 백성이다, 이런 도무지 그럴 마음이 우러나지를 않는 억지 춘향이 노릇을 시키고 하는 나라의 백성으로도 살아 보았다.

결국 그러고 보니 나라라고 하는 것은 내 나라였건 남의 나라였건 있었댔자 백성에게 고통이나 주자는 것이지, 유익하고 고마울 것은 조금도 없는 물건이었다. 따라서 앞으로도 내 나라는 말고 더한 것이라도, 있어서 요긴할 것도, 없어서 아쉬울 일도 없을 것이었다.

2

신해 辛亥 년…… 경술합방 한일합병 바로 이듬해였다. 한 생원은―젊은 때의 한덕문은―빼앗기고 남은 논 일곱 마지기를 불가불 팔아야 할 형편에 이르렀다.

칠팔 명이나 되는 권솔인데, 내 논 일곱 마지기에다 남의 논이나 몇 마지기를 소작하여 가지고는 여간한 규모와 악의악식이 아니고서는 도저히 현상 유지를 하기가 어려웠다.

한덕문은 그 부친과는 달라 살림 규모가 없었다. 사람이 좀 허황하고 헤픈 편이었다.

부친 한태수가 죽고, 대신 당가산 當家産 집안 살림을 맡아 주관함 을 한 지 불과 오륙 년에 한덕문은 힘에 넘치는 빚을 졌다.

이 빚은 단순히 살림에 보태느라고만 진 빚은 아니었다.

한덕문은 허황하고 헤픈 값을 하느라고, 술과 노름을 쏠쏠히 어지간히 좋아하였다.

일 년 농사를 지어야 일 년 가계가 번연히 모자라는데, 거기다 술을 먹고 노름을 하니 늘어 가느니 빚밖에는 있을 것이 없었다.

빚은 갚아야 되었다.

팔 것이라고는 논 일곱 마지기 그것뿐이었다.

한덕문이 빚을 이리 틀어막고 저리 틀어막고, 오늘로 밀고 내일로 밀고 하여 오던 끝에, 마침내는 더 꼼짝을 할 도리가 없어 논을 팔기로 작정을 했을 무렵에, 그러자 용말^{龍田} 사는 일인 요시카와^{吉川}가 요새로 바싹 땅을 많이 사들인다는 소문이 들리었다. 그리고 값으로 말하여도, 썩 좋은 상답이면 한 마지기^{200평}에 스무 냥으로 스물닷 냥^{사 원에서 오 원}까지 내고, 아주 박토^{薄土 메마른 땅}라도 열 냥^{이 원} 안짝은 없다고 하였다.

땅마지기나 가진 인근의 다른 농민들도 다들 그러하였지만, 한덕문은 그 중에서도 귀가 반짝 뜨였다.

시세의 갑절이었다.

고래실논^{바닥이 깊고 물을 대기에 편리한 기름진 논}으로, 개똥 배미^{논배미} 상지 상답^{토양 조건과 물의 형편이 좋아서 농사가 잘되는 논}이라야 한 마지기에 열 냥으로 열두어 냥^{이 원에서 이 원 사오십 전}이요, 땅 나쁜 것은 기지개 써야 닷 냥^{일 원}이었다.

'팔자!'

한덕문은 작정을 하였다.

일곱 마지기 논이 상지 상답은 못 되어도 상답은 되니, 잘하면 열 냥은 받을 것. 열 냥이면 이칠 십사 일백마흔 냥^{이십팔 원}.

빚이 이럭저럭 한 오십 냥^{십 원} 되니, 그것을 갚고 나면 아흔 냥^{십팔 원}이 남아. 아흔 냥을 가지고 도로 논을 장만해. 판 일곱 마지기만 한 토리^{土理 흙의 메마르거나 기름진 성질}의 논을 사더라도 아홉 마지기를 살 수가 있어.

결국 논 한번 팔고 사고 하는 노름에, 빚 오십 냥 거저 갚고도 논은 두 마지기가 늘어 아홉 마지기가 생기는 판이 아니냐.

이런 어수룩한 노름을 아니 하잘 며리가 없는 것이었다.

양친은 이미 다 없는 때요, 한덕문 그가 대주^{大主 여자가 자기 집의 바깥주인을 이르는 말. 호주}였으므로, 혼자서 일을 결단하여도 간섭을 받을 일은 없었다.

곡우^{穀雨 이십사절기 중 여섯 번째 절기로 봄비가 내려서 온갖 곡식이 윤택해진다고 함. 양력 4월 20일} 머리의 어느 날 한덕문은 맨발 짚신 풀 상투에 삿갓 쓰고 곰방대 물고, 마을에서 십 리 상거의 용말 출입을 나갔다. 일인 요시카와가 적실히 그렇게 후한 값으로 논을 사는지, 진가를 알아보고자 함이었다.

금강錦江 어귀의 항구 군산群山에서 시작되어 동북간방東北間方으로 임피읍臨陂邑을 지나 용말로 나온 한길이, 용말 동쪽 변두리에서 솜리䘋里로 가는 길과 황등장터黃登市로 가는 길의 두 갈랫길로 갈리는, 그 샅에 가 전주집이라는 주모가 업을 하고 있는 주막이 오도카니 홀로 놓여 있었다.

한덕문은 전주집과는 생소치 아니한 사이였다.

마당이자 바로 한길인, 그 마당 앞에 서 있는 한 그루의 실버들이 한창 푸른 전주집네 주막, 살진 봄볕이 드리운 마루에 나란히 걸터앉아 세상 물정 이야기, 피차간 살아가는 이야기, 훨씬 한담을 하던 끝에 한덕문이 지날 말처럼 넌지시 물었다.

"참, 저, 일인 요시카와가 요새 땅을 많이 산다구?"

"많을 게 아니라, 그 녀석이 아마, 이 근처 일판을, 땅이라구 생긴 건 깡그리 쓸어 사자는 배폰가 봅디다!"

"헷소문은 아니루구면?"

"달리 큰 배포가 있던지, 그러잖으면 그 녀석이 상성喪性 본디의 성질을 잃어버리고 전혀 다른 사람처럼 변함. 발광.을 했던지."

"……."

"한 서방 어른두 속내 아는 배, 이 근처 논이 물 걱정 가뭄 걱정 없구, 한 마지기에 넉 섬은 먹는 논이라야 열 냥이 상값 아니우? 그런 걸 글쎄, 녀석은 스무 냥, 스물댓 냥을 퍼주구 사는구랴. 제마석䄷 두락에 한 섬두 못 먹는 자갈 바탕의 박토라두, 논 명색이면 열 냥 안짝 잽히는 건 없구."

"허긴, 값이나 그렇게 월등히 많이 내야 일인한테 논을 팔지, 그러잖구서야 누가."

"제엔장, 나두 진작에 논이나 시늉만 생긴 거라두 몇 섬지기 장만해 두었더라면 이런 판에 큰 횡잴했지."

"그래, 많이들 와 파나?"

"대가릴 싸구 덤벼든답디다. 한 서방 어른두 논 좀 파시구랴? 이런 때 안 팔구, 언제 팔우?"

"팔 논이 있나?"

이유와 조건의 어떠함을 물론하고, 농민이 논을 판다는 것은 남의 앞에 심히 떳떳스럽지 못한 일이었다. 번연히 내일모레면 다 알게 될 값이라도,

되도록 그런 기색을 숨기려고 드는 것이 통정通情 세상 일반의 인정 이었다.

뚜벅뚜벅 말굽 소리가 나더니, 말 탄 요시카와가 주막 앞을 지난다. 언제나 그러하듯이, 깜장 박모자中山帽子 꼭대기가 둥글고 높은 서양 모자 에 깜장 복장양복 을 입고, 깜장 목 깊은 구두를 신고, 허리에는 육혈포六穴砲 탄알을 재는 구멍이 여섯 있는 권총 를 차고 하였다.

한덕문은 길에서 몇 차례 본 적이 있어 그가 요시카와인 줄을 안다.

"어디 갔다 와요?"

전주집이 웃으면서 알은체를 하는 것을, 요시카와는 웃지도 않으면서,

"응, 조─기. 우리, 나쁜 사레미 자바리 갔소 왔소 나쁜 사람을 잡아 왔소 "

요시카와의 차인꾼이요 통역꾼이요 한 백남술이가 밧줄로 결박을 지은 촌 젊은 사람 하나를 앞장세우고 뒤미처 나타났다.

죄수(?)는 상투가 풀어지고 발기발기 찢긴 옷과 면상으로 피가 묻고 한 것으로 보아, 한바탕 늘씬 두들겨 맞은 것이 역력하였다.

"어디 갔다 오시우?"

전주집이 이번에는 백남술더러 인사로 묻는다.

백남술은 분연히,

"남의 돈 집어 먹구 도망 댕기는 놈은 죽어 싸지."

하면서 죄수에게 잔뜩 눈을 흘긴다.

그러고 나서 전주집더러,

"댕겨오께시니, 닭이나 한 마리 잡구 해 놓게나. 놈을 붙잡느라구 한 승강이 서로 자기주장을 고집해 옥신각신함 했더니 목이 컬컬허이."

그러느라고 잠깐 한눈을 파는 순간이었다. 죄수가 밧줄 한끝 붙잡힌 것을 홱 뿌리치면서 몸을 날려 쏜살같이 오던 길로 내뺀다.

"엇!"

백남술이 병신처럼 놀라다 이내 죄수의 뒤를 쫓는다.

요시카와가 탄 말이 두 앞발을 번쩍 들어 머리를 돌리면서 땅을 차고 달린다. 그러면서 요시카와의 손에서 육혈포가 땅─ 풀썩 연기가 나면서 재우쳐 땅─.

죄수는 그러나 첫 한 방에 그대로 길바닥에 가 동그라진다. 같은 순간 버선발로 뛰어 내려간 전주집이 에구머니 비명을 지른다.

죄수는 백남술에게 박승縛繩 한끝을 다시 붙잡히어 일어난다. 요시카와는 피스톨 사격의 명인名人 은 아니었다.

일인에게 빚을 쓰는 것을 왜채倭債라고 하고, 이 젊은 친구는 왜채를 쓰고서 갚지 아니하고 몸을 피해 다니다가 붙잡힌 사람이었다.

요시카와는 백남술이가,

'이 사람은 논이 몇 마지기가 있소.'

하고 조사 보고를 하면, 서슴지 아니하고 왜채를 주곤 한다. 이자도 항용 체계體契 장에서 돈을 비싼 변리로 꾸어 주고 장날마다 본전의 일부와 변리를 받아들이는 일 나 장변場邊 장에서 꾸는 돈의 변리 보다 헐하였다.

빚을 주는 데는 무른 것 같아도, 받는 데는 무서웠다.

기한이 지나기를 기다려, 채무자를 제집으로 데려다 감금을 하고, 사형私刑 사적 제재 으로써 빚 채근을 하였다.

부형이나 처자가 돈을 가지고 와서 빚을 갚는 날까지 감금과 사형을 늦추지 아니하였다.

논문서를 가지고 오는 자리는 '우대'를 하였다. 이자를 탕감하고 본전만 쳐서 논으로 받는 것이었다. 논이 있는 사람은, 돈을 두어 두고도 즐거이 논으로 갚고 하였다.

한덕문은 다시 끌려가고 있는 죄수의 뒷모양을 우두커니 바라다보면서,

'제엔장, 양반 호랑이도 지질한데, 우환 중에 왜놈 호랭이까지 들어와서 이 등쌀이니, 갈수록 죽어나는 건 만만한 백성뿐이로구나.'

'쯧, 번연히 알면서 왜채를 쓰는 사람이 잘못이지, 누구를 원망하나.'

'참새가 방앗간을 거저 지날까. 이왕 외상술이라도 한잔 먹고 일어설까, 어떡헐까?'

이런 생각을 하고 앉아 있는 차에, 생각잖이, 외가 편으로 아저씨뻘 되는 윤 첨지가 퍼뜩 거기에 당도하였다. 윤 첨지는 황등 장터에서 제 논 석 지기나 지니고 탁신히 남에게 몸을 의탁해 사는 농민이었다.

아저씨 웬일이시냐고, 조카 잘 있었더냐고, 항용 하는 인사가 끝난 후에 이 동네 사는 요시카와라는 일인이 값을 후히 내고 땅을 사들인다는 소문이 있으니 적실하냐고 아까 한덕문이 전주집더러 묻던 말을, 윤 첨지가 한덕문더러 물었다.

그렇다는 한덕문의 대답에, 윤 첨지는 이윽고 생각을 하고 있더니 혼잣말같이,

"그럼 나두 이왕 궐厥 '그'를 낮잡아 이르는 말 한테다 팔아야 하겠군."

하다가 한덕문더러,

"황등이까지 가서두 살까? 예서 이십 리나 되는데."

하고 묻는다.

"글쎄요……. 건데 논은 어째 파실 영으루?"

"허, 그거 온 참…… 저어 공주 한밭^{大田}서 무안 목포^{木浦}루 철로^{鐵路}가 새루 나는데, 그것이 계룡산^{鷄龍山} 앞을 지나 연산^{連山}·팥거리^{豆溪}루 해서 논메^{論山}·강경^{江景}으루 나와 가지구, 황등 장터를 지나게 된다네그려."

"그런데요?"

"그런데 철로가 난다 치면 그 십 리 안짝은 논을 죄 버리게 된다는 거야."

"어째서요?"

"차가 댕기는 바람에 땅이 울려 가지구 모를 심어두 뿌릴 제대루 잡지 못하구 해서, 벼가 자라질 못한다네그려!"

"무슨 그럴 리가……."

"건 조카가 속을 몰라 하는 소리지. 속을 몰라 하는 소린 것이, 나두 작년 정월에 공주 한밭엘 갔다 그놈 차가 철로 위루 달리는 걸 구경했지만, 아 그 쇳덩이루 만든 집채 더미 같은 시꺼먼 수레가 찻길 위루 벼락 치듯 달리는

참, 저, 일인 요시카와가 요새 땅을 많이 산다구?

요시카와에게 땅을 비싸게 팔아 빚을 갚고 남은 돈으로 다시 땅을 사면 되겠군.

많을 게 아니라, 땅이라구 생긴 건 깡그리 쓸어 사자는 배폰가 봅디다! 열 냥짜리를 스무 냥, 스물댓 냥을 퍼주구 사는 구랴.

📖 소설 한 장면　위기　한 생원은 남은 토지를 일본인에게 팔고 나머지 돈도 모두 탕진함

데, 땅바닥이 사뭇 움죽움죽하드라니깐! 여승 지동地動 지진이야······. 그러니 땅이 그렇게 지동하듯 사철 들이 울리니, 근처 논이 모가 뿌리를 잡을 것이며, 자라기를 할 것인가?"

"······."

듣고 보니 미상불 근리近理 이치에 거의 맞음한 말이었다.

"몰랐으면이거니와 알구두 그대루 있겠던가? 그래 좀 덜 받더래두 팔아 넘길 영으루 하구 있는데, 소문을 들으니 요시카와라는 손이 요새 값을 시세보담 갑절씩이나 내구 논을 산다데나그려. 정녕 그렇다면 철로 조간이 아니라두 팔아 가지구 딴 데루 가서 판 논 갑절 되는 논을 장만함직두 한 노릇인데, 항차······."

"철로가 그렇게 난다는 건 아주 적실한가요?"

"말끔 다 칙량을 하구, 말뚝을 박아 놓구 한걸······. 황등 장터 그 일판은 그래, 논들을 못 팔아 난리가 났다니까."

3

일인 요시카와에게 일곱 마지기 논을 일백마흔 냥에 판 것과, 그중 쉰 냥은 빚을 갚은 것, 이것까지는 한덕문의 예산대로 되었다.

그러나 나머지 아흔 냥으로 판 논 일곱 마지기보다 토리土理 메마르거나 기름진 흙의 성질가 못하지 아니한 논으로 두 마지기가 더한 아홉 마지기를 삼으로써 빚 쉰 냥은 공으로 갚고, 그리고도 논이 두 마지기가 붙게 된다던 것은 완전히 허사가 되고 말았다.

아무도 한덕문에게 상답 한 마지기를 열 냥씩에 팔려는 사람은 없었다. 이왕 일인 요시카와에게 팔면 그 갑절 스무 냥씩을 받는 고로 말이었다.

필경 돈 아흔 냥은 한덕문의 수중에서 한 반년 동안 구르는 동안 스실사실 '슬금슬금'의 방언다 없어지고 말았다.

이리하여 한덕문은 논 일곱 마지기로 겨우 빚 쉰 냥을 갚고는, 아무것도 남은 것이 없이 손 싹싹 털고 나선 셈이었다.

친구가 있어 한덕문을 책하면서꾸짖으면서 물었다.

"어떡허자구 논을 판단 말인가?"

"인제 두구 보게나."

"무얼 두구 보아?"

"일인들이 다 쫓겨 가면 그 땅 도로 내 것 되지 갈 데 있던가?"

"쫓겨 갈 놈이 논을 사겠나?"

"저이놈들이 천지 운수를 안다든가?"

"자네는 아나?"

"두구 보래두 그래."

한덕문은 혼자 속으로는 아뿔싸, 논이라야 단지 그것뿐인 것을 팔고서, 인제는 송곳 꽂을 땅도 없으니 이 노릇을 어찌한단 말이냐고, 심히 후회하여 마지아니하였다.

그러면서도 남더러는 그렇게 배포 있는 장담을 탕탕 하였다.

한덕문은 장차에 일인들이 쫓기어 가리라는 것을 확언할 아무런 근거도 가진 것이 없었다. 따라서 자신도 없었다. 오직 그는 논을 판 명예롭지 못함과 어리석음을 싸기 위하여, 그런 희떠운^{행동이나 말이 실속이 없고 매우 거만하고 건방진} 소리를 한 것일 따름이었다.

한덕문이, 일인들이 다 쫓기어 가면 그 논이 도로 제 것이 될 터이라서 논을 팔았다고 한다더라, 이 소문이 한 입 두 입 퍼지자 듣는 사람마다 그의 희떠움을, 혹은 실없음을 웃었다.

하는 양을 보느라고 위정^{'일부러'의 방언},

"자네 논 팔았다면서?"

한다 치면,

"팔았지."

"어째서?"

"돈이 좀 아쉬워서."

"돈이 아쉽다구 논을 팔구서 어떡하자구?"

"일인들이 다 쫓겨 가면 그 논 도루 내 것 되지 갈 데 있나?"

"일인들이 쫓겨 간다든가?"

"그럼 백 년 살까?"

또 누구는 수작을 바꾸어,

"일인들이 쫓겨 간다지?"

한다 치면,

"그럼!"

"언제쯤 쫓겨 가는구?"

"건 쫓겨 가는 때 보아야 알지."

"에구 요 맹추야, 요 허풍선이야, 우리나라 상감님을 쫓아내구 저이가 왕 노릇을 하는데 쫓겨 가?"

"자넨 그럼 일인들이 안 쫓겨 가구 영영 그대루 있으면 좋을 건 무언가?"

"좋기루 할 말이야 일러 무얼 하겠나만, 우리 종구푼 대루 세상 일이 돼 준다던가?"

"그래두 인제 내 말을 이를 때가 오너니."

"괜히, 논 팔구섬 할 말 없거들랑 국으루^{제 생긴 그대로. 또는 자기 주제에 알맞게} 잠자꾸 가 만히나 있어요."

"체에, 내 논 내가 팔아먹는데, 죄 될 일 있니?"

"걸 누가 죄라니?"

"요시카와한테 논 팔아먹은 놈이 한덕문이 하나뿐인감?"

"누가 논 판 걸 나무래? 희떤 장담을 하니깐 그러는 거지."

"희떤 장담인지 아닌지 두구 보잔 말야."

이로부터 한덕문은 그 말로 인하여 마을과 인근에서 아주 호^{세상에 널리 드러난 이름} 가 났고, 어느 겨를인지 그것이 한 속담까지 되었다.

가령 어떤 엉뚱한 계획을 세운다든지 허랑한 일을 시작하여 놓고서는, 천 연스럽게 성공을 자신한다든지, 결과를 기다린다든지 하는 사람이 있다 치면,

"흥, 한덕문이 요시카와에게다 논 팔아먹던 대 났구나."

하고 비웃곤 하는 것이었었다.

그 호, 그 속담은, 삼십오 년을 두고 전하여 내려왔다. 전하여 내려올 뿐만이 아니었다. 일본 제국주의의 조선에 있어서의 지반이 해가 갈수록 완구한 것이 되어 감을 따라, 더욱이 만주 사변 때부터 시작하여 중일 전쟁을 거쳐 태평양 전 쟁으로 일이 거창하게 벌어진 결과, 전쟁 수단으로서 조선의 가치는 안으로 밖 으로, 적극적으로 소극적으로, 나날이 더 커 감을 좇아 일본이 조선에다 박은 뿌 리는 더욱 깊이 뻗어 들어가고, 가지와 잎은 더욱 무성하여서 일본이 조선으로 부터 물러간다는 것은 독립과 한가지로 나날이 더 잠꼬대 같은 생각이던 것처럼 되어 버려 감을 따라, 그래서 한덕문이 장담하던 '일인들이 다 쫓겨 가면……' 이 말이, 해가 가고 날이 갈수록 속절없이 무색하여 감을 따라, 그와 반비례하여 그 말의 속담으로서의 가치와 효과만이 멸하지 않고 찬란히 빛을 내었다.

바로 팔월 십사 일까지도 그러하였다. 팔월 십사 일까지도, '흥, 한덕문이

요시카와한테 논 팔아먹던 대 났구나.'는 당당히 행세를 하였었다.

그랬던 것이, 팔월 십오 일에 일본이 항복을 하고, 조선은 독립—실상은 우선 해방—이 되고 하였다. 그리고 며칠 아니하여 '일인들이 토지와 그 밖 온갖 재산을 죄다 그대로 내어놓고 보따리 하나에 몸만 쫓기어 가게 되었다.'는 데까지 이르렀다.

한 생원의, '일인들이 다 쫓겨 가면……'은 이리하여 부득불 빛이 화안하여지고, 반대로, '한덕문이 요시카와한테 논 팔아먹던 대 났구나.'는 그만 얼굴이 벌게서 납작하고 말 수밖에 없었다.

4

"여보슈 송 생원?"

한 생원이 허연 탑삭부리에 묻힌 쪼글쪼글한 얼굴이 위아래 다섯 대밖에 안 남은 누런 이빨과 함께 흐물흐물 자꾸만 웃어지는 웃음을 언제까지고 거두지 못하면서, 그러다 별안간 송 생원의 팔을 잡아 흔들면서 아주 긴하게,

"우리 독립 만세 한번 부르실까?"

"남 다아 부르구 난 댐에, 건 불러 무얼 허우?"

송 생원은 한 생원과 달라 요시카와한테 팔아먹은 논도 없으려니와, 따라서 일인들이 쫓기어 가더라도 도로 찾을 논도 없었다.

"송 생원, 접때 마을에서 만세를 부를 제, 나가 부르셨던가?"

"난 그날, 허리가 아파 꼼짝 못하구 누웠었는걸."

"나두 그날 고만 못 불렀어."

"아따 못 불렀으면 못 불렀지, 늙은것들이 만세 좀 아니 불렀기루 귀양살이 보내겠수?"

"난 그래두 좀 섭섭해 그랬지요……. 그럼 송 생원 우리 술 한잔 자실까?"

"술이나 한잔 사 주신다면."

"주막으루 나갑시다."

두 늙은이가 지팡이를 짚고 마을에 단 한 집밖에 없는 주막으로 나갔다.

"에구머니, 독립두 되구 볼 거야. 영감님들이 술을 다 자시러 오시구."

이십 년이나 여기서 주막을 하느라고 인제는 중늙은이가 된 주모 판쇠네가, 손님을 환영이라기보다 다뿍_{분량이 다소 넘치게 많은 모양} 걱정스러워한다.

"미리서 외상인 줄이나 알구, 술 좀 주게나."

한 생원이 그러면서 술청으로 들어가 앉는 것을, 송 생원도 따라 들어가 앉으면서 주모더러,

"외상 두둑히 드리게. 수가 나섰다네."

"독립되는 운덤운이 좋아 덤으로 생기는 소득에 어느 고을 원님이나 한자리 해 가시는감?"

"원님을 걸 누가 성가시게, 흐흐……."

한 생원은 그러다 다시,

"거, 안주가 무어 좀 있나?"

"안주두 벤벤찮구 술두 막걸린 없구 소주뿐일걸, 노인네들이 소주 잡숫구 어떡허시게."

"아따 오줌은 우리가 아니 싸리."

젊었을 적에는 동이 술을 사양치 아니하던 영감들이었다. 그러나 둘이가 다 내일모레 칠십. 더구나 자주자주는 술을 입에 대지 않던 차에, 싱겁다고는 하지만 소주를 칠팔 잔씩이나 하였으니 과음일 수밖에 없었다.

송 생원은 그대로 술청에 쓰러져 과연 소변을 지리기까지 하였다.

한 생원은 송 생원보다는 아직 기운이 조금은 좋은 덕에, 정신을 놓거나 몸을 가누지 못할 지경은 아니었다.

"우리 논을 좀 보러 가야지, 우리 논을. 서른다섯 해 만에 우리 논을 보러 간단 말야, 흐흐."

비틀거리면서 한 생원은 술청으로부터 나온다.

주모 판쇠네가 성화가 나서,

"방으루 들어가 누우셨다, 술 깨신 댐에 가세요. 노인네들 술 드렸다구 날 또 욕허게 됐구면."

"논 보러 가, 논. 요시카와에게다 판 우리 논. 흐흐흐, 서른다섯 해 만에 도루 찾은, 우리 일곱 마지기 논, 흐흐흐."

"글쎄 논은 이 댐에 보러 가시면 되지 어디루 가요?"

"날, 희떤 소리 한다구들 웃었지. 미친놈이라구 웃었지들. 흐흐, 서른다섯 해 만에 내 말이 들어맞을 줄을 누가 알았어? 흐흐흐."

말은 혀 꼬부라진 소리로, 몸은 위태로이 비틀거리면서, 한 생원은 지팡이를 휘젓고 밖으로 나간다. 나가다 동네 젊은 사람과 마주쳤다.

"아, 한 생원 웬일이세요?"

"논 보러 간다, 논. 흐흐흐, 너두 이 녀석, 한덕문이 요시카와한테 논 팔아

먹던 대 났구나, 그런 소리 더러 했었지? 인제두 그런 소리가 나오까?"

"취하셨군요."

"나, 외상술 먹었지. 논 찾았은깐 또 팔아서 술값 갚으면 고만이지. 그럼 한 서른다섯 해 만에 또 내 것 되겠지, 흐흐흐. 그렇지만 인전 안 팔지, 안 팔아. 우리 용길이 놈 물려줘여지, 우리 용길이 놈."

"참, 용길이 요새 있죠?"

"있지. 요시카와한테 팔아먹었을까?"

"저, 읍내 사는 영남이가 산판山坂 멧갓. 나무를 함부로 베지 못하게 가꾸는 산 하날 사서 벌목伐木을 하는데, 이 동네 사람들더러 와 남구 비어 주구, 그 대신 우죽나무나 대나무의 우두머리에 있는 가지 가져가라고 하니, 용길이두 며칠 보내서 땔나무나 좀 장만하시죠."

"걸 누가…… 논을 도루 찾았는데."

"논만 찾으면 땔나문 없어두 사시나요?"

"논두 없어두 서른다섯 해나 살지 않었느냐?"

"허허 참, 그러지 마시구 며칠 보내세요. 어서 다 비어 버려야 할 텐데, 도무지 사람을 못 구해 그러니, 절더러 부디 그럭 허두룩 서둘러 달라구, 영남이가 여간만 부탁을 해야죠. 아, 바루 동네서 가찹겠다, 져 나르기 수월허구…… 요 위 가잿골 있는 요시카와 농장 멧갓이래요."

"무어?"

한 생원은 별안간 정신이 번쩍 나면서 대든다.

"가잿골 있는 요시카와 농장 멧갓이라구?"

"네."

"네라니? 그 멧갓이……. 가만있자, 아니, 그 멧갓이 뉘 멧갓이길래?"

"요시카와 농장 멧갓 아녜요? 걸, 영남이가 일인들이 이번에 거덜이 나는 바람에 농장 산림 감독하던 강 서방한테 샀대요."

"하, 이런 도적놈들, 이런 천하 불한당 놈들, 그래, 지금두 벌목을 하구 있더냐?"

"오늘버틈 시작했다나 봐요."

"하, 이런 천하 날불한당 놈들이."

한 생원은 천방지축으로 가잿골을 향하여 비틀걸음을 친다.

솔은 잘 자라지 않고, 개간하여 밭을 만들자 하니 힘이 부치고 하여, 이름만 멧갓이지, 있으나마나 한 멧갓 한 자리가 있었다. 한 삼천 평 될까말까,

그다지 크지도 못한 것이었다.

이 멧갓을 한 생원은 요시카와에게다 논을 팔던 이듬해인지 그 이듬해인지, 돈은 아쉽고 한 판에 또한 어수룩히 비싼 값으로 팔아넘겼었다.

요시카와는 그 멧갓에다 낙엽송을 심어, 삼십여 년이 지난 지금 와서는 아주 한다는 산림이 되었다.

늙은이의 총기요, 논을 도로 찾게 되었다는 것에만 정신이 팔려, 깜빡 멧갓 생각은 미처 아직 못 하였던 모양이었다.

마침 전신주같이 쪽쪽 곧은 낙엽송이 총총들이 섰다. 베기에 아까워 보이는 나무였다.

한 서넛이 나가 한편에서부터 깡그리 베어 눕히고, 일변 우죽을 치고 한다.

"이놈, 이 불한당 놈들, 이 멧갓 벌목한다는 놈이 어떤 놈이냐?"

비틀거리면서 고함을 치고 쫓아오는 한 생원을, 사람들은 영문을 몰라 일하던 손을 멈추고 뻔히 바라다보고 섰다.

"이놈 너루구나?"

한 생원은 영남이라는 읍내 사람 벌목 주인 앞으로 달려들면서, 한 대 갈길 듯이 지팡이를 둘러멘다.

명색이 읍 사람이라서, 촌 농투성이에게 무단히 해거駭擧 해괴한 짓를 당하면서 공수拱手 오른손을 밑에, 왼손을 위에 두 손을 맞잡아 공경의 뜻을 나타냄하거나 늙은이 대접을 하려고는 않는다.

"아니, 이 늙은이가 환장을 했나? 왜 그러는 거야, 왜?"

"이놈, 네가 왜, 이 멧갓을 손을 대느냐?"

"무슨 상관여?"

"어째 이놈아, 상관이 없느냐?"

"뉘 멧갓이길래?"

"내 멧갓이다. 한덕문이 멧갓이다, 이놈아."

"허허, 내 별꼴 다 보네. 괜시리 술잔 든질렀거들랑술 한잔했거들랑, 고이 삭히진 아녀구서서용히 술이나 깨지 아니하고서, 나이깨나 먹은 것이, 왜 남 일하는 데 와서 이 행악行惡 못된 짓을 함. 또는 그런 행동야, 행악이. 늙은이는 다리뼉다구 부러지지 말란 법 있나?"

"오냐, 이놈, 날 죽여라. 너구 나구 죽자."

"대체 내력을 말을 해요. 무엇 때문에 이 야료까닭 없이 트집을 잡고 함부로 떠들어 대는 짓인지, 내력을 말을 해요."

"이 멧갓이 그새까진 요시카와 것이라두, 조선이 독립됐은깐 인전 내 것이란 말야, 이놈아."

"조선이 독립이 됐는데, 어째 요시카와 멧갓이 한덕문이 것이 되는구?"

"요시카와는, 일인들은, 땅을 죄다 내놓구 간깐, 그전 임자가 도루 차지하는 게 옳지, 무슨 말이냐?"

"오오, 이녁이 ^{당신이} 이 멧갓을 전에 요시카와한테다 팔았다?"

"그래서."

"그랬으니깐, 일인들이 땅을 다 내놓구 가니깐, 이녁은 팔았던 땅을 공짜루 도루 차지하겠다?"

"그래서."

"그 개 뭣 같은 소리 인전 엔간치^{정도껏} 해 두구, 어서 없어져 버려요. 난 뻐젓이 요시카와 농장 산림 관리인 강태식이한테 시퍼런 돈 이천 환 주구서 계약서 받구 샀어요. 강태식인 요시카와가 해 준 위임장 가지구 팔구. 돈 내구 산 사람이 임자지, 저, 옛날 돈 받구 팔아먹은 사람이 임잘까?"

8·15 직후, 낡은 법이 없어지고 새로운 영이 서기 전 혼란한 틈을 타서, 잇속에 눈이 밝은 무리들이 일본인 농장이나 회사의 관리자와 부동^{잘못된 일에}

이 불한당 놈들, 왜 내 멧갓의 나무에 함부로 손을 대느냐?

난 이 땅 뻐젓이 돈 주구서 계약서 받구 샀어요. 돈 내구 산 사람이 임자지, 옛날에 돈 받구 팔아먹은 사람이 임잘까?

🔖 소설 한 장면　절정　광복 후 일인에게 판 멧갓에 가 보니 이미 남의 소유가 됨

^{어울려 한통속이 됨}이 되어 가지고, 일인의 재산을 부당 처분하여 배를 불린 일이 허다하였다. 이 산판 사건도 그런 것의 하나였다.

5

그 뒤 훨씬 지나서.

일인의 재산을 조선 사람에게 판다, 이런 소문이 들렸다.

사실이라고 한다면 한 생원은 그 논 일곱 마지기를 돈을 내고 사지 않고서는 도로 차지할 수가 없을 판이었다. 물론 한 생원에게는 그런 재력이 없거니와, 도대체 전의 임자가 있는데 그것을 아무나에게 판다는 것이 한 생원으로 보기에는 불합리한 처사였다.

한 생원은 분이 나서 두 주먹을 쥐고 구장에게로 쫓아갔다.

"그래 일인들이 죄다 내놓구 가는 것을, 백성들더러 돈을 내구 사라구 마련을 했다면서?"

"아직 자세힌 모르겠어두, 아마 그렇게 되기가 쉬우리라구들 하드군요."

해방 후에 새로 난 구장의 대답이었다.

"그런 놈의 법이 어딨단 말인가? 그래, 누가 그렇게 마련을 했는구?"

"나라에서 그랬을 테죠."

"나라?"

"우리 조선 나라요."

"나라가 다 무어 말라비틀어진 거야? 나라 명색이 내게 무얼 해 준 게 있길래, 이번엔 일인이 내놓구 가는 내 땅을 저이가 팔아먹으려구 들어? 그게 나라야?

"일인의 재산이 우리 조선 나라 재산이 되는 거야 당연한 일이죠."

"당연?"

"그렇죠."

"흥, 가만둬 두면 저절루 백성의 것이 될 걸 나라 명색은 가만히 않았다 어디서 툭 튀어나와 가지구, 걸 뺏어서 팔아먹어?[1] 그따위 행사 ^{行事 어떤 일을 행함.} ^{또는 그 일}가 어딨다든가?"

"한 생원은, 그 논이랑 멧갓이랑 요시카와한테 돈을 받구 파셨으니깐 임

---

1) 국가의 토지 정책에 대한 작가의 비판적 시각이 한 생원의 말을 통해 드러난다.

자로 말하면 요시카와지 한 생원인가요?"

"암만 팔았어두, 요시카와가 내놓구 쫓겨 갔은깐, 도루 내 것이 돼야 옳지, 무슨 말야. 걸, 무슨 탁에^{권리로} 나라가 뺏을 영우루 들어?"

"한 생원한테 뺏는 게 아니라, 요시카와한테 뺏는 거랍니다."

"흥, 둘러대긴 잘들 허이. 공동묘지 가 보게나. 핑계 없는 무덤 있던가? 저, 병신년에 원놈^{군수} 김가가 우리 논 열두 마지기 뺏을 제두 핑곈 다 있었더라네."

"좌우간, 아직 그렇게 지레 염려하실 게 아니라, 기대리구 있느라면 나라에서 다 억울치 않두룩 처단을 하겠죠."

"일없네. 난 오늘버틈 도루 나라 없는 백성이네. 제길, 삼십육 년두 나라 없이 살아왔을려드냐. 아―니 글쎄, 나라가 있으면 백성한테 무얼 좀 고마운 노릇을 해 주어야 백성두 나라를 믿구, 나라에다 마음을 붙이구 살지. 독립이 됐다면서 고작 그래, 백성이 차지할 땅 뺏어서 팔아먹는 게 나라 명색야?"

그러고는 털고 일어서면서 혼잣말로,

"독립됐다구 했을 제, 내, 만세 안 부르기, 잘했지."

일인의 재산이 우리 조선 나라 재산이 되는 거야 당연한 일이죠.

암만 팔았어두 전 주인이 있는데, 백성 땅 뺏어서 팔아먹는 게 나라 명색야? 난 오늘버틈 도루 나라 없는 백성이네.

🗨 소설 한 장면 결말 한 생원은 논을 판 나라의 농정(農政)에 대해 불만을 토로함

🔭 생각해 볼까요?

선생님 이 작품은 구한말, 식민지 시대, 광복 후까지의 근대사이자 '농민 수탈사'를 다뤄요. 한 생원은 구한말에 억울한 누명을 쓴 아버지를 구하기 위해 고을 수령에게 땅을 빼앗긴 설움이 있어요. 나라가 망하자 '그깟 놈의 나라 잘 망했다.'라고 생각하지요. 경술국치 이듬해에는 일인 요시카와에게 나머지 논을 판 후 그 돈으로 다른 논을 사려던 계획이 어긋나요. 그러자 '착취당하는 것은 조선 때나 지금이나 별다를 것이 없다.'라고 푸념하지요. 광복 후에는 요시카와에게 판 땅을 되찾을 수 있을 거라는 기대에 부풀었다가, 일인이 남겨 놓고 간 재산은 나라가 가져가 조선 사람에게 판다는 소문이 돌자 실망해서 '차라리 나라 없는 백성이 낫다. 독립 날 만세 안 부르기 잘했다.'라고 중얼거려요. 이러한 한 생원은 근대사에 대해 어떻게 평가하고 있나요?

💬 2   ♥ 2

↳ **학생 1** 한 생원은 구한말이 수탈만 일삼는 시대였다고 규정해요. 식민지 시대는 압제의 나날이었으며, 광복 후에도 나라가 백성의 것을 착취한다고 비판해요. 즉, 그는 근대사 전체를 억압의 시대로 보는 거예요.

↳ **학생 2** 한 생원은 공동체의 질서나 이상보다는 개인의 이익을 더 중요하게 생각하는 사람이에요. 그래서 자신에게 이득을 주지 않는 나라는 필요 없다고 생각하는 거예요.

선생님 작가가 한 생원의 모습을 통해 비판하고자 하는 대상은 무엇일까요?

💬 1   ♥ 1

↳ **학생 1** 한 생원과 나라 모두예요. 한 생원은 이미 판 땅을 광복 후 되찾는다는 헛된 기대를 하며 억지를 부리고, 나라는 원칙 없이 백성의 것을 빼앗아요. 구한말이나, 일제 강점기나, 독립 후에나 나아진 점이 없는 거예요. 즉, 이기적인 인물인 한 생원뿐만 아니라 그 인물이 비난하는 대상인 나라까지 함께 비판하고 있어요.

선생님 일제 강점기에 일본인들이 소유하였던 우리 토지는 인민위원회를 통해 분배되었어요. 인민위원회는 광복 직후 우리 농민들이 조직하였던 민간자치 기구이지요. 하지만 남한에 대한 지배력을 강화하고자 한 미군정은 인민위원회의 활동을 불법화하였고, 이러한 상황에서 미군정을 따르는 새로운 지배 새력이 친일파 중심의 지주 세력에게 땅을 유상분배하였지요. 이러한 당대 사회의 모습을 통해 알 수 있는 것은 무엇일까요?

💬 2   ♥ 2

↳ **학생 1** 가난한 농민들은 광복이 된 후에도 땅을 받을 수 없었어요.

↳ **학생 2** 광복 직후에도 우리 사회에 부조리한 모습이 있었음을 알 수 있어요.

선생님 일본은 경찰력이라는 폭력적 지배와 더불어 조선의 농촌을 초토화하였어요. 특히 일인의 토지 매입은 일본 자본에 의한 조선의 실질적 잠식을 의미하지요. 일인이 높은 금액으로 조선 땅을 매입하면 가난한 농민들은 땅을 팔고 소작농으로 전락하게 되기 때문이에요. 이러한 상황과 관련하여 당시 우리나라의 경제적 현실에 대해 말해 볼까요?

💬 2   ♥ 2

학생 1 일제 강점기에는 일본에게 토지를 빼앗겨 만주로 유랑할 수밖에 없었던 우리 민족들이 많았어요.

학생 2 광복 후에도 가난한 농민들은 땅을 돌려받지 못했어요. 새로운 지배 세력이 친일파 중심의 지주 세력에게 땅을 유상분배하였기 때문이에요.

동학 농민 운동 ▼ 🔍

연관 검색어   구한말   전봉준

구한말에는 조선의 개화 정책으로 백성의 조세 부담이 늘어나고, 탐관오리의 횡포와 청·일본의 경제적 침투로 백성의 생활이 더욱 어려워졌다. 게다가 외세의 침투에 적절히 대응하지 못한 정부에 대한 불신도 날로 높아졌다. 이러한 상황에서 동학이 급속하게 확산되자 정부는 동학을 사회에 해악을 끼치는 종교, 즉 '사교'로 규정하여 금지하고 탄압하였다.

이렇게 감정이 곪아 있던 상태에서 고부 군수로 부임한 조병갑의 수탈이 심해지자 전봉준을 중심으로 모인 농민들이 고부 농민 봉기를 일으켰다. 관아를 점령한 전봉준은 정부로부터 폐정을 시정하겠다는 약속을 받고 해산하였다. 그런데 난을 수습하기 위해 파견된 안핵사 이용태가 농민들을 사교로 금지한 동학의 교도라는 죄목으로 잡아들이고 그 가족까지 체포하자 농민들의 분노가 폭발하였고 결국 1894년 동학 농민 운동이 일어나게 되었다.

동학 농민 운동은 비록 실패했지만 농민층이 신분제 폐지와 탐관오리 처벌을 요구하고, 일본의 침략을 물리치려 하였다는 점에서 아래로부터의 반봉건적·반침략적 민족 운동이라는 의의가 있다.

미스터 방

#기회주의자   #광복직후   #외세의개입   #인물의희화화

⛵ 작품 길잡이

갈래: 세태 소설, 풍자 소설
배경: 시간 - 광복 직후 / 공간 - 서울
시점: 3인칭 전지적 작가 시점
주제: 광복 직후 권력을 좇아 개인적 이익을 추구하는 기회주의적 인물들에 대한 비판
출전: 〈대조〉(1946)

📷 인물 관계도

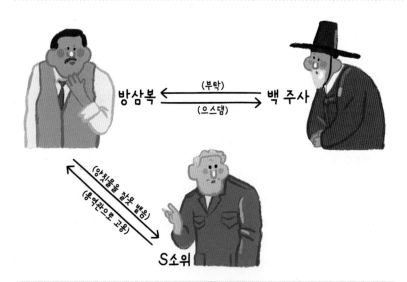

방삼복 ◀── (부탁) ── 백 주사
       ── (으스댐) ──▶

(양칫물을 갈못 뱉음)
(통역관으로 고용)

S소위

방삼복   신기료장수를 하다가 광복 직후 미군 장교의 통역으로 취직해 출셋길에 오른다.
백 주사   전형적인 친일파로 광복을 하여 봉변을 당하자 방삼복의 도움으로 복수하고자 한다.

📋 구성과 줄거리

발단   신기료장수 출신 방삼복이 거들먹거리자 백 주사는 못마땅해함

방삼복과 그를 찾아온 백 주사가 함께 맥주를 마신다. 백 주사는 과거의 양쪽 집안 내력에 생각이 미치자 방삼복이 내심 괘씸하기 짝이 없다. 하지만 삼복에게 부탁하러 온 입장이라 그의 허세에 맞장구를 칠 수밖에 없다. 백 주사는 미천한 신분의 방삼복이 하루아침에 부와 권세를 얻은 것이 신기하기도 하고 부럽기도 하다.

전개   방삼복은 미군 장교의 통역이 된 이후 부자가 됨

신기료장수를 하던 방삼복은 광복이 되자 미군 장교의 통역이 된다. 이후 호화 주택에 살게 된 방삼복은 청탁하기 위해 찾아오는 사람들로부터 뇌물을 받아 부를 모은다.

위기   백 주사는 재산을 뺏긴 사정을 이야기하며 보복을 부탁함

백 주사는 아들 백봉선 덕택에 지주이자 고리대금업자로 부를 축적했지만 광복이 된 후 군중의 습격을 받아 재산을 빼앗기고 서울로 피신한다. 그러던 어느 날, 방삼복을 만난 백 주사는 미군 장교의 도움을 받아 복수하고자 한다. 백 주사가 방삼복에게 청탁을 하자 방삼복은 부탁을 들어주겠노라 장담한다.

절정·결말   방삼복이 뱉은 양칫물이 S소위의 얼굴에 떨어져 매를 맞음

방삼복이 양치질을 하고 발코니 바깥으로 뱉은 물이 마침 현관으로 들어서던 S소위의 얼굴에 떨어진다. 화가 난 S소위는 방삼복에게 욕을 하고 한 대 갈긴다.

미스터 방

　주인과 나그네가 한가지로 술이 거나하니 취하였다. 주인은 미스터 방^方, 나그네는 주인의 고향 사람 백^白 주사.

　주인 미스터 방은 술이 거나하여 감을 따라, 그러지 않아도 이즈음 의기 자못 양양한_{사람의 앞날이 한없이 넓어 발전의 여지가 많은} 참인데 거기다 술까지 들어간 판이고 보니, 가뜩이나 기운이 불끈불끈 솟고 하늘이 바로 돈짝_{엽전의 크기}만한 것 같은 모양이었다.

　"내 참, 뭐, 흰 말_{흰소리. 터무니없이 자랑으로 떠벌리는 말}이 아니라 참, 거칠 것 없어, 거칠 것. 흥, 어느 눔이 아, 어느 눔이 날 뭐라구 허며, 날 괄시헐 눔이 어딨어, 지 끔 이 천지에. 흥 참, 어림없지, 어림없어."

　누가 옆에서 저를 무어라고를 하며 괄시를 한단 말인지, 공연히 연방 그 툭 나온 눈방울을 부리부리, 왼편으로 삼십 도는 넉넉 삐뚤어진 코를 벌씸 벌씸 해 가면서 그래 쌓는 것이었다.

　"내 참, 이래 뵈두, 응, 동양 삼국 물 다 먹어 본 방삼_{方三} 복이우. 청어^{淸語} _{만주어. 여기서는} 중국어를 뭇허나, 일얼 뭇허나, 영어야 뭐 말할 것두 없구······."

　하다가, 생각난 듯이 맥주 컵을 들어 벌컥벌컥 단숨에 다 마신다. 그러고 는 시꺼먼 손등으로 입술을 쓱, 손가락으로 김치 쪽을 늘름 한 점, 그러던 버릇이, 미스터 방이요, 신사요, 방 선생으로도 불리어지는 시방도, 무심중 절로 나와, 손등으로 입술의 맥주 거품을 쓱 씻고, 손가락으로 라조기_{닭을 튀겨 만든 중국 요리} 한 점을 집어다 우둑우둑 씹는다.

　"술은 참, 맥주가 술입넨다······."

　어느 눔이 만일 무어라고 시비를 하거나 괄시를 한다면 당장 그 라조기 를 씹듯이 우둑우둑 잡아 씹기라도 할 듯이 괄괄하던 결기_{발끈하기 잘하는 급한 기질} 가, 그러다 별안간 어디로 가고서 이번엔 맥주 추앙이 나오던 것이다.

　"술두 미국 사람네가 문명했죠. 죄선 사람은 안직두 멀었어."

　"멀구말구. 아직두 멀었지."

　쥐 상호의 대추씨만 한 얼굴에 앙상한 노랑 수염 백 주사가, 병을 들어 주인의 빈 컵에다 따르면서 그렇게 맞장구를 쳐 보비위^{補脾胃} _{남의 비위를 잘 맞추어 줌}를 한다.

"아, 백 상'씨'의 일본어두 좀 드슈."

"난 과해."

"괜히 그리셔. 백 상 주량을 다아 아는데. 만난 진 오랬어두."

"다아 젊었을 적 말이지, 지금은……."

"올에 참 몇이시지?"

"갑술생 마흔여덟 아닌가!"

"그럼 나버담 열한 살 위시군. 그래두 백 상은 안 늙으신 심야. 허허허허."

"안 늙는 게 다 무언가. 머리 신 걸 보게!"

"건 조백^{早白 늙기도 전에 머리가 셈. 흔히 마흔 살 안팎의 나이에 머리가 세는 것을 이름}이시지."

백 주사는 흔연히 수작을 하면서 내색은 아니하나, 어심엔^{마음속으로는} 미스터 방이 괘씸하기 짝이 없었다.

향리의 예법으로, 십 년 장이면 절하고 뵈어야 한다. 무릎 꿇고 앉아야 하고, 말은 깍듯이 공대를 해야 한다. 그 앞에서 주초^{酒草 술과 담배를 아울러 이르는 말}가 당치 않고, 막부득이한 경우면 모로 앉아 잔을 마셔야 한다. 그런 것을, 마치 제 연갑^{年甲 연배} 친구나 타관 나그네에게나 하는 것처럼, 백 상이니, 술 드슈, 조백이지 하고 말버릇이 고약해, 발 개키고 앉아서 정면하고 술을 먹어, 담배 뻐끔뻐끔 피워, 이런 괘씸할 도리가 없었다.

또 나이도 나이려니와, 문벌이나 지체를 가지고 논한다면, 이건 도저히 용서할 수 없는 일이었다.

이래 보여도 나는 삼대조가 진사를 하였고―그 첩지가 시방도 버젓이 있다― 오대조가 호조 판서를 지냈고―족보에 그렇게 분명히 올라 있다― 칠 대조가 영의정을 지냈고―역시 족보에 그렇게 분명히 올라 있다― 이런 명문거족의 집안이었다. 또 내 십이 촌이 ××군수요, 그 십이 촌의 아들이 만주국 ××현 ××촌 촌장이요 하였다. 또 그리고, 시방은 원수의 독립인지 막덕^{마르크스주의를 믿는 사람이나 그 행위를 낮추어 이르는 말}인지 때문에 다 그렇게 되었다지만, 아무튼 두 달 전까지도 어느 놈 그 앞에서 기침 한번 크게 못하던 백 부장^{백 주사의 아들}―훈팔^八등에 ××경찰서 경제계 주임이던 백 부장의 어르신네 이 백 주사가 아닌가. 두 달 전 그때만 같았어도,

'이놈!'

하고 호통을 하여 당장 물고^{物故 죄를 지은 사람을 죽임}를 내련만, 그 좋은 세상이 어디로 가고 이 지경이란 말인지 몰랐다.

하여튼 그만치나 혼란스런 백 주사에다 대면 미스터 방의 근지根地 자라 온 환경과 경력을 아울러 이르는 말야 아주 보잘 것이 없었다.

미스터 방의 증조가 타관에서 떠들어온 명색 없는 사람이었다. 그 조부가 고을의 아전을 다녔다. 그 아비가 짚신 장수였다. 칠십에, 고로롱고로롱, 아직도 살아 있지만, 시방도 짚신 곱게 삼기로 고을에서 첫째가는 방 첨지가 바로 그였다. 그리고 이 방삼복이는……. 먹고 자고 꿍꿍 일하고, 자식새끼 만들고 할 줄밖에는 모르는 상일꾼農夫이었다. 그러나마 삼십을 바라보도록 남의 집 머슴살이로, 이 집 저 집 살고 다니는 코 삐뚤이 삼복이었다. 물론 낫 놓고 기역자도 못 그리는 판무식일자무식이었다.

상일꾼일 바엔 남의 세토貰土 소작 마지기라도 얻어 제 농사를 짓는 것이 아니라, 삼십을 바라보도록 남의 집 머슴살이만 하고 다니던 코 삐뚤이 삼복이가 하루아침 무슨 생각이 났던지, 돈벌이를 간답시고, 조석아침과 저녁을 아울러 이르는 말이 간데없는 부모에게다 처자식 떠맡기고는 훌쩍 일본으로 떠나버렸다. 그것이 열두 해 전.

어느 늠이 날 뭐라구 허며, 날 괄시헐 늠이 어딨어, 지끔 이 천지에, 어림없지!

어리고 문벌도 없는 것이…… 괘씸한 늠 두 달 전만 같았어도 호통을 쳤을 텐데.

그렇구 말구.

소설 한 장면　발단　신기료장수 출신 방삼복이 거들먹거리자 백 주사는 못마땅함 떠난 지 칠팔 년을 별반 신통한 벌이도 못하는지, 돈 한 푼 보내는 싹도 없더니, 하루는 느닷없이 중국 상해에 와 있노라 기별이 전해져 왔다. 그러고는 감감 소식이 없다가, 삼 년 만에 퍼뜩 고향엘 돌아왔다. 십여 년을, 저의 말마따나 동양 삼국 물 골고루 먹고 다녔으면서, 별로 때가 벗은 것도 없어 보이고, 행색은 해어진 양복 누더기에 볼 꿰어진 구두짝을 꿰고 들어서는 모양이, 군데군데 김질^{기움질}은 하였으나 빨아 다린 무명 고의적삼^{여름에 입는 홑바지와 저고리}을 입고 고향을 떠날 적보다 차라리 초라한 것 같았다.

늙은 어미 아비와, 젊은 가속이 뼈품^{뼈가 휠 만큼 들이는 품}으로 버는 것을 얻어먹으며 굶으며 하면서 한 일 년 빈둥거리고 놀더니, 적이 회심^{回心 마음을 돌이켜 먹음}이 들었는지, 이번엔 처자식 데리고 서울로 올라왔다. 서울로 올라와서는 현저동 비탈의 다 찌부러진 행랑방을 얻어 살면서, 처음 일 년은 용산 있는 연합군 포로수용소엘 다니며 입에 풀칠을 하였고—이 동안 그는 상해에서 귀로 익힌 토막 영어가 조금 더 진보되었고.

다시 일 년이나는, 그것 역시 상해에서 익힌 것을 밑천 삼아 구두 직공으로 구둣방엘 다니며 그럭저럭 살았고. 그러다 일본이 싸움에 지느라고, 구두를 너무 해트려^{닳아서 떨어지게 해} 가죽이 동이 나서, 구둣방이 너나없이 문을 닫는 바람에, 할 수 없이 이번엔 궤짝 한 개 짊어지고 신기료장수^{헌 신을 꿰매어 고치는 일을 직업으로 하는 사람}로 나서고 말았다.

골목골목 돌아다니며, 혹은 종로 복판의 행길에 가 앉아 신기료장수를 하자니, 자연 서울 온 고향 사람의 눈에 종종 뜨일밖에. 소식이 고향에 퍼지자, 누구 한 사람 칭찬은 없고 저마다 빈정거리는 소리뿐이었다.

"일본으로, 청국으로, 십여 년 타국 바람 쏘이고 온 놈이 겨우 고거야?"

"부전자전이로구면. 아범은 짚신 장수, 자식은 구두 깁는 장수."

"아마 신발 명당에다 무덤을 썼든감."

이렇듯, 근지는 미천하고, 속에 든 것 없고, 가랑이가 찢어지게 가난하고, 생화^{生貨 먹고살아 가는 데 도움이 되는 벌이나 직업}라는 것이 고작 거리에 앉아 오는 사람 가는 사람 해어지고 고린내 나는 구두짝 꿰매어 주고 징 박아 주고 닦아 주고 하는 천업^{賤業 천한 직업 또는 영업}이고 하던, 그 코 삐뚤이 삼복이었다.

'흥, 개구리가 올챙이 적을 생각 못한다더니, 발칙한 놈, 고얀 놈.'

백 주사는 생각하자니 속으로 이렇게 분개스럽지 않을 수가 없었다.

그러나 일변으로는, 그러던 코 삐뚤이 삼복이가 그야말로 선영이 명당엘 들었단 말인지, 무슨 조화를 지녔단 말인지, 불과 몇 달 안에 이렇게 훌륭히 되고, 부자가 되고, 미스터 방인지 구리다 방인지가 되고 하여 가지고는, 갖은 호강 다 하며 천하에 무서울 것이 없고 기광氣狂 극성스레 마구 날뛰는 행동이나 기세 이 나서 막 이러니, 한편 생각하면 신기하기도 하고 부럽기도 하고 또한 안타깝기도 하였다.

'사람의 운수란 참 모를 일이야.'

백 주사는 속으로 절절히 이렇게 탄복도 아니치 못하였다.

코 삐뚤이 삼복의 이 눈부신 발신發身 천하고 가난한 처지를 벗어나 형편이 훤히 트임 은, 그러나 백 주사가 희한히 여기는 것처럼 무슨 명당 바람이 났다거나 조화를 지녔다거나 그런 신기한 곡절이 있는 바가 아니요, 지극히 간단하고도 수월한 것이었다. 다만 몸에 지닌 재주 가운데 총기가 좀 좋아서 일찍이 영어 마디나 익힌 것을 잊어버리지 아니하였다는, 일종의 특수 조건이 없던 바는 아니지만.

1945년 8월 15일, 역사적인 날. 이날도 신기료장수 방삼복은 종로의 공원 건너편 응달에 앉아서, 구두 징을 박으면서, 해방의 날을 맞이하였다. 그러나 삼복은 감격한 줄도 기쁜 줄도 모르겠었다. 지나가는 행인이, 서로 모르던 사람끼리면서 들쑥 서로 껴안고 기뻐하고 눈물을 흘리고 하는 것이, 삼복은 속을 모르겠고 차라리 쑥스러 보일 따름이었다. 몰려 닫는 군중이 오히려 성가시고, 만세 소리가 귀가 아파 이맛살이 찌푸려질 지경이었다.

몰려다니고 만세를 부르고 하기에 미쳐 날뛰느라고 정신이 없어, 손님이 없어, 손님이 부쩍 줄었다.

"우라질! 독립이 배부른가?"

이렇게 그는 두런거리면서 반감이 솟았다.

이삼 일 지나면서부터야 삼복에게도 삼복에게다운 해방의 혜택이 나누어졌다.

십 전이나 십오 전에 박아 주던 징을, 오십 전을 받아도 눈을 부라리는 순사를 볼 수가 없었다. 순사가 없어졌다면야, 활개를 쳐 가면서 무슨 짓을 하여도 상관이 없고 무서울 것이 없던 것이었다.

"옳아, 그렇다면 독립도 할 만한 건가 보다."

삼복은 징 열 개를 박아 주고 오 원을 받아 넣으면서 이렇게 속으로 중얼거리기까지 하였다.

그러나 며칠이 못 가서 삼복은 다시금 해방을 저주하여야 했다. 삼복이 저 혼자만 돈을 더 받으며, 더 받아 상관이 없는 것이 아니라, 첫째 도가都家^{도매상}들이 제 맘대로 재룟값을 올리던 것이었다. 징, 가죽, 고무, 실 모두가 오 곱 십 곱 비싸졌다. 그러니 신기료장수는 손님한테 아무리 비싸게 받는댔자 재료를 비싼 값으로 사야 하니, 결국 도가만 살찌울 뿐이지 소득은 전과 크게 다를 것이 없었다.

"이런 옘병헐! 그눔에 경제겐 다 어디루 가 뒈졌어. 독립은 우라진다구 독립을 헌담."[1]

석양 때 신기료 궤짝 어깨에 멘 채 홧김에 막걸리청으로 들어가, 서너 사발 들이켜고는 그는 이렇게 게걸거렸다^{품위 낮은 말로 소리치며 불평스럽게 자꾸 떠들었다}.

그럭저럭 구월도 열흘이 되고, 서울 거리에는 미국 병정이 꼬마 차와 함께 그득히 퍼졌다.

그 미국 병정들이, 거리를 구경하면서 혹은 물건을 사려면서, 말이 서로 통하지를 못하여 답답해하는 양을 보고 삼복은 무릎을 탁 쳤다.

그러나 슬플진저, 땟국과 땀에 찌든 이 누더기를 걸치고는 가망이 없을 말이었다.

'무슨 도리가 없을까?'

반일을 궁리를 하다가 정오 때에야 한 줄기 서광을 얻었다.

총총히 집으로 돌아가, 마누라를 시켜 구두 고치는 연장 일습^{一襲 옷, 그릇, 기구 따위의 한 벌}과 재료 남은 것에다 이불이며 헌 옷가지 해서 한 짐을 동네 아는 가게에다 맡기고는 한 달 기한으로 돈 백 원을 서푼 변으로 취해 오게 하였다.

그 돈 백 원을 가지고 삼복은 흔한 넝마전으로 가서 백 원 돈이 꼭 차는 한도에 양복이란 명색 한 벌과 모자를 샀다. 신발은 부득이 안방 사람의 병정 구두 사 신은 것을 이다음 창갈이 거저 해 주겠다는 조건으로, 닷새만 제 것과 바꾸어 신기로 하였다.

이튿날 아침 느지감치, 새로 장만한 헌 양복 헌 모자에 헌 구두로써 궤짝

---

1) 자신의 이익에 따라 독립에 대한 평가가 달라진다. 역사와 현실에 대해 왜곡되고 속물적인 인식을 지녔다는 것을 알 수 있다.

멘 신기료장수보다는 제법 말쑥하여진 차림을 차리고 마악 나서려는데, 간 밤부터 통통 부어 가지고는 시중도 말대꾸도 잘 아니하던 애꾸쟁이 마누라 가 와락 양복 뒷자락을 움켜쥐고 늘어진다.

"바른 대루 대요."

"이게 별안간 미쳤나?"

"요 망난아, 반해 가지군 이력허구 찾아가는 고년이 어떤 년야? 응?"

"속을 모르거든 밥값을 내지 말랬어, 요 맹추야."

"날 죽이구 가지, 거전 못 가."

"이년아, 너 이랬단, 내 인제 둔ᵗᵉ 벌문, 정말 첩 얻는다."

"오냐 잘한다. 날 죽여라, 날……."

"아, 이 우라 주리 땔 앵길 년이……."

한주먹 보기 좋게 갈겨 넘어뜨리고는, 찌부러진 오두막집을 나서 종로로 향을 잡았다.

노예도 노예 이전이면 상전을 선택할 자유를 가지는 수도 있다고.

삼복은 종로서 전차를 내려 동쪽으로 천천히 걸으면서 물색物色 어떤 기준으로 거기에 알맞은 사람이나 물건, 장소를 고르는 일 을 하였다. 생김새가 맘씨 좋아 보이고, 여느 병정이 아니라 장교쯤 가는 이라야 할 것이었다.

청년 회관 앞에서 담뱃대를 사고 있는 하나가, 몸집이 부대하고, 여느 병 정은 아닌 듯하고, 얼굴이 사뭇 선량하여 보이는 게 선뜻 마음에 들었다. 구 경하는 체하고 넌지시 그 옆으로 가 섰다.

미국 장교는 담뱃대를 집어 들고 기물스러하면서 신기한 물건이나 되는 듯 여기면서 연방 들여다보다가 값이 얼마냐고,

"하우 머치? 하우 머치?"

하고 묻는다.

담뱃대 장수 영감은, 삼십 원이라고 소래기 '소리'의 방언 만 지른다.

알아들을 턱이 없어 고개를 기웃거리면서 다시금 '하우 머치'만 찾는 것 을, 기회 좋을시고라고, 삼복이가 나직이,

"더티 원."

하여 주었다.

확 돌아다보더니,

"오, 캔 유 스피크?"

하면서 사뭇 그러안을 듯이 반가워하는 양이라니. 아스러지도록 손을 잡고 흔드는 데는 질색할 뻔하였다.

직업이 있느냐고 물었다. 방금 실직하였노라고 대답하였다.

그럼, 내 통역이 되어 주겠느냐고 물었다. 그러겠노라고 대답하였다.

이 자리에서 신기료장수 코 삐뚤이 삼복이 미스터 방으로 승차를 하여, S라는 미국 주둔군 소위의 통역이 되었다.[1) 주급 십오 불<small>이백사십 원</small> 가량의.

거진 매일같이 미스터 방은 S소위를, 낮에는 거리의 구경으로, 밤이면 계집 있는 술집으로 인도하였다.

한번은 탑골 공원의 사리탑을 구경하면서, 얼마나 오랜 것이냐고 S소위가 물었다. 미스터 방은 언젠가, 수천 년 된 것이란 말을 들었기 때문에, '투 사우전드 이얼스.'라고 대답하였다.

또 한번은, 경회루를 구경하면서 무엇하던 건물이냐고 물었다. 미스터

💿 **소설 한 장면**　　**전개**　방삼복은 미군 장교의 통역이 된 이후 부자가 됨

---

1) 경제적으로는 이전보다 많은 돈을 벌 수 있게 되었고, 사회적으로는 무시당하는 신기료장수에서 대우받는 미군 통역관이 된 것을 의미한다.

방은 서슴지 않고,

"킹 드링크 와인 앤드 댄스 앤드 싱, 위드 댄서."

라고 대답하였다. 임금이 기생 데리고 술 마시고, 춤추고 노래 부르고 하던 집이란 뜻이었다.

내가 보기엔, 조선 여자의 옷이 퍽 아름답고 점잖스럽던데, 어째서 양장을 하는지 모르겠다고 S소위가 물었다. 미스터 방은, 여자들이 서양 사람한테로 시집을 가고파서 그런다고 대답하였다.

서울역을 비롯하여 거리에 분뇨가 범람한 것을 보고, 혹시 조선 가옥에는 변소가 없느냐고 S소위가 물었다. 미스터 방은, 있기야 집집마다 다 있느니라고 대답하였다.

썩 좋은 조선 그림을 한 장 사고 싶다고 하여서, 문지방 위에다 흔히들 붙이는, 사슴이 불로초를 물고 신선이 앉았고 한 것을 오 원에 한 장 사 주었다.

제일 재미있고 유명한 소설이 무엇이냐고 물어서, 『추월색』이라고 대답하였고, 그럼 그것을 한 권 사고 싶다고 하여서, 여러 날 사러 다니다 못해 동네 노마네 집의 것을 이 원에 사 주었다. 이 밖에도 미스터 방은 S소위에게 조선을 소개한 공로가 여러 가지로 많으나, 대강은 그러하였다.

그 공로에 정비례해서, 미스터 방은 나날이 훌륭하여져 갔다. 8·15 이전에 어떤 은행 중역의 사택이라던 지금의 이 집으로, 현저동 그 집에서 옮아오기는 S소위의 통역이 되고 사흘 후였다. 위아래 층을 다, 양식 절반 일본식 절반으로 꾸민 호화스런 저택이었다. 정원엔 때마침 단풍과 가을 화초가 아름다웠고, 연못에선 잉어가 뛰놀고 하였다.

시방 주객이 앉아 술을 마시는 방은, 앞은 노대ᵇᵃˡᶜᵒⁿʸ가 딸리고, 햇볕 잘 들고 밝아서, 여러 방 가운데 제일 좋은 방이었다. 그러나 방 안에는 벽에 그림 한 장 붙어 있는 바 아니요, 방에 알맞은 가구 한 벌 놓여 있는 바 아니요, 단지 방일 따름이어서, 싱겁게 넓기만 하였다. 그렇지만 미스터 방은 실내의 장식 같은 것쯤 그다지 관심할 줄을 아직은 몰랐다.

처음엔 식모를 두었다. 그다음엔 침모針母 남의 집에 매여 바느질을 맡아 하고 일정한 품삯을 받는 여자를 두었다. 그다음엔 손심부름할 계집아이를 두었다.

하루에도 방 선생을 찾는 이가 여러 패씩 있었다. 그들의 대개는 자동차를 타고 오고, 인력거짜리도 흔치 않았다. 그렇게 찾아오는 그들은 결단코 빈손으로 오는 법이 드물었다. 좋은 양과자 상자 밑바닥에는 으레 따로 뿌듯한 봉투가 들었곤 하였다.

미스터 방의, 신기료장수 코 삐뚤이 삼복이로부터의 발신 경로란 이렇듯 심히 간단하고 순조로운 것이었다.

주인 미스터 방이 백 주사의 컵에다 술을 따르려고 병을 집어 들다가,

"오이, 기미코."

하고 아래층으로 대고 부른다.

"심부름 갔어요."

애꾸쟁이 마누라의 꼬챙이 같은 대답.

"안주 어떻게 됐어?"

"글쎄, 안주 시키러 갔어요."

"정종 일본식으로 빚어 만든 맑은 술 있지?"

"……."

층계 밟는 소리가 나더니, 퍼머넌트 파마한 머리가 나오고, 좁디좁은 이마에 이어서 애꾸눈이 나오고, 분 바른 얼굴이 나오고, 원피스 입은 커다란 젖통의 가슴이 나오고, 마지막 비단 양말 신은 두리기둥 둘레를 둥그렇게 깎아 만든 기둥 같은 두 다리가 나오고 한다.

"서 주사가 이거 두구 갑디다."

들고 올라온 각봉투 한 장을 남편에게 건네준다.

"어디?"

그러면서 받아 봉을 뜯는다. 소절수 小切手 수표 한 장이 나온다. 액면 만 원짜리다.

미스터 방은 성을 벌컥 내면서,

"겨우 둔 만 원야?"

하고 소절수를 다다미 바닥에다 홱 내던진다.

"내가 알우?"

"우라질 자식, 어디 보자. 그래 전, 걸 십만 원에 불하 맡다 백만 원 하나 냉겨 먹을 테문서, 그래 겨우 둔 만 원야? 엠병헐 자식, 내가 엠피 MP 헌병 헌테 말 한마디문, 전 어느 지경 갈지 모를 줄 모르구서."

"정종으루 가져와요?"

"내 말 한마디에 죽을 눔이 살아나구, 살 눔이 죽구 허는 줄을 모르구

서. 흥, 이 자식 경 좀 쳐 봐라……. 정종 따근허게 데 와. 날두 산산허구
허니."

새로이 안주가 오고, 따끈한 정종으로 술이 몇 잔 더 오락가락하고 나서
였다.

백 주사는 마침내, 진작부터 벼르던 이야기를 꺼내었다.

백 주사의 아들 백선봉은, 순사 임명장을 받아 쥐면서부터 시작하여
8·15 그 전날까지 칠 년 동안, 세 곳 주재소와 두 곳 경찰서를 전근하여 다
니면서, 이백 석 추수의 토지와, 만 원짜리 저금통장과, 만 원어치가 넘는
옷이며 비단과, 역시 만 원어치가 넘는 여편네의 패물을 장만하였다.

남들은 주린 창자를 졸라맬 때 그의 광에는 옥 같은 정백미가 몇 가마니
씩 쌓였고, 반년 일 년을 남들은 구경도 못 하는 고기와 생선이 끼니마다 상
에 오르지 않는 날이 없었다.

××경찰서의 경제계 주임으로 있던 마지막 이 년 동안은 더욱더 호화판
이었다. 8·15 그날 밤, 군중이 그의 집을 습격하였을 때에 쏟아져 나온 물건
이 쌀 말고도,

광목 여섯 통
고무신 스물세 켤레
지카다비 <small>노동자용 작업화</small> 여덟 켤레
빨랫비누 세 궤짝
양말 오십 타
정종 열세 병
설탕 한 부대

이렇게 있었더란다. 만 원어치 여편네의 패물과, 만 원어치의 옷감이며
비단과 만 원짜리 저금통장은 그만두고 말이었다.

물건 하나 없이 죄다 빼앗기고, 집과 세간은 조각도 못 쓰게 산산 다 부
시고, 백선봉은 팔이 부러지고, 첩은 머리가 절반이나 뽑히고, 겨우겨우 목
숨만 살아 본집으로 도망해 왔다.

일변 고을에서는 백 주사가 자식이 그런 짓을 해서 산 토지를 가지고 동
네 사람한테 거만히 굴고, 작인들한테 팔 할 가까운 도지 <small>도조. 남의 논밭을 빌려서 부치고 논</small>

밭을 빌린 대가로 해마다 내는 벼를 받고, 고리대금을 하고 하였대서, 백선봉이 도망해 와 눕는 그날 밤, 그의 본집인 백 주사의 집을 습격하였다.

집과 세간 죄다 부수고, 백선봉이 보낸 통제 배급 물자 숱한 것 죄다 빼앗기고, 가족들은 죽을 매를 맞고, 백선봉은 처가로, 백 주사는 서울로 각기 피신하여 목숨만 우선 보전하였다.

백 주사는 비싼 여관 밥을 사 먹으면서, 울적이 거리를 오락가락, 어떻게 하면 이 분풀이를 할까, 어떻게 하면 빼앗긴 돈과 물건을 도로 다 찾을까 하고 궁리를 하던 것이나,[1] 아무런 묘책도 없었다.

그러자 오늘은 우연히 이 미스터 방을 만났다. 종로를 지향 없이 거니는데, 지나가던 자동차가 스르르 멈추면서, 서양 사람과 같이 탔던 신사 양반 하나가 내려서더니, 어쩌다 눈이 마주치자,

"아, 백 주사 아니신가요?"

하고 반기는 것이었다.

자세히 보니, 무어 길바닥에서 신기료장수를 한다던 코 삐뚤이 삼복이가 분명하였다.

"자네가, 저, 저, 방, 방……."

"네, 삼복입니다."

"아, 건데, 자네가……."

"허, 살 때가 됐답니다."

그러고는 내 집으로 갑시다, 하고 잡아끄는 대로 끌려온 것이었다.

의표 儀表 의용. 몸을 가지는 태도. 또는 차린 모습 하며, 집하며, 식모에 침모에 계집 하인까지 부리면서 사는 것하며, 신수가 훤히 트여 가지고 말도 제법 의젓하여진 것 같은 것이며, 진소위 정말 그야말로 개천에서 용이 났다고 할 것인지.

옛날의 영화가 꿈이 되고, 일보에 몰락하여 가뜩이나 초상집 개처럼 초라한 자기가 또 한 번 어깨가 옴츠러듦을 느끼지 아니치 못하였다. 그런데다 이 녀석이, 언제 적 저라고 무엄스럽게 굴어 심히 불쾌하였고, 그래서 엔간히 자리를 털고 일어설 생각이 몇 번이나 나지 아니한 것도 아니었다. 그러나 참았다.

보아하니 큰 세도를 부리는 것이 분명하였다. 잘만 하면 그 힘을 빌려, 분

---

1) 광복 후에도 여전히 반성할 줄 모르는 친일파의 모습이 드러나 있다.

풀이와 빼앗긴 재물을 도로 찾을 여망이 있을 듯싶었다. 분풀이를 하고, 더구나 재물을 도로 찾고 하는 것이라면야 코 삐뚤이 삼복이는 말고, 그보다 더한 놈한테라도 머리 숙이는 것쯤 상관할 바 아니었다.

"그러니, 여보게 미씨다 방……."

있는 말 없는 말 보태 가며 일장 경과 설명을 한 후에, 백 주사는 끝을 맺기를,

"어쨌든지 그놈들을 말이네, 그놈들을 한 놈 냉기지 말구섬 죄다 붙잡아다가 말이네, 괴수 놈들일랑 목을 썰어 죽이구, 다른 놈들일랑 뼉다구가 부러지두룩 두들겨 주구. 꿇어앉히구 항복받구. 그리구 빼앗긴 것 일일이 도루 다 찾구. 집허구 세간 쳐부순 것 말끔 다 물리구……. 그렇게만 해 준다면, 내, 내, 재산 절반 노나 주문세, 절반. 응, 여보게 미씨다 방."

"염려 마슈."

미스터 방은 선뜻 쾌한 대답이었다.

"진정인가?"

"머, 지끔 당장이래두, 내 입 한 번만 떨어진다 치면, 기관총 들멘 엠피

염려 마슈. 내 말 한마디로 쑥밭을 만들구 놈들을 꽝그리 죽여 놀 테니!

내 재산을 뺏은 놈들에게 복수해서 좀 되찾게 해 주게. 그렇게만 해 준다면 내 재산 절반 노나 줌세.

🎬 소설 한 장면　위기　백 주사는 재산을 뺏긴 사정을 이야기하며 보복을 부탁함

가 백 명이구 천 명이구 들끓어 내려가서, 들이 쑥밭을 만들어 놉니다, 쑥밭을."

"고마우이!"

백 주사는 복수하여지는 광경을 선히 연상하면서, 미스터 방의 손목을 듬쑥 잡는다.

"백골난망白骨難忘 죽어서 백골이 되어도 잊을 수 없다는 뜻으로, 남에게 큰 은덕을 입었을 때 고마움의 뜻으로 이르는 말이겠네."

"놈들을 깡그리 죽여 놀 테니, 보슈."

"자네라면야 어련하겠나."

"흰 말이 아니라 참 이승만 박사두 내 말 한마디면 고만 다 제바리생식기가 불완전한 남자 유."

미스터 방은 그러고는 냉수 그릇을 집어 한 모금 물고 꿀쩍꿀쩍 양치를 한다. 웬 버릇인지, 하여간 그는 미스터 방이 된 뒤로, 술을 먹으면서 양치하는 버릇이 생겼다.[1]

양치한 물을 처치하려고 휘휘 둘러보다, 일어서서 노대로 성큼성큼 나간다. 노대는 현관 정통바로 위였다.

미스터 방이 그 걸쭉한 양칫물을 노대 아래로 아낌없이 좍 뱉는 바로 그 순간이었다. 그 순간이 공교롭게도, 마침 그를 찾으러 온 S소위가 현관으로 일단 들어서려다 말고―미스터 방이 노대로 나오는 기척이 들렸기 때문에― 뒤로 서너 걸음 도로 물러나,

"헬로."

부르면서 웃는 얼굴을 쳐드는 순간과 그만 일치가 되었다.

"에구머니!"

놀라 질겁하였으나 이미 뱉어진 양칫물은 퀴퀴한 냄새와 더불어 백절 폭포여러 번 꺾여 흐르는 모양의 폭포로 내려 쏟혀, 웃으면서 쳐드는 S소위의 얼굴 정통에 가 좌르르.

"유 데블!"

이 기급할 자식이라고, S소위는 주먹질을 하면서 고함을 질렀고, 그 주먹이 쳐든 채 그대로 있다가, 일변 허둥지둥 버선발로 뛰쳐나와 손바닥을 싹

---

1) 방삼복의 버릇은 권력이 생긴 후 우월감을 과시하기 위한 행동이다. 또한, 웃음을 유발하는 결말을 이끌어 낸다.

싹 비비는 미스터 방의 턱을,

"상놈의 자식!"

하면서 철컥, 어퍼컷 상대방의 턱을 밑에서 위로 올려 치는 권투의 공격법 으로 한 대 갈겼더라고.

🍎 소설 한 장면 절정·결말 방삼복이 뱉은 양칫물이 S소위의 얼굴에 떨어져 매를 맞음

🎺 생각해 볼까요?

선생님 이 소설에서 비판과 풍자의 대상은 누구인가요?
💬 2   🤍 2

↳ **학생 1** 방삼복(미스터 방)과 백 주사예요. 방삼복은 광복 직후 혼란한 상황에서 발빠르게 권력을 추구하는 기회주의적 인물을 대표해요. 백 주사는 친일파였다가 광복 후 군중에게 재산을 빼앗긴 뒤 방삼복을 찾아와 복수를 청탁해요. 작가는 이처럼 권력에 기생하는 방삼복과 같은 기회주의자와 백 주사와 같은 친일파 모두를 비판하고 있어요.

↳ **학생 2** 맞아요. 나아가 방삼복에게 뇌물을 주며 청탁하는 상류층과 이를 용인하는 미군정도 비판의 대상이에요.

선생님 방삼복은 양칫물이 S소위의 얼굴에 떨어지는 바람에 위기를 맞아요. 독자는 이후의 상황을 짐작할 수 있는데, 한순간의 실수로 방삼복의 꿈이 좌절되리라는 것이죠. 이 같은 상황이 주는 효과는 무엇일까요?
💬 2   ❤️ 2

↳ **학생 1** 급격한 반전을 통해 하루아침에 얻은 부와 권세가 얼마나 허망하게 사라질 수 있는지 보여 줘요.

↳ **학생 2** 의기양양하던 방삼복의 상황을 역전시킴으로써 웃음을 유발해요.

채만식과 풍자 문학 ▼ 🔍

연관 검색어   풍자   해학   인물의 희화화

‘풍자’는 현실의 부정적 현상, 모순 등을 비꼬아 표현하는 문예 기법이다. 일제 강점기였던 1930년대에는 많은 작가가 풍자 소설을 창작하였다. 그중에서도 채만식은 작품에 당대 현실의 모습을 가장 잘 반영하였다는 평가를 받는다. 그는 식민지 지식인으로서 일제 강점기의 부조리한 세태와 갈등, 시대적 아픔을 탁월하게 형상화하였다. 채만식의 소설에서 풍자는 인물의 희화화 방식을 통해 이루어진다. 예를 들어 「미스터 방」에서는 ‘방삼복’이나 ‘백 주사’와 같은 부정적 인물을 우스꽝스럽게 표현하여 웃음을 유발한다. 이때 독자는 등장인물들의 허위와 위선을 발견하고 객관적인 시선으로 비판하게 되는 것이다.

풍자의 대상은 부정적 인물뿐 아니라, 시대적 상황과 사회 모습까지 포함한다. 또한 긍정적 인물 역시 희화화하여 풍자의 깊이를 더하기도 한다.

이상한 선생님

#친일파 #친미파 #미군정 #기회주의자

⚓ 작품 길잡이

갈래: 풍자 소설
배경: 시간 - 일제 강점기에서 광복 직후 / 공간 - 학교
시점: 1인칭 관찰자 시점
주제: 기회주의적이고 순응적인 인물의 부조리한 삶의 모습
출전: 〈어린이 나라〉(1949)

📷 인물 관계도

박 선생님 ← (사이 나쁨) → 강 선생님

(조선말을 썼다고 벌을 줌)

나 ─── 사촌 ─── 대석

나	어린 서술자로 학생의 입장에서 박 선생님과 강 선생님에 대해 서술한다.
박 선생님	아이들에게 일본 말만 쓰라고 강요하다가 독립 후에는 미국을 찬양하는 기회주의적 인물이다.
강 선생님	박 선생님과 대조되는 인물로 조선말을 사용해도 아이들을 혼내지 않는다.

📋 구성과 줄거리

발단   박 선생님은 강 선생님과 만나기만 하면 싸움

'나'의 학교에는 박 선생님과 강 선생님이 있다. 두 선생님은 만나기만 하면 싸운다. 주로 강 선생님이 먼저 장난을 치고 싶어 박 선생님을 건드리고 박 선생님은 화를 낸다.

전개   박 선생님은 조선말을 하는 학생들을 무섭게 혼냄

박 선생님은 친일파이다. 조선말을 사용하는 학생들을 발견하면 일본 말을 사용하지 않는다고 무섭게 혼을 내고 벌을 준다. 그러나 강 선생님은 우리가 조선말을 사용해도 혼을 내지 않고, 다른 선생님이 없을 때는 조선말을 한다.

위기   해방 다음 날 박 선생님의 태도가 달라짐

일본 천황이 항복을 선언하고, 교장 이하 일본인 선생님, 친일파인 박 선생님은 기를 펴지 못한다. 강 선생님은 기뻐하며 만세를 부르고, 박 선생님에게 함께 만세를 부르자고 한다. 그 뒤로 박 선생님은 일본을 비판하는 발언을 한다.

절정   박 선생님은 미국 말을 열심히 공부함

강 선생님이 교장이 된 후 박 선생님과의 사이가 안 좋아진다. 강 선생님이 파면된 뒤 박 선생님이 교장이 된다. 박 선생님은 우리나라를 도와준 미국에 대해 알기 위해 미국 말을 열심히 공부한다.

결말   우리는 박 선생님을 이상하게 생각함

박 선생님은 고마운 나라 미국에 순종해야 한다고 말하고, 우리는 그런 박 선생님을 이상하게 여긴다.

이상한 선생님

1

우리 박 선생님은 참 이상한 선생님이었다.[1]

박 선생님은 생긴 것부터가 무척 이상하게 생긴 선생님이었다. 키가 한 뼘밖에 안 되어서 뼘생 또는 뼘박이라는 별명이 있는 것처럼, 박 선생님의 키는 작은 사람 가운데서도 유난히 작은 키였다. 일본 정치 때에, 혈서로 지원병에 지원했다 체격 검사에 키가 제 척수^{尺數}에 차지 못해 낙방이 되었다면, 그래서 땅을 치고 울었다면, 얼마나 작은 키인지 알 일이다.

그런 작은 키에 몸집은 그저 한 줌만 하고. 이 한 줌만 한 몸집, 한 뼘만 한 키 위에 깜짝 놀랄 만큼 큰 머리통이 위태위태하게 올라앉아 있다. 그래서 박 선생님 또 하나의 별명은 대갈 장군이라고도 했다.

머리통이 그렇게 큰 박 선생님 얼굴은 어떻게 생겼느냐 하면, 또한 여느 사람과는 많이 달랐다.

뒤통수와 앞이마가 툭 내솟고, 내솟은 좁은 이마 밑으로 눈썹이 시꺼멓고, 왕방울 같은 두 눈은 부리부리하니 정기가 있고도 사납고, 코는 매부리 코요, 입은 메기입으로 귀 밑까지 넓죽 째지고, 목소리는 쇠꼬챙이로 찌르는 것처럼 쨍쨍하고.

이런 대갈 장군인 뼘생 박 선생님과 아주 정반대로 생긴 이가 강 선생님이었다.

강 선생님은 키가 크고, 몸집도 크고, 얼굴이 너부룩하고, 얼굴이 검기는 해도 순하여 사나움이 든 데가 없고, 눈은 더 순하고, 허허 웃기를 잘 하고, 별로 성을 내는 일이 없고, 아무하고나 장난을 잘 하고…… 강 선생님은 이런 선생님이었다.

뼘박 박 선생님과 강 선생님은 만나면 싸움이었다.

하학을 하고 나서, 우리가 청소를 한 교실을 둘러보다가 또는 운동장에서— 그러니까 우리들이 여럿이는 보지 않는 곳에서 말이다— 두 선생님이 만날라

---

1) 어린아이인 '나'는 순수하고 어수룩해 상황을 정확하게 파악하지 못한다. 이런 서술자를 통해 독자는 오히려 비판적인 시각을 갖는다.

치면, 강 선생님은 괜히 장난이 하고 싶어 박 선생님을 먼저 건드리곤 했다.

"뺌박아, 담배 한 대 붙여 올려라."

강 선생님이 그 생긴 것처럼 느릿느릿한 말로 이렇게 장난을 청하고, 그런다치면 박 선생님은 벌써 성이 발끈 나 가지고

"까불지 말아, 죽여 놀 테니."

"애야, 까불다니, 이 덕집엔 좀 억울하구나……. 아무튼 담배나 한 개 빌리자꾸나."

"나두 뻐젓한 돈 주구 담배 샀어."

"아따 이 사람, 누가 자네더러 담배 도둑질했대나?"

"너두 돈 내구 담배 사 피우란 말야."

"에구 요 재리^{매우 인색한 사람을 낮잡아 이르는 말}야! 몸이 요렇게 용잔하게^{못생기고 연약하게} 생겼거들랑 속이나 좀 너그럽게 써요."

"몸 크구서 속 못 차리는 건, 볼 수 없더라."

하나는 커다란 몸집을 해 가지고 싱글싱글 웃으면서, 하나는 한 뼘만 한 키에 그 무섭게 큰 머리통을 한 얼굴을 바싹 대들고는 사나움이 졸졸 흐르면서, 그렇게 마주 서서 싸우는 모양은 마치 큰 수캐와 조그만 고양이가 마주 만난 형국이었다.

🍎 소설 한 장면　발단　박 선생님은 강 선생님과 만나기만 하면 싸움

2

다른 학교에서도 다 그랬을 테지만 우리 학교에서도 그때 말로 '국어'라던 일본 말, 그 일본 말로만 말을 하게 하고 엄마 아빠 할 적부터 배운 조선말은 아주 한 마디도 쓰지 못하게 했다.[1]

그러나 주재소의 순사, 면의 면 서기, 도 평의원을 한 송 주사, 또 군이나 도에서 연설하러 온 사람, 이런 사람들이나 조선 사람끼리 만나도 척척 일본 말로 인사를 하고 이야기를 했지, 다른 사람들이야 일본 사람과 만났을 때 말고는 다들 조선말로 말을 하고, 그래서 학교 문밖에만 나가면 만판 조선말로 말을 하는 사람들이요, 더구나 집에 돌아가면 어머니, 아버지, 언니, 누나, 아기 모두들 조선말을 했다. 그러니까 우리도 교실에서 공부를 하고 나와 운동장에서 우리끼리 놀고 할 때에는 암만 해도 일본 말보다 조선말이 더 많이, 더 잘 나왔다.

학교에서고 학교 밖에서고 조선말로 말을 하다 선생님한테 들키는 날이면 경을 치는 판이었다. 선생님들 중에서도 제일 심하게 밝히는 선생님이 뼘박 박 선생님이었다. 교장 선생님이나 다른 일본 선생님은 나무라기만하고 마는 수가 있어도, 뼘박 박 선생님만은 절대로 용서가 없었다.

나도 여러 번 혼이 나 보았다.

한번은 상준이 녀석과 어떡하다 쌈이 붙었는데 둘이 서로 부둥켜안고 구르면서 이 자식아, 저 자식아, 죽어 봐, 때려 봐, 하면서 한참 때리고 제기고 _{팔꿈치나 발꿈치 따위로 지르고} 하는 참이었다.

그런데, 느닷없이

"고랏! 조셍고데 겡까 스루야쓰가 이루까^{이놈아! 조선말로 쌈하는 녀석이 어딨어}."

하면서 구둣발길로 넓적다리를 걷어차는 건, 정신없는 중에도 뼘박 박 선생님이었다.

우리 둘이는 그 자리에서 뺨이 붓도록 따귀를 맞았고, 공부 시간에 들어가지도 못하고 그 시간 동안 변소 청소를 했고, 그리고 조행^{태도와 행실을 아울러 이르는 말}점수를 듬뿍 깎였다.

이렇게 뼘박 박 선생님한테 제일 중한 벌을 받는 때가 언제냐 하면, 조선말로 지껄이다 들키는 때였다.

강 선생님은 그와 반대로 아무 시비가 없었다.

---

[1] 민족 말살 정책이 시행되었던 시기였다는 걸 알 수 있다.

교실에서 공부를 할 때 빼고는 그리고 다른 선생님, 그중에서도 교장 이하 일본 선생님과 뺨박 박 선생님이 보지 않는 데서는, 강 선생님은 우리한테 일본 말로 말을 하지 않았다. 우리가 일본 말을 해도 강 선생님은 조선말을 하곤 했다.

우리가 어쩌다

"선생님은 왜 '국어'로 안 하세요?"

하고 물으면 강 선생님은 웃으면서

"나는 '국어'가 서툴러서 그런다."

하고 대답했다.

그렇지만 우리가 보기에도 강 선생님은 일본 말이 서투른 선생님이 아니었다.

3

해방이 되던 바로 그 이튿날이었다.

여름방학으로 놀던 때라, 나는 궁금해서 학교엘 가 보았다. 다른 아이들도 한 오십 명이나 와 있었다.

🕐 소설 한 장면   전개   박 선생님은 조선말을 하는 학생들을 무섭게 혼냄

우리는 해방이라는 말은 아직 몰랐고, 일본에 전쟁이 지고 항복을 한 것만 알았다.

선생님들이, 그중에서도 뺌박 박 선생님이 그렇게도 일본—우리 대일본 제국—은 결단코 전쟁에 지지 않는다고, 기어코 전쟁에 이기고 천하에 못된 미국, 영국을 거꾸러뜨려 천황 폐하의 위엄을 이 전 세계에 드날릴 날이 머지않았다고, 하루에도 몇 번씩 그런 말을 해 쌓던 그 일본이 도리어 지고 항복을 하다니, 도무지 모를 일이었다.

직원실에는 교장 선생님과 두 일본 선생님 그리고 뺌박 박 선생님, 이렇게 네 분이 모여 앉아서 초상난 집처럼 모두 코가 쑤욱 빠져 가지고 있었다.

우리는 운동장 구석으로 혹은 직원실 앞뒤로 끼리끼리 모여 서서 제가끔 아는 대로 일본이 항복한 이야기를 하고 있었다.

그때 6학년에 다니던 우리 사촌 언니^{동성의 손위 형제를 이르는 말} 대석이가 뒤늦게야 몇몇 동무와 함께 떨떨거리고 달려들었다. 대석 언니는 똘똘하고 기운 세고 싸움 잘 하고, 그느느라고 선생님들한테 꾸지람과 매는 도맡아 맞고, 반에서 성적은 제일 꼴찌인 천하 말썽꾼이었다. 대석 언니네 집은 읍에서 십 리나 되는 곳이었고, 그래서 오늘 아침에야 소문을 들었노라고 했다.

대석 언니는 직원실을 넌지시 넘겨다보더니 싱긋 웃으면서 처억 직원실 안으로 들어섰다.

직원실 안에 있던 교장 선생님이랑 다른 두 일본 선생님이랑은 못 본 체하고 고개를 숙이고 있는데, 뺌박 박 선생님이 눈을 흘기면서 영락없이 일본 말로

"난다^{왜 그래}?"

하고 책망을 했다.

대석 언니는 그러나 무서워하지 않고 한다는 소리가

"선생님, 덴노헤이까가 고오상^{천황 폐하가 항복}했대죠?"

하고 묻는 것이다.

뺌박 박 선생님은 성을 버럭 내어 그 큰 눈방울을 부라리면서 여전히 일본 말로

"잠자쿠 있어. 잘 알지두 못하면서…… 건방지게시리."

하고 쫓아와서 곧 한 대 갈길 듯이 을러댔다.

대석 언니는 되돌아 나오면서 커다랗게 소리쳤다.

"덴노헤이까 바가^{천황 폐하 망할 자식}!"

"……."

만일 다른 때 누구든지 그런 소리를 했다간 당장 큰일이 날 판이었다. 그러나 교장 선생님이랑 두 일본 선생님은 그대로 못 들은 척 코만 빠뜨리고 앉았고, 뺌박 박 선생님도 잔뜩 눈만 흘기고 있을 뿐이지 아무렇지도 않았다. 그런 걸 보면 정녕 일본이 지고, 덴노헤이까가 항복을 했고, 그래서 인제는 기승을 떨지 못하는 모양인 것 같았다.

마침 강 선생님이 땀을 뻘뻘 흘리면서 헐떡거리고 뛰어왔다. 강 선생님은 본집이 이웃 고을이었다.

"오오, 느이들두 왔구나. 잘들 왔다. 느이들두 다들 알았지? 조선이, 우리 조선이 해방이 된 줄 알았지? 애들아, 우리 조선이 독립이 됐단다, 독립이! 일본은 쫓겨 가구…… 그 지지리 우리 조선 사람을 못 살게 굴구 하시하구 _{남을 알잡아 낮추고} 피를 빨아 먹구 하던 일본이, 그 왜놈들이 죄다 쫓겨 가구, 우리 조선은 독립이 돼서 우리끼리 잘 살게 됐어, 잘 살게."

의젓하고 점잖던 강 선생님이 그렇게도 들이 날뛰고 덤비고 하는 것은 처음 보았다.

"자아, 만세 불러야지 만세. 독립 만세, 독립 만세 불러야지. 태극기 없니? 태극기, 아무두 안 가졌구나! 느인 참 태극기가 어떻게 생겼는지 구경도 못 했을 게다. 가만있자, 내 태극기 만들어 가지구 나올게."

그러면서 강 선생님은 직원실로 들어갔다.

강 선생님이 직원실로 들어서는 것을 보고 교장 선생님이랑 두 일본 선생님은 인사를 하려고 풀기 없이 일어섰다.

강 선생님은 교장 선생님더러 말을 했다.

"당신들은 인제는 일없어. 어서 집으로 가 있다가 당신네 나라로 돌아갈 도리나 허우."

"……."

아무도 대꾸를 못 하는데, 뺌박 박 선생님이 주저주저하다가

"아니, 자상히 알아보기나 하구서……."

하니까 강 선생님이 버럭 큰소리로 말한다.

"무엇이 어째? 자넨 그래 무어가 미련이 남은 게 있어 왜놈들하고 대가리 맞대구 앉아서 수군덕거리나? 혈서로 지원병 지원 한 번 더 해 보고파 그러나? 아따, 그다지 애닯거들랑 왜놈들 쫓겨 가는 꽁무니 따라 일본으로

가서 살지 그러나. 자네 같은 충신이면 일본서두 괄시는 안 하리."

"……."

뺌박 박 선생님은 그만 두말도 못 하고 얼굴이 벌게서 어쩔 줄을 몰라했다. 뺌박 박 선생님이 남한테 이렇게 꼼짝 못하는 것을 보기는 처음이었다.

강 선생님은 반지 얇고 흰, 질 좋은 일본 종이를 여러 장 꺼내 놓고 붉은 잉크와 푸른 잉크로 태극기를 몇 장이고 그렸다. 그려 내놓고는 또 그리고, 그려 내놓고 또 그리고, 얼마를 그리면서, 그러다 아주 부드럽고 조용한 목소리로

"여보게 박 선생?"

하고 불렀다. 그러고는 잠자코 담배만 피우고 앉아 있는 뺌박 박 선생을 한 번 돌려다보고 나서 타이르듯 말했다.

"내가 좀 흥분해서 말이 너무 박절했나 인정이 없고 쌀쌀했나 보이. 어찌 생각하지 말게…… 그리고 인제는 자네나 나나, 그동안 지은 죄를 우리 조선 동포 앞에 속죄해야 할 때가 아닌가? 물론 이담에, 민족이 우리를 심판하고 죄에 따라 벌을 줄 날이 오겠지. 그러나 장차에 받을 민족의 심판과 벌은 장차에 받을 심판과 벌이고, 시방 당장 조선 민족의 한 사람으로 할 일이 조옴 많은가? 우리 같이 손목 잡구 건국에 도움 될 일을 하세. 자아, 이리 와서 태극기 그리게. 독립 만세부터 한바탕 부르세."

"……."

뺌박 박 선생님은 아무 소리도 않고 강 선생님 옆으로 와서 태극기를 그리기 시작했다.

그 뒤로 강 선생님과 뺌박 박 선생님은 사이가 매우 좋아졌다.

뺌박 박 선생님은 학과 시간마다 우리에게 여러 가지 좋은 이야기를 많이 해 주었다. 일본이 우리 조선을 뺏어 저의 나라에 속국으로 삼던 이야기도 해 주었다.

왜놈들은 천하의 불측한 생각이나 행동 따위가 괘씸하고 엉큼한 인종이어서 남의 나라와 전쟁하기를 좋아하는 백성이라고 했다. 그래서 임진왜란 때에도 우리 조선에 쳐들어왔고, 그랬다가 이순신 장군이랑 권율 도원수한테 아주 혼이 나서 쫓겨 간 이야기도 해 주었다.

우리 조선은 역사가 사천 년이나 오래되고 그리고 세계의 어떤 나라 못지않게 훌륭한 문화가 발달된 나라라는 이야기도 해 주었다.

뺌박 박 선생님은 한편으로 열심히 미국 말을 공부했다. 그러면서 우리

더러 졸업을 하고 중학교에 가거들랑 미국 말을 무엇보다도 많이 공부하라고, 시방은 미국 말을 모르고는 훌륭한 사람이 되지 못한다고 했다.

뻠박 박 선생님은 한 일 년 그렇게 미국 말 공부를 하더니, 그다음부터는 미국 병정이 오든지 하면 일쑤흔히 또는 으레 그러는 일 통역을 하고 했다. 중학교에 다닐 때에 조금 배운 것이 있어서 그렇게 쉽게 체득했다고 했다.

미국 병정은 벼 공출供出 국민이 국가의 수요에 따라 농업 생산물이나 기물 따위를 의무적으로 정부에 내어놓음 을 감독하러 와서 우리 뻠박 박 선생님을 꼬마 자동차에 태워 가지고 동네동네 돌아다녔다. 뻠박 박 선생님은 미국 양복을 얻어 입고, 미국 담배를 얻어 피우고, 미국 통조림이랑 과자를 얻어먹고 했다.

해방 뒤에 새로 온 김 교장 선생님이 갈려 가고 강 선생님이 교장이 되었다. 강 선생님이 교장이 된 다음부터는, 뻠박 박 선생님은 강 선생님과 도로 사이가 나빠졌다.

우리는 한 번 뻠박 박 선생님이 미국 담배를 피우고 있는 것을, 교장 선생님이

"자넨 그걸 무어라구, 주접스럽게 얻어 피우곤 하나?"

하고 핀잔하는 것을 보았다.

강 선생님은 교장이 된 지 일 년이 못 되어서 파면을 당했다.

🕮 **소설 한 장면**　**위기**　해방 다음 날 박 선생님의 태도가 달라짐

어른들 말이, 강 선생님은 빨갱이라고 했다. 그래서 파면을 당했노라고 했다. 또 누구는, 뺌박 박 선생님이 강 선생님을 그렇게 꼬아 댄 것이지, 강 선생님은 하나도 빨갱이가 아니라고도 했다.

강 선생님이 파면을 당한 뒤를 물려받아 뺌박 박 선생님이 교장 선생님이 되었다. 교장이 된 뺌박 박 선생님은 그 작은 키가 으쓱했다.

뺌박 박 선생님은 미국을 침이 마르도록 칭찬했다. 이 세상에 미국같이 훌륭한 나라가 없고, 미국 사람같이 훌륭한 백성이 없다고 했다. 우리 조선은 미국 덕분에 해방이 되었으니까 미국을 누구보다도 고맙게 여기고, 미국이 시키는 대로 순종해야 하느니라고 했다.

우리가 혹시 말 끝에 "미국 놈……."이라고 하면, 뺌박 박 선생님은 단박 붙잡다 벌을 세우곤 했다. 전에 "덴노헤이까 바가."라고 한 것만큼이나 엄한 벌을 주었다.

"이놈아 아무리 미련한 소견이기로, 자아 보아라. 우리 조선을 독립시켜 주느라구 자기 나라 백성을 많이 죽여 가면서 전쟁을 했지. 그래서 그 덕에 우리 조선이 왜놈의 압제에서 벗어나서 독립이 되질 아니했어? 그뿐인감? 독립을 시켜 주구 나서두 우리 조선 사람들 배 아니 고프구 편안히 잘 살라고 양식이야, 옷감이야, 기계야, 자동차야, 석유야, 설탕이야, 구두야, 무어 죄다 골고루

강 선생님이 빨갱이라 쫓겨나는 거래.

아니래. 박 선생님이 모함한 거래.

교장 박○○

🔵 소설 한 장면 　절정 　박 선생님은 미국 말을 열심히 공부함

가져다 주지 않어? 그런데 그런 고마운 사람들더러, 미국 놈이 무어야?"

벌을 세우면서 뺌박 박 선생님은 이렇게 꾸짖곤 했다.

우리는 뺌박 박 선생님더러 미국에도 덴노헤이까가 있느냐고 물었다. 미국에 덴노헤이까가 있지 않고서야 그렇게 일본의 덴노헤이까처럼 우리 조선 사람을 친아들과 같이 사랑하고, 우리 조선 사람들이 잘 살도록 근심을 하며, 온갖 물건을 가져다 주고 할 이치가 없기 때문이었다—해방 전에 뺌박 박 선생님은, 덴노헤이까는 우리 조선 사람들을 일본 사람들과 같이 사랑하고, 우리 조선 사람들이 잘 살기를 근심하신다고 늘 가르쳐 주곤 했다—.

뺌박 박 선생님은 미국에는 덴노헤이까는 없고, 덴노헤이까보다 훌륭한 '돌멩이'라는 양반이 있다고 대답했다.[1]

우리는 그럼 이번에는 그 '돌멩이'라는 훌륭한 어른을 위하여 미국 신민 노세이시 _{미국 신민 서사}를 부르고, 기미가요 _{일본의 국가} 대신 돌멩이 가요를 부르고 해야 하나 보다고 생각했다.

아무튼 뺌박 박 선생님은 참 이상한 선생님이었다.

🕐 **소설 한 장면** 〔결말〕 우리는 박 선생님을 이상하게 생각함

---

1) 소설이 창작되었을 당시에 미국 대통령은 트루먼이었다. '트루먼이'가 '돌멩이'가 된 것이다. 언어유희를 사용해 해학성을 높이고 있다.

📽 생각해 볼까요?

📖 **선생님** 이 작품의 배경은 광복 직후에서 6·25 전쟁 직전까지예요. 광복 직후 우리 문학계는 '민족 문학의 건설'이라는 공동 목표를 설정하고서도 좌우익의 이데올로기 대립 상태를 지속했어요. 이 시기 한국 문학의 경향을 잘 보여 주는 작품을 말해 볼까요?

💬 1 ♥ 1

↳ **학생 1** 일제 강점기를 반성하고 광복의 참된 의미를 모색하고자 한 작품으로 채만식의 「논 이야기」, 『민족의 죄인』, 김동인의 「반역자」, 이태준의 「해방 전후」 등이 있어요. 그 외에도 남과 북에 진주한 미국과 소련의 군정 문제와 분단 문제를 다룬 염상섭의 「삼팔선」, 「이합」 등이 있어요.

📖 **선생님** 채만식의 다른 소설 『민족의 죄인』은 자전적 성격을 띠어요. 광복 직후 친일 행위자들에 대한 청산 문제가 대두되었을 때 발표되었지요. 이 작품에서 화자는 자신의 친일 행위를 반성하는 동시에 그것이 생계를 위한 불가피한 일이었음을 변명하고 있어요. 그러나 자기합리화에서 그치는 것이 아니라, 도덕성을 버리고 생존의 문제를 택한 것에 죄의식을 느끼고 있음을 고백해요. 「이상한 선생님」에서 강 선생님은 광복을 맞아 "그동안 지은 죄를 우리 조선 동포 앞에 속죄해야 할 때."라고 말해요. 이 '죄'의 의미가 무엇인지 『민족의 죄인』과 연관 지어 설명해 볼까요?

💬 2 ♥ 2

↳ **학생 1** 「이상한 선생님」에서 강 선생님은 올바른 역사의식과 민족의식을 지니고 있으면서도 이를 적극적으로 실현하지 못해요. 학생들이 조선말을 쓰는 것을 꾸짖지는 않으나, 자신도 일본인 교장과 다른 선생님들의 눈을 피해 조선말을 사용한다는 점에서 한계를 드러내요.

↳ **학생 2** 『민족의 죄인』의 '나'와 마찬가지로 도덕성과 생존 중 생존을 택했다는 점에서 민족 앞에 죄를 지었으며, 이에 대한 반성이 필요함을 주장하고 있어요.

미군정 시기 ▼ 🔍

연관 검색어 광복 후 미국

광복 후 미군은 대한민국에 군정을 실시하겠다고 선포하였다. 다음 날 오후 4시, 조선 총독부 광장에 있던 일장기가 내려지고 성조기가 게양되었다. 1945년 9월 9일부터 시작된 이 미군정은 대한민국 정부가 수립된 1948년 8월 15일까지 지속되었다.

염상섭
(1897~1963)

✉ **작가에 대하여**

호는 횡보(橫步). 서울 출생. 보성전문학교에 재학하던 중 1912년 일본으로 건너가 교토부립중학을 졸업했다. 게이오대학 사학과에 입학했으나 3·1 운동에 가담한 혐의로 투옥되었다가 귀국하고 〈동아일보〉 기자가 되었다. 김동인과 벌인 논쟁을 계기로 1920년 〈창조〉에 대응하는 동인지 〈폐허〉를 김억, 남궁벽, 오상순, 황석우 등과 함께 창간했다. 1921년 〈개벽〉에 단편 「표본실의 청개구리」를 발표하면서 등단했다.

초기 작품인 「표본실의 청개구리」, 「제야」, 「묘지」, 「죽음과 그림자」 등은 시대의 암흑상을 보여 준다. 특히 「묘지」를 개제해 출간한 『만세전』에는 일제 치하의 보수주의적 속물이 등장하고 공동묘지 같은 암흑상이 묘사되어 있다. 단편 「잊을 수 없는 사람들」, 「금반지」, 「고독」, 「조그만 일」, 「밤」 등은 후기 작품으로 꼽힌다.

염상섭은 우리나라에 자연주의와 사실주의 문학이 자리를 잡는 데 큰 역할을 했다. 특히 그의 첫 작품인 「표본실의 청개구리」는 한국 최초의 자연주의적인 소설로 평가된다. 그 후에는 전형적인 사실주의 계열의 작품을 썼다. 치밀한 묘사와 관찰 기법은 일제 치하의 조부·아버지·손자의 삼대를 다룬 장편 『삼대』에 잘 드러난다.

두 파산

#광복직후　　#물질만능주의　　#사실주의　　#만연체

⚓ 작품 길잡이

갈래: 세태 소설
배경: 시간 - 해방 직후 1940년대 후반 / 공간 - 서울 황토현의 학교 부근
시점: 3인칭 전지적 작가 시점
주제: 해방 후의 혼란으로 인한 물질적 파산과 정신적 파산
출전: 〈신천지〉(1946)

📷 인물 관계도

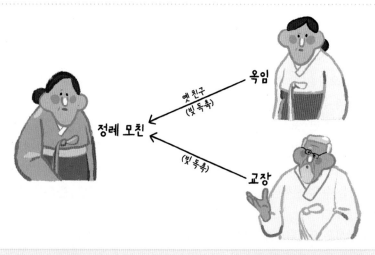

옥임

옛 친구
(빚 독촉)

정례 모친

(빚 독촉)

교장

정례 모친	생계를 위해 가게를 차리지만 김옥임과 교장에게 가게를 빼앗기고 물질적으로 파산한다.
옥임	해방 후 고리대금업자가 되어 돈에 모든 가치를 두다가 정신적으로 파산한다.
교장	옥임과 공모하여 정례 모친의 가게를 빼앗아 실속을 차린다.

🗓 구성과 줄거리

발단   정례 모친이 은행 빚을 얻어 가게를 차림

정례 모친과 옥임은 소학교 때부터 같이 자라 동경여대를 함께 다닌 친구다. 동경에서 신여성 운동과 연애를 한 옥임은 친일파 도지사 출신 영감의 후실로 살아가고 있다. 정례 모친은 어떤 정당의 조직 부장인 신수 좋은 남자와 결혼했다. 정례 모친은 남편을 졸라 집문서를 담보로 은행에서 30만 원을 빌려 가게를 열기로 한다.

전개   장사가 어려워지자 옥임에게 빚을 얻어 가게를 운영함

정례 모친은 돈이 부족해 월 2만 원의 배당을 하는 조건으로 옥임에게 10만 원을 투자받는다. 장사가 잘되지 않아 매월 1할 5푼의 이자로 10만 원을 빌린 것으로 전환하게 된다. 정례 모친은 가게 확장을 위해 교장에게 추가로 5만 원을 더 빌린다.

위기   정례 부친의 자동차 사업 실패로 이자도 못 갚게 됨

정례 모친은 정례 부친이 새로 시작한 자동차 사업이 실패해 옥임에게 진 빚의 이자도 제대로 갚지 못하게 된다. 옥임에게 지불해야 할 이자가 여덟 달이나 밀려 12만 원이나 붙는다. 옥임은 원금에 이자를 합한 22만 원을 교장에게 주라고 한다. 자신이 교장에게 빌린 돈을 대환하라는 것이다. 고리대금업을 하는 옥임이 교장에게 돈을 빌렸을 리는 만무하다. 이제는 교장이 빚 독촉을 하게 된다.

절정   정례 모친이 옥임에게 진 빚 때문에 망신을 당함

옥임은 길에서 만난 정례 모친에게 젊은 서방을 믿고 돈을 갚지 않는다며 폭언한다. 망신을 당한 정례 모친은 골목으로 줄달음친다. 몰락한 영감의 후실인 옥임이 젊은 남편과 자식을 둔 정례 모친에게 분풀이를 한 것이다. 교장은 이튿날 정례 모친을 찾아와 빚 독촉을 한다.

결말   정례 모친이 교장에게 가게를 넘김

정례 모친은 교장에게 22만 원을 갚는다. 그 후 두 달 걸려서 교장에게 빌린 5만 원을 갚는다. 교장은 옥임에게 넘어간 가게를 5만 원을 얹어 주고 인수한다. 한편 정례 부친은 옥임의 성격 파탄을 한탄하는 정례 모친에게 돈을 찾아 주겠다며 위로한다.

두 파산

1

"어머니, 교장이 또 오는군요."

학교가 파한 뒤라 갑자기 조용해진 상점 앞길을, 열어 놓은 유리창 밖으로 내다보고 등상藤床 등나무 줄기로 만든 걸상에 앉았던 정례가 눈살을 찌푸리며 돌아다본다. 그렇지 않아도 돈 걱정에 팔려서 테이블 앞에 멀거니 앉았던 정례모친도 저절로 양미간이 짜붓하여졌다. 점방 안에서 학교를 파해 가는 길에 공짜 만화를 보느라고 아이들이 저편 구석 진열대에 옹기종기 몰려섰다가, 교장이라는 말에 귀 번쩍하였는지 조그만 얼굴들을 쳐든다. 그러나 모시 두루마기 자락을 펄럭이며 우둥퉁한 중늙은이가 단장을 짚고 쑥 들어오는 것을 보고, 학생들이 저희끼리 눈짓을 하고 킥킥 웃어 버린다. 저희 학교 교장이 나온다는 줄 알았던 모양이다.

"어째 이렇게 쓸쓸하우?"

영감은 언제나 오면 하는 버릇으로 상점 안을 휘휘 둘러보며 말을 건다.

"어서 오십쇼. 아침 한때와 점심 한나절이 한창 붐비죠. 지금쯤이야 다 파해 가지 않았어요."

안주인은 일어나지도 않고 앉은 채 무관히 대꾸를 하였다. 교장은 정례가 앉았던 등상을 내어 주니까 대신 걸터앉으며,

"딴은 그렇겠군요. 그래도 팔리는 거는 여전하겠죠?"

하고, 눈이 저절로 테이블 위의 손금고로 갔다. 이 역시 올 때마다 늘 캐어묻는 말이지마는, 또 무슨 딴 까닭이 있어 붙이는 수작 같아서 정례 어머니는,

"그야 다소 들쭉날쭉야 있죠마는, 원 요새 같아서는……."

하고, 시들하게 대답을 하여 준다.

"어쨌든 좌처坐處 여장을 풀거나 가게를 벌일 자리가 좋으니까…… 하루에 두어 번쯤 바쁘고 편히 앉아서 네다섯 식구가 뜯어먹구 살면야 아낙네 소일루 그만 장사가 어디 있을까마는, 그래 그리구두 빚에 쫄리다니 알 수 없는 일이로군……."

왜 그런지 이 영감이 싫고, 멸시하는 정례는 '누가 해 달라는 걱정인감!' 하는 생각에 입이 삐죽하여졌다.

"날마다 쓸쓸히 나가기야 하지만, 원체 물건이 자니까적으니까 남는 게 변변

해야죠?"

여주인은 또 마지못해 늘 하는 수작을 뇌었다. 그러나 오늘은 이 영감이 더 유난히 물건 쌓인 것이며, 진열장에 늘어 놓은 것을 눈여겨보는 것이었다. 정례 모녀는 그 뜻을 짐작하겠느니만큼 더욱 불쾌하였다.

여기는 여자중학교와 국민학교가 길 건너로 마주 붙은 네거리에서 조금 외진 골목 안이기는 하나, 두 학교를 상대로 하고 벌인 학용품 상점으로는 그야말로 좌처가 좋은 셈이다. 원래는 선술집이었다던가 하는 방 한 칸 달린 이 점방을 작년 봄에 팔천 원 월세로 얻어 가지고, 이것을 벌이고 앉을 제 국민학교 앞에는 벌써 매점이 있어서 어떨까도 하였으나, 여학교만은 시작하기 전부터 아는 선생을 세워 놓고, 선전도 하고 특약하다시피 하였던 관계인지 이때껏 재미를 보는 편이지, 이 장삿속으로만은 꿀리는 셈속은 아니다.

"이번에 두 달 셈을 한꺼번에 드리겠더니 또 역시 꿀립니다그려. 우선 밀린 거 한 달치만 받아 가시죠."

정례 어머니는 테이블 위에 놓인 손금고를 땡그렁 열고서 백 원짜리를 척척 센다.

"이번에는 본전까지 될 줄 알았는데 이자나마 또 밀리니…… 장사는 깔쭉없이 잘되는데 그 원, 어째 그렇단 말씀유?"

하며, 영감은 혀를 찬다. 저편에서 만화를 보며 소근거리던 아이들은 교장이라던 이 늙은이가 본전이니 변리邊利 꿔 준 돈에서 느는 이자니 하는 소리에 눈들이 휘둥그레 건너다본다.

"칠천오백 원입니다. 세 보십쇼. 그러니, 댁 한 군데야 말이죠. 제일 무거운 짐이 아시다시피 김옥임네 십만 원의 일 할 오 부, 일만 오천 원이죠. 은행 조건 삼십만 원의 이자가 또 있죠. 기껏 벌어서 남 좋은 일 하는 거예요. 당신에게 이자 벌어 드리고 앉아 있는 셈이죠."

영감은 옆에서 주인댁이 하는 말은 귀담아듣지도 않고 골똘히 돈을 세더니, 커다란 검정 헝겊 주머니를 허리춤에서 꺼내 놓는다. 옆에 서 있는 정례는 그 돈이 아깝고 영감의 푸둥푸둥한 손까지 밉기도 하여 가만히 내려다보고 있으려니까,

"그래, 이달치는 또 언제쯤 들르리까? 급히 내가 쓸 데가 있으니까 아무래도 본전까지 해 주어야 하겠는데……."

하고, 아까와는 딴판으로 퉁명스럽게 볼멘소리를 하였다. 만화를 들여다

보던 아이들은 또 한 번 이편을 건너다본다.

보얗고 점잖게 생긴 신수가 딴은 교장 선생 같고, 거기다가 양복이나 입고 운동장의 교단에 올라서면 저희들도 움찔하려니 싶은 생각이 드는데, 이잣돈을 받아 들고 나서도 또 조르고 투덜대는 소리를 들으니, 설마 저런 교장이 있으랴 싶어 저희들끼리 또 눈짓을 하였다.

"되는 대로 갖다 드리죠. 하지만, 본전은 조금만 더 참아 주십쇼. 선생님 같은 어른이 돈 오만 원쯤에 무얼 그렇게 시급히 구십니까?"

정례 어머니는 본전을 해내라는 데에 얼레발'엉너리'의 방언. 남의 환심을 사려고 어벌쩡하게 서두르는짓을 치며 설설 기는 수작을 한다.

"아니, 이자 안 물구 어서 갚는 게 수가 아니겠나요?"

"선생님두 속 시원하신 말씀두 하십니다."

정례 어머니는 기가 막혀 웃어 보인다.

"참, 그런데 김옥임 여사가 무어라지 않습니까?"

그만 일어설 줄 알았던 교장은 담배를 붙여 새판으로 말을 꺼낸다.

"왜 무어라구 해요?"

정례 모녀는 무슨 말이 나오려는지 벌써 알아차리고 입이 삐죽하여졌다.

그래, 이달치는 또 언제쯤 들르리까? 급히 내가 쓸 데가 있으니까 아무래도 본전까지 해 주어야 하겠는데……

되는 대로 갖다 드리죠. 하지만, 본전은 조금만 더 참아 주십쇼.

○ 소설 한 장면   발단 정례 모친이 은행 빚을 얻어 가게를 차림

"글쎄, 그 이십만 원 조건을 대지루구 날더러 예서 받아가려니, 그래 어떻게들 이야기가 귀정歸正 일이 바른 길로 돌아옴이 났나요?"

영감의 말이 떨어지기가 무섭게 정례는 잔뜩 벼르고 있었던 듯이 모친의 앞장을 서서 가로 탄한다.

"교장 선생님! 그따위 경위 없는 말이 어디 있어요? 그건 요나마 우리 가게를 판들어 먹게 하구 말겠단 말이지 뭐예요?"

"응? 교장이라니? 교장은 별안간 무슨 교장? ……허허허."

영감은 허청 나오는 웃음을 터뜨리며 저편 아이들을 잠깐 거들떠보고 나서,

"글쎄, 그러니 빤히 사정을 아는 터에 이럴 수도 없고 저럴 수도 없고……."

하며, 말끝을 어물어물해 버린다. 이 영감이 해방 전까지는 어느 시골에선지 오랫동안 보통학교 교장 노릇을 하였다는 말을 옥임에게서 들었기에 이 집에서는 이름은 자세히 모르고 하여 교장, 교장 하고 불러 왔던 것이 입버릇으로 급히 튀어나온 말이나, 고리대금업의 패를 차고 나선 지금에 그것을 내세우기도 싫고, 더구나 저런 소학교 아이들 앞에서는 창피한 생각도 드는 눈치였다.

"교장 선생님이 이럴 수두 없고 저럴 수두 없으실 게 뭐예요? 그 아주머니한테 받으실 건 그 아주머니한테 받으십쇼그려."

정례는 또 모친이 입을 벌릴 새도 없이 퐁퐁 쏘아 준다.

"너 왜 이러니?"

모친은 딸을 나무래 놓고,

"그렇게는 못하겠다구 벌써 끝낸 말인데, 또 왜 그럴꾸?"

하며, 말을 잘라 버린다.

"아, 그런데 김씨 편에서는 댁에서 승낙한 듯이 말하던데요?"

영감의 말눈치는 김옥임이 편을 들어서 이십만 원 조건인가를 여기서 받아 내려는 생각인 모양이다.

"딴소리, 내가 아무리 어수룩하기루 제 사패만 봐주고 제 춤에만 놀까요!"

정례 어머니는 코웃음을 쳤다.

김옥임이의 이십만 원 조건이라는 것이 요사이 이 두 모녀의 자나 깨나의 큰 걱정거리요, 그것을 생각하면 밥맛이 다 떨어질 지경이지만, 자초自初 어떤 일이 비롯된 처음는 정례 모녀가 이 상점을 벌이고 나자 장사가 잘될 성싶으니까, 김옥임이가 저도 한몫 끼우고자 자청을 하여 십만 원을 들여놓고 들어왔던

것이다. 그러고는, 그 가지고 들어온 동사同事 동업 밑천 십만 원의 두 곱을 빼가고도, 또 새끼를 쳐서 오늘에 와서는 이십이만 원까지 달라는 것이다.

2

정례 모친은 남편을 졸라서 집문서를 은행에 넣고 천신만고하여 삼십만 원을 얻어 가지고 비벼 쓰고, 당장 급한 것 가리고 한 나머지 이십이삼만 원을 들고 이 가게를 벌였던 것이다. 팔천 원 월세에 보증금 팔만 원은 그만두고라도 점방 꾸미고, 탁자 들이고, 진열대 세 채 들여놓고 하기에만도 육칠만 원 들었으니, 갖다 놓은 물건이라야 십만 원어치도 못 되는 것이었다. 그러나 학생 아이들이 차츰 꼬이게 될수록 찾는 것은 많아 가고, 점심때에 찾는 빵이며 과자라도 벌여 놓고 싶고, 수실이니 수틀이니 여학교의 수예 재료들도 갖추갖추 가져다 놓고는 싶은데, 매일 시나브로 팔리는 것을 가지고는 미처 무더깃돈을 둘러 빼내는 수도 없는데, 짤금짤금 들어오는 그 돈 중에서 조금씩 뜯어서 당장 그날그날 살아가야는 하겠으니, 자연 쫄리는 판에 김옥임이가 한 다리 걸치자고 덤비니, 동사란 애초에 재미없는 일이거니와, 요 조그만 구멍가게를 동사로 해서 뜯어먹을 것이 무에 있겠느냐는 생각도 없지는 않았으나, 당장에 아쉬우니 오만 원씩 두 번에 질러서 십만 원 밑천을 받아들였던 것이다. 그러나 말이 동사지 이 할 넘어의 고리高利로 십만 원 돈을 쓴 거나 다름이 없었다. 빚놀이에 눈이 벌게 다니는 제 벌이가 바빠서도 그렇겠지만 하루 한 번이고, 이틀에 한 번, 저녁때 슬쩍 들러서 물건 판 치부책이나 떠들어 보고 가는 것밖에는 별로 거드는 일이 없었다. 실상은 그것이 쌩이질'씨양이질'의 준말. 한창 바쁠 때에 쓸데없는 일로 남을 귀찮게 하는 짓이나 하고 부라퀴자기에게 이로운 일이면 기를 쓰고 영악하게 덤비는 사람같이 덤비는 것보다는 정례 모녀에게는 편하기도 하였던 것이다. 하여튼, 그러면서도 월말이 되면 이익의 삼분지 일가량은 되는 이만 원 돈을 꼬박꼬박 따 가곤 하였다. 담보물이 있으면 일 할, 신용 대부로 일 할 오 푼 변邊 변리인데, 동사란 말만 걸고 이 할—이 할이 안 될 때도 있었지만은— 셈속 좋을 때면 이 할 이상의 배당도 차례에 오니, 옥임이 생각에는 사실에 있어서는 이익이 좀 되려니 하는 의심도 없지 않았으나 그래도 별로 힘든 일을 하는 것도 아니요, 가만히 앉아서 이 할이면 허구한 날 뻘뻘거리고 싸지르면서 긁어 들이는 변릿돈변리를 주기로 하고 빌리는 돈. 또는 변리를 받기로 하고 빌려 주는 돈보다는 나은 셈이라고 생각하였던 것이다. 하여간, 올 들어서 밑천을 빼 가겠다고 하기까지 아홉 달 동안에 이십만 원 가까운 돈을 벌어 갔던 것이다.

그러나 정례 부친이 매일 요 구멍가게에서 용돈을 얻어다 쓰는 것만도 못할 일이라고 작년 겨울에 들어서 마지막 남은 땅뙈기를, 그야 예전과는 달라서 삼칠제三七制 수확한 곡식의 3할은 지주가 갖고 나머지 7할을 소작인이 갖던 제도 인데다가 세금이니 비료니 하고 부담에 얽매이니까 그렇겠지마는, 하여간 아버지 전장田莊 개인이 소유하는 논밭 으로 물려받은 것의 마지막으로 남은 것을 팔아 가지고, 전래에 없는 눈이라고 하여 서울 시내에서 전차가 사흘을 못 통할 동안에 택시를 부리면 땅 짚고 기기라 하여, 하이어를 한 대 사들여 놓고 택시를 부려 보았던 것이지만, 이것이 사흘돌이로 말썽을 부려 고장이요, 수선이요 하고 나중에는 이 상점의 돈까지 하루만 돌려라, 이틀만 참아라 하고 만 원, 이만 원 빼내 가고는 시치미를 딱 떼기 시작하니, 점방의 타격은 의외로 큰 것이었다. 이 꼴을 본 옥임이는 에그머니나 하는 생각이 들었던지, 올 들어서며부터 제 밑천을 빼내어 가겠다는 것이었다. 사실 잘못하다가는 자동차가 이 저자 시장에서 물건을 파는 가게 터까지 들어먹을 판인데, 별안간 옥임이가 빠져나간다니 한편으로는 시원하나 십만 원을 모아 빼내 주는 도리가 없었다.

"이렇게 거덜거덜할 바에야 집어치우지."

겨울 방학 때라, 더구나 팔리는 것은 없고 쓸쓸하기도 하였지만, 옥임이는 날마다 십만 원 재촉을 하러 와서는 이런 소리도 하는 것이었다. 남은 집 문서를 잡혀서 이거나마 시작해 놓고, 다섯 식구의 입을 매달고 있는 터인데 제 발만 쑥 빼놓았다고 이런 야멸찬 소리를 할 제, 정례 모녀는 얼굴을 빤히 쳐다보곤 하였다.

"세전 보증금이나 빼내구 뉘게 넘겨 버리지. 설비한 것하구 물건 남은 것 얼러서 한 십만 원을 받을까? 그렇다면 내 누구 하나 지시해 줄까?"

이렇게 권하기도 하는 것이었다. 뉘게 넘기게 해서라도 자기의 십만 원어서 뽑아 가려는 말이겠지마는, 어떻게 들으면 십만 원에 이 점방을 자기가 맡아 잡겠다는 말눈치인 듯싶었다.

"내가 바쁘지만 않으면 도틀어 여러 말 할 것 없이 죄다 몰아서 맡아 가지고 훨씬 확장을 해 놓으면 이 꼴은 안 되겠지만, 어디 내가 틈이 있는 몸이어야지."

이렇게 운자를 떼는 것을 들으면 한 발 들여놓고 한 발 내놓는 수작 같기도 하였다. 자동차 동티 건드려서는 안 될 것을 공연히 건드려서 스스로 걱정이나 해를 입음 로 밑천을 홀딱 집어 먹힐까 보아서 발을 빼다는 수작이다.

한편으로는 이렇게 한참을 꿀리고, 학교들은 방학을 하여 흥정이 없는 이판에, 번연히^{분명히} 나올 구멍이 없는 십만 원을 해 달라고 못살게 굴면, 성이 가시니 상점을 맡아 가라는 말이 나오고 말리라는 배짱같이 보이는 것이었다. 모녀는 그것이 더 분하였다.

"저의 자수^{自手 자기 혼자의 노력이나 힘}로는 엄두두 안 나구 남이 해 놓으니까 된듯 싶어서, 솔개미가 까치집 채어 들 듯이 이거나마 뺏어 가지구 저의 판을 만들어 보겠다는 것이지만, 첫째 이런 좋은 좌처를 왜 내놓을라구!"

누구보다도 정례가 바르르 떨었다.

"매사가 그렇지, 될성부르니까 뺏어 차구 앉았지. 거덜거덜하면 누가 눈이나 떠본다든!"

정례 모친은 코웃음을 치기만 하였다.

하여간, 이렇게 쫄리기를 반달쯤이나 하다가 급기야 팔만 원 보증금의 영수증을 옥임이에게 담보로 내주고, 출자금 십만 원은 일 할 오 푼 변의 빚으로 돌라매고 말았다. 옥임이로서는 매삭 이 할 배당의 맛도 잊을 수 없었으나, 이왕 상점을 제 손으로 못 휘두를 바에는 이편이 든든은 하였던 것이다.

그리고는 정례 모친은, 옥임이가 가끔 함께 들러서 알게 된 교장 선생님

집문서를 담보로 은행에 30만 원,
옥임에게 10만 원, 교장에게 5만 원……
심지어 옥임에겐 1할 5푼 이자도 매달
줘야 하니 이걸 어쩌면 좋아.

🎬 **소설 한 장면** 전개 장사가 어려워지자 옥임에게 빚을 얻어 가게를 운영함

의 돈 오만 원을 얻어 가지고, 개학 초부터 찌부러져 가던 상점의 만회책挽回策 처음 상태로 돌이킬 방책을 다시 세웠던 것이다. 그러나 땅뙈기는 자동차 바람에 날려 보내고, 자동차는 수선비로 녹여 버리고 나니, 상점에서 흘러 나간 칠팔만 원이라는 돈을 고스란히 떼 버렸고, 그 보충으로 짊어진 것이 교장의 빚 오만 원이었다. 점점 더 심해 가는 물가에, 뜯어먹고 살아야는 하겠고, 내남없이 종이 한 장, 연필 한 자루라도 덜 사겠지 더 팔리지는 않으니, 매삭 두 자국 세 자국의 변리만 꺼 가기도 극난이었다. 그러고 보니, 자연 좋지 못한 감정으로 헤어진 옥임이한테 보낼 변리가 한 달, 두 달 밀리기 시작했던 것이다. 팔만 원 증서가 집문서만큼 믿음직하지 못하다고 기어이 일할 오 푼으로 떼를 써서 제멋대로 내놓은 것이 더 얄미워서, 어디 네가 그 이자를 긁어다가 먹나, 내가 안 내고 배기나 해보자 하는 뱃심도 정례 모친에게는 없지 않았다. 옥임이는 역시 제가 좀 과하게 하였다고 뉘우치던지, 또 혹은 팔만 원 증서를 가졌느니만치 마음이 놓여서 그런지, 별로 들르지도 않으려니와, 들러서도 변리 재촉은 그리 하지 않았다. 도리어, 정례 어머니 편에서 변리가 밀려 미안하다는 말을 꺼내고 그 끝에,

"이 여름방학이나 지내고 개학 초에 한몫 보면 모두 내리다마는 원체 일할 오 부야 과한 것이오. 그때 형편에는 한 달 후면 자동차를 팔아서라두 곧 갚겠거니 해서 아무려나 해 둔 것이지만, 벌써 이 월서부터 여덟 달이나 됐으니 무슨 수로 그걸 다 내우. 일 할씩만 해두 팔만 원이구려, 어이구…… 한 번만 깎읍시다."

하고, 슬쩍 비쳐 보면 옥임이도 그럴싸한 듯이,

"아무려나 좋두룩 합시다그려."

하고, 웃어 버리곤 하였다. 그러던 것이 개학이 되자, 이달 들어서 부쩍 재촉하면서 일 할 오 부 여덟 달치 변리 십이만 원, 아울러서 이십이만 원을 이 교장 영감에게 치뤄 달라는 것이다. 급한 사정으로 이 영감에게 이십만 원을 돌려썼는데, 한 달 변리 일 할에 이만 원을 얹으면 꼭 이십이만 원 부리가 맞으니, 셈 치기도 좋고 마침 잘되었다고 싱글싱글 웃어 가며 조르는 옥임이의 늙어 가는 얼굴이 더 모질어 보이고 얄밉상스러워 보였다. 마치 이십이만 원 부리를 채우느라고 그동안 여덟 달을 모른 척하고 내버려 두었던 것 같다. 정례 어머니는 기가 막혀서 말이 나오지를 않았다. 옥임이에게 속아 넘어간 것 같아서 분하였다. 그러나 분한 것은 고사하고 이러다

가는 이 구멍가게나마 들어먹고 집 한 채 남은 것마저 까부라지지[부피가 점점 줄어지지] 않을까 하는 생각을 곰곰 하면 가슴이 더럭 내려앉는 것이었다. 소학교 적부터 한반에서 콧물을 흘리며 같이 자라났고, 동경 가서 여자대학을 다닐 때도 함께 고생하던 옥임이다. 더구나 제가 내놓는 십만 원은 한 푼 깔축[아주 적은 부족분]도 안 내고 이십만 원 가까운 돈을 벌어 주었으니, 아무리 눈에 돈 동록[銅綠 돈에 대한 욕심을 비유적으로 이르는 말]이 슬었기로 제가 설마 내게 일 할 오 푼 변을 다 받으려 들기야 하랴! 한 갑절 엎어서 십육만 원쯤 해 주면 되려니 하는 속셈만 치고 있던 자기가 어리석다고 혼자 어이가 없어 실소를 하고 말았다. 그런, 십오륙만 원이기로 한꺼번에 빼내는 수는 없으니, 이번에 변리 육만 원만 마감을 하고서 본전은 오만 원씩 두 번에 갚자는 요량이었다. 집안 식구는 조밥에 새우젓 꽁댕이로 우겨 대더라도, 어떻든지 이 겨울방학이 돌아오기 전에 그 아니꼬운 옥임이 조건만이라도 끝을 내고야 말겠다고 이를 악무는 판인데 이렇게 둘러대고 보니, 살겠다고 기를 쓰고 기어 올라가는 놈의 발목을 아래에서 붙들고 늘어지는 것 같아서 맥이 풀리고, 사는 것이 귀찮게만 생각되는 것이었다. 평생에 빚이라고는 모르고 지냈는데, 편편히 노는 남편만 바라보고 있을 수가 없어서 시작한 노릇이라 은행에 삼십만 원이 그대로 있고, 옥임이에게 이십이만 원, 교장 영감에게 오만 원, 도합 오십칠만 원 빚을 어느덧 짊어지고 앉은 생각을 하면 밤에 잠이 아니 오고 앞이 캄캄하여 양잿물이라도 먹고 싶은 요사이의 정례 어머니이다.

"하여간 제게 십만 원 썼으면 썼지, 그걸 못 받을까 봐 선생님을 팔구 선생님더러 받아 오라는 것이지만, 내가 아무리 죽게 돼두 제게 떼먹히지는 않을 거니 염려 말라구 하셔요."

정례 어머니는 화를 바락 내었다. 해방 덕에 빚놀이를 시작해 가지고 돈 백만 원이나 착실히 잡았고, 깔려 있는 것만도 백만 원 이상은 되리라는 소문인데 이 영감에게 이십만 원 빚을 쓰다니 말이 되는 소린가. 못 받을까 애도 쓰이겠지마는 십이만 원 변리를 본전으로 돌라매어 넣고 변리에 새끼 변리, 손주 변리까지 우려먹자는 수단인 것이 뻔한 노릇이었다. 십만 원에 일 할 오 푼이면 일만 오천 원밖에 안 나나, 이십만 원으로 돌라매어 놓으면 일 할 변만 해도 매삭 이만 이천 원이니, 칠천 원이 더 붙는 것이다.

"그야 내 돈 안 쓴 것을 썼다고 하겠소? 깔려만 있고 회수가 안 되면 피차 돌려도 쓰는 것이지만, 나 역시 한 자국에 이십만 원씩 모개[이것저것 죄다 한데 묶은]

^{수효} 내놓고 오래 둘 수는 없으니까, 이렇게 하면 어떻겠소……?"

영감은 무척 생색을 내고 이편 사정은 보아서, 석 달 기한하고 자기 조카의 돈 이십만 원을 돌려주게 할 터이니, 다시 말하면 조카에게 이십만 원을 일 할로 얻어 줄 터이니, 우수리 이만 원만 현금으로 내놓고 표를 한 장 써 내라는 것이다. 옥임이는 이 영감에게 미루고, 영감은 또 조카의 돈을 돌려 쓴다고 표를 받겠다는 꼴이, 저희들끼리 무슨 꿍꿍이 속인지 알 수가 없으나, 요컨대 석 달 기한의 표를 받아 놓자는 것이요, 그 사품^{어떤 일이나 동작이 진행되는} ^{마침 그때}에 칠천 원 변리를 더 받겠다는 수작이다. 특별히 일 할 변리 대신에 석 달 기한이라는 조건을 붙이는 것도 무슨 계교 속인지 알 수가 없다. 석 달 동안에 이십만 원을 만드는 재주도 없지마는, 석 달 후면 마침 겨울 방학이 될 때니, 차차 꿀려 들어가는 제일 어려운 고비일 것이다. 정례 어머니는 '이 연놈들이 무슨 원수를 졌다고 이렇게 짜고서들 못살게 구는 것인구?' 하는 생각에 한바탕 들이대고 싶은 것을 꾹 참으며,

"선생님께 쓴 돈 아니니, 교장 선생님은 아랑곳 마세요. 옥임이더러 와서 조르든 이 상점을 떼메어 가든 마음대로 하라죠."

하고, 딱 잘라 말을 하여 쫓아 보냈다.

김옥임 여사가 20만 원을 예서 받아가려고 하던데, 그래 어떻게들 결정이 났나요?

선생님께 쓴 돈 아니니, 교장 선생님은 아랑곳 마세요.

남편의 자동차 사업도 실패해서 힘든데, 옥임이는 어떻게 12만 원 이자를 모두 받을 생각을 한담.

🎬 소설 한 장면 　위기　 정례 부친의 자동차 사업 실패로 이자도 못 갚게 됨

3

그 후 근 일주일은 옥임이의 그림자도 보이지 않았다. 정례 모녀는 맞닥
뜨리면 말수도 부족하거니와, 아귀다툼하는 것이 싫어서 그날그날 소리 없
이 넘어가는 것이 다행하나, 어느 때 달려들어서 또 무슨 조건을 내놓고 졸
라 댈지 불안은 한층 더하였다.

"응, 마침 잘 만났군. 그런데 그만하면 얘기는 끝났을 텐데, 웬 세도가 그
리 좋아서 누구를 오너라 가거라 허구 아니꼽게 야단야……."

정례 모친이 황토현^{서울 광화문 네거리} 정류장에서 차를 기다리며 열 틈에 끼어 섰
으려니까, 이곳으로 향하여 오던 옥임이가 옆에 와서 딱 서며 시비를 건다.

"바쁘기야 하겠지만, 좀 못 들를 건 뭐구."

정례 모친은 옥임이의 기색이 좋지는 않아 보이나, 실없는 말이거니 하
고 대꾸를 하며 열에서 빠져 나서려니까.

"그래, 그 돈은 갚는다는 거야, 안 갚을 작정이야? 넌 세도 좋은 젊은 서
방을 믿고, 고 텃세루 남의 돈을 무쪽같이 떼먹으려 드나부다마는, 김옥임
이두 그렇게 호락호락하지는 않아……."

원체 예쁘장한 상판이지만, 눈을 곤두세우고 대는 폼이 어려서부터 삼십
년 동안이나 보던 옥임이는 아니다. 전부터 '네 영감은 어째서 점점 더 젊어
가니? 거기다 대면 넌 어머니 같구나.' 하고, 새롱새롱 놀리기도 하며, 육십
이 넘은 아버지 같은 영감 밑에 쓸쓸히 사는 옥임이는 은근히 부러워도 하
는 눈치였지마는, 밑도 끝도 없이 길바닥에서 젊은 서방을 들추어내는 것
을 보고 정례 어머니는 어이가 없었다.

"늙은 영감에 넌더리가 나거든 젊은 서방 하나 또 얻으려무나."

하고, 정례 모친도 비꼬아 주고 싶었으나, 열을 지어 서 있는 사람들이 쳐
다보며 픽픽 웃는 통에,

"이거 미쳐 나려나, 이건 무슨 객설이야?"

하며, 달래며 나무라며 끌고 가려 하였다.

"그래, 내 돈을 곱게 먹겠는가 생각을 해 보렴. 매달린 식솔은 많구, 병들
어 누운 늙은 영감의 약값이라두 뜯어 쓰랴구 이렇게 쩔쩔거리고 다니는,
이년의 돈을 먹겠다는 너 같은 의리가 없는 년은 욕을 좀 단단히 봐야 정신
이 날 거다마는, 제 사정 보아서 싼 변리에 좋은 자국을 지시해 바친 밖에!
그것두 마다니 남의 돈 생으로 먹자는 도둑년 같은 배짱 아니구 뭐야?"

오고 가는 사람이 우중우중 서며 구경났다고 바라보는데, 원체 히스테리증이 있는 줄은 짐작하지만, 창피한 줄도 모르고 기가 나서 대든다. 히스테리는 고사하고, 이것도 빚쟁이의 돈 받는 상투 수단인가 싶었다.

"누가 안 갚는 대냐? 돈두 중하지만 이게 무슨 꼬락서니냐 말야."

정례 어머니는 그래도 달래서 뒷골목으로 끌고 들어가려 하였다.

"난 돈밖에 몰라. 내일 모레면 거리로 나앉게 된 년이 체면은 뭐구, 우정은 다 뭐냐? 어쨌든 내 돈만 내놓으면 이러니저러니, 너 같은 장래 대신 부인께 나 같은 년이야 감히 말이나 붙여 보려 들겠다든!"

하며, 허청 나오는 코웃음을 친다. 구경꾼은 자꾸 모여드는데, 정례 모친은 생전에 처음 당하는 이런 봉욕逢辱 욕된 일을 당함에 눈앞이 아찔해지고 가슴이 꼭 메어 올랐으나, 언제까지나 이러고 섰다가는 예서 더 무슨 창피한 꼴을 볼까 무서워서, 선뜻 몸을 빼어 옆 골목으로 줄달음질 쳐 들어갔다. 뒤에서 발자국 소리가 없으니 옥임이는 제대로 간 모양이다.

정례 모친은 눈물이 핑 돌았다. 스물예닐곱까지 동경 바닥에서 신여성 운동이네, 연애네, 어쩌네 하고 멋대로 놀다가, 지금 영감의 후실로 들어앉아서 세상 고생을 알까, 아이를 한 번 낳아 보았을까, 사십 전의 젊은 한때를 도지사 대감의 실내 마님으로 떠받들려 제멋대로 호강도 하여 본 옥임이다. 지금도 어디가 사십이 훨씬 넘은 중늙은이로 보이랴?

머리를 곱게 지지고 엷은 얼굴 단장에, 번들거리는 미국제 핸드백을 착 끼고 나선 맵시가 어느 댁 유한마담으로 알 것이지, 설마 일 할, 일 할 오 푼으로 아귀다툼을 하고, 어려운 예전 동무를 쫓아다니며 울리는 고리대금업자로야 그 누가 짐작이나 할까? 해방이 되자, 고리대금이 전당국 대신으로 터놓고 하는 큰 생화生貨 장사가 되었지마는, 옥임이는 반민자反民者 일제 강점기에 반민족적인 행위를 한 사람의 아내가 되리라는 것을 도리어 간판으로 내세우고 부라퀴같이 덤빈 것이다. 증경曾經 일찍이 벼슬을 지낸 도지사요, 전쟁 말기에는 무슨 군수품 회사의 취체역取締役 예전에 주식회사의 이사를 이르던 말인가 감사역을 지냈으니, 반민법이 국회에서 통과되는 날이면 중풍으로 삼 년째나 누운 영감이, 어서 돌아가 주기나 하기 전에야 으레 걸리고 말 것이요, 걸리는 날이면 떠메어다가 징역은 시키지 않을지 모르되, 지니고 있는 집칸이며 땅 섬지기나마 몰수당할 것이니, 비록 자식은 없을망정 자기는 자기대로 살길을 찾아야 하겠다고 나선 길이 이 길이었다. 상하 식솔을 혼자 떠맡고 영감의 약값을 제 손으로 벌어야 될 가련한 신세같이 우는 소리를 하지마는, 그래야 남의 욕을 덜 먹는 발뺌이 되는 것이다.

옥임이는 정례 모친이 혼쭐이 나서 달아나는 꼴을 그것 보라는 듯이 곁눈으로 흘겨보고는, 입귀입의 양쪽 구석를 샐룩하며 비웃고 버젓이 사람 틈을 헤치고 종로 편으로 내려갔다. 의기양양할 것도 없지마는, 가슴속이 후련하니, 머릿속이고 가슴속이고 뭉치고 비비꼬이던 것이 확 풀어져 스러지고, 피가 제대로 도는 것같이 기분이 시원하다.

그러나 그렇게 뭉치고 비비꼬인 것이라는 것이 반드시 정례 어머니에게 대한 악감정은 아니었다. 옥임이가 그 오랜 동무에게 이렇다 할 감정이 있을 까닭은 없었다. 다만, 아무리 요새 돈이라도 이십여만 원이라는 대금을 받아 내려면, 한 번 혼을 단단히 내고 제독을 주어야 하겠다고 벼르기는 하였지만, 얼떨결에 나온다는 말이, 젊은 서방을 둔 떠세재물이나 힘 따위를 내세워 억지를 쓰는 짓냐, 무엇이냐고 한 것은 구석 없는 말이었고, 지금 생각하니 우스웠다. 그러나 자기보다도 훨씬 늙어 보이고 살림에 찌든 정례 모친에게는 과분한 남편이라는 생각을 늘 하던 옥임이기는 하였다. 남의 남편을 보고 부럽다거나, 샘이 나거나 하는 그런 몰상식한 옥임이도 아니지만, 자식도 없이 군식구들

그래, 그 돈은 갚는다는 거야, 안 갚을 작정이야?
넌 세도 좋은 젊은 서방을 믿고 남의 돈을 떼먹으려나 본데,
김옥임이두 그렇게 호락호락하지는 않아……

누가 안 갚는대냐?
돈두 중하지만 이게 무슨
꼬락서니냐 말야.

🔖 소설 한 장면　절정　정례 모친이 옥임에게 진 빚 때문에 망신을 당함

만 들썩거리는 집에 들어가서 몸도 제대로 가누지 못하는 늙은 영감의 방을 들여다보면 공연히 짜증이 나고, 정례 어머니가 자식들을 공부시키느라고 어려운 살림에 얽매고 고생하나, 자기보다는 팔자가 좋다는 생각도 나는 것이었다.

　내년이면 공과대학을 나오는 맏아들에, 중학교에 다니는, 어머니보다도 키가 큰 둘째 아들이 있고, 딸은 지금이라도 사위를 보게 다 길러 놓았고, 남편은 번둥번둥 놀며 마누라가 조리차^{아껴서 알뜰히 쓰는 것}를 하는 용돈이나 받아쓰고, 자동차로 땅뙈기는 까불었을망정 신수가 멀쩡한 호남자^{호걸의 풍모나 기품이 있고 남성다우며 풍채가 좋은 사나이}가 무슨 정당이라나 하는 곳의 조직 부장이니 훈련 부장이니 하고 돌아다니니, 때를 만나면 아닌 게 아니라 장래 대신이 되지 말라는 법도 없을 것이다. 팔구 삭 동안 장사를 하느라고 매일 들러보면, 젊은 영감을 등이라도 두드리고 머리를 쓰다듬어 줄 듯이 지성으로 고이는 꼴이란 아닌 게 아니라 옆에서 보기에도 부러운 생각이 들 때가 없지 않았지마는, 결혼들을 처음 했을 예전 시절이나, 도지사 관사에 들어서 드날릴 때야 어디 존재나 있던 위인들인가? 그것이 처지가 뒤바뀌어서 관 속에 한 발을 들여놓은 영감이나마 반민자로 지목이 가다니, 이런 것 저런 것을 생각하면 쭉쭉 뽑아 놓은 자식들과 한참 활동적인 허우대^{겉모양이 보기 좋은 큰 체격} 좋은 남편에 둘러싸여 재미있고 기운차게 사는 양이 역시 부럽고, 저희만 잘된다는 것에 시기도 나는 것이었다. 보기 좋게 이년 저년을 붙이며 한바탕해 대고 나서 속이 후련한 것도 그러한 은연중의 시기였고, 공연한 자기 화풀이였는지 모른다.

　옥임이는 그 길로 교장 영감 집에 들러서,

　"혼을 단단히 내 주었으니까 이제는 딴소리 안 할 거외다. 내일 가서 표라도 받아다 주슈."

　하고 일러 놓았다.

4

　"오늘은 아퀴^{일의 갈피를 잡아 마무르는 끝매듭}를 지어 주시렵니까? 언제 갚으나 갚고 말 것인데, 그걸루 의 상할 거야 있나요?"

　이튿날 교장이 슬쩍 들러서 매우 점잖은 수작을 하는 것이었다.

　"이렇게 말씀드리면 교장 선생님부터가 어떻게 들으실 줄 모르나, 김옥임이가 그렇게 되다니 불쌍해 못 견디겠어요. 예전에 셰익스피어의 원서를 끼구 다니구, '인형의 집'에 신이 나구, 엘렌 케이 ^{스웨덴의 여성 사상가. 자유로운 성도덕을 주장} 의 숭배자요 하던 그런 옥임이가, 동냥자루 같은 돈 전대를 차구 나서면 세상이 모두 돈닢으로 보이는지, 어린애 코 묻은 돈 바라고 이런 구멍가게에 나와 앉아 있는 나두 불쌍한 신세이지마는, 난 옥임이가 가엾어서 어제 울었습니다. 난 살림이나 파산 지경이지 옥임이는 성격 파산인가 보더군요……."

정례 어머니는 분하다 할지, 딱하다 할지, 속에 맺히고 서린 불쾌한 감정을 스스로 풀어 버리려는 듯이 웃으며 하소연을 하는 것이었다.

"그런 말씀을 하시니 나두 듣기에 좀 괴란쩍습니다마는 ^{괴란쩍다. 보고 듣기에 창피해 얼굴이 뜨겁다}, 모두 어려운 세상에 살자니까 그런 거죠, 별수 있나요, 그래도, 제 돈 내놓고 싸든 비싸든 이자라고 명토 ^{일부러 꼭 지적해 말하는 이름이나 설명} 있는 돈을 어엿이 받아먹는 것은 아직도 양심이 있는 생활입니다. 입만 가지고 속여 먹고, 등쳐 먹고, 알로 먹고, 꿩으로 먹는 허울 좋은 불한당 아니고는 밥알이 올곧게 들어가지 못하는 지금 세상 아닙니까, 허허허."

하고, 교장은 자기 변명인지 옥임이 역성 ^{옳고 그름에는 관계없이 무조건 한쪽 편을 들어 주는 일} 인지를 하는 것이었다.

이날 정례 어머니는 딸이 옆에서 한사코 말리며,

"그따위 돈은 안 갚아도 좋으니, 정장을 하든 어쩌든 마음대로 하라고 내버려 두세요."

하며 팔팔 뛰는 것을 모른 척하고, 이십만 원 표에 이만 원 현금을 얹어서 옥임이에게 갖다 주라고 내놓았다.

정례 모친은 그 후 두 달 걸려서 교장 영감의 오만 원 돈은 갚았으나, 석 달째 가서는 이 상점 주인이 바뀌어 들고야 말았다. 정말 교장 영감의 조카가 나서는가 하였더니, 교장의 딸 내외가 들어앉았다. 상점을 내놓고 만 바에는 자질구레한 셈속을 따진대야 죽은 아이 귀 만져 보기지 별수 없지만, 하여튼 이십만 원의 석 달 변리 육만 원이 또 늘어서 이십육만 원인데, 정례 모녀가 사글세의 보증금 팔만 원마저 못 찾고 두 손 털고 나선 것을 보면, 그 팔만 원을 아끼고 남은 십팔만 원이 점방의 설비와 남은 물건 값을 치른 것이었다. 물론 옥임이가 뒤에 앉아 맡은 것이나, 권리 값으로 오만 원 더 얹어서 교장 영감에게 팔아넘긴 것이었다. 옥임이는 좀 더 남겨 먹었을 것이로되, 교장 영감이 그 돈 받아 내는 데에 공로가 있었기 때문에 오만 원 얹어 먹고 말았고, 또 교장은 이북에서 내려온 딸 내외에게는 꼭 알맞은 장사라는 생각이 들어서 애초부터 침을 삼키고 눈독을 들이던 것이라, 이 상점을 손에 넣으려고 애도 썼지마는, 매득買得 물건을 싼값으로 삼 하였다고 좋아하였다.

정례 모녀는 일 년 반 동안이나 죽도록 벌어서 죽 쑤어 개 좋은 일한 셈이라고 절통切痛 몹시 원통해 함을 하였으나, 그보다도 정례 모친은 오래간만에 몸이 편해져서 그렇기도 하였겠으나, 몸살 감기에 울화가 터져서 그만 몸져누운 것이 반 달이나 끌었다.

"마누라, 염려 말아요. 김옥임이 돈쯤 먹자고만 들면 삼사십만 원쯤 금시녹여내지, 가만있어요."

정례 부친은 앓는 마누라 옆에 앉아서 이렇게 위로하였다.

"옥임이 돈을 먹자는 것두 아니지만, 무슨 재주루?"

마누라는 말리는 것도 아니요, 부채질하는 것도 아닌 소리를 하였다.

"김옥임이도 요사이 자동차를 놀려 보구 싶어 한다는데, 마침 어수룩한 자동차 한 대가 나섰단 말이지. 조금만 참아요. 우리 집문서는 아무래두 김옥임 여사의 집으로 찾아가고 말 것이니……"

하며, 정례 부친은 앓는 아내를 위하여 뱃속 유하게 껄껄 웃었다.

김옥임이가 이렇게 되다니 난 살림이나 파산이지만 옥임이는 성격 파산인가 보구나.

🖊 소설 한 장면 결말 정례 모친이 교장에게 가게를 넘김

🔭 생각해 볼까요?

 선생님 작품의 제목인 '두 파산'은 각각 무엇을 의미하는 걸까요?
💬 1 ❤️ 1

↳ **학생** 정례 모친의 물질적 파산과 옥임의 정신적 파탄을 의미해요. 정례 모친은 저당 잡힌 돈으로 가게를 열지만 결국 가게를 잃게 돼요. 옥임은 광복 직후 혼란한 사회에 휩쓸려 친구에게 빚을 독촉하는 고리대금업자로 전락해요.

 선생님 「두 파산」의 문체적 특징은 무엇일까요?
💬 3 ❤️ 3

↳ **학생 1** 이 소설은 많은 어구를 이용하여 반복, 부연, 수식, 설명함으로써 문장을 장황하게 표현하는 만연체를 사용하고 있어요. 이런 문체는 내용의 흐름을 유장하게 만들어 사건의 긴박감을 떨어뜨리기도 해요.

↳ **학생 2** 그러나 일상의 세부적인 면까지 포착해 서술함으로써 시대의 풍속도를 객관적으로 표현하고 있어요.

↳ **학생 3** 그래서 「두 파산」이 사실주의 문학의 대표작이라고 불리나 봐요.

 선생님 교장 선생의 모습에서 엿볼 수 있는 당시의 사회상을 알아볼까요?
💬 2 ❤️ 2

↳ **학생 1** 교장 선생은 옥임과 같은 속물에 속해요. 한때는 근엄한 교장이었지만 이제는 정신적으로 파산해 가는 고리대금업자예요.

↳ **학생 2** 사회 지도층 인사였던 교장을 통해 광복 이후 비생산적인 경제 활동이 성행하던 당시의 혼란한 사회상을 보여 주고 있어요.

사실주의 소설	▼ 🔍

연관 검색어   낭만주의   자연주의   리얼리즘

'낭만주의'가 문학을 창조하는 주체인 작가 고유의 개성을 중시하는 반면, '사실주의'는 대상을 있는 그대로 관찰하여 묘사하는 객관적 인식을 중시한다. 한국에서는 1920년대 이후부터 사실주의 소설이 나타나기 시작했다.

염상섭은 사실주의 소설의 거장으로 평가받는 작가로 일제 강점기와 해방 직후, 6·25 전쟁 당시 개인의 삶과 사회를 전면적으로 관찰하여 사실성을 기반으로 인간의 삶을 세밀하게 묘사하고자 했다.

황순원
(1915~2000)

✉ 작가에 대하여

....

평안남도 대동군 출생. 평양 숭실중학교를 거쳐 일본 와세다대학교 영문과를 졸업하였다. 이 무렵 도쿄에서 이해랑·김동원 등과 함께 극예술 연구 단체인 '학생예술좌'를 창립하고 초기의 소박한 서정시들을 모아 첫 시집 『방가』를 출간하였다. 첫 단편집 『늪』의 발간을 계기로 소설 창작에 열중하기 시작하였다. 이후 「별」, 「그늘」 등의 환상적이고 심리적인 경향이 짙은 단편을 발표하였다. 단편 「기러기」, 「황노인」, 「독 짓는 늙은이」 등과 시 「그날」 등 많은 작품을 쓴 상태에서 8·15 광복을 맞았다.

1946년 서울중학교 교사로 취임한 이후 「목넘이 마을의 개」, 『별과 같이 살다』를 발표하였다. 주요 장편 소설로 『카인의 후예』, 『인간접목』, 『나무들 비탈에 서다』, 『일월』 등이 있다.

황순원의 소설은 서정적 아름다움과 예술성을 추구한다. 간결하고 세련된 문체, 다양한 기법, 휴머니즘의 정신, 전통에 대한 애정 등을 갖추고 있어 한국 현대 소설의 모범으로 평가받는다.

독 짓는 늙은이

#예술   #장인정신   #휴머니즘   #부성애

⚓ 작품 길잡이

갈래: 순수 소설
배경: 시간 – 근대화 초기 / 공간 – 어느 시골의 독 짓는 집
시점: 3인칭 전지적 작가 시점
주제: 사라져 가는 전통을 지키려는 한 노인의 집념과 좌절
출전: 〈문예〉 (1950)

📷 인물 관계도

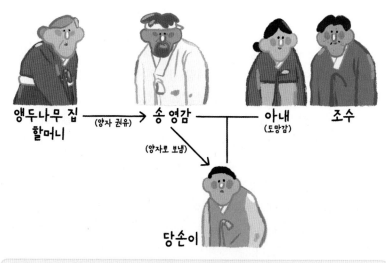

앵두나무 집 할머니 ──(양자 권유)──→ 송 영감 ──── 아내 (도망감)   조수
송 영감 ──(양자로 보냄)──→ 당손이

송 영감	평생 독 짓는 일을 하며 살아온 늙은이로 자식에 대한 사랑이 깊고 장인 정신이 있다.
앵두나무 집 할머니	인정 많고 따뜻한 할머니로 당손이를 맡아 기를 집을 소개해 준다.

📖 구성과 줄거리

발단   송 영감의 아내가 조수와 함께 달아남

송 영감은 독 짓는 일을 평생의 업으로 삼고 살아왔지만 지금은 병든 몸이다. 송 영감의 아내는 병든 남편과 아들을 버리고 조수와 함께 달아나 버렸다. 송 영감은 도망간 아내에 대한 분노를 삭이지 못한다.

전개   송 영감은 독 짓기를 계속하지만 일이 뜻대로 되지 않음

도망간 아내에 대한 분노가 치밀어 오를수록 아들 당손이에 대한 애정은 깊어 간다. 송 영감은 조수가 지어 놓은 독을 깨부수고 싶은 충동을 강하게 느낀다. 그러나 당장 살아가기 위해 다시 독을 굽기로 마음먹는다. 송 영감은 쇠약해진 몸으로 독 짓기를 계속하지만 지쳐서 쓰러지기 일쑤다.

위기   앵두나무 집 할머니가 당손이를 양자로 보내자고 함

송 영감이 쓰러질 때마다 아들 당손이는 아버지가 죽을까 봐 울먹인다. 당손이는 쓰러진 아버지가 깨어나자 이웃에 사는 방물장수 앵두나무 집 할머니가 준 밥그릇을 내민다. 다음 날 앵두나무 집 할머니가 미음 사발을 들고 송 영감을 찾아온다. 송 영감이 죽을지도 모른다고 생각한 앵두나무 집 할머니는 당손이를 좋은 집에 보내자고 제안한다. 송 영감은 고함치며 할머니를 쫓아낸다.

절정   송 영감이 독을 굽다가 쓰러짐

송 영감은 양식을 마련하기 위해 독을 짓기 시작하지만 한 가마도 채우지 못하고 독을 굽기 시작한다. 조수가 지은 독과 자신이 지은 독을 나란히 놓고 독을 굽던 송 영감은 자신이 지은 것만 튀고 있다는 사실을 깨닫는다. 송 영감은 어둠 속에서 다시 쓰러진다.

결말   당손이를 양자로 보내고 가마 속에 들어감

죽음을 예감한 송 영감은 당손이를 양자로 보내기로 결심한다. 아들을 떠나보낸 뒤 공허함을 느낀 송 영감은 독 가마를 떠올린다. 송 영감은 자신의 생명을 마지막으로 발산하려는 듯 독 가마 속으로 들어가 단정히 무릎을 꿇고 앉는다.

독 짓는 늙은이

이년! 이 백 번 쥑에두 쌀 년! 앓는 남편두 남편이디만, 어린 자식을 놔두 구 그래 도망을 가? 것두 아들놈 같은 조수 놈하구서……. 그래 지금 한창 나이란 말이디? 그렇다구 이년, 내가 아무리 늙구 병들었기루서니 거랑질 비럭질. 남에게 구걸하는 짓을 낮잡아 이르는 말 이야 할 줄 아니? 이녀언! 하는데, 옆에 누웠던 어 린 아들이, 아바지, 아바지이! 하였으나 송 영감은 꿈속에서 자기 품에 안은 아들이 아바지, 아바지이! 하고 부르는 것으로 알며, 오냐 데건 네 에미가 아니다! 하고 꼭 품에 껴안는 것을, 옆에 누운 어린 아들이 그냥 울먹울먹한 목소리로 아버지를 불러, 잠꼬대에서 송 영감을 깨워 놓았다.

송 영감은 잠들기 전보다 더 머리가 무겁고 언짢았다. 애가 종내 훌쩍훌 쩍 울기 시작했다. 오, 오, 하며 송 영감은 잠꼬대 속에서처럼 애를 끌어안 았다. 자기의 더운 몸에 별나게 애의 몸이 찼다. 벌써부터 이렇게 얼리어서 될 말이냐고, 송 영감은 더 바싹 애를 껴안았다. 그리고 훌쩍이는 이제 일곱 살 난 애를 그렇게 안고 있는 동안 송 영감은 다시 이 어린것을 두고 도망

앓는 남편두 남편이디만, 어린 자식을
놔두구 그래 도망을 가? 것두 아들놈
같은 조수 놈하구서…….

🍎 소설 한 장면   발단   송 영감의 아내가 조수와 함께 달아남

간 아내가 새롭게 괘씸했다. 아내와 함께 여드름 많던 조수가 떠올랐다. 그러자 그 아들 같은 조수에게 동년배의 사내와 사내가 느끼는 어떤 적수감이 불길처럼 송 영감의 괴로운 몸을 휩쌌다.[1]

송 영감 자신이 집증執症 병의 증세를 살펴 알아냄 잡히지 않는 병으로 앓아누웠기 때문에 조수가 이 가을로 마지막 가마에 넣으려고 거의 혼자서 지어 놓다시피 한 중옹 통옹 반옹 머쎄기 같은 크고 작은 독들이 구월 보름 가까운 달빛에 하나하나 도망간 조수의 그림자같이 느껴졌을 때, 송 영감은 벌떡 일어나 부채방망이를 들어 모조리 깨부수고 싶은 충동을 받았으나, 다음 순간 내일부터라도 자기가 독을 지어 한 가마 채워 가지고 구워 내야 당장 자기네 부자가 살아갈 것이라는 생각에 미치면서는, 정말 그러는 수밖에 다른 도리가 없다고 지그시 무거운 눈을 감아 버렸다.

날이 밝자 송 영감은 열에 뜬 머리를 수건으로 동이고 일어나 앉아, 애더러는 흙 이길 왱손이흙 반죽하는 사람를 부르러 보내 놓고, 왱손이 올 새가 바빠서 자기 손으로 흙을 이겨 틀 위에 올려놓았다. 송 영감의 손은 자꾸 떨렸다.[2] 그러나 반쯤 독을 지어 올려, 안은 조마구'작은 주먹'을 귀엽게 이르는 말 밖은 부채마치로 맞두드리며 일변 발로는 틀을 돌리는 익은 솜씨만은 앓아눕기 전과 다를 바 없는 듯했다. 왱손이가 흙을 이겨 주는 대로 중옹 몇 개를 지어 냈다.

그러나 차차 송 영감의 솜씨에는 틈이 생기기 시작했다. 더구나 조마구와 부채마치로 두드려 올릴 때, 퍼뜩 눈앞에 아내와 조수의 환영이 떠오르면 짓던 독을 때리는지 아내와 조수를 때리는지 분간 못하는 새, 독이 그만 얇게 못나게 지어지곤 했다. 그리고 전을 잡는 손이 떨려, 가뜩이나 제일 힘든 마무리의 전이 잘 잡혀지지를 않았다. 열 때문도 있었다. 영감은 쓰러지듯이 짓던 독 옆에 눕고 말았다.

송 영감이 정신이 들었을 때는 저녁때가 기울어서였다. 왱손이도 흙 몇 덩이를 이겨 놓고 가고 없었다. 언제부터인가 바깥 저녁 그늘 속에 애가 남쪽 장길을 향해 쪼그리고 앉아 있었다. 어머니를 기다리는 거라. 언제나처럼 장보러 간 어머니가 언제나처럼 저녁때면 조수에게 장감'장거리'의 북한어 을 지워 가지고 돌아올 줄로만 아직 아는가 보다.

---

1) 송 영감은 아내를 빼앗은 조수에게 사내로서 분노와 질투를 느끼고 있다.
2) 송 영감이 예전처럼 독을 짓지 못할 것임을 암시한다.

밖을 내다보던 송 영감은 제 힘만이 아닌 어떤 힘으로 벌떡 일어나 다시 독 짓기를 시작하는 것이었으나, 이번에는 겨우 한 개를 짓고는 다시 쓰러지듯이 눕고 말았다.

다음에 송 영감이 정신이 든 것은 아주 어두운 속에서 애가 흔들어 깨워서였다. 울먹이던 애가 깨나는 아버지를 보고 그제야 안심된 듯이 저쪽에서 밥그릇을 가져다 아버지 앞에 놓았다. 웬 거냐고 하니까 애가, 앵두나무 집 할머니가 주더라고 한다. 송 영감은 확 분노가 치밀어, 누가 거랑질해 오라더냐고 밥그릇을 밀쳐 놓자 애가 훌쩍훌쩍 울기 시작했다. 송 영감은 아침에 어제의 저녁밥 남은 것을 조금 뜨는 것처럼 하고는 하루 종일 아무것도 입에 대지 않은 것을 생각하고, 애도 아직 저녁을 못 먹었을지 모른다고 밥그릇을 도로 끌어다 한 술 입에 떠 넣으며 이번에는 애 보고, 맛있으니 너도 먹으라는 것이었으나, 자신은 입맛을 잃은 탓만도 아닌 무엇이 밥 넘기려는 목에서 치밀어 올라오곤 해, 좀처럼 밥을 넘길 수가 없었다.

다음 날 아침에는 송 영감이 죽인지 밥인지 모를 것을 끓였다. 여전히 입맛은 없었으나 어제저녁처럼 목이 메어 오르는 것은 없었다. 오늘도 또 지어 올리는 독을 말리느라고 처음에는 독 밖에 피워 놓았다가 독이 한 반쯤

아바지……

조수가 만들어 놓고 간 독들을 모조리 깨부수고 싶지만…… 당장 당손이와 내가 살아야 한다.

🖐 소설 한 장면 전개 송 영감은 독 짓기를 계속하지만 일이 뜻대로 되지 않음

지어지면 독 안에 매달아 놓은 숯불의 숯내까지가 머리를 더 무겁게 했다. 사십 년래 없이 숯내를 다 먹는 듯했다. 송 영감은 어제보다 더 쓰러져 넘어지는 도수가 많았다. 흙 이기던 왱손이가 이래서는 도무지 한 가마 채우지 못하리라고 송 영감에게 내년에 마저 지어 첫 가마에 넣도록 하는 게 어떠냐고 몇 번이고 권해 보았으나 송 영감은 일어났다가는 쓰러지고, 일어났다가는 쓰러지고 하면서도 독 짓기를 그만두려고 하지는 않았다.

송 영감이 한번 쓰러져 있는데 방물장수 앵두나무 집 할머니가 와서, 앓는 몸을 돌봐야 하지 않느냐고 하며, 조미음 사발을 송 영감 입 가까이 내려놓았다. 송 영감은 어제 어린 아들에게 거랑질해 왔다고 고함을 쳤던 일을 생각하며, 이 아무에게나 친절한 앵두나무 집 할머니에게 미안한 생각이 들어, 어제만 해도 애한테 밥이랑 그렇게 많이 줘 보내서 잘 먹었는데 또 이렇게 미음까지 쑤어 오면 어떡하느냐고 했다. 앵두나무 집 할머니는 그저, 어서 식기 전에 한 모금 마셔 보라고만 했다. 그리고 송 영감이 미음을 몇 모금 못 마시고 사발에서 힘없이 입을 떼는 것을 보고 앵두나무 집 할머니는, 정말 이 영감이 이번 병으로 죽으려는가 보다는 생각이라도 든 듯, 당손이^{'맏아들'의 방언}를 어디 좋은 자리가 있으면 주어 버리는 게 어떠냐고 했다.

이제 앓는 몸 좀 돌봐야 할 텐데……
당손이를 좋은 자리에 줘 버리는 게 어떻겠수?

그런 말하러 이런 것을
가져왔소? 썩썩 눈앞에서
없어지시오!

📖 소설 한 장면　　위기　앵두나무 집 할머니가 당손이를 양자로 보내자고 함

송 영감은 쓰러져 있던 사람 같지 않게 눈을 흡떠 앵두나무 집 할머니를 쏘아보았다. 그리고 어느새 송 영감의 손은 앞에 놓인 미음사발을 앵두나무 집 할머니에게로 떼밀치고 있었다. 그런 말하러 이런 것을 가져왔느냐고, 썩썩 눈앞에서 없어지라고, 송 영감은 또 쓰러져 있던 사람 같지 않게 고함쳤다. 앵두나무 집 할머니는 송 영감의 고집을 아는 터라 더 무슨 말을 하지 않았다.

앵두나무 집 할머니가 가자, 송 영감은 지금 밖에서 자기의 어린 아들이 어디로 업혀가기나 하는 듯이 밖을 향해 목청껏, 당손아! 하고 애를 불러 대기 시작했다. 그러다가 애가 뜸막 문에 나타나는 것을 이번에는 애의 얼굴을 잊지나 않으려는 듯이 한참 쳐다보다가 그만 기운이 지쳐 눈을 감아 버리고 말았다. 애는 또 전에 없이 자기를 쳐다보는 아버지가 무서워 아버지에게 더 가까이 가지 못하고 섰다가, 아버지가 눈을 감자 더 겁이 나 훌쩍이기 시작했다.

날이 갈수록 송 영감은 독 짓기보다 자리에 쓰러져 있는 때가 많았다. 백 개가 못 차니 아직 이십여 개를 더 지어야 한 가마 충수充數 정해 놓은 수효를 채움가 되는 것이다. 한 가마를 채우게 짓자 하고 마음만은 급해지는 것이었으나, 몸을 일으키다가 도로 쓰러지며 흰 털 섞인 노랑수염의 입을 벌리고 어깨숨을 쉬곤 했다.

그러한 어느 날, 물감이며 바늘을 가지고 한돌림 돌고 온 앵두나무 집 할머니가 찾아와서는 마침 좋은 자리가 있으니 당손이를 주어 버리고 말자는 말로, 말이 난 자리는 재물도 넉넉하지만 무엇보다도 사람들 마음씨가 무던하다는 말이며, 그 집에 전에 어떤 젊은 내외가 살림을 엎어치우고 내버린 애를 하나 얻어다 길렀는데 얼마 전에 그 친아버지 되는 사람이 여남은 살이나 된 그 애를 찾아갔다는 말이며, 그때 한 재물 주어 보내고서는 영감 내외가 마주 앉아 얼마 동안을 친자식 잃은 듯이 울었는지 모른다는 말이며, 그래 이번에는 아버지 없는 애를 하나 얻어다 기르겠다더라는 말을 하면서, 꼭 그 자리에 당손이를 주어 버리고 말자고 했다. 송 영감은 앵두나무 집 할머니와 일전의 일이 있은 뒤에도 앵두나무 집 할머니가 애를 통해서 먹을 것 같은 것을 보내는 것이, 흔히 이런 노파에게 있기 쉬운 이런 주선이라도 해 주면 나중에 자기에게 돌아오는 것이 있어 그걸 탐내서 그러는 건 아니라고, 그저 인정 많은 늙은이라 이편을 위해 주는 마음에서 그런다는 것만은 아는 터이지만, 송 영감은 오늘도 저도 모를 힘으로, 그런 소리를 하려거든 아예 다시는 오지도 말라고, 자기 눈에 흙 들기 전에는 내놓지 못한다고 했다. 앵두나무 집 할머니는 그렇게 고집만 부리지 말고 영감이 살아서 좋은 자리로 가는 걸 보아야 마음이 놓이지 않겠느냐는 말로, 사실 말이지 성한 사람도 언제 무슨 변을 당할는지 모르는데 앓는 사람의 일을 내일 어떻게 될는지 누가 아느냐고 하며, 더구나 겨울도 닥쳐오고 하니 잘 생각해 보라고 했다. 송 영감은 그저 자기가 거랑질을 해서라도 애를 굶기지는 않을 테니 염려 말라고 했다.

앵두나무 집 할머니가 돌아간 뒤, 송 영감은 지금 자기가 거랑질을 해서라도 애를 굶기지는 않겠다고 했지만, 그리고 사실 아내가 무엇보다도 자기와 같이 살다가는 거랑질을 할 게 무서워 도망갔음에 틀림없지만, 자기가 병만 나아 일어나는 날이면 아직 일등 호주라는 칭호 아래 얼마든지 독을 지을 수 있다는 생각과 함께, 이제 한 가마 독만 채워 전처럼 잘만 구워 내면 거기서 겨울 양식과 내년에 할 밑천까지도 나올 수 있다는 희망으로 어서 한 가마를 채우자고 다시 마음이 조급해지는 것이었다.

하루는 송 영감이 날씨를 가려 종시 한 가마가 차지 못하는 독을 왱손이의 도움을 받아 밖으로 내고야 말았다. 지어진 독만으로라도 한 가마 구워 내리라는 생각이었다. 독 말리기, 말리기라기보다도 바람 쐬기다. 햇볕도 있어야 하지만 바람이 있어야 한다. 안개 같은 것이 낀 날은 좋지 못하다. 안개가 걷히며 바람 한 점 없이 해가 갑자기 쨍쨍 내리쬐면 그야말로 걷잡을 새 없이 독들이 세로 가로 터져 나간다. 그런데 오늘은 바람이 좀 치는 게 독 말리기에 아주 좋은 날씨였다.

독들을 마당에 내이자 독 가마 속에서 거지들이, 무슨 독을 지금 굽느냐고 중얼거리며 제가끔의 넝마 살림들을 안고 나왔다. 이 거지들은 가을철이 되면 이렇게 독 가마를 찾아들어 초가을에는 가마 초입에서 살다, 겨울이 되면서 차차 가마가 식어감에 따라 온기를 찾아 가마 속 깊이 들어가며 한겨울을 나는 것이다.

송 영감은 거지들에게, 지금 뜸막이 비었으니 독 구워 내는 동안 거기에 들 가 있으라고 하려다가 그만두었다. 전에 없이 거지들을 자기 집에 들인다는 것이 마치 자기가 거지나 되는 것처럼 느껴졌던 것이다.

가마에서 나온 거지들은 혹 더러는 인가를 찾아 동냥을 가고, 혹 한 패는 양지바른 데를 골라 드러누웠고, 몇 이는 아무 데고 앉아서 이 사냥 같은 것을 하기 시작했다.

송 영감도 양지에 앉아서 독이 하얗게 마르는 정도를 지키고 있었다.

독들을 가마에 넣을 때가 되었다. 송 영감 자신이 가마 속까지 들어가 전에는 되도록 독이 여러 개 들어가도록만 힘쓰던 것을 이번에는 도망간 조수와 자기의 크기 같은 독이 되도록 아궁이에서 같은 거리에 나란히 놓이게만 힘썼다. 마치 누구의 독이 잘 지어졌나 내기라도 해 보려는 듯이.

늦저녁 때쯤 해서 불질이 시작됐다. 불질, 결국은 이 불질이 독을 쓰게도 못 쓰게도 만드는 것이다. 지은 독에 따라서 세게 때야 할 때 약하게 때도, 약하게 때야 할 때 지나치게 세게 때도, 또는 불을 더 때도 덜 때도 안 된다. 처음에 슬슬 때다가 점점 세게 때기 시작하여 서너 시간 지나면 하얗던 독들이 흑색으로 변한다. 거기서 또 너더댓 시간만 때면 독들은 다시 처음의 하얗던 대로 되고, 다음에 적색으로 됐다가 이번에는 아주 샛맑갛게 되는데, 그것은 마치 쇠가 녹는 듯, 하늘의 햇빛을 쳐다보는 듯이 된다. 정말 다음 날 하늘에는 맑은 햇빛이 빛나고 있었다.

곁불 놓기를 시작했다. 독 가마 양옆으로 뚫은 곁창 구멍으로 나무를 넣는 것이다.

이제는 소나무를 단으로 넣기 시작했다. 아궁이와 곁창의 불길이 길을 잃고 확확 내쏜다. 이 불길이 그대로 어제 늦저녁부터 아궁이에서 좀 떨어진 한곳에 일어나 앉았다 누웠다 하며 한결같이 불질하는 것을 지키고 있는 송 영감의 두 눈 속에서도 타고 있었다.

이렇게 이날 해도 다 저물었다. 그러는데 한편 곁창에서 불질하던 왱손이가 곁창 속을 들여다보는 듯하더니, 분주히 이리로 달려오는 것이었다. 송 영감은 벌써 왱손이가 불질하던 곁창의 위치로써 그것이 자기의 독이 들어 있는 자리라는 것을 알고 왱손이가 뭐라기 전에 먼저, 무너앉았느냐고 했다. 왱손이는 그렇다고 하면서, 이젠 독이 좀 덜 익더라도 곁불질을 그만두고 아궁이를 막아 버리자고 했다. 그러나 송 영감은 그저, 그만두라고 할 때까지 그냥 불질을 하라고 했다.

거지들이 날이 저물었다고 독 가마 부근으로 모여들었다.

송 영감이, 이제 조금만 더, 하고 속을 죄고 있을 때였다. 가마 속에서 갑자기 뚜왕! 뚜왕! 하고 독 튀는 소리가 울려나왔다. 송 영감은 처음에 벌떡 반쯤 일어나다가 도로 주저앉으며 이상스레 빛나는 눈을 한곳에 머물린 채 귀를 기울였다. 송 영감은 가마에 넣은 독의 위치로, 지금 것은 자기가 지은 독, 지금 것도 자기가 지은 독, 하고 있었다. 이렇게 튀는 것은 거의 송 영감의 것뿐이었다. 그리고 송 영감은 또 그 튀는 소리로 해서 그것이 자기가 앓다가 일어나 처음에 지은 몇 개의 독만이 튀지 않고 남은 것을 알며, 왱손이의 거치적거린다고 거지들을 꾸짖는 소리를 멀리 들으면서 어둠 속에 그만 쓰러지고 말았다.

다음 날 송 영감이 정신이 들었을 때에는 자기네 뜸막 안에 뉘어 있었다. 옆에서 작은 몸을 오그리고 훌쩍거리던 애가 아버지가 정신 든 것을 보고 더 크게 훌쩍거리기 시작했다. 송 영감이 저도 모르게 애보고 안 죽는다, 안 죽는다, 했다. 그러나 송 영감은 또 속으로는, 지금 자기는 죽어가고 있다고 부르짖고 있었다.

이튿날 송 영감은 애를 시켜 앵두나무 집 할머니를 오게 했다. 앵두나무 집 할머니가 오자 송 영감은 애더러 놀러 나가라고 하며 유심히 애의 얼굴을 쳐다보는 것이었다. 마치 애의 얼굴을 잊지 않으려는 듯이.

앵두나무 집 할머니와 단둘이 되자 송 영감은 눈을 감으며, 요전에 말하

💬 **소설 한 장면**　　`절정`　송 영감이 독을 굽다가 쓰러짐

던 자리에 아직 애를 보낼 수 있겠느냐고 물었다. 앵두나무 집 할머니는 된다고 했다. 얼마나 먼 곳이냐고 했다. 여기서 한 이삼십 리 잘 된다는 대답이었다. 그러면 지금이라도 보낼 수 있느냐고 했다. 당장이라도 데려가기만 하면 된다고 하면서 앵두나무 집 할머니는 치마 속에서 지전 몇 장을 꺼내어 그냥 눈을 감고 있는 송 영감의 손에 쥐어 주며, 아무 때나 애를 데려오게 되면 주라고 해서 맡아 두었던 것이라고 했다.

송 영감이 갑자기 눈을 뜨면서 앵두나무 집 할머니에게 돈을 도로 내밀었다. 자기에게는 아무 소용없으니 애 업고 가는 사람에게나 주어 달라는 것이었다. 그러고는 다시 눈을 감았다. 앵두나무 집 할머니는 애 업고 가는 사람 줄 것은 따로 있다고 했다. 송 영감은 그래도 그 사람을 주어 애를 잘 업어다 주게 해 달라고 하면서, 어서 애나 불러다 자기가 죽었다고 하라고 했다. 앵두나무 집 할머니가 무슨 말을 하려는 듯하다가 저고릿고름으로 눈을 닦으며 밖으로 나갔다.

송 영감은 눈을 감은 채 가쁜 숨을 죽이고 있었다. 그리고 무슨 일이 있더라도 눈물일랑 흘리지 않으리라 했다.

그러나 앵두나무 집 할머니가 애를 데리고 와 저렇게 너의 아버지가 죽었다고 했을 때, 감은 송 영감의 눈에서는 절로 눈물이 흘러내림을 어찌할 수 없었다. 앵두나무 집 할머니는 억해 오는 목소리를 겨우 참고, 저것 보라고 벌써 눈에서 썩은 물이 나온다고 하고는, 그러지 않아도 앵두나무 집 할머니의 손을 잡은 채 더 아버지에게 가까이 갈 생각을 않는 애의 손을 끌고 그곳을 나왔다.

그냥 감은 송 영감의 눈에서 다시 썩은 물 같은, 그러나 뜨거운 새 눈물 줄기가 흘러내렸다. 그러는데 어디선가 애의 훌쩍훌쩍 우는 소리가 들리는 듯했다. 눈을 떴다. 아무도 있을 리 없었다. 지어 놓은 독이라도 한 개 있었으면 싶었다. 순간 뜸막 속 전체만 한 공허가 송 영감의 파리한 가슴을 억눌렀다. 온몸이 오므라들고 차옴을 송 영감은 느꼈다.

그러는 송 영감의 눈앞에 독 가마가 떠올랐다. 그러자 송 영감은 그리로 가리라는 생각이 불현듯 일었다. 거기에만 가면 몸이 녹여지리라. 송 영감은 기는 걸음으로 뜸막을 나섰다.

거지들이 초입에 누워 있다가 지금 기어 들어오는 게 누구라는 것도 알려 하지 않고, 구무럭거려 자리를 내주었다. 송 영감은 한 옆에 몸을 쓰러뜨렸다. 우선 몸이 녹는 듯해 좋았다.

　그러나 송 영감은 다시 일어나 가마 안쪽으로 기기 시작했다. 무언가 지금의 온기로써는 부족이라도 한 듯이. 곧 예사 사람으로는 더 견딜 수 없는 뜨거운 데까지 이르렀다. 그런데도 송 영감은 기기를 멈추지 않았다. 그렇다고 그냥 덮어놓고 기는 것은 아니었다. 지금 마지막으로 남은 생명이 발산하는 듯 어둑한 속에서도 이상스레 빛나는 송 영감의 눈은 무엇을 찾고 있는 것이었다. 그러다가 열어젖힌 곁창으로 새어 들어오는 늦가을 맑은 햇빛 속에서 송 영감은 기던 걸음을 멈추었다. 자기가 찾던 것이 예 있다는 듯이. 거기에는 터져 나간 송 영감 자신의 독 조각들이 흩어져 있었다.

　송 영감은 조용히 몸을 일으켜 단정히, 아주 단정히 무릎을 꿇고 앉았다. 이렇게 해서 그 자신이 터져 나간 자기의 독 대신이라도 하려는 것처럼.

🍎 소설 한 장면　결말　당손이를 양자로 보내고 가마 속에 들어감

🔭 생각해 볼까요?

선생님 송 영감은 조수에게 어떤 감정을 느끼고 있을까요?

💬 2 ♥ 2

↳ **학생 1** 조수는 송 영감의 아내를 빼앗아 가고 조수의 독은 송 영감의 독과는 달리 깨지지 않아요. 이는 젊은이가 늙은이보다 능력이 있다는 것을 의미해요.

↳ **학생 2** 따라서 조수에 대한 본질적 감정은 늙은이로서의 열등감이라고 할 수 있어요.

선생님 「독 짓는 늙은이」의 근간을 이루는 '늙은이'와 '젊은이'의 대립은 어떤 의미 일까요?

💬 2 ♥ 2

↳ **학생 1** 표면적인 갈등은 도망간 아내와 조수에 대한 배신감에서 비롯되지만, 더 심 각한 갈등은 송 영감이 노쇠한 체력으로 독 짓기에 실패하는 데서 비롯돼요.

↳ **학생 2** 늙은이와 젊은이의 대결에서 젊은이가 승리하는 것은 어쩌면 당연해요. 그 러나 송 영감은 조수의 배신을 계기로 다시 대결을 벌여 보고 싶은 원초적 집념에 사로잡혀요.

선생님 송 영감은 일생을 독 짓는 일에 바친 장인이에요. 그에게 독을 짓는 행위는 무엇을 의미할까요?

💬 3 ♥ 3

↳ **학생 1** '자기가 독을 지어 한 가마 채워 가지고 구워 내야 당장 자기네 부자가 살아 갈 것이라는 생각'을 하는 것으로 보아 생계를 위한 수단이에요.

↳ **학생 2** 현실의 분노를 예술적으로 승화시키려는 장인의 몸부림이기도 해요.

↳ **학생 3** 무엇보다도 평생을 걸쳐 해 온 일인 만큼 삶의 의미를 나타내는 자아실현의 방식이에요.

선생님 소설의 마지막 장면에서 송 영감은 가마에 들어가 무릎을 꿇어요. 이는 무엇 을 상징하나요?

💬 2 ♥ 2

↳ **학생 1** 독 짓는 일이 유일한 자아실현의 방법이었던 송 영감이 더 이상 독을 제대로 구워낼 수 없다는 사실을 깨닫자 스스로 목숨을 끊음으로써 장인정신을 구 현하는 거예요.

↳ **학생 2** 깨진 독 대신에 자신이 가마 속으로 들어가면서 현실의 고통과 갈등 때문에 잃어버렸던 자신의 모습을 되찾아요.

선생님 「독 짓는 늙은이」가 주는 감동에는 무엇이 있을까요?
 3 3

↳ **학생 1** 토속적인 분위기 속에서 송 영감이 현실의 처절한 고통과 갈등을 극복하고자 하는 모습이 감동적이에요.

↳ **학생 2** 일생을 독 짓는 일에 바친 송 영감이 스스로 가마 속으로 들어가 죽음을 맞이함으로써 자신을 괴롭혀 온 갈등에서 벗어나는 결말도 감동을 줘요.

↳ **학생 3** 아들에 대한 송 영감의 맹목적인 사랑에서 부성애를 느꼈어요. 또한 그런 아들과 헤어지는 장면이 눈물겨웠어요.

비장미

연관 검색어　미적 범주　비극적 운명　비극성 심화

비장미란 문학이 추구하는 미적 범주 중 하나로 특정한 가치를 실현하고자 하는 소망이 현실의 상황에 부딪혀 실현 의지가 좌절될 때 나타나는 미의식이다. 주로 이상과 현실의 갈등을 다루는 문학 작품에서 나타난다. 이러한 작품에서는 삶의 모순과 갈등을 거부하고 숭고한 이상이나 이념을 추구하는 적극성에서 비장미가 느껴지기도 하고, 현실의 벽에 부딪혀 소망하는 것을 얻지 못했을 때 좌절하는 상황에서 비장미가 느껴지기도 한다.

「독 짓는 늙은이」에서 송 영감은 현실적 고뇌를 장인의 집념으로 극복하고자 한다. 그러나 자신이 지은 독은 깨지고 아들은 다른 집에 양자로 보낼 수밖에 없다. 이런 비극적인 상황 속에서 송 영감은 인간적인 괴로움에서 벗어나고자 스스로 목숨을 버린다. 자신의 방식으로 삶을 마무리하려는 송 영감의 모습은 진정한 장인의 모습을 보여 준다는 점에서 비장미를 느끼게 한다.

소나기

#순수한사랑　　#서정적분위기　　#시골소년과도시소녀　　#복선

⛵ 작품 길잡이

갈래: 성장 소설
배경: 시간 - 가을 / 공간 - 어느 시골
시점: 3인칭 작가 관찰자 시점(부분적으로 3인칭 전지적 작가 시점)
주제: 소년과 소녀의 순수한 사랑
출전: 〈신문학〉(1953)

📷 인물 관계도

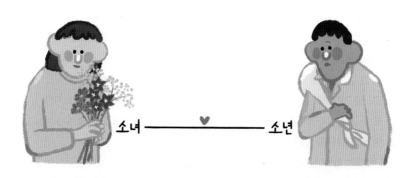

소녀 ——————♥—————— 소년

소녀	윤 초시네 증손녀로 병약하지만 적극적이고 잔망스러운 성격을 가졌다.
소년	순박한 시골 소년으로 서울에서 온 소녀에게 관심을 보인다.

🗓 구성과 줄거리

발단　**소년과 소녀가 개울가에서 만남**

소년은 징검다리에 앉아 물장난을 하는 소녀를 만난다. 하지만 며칠이 지나도록 소년이 말을 걸지 않자 소녀는 물속에서 조약돌 하나를 집어 "이 바보." 하며 소년에게 던진다. 그리고 가을 햇빛이 부서지는 갈밭 속으로 사라진다. 다음 날 소년은 개울가로 나와 보았으나 소녀는 보이지 않는다. 그날부터 소년은 소녀에 대한 애틋한 그리움에 사로잡힌다.

전개　**소년과 소녀가 산에 놀러 갔다가 친해짐**

소년과 소녀가 개울가에서 다시 만났을 때 소녀는 비단조개를 소년에게 보이면서 먼저 말을 건넨다. 좀 더 가까워진 둘은 황금빛으로 물든 가을 들판을 달려 산 밑까지 가게 되고 송아지를 타고 놀다가 소나기를 만난다.

위기　**소년과 소녀가 소나기를 만나 더욱 가까워짐**

둘은 수숫단 속에 들어가 비를 피한다. 비가 그친 후 돌아오는 길에 소년은 소녀를 업고 물이 불어난 도랑을 건넌다. 소년의 잠방이까지 물이 차오르자 소녀는 "어머나!" 하고 소리를 지르며 소년의 목을 그러안는다. 그 후 소년은 소녀를 오랫동안 보지 못한다.

절정　**소녀가 이사 간다는 소식을 들은 소년은 서운함을 느낌**

그러던 어느 날 소년과 소녀는 다시 만난다. 그때 소년은 소녀가 그날 소나기를 맞아 많이 앓았고 아직도 앓고 있다는 것을 알게 된다. 소녀는 소년에게 분홍 스웨터 앞자락을 보이며 흙물이 들었다고 말한다. 그것은 소년이 소녀를 업고 개울물을 건널 때 소년의 등에서 옮은 물이다. 그리고 소녀는 곧 이사를 간다고 말한다. 그날 밤 소년은 소녀에게 주기 위해 덕쇠 할아버지네 호두밭에서 몰래 호두를 딴다.

결말　**아버지로부터 소녀의 죽음을 전해 들음**

소녀가 이사 가기로 한 전날 저녁, 잠결에 소년은 마을에 갔다 온 아버지가 어머니에게 소녀가 죽었다고 말하는 것을 듣는다.

소나기

    소년은 개울가에서 소녀를 보자 곧 윤 초시네 증손녀曾孫女 딸이라는 걸 알 수 있었다. 소녀는 개울에다 손을 잠그고 물장난을 하고 있는 것이다. 서울서는 이런 개울물을 보지 못하기나 한 듯이.

    벌써 며칠째 소녀는, 학교에서 돌아오는 길에 물장난이었다. 그런데 어제까지 개울 기슭에서 하더니, 오늘은 징검다리 한가운데 앉아서 하고 있다.

    소년은 개울둑에 앉아 버렸다. 소녀가 비키기를 기다리자는 것이다.

    요행 지나가는 사람이 있어, 소녀가 길을 비켜 주었다.

    다음 날은 좀 늦게 개울가로 나왔다.

    이날은 소녀가 징검다리 한가운데 앉아 세수를 하고 있었다.[1] 분홍 스웨터 소매를 걷어 올린 팔과 목덜미가 마냥 희었다.

    한참 세수를 하고 나더니, 이번에는 물속을 빤히 들여다본다. 얼굴이라도 비추어 보는 것이리라. 갑자기 물을 움켜 낸다. 고기 새끼라도 지나가는 듯.

    소녀는 소년이 개울둑에 앉아 있는 걸 아는지 모르는지 그냥 날쌔게 물만 움켜 낸다. 그러나 번번이 허탕이다. 그대로 재미있는 양, 자꾸 물만 움킨다. 어제처럼 개울을 건너는 사람이 있어야 길을 비킬 모양이다.

    그러다가 소녀가 물속에서 무엇을 하나 집어낸다. 하얀 조약돌이었다. 그러고는 벌떡 일어나 팔짝팔짝 징검다리를 뛰어 건너간다.

    다 건너가더니만 획 이리로 돌아서며,

    "이 바보."

    조약돌이 날아왔다.

    소년은 저도 모르게 벌떡 일어섰다.

    단발머리를 나풀거리며 소녀가 막 달린다. 갈밭 사잇길로 들어섰다. 뒤에는 청량한 가을 햇살 아래 빛나는 갈꽃뿐.

    이제 저쯤 갈밭머리로 소녀가 나타나리라. 꽤 오랜 시간이 지났다고 생각했다. 그런데도 소녀는 나타나지 않는다. 발돋움을 했다. 그러고도 상당

---

1) 소녀는 소년과 친해지고 싶어 길을 막고 있다. 소년과 달리 소녀는 적극적인 성격임을 알 수 있다.

한 시간이 지났다고 생각됐다.

저쪽 갈밭머리에 갈꽃이 한 옴큼 움직였다. 소녀가 갈꽃을 안고 있었다. 그리고 이제는 천천한 걸음이었다. 유난히 맑은 가을 햇살이 소녀의 갈꽃 머리에서 반짝거렸다. 소녀 아닌 갈꽃이 들길을 걸어가는 것만 같았다.

소년은 이 갈꽃이 아주 뵈지 않게 되기까지 그대로 서 있었다. 문득 소녀가 던진 조약돌을 내려다보았다. 물기가 걷혀 있었다. 소년은 조약돌을 집어 주머니에 넣었다.

다음 날부터 좀 더 늦게 개울가로 나왔다. 소녀의 그림자가 뵈지 않았다. 다행이었다. 그러나 이상한 일이었다. 소녀의 그림자가 뵈지 않는 날이 계속될수록 소년의 가슴 한구석에는 어딘가 허전함이 자리 잡는 것이었다. 주머니 속 조약돌을 주무르는 버릇이 생겼다.

그러한 어떤 날, 소년은 전에 소녀가 앉아 물장난을 하던 징검다리 한가운데에 앉아 보았다. 물속에 손을 잠갔다. 세수를 하였다. 물속을 들여다보았다. 검게 탄 얼굴이 그대로 비치었다. 싫었다.

🎬 소설 한 장면　　발단　소년과 소녀가 개울가에서 만남

소년은 두 손으로 물속의 얼굴을 움키었다. 몇 번이고 움키었다. 그러다가 깜짝 놀라 일어나고 말았다. 소녀가 이리로 건너오고 있지 않느냐.

숨어서 내가 하는 일을 엿보고 있었구나. 소년은 달리기를 시작했다. 디딤돌을 헛디뎠다. 한 발이 물속에 빠졌다. 더 달렸다.

몸을 가릴 데가 있어 줬으면 좋겠다. 이쪽 길에는 갈밭도 없다. 메밀밭이다. 전에 없이 메밀꽃 냄새가 짜릿하니 코를 찌른다고 생각됐다. 미간이 아찔했다. 찝찔한 액체가 입술에 흘러들었다. 코피였다. 소년은 한 손으로 코피를 훔쳐 내면서 그냥 달렸다. 어디선가 '바보, 바보.' 하는 소리가 자꾸만 뒤따라오는 것 같았다.

토요일이었다.

개울가에 이르니 며칠째 보이지 않던 소녀가 건너편 가에 앉아 물장난을 하고 있었다.

모르는 체 징검다리를 건너기 시작했다. 얼마 전에 소녀 앞에서 한 번 실수를 했을 뿐, 여태 큰길 가듯이 건너던 징검다리를 오늘은 조심스럽게 건넌다.

"얘."

못 들은 체했다. 둑 위로 올라섰다.

"얘, 이게 무슨 조개지?"

자기도 모르게 돌아섰다. 소녀의 맑고 검은 눈과 마주쳤다. 얼른 소녀의 손바닥으로 눈을 떨구었다.

"비단조개."

"이름도 참 곱다."

갈림길에 왔다. 여기서 소녀는 아래편으로 한 삼 마장^{거리의 단위. 오 리나 십 리가 못 되는} ^{거리}쯤, 소년은 우대로 ^{위쪽으로} 한 십 리 가까운 길을 가야 한다.

소녀가 걸음을 멈추며,

"너, 저 산 너머에 가 본 일 있니?"

벌 끝을 가리켰다.

"없다."

"우리 가 보지 않으련? 시골 오니까 혼자서 심심해 못 견디겠다."

"저래 봬도 멀다."

"멀면 얼마나 멀기에? 서울 있을 땐 사뭇 먼 데까지 소풍 갔었다."

소녀의 눈이 금세 바보, 바보, 할 것만 같았다.

논 사잇길로 들어섰다. 벼 가을걷이하는 곁을 지났다.

허수아비가 서 있었다. 소년이 새끼줄을 흔들었다. 참새가 몇 마리 날아간다. 참, 오늘은 일찍 집으로 돌아가 텃논^{집터에 딸리거나 마을 가까이 있는 논}의 참새를 봐야 할걸, 하는 생각이 든다.

"야, 재밌다!"

소녀가 허수아비 줄을 잡더니 흔들어 댄다. 허수아비가 대고^{계속해 자꾸} 우쭐거리며 춤을 춘다. 소녀의 왼쪽 볼에 살포시 보조개가 패었다.

저만치 허수아비가 또 서 있다. 소녀가 그리로 달려간다. 그 뒤를 소년도 달렸다. 오늘 같은 날은 일찌감치 집으로 돌아가 집안일을 도와야 한다는 생각을 잊어버리기라도 하려는 듯이.

소녀의 곁을 스쳐 그냥 달린다. 메뚜기가 따끔따끔 얼굴에 와 부딪친다. 쪽빛으로 한껏 개인 가을 하늘이 소년의 눈앞에서 맴을 돈다. 어지럽다. 저놈의 독수리, 저놈의 독수리, 저놈의 독수리가 맴을 돌고 있기 때문이다.

돌아다보니 소녀는 지금 자기가 지나쳐 온 허수아비를 흔들고 있다. 좀 전 허수아비보다 더 우쭐거린다.

논이 끝난 곳에 도랑이 하나 있었다. 소녀가 먼저 뛰어 건넜다.

거기서부터 산 밑까지는 밭이었다.

수숫단을 세워 놓은 밭머리를 지났다.

"저게 뭐니?"

"원두막."

"여기 참외, 맛있니?"

"그럼, 참외 맛도 좋지만 수박 맛은 더 좋다."

"하나 먹어 봤으면."

소년이 참외 그루에 심은 무밭으로 들어가, 무 두 밑을 뽑아 왔다. 아직 밑이 덜 들어 있었다. 잎을 비틀어 팽개친 후 소녀에게 한 개 건넨다. 그러고는 이렇게 먹어야 한다는 듯이 먼저 대강이를 한 입 베물어 낸 다음, 손톱으로 한 돌이 껍질을 벗겨 우쩍 깨문다.

소녀도 따라 했다. 그러나 세 입도 못 먹고,

"아, 맵고 지려."

하며 집어던지고 만다.

"참, 맛없어 못 먹겠다."

소년이 더 멀리 팽개쳐 버렸다.

산이 가까워졌다.

단풍이 눈에 따가웠다.

"야아!"

소녀가 산을 향해 달려갔다. 이번은 소년이 뒤따라 달리지 않았다. 그러고도 곧 소녀보다 더 많은 꽃을 꺾었다.

"이게 들국화, 이게 싸리꽃, 이게 도라지꽃……."

"도라지꽃이 이렇게 예쁜 줄은 몰랐네. 난 보랏빛이 좋아! ……근데 이 양산같이 생긴 노란 꽃이 뭐지?"

"마타리꽃."

소녀는 마타리꽃을 양산 받듯이 해 보인다. 약간 상기된 얼굴에 살포시 보조개를 떠올리며.

다시 소년은 꽃 한 옴큼을 꺾어 왔다. 싱싱한 꽃가지만 골라 소녀에게 건넨다.

그러나 소녀는,

"하나도 버리지 말어."

산마루께로 올라갔다.

맞은편 골짜기에 오순도순 초가집이 몇 모여 있었다.

누가 말한 것도 아닌데 바위에 나란히 걸터앉았다. 별로 주위가 조용해진 것 같았다. 따가운 가을 햇살만이 말라 가는 풀 냄새를 퍼뜨리고 있었다.

"저건 또 무슨 꽃이지?"

적잖이 비탈진 곳에 칡덩굴이 엉켜 끝물^{그해의 맨 나중에 핀} 꽃을 달고 있었다.

"꼭 등꽃 같네. 서울 우리 학교에 큰 등나무가 있었단다. 저 꽃을 보니까 등나무 밑에서 놀던 동무들 생각이 난다."

소녀가 조용히 일어나 비탈진 곳으로 간다. 꽃송이가 달린 줄기를 잡고 끊기 시작한다. 좀처럼 끊어지지 않는다. 안간힘을 쓰다가 그만 미끄러지고 만다. 칡덩굴을 그러쥐었다.

소년이 놀라 달려갔다. 소녀가 손을 내밀었다. 손을 잡아 이끌어 올리며, 소년은 제가 꺾어다 줄 것을 잘못했다고 뉘우친다.

소녀의 오른쪽 무릎에 핏방울이 내맺혔다. 소년은 저도 모르게 생채기^{긁혀서}

생긴 작은 상처에 입술을 가져다 대고 빨기 시작했다. 그러다가 무슨 생각을 했는지 획 일어나 저쪽으로 달려간다.

좀 만에 숨이 차 돌아온 소년은,

"이걸 바르면 낫는다."

송진을 생채기에다 문질러 바르고는 그 달음으로 칡덩굴 있는 데로 내려가 꽃 달린 몇 줄기를 이빨로 끊어 가지고 올라온다. 그러고는,

"저기 송아지가 있다. 그리 가 보자."

누렁 송아지였다. 아직 코뚜레도 꿰지 않았다.

소년이 고삐를 바투⟨아주 짧게⟩ 잡아 쥐고 등을 긁어 주는 척 훌쩍 올라탔다. 송아지가 껑충거리며 돌아간다.

소녀의 흰 얼굴이, 분홍 스웨터가, 남색 스커트가 안고 있는 꽃과 함께 범벅이 된다. 모두가 하나의 큰 꽃묶음 같다. 어지럽다. 그러나 내리지 않으리라. 자랑스러웠다. 이것만은 소녀가 흉내 내지 못할 자기 혼자만이 할 수 있는 일인 것이다.

"너희, 예서 뭣들 하느냐?"

🔖 소설 한 장면 （전개） 소년과 소녀가 산에 놀러 갔다가 친해짐

농부 하나가 억새풀 사이로 올라왔다.

송아지 등에서 뛰어내렸다. 어린 송아지를 타서 허리가 상하면 어쩌느냐고 꾸지람을 들을 것만 같다.

그런데 나룻^{수염}이 긴 농부는 소녀 편을 한번 훑어보고는 그저 송아지 고삐를 풀어내면서,

"어서들 집으로 가거라. 소나기가 올라."

참 먹장구름 한 장이 머리 위에 와 있다. 갑자기 사면이 소란스러워진 것 같다. 바람이 우수수 소리를 내며 지나간다. 삽시간에 주위가 보랏빛으로 변했다.[1]

산을 내려오는데 떡갈나뭇잎에서 빗방울 듣는^{떨어지는} 소리가 난다. 굵은 빗방울이었다. 목덜미가 선뜻선뜻했다. 그러자 대번에 눈앞을 가로막는 빗줄기.

비안개 속에 원두막이 보였다. 그리로 가 비를 그을 수밖에.

그러나 원두막은 기둥이 기울고 지붕도 갈래갈래 찢어져 있었다. 그런대로 비가 덜 새는 곳을 가려 소녀를 들어서게 했다. 소녀의 입술이 파랗게 질려 있었다. 어깨를 자꾸 떨었다.

무명 겹저고리를 벗어 소녀의 어깨를 싸 주었다. 소녀는 비에 젖은 눈을 들어 한 번 쳐다보았을 뿐, 소년이 하는 대로 잠자코 있었다. 그러면서 안고 온 꽃묶음 속에서 가지가 꺾이고 꽃이 일그러진 송이를 골라 발밑에 버린다. 소녀가 들어선 곳도 비가 새기 시작했다. 더 거기서 비를 그을 수 없었다.

밖을 내다보던 소년이 무엇을 생각했는지 수수밭 쪽으로 달려간다. 세워놓은 수숫단 속을 비집어 보더니 옆의 수숫단을 날라다 덧세운다. 다시 속을 비집어 본다. 그러고는 소녀 쪽을 향해 손짓을 한다.

수숫단 속은 비는 안 새었다. 그저 어둡고 좁은 게 안됐다. 앞에 나앉은 소년은 그냥 비를 맞아야만 했다. 그런 소년의 어깨에서 김이 올랐다.

소녀가 속삭이듯이, 이리 들어와 앉으라고 했다. 괜찮다고 했다. 소녀가 다시 들어와 앉으라고 했다. 할 수 없이 뒷걸음질을 쳤다. 그 바람에, 소녀가 안고 있는 꽃묶음이 우그러들었다.[2] 그러나 소녀는 상관없다고 생각했다. 비에 젖은 소년의 몸 내음새가 확 코에 끼얹혀졌다. 그러나 고개를 돌리

---

1) 분위기가 바뀌며 위기감과 긴장감이 조성되고 있다.

2) 불행한 결말을 암시하는 복선이다.

지 않았다. 도리어 소년의 몸기운으로 해서 떨리던 몸이 적이 누그러지는 느낌이었다.

소란하던 수숫잎 소리가 뚝 그쳤다. 밖이 멀개졌다.

수숫단 속을 벗어 나왔다. 멀지 않은 앞쪽에 햇빛이 눈부시게 내리붓고 있었다. 도랑 있는 곳까지 와 보니, 엄청나게 물이 불어 있었다. 빛마저 제법 붉은 흙탕물이었다. 뛰어 건널 수가 없었다.

소년이 등을 돌려댔다.[1] 소녀가 순순히 업히었다. 걷어 올린 소년의 잠방이 가랑이가 무릎까지 내려오도록 짧게 만든 홑바지까지 물이 올라왔다. 소녀는, 어머나 소리를 지르며 소년의 목을 그러안았다.

개울가에 다다르기 전에 가을 하늘이 언제 그랬는가 싶게 구름 한 점 없이 쪽빛으로 개어 있었다.

그 뒤로 소녀의 모습이 보이지 않았다. 매일같이 개울가로 달려와 봐도 뵈지 않았다. 학교에서 쉬는 시간에 운동장을 살피기도 했다. 남몰래 5학년 여자 반을 엿보기도 했다. 그러나 보이지 않았다.

이리 들어와 앉아.

🕐 소설 한 장면　위기　소년과 소녀가 소나기를 만나 더욱 가까워짐

---

1) 소년이 이전과 달리 적극적으로 행동하고 있다.

그날도 소년은 주머니 속 흰 조약돌만 만지작거리며 개울가로 나왔다. 그랬더니 이쪽 개울둑에 소녀가 앉아 있는 게 아닌가.

소년은 가슴부터 두근거렸다.

"그동안 앓았다."

알아보게 소녀의 얼굴이 해쓱해져 있었다.

"그날 소나기 맞은 탓 아냐?"

소녀가 가만히 고개를 끄덕였다.

"인제 다 낫냐?"

"아직도……."

"그럼 누워 있어야지."

"하도 갑갑해서 나왔다. ……그날 참 재밌었어. ……근데 그날 어디서 이런 물이 들었는지 잘 지지 않는다."

소녀가 분홍 스웨터 앞자락을 내려다본다. 거기에 검붉은 진흙물 같은 게 들어 있었다.

소녀가 가만히 보조개를 떠올리며,

"이게 무슨 물 같니?"

소년은 스웨터 앞자락만 바라보고 있었다.

"내, 생각해 냈다. 그날 도랑을 건널 때 내가 업힌 일 있지? 그때 네 등에서 옮은 물이다."

소년은 얼굴이 확 달아오름을 느꼈다.

갈림길에서 소녀는,

"저, 오늘 아침에 우리 집에서 대추를 땄다. 낼 제사 지내려구……."

대추 한 줌을 내어 준다. 소년은 주춤한다.

"맛봐라. 우리 증조할아버지가 심었다는데, 아주 달다."

소년은 두 손을 오그려 내밀며,

"참, 알도 굵다!"

"그리구 저, 우리 이번에 제사 지내고 나서 좀 있다 집을 내주게 됐다."

소년은 소녀네가 이사해 오기 전에 벌써 어른들의 이야기를 들어서, 윤 초시 손자가 서울서 사업에 실패해 가지고 고향에 돌아오지 않을 수 없게 됐다는 걸 알고 있었다. 그것이 이번에는 고향 집마저 남의 손에 넘기게 된 모양이었다.

"왜 그런지 난 이사 가는 게 싫어졌다. 어른들이 하는 일이니 어쩔 수 없지만……."

전에 없이 소녀의 까만 눈에 쓸쓸한 빛이 떠돌았다.

소녀와 헤어져 돌아오는 길에 소년은 혼잣속으로 소녀가 이사를 간다는 말을 수없이 되뇌어 보았다. 무어 그리 안타까울 것도 서러울 것도 없었다. 그렇건만 소년은 지금 자기가 씹고 있는 대추알의 단맛을 모르고 있었다.

이날 밤, 소년은 몰래 덕쇠 할아버지네 호두밭으로 갔다.

낮에 봐 두었던 나무로 올라갔다. 그리고 봐 두었던 가지를 향해 작대기를 내리쳤다. 호두송이 떨어지는 소리가 별나게 크게 들렸다. 가슴이 선뜩했다. 그러나 다음 순간, 굵은 호두야 많이 떨어져라, 많이 떨어져라, 저도 모를 힘에 이끌려 마구 작대기를 내리치는 것이었다.

돌아오는 길에는 열이틀 달이 지우는 그늘만 골라 짚었다. 그늘의 고마움을 처음 느꼈다.

불룩한 주머니를 어루만졌다. 호두송이를 맨손으로 깠다가는 옴이 오르기 쉽다는 말 같은 건 아무렇지도 않았다. 그저 근동近洞 가까운 이웃 동네에서 제일가는

📙 소설 한 장면　절정　소녀가 이사 간다는 소식을 들은 소년은 서운함을 느낌

이 덕쇠 할아버지네 호두를 어서 소녀에게 맛보여야 한다는 생각만이 앞섰다.

그러다 아차 하는 생각이 들었다. 소녀더러 병이 좀 낫거들랑 이사 가기 전에 한번 개울가로 나와 달라는 말을 못 해 둔 것이었다. 바보 같은 것, 바보 같은 것.

이튿날, 소년이 학교에서 돌아오니 아버지가 나들이옷으로 갈아입고 닭 한 마리를 안고 있었다.

어디 가시느냐고 물었다.

그 말에도 대꾸도 없이 아버지는 안고 있는 닭의 무게를 겨냥해 보면서,

"이만하면 될까?"

어머니가 망태기를 내주며,

"벌써 며칠째 '걀걀' 하고 알 낳을 자리를 보든데요. 크진 않아도 살은 쪘을 거예요."

소년이 이번에는 어머니한테 어디 가시느냐고 물어보았다.

"저, 서당골 윤 초시 댁에 가신다. 제사상에라도 놓으시라고……."

"그럼, 큰 놈으로 하나 가져가지. 저 얼룩 수탉으루……."

이 말에 아버지는 허허 웃고 나서,

"인마, 그래도 이게 실속이 있다."

소년은 공연히 열적어 <u>열없어. 좀 겸연쩍고 부끄러워</u>, 책보를 집어던지고는 외양간으로 가, 쇠잔등을 한번 철썩 갈겼다. 쇠파리라도 잡는 척.

개울물은 날로 여물어 갔다.

소년은 갈림길에서 아래쪽으로 가 보았다. 갈밭머리에서 바라보는 서당골 마을은 쪽빛 하늘 아래 한결 가까워 보였다.

어른들의 말이, 내일 소녀네가 양평읍으로 이사 간다는 것이었다. 거기 가서는 조그마한 가겟방을 보게 되리라는 것이었다.

소년은 저도 모르게 주머니 속 호두알을 만지작거리며, 한 손으로는 수없이 갈꽃을 휘어 꺾고 있었다.

그날 밤, 소년은 자리에 누워서도 같은 생각뿐이었다. 내일 소녀네가 이사하는 걸 가 보나 어쩌나, 가면 소녀를 보게 될까 어떨까.

그러다가 까무룩 잠이 들었는가 하는데,

"허, 참 세상일도……."

마을 갔던 아버지가 언제 돌아왔는지,

"윤 초시 댁도 말이 아니야. 그 많던 전답을 다 팔아 버리고, 대대로 살아 오던 집마저 남의 손에 넘기더니, 또 악상惡喪 자식이 부모보다 먼저 죽는 일까지 당하는 걸 보면……."

남폿불남포등에 켜 놓은 불. '남포'는 '램프'에서 유래한 말 밑에서 바느질감을 안고 있던 어머니가,

"증손이라곤 계집애 그 애 하나뿐이었지요?"

"그렇지. 사내애 둘 있던 건 어려서 잃구……."

"어쩌믄 그렇게 자식 복이 없을까."

"글쎄 말이지. 이번 앤 꽤 여러 날 앓는 걸 약두 변변히 못 써 봤다더군. 지금 같아서는 윤 초시네두 대가 끊긴 셈이지. ……그런데 참, 이번 계집애는 어린것이 여간 잔망스럽지알밉도록 맹랑한 데가 있지 않어. 글쎄, 죽기 전에 이런 말을 했다지 않어? 자기가 죽거든 자기 입던 옷을 꼭 그대로 입혀서 묻어 달라구……."[1]

증손이라곤 계집애 그 애 하나뿐이었지요?

그렇지. 그런데 참, 어린것이 여간 잔망스럽지 않어. 죽기 전에 이런 말을 했다지 않어? 자기가 죽거든 입던 옷을 그대로 입혀서 묻어 달라구…….

 소설 한 장면　　결말　아버지로부터 소녀의 죽음을 전해 들음

---

1) 소년의 등에 업혀 도랑을 건너다 진흙물이 든 옷을 말한다. 소년과의 아름다운 추억을 영원히 간직하고 싶은 소녀의 마음이 드러난다.

🔭 생각해 볼까요?

선생님 작품의 제목인 '소나기'에는 어떤 의미가 담겨 있나요?

💬 3 ♥ 3

학생 1 소년과 소녀는 산에서 갑자기 소나기를 만나 함께 비를 피하며 더욱 가까워져요. 이런 점에서 소나기는 두 사람의 관계를 맺어 준 매개체라고 할 수 있어요.

학생 2 하지만 긴장감과 위기감을 조성하기도 해요. 결국 소녀의 병이 악화하는 원인이 되기 때문이에요.

학생 3 소나기에는 '소년과 소녀의 강렬하지만 짧은 사랑'이라는 의미가 담겨 있어요. 소녀의 죽음으로 둘의 만남이 짧게 끝날 수밖에 없었기 때문이에요.

선생님 소녀는 어느 날 개울둑에 앉아 있는 소년을 향해 "이 바보."라고 말하며 조약돌을 던져요. 소녀가 던진 조약돌은 무엇을 의미할까요?

💬 2 ♥ 2

학생 1 소년에 대한 소녀의 관심을 의미해요. 소녀는 소년이 지나가는 길을 막고 앉아 자신에게 말을 걸어 주기를 기다리지만 그러지 않는 소년이 야속한 거예요.

학생 2 조약돌은 소설에서 사건이 일어나는 계기가 되기도 해요.

선생님 작품 속에서는 소년의 성격 변화가 잘 드러나요. 소년이 어떻게 변화하는지 함께 알아볼까요?

💬 4 ♥ 4

학생 1 농촌에서 자란 순박한 시골 소년은 서울에서 온 소녀에게 관심을 보여요. 처음에는 소극적인 모습을 보이다가 소녀를 좋아하는 마음에 점차 적극적인 성격으로 변해가죠.

학생 2 개울가에 앉아 물장난던 소년은 소녀가 건너오는 모습을 보자 반대편으로 달려가요. 그러다 디딤돌을 헛디뎌서 한 발이 물속에 빠지죠. 이런 모습에서 소년이 소녀를 좋아하고 있지만, 내성적이고 소극적인 성격 탓에 부끄러움을 느끼고 있다는 걸 알 수 있어요.

학생 3 친해진 소년과 소녀가 산에서 놀 때 비탈진 곳에서 미끄러진 소녀가 무릎을 다쳐요. 이때 소년은 생채기에 입술을 가져다 대고 빨아요. 소녀를 위하고 걱정하는 마음이 소년의 적극적인 행동을 끌어낸 거예요.

학생 4 이사 간다고 하는 소녀를 위해서 덕쇠 할아버지네 호두를 몰래 따는 소년의 모습에서는 소녀를 좋아하는 마음 때문에 적극적으로 바뀌었다는 걸 알 수 있어요.

선생님 어른이 되는 과정에는 아름답고 행복한 기억만 있는 건 아니에요. 일종의 통과 의례처럼 많은 위기와 시련이 다가오기도 하죠. 이러한 점을 고려할 때 작품을 통해 작가가 전하려 한 메시지는 무엇일까요?

 1 ♥ 1

↳ **학생 1** 작가는 소년과 소녀가 느끼는 사랑의 설렘과 이별의 슬픔을 서정적이고 아름답게 묘사하였어요. 소년과 소녀가 함께 놀다 비를 피하는 모습, 서로 대추와 호두를 주고받는 모습 등을 통해 소년과 소녀의 맑고 순수한 사랑을 표현하려 하였어요.

「소나기」의 간접 제시   ▼ Q

연관 검색어   인물의 성격 제시 방법

황순원의 「소나기」에서는 간접 제시 방법이 사용된다. 소년은 아버지에게 소녀의 집에 이왕이면 큰 수탉을 갖다 주라고 한다. 이 말에서는 소녀에게 좋은 것을 주고 싶어 하는 소년의 애정이 드러난다. 자신이 죽으면 입던 옷을 그대로 입혀서 묻어 달라는 소녀의 말에서는 소년과의 추억을 소중히 간직하려는 마음이 드러난다. 이처럼 간접 제시 방법은 인물의 말과 행동을 통해 감정이나 상황을 암시한다.

학

#우정   #사상과이념   #6·25전쟁   #휴머니즘

⚓ 작품 길잡이

갈래: 전쟁 소설
배경: 시간 - 1950년 전쟁 당시의 가을 / 공간 - 삼팔선에 접경한 북쪽 마을
시점: 3인칭 작가 관찰자 시점(부분적으로 3인칭 전지적 작가 시점)
주제: 사상과 이념을 초월한 순수한 우정
출전: 〈신천지〉⁽¹⁹⁵³⁾

📷 인물 관계도

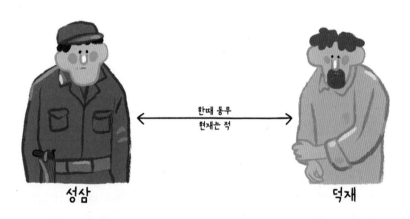

한때 동무
현재는 적

성삼   **덕재**

성삼	어린 시절 덕재와 단짝 친구였다. 덕재를 호송하며 적대감을 품으나 진실을 안 후에 우정을 회복한다.
덕재	가난하지만 성실한 농민이다. 자신의 의지와 상관없이 농민 동맹 부위원장이 되었다.

🗒 구성과 줄거리

발단　**성삼이 치안대원이 되어 마을에 돌아옴**
성삼과 덕재는 어린 시절 삼팔선 부근의 한 마을에서 단짝 친구로 지냈다. 성삼은 치안대원으로 고향 마을에 돌아온다.

전개　**성삼이 자청해서 친구 덕재를 호송함**
성삼은 동네 치안대에서 인민군 협력자 덕재가 포승줄에 묶여 있는 것을 보고 놀란다. 성삼은 덕재를 청단까지 호송하겠다고 자청한다.

위기　**성삼과 덕재의 갈등이 고조되지만 옛 우정이 되살아남**
성삼은 덕재를 호송하면서 어린 시절 호박잎 담배를 나눠 피우던 추억과 혹부리 할아버지네 밤을 서리하다가 들켜 혼이 난 추억들을 떠올린다. 성삼은 농민 동맹 부위원장까지 지낸 덕재에게 적대감을 품기도 하지만 대화를 통해 진실을 알게 된다. 덕재는 어떤 이념에 대한 동조도 없이 단지 빈농이라는 이유만으로 이용당했을 뿐이다. 덕재는 병석에 있는 아버지와 농사에 대한 애착 때문에 피난을 가지 않았다고 성삼에게 털어놓는다.

절정　**성삼은 학 사냥을 하던 어린 시절의 추억을 회상함**
성삼은 고갯길을 내려오면서 학 떼를 발견하고 어린 시절에 대한 회상에 잠긴다. 성삼과 덕재는 학을 잡아 얽어매 놓고 장난을 쳤다. 어느 날 사냥꾼이 학을 잡으러 왔다는 소문을 듣고 둘은 학 발목의 올가미를 풀어 주었다.

결말　**성삼이 덕재의 포승줄을 풀어 줌**
성삼은 덕재에게 학 사냥이나 한번 하자며 포승줄을 풀어 준다. 덕재는 성삼이 자신을 쏘아 죽이려는 것으로 오해한다. "어이, 왜 멍추같이 서 있는 게야?" 성삼의 재촉에 덕재도 무엇인가 깨달은 듯 잡풀 사이를 기기 시작한다. 때마침 단정학 두세 마리가 유유히 날아간다.

학

삼팔 접경의 이 북쪽 마을은 드높이 갠 가을하늘 아래 한껏 고즈넉했다.

주인 없는 집 봉당에 흰 박통쪼개지 아니한 통째로의 박 만이 흰 박통만을 의지하고 굴러 있었다.

어쩌다 만나는 늙은이는 담뱃대부터 뒤로 돌렸다. 아이들은 또 아이들대로 멀찌감치서 미리 길을 비켰다. 모두 겁에 질린 얼굴들이었다.

동네 전체로는 이번 동란에 깨어진 자국이라곤 별로 없었다. 그러나 어쩐지 자기가 어려서 자란 옛 마을은 아닌 성싶었다.

뒷산 밤나무 기슭에서 성삼이는 발걸음을 멈추었다. 거기 한 나무에 기어올랐다. 귓속 멀리서, 요놈의 자식들이 또 남의 밤나무에 올라가는구나, 하는 혹부리 할아버지의 고함 소리가 들려왔다. 그 혹부리 할아버지도 그새 세상을 떠났는가, 몇 사람 만난 동네 늙은이 가운데 뵈지 않았다.

성삼이는 밤나무를 안은 채 잠시 푸른 가을하늘을 치어다보았다. 흔들지도 않은 밤나무 가지에서 남은 밤송이가 저 혼자 아람밤 따위가 충분히 익어 저절로 떨어질 정도가 된 상태 이 벌어져 떨어져 내렸다.

> 전쟁 피해는 별로 없지만 어쩐지 옛날과는 다르군.

🖐 소설 한 장면 **발단** 성삼이 치안대원이 되어 마을에 돌아옴

임시 치안대 사무소로 쓰고 있는 집 앞에 이르니, 웬 청년 하나가 포승에 묶이어 있다.

이 마을에서 처음 보다시피 하는 젊은이라, 가까이 가 얼굴을 들여다보았다. 깜짝 놀랐다. 바로 어려서 단짝 동무였던 덕재가 아니냐.

천태에서 같이 온 치안대원에게 어찌된 일이냐고 물었다. 농민 동맹 부위원장을 지낸 놈인데 지금 자기 집에 잠복해 있는 걸 붙들어 왔다는 것이다.[1] 성삼이는 거기 봉당 위에 앉아 담배를 피워 물었다.

덕재를 청단까지 호송하기로 되었다. 치안대원 청년 하나가 데리고 가기로 했다.

성삼이가 다 탄 담배꼬투리에서 새로 담뱃불을 댕겨 가지고 일어섰다.

"이 자식은 내가 데리구 가지요."

덕재는 한결같이 외면한 채 성삼이 쪽은 보려고도 하지 않았다.

동구 밖을 벗어났다.

성삼이는 연거푸 담배만 피웠다. 담배 맛은 몰랐다.[2] 그저 연기만 기껏 빨았다 내뿜곤 했다. 그러다가 문득 이 덕재 녀석도 담배 생각이 나려니 하는 생각이 들었다. 어려서 어른들 몰래 담모퉁이에서 호박잎 담배를 나눠 피우던 생각이 났다. 그러나 오늘 이놈에게 담배를 권하다니 될 말이냐.

한번은 어려서 덕재와 같이 혹부리 할아버지네 밤을 훔치러 간 일이 있었다. 성삼이가 나무에 올라갈 차례였다. 별안간 혹부리 할아버지의 고함 소리가 들려왔다. 나무에서 미끄러져 떨어졌다. 엉덩이에 밤송이가 찔렸다. 그러나 그냥 달렸다. 혹부리 할아버지가 못 따라올 만큼 멀리 가서야 절로 눈물이 찔끔거려졌다. 덕재가 불쑥 자기 밤을 한 줌 꺼내어 성삼이 호주머니에 넣어 주었다…….

성삼이는 새로 불을 댕겨 문 담배를 내던졌다. 그러고는 이 덕재 자식을 데리고 가는 동안 다시 담배는 붙여 물지 않으리라 마음먹는다.

고갯길에 다다랐다. 이 고개는 해방 전전해 성삼이가 삼팔 이남 천태 부

---

1) 농민 동맹 부위원장은 북한이 점령했을 때 민간인이 맡았던 직책으로 남한이 만들었던 직책인 치안대원과는 필연적으로 대립할 수밖에 없었다.

2) 단짝 친구였던 덕재를 호송해야 하는 성삼이의 괴로운 심정이 드러난다.

근으로 이사 가기까지 덕재와 더불어 늘 꼴 베러 넘나들던 고개다.

성삼이는 와락 저도 모를 화가 치밀어 고함을 질렀다.

"이 자식아, 그동안 사람을 몇이나 죽였냐?"

그제야 덕재가 힐끗 이쪽을 바라다보더니 다시 고개를 거둔다.

"이 자식아, 사람 몇이나 죽였어?"

덕재가 다시 고개를 이리로 돌린다. 그러고는 성삼이를 쏘아본다. 그 눈이 점점 빛을 더해 가며 제법 수염발 잡힌 입언저리가 실룩거리더니,

"그래 너는 사람을 그렇게 죽여 봤니?"

이 자식이! 그러면서도 성삼이의 가슴 한복판이 환해짐을 느낀다. 막혔던 무엇이 풀려 내리는 것만 같은. 그러나,

"농민 동맹 부위원장쯤 지낸 놈이 왜 피하지 않구 있었어? 필시 무슨 사명을 맡구 잠복해 있는 거지?"

덕재는 말이 없다.

"바른대루 말해라. 무슨 사명을 띠구 숨어 있었냐?"

그냥 덕재는 잠잠히 걷기만 한다. 역시 이 자식 속이 꿀리는 모양이구나. 이런 때 한번 낯짝을 봤으면 좋겠는데 외면한 채 다시는 고개를 돌리지 않

🍅 소설 한 장면　전개　성삼이 자청해서 친구 덕재를 호송함

는다.

성삼이는 허리에 찬 권총을 잡으며,

"변명은 소용없다. 영락없이 넌 총살감이니까. 그저 여기서 바른대루 말이나 해 봐라."

덕재는 그냥 외면한 채,

"변명은 할려구두 않는다. 내가 제일 빈농貧農 가난한 농민의 자식인 데다가 근농꾼부지런히 농사 짓는 농민이라구 해서 농민 동맹 부위원장 됐든 게 죽을 죄라면 하는 수 없는 거구, 나는 예나 이제나 땅 파먹는 재주밖에 없는 사람이다."

그리고 잠시 사이를 두어,

"지금 집에 아버지가 앓아누웠다. 벌써 한 반년 된다."

덕재 아버지는 홀아비로 덕재 하나만 데리고 늙어 오는 빈농꾼이었다. 칠 년 전에 벌써 허리가 굽고 검버섯이 돋은 얼굴이었다.

"장간 안 들었냐?"

잠시 후에,

"들었다."

"누와?"

"꼬맹이와."

아니 꼬맹이와? 거 재미있다. 하늘 높은 줄 모르고 땅 넓은 줄만 알아, 키는 작고 똥똥하기만 한 꼬맹이. 무던히 새침데기였다. 그것이 얄미워서 덕재와 자기는 번번이 놀려서 울려 주곤 했다. 그 꼬맹이한테 덕재가 장가를 들었다는 것이다.

"그래 애가 몇이나 되나?"

"이 가을에 첫애를 낳는대나."

성삼이는 그만 저도 모르게 터져 나오려는 웃음을 겨우 참았다. 제 입으로 애가 몇이나 되느냐 묻고서도 이 가을에 첫애를 낳게 됐다는 말을 듣고는 우스워 못 견디겠는 것이다. 그러지 않아도 작은 몸에 큰 배를 한 아름 안고 있을 꼬맹이. 그러나 이런 때 그런 일로 웃거나 농담을 할 처지가 아니라는 걸 깨달으며,

"하여튼 네가 피하지 않구 남아 있는 건 수상하지 않어?"

"나두 피하려구 했었어. 이번에 이남서 쳐들어오믄 사내란 사낸 모조리 잡아 죽인다구 열일곱에서 마흔 살까지의 남자는 강제루 북으로 이동하게

됐었어. 할 수 없이 나두 아버질 업구라두 피난 갈까 했지. 그랬드니 아버지가 안 된다는 거야. 농사꾼이 다 지어 놓은 농살 내버려 두구 어딜 간단 말이냐구. 그래 나만 믿구 농사일루 늙으신 아버지의 마지막 눈이나마 내 손으루 감겨 드려야겠구, 사실 우리같이 땅이나 파먹는 것이 피난 간댔자 별수 있는 것두 아니구……"

지난 유월 달에는 성삼이 편에서 피난을 갔었다. 밤에 몰래 아버지더러 피난 갈 이야기를 했다. 그때 성삼이 아버지도 같은 말을 했다. 농사꾼이 농사일을 늘어놓구 어디루 피난 간단 말이냐. 성삼이 혼자서 피난을 갔다. 남쪽 어느 낯선 거리와 촌락을 헤매 다니면서 언제나 머리에서 떠나지 않는 건 늙은 부모와 어린 처자에게 맡기고 나온 농사일이었다. 다행히 그때나 이제나 자기네 식구들은 몸 성히들 있다.

고갯마루를 넘었다. 어느새 이번에는 성삼이 편에서 외면을 하고 걷고 있었다. 가을 햇볕이 자꾸 이마에 따가웠다. 참 오늘 같은 날은 타작하기에 꼭 알맞은 날씨라고 생각했다.

고개를 다 내려온 곳에서 성삼이는 주춤 발걸음을 멈추었다.

바른대루 말해라. 무슨 사명을 띠구 숨어 있었냐?

내가 제일 빈농인 데다가 근농꾼이라구 해서 농민 동맹 부위원장 됐다. 앓아누운 아버질 업구라두 피난 갈까 했는데 아버지가 안 된다는 거야. 농사꾼이 다 지어 놓은 농살 내버려 두구 어딜 간단 말이냐구……

🗣 소설 한 장면　위기　성삼과 덕재의 갈등이 고조되지만 옛 우정이 되살아남

저쪽 벌 한가운데 흰 옷을 입은 사람들이 허리를 굽히고 섰는 것 같은 것은 틀림없는 학 떼였다. 소위 삼팔선 완충 지대가 되었던 이곳. 사람이 살고 있지 않은 그동안에도 이들 학들만은 전대로 살고 있는 것이었다.

지난날 성삼이와 덕재가 아직 열두어 살쯤 났을 때 일이었다. 어른들 몰래 둘이서 올가미를 놓아 여기 학 한 마리를 잡은 일이 있었다. 단정학^{丹頂鶴 붉은 볏을}_{가진 학}이었다. 새끼로 날개까지 얽어매 놓고는 매일같이 둘이서 나와 학의 목을 쓸어안는다, 등에 올라탄다, 야단을 했다. 그러한 어느 날이었다. 동네 어른들의 수군거리는 소리를 들었다. 서울서 누가 학을 쏘러 왔다는 것이다. 무슨 표본인가를 만들기 위해서 총독부의 허가까지 맡아 가지고 왔다는 것이다. 그 길로 둘이는 벌로 내달렸다. 이제는 어른들한테 들켜 꾸지람 듣는 것 같은 건 문제가 아니었다. 그저 자기네의 학이 죽어서는 안 된다는 생각뿐이었다. 숨돌릴 겨를도 없이 잡풀 새를 기어 학 발목의 올가미를 풀고 날개의 새끼를 끌렀다. 그런데 학은 잘 걷지도 못하는 것이다. 그동안 얽매여 시달렸던 탓이리라. 둘이서 학을 마주 안아 공중에 투쳤다. 별안간 총소리가 들렸다. 학이 두서너 번 날갯짓을 하다가 그대로 내려왔다. 맞았구나. 그러나 다음 순간, 바로 옆 풀숲에서 펄럭 단정학 한 마리가 날개를 펴자 땅에 내려앉았던 자기네 학

사람이 살고 있지 않은 그동안에도 학들만은 전대로 살고 있었구나.

📖 소설 한 장면   절정   성삼은 학 사냥을 하던 어린 시절의 추억을 회상함

학 277

도 긴 목을 뽑아 한 번 울음을 울더니 그대로 공중에 날아올라, 두 소년의 머리 위에 둥그라미를 그리며 저쪽 멀리로 날아가 버리는 것이었다. 두 소년은 언제까지나 자기네 학이 사라진 푸른 하늘에서 눈을 뗄 줄을 몰랐다…….

"애, 우리 학 사냥이나 한번 하구 가자."

성삼이가 불쑥 이런 말을 했다.

덕재는 무슨 영문인지 몰라 어리둥절해 있는데,

"내 이걸루 올가밀 만들어 놀께 너 학을 몰아오너라."

포승줄을 풀어 쥐더니, 어느새 잡풀 새로 기는 걸음을 쳤다.

대번 덕재의 얼굴에서 핏기가 걷혔다. 좀 전에, 너는 총살감이라던 말이 퍼뜩 머리를 스치고 지나갔다. 이제 성삼이가 기어가는 쪽 어디서 총알이 날아오리라.

저만치서 성삼이가 획 고개를 돌렸다.

"어이, 왜 멍추같이 서 있는 게야? 어서 학이나 몰아오너라."

그제서야 덕재도 무엇을 깨달은 듯 잡풀 새를 기기 시작했다.

때마침 단정학 두세 마리가 높푸른 가을 하늘에 곧 날개를 펴고 유유히 날고 있었다.

애, 우리 학 사냥이나 한번 하구 가자. ……왜 멍추같이 서 있는 게야? 어서 학이나 몰아오너라.

🕐 소설 한 장면　결말　성삼이 덕재의 포승줄을 풀어 줌

🔭 생각해 볼까요?

📖 **선생님** 학 사냥의 추억은 이 작품에서 어떤 기능을 하나요?
💬 1 🤍 1

↳ **학생 1** 이념 때문에 상실된 우정을 회복시켜 주는 매개체 역할을 해요.

📖 **선생님** 「학」에서는 특정한 공간에 따라서 갈등이 고조되었다가 해소돼요. 어떤 공간 인지 알아볼까요?
💬 3 🤍 3

↳ **학생 1** 고갯길이에요. 고갯길을 올라가며 갈등이 고조되다가 고갯길을 내려올 때 갈등이 해소되고 있어요.

↳ **학생 2** 치안대원 성삼은 고갯길을 오르면서 인민군 협력자 덕재를 호송해야 하는 임무와 옛 우정 사이에서 갈등해요.

↳ **학생 3** 이 갈등은 성삼이 고개를 넘으며 어린 시절 학 사냥의 추억을 떠올리면서 해 소돼요. 결국 성삼은 들판에 이르러서는 덕재의 포승줄을 풀어 줘요.

📖 **선생님** 작품에서 '학'이 상징하는 바는 무엇일까요?
💬 2 🤍 2

↳ **학생 1** 일반적으로 문학에서 '학'은 자유와 평화, 인간애, 화합 등을 상징해요.

↳ **학생 2** 깨끗하고 순결한 이미지인 학은 '백의민족'인 우리 민족을 상징해요. 삼팔선이 생기도 전과 같이 평화롭게 살고 있는 학의 모습에서 이념 갈등을 넘어 평화 를 지향해야 한다는 작가의 주제 의식이 드러나요.

📖 **선생님** 이 작품은 "단정학 두세 마리가 높푸른 가을 하늘에 곧 날개를 펴고 유유히 날고 있었다."라는 문장으로 마무리돼요. 이 표현은 무엇을 암시할까요?
💬 1 🤍 1

↳ **학생 1** 이데올로기가 순수한 우정까지 얽맬 수는 없다는 인도주의적 정신이 깔려 있 어요. 학은 성삼과 덕재의 우정과 덕재의 자유를 의미하듯 유유히 날아가요.

선생님 「학」의 구성과 문체의 특징을 이야기해 봐요.
💬 2 ♥ 2

학생 1 이 소설은 시간의 순서에 따라 전개되면서도 과거의 사건들이 중간중간에 삽입되어 있어요. 호박잎 담배와 밤 서리, 학 사냥 등에 관한 추억은 성삼과 덕재의 우정을 회복시키는 역할을 해요.

학생 2 작가는 직접적으로 서술하기보다는 과감한 생략과 암시를 사용하면서 인물의 심리 변화를 보여 줘요. 또한 서정적인 문체를 통해 무거운 주제를 예술적으로 형상화하고 있어요.

휴머니즘 ▼ 🔍

연관 검색어　인간 신뢰　인간애　인본주의

휴머니즘은 인간의 존엄성을 최고의 가치로 여기고 인종, 민족, 국가, 종교를 초월하여 인류의 안녕과 복지를 꾀하는 것을 이상으로 하는 사상이나 태도를 말한다. 휴머니즘의 본질은 자기중심주의·자국중심주의에 있지 않고, 끊임없이 자기를 초월하여 자기를 실현해 나가는 데에 있다.

6·25 전쟁에 대한 한국 소설가들의 일반적인 대응 양식 중 하나는 소박한 인간 신뢰에 기초한 휴머니즘의 자세로 전쟁의 상처를 이겨내 보려는 유형이다. 이러한 유형의 작품으로는 오영수의 「갯마을」, 이범선의 「학마을 사람들」, 하근찬의 「수난이대」 등이 있다. 황순원의 「학」 또한 이러한 유형에 속하는 작품이다. 이념의 갈등이 심할 수밖에 없는 삼팔선 접경의 북쪽 마을이 배경인 이 작품 속에서 치안대원 성삼은 농민 동맹 부위원장을 지냈다가 잡힌 친구 덕재를 풀어 준다. 두 인물의 갈등과 해소는 사상과 이념을 초월하여 민족상잔의 비극을 극복하고 인간애를 회복하고자 하는 주제 의식을 보여 준다.

손창섭
(1922~2010)

✉ **작가에 대하여**

··

　평안남도 평양 출생. 젊은 시절 만주와 일본 등지를 전전하였고 고학으로 일본 니혼대학교를 다니다 중퇴하였다. 그 뒤 초등학교 교원, 잡지 편집자 등으로 일하였다. 1952년 단편 「공휴일」과 「사연기」를 〈문예〉에 발표하면서 등단하였다. 1955년 「혈서」로 〈현대문학〉 신인문학상을 수상하였으며, 1959년 작가 자신의 반항적 기질을 담은 「잉여인간」으로 동인문학상을 수상하였다. 1961년 자전적 소설인 「신의 희작」을 발표한 이후 거의 작품을 발표하지 않았다. 천성이 비사교적이고 외곬이어서 문단의 기인으로 알려져 있다. 1973년 일본으로 귀화하였다.

　손창섭 소설의 주제는 왜곡된 인간상의 창조라고 할 수 있다. 소설 속의 인물들은 대부분 신체 또는 정신적인 결핍을 겪는다. 이는 인간 자체의 결함이 아니라 전후의 참담한 현실에서 비롯된 것이다. 손창섭은 이렇듯 불완전한 인간형을 사실적인 필치로 그려 내 1950년대의 불안한 사회상을 잘 드러냈다는 평가를 받는다.

비 오는 날

⚓ 작품 길잡이

갈래: 전후 소설, 실존주의적 소설
배경: 시간 - 장마철 비 오는 날 / 공간 - 전후의 피난지인 부산 동래 부근의 외딴 마을
시점: 3인칭 전지적 작가 시점
주제: 전쟁 이후 가난하고 무기력한 인간의 삶과 허무 의식
출전: 〈문예〉(1953)

📷 인물 관계도

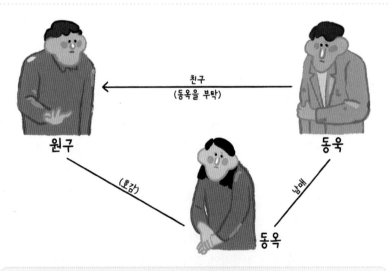

친구
(동옥을 부탁)

원구

동욱

(호감)

남매

동옥

원구	동옥에게 마음이 끌리나 결단을 내리지 못하는 우유부단한 성격이다.
동욱	동옥이 그린 초상화를 미군 부대에 팔아 생활하며 동옥에게 자주 신경질을 낸다.
동옥	불편한 다리 때문에 사람에 대한 경계가 심하지만 원구에게 차츰 마음을 연다.

🗒 구성과 줄거리

발단　비가 오는 날이면 원구는 동욱 남매의 음산한 생활 풍경을 회상함

비 내리는 날이면 원구의 마음은 무거워진다. 친구 동욱과 그의 누이동생 동옥이 비에 젖은 인생을 살았기 때문이다. 동욱은 원구의 어릴 적 친구로 폐가나 다름없는 집에서 누이동생 동옥이 그린 초상화를 미군에게 팔아 생활하고 있다.

전개　원구는 황폐한 동욱의 집에서 그의 누이동생 동옥을 만남

원구는 동욱을 만나기 위해 집으로 찾아갔다가 무표정하게 자신을 바라보는 동옥을 처음 만난다. 동옥은 말이 없고 다리가 불편하다. 동욱은 음식을 만들면서 누이동생 동옥에게 마구 욕을 한다.

위기　원구와 동옥은 서로 호감을 갖는 한편 동옥이 초상화 작업을 못 하게 됨

원구는 비가 와서 가판 가게를 열 수 없는 날에는 자주 동욱의 집을 찾는다. 동옥의 태도는 조금씩 달라져 미소를 짓기도 한다. 며칠 뒤 원구를 찾아간 동욱은 동옥이 초상화 그리는 일을 그만두게 되었고 자신은 목사가 되려 하였던 꿈을 접고 자원입대하고 싶다고 말한다. 그러면서 원구가 동옥과 결혼해 주기를 원하는 듯한 말을 하며 횡설수설한다.

절정　동옥이 집주인에게 돈을 떼이고 살던 집에서 쫓겨날 지경에 이름

동욱의 집에 잠시 들른 원구는 딱한 사정을 듣는다. 동옥이 그동안 모은 돈을 몰래 집주인 노파에게 빌려줬는데, 노파가 집을 판 뒤 달아나 돈도 못 받고 새 주인에게 쫓겨나게 되었다는 것이다. 동욱은 악에 받쳐 죽은 사람처럼 누워 있는 동생을 꾸짖는다.

결말　원구가 동욱의 집을 방문했을 때 이미 동욱 남매는 떠나고 없음

한 달 뒤 원구는 동욱의 집으로 가지만 그곳에는 이미 새 집주인 사내가 살고 있다. 주인 사내는 동욱과 동옥이 모두 집을 나갔으며, 동옥은 얼굴이 반반해 몸을 팔아도 굶어 죽지는 않을 것이라고 말한다. 원구는 그 말에 격분하고 주인이 동옥을 팔아넘긴 것이 아닐까 의심하면서 밭둑길을 걸어간다.

비 오는 날

이렇게 비 내리는 날이면 원구의 마음은 감당할 수 없도록 무거워지는 것이었다. 그것은 동욱 남매의 음산한 생활 풍경이 그의 뇌리를 영사막^{映寫幕} ^{영화나 환등을 비추는 막}처럼 흘러가기 때문이었다. 빗소리를 들을 때마다 원구에게는 으레 동욱과 그의 여동생 동옥이 생각나는 것이었다. 그들의 어두운 방과 쓰러져 가는 목조 건물이 비의 장막 저편에 우울하게 떠오르는 것이었다. 비록 맑은 날일지라도 동욱의 오뉘^{오누이}의 생활을 생각하면, 원구의 귀에는 빗소리가 설레고 그 마음 구석에는 빗물이 스며 흐르는 것 같았다. 원구의 머릿속에 떠오르는 동욱과 동옥은 그 모양으로 언제나 비에 젖어 있는 인생들이었다.[1]

동욱의 거처를 왕방하기^{往訪 가서 찾아보기} 전에 원구는 어느 날 거리에서 동욱을 만나 저녁을 같이한 일이 있었다. 동욱은 밥보다도 먼저 술을 먹고 싶어 했다. 술을 마시는 동욱의 태도는 제법 애주가^{愛酒家}였다. 잔을 넘어 흘러내리는 한 방울도 아까워서 동욱은 혀끝으로 잔굽^{잔 밑바닥에 붙은 나지막한 받침}을 핥았다. 기독교 가정에서 성장했을 뿐 아니라 몇몇 교회에서 다년간 찬양대를 지도해 온 동욱의 과거를 원구는 생각하며, 요즈음은 교회에 나가지 않느냐고 물어보았다. 동욱은 멋쩍게 씽긋 웃고 나서 이따금 한 번씩 나가노라고 하고, 그런 때는 견딜 수 없는 절망감에 숨이 막힐 것 같은 날이라는 것이었다. 동욱은 소매와 깃이 너슬너슬한^{다 헤져 너덜너덜한} 양복저고리에 교회에서 구제품으로 탄 것이라는, 바둑판처럼 사방으로 검은 줄이 죽죽 간 회색 즈봉^{양복 바지}을 입고 있었다. 무엇보다도 그의 구두가 아주 명물이었다. 개미허리처럼 중간이 잘록한 데다가 코숭이^{물체의 뾰족하게 내민 앞의 끝 부분}만 주먹만큼 뭉툭 솟아오른 검정 단화를 신고 있었다. 그건 꼭 채플린이나 신음 직한 괴이한 구두였기 때문에 잔을 주고받으면서도 원구는 몇 번이나 동욱의 발을 내려다보는 것이었다. 그동안 무얼 하며 지냈느냐는 원구의 물음에 동욱은 끼고 온 보자기를 끄르고 스크랩북을 펴 보이는 것이었다. 몇 장 벌컥벌컥 뒤지는 데 보니, 서양 여자랑 아이들의 초상화가 드문드문 붙어 있었다.

---

1) 작품의 배경과 인물들의 삶을 결합시키고 있다. 비 오는 날은 동욱 남매의 무기력하고 절망적인 삶을 의미한다.

그 견본을 가지고 미군 부대를 찾아다니며 초상화의 주문을 맡는다는 것이었다. 대학에서 영문과를 전공한 것이 아주 헛일은 아니었다고 하며 동욱은 닝글닝글 웃었다. 동욱의 그 닝글닝글한 웃음을 원구는 이전부터 몹시 꺼렸다. 상대방을 조롱하는 것 같은, 그러면서도 자조적自嘲的이요, 어쩐지 친애감조차 느껴지는 그 닝글닝글한 웃음은 원구에게 어떤 운명적인 중압을 암시하여 감당할 수 없이 마음이 무거워지는 것이었다. 대체 그림은 누가 그리느냐니까, 지금 여동생 동옥이와 둘이 지내는데, 동욱은 어려서부터 그림을 좋아하더니 초상화를 곧잘 그린다는 것이다. 동옥이란 원구의 귀에도 익은 이름이었다. 소학교 시절에 동욱이네 집에 놀러 가면 그때 대여섯 살밖에 안 되는 동옥이가 귀찮게 졸졸 따라다니던 기억이 새로웠다. 동욱은 그 당시 아이들 사이에 한창 유행되었던, '중중 때때중 바랑승려가 등에 지고 다니는 자루 모양의 큰 주머니 메고 어디 가나'를 부르고 다녔다. 그사이 이십 년이라는 세월이 흐르고 보니 동옥의 모습은 전연 기억도 남지 않았다. 동욱의 말에 의하면 지난번 1·4 후퇴 당시 데리고 왔는데, 요새 와서는 짐스러워 후회할 때가 있다는 것이었다. 그의 남편은 못 넘어 왔느냐니까, 뭘 입때여태껏 처년데, 했다. 지금 몇 살인데 미혼이냐고 묻고 싶었지만, 원구는 혼기가 지난 동욱이나 자기 자신도 아직 독신인 걸 생각하고, 여자도 그럴 수가 있을 거

이렇게 비 내리는 날이면 동욱과 동옥이 떠오르곤 한다……

📖 **소설 한 장면**　**발단**　비가 오는 날이면 원구는 동욱 남매의 음산한 생활 풍경을 회상함

라고 속으로 주억거리며 그는 입을 다물었다. 동욱의 나이가 지금 이십오륙 세가 아닐까 하고 원구는 지나간 세월과 자기 나이에 비추어 속어림으로 따져 보는 것이었다. 술에 취한 동욱은 다자꾸^{다시금 되풀이해서} 원구의 어깨를 한 손으로 투덕거리며 동욱이 년이 정말 가엾어, 암만 생각해도 그 총기며 인물이 아까워, 그런 말을 되풀이하는 것이었다. 그러고는 다시 잔을 비우고 나서, 할 수 있나 모두가 운명인걸 하고 고개를 흔드는 것이었다. 동욱은 머리를 떨어뜨린 채 내가 자네람 주저 없이 동욱이와 결혼할 테야 암 장담하고말고, 혼잣말처럼 그렇게도 중얼거리는 것이었다. 종잡을 수 없는 동욱의 그런 말에 원구는 무슨 영문인지도 모르면서도, 암 그럴 테지 하며 동욱의 손을 쥐어흔드는 것이었다. 동욱은 음식집을 나와 헤어질 무렵에 두 손을 원구의 양어깨에 얹고 자기는 꼭 목사가 되겠노라고 했다.

그것이 자기의 갈 길인 것 같다고 하며 이제 새 학기에는 신학교에 들어가겠다는 것이었다. 어깨가 축 늘어져서 걸어가는 동욱의 초라한 뒷모양을 바라보고 서서 원구는 또다시 동욱의 과거와 그 집안을 그려 보며, 목사가 되겠노라고 하면서도 술을 사랑하는 동욱을 아껴 줘야겠다고 생각하는 것이었다.

그 뒤 원구가 처음으로 동욱을 찾아간 것은 사십 일이나 계속된 긴 장마가 시작된 어느 날이었다. 동래東萊 종점에서 전차를 내리자, 동욱이가 쪽지에 그려 준 약도를 몇 번이나 펴 보며 진득진득 걷기 힘든 비탈길을 원구는 조심히 걸어 올라갔다. 비는 여전히 줄기차게 내리고 있었다. 우산을 받기는 했으나 비가 후려치고 흙탕물이 뛰고 해서 정강이 밑으로는 말이 아니었다. 동욱이가 들어 있는 집은 인가에서 뚝 떨어져 외따로이 서 있었다. 낡은 목조 건물이었다. 한 귀퉁이에 버티고 있는 두 개의 통나무 기둥이 모로 기울어지려는 집을 간신히 지탱하고 있었다. 기와를 얹은 지붕에는 두세 군데 잡초가 반길^{사람 키의 절반만 한 길이}이나 무성해 있었다. 나중에 들어 알았지만 왜정 때는 무슨 요양원療養院으로 사용되어 온 건물이라는 것이었다. 전면前面은 본시 전부가 유리 창문이었는데 유리는 한 장도 남아 있지 않았다. 들이치는 비를 막기 위해서 오른편 창문 안에는 가마니때기가 드리워 있었다. 이 폐가廢家와 같은 집 앞에 우두커니 우산을 받고 선 채, 원구는 한동안 움직이지 않았다. 이런 집에 도대체 사람이 살고 있을까? 아이들 만화책에 나오는 도깨비 집이 연상됐다.

금시 대가리에 뿔이 돋은 도깨비들이 방망이를 들고 쏟아져 나올 것만 같았다. 이런 집에 동욱과 동옥이가 살고 있다니 원구는 다시 한번 쪽지에 그린 약도를 펴 보았다. 이 집임에 틀림없었다. 개천을 끼고 올라오다가 그 개천을 건너선 왼쪽 산비탈에는 도대체 집이라고는 이 집 한 채뿐이었다. 원구는 몇 걸음 다가서며 말씀 좀 묻겠습니다 하고 인기척을 냈다. 안에서는 아무런 응답이 없었다. 원구는 같은 말을 또 한 번 되풀이했다. 그래도 잠잠하다. 차차 거세지는 빗소리와 도랑물 소리뿐, 황폐한 건물 자체가 그대로 주검처럼 고요했다. 원구는 좀 더 큰 소리로 안녕하십니까? 하고 불러 보았다. 원구는 제 소리에 깜짝 놀랐다. 목에 엉겼던 가래가 풀리며 탁 터져 나오는 음성이 예상 외로 컸던 탓인지, 그것은 마치 무슨 비명처럼 들리었기 때문이다. 그러자 문 안에 친 거적^{짚을 두툼하게 엮거나, 새끼로 날을 해 짚으로 쳐서 자리처럼 만든 물건} 귀퉁이가 들썩하며, 백지에 먹으로 그린 초상화 같은 여인의 얼굴이 나타난 것이다. 살결이 유달리 희고 눈썹이 남보다 검은 그 여인은 원구를 내다보며 좀처럼 입을 열지 않았다. 저게 동옥인가 보다고 속으로 생각하며 여기가 김동욱 군의 집이냐는 원구의 물음에 여인은 말없이 약간 고개를 끄덕여 보였을 뿐이다. 눈썹 하나 까딱하지 않는 그 태도는 거만해 보이는 것이었다. 동욱 군 어디 나갔습니까? 하고 재차 묻는 말에도 여인은 먼저처럼 고개만 끄덕했다. 그러고 나서 원구를 노려보는 듯하는 그 눈에는 까닭 모를 모멸侮蔑과 일종의 반항적 태도까지 서리어 있는 것이었다.[1] 여인은 혹시 자기를 오해하고 있지 않나 싶어 정원구라는 이름을 밝히고 나서 동욱과 소학교에서 대학까지 동창이었다는 것과, 특히 소학 시절에는 거의 날마다 자기가 동욱이네 집에 놀러 가거나, 동욱이가 자기네 집에 놀러 왔다는 것을 설명해 주었다.

그래도 여인의 표정에는 별다른 변화가 없었다. 원구는 한층 더 부드러운 음성으로 혹시 동욱 군의 여동생 아니십니까? 동옥이라구…… 하고 물었다. 여인은 세 번째 고개를 끄덕여 보인 것이다. 그리고 비로소 그 얼굴에 조소를 품은 우울한 미소가 약간 어리는 것이었다. 동욱이 어디 갔느냐니까, 그제야 모르겠는데요 하고 입을 열었다. 꽤 맑은 음성이었다. 그러면 언

---

1) 육체적 장애가 있는 동옥은 세상을 원망하고 있다. 세상과의 단절이 낯선 사람에 대한 적대적 태도로 드러나는 것이다.

제 들어올지 모르겠군요 하니까, 이번에도 동옥은 머리를 끄덕이는 것이었다. 무례한 동옥의 태도에 불쾌와 후회를 느끼면서 원구는 발길을 돌이키는 수밖에 없었다. 동옥이가 돌아오거든 자기가 다녀갔다는 말을 전해 달라고 이르고 돌아서는 원구에게 동옥은 아무러한 인사도 하지 않았다.

물탕에 젖어 꿀쩍거리는 신발 속처럼 자기의 머리는 어쩔 수 없는 우울함에 잠뿍^{담뿍하게 잔뜩} 젖어 있는 것이라고 공상하며 원구는 호박 덩굴 우거진 죄뚝길^{밭두둑 길}을 걸어 나갔다. 그 무거운 머리를 지탱하기에는 자기의 목이 지나치게 가는 것같이 여겨졌다. 그것은 불안한 생각이었다. 얼마쯤 가다가 원구는 별생각 없이 걸음을 멈추고 뒤를 돌아보았다. 안개비 속으로 바라보이는 창연한 건물은 금방 무서운 비명과 함께 모로 쓰러질 것만 같았다.

자기가 발길을 돌리자 아마 쓰러질지도 모른다는 생각에, 이제나저제나 하고 집을 지켜보고 섰던 원구는 흠칫 놀라듯이 몸을 떨었다. 창문 안에 드리운 거적을 캔버스 삼아 그림처럼 선명히 떠올라 있는 흰 얼굴이 눈에 띄었기 때문이었다. 그것은 동옥의 얼굴임에 틀림없었다. 어쩌자고 동옥은 비 뿌리는 창문에 붙어 서서 저렇게 짓궂게 나를 바라보고 있는 것일까? 어려서 들은, 여우가 사람을 홀린다는 얘기가 연상되어 전신에 오한을 느끼며 발길을 돌이키는 원구의 눈앞에 찢어진 지우산을 받고 다가오는 사나이가 있었다. 다행히도 그것은 동옥이었다. 찬거리를 사러 잠깐 나갔다가 오노라는 동옥은, 푸성귀며 생선 토막이 들어 있는 저잣구럭^{시장에 물건을 사러 다닐 때에 주로 부녀자들이 들고 다니는 구럭}을 한 손에 들고 있었다. 이 먼 델 비 맞고 왔다가 그냥 돌아가는 법이 있느냐고 하며 동옥은 원구의 손을 잡아끄는 것이었다. 말할 기력조차 잃은 사람처럼 원구는 묵묵히 뒤를 따라갔다. 좀 전의 동옥의 수수께끼 같은 태도는 더욱 이해할 수 없는 무거운 그림자가 되어 원구의 머리를 뒤집어씌우는 것이었다. 동욱에게 재촉을 받고 방 안에 들어서는 원구를 동옥은 반항적인 태도로 힐끔 쳐다보는 것이었다. 물론 일어서거나 옮겨 앉으려고도 하지 않았다.

비 오는 날인 데다가 창문까지 거적때기로 가리어서 방 안은 굴속같이 침침했다. 다다미 여덟 장 깔리는 방 안은 다다미 위에다 시멘트 종이로 장판 바른 듯한 것이었다. 한편 천장에서는 쉴 사이 없이 빗물이 떨어졌다. 빗물 떨어지는 자리에 바께쓰^{양동이}가 놓여 있었다. 쫄랑쫄랑 쪼르륵 쫄랑, 빗물은 이와 같은 연속적인 음향을 남기며 바께쓰 안에 가 떨어지는 것이었다. 무덤 속 같은 이 방 안의 어둠을 조금이라도 구해 주는 것은 그래도 빗물 소리뿐이었다. 그러나 그 빗물 소리마저 바께쓰에 차츰 물이 늘어 갈수록 우울한 음향으로 변해 가는 것이었다.

동욱은 별로 원구와 동옥을 인사시키거나 소개하려 하지 않았다. 동욱은 젖은 옷을 벗어서 걸고 러닝셔츠와 팬츠 바람으로 식사 준비를 할 테니 잠깐만 앉아 있으라고 하고 부엌으로 나가는 것이었다. 부엌이라야 따로 있는 것이 아니라 비어 있는 옆방이었다. 다다미는 걷어서 벽 한구석에 기대어 놓아, 판장뿐인 실내에는 여기저기 빗물이 오줌발처럼 쏟아졌다. 거기에는 취사도구가 너저분하니 널려 있는 것이었다. 연기가 들어간다고 사잇문을 닫아 버리고 나서, 동욱은 풍로에 불을 피우느라고 부채질을 하며 야단이었다. 열 시가 조금 지난 회중시계를 사잇문 틈으로 꺼내 보이며 도대체 조반이냐 점심이냐는 원구의 질문에, 동욱은 닝글닝글하며 자기들에게는 삼시의 구별이 없다고 했다. 언제든 배고프면 밥을 끓여 먹고 밥 생각이 없는 날은 종일이라도 굶고 지낸다는 것이었다.

동욱이가 부엌에서 혼자 바삐 돌아가는 동안 동옥은 역시 한자리에 앉아 꼼짝도 하지 않았다. 동옥은 가끔 하품을 하며 외국에서 온 낡은 화보를 뒤적이고 있었다. 그러한 동옥이와 마주 앉아 자기는 도대체 무엇을 생각해야 하며 또한 어떠한 포즈를 지속해야 하는가? 원구는, 이런 무의미한 대좌對坐를 감당할 수 없어 차라리 부엌에 나가 풍로에 부채질이나마 거들어 줄까도 생각해 보는 것이었다. 그러나 고만한 행동도 이 상태로는 일종의 비약飛躍이라 적지 아니한 용기가 필요했다.

그러는 동안 원구는 별안간 엉덩이가 척척해 들어옴을 의식하였다. 바께쓰의 빗물이 넘어서 옆에 앉아 있는 원구의 자리로 흘러내린 것이었다. 원구는 젖은 양복바지 엉덩이를 만지며 일어섰다. 그제야 동옥도 바께쓰의 물이 넘는 줄을 안 모양이다. 그러나 동옥은 직접 일어나서 제 손으로 치우려고 하지도 않았다. 앉은 채 부엌 쪽을 향하여, "오빠 물 넘어." 했을 뿐이었다. 동욱은 사잇문을 반쯤 열고 들여다보며 "이년아, 네가 좀 치우지 못해?"하고 목에 핏대를 세웠다.[1] 그러자 자기가 나서기에 절호한 기회라고 생각한 원구는, "내가 내다 버리지." 하고 한 손으로 바께쓰를 들어올렸다.

---

1) 동욱은 동생의 장애를 알면서도 신경질적인 모습을 보인다. 극도로 결핍된 상황에서 남매간의 애정도 파괴되고 있다.

그러나 한 걸음도 미처 발을 옮겨 놓을 사이도 없이 바께쓰는 철그렁하는 소리와 함께 한 옆이 떨어지며 물이 좌르르 쏟아졌다. 손잡이의 한쪽 끝 갈고리가 구멍에서 벗겨진 것이었다.

순식간에 방바닥은 물바다가 되고 말았다. 여태껏 꼼짝도 않고 앉아 있던 동옥도 그제만은 냉큼 일어나 한 걸음 비켜서는 것이었다. 그 순간 동옥의 동작이 예사롭지가 않았다. 원구에게 또 하나 우울의 씨를 뿌려 주는 것이었다. 원피스 밑으로 드러난 동옥의 왼쪽 다리가 어린애의 손목같이 가늘고 짧았기 때문이다. 그러한 다리를 옮겨 디디는 순간, 동옥의 전신은 한쪽으로 쓰러질 듯이 기울어지는 것이었다. 동옥은 다시 한번 그 가늘고 짧은 다리를 옮겨 놓는 일 없이, 젖지 않은 구석 자리에 재빨리 주저앉아 버리고 말았다. 그러고는 희다 못해 파랗게 질린 얼굴에 독이 오른 눈초리로 원구를 잡아먹을 듯이 노려보는 것이었다. 동옥의 시선을 피하여 탁류의 대하大河 가운데 떠 있는 것 같은 공포에 몸을 떨며, 원구는 마지막 기력을 다하여 허우적거리듯 두 발로 물 고인 방바닥을 절벅거려 보는 것이었다.

그 뒤로는 비가 와서 가게를 벌일 수 없는 날이면 원구는 자주 동옥이네 집을 찾아가는 것이었다. 불구인 신체와 같이 불구적인 성격으로 대해 주는 동옥의 태도가 결코 대견할 리 없으면서도, 어느 얄궂은 힘에 조종당하

동옥이는 다리가 불편하구나.

🍎 **소설 한 장면**　전개　원구는 황폐한 동욱의 집에서 그의 누이동생 동옥을 만남

듯이 원구는 또다시 찾아가지 아니할 수 없는 것이었다. 침침한 방 안에 빗물 떨어지는 소리가 듣고 싶어서일까? 동옥의 가늘고 짧은 한쪽 다리가 지니고 있는 슬픔에 중독된 탓일까? 이도 저도 아니면 찾아갈 적마다 차츰 정상적인 데로 돌아오는 동옥의 태도에 색다른 매력을 발견한 탓일까?

정말 동옥의 태도는 원구가 찾아가는 횟수에 따라 현저히 부드러워지는 것이었다. 두 번째 찾아갔을 때 동옥은 원구를 보자 얼굴을 붉히었다. 그러고는 고개를 숙였다. 세 번째 찾아갔을 때는 원구를 보자 동옥은 해죽이 웃어 보인 것이었다. 그러나 그것은 우울한 미소였다. 찾아갈 때마다 달라지는 동옥의 태도가 원구에게는 꽤 반가운 것이었다. 인사불성에 빠졌던 환자가 제정신으로 돌아올 때처럼 고마웠다. 첫 번째 불렀을 때는 눈을 감은 채 아무런 반응도 없던 환자가, 두 번째 부르자 눈을 간신히 떴고, 세 번째 불렀을 때는 제법 완전히 눈을 떠서 좌우를 둘러보다가 물 좀 하고 입을 열었을 경우와 같은 반가움을, 원구는 동옥에게서 경험하는 것이었다.

두 번째 갔을 때에는 지난번 빗물 쏟아지던 자리에 바께쓰가 놓여 있지 않았다. 그 자리에는 제창^{저절로 알맞게} 떼꾼히^{눈이 쑥 들어가고 생기가 없이} 구멍이 뚫려 있었다. 주먹이 두어 개나 드나들 만한 그 구멍은 다다미에서부터 그 밑의 널판까지 뚫려 있었다. 천장에서 흘러내리는 빗물은 그 구멍을 통과해 널판 밑 흙바닥에 둔탁한 음향을 남기며 떨어졌다. 기실 비는 여러 군데서 새는 모양이었다. 널빤지로 된 천장에는 사방에서 빗물 듣는 소리가 났다. 천장에서 떨어진 빗물은 약간 경사진 한쪽으로 흘러오다가 소눈깔만 한 옹이구멍으로 새어 흐르는 것이었다.

그날만 해도 원구와 동욱이가 주고받는 말에 비교적 냉담한 동옥이었다. 그러나 세 번째 갔을 때부터는 원구와 동욱이가 웃을 때는 함께 따라 웃어주는 것이었다. 간혹 한두 마디씩은 말추렴^{다른 사람이 말하는 데 한몫 끼어들어 말을 거드는 일}에도 들었다. 그날은 일찌감치 저녁을 얻어먹고 돌아오려고 하는데 비가 하도 세차게 퍼부어서 자고 오는 수밖에는 없었다. 한 손에 우산을 들고 선채 회색 장막을 드리운 듯, 비에 뿌예진 창밖을 내다보며 망설이고 있는 원구의 귀에 고집 피우지 말고 자고 가라는 동욱의 말에 뒤이어, "이런 비에는 앞 도랑에 물이 불어서 못 건너십니다." 하는 동옥의 음성이 들린 것이었다.

그날 밤 비로소 원구는 가벼운 기분으로 동옥에게 말을 걸 수가 있었던 것이다. 언제부터 그림 공부를 했느냐니까, 초상화 따위가 뭐 그림인가요,

하고 그 우울한 미소를 지어 보이는 것이었다. 원구는 동옥의 상처를 건드릴 만한 말은 일절 꺼내지 않았다. 어렸을 때 얘기가 나와서 어딜 가나 강아지 새끼처럼 쫓아다니는 동옥이가 귀찮았다는 말을 하고 '중중 때때중'을 자랑스레 부르고 다녔다니까 동옥의 눈이 처음으로 티 없이 빛나는 것이었다. 갑자기 동욱이가 '중중 때때중' 하고 부르기 시작하자 동옥도 가느다란 소리로 따라 부르는 것이었다. 노랫소리가 그치고 나니 방 안에는 빗물 떨어지는 소리가 유달리 크게 들렸다. 비가 들이치는 바람에 바깥벽 판장 틈으로 스며드는 물은 실내의 벽 한구석까지 적시기 시작하는 것이었다.

그런데 이상한 것은 동옥을 대하는 동욱의 태도였다. 대수롭지 않은 일에도 이년 저년 하고 욕을 퍼붓는 것이다. 부엌에서 들여보내는 음식 그릇을 한 손으로 받는다고 해서, 이년아 한 손으로 그러다가 또 떨어뜨리고 싶으냐, 하고 눈을 흘겼고 남포^{램프}에 불을 켜는 데 불이 얼른 댕기지 않아 성냥개비를 두 개비째 꺼내려니까 저년은 밥 처먹구 불두 하나 못 켜, 하고 노려보는 것이었다. 그럴 때마다 동옥은 말없이 마주 눈을 흘겼다. 빨래와 바느질만은 동옥의 책임이지만 부엌일은 언제나 동욱이가 맡아 한다는 것이었다. 동옥이가 변소에 간 틈에, 될 수 있는 대로 위로해 주지 않고 왜 그리 사납게 구느냐니까, 병신 고운 데 없다고 그년 맘 쓰는 게 모두가 틀렸다는 것이다. 우선 그림값만 하더라도 얼마 전까지는 받아 오면 반씩 꼭 같이 나눠 가졌는데 근자에 와서는 동옥을 신용할 수가 없다고 대소에 따라 한 장에 얼마씩 또박또박 선금을 받고야 그려 준다는 것이었다. 생활비도 둘이 꼭 같이 절반씩 부담한다는 것이다. 동옥은 자기가 병신이기 때문에 부모 말고는 자기를 거두어 오래 돌봐 줄 사람이 없으리라는 것이다. 오빠도 언제든 자기를 버릴 것이 아니겠느냐, 그렇기 때문에 자기는 자기대로 약간이라도 밑천을 장만해 두어야 비참한 꼴을 면하지 않겠느냐고 한다는 것이었다. 그러한 동옥의 심중을 생각할 때 헤어져 있으면 몹시 측은하기도 하지만, 이상하게 낯만 대하면 왜 그런지 안 그러리라 안 그러리라 하면서도 동욱은 자꾸 화가 치민다는 것이다.

동옥은 불을 끄고는 외로워서 잠을 이루지 못한다고 했다. 반대로 동욱은 불을 꺼야만 안심하고 잠을 들 수가 있다는 것이었다. 동욱은 어둠만이 유일한 휴식이노라 했다. 낮에는 아무리 가만하고 앉았거나 누워 뒹굴어도 걸레처럼 전신에 배어 있는 피로가 가시지 않는다는 것이었다. 그러한 동욱은 심지를 낮추어서 아랑신하니 ^{희미하게} 켜 놓은 불빛에도 화를 내어 이년아, 아주 꺼 버리지 못해 하고 소리를 질렀다. 동욱은 손을 내밀어 심지를 조금 더 낮추었다. 그러고 나서 누가 데려오랬나, 차라리 어머니하고 거기 있을 걸 괜히 왔지 하고 종알대는 것이었다. 그러자 동욱은 벌떡 일어나며 이년 다시 한번 그 주둥일 놀려 봐라 나두 너 같은 년 끌구 오구 싶지 않았다. 어머니가 하두 애원하시듯, 다 버리구 가더라두 네년만은 데리구 가라구 하 조르기에 끌구 와 이 꼴이다 하고 골을 내는 것이었다.

동욱은 말없이 저편으로 돌아누웠다. 어렴풋이 불빛이 있음에도 불구하고 어둠이 가슴을 내리누르는 것 같아서 원구는 오래도록 잠을 이룰 수가 없었다. 동욱도 잠이 안 오는 모양이었다. 동욱 역시 필경 잠이 들지 않으련만 죽은 듯이 가만하고 있었다. 후드득후드득 유리 없는 창문으로 들이치는 빗소리를 들으며, 사십 주야를 비가 퍼부어서 산꼭대기에다 배를 묶어 둔 노아네 가족만이 남고 이 세상이 전멸을 해 버렸다는, 구약 성경에 나오는 대홍수를 원구는 생각해 보는 것이었다.

그러다가 어렴풋이 잠이 들려고 하는 때였다. 커다란 적선으로 생각하고 동욱과 결혼할 용기는 없는가? 하는 동욱의 음성이 잠꼬대같이 원구의 귀를 스쳤다. 원구는 눈을 떴다. 노려보듯이 천장을 바라보며 그는 반듯이 누워 있었다. 동욱의 입에서 다시 무슨 말이 흘러나올지도 모른다는 긴장을 느끼면서, 그러나 동욱은 아무 말이 없었다. 빗물 떨어지는 소리만이 여전히 계속되고 있을 뿐이었다.

원구가 또다시 간신히 잠이 들락 할 때였다. 발치 쪽에서 빠드득빠드득 하는 이상한 소리가 났다. 원구는 정신을 바짝 차리고 귀를 재웠다. 뱀에게 먹히는 개구리 소리 비슷한 그 소리는 뒷벽 쪽에서 들리는 것이었다. 원구는 이번에는 상반신을 일으키고 앉아 귀를 기울이는 것이었다. 그 바람에 동욱이도 눈을 떴다.

저게 무슨 소리냐고 한즉, 뒷방의 계집애가 자면서 이 가는 소리라는 것이었다. 이 뒷방에도 사람이 사느냐니까 육순이 넘은 노파가 열두 살 먹은 손녀를 데리고 산다고 했다. 그 노파가 바로 이 집 주인인데 전차 종점 나가는 길목에 하코방 ^{상자처럼 좁은 방을 일컫는 일본어} 가게를 내고 담배·성냥·과일·사탕 같은 것들을 팔아서 근근이 생활해 가고 있다는 것이었다. 뒷집 소녀는 잠만 들면 반드시 이를 간다는 것이었다. 동욱도 처음 며칠 밤은 그 소리에 골치를 앓았지만 요즘은 습관이 되어 괜찮다고 했다. 이러한 방에서 빗물 떨어지는 소리와 이 가는 소리를 듣고 지내면 아무라도 신경과민이 될 것이라고 생각하며, 원구는 좀 전에 동욱이가 잠꼬대처럼 한 말의 의미를 되새겨 보는 것이었다.

사오일 지나서였다. 오래간만에 비가 그치고 제법 날이 훤해져서 잡화를 가득 벌여 놓은 리어카를 지키고 섰노라니까, 다 저녁때 원구의 어깨를 툭 치는 사람이 있었다. 동욱이었다. 그는 역시 소매와 깃이 다 처진 저고리와 검은 줄이 간 회색 즈봉을 입고 있었다. 옷이라고는 그것밖에 없는 모양이라 비에 젖은 것을 그냥 짜서 말리곤 해서 여기 저기 구김살이 져 있었다. 그보다도 괴이한 채플린식의 검정 단화의 주먹 같은 코숭이가 말이 아니었다. 장화 대용으로 진창을 막 밟고 다녀서 온통 흙투성이였다. 그러한 동욱의 꼴에 원구는 이상하게 정이 갔다.

리어카를 주인집에 가져다 맡기고 와서 저녁을 같이하자고 원구는 동욱의 손을 끌었다. 동욱은 밥보다도 술 생각이 더 간절하다고 했다. 두 가지 다 먹을 수 있는 집으로 원구는 동욱을 안내했다. 술이 몇 잔 들어가 얼근해지자 동욱은 초상화 '주문 도리'^{주문받는 일}를 폐업했노라고 했다. 요즘은 양키 ^{'미국 사람'을 낮추어 부르는 말}들도 아주 약아져서 까딱하면 돈을 잘리거나 농락당하기가 일쑤라는 것이다. 거기에다 패스 없는 사람의 출입을 각 부대가 엄중히 단속하기 때문에 전처럼 드나들 수가 없다는 것이었다. 며칠 전에는 돈 받으러 몰래 들어갔다가 순찰 장교에게 걸려서 하룻밤 멍키 하우스^{유치장}의 신세를 지고 나왔다는 것이다.

더구나 요즘은 국민병 수첩까지 분실했으므로 마음 놓고 거리에 나와 다닐 수도 없다는 것이었다. 분실계를 내고 재교부 신청을 하라니까, 그 때문에 동회^{지금의 동사무소}로 파출소로 사오 차나 쫓아다녀 봤지만, 까다롭게만 굴고 잘 들어주지 않는다는 것이다. 까짓것 나중에는 삼수갑산^{三水甲山 우리나라에서 가장 험한 산골이라 이르던 삼수와 갑산. '몹시 어려운 지경'을 비유해 이르는 말}엘 갈망정 내버려 둘 테라고 했다. 그래 차라리 군에라도 들어가 버릴까 싶어, 마침 통역 장교를 모집하기에 그 원서를 타러 나왔던 길이노라고 했다. 어디 원서를 좀 구경하자니까 동욱은 닝글닝글 웃으며 수속이 하도 복잡하고 번거로워 아예 단념하고 말았다는 것이다.

동욱은 한동안 말이 없이 술잔을 빨고 앉았다가, 가끔 찾아와서 동욱을 좀 위로해 주라는 것이었다. 세상 사람들이 모두 자기를 조소하고 멸시한다고만 생각하고 있는 동옥은, 맑은 날일지라도 일절 바깥출입을 않고 두더지처럼 방에만 처박혀 산다는 것이다. 그리고 모든 사람에게 반감을 품고 있다는 것이다. 그러한 동옥도 원구만은 자기를 업신여기지 않고 자연스레 대하여 준다고 해서 자주 찾아와 주기를 여간 기다리지 않는다고 했다.

초상화가 팔리지 않게 된 다음부터는 동옥은 초조와 불안 속에서 한층 더 자신의 고독을 주체하지 못해 쩔쩔맨다는 것이었다. 동욱은 그러한 동옥이 측은해 못 견디겠노라고 했다. 언젠가처럼, 내가 자네랄 동옥이와 결혼할 테야, 암 하고말고 하고 동욱은 고개를 주억거리는¹ 것이었다.

¹ 끄덕거리는

술집을 나와 동욱은 이번에도 원구의 손을 꼭 쥐고 자기는 기어코 목사가 되겠노라고 했다. 동옥을 위해서나 자기 자신을 위해서나 그것만이 이 무거운 짐을 조금이라도 덜 수 있는 유일한 길인 것 같다는 것이었다.

그 뒤에 한번은 딴 볼일로 동래까지 갔던 길에 동욱이네 집에 잠깐 들른 일이 있었다. 역시 그날도 장마는 구질구질 계속되고 있었다. 우산을 접으며 마루에 올라서도 동욱만이 머리를 내밀고 맞아 줄 뿐 동옥의 기척이 없었다. 방에 들어가 보니 동옥은 담요로 머리까지 푹 뒤집어쓰고 죽은 사람처럼 누워 있었다. 이틀째나 저러고 자빠져 있다고 하며 동욱은 그 까닭을

🗨️ 소설 한 장면   위기   원구와 동옥은 서로 호감을 갖는 한편 동옥이 초상화 작업을 못 하게 됨

설명했다. 동옥은 뒷방에 살고 있는 주인 노파에게 동욱이도 모르게 이만 환이나 빚을 주고 있었는데, 노파는 이 집까지도 팔아먹고 귀신같이 도주해 버렸다는 것이다. 어제 아침에 집을 산 사람이 갑자기 이사를 왔기 때문에 그 사실을 알았는데, 이게 또한 어지간히 감때사나운^{사람이 몹시 억세고 사나운} 자여서 당장 방을 비워 내라고 위협하듯 한다는 것이다. 말을 마치고 난 동욱은 요 맹꽁이 같은 년아, 글쎄 이게 집이라구 믿고 돈을 줘 하고 발길로 동옥의 옆구리를 걷어찼다. 이년아, 이만 환이면 구화로 얼만 줄 아니, 이백만 환이야, 내 돈을 내가 떼였는데 오빠가 무슨 상관이냐구? 그래, 내가 없으면 네년이 굶어 죽지 않구 살 테냐? 너 같은 병신이 단 한 달을 독력으로 살아? 동욱은 다시 생각해도 악이 받치는 모양이었다.

원구를 위해 동욱은 초밥을 만든다고 분주히 부엌으로 들락날락했으나 원구는 초밥을 얻어먹자고 그러고 앉아 견딜 수는 없었다. 그보다도 동옥이 이틀 동안이나 아무것도 먹지 않고 저러고 누워 있다고 하니, 혹시 동옥이가 잠든 틈에라도 몰래 일어나 수면제 같은 것을 먹고 죽어 있지나 않는가 싶어 불안한 생각이 솟았다. 원구는 조금이라도 더 앉아 견디기가 답답해서 자리를 일어서며 아무래도 방을 비워 주어야 하겠거든 자기도 어디 구해 보겠노라고 하니까, 동옥이가 인가^{人家} 많은 데를 싫어하기 때문에 이

맹꽁이 같은 게 누굴 믿고 돈을 빌려줘?
돈 잃고 쫓겨나게 생겼으니 이제 어떡할 거야!

그만해. 나도 근처에 갈만한 집을 찾아보겠네.

🔖 소설 한 장면   절정   동옥이 집주인에게 돈을 떼이고 살던 집에서 쫓겨날 지경에 이름

근처에다 외딴집을 구하는 수밖에 없다는 동욱의 대답이었다.

　그 뒤로는 원구도 생활에 위협을 느끼기 시작했다. 한 달 가까이나 장마로 놀고 보니 자연 시원치 않은 장사 밑천을 그럭저럭 축내게 된 것이다. 원구가 얻어 있는 방도 지루한 비에 습기로 눅눅해졌다. 벗어놓은 옷가지며 이부자리에까지도 곰팡이가 끼었다. 그의 마음속까지 곰팡이가 스는 것 같았다. 이런 날, 이런 음산한 방에 처박혀 있자니, 동욱과 동옥의 일이 자연 무겁고 우울하게 떠오르는 것이었다. 점심때가 되어서 원구는 퍼붓는 비를 무릅쓰고 집을 나섰다. 오늘은 동욱이와 마주 앉아 곰팡이 슨 속을 씻어 내리며, 동옥이도 위로해 줘야겠다고 생각하고 원구는 술과 통조림을 사 들고 찾아갔다.

　낡은 목조 건물은 전과 마찬가지로 금방 쓰러질 듯 빗속에 서 있었다. 유리 없는 창문에는 거적도 그대로 드리워 있었다. 그러나, 동욱이, 하고 원구가 불렀을 때 곰처럼 마루로 기어 나오는 사나이는 동욱이가 아니었다. 이 집에 살던 젊은 남녀는 어디 갔느냐는 원구의 물음에, 우락부락하게는 생겼으되 맺힌 데가 없이 어딘가 허술해 보이는 사십 전후의 그 사나이는, 아하 당신이 정丁 뭐라는 사람이냐고 하고 대답 대신 혼자 머리를 끄덕끄덕하는 것이었다. 원구가 재차 묻는 말에 사나이는 자기가 이 집 주인이노라 하고 나서, 동욱은 외출한 채 소식 없이 돌아오지 않게 되었고, 그 뒤 동옥 역시 어디로 가 버렸는지 모르겠다는 것이었다. 동욱이가 안 돌아오는 지는 열흘이나 되었고 동옥은 바로 이삼일 전에 나갔다는 것이다.

　원구는 더 무슨 말이 없이 서 있었다. 한 손에 보자기 꾸러미를 들고 한 손으로는 우산을 받고 선 채, 원구는 사나이의 얼굴만 멍하니 바라보는 것이었다. 원구는 그대로 발길을 돌려 몇 걸음 걸어가다가 되돌아와 보자기에 싼 물건을 끌러 주인 사나이에게 주었다. 이거 원, 이거 원, 하며 주인 사나이는 대뜸 입이 헤벌어졌다. 그러고는 자기 여편네와 아이들이 장사 나갔기 때문에 점심 한 그릇 대접할 수는 없으나 좀 올라와 담배라도 피우고 가라고 권하는 것이었다.

　무슨 재미로 쉬어 가겠느냐고 하며, 원구가 돌아서려니까, 주인은 잠깐만 하고 불러 세우고 나서, 대단히 죄송하게 되었노라고 하며 사실은 동옥이가 정丁 누구라고 하는 분이 찾아오면 전해 달라고 편지를 맡기고 갔는데, 그만 간수를 잘못해서 아이들이 찢어 없앴다는 것이다. 그래도 아무 말 않고 멍청히 서 있는 원구를 주인 사나이는 무안한 눈길로 바라보며, 동욱은 아마 십중팔구 군대에 끌려갔을 거라고 하고, 동옥은 아이들처럼 어머니를 부르며 가끔 밤중에 울기에, 뭐라고 좀 나무랐더니, 그다음 날 저녁에 어디론가 나가 버렸다는 것이다.

죽지나 않았을까, 자살을 하든 굶어 죽든…… 하고 혼잣말처럼 중얼거리며 돌아서는 원구의 등에다 대고, 중요한 옷가지랑은 꾸려 갖고 간 모양이니 자살을 할 의사는 없었음이 분명하고, 한편 병신이긴 하지만 얼굴이 고만큼 반반하고서야 어디 가 몸을 판들 굶어 죽기야 하겠느냐고 주인 사나이는 지껄이는 것이었다. 얼굴이 고만큼 반반하고서야 어디 가 몸을 판들 굶어 죽기야 하겠느냐는 말에, 이상하게 원구는 정신이 펄쩍 들어 이놈 네가 동옥을 팔아먹었구나 하고 대들 듯한 격분을 마음속 한구석에 의식하면서도, 천근의 무게로 내리누르는 듯한 육체의 중량을 감당할 수 없어 그는 말없이 발길을 돌이키었다.

이놈, 네가 동옥을 팔아먹었구나 하는 흥분한 소리가 까마득히 먼 곳에서 자기를 향하고 날아오는 것 같은 착각에 오한을 느끼며, 원구는 호박 덩굴 우거진 밭두둑 길^{밭과 밭 사이의 경계를 이루는 길}을, 앓고 난 사람 모양 허적거리는^{다리에 기운이 없어 자꾸 쓰러지려고 하는} 다리로 걸어 나가는 것이었다.

남자는 돌아오지 않은 지 열흘이나 되었고, 여자는 밤중에 울길래 몇 마디 나무랐더니 어디론가 나가버렸소.

이놈 네가 동욱을 팔아먹었구나!

🗨 소설 한 장면   결말 원구가 동욱의 집을 방문했을 때 이미 동욱 남매는 떠나고 없음

🎬 생각해 볼까요?

선생님 이 소설의 제목은 「비 오는 날」이에요. 작품에서 비는 어떤 역할을 하나요?
💬 1 ❤️ 1

학생 1 원구는 비 오는 날이면 동욱과 동옥 남매를 떠올려요. 비 오는 날의 음산한 이미지는 전쟁 후의 암울한 상황과 등장인물들의 무기력한 삶, 비극적인 결말을 암시해요.

선생님 동욱과 동옥의 집은 '비 오는 날인 데다가 창문까지 거적때기로 가리어서 방 안은 굴속같이 침침했다. …… 한편 천장에서는 쉴 사이 없이 빗물이 떨어졌다.'라고 묘사돼요. 이 모습이 암시하는 것은 무엇일까요?
💬 1 ❤️ 1

학생 1 어두운 배경은 동욱과 동옥이 처한 비극적 상황과 운명을 형상화해요.

선생님 이 소설은 전지적 작가 시점으로 원구의 눈을 통해 이야기를 전달하고 있어요. 또한 '~것이다.'와 같은 종결형을 반복적으로 사용하고 있지요. 이러한 문체가 주는 효과는 무엇일까요?
💬 1 ❤️ 1

학생 1 이야기와 어느 정도 거리를 두고 냉소적인 태도를 유지한 채 인물의 감정과 사건을 간접적으로 제시해요.

선생님 「비 오는 날」의 등장인물들은 각자 정신적, 신체적 결핍을 갖고 있어요. 이에 대해 자세히 설명해 볼까요?
💬 3 ❤️ 3

학생 1 원구는 동욱 남매를 돕고 싶지만 그 역시 가판 장사가 제대로 되지 않아 곤궁한 상황에 처해요. 동욱과 동옥 남매를 안타까워하지만 그들의 삶에 적극적으로 개입하지는 못해요. 이를 보아 원구는 인간의 무기력함을 보여 준다고 할 수 있어요.

학생 2 동욱은 누이동생을 사랑하면서도 늘 동생에게 화를 내거나 욕을 해요. 암담한 현실에서 벗어나 목사가 되길 원하면서도 상황의 한계에 부딪혀 술을 마시며 삶을 한탄해요. 이를 보면 정신적 결핍을 지닌 인물임을 알 수 있어요.

학생 3 다리가 불편한 동옥은 신체적 결핍을 지닌 인물이에요. 이로 인해 정신적 결핍도 가지고 있어요. 동옥이 원구의 방문에 무표정한 모습으로 일관하는 것도 지독한 가난과 신체적 불편으로 인해 내면세계에 틀어박힌 자아 때문이에요.

선생님　동욱과 동옥 남매는 전쟁으로 인해 피폐해진 인간의 삶과 내면을 상징적으로 보여 주지요. 허무와 절망의 자의식, 미래가 보이지 않는 무력감, 극도의 경제적 궁핍 등은 동욱과 동옥 남매에게 피해 의식을 주고 폐쇄적인 개인이 되도록 내몰았어요. 이는 소설에서 어떤 결말로 나타나나요? 그리고 이러한 결말이 의미하는 것은 무엇일까요?

💬 2　♥ 2

학생 1　결국 동욱 남매는 생활 터전에서 이탈해요. 동욱은 동옥을 혼자 둔 채 어디론가 사라지고, 동옥도 인간적 삶이 허용되지 않는 곳으로 내몰려요. 이들의 고립은 시대적 상황과 사회의 병리 현상에 의해 유도되었다고 볼 수 있어요.

학생 2　이러한 결말은 전후의 비참한 상황과 인간의 무기력함을 극대화하여 보여 주고, 이러한 문제점을 해결할 수 있는 방안이 없음을 나타내기도 해요.

손창섭의 독특함　▼ 🔍

연관 검색어　1950년대　6 · 25 전쟁 이후　허무 의식

손창섭은 우리나라 작가 가운데 손에 꼽힐 만큼 독특한 인물로 평가받는다. 그는 일찍 아버지를 여의고 일본에서 여러 가지 잡일을 하며 어렵게 학교에 다녔다. 힘들게 번 돈은 고국의 어머니와 할머니에게 송금해야 해서 끼니를 거르는 일도 부지기수였다고 한다. 그는 성격이 괴팍하다는 평을 들었고 지식인이나 비평가에게 반감을 품고 있었다. 다른 사람에게 폐를 끼치는 일을 싫어했고 기념일은 극단적으로 싫어했다고 한다. 또한 옆에 사람이 있으면 글을 한 줄도 쓰지 못하였다. 집필 속도도 매우 느렸다. 원고지에 글을 쓰다가 고치고 싶은 부분이 있으면 아예 그 장을 통째로 찢어 버리고 새 장에다가 처음부터 원고를 다시 적는 습관 때문이었다.

이러한 그의 삶과 독특함은 작품 속에 고스란히 반영되었고, 손창섭은 1950년대를 대표하는 전후 작가가 되었다.

오상원
(1930~1985)

평안북도 선천(宣川) 출생. 용산고등학교를 거쳐 1953년 서울대학교 불어불문학과를 졸업했다. 1955년 〈한국일보〉 신춘문예에 단편 「유예」가 당선되어 등단했다. 1958년 단편 「모반」으로 제3회 동인문학상을 수상했다.

프랑스의 행동주의 문학과 실존주의 문학을 접한 그는 이데올로기의 갈등으로 빚어진 인간 문제를 집요하게 파헤치는 작품을 주로 발표했다. 「균열」과 「증인」에서는 광복과 6·25 전쟁의 혼란 속에서 적극적으로 행동하는 인물상이 제시된다.

「모반」과 장편 『백지의 기록』은 오상원을 대표적인 전후 작가 반열에 올려놓은 작품이다. 광복 직후 사회적·정치적 혼란기를 배경으로 한 「모반」은 정당 간의 갈등을 중심으로 청년 당원들 사이에 자행된 테러를 주요 문제로 다룬다.

유예

#6·25전쟁   #의식의흐름   #삶과죽음   #비극적

⛵ 작품 길잡이

갈래: 심리 소설, 전후 소설
배경: 시간 - 6·25 전쟁, 한 시간이라는 삶의 유예 기간
      공간 - 폐허가 된 한 마을의 움막과 눈 덮인 대지
시점: 1인칭 주인공 시점, 3인칭 전지적 작가 시점
주제: 전쟁이란 극단적인 상황 속에서 인간이 겪는 실존적 고뇌
출전: 〈한국일보〉(1955)

📷 인물 관계도

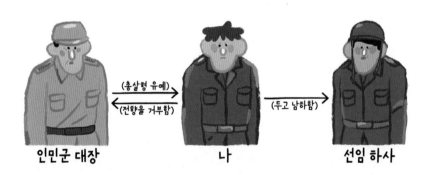

나	인민군에게 붙잡힌 국군 소대장으로 전향을 거부하고 죽음을 택한다.
선임 하사	'나'의 부하로 사람이 서로 싸우다 죽이고 죽는 것을 당연한 이치라 생각한다. 총을 맞은 후 자신의 죽음을 담담하게 받아들인다.
인민군 대장	'나'를 회유하려고 사형 집행을 한 시간 유예한다.

📋 구성과 줄거리

발단　　**인민군에게 잡힌 '나'는 처형되기까지 한 시간의 삶이 유예됨**

한 시간 후면 모든 것이 끝난다. 누가 죽었건 지나가고 나면 아무것도 아니다. 그들에겐 모두가 평범한 일들이다. 싸우다 죽는 것, 그것뿐이다. 무엇을 얻기 위한다는 것, 그것도 아니다.

전개　　**'나'는 적진 깊숙이 들어갔다가 후퇴하면서 홀로 남하함**

수색대 소대장인 '나(그)'는 부하들을 이끌고 북으로 진격한다. 일행은 수차례의 전투를 거치면서 적의 배후에 깊숙이 들어간다. 본대와의 연락은 끊어지고 후퇴하기도 쉽지 않다. 기아와 피로에 낙오자는 점점 늘어간다. 눈 속에 쓰러지는 부하들이 생기기 시작한 것이다. 그들을 남겨 놓고 후퇴를 할 수밖에 없다. 어디선가 일발의 총성이 울리고 선임 하사가 쓰러진다. 전투가 재미있다고 했던 선임 하사는 '사람은 서로 죽이게 되어 있고, 이제 자기 차례가 되었다.'라고 말하면서 의식을 잃어 간다. '나'는 다시 눈 속을 헤치고 남으로 걸어간다.

위기　　**국군 처형 장면을 목격한 '나'는 사수에게 총을 쏘다가 붙잡힘**

이튿날 산 아래에 버려진 마을이 보인다. 그곳에서 한 청년이 총살당하기 직전에 있는 광경을 목격한다. 청년은 잠시 후 총살될 것이다. '나'는 그 병사가 마치 자신인 것 같은 착각에 사로잡히고 적들에게 총을 난사한다. 상대방의 응사로 '나'는 피를 흘리며 의식을 잃는다. 결국 '나'는 그들의 포로가 된다.

절정　　**'나'는 적의 회유에도 불구하고 전향을 거부함**

'나'는 포로가 되어 적의 회유와 심문을 받는다. 적은 '나'에게 한 시간의 유예 시간을 주고 결정을 내리라고 한다. 그러나 '나'는 죽음에 의미를 두지 않는다.

결말　　**죽음은 무의미하다고 인식하면서 적에게 처형당함**

준비 완료 보고와 집행 명령이 떨어진다. '나'는 눈 덮인 둑길을 걸어간다. 끝나는 일 초 일각까지 자신을 잃어서는 안 된다고 다짐한다. 허리에 충격을 받은 '나'는 의식이 어두워진다.

유예

　몸을 웅크리고 가마니 속에 쓰러져 있었다. 한 시간 후면 모든 것은 끝나는 것이다. 손과 발이 돌덩어리처럼 차다. 허옇게 흙벽마다 서리가 앉은 깊은 움 속, 서너 길 높이에 통나무로 막은 문틈 사이로 차가이 하늘이 엿보인다.

　퀴퀴한 냄새가 코를 찌른다. 냄새로 짐작하여 그리 오래된 것 같지는 않다. 누가 며칠 전까지 있었던 모양이군. 그놈이나 매한가지지, 하고 사다리를 내려서자마자 조그만 구멍으로 다시 끌어올리며 서로 주고받던 그자들의 대화가 아직도 귀에 익다. 그놈이라고 불린 사람이 바로 총살 직전에 내가 목격하고 필사적으로 놈들의 사수射手 대포나 총, 활 따위를 쏘는 사람를 향하여 방아쇠를 당겼던 그 사람이었을까……. 만일 그 사람이 아니었다면 또 어떤 사람이었을까…… 몸이 떨린다. 뼈 속까지 얼음이 박힌 것 같다.

　소속 사단은? 학벌은? 고향은? 군인에 나온 동기는? 공산주의를 어떻게 생각하시오? 미국에 대한 감정은? 그럼…… 동무의 말은 하나도 이치에 당치 않소.

　동무는 아직도 계급 의식이 그대로 남아 있소. 출신 계급을 탓하지는 않소. 오해하지 마시오. 그 근성이 나쁘다는 것뿐이오. 다시 한번 생각할 여유를 주겠소. 한 시간 후, 동무의 답변이 모든 것을 결정지을 거요.

　몽롱한 의식 속에 갓 지나간 대화가 오고 간다. 한 시간 후면 모든 것은 끝나는 것이다. 사박사박 걸음을 옮길 때마다 발밑에 부서지는 눈, 그리고 따발 총구를 등 뒤에 느끼며, 앞장서 가는 인민군 병사를 따라 무너진 초가집 뒷담을 끼고 이 움 속 감방으로 오던 자신이 마음속에 삼삼히 아른거린다. 한 시간 후면 나는 그들에게 끌려 예정대로의 둑길을 걸어가고 있을 것이다. 몇 마디 주고받은 다음, 대장은 말할 테지. 좋소. 뒤를 돌아다보지 말고 똑바로 걸어가시오. 발자국마다 사박사박 눈 부서지는 소리가 날 것이다. 아니, 어쩌면 놈들은 내 옷에 탐이 나서 홀랑 빨가벗겨서 걷게 할지도 모른다. 찢어지기는 하였지만 아직 색깔이 제 빛인 미美 전투복이니까…….

　나는 빨가벗은 채, 추위에 살이 빨가니 얼어서 흰 둑길을 걸어간다. 수발의 총성. 나는 그대로 털썩 눈 위에 쓰러진다. 이윽고, 붉은 피가 하이얀 눈을 호젓이 물들여 간다.[1] 그 순간 모든 것은 끝나는 것이다. 놈들은 멋쩍게 총을 다시 거꾸로 둘러메고 본대로 돌아들 간다. 발의 눈을 털고, 추위에 손을 비벼 가며 방 안으로 들어들 갈 테지. 몇 분 후면 그들은 화롯불에 손을 녹이며, 아무 일도 없었던 듯 담배들을 말아 피우고 기지개를 할 것이다.

누가 죽었건 지나가고 나면 아무것도 아니다. 그들에겐 모두가 평범한 일들이다. 나만이 피를 흘리며 흰 눈을 움켜쥔 채 신음하다 영원히 묵살되어 묻혀 갈 뿐이다. 전 근육이 경련을 일으킨다. 추위 탓인가…… 퀴퀴한 냄새가 또 코에 스민다. 나만이 아니라 전에도 꼭 같이 이렇게 반복된 것이다.

싸우다 끝내는 죽는 것, 그것뿐이다. 그 이외는 아무것도 없다. 무엇을 위한다는 것, 무엇을 얻기 위한다는 것, 그것도 아니다. 인간이 태어난 본연의 그대로 싸우다 죽는 것, 그것뿐이라고 생각하였다.

북으로 북으로 쏜살같이 진격은 계속되었다. 수차의 전투가 일어났다. 그가 인솔한 수색대는 적의 배후 깊숙이 파고 들어갔다. 자주 본대와의 연락이 끊어지기 시작하였다.

한 시간 후면 모든 것은 끝난다. 누가 죽었건 지나가고 나면 아무것도 아니다. 싸우다 끝내는 죽는 것, 그것뿐이다……

☞ 소설 한 장면　발단　인민군에게 잡힌 '나'는 처형되기까지 한 시간의 삶이 유예됨

---

1) 붉은색과 백색이 시각적인 대조를 이루며 죽음의 비극성을 고조시킨다.

초조한 소대원의 얼굴은 무전사에게로만 쏠렸다. 후퇴다! 이미 길은 모두 적에 의하여 차단되었다. 적의 어느 편을 뚫고 남하할 것인가? 자주 소전투가 벌어졌다. 한 명 두 명 쓰러지기 시작하였다. 될 수 있는 한 적과의 근접을 피하면서 산으로 타고 올랐다. 기아와 피로, 점점 낙오되고 줄어 가는 소대원, 첩첩이 쌓인 눈과 추위, 그리고 알 수 없는 방향을 더듬으며 온갖 자연의 악조건과 싸우지 않으면 안 되었다. 연이어 계속되는 눈보라 속에 무릎까지 덮이는 눈 속을 헤매다 방향을 잃은 그들은 악전고투 끝에 산밑을 더듬어 내려와서 가까운 그 어느 마을로 파고 들어갔다. 텅 빈 마을, 집집마다 스산하게 흩어진 채 눈 속에 호젓이 파묻혀 있다. 적이 들어온 흔적도 지나간 흔적도 없다. 되었다. 소대원들은 뿔뿔이 헤쳐져서 먹을 것을 샅샅이 뒤졌다. 아무것도 없다. 겨우 얼어 빠진 감자 한 자루뿐, 이빨에 서벅서벅 얼음이 마주치는 감자 알맹이를 씹었다. 모두 기운에 지쳐 쓰러졌다. 일시에 피곤과 허기가 납 덩어리처럼 내린다. 발가락마다 얼음이 박혔다. 눈보라는 더욱 세차게 몰아치고 밤이 다가왔다. 산속의 밤은 급히 내린다. 선임 하사만이 피로를 씹어 가며 문지방에 기대어 앉아 있었다.

밖은 휘몰아치는 눈보라뿐, 선임 하사도 잠시 눈을 붙였다. 마치 기습이라도 있을 듯한 밤이다.

그러나 아무 일도 없이 아침이 왔다.

또 눈과 기아와 추위와의 싸움이 계속되었다. 한 사람, 두 사람, 이 자연과의 싸움에 쓰러지기 시작하였다. 소대장님, 하고 마지막 한 마디를 외치고 눈 속에 머리를 박고 쓰러지는 부하들을 볼 때마다 그는 그 곁에 무릎을 꿇고 그 싸늘한 마지막 시선을 지켰다. 포켓을 찾아 소지품을 더듬는 그의 손은 항시 죽어 간 부하의 시체보다 더 차가웠다. 소대장님, 우러러 쳐다보는 마지막 부하의 그 눈빛, 적막을 더듬어 가며 죽음을 재는 그 눈은 얼음장보다도 더 차가운 그 무엇이 있었다.

"소대장님…… 북한 출신입니다. 홀몸입니다. 남한에는…… 누구도 없습니다. 이것이 이북 제 고향 주소입니다."

꾸겨진 기슭마다 닳아져서 떨어졌다. 그것을 받아 들던 그의 손, 부하의 손을 꼭 쥐어 주었다.

그 이상 더 무엇을 할 수 있었으랴…….

이제 남은 것은 그를 포함하여 여섯 명뿐.

눈 속에 쓰러져 넘어진 그들을 그대로 남겨 놓은 채 그들은 다시 눈 속을 헤쳤다. 그의 머리 속에 점점 불안이 다가왔다. 이윽고 ○○지점까지 왔을 때다. 산줄기는 급격히 부드러워져 이윽고 쑥 평지로 빠졌다. 대로다.

지형과 적정 敵情 전투 상황이나 대치 상태에 있는 적의 특별한 동향이나 실태 을 탐지하러 내려갔던 선임 하사가 급히 달려왔다. 노상에는 무수히 말굽 자리와 마차의 수레바퀴 그리고 발자국 자리가 있다는 것이다. 선임 하사의 손에는 말똥이 하나 쥐어져 있었다. 능히 그것은 손힘으로 부스러뜨릴 수 있었다. 그들이 지나간 것이 그리 오래되지 않았다는 증좌 참고가 될 만한 증거 다. 밤을 기다릴 수밖에 없다. 그리하여 어둠을 이용하여 도로를 횡단하고 다시 앞에 바라보이는 산줄기를 타고 오를 수밖에는 없다.

밤이 왔다. 행동을 개시하였다. 그들은 될 수 있는 한 낮은 지대를 선택하고 대로에 연한 개천 둑을 이용하였다. 무난히 대로를 횡단하였다. 논두렁에 내려서자 재빠르게 은폐물을 이용해 가며 걸음을 다그었다. 이제 약간의 안도감을 느끼고 걸음을 늦추었다.

그때다. 돌연 일발의 총성과 더불어 한마디 비명을 남기고 누가 쓰러졌다. 모두 콱 눈 속에 엎드렸다.

일순간이 지났다. 도대체 총알은 어디서부터 날아온 것인가? 그 방향을 종잡을 수가 없다. 그가 적정을 살피려고 고개를 드는 순간 또 총알이 날아왔다.

측면에서부터다. 모두 응전 應戰 상대편의 공격에 맞서서 싸움 자세를 취하기 위하여 대로 쪽으로 각도를 돌렸다.

그러나 절대적으로 불리하다. 놈들은 우리의 위치를 알고 있지만 우리는 적 쪽의 위치를 잡을 수가 없다. 그렇다고 이대로 언제껏 있을 수도 없다. 아무리 밤이라 할지라도 흰 눈 위다. 그들은 산기슭까지 필사적으로 포복을 단행하였다. 동시에 총알은 비 오듯 집중된다. 비명과 더불어 소대장님, 하고 외치는 소리, 그는 눈을 꾹 감았다. 땀이 비 오듯 흐른다. 그는 눈을 꽉 감은 채 포복을 계속하였다. 의식이 자꾸 흐린다. 산기슭 흰 눈 속에 덮인 관목 숲이 눈앞에서 뿌여니 흩어진다. 총성은 약간 잦아졌다. 산기슭으로 타고 오르는 순간 선임 하사가 쓰러졌다. 그는 선임 하사를 부축하고 끌며 산속으로 산속으로 들어갔다.

얼마나 산속 깊이 들어왔는지도 모른다. 정신을 잃고 쓰러져 누웠을 때는 이미 새벽이 가까워서였다.

몹시 춥다. 몸을 약간 꿈틀거려 본다. 전 근육이 추위에 마비되어 감각을 잃은 것만 같다. 이제 모든 것이 끝나는 것이다. 퀴퀴한 냄새가 코를 찌른다. 어렴풋이 눈 속에 부서지는 구두 발자국 소리가 들려온다. 점점 가까워진다. 시간이 된 모양이다. 몸을 일으키려고 움직거려 본다. 잠시 몽롱한 시각이 흐른다. 발자국 소리가 점점 멀어지기 시작하였다. 아무것도 아니다. 아무것도 아닌 것이다. 몹시 춥다. 왜 오다가 다시 돌아가는 것일까…… . 몽롱하게 정신이 흐트러진다.

전공 과목은? 왜 동무는 법과를 선택했었소? 어렸을 때부터 동무는 출신 계급적인 인습 관념에 젖어 있었소. 그것을 버리시오.

나는 동무와 같은 인물을 아끼고 싶소. 나는 동무를 어느 때라도 맞아들일 마음의 준비를 가지고 있소. 문지방으로 스미어 오는 가는 실바람에 스칠 때마다 화롯불이 붉게 번지어 갔다.

나는 동무를 훌륭한 청년으로 보고 있소. 자, 담배를 태우시오.

꾸부러진 부젓가락으로 재 위를 헤칠 때마다 더욱 붉게 불꽃이 번진다.

그렇다면 동무처럼 불쌍한 청년은 또 이 세상에 없을 거요. 나는 심히 유감스럽소. 동무의 그 태도가 참으로 유감이오. ─인제 모든 것은 끝나는 것이다.─ 왜 동무는 내 얼굴을 그렇게 차갑게 쳐다보고만 있소? 한마디 대답도 없이 입을 다문 채…… 알겠소. 나는 동무가 지키고 있는 그 침묵으로 동무가 말하고 있는 그 모든 것을 이해할 수 있소. 유감이오. 주고받던 대화, 조그만 방 안, 깨어진 질화로가 어렴풋이 머릿속을 스친다. 그는 무겁게 몸을 뒤틀었다. 희미하게 또 과거가 이어 온다.

그들이 정신을 잃고 쓰러졌을 때는 이미 새벽이 가까워서였다. 산속의 아침은 아름답다. 눈 속의 아침은 아름답다. 눈 속에 덮인 산속의 새벽은 더욱 그렇다. 나뭇가지마다 소복이 쌓인 눈이 햇빛에 반짝인다. 해가 적이 높아졌을 때 그는 겨우 몸을 일으켰다. 선임 하사는 피에 붉게 젖은 한쪽 다리를 꽉 움켜쥔 채 의식을 잃고 쓰러져 있다. 검붉은 피가 오른편 어깻죽지와 등허리에 짙게 얼룩져 있다. 그는 급히 선임 하사를 부축하여 일으켰다.

조용히 눈을 뜬다. 그리고 소대장을 보자 쓸쓸히 입가에 웃음을 지었다. 그 순간 그는 선임 하사를 꼭 그러안고 뺨을 비벼 대었다. 단둘뿐! 이제는 단둘이 남았을 뿐이었다.

"소대장님, 인제는 제 차례가 된 모양입니다."

그는 조용히 선임 하사의 얼굴을 지켰다. 슬픈 빛이라고는 조금도 없다. 오랜 군대 생활에 이겨 온 굳은 의지가 엿보일 뿐이다.

선임 하사, 그는 이차 대전 시 일본군에 소집되어 남양 전투에 종군하다 북지北支 중국의 북부 지방로 이동, 일본의 항복과 더불어 포로 생활 2개월을 거치고 팔로군八路軍 항일 전쟁 때 화베이에서 활약한 중국 공산당의 주력군, 국부군國府軍 중화민국 국민 정부의 군대, 시조時潮 시대적인 사조나 조류가 변전變轉 이리저리 변해 달라짐되는 대로 이역異域 다른 나라의 땅. 본고장이나 고향이 아닌 딴곳을 표류하다 고국으로 돌아와 다시 군문으로 들어선 것이었다. 군대 생활이 무엇보다도 재미있다는 그, 전투가 자기 생활 속에서 제일 신이 나는 순간이라는 그였다.

"사람은 서로 죽이게끔 마련이오. 역사란 인간이 인간을 학살해 온 기록이니까요. 그렇게 생각지 않으시오? 난 전투가 제일 재미있소. 전투가 일어나면 호흡이 벅차고 내가 겨눈 총구에 적의 심장이 아른거릴 때마다 나는 희열을 느낍니다. 나는 그 순간 역사가 조각되고 있는 것같이 느껴지거든요. 사람이란 별 게 아니라 곧 싸우는 것을 의미하고, 싸우다 쓰러지는 것을 의미할 겁니다."

○ 소설 한 장면　전개　'나'는 적진 깊숙이 들어갔다가 후퇴하면서 홀로 남하함

이것이 지금껏 살아온 태도였다. 이것뿐이다. 인제 그는 총에 맞았다. 자기 차례가 된 것을 알 뿐이다. 어렴풋이 희미한 기억을 타고 선임 하사의 음성이 떠오른다. 그는 몸을 조금 일으키려고 꿈지럭거리다가 그대로 펄썩 쓰러졌다.

바른편 팔 위에 경련이 일어난 것이다. 혓바닥을 깨물고 고통의 일순을 넘겼다. 이제 모든 것은 끝나는 것이다. 선임 하사의 생각이 이어 온다.

"소대장님, 제 위치는 결정되었습니다. 안심하십시오."

분명히 말을 끝낸 선임 하사는 햇볕이 조용히 깃드는 양지쪽으로 기어가서 늙은 떡갈나무에 등을 기대고 앉았다.

햇볕을 받아 가며 조용히 내리감은 눈, 비애도, 슬픔도, 고독도, 그 어느 하나도 없다. 다만 눈 속에 덮인 산속의 적막, 이것이 그의 얼굴 위에 내릴 뿐이다. 의식을 잃은 듯 몸이 점점 비스듬히 허물어지다가 털썩 쓰러졌다. 그는 급히 다가가서 선임 하사를 일으키려 하였다. 그 순간 눈을 가늘게 떴다. 입가에 미소가 가벼이 흐른다. 햇볕이 따사로이 그 입가의 미소를 지킨다.

"이대로……."

눈을 감았다. 잠시 가는 숨결이 중단되며 이어 갔다.

무릎까지 파묻히는 눈 속을 헤치며 남쪽으로 남쪽으로 걸었다. 몇 번이고 의식을 잃고 그대로 쓰러졌다. 때로는 눈보라와 종일 싸워야 했고, 알 길 없는 방향을 더듬며 헤매어야 했다. 발이 얼어 감각이 없다. 불안과 절망이 그를 엄습하기 시작하였다. 내가 잡은 이 방향이 정확한 것인가? 나의 지금 이 위치는? 상의할 아무도 없다. 나 하나뿐. 그렇다고 이대로 서 있을 수도 없다. 그는 한 걸음 한 걸음 눈 속을 헤치며 걸었다. 어디까지 이렇게 걸어야 하는 것인가? 언제껏 이렇게 걸어야 하는 것인가? 밤이면 눈 속에 묻혀서 잤다. 해가 뜨면 또 걸어야 한다. 계곡, 비탈, 눈이 쌓인 관목 숲, 깎아 세운 듯 강파르게 솟은 산마루. 그는 몇 번이고 굴러떨어졌다. 무릎이 깨어지고 옷이 찢어졌다. 피로와 기아, 밤이면 추위와 더불어 고독이 엄습한다. 악몽, 다시 뒤덮이는 악몽. 신음 끝에 눈을 뜨면 적막과 어둠뿐. 자주 흩어지는 의식은 적막 속에 영원히 파묻혀만 간다. 나는 이대로 영원히 눈 속에 묻혀 사라져 버리는 것이 아닌가? 그러나 밤은 지새고 또 새벽은 온다. 그는 일어났다. 눈 속을 또 헤쳐야 한다. 산세는 더욱 험악하여만 가고 비탈은 더욱 모질다. 그는 서너 길이나 되는 비탈길에서 감각을 잃은 발길의 헷갈림으로 굴러떨어졌다. 잠시 의식을 잃었다가 다시 본정신이 돌기 시작하였을 때 그는 어떤 강한 충격으로 입술을 꽉 깨물었다. 전신이 쿡쿡 쑤신다. 그는 기다시피 하여 일어섰다. 부르쥔 주먹이 푸들푸들 떨고 있다.

세 길…… 네 길…… 까마득하다. 그러나 올라가야만 한다. 그는 입을 악물고 기어오르기 시작하였다. 정신이 자꾸 흐린다. 하늘이 빙그르르 돈다. 그는 눈을 꽉 감고 나무뿌리를 움켜쥔 채 잠시 정신을 가다듬는다. 또 기어오른다. 나무뿌리가 흔들릴 때마다 눈 덩어리와 흙덩어리가 부서져 내린다. 악전 끝에 그는 비탈에 도달하였다. 도달하던 순간 그는 의식을 잃고 그대로 쓰러졌다.

밤이 온다.

또 새벽이 온다. 그는 모든 것을 잃었다. 한 발자국, 한 발자국, 눈을 헤치며 발걸음을 옮기는 이것이 그에게 남은 전부였다. 총을 둘러멜 기운도 없이 허리에다 붙들어 매었다. 그는 자꾸 흐트러지는 의식을 가다듬어 가며 발을 옮겼다.

한 주일째 되던 저녁, 어슴푸레하게 저녁이 깃들 무렵 그는 이 험한 준령을 정복하고야 말았다.

다음 날 해가 어언간 높아졌을 무렵에 그는 눈을 떴다. 그는 순간 놀라지 않을 수 없었다.

바로 눈앞 C자 형으로 산줄기가 돌아 나간 그 움푹 파인 복판에 집들이 점점이 산재하여 있는 것이 아닌가! 이것을 모르고 눈 속에서 밤을 보냈다니……. 소복이 집들이 둘러앉은 마을! 가슴이 뭉클하고 눈물이 핑 돌았다. 그는 눈물을 머금으며 마을로 마을로 내려갔다. 마을 어귀에 다다랐다. 집 문들이 제멋대로 열어젖혀진 채 황량하다. 눈이 마을 하나 가득히 쌓인 채 발자국 하나 없다. 돼지우리, 소 헛간, 아! 사람들이 사는 곳! 그는 방 안으로 들어갔다. 열어젖힌 장롱…… 방바닥 하나 가득히 먼지 속에 흐트러진 물건들…… 옷! 찢어진 옷들! 그는 그 옷들을 주워서 꽉 움켜쥐었다. 사람 냄새…… 땟국에 젖은 사람 냄새…… 방 안을 둘러본다. 너무도 황량하다. 사람이 사는 곳이 이렇게 황량해질 수는 없는 것만 같이 느껴진다. 아무리 몇 번이고 보아 온 그것이었다 할지라도…….

그 순간 그는 이상한 발자국 소리를 듣고 한쪽 벽으로 몸을 피했다. 흙이 부서진 벽 구멍으로 밖의 동정을 살폈다. 아무 일도 없는 것 같다. 스산한 내 정신의 탓인가? 그러나 다음 순간 그는 확실히 사람들의 음성을 들은 것 같았다.

기대와 긴장이 동시에 서린다. 그는 담 구멍을 통하여 사방을 유심히 살폈다. 약 오십 미터쯤 떨어진 맞은편 초가집 뒤 언덕을 타고 한 떼가 몰려가고 있다. 그들은 얼마 안 가 멈추었다.

멀리서 보기에도 확실히 군인임엔 틀림없다. 미군 전투 복장도 끼여 있는 듯하다. 벌써 아군 선 내에 들어와 있는 것인가? 그러면……? 그는 숨죽여 이 광경을 지키고 있었다. 그러나 좀 수상쩍은 데가 있었다. 누비옷을 입은 군인의 그 누비옷의 형식이 문제. 그는 좀 더 자세히 이 정체를 파악하기 위하여 맞은편 초가집으로 옮겨가지 않으면 안 되었다. 그는 담벽을 따라 교묘히 소 헛간과 짚 나뭇가리 등 은폐물을 이용하여 그 집 뒷마당까지 갈 수 있었다. 뒤담장에 몸을 숨기고 무너진 담 구멍으로 그들의 일거일동을 지켰다. 눈앞의 그림자처럼 아른거린다. 그들이 주고받는 말소리가 간간이 들려온다.

동무…… 총살, 이 두 마디가 그의 머릿속에 못 박혔다. 눈앞이 아찔한다. 그는 더욱 정신을 가다듬고 그들의 일거일동을 살폈다. 머리가 덥수룩하고, 야윈 얼굴에 내의 바람의 한 청년이 양손을 등 뒤로 묶인 채 맨발로 서 있는 것이 눈에 띄었다.

"동무는 우리 인민의 처사에 대하여 이의가 있소?"

그 위엄으로 보아 대장인가 싶다.

"생명체와 도구는 다른 것이오. 나는 포로가 되었을 때 비로소 내가 확실히 호흡하고 있는 인간이라는 것을 알았을 뿐이오. 나는 기쁘오. 내가 한 개의 기계나 도구가 아니었다는 것, 하나의 생명체인 인간으로서 살아 있었다는 것, 그리고 인간으로서 죽어 간다는 것, 이것이 한없이 기쁠 뿐입니다."

명확한 차가운 음성이었다.

"좋소."

경멸적인 조소가 입술에 어렸다.

"이 둑길을 따라 똑바로 걸어가시오. 남쪽으로 내닫는 길이오. 그처럼 가고 싶어 하던 길이니 유감은 없을 것이오."

피해자는 돌아섰다. 한 발자국, 한 발자국 걷기 시작하였다.

뒤에서 두 놈이 총을 재었다.

바야흐로 불길을 뿜으려는 총구를 등 뒤에 받으며, 주저 없이 정확한 걸음걸이로 피해자는 눈길을 맨발로 헤쳐 나가고 있었다.

이제 몇 발의 총성과 더불어 그는 무참히 쓰러지고 말 것이다. 똑바로 정면으로 눈 준 채 조금도 흐트러질 줄 모르는 그의 침착한 걸음걸이…….

눈앞이 빙빙 돈다. 그는 마치 저 언덕길을 걸어가고 있는 것이 자기인 것만 같았다. 순간 그는 총을 꽉 움켜쥐었다. 내일을 위해 오늘의 싸움을 피한다는 것은 비겁한 수단이다. 지금 저 눈길을 걸어가고 있는 피해자는 그가 아니라 나 자신이다. 내가 지금 피살당하러 가고 있는 것이다. 쏴야 한다. 그는 사수를 겨누었다. 숨죽이는 순간 이미 그의 두 총구에서는 빗발같이 총알이 쏟아져 나갔다. 쓰러진다. 분명히 두 놈이 쓰러졌다. 그는 다음다음 연달아 쏘았다. 일순간이 지나자 응수가 왔다. 이마에선 줄곧 땀이 흐른다. 눈앞이 돈다. 전신의 근육이 개머리판의 진동에 따라 약동한다. 의식이 자주 흐린다. 그는 푹 고개를 묻고 쓰러졌다. 위기일발, 다시 겨눈다. 또, 어깨 위에 급격한 진동이 지나간다. 자꾸 흐트러지는 의식. 놈들의 사격이 뚝 그쳤다. 적은 전후좌우로 흩어져서 육박하여 오고 있다.

인민군이 국군을 피살하고 있는 것인가!

🗡 소설 한 장면 위기 국군 처형 장면을 목격한 '나'는 사수에게 총을 쏘다가 붙잡힘

의식을 잃은 난사. 그는 벌떡 일어섰다.

그 순간 푹 쓰러졌다. 의식이 깜빡 사라진다. 갓 지나간 격렬한 총성의 여음이 귓가에서 감돈다. 몸 어느 한구석이 쿡쿡 찔리고, 끈적끈적한 액체가 흘러내리고 있는 것 같다. 소리가 난다. 무엇이 다가오고 있다. 머리를 쾅 하고 내리친다. 그 순간 의식을 잃었다.

오른편 팔 위에 격통이 일어난다. 그는 간신히 왼편 손으로 오른편 팔을 엎쓸어 더듬었다. 손끝에 오는 감촉이 끈적끈적하다. 손을 떼었다.

눈앞으로 가져갔다. 그 손끝과 손가락 사이에는 피, 검붉은 피가 흠뻑 젖어 있다. 어디선가 두런두런 말소리가 들린다. 담배 연기가 자욱하다. 먼지와 거미줄이 뽀오야니 늘어붙은 찢어진 천장 구멍으로 사라져 간다. 방 안이다. 방 안에 눕혀져 있는 것이다. 이따금 흰 눈을 밟고 지나가는 발자국 소리가 희미한 의식 속에 떠오른다. 점점 멀어져 가는 발자국 소리를 따라서 그의 의식도 희미해진다.

그 후 몇 번이고 심문이 지나갔다. 모든 것은 결정되었다.

인제 모든 것은 끝나는 것이다. 얼음장처럼 밑이 차다. 아무 생각도 없다. 전신의 근육이 감각을 잃은 채 이따금 경련을 일으킨다. 발자국 소리가 난다.

소설 한 장면　절정　'나'는 적의 회유에도 불구하고 전향을 거부함

말소리도. 시간이 되었나 보다. 문이 삐거덕거리며 열리고, 급기야 어둠을 헤치고 흘러 들어오는 광선을 타고 사닥다리가 내려올 것이다. 숨죽인 채 기다린다. 일순간이 지났다. 조용하다. 아무런 동정도 없다. 어쩐 일일까? ……몽롱한 의식의 착오 탓인가. 확실히 구둣발 소리다. 점점 가까워 오는…… 정확한…….

그는 몸을 일으키려 애썼다. 고개를 들었다. 맑은 광선이 눈부시게 흘러 들어온다. 사닥다리다.

"뭐하고 있어! 빨리 나와!"

착각이 아니었다.

그들은 벌써부터 빨리 나오라고 고함을 지르며 독촉하고 있었다. 한 단 한 단 정신을 가다듬고, 감각을 잃은 무릎을 힘껏 괴어 짚으며 기어올랐다. 입구에 다다르자 억센 손아귀가 뒷덜미를 움켜쥐고 끌어당겼다. 몸이 밖으로 나가는 순간, 눈 속에서 그대로 머리를 박고 쓰러졌다. 찬 눈이 얼굴 위에 스치자 정신이 돌아왔다. 일어서야만 한다. 그리고 정확히 걸음을 옮겨야 한다. 모든 것은 인제 끝나는 것이다. 끝나는 그 순간까지 정확히 나를 끝맺어야 한다.

그는 눈을 다섯 손가락으로 꽉 움켜 짚고, 떨리는 다리를 바로잡아 가며 일어섰다.[1] 그리고 한 걸음 한 걸음, 정확히 걸음을 옮겼다. 눈은 의지적인 신념으로 차가이 빛나고 있었다.

본부에서 몇 마디 주고받은 다음, 준비 완료 보고와 집행 명령이 뒤이어 떨어졌다.

눈에 함빡 쌓인 흰 둑길이다. 오! 이 둑길…… 몇 사람이나 이 둑길을 걸었을 거냐……. 훤칠히 트인 벌판 너머로 마주 선 언덕, 흰 눈이다. 가슴이 탁 트이는 것 같다. 똑바로 걸어가시오. 남쪽으로 내닫는 길이오. 그처럼 가고 싶어 하던 길이니 유감없을 거요. 걸음마다 흰 눈 위에 발자국이 따른다. 한 걸음 두 걸음, 정확히 걸어야 한다. 사수 준비! 총탄 재는 소리가 바람처럼 차갑다. 눈앞에 흰 눈뿐, 아무것도 없다. 이제 모든 것은 끝난다. 끝나는 그 순간까지 정확히 끝을 맺어야 한다. 끝나는 일 초 일각까지 나를, 자기를 잊어서는 안 된다.

---

1) 이 소설은 1인칭 주인공 시점과 3인칭 전지적 작가 시점이 혼용된다. 시점의 변화가 명확히 드러나는 부분이다.

걸음걸이는 그의 의지처럼 또한 정확했다. 아무리 한 걸음, 한 걸음 다가가는 걸음걸이가 죽음에 접근하여 가는 마지막 길일지라도 결코 허튼, 불안한, 절망적인 것일 수는 없었다. 흰 눈, 그 속을 걷고 있다. 훤칠히 트인 벌판 너머로, 마주 선 언덕, 흰 눈이다. 연발하는 총성, 마치 외부 세계의 잡음만 같다. 아니, 아무것도 아닌 것이다. 그는 흰 눈 속을 그대로 한 걸음, 한 걸음, 정확히 걸어가고 있었다. 눈 속에 부서지는 발자국 소리가 어렴풋이 들려온다. 두런두런 이야기 소리가 난다.

누가 뒤통수를 잡아 일으키는 것 같다. 뒤허리에 충격을 느꼈다. 아니, 아무것도 아니다. 아무것도 아닌 것이다.

흰 눈이 회색빛으로 흩어지다가 점점 어두워 간다. 모든 것은 끝난 것이다.

놈들은 멋적게 총을 다시 거꾸로 둘러메고 본부로 돌아들 갈 테지. 눈을 털고 주위에 손을 비벼 가며 방 안으로 들어갈 것이다. 몇 분 후면 화롯불에 손을 녹이며 아무 일도 없었던 듯 담배들을 말아 피우고 기지개를 할 것이다. 누가 죽었건 지나가고 나면 아무것도 아니다. 모두 평범한 일인 것이다. 의식이 점점 그로부터 어두워 갔다. 흰 눈 위다. 햇볕이 따사로이 눈 위에 부서진다.

이제 모든 것은 끝난다. 끝나는 그 순간까지 정확히 끝을 맺어야 한다. 끝나는 일 초 일각까지 나를, 자기를 잊어서는 안 된다.

🎙 소설 한 장면　결말　죽음은 무의미하다고 인식하면서 적에게 처형당함

🔭 생각해 볼까요?

선생님 '나'는 삶에 대해 어떤 태도를 취하고 있나요?
💬 3 　🤍 3

학생 1 극단적 상황이 '나'에게 삶과 죽음 중에서 선택하기를 강요해요. '나'는 목숨을 건질 수 있는데도 죽음을 택하죠.

학생 2 '나'에게 산다는 것은 무엇을 위하거나 얻기 위한 것이 아니에요. 삶의 몰가치성을 깨달은 '나'는 이데올로기에 자신의 삶이 휘둘릴 수 없다는 실존적 인식에 이르렀어요.

학생 3 이 작품에서는 죽음을 앞둔 '나'의 내면적 갈등이 '의식의 흐름'이란 기법으로 나타나요.

선생님 「유예」는 의식의 흐름 기법을 사용한 소설이에요. 소설 속에서 이 기법이 어떻게 나타나는지 살펴보고 그 효과를 알아볼까요?
💬 2 　🤍 2

학생 1 사형을 앞둔 한 시간 동안의 '나'의 의식 세계와 독백을 중심으로 서술하고 있어요. '나'가 겪은 일, 생각, 느낌 등을 떠오르는 그대로 써 내려가요.

학생 2 의식의 흐름 기법을 통해서 전쟁이라는 혼란스럽고 부조리한 세계에 맞서는 인간의 내면 세계를 그리고 있어요.

선생님 겨울을 배경으로 한 이 작품에서 흰 눈은 계속해서 등장해요. 특히 '나'가 처형당하는 장면에서 흰 눈은 어떤 역할을 하나요?
💬 1 　🤍 1

학생 1 햇빛을 받아 밝게 빛나는 흰 눈은 '나'가 흘리는 붉은 피와 선명한 대조를 이뤄요. '나'의 죽음에는 아랑곳없이 흰 눈은 변함없이 아름답게 빛나요. 흰 눈은 '나'의 죽음이 무가치하다는 것을 부각해요.

선생님 '나'는 자신의 죽음을 앞두고 계속해서 '아니, 아무것도 아닌 것이다.'라고 말해요. 주인공이 이 말을 반복하는 이유는 무엇일까요?
💬 3 　🤍 3

학생 1 전쟁이라는 상황 속에서 인간의 존재가 무가치해지는 것을 인식했기 때문이에요.

학생 2 참혹한 현실을 마주한 '나'의 절망과 회의가 드러나요.

학생 3 하지만 '나'는 자신의 죽음 앞에서 당당함을 잃지 않아요. 결연하게 죽음을 초월하고자 하는 주인공의 신념과 의지를 엿볼 수 있어요.

선생님 「유예」에서는 시점의 변화가 나타나요. 어떻게 변화하는지 알아보고, 여기에 담긴 작가의 의도를 알아볼까요?

💬 2 ❤️ 2

학생 1 이 소설에서는 인물의 내면 심리나 개인의 자의식을 드러낼 때는 1인칭 주인공 시점이 쓰이지만, 상황을 객관적으로 보여 줄 때는 3인칭 전지적 작가 시점이 쓰여요. 1인칭 독백 형식은 과거 회상이 주를 이루지만, 이 작품에서는 과거와 현재가 교차되면서 주로 현재의 상황이 진술돼요.

학생 2 시점의 교차를 통해 소설 전개 과정에 박진감을 더했어요. 주인공의 내면 심리도 더욱 생생하게 드러나요.

실존주의 ▼ 🔍

연관 검색어 합리주의와 실증주의   개인   전쟁 직후

「유예」에는 전체적으로 짙은 회색빛이 깔려 있다. 하지만 오상원은 「유예」를 통해 전쟁 직후의 불안감을 극복하고, 인간의 가치를 강조하고자 했다. 이러한 생각은 실존주의(實存主義)와 관련이 있다. 실존주의란 19세기의 합리주의적 관념론이나 실증주의에 반대해, 개인으로서의 인간의 주체적 존재성을 강조하는 철학이다.

서울대학교에서 불어불문학을 전공한 오상원은 자연스레 프랑스의 실존주의 문학을 접했다. 광복 이후의 혼란스러운 사회와 6·25 전쟁이 끝난 뒤에 널리 퍼진 좌절감은 실존주의가 뿌리내리는 데 적절한 토양이 되었다. 오상원은 실존주의를 독자적으로 받아들여 소설로 표현한 작가이며, 오상원의 초기작이자 대표작인 「유예」는 실존주의를 반영한 당대의 문제작으로 꼽힌다.

김성한
(1919~2010)

✉ 작가에 대하여

　함경남도 풍산 출생. 도쿄대학을 중퇴하였다. 광복 후 귀국하여 서울대학교 문리대, 한국외국어대학교에서 강사를 했다. 1950년 단편 「무명로」가 〈서울신문〉에 당선되어 등단하였다. 이후 「김가성론」, 「암야행」, 「오분간」 등을 발표하면서 저항 작가로서의 입지를 굳혔다. 1956년 「바비도」로 동인문학상을, 1958년 「오분간」으로 자유문학상을 수상하였다.

　데뷔작 「무명로」를 비롯한 초기 작품들은 주로 세태를 풍자하는 냉소적인 내용을 담고 있다. 그는 인간의 속악성, 이중인격, 위선, 허세 등을 통렬히 풍자하면서 현실 문제를 고발하기 위한 장치로서 신화나 우화의 형식을 자주 빌려 썼다. 또한 그의 작품은 기법의 파격성과 지적 분위기 때문에 평단의 관심을 끌었다.

　6·25 전쟁을 통해 인간의 잔인성을 절감한 김성한은 풍자와 냉소에서 허무주의와 몰의식의 세계에 접어든다. 「암야행」, 「제우스의 자살」, 「극한」, 「방황」 등의 작품은 그의 문학 세계가 암흑과 혼돈 속에 자리 잡고 있음을 보여 준다. 또한 그의 작품은 좌절하는 인간보다는 극한의 상황에서도 적극적으로 반항하는 인간상을 보여 준다. 「바비도」의 바비도와 「오분간」의 프로메테우스가 그 대표적인 예이다.

바비도

#종교재판   #15세기영국   #자유와양심   #현실풍자

⚓ 작품 길잡이

갈래: 종교 소설, 우의 소설
배경: 시간 - 15세기 초 / 공간 - 영국의 교회 사회
시점: 3인칭 전지적 작가 시점(부분적으로 1인칭 주인공 시점)
주제: 불의한 권력에 굴복하지 않는 정의로운 인간의 삶
출전: 〈사상계〉[1956]

📷 인물 관계도

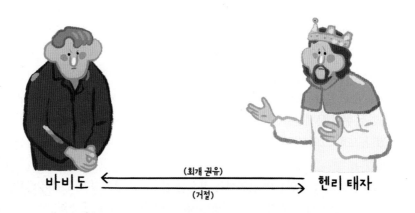

바비도 ← (회개 권유) / (거절) → 헨리 태자

바비도   낮은 신분의 재봉 직공으로 자신의 신념을 지키기 위해 불의에 맞서 싸우다 화형에
       처한다.
헨리 태자 바비도에게 연민을 느껴 그를 회유하지만 실패한다.

📖 구성과 줄거리

발단   **성경 독회에서 돌아온 바비도는 불의가 판치는 현실에 분개함**

15세기 초엽 헨리 4세 치하의 영국. 교회의 부패가 극에 달하자 백성은 수도사를 외면하고 위클리프 영역 복음서를 몰래 읽는다. 교회 세력은 민중을 의식화하는 영역 복음서를 이단으로 규정하고 저항 세력을 처단한다. 재봉 직공인 바비도는 성경 모임의 지도자조차 신념을 버리고 목숨을 부지하려는 모습을 보고 분개한다.

전개   **바비도는 정의란 힘 있는 자들을 위한 특권임을 깨달음**

바비도는 진리를 독점하려는 교회 세력이 위선으로 가득 차 있음을 깨닫는다. 교회 조직과 자신의 차이는 옳고 그름의 문제가 아니라, 힘이 있고 없음에 불과하다는 사실을 깨닫는다.

위기   **종교 재판정에 끌려가 사교로부터 회유를 받지만 단호히 거절함**

종교 재판정에 끌려가 사교의 심문을 받은 바비도는 교회와 인간 세상, 그리고 자신에 대해 이미 흥미를 잃었다고 진술한다. 사교는 영역 복음서를 읽은 것을 회개하면 목숨을 살려 주겠다고 회유하지만 바비도는 회개할 것이 없으므로 회개할 수 없다고 거절한다. 또한, 명명백백한 사실을 재판장과 사제들이 이리저리 비틀어 놓고 있다고 비판한다.

절정   **헨리 태자의 회유를 받지만 거절함**

화형을 구경하려고 사람들이 몰려든 가운데 헨리 태자가 마차를 타고 들어선다. 뒤이어 사형수 바비도가 얼굴에 피를 흘리면서 들어선다. 헨리 태자는 죽기 전에 죄를 씻고 영혼을 구제받도록 권유하지만 바비도는 태자의 조부가 저지른 반윤리적 행위를 들면서 거부한다. 바비도는 태자의 흥분에도 개의치 않고 세상사의 부조리와 모순을 지적한다.

결말   **바비도는 태자의 계속되는 회유에도 굴하지 않고 죽음을 선택함**

태자가 사형 집행을 명령하자 사형 집행리가 장작에 불을 붙인다. 태자는 사형 집행을 중지시키고 재차 회개하라고 제의한다. 바비도는 이는 결코 동정으로 해결될 일이 아니라고 하면서 자신의 길을 가겠다고 말한다. 마침내 바비도는 불길과 연기에 휩싸인다.

바비도

바비도는 1410년 이단으로 지목되어 분형^{焚刑 사람을 불살라 죽이는 형벌}을 받은 재봉
직공이다.[1] 당시의 왕은 헨리 4세. 태자는 헨리, 후일의 헨리 5세다.

일찍이 위대하던 것들은 이제 부패하였다.

사제^{司祭 주교와 신부}는 토끼 사냥^{세속의 쾌락}에 바쁘고 사교^{司敎 가톨릭에서 교구를 관할하는 교직자}
는 회개와 순례를 팔아 별장을 샀다.

살찐 수도사들을 외면하고 위클리프^{중세 말기의 영국 종교 개혁자. 가톨릭교회를 비판. 성서주의를 제창}
^{하여 성서의 영어 번역을 꾀함}의 영역 복음서를 몰래 읽는 백성들은 성서의 진리를 성직
자의 독점에서 뺏고 독단과 위선의 껍데기를 벗기니 교회의 종소리는 헛되
이 울리고 김빠진 찬송가는 먼지 낀 공기의 진동에 불과하였다. 불신과 냉
소의 집중 공격으로 송두리째 뒤흔들리는 교회를 지킬 유일한 방패는 이단
분형령^{異端焚刑令 교리에 어긋난 사람들을 불에 태워 죽이는 형벌}과 스미스필드의 사형장뿐이었다.

영역 복음서 비밀 독회에서 돌아온 재봉 직공 바비도는 일하던 손을 멈
추고 멍하니 생각에 잠겼다. 희미한 등불은 연신 깜박인다. 가끔 무서운 소
름이 온몸을 스쳐 지나갔다. 생각하면 할수록 못된 세상에 태어난 것만 같
다. 순회 재판소는 교구^{敎區 포교나 신자의 지도·감독의 편의상 나누어 놓은 구역}마다 돌아다니면서
차례차례로 이단을 숙청하고 있다. 내일은 이 교구가 걸려들 판이다. 성경
만이 진리요, 그 밖에 모든 것은 성직자들의 허구라고 열변을 토하던 경애
하는 지도자들도 대개 재판정에서는 영역을 읽는 것이 잘못이요, 성찬의
빵과 포도주는 틀림없이 그리스도의 살과 피라고 시인하고 전비^{前非 이전에 저지}
^{른 잘못}를 눈물로써 회개하였다. 자기와 나란히 앉아 같은 지도자의 혁신적 성
서 강의를 듣고, 그 정당성을 인정하고, 그것을 목숨으로써 지키기를 맹세
하던 같은 재봉 직공이나 가죽 직공들도 모두 맹세를 깨뜨리고 회개함으로
써 목숨을 구하였다. 온 영국을 휩쓸고 있는 죽음의 공포 앞에서 구차한 생
명들이 풀잎같이 떨고 있다. 권력을 쥔 자들은 권력 보지^{保持 보전하여 잘 유지함}에 양
심과 양식이 마비되어 이 폭풍에 장단을 맞추고, 힘없는 백성들은 생명의

---

1) 실존 인물로 원래 이름은 바드비(badby)지만 작가의 착오로 바비도가 되었다.

보전이라는 동물의 본능에 다른 것을 돌아볼 여지가 없다.

어저께까지 옳았고, 아무리 생각하여도 아무리 보아도 틀림없이 옳던 것이 하루아침에 정반대인 극악으로 변하는 법이 있을 수 있는 일이냐? 비위에 맞으면 옳고 비위에 거슬리면 그르단 말이냐?

가난한 자, 괴로워하는 자를 구하는 것이 그리스도의 본의일진대, 선천적으로 결정된 운명의 밧줄에 묶여서 라틴 말을 배우지 못한 그들이, 쉬운 자기 말로 복음의 혜택을 받는 것이 어째서 사형을 받아야만 하는 극악무도한 짓이란 말이냐? 성찬의 빵과 포도주는 그리스도의 분신이니 신성하다지마는, 아무리 보아도 빵이요, 먹어도 빵이다. 포도주 역시 다를 것이 없다. 말짱한 정신으로는 거짓이 아니고야 어찌 인정할 도리가 있을 것이냐? 무슨 까닭에 벽을 문이라고 내미는 것이냐? 절대적으로 보면, 같은 수평선상에 서 있는 사람이 제멋대로 꾸며낸 것을 다른 사람에게 강요할 근거가 어디 있단 말이냐?

바비도는 울화가 치밀었다.

그러나 다음 순간, 위로 로마 교황부터 아래는 사제에 이르기까지 거창한 조직체가 자기를 억누르고 목을 졸라매는 위압을 느꼈다. 전체 로마 교회와

비위에 맞으면 옳고 거슬리면 그르단 말이냐? 라틴 말을 배우지 못한 그들이, 쉬운 자기 말로 복음의 혜택을 받는 것이 어째서 사형을 받을 일인가?

소설 한 장면　발단　성경 독회에서 돌아온 바비도는 불의가 판치는 현실에 분개함

일개 재봉 직공과는 너무나 어처구니없는 대조였다. 선택의 자유는 있을 수 없었다. 죽음이냐, 굴복이냐 두 갈래 길밖에는 없다. 죽음! ……소름이 끼친다. 등불에 비친 손을 어루만지고, 다시 손으로 얼굴을 만져 보았다. 이 손, 이 얼굴이 타서 재가 되어 버린다! 이렇게 생각하고 있는 내 자체가 없어진다!

아무것도 없이, 생각이라는 것도 없어진다!

그는 공포에 떨었다.

그래도 사람이라는 것이 자기의 똑바른 마음을 속이지 않을 권리가 이 천하의 어느 한구석에 있을 것만 같았다.

'그러나 이렇게 생각하는 자체가 현실에서는 망상이다. 이런 조건하에서는 흑백을 똑바로 말해야 하느냐? 그럼으로써 재가 되고, 영원한 시간의 흐름의 이 일 점에 단 한 번 존재하는 이 주체가 없어져야만 하느냐?'

전신의 힘이 일시에 풀렸다.

'나같이 천한 놈이 양심을 안 속였다고 별수 있을 것도 아닌데……. 되는 대로 대답하고 목숨을 구하는 것이 상책이 아닐까?'

이렇게 변명하면 할수록 마음속은 더욱더 께름칙하고 가슴이 답답하였다. 맥이 풀린 손에서는 일감이 저절로 떨어졌다.

일이 손에 붙지 않아서 그냥 자리에 드러누웠다. 얼빠진 사람같이 등불을 물끄러미 보았다. 사형의 선풍이 전국을 휩쓸자 거짓 회개와 거짓 눈물을 방패로 앙달방달ᵉ앙달복달 이것을 막아 내는 짓밟힌 백성들의 눈물겨운 모습이 눈앞에 선하다. 하루살이가 등불에 뛰어들어 씩 하고 죽는다.

'불행의 시초는 도대체 인간 세상에 태어났다는 사실에 있다. 누가 이 세상에 나고 싶다고 했더냐? 이놈은 이 소리 하고 저놈은 저 소리 하다가 자기 말을 안 듣는다고 도끼질할 권리는 어디서 얻었단 말이냐? 너희들은 자기가 옳다는 것, 아니 자기에게 이익 되는 것을 창을 들고 남에게 강요할 권리가 있고, 나는 왜 내가 옳다고 생각하는 것을 나 자신만 행할 권리, 가슴에 간직할 권리조차 없단 말이냐?'

식은땀이 온몸을 적셨다.

'힘이다! 너희들이 가진 것도 힘이요, 내게 없는 것도 힘이다. 옳고 그른 것이 문제가 아니라 세고 약한 것이 문제다. 힘은 진리를 창조하고 변경하고 이것을 자기 집 문지기 개로 이용한다. 힘이여, 저주를 받아라!'

바비도는 가래침을 뱉었다. 흉측한 힘의 낯짝에 검푸른 가래침을 뱉어 짓밟힌 자의 불붙는 증오심을 내뿜고 싶었다.

　자리에서 핑 돌아누웠다.

　가물거리는 등불과 더불어 그림자가 깜박인다. 주먹으로 힘껏 벽을 두드렸다. 쿵 소리와 함께 약간 울리고는 도로 잠잠해진다. 벽에다 또 가래침을 뱉었다. 그는 자기 자신이 정의 자체인 양 참을 수 없이 화가 치밀었다. 힘이란 불의의 추구였다.

　'가래침아, 너는 영원히 남아서 바비도의 모멸을 기념하여라!'

　쳐다보니 일전에 주문을 받아 어저께 완성한 무에라고 하는 귀족의 옷이 걸려 있다. 그놈의 옷이 공연히 사람의 부아를 돋운다. 번개같이 일어나서 잡아채었다. 힘껏 마룻바닥에 내동댕이치고 짓밟았다. 그래도 시원치 않다. 옷을 겨누고 오줌을 쌌다.

　이번에는 구석에 있는 궤짝이 밉살스럽다. 발길로 쟁겨 찼다. 문짝이 부서졌다. 잡아서 모로 쓰러뜨리고 두 발로 힘껏 구르고 문질러서 조각조각 부숴 버렸다. 사람이 꾸며 낸 것은 무엇이든지 눈에 불이 나듯 원수 같았다. 닥치는 대로 찢고 물어뜯고 짓밟았다. 깜박이는 등불이 얄밉다. 문을 열어젖히고 힘자라는 대로 멀리 냅다 던졌다.

죽음이냐, 굴복이냐 두 갈래 길밖에는 없다. ……나는 왜 내가 옳다고 생각하는 것을 가슴에 간직할 권리조차 없단 말이냐? 옳고 그른 것이 문제가 아니라 세고 약한 것이 문제다!

　🗨 소설 한 장면　　전개　　바비도는 정의란 힘 있는 자들을 위한 특권임을 깨달음

숨을 헐떡이면서 자리에 쓰러졌다. 사람 허울을 쓴 놈이 눈앞에 나타나기만 하면 단번에 모가지를 비틀어서 쑥 잡아 빼어 버리고 싶었다. 큼직한 빗자루가 있으면 영국에 사는 놈을 모조리 쓸어다가 템스 강에 처박고 침을 뱉어 주고 싶었다. 이러고저러고 꾸미고 죽이고 뽐내고 눈물을 짜고 애걸하고 손을 비비는 인간의 연극이여, 저주를 받아라!

뒷짐을 묶인 바비도는 종교 재판정에 나타났다.

검은 옷을 입은 사교는 가슴에 십자를 그리고 엄숙하게 개정을 선언하였다.

"네가 재봉 직공 바비도냐?"

"그렇습니다."

"밤이면 몰래 모여들어서 영역 복음서를 읽었다지?"

"그렇습니다."

"그것이 옳다고 생각하느냐, 그르다고 생각하느냐?"

"옳다고도 그르다고도 생각지 않습니다."

"옳으면 옳고 그르면 그르지 그런 법이 어딨단 말이냐? 똑바로 말해!"

"전에는 옳다고 생각했습니다."

"그럼 그렇지, 지금은 그르다고 생각한다는 말이지?"

"그렇지 않습니다."

사교는 상을 찌푸렸다.

"그렇지 않으면 어떻단 말이냐?"

"다 흥미가 없어졌다는 말입니다."

"흥미가 없어지다니, 신성한 교회에 흥미가 없단 말이냐?"

"교회뿐만 아니라 온 인간 세상, 나 자신에 대해서까지 흥미가 없어졌습니다."

"오오 이 무슨 독신 瀆神 신을 모독함 인고!"

사교는 눈을 감고 외쳤다.

"내가 이렇게 재판을 연 것은 어떻게 해서든지 너를 구하려는 의도에서 나온 것이다. 이 간절한 심정을 살펴서 회개하고 바른대로 대답하라."

"그렇게 간절하걸랑 아무렇지도 않은 사람을 구한다고 수다를 떨지 말고 내버려 두시죠."

사교는 온 낯이 새빨개지면서 북받쳐 오르는 감정을 억누르고 있었다.

"아무렇지도 않다니?"

"보시는 바와 같이 말쩡한 사람을 미치광이 취급을 해서 구하느니 마느니 들볶는 그 심보가 틀렸다는 말입니다."

이런 일에 능란한 사교는 성난 얼굴에서 곧 미소로 변하고, 부드러운 목소리로 묻기 시작하였다.

"처음부터 묻기로 하자, 무슨 마귀의 장난으로 영어 복음서를 읽고 듣고 했지?"

"마귀의 장난이라뇨? 천만에. 우리말로 읽는 것이 왜 그렇게까지 옳지 못하다는 말입니까?"

"교회에서 금하니까 옳지 못하지."

"교회에서 하는 일은 무어든지 다 옳습니까?"

"암 그렇고말고, 교회는 성 페테로^{베드로}에서 시작되고 페테로는 직접 그리스도의 위임을 맡으셨으니까."

"그러니깐 무조건 옳단 말씀이죠?"

"그렇지, 교회의 명령은 교황의 명령이요, 교황의 명령은 성 페테로의 명령, 성 페테로의 명령은 그리스도의 명령이시니까."

"사실 당신과 이러니저러니 말하고 싶지도 않습니다마는 기왕 말이 났으니 한 가지 더 묻지요. 간통죄를 용서하고 대신 돈 받는 것도 그리스도의 명령인가요?"

"독신도 유분수지 그런 법이 어딨단 말이냐!"

사교는 흥분한 나머지 주먹으로 책상을 쳤다.

"허어, 저의 옆 옛집 프란시스코의 처가 당장 당신한테서 지난봄에 그런 판결을 받지 않았습니까?"

사교는 안색이 확 변했다.

"아―, 더 고칠 수 없는 마귀에 걸려들었구나."

사교는 수염을 쓰다듬으면서 될 수 있는 대로 침착하게 보이려고 애썼다.

"내가 여기서 말하는 건 너와 교리를 다투자는 건 아니다. 이러다가는 끝이 없으니 사실만 물어보기로 한다. 그래 네 소행을 어떻게 생각하느냐?"

"이렇게도 저렇게도 생각지 않습니다."

"회개한단 말이냐, 안 한단 말이냐?"

"잘못이 없는데 무슨 회갭니까?"

"음―, 알았다. 성찬의 빵과 포도주는?"

"빵은 빵, 포도주는 포도주죠."

"너는 그 신성함을 모르느냐?"

"신성이라는 그 자체가 인간의 조작이죠. 하여튼 그리스도가 이 자리에 계시다면 당신과 나는 자리를 바꿔야 할 것입니다."

나졸들이 달려들어 바비도의 입을 틀어막으려 하였으나 사교는 손짓으로 말린다.

"바비도, 한마디 회개한다고 말할 수 없느냐?"

사교는 애걸하는 어조였다.

"당신은 내게 강요하는 것을 모두 옳다고 확신하십니까?"

"그렇다."

사교는 서슴지 않고 대답하였다.

"그것은 당신 자신의 양심입니까?"

사교는 안색이 변하면서 입을 머뭇거리다가 손을 내저으면서 외쳤다.

"나는 조직, 교회라는 조직에 복종하는 사람이다. 내게는 교회의 명령이 있을 뿐이요, 양심은 문제가 안 된다."

"사람을 위한 교회인가요, 교회를 위한 사람인가요?"

"사람은 하느님의 교회에 모든 것을 바쳐야지. 교회 앞에서는 죄 많은 사람은 보잘것없는 물건이야."

"그럼 사람은 교회의 도구에 불과하군요."

"도구라도 하느님의 도구니 얼마나 영광이냐."

사교는 미소를 띠면서 바비도를 내려다보았다.

"……잘 알았습니다."

"그럼 회개한단 말이지?"

바비도는 고개를 옆으로 흔들었다.

"얼마든지 살길이 있는데 구태여 죽음을 택하는 그 심사를 모르겠구나."

"산다는 것과 존재한다는 것은 다른 문제죠. 당신같이 썩은 사람은 살아 있지도 않고 살 가망도 없습니다. 산송장이죠, 구데기가 이물이물하는."

참는 것이 자기 직분이라는 듯이 침을 꿀꺽 삼키면서 사교는 미소를 띠었다.

"무슨 곡절이 있구나, 왜 그러지?"

"곡절은 내게 있는 것이 아니라 명명백백한 것을 이리저리 비틀어 놓은 당신들한테 있죠."

"도저히 안 되겠느냐?"

"나는 나대로 인간을 폐업하렵니다. 이 인간사를 뛰어넘는 길을 가야겠습니다."

"아, 바비도……."

사교의 가슴속에서는 압도적인 교회 조직에 억눌린 인간의 양심이 꿈틀거렸다. 바비도의 눈에서도 눈물이 한 방울 뚝 떨어졌다.

"……회개하지?"

바비도는 고개를 옆으로 흔들었다. 장내에 있는 모든 사람들은 머리를 떨어뜨리고 발끝만 보고 있다.

"……그럼 마지막으로 할 말은 없느냐?"

"……별로 없습니다. 다만 어지러운 인간 세상에 태어난 것을 슬퍼할 뿐입니다."

스미스필드의 사형장에는 사람이 구름같이 모여들었다. 런던 시민뿐만 아니라 멀리 시골에서까지 사람이 사람을 불에 태워 죽이는 구경을 하러 보따리를 짊어지고 온 친구도 적지 않았다. 개중에는 어린것을 등에 업고 있는 아낙네들도 간간이 보였다.

🔊 소설 한 장면 위기 종교 재판정에 끌려가 사교로부터 회유를 받지만 단호히 거절함

"어어 울지 마라 응, 좋은 구경 시켜 줄게, 엄마하고 같이 보자 응."

"왜 이리 늦장 부릴까? 얼른 해치우지, 벌써 사흘 묵었는데. 오늘은 꼭 보구 내려가야 할 텐데."

여기저기서 이런 말소리가 들려왔다.

"우리네가 젊었을 땐 목을 매 죽이더니만 세상이 달라지니 죽이는 법도 달라지나베."

백발이 성성한 꼬부랑 할머니가 장작을 산더미같이 쌓아 올린 현장을 중심으로 빽빽이 둘러선 친구들을 지팡이로 이리저리 헤치고 맨 앞에 나서면서 이렇게 중얼거렸다.

"……이제 보일 만하군, 자네들은 몇 번이나 구경했나?"

옆에 서서 떠들썩하는 젊은 친구들을 보고 이렇게 묻는다.

"열 번은 더 되죠, 연극은 문제도 안 되니까요. 볼만합니다."

"그래도 목을 졸라 죽여 버리는 거에 대면 어림이나 있을라고? 눈깔이 툭 튀어나오고 혓바닥이 길쭉한 것이 볼만허이."

"목을 졸라 죽이는 건 보지 못했소이다만 불에 태우는 것도 통쾌합니다. 꽁꽁 묶여 가지고도 꼬푸라질을 하는 꼴이란 별맛이거든요."

헤챙이 ^{'연청이'의 방언} 젊은 친구가 두 팔을 걷어 올리면서 기염을 토하니 노파는 끄덕였다.

"하지만 그놈의 냄새만은 고약해, 목을 졸라 죽이면 냄샌 없겠죠?"

"없고말고. 그러니까 졸라 죽이는 편이 낫다니까……."

이때 모두 조용하라고 외치는 소리가 들려왔다. 태자 헨리가 오신다는 것이다. 군중은 길을 비키고 태자를 향해 경의를 표하였다. 마차에서 내린 태자는 군중을 한 바퀴 휘둘러보고 천천히 걸음을 옮겨 장작더미 옆에 있는 의자에 앉았다. 한때 물을 끼얹은 듯이 잠잠하던 군중 속에서는 조심성 있는 귓속말이 새어 나오기 시작하였다.

"태자두 마찬가지인가 보지."

"뭐가?"

"보구 싶어 하니까."

"그도 사람 아냐."

"별수 없군."

"그렇잖으면 별수 있다던?"

"쉬쉬, 듣겠다. 모가지가 달아날라고."

사형수 바비도를 실은 마차가 들어왔다. 온몸은 볼모양이 없이 되었다. 옷은 찢기고 얼굴에서는 피가 흘렀다. 거리를 끌려다니면서 믿음이 두텁고 나라에 충성된 백성들로부터 받은 모멸의 흔적이었다. 입구에 들어서자 군중은 앞을 다투어 덤벼들었다. 아기 업은 중년 부인은 앞장서서 침을 뱉었다. 돌멩이도 수없이 날아왔다. 진흙을 묘하게 뭉쳐서 바비도의 얼굴에 명중시킨 용사도 있었다. 가장 용감한 친구는 마차에 뛰어올라 발길로 한 대 차고 침을 뱉고 나서 춤추듯이 내려 뛰었다. 멀리 서 있는 사람들도 기회를 놓칠까 두려워서 애써 침을 뱉고, 노파들은 주먹질하고 젊은 여자들은 생각할 수 있는 욕설을 빠뜨리지 않고 퍼부었다. 나무 꼬챙이를 휘두르면서 처음부터 이 사형수의 뒤를 따르던 아이들은 행렬이 걸음을 멈추자 손에 든 것으로 마차의 꽁무니를 갈기고 발길로 차면서 외쳤다. 인간 세상의 증오라는 증오는 모조리 바비도를 향하고 두터운 신앙과 충성은 뜨거운 물같이 들끓고 있었다.

바비도는 고개를 떨어뜨린 채 아무 반응도 없었다. 그가 목숨이 아직 붙어 있다는 증거는 가끔 떴다 감는 두 눈뿐이었다.

헨리 태자는 버럭 자리에서 일어나 조급히 바비도의 옆으로 걸어갔다. 무질서한 군중을 제지하고 두 손으로 바비도를 부축하여 차에서 내리게 하였다. 수성대던 군중은 깜짝 놀라 잠잠해졌다. 가장 용감하던 자들 중에는 태자의 이 거동을 보고 도리어 화가 자기에게 미칠까 두려워서 슬금슬금 맨 뒤꽁무니로 물러서는 자도 있었다. 바비도와 태자는 나란히 걸어서 장작더미 옆으로 갔다. 태자는 앉고 두 팔을 묶인 바비도는 장작더미에 기대섰다.

태자는 친절하게 말을 건넸다.

"바비도, 나는 태자 헨리다."

바비도는 흥미 없다는 듯이 한 번 태자를 내려다보고 이어 시선을 옆으로 돌렸다.

"바비도, 나는 너를 구하러 왔다."

태자는 손수 의자를 갖다 앉기를 권하였다. 바비도는 물끄러미 태자를 바라보다가 입맛을 다시고는 말없이 의자에 앉았다. 태자는 형리刑吏를 불러 포승을 속히 풀게 하였다.

"바비도, 나는 너를 구하러 왔다."

태자는 바싹 다가앉으면서 같은 말을 되풀이하였다.

"왜요?"

바비도는 비로소 입을 열었다.

"너도 사람인 이상 죽고 싶지는 않을 테지?"

"……구태여 죽고 싶은 것도 아니지만 악착같이 살고 싶지도 않습니다."

"죄를 씻고 천국으로 들어갈 마련을 해야지, 멸망의 길을 걸어서야 쓰겠느냐? 이브의 그조만 죄는 인류를 영원한 괴로움으로 몰아넣지 않았던가?"

바비도는 대답이 없었다.

"……죄의 씨는 영원히 퍼져서 걷잡을 수 없는 화를 가져오거든."

"선은 그 보수를 받고 악은 반드시 화를 당한다는 말씀이죠?"

"그렇지, 바비도."

태자는 고개를 끄덕였다.

"세상사는 그렇지도 않은가 봅니다. 우선 당신의 조상 헨리 2세만 하더라도 사냥터에서 쓰러진 자기 형의 시체를 팽개치고 부리나케 돌아와서 왕위를 가로채지 않았습니까? 자자손손이 그 덕분에 영화를 누리고 당신도 그 '악'의 혜택으로 일국의 태자요 장차의 천자가 아닙니까?"

태자는 침을 삼키고 흥분한 빛을 띠었다.

바비도, 나는 너를 구하러 왔다. 회개하겠다는 한마디만 하면 네 목숨을 구해주고 새 출발을 하도록 도와주겠다.

당신의 조상 헨리 2세도 자기 형의 왕위를 가로채지 않았습니까? 덕분에 당신도 영화를 누리지 않았습니까? 저는 이 길을 가렵니다.

📖 소설 한 장면　절정　헨리 태자의 회유를 받지만 거절함

"……나는 대대로 종살이하는 가난한 집에 태어나서 앉으라면 앉고 서라면 서고, 일 년 삼백육십여 일을 일만 해 왔습니다. 이 손을 보시우, 남한테 싫은 소리 한마디 한 일 없고 남의 것을 넘겨다본 일도 없고 양심대로 살아오고 양심대로 말한 결과가 사형입니다."

"바비도, 나로선 더 할 말이 없는가 보구나. 시비는 어떻든 간에 너는 한마디만 하면 목숨을 구하고 새 출발을 할 수도 있지 않느냐? 나두 내 힘자라는 데까지 네 앞날을 개척하는 데 조력하지."

바비도는 말없이 빙그레 웃었다.

"어때?"

"오히려 나는 내가 걸어온 길이 지금 생각하면 즐거운 길이었습니다. 이 길을 그냥 가렵니다. 다행히 하찮은 영혼이라도 없어지지 않고 지옥 한구석에 남아 있다면 오시는 걸 기다리고 있겠습니다. 그동안 될 수만 있으면 권력 세계의 주역을 깨끗이 치르고 오십시오."

태자는 한숨을 쉬었다.

"……할 수 없구나, 법은 법이니까, 집행해라!"

"법……."

하고 빙그레 웃는 바비도에게 달려들어 사형 집행리들은 다시 포승으로 묶고 장작더미 위에 비끄러매었다.

바짝 마른 장작에 불은 순식간에 퍼져서 불길은 각각으로 바비도에게 육박하고 있었다.

고개를 떨어뜨리고 생각에 잠겨 있던 태자는 별안간 뛰어 일어나면서 고함을 질렀다.

"불을 꺼라, 사람을 끌어 내려라!"

사형 집행리와 포졸들은 벌 떼같이 달려들어 불을 끄고 바비도를 끌어 내렸다.

태자는 불티 묻은 옷을 털면서 연기에 거멓게 된 바비도를 달래기 시작하였다.

"바비도, 누가 옳고 그른 것은 논하지 말자, 하여간 네 목숨이 아깝구나."

"감사합니다."

"마음을 돌렸느냐?"

"그 뜻은 잘 알겠습니다마는 나 스스로 이 방에서 저 방으로 가는 심사로 떠나는 길이니 염려할 건 없습니다. 이미 동정으로 해결될 문제는 아닌가 합니다.”

땅에 주저앉은 바비도는 한마디 한마디 고요한 어조로 말하고 나서 맑게 갠 하늘을 쳐다보았다.

“도저히 안 되겠느냐?”

바비도는 고개를 옆으로 흔들었다.

“할 수 없구나, 잘 가거라. 나는 오늘날까지 양심이라는 것은 비겁한 놈들의 겉치장이요, 정의는 권력의 버섯인 줄만 알았더니 그것들이 진짜로 존재한다는 것을 내 눈으로 보았다. 네가 무섭구나 네가……”

스미스필드의 창공에는 다시 연기가 오르고 장작더미는 불을 토하였다. 이따금 일어나는 군중의 고함 소리에 섞여서 한결 높은 폭소도 들려왔다.[1]

한 생명은 연기와 더불어 사라지고, 구경에 도취한 군중이 흩어진 뒤에도 하늘은 여전히 푸르렀다.

그 뜻은 잘 알겠습니다마는 나 스스로 이 방에서 저 방으로 가는 심사로 떠나는 길이니 염려할 건 없습니다.

할 수 없구나, 잘 가거라. 나는 양심은 비겁한 놈들의 겉치장이요, 정의는 권력의 버섯인 줄만 알았더니 그것들이 진짜로 존재한다는 것을 내 눈으로 보았다……

🕐 소설 한 장면　결말　바비도는 태자의 계속되는 회유에도 굴하지 않고 죽음을 선택함

―――――――――――――――――――――――

1) 군중들은 바비도의 죽음을 구경거리로만 인식하고 있다. 바비도의 죽음이 더욱 비극적으로 느껴지게 한다.

🔭 생각해 볼까요?

📖 **선생님** 이 작품의 배경은 15세기예요. 당시 영국 백성이 영어로 된 복음서를 몰래 읽었던 이유는 무엇일까요?

💬 2 　♡ 2

↳ **학생 1** 라틴어를 주로 쓰던 중세 유럽에서는 왕실, 귀족, 성직자 등 소수의 권력층만이 책을 소유할 수 있었어요. 특히 특권층은 종교 권력을 행사하기 위해 라틴어가 아닌 다른 언어로 쓰인 성경 읽기를 엄격히 금하였어요.

↳ **학생 2** 따라서 라틴어보다는 자국어에 익숙한 영국 백성은 신앙생활을 위해 영어로 된 복음서를 몰래 읽었대요.

📖 **선생님** 이 소설은 역사상 실존 인물인 바비도(바드비)가 살았던 시대를 배경으로 전개돼요. 헨리 4세 치하의 영국은 밖으로는 백년전쟁, 안으로는 종교 개혁의 거센 파도가 일던 격동기였어요. 이러한 역사적 사실을 고려하여 「바비도」의 시대적 배경과 이 작품이 발표되었던 당시 한국의 시대적 상황을 비교 분석해보고 왜 이러한 방법을 사용했는지 생각해 볼까요?

💬 2 　♡ 2

↳ **학생 1** 15세기 교회의 권력자들은 권력을 유지하기 위하여 온갖 방법을 동원하였어요. 교회의 부정이 '권력 유지를 위한 부조리'였다는 측면에서 1950년대 한국의 상황과 비슷해요. 「바비도」의 사제와 태자는 이승만 정권하에서 비리를 저지르며 자신의 사리사욕을 채우는 정치인들로 볼 수 있어요.

↳ **학생 2** 「바비도」는 다른 이야기를 통해 주제를 전달하는 우의(알레고리)적 성격을 띠어요. 작가는 시대 상황과 종교 문제를 좀 더 자유롭게 말하기 위해 작품의 배경을 중세의 영국으로 삼았어요. 바비도 이야기를 통해 진정한 삶의 의미가 무엇인지, 그리고 불의의 시대에 어떻게 살아야 하는지에 관한 질문을 던지고 있어요.

📖 **선생님** 「바비도」에는 바비도와 헨리 태자라는 두 주요 인물이 나와요. 이 인물의 대화에서 알 수 있는 점을 이야기해 볼까요?

💬 2 　♡ 2

↳ **학생 1** 선인과 악인이 뚜렷하게 구분되어 작품의 주제를 효과적으로 드러내요. 바비도는 선인을, 헨리 태자는 악인을 대표한다고 할 수 있어요.

↳ **학생 2** 대사와 행동을 통해 사건의 전개나 인물의 성격을 성격을 짐작하게 하는 간접 제시 방법을 사용해요. 헨리 태자는 바비도를 회유하고 바비도는 거절하는 대화가 반복돼요.

선생님 작품 속 바비도의 성격은 어떠한가요?

💬 1 ♥ 1

학생 1 바비도는 자신의 양심과 믿음에 따라 판단하고 외부의 압력에도 굴하지 않는 곧은 성격을 지녔어요. 이 소설에서 바비도는 불합리하게 복종을 강요하는 사제들에게 당당하게 맞서는 한편 항거하지 않는 민중과 동료에게도 역겨움을 느껴요. 이러한 바비도의 모습은 자유와 정의에의 의지가 결핍된 민중과는 대조적인 모습으로 그려져요.

종교 개혁 ▼ 🔍

연관 검색어   면벌부   성 베드로 성당   마르틴 루터

김성한의 「바비도」는 실제 역사를 바탕으로 창작된 소설이다. 12세기에서 16세기까지 유럽에서는 로마 가톨릭교회를 옹호할 목적으로 종교 재판이 자행되었다. 당시 로마의 교회는 점점 부패하여 종교를 권력층이 자신들의 이익을 얻기 위한 수단으로 사용하였다. 이를 가장 단적으로 보여 주는 게 '면벌부'이다.

교황 레오 10세는 성 베드로 성당을 건축하기 위해 큰돈이 필요하였다. 그래서 돈을 받고 교회의 이름으로 죄를 용서한다는 면벌부를 팔았다. "금화를 헌금함에 넣어 딸랑거리는 소리가 나면 죽은 자의 영혼이 천국으로 간다."라고 설교하기도 하였다.

1517년 이처럼 교회의 부패가 극에 달하자, 비텐베르크 대학교의 신학과 교수였던 마르틴 루터는 즉각 교황의 행동을 비난하는 '95개조의 반박문'을 비텐베르크 교회에 내걸었다. 독일의 황제 카를 5세는 보름스 국회를 소집하고 루터를 소환해 반박문의 취소를 요구하였다. 하지만 루터는 신념을 굽히지 않았고 결국 파문을 당하였다. 이것이 종교 개혁의 시작으로 알려져 있다.

하근찬
(1931~2007)

✉ 작가에 대하여

경북 영천 출생. 동아대학교 토목과를 중퇴하였다. 1957년 〈한국일보〉에 「수난이대」가 당선되면서 문단에 등단하였다. 주요 작품으로 단편 「낙뢰」, 「흰 종이 수염」, 「나룻배 이야기」, 「삼각의 집」, 「족제비」 등과 장편 『야호』, 『산에 들에』 등이 있다. 1973년 단편집 『수난이대』, 『산울림』, 『검은 자화상』 등을 출간하였다.

「수난이대」는 궁핍한 농촌을 무대로 민족의 비극과 사회 병리의 단면을 포착해 형상화함으로써 작품이 조화된 구도를 유지하고 있다는 평가를 받는다. 실존주의와 전후파적 풍조의 영향으로 관념적 난삽함이 유행하던 1950년대 후반에, 시골 사람들의 이야기를 역사적 현실과 연관시킨 점은 문학사적으로 큰 의미를 지닌다.

그의 작품에서 농촌은 사회적 변화에서 유리된 자연 공간이 아니다. 오히려 역사적 수난과 고통이 축적되어 온 삶의 현장이다. 「수난이대」는 농촌의 삶과 현실이 역사적 상황 의식에 대응되어 문제성을 드러내고 있다.

수난이대

⚓ 작품 길잡이

갈래: 가족사 소설, 전후 소설
배경: 시간 - 일제 강점기에서 6·25 전쟁 직후까지
　　　　공간 - 1950년대 경상도 시골 마을
시점: 3인칭 전지적 작가 시점(3인칭 작가 관찰자 시점 혼용)
주제: 민족의 수난과 이를 극복하려는 의지
출전: 〈한국일보〉(1957)

📷 인물 관계도

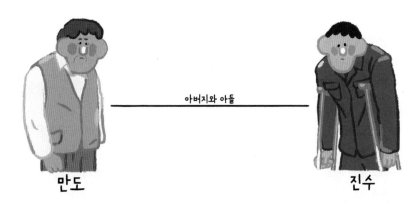

아버지와 아들

만도

진수

| 만도 | 태평양 전쟁 때 징용에 끌려갔다가 왼팔을 잃었다. 자신과 아들의 처지를 보며 절망하지만 이를 극복하고자 노력한다. |
| 진수 | 6·25 전쟁에 참전하여 한쪽 다리를 잃었다. 자신의 처지에 대해 걱정하고 두려워한다. |

📖 구성과 줄거리

발단   **만도가 6·25 전쟁터에서 돌아오는 아들을 마중 나감**
박만도는 삼대독자인 진수가 살아서 돌아온다는 통지를 받고 이른 아침부터 서둘러 역으로 나간다. 만도는 아들이 병원에서 나온다는 말에 걱정한다. 하지만 자신처럼 되지는 않았으리라 생각하며 한쪽 팔이 없는 자신의 모습을 내려다본다. 진수에게 주려고 장에서 고등어 한 마리를 사 들고 온 만도는 역 대합실에서 과거를 회상한다.

전개   **만도가 일제의 강제 징용에 끌려가 한쪽 팔을 잃은 과거를 회상함**
그는 일제의 강제 징용에 끌려갔다. 남양의 어떤 섬에 도착해 그는 숨 막히는 더위와 벌레 속에서 강제 노동을 해야 했다. 어느 날 그는 공습을 피해 다이너마이트를 장치한 굴에 들어갔다가 한쪽 팔을 잃었다.

위기   **아들이 한쪽 다리를 잃은 것을 보고 마음 아파함**
만도는 기차에서 내린 아들이 한쪽 다리가 없이 지팡이를 짚고 있는 것을 보고 놀란다. 아버지와 아들은 앞서거니 뒤서거니 하며 집으로 향한다. 진수는 자신이 뒤처지기 시작하자 눈물을 참느라 애쓴다.

절정   **만도가 아들의 하소연을 듣고 위로함**
만도는 주막에 들러 술을 마시고 진수에게는 국수를 시켜 준다. 집으로 돌아가면서 술기운이 돈 만도는 자초지종을 묻는다. 수류탄 때문에 그렇게 되었다는 것을 알게 된 만도는 앞으로 어떻게 살아가야 하느냐고 하소연하는 아들을 위로한다.

결말   **외나무다리에서 아버지가 아들을 업고 건넘**
외나무다리에 이르자 만도는 머뭇거리는 진수에게 등에 업히라고 한다. 진수는 지팡이와 고등어를 각각 한 손에 들고 아버지 등에 업힌다. 서로를 의지하며 다리를 건너는 부자를 우뚝 솟아오른 용머리재가 가만히 내려다본다.

수난이대

진수가 돌아온다. 진수가 살아서 돌아온다. 아무개는 전사했다는 통지가 왔고, 아무개는 죽었는지 살았는지 통 소식이 없는데, 우리 진수는 살아서 오늘 돌아오는 것이다. 생각할수록 어깻바람이 날 일이다. 그래 그런지 몰라도 박만도는 여느 때 같으면 아무래도 한두 군데 앉아 쉬어야 넘어설 수 있는 용머리재를 단숨에 올라채고 만 것이다. 가슴이 펄럭거리고 허벅지가 뻐근했다. 그러나 그는 고갯마루에서도 쉴 생각을 하지 않았다. 들 건너 멀리 바라보이는 정거장에서 연기가 물씬물씬 피어오르며 삐익 기적 소리가 들려왔기 때문이다. 아들이 타고 내려올 기차는 점심때가 가까워 도착한다는 것을 모르는 바 아니다. 해가 이제 겨우 산등성이 위로 한 뼘가량 떠올랐으니, 오정이 되려면 아직 차례 멀은 것이다. 그러나 그는 공연히 마음이 바빴다. 까짓것, 잠시 앉아 쉬면 뭘 끼고.

만도는 손가락으로 한쪽 콧구멍을 누르면서 팽! 마른 코를 풀어 던졌다. 그리고 휘청휘청 고갯길을 내려가는 것이다.

내리막은 오르막에 비하면 아무것도 아니었다. 대구^{대고. 계속해 자꾸} 팔을 흔들라치면 절로 굴러 내려가는 것이다. 만도는 오른쪽 팔만을 앞뒤로 흔들고 있었다. 왼쪽 팔은 조끼 주머니에 아무렇게나 쑤셔 넣고 있는 것이다. 삼대독자가 죽다니 말이 되나, 살아서 돌아와야 일이 옳고말고. 그런데 병원에서 나온다 하니 어디를 좀 다치기는 다친 모양이지만, 설마 나같이 이렇게사 되지 않았겠지.[1] 만도는 왼쪽 조끼 주머니에 꽂힌 소맷자락을 내려다보았다. 그 소맷자락 속에는 아무것도 든 것이 없었다. 그저 소맷자락만이 어깨 밑으로 덜렁 처져 있는 것이다. 그래서 노상 그쪽은 조끼 주머니 속에 꽂혀 있는 것이다. 볼기짝이나 장딴지 같은 데를 총알이 약간 스쳐갔을 따름이겠지. 나처럼 팔뚝 하나가 몽땅 달아날 지경이었다면 그 엄살스런 놈이 견뎌 냈을 턱이 없고말고. 슬며시 걱정이 되기도 하는 듯, 그는 속으로 이런 소리를 주워섬겼다.

내리막길은 빨랐다. 벌써 고갯마루가 저만큼 높이 쳐다보이는 것이다.

---

1) 아들이 무사히 돌아올 것이라고 애써 자신을 위로하지만, 병원에서 나온다는 말에 내심 불안을 느끼고 있다.

산모퉁이를 돌아서면 이제 들판이다. 내리막길을 쏘아 내려온 기운 그대로, 만도는 들길을 잰걸음 쳐 나가다가 개천 둑에 이르러서야 걸음을 멈추었다. 외나무다리가 놓여 있는 조그마한 시냇물이었다. 한여름 장마철에 들어설라치면 배꼽이 묻히는 수도 있었지마는, 요즈막엔 무릎이 잠길 듯 말 듯한 물인 것이다. 가을이 깊어지면서부터 물은 밑바닥이 환히 들여다보일 만큼 맑아져 갔다. 소리도 없이 미끄러져 내려가는 물을 가만히 내려다보고 있으면 절로 이촉^{치근. 잇몸 속에 들어 있는 이의 뿌리이} 시려온다.

만도는 물 기슭에 내려가서 쭈그리고 앉아 한 손으로 고의춤^{고의나 바지의 허리를 접어서 여민 사이}을 풀어 헤쳤다. 오줌을 찌익 갈기는 것이다. 거울 면처럼 맑은 물 위에 오줌이 가서 부글부글 끓어오르며 뿌우연 거품을 이루니 여기저기서 물고기 떼가 모여든다. 제법 엄지손가락만씩 한 피리^{'피라미'의 방언}도 여러 마리다. 한 바가지 잡아서 회쳐 놓고 한잔 쭈욱 들이켰으면……. 군침이 목구멍에서 꿀꺽했다. 고기 떼를 향해서 마른 코를 팽팽 풀어 던지고, 그는 외나무다리를 조심히 디뎠다.

길이가 얼마 되지 않는 다리였으나 아래로 몸을 내려다보면 제법 아찔했다. 그는 이 외나무다리를 퍽 조심한다.

언젠가 한번, 읍에서 술이 꽤 되어 가지고 흥청거리며 돌아오다가, 물에 굴러 떨어진 일이 있었던 것이다. 지나치는 사람이 없었기에 망정이지, 누가 보았더라면 큰 웃음거리가 될 뻔했었다. 발목 하나를 약간 접쳤을 뿐, 크게 다친 데는 없었다. 이른 가을철이었기 때문에 옷을 벗어 둑에 널어놓고 말릴 수는 있었으나 여간 창피스러운 것이 아니었다. 옷이 말짱 젖었다거나 옷이 마를 때까지 발가벗고 기다려야 한다거나 해서가 아니었다. 팔뚝 하나가 몽땅 잘라져 나간 흉측한 몸뚱이를 하늘 앞에 드러내 놓고 있어야 했기 때문이었다. 지나치는 사람이 있을라치면, 하는 수 없이 물속으로 뛰어 들어가서 얼굴만 내놓고 앉아 있었다. 물이 선뜩해서 아래턱이 덜덜거렸으나, 오그라 붙는 사타구니를 한 손으로 꽉 움켜쥐고 버티는 수밖에 없었다.

"흐흐흐……."

그때 일을 생각하면 지금도 곧 웃음이 터져 나오는 것이다. 하늘로 쳐들린 콧구멍이 연방 벌름거렸다.

개천을 건너서 논두렁길을 한참 부지런히 걸어가노라면 읍으로 들어

가는 한길이 나선다. 도로변에 먼지를 부옇게 덮어쓰고 도사리고 앉아 있는 초가집은 주막이다. 만도가 읍네 나올 때마다 한 번씩 들르곤 하는 단골집인 것이다. 이 집 눈썹이 짙은 여편네와는 예사로 농을 주고받는 사이다.

술방 문턱을 들어서며 만도가,

"서방님 들어가신다."

하면, 여편네는,

"아이 문둥아 어서 오느라."

하는 것이 인사처럼 되어 있었다. 만도는 여간 언짢은 일이 있어도 이 여편네의 궁둥이 곁에 가서 앉으면 속이 절로 쑥 내려가는 것이었다.

주막 앞을 지나치면서 만도는 술방 문을 열어 볼까 했으나, 방문 앞에 신이 여러 켤레 널려 있고, 방 안에서 웃음소리가 요란하기 때문에 돌아오는 길에 들르기로 하였다.

신작로에 나서면 금시 읍이었다. 만도는 읍 들머리에서 잠시 망설이다가, 정거장 쪽과는 반대되는 방향으로 걸음을 옮겼다. 장거리를 찾아가는 것이었다. 진수가 돌아오는데 고등어나 한 손 사 가지고 가야 될 거 아닌가, 싶어서였다.[1] 장날은 아니었으나, 고깃전에는 없는 고기가 없었다. 이것을 살까 하면 저것이 좋아 보이고 그것을 사러 가면 또 그 옆의 것이 먹음직해 보였다. 한참 이리저리 서성거리다가 결국은 고등어 한 손이었다. 그것을 달랑달랑 들고 정거장을 향해 가는데, 겨드랑 밑이 간질간질해 왔다. 그러나 한쪽밖에 없는 손에 고등어를 들었으니 참 딱했다. 어깻죽지를 연방 위아래로 움직거리는 수밖에 없었다.

정거장 대합실에 들어선 만도는 먼저 벽에 걸린 시계부터 바라보았다. 두 시 이십 분이었다. 벌써 두 시 이십 분이니 내가 잘못 보았나? 아무리 두 눈을 씻고 보아도 시계는 틀림없는 두 시 이십 분이었다. 한쪽 걸상에 가서 궁둥이를 붙이면서도 곧장 미심쩍어 했다. 두 시 이십 분이라니, 그럼 벌써 점심때가 겨웠단 말인가? 말도 아닌 것이다. 자세히 보니 시계는 유리가 깨어졌고 먼지가 꺼멓게 앉아 있었다. 그러면 그렇지, 엉터리였다. 벌써 그렇게 되었을 리가 없는 것이다.

---

1) 고등어는 진수에 대한 만도의 애정을 드러내는 소재이다.

"여보이소, 지금 몇 싱교?"

맞은편에 앉은 양복쟁이한테 물어보았다.

"열 시 사십 분이오."

"예, 그렁교."

만도는 고개를 굽실하고는 두 눈을 연방 껌벅거렸다. 열 시 사십 분이라, 보자 그럼 아직도 한 시간이나 넘어 남았구나. 그는 안심이 되는 듯 후유, 숨을 내쉬었다. 궐련을 한 개 빼 물고 불을 댕겼다.

정거장 대합실에 와서 이렇게 도사리고 앉아 있노라면, 만도는 곧잘 생각나는 일이 한 가지 있었다. 그 일이 머리에 떠오르면 등골을 찬 기운이 좍 스쳐 내려가는 것이었다. 손가락이 시퍼렇게 굳어진 이끼 낀 나무토막 같은 팔뚝이 지금도 저만큼 눈앞에 보이는 듯했다.

바로 이 정거장 마당에 백 명 남짓한 사람들이 모여 웅성거리고 있었다. 그중에는 만도도 섞여 있었다. 기차를 기다리고 있는 것이었으나, 그들은 모두 자기네들이 어디로 가는 것인지 알지를 못했다. 그저 차를 타라면 탈

우리 진수가 살아서 돌아온다! 설마 나같이 이렇게사 되지 않았겠지, 에잇, 그럴 리가 없지!

🎬 소설 한 장면　발단　만도가 6·25 전쟁터에서 돌아오는 아들을 마중 나감

사람들이었다. 징용에 끌려 나가는 사람들이었다. 그러니까 지금으로부터 십이삼 년 옛날의 이야기인 것이다.

북해도 탄광으로 갈 것이라는 사람도 있었고 틀림없이 남양 군도로 간다는 사람도 있었다. 더러는 만주로 가면 좋겠다고 하기도 했다. 만도는 북해도가 아니면 남양 군도일 것이고, 거기도 아니면 만주겠지, 설마 저희들이 하늘 밖으로야 끌고 가겠느냐고 아무렇지도 않은 듯이 그 들창코로 담배 연기를 푹푹 내뿜고 있었다. 그러나 마음이 좀 덜 좋은 것은 마누라가 저쪽 변소 모퉁이 벚나무 밑에 우두커니 서서 한눈도 안 팔고 이쪽만을 바라보고 있는 때문이었다. 그래서 그는 주머니 속에 성냥을 두고도 옆사람에게 불을 빌리자고 하며 슬며시 돌아서 버리곤 했다.

플랫폼으로 나가면서 뒤를 돌아보니 마누라는 울 밖에 서서 수건으로 코를 눌러 대고 있는 것이었다. 만도는 코허리가 찡했다. 기차가 꽥꽥 소리를 지르면서 덜커덩! 하고 움직이기 시작했을 때는 정말 덜 좋았다. 눈앞이 뿌우옇게 흐려지는 것을 어쩌지 못했다. 그러나 정거장이 까맣게 멀어져 가고 차창 밖으로 새로운 풍경이 휙휙 날아들자, 그제야 아무렇지도 않아지는 것이었다. 오히려 기분이 유쾌해지는 것 같기도 했다.

바다를 본 것도 처음이었고, 그처럼 큰 배에 몸을 실어 본 것은 더구나 처음이었다. 배 밑창에 엎드려서 꽥꽥 게워 내는 사람들이 많았으나, 만도는 그저 골이 좀 띵했을 뿐 아무렇지도 않았다. 더러는 하루에 두 개씩 주는 뭉치 밥을 남기기도 했으나, 그는 한꺼번에 하루 것을 뚝딱해도 시원찮았다.

모두들 내릴 준비를 하라는 명령이 떨어진 것은 사흘째 되는 날 황혼 때였다. 제가끔 봇짐을 챙기기에 바빴다. 만도도 호박덩이만 한 보따리를 옆구리에 덜렁 찼다. 갑판 위에 올라가 보니 하늘은 활활 타오르고 있고, 바닷물은 불에 녹은 쇠처럼 벌겋게 출렁거리고 있었다. 지금 막 태양이 물 위로 뚝딱 떨어져 가는 것이었다. 햇덩어리가 어쩌면 그렇게 크고 붉은지 정말 처음이었다. 그리고 바다 위에 주황빛으로 번쩍거리는 커다란 산이 둥둥 떠 있는 것이었다. 무시무시하도록 황홀한 광경에 모두들 딱 벌어진 입을 다물 줄 몰랐다. 만도는 어깨마루를 버쩍 들어 올리면서, 히야 고함을 질러 댔다. 그러나 섬에서 그들을 기다리고 있는 것은 숨 막히는 더위와 강제 노동과 그리고, 잠자리만씩이나 한 모기떼……[1] 그런 것뿐이었다.

섬에다가 비행장을 닦는 것이었다. 모기에게 물려 혹이 된 자리를 벅벅 긁으며, 비 오듯 쏟아지는 땀을 무릅쓰고, 아침부터 해가 떨어질 때까지 산을 허물어 내고, 흙을 나르고 하기란, 고향에서 농사일에 뼈가 굳어진 몸에도 이만저만한 고역이 아니었다. 물도 입에 맞지 않았고, 음식도 이내 변하곤 해서 도저히 견디어 낼 것 같지가 않았다. 게다가 병까지 돌았다. 일을 하다가도 벌떡 자빠지기가 예사였다. 그러나 만도는 아침저녁으로 약간씩 설사를 했을 뿐, 넘어지지는 않았다. 물도 차츰 입에 맞아 갔고, 고된 일도 날이 감에 따라 몸에 배어 드는 것이었다. 밤에 날개를 치며 몰려드는 모기떼만 아니면 그냥저냥 배겨 내겠는데, 정말 그놈의 모기들만은 질색이었다.

사람의 일이란 무서운 것이었다. 그처럼 험난하던 산과 산 틈바구니에 비행장을 닦아 내고야 말았던 것이다. 허나 일은 그것으로 끝나는 것이 아니고, 오히려 더 벅찬 일이 닥치는 것이었다. 연합군의 비행기가 날아들면서부터 일은 밤중까지 계속되었다. 산허리에 굴을 파 들어가는 것이었다. 비행기를 집어넣을 굴이었다. 그리고 모든 시설을 다 굴속으로 옮겨야 하는 것이었다.

여기저기 다이너마이트 튀는 소리가 산을 흔들어 댔다. 앵앵앵 하고 공습경보가 나면 일을 하던 손을 놓고 모두가 굴 바닥에 납작납작 엎드려 있어야 했다. 비행기가 돌아갈 때까지 그러고 있는 것이었다. 어떤 때는 근 한 시간 가까이나 엎드려 있어야 하는 때도 있었는데 차라리 그것이 얼마나 편한지 몰랐다. 그래서 더러는 공습이 있기를 은근히 기다리기도 했다. 때로는 공습 경보의 사이렌을 듣지 못하고 그냥 일을 계속하는 수도 있었다. 그럴 때면 모두 큰 손해를 보았다고 야단들이었다. 어떻게 된 셈인지 사이렌이 미처 불기 전에 비행기가 산등성이를 넘어 달려드는 수도 있었다. 그럴 때는 정말 질겁을 하는 것이었다. 가장 많은 손해를 입는 것도 그런 경우였다. 만도가 한쪽 팔뚝을 잃어버린 것도 바로 그런 때의 일이었다.

여느 날과 다름없이 굴속에서 바위를 허물어 내고 있었다. 바위 틈서리에 구멍을 뚫어서 다이너마이트를 장치하는 하는 것이었다. 장치가 다 되

---

1) 징용에 끌려간 사람들의 고된 현실이 드러난 부분으로 시대적 상황이 반영되어 있다.

면 모두 바깥으로 나가고, 한 사람만 남아서 불을 댕기는 것이다. 그리고 그 것이 터지기 전에 얼른 밖으로 뛰어나와야 되었다.

만도가 불을 댕기는 차례였다. 모두 바깥으로 나가 버린 다음 그는 성냥을 꺼냈다. 그런데 웬 영문인지 기분이 께름칙했다. 모기에게 물린 자리가 자꾸 쑥쑥 쑤시는 것이다. 긁적긁적 긁어 댔으나 도무지 시원한 맛이 없었다. 그는 이맛살을 찌푸리면서 성냥을 득 그었다. 그래 그런지 몰라도, 불은 이내 픽 하고 꺼져 버렸다. 성냥 알맹이 네 개째에서 겨우 심지에 불이 당겨졌다. 심지에 불이 붙는 것을 보자 그는 얼른 몸을 굴 밖으로 날렸다. 바깥으로 막 나서려는 때였다. 산이 무너지는 듯한 소리와 함께 사나운 바람이 귓전을 후려갈기는 것이었다. 만도는 정신이 아찔했다. 공습이었던 것이다. 산등성이를 넘어 달려든 비행기가 머리 위로 아슬아슬하게 지나가는 것이었다. 미처 정신을 차리기도 전에 또 한 대가 뒤따라 날아드는 것이 아닌가. 만도는 그만 넋을 잃고 굴 안으로 도로 달려 들어갔다. 달려 들어가서 굴 바닥에 아무렇게나 팍 엎드려져 버리고 말았다. 그 순간이었다. 쾅! 굴 안이 미어지는 듯하면서 다이너마이트가 터졌다. 만도의 두 눈에서 불이

공습이다! 모두들 피해!

🕯 소설 한 장면 전개 만도가 일제의 강제 징용에 끌려가 한쪽 팔을 잃은 과거를 회상함

번쩍했다.

만도가 어렴풋이 눈을 떠 보니, 바로 거기 눈앞에 누구의 것인지 모를 팔뚝이 하나 아무렇게나 던져져 있었다. 손가락이 시퍼렇게 굳어져서, 마치 이끼 낀 나무토막처럼 보이는 것이었다. 만도는 그것이 자기의 어깨에 붙어 있던 것인 줄을 알자, 그만 으악! 하고 정신을 잃어버렸다. 재차 눈을 떴을 때는 그는 폭삭한 담요 속에 누워 있었고, 한쪽 어깻죽지가 못 견디게 쿡쿡 쑤셔 댔다. 절단 수술은 이미 끝난 뒤였다.

쾌애액—기적 소리였다. 멀리 산모퉁이를 돌아오는가 보다. 만도는 앉았던 자리를 털고 벌떡 일어서며, 옆에 놓아두었던 고등어를 집어 들었다. 기적 소리가 가까워질수록 그의 가슴은 울렁거렸다. 대합실 밖으로 뛰어나가 플랫폼이 잘 보이는 울타리 쪽으로 가서 발돋움을 하였다.

째랑째랑 하고 종이 울자, 잠시 후 차는 소리를 지르면서 달려들었다. 기관차의 옆구리에서는 김이 픽픽 풍겨 나왔다. 만도의 얼굴은 바짝 긴장되었다. 시커먼 열차 속에서 꾸역꾸역 사람들이 밀려 나왔다. 꽤 많은 손님이 쏟아져 내리는 것이었다. 만도의 두 눈은 곧장 이리저리 굴렀다. 그러나 아들의 모습은 쉽사리 눈에 띄지 않았다. 저쪽 출찰구로 밀려가는 사람들의 물결 속에, 두 개의 지팡이를 의지하고 절룩거리며 걸어 나가는 상이군인傷痍軍人 전투나 군사상 공무 중에 몸을 다친 군인이 있었으나, 만도는 그 사람에게 주의를 기울이지는 않았다.

기차에서 내릴 사람은 모두 내렸는가 보다. 이제 미처 차에 오르지 못한 사람들이 플랫폼을 이리저리 서성거리고 있을 뿐인 것이다. 그놈이 거짓으로 편지를 띄웠을 리는 없을 건데……. 만도는 자꾸 가슴이 떨렸다. 이상한 일이다, 하고 있을 때였다. 분명히 뒤에서,

"아부지!"

부르는 소리가 들렸다. 만도는 깜짝 놀라며, 얼른 뒤를 돌아보았다. 그 순간, 만도의 두 눈은 무섭도록 크게 떠지고 입은 딱 벌어졌다. 틀림없는 아들이었으나, 옛날과 같은 진수는 아니었다. 양쪽 겨드랑이에 지팡이를 끼고 서 있는데, 스쳐가는 바람결에 한쪽 바짓가랑이가 펄럭거리는 것이 아닌가.

만도는 눈앞이 노오래지는 것을 어쩌지 못했다. 한참 동안 그저 멍멍

하기만 하다가, 코허리가 찡해지면서 두 눈에 뜨거운 것이 핑 도는 것이었다.

"에라이 이놈아!"

만도의 입술에서 모지게 튀어나온 첫마디였다. 떨리는 목소리였다. 고등어를 든 손이 불끈 주먹을 쥐고 있었다.

"이기 무슨 꼴이고, 이기."

"아부지!"

"이놈아, 이놈아……."

만도의 들창코가 크게 벌름거리다가 훌쩍 물코를 들이마셨다.

진수의 두 눈에서는 어느 결에 눈물이 꾀죄죄하게 흘러내리고 있었다. 만도는 모든 게 진수의 잘못이기나 한 듯 험한 얼굴로,

"가자, 어서!"

무뚝뚝한 한마디를 내던지고는 성큼성큼 앞장을 서 가는 것이었다.

진수는 입술에 내려와 묻는 짭짤한 것을 혀끝으로 날름 핥아 버리면서, 절름절름 아버지의 뒤를 따랐다.

🗨️ 소설 한 장면 │ 위기 │ 아들이 한쪽 다리를 잃은 것을 보고 마음 아파함

앞장서 가는 만도는 뒤따라오는 진수를 한 번도 돌아보지 않았다. 한눈을 파는 법도 없었다.[1] 무겁디무거운 짐을 진 사람처럼 땅바닥만을 내려다보며, 이따금 끙끙거리면서 부지런히 걸어만 가는 것이다. 지팡이에 몸을 의지하고 걷는 진수가 성한 사람의, 게다가 부지런히 걷는 걸음을 당해 낼 수는 도저히 없었다. 한 걸음 두 걸음씩 뒤지기 시작한 것이, 그만 작은 소리로 불러서는 들리지 않을 만큼 떨어져 버리고 말았다. 진수는 목구멍을 왈칵 넘어오려는 뜨거운 기운을 꾹 참느라고 어금니를 야물게 깨물어 보기도 하였다. 그리고 두 개의 지팡이와 한 개의 다리를 열심히 움직여 대는 것이었다.

앞서간 만도는 주막집 앞에 이르자, 비로소 한 번 뒤를 돌아보았다. 진수는 오다가 나무 밑의 그늘에서 오줌을 누고 있었다. 지팡이는 땅바닥에 던져 놓고, 한쪽 손으로는 볼일을 보고, 한쪽 손으로는 나무 둥치를 감싸 안고 있는 모양이 을씨년스럽기 이를 데 없는 꼬락서니였다. 만도는 눈살을 찌푸리며, 으음! 하고 신음 소리 비슷한 무거운 소리를 토했다. 그리고 술방 앞으로 가서 방문을 왈칵 잡아당겼다.

기역 자 판 안에 도사리고 앉아서 속옷을 뒤집어 까고 이를 잡고 있던 여편네가 킥하고 웃으며 후닥닥 옷섶을 여몄다. 그러나 만도는 웃지를 않았다. 방문턱을 넘어서면서도 서방님 들어가신다는 소리를 내뱉지 않았다. 아마 이처럼 뚝뚝한 얼굴을 하고 이 술방에 들어서기란 처음일 것이다. 여편네가 멋도 모르고,

"오늘은 서방님 아닌가 배."

하고 킬킬 웃었으나, 만도는 으음! 또 무거운 신음 소리를 했을 뿐 도시 기분을 내지 않았다. 기역 자 판 앞에 가서 쭈그리고 앉기가 바쁘게,

"빨리 빨리."

재촉을 하였다.

"하따나, 어지간히도 바쁜가 배."

"빨리 꼬빼기곱빼기로 한 사발 달라니까구마."

"오늘은 와 이카노?"

여편네가 쳐 주는 술사발을 받아 들며, 만도는 휴유…… 하고 숨을 크게

---

1) 자신처럼 불구가 된 아들을 보고 속상함과 현실에 대한 분노를 느꼈기 때문이다.

내쉬었다. 그리고 입을 얼른 사발로 가져갔다. 꿀꿀꿀, 잘도 넘어가는 것이다. 그 큰 사발을 단숨에 비워 버리고는, 도로 여편네 눈앞으로 불쑥 내밀었다. 그렇게 거들빼기로 석 잔을 해치우고사 으으윽! 하고 게트림 ^{거만스럽게 거드름을 피우며 하는 트림} 을 하였다. 여편네가 눈을 휘둥그레 가지고 혀를 내둘렀다. 빈속에 술을 그처럼 때려 마시고 보니, 금세 눈두덩이 확확 달아오르고, 귀뿌리가 발갛게 익어 갔다.

술기가 얼큰하게 돌자, 이제 좀 속이 풀리는 성싶어 방문을 열고 바깥을 내다보았다. 진수는 이마에 땀을 척척 흘리면서 저만큼 오고 있었다.

"진수야!"

버럭 소리를 질렀다.

"이리 들어와 보래."

진수는 아무런 대꾸도 없이 어기적어기적 다가왔다. 다가와서 방 문턱에 걸터앉으니까, 여편네가 보고,

"방으로 좀 들어오이소."

하였다.

"여기 좋심더."

그는 수세미 같은 손수건으로 이마와 코언저리를 아무렇게나 훔친다.

"마 아무 데서나 묵어라. 저, 국수 한 그릇 말아 주소."

"야."

"꼬빼기로 잘 좀……. 참지름도 치소, 알았능교?"

"야아."

여편네는 코로 히죽 웃으면서 만도의 옆구리를 살짝 꼬집고는, 소쿠리에서 삶은 국수 두 뭉텅이를 집어 들었다.

진수가 국수를 훌훌 끌어 넣고 있을 때, 여편네는 만도의 귓전으로 얼굴을 살짝 갖다 댄다.

"아들이가?"

만도는 고개를 약간 앞뒤로 끄덕거렸을 뿐, 좋은 기색을 하지 않았다. 진수가 국물을 훌쩍 들이마시고 나자, 만도는,

"한 그릇 더 묵을래?"

하였다.

"아니예."

"한 그릇 더 묵지 와."

"고만 묵을랍니더."

진수는 입술을 쌱 닦으며 푸시시 자리에서 일어났다.

주막을 나선 그들 부자는 논두렁길로 접어들었다. 아까와 같이 만도가 앞장을 서는 것이 아니라, 이번에는 진수를 앞세웠다. 지팡이를 짚고 찌긋둥찌긋둥 앞서 가는 아들의 뒷모습을 바라보며, 팔뚝이 하나밖에 없는 아버지가 느릿느릿 따라가는 것이다. 손에 매달린 고등어가 대구 달랑달랑 춤을 추었다. 너무 급하게 들이마셔서 그런지, 만도의 뱃속에서는 우글우글 술이 끓고, 다리가 휘청거렸다. 콧구멍으로 더운 숨을 훅훅 내불어 보니 정신이 아른해서 역시 좋았다.

"진수야!"

"예."

"니 우째다가 그래 됐노?"

"전쟁하다가 이래 안 됐심니꼬. 수류탄 쪼가리에 맞았심더."

"수류탄 쪼가리에?"

"예."

"음……."

"얼른 낫지 않고 막 썩어 들어가기 땜에 군의관이 짤라 버립디더, 병원에서예."

"……."

"아부지!"

"와?"

"이래 가지고 우째 살까 싶습니더."

"우째 살긴 뭘 우째 살아? 목숨만 붙어 있으면 다 사는 기다. 그런 소리 하지 마라."

"……."

"나 봐라, 팔뚝이 하나 없어도 잘만 안 사나. 남 봄에 좀 덜 좋아서 그렇지, 살기사 와 못 살아."

"차라리 아부지같이 팔이 하나 없는 편이 낫겠어예. 다리가 없어 노니, 첫째 걸어 댕기기에 불편해서 똑 죽겠심더."

"야야. 안 그렇다. 걸어 댕기기만 하면 뭐하노, 손을 지대로 놀려야 일이 뜻대로 되지.”

“그러까예?”

“그렇다니까. 그러니까 집에 앉아서 할 일은 니가 하고, 나댕기메 할 일은 내가 하고,[1] 그라면 안 되겠나, 그제?”

“예.”

진수는 가벼운 한숨을 내쉬며 아버지를 돌아보았다. 만도는 돌아보는 아들의 얼굴을 향해 지그시 웃어 주었다.

술을 마시고 나면 이내 오줌이 마려워지는 것이다. 만도는 길가에 아무렇게나 쭈그리고 앉아서 고기 묶음을 입에 물려고 하였다. 그것을 본 진수는,

“아부지, 그 고등어 이리 주이소.”

하였다.

팔이 하나밖에 없는 몸으로 물건을 손에 든 채 소변을 볼 수는 없는 것이다. 아버지가 볼일을 마칠 때까지, 진수는 저만큼 떨어져 서서 지팡이를 한

이래 가지고 우째 살까 싶습니다.

그런 소리 하지 마라. 집에 앉아서 할 일은 니가 하고, 나댕기메 할 일은 내가 하고, 그라면 안 되겠나.

👄 소설 한 장면   절정   만도가 아들의 하소연을 듣고 위로함

1) 서로 도우며 시련을 극복해 나가는 방안을 제시하고 있다. 작품의 주제 의식이 담겨 있다.

쪽 손에 모아 쥐고, 다른 손으로 고등어를 들고 있었다. 볼일을 다 본 만도는 얼른 가서 아들의 손에서 고등어를 다시 받아 든다.

개천 둑에 이르렀다. 외나무다리가 놓여 있는 그 시냇물이다. 진수는 슬그머니 걱정이 되었다. 물은 그렇게 깊은 것 같지 않지만, 밑바닥이 모래흙이어서 지팡이를 짚고 건너가기가 만만할 것 같지 않기 때문이다. 외나무다리는 도저히 건너갈 재주가 없고……. 진수는 하는 수 없이 둑에 퍼지고 앉아서 바짓가랑이를 걷어 올리기 시작했다.

만도는 잠시 멀뚱히 서서 아들의 하는 양을 내려다보고 있다가,

"진수야, 그만두고, 자아 업자."

하는 것이었다.

"업고 건너면 일이 다 되는 거 아니가. 자아, 이거 받아라."

고등어 묶음을 진수 앞으로 민다.

진수는 퍽 난처해하면서, 못 이기는 듯이 그것을 받아 들었다. 만도는 등허리를 아들 앞에 갖다 대고, 하나밖에 없는 팔을 뒤로 버쩍 내밀며,

"자아, 어서!"

했다.

진수는 지팡이와 고등어를 각각 한 손에 쥐고, 아버지의 등허리로 가서 슬그머니 업혔다. 만도는 팔뚝을 뒤로 돌리면서, 아들의 하나뿐인 다리를 꼭 안았다. 그리고,

"팔로 내 목을 감아야 될 끼다."

했다.

진수는 무척 황송한 듯 한쪽 눈을 찍 감으면서, 고등어와 지팡이를 든 두 팔로 아버지의 굵은 목덜미를 부둥켜안았다.

만도는 아랫배에 힘을 주며, 끙! 하고 일어났다. 아랫도리가 약간 후들거렸으나 걸어갈 만은 했다. 외나무다리 위로 조심조심 발을 내디디며 만도는 속으로, 이제 새파랗게 젊은 놈이 벌써 이게 무슨 꼴이고. 세상을 잘못 만나서 진수 니 신세도 참 똥이다, 똥. 이런 소리를 주워섬겼고, 아버지의 등에 업힌 진수는 곧장 미안스러운 얼굴을 하며,

'나꺼정 이렇게 되다니, 아부지도 참 복도 더럽게 없지. 차라리 내가 죽어 버렸더라면 나았을 낀데…….'

하고 중얼거렸다.

만도는 아직 술기가 약간 있었으나, 용케 몸을 가누며 아들을 업고 외나무다리를 조심조심 건너가는 것이었다.

눈앞에 우뚝 솟은 용머리재가 이 광경을 가만히 내려다보고 있었다.

새파랗게 젊은 놈이 무슨 꼴이고. 세상을 잘못 만나서 진수 니도 고생이다.

나꺼정 이렇게 되다니, 아부지도 복도 더럽게 없지…….

 소설 한 장면 결말 외나무다리에서 아버지가 아들을 업고 건넘

🎬 생각해 볼까요?

선생님 아버지 만도는 일제 강점기에 제2차 세계 대전으로, 아들 진수는 6·25 전쟁으로 각각 팔과 다리를 잃어요. 이러한 모습은 무엇을 상징할까요?

💬 2 ♥ 2

학생 1 팔을 잃은 아버지와 다리를 잃은 아들은 우리 민족 전체의 모습이기도 해요. 아버지가 나타내는 민족적 수난이 일제 강점기라면, 아들이 나타내는 민족적 수난은 6·25 전쟁이에요. 이처럼 작가는 한 가족이 처한 비극적인 상황을 통하여 우리 민족 전체의 참혹한 현실을 보여 주었어요.

학생 2 과거와 현재의 시간이 교차되며 '수난이대'라는 제목과 연결돼요.

선생님 작품에서 아버지 만도는 사건 전개에 따라 어떠한 감정의 변화를 겪고 있나요?

💬 1 ♥ 1

학생 1 처음에는 아들이 전쟁터에서 살아 돌아온다는 사실에 기뻐해요. 그러나 한편으로는 병원에서 나온다는 점 때문에 불안과 걱정을 느껴요. 이후 상이군인이 된 아들의 모습을 보고 원통함과 슬픔을 느껴요.

선생님 이 작품에서 '고등어'는 무엇을 상징하나요?

💬 2 ♥ 2

학생 1 만도는 아들 진수가 돌아온다는 소식을 듣고 장에 들러 고등어를 사요. 이를 보아 고등어는 아들에 대한 만도의 사랑을 상징함을 알 수 있어요.

학생 2 반면 한쪽 팔만 있는 만도가 손에 든 고등어 때문에 몸의 간지러운 부분을 긁지 못하는 장면이 나와요. 이를 보면 고등어는 만도의 어려운 상황을 부각하는 소재이기도 해요.

선생님 이 작품에서 '주막'과 '술'은 무엇을 상징하나요?

💬 1 ♥ 1

학생 1 '주막'은 절망한 만도와 진수의 마음이 완충되는 공간이에요. 만도는 주막에서 진수에게 국수를 사준 후 집으로 가는 길에 진수와 다친 다리에 대해 이야기를 나눠요. 또한 주막에서 마시는 '술'은 만도의 속을 풀어 주며 절망을 희망으로 바꾸는 촉매 역할을 해요.

선생님 이 작품에서 '외나무다리'는 무엇을 상징하나요? 외나무다리를 건너는 행위
를 통해 작가가 말하고자 하는 바는 무엇인지도 이야기해 봐요.

 3 ♥ 3

↳ **학생 1** '외나무다리'는 만도와 진수가 앞으로 겪게 될 힘겨운 삶을 상징해요. 그러나
두 사람이 힘을 합해 이 외나무다리를 건너감으로써 시련에 대한 극복 의지
를 보이고 독자들에게 감동을 줘요.

↳ **학생 2** 외나무다리를 건너는 모습을 통해 작가는 세대 간에 협력하고 의지하며 살
아간다면 역사적 어려움을 극복할 수 있다는 주제 의식을 드러내고 있어요.

↳ **학생 3** 이는 전후 소설의 비극적 미학이 돋보이는 장면이기도 해요.

광복 이후 문학 경향 ▼ 🔍

연관 검색어   냉전 체제 좌익과 우익 민족 분단

제2차 세계 대전 이후 미국과 소련이 대립하는 냉전 체제에서 우리 국토는 분단되고
남북한에 각각 정부가 수립되었다. 문학계에서는 '민족 문학의 건설'이라는 공동 목
표가 정해졌지만 좌익과 우익의 갈등 상황이 지속되었다. 이는 계급 이념 문학을 주
도하던 '조선 문학가 동맹'과 민족주의 이념을 내세운 '전조선 문필가 협회' 사이의 대
립으로 표면화되었다. 이러한 대립은 1947년 정치적 선택에 따라 조선 문학가 동맹
작가들이 월북하면서 끝이 났다.

1950년에는 동족상잔의 비극인 6·25 전쟁이 벌어졌다. 6·25 전쟁은 남북한 모두에
게 큰 피해와 깊은 상처를 남겼다. 이에 따라 1950년대에는 6·25 전쟁을 배경으로
민족 분단의 비극적 상황을 형상화한 문학 작품들이 발표되었다. 이 시기의 많은 작
가가 전쟁 후의 부조리한 상황이나 가치관 혼란, 현실 참여 문제를 다루었고, 인간 존
재에 관하여 진지하게 탐구하기도 하였다.

박경리
(1926~2008)

✉ 작가에 대하여

경상남도 통영 출생. 진주여자고등학교를 거쳐 1950년 서울가정보육사범학교 가정과를 졸업하고 황해도 연안여자중학교에서 교사로 근무했다. 1955년 「계산」, 1956년 「흑흑백백」이 〈현대문학〉에 추천되면서 등단했다. 1957년 「불신 시대」로 현대문학 신인상을 수상했다. 초기에는 전쟁으로 가족을 상실한 개인의 힘겨운 삶과 내적 갈등을 통해 부조리한 사회 구조를 드러내는 단편 소설을 주로 발표했다.

1958년 첫 장편 『애가』를 발표했다. 1959년 『표류도』를 발표해 내성문학상을 수상했다. 이후 장편 소설에 주력해 『김약국의 딸들』, 『시장과 전장』, 『파시』 등을 발표했다. 1969년부터 집필을 시작해 1994년에 전 16권으로 완간한 대하소설 『토지』는 한국 문학사의 기념비적인 작품으로 평가된다. 한민족의 역사와 생활상을 폭넓고 생생하게 그린 『토지』는 영어, 프랑스어, 일본어 등으로 번역 출간되었다. 1996년 호암예술상을 수상하고 칠레 정부로부터 가브리엘라 미스트랄 문학 기념 메달을 받았다.

불신 시대

#부조리   #극복의지   #현실비판적   #자전적

⚓ 작품 길잡이

갈래: 전후 소설
배경: 시간 - 6·25 전쟁 직후 / 공간 - 서울
시점: 3인칭 전지적 작가 시점
주제: 전후 부조리한 사회에 대한 비판
출전: 〈현대문학〉(1957)

📷 인물 관계도

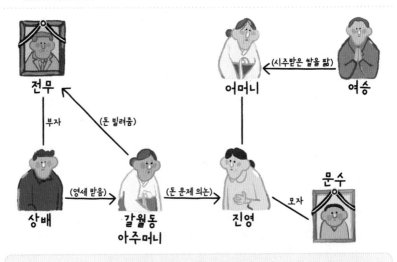

진영	전쟁 중 남편을 잃고, 아들마저 의사의 무관심으로 잃는다. 사회에 대해 강한 불신과 적대감을 느끼다 삶의 의지를 되찾는다.
갈월동 아주머니	독실한 천주교 신자지만 돈놀이를 하다가 돈을 떼이고 궁지에 몰린다.
여승	시주받아 온 쌀을 팔려고 하는 인물로, 돈의 많고 적음에 따라 대접을 달리하는 타락한 승려이다.

📖 구성과 줄거리

발단   진영은 남편과 사별하고 의사의 잘못으로 아들 문수마저 잃음

9·28 수복 전야에 남편이 사망한 진영은 친정어머니와 아들 문수의 손을 잡고 피난한다. 그들은 전쟁이 끝난 뒤 서울로 돌아왔지만 집터는 쑥대밭이 되어 있다. 문수는 9살에 마취 약도 없이 뇌 수술을 받다가 죽는다. 그날 이후 진영은 환청에 시달린다.

전개   진영은 배금주의에 물든 종교와 병원에 실망함

진영은 성당을 찾아가 기도를 올리지만 마음 한구석에서는 문수가 영영 죽어 없어졌다는 생각을 한다. 진영은 폐결핵을 앓고 있지만 주사약의 분량을 속이는 병원을 믿지 못한다. 절에서 찾아온 중도 장사꾼처럼 시주받은 쌀을 판다. 절에서는 적어도 돈만 낸다면 문수를 위한 단독적인 행사를 해줄 것이라 생각한 진영은 이천 환을 준비한다. 절에서는 돈을 적게 낸 진영을 홀대한다.

위기   진영은 폐결핵을 앓으며 내적 갈등에 고통받음

절에서 나온 진영은 문수를 낯선 여관방에 혼자 둔 것 같은 마음에 말없이 운다. 폐결핵의 고통을 견디다 못한 진영은 병원을 찾지만 빈 약병을 파는 모습을 보고 내원을 중단한다. 거리에는 가짜 주사약이 범람하고 있다. 진영은 두 종교를 오가며 돈을 바쳤던 행동을 자책하고, 문수를 떠올리며 모든 '약탈적인 살인자'들을 향해 분노한다.

절정   갈월동 아주머니가 금전 차용 문제로 진영과 의논하러 옴

진영을 찾아온 갈월동 아주머니는 돈을 빌린 사람이 죽어서 어떻게 해야 할지 모르겠다고 말한다. 진영은 갈월동 아주머니가 곗돈으로 비밀 거래를 했으며, 채무자는 돈을 빌리는 데 종교를 이용했다는 사실을 알게 되어 환멸을 느낀다. 갈월동 아주머니가 돌아간 뒤 피로를 느낀 진영은 자리에 쓰러져 잠이 든다.

결말   진영은 문수의 위패와 사진을 태운 뒤 저항 의지를 다잡음

잠이 깬 진영은 절에 찾아가 문수의 위패와 사진을 돌려받는다. 진영은 위패와 사진을 태우며 눈물을 흘리지만 자신에게 아직 항거할 수 있는 생명이 남아 있음을 생각하며 언덕을 내려간다.

불신 시대

9·28 수복 전야에 진영의 남편은 폭사爆死 폭발로 말미암아 죽음했다. 남편은 죽기 전에 경인 도로에서 본 괴뢰군북한 인민군을 소련의 꼭두각시로 비난하여 이르던 말의 임종 이야기를 했다. 아직 나이 어린 소년이었다는 것이다. 그 소년병은 가로수 밑에 쓰러져 있었는데 폭풍으로 터져 나온 내장에 피비린내를 맡은 파리 떼들이 아귀처럼 덤벼들고 있더라는 것이다. 소년병은 물 한 모금 달라고 애걸을 하면서도 꿈결처럼 어머니를 부르더라는 것이다. 그것을 본 행인 한 사람이 노상에 굴러 있는 수박 한 덩이를 돌로 짜개서 그 소년에게 주었더니 채 그것을 먹지도 못하고 숨이 지더라는 것이다.

남편은 마치 자신의 죽음의 예고처럼 그런 이야기를 한 수 시간 후에 폭사하고 만 것이다.

남편을 잃은 진영은 1·4 후퇴 때 세 살 먹이 아이를 업고 친정어머니와 같이 제일 마지막에 서울에서 떠났다. 그러나 안양에 이르기도 전에 중공군이 그들을 앞질렀고, 유엔군의 폭격 밑에 놓였다. 수없는 피난민이 얼음판에 거꾸러졌다. 피난 짐을 끌던 소는 굴레를 찬 채 둑 밑으로 굴렀다. 피가 철철 흐르는 시체 옆에 아이가 울고 있었다. 진영은 눈을 가리고 달아났던 것이다.

악몽과 같은 전쟁이 끝났다.

진영은 아들 문수의 손을 잡고 황폐한 서울로 돌아왔다. 집터는 쑥대밭이 되어 축대조차 찾아볼 수 없었다. 진영은 잡풀 속에 박힌 기왓장 밑에서 물씬물씬잘 익거나 물러서 매우 또는 여기저기가 연하고 물렁물렁한 느낌 무너지는 책 한 권을 집어들었다. 「프랑스 문학의 전망」이라는 일본 책이었다. 이 책이 책장에 꽂혔을 때—순간 진영의 머릿속에 그러한 회상이 환각처럼 지난다. 진영은 무심한 아이의 눈동자를 멍하니 언제까지나 바라보고 있었다.

문수가 자라서 아홉 살이 된 초여름, 진영은 내장이 터져서 파리가 엉겨붙은 소년병을 꿈에 보았다. 마치 죽음의 예고처럼 다음 날 문수는 죽어 버린 것이다. 비가 내리는 밤이었다.

일찍부터 홀로 되어 외동딸인 진영에게 붙어서 살아온 어머니는 내가 죽을 것을, 하며 문지방에 머리를 부딪치는 것이었으나 진영은 허공만 바라보고 있었다.

아이는 앓다가 죽은 것이 아니었다. 길에서 넘어지고 병원에서 죽은 것이다. 그러나 그것뿐이라면 차라리 진영으로서는 전쟁이 빚어낸 하나의 악몽처럼 차차 잊어버릴 수 있는 일이었는지도 모른다. 그러나 그것이 아니었다. 의사의 무관심이 아이를 거의 생죽음을 시킨 것이다. 의사는 중대한 뇌수술을 엑스레이도 찍어보지 않고, 심지어는 약 준비조차 없이 시작했던 것이다. 마취도 안 한 아이는 도수장屠獸場 고기를 얻기 위하여 소나 돼지 따위의 가축을 잡아 죽이는 곳 속의 망아지처럼 죽어 간 것이다. 그렇게 해서 아이를 갖다버린 진영이었다.

바깥 거리에는 쏴아! 하며 밤비가 내리고 있었다.

누워서 멀거니 천장을 바라보고 있는 진영의 눈동자가 이따금 불빛에 번득인다. 창백한 볼이 불그스름해진다. 폐결핵에서 오는 발열이다.

바깥의 빗소리가 줄기차 온다.

아이가 죽은 지 겨우 한 달, 그러나 천 년이나 된 듯한 긴 날들이었다. 진영은 가만히 눈을 감는다. 진영의 귀에 조수潮水 밀물과 썰물을 통틀어 이르는 말처럼 밀려오는 것은 수술실 속의 아이의 울음소리였다.

진영은 벌떡 자리에서 일어나 술병을 들이켠다. 잠이 오지 않을 때 마셔

○ 소설 한 장면   발단   진영은 남편과 사별하고 의사의 잘못으로 아들 문수마저 잃음

보라고 동무가 보내준 포도주였다.

이불 위에 엎드린 진영은 여울처럼 멀어지는 수술실 속의 아이의 울음소리를 듣는 것이었다.

어떻게 해서 잠이 든다. 진영은 꿈속에서 희미한 길을 마구 쏘다니며 아이를 찾아 헤매다가 붕대를 칭칭 감은 눈도, 코도, 입도 보이지 않는 아이 모습에 소스라쳐 깼다. 흠씬 땀에 젖은 몸이 가늘게 떨고 있었다.

별안간 무서움이 쭉 끼친다.

비가 멎은 새벽이 창가로부터 서서히 방 안으로 스며들고 있었다.

허공을 보고 있는 진영은 왜 무서움을 느끼는지 알 수가 없었다. 아이가 이미 유명幽冥저승의 혼령이기 때문인지도 모른다. 그렇다면 이렇게 서글픈 인간관계가 어디 있겠는가. 진영은 구역이 나올 정도로 자기 자신이 싫었다.

성당의 종소리가 멀리서 들려온다. 요다음 주일날에는 꼭 나를 성당에 데려가 달라고 갈월동 아주머니에게 부탁을 한 일이 생각난다. 바로 오늘이 그 주일날이다.

갈월동의 아주머니는 약속한 대로 여덟 시가 못 되어서 왔다. 아주머니는 옛날에 죽은, 진영의 칠촌 아저씨의 마누라였다. 자식도 없는 그는 아주 독실한 천주교의 신자였으나 근래에 와서 계로 인해서 상당히 말썽을 빚었다. 진영이만 해도 그 짤짤 끓는 돈으로 겨우 다 넣어 온 이십만 환짜리 계를 소롯이 조금도 축나거나 상함이 없이 그대로 온전하게 포기하고 말았던 것이다. 그만큼 계주를 한 아주머니의 사정이 핍박했던 것이다.

매미 날개같이 손질을 한 모시옷을 입은 아주머니는 울고불고 하는 어머니를 위로하는데 아주머니가 말할 적에는 금으로 씌운 송곳니가 알른알른 보였다.

어머니는 아는 사람을 보기만 하면 언제나 손을 잡고 손자를 잃은 하소연을 했다. 진영은 그러는 어머니가 싫었지만, 그러나 딸 하나를 믿고 산 그가 여러 가지 면으로 서러운 위치에 놓인 것은 사실이다.

"우시지 마세요, 형님. 산 사람 생각도 하셔야지. 진영의 마음이 오죽하겠어요? 이러지 마세요. 그리고 살아 갈 길이나 생각합시다."

진영이 실직을 하고 있는 형편이라 살길도 막연하긴 했다.

아주머니는 갖가지 말로 어머니를 달래다가 풀어진 고름을 여미며—아주머니는 적삼에도 반드시 고름을 달았다—,

"우리 어디 사는 대로 살아 봅시다……. 그리고 나도 생각하고 있었어요. 형님 돈만큼은 돌려 드리려고. 원금만이라도요……."

어머니의 얼굴이 좀 밝아진다. 진영은 잠자코 양말을 신고 있었다.

세 사람은 거리에 나왔다. 아침이라 가로수가 서늘했다.

본시 불교도인 어머니는 성당으로 가는 것이 마음에 꺼렸으나, 그러나 아무래도 좋았다. 의사는 항상 딸에게 있는 것이었으니까…….

아주머니는 진영의 양산 밑으로 바싹 다가오면서 소곤거리기 시작한다.

"천주님이 계신 이상 우리는 불행하지 않다. 천주님이 너를 사랑하기 때문에 이런 기회를 주어 너를 부르신 거야. 모든 것이 다 허망한 인간 세상에 다만 천주님만이 빛이 된다."

신자이면 누구나 할 수 있는 똑같은 말을 아주머니는 말했다.

진영은 땅을 내려다본 채,

"지가 구원을 받자고 가는 건 아니에요. 천당이 있어서 그곳에 문수가 놀고 있거니, 그렇게 생각하고 싶어서."

"그래, 천당 갔다. 그렇게 착한 아이가…… 아암 행복하게 꽃동산에서 놀고 있고 말고."

연장자답게 위로하는 것이었으나 말투가 너무 어수룩했다.

"아무리 꽃동산이래도 그 애는 외로울 게요. 엄마 생각이 날 거예요."

진영은 혼자 중얼거리며 하늘을 보았다. 너울처럼 엷은 구름이 가고 있었다.

"그런 소리 말고 영세領洗 가톨릭에서 세계를 받는 일 나 받도록 해. 상배도 영세를 벌써 받았어."

아주머니의 목소리는 먼 지평선에서 울려오는 것 같았다. 진영은 기계적으로,

"그 무신론자가…… 영세를……?"

"그 애도 요즘 심경이 많이 변했어."

분 냄새가 엷게 풍겨 온다. 진영은 금니가 알른알른 보이는 아주머니의 입매를 물끄러미 쳐다본다.

상배는 아주머니 댁에 하숙한 대학생이다. 지나간 봄에만 해도 그는,

"아주머니요, 예수가 물 위로 걸었다캤능기요. 하핫핫! 아마 예수는 왼발이 빠지기 전에 오른발을 올렸고, 오른발이 빠지기 전에 왼발을 올렸던가

배요. 하하핫……."

그런 부산 사투리의 조롱이 자기 딴에는 아주 신통했던지 상배는 콧마루를 벌름거리며 웃었던 것이다. 진영이 그것을 생각하는 동안 아주머니는 손수건으로 땀을 닦으며,

"그 애도 우리 집에서 쉬이 옮기게 될 거야. 아버지가 사업 때문에 서울로 오신다니까…… 그래서 나도 그 애가 나가기 전에 영세받도록 하려고……."

부드러운 목소리였다.

그들이 성당 앞까지 왔을 때 은행나무에 자잘한 햇빛이 부서지고 있었다. 뜰에는 연분홍빛 글라디올러스가 피어 있었는데 진영은 불교의 상징인 연화蓮花를 왜 그런지 연상했다. 그리고 엉뚱스럽게 그 꽃들이 자아내는 서양과 동양의 거리를 생각해 보는 것이었다. 막연한 생각이다. 그러나 다음 순간 진영은 얼떨떨하게 자기의 마음을 더듬었다. 문수를 위하여 신을 뵈러 온 마당에서 아무런 경건함도 없이 이렇게 냉정히 사물을 헤아리고 있었다는 것을, 그것을 다만 시각에서 온 하나의 자연 발상이라고만 할 수 있을 것인가. 그렇지 않다면 내 슬픔 속에 그만큼 여유가 있었다는 말인가. 진영은 문수에게 부끄러웠다. 미안했다.

진영은 땀에 젖은 분 냄새가 풍겨 오는 아주머니의 젖가슴을 무심히 바라보았다.

나무 그늘 아래 아이들이 모여 있었다. 그 옆에는 중년 남자 한 사람이 십자가, 성경책 같은 것을 노점처럼 벌여 놓고 팔고 있었다. 진영은 어느 유역의 이방인인 양 그런 광경을 건너다보았다. 분위기에 싸이지 않는 마음속에는 쌀쌀한 바람이 일고 있었다.

진영은 성당 안으로 들어갔다. 아주머니는 신발을 책보에 싸면서,

"주로 아이들을 위한 미사 시간이 돼서 시끄러워. 다음엔 일찍 와요."

진영은 아주머니의 말보다 거추장스럽게 신발을 싸 들고 가는 신자들의 모습에 눈이 따라가는 것이었다. 진영은 문득 예수 사랑하려고 예배당에 갔더니 눈 감으라 해 놓고 신 도둑질하더라, 그런 야유에 찬 노래를 생각했다. 그러나 진영은 곧 형용할 수 없는 두려움을 느꼈다. 신전에서 신을 모독하다니 — 그런 죄악 의식에 쫓기며 진영은 아주머니의 뒤를 따랐다.

얼마 후에 미사는 시작되었다.

"가엾은 나의 아들 문수를 위하여 기도를 올리나이다. 진심으로…… 진실로 비나이다. 그 고통으로부터 놓이게 하시고, 어린 영혼에게 평화가 있기를……."

진영은 눈을 감고 그런 말을 중얼거렸다. 그러나 마음 한구석에 있는 헤살꾼_{남의 일에 짓궂게 훼방을 놓는 사람}의 속삭임이 더 집요했다. 헤살꾼은 속삭인다. 문수는 죽어 버린 것이다. 아주 영영 없어진 것이다. 진영은 눈앞이 캄캄해 오는 것을 느낀다. 헤살꾼은 속삭인다. 칼끝으로 골을 짜개서 죽여버린 것이다. 무참하게 죽여버린 것이다.

진영은 눈앞에 시뻘건 불덩어리가 굴러가는 것을 본다. 헤살꾼은 자꾸만 속삭인다. 어둡고 침침한 명부에서 압축한 듯한 목쉰 아이의 울음소리, 진영은 땀을 흘리며 눈을 떴다. 코앞에 닿은 어머니의 머리에서 땀내가 뭉클 풍겨온다. 현기증을 느낀다. 신자들이 머리에 쓴 하얀 미사포가 시계視界 시야와 의식을 하나로 표백시켜 버리는 것이었다.

얼마 동안이 지났는지 진영은 고개를 돌렸다. 구제품이 정렬한 듯한 성가대의 아이들이 눈앞에 나타났다. 아이들의 각색의 음계가 합한 성가는 바람을 못 마신 오르간의 잡음처럼 진영의 귓가에 울렸다. 이 속에서 무릎을 꿇고 앉았을 을씨년스런 자기 자신의 모습, 진영은 그것이 얼마나 어설픈 위치인가를 깨닫는다.

진영은 다시 눈을 감았다. 그러나 자기 자신이 미웠다. 결코 자기라는 의식을 버리지 못하는 것이 미웠던 것이다. 진영은 어떻게 해서라도 객관적인 자기 의식으로부터 벗어나고 싶었다. 진영은 잃어진 낭만을 찾아보듯이 신과 문수의 죽음이 동렬의 신비라는 것, 그리고 아무도 신과 죽음을 비판할 수 없다는 것, 그것은 사실이라 생각했다.

진영이 처음 성당에 나가려고 결심했을 때, 그것이 가공에 설정된 하나의 가장일지라도 다만 문수를 위한다는 명목만으로 자신이야 피에로도 오뚝이도 될 수 있으리라 생각했던 것이다. 그러나 의식적인 맹목盲目은 끝내 맹목일 수 없었다.

미사가 거의 끝날 무렵이었다. 진영은 긴 작대기에다 연금捐金 사회적 공익이나 자선을 위하여 내는 돈 주머니를 여민 잠자리채 같은 것이 가슴 앞으로 오는 것을 보았다. 아주머니가 성급하게 돈을 몇 닢 던졌을 때 잠자리채 같은 연금 주머니는 슬그머니 뒷줄로 옮겨가는 것이었다. 진영은 구경꾼 앞으로 돌아가는 풍각쟁이의 낡은 모자를 생각했다. 그런 생각을 계기로 하여 진영은 밖으로 나와 버렸다.

진영은 나무 밑에 주저앉아서 성당에서 나오는 어머니의 빨간 눈을 보았다. 문수 또래의 아이들이 신발을 신으며 나오는 것도 보았다.

여름 햇빛 아래 서 있는 성당이 가늘게 요동하고 있는 것 같이 진영에게는 느껴졌다.

아침부터 진영은 마루 끝에 멍하니 앉아 있었다. 갑갑하게 그러지 말고 밖에라도 좀 나갔다 오라는 어머니의 말이 도리어 비위에 거슬려 진영은 이맛살을 찌푸리며 머리를 부여안는다.

갑갑한 때문만이 아니다. 진영은 일자리를 찾아 밖에 나가야 하는 것이다.

진영은 머리를 부여안은 채 도대체 어디를 가야 하며 누구에게 매달려 밥자리를 하나 달라고 하겠는가, 더군다나 폐까지 앓고 있는 내가…….

진영은 문수를 생각했다. 살겠다고 버둥대는 어머니와 자기의 모습이 한없이 비루하게 느껴지는 것이었다.

마당에는 대낮 햇빛이 쨍쨍 쏟아지고 있었다. 그늘이 짧아진 쌍나무의 둘레로 잉잉거리고 다니던 파리 떼들이 진영의 얼굴 위에 몰린다. 어머니는 장독대 옆에서 빨래에 풀을 먹이고 있었다. 넓적한 해바라기 잎사귀 사이의 그 찌든 옆얼굴을 바라보는 진영은 바다에 떼밀려 다니는 해파리를 생각했다. 그렇게 둔하면서도 산다는 본능만은 가진 것, 그저 산다는 것, 진영은 어머니에 대한 잔인한 그런 주시를 더 이상 계속할 수가 없었다. 진영은 성가시게 구는 파리를 쫓으며 마룻바닥에 드러눕는다.

하늘이 파랬다. 구름이 둥둥 떠내려가는 것이었다. 그러나 하늘이 갑자기 바다같이 느껴졌다. 구름은 바다 위로 둥둥 떠내려가는 해파리만 같았다. 진영이 자신이 누워서 하늘을 보는 것이 아니라 어쩌면 엎드려서 바다를 내려다보는지도 모른다는 착각이 든다.

해가 서쪽으로 좀 기울었다. 쌍나무의 그늘이 두서너 치나 늘어난 것 같다. 진영은 몸을 왼쪽으로 돌려서 마루 밑의 땅을 내려다보고 있었다.

문이 삐걱 하더니 열린다. 땅을 보고 있던 진영의 눈에 우선 사람의 그림자가 먼저 들어왔다. 그림자를 따라 천천히 눈을 치떴을 때 그곳에 바랑^{승려가}

등에 지고 다니는 자루 모양의 큰 주머니을 짊어진 신중속가에서, '여승'을 이르는 말이 서 있었다. 초현실파의 그림같이 그림자를 밟고 선 신중의 소리 없는 기다란 모습.

드디어 합장을 하고 있던 신중이 입을 열었다.

"아씨!"

완전히 조화를 깨뜨린 소녀와도 같이 카랑카랑하게 맑은 목소리다. 바랑에 휘인 어깨는 아무래도 사십 고개일 터인데— 신중은 부스스 일어나서 가만히 쳐다보고만 있는 진영의 형용할 수 없이 어두운 눈빛에 지친다.

마침 앞치마에 손을 닦으며 나오는 어머니를 본 신중은 잠시 숨을 돌이킨 듯이,

"마나님!"

의연히 맑은 목소리다.

어머니는 마루 끝에 주저앉으며 긴 한숨을 쉰다.

"이날까지 부처님을 섬기고 잘 살 적에는 절마다 불을 켰건만 무슨 소용이 있읍디까. 공든 탑이 무너지지 않는다는 말도 헛말이더군……."

바야흐로 아이가 없어진 하소연이 시작되는 것이다. 판에 박은 듯한 푸념이 언제 그칠지 모르겠다. 눈을 끔벅거리며 말할 기회만 노리던 중이 드디어 어머니의 말허리를 꺾어 버린다.

"……아이 딱하기도 해라. 그러게 말이유…… 그렇지만 시주하십사고 온 게 아니라…… 행여 쌀을 살려나 해서…… 아아주 무거워서요……."

그런 구슬픈 이야기보다 빨리 거래부터 하고 싶다는 표정이다. 진영은 값싼 동정까지도 인색해진 세상이 되었다는 생각을 했다. 동정을 바라는 어머니가 밉기보다 딱한 생각이 들었다.

아직도 말이 미진한 어머니는 좀 어리둥절한 얼굴이다.

"무거워서 어디 가져갈 수가 있어야지요. 좀 짐을 덜고 갈려구요."

신중은 마루 끝에 바랑을 내리며 의사를 거듭 표시한다. 그제야 중의 수작을 알아차린 어머니는 여태까지의 감정은 일단 수습하고 치마 밑을 추키며 재빨리 응수다.

"우리도 되쌀을 팔아먹으니 기왕이면 사지요. 되나 후히 주세요."

중은 바랑을 끌러 놓고 쌀을 되기 시작한다. 어머니는 몹시 쌀되가 야위다고 보채고 중은 됫박 위에다 쌀을 집어 얹는 어머니의 팔을 떼밀며 그러지 말라고 한다. 그러면서도 그럭저럭 거래는 끝난 모양이다.

셈을 마친 어머니는 인사로,

"시님이 계신 절은 어디지요?"

"네? 아아, 네. 바로 학교 뒤에 있는 절이지요."

학교 뒤라면 쌀을 팔고 갈 정도로 먼 곳은 아니다.

중이 가고 난 뒤 어머니는 무슨 생각에 잠긴 듯이 우두커니 서 있었다.

"이애 진영아."

나직이 부른다. 진영은 대답 대신 어머니의 눈을 본다.

"문수를 그냥 둘라니 이리 가슴이 메인다. 이렇게 흔적 없이 두다니……
절에 올려 주자."

어머니를 쳐다보고 있는 진영의 시선은 그대로 고정되어 있었다.

"절도 가깝고 신당이니 만만하고…… 세상에 너무 가엾어. 아무래도 혼
백이 울면서 떠돌아다니는 것 같아 잠이 와야지."

진영은 고개를 돌려 장독대의 해바라기를 바라본다. 한참만에,

"그렇게 합시다."

해바라기를 쳐다본 채 한 대답이다.

"그런데 왜 그리 중을 장사꾼 대접을 했어요? 아이를 부탁할 생각을 했
으면서……."

진영의 시선은 여전히 해바라기에 있었다. 자기가 하는 말에도 별반 흥
미를 느끼고 있는 것 같지 않았다.

"아따, 별소릴 다 하네. 공은 공이고 사는 사지. 하기야 뭐 시주받은 쌀 팔
고 가는 그게 진짜 중인가?"

진영은 그러는 어머니가 미웠다.

"그럼 왜 그런 중이 있는 절에 갈려구 해요?"

"누가 중보고 절에 가나? 부처님보고 가지."

진영은 잠자코 옳은 말이라 생각했다. 그와 동시에 며칠 전에 아주머니
가 우선 쓰라고 돈 이만 환을 주면서 성당에 나가지 않는 진영을 나무라던
일이 생각났다. 이렇게 절에 갈 것을 동의하고 보니, 왜 그런지 아주머니에
대하여 변절을 한 듯 미안하다. 그리고 돈만 하더라도 당연히 받을 돈을 받
았건만 다른 사람들에게 베풀지 않았던 호의가 빚이 되는 듯싶다. 그러나
진영의 종교가 오직 문수를 위한다는 명목뿐이라면 성당보다 절이 훨씬 표
현적이다. 적어도 돈만 낸다면 절에서는 문수를 위한 단독적인 행사도 해

주기 마련이다.

진영은 자리에서 후딱 일어섰다.

해가 서산에 아주 기울었다. 거리로 나왔다. 진영은 약국에서 스트렙토마이신 streptomycin 항생 물질의 하나 한 개를 사 들었다. 내내 다니던 Y병원에는 아무래도 가고 싶지 않았기 때문에 약을 산 것이다. 갈월동의 아주머니는 Y병원의 의사가 같은 신자니 믿고 다니라고 했다. 그러나 여태까지 주사 분량인 한 병에서 겨우 삼분지 일만 놓아주고 있었던 것을 알게 되었다. 그것을 안 이상 그 병원에 다시 갈 수는 없었다.

약병을 만지며 길 위에 한동안 서 있던 진영은 집 근처에 있는 S병원에 들어갔다. 이웃이기 때문에 의사와 안면쯤은 있었다. 그러나 S병원은 엉터리 병원이었다.

진영은 모든 것이 서툴러 보이는 갓 데려다 놓은 듯한 간호원을 불안스럽게 쳐다보며 약병을 내밀었다. 진찰도 하지 않고 주사만 맞으러 오는 손님을 의사는 언제나 냉대한다. 그래서 진영은 애당초 의사를 보지도 않았다. 그러나 환자를 진찰하고 있던 의사가 뒤로 고개를 돌렸을 때 진영은 놀라지 않을 수가 없었다. 의사가 아니었다. 그나마도 근처에 사는 건달꾼이었던 것이다. 진짜 의사는 그때야 서류 같은 것을 들고 안에서 분주히 나오더니 바쁘게 밖으로 나가 버리는 것이었다. 청진기를 든 건달꾼은 진영의 눈살에 켕겼는지 우물쭈물 해치우더니 간호원에게,

"페니시링 이 그람!"

하고 밖으로 슬그머니 사라진다.

페니실린 penicillin 푸른곰팡이를 배양하여 얻은 항생 물질 이라면 병명을 몰라도 만병통치약으로 건달꾼은 알고 있었던 모양이다.

진영이 멍청히 섰는데 간호원은 소독도 안 한 손으로 아주 서툴게 마이신을 주사기에다 뽑고 있었다. 진영이 정신을 차렸을 때 주사기에 들어가고 있는 액체가 뿌옇게 보였다. 약이 채 녹기도 전에 주사기에다 뽑은 것이다. 진영은 더 참지 못했다.

"안돼요, 녹기도 전에. 큰일 날려구!"

앙칼지게 소리치며 진영은 약병을 뺏어서 흔들었다.

페니실린을 맞으려고 기다리고 앉았던 낯빛이 노란 할머니가 주사기를 들고 엉거주춤하니 서 있는 간호원을 불안스럽게 보고 있다.

병원 문을 나섰다. 이미 밤이었다.

아까, '큰일 날려구!' 하면서 약병을 빼앗던 자신의 모습이 어둠 속에 둥그렇게 그려진다. 참 목숨이란 끔찍이도 주체스럽고 귀중한 것이고— 몇 번이나 죽기를 원했던 자기 자신이 아니었던가.

진영은 배꼽이 터지도록 밤하늘을 보고 웃고 싶었다. 그러나 그 웃음이 터지고 마는 순간부터 진영은 미치고 말리라는 공포 때문에 머리를 꼭 감쌌다. 사실상 내가 미쳤는지도 모른다. 모든 일은 미친 내 눈앞의 환각인지도 모른다. 지금은 밤이 아니고 대낮인지도 모른다.

진영은 머리를 꼭 감싼 채 집을 향하여 달음박질을 쳤다.

밀짚모자를 쓴 냉차 장수가 뛰어가는 진영의 뒷모습을 얼없이_{얼이 빠져 정신이 없이} 바라본다.

달무리진 달이 불그스름했다. 비라도 쏟아질 듯이 뭉뭉한 더운 바람이 불어왔다.

진영의 어머니는 쌀을 팔러 온 중이 가고 난 뒤 백중날을 기다렸다. 백중날은 죽은 사람의 시식施食 죽은 영혼을 천도하기 위한 불교 의식을 하기 때문이다.

백중 전날에 어머니는 문수의 사진과 돈 이천 환을 가지고 절에 가서 미리 연락을 해 두었다. 그래서 다음 날 아침에는 날이 훤해지자 진영이도 과실 바구니를 들고 어머니를 따라 집을 나섰던 것이다.

B국민학교를 돌아 약간 비탈진 길을 올라서니 이내 절 안마당이 보였다. 백중맞이를 하느라고 한창 바쁜 절에는 동네 아낙네들이 와서 일을 거들고 있었다.

큼직한 몸집을 한 주지 중이 어머니를 보고 반색한다.

"아이구, 정성도 지극해라. 이렇게 일찍부터⋯⋯."

어머니는 눈에 손수건부터 가져간다.

"스님, 우리 아이 천도 좀 잘 시켜주세요. 부탁입니다. 너무 가엾어서⋯⋯."

콧물을 짠다. 어제저녁에 실컷 어머니의 설움을 들었을 주지 중은 새삼스럽게 그 말이 탐탁해질 리가 없다. 주지 중은 극히 사무적으로,

"그런데 첫째로 하갔다던 서장 부인이 아직두 안 오시니 어떡허나."

잠시 생각에 잠긴다.

무슨 서장인지 알 수는 없으나 이 절에 있어서 대단히 소중한 손님인 모양이다. 어머니는 비굴한 웃음을 띠면서 주지 중을 쳐다본다.

"시님, 그만 우리 아일 먼저 해 주세요."

주지는 한동안 어머니를 보고 있더니,

"……그럼 댁부터 해 드릴까……."

주지는 그렇게 작정하고 마침 지나가는 중을 부른다.

"아우님!"

아우님이라고 불린 신중은 돌아본다. 얼굴이 쪼글쪼글 쪼그라진 그 신중은 아직도 팽팽한 주지에 비하여 훨씬 더 늙어 보인다. 게다가 표정마저 앙상하다.

"어제저녁에 이천 환 낸 분인데 아직 서장 댁이 안 오시니 우선 하나라도 먼저 끝내지요."

주지의 말투는 상대방의 의견을 존중하는 것이었다.

늙은 중은 대답 대신 진영의 모녀를 훑어보더니 돈의 액수가 심에 차지 않아서 무뚝뚝하게 그냥 가 버린다.

진영과 어머니는 법당 옆에 서로 등을 보이고 우두커니 서 있었다.

바라다보이는 산마루에 막 해가 솟고 있었다. 그 영롱한 아침을 진영은 벽화처럼 감동 없이 대한다.

진영은 최저의 돈을 내고 첫째로 하겠다고 새벽부터 온 것이 얼마나 얌통머리_{마음이 깨끗하여 부끄러움을 아는 태도를 속되게 이르는 말} 없는 짓이었던가를 생각한다.

공양을 들고 젊은 중이 온다.

"여보세요, 그 키 큰 시님은 안 계시나요?"

어머니는 쌀을 팔러 온 중을 두고 묻는 말이다.

"그이는 절에 잘 붙어 있지 않아요."

젊은 중은 간단히 대답하고 법당으로 들어간다.

곧 시식 불공이 시작되었다. 진영은 늙은 중이 목탁을 두드리며 조는 듯한 염불을 시작하자 적잖게 실망했다. 몸집도 크고, 목소리도 우렁찬 주지 중이 아니었던 것이 섭섭했던 것이다. 기왕이면 굿 잘하는 무당으로— 하는 따위의 기분이었다.

중은 염불을 하면서 열심히 절을 하고 있는 어머니 옆에 멍청히 섰는 진영을 흘겨본다.

보라 빛깔의 원피스를 입은 진영의 허리는 말할 수 없이 가느다랗다. 핏기 없는 얼굴에는 눈만 검다.

중은 여전히 마땅치 않게 진영을 흘겨본다. 진영은 중의 눈길을 느낄 적마다 재촉을 당한 듯이 어색하게 엎드려 절을 했다. 진영은 중의 마음이 염불에 있지 않고 잿밥에 있다는 속담같이 지금 저 중의 마음도 염불에 있지 않고 절에 와서 예배를 하지 않는 내 태도에 있다는 것을 생각한다. 진영은 중과 무슨 대결이라도 한 듯이 점점 몸이 피로해지는 것이었다.

얼마 동안이 지난 것 같았다. 주지 중이 씨근벌떡거리며 ^{몹시 숨이 차서 숨소리가 고르지} ^{아니하고 거칠면서 가쁘고 급하게 자꾸 내면서} 법당으로 쫓아왔다.

"아우님, 빨리 하시오. 지금 막 서장 댁이 오셨구려. 대강대강 하시오."

주지는 법당 구석에 걸어둔 먹물들인 모시 장삼을 입으며 서두르는 것이었다. 늙은 중은 불전에서 영전으로 자리를 옮긴다. 제대로 불경이나 끝마쳤는지 의심스러웠다. 아까 공양을 나르던 젊은 중이 이번에는 널따란 그릇을 들고 들어온다. 그는 진영의 모녀를 돌아다보며, 영가 앞으로 오라고 손짓한다.

진영은 문수의 사진이 놓인 앞에 가서 엎드렸다. 차가운 마룻바닥에 처음으로 뜨거운 눈물이 주체할 수 없을 정도로 쏟아지는 것이었다. 문수의 손결이 생생하게 마음속에 느껴진 것이다.

"문수야, 많이많이 먹어라. 불쌍한 내 자식아!"

진영은 어머니의 목소리를 이처럼 슬프게 들은 적은 없었다. 어머니는 향을 꽂고 빳빳한, 은행에서 갓 나온 듯한 십 환짜리 스무 장을 영전에 놓았다. 진영도 일어서서 향을 꽂았다. 그리고 돌아섰을 때 중이 목을 길게 뽑아 가지고 영전에 놓인 돈을 기웃거리고 있는 모습을 보았다. 그 빳빳한 새 돈은 흡사 백 환권으로 보이는 것이었다. 진영은 송구스런 생각에서 고개를 푹 수그리고 말았다.

그릇을 들고 온 젊은 중이 돈을 옆으로 밀어 놓으면서 시무룩하게,

"영가 노자가 너무 적군요. 이 세상이나 저 세상이나 그저 돈이 있어야지 동무하고 쓰고 놀다가 돌아가지 않겠어요?"

진영은 머리 속에 피가 꽉 차 오는 것을 느낀다. 돈을 그렇게밖에 준비하지 못한 어머니의 인색함을 격심히 저주하는 것이었다.

젊은 중은 들고 온 그릇에다 영가 앞에 차린 음식을 조금씩 덜어 놓는다.

나물, 떡, 자반, 과실, 그렇게 차례차례 손이 간다. 마침 먹음직스런 약과에 손이 닿자 별안간 목탁을 치던 중이,

"그건 그만두구려!"

바락 소리를 지른다. 젊은 중은 진영을 힐끗 보면서 총총히 바깥 시식돌로 음식을 버리러 나가는 것이었다.

진영은 기가 막혔다. 처음부터 거래임에는 이의가 없었다. 그러나 이쯤되면 어지간한 감정도 폭발 아니할 수 없었다. 진영은 양손으로 얼굴을 푹 쌌다. 울음이 터진 것이다. 누구에게도 향할 수 없는 역정을 그는 울음 속에다 내리퍼부었다. 울음 속에 그 목을 감던 문수의 손결이 느껴진다. 미칠 듯한 고독과 그리움이 치솟는 것이었다.

음식을 버리고 돌아온 젊은 중은 과실을 모으며,

"이걸 가져가셔야지. 보자기를……."

하며 어머니를 돌아본다. 진영은 새빨갛게 충혈된 눈으로 젊은 중을 노리며,

"일없소. 그만두시오."

진영의 목소리는 악을 쓰는 것 같았다. 일을 다 마치고 법당 밖에 나온 늙은 중이,

"왜 가져온 걸 안 가져가슈."

쳐다보지도 않는 진영이 대신 어머니가,

"뭐 그걸……."

진영의 얼굴을 어머니는 숨어 본다. 늙은 중은 침을 꿀꺽 삼키며,

"댁 같으면 중이 먹고 살갔수."

진영의 눈이 번득였다.

"조반을 자셔야 할 텐데 너무 일러서 찬이 제대로 안 됐어요. 좀 기다리실까요."

젊은 중은 그런 말을 남기고 가 버린다.

진영은 법당 축돌 위에 주저앉았다. '이 세상이나 저 세상이나 그저 돈이 있어야지요.' 하던 말이 되살아온다. 물론 처음부터 거래였다. 그렇다면 화폐의 액수에 따라 문수에 대한 추모의 정이 계산된단 말인가. 진영이 그러한 울분에 젖어 있을 때 말쑥하게 차려 입은 그 서장의 부인인 듯싶은 젊은 여인이 주지 중에게 인도되어 법당으로 들어가고 있었다. 잠시 후 불경 읽

는 소리가 쩌렁쩌렁하게 밖으로 흘러 나왔다. 잠들었던 부처님이 처음으로 일어나서 귀를 기울일 만한, 뱃속에서 밀어낸 목소리였다. 진영은 발딱 일어선다.

"어머니, 그냥 갑시다."

밥을 얻어먹으러 절에 온 것은 분명히 아니다. 그냥 걸어가는 진영을 만류 못할 것을 아는 어머니는 뜰에 서성거리고 있는 늙은 중에게,

"그만 갈랍니다, 시님."

"이크, 아침이나 잡수시지…… 갈려오?"

굳이 잡지는 않았다. 그는 절문까지 전송을 하며,

"당신네들 같으면 중이 먹고 살갔수."

진영은 울화보다 어처구니가 없었다.

내리막길에서 잡풀을 뽑으며 진영은 말없이 울었다. 여비도 떨어진 낯선 여관방에다 문수를 혼자 두고 가는 것만 같은 생각이 자꾸 드는 것이었다.

진영은 불덩어리 같은 이마를 짚는다.

한여름 내내 진영은 앓았다. 애당초 극히 경미하게 발생한 폐결핵이 전

화폐의 액수에 따라 문수에 대한 추모의 정이 계산된단 말인가.

노자가 너무 적군요. 이 세상이나 저 세상이나 그저 돈이 있어야지 동무하고 쓰고 놀다가 돌아가지 않겠어요?

🎬 소설 한 장면 전개 진영은 배금주의에 물든 종교와 병원에 실망함

연 방치되었기 때문에 점점 악화되어 갔던 것이다. 뿐만 아니라 다른 병까지 연속적으로 병발하는 것이었다. 찬물만 마셔도 배탈이 났다. 눈병이 나고 입이 부르트고 하는 것은 일쑤였다. 앓다 못해 귀까지 앓았다. 그리고 수년 내로 건드리지 않고 둔 충치가 일시에 쑤시어 밤낮을 가리지 않고 욱신거렸다.

진영은 진실로 하나의 육신이 해체되어 가는 과정 속에서 몸서리치는 무서움을 느꼈다. 그것은 마치 쨍쨍하게 내리쬐는 햇볕 아래 늘어진 한 마리의 지렁이 같은 생명이었다.

이러한 육신과 더불어 정신도 해체되어 가는 과정 속에 진영은 있었다.

밤마다 귓가에 울려오는 아이의 울음소리, 산이, 언덕이, 집이 무너지는 소리, 산산이 바스러진 유리 조각이 수없이 날아와서 얼굴 위에 박히는 환각, 눈을 감으면 내장이 터진 소년병의 얼굴이, 남편의 얼굴이, 아이의 얼굴이, 분홍빛, 노랑빛, 파랑빛, 마지막에는 시꺼먼 빛, 그런 빛깔로 차례차례 뒤덮여가면은 드디어 무한정한 공간이 안개처럼 진영의 주변을 꽉 싸는 것이었다.

소리와 감각과 색채, 이러한 순서로 진영의 신경은 궤도에서 무너져 나갔다.

진영은 그 이상 견딜 수가 없어서 내버려두었던 몸을 끌고 H병원으로 갔다. 그러나 그곳에도 일주일이 멀다고 가는 것을 그만 중지하고 말았던 것이다.

얼마 남지 않은 돈을 생활비에나 써야 한다는 이유도 있었다. 그러나 직접의 동기는 외국제 주사약의 빈 병들을 팔아 버리는 장면을 본 때문이다.

Y병원에서는 주사약의 분량을 속였고, S병원은 엉터리였다. 그리고 H병원에서는 빈 약병을 팔았다.

진영은 간호원이 빈 병을 헤아리고 있을 때 직감적으로 가짜 주사약 생각을 했던 것이다. 그러나 H병원만이 빈 약병을 파는 것은 아니다. 또 그 빈 병만 하더라도, 반드시 가짜 약병으로 사용된다고 말할 수도 없다. 잉크병으로, 물감 병으로, 혹은 후춧가루 병으로 흔히 이용되고 있다. 그렇지만 사실 거리에는 가짜 주사약이 범람하고 있는 것이다. 상인들은 태연히 그런 가짜를 진짜 속의 진짜라고 나팔불었다. 진영은 그것을 생각하니 인술이라는 권위를 지닌 의사가 그런 상인 따위들 같아서 신뢰감이 사라지는 것이었다. 물론 아무리 대수롭잖은 빈 병일지라도 그것은 전연 그 의사의 소유이며, 처분의 자유는 그의 기본 권리에 속한다. 그래도 진영은 그의 기본적 권리보다 무수히 마치 페스트처럼 눈에 보이지 않게 만연되어 가는 가짜 주사약 생각만 하는 것이었다.

해바라기의 꽃이 씨앗을 안았다.

며칠 전에 아주머니가 원금만은 돌려주겠다던 약속대로 마지막 남은 만 환을 가지고 왔다. 이것으로 원금 십만 환은 다 받은 셈인데 조금씩 보내준 돈은 지금 집에 한 푼도 있지 않았다.

아주머니는 돈을 주고 난 다음 가려고 일어서면서 문수의 위패를 절에다 모신 데 대한 불만을 했다. 그리고 왜 그런 우상을 숭배하느냐고 나무라는 것이었다. 진영은 어느 것이면 우상이 아니냐고 말하고 싶었으나, 곧 말하고 싶은 충동을 억눌러 버리고 그저 멍멍히 아주머니를 쳐다보았던 것이다. 자기 자신이 지닌 모순을 설명할 도리가 없어서 그랬던 것이다.

추석날이었다.

진영은 어머니가 절에 가는 것을 말리지 않았다. 도리어 정성을 들여서 사다 놓은 실과를 바구니에 차곡차곡 넣어 주었다. 배, 사과, 포도, 밤, 대추, 먹음직한 과자도 서너 가지 있었다.

어머니가 바구니를 들고 걸어가는 뒷모습을 문 앞에서 바라보고 섰던 진영은, '당신네 같으면 중이 먹고 살갔수.' 하던 말이 문득 생각났다. 문수가 먹을 것을 중이 먹다니, 아깝다. 밉살스럽다. 그러나 진영은 다음 순간 부끄럼 때문에 얼굴이 붉어졌다. 이러한 파렴치한 생각을 내가 왜 했던고…….

진영은 문을 걸고 뒷산으로 올라갔다. 울고 싶었고, 외치고 싶은 마음에서였다.

산에는 게딱지만한 천막집이 군데군데 서 있었다. 들꽃 한 송이, 나무 한 뿌리 볼 수 없는 이곳에는 벌써 하나의 빈민굴이 형성되어 말이 산이지 이미 산은 아니었다.

짜짜하게 액체가 점점 잦아들어 적게 괸 샘터에서 물을 긷는 거미같이 가는 소녀의 팔, 천막집 속에서 내미는 누렇게 뜬 얼굴들— 진영은 울고 싶고 외치고 싶은 마음에서 집을 나와 산으로 올라온 자기 자신이 여기서는 차라리 하나의 사치스런 존재였다는 것을 뉘우친다.

진영은 한참 올라와서 어느 커다란 바위에 가서 앉았다.

산등성이에서 바라다보이는 시가市街는 너절했다. 구릉을 지은 곳마다 집들이 마치 진딧물 모양으로 다닥다닥 붙어 있었다. 그 속에는 절이 있고, 예배당이 있고, 그리고 서양적인 것, 동양적인 것이 과도기過渡期 한 상태에서 다른 새로운 상태로 옮아가거나 바뀌어 가는 도중의 시기처럼 있고, 조화를 깨뜨린 잡다한 생활이 있었다.

이러한 도시 속에 꿈이 있다면 그것은 가로수라고나 할까! 보랏빛이 서린 먼 산을 스쳐 가는 구름이라고나 할까.

진영은 얄팍한 턱을 괸다.

꿀벌 떼처럼 도시의 소음이 귓가에 울려오는데 고급 승용차가 산장이 있는 고개로 미끄러지고 있었다. 진영은 산등성이에서 그것을 보니 그것은 별것이 아닌 한 마리의 딱정벌레 같은 것이라 생각한다. 꼬물꼬물 기어가는 딱정벌레.

진영은 새삼스레 사방을 두리번거렸다. 무의미하기 짝이 없는 충동들이다. 그래서 어쨌단 말인가. 진영은 이유 없이 자기를 다잡아 보았다. 사실 그러했다. 그래서 어쨌단 말인가, 딱정벌레 같아서 어쨌단 말인가, 진딧물 같고, 가로수, 구름, 그래서…….

진영은 머리를 쓸어 올린다.

모든 괴로움은 내 속에 있었다. 모든 모순도 내 속에 있었다. 신도, 문수의 손결도 내 속에 있었다.

그러나 그것은 아무 곳에도 실제 있지는 않았다. 나는 창기처럼 절조 없이 두 신전에 참배했다. 그리고 제물과 돈을 바쳤다. 그러나 그것 역시 문수와 나의 중계를 부탁한 신에게 주는 수수료였는지도 모른다. 그 수수료는 실제에 있어서 중의 몇 끼의 끼니가 되었다. 결국 나는 나를 속이려고 했고, 문수는 아무 곳에도 있지 않았을 것이다.

진영은 이마 위에 흘러내리는 숱한 머리를 다시 쓸어 올린다. 파르스름한 손이 투명할 지경이다.

신비라고, 예고라고, 꿈, 아니야 그것은 우연의 일치였지. 문수의 죽음, 그것은 두말할 것도 없이 인위적인 실수 아니었던가. 인간은 누구나 나이 들면 죽는다고? 물론 죽는 게지, 노쇠해서 죽는 거지…… 설령 아이가 그때 이미 죽을 목숨이었다고 치자. 그래도 그렇게 죽이고 싶지는 않았다. 도수장의 망아지처럼…… 사람을, 사람을 좀 미워해야겠다. 있는지도 없는지도 모르는 신을 왜 생각은 해. 아니 아까는 없다고 하고선…… 아니야 모르겠어. 사람을, 사람을 좀 미워해야겠다. 반항을 해야겠다. 모든 약탈적인 살인 자를 저주해야겠다.

진영은 술이라도 마신 사나이처럼 두서도 없는 혼잣말을 언제까지나 중얼거리고 있었다.

진영의 해사한 얼굴에 그늘이 진다. 한없이 높은 가을 하늘에 구름이 지나가는 것이었다. 시가에는 마치 색종이를 찢어놓은 것같이 추석 치레가 오가고 있었다.

진영의 열에 들뜬 눈이 그것을 쳐다보며 일어선다. 그에게는 이미 반항 정신도, 아무 것도 없었다. 허황한 마음의 미로가 끝없이 눈앞에 뻗어 있을 뿐이었다.

진영은 버릇처럼 머리를 쓸어 올리며, 산을 내려온다.

천막집에서 누렇게 뜬 얼굴들, 진영은 또다시 이곳에 있어서는 내 자신이 차라리 하나의 사치스런 존재라는 아까의 뉘우침을 되풀이하는 것이었다.

음력설이 임박해진 추운 날, 갈월동 아주머니가 목도리를 푹 뒤집어쓰고

나는 절조 없이 두 신전에 참배했다…… 문수의 죽음은 두말할 것도 없이 인위적인 실수 아니었던가…… 사람을, 사람을 좀 미워해야겠다. 반항을 해야겠다. 모든 약탈적인 살인자를 저주해야겠다.

📖 소설 한 장면 　위기　 진영은 폐결핵을 앓으며 내적 갈등에 고통받음

찾아왔다. 웬일인지 몸가짐이 평소보다 좀 산란해 보였다.

"나 의논할 게 좀 있어서 왔는데…… 참 기가 막혀서……."

"……?"

아주머니는 말을 꺼내기가 거북한 듯이 가만히 앉았다가,

"저, 말이야, 돈을 좀 빌려준 사람이 죽었구나. 어떻게 해?"

진영은 의심스럽게 아주머니를 쳐다본다.

"지난 오월 달에 가져 간 돈을 이자 한 푼 못 받고 그만……."

진영의 변해 가는 표정을 보고 아주머니는 입을 다물어 버린다. 오월이면 진영의 곗돈을 찾을 달이다. 그리고 계가 끝나는 달이기도 했다. 그것뿐이 아니다. 벌써 몇 달 전부터 곗돈을 받으려고 몸이 달아서 다니던 사람이 몇 명 있었던 것이다.

"빌려 준 돈이 얼마나 돼요?"

진영은 처음으로 입을 열었다.

"오십만 환이야."

진영은 속으로 놀랐다. 계를 해서 빚만 뒤집어 쓴 줄 알았는데 그런 대금의 비밀 거래를 하고 있었다는 것은 무엇을 의미하는 것일까.

진영은 차갑게 아주머니를 쳐다본다.

아주머니는 눈물을 글썽거리며,

"자식도, 남편도 없는 내겐 그것만이 남겨진 것이었어. 낸들 얼마나 돈을 떼였니? 설마 내가 잘되면 빚이야 갚고 살겠지만, 그때 그 돈마저 내주게 되면 난 아주 영영 파멸이지."

진영은 어디 밑천 든 장사였더냐고 오금을 박아 주고 싶었다.

아주머니는 한참 만에 눈물을 닦고 일의 경위를 설명하기 시작한다. 그 내용인즉 죽은 사람은 돈을 쓴 회사의 전무였으며, 오월 달에 빌려 간 오십만 환의 이자라고는 한푼도 받아본 일이 없었다는 것이다. 불안해진 아주머니는 전무에게 원금을 뽑아 달라고 졸랐으나 영 내놓지 않아서 생각다못해 같은 신자에게 의논을 했더니 그의 남편인 김씨가 일을 봐 주겠노라 하기에 일을 맡겼다는 것이다. 그 김씨란 사람이 수단이 비상하여 마침내 사장 명의로 된 약속 어음을 받게 되고, 그 며칠 후에 전무는 교통사고로 죽은 것이라 한다. 사장 명의로 된 약속 어음을 받은 것은 무엇보다도 다행한 일었으나, 웬 까닭인지 김씨란 사람이 약속 어음을 도무지 주지 않고 무슨 협잡

挾雜 옳지 아니한 방법으로 남을 속임을 하는지 알 수 없다는 것이다. 그렇다고 해서 그를 의심한다거나 비위를 거슬러 놓는다면 돈 준 사람도 없는 지금, 여자인 내가 어떻게 사장이란 사람에게 받아낼 수도 없고, 이렇게 속이 탄다고 하면서 아주머니는 가슴을 치는 것이었다.

이야기를 다 들은 진영은,

"대관절 그 전무란 사람을 어떻게 알고서 그런 대금을 주었어요?"

"저…… 저 왜 그 상배 있잖아, 그 상배 아버지야."

"뭐예요? 영세 받았다는 상배 학생 말이에요?"

아주머니는 얼굴이 빨개진다. 진영은 기가 딱 막혔다. 그리고 보니 사업 때문에 상배 아버지가 서울로 오게 될 거라고 하던 말이 생각났다.

"사뜻하게 종교를 이용했군요."

아주머니는 진영의 눈길이 부신 듯이 눈을 내리깐다.

"글쎄 지금 생각하니 모두가 계획적이었어. 영세 받은 것만 해도……."

"신용 보증으론 종교보다 더 실한 게 있어요?"

아주머니는 비꼬는 진영의 말에 풀이 죽는다. 진영은 풀이 죽는 아주머니로부터 눈을 돌렸다.

영세를 받았기 때문에 믿고 돈을 준 아주머니, 신자이기 때문에 믿고 일을 맡긴 아주머니, 단순했다고 할 수밖에 없다. 그런 생각을 하면서 진영은 다시 아주머니를 쳐다보았다. 그의 약점을 추궁할 마음은 이미 사라지고 없었다.

"그래서 어떡허실 작정이에요?"

"글쎄 말이다. 그래서 의논이지."

"지 생각 같아서는 김씨가 일은 봐 주되 어음은 아주머니가 가지시는 것이 좋을 것이 좋을 것 같아요."

"그렇지만 어음을 찾아간다고 일을 안 봐주면?"

"그땐 벌써 그이에게 딴 야심이 있었다고 봐야지요."

"그럼 김씨가 일 안 봐 줄 적에 너가 좀 협조해 줄 수 있을까? 여자 혼자니 아무래도 호락호락 보일 것 같아……."

아주머니의 말투는 애원이었다.

"글쎄……."

그런 일에는 아주 딱 질색이었다. 그러나 진영은 약점을 안 후 거절을 해

버리는 것이 무슨 악마 취미 같아서 아무렇지 않은 얼굴로,

"같이 저도 가지요."

그러자 아무것도 모르는 어머니가 점심을 차려 왔다. 점심을 먹으면서 아주머니는 한결 마음이 후련해졌는지 여러 가지 잡담을 꺼냈다.

"글쎄 돈이 있어도 문제야. 이제 영 겁이 나서 남 줄 생각이 없어."

진영은 무표정하게 밥을 삼키고,

"아무 말씀 마시고 돈 찾거든 장사하세요. 체면이고 뭐고…… 저도 자본이나 장만해서 장사할래요."

"너야 뭐 취직하면 되지."

"취직이 그리 쉬운가요? 하다 안되면 거리 빵이라도 구워 팔아야지요."

"너야 공부 많이 했으니까 하려면 취직 못 할 것 없잖아. 난 정작 장사라도 해야겠어. 그러나 돈벌이론 계가 제일이야. 힘 안 들고…….."

아주머니는 숟갈을 놓고 성냥개비로 이빨을 쑤시면서 말한 것이었다.

진영은 아무렴 그렇겠지. 그런 베짱이면…… 하다 말고 아주머니의 눈을 들여다본다. 아무런 악惡의 그늘도 없는 맑은 눈이었다.

"아무튼 돈을 벌어야 해. 돈이 제일이야. 세상이 그런 걸…….."

🗨 소설 한 장면   절정   갈월동 아주머니가 금전 차용 문제로 진영과 의논하러 옴

이번의 말투에는 어느 사인지 모르게 저지른 자신의 일에 대한 짜증과 반발 같은 것이 있었다.

"그럼. 옛날 속담 말마따나 자식을 앞세우고 가면 배가 고파도 돈을 지니고 가면 든든하다고 안하던가."

어머니의 맞장구다.

진영은 가벼운 현기증을 느낀다. 시야 속에서 그들의 얼굴을 지워버리듯이 얼른 고개를 돌린다.

"형님, 이래서 천당 가겠습니까? 돈, 돈 하다가. 호호……."

아주머니는 까르르 웃으며 일어서서 장갑을 낀다.

진영은 그 웃음 속에서 또 불안과 자포에 대한 반발을 느낀다. 진영은 고개를 들어 아주머니를 쳐다보았다. 역시 괴롭고 고독한 사람이고…….

아주머니가 가 버린 뒤 진영은 자리에 쓰러졌다. 솜처럼 몸이 풀어진다.

진영은 방 안에 피운 구멍탄 스토브에서 가스가 분명히 지금 방에 새고 있는 것이라고 생각한다. 방 안에 가득히 가스가 차면 나는 죽어 버리는 것이라고 생각한다.

어느새 진영은 괴로운 잠이 드는 것이었다.

내장이 터진 소년병이 꿈에 나타났다. 진영은 꿈을 깨려고 무척 애를 썼다.

"모레가 명절인데 절에도 돈 천 환이나 보내야겠는데……."

어렴풋이 들려오는 어머니의 말소리다. 진영은 몸을 들치며 눈을 떴다.

"귀신이나 사람이나 매한가진데…… 남들은 다 저 몫을 먹는데 우리 문수는 손가락을 물고 에미를 기다릴 거다."

잠이 완전히 깬 진영은 벌떡 자리에서 일어났다. 그는 외투와 목도리를 안고 마루에 나와 그것을 감았다.

진영은 부엌에서 성냥 한 갑을 외투 주머니에다 넣고 집을 나갔다.

오랫동안 마음 속에서만 벼르던 일을 오늘에서야말로 해치울 작정인 것이다.

진영은 눈이 사박사박 밟히는 비탈길을 걸어 올라간다. 진영은 고슴도치처럼 바싹 털이 솟은 자신을 느낀다.

목도리와 외투 자락이 바람에 나부낀다. 그러면은 참나무 가지 위에 앉은 눈이 외투 깃에 날아 내리는 것이었다.

진영은 절로 가는 것이다.

진영이 절 마당에 들어갔을 때, '당신네들 같으면 중이 먹고 살갔수.' 하던 늙은 중이 막 승방에서 나오는 도중이었다. 절은 괴괴하니 다른 인적기 人跡氣 사람이 있음을 알 수 있게 하는 소리나 기색 는 통 없었다.

진영은 얼굴의 근육이 경련하는 것을 의식하며, 중 옆으로 다가선다.

"저 말이지요, 저희들이 이번에 시골로 가는데 아이 사진과 위패를 가지고 가고 싶어요."

고개를 푹 숙인 채 진영은 나지막하게 말한다. 허옇게 풀어진 눈으로 진영을 쳐다보던 중이 겨우 생각이 난 모양으로,

"이사를 하신다고요? 그럼 어떠우. 그냥 두구려. 명절에 우편으로라도 잊어버리지 않으면 되지."

진영은 숙인 고개를 발딱 세우더니 옆으로 휙 돌리며,

"참견할 것 없어요. 사진이나 빨리 주시오!"

쏘아붙인다. 중은 좀 어리둥절해하더니 무엇인지 모르게 중얼중얼 씨부렁거리며 법당으로 간다.

이윽고 중이 문수의 사진과 위패를 가지고 나오자 진영은 그것을 빼앗듯이 받아 들고 인사말 한마디 없이 절문 밖으로 걸어 나간다.

화가 난 중은 진영의 뒷모습을 꼬느어 보다가 중얼중얼 씨부렁거리며 뒷산으로 간다.

진영은 중에게 화를 낸 것은 아니었다. 다만 진영으로서는 빨리 사진을 받아 가지고 절문 밖으로 나가고 싶었던 것이었다. 그래서 초조했던 것이다.

진영은 비탈길을 돌아 산으로 올라간다. 올라가면서 진영은 이리저리 기웃거린다. 어느 커다란 바위 뒤에 눈이 없는 마른 잔디 옆에 이르자 진영은 그 자리에 주저앉는다. 그리하여 문수의 사진과 위패를 놓고 물끄러미 한동안 쳐다본다.

한참 만에 그는 호주머니 속에서 성냥을 꺼내어 사진에다 불을 그어댄다.[1] 위패는 이내 살라졌다 불에 타 없어지다. 그러나 사진은 타다 말고 불꽃이 잦아진다. 진영은 호주머니 속에서 휴지를 꺼내어 타다 마는 사진 위에 찢어서 놓는다. 다시 불이 붙기 시작한다.

사진이 말끔히 타 버렸다. 노르스름한 연기가 차차 가늘어진다.

---

1) 진영의 태도가 전환되는 순간으로 불신으로 가득 찬 부정적 세계와 맞서려는 의지가 드러난다.

진영은 연기가 바람에 날려 없어지는 것을 언제까지나 쳐다보고 있었다.

'내게는 다만 쓰라린 추억이 남아 있을 뿐이다. 무참히 죽어 버린 추억이 남아 있을 뿐이다.'

진영의 깎은 듯 고요한 얼굴 위에 두 줄기 눈물이 흘러내리고 있었다.

겨울 하늘은 매몰스럽게도 맑다. 참나무 가지에 얹힌 눈이 바람을 타고 진영의 외투 깃에 날아 내리고 있었다.

'그렇지. 내는 아직 생명이 남아 있었지. 항거할 수 있는 생명이.'

진영은 중얼거리며 참나무를 휘어잡고 눈 쌓인 언덕을 내려오는 것이었다.

그렇지. 내는 아직 생명이 남아 있었지. 항거할 수 있는 생명이.

🍵 소설 한 장면   결말   진영은 문수의 위패와 사진을 태운 뒤 저항 의지를 다잡음

🔭 생각해 볼까요?

선생님 제목인 '불신 시대'가 어떤 의미를 지니는지 6·25 전쟁 직후라는 혼란한 시대적 배경과 연관 지어 설명해 볼까요?

 2 ♥ 2

학생 1 전쟁이라는 상황에서 인간의 생명은 존엄성을 상실하고 사회 질서는 흐트러져요. 생존이라는 과제에 직면한 사람들은 남을 속여 자신의 이익을 추구해요. 물질만이 최고의 가치를 지니는 사회에서는 서로 간에 불신이 싹틀 수밖에 없어요.

학생 2 '불신 시대'는 전쟁 후 사람 사이의 신뢰가 깨어지고 부조리가 만연한 사회상을 반영한 제목이에요.

선생님 「불신 시대」에서 성당, 절, 병원은 어떤 장소일까요?

 3 ♥ 3

학생 1 성당, 절, 병원은 진영이 몸과 마음을 치유하기 위해 찾은 장소예요. 그러나 이 장소들은 이미 배금주의에 물들어 있어 진영의 기대를 배반해요.

학생 2 성당에 다니는 신도들은 도둑을 경계해 신발 보따리를 싸매고, 독실한 천주교 신자인 갈월동 아주머니는 곗돈을 떼먹어요. 진영의 집을 찾아온 중은 시주받은 쌀을 팔고, 절에서는 돈을 얼마나 많이 내느냐에 따라 대접을 달리해요. 병원은 사람의 생명을 살리기 위한 장소이지만 그곳에서 진영의 아들 문수는 의사의 무관심 때문에 허무하게 죽었고, 진영은 폐결핵을 앓고 있지만 주사약의 분량을 속이고 빈 약병을 파는 병원을 도저히 믿을 수 없어요.

학생 3 이 작품에서 성당, 절, 병원은 물질만을 추구함으로써 작품의 제목인 '불신 시대'를 더욱 강조하는 장소로 기능해요.

선생님 진영이 만난 사람들의 태도와 가치관은 어떠한가요?

 3 ♥ 3

학생 1 의사들은 주사약의 양을 속이고 무면허로 진료를 하기도 해요. 이는 의사가 환자에게 무관심하며, 생명을 경시하는 풍조가 만연하다는 것을 알 수 있어요.

학생 2 약이 채 녹기도 전에 주사를 놓으려고 하는 간호사는 책임감이 없고 무지해요.

학생 3 계원들 돈으로 사채를 하는 갈월동 아주머니는 실속을 챙기는 이기적인 인물로 볼 수 있어요. 또한 도둑을 맞을까 봐 신발을 싸매고 예배를 보는 신도들은 세속적이라고 할 수 있어요.

선생님 진영은 왜 문수의 위패와 사진을 불태울까요?
💬 2 ♥ 2

↳ **학생 1** 진영이 부조리한 현실에 분노하고 저항하고자 결심했기 때문이에요. 타락한 종교는 더 이상 문수의 영혼을 구원할 수 없어요. 진영은 위패와 사진을 불태움으로써 종교에 대한 모든 기대를 접은 거예요. 또한 진영의 행동은 아들의 죽음에서 벗어나 자신의 삶을 개척하려는 의지의 발현으로도 해석할 수 있어요.

↳ **학생 2** 이러한 의지는 참나무를 휘어잡는 행위로 상징화돼요.

박경리 문학관 ▼ 🔍

연관 검색어   박경리 기념관   박경리 문학관   박경리 문학의 집

한국 문학 역사상 문학관을 세 곳이나 가지고 있는 작가는 박경리가 유일하다. 박경리가 나고 자란 경남 통영, 「토지」의 배경인 경남 하동, 그가 삶의 마지막을 보낸 강원 원주에 각각 문학관이 있다. 각 문학관마다 서로 다른 특색을 지니고 있어 다양한 시각에서 박경리의 문학과 생애를 살펴볼 수 있다.

경남 통영에 있는 '박경리 기념관'은 박경리의 작품과 유품을 전시하고 있다. 기념관 주변에는 박경리의 동상과 문학비가 조성되어 있다. 조용하고 한적한 분위기가 인상적인 공간이다.

경남 하동에 있는 '박경리 문학관'은 2016년에 개관한 곳으로 박경리의 작품과 유품이 전시되어 있다. 특히 「토지」와 관련된 자료를 많이 소장하고 있다. 박경리 문학관은 본래 '평사리 문학관'이었는데, 2016년 이름을 바꾸고 위치도 이전했다.

강원 원주에 있는 '박경리 문학의 집'은 박경리의 문학 세계와 생애를 기리기 위해 2010년 개관했다. 박경리의 작품과 육필 원고, 유품을 전시하고 있으며, 「토지」에 대한 이해를 돕는 다양한 영상 자료를 제공하고 있다.

이범선
(1920~1981)

평안남도 신안주 출생. 평양에서 은행원으로 근무하다가 광복 후 월남하였다. 1952년 동국대학교 국문학과를 졸업하였다. 대광·숙명·휘문 등 중고등학교에서 교사로 근무하였고, 1977년 한국외국어대학교 교수가 되었다. 작품으로 「학마을 사람들」, 「오발탄」, 「피해자」, 「분수령」 등이 있다. 1958년 「학마을 사람들」로 제1회 현대문학상을, 1961년 「오발탄」으로 제5회 동인문학상을 수상하였다.

작가의 체험이 반영된 초기 작품인 「학마을 사람들」, 「갈매기」 등에는 어두운 사회의 단면과 무기력한 인간상이 주로 등장한다. 뒤이어 발표된 「오발탄」, 「피해자」 등은 사회 고발의 성격이 강한 작품으로 객관적 묘사를 통해 약자의 생존과 침울한 사회상을 부각시켰다.

후기 작품인 「냉혈 동물」, 「돌무늬」, 「삼계일심」에는 인간의 궁극적 모순과 존재론적 허무가 깃들어 있는 가운데 잔잔한 휴머니즘이 빛을 발한다.

오발탄

#실향민   #인정선과법률선   #현실고발   #전후소설

⚓ 작품 길잡이

갈래: 전후 소설
배경: 시간 - 6·25 전쟁 직후 / 공간 - 서울 해방촌 일대
시점: 3인칭 작가 관찰자 시점
주제: 전후의 비참한 현실 속에서 정신적 지표를 잃은 인간의 비극
출전: 〈현대문학〉(1959)

📷 인물 관계도

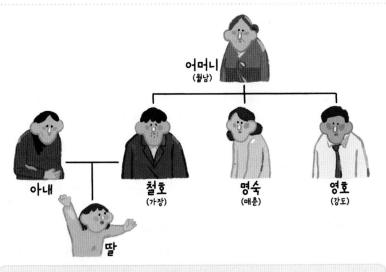

철호	가난하고 힘든 삶 속에서 양심을 지키려고 한다.
명숙	가난 속에서 먹고살기 위하여 매춘을 한다.
영호	양심적으로 살려는 철호와 대립한다. 은행 강도 행각을 벌이지만 결국 잡힌다.
어머니	월남하여 해방촌에 살지만 북쪽에 있는 고향을 잊지 못해 결국 실성한다.

📑 구성과 줄거리

발단 **철호는 월남 가족의 가장으로 궁핍하게 살아감**

계리사 사무실의 서기인 철호는 월남 가족의 가장이다. 철호네는 원래 지주 집안이었으나 지주라는 이유로 탄압을 받게 되자, 몇 년 전 월남해 서울에서 궁핍하게 살고 있다.

전개 **양심을 지키며 살아가려는 철호와 그를 답답해하는 영호가 대립함**

철호가 퇴근해서 판잣집 대문에 들어서면 어머니의 "가자! 가자!"라고 외치는 목소리가 새어 나온다. 철호는 실성한 어머니, 만삭이 된 아내와 어린 딸, 가난 때문에 양공주가 된 동생 명숙, 상이군인으로 제대한 동생 영호 등 가족에 대한 걱정으로 늘 우울하다. 저녁을 먹은 뒤 산책을 나갔다가 집에 오니 동생 영호가 와 있다. 철호는 마음에 들지 않는 영호의 태도를 꾸짖는다.

위기 **영호가 강도 행각을 벌이고 아내가 출산 도중에 목숨을 잃음**

철호는 영호가 권총 강도로 잡혀 와 있다는 경찰서의 연락을 받는다. 경찰서에 갔다가 집으로 돌아온 철호는 명숙으로부터 아내가 위독하다는 말을 듣는다. 그는 급히 병원으로 달려가지만 아내는 이미 숨을 거둔 후이다.

절정 **거리를 헤매던 철호는 치과에서 어금니를 모두 뺌**

거듭된 사고에 충격을 받은 철호는 무작정 거리를 헤매다가 치과에 들어간다. 그는 의사의 만류에도 불구하고 그동안 돈이 없어 빼지 못했던 양쪽 어금니를 모두 빼 버린다.

결말 **택시를 탄 철호는 방향 감각을 잃음**

피가 많이 나와 어지럼증을 느낀 철호는 집에 가기 위해 택시를 탄다. 그는 해방촌으로 가자고 했다가 경찰서로 가자고 하고, 다시 병원으로 행선지를 바꾼다. 운전수는 "오발탄 같은 손님이 걸렸어."라고 중얼거리며 무작정 달린다. 철호의 입에서 흘러내린 선지피는 그의 와이셔츠를 흥건히 적신다.

오발탄

계리사計理士 '공인 회계사'의 이전 용어 사무실 서기 송철호는 여섯 시가 넘도록 사무실 한구석 자기 자리에 멍청하니 앉아 있었다. 무슨 미진한 사무가 있는 것도 아니었다. 장부는 벌써 집어치운 지 오래고 그야말로 멍청하니 그저 앉아 있는 것이었다. 딴 친구들은 눈으로 시곗바늘을 밀어 올리다시피 다섯 시를 기다려 후딱 나가 버렸다. 그런데 점심도 못 먹은 철호는 허기가 나서만이 아니라 갈 데도 없었다.

"송 선생님은 안 나가세요."

이제 청소를 해야 할 테니 그만 나가 달라는 투의 사환使喚 잔심부름을 시키기 위해 고용한 사람 애의 말에 철호는 다 낡아 빠진 해군 작업복 저고리 주머니에 깊숙이 찌르고 있던 두 손을 빼내어서 무겁게 책상 위에 올려놓았다.

"나가야지."

하품 같은 대답이었다.

사환 애는 저쪽 구석에서부터 비질을 하기 시작하였다. 먼지가 사정없이 철호의 얼굴로 몰려왔다.

철호는 어슬렁어슬렁 일어섰다. 이쪽 모서리 창가로 갔다. 바께쓰양동이의 물을 대야에 따랐다. 두 손을 끝에서부터 가만히 물속에 담갔다. 아직 이른 봄이라 물이 꽤 손끝에 시렸다. 철호는 물속에 잠긴 두 손을 물끄러미 내려다보고 있었다. 펜대에 시달린 오른손 장지 첫 마디에 콩알만 한 못이 박혔다. 그 못에서 파란 명주실 같은 것이 사르르 물속으로 풀려났다. 잉크 그것은 잠시 대야 밑바닥을 기다 말고 사뿐히 위로 떠올라 안개처럼 연하게 피어서 사방으로 번져 나갔다. 손가락 끝을 중심으로 하고 그 색의 농도가 점점 연해져 나갔다. 맑게 개인 가을 하늘색으로 대야 가장자리까지 번져 나간 그것은 다시 중심의 손끝을 향해 접어들며 약간 파랑색으로 달무리 모양 둥그런 원을 그렸다.

피! 이건 분명히 피다!

철호는 엉뚱한 생각을 하고 있었다. 슬그머니 물속에서 손을 빼내었다. 그러자 이번엔 대야 밑바닥에서 한 사나이의 얼굴을 보았다. 철호의 눈을 마주 쳐다보는 그 사나이는 얼굴의 온 근육을 이상스레 히물히물 움직이며 입을 비죽거려 웃고 있었다.

이마에 길게 흐트러진 머리카락. 그 밑에 우묵하니 파인 두 눈. 깎아진 볼. 날카롭게 여윈 턱. 송장처럼 꺼멓고 윤기 없는 얼굴. 그것은 까마득한 원시인의 한 사나이였다.

몽둥이 끝에, 모난 돌을 하나 칡넝쿨로 아무렇게나 잡아매서 들고, 동굴 속에 남겨 두고 나온 식구들을 위하여 온종일 숲 속을 맨발로 헤매고 다니던 사나이.

곰? 그건 용기가 부족하다.

멧돼지? 힘이 모자란다.

노루? 너무 날쌔어서.

꿩? 그놈은 하늘을 난다.

토끼? 토끼. 그래 고놈쯤은 꽤 때려잡음 직하다. 그런데 그것마저 요즈음은 뭇에 잘 돌아오지 않는다. 사냥꾼이 너무 많다. 토끼보다도 더 많다.

그래도 무어든 들고 들어가야 하는 것이다.

사나이는 바위 잔등에 무릎을 꿇고 앉아 냇물에 손을 씻는다. 파란 물속에 빨간 노을이 잠겼다. 끈적끈적하게 사나이의 손에 묻었던 피가 노을빛보다 더 진하게 우러난다.

무엇인가 때려잡은 모양이다. 곰? 멧돼지? 노루? 꿩? 토끼?

그런데 사나이가 들고 일어선 것은 그 어느 것도 아니었다. 보기에도 징그러운 내장. 그것이 무슨 짐승의 내장인지는 사나이 자신도 모른다. 사나이는 그 짐승의 머리도 꼬리도 못 보았다. 누군가가 숲 속에 끌어내어 버린 것을 주워 오는 것이었다.[1]

철호는 옆에 놓인 비누를 집어 들었다. 마구 두 손바닥으로 비볐다. 우구구 까닭 모를 울분이 끓어올랐다.

빈 도시락마저 들지 않은 손이 홀가분해 좋긴 하였지만, 해방촌 고개를 추어 오르기에는 뱃속이 너무 허전했다.

산비탈을 도려내고 무질서하게 주워 붙인 판잣집들이었다. 철호는 골목으로 접어들었다. 레이션 곽을 뜯어 덮은 처마가 어깨를 스칠 만치 비좁은 골목이었다. 부엌에서들 아무 데나 마구 버린 뜨물이, 미끄러운 길에는 구

---

[1] 철호는 자신의 경제적 무능력을 비판적으로 묘사하고 있다.

공탄 재가 군데군데 헌데 더뎅이 ^{부스럼 딱지나 때 같은 것이 덧붙어서 된 조각} 모양 깔렸다.

저만치 골목 막다른 곳에, 누런 시멘트 부대 종이를 흰 실로 얼기설기 문살에 얽어맨 철호네 집 방문이 보였다. 철호는 때에 절어서 마치 가죽끈처럼 된 헝겊이 달린 문걸쇠를 잡아당겼다. 손가락이라도 드나들 만치 엉성한 문이면서 찌걱찌걱 집혀서 잘 열리지를 않았다. 아래가 잔뜩 잡힌 채 비틀어진 문틈으로 그의 어머니의 소리가 새어 나왔다.

"가자! 가자!"

미치면 목소리마저 변하는 모양이었다. 그것은 이미 그의 어머니의 조용하고 부드럽던 그 목소리가 아니고, 쨍쨍하고 간사한 게 어떤 딴사람의 목소리였다.

문을 열고 들어서는 철호의 얼굴에 걸레 썩는 냄새 같은 것이 확 풍겨왔다. 철호는 문 안에 들어선 채 우두커니 아랫목을 내려다보고 있었다.

중학교 시절에 박물관에서 미라를 본 일이 있었다. 그건 꼭 솜 누더기에 싸 놓은 미라였다. 흰 머리카락은 한 오리 ^{실, 나무, 대 따위의 가늘고 긴 조각} 도 제대로 놓인 것이 없었다. 그대로 수세미였다. 그 어머니는 벽을 향해 돌아누워서 마치 딸꾹질처럼 어떤 일정한 사이를 두고 '가자, 가자.' 하는 외마디 소리를 지르고 있었다. 그 해골 같은 몸에서 어떻게 그런 쨍쨍한 소리가 나오는지 이상하였다.

철호는 윗방으로 올라가 털썩 벽에 기대어 앉아 버렸다. 가슴에 커다란 납덩어리를 올려놓은 것 같았다. 정말 엉엉 소리를 내어 울고 싶었다. 눈을 꼭 지리 감으며 애써 침을 삼켰다.

두 달 전까지만 해도 철호는 저녁때 일터에서 돌아오면 어머니야 알아듣건 말건 그래도 '어머니 지금 돌아왔습니다.' 하고 인사를 하곤 하였었다.

그러나 요즈음은 그것마저 안 하게 되었다. 그저 한참 물끄러미 굽어보고 섰다가 그대로 윗방으로 올라와 버리는 것이었다.

컴컴한 구석에 앉아 있던 철호의 아내가 슬그머니 일어섰다. 담요 바지 무릎을 한쪽은 꺼멍, 또 한쪽은 회색으로 기웠다. 만삭이 되어서 꼭 바가지를 엎어 놓은 것 같은 배를 안은 아내는 몽유병자처럼 철호의 앞을 지나 나갔다. 부엌으로 나가는 것이었다. 분명 벙어리는 아닌데 아내는 말이 없었다.

"아버지."

철호는 누가 꼭대기를 쿡 쥐어박기나 한 것처럼 흠칫했다.

바로 옆에 다섯 살 난 딸애가 눈을 동그랗게 뜨고 철호를 쳐다보고 있었다. 철호는 어린것에게 얼굴을 돌렸다. 웃어 보이려는 철호의 얼굴이 도리어 흉하게 이지러졌다.

"나아, 삼촌이 나이롱 치마 사 준댔다."

"응."

"그리구 구두두 사 준댔다."

"응."

"그러면 나 엄마하고 화신 구경 간다."

"……."

철호는 그저 어린것의 노랗게 뜬 얼굴을 바라보고 있을 뿐이었다. 철호의 헌 샤쓰 허리통을 잘라서 위에 끈을 꿰어 스커트로 입은 딸애는 짝짝이 양말 목달이에다 어디서 주운 것인지 가는 고무줄을 끼었다.

"가자! 가자!"

아랫방에서 또 어머니의 그 저주 같은 소리가 들려왔다. 벌써 칠 년을 두고 들어 와도 전연 모를 그 어떤 딴사람의 목소리.

🗨 소설 한 장면 발단 철호는 월남 가족의 가장으로 궁핍하게 살아감

철호는 또 눈을 꼭 감았다. 머릿속의 넋줄이 팽팽히 헤어졌다. 두 주먹으로 무엇이건 꽉 때려 부수고 싶은 충동에 철호는 어금니를 바서져라 맞씹었다.

좀 춥기는 해도 철호는 집안보다 이 바위 잔등이 더 좋았다. 그래 철호는 저녁만 먹으면 언제나 이렇게 집 뒤 산등성이에 있는 바위 위에 두 무릎을 세워 안고 앉아서 하염없이 거리의 등불들을 바라보며 밤 깊기를 기다리는 것이었다. 어느 거리쯤인지 잘 분간할 수 없는 저 밑에서, 술 광고 네온사인이 핑그르르 돌고 깜박 꺼졌다가 또 번뜩 켜지고, 핑그르르 돌고 깜박 꺼지고 하였다.

철호는 그저 언제까지나 그렇게 그 네온사인을 지켜보고 있었다. 바위 잔등이 차츰차츰 식어 왔다. 마침내 다 식고 겨우 철호가 깔고 앉은 고 부분에만 약간 온기가 남았다. 이제 조금만 더 있으면 밑이 시려 올 것이다. 그러면 철호는 하는 수 없이 일어서야 하는 것이다.

드디어 철호는 일어섰다. 오래 까부려 붙이고 있던 두 다리가 저렸다. 두 손을 작업복 호주머니에 깊숙이 찔렀다. 철호는 밤하늘을 한 번 쳐다보았다. 지금까지 바라보던 밤거리보다 더 화려하게 별들이 뿌려져 있었다. 철호는 그 많은 별들 가운데서 북두칠성을 쳐다보았다. 머리를 뒤로 젖혀 하늘을 쳐다보는 채 빙그르르 그 자리에서 돌았다. 거꾸로 달린 주걱 같은 북두칠성은 쉽사리 찾아낼 수 있었다. 그 북두칠성 앞에 딴 별들보다 좀 크고 빛나는 별, 그건 북극성이었다.

철호는 지금 자기가 서 있는 지점과 북극성을 연결하는 직선을 밤하늘에 길게 그어 보았다. 그리고 그 선을 눈이 닿는 데까지 연장시켰다. 철호는 그렇게 정북을 향하여 한참이나 서 있었다. 고향 마을이 눈앞에 떠올랐다. 마을의 좁은 길까지, 아니 그 길에 박혀 있던 돌 하나까지도 선히 볼 수 있었다.

으스스 몸이 떨렸다. 한기가 전기처럼 발끝에서 튀어 콧구멍으로 빠져나갔다. 철호는 크게 재채기를 하였다. 그리고 또 한 번 몸을 부르르 떨며 바위 밑으로 내려왔다.

철호는 천천히 골목 안으로 들어섰다.

"가자!"

철호는 멈칫 섰다. 낮에는 이렇게까지 멀리 들리는 줄은 미처 몰랐던 어머니의 그 소리가 골목 어귀에까지 들려왔다.

"가자!"

그러나 언제까지 그렇게 골목에 서 있을 수도 없는 노릇이었다. 철호는 다시 발을 옮겨 놓았다. 정말 무거운 발걸음이었다. 그건 다리가 저려서만이 아니었다.

"가자!"

철호가 그의 집 쪽으로 걸음을 옮겨 놓을 때마다 그만치 그 소리는 더 크게 들려왔다.

가자는 것이었다. 돌아가자는 것이었다. 고향으로 돌아가자는 것이었다. 옛날로 되돌아가자는 것이었다. 그것은 이렇게 정신 이상이 생기기 전부터 철호의 어머니가 입버릇처럼 되풀이하던 말이었다.

38선. 그것은 아무리 자세히 설명을 해 주어도 철호의 늙은 어머니에게만은 아무 소용없는 일이었다.

"난 모르겠다. 암만해도 난 모르겠다. 삼팔선, 그래 거기에다 하늘에 꾹 닿도록 담을 쌓았단 말이냐 어쨌단 말이냐. 제 고장으로 제가 간다는데 그래 막는 놈이 도대체 누구란 말이냐."

죽어도 고향에 돌아가서 죽고 싶다는 철호의 어머니였다. 그러고는,

"이게 어디 사람 사는 게냐. 하루 이틀도 아니고."

하며 한숨과 함께 무릎을 치며 꺼지듯이 풀썩 주저앉곤 하는 것이었다.

그럴 때마다 철호는,

"어머니, 그래도 남한은 이렇게 자유스럽지 않아요?"

하고, 남한이니까 이렇게 생명을 부지하고 살 수 있지, 만일 북한 고향으로 간다면 당장에 죽는 것이라고 자유라는 것이 얼마나 소중한 것인가를, 갖은 이야기를 다 예로 들어 가며 어머니에게 타일러 보는 것이었다. 그러나 자유라는 것을 늙은 어머니에게 이해시키기란 38선을 인식시키기보다도 몇백 갑절 더 힘드는 일이었다. 아니, 그것은 거의 불가능한 일이라 했다. 그래 끝내 철호는 어머니에게 자유라는 것을 설명하는 일을 단념하고 말았다.

그렇게 되고 보니 철호의 어머니에게는 아들, 지지리 고생을 하면서도 고향으로 돌아갈 생각만은 죽어도 하지 않는 철호가, 무슨 까닭인지는 몰

라도 늙은 어미를 잡으려고 공연한 고집을 피우고 있는 천하에 고약한 놈으로만 여겨지는 것이었다.

그야 철호에게도 어머니의 심정이 이해되지 않는 것은 아니었다.

무슨 하늘이 알만치 큰 부자는 아니었지만 그래도 꽤 큰 지주로서 한 마을의 주인 격으로 제법 풍족하게 평생을 살아오던 철호의 어머니 눈에는 아무리 그네가 세상을 모른다고는 해도 산등성이를 악착스레 깎아 내고 거기에다 게딱지 같은 판잣집들을 다닥다닥 붙여 놓은 이 해방촌이 이름 그대로 해방촌일 수는 없는 노릇이다.

"나두 내 나라를 찾았다는 게 기뻐서 울었다. 엉엉 울었다. 시집올 때 입었던 홍치마를 꺼내 입고 춤을 추었다. 그런데 이 꼴 좋다. 난 싫다. 아무래도 난 모르겠다. 뭐가 잘못됐건 잘못된 너머 세상이디그래."

철호의 어머니 생각에는 아무리 해도 모를 일이었던 것이었다. 나라를 찾았다면서 집을 잃어버려야 한다는 것은 그것은 정말 알 수 없는 일이었던 것이었다.

철호의 어머니는 남한으로 넘어온 후로 단 하루도 이 '가자'는 말을 하지 않는 날이 없었다.

그렇게 지내 오던 그날, 6·25 동란으로 바로 발밑에 빤히 내려다보이는 용산 일대가 폭격으로 지옥처럼 무너져 나가던 날 끝내 철호는 어머니를 잃어버리고 말았던 것이었다.

"큰애야 이젠 정말 가자. 데것 봐라. 담이 홈싹 무너뎄는데 삼팔선의 담이 데렇게 무너뎄는데, 야."

그때부터 철호의 어머니는 완전히 정신 이상이었다. 지금의 어머니, 그것은 이미 철호의 어머니는 아니었다. 아무리 따져 보아도 그것이 철호 자기의 어머니일 수는 없었다. 세상에 아들딸마저 알아보지 못하는 어머니가 있을 수 있는 것일까?

그날부터 철호의 어머니는,

"가자! 가자!"

하고 저렇게 쨍쨍한 목소리로 외마디 소리를 지를 뿐 그 밖의 모든 것을 완전히 잃어버리고 있었다. 철호에게 있어서 지금의 어머니는 말하자면 어머니의 시체에 지나지 않았다.

뚫어진 창호지 구멍으로 그래도 희미한 불빛이 새어 나오고 있었다. 철호는 윗방 문을 열었다. 아랫방과 윗방 사이 문턱에 위태롭게 올려놓은 등잔이 개똥벌레처럼 가물거리고 있었다. 윗방 아랫목에는 딸애가 반듯이 누워서 송장 같았다. 그 옆에 철호의 아내가 두 무릎을 꿇고 앉아 있었다. 꺼먼 헝겊과 회색 헝겊으로 기운 담요 바지, 무릎 위에는 빨간색 우단으로 만든 조그마한 운동화가 한 켤레 놓여 있었다. 철호가 방 안에 들어서자 아내는 그 어린애의 빨간 신발을 모아 자기 손바닥에 올려놓아 철호에게 들어 보였다.

"삼촌이 사 왔어요."

유난히 살눈썹^{속눈썹}이 긴 아내의 눈이 가늘게 웃었다. 참으로 오래간만에 보는 아내의 웃음이었다. 자기가 미인이었다는 것을 잊어버리고 만 지 오랜 아내처럼, 또 오래 보지 못하여 거의 잊어버려 가던 아내의 웃는 얼굴이었다.

철호는 등잔이 놓인 문턱 가까이 앉으며 아내의 손에서 빨간 어린애의 신발을 받아 눈앞에서 아래위를 살펴보았다.

"산보 갔었소?"

거기 등잔불을 사이에 두고 윗방을 향해 앉은 철호의 동생 영호가 웃으며 철호를 쳐다보았다.

"언제 들어왔니."

"지금 막 들어와 앉는 길입니다."

그러고 보니 영호는 아직 넥타이도 끄르지 않고 있었다.

"형님!"

새삼스레 부르는 동생의 소리에 철호는 손에 들었던 어린애의 신발을 아내에게 돌리며 영호의 얼굴을 빤히 바라보았다.

"이제 우리도 한번 살아 봅시다. 제길, 남 다 사는데 우리라구 밤낮 이렇게만 살겠수, 근사한 양옥도 한 채 사구, 장기판만 한 문패에다 형님의 이름 석 자를, 제길 장님도 보게 써서 대못으로 땅땅 때려 박구 한번 살아 봅시다."

군대에서 나온 지 이 년이 넘도록 아직 직업도 못 잡은 영호가 언제나 술만 취하면 하는 수작이었다.

"그리구 이천만 환짜리 세단 차도 한 대 삽시다. 거기다 똥통이나 신고 다니게. 모든 새끼들이 아니꼬워서 일이야 있건 없건 종일 빵빵 울리면서

동리를 들락날락해야지. 제길, 하하하.”

비스듬히 벽에 기대어 앉은 영호는 벌겋게 열에 뜬 얼굴을 하고 담배 연기를 푸 내뿜었다.

“또 술 마셨구나.”

고학으로 고생고생 다니던 대학 삼 학년에서 군대에 들어갔다가 나온 영호로서는 특별한 기술이 없이 직업을 잡지 못하는 것은 별 도리도 없는 노릇이라 칠 수도 있었지만, 이건 어디서 어떻게 마시는 것인지 거의 저녁마다 이렇게 취해 들어오는 동생 영호가 몹시 못마땅한 철호의 말이었다.

“네, 조금 했습니다. 친구들이…….”

그것도 들으나 마나 늘 같은 대답이었다. 또 그것이 거짓말이 아니라는 것도 철호는 알고 있었다.

“이제 술 좀 그만 마셔라.”

“친구들과 어울리면 자연히 마시게 되는걸요.”

“글쎄 그러니까 그 어울리는 걸 좀 삼가란 말이다.”

“그럴 수도 없구요. 하하하.”

“그렇다구 언제까지 그저 그렇게 어울려서 술이나 마시면서 뭐가 되나.”

“되긴 뭐가 돼요. 그저 답답하니까 만나는 거구, 만나면 어찌하다 한 잔씩 하며 이야기나 하는 거죠, 뭐.”

“글쎄 그게 맹랑한 일이란 말이다.”

“그렇지만 형님. 그런 친구들이라도 있다는 게 좋지 않수. 그게 시시한 친구들이라 해도, 정말이지 그놈들마저 없었더라면 어떻게 살 뻔했나 하고 생각할 때가 많아요. 외팔이, 절름발이, 그런 놈들, 무식한 놈들, 참 시시한 놈들이지요. 죽다 남은 놈들. 그렇지만 형님, 그놈들 다 착한 놈들이야요. 최소한 남을 속이지는 않거든요, 공갈을 때릴망정. 하하하하. 전우, 전우.”

영호는 고개를 뒤로 젖히고 천장을 향해 후 담배 연기를 내뿜었다. 철호는 그저 물끄러미 영호의 모습을 쳐다볼 뿐 아무 말도 없었다. 영호는 여전히 천장을 향한 채 피어오르는 연기를 바라보며 한 손으로 목의 넥타이를 앞으로 잡아당겨 반쯤 끌러 늦추어 놓았다.

“가자!”

아랫목에서 어머니가 소리를 질렀다.

영호는 슬그머니 아랫목으로 고개를 돌렸다. 한참이나 그렇게 어머니 쪽으로 고개를 돌리고 있는 영호는 아무 말도 없이 그저 눈만 껌뻑껌뻑하고 있었다.

철호는 길게 한숨을 쉬었다. 앞에 놓인 등잔불이 거물거물 춤을 추었다. 철호는 저고리 호주머니에서 담배를 꺼내었다. 꼬깃꼬깃 구겨진 파랑새 갑 속에서 담배를 한 개비 뽑아내었다. 바삭바삭 마른 담배는 양 끝이 반쯤 빠져나갔다.

철호는 그 양 끝을 비벼 말았다. 흡사 비가 모양으로 되었다. 철호는 그 비가 모양의 담배 한 끝을 입에다 물었다.

"이걸 피슈, 형님."

영호가 자기 앞에 놓였던 담뱃갑을 집어서 철호의 앞으로 내어 밀었다. 빨간색 양담배 갑이었다. 철호는 그 여느 것보다 좀 긴 양담배 갑을 한번 힐 끔 쳐다보았을 뿐, 아무 소리도 없이 등잔불로 입에 문 파랑새 끝을 가져갔다. 영호는 등잔불 위에 꾸부린 형 철호의 어깨를 넌지시 바라보고 있었다. 지지지 소리가 났다. 앞이마에 흩트려져 내렸던 철호의 머리카락이 등잔불에 타며 또르르 말려 올랐다. 철호는 얼굴을 들었다. 한 모금 빨자 벌써 손끝이 따갑게 꽁초가 되어 버린 담배를 입에서 떼었다. 천천히 연기를 내뿜는 철호의 미간에는 세로 석 줄의 깊은 주름이 패어졌다. 영호는 들었던 담뱃갑을 도로 방바닥에 내려놓았다. 그리고 조용히 등잔불로 시선을 떨구었다. 그의 입가에서 야릇한 웃음이, 애달픈 아니 그 누군가를 비웃는 듯한, 그런 미소가 천천히 흘러 지나갔다.

한참 동안 아무도 말이 없었다.

"가자!"

아랫방 아랫목에서 몸을 뒤채는 어머니가 잠꼬대를 했다. 어머니는 이제 꿈속에서마저 생활을 잃어버린 모양이었다. 아주 낮은 그 소리는 한숨처럼 느리게 아래 윗방에 가득 차 흘러 사라졌다.

여전히 아무도 말이 없었다.

철호는 꽁초를 손끝에 꼬집어 쥔 채 넋 빠진 사람 모양 가물거리는 등잔불을 지켜보고 있었고, 동생 영호는 비스듬히 벽에 기대어 앉은 채 철호의 손끝에서 타고 있는 담배꽁초를 바라보고 있었고, 철호의 아내는 잠든 딸애의 머리맡에 가지런히 놓인 빨간 신발을 요리조리 매만지고 있었다.

"가자!"

또 한 번 어머니의 소리가 저 땅 밑에서 새어 나오듯이 들려왔다.

"형님은 제가 이렇게 양담배를 피우는 게 못마땅하지요?"

영호는 반쯤 탄 담배를 자기의 눈앞에 가져다 그 빨간 불티를 들여다보며 말했다.

"분에 맞지 않지."

철호는 여전히 등잔불을 바라보며 대답했다.

"그렇지만 형님, 형님은 파랑새와 양담배 두 가지 중에서 어느 것이 더 좋으슈?"

"……? 그야 양담배가 좋지. 그래서?"

그래서 너는 보리밥도 못 버는 녀석이 그래 좋은 것은 알아서 양담배를 피우는 거냐 하는 철호의 눈초리가 번뜩 영호의 면상을 때렸다.

"그래서 전 양담배를 택했어요."

"뭔가?"

"형님은 절 오해하시고 계셔요."

"……?"

"제가 무슨 돈이 있어서 양담배를 사서 피우겠어요. 어쩌다 친구들이 사 주는 것이니 피우는 거지요. 형님은 또 제가 거의 저녁마다 술을 마시고 또 제법 합승을 타고 들어오는 것도 못마땅하시죠. 저도 알고 있어요. 형님은 때때로 이십오 환 전차 값도 없어서 종로서 근 십 리를 집에까지 터덜터덜 걸어서 돌아오시는 것을. 그렇지만 형님이 걸으신다고 해서, 한사코 같이 타고 가자는 친구들의 호의, 아니 그건 호의도 채 못 되는 싱거운 수작인지도 모르죠. 어쨌든 그것을 굳이 뿌리치고 저마저 걸어야 할 아무 까닭도 없지 않습니까? 이상한 놈들이죠. 술 담배는 사 주고 합승은 태워 줘도 돈은 안 주거든요."

영호는 손끝으로 뱅글뱅글 비벼 돌리는 담뱃불을 들여다보며 말했다.

"어쨌든 너도 이젠 좀 정신 차려 줘야지. 벌써 군대에서 나온 지도 이태나 되지 않니."

"정신 차려야죠. 그렇지 않아도 이달 안으로는 어찌 되든 간에 결판을 내구 말 생각입니다."

"어디 취직을 해야지."

"취직이요? 형님처럼요? 전차 값도 안 되는 월급을 받고 남의 살림이나 계산해 주란 말이지요?"

"그럼 뭐 별 뾰족한 수가 있는 줄 아니."

"있지요. 남처럼 용기만 조금 있으면."

"……?"

어처구니없는 영호의 수작에 철호는 그저 멍청하니 영호의 얼굴을 쳐다보았다. 손끝이 따가웠다. 철호는 비루 깡통으로 만든 재떨이에 담배를 비벼 껐다.

"용기?"

"네, 용기."

"용기라니?"

"적어도 까마귀만 한 용기만이라도 말입니다. 영리할 필요는 없더군요. 우둔해도 상관없어요. 까마귀는 도무지 허수아비를 무서워하지 않습니다. 참새처럼 영리하지 못한 탓으로 그놈의 까마귀는 애당초에 허수아비를 무서워할 줄조차 모르거든요."

영호의 입가에는 좀 전에 파랑새 꽁초에다 불을 댕기는 철호를 바라보던 때와 같은 야릇한 웃음이 또 소리 없이 감돌고 있었다.

"너, 설마 무슨 엉뚱한 계획을 세우고 있는 것은 아니겠지."

철호는 약간 긴장한 얼굴을 하고 영호를 바라보며 꿀꺽 하고 침을 삼켰다.

"아니요. 엉뚱하긴 뭐가 엉뚱해요. 그저 우리들도 남처럼 다 벗어던지고 홀가분한 몸차림으로 달려 보자는 것이죠, 뭐."

"벗어던지고?"

"네, 벗어던지고. 양심이고, 윤리고, 관습이고, 법률이고 다 벗어던지고 말입니다."[1]

영호의 큰 눈이 유난히 빛나는가 하자 철호의 눈을 정면으로 밀고 들었다.

"양심이고, 윤리고, 관습이고, 법률이고?"

"……."

"너는, 너는."

"……."

---

[1] 비참한 현실로 인해 영호의 가치관은 뒤틀려 있다. 영호가 법을 어기는 행동을 할 것을 암시한다.

영호는 아무 대답도 하지 않았다. 그러나 눈만은 똑바로 형 철호를 쳐다보고 있었다.

"그렇게나 살자면 이 형도 벌써 잘살 수 있었다."

철호의 목소리는 떨리고 있었다.

"그렇게나라니요?"

"양심을 버리고, 윤리와 관습을 무시하고, 법률까지도 범하고!"

흥분한 철호의 큰 목소리에 영호는 지금까지 철호의 얼굴에 주었던 시선을 앞으로 죽 뻗치고 앉은 자기의 발끝으로 떨구었다.

"저도 형님을 존경하고 있어요. 고생하시는 형님을. 용케 이 고생을 참고 견디는 형님을. 그렇지만 형님은 약한 사람이야요. 용기가 없는 거지요. 너무 양심이 강해요. 아니 어쩌면 사람이 약하면 약한 만치, 그만치 반대로 양심이란 가시는 여물고 굳어지는 것인지도 모르죠."

"양심이란 가시?"

"네. 가시지요. 양심이란 손끝의 가십니다. 빼어 버리면 아무렇지도 않은데 공연히 그냥 두고 건드릴 때마다 깜짝깜짝 놀라는 거야요. 윤리요? 윤리. 그건 나이롱 빤쯔 같은 것이죠. 입으나 마나 불알이 덜렁 비쳐 보이기는 매한가지죠. 관습이요? 그건 소녀의 머리 위에 달린 리봉이라고나 할까요? 있으면 예쁠 수도 있어요. 그러나 없대서 뭐 별일도 없어요. 법률? 그건 마치 허수아비 같은 것입니다, 허수아비. 덜 굳은 바가지에다 되는대로 눈과 코를 그리고 서 있는 허수아비. 누더기를 걸치고 팔을 쩍 벌리고 서 있는 허수아비. 참새들을 향해서는 그것이 제법 공갈이 되지요. 그러나 까마귀쯤만 돼도 벌써 무서워하지 않아요. 아니 무서워하기는커녕 그놈의 상투 끝에 턱 올라앉아서 썩은 흙을 쑤시던 더러운 주둥이를 쓱쓱 문질러도 별일 없거든요. 흥."

영호는 코웃음을 쳤다. 그리고 거기 문턱 밑에 담뱃갑에서 새로 담배 한 개를 빼어 물고 지금까지 들고 있던 다 탄 꽁다리에서 불을 옮겨 빨았다.

"가자!"

어머니의 그 소리가 또 들렸다. 어머니는 분명히 잠이 들어 있는 것이었다. 그러면서도 간간이 저렇게 가자 가자 소리를 지르는 것이었다. 그것은 어쩌면 어머니에게는 호흡처럼 생리화해 버린 것인지도 몰랐다.

철호는 비스듬히 모로 앉은 동생 영호의 옆얼굴을 한참이나 노려보고 있었다. 영호는 영호대로 퀭한 두 눈으로 깜박이기를 잊어버린 채 아까부터 앞으로 뻗힌 자기의 발끝을 바라보고 있었다. 이윽고 철호는 영호에게서 눈을 돌려 버렸다. 그리고 아랫방과 윗방 사이 칸막이를 한 널쪽에 등을 기대며 모로 돌아앉았다. 희미한 등잔 불빛에 잠든 딸애의 조그마한 얼굴이 애처로웠다. 그 어린것 옆에 앉은 철호의 아내는 왼쪽 무릎을 세우고 그 위에 손을 펴 깔고 턱을 괴었다. 아까부터 철호와 영호, 형제가 하는 말을 조용히 듣고만 있는 그네는 무엇을 생각하고 있는지 한쪽 손끝으로, 거기 방바닥에 가지런히 놓은 빨간 어린애의 신발만 몇 번이고 쓸어 보고 있었다.

철호는 고개를 푹 떨구어 턱을 가슴에 묻었다. 영호는 새로 피어 문 담배를 연거푸 서너 번 들이빨았다. 그리고 또 말을 계속하였다.

"저도 형님의 그 생활 태도를 잘 알아요. 가난하더라도 깨끗이 살자는. 그렇지요, 깨끗이 사는 게 좋지요. 그런데 형님 하나 깨끗하기 위하여 치르는 식구들의 희생이 너무 어처구니없이 크고 많단 말입니다. 헐벗고 굶주리고. 형님 자신만 해도 그렇죠. 밤낮 쑤시는 충치 하나 처치 못 하시고 이가 쑤시면 치과에 가서 치료를 하거나 빼어 버리거나 해야 할 거 아니야요. 그런데 형님은 그것을 참고 있어요. 낯을 잔뜩 찌푸리고 참는단 말입니다. 물론 치료비가 없으니까 그러는 수밖에 없겠지요. 그겁니다. 바로 그겁니다. 그 돈을 어떻게든가 구해야죠. 이가 쑤시는데 그럼 어떻게 해요. 그걸 형님처럼, 마치 이 쑤시는 것을 참고 견디는 그것이 돈을, 치료비를 버는 것이기나 한 것처럼 생각하는 것, 안 쓰는 것은 혹 버는 셈이 된다고 할 수도 있을 거야요. 그렇지만 꼭 써야 할 데 못 쓰는 것이 버는 셈이라고 할 수 없지 않아요. 세상에는 이런 세 층의 사람들이 있다고 봅니다. 즉, 돈을 모으기 위해서 만으로 필요 이상의 돈을 버는 사람과 필요하니까 그 필요하니 만치의 돈을 버는 사람과, 돈 하나는 이건 꼭 필요한 돈도 채 못 벌고서 그 대신 생활을 조리는 사람들. 신발에다 발을 맞추는 격으로 형님은 아마 그 맨끝의 층에 속하겠지요. 필요한 돈도 미처 벌지 못하는 사람. 깨끗이 살자니까 그럴 수밖에 없다고 하시겠지요. 그래요. 그것은 깨끗하기는 할지 모르죠. 그렇지만 그저 그것뿐이지요. 언제까지나 충치가 쏘아 부은 볼을 싸쥐고 울상일 수밖에 없지요. 그렇지 않습니까? 그야 형님! 인생이 저 골목 안에서 십 환짜리를 받고 코 흘리는 어린애들에게 보여 주는 요지경이라면야 자기가 가지고 있는 돈값만치 구멍으로 들여다보고 말을 수도 있겠지요. 그렇지만 어디 인생이 자기 주머니 속의 돈 액수만치만 살고 그만두고 싶으면 그만둘 수 있는 요지경인가요 어디. 싫어도 살아야 하니까 문제지요. 사실이지 자살을 할 만치 소중한 인생도 아니고요. 살자니까 돈이 필요하구요. 필요한 돈이니까 구해야죠. 왜 우리라고 좀 더 넓은 테두리, 법률선法律線까지 못 나가란 법이 어디 있어요. 아니, 남들은 다 벗어던지구 법률선까지도 넘나들면서 사는데,[1] 왜 우리만이 옹색한 양심의 울타리 안에서 숨이 막혀야 해요. 법률이란 뭐야요. 우리들이 피차에 약속한 선이 아니야요?"

영호는 얼굴을 번쩍 들며 반쯤 끌러 놓았던 넥타이를 마저 끌러서 방구석에 픽 던졌다.

철호는 여전히 턱을 가슴에 푹 묻은 채 묵묵히 앉아 두 짝 다 엄지발가락이 몽땅 밖으로 나온 뚫어진 양말을 내려다보고 있었다. 나일론 양말 한 켤레 사면 반년은 무난히 뚫어지지 않고 견딘다는 말을 들었다. 그러나 뻔히 알면서도 번번이 백 환짜리 무명 양말을 사 들고 들어오는 철호였다. 칠백 환이란 돈을 단번에 잘라 낼 여유가 도저히 없는 월급이었던 것이다.

"가자!"

어머니는 또 몸을 뒤채었다.

"그건 억설이야."

철호는 천천히 고개를 들었다. 신문지를 바른 맞은편 벽에, 쭈그리고 앉은 아내의 그림자가 커다랗게 비쳐 있었다. 꼽추처럼 꼬부리고 앉은 아내의 그림자는 헝클어진 머리카락이 괴물스러웠다. 철호는 눈을 감았다. 머리마저 등 뒤 칸막이 판자에 기대었다.

철호의 감은 눈앞에 십여 년 전 아내가 흰 저고리 까만 치마를 입고 선히 나타났다. 무대에 나선 그네는 더욱 예뻤다. E여자대학 졸업 음악회였다. 노래가 끝나자 박수 소리가 그칠 줄을 몰랐다. 그날 저녁 같이 거리를 거닐던 그네는 정말 싱싱하고 예뻤었다. 그러나 지금 철호 앞에 쭈그리고 앉은 아내는 그때의 그네가 아니었다. 무슨 둔한 동물처럼 되어 버린 그네. 이제 아무런 희망도 가져 보려고 하지 않는 아내. 철호는 가만히 눈을 떴다. 그래도 아내의 속눈썹만은 전처럼 까맣고 길었다.

---

1) 남들은 법을 어기면서도 잘살고 있다는 의미로, 전쟁 직후의 타락한 세태가 반영되어 있다.

"가자!"

철호는 흠칫 놀라 환상에서 깨어났다.

"억설이요? 그런지도 모르죠."

한참이나 잠잠하니 앉아 까물거리는 등잔불을 바라보던 영호의 맥빠진 대답이었다.

"네 말대로 한다면 돈 있는 사람들은 다 나쁜 사람이란 말밖에 더 되나 어디."

"아니죠. 제가 어디 나쁘고 좋고를 가렸어요. 나쁘긴 누가 나빠요? 왜 나빠요? 아, 잘사는 게 나빠요? 도시 나쁘고 좋고부터 따질 아무런 금도 없지요, 뭐."

"그렇지만 지금 네 말대로 잘살자면 꼭 양심이고 윤리고 뭐고 다 버려야 한다는 것이 아니고 뭐야."

"천만에요. 잘못 이해하신 겁니다. 간단히 말씀드리면 이렇다는 것입니다. 즉, 양심껏 살아가면서 잘살 수도 있기는 있다. 그러나 그것은 극히 적다. 거기에 비겨서 그 시시한 것들을 벗어던지기만 하면 누구나 틀림없이 잘살 수 있다."

"그것이 바로 억설이란 말이다. 마음 한구석이 어딘가 비틀려서 하는 억지란 말이다."

"글쎄요. 마음이 비틀렸다고요? 그건 아마 사실일는지도 모르겠어요. 분명히 비틀렸어요. 그런데 그 비틀리기가 너무 늦었어요. 어머니가 저렇게 미치기 전에 비틀렸어야 했지요. 한강 철교를 폭파하기 전에 말입니다. 하나밖에 없는 누이동생 명숙이가 양공주가 되기 전에 비틀렸어야 했지요. 환도령 還都令 국난으로 인해 피난 갔던 정부가 다시 서울로 돌아오도록 하는 법령 이 내리기 전에 하다못해 동대문 시장에 자리라도 한 자리 비었을 때 말입니다. 그러구 이놈의 배때기에 지금도 무슨 내장이기나 한 것처럼 박혀 있는 파편이 터지기 전에 말입니다. 아니 그보다도 더 전에, 제가 뭐 무슨 애국자나처럼 남들은 다 기피하는 군대에 어머니의 원수를 갚겠노라고 자원하던 그전에 말입니다."

"……."

"……그보다도 더 전에 썩 전에 비틀렸어야 했을지 모르죠. 나면서부터 비틀렸더라면 더 좋았을지도 모르죠."

영호는 푹 고개를 떨구었다. 길게 한숨을 내쉬었다. 그 한숨이 후르르 떨고 있었다. 철호는 한참 동안 아무 말도 하지 않았다. 윗목에 앉아 있던 철호의 아내가 방바닥에 떨어진 눈물을 손끝으로 장난처럼 문지르고 있었다. 영호도 훌쩍훌쩍 코를 들이키고 있었다.

"그렇지만 인생이란 그런 게 아니야. 너는 아직 사람이란 어떻게 살아야만 하는 것인지조차 모르고 있어."

"그래요. 사람이란 과연 어떻게 살아야 하는 것인지는 정말 모르겠어요. 그렇지만 이제 이 물고 뜯고 하는 마당에서 살자면, 생명만이라도 유지하지만 어떻게 해야 할는지는 알 것 같애요. 허허."

영호는 눈물이 글썽하니 고인 눈을 천장을 향해 쳐들며 자기 자신을 비웃듯이 허허 하고 웃었다.[1]

"가자!"

또 어머니는 가자고 했다. 영호는 아랫목으로 눈을 돌렸다. 철호는 길게 한숨을 쉬었다. 앞의 등잔불이 크게 흔들거렸다. 방 안의 모든 그림자들이 움직였다. 집 전체가 그대로 기울거리는 것 같았다. 그것뿐 조용했다. 밤이

깨끗이 사는 거 좋지요. 그치만 남들은 법 어기고도 잘 먹고 잘사는데, 왜 우리만 양심의 울타리 안에서 숨이 막혀야 합니까.

그건 억설이야. 그럼 네 말대로 잘살자면 꼭 양심이고 윤리고 뭐고 다 버려야 한다는 거냐?

📖 소설 한 장면   전개   양심을 지키며 살아가려는 철호와 그를 답답해하는 영호가 대립함

---

1) 겉으로는 철호와 가치관이 대립하는 것으로 보이지만, 영호는 이렇게 살 수밖에 없는 삶에 대한 자조적인 태도를 보인다.

꽤 깊은 모양이었다. 세상이 온통 잠들고 있었다.

저만치 골목 밖에서부터 딱 딱 딱 딱 구둣발 소리가 뾰족하게 들려왔다. 점점 가까워 왔다. 바로 아랫방 문 앞에서 멎었다. 영호는 문께로 얼굴을 돌렸다. 삐걱삐걱 두어 번 비틀리던 방문이 열렸다. 여동생 명숙이가 들어섰다. 싱싱한 몸매에 까만 투피스가 제법 어느 회사의 여사무원 같았다.

"늦었구나."

영호가 여전히 두 다리를 쭉 뻗고 앉은 채 고개만 뒤로 젖혀서 명숙을 쳐다보았다.

명숙은 영호의 말에 아무런 대꾸도 없이 돌아서서 문밖에서 까만 하이힐을 집어 올려 아랫방 모서리에 들여놓았다. 그리고 백을 휙 방구석에 던졌다. 겨우 겉저고리와 스커트를 벗어 걸은 명숙은 아랫방 뒤구석에 가서 털썩하고 쓰러지듯 가로누워 버렸다. 그리고 거기 접어 놓은 담요를 끌어다 머리 위에서부터 푹 뒤집어썼다.

철호는 명숙을 거들떠보지도 않고 덤덤히 등잔불만 지켜보고 있었다. 철호는 언젠가 퇴근하던 길에 전차 창문 밖으로 본 명숙의 꼴을 생각하고 있는 것이었다.

철호가 탄 전차가 을지로 입구 십자 거리에 머물러 신호를 기다리고 있었다. 손잡이를 붙들고 창을 향해 서 있던 철호는 무심코 밖을 내다보았다. 전차 바로 옆에 미군 지프차가 한 대 와 섰다. 순간 철호는 확 낯이 달아올랐다.

핸들을 쥔 미군 바로 옆자리에 색안경을 쓴 한국 여자가 앉아 있었다. 그것이 바로 명숙이었던 것이다. 바로 철호의 턱밑에서였다. 역시 신호를 기다리는 그 지프차 속에서 미군이 한 손은 핸들에 걸치고 또 한 팔로는 명숙의 허리를 넌지시 끌어안는 것이었다. 미군이 명숙의 얼굴을 들여다보며 뭐라고 수작을 걸었다. 명숙은 다리를 겹치고 앉은 채 앞을 바라보는 자세 그대로 고개를 까딱거렸다. 그 미군 지프차 저편에 선 택시 조수가 명숙이와 미군을 쳐다보며 비시시 웃었다. 전차 간에서도 마찬가지였다. 철호 바로 옆에 나란히 서 있던 청년 둘이 쑥덕거렸다.

"그래도 멋은 부렸네."

"멋? 그래 색안경을 썼으니 말이지?"

"장사치곤 고급이지 밑천 없이."

"저것도 시집을 갈까?"

"흥."

철호는 손잡이를 놓았다. 그리고 반대편 가운데 문께로 가서 돌아서고 말았다. 그것은 분명히 슬픈 감정만은 아니었다. 뭐라고 말할 수조차 없는 숯 덩어리 같은 것이 꽉 목구멍을 치밀었다. 정신이 아뜩해지는 것 같았다. 하품을 하고 난 뒤처럼 코 속이 싸하니 쓰리면서 눈물이 징 솟아올랐다. 철호는 앞에 있는 커다란 유리를 콱 머리로 받아 부수고 싶은 충동을 느끼며 어금니를 꽉 맞씹었다. 찌르르 벨이 울렸다. 덜커덩 전차가 움직였다. 철호는 문짝에 어깨를 가져다 기대고 눈을 감아 버렸다.

그날부터 철호는 정말 한마디도 누이동생 명숙이와 말을 하지 않았다. 또 명숙이도 철호를 본체만체했다.

"자, 우리도 이제 잡시다."

영호가 가슴을 펴서 내어 밀고 바로 앉았다.

등잔불을 끄고 두 방 사이의 문을 닫았다.

푹 가라앉는 것같이 피곤했다. 그러면서도 철호는 정작 잠을 이룰 수는 없었다. 밤은 고요했다. 시간이 그대로 흐르기를 멈추어 버린 것같이 조용했다. 철호의 아내도 이제 잠이 들었나 보다. 앓는 소리를 내었다. 철호는 눈을 감았다. 어딘가 아득히 먼 것을 느끼고 있었다. 철호는 잠이 들어 가고 있었다.

"가자!"

다들 잠든 밤의 그 어머니의 소리는 엉뚱하게 컸다. 철호는 흠칫 눈을 떴다. 차츰 눈이 어둠에 익어 갔다. 며칠인가, 문틈으로 새어 들은 달빛이 철호의 옆에서 잠든 딸애의 머리에서부터 발끝까지 죽 파란 줄을 그었다. 철호는 다시 눈을 감았다. 길게 한숨을 쉬며 벽을 향해 돌아누웠다.

"가자!"

또 어머니가 소리를 질렀다. 그러나 철호는 눈을 뜨지 않았다. 그도 마저 잠이 들어 버린 것이었다.

그런데 이번에는 아랫방에서 명숙이가 눈을 떴다. 아랫목에 어머니와 윗목에 오빠 영호 사이에 누운 명숙은 어둠 속에 가만히 손을 내어 밀었다. 어머니의 손을 더듬어 잡았다. 뼈 위에 겨우 가죽만이 씌워진 손이었다. 그 어머니의 손에서는 체온이 느껴지는 것이 아니라 축축히 습기가 미끈거렸다.

명숙은 어머니 쪽을 향하여 돌아누웠다. 한쪽 손을 마저 내밀어서 두 손으로 어머니의 송장 같은 손을 감싸 쥐었다.

"가자!"

딸의 손을 느끼는지 못 느끼는지 어머니는 또 한 번 허공을 향해 가자고 소리 질렀다.

"엄마!"

명숙의 낮은 소리였다. 명숙은 두 손으로 감싸 쥔 어머니의 여윈 손을 가만히 흔들었다.

"가자!"

"엄마!"

기어이 명숙은 흐느끼기 시작하였다. 명숙은 어머니의 손을 끌어다 자기의 입에 틀어막았다.

"엄마!"

숨을 죽여 가며 참는 명숙의 울음은 한숨으로 바뀌며 어머니의 손가락을 입안에서 잘근잘근 씹어 보는 것이었다.

"겁내지 말라."

옆에서 영호가 잠꼬대를 했다.

"가자!"

어머니는 명숙의 손에서 자기의 손을 빼어 가지고 저쪽으로 돌아누워 버렸다.

명숙은 다시 담요를 끌어다 머리 위까지 푹 썼다. 그리고 담요 속에서 흐득흐득 울고 있었다.

"엄마."

이번엔 윗방에서 어린것이 엄마를 불렀다.

철호는 잠 속에서 멀리 그 소리를 들었다. 그러면서도 채 잠이 깨어지지는 않았다.

"엄마."

어린것은 또 한 번 엄마를 불렀다.

"오 오, 왜 엄마 여기 있어."

아내의 반쯤 깬 소리였다. 어린것을 끌어다 안는 모양이었다. 철호는 그 소리를 멀리 들으며 다시 곤히 잠들어 버렸다.

"오줌."

"오, 오줌 누겠니? 자, 일어나. 착하지."

철호의 아내는 일어나 앉으며 어린것을 안아 일으켰다. 구석에서 깡통을 끌어다 대어 주었다.

"참, 삼촌이 네 신발 사 왔지. 아주 예쁜 거. 볼래?"

깡통을 타고 앉은 어린것을 뒤에서 안아 주고 있던 철호의 아내는 한 손으로 어린것의 머리맡에 놓아두었던 신발을 집어다 보여 주었다. 희미하게 달빛이 들이비쳤을 뿐인 어두운 방안에서는 그것은 그저 겨우 모양뿐 색채를 잃고 있었다.

"내 거야? 엄마."

"그래. 네 거야."

"예뻐?"

"참 예뻐. 빨강이야."

"응……."

어린것은 잠에 취한 소리로 물으며 신발을 두 손에 받아 가슴에 안았다.

"자, 이제 거기 놔두고 자야지."

"응, 낼 신어도 돼?"

"그럼."

어린것은 오물오물 담요 속으로 파고 들어갔다.

"엄마, 낼 신어도 돼?"

"그럼."

뭐든가 좀 좋은 것은 아껴야 한다고만 들어오던 어린것은 또 한 번 이렇게 다짐하는 것이었다.

아내는 어린것의 담요 가장자리를 꼭꼭 눌러 주고 나서 그 옆에 누웠다.

다들 다시 잠이 들었다. 어느 사이에 달빛이 비껴서 칼날 같은 빛을 철호의 가슴으로 옮겼다. 어린것이 부스스 머리를 들었다. 배를 깔고 엎드렸다. 어린것은 조그마한 손을 베개 너머로 내밀었다. 거기 가지런히 놓아둔 신발을 만져 보았다. 어린것이 안심한 듯이 다시 베개를 베고 누웠다. 또다시 조용해졌다. 한참 만에 또 어린것이 움직거렸다. 잠이 든 줄만 알았던 어린것은 또 엎드렸다. 머리맡에 신발을 또 끌어당겼다. 조그마한 손가락으로 신발 코를 꼭 눌러 보았다. 그러고는 이번에는 아주 자리 위에 일어나 앉았다. 신발을 무릎 위에 들어 올려놓았다. 달빛에다 신발을 들이대어 보았다. 바닥을 뒤집어 보았다. 두 짝을 하나씩 두 손에 갈라 들고 고무 바닥을 맞대어 보았다. 이번엔 발을 앞으로 내놓았다. 가만히 신발을 가져다 신었다. 앉은 채로 꼭 방바닥을 디디어 보았다.

"가자!"

어린것은 깜짝 놀랐다. 얼른 신발을 벗었다. 있던 자리에 도로 모아 놓았다. 그리고 한 번 더 신발을 바라보고 난 어린것은 살그머니 누웠다. 오물오물 담요 속으로 기어 들어갔다.

점심을 못 먹은 배는 오후 두 시에서 세 시 사이가 제일 견디기 힘들었다. 철호는 펜을 장부 위에 놓았다. 저쪽 구석에 돌아앉은 사환 애를 바라보았다. 보리차라도 한 잔 더 마시고 싶었다. 그러나 두 잔까지는 사환 애를 시켜서 가져오랄 수 있었으나 세 번까지는 부르기가 좀 미안했다. 철호는 걸상을 뒤로 밀고 일어섰다. 책상 모서리에 놓인 찻잔을 집어 들었다. 그리고 출입문으로 나갔다. 복도의 풍로 위에서 커다란 주전자가 끓고 있었다. 보리차를 찻잔 하나 가득히 부었다. 구수한 냄새가 피어올랐다. 철호는 뜨거운 찻잔을 손가락으로 꼬집어 들고 조심조심 자기 자리로 돌아와 앉았다. 그리고 찻잔을 입으로 가져갔다. 후 불었다. 마악 한 모금 들여마시는 때였다.

"송 선생님 전화입니다."

사환 애가 책상 앞에 와 알렸다. 철호는 얼른 찻잔을 책상 위에 내려놓았다. 그리고 과장 책상 앞으로 갔다. 수화기를 들었다.

"네, 송철호올시다. 네? 경찰서요? ……전 송철호라는 사람인데요. 네? 송영호요? 네, 바로 제 동생입니다. 무슨? ……네? 네? 송영호가요? 제 동생이 말입니까? 곧 가겠습니다. 네, 네."

철호는 수화기를 걸었다. 그리고 걸어 놓은 수화기를 멍하니 내려다보고 서 있었다. 사무실 안 사람들의 시선이 모두 철호에게로 쏠렸다.

"무슨 일인가? 동생이 교통사고라도?"

서류를 뒤적이던 과장이 앞에 서 있는 철호를 쳐다보며 물었다.

"네? 네, 저 과장님, 잠깐 다녀오겠습니다."

철호는 마시던 보리차를 그대로 남겨 둔 채 사무실을 나섰다.

영문을 모르는 동료들이 서로 옆의 사람의 얼굴을 힐끗 쳐다보는 것이었다.

철호는 전에도 몇 번 경찰서의 호출을 받은 일이 있었다. 양공주 노릇을 하는 누이동생 명숙이가 걸려들면 그 신원 보증을 해야 하는 철호였다. 그때마다 철호는 치안관 앞에서 낯을 못 들고 앉았다가 순경이 앞세우고 나온 명숙을 데리고 아무 말도 없이 경찰서 뒷문을 나서곤 하였다. 그럴 때면 철호는 울었다. 하나밖에 없는 누이동생이 정말 밉고 원망스러웠다. 철호는 명숙을 한 번 돌아다보는 일도 없이 전차 길을 따라 사무실로 걸었고, 또 명숙은 명숙이대로 적당한 곳에서 마치 낯도 모르는 사람처럼 딴 길로 떨어져 가 버리곤 하는 것이었다.

그런데 이번에는 누이동생이 아니라 남동생 영호의 건이라고 했다. 며칠 전 밤에 취해서 지껄이던 영호의 말들이 머리를 스치고 지나갔다. 불안했다. 그런들 설마 하고 마음을 다시 먹으며 철호는 경찰서 문을 들어섰다.

권총 강도.

형사에게서 동생 영호의 사건 내용을 들은 철호는 앞에 앉은 형사의 얼굴을 바보 모양 멍청히 바라보고 있을 뿐이었다. 점점 핏기가 가셔 가는 철호의 얼굴은 표정을 잃은 채 굳어 가고 있었다.

어느 회사에서 월급을 줄 돈 천오백만 환을 찾아서 은행 앞에 대기시켰던 지프차에 싣고 마악 떠나려고 하는데 중절모를 깊숙이 눌러쓰고 색안경을 낀 괴한 두 명이 차 속으로 올라오며 권총을 내어 들더라는 것이었다.

"겁내지 말라! 차를 우이동으로 돌려라."

운전수와 또 한 명 회사원은 차가운 권총 구멍을 등에 느끼며 우이동까지 갔다고 한다. 어느 으슥한 숲속에서 차를 세웠다고 한다. 그러고는 둘 다 차 밖으로 나가라고 한 다음 괴한들이 대신 운전대로 옮아앉더라고 한다. 운전수와 회사원은 거기 버려둔 채 차는 전속력으로 다시 시내로 향해 달렸단다. 그러나 지프차는 미아리도 채 못 와서 경찰에 붙들리고 말았던 것이었다. 그런데 차 안에는 괴한이 한 사람밖에 없었다고 한다.

형사가 동생을 면회하겠느냐고 물었을 때 철호는 그저 얼이 빠져서 두 무릎 위에 맥없이 손을 올려놓고 앉은 채 아무 대답도 못 했다.

이윽고 형사실 뒷문이 열리더니 거기 영호가 나타났다.

"이리로 와."

수갑이 채워진 두 손을 배 앞에다 모으고 천천히 형사의 책상 앞으로 걸어 나오는 영호는 거기 걸상에 앉았다. 일어서는 철호를 향하여 약간 머리를 끄덕여 보였다. 동생의 얼굴을 뚫어져라고 바라보고 서 있는 철호의 여윈 볼이 히물히물 움직였다. 괴로울 때의 버릇으로 어금니를 꽉꽉 씹고 있는 것이었다.

형사는 앞에 와서 선 영호에게 눈으로 철호를 가리켰다.

"형님 미안합니다. 인정선人情線 사람이 본래 가지고 있는 감정의 경계선에서 걸렸어요. 법률선까지는 무난히 뛰어넘었는데. 쏘아 버렸어야 하는 건데."

영호는 철호의 얼굴을 들여다보며 빙그레 웃었다. 그러고는 옆으로 비스듬히 얼굴을 떨구며 수갑을 채운 오른손 엄지를 권총 방아쇠를 당기는 때처럼 꼬부려서 지그시 당겨 보는 것이었다.

철호는 눈도 깜빡하지 않고 그저 영호의 머리카락이 흐트러져 내린 이마를 바라보고 있었다.

"돌아가세요, 형님."

영호는, 등신처럼 서 있는 형이 도리어 민망한 듯이 조용히 말했다.

"수감해."

형사가 문간에서 지키고 서 있는 순경을 돌려 보았다.

영호는 그에게로 오는 순경을 향해 마주 걸어갔다. 영호는 뒷문으로 끌려 나가다 말고 멈춰 섰다. 그리고 뒤를 돌려 보았다.

"형님. 어린것 화신 구경이나 한번 시키세요. 제가 약속했었는데."

뒷문이 꽝 닫혔다. 철호는 여전히 영호가 사라진 뒷문을 바라보고 서 있었다. 눈이 뿌옇게 흐려졌다. 아무것도 보이지 않았다.

"쏠 의사는 처음부터 없었던 것 같은데."

조서를 한 옆으로 밀어 놓으며 형사가 중얼거렸다. 철호는 걸상에 가만히 걸터앉았다.

"혹시 그 같이한 청년을 모르시나요."

철호의 귀에는 형사의 말소리가 아주 멀었다.

"끝내 혼자서 했다고 우기는데, 그러나 증인이 있으니까 이제 차츰 사실대로 자백하겠지만."

여전히 철호는 말이 없었다.

경찰서를 나온 철호는 어디를 어떻게 걸었는지 알 수가 없었다. 철호는 술 취한 사람 모양 허청거리는 다리로 자기 집이 있는 언덕길을 올라가고 있었다. 철호는 골목길 어귀에 들어섰다.

"가자!"

철호는 거기 멈춰 섰다. 고개를 뒤로 젖혔다. 그러나 그는 하늘을 쳐다보는 것이 아니었다. 하 하고 숨을 크게 내쉬는 철호는 울고 있었다. 눈물이 코 속으로 흘러서 찝찔하니 목구멍으로 넘어갔다.

"가자. 가자. 어딜 가잔 거야. 도대체 어딜 가잔 거야."

철호는 꽥 소리를 지르고 있었다. 거기 처마 밑에 모여 앉아서 소꿉질을 하던 어린애들이 부스스 일어서며 그를 쳐다보았다. 철호는 그 앞을 모른 채 지나쳐 버렸다.

"오빠 어딜 그렇게 돌아다뉴?"

철호가 아랫방에 들어서자 윗방 구석에서 고리짝을 열어 놓고 뒤지고 있던 명숙이가 역한 소리를 했다. 윗방에는 넝마 같은 옷가지들이 한 무더기 쌓여 있었다. 딸애는 고리짝 옆에 쪼그리고 앉아서 명숙이가 뒤져 내놓는 헌 옷들을 무슨 진귀한 것이나처럼 지켜보고 있었다. 철호는 아내가 어딜 갔느냐고 물어보려다 말고 그대로 윗방 아랫목에 털썩 주저앉아 버렸다.

"어서 병원에 가 보세요."

명숙은 여전히 고리짝을 들추며 돌아앉은 채 말했다.

"병원엘?"

"그래요."

"병원에라니?"

"언니가 위독해요. 어린애가 걸렸어요."

"뭐가?"

철호는 눈앞이 아찔했다.

점심때부터 진통이 시작되었는데 영 해산을 못하고 애를 썼단다. 그런데 죽을 악을 쓰다 보니까 어린애의 머리가 아니라 팔부터 나왔다고 한다. 그래 병원으로 실어 갔는데, 철호네 회사에 전화를 걸었더니 나가고 없더라는 것이었다.

"지금쯤은 아마 애기를 낳았거나, 그렇지 않으면……."

명숙은 흰 헝겊들을 골라 개켜서 한옆으로 젖혀 놓으며 말했다. 아마 어린애의 기저귀를 고르고 있는 모양이었다. 그런데 이상했다. 좀 전에 아찔했던 정신이 사르르 풀리며 온몸의 맥이 쑥 빠져나갔다. 철호는 오래간만에 머리 속이 깨끗이 개는 것을 느꼈다.

말라리아를 앓고 난 다음 날처럼 맥은 하나로 없으면서 머리는 비상히 깨끗했다. 뭐 놀랄 일이 있느냐 하는 심정이 되었다. 마치 회사에서 무슨 사무를 한 뭉텅이 맡았을 때와 같은 심사였다. 철호는 호주머니에서 담배를 꺼내어 물었다. 언제나 새로 사무를 맡아 시작하기 전에 하는 버릇이었다.

"어딜 가슈?"

명숙이가 돌아보았다.

"병원에."

"무슨 병원인지도 모르면서."

철호는 참 그렇다고 생각했다.

"S병원이야요."

"……."

철호는 슬그머니 문밖으로 한 발을 내디디었다.

"돈을 가지고 가야지, 뭐."

"……돈."

철호는 다시 문 안으로 들어섰다. 우두커니 발부리를 내려다보고 서 있었다. 명숙이가 일어섰다. 그리고 아랫방으로 내려갔다. 벽에 걸어 놓았던 핸드백을 열었다.

"옛수."

백 환짜리 한 다발이 철호 앞 방바닥에 던져졌다. 명숙은 다시 돌아서서 백을 챙기고 있었다. 철호는 명숙의 뒷모습을 물끄러미 바라보고 있었다. 철호의 눈이 명숙의 발뒤축에 머물렀다. 나일론 양말이 계란만치 구멍이 뚫렸다. 철호는 명숙의 그 구멍 뚫린 양말 뒤축에서 어떤 깨끗함을 느끼고 있었다. 오래간만에 참으로 오래간만에 철호는 명숙에 대한 오빠로서의 애정을 느꼈다.

"가자."

어머니가 또 외마디 소리를 질렀다.

철호는 눈을 발밑에 돈다발로 떨구었다. 허리를 구부렸다. 연기가 든 때처럼 두 눈이 싸하니 쓰렸다.

"아버지 병원에 가? 엄마 애기 낳어?"

"그래."

철호는 돈을 저고리 호주머니에 구겨 넣으며 문을 나섰다.

"가자."

골목을 빠져나가는 철호의 등 뒤에서 또 한 번 어머니의 소리가 들려왔다. 아내는 이미 죽어 있었다.

"네, 그래요."

철호는 간호원보다도 더 심상한^{대수롭지 않은} 표정이었다. 병원의 긴 복도를 휘청휘청 걸어서 널따란 현관으로 나왔다. 시체가 어디 있느냐고 묻지도 않았다. 무엇인가 큰일이 한 가지 끝났다는 그런 기분이었다. 아니 또 어찌 생각하면 무언가 해야 할 일이 많이 생긴 것 같은 무거운 기분이기도 했다. 그러면서도 그 해야 할 일이 무엇인지는 좀처럼 생각이 나질 않았다. 그저 이제는 그리 서두를 필요도 없어졌다는 생각만으로 철호는 거기 병원 현관에 한참이나 우두커니 서 있었다.

이윽고 병원의 큰 문을 나선 철호는 전찻길을 따라서 천천히 걸었다. 자전거가 획 그의 팔꿈치를 스치고 지나갔다. 그는 멈춰 섰다. 여섯 시도 더

🗨️ 소설 한 장면 위기 영호가 강도 행각을 벌이고 아내가 출산 도중에 목숨을 잃음

지났을 무렵이었다. 이제 사무실로 가야 할 아무 일도 없었다. 그는 전찻길을 건넜다. 또 한참 걸었다. 그는 또 멈춰 섰다. 이번엔 어느 사이에 낮에 왔던 경찰서 앞에 와 있었다. 그는 또 돌아섰다. 또 걸었다. 그저 걸었다. 집으로 돌아가자는 생각도 아니면서 그의 발길은 자동기계처럼 남대문 쪽을 향해 걷고 있었다. 문방구점, 라디오방, 사진관, 제과점, 그는 길가에 늘어선 이런 가게의 진열장을 하나하나 기웃거리며 걷고 있었다. 그러면서도 무엇이 있는지 하나도 보이지 않았다. 그러던 철호는 우뚝 섰다. 그는 거기 눈앞에 걸린 간판을 쳐다보고 있었다. 장기판만 한 판에 빨간 페인트로 치과라고 써 있었다. 철호는 갑자기 이가 쑤시는 것을 느꼈다. 아침부터 아니 벌써 전부터 홀떡홀떡 쑤시는 충치가 갑자기 아파 왔다. 양쪽 어금니가 아래위 다 쑤셨다. 사실은 어느 것이 정말 쑤시는 것인지조차 분간할 수가 없었다. 철호는 호주머니에 손을 넣어 보았다. 만 환 다발이 만져졌다.

철호는 치과 간판이 걸린 층계 이 층으로 올라갔다.

치과 걸상에 머리를 젖히고 입을 아 버리고 앉았다. 의사는 달가닥달가닥 소리를 내며 이것저것 여러 가지 쇠꼬치를 그의 입에 넣었다 꺼냈다 하였다. 철호는 매시근하니 나른하고 기운이 없이 잠이 왔다. 아무런 생각도 하지 않고 입을 크게 벌린 채 눈을 감고 있었다.

"좀 아팠지요? 뿌리가 구부려져서."

의사가 집게에 뽑아 든 이를 철호의 눈앞에 가져다 보여 주었다. 속이 시꺼멓게 썩은 징그러운 이뿌리에 뻘건 살점이 묻어 나왔다. 철호는 솜을 입에 문 채 머리를 좌우로 흔들어 보았다. 사실 아프지도 아무렇지도 않았다.

"됐습니다. 한 삼십 분 후에 솜을 빼 버리슈. 피가 좀 나올 겁니다."

"이족을 마저 빼 주십시오."

철호는 옆의 타구에 침을 뱉고 나서 또 한쪽 볼을 눌러 보았다.

"어금니를 한 번에 두 개씩 빼면 출혈이 심해서 안 됩니다."

"괜찮습니다."

"아니. 내일 또 빼지요."

"다 빼 주십시오. 한 몫에 몽땅 다 빼 주십시오."

"안 됩니다. 치료를 해 가면서 한 대씩 빼야지요."

"치료요? 그럴 새가 없습니다. 마악 쑤시는걸요."

"그래도 안 됩니다. 빈혈증이 일어나면 큰일 납니다."

하는 수 없었다. 철호는 치과를 나왔다. 또 걸었다. 잇몸이 멍하니 아픈 것 같기도 하고 또 어쩌면 시원한 것 같기도 했다. 그는 한 손으로 볼을 쓸어 보았다.

그렇게 얼마를 걷던 철호는 거기에 또 치과 간판을 발견하였다. 역시 이 층이었다.

"안 될 텐데요."

거기 의사도 꺼렸다. 철호는 괜찮다고 우겼다. 한쪽 어금니를 마저 뺐다. 이번에는 두 볼에다 다 밤알만큼씩 한 솜 덩어리를 물고 나왔다. 입안이 찜찔했다. 간간이 길가에 나서서 피를 뱉었다. 그때마다 시뻘건 선지피가 간 덩어리처럼 엉겨서 나왔다. 남대문을 오른쪽에 끼고 돌아서 서울역이 보이는 데까지 왔을 때 으스스 몸이 한 번 떨렸다. 머리가 휑하니 비어 버린 것 같다고 생각했다. 바로 그때에 번쩍 거리에 전등이 들어왔다. 눈앞이 한 번 환해졌다. 다음 순간에는 어찌된 셈인지 좀 전에 전등이 켜지기 전보다 더 거리가 어두워졌다. 철호는 눈을 한 번 꾹 감았다 다시 떴다. 그래도 매한가지였다. 이건 배 속이 비어서 이렇다고 철호는 생각했다. 그는 새삼스레, 점심도 저녁도 안 먹은 자기를 깨달았다. 뭐든가 좀 먹어야겠다고 생

다 빼 주십시오.
몽땅 다 빼 주십시오.

안 될 텐데요.
빈혈증이 일어나면
큰일 납니다.

🦷 소설 한 장면   절정   거리를 헤매던 철호는 치과에서 어금니를 모두 뺌

각했다. 구수한 설렁탕 생각이 났다. 입안에 군침이 하나 가득히 고였다. 그는 어느 전주 밑에 가서 쭈그리고 앉아서 침을 뱉었다. 그런데 그것은 침이 아니라 진한 피였다. 그는 다시 일어섰다. 또 한 번 오한이 전신을 간질이고 지나갔다. 다리가 약간 떨리는 것 같았다. 그는 속히 음식점을 찾아내어야겠다고 생각하며 서울역 쪽으로 허청허청 걸었다.

"설렁탕."

무슨 약 이름이기나 한 것처럼 한마디 일러 놓고는 그는 식탁 위에 엎드려 버렸다. 또 입안으로 하나 찝찔한 물이 고였다. 철호는 머리를 들었다. 음식점 안을 한 바퀴 휘 둘러보았다. 머리가 아찔했다. 그는 일어섰다. 그리고 문밖으로 급히 걸어 나갔다. 음식점 옆 골목에 있는 시궁창에 가서 쭈그리고 앉았다. 울컥하고 입안의 것을 내뱉었다. 그러나 이번에는 주위가 어두워서 그것이 뭔지 또는 침인지 알 수 없었다. 철호는 저고리 소매로 입술을 닦으며 일어섰다. 이를 뺀 자리가 쿡 한 번 쑤셨다. 그러자 뒤이어 거기에 호응이나 하듯이 관자놀이가 또 쿡 쑤셨다. 철호는 아무래도 좀 이상하다고 생각하였다. 이제 빨리 집으로 돌아가 누워야겠다고 생각했다. 그는 다시 큰길로 나왔다. 마침 택시가 한 대 왔다. 그는 손을 한 번 흔들었다.

철호는 던져지듯이 털썩 택시 안에 쓰러졌다.

"어디로 가시죠?"

택시는 벌써 구르고 있었다.

"해방촌."

자동차는 스르르 속력을 늦추었다. 해방촌으로 가자면 차를 돌려야 하는 까닭이었다. 운전수는 줄지어 달려오는 자동차의 사이가 생기기를 노리고 있었다. 저만치 자동차의 행렬이 좀 끊겼다. 운전수는 핸들을 잔뜩 비틀어 쥐었다. 운전수가 몸을 한편으로 기울이며 마악 핸들을 틀려는 때였다. 뒷자리에서 철호가 소리를 질렀다.

"아니야. S병원으로 가."

철호는 갑자기 아내의 죽음을 생각했던 것이다. 운전수는 다시 획 핸들을 이쪽으로 틀었다. 운전수 옆에 앉았던 조수 애가 한번 철호를 돌아보았다. 철호는 뒷자리 한구석에 가서 몸을 틀어박은 채 고개를 뒤로 젖히고 눈을 감고 있었다. 그때에 또 뒤에서 소리를 질렀다.

"아니야. ×경찰서로 가."

눈을 감고 있는 철호는 생각하는 것이었다. 아내는 이미 죽었는데 하고. 이번에는 다행히 차의 방향을 바꿀 필요가 없었다. 그냥 달렸다.

"×경찰서입니다, 손님."

조수 애가 뒤로 몸을 틀어 돌리며 말했다.

"가자."

철호는 여전히 눈을 감고 있었다.

"어디로 갑니까?"

"글쎄, 가."

"하, 참 딱한 아저씨네."

"……."

"취했나?"

운전수가 힐끔 조수 애를 쳐다보았다.

"그런가 봐요."

"어쩌다 오발탄 같은 손님이 걸렸어. 자기 갈 곳도 모르게."

운전수는 기어를 넣으며 중얼거렸다. 철호는 까무룩히 잠이 들어가는 것 같은 속에서 운전수가 중얼거리는 소리를 멀리 듣고 있었다. 그리고 마음 속으로 혼자 생각하는 것이었다.

'아들 구실, 남편 구실, 애비 구실, 형 구실, 오빠 구실, 또 계리사 사무실 서기 구실, 해야 할 구실이 너무 많구나. 너무 많구나. 그래, 난 네 말대로 아마도 조물주의 오발탄인지도 모른다. 정말 갈 곳도 알 수가 없다. 그런데 지금 나는 어디건 가긴 가야 한다……'

철호는 점점 더 졸려 왔다. 다리가 저린 것처럼 머리의 감각이 차츰 없어져 갔다.

"가자."

철호는 또 한 번 귓가에 어머니의 소리를 들었다고 생각하며 푹 모로 쓰러지고 말았다.

차가 네거리에 다다랐다. 앞에 교통 신호에 발간 불이 켜졌다. 차가 섰다. 또 한 번 조수 애가 뒤를 돌아보며 물었다.

"어디로 가시죠?"

그러나 머리를 푹 앞으로 수그린 철호는 아무 대답도 없었다.

따르릉, 벨이 울렸다. 긴 자동차의 행렬이 움직이기 시작했다. 철호가 탄

차도 목적지를 모르는 대로 행렬에 끼어서 움직이는 수밖에 없었다. 철호의 입에서 흘러내린 선지피가 흥건히 그의 와이셔츠 가슴을 적시고 있는 것은 아무도 모르는 채 교통 신호대의 파란불 밑으로 차는 네거리를 지나갔다.

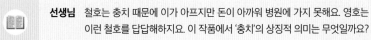

🎬 생각해 볼까요?

선생님 철호는 충치 때문에 이가 아프지만 돈이 아까워 병원에 가지 못해요. 영호는
이런 철호를 답답해하지요. 이 작품에서 '충치'의 상징적 의미는 무엇일까요?

💬 1 ♥ 1

학생 1 충치는 철호가 양심을 지키기 위해 고통을 감내하는 것을 상징해요. 영호는
양심이나 윤리, 관습, 법률을 다 벗어던지면 남들처럼 잘 살 수 있다고 하지
만, 철호는 그 말이 억지라며 비난해요.

선생님 이 작품에서는 어떤 요소들이 대립하고 있나요? 그리고 이 요소들이 대립하
는 이유는 무엇인지 이야기해 보세요.

💬 2 ♥ 2

학생 1 현실과 타협하는 인물과 그렇지 않은 인물이 대립하고 있어요. 남동생인 영
호는 강도 짓을 하고, 여동생인 명숙은 매춘을 해요. 철호는 양심을 지키며
살아가려 노력해요.

학생 2 이러한 대립이 일어난 원인은 전쟁 후의 비참한 현실 때문이에요. 가난이 시
대의 산물이고 그 원인이 사회에 있다고 볼 때, 이 소설에 나타난 갈등은 외
적 갈등이자, 인물과 사회 간의 갈등이라고 할 수 있어요.

선생님 영호는 차를 훔쳐 달아나다가 경찰에 붙잡혀요. 경찰서에서 철호와 마주한
영호는 "형님, 미안합니다. 인정선에서 걸렸어요. 법률선까지는 무난히 뛰어
넘었는데."라고 말하지요. 여기서 말하는 '법률선'과 '인정선'의 의미에 대해
생각해 볼까요?

💬 1 ♥ 1

학생 1 '법률선'은 법을, '인정선'은 양심을 의미해요. 극도의 가난에서 벗어나고자
법을 어겼지만 자신의 양심만큼은 버릴 수 없었다는 뜻이에요. 영호가 본래
악한 사람이라기보다는 전쟁 직후라는 시대적 상황이 영호를 타락하게 만
들었음을 의미하는 말이라고 할 수 있어요.

선생님 치과에서 나와 택시를 탄 철호는 해방촌, S병원, X경찰서로 계속 목적지를
바꾸며 횡설수설해요. 그 이유는 무엇일까요?

💬 1 ♥ 1

학생 1 철호는 아내의 죽음으로 충격을 받은 상태이고 급하게 해결해야 할 일들이
너무 많아요. 그러나 정작 어느 것도 제대로 책임질 수 없는 처지예요. 가긴
가야 하는데 어디부터 가야 할지 모르는 거죠.

선생님 오발탄은 엉뚱한 곳에 잘못 발사된 탄환이라는 뜻이에요. 이 작품에서 '오발탄'은 무엇을 상징하고, 철호가 오발탄이 된 이유는 어디에서 찾을 수 있을까요?

💬 2 ♥ 2

↳ **학생 1** 오발탄은 사면초가에 처한 상황에서 방향 감각을 상실한 철호의 모습을 비유적으로 보여 줘요.

↳ **학생 2** 철호가 오발탄이 된 것은 개인의 문제이기보다는 시대적 상황에서 기인한 것이에요. 전쟁 직후 혼란한 상황 속에서 선량한 소시민은 어렵게 살아갈 수밖에 없었어요.

전후 소설

연관 검색어   제2차 세계 대전   6·25 전쟁   허무주의

전후 소설(戰後小說)이란 제2차 세계 대전 이후 전쟁의 상처를 안고 살아가는 사람들의 전쟁 후유증을 다룬 소설을 말한다. 한국의 전후 소설은 6·25 전쟁 이후를 배경으로 한다. 대표적으로 이범선의 「오발탄」, 손창섭의 「비 오는 날」, 선우휘의 「불꽃」, 하근찬의 「수난이대」, 오상원의 「유예」 등이 있다.

전쟁을 겪은 사람들은 대체로 삶을 허무하다고 느껴 무기력에 빠진다. 일상이 무너지고 모든 것을 잃는 경험을 했기 때문이다. 또한 언제 죽을지 모른다는 공포 때문에 불안함과 초조함을 느낀다. 전후 소설에는 이러한 상황과 감정이 형상화되곤 한다.

표구된 휴지

#편지   #도시화와산업화   #부모님의사랑   #예술작품

⚓ 작품 길잡이

갈래: 액자 소설
배경: 시간 - 1960년대 / 공간 - 화실
시점: 1인칭 주인공 시점
주제: 사소한 것에서 느끼는 삶의 의미
출전: 〈문학사상〉(1972)

📷 인물 관계도

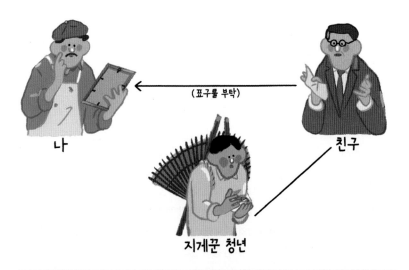

나	친구가 주운 낡은 편지를 표구하여 화실에 걸어둔다.
친구	은행에 매일 오는 지게꾼 청년의 편지를 주워 표구를 부탁한다.
지게꾼 청년	매일 은행에 가서 저금하는 순박한 청년이다.

📋 구성과 줄거리

발단　**'나'는 표구한 편지를 읽는 버릇이 있음**

화가인 '나'에게는 친구의 부탁으로 표구해 놓은 편지가 있다. 이 편지를 벽에 걸어놓고 한 번씩 읽어 보곤 한다.

전개　**친구가 편지에 얽힌 사연을 말해줌**

어느 날 은행에 다니는 친구가 구겨진 편지를 들고 찾아왔다. 친구는 편지를 얻게 된 사연을 말하고 편지를 표구해 줄 것을 부탁하였다. '나'는 편지의 내용과 친구의 생각이 재밌다고 여겨 웃음을 지으며 표구사에 편지를 맡겼다.

절정　**기억 속에서 잊혔던 편지가 떠오름**

그 후 '나'의 기억 속에서 편지가 사라진다. 어느 날 편지 표구를 부탁하였던 친구가 외국으로 전근을 가게 되었는데, 친구를 배웅하다가 '나'는 문득 그 편지를 떠올린다.

결말　**편지를 표구하려고 한 친구를 이해함**

'나'는 점점 그 편지가 화실의 중심점이 되어 간다고 생각한다. 자신의 화실에 걸어 둔 편지를 보면서 그때 표구를 부탁하였던 친구의 심정을 이해하게 된다.

표구된 휴지

니무슨주변에고기묵건나. 콩나물무거라. 참기름이나마니처서무그라.

누렇게 뜬 창호지에다 먹으로 쓴 편지의 일절이다. 언제부터인가 나는 피곤할 때면 화실 안쪽 벽에 걸린 그 조그만 액자의 편지를 읽는 버릇이 생겼다. 그건 매우 서투른 글씨의 편지다. 앞부분과 끝부분은 없고 중간의 일부분만인 그 편지는 누가 누구에게 보낸 것인지도 알 수 없다. 다만 그 내용으로 미루어 시골에 있는 늙은 아버지—어쩌면 할아버지일지도 모른다—가 서울에 돈 벌러 올라온 아들에게 쓴 편지라는 것이 대충 짐작될 따름이다. 사실은 그 편지가 노인이 쓴 것으로 생각되는 까닭은 그 내용도 내용이려니와 그보다 더 그 편지의 종이나 글씨에 있는지 모른다. 아마 어느 가을에 문을 바르고 반 장쯤 남았던 창호지를 용케 생각해 내어 벽장 속을 뒤져 먼지를 떨고 손바닥으로 몇 번이나 쓸어 펴서 적당히 두루마리 모양이 나게 오린 것이리라. 누렇게 뜬 종이 가장자리가 삐뚤삐뚤하다. 거기에 사연을 먹으로 썼다. 순 한글—아니 이 편지에서만은 언문이라는 말이 좀 더 어울릴까—로 쓴 그 글씨가 재미있다. 붓으로 썼다기보다 무슨 꼬챙이에다 먹을 찍어서 그린 것 같은 글자는 단 한 자도 그 획의 먹 농도가 고른 것이 없다. 그뿐만 아니라 글자의 획들이 모두 사개^{모퉁이가 서로 맞물리는 끝 부분}가 물러나서 이상스레 헐렁한데 그런 글자들이 또 제각기 제멋대로 방향을 잡고 아무렇게나 눕고 서고 했다. 그러니 글줄이 바를 리는 만무^{萬無 절대로 없음}이고.

니떠나고메칠안이서송아지낫다. 그녀석눈도큰게잘자란다. 애비보다제에미를더달맛다고덜한다.

이 대문에서는 송아지 석 자가 딴 글자보다 좀 크고 먹 색깔도 진하다. 나는 언제나 이 액자를 보면 그 사연보다 그 글씨로 하여 먼저 미소 짓게 된다.
베적삼 고름은 헐렁하니 풀어 헤쳤고 잠방이 허리는 흘러내려 배꼽이다 드러난 촌로들이 마을 어귀 느티나무 그늘에 모여, 더러는 마주하고 장기를 두고, 옆의 한 노인은 부채질을 하다 졸고, 또 어떤 노인은 장죽을 쑤시는가 하면, 때가 새까만 목침을 베고 누운 흰머리는 서툰 가락의 시조를 읊고.

그 크고 작고, 진하고 연하고, 삐뚤삐뚤한 글자들. 나는 거기서 노인들의 구수한 농지거리를 들을 수 있다.

앞논버는전에만하다. 뒷밧콩은전해만못하다. 병정갓던덕이돌아왓다. 니서울돈벌레갓다니가, 소우슝하더라.

이 편지 액자는 사실은 내 것이 아니다.

3년 전 가을이었다.[1] 저녁 무렵 친구가 찾아왔다. 어느 은행 지점장인가 지점장 대리인가 하는 그 친구는 퇴근길에 잠깐 들렀다는 것이었다.

"부탁이 있는데."

"부탁? 설마 은행가가 가난한 화가더러 돈을 꾸잔 건 아닐 게고."

나는 농담으로 그를 맞아들였다.

"그런 건 아니고…… 이거 좀 보게."

그는 신문지로 돌돌 만 것을 불쑥 내밀었다.

"뭔데. 그림인가?"

니떠나고메칠안이서송아지낫다.
그녀석눈도큰게잘자란다.

🔘 소설 한 장면　발단　'나'는 표구한 편지를 읽는 버릇이 있음

---

1) 과거 이야기로 넘어가는 부분이다. 역순행적 구조라는 것을 알 수 있다.

"글쎄 펴 보게. 그림이라면 그림이고 글이라면 글인데 그게…… 국보급
이야."

친구는 장난기 어린 눈으로 안경 속에서 웃고 있었다. 나는 조심조심 신
문지를 폈다. 그건 아무렇게나 구겨져 던졌던 휴지를 다시 편 것이었다.

"뭔가, 이건?"

"한번 읽어 보게나."

친구는 눈으로 내가 들고 있는 휴지를 가리켰다. 나는 그 구겨졌던 종이 위
에 먹으로 쓴 글자를 한 자 한 자 읽으면서 속으로 철자법을 교정해야 했다.

"무슨 편지 같군."

"그래."

"무슨 편진가?"

"나도 모르지."

"그런데!"

"어쨌든 재미있지 않나. 뭔가 뭉클하는 게 있단 말야."

"좀 그런 것 같긴 하지만……."

"바가지에 담아 내놓은 옥수수 냄새 같은, 뭐 그런 게 있잖아."

"흠, 자넨 역시 길을 잘못 들었어."

나는 웃었다. 그는 나와 중학교 동창이다. 그 시절 그는 문학 서적에 취해
있는 문학 소년이었다. 선생님들도 그의 소질을 인정하고 있었다. 그런데
그는 결국 상과 대학엘 갔다. 고등학교에서의 배치에 의해서였다.

"그거 표구表具 그림의 뒷면이나 테두리에 종이 또는 천을 발라서 꾸미는 일 할 수 있겠지?"

"표구?"

"그래."

"그야 할 수 있겠지. 창호지니까."

"난 그런 걸 잘 모르지 않나. 그래, 화가인 자네 생각을 했지 뭔가. 자네가
어디 적당한 표구사에 맡겨서 좀 해 주지 않겠나?"

"그야 어렵지 않지만…… 자네도 어지간히 호사가군. 이걸 표구해서 뭘
하나. 도대체 어디서 주워 온 건가. 이 휴지는?"

"아닌 게 아니라 정말 휴지통에서 주운 거지."

그 친구 은행 창구에 저녁때면 날마다 빼지 않고 들르는 지게꾼이 있단
다. 은행 문 앞에 지게를 벗어 세워 놓고는 매우 죄송스러운 태도로 조용히

은행 안으로 들어서는 스물댓 나 보이는 그 꺼먼 얼굴의 청년을 처음엔 안내원이 막았다.

"뭐지요?"

"예, 예, 저어……."

"여긴 은행이오, 은행!"

"예, 그러니까 저 돈을……."

청년은 어리둥절해서 말도 제대로 하지 못했다.

"글쎄, 은행이라니까!"

"예, 그런데 그 조금도 할 수 있습니까?"

"조금이라니 뭘 말이오?"

"저금을 조금두 할 수 있습니까?"

"저금요?"

은행 안의 모든 시선들이 그 지게꾼에게로 쏠렸다.

청년은 점점 더 당황하였다. 얼굴이 붉어져서 돌아서 나가려는 그를 불러 세운 것이 예금 창구의 여직원이었다. 청년은 손에 말아 쥐고 있던 라면 봉다리에서 꼬깃꼬깃한 백 원짜리 지폐 다섯 장과 새로 새긴 목도장을 꺼내어 떨리는 손으로 여직원에게 바쳤다. 청년은 저만큼 한구석으로 가 서서 불안스러운 눈으로 멀리 여직원을 지켜보고 있었다.

한참 만에 그는 흠칫 놀랐다. 생전 처음 그는 씨 자가 붙은 자기 이름을 들었던 것이다. 그는 여직원 앞으로 달려와 빳빳한 통장을 받았다. 청년은 여직원과 안내원에게 굽실굽실 절을 하고는 한 손에 통장을 받쳐 든 채 들어올 때처럼 조심스럽게 문을 열고 나갔다. 통장을 확인할 경황도 없이.

다음 날부터 그 청년은 매일 저녁 무렵이면 꼭꼭 들렀다. 하루에 이백 원 혹은 삼백 원 또 어떤 날은 오백 원, 그의 통장에는 입금만 있고 출금란은 비어 있었다. 이제는 제법 안내원과는 익숙해졌으나 여직원 앞에서는 여전히 얼굴을 붉히며 수고를 끼쳐서 대단히 죄송하다는 표정 그대로였다.

그러던 어떤 날이었다. 그날은 여느 날보다 조금 일찍 청년이 은행엘 들렀다.

"오늘은 일찍 오셨네요. 얼마 넣으시겠어요?"

여직원이 미소로 물었다.

"예, 기게 오늘은 좀……."

청년은 무언가 종이 뭉텅이를 들고 머뭇거렸다.

"왜요?"

"이거 정말 죄송합니다. 이거 얼마 되지도 않는 걸 동전으로…… 그동안 저금통에 넣었던 걸 오늘 깼죠. 기래 여기 이렇게……."

청년은 종이에 싼 것을 내밀었다.

"아이, 많이 모으셨네요."

"죄송합니다. 정말 이거……."

청년은 뒤통수를 긁적거리며 언제나 그가 서서 기다리던 구석으로 갔다.

"이게 바로 그 지게꾼 청년이 동전을 싸 가지고 온 종이지."

친구는 내 손의 편지를 가리켰다.

"그래, 그럼 그의 집에서 그 친구에게 보낸 편지란 말인가?"

"글쎄, 반드시 그렇다고는 할 수 없겠지. 동전을 세는 여직원을 거들어 주다가 우연히 발견하고 재미있다고 생각돼서 가지고 온 것뿐이니까."

우물집할머니하루알고갔다. 모두잘갔다한다. 장손이장가갔다. 색씨는너머마을곰보영감딸이다. 구장네탈실이시집간다. 신랑은읍의서기라더라. 압집순이가어제저녁감자살마치마에가려들고왔더라. 순이는시집안갈기라하더라. 니는

이게 바로 그 지게꾼 청년이 동전을 싸 가지고 온 종이지. 표구해 줄 수 있겠나?

이거 정말 죄송합니다. 이거 얼마 되지도 않는 걸 동전으로…….

아이, 많이 모으셨네요.

🍎 소설 한 장면　전개　친구가 편지에 얽힌 사연을 말해줌

빨리장가안들어야건나.

나는 비시시 웃음이 새어 나왔다. 편지 내용도 그렇고 친구의 장난기도
그랬다.

어쨌든 나는 그 창호지를 아는 표구사에 맡겼다. 그게 어떤 편지냐고 묻
는 표구사 주인한테는,

"굉장한 겁니다. 이건 정말 국보급입니다."

하고 얼버무렸다. 표구사 주인은 머리를 기웃거렸다.

그 후 나는 그 창호지 편지를 감감히 잊어버리고 있었다. 그런데 은행 친
구가 어느 외국 지점으로 전근이 되었다. 비행기가 떠날 때 나는 문득 그 편
지 생각이 났다.

니떠나고메칠안이서송아지낫다.

그길로 나는 표구사로 갔다. 구겨진 휴지였던 그 편지는 깨끗이 펴져서
액자 속에 들어 있었다. 그렇게 치장하고 보니 그게 정말 무슨 국보나 되는
것 같았다.

🗂 소설 한 장면　절정　기억 속에서 잊혔던 편지가 떠오름

돈조타. 그러나너거엄마는돈보다도너가더조타한다. 밥묵고배아프면소금한
줌무그라하더라.

그날부터 그 액자는 내 화실에 그냥 걸어 두었다. 그저 걸어둔 거다. 그런
데 그게 이상하게도 차츰 내 화실의 중심점이 되어 갔다. 그건 그림 같기도
하고 글 같기도 하다. 아니 그건 분명 그 둘이 합쳐진 것이었다.
나는 친구가 외국으로 떠나고 이태 동안 그 액자를 간간 바라보고 있는
사이에 차츰 그 친구의 심정을 느껴 알 것 같아졌다.

니무슨주변에고기묵건나. 콩나물무거라. 참기름이나아니처서무그라.
순이는시집안갈끼라하더라. 니는빨리장가안들어야건나.
돈조타. 그러나너거엄마는돈보다도너가더조타한다.

그리고 채 이어지지 못하고 끊어진 맨 끝줄.

밤에는솟적다솟적다하며새는운다마는

편지를 표구해 달라고 한
친구의 심정을 이제야 알 것 같다.

🎬 소설 한 장면   결말   편지를 표구하려고 한 친구를 이해함

🔭 생각해 볼까요?

선생님　「표구된 휴지」는 소설이지만 수필의 성격도 지니고 있어요. 어떤 점이 그런 지 이야기해 볼까요?

💬 2　🤍 2

　↳ **학생 1**　신변잡기적인 소재가 담겨 있어요. 신변잡기란 자기 주변에서 일어난 여러 가지 일을 적은 수필체의 글을 말해요.

　↳ **학생 2**　경험과 느낀 점을 소개하는 형식으로 이야기가 전개돼요.

선생님　이 소설은 역순행적 구성을 취하고 있어요. 사건이 일어난 순서대로 줄거리 를 말해 볼까요?

💬 1　🤍 1

　↳ **학생 1**　'나'의 친구가 일하는 은행에는 매일 지게꾼 청년이 찾아와요. 청년은 종이에 싼 돈을 가져와 저금을 부탁해요. '나'의 친구는 우연히 종이에 적힌 편지를 보고 흥미를 느껴 '나'에게 표구를 부탁해요. 얼마 후 친구가 외국 지점으로 전근을 가게 되고, 친구를 배웅하던 '나'는 문득 표구를 맡기고 잊었던 편지 를 떠올려요. 표구사에서 편지를 찾아 가지고 온 '나'는 액자를 화실에 걸어 놓아요.

선생님　이 소설에는 누군가가 지게꾼 청년에게 쓴 것으로 보이는 편지 내용이 삽입 되어 있어요. 삽입된 편지는 작품에서 어떤 역할을 할까요?

💬 1　🤍 1

　↳ **학생 1**　편지는 사건이 전개되는 매개체이자 주제를 효과적으로 전달하는 역할을 해요.

선생님　표구된 휴지에 적힌 편지를 읽으면 어떤 감정이 느껴지나요? 또한 편지를 '국보급'이라고 평가한 친구의 의도를 파악해 볼까요?

💬 2　🤍 2

　↳ **학생 1**　표구된 휴지에는 누군가를 생각하고 걱정하는 진심 어린 마음이 담겨 있어 요. 그래서 깊은 감동을 줘요.

　↳ **학생 2**　특히 '밤에는 솟적다 솟적다 하며 새는 운다마는'이라는 표현에서 편지를 받 는 사람을 그리워하는 마음이 느껴져요. 이를 보고 '나'는 편지를 표구해 달 라고 한 친구의 마음을 이해하게 돼요.

선생님 이탈리아의 기호학자인 움베르토 에코는 "하나의 텍스트는 다른 어떤 메시지보다도 더 분명하게 독자 쪽의 능동적이고 의식적인 공조적 운동을 요구한다."라고 말했어요. 그렇다면 '표구된 휴지'처럼 구겨진 휴지 조각도 예술 작품이라고 부를 수 있을까요? 움베르토 에코의 말을 참고하여 생각해 보세요.

학생 1 편지의 정체성은 글씨를 쓴 종이가 아닌 내용에 달려 있어요. 구겨진 휴지에 쓴 글이라도 상대방의 안부를 진심으로 묻는 내용이라면 편지라고 할 수 있지만, 편지지에 건성으로 끼적인 낙서는 편지라고 하기 어려워요. 그래서 '표구된 휴지'가 진한 감동을 주는 예술 작품이라고 할 수 있는 거예요.

학생 2 예술 작품의 가치는 본래부터 그 안에 담겨 있는 것이 아니라, 발견하고 동의함으로써 결정되는 거군요!

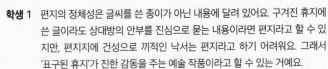

1960~1970년대 문학 경향

연관 검색어   농촌 해체   도시 집중

1960년대를 맞이하던 우리나라 사람들은 6·25 전쟁의 상처를 잊고 새로운 삶을 살 수 있을 거라고 기대하였다. 하지만 기대와 달리 생활은 정치적으로나 사회적으로 크게 나아지지 않았다.

1960년대부터 산업화가 시작되면서 물질적으로는 조금씩 풍요로워졌지만, 많은 민중들이 소외되고 고된 노동에 시달리기도 하였다. 농촌이 해체되고 도시로 인구가 몰리기 시작하면서 농어촌의 궁핍이 새로운 문제로 떠올랐다. 또한 독재 정권과 부패가 만연하고 정치 갈등이 심해지면서 4·19 혁명과 5·16 군사 정변 등이 일어났다.

1960~1970년대를 거치며 이러한 상황에 대한 비판 의식이 담긴 문학 작품들이 발표되었다. 6·25 전쟁과 분단의 현실을 잊지 않고 민족적 비극을 작품 안에 사실적으로 담으려는 노력도 지속되었다. 이범선의 「오발탄」 역시 6·25 전쟁 이후 민중들의 비극적인 삶과 상처에 대하여 다루었다.

한편 이범선의 「표구된 휴지」는 개인의 소소한 경험과 즐거움을 다루었다는 점에서 「오발탄」과 차이를 보인다.

강신재
(1924~2001)

✉ 작가에 대하여

서울 출생. 경기여자고등학교를 거쳐 1943년 이화여자전문학교 가사과에 입학하였으나 2학년 재학 중에 결혼하면서 학칙에 따라 중퇴하였다. 1949년 김동리의 추천으로 단편 소설 「얼굴」, 「정순이」를 문예지에 발표하면서 등단하였다. 대표작으로는 『임진강 민들레』, 『파도』, 『명성황후』 등이 있고, 창작집으로 『젊은 느티나무』, 『희화』 등이 있다.

1950년대와 1960년대에 「표 선생 수난기」, 「젊은 느티나무」 등 당시로는 파격적인 소재를 다룬 애정 소설을 발표하여 대표적인 여성 작가로서 위치를 굳혔다. 그의 소설에는 주로 사회적인 인습을 뛰어넘는 사랑과 기존 도덕관념 사이에서 갈등하는 남녀의 심리가 감각적인 문체로 그려진다. 1957년에 발표된 「표 선생 수난기」는 아들의 친구와 불륜 관계에 빠진 여인을 그렸으며, 1960년에 발표한 「젊은 느티나무」는 부모의 재혼으로 남매가 된 여고생과 대학생의 사랑을 그려 세간의 화제가 되기도 하였다. 6·25 전쟁과 1960년대 산업화 과정에서 나타나는 애정 풍속도를 세련되게 묘사한 강신재는 감각적이고 신선한 문체로 대중 소설의 위상을 한 단계 올려놓았다는 평가를 받았다.

젊은 느티나무

⚓ 작품 길잡이

갈래: 순수 소설, 낭만 소설, 성장 소설
배경: 시간 - 1960년대
　　　　공간 - 서울 중심에서 떨어진 S촌과 느티나무가 있는 시골
시점: 1인칭 주인공 시점
주제: 부모님의 재혼으로 이루어진 남매가 겪는 사랑과 갈등
출전: 〈사상계〉(1960)

📷 인물 관계도

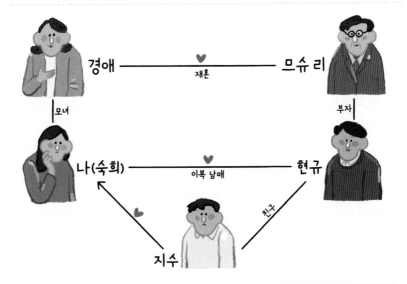

경애 ——— 재혼 ——— 므슈 리

모녀 　　　　　　　　부자

나(숙희) ——— 이복 남매 ——— 현규

지수 　친구

숙희	엄마의 재혼으로 남매 관계가 된 현규를 사랑한다.
현규	숙희를 사랑하며 윤리적 갈등을 겪지만 순수한 의지로 극복하고 훗날을 약속한다.

📋 구성과 줄거리

발단   어머니의 재혼으로 '나'에게 현규라는 오빠가 생김

'나(숙희)'는 어머니와 함께 시골 외할아버지 집에서 지내고 있다. 어느 날 어머니가 재혼을 하게 되고, 서울의 모 대학 교수인 므슈 리가 할아버지의 과수원으로 찾아와서 어머니와 함께 떠난다. 나중에 '나'도 서울 S촌에 있는 므슈 리의 집으로 간다. '나'에게는 므슈 리의 아들이자 물리학 전공의 수재인 오빠 현규가 생긴다.

전개   '나'는 현규를 사랑하게 되지만 혼란스러워함

서울 생활에 만족하는 어머니를 본 '나'는 마음이 편해진다. 하지만 현규에 대한 사랑의 감정은 언제나 '나'의 마음을 무겁게 한다. '나'는 현규와의 사랑이 가정의 파멸을 의미한다는 생각에 몸서리를 친다.

위기   현규가 '나'에게 온 연애편지를 보고 화를 냄

'나'는 현규의 친구이자 장관의 아들인 지수에게 연애편지를 받지만 별다른 감흥이 없다. '나'는 우울한 마음을 달래려고 숲으로 들어갔다가 우연히 지수를 만난다. 지수는 정구 게임 약속 날짜를 알려주고 돌아간다. 집으로 돌아오자, 현규는 "편지를 거기 둔 건 나 읽으라는 친절인가?"라고 하며 화를 낸다. 현규가 질투하고 있다는 것을 알게 된 '나'는 가슴이 터질 것 같은 기쁨을 느낀다. 그날 밤 '나'는 숲속에서 현규에게 안긴다.

절정   시골로 내려간 '나'를 보러 현규가 찾아옴

어머니가 미국에 갈 일이 생기자 '나'는 현규와 단둘이 지낼 일이 걱정된다. 불안해진 '나'는 서울을 떠나 할머니 댁으로 간다. 날이면 날마다 '나'는 뒷산에 오른다. 어느 날 현규가 '나'를 찾아온다.

결말   훗날을 기약하며 각자 현재의 길을 가기로 약속함

현규는 방법이 없는 것은 아니지만 지금은 집으로 돌아와 다 잊고 공부를 해야 한다고 말한다. '나'가 집으로 돌아가겠다고 약속하자 현규는 돌아간다. '나'는 너무 기뻐 젊은 느티나무를 안고 웃는다.

젊은 느티나무

1

그에게는 언제나 비누 냄새가 난다.[1]

아니, 그렇지는 않다. 언제나라고는 할 수 없다.

그가 학교에서 돌아와 욕실로 뛰어가서 물을 뒤집어쓰고 나오는 때면 비누 냄새가 난다. 나는 책상 앞에 돌아앉아서 꼼짝도 하지 않고 있더라도 그가 가까이 오는 것을, 그의 표정이나 기분까지라도 넉넉히 미리 알아차릴 수 있다.

티셔쓰로 갈아입은 그는 성큼성큼 내 방으로 걸어 들어와 아무렇게나 안락의자에 주저앉든가, 창가에 팔꿈치를 집고 서면서 나에게 빙긋 웃어 보인다.

"무얼 해?"

대개 이런 소리를 던진다.

그런 때에 그에게서 비누 냄새가 난다. 그리고 나는 나에게 가장 슬프고 괴로운 시간이 다가온 것을 깨닫는다. 엷은 비누의 향료와 함께 가슴속으로 저릿한 것이 퍼져 나간다.

"뭘 해?"

하고, 한마디를 던져 놓고는 그는 으레 눈을 좀 더 커다랗게 뜨면서 내 얼굴을 건너다본다.

그 눈동자는 내 표정을 살피려는 것 같기도 하고 어쩌면 그보다도, 나에게 쾌활하게 웃고 떠들라고 권하고 있는 것 같기도 하다. 또 어쩌면 단순히 그 자신의 명랑한 기분을 나타내고 있는 것에 불과한지도 모른다.

어느 편일까?

나는 나의 슬픔과 괴로움과 있는 대로의 지혜를 일 점에 응집시켜 이 순간 그의 눈 속을 응시하지 않을 수 없다.

나는 알고 싶은 것이다.

그의 눈 속에 과연 내가 무엇으로 비치는가?

---

1) 비누 냄새가 난다는 산뜻한 비유로 현규를 소개한다. 현규에 대한 '나'의 순수한 마음을 감각적으로 표현하고 있다.

하루해와 하룻밤 사이, 바위를 씻는 파도 소리같이, 가슴에 와 부딪고 또 부딪고 하던 이 한 가지 상념에 나는 일순 전신을 불살라 본다.

그러나 매일 되풀이하며 애를 쓰지만 나는 역시 알 수가 없다. 그의 눈의 의미를 헤아릴 수가 없다. 그래서 나의 괴로움과 슬픔은 좀 더 무거운 것으로 변하면서 가슴속으로 가라앉아 버리는 것이다.

그리고 다음 찰나에는 나는 그만 나의 자연스러운 위치, 그의 누이동생이라는, 표면으로 보아 아무 스스러움도 불안정함도 없는 나의 위치로 돌아가 있지 않으면 안 될 것을 깨닫는다.

"인제 오우?"

나는 이렇게 묻는다. 그가 원한 듯이 아주 쾌활한 어투로, 이 경우에 어색하게 군다는 것이 얼마만 한 추태인가를 나는 알고 있다.

내 목소리를 듣고는 그도 무언지 마음 놓였다는 듯이,

"응, 고단해 죽겠어. 뭐 먹을 거 좀 안 줄래?"

두 다리를 쭈욱 뻗고 기지개를 켜면서 대답을 한다.

"에에, 성화라니깐, 영작 숙제가 막 멋지게 씌어 나가는 판인데……."

나는 그렇게 투덜거려 보이면서 책상 앞에서 물러난다.

"어디 구경 좀 해. 여류 작가가 될 가망이 있는가 없는가 보아 줄게."

그는 손을 내밀며 몸까지 앞으로 썩 하니 기울인다.

"어머나, 싫어!"

나는 노트를 다른 책들 밑에다 잘 감추어 두고 아래층으로 내려가서 냉장고 문을 연다.

뽀오얗게 얼음이 내뿜은 코카콜라와 크래커, 치즈 따위를 쟁반에 집어 얹으면서 내 가슴은 비밀스런 즐거움으로 높다랗게 고동치기 시작한다.

그는 왜 늘 내 방에 와서 먹을 것을 달라고 할까? 언제나 냉장고 앞을 그냥 지나 버리고는 나에게 와서 달라고 조른다.

어떤 게으름뱅이라도 냉장고 문을 못 열 까닭은 없고, 또 누구를 시키는 것이 좋겠다면 부엌 사람들께 한마디 하는 편이 나을 것이다.

군소리를 지껄대거나 오래 기다리게 하거나 그렇지 않더라도 줄곧 먹을 것을 엎지르거나 내려뜨리거나 하는 나를 움직이기보다는 쉬울 것이 확실하다. —어쩐 셈인지 나는 이런 따위 일이 참말 서툴다. 좀 얌전하고 재빠르게 보이려고 하여도 도무지 그렇게 되질 않는다.—

쟁반을 들고 돌아와 보면 그는 창밖의 덩굴장미께로 시선을 던지고 옆얼굴을 보이며 앉아 있다. 무엇을 생각하는지, 내가 곁에 있을 때는 보이지 않는 조용히 가라앉은 눈초리를 하고 있다. 까무레한 피부와 꽤 센 윤곽을 가진 그의 얼굴을 이런 각도에서 볼 때 나는 참 좋아진다. 나에게는 보이려 하지 않는, 혼자만의 표정도 무언지 가슴에 와 부딪는다.

그의 머리통은 아폴로의 그것처럼 모양이 좋다. 아주 조금 곱슬거리는 머리카락이 몇 올 앞이마에 드리워 있다.

"고수머리는 사납다던데."

언젠가 그렇게 말하였더니,

"아니, 그렇지 않아. 숙희, 정말 그렇지 않아."

하고, 그는 진심으로 변명을 하려 드는 것이었다. 나는 그저 농담을 하였을 뿐이었는데……

오늘도 그는 그렇게 내 방에서 쉬고 나더니,

"정구 칠까?"

하며 자리에서 일어섰다.

"응."

"아니, 참 내일부터 중간시험이라구 하잖았던가?"

"괜찮아. 그까짓 거……"

사실 시험이고 무엇이고 없었다. 나는 옷 서랍을 덜컹거리며 흰 쇼츠^{Short}^{반바지}와 곤색 샤쓰를 끄집어내었다.

"괜히 낙제하려구."

하면서도 그는 이내 라켓을 가지러 방을 나갔다.

햇볕은 따가웠으나 나뭇잎들의 싱싱한 초록 사이로 서늘한 바람이 지나가곤 한다. 우리는 뒷산 밑 담장께로 걸어갔다. 낡은 돌담의 좀 허수룩한 귀퉁이를 타고 넘어서 옆집 코트로 미끄러져 들어간다.

옆집이라고 하는 것은 구 왕가에 속한다는 토지의 일부인데 기실 집이라고는 까마득히 떨어져서 기와집이 두어 채 늘어서 있고 이쪽은 휘엉 하니 비어 있는 공터였다.

그 낡은 기와집에 사는 사람들은 이 공터를 무슨 뜻에선지 매일 쓸고 닦고 하여서 장판처럼 깨끗이 거두어 오고 있었다.

"아깝게시리…… 테니스 코트나 만들면 좋겠는데, 응 그러면 어떨까?"

어느 날 돌담에 가 걸터앉아서 내려다보던 끝에 그런 제의를 했다.

처음에는 그는 움직이려 하지 않았으나 결국 건물께로 걸어가서 이야기를 해 보았다.

이튿날 우리는 석회를 들고 가 금을 그었다. 또 며칠 후에는 네트를 치고 땅을 깎아 아주 정식으로 코트를 만들어 버렸다.

그렇게까지 할 줄은 몰랐을 주인이 야단을 치면 걷어 버리자고 주춤거리며 일을 했는데 호호백발의 할아버지인 그 집주인은 호령을 하지 않을 뿐더러 가끔 지팡이를 끌고 나와 플레이를 구경하는 것이었다.

이렇게 나이 많은 노인네의 표정은 언제나 나에게는 판정하기 어려운 것이지만 특히 이 할아버지의 경우는 그러하였다. 구태여 말한다면 웃고 있는 것 같기도 하고 신기해하고 있는 것 같기도 했지만, 또 동시에 하늘 밖의 일을 생각하는 듯 아득해 보이기도 하였으니 기묘했다.

한두 번은 담을 넘는 나의 기술을 적이 바라보고 분명히 무슨 말을 할 듯이 하더니 그만 입을 봉하고 말았다. 말을 해 봤자 들을 법하지도 않다고 짐작을 대었는지 알 수 없었다. 어쨌든 그곳은 아주 좋은 우리의 놀이터인 것이다.

물리학 전공의 그는 상당히 공부에도 몰리고 있는 눈치였으나 운동을 싫어하는 샌님도 아니었다.

나는 여기 오기 전에도 테니스를 하고 있었지만 기술이 부쩍 는 것은 대부분 그의 덕분이다. 그가 내 시골 학교의 코치보다도 더 훌륭한 솜씨를 갖고 있음을 알았을 때의 나의 만족이란 이루 말할 수도 없는 것이었다.

머리가 둔한 사람이 나는 도저히 좋아질 수 없지만 또 운동을 전연 모른다는 사람도 매력적이라고 생각할 수 없다. 스포츠는 삶의 기쁨을 단적으로 맛보여 준다. 공을 따라 이리저리 뛰면서 들이마시는 공기의 감미함이란 아무것도 비할 수 없다.

나는 오늘 도무지 컨디션이 좋지가 못하였다. 이렇게 엉망진창인 때면 엉망진창인 대로, 또 턱없이 좋으면 좋은 그대로 적당히 이끌고 나가 주는 그의 솜씨가 적이 믿음직해질 따름이었다.

"와아, 참 안 된다. 퇴보 일로인가 봐."

"괜찮아. 아주 더워지기 전에 지수랑 불러서 한 번 시합을 할까?"

하늘이 리라빛으로 물들 무렵 우리는 볼들을 주워 들고 약수터께로 갔다.

바위틈으로 뿜어나는 물은 이가 시리도록 차갑고 광물질적으로 쌉쓰름하다.

두 손으로 표주박을 만들어 떠내 가지고는 코를 틀어막고 마신다. 바위 위로 연두색 버들잎이 적이 우아하게 늘어지고, 빨간 꽃을 다닥다닥 붙인 이름 모를 나무도 한 그루 가지를 펼친 것으로 보아, 이런 마심새를 하라는 샘터는 아닌 모양 같지만 우리는 늘 그렇게 하여 왔다.

"약수라니 많이 마셔. 약의 효험이나 좀 볼지 아나?"

"멋 때매?"

"멋 때매는? 정구 좀 잘 치게 되나 보려구 그러지."

이렇게 시끌 덤벙 떠들던 샘가였다.

그런데 오늘 바위 언저리에는 조그만 표주박이 하나 놓여 있었다. 필시 그 할아버지가 갖다 놓아둔 것이 분명하였다.

"오늘부터 얌전히 마셔야 해."

"산신령님이 내려다보신다."

정말 한동안 음전하게^{얌전하고 점잖게} 앉아서 쉬었다. 그리고 그는 허리를 굽혀 표주박으로 물을 떴다. 그는 그것을 내 입가에 대어 주었다. 조용한, 낯선 표정을 하고 있었다. 나에게는 보이는 일이 없는, 자기 혼자만의 얼굴의 하나인 것 같았다.

나는 아주 조금만 마셨다. 그리고 얼굴을 들어 그를 바라다보고 있었다. 그는 나머지를 천천히 자기가 마셨다.

그리고 표주박을 있던 자리에 도로 놓았으나 아주 짧은 사이 어떤 강한 감정의 움직임이 그 얼굴을 휘덮은 것 같았다. 그는 내 쪽을 보지 않았다.

나는 돌연 형언하기 어려운 혼란 속에 빠져 들어갔으나 한 가지의 뚜렷한 감각을 놓쳐 버리지는 않았다. 그것은 기쁨이었다.

나는 라켓을 둘러메고 담장께로 걸어갔다.

'오빠.'

그는 나에게는 그런 명칭을 가진 사람이었다.

'오빠.'

그것은 나에게 있어 무리와 부조리의 상징 같은 어휘이다.

그 무리와 부조리에 얽힌 존재가 나다.

나는 키보다 높은 담장 위에서 뛰어내렸다. 그리고 뒤도 안 돌아보고 정원 안을 걸어갔다.

운동화를 벗어 들고 맨발로 걷는다. 까실까실하면서도 부드러운 잔디의 촉감이 신이나 양말을 신고 디딜 생각을 없이한다.

"발바닥에 징을 박아 줄까? 어디든지 구두 안 신고 다니게 말야."

그는 옆에 있는 때면 이런 소리를 한다.

"맨발로 풀 위를 걸으면 고향에 온 것 같아. 아니 내가 나 자신에게 돌아온 것 같은 그런 생각이 드는걸……."

나는 중얼중얼 그런 소리를 지껄이는 것이나 저녁 이맘때가 되면 별안간 거의 수습할 수 없을 만큼 감정이 엉클리곤 하므로 그 뒤로는 할멈처럼 입을 봉하고 아무런 대꾸도 하질 않는다.

시무룩해 가지고 테라스 앞에 오면, 그 안 넓은 방에 깔린 자색 양탄자, 이곳저곳에 놓인 육중한 가구, 그 안에 깃들인 신비한 정적, 이런 것들을 넘겨다보면, 그리고 주위에 만발한 작약, 라일락의 향기, 짙어진 풀 내가 한데 엉겨 뭉긋한 이 속에 와서 서면, 나는 내 존재의 의미가 별안간 아프도록 뚜렷이 보랏빛 공기 속에 떠 있는 것을 보는 것이다.

내가 잠시 지녔던 유쾌함과 행복은 끝내 나의 것일 수는 없고, 그것은 그대로 실은 나의 슬픔과 괴로움이었다는 기묘한 도착_{倒錯 뒤바뀌어 거꾸로 됨}을, 나는 어떻게도 처리할 길이 없다.

오누이…….

동생…….

이런 말은 내 맘속에 혐오와 공포를 자아낸다.

싫다.

확실히 내가 느껴 온 기쁨과 즐거움은 이런 범주 내에서 허용될 수 있는 것이 아니었다.

날마다 경험하는 이 보랏빛 공기 속에서의 도착은 참 서글픈 감촉을 갖고 있었다. 나는 그의 곁에 더 오래 머무를 용기조차 없어진다.

검은 눈을 껌벅이면서 그는 또 농담이라도 할 것이다. 내게 더 웃고 더 쾌활해지라고 무언중에 명령할 것이다.

그가 내게 해 줄 수 있는 일은 그것뿐이다.

오늘 나는 가슴속에 강렬한 기쁨을 안았던 까닭에 비참함도 더 한층 큰 것만 같았다.

나는 그곳에 한동안 서 있었다. 그리고 볼을 불룩하니 해 가지고 마루로 올라갔다.

번들거리는 마룻바닥에 부연 발자국이 남아난다. 그렇게 마루가 더럽혀 지는 것이 어쩐지 약간 기분 좋다. 몸을 씻고는 옷을 갈아입으면서 창으로 힐끗 내다보았더니 그는 등나무 밑 걸상에 앉아 있었다. 무릎 위에 팔꿈을 짚고 월계 숲께로 시선을 던진 모양이 무언지 고독한 자세 같아 보였다. 그도 조금은 괴로운 것일까? 흠, 그러나 무슨 도리가 있담? 까닭 없이 그에 대해 잔인해지면서 나는 그렇게 혼잣말을 하였다.

나는 방에 불도 켜지 않고 밖에서 보이지 않을 구석에 가만히 앉아 내다보고 있었다.

주위가 훨씬 어두워진 연에 그는 벤치에서 일어났다. 그리고 사라지기 전에 한참 내 창문께를 보며 서 있었다.

나는 어느 때까지나 불을 켜지 않았다.

저녁을 먹으러 내려가지도 않았다.

그 대신에 그가 마시다 만 코크의 잔을 집어 들었다. 그리고 가만히 입술을 대었다. 아까 그가 내가 마신 표주박에 입술을 대었듯이……

2

'그'를 무어라고 부르면 마땅할까?

오빠라고 불러야 한다는 것이 나의 운명이다.[1]

재작년 늦겨울 새하얀 눈과 얼음에 뒤덮여서 서울의 집들이 마치 얼음사탕처럼 반짝이던 날 므슈 monsieur 프랑스어로 '~씨, ~님'이라는 뜻 리에게 손목을 끌리다시피하며 이곳에 도착한 나에게 엄마는 그를 이렇게 소개했다.

"숙희의 오빠예요. 인사를 해. 이름은 현규라고 하고."

저 진보랏빛 양탄자 위에 서서 나는 그의 얼굴을 바라보았다.

"문리과 대학의 수재란다. 우리 숙희두 시골서는 꽤 재원이라고들 하지만 서울 왔으니까 좀 어리벙벙할 테지. 사이좋게 해 줘요."

---

[1] 현규와 '나'는 부모님의 재혼으로 남매가 되었기에 현규를 오빠라고 불러야 마땅하지만, 현규를 사랑하는 '나'는 이런 자신의 운명과 갈등하고 있다.

엄마의 목소리는 가벼웠으나 눈에는 두려움이 어려 있는 것 같았다. 엄마는 열심히 청년의 큰 눈을 주시하고 있었다.

V넥의 다갈색 스웨터를 입고 그보다 엷은 빛깔의 샤쓰 깃을 내보인 그는, 짙은 눈썹과 미간 언저리에 약간 위압적인 느낌을 갖고 있었으나 큰 두 눈은 서늘해 보였고, 날카로움과 동시에 자신 自信에서 오는 너그러움, 침착함 같은 것을 갖고 있는 듯해 보였다. 전체의 윤곽이 단정하면서도 억세고, 강렬한 성격의 사람일 것 같았다. 다만 턱과 목 언저리의 선이 부드럽고 델리킷 delicate 섬세한, 미묘한 하여 보였다.

'키도 어깨 폭도 표준형인 듯하고…… 흐응, 우선 수재 비슷해 보이기는 하는걸…….'

하고 나는 마음속으로 채점을 하였다. 물론 겉보매만으로 사람을 평가할 만큼 나는 어리석은 계집애는 아니었지만.

내가 그의 눈을 쏘아보자, 그는 눈이 부신 사람 같은 표정을 하면서 입술 한쪽으로 조금 웃었다. 그것은 약간 겸연쩍은 것 같기도 하였지만, 혼자 고소해하고 있는 것같이도 보였다. 자기를 재어 보고 있는 내 맘속을 환히 들여다보는 때문일까? 그러자 나는 반대로 날카로운 관찰을 당하고 있는 듯한 긴장을 느꼈다.

그러나 그는 지극히 단순한 태도로,

"참 잘 왔어요. 집이 이렇게 너무 쓸쓸해서 아주 좋지 못했는데……."

하고 한 손을 내밀어서 내 손을 잡았다.

나를 도무지 어린애로만 보았다는 증거일 게고 또 아마 엄마의 감정을 존중한 결과였을 것이다.

아닌 게 아니라 엄마의 얼굴에는 일순 안도와 만족의 표정이 물결처럼 퍼져 갔다. 나는 이 청년이 엄마에게 어떤 존재인지를 짐작하였다. 말하자면 그들 인공적(?) 모자 관계에 있어서는 항상 세심한 배려가 상호 간에 베풀어져야 하는 것이다.

므슈 리는 매우 대범한 성질이어서 만사를 복잡하게 받아들이지는 않는 것 같았다. 그는 그저 미소를 띠고 우리를 바라다볼 뿐이고, 내가 고단할 게 라는 소리를 몇 번이나 하였다.

어쨌든 그는 그로부터 나를 숙희라고, 쉽고도 간단하게 불러 오고 있다.

"헤이, 숙!"

하기도 한다. 그리고 나에게 무조건 관대하였다. 지나칠 만큼. 그래서 때로는 섭섭할 만큼.

그러므로 그가 이즈음 내 방에 와서 배가 고프다고 한다거나 손 같은 데에 약을 발라 달라고 하게 된 것은 나에게는 대단히 귀중한 변화인 것이다.

그것은 어쨌든 내 편에서는 그를 오빠라고는 도저히 부를 수 없었다. 처음에는 너무 생소하여서, 그리고 나중에는 또 다른 이유들로.

이것은 므슈 리를 아버지라고 부르기 어렵기보다는 몇 갑절이나 힘든 일이었다. 나는 자기가 대단한 고집쟁이인지, 또는 부끄럼쟁이인지 분간할 수 없다. 나의 이런 곤란을 그도 엄마도 어느 정도 알고 있는 모양으로 요즈음은 내가 그 말을 피하려고 이리저리 애를 쓰지 않고도 적당한 대답을 할 수 있도록 저편에서 고려하여 말을 걸어 준다. 이런 의미에서 사정없이 나를 곤경에 몰아넣곤 하는 것은 므슈 리 한 사람뿐이다.

서울 와서 일 년 남짓 지내는 새에 나는 여러 모로 조금씩 달라진 것 같다. 멋을 내는 방법도 배웠고 키가 커지고 살결도 희어졌다. 지난 사월에는 미스 E여고에 당선되어서 하루 동안 학교의 퀸 노릇을 하였다. 바스트가 약간 모자랄 거라고 나는 생각하고 있었는데 압도적으로 표가 많이 나와서

참 잘 왔어요. 집이 너무 쓸쓸했는데……

이름은 현규라고 하고. 숙희가 낯서니 사이좋게 해 줘요.

키도 어깨 폭도 표준형인 듯하고…… 수재 비슷해 보이기는 하는걸……

🗨 소설 한 장면 　발단　어머니의 재혼으로 '나'에게 현규라는 오빠가 생김

내가 오히려 놀랐다. 엄마는 좋아서 어쩔 줄 몰랐고 므슈 리는 기막히게 비싼 손목시계를 사 주었다.

그는 별 말을 하지 않았다. 농담조차 하지 않았다. 축하한다고 한 번 그것도 아주 거북살스런 투로 말하고는 무언지 수줍은 것 같은 얼굴을 하고 있었다. 그런 것을 보니까 나는 썩 기분이 좋았다.

삶의 기쁨이란 말을 나는 이제 이해한다.

이 집의 공기는 안락하고 쾌적하고, 엄마와 므슈 리의 관계로 하여 약간 로맨틱한 색채가 감돌고 있기도 하다. 서울의 중심에서 떨어진 S촌의 숲속의 환경도 내 마음에 들고, 므슈 리가 오래전부터 혼자 살아왔다는 담장이 덩굴로 온통 뒤덮인 낡은 벽돌집도 기분에 맞는다.

그는 엄마에게 예절 바르고 친절하고, 므슈 리는 내가 건강하고 행복스런 얼굴만 하고 있으면 어느 때고 지극히 만족해하고 있다. 그는 어느 사립 대학의 경제학 교수인데 약간 뚱뚱하고 약간 호인다워 보인다. 불란서와 아무 관계도 없는 그를 므슈라고 속으로 부르고 있는 까닭은 어느 불란서 영화에서 본 한 불쌍한 아버지의 모습과 그가 닮아 있기 때문이다. 므슈 리는 불쌍하지 않다. 오히려 지금은 참 행복하다. 그러나 이렇게 호의 덩어리 같은 사람은 자칫하면—주위가 나쁘면— 엉망으로 불행해질 것같이 보이는 것이다.

괴테의 베르테르 같은 청년의 비극에는 날카로운 아름다움이 있다. 그러나 우리 므슈 리 같은 타입의 슬픔에는 오직 비참만이 있을 듯하다……. '우리 엄마가 그의 곁에 와 준 것은 얼마나 다행한 일이었을까!'

엄마는 줄곧 집에만 들어앉아 있으나 행복해 보였고 예부터 특징이던 부드러운 목소리가 한층 더 부드러워진 것 같다. 다만 엄마는 엄마의 행복에 대해서 한편으로 죄스러움 같은 것을 느끼고 있는 듯한 눈치로서 그래서 바깥으로 나다니지도 않고 큰 소리로 웃는 일도 없는 것 같았다. 그러나 그는 늘 고운 옷을 입고 있었고 엷게 화장을 하고 있었다. 이 일도 내 마음에 흡족하였다.

그러나 이곳에는 뜻하지 않은 괴로움이 또한 있었다. 현규에 대한 감정은 언제나 내 맘을 무겁게 하고 있다. 너무나 고통스럽게 여겨질 때에는 여기 오지를 말았더라면 하고 혼자 중얼대는 일도 있다. 그러나 그 생각은 오래가지 않는다. 나는 만약 내 생애에서 한 번도 그를 만나는 일이 없이 죽고 말 경우라는 것을 생각해 보면 가슴이 서늘해지기까지 한다. 아무 일도 이루어지지 않아도 좋았다. 나는 그를 만났다는 일만으로 세상의 어느 여자보다도 행복한 것이다.

그의 곁에서 호흡하고 있는 기쁨을 무엇으로 바꿀 수 있을까?

그러나 나는 여전히 슬프고 초조한 것도 사실이다. 정직히 말한다면 내 기분은 일 분마다 달라진다.

므슈 리가 요즘 외국을 여행 중인 것은 내게는 하나의 구원과도 같다.

아침마다 행복 그것 같은 얼굴로 인사를 하지 않아도 좋고 저녁마다 시간에 식당에 내려가지 않아도 좋기 때문이다.

"돌아오실 때까지 눈감아 줘, 응 엄마. 시간 지키는 거 나 질색인 줄 알잖우? 먹고 싶을 때 먹고 안 먹고 싶을 때 안 먹고 그렇게, 응?"

므슈 리가 떠나는 즉시로 나는 엄마에게 이렇게 교섭을 하였다. 사실 현규의 얼굴을 보는 일이 두려운 때가 점점 찾아오는 것만 같다.

그는 대개 엄마와 함께 저녁을 드는 모양이었다.

3

예절 바른 그가 식당에서 엄마의 상대를 하고 있을 동안 나는 멍하니 창가에 앉아서 저물어 가는 하늘을 바라다보고 있다.

군데군데 작은 집들이 몰려 있는 촌락과, 풀숲과 번득이는 연못 같은 것들이 있는 넓은 들판 너머에 무디게 빛나며 강이 흐르고 있다. 강은 날씨와 시간에 따라 푸라니 platina 플래티나. 백금의 일본식 표현 같이 반짝이기도 하고 안개처럼 온통 보얗게 흐려 버리기도 한다. 하늘이 보랏빛으로부터 연한 잿빛으로 변하여 가는 무렵이면 그 강도 부드러운 회색 구름과 한 덩이가 되었다.

나는 여러 가지 감정이 뒤범벅이 된 혼란 상태에서 자기를 건져 내야 한다고 어두운 강물을 바라보며 늘 생각하는 것이었다. 마음 가는 대로 몸을 내맡길 수 없는 것이 나의 입장이고 또 그 마음 가는 일 자체에 대해서도 분열된 생각을 수습할 수가 없었다.

현규를 사랑한다는 일 가운데 죄의식은 없었다. 그런 것은 있을 수 없었다. 그러나 엄마와 므슈 리를 그런 의미에서 배반하는 것은 곧 네 사람 전부의 파멸을 의미하는 것이었다. 파멸이라는 말의 캄캄하고 무서운 음향 앞에 나는 떨었다.

이곳에 오기 전에 나는 시골 외할아버지 집에 있었다. 삼사 년 전까지는 엄마와도 함께, 그리고 그 후로는 할머니, 할아버지와 단 셋이서, 일하는 사람들은 여럿 있었고 과수원을 지키는 개도 여러 마리, 그중에는 내가 특별히 귀여워한 진돗개 복동이도 있었지만 나는 언제나 못 견딜 만큼 적적하였다. 엄마가 서울로 떠난 후에는 마음이 막 쓰라린 것을 참아야 했지만 그 엄마가 같이 있었을 때에라도 나는 우리의 생활에서 마음 든든하다거나 정말로 유쾌하다거나 하는 느낌을 가져 본 일은 없다.

젊고 아름다운 엄마가 언제나 조용히 집 안에서 세월을 보내고 있는 일은 내게 어떤 고통을 주었다. 그 무릎 위에는 늘 내게 지어 입힐 고운 헝겊 조각이나 털실 같은 것이 얹혀 있었지만, 그리고 그 입에서는 늘 나에 관한 이야기가 흘러나왔지만 나는 그것이 불만이고 불안하기조차 하였다.

그런 걸 만들어 주지 않아도 좋으니 다른 애들 엄마처럼 집안 살림에 볶이어서 때로는 악도 쓰고 나더러 야단도 치고 어린애도 둘러업고 다니고…… 말하자면 그녀 자신의 생활을 하고 있으면 나도 흐뭇할 것 같았다. 할아버지도 나에게와 마찬가지로 엄마에게도 그저 유하고 부드럽기만 하였다.

엄마의 그림자 같은 생활은 언제부터 시작되었는지 기억할 수 없다. 사변과 함께 우리가 시골 할아버지 댁으로 내려가던 때 그러니까 지금부터 십 년쯤 전에도 이미 그랬었고 또 그보다 전 서울서 국민학교에 입학하던 즈음에도 역시 그런 느낌이던 것을 잊지 않고 있다.

'아버지'에 관하여 나는 아무것도 모른다. '돌아가셨다'는 설명을 언젠가 들은 적이 있었으나 어쩐지 정말 같지 않다는 인상으로 남아 있었다. 사변 후에,

"너의 아버지는 돌아가셨다."

하고 할머니가 일러 주셨는데 이때의 말투에는 특별한 것이 깃들여 있어서 그 후로는 그것이 진심이거니 여기고 있다. 아마 나의 엄마와 아버지는 내가 아주 어릴 때부터 별거하고 있었고 그러는 사이 그들은 다시 만나는 일도 없이 사별하고 만 모양이었다. 어쨌든 나는 내 부친에 관해서 아무런 지식도 감정도 갖고 있지 않다. '윤'이라는 내 성이 그로부터 물려받은 유일의 것이지만 흔한 성이라고 느낄 뿐이다.

므슈 리가 피난지에서 할아버지의 과수원을 찾아온 것은 어떤 경위를 지

난 뒤였는지 나는 알 수 없다. 그날 나뭇가지에 걸터앉아서 사과를 베 먹고 있노라니까 좀 뚱뚱한 낯선 신사가 걸어왔다. 대문 앞에서 망설이듯이 멈추었다가 모자를 벗어 들고 걸어 들어왔다. 나무 밑을 지나갈 적에 사과 씨를 떨어뜨렸더니 발을 멈추고 쳐다보았으나 웃지도 않고 그냥 가 버렸다. 도무지 어수선하기만 하다는 얼굴이었다. 나중에 방 안에서 정식으로 인사를 하였는데 그때의 판단으로는 나무 위로부터 환영받은 일은 까맣게 기억하지 못하는 것 같았다.

그는 하룻밤 체류하지도 않고 되돌아갔다. 그리고 할아버지와 할머니에게는 대단히 중요한 의논 거리가 생긴 모양이었다. 밤에 가끔 사과밭 사이를 혼자 걷는 엄마를 보게 되었다.

므슈 리는 한 번 더 다녀갔다. 그리고 얼마 후에 엄마는 상경하였다.

"애초에 그렇게 혼인을 정했더라면 애 고생을 안 시키는걸……."

어느 날 옆방에서 할머니가 우시며 수군수군 그런 소리를 하시는 걸 듣고 놀랐다.

"그런 우리 숙희는 안 태어났을 것 아뇨? 공연한 소릴……."

"그저 팔자소관이죠. 경애가 생각을 잘못 먹었다느니보다도……."

애어멈이라고 하지 않고 그렇게 엄마의 이름을 대는 것을 듣고 나는 엄마의 젊은 시절을 생각하며 미소 지었다.

그림자처럼 앉아서 내 블라우스 같은 것을 매만지는 엄마를 보는 서글픔은 이제 없어졌다. 엄마가 그럭저럭 행복해진 듯한 것은 기뻤으나 뼈저리게 쓸쓸한 것도 사실이었다. 나는 밤낮 커다란 소리로 노래를 부르고 있었다. 산모퉁이 길을 학교에서 돌아오는 때에도 사과나무의 흰 꽃 밑에서, 또 빨간 봉선화가 핀 마당에서도,

"이 애야, 그렇게 큰 소릴 내면 남들이 웃는다."

할머니는 가끔 진정으로 그런 소리를 하셨다. 재작년 늦은 겨울 므슈 리가 내려와서 나를 데려가겠다고 우겨 댔을 때에 제일 놀란 사람은 나 자신이었다. 두 분 노인네도 더러 망설였다. 그러나 므슈 리의 끈기 있는 태도에 양보를 하는 수밖에 없는 눈치여서, 노인네들은 그만 풀이 없었다. 나는 므슈 리가 할머니 할아버지에게,

"무엇보다 엄마가 그걸 원하고 있으니까요. 말은 안 하지만 절실히 바라고 있는 걸 내가 아니까요."

하고, 열심히 이야기하는 것을 보다가 그만 싱그레 웃고 말았다. 나 보기에 할아버지 할머니는 이미 설복되어서, 므슈 리가 만약 그 연설을 잠시 끊기만 한다면 이내 대답을 할 것 같은데 그는 마치 그들이 결단코 나를 놓지는 않으리라고 굳이 믿는 사람처럼 애걸복걸을 하는 것이었다. 그가 말을 하면서 나를 힐끗 보았을 때 나는 조그맣게 끄떡여 보였다. 그랬더니 그는 말을 뚝 끊고 벙글 웃더니 손수건을 꺼내서 이마를 닦았다.

이래서 나는 서울 E여고로 전학을 하였다.

나는 생각한다.

므슈 리와 엄마는 부부이다. 내가 그를 아버지라고 부르기 어려운 것은 거의 그런 말을 발음해 본 적이 없는 습관의 탓이 크다.

나는 그를 좋아할 뿐더러 할아버지 같은 이로부터 느끼던 것의 몇 갑절이나 강한 보호 감정, 부친다움 같은 것도 느끼고 있다.

그러나 나는 그의 혈족은 아니다.

현규와도 마찬가지다. 그와 나는 그런 의미에서는 순전한 타인이다. 스물 두 살의 남성이고 열여덟 살의 계집아이라는 것이 진실의 전부이다. 왜 나는 이 일을 그대로 알아서는 안 되는가?

그를 사랑하는 일에 대해 죄의식 따윈 없어.
그렇지만 그건 엄마와 므슈 리를 배반하는 것이고
우리 전부가 파멸하겠지……

🎬 소설 한 장면   전개   '나'는 현규를 사랑하게 되지만 혼란스러워함

나는 그를 영원히 아무에게도 주기 싫다. 그리고 나 자신을 다른 누구에게 바치고 싶지도 않다. 그리고 우리를 비끄러매는 형식이 결코 '오누이'라는 것이어서는 안 될 것을 알고 있다.

나는 또 물론 그도 나와 마찬가지로 같은 일을, 같은 즐거움일 수는 없으나 같은 이 괴로움을…….

이 괴로움과 상관이 있을 듯한 어떤 조그만 기억, 어떤 조그만 표정, 어떤 조그만 암시도 내 뇌리에서 사라지는 일은 없다. 아아, 나는 행복해질 수는 없는 걸까? 행복이란 사람이 그것을 위하여 태어나는 그 일을 말함이 아닌가?

초저녁의 불투명한 검은 장막에 싸여 짙은 꽃향기가 흘러든다. 침대 위에 엎드려서 나는 마침내 느껴 울고 만다.

4

"숙희야, 나 이런 것 주웠는데……."

일요일 아침 아래층으로 내려가니까 소파에 앉아 있던 엄마가 손에 쥐었던 봉투 같은 것을 들어 보였다.

"뭔데?"

나는 가까이 갔다.

그리고 좀 겸연쩍어졌지만 하는 수 없이,

"어디서 주웠수, 이걸?"

하면서, 손을 내밀어 그것을 잡으려고 하였다.

"잠깐…… 거기 좀 앉아 보아."

엄마는 짐짓 긴장한 낯빛을 감추려고 하면서 앞의 의자를 가리켰다.

나는 속으로 픽 하고 웃음이 나왔으나 잠자코 거기에 가 걸터앉았다.

지수는 K장관의 아들이다. 언덕 아래 만리장성 같은 우스꽝스런 담을 둘러친 저택에 살고 있다. 현규랑 함께 정구를 치는 동무이고 어느 의과대학의 학생인데 큼직큼직하고 단순하게 생겨 있었다. 지프차에다가 유치원으로부터 고등학교까지의 동생들을 그득 싣고 자기가 운전을 하여 가곤 한다.

나도 두어 번 그 차를 얻어 탄 일이 있다. 한번은 현규와 함께였으니까 사양할 것도 없었고 다른 한번은 시내에서 돌아오는 길목이라 굳이 싫다는 것도 이상할 것 같아서 탔다.

"작은 학생들이 오늘은 하나도 없군요."

"나 있는 데까지 시간 안에 오는 놈은 태워 가지고 오고 그 밖엔 뿔뿔이 재주대로 돌아오집니다. 기차나 마찬가지죠."

그러한 그가 걸맞지 않게 적이 섬세한 표현으로 러브레터를 써 보냈다고 해서 나는 우습게 생각하는 것은 아니다. 그러나 엄마의 엄숙한 표정은 역시 약간 난센스가 아닐 수 없었다.

"글쎄, 이게 어디서 났을까?"

"등나무 밑 걸상에서."

"오라, 참 게다 났었군."

"오오라, 참이 아니야. 숙희는 만사에 좀 더 조심성이 있어야 해요. 운동을 하구 난 담에두 그게 뭐야? 라켓은 밤낮 오빠가 치워 놓던데."

흐흥 하고 나는 웃었다.

"편지 보낸 사람에게 첫째 미안한 일 아니야?"

"참 그래. 엄마 말이 옳아."

그리고 나는 편지를 잡아채었다.

"귀중한 물건인가? 엄마 좀 읽어 봄 안 되나?"

"읽어 봐두 괜찮아. 안 되는 거라면 게다 놔둘까? 감추지."

나는 조금 성가셔졌다.

"그럼 안심이군. 사실은 벌써 읽어 봤어."

"아이, 엄마두."

"그런데 엄마가 얘기하고 싶은 건 숙희가 자기 주위에 일어나는 일들을, 이런 편지에 관한 거라든지 또 그 밖의 일들을, 혼자 처리하지 말고 그 요점만이라도 엄마한테 의논해 주었으면 좋겠어. 그건 그렇게 해야만 하는 거야."

듣고 있는 사이에 나는 점점 우울해져서 잠시라도 속히 이 자리에서 떠나고 싶은 생각밖에는 없어졌다.

"엄마가 언제나 숙희 편에 서서 생각하리라는 건 알고 있겠지?"

"응."

나는 선대답을 해 놓고 천천히 밖으로 걸어 나갔다.

'엄마의 아들을 사랑하고 있어요.'

이렇게 말한다면 엄마는 어떤 모양으로 내 편에 서 줄까?

엄마 힘에는 미치지 않는 일이었다. 므슈 리의 힘에도 미치지 않는 일이었다.

나는 편지를 주머니에 구겨 넣고 아침 이슬로 무릎까지 폭삭 적시면서 경사진 풀밭을 걸어 내려갔다. 되도록 사람을 만나지 않을 방향으로, 멀리 늪이 바라다보이는 쪽으로 천천히 걸음을 옮겨 갔다. 아카시아의 숲이니 보리밭이니 잡목 곁을 지나갔다.

　현규와의 사이는 요즘 어느 때보다도 비관적인 상태에 놓여 있는 것 같았다. 나는 그와 마주치기를 피하고 있는 것 같았다. 나는 그와 마주치기를 피하고 있었다. 웃고 농담을 하고 아무것도 아닌 체 헤어지는 고통이 참기 어려운 것이다. 그가 예사 얘기를 하여도 나는 공연히 화를 냈다. 그러면 그는 상대를 안 해 주었다.

　머리 위에서 새들이 우짖었다. 하늘은 깊은 바닷물 속같이 짙푸르고 나무 잎새들은 빛났다. 여름이 무르익어 가고 있었다. 상수리 숲이 늪의 방향을 가려 버렸으므로 나는 풀 위에 앉아 턱을 괴고 생각에 잠겼다.

　세계적인 발레리나가 되어 보석처럼 번쩍이면서 무대 위에서 그를 노려보아 줄까? ―한 번도 귀담아 들은 적은 없지만 내 발레 선생은 늘 나에게 야심을 가지라고 충동을 한다.― 그러면 그는 평범한 못생긴 와이프를 데리고 보러 왔다가 가슴이 아파질 터이지. 아주 짧은 동안 그것은 썩 좋은 생각인 듯 내 맘속에 머물렀다. 그러고는 물거품처럼 사라져 없어졌다. 그러고는 이어 그에게 아무것도 바라지를 말고 식모처럼 그저 봉사만 하는 일에 감사를 느끼자는 생각이 떠올랐다. 그러자 슬픈 마음이 들기도 전에 발등 위로 눈물이 한 방울 굴러 떨어졌다.

　나는 일어나서 돌아가려고 하였다. 그때 와삭거리고 풀 헤치는 소리가 등 뒤에서 나며 늘씬하게 생긴 세터가 한 마리 나타났다. 그 줄을 쥐고 지수가 걸어왔다. 건강한 체구에 연회색 스포츠 웨어가 잘 어울린다. 그의 뒤에서 열 살 전후의 사내애와 계집아이가 장난을 치면서 달려 나왔다. 지수는 나를 보고 좀 당황한 듯하였으나 이내 흰 이를 보이고 웃으면서 다가왔다.

　"안녕하셨어요? 산봅니까?"

　"네, 돌아가는 길이에요."

　아이들은 우리를 새에 두고 떠들어대면서 잡기 내기를 한다. 지수는 한 아이를 붙들어 세터를 맨 줄을 들려 주고는 어서 앞으로들 가라고 손짓하였다.

　우리는 잠자코 한동안 함께 걸었다. 아카시아의 숲 샛길에서 그는 앞을

향한 채 불쑥,

"편지 보아 주셨소?"

하고, 겸연쩍은 듯한 소리를 내었다.

"네."

"회답은 안 주세요?"

나는,

"네. 어떻게 써야 할지 모르겠어요."

했다.

그는 성급하게 고개를 끄떡거렸다. 귀가 좀 빨개진 것 같았다.

"그러나 여하간 제 의사를 알아주시긴 했겠죠?"

나는 그렇다고 하였다. 그리고 이야기를 끝맺기 위해서 현규가 가까이 또 정구를 치자고 하더라는 말을 했다.

"네, 가죠."

그도 단번에 기운을 회복하며 대답하였다.

그는 휘파람을 불기 시작했다. 그의 휘파람을 들으며 집 가까이까지 왔다.

"오늘 대단히 기뻤습니다. 감사합니다."

그는 조금 슬픈 어조로 인사를 하였다. 그리고 내 어깨로 기어오르는 풀벌레를 떨어뜨리어 주었다.

"안녕히 가세요. 그리구 연습 많이 하세요. 저희들 팀은 아주 세졌으니깐요."

그는 다른 일을 생각하고 있는 듯 입술을 문 채 끄떡끄떡 하였다.

잡석을 접은 좁단 층계를 뛰어올라, 나는 곧장 내 방으로 올라갔다. 지수가 하듯이 휘파람을 불고 있었다. 어쨌건 기운을 잃어서는 안 된다는 생각이었다. 내 팔뚝이나 스커트에는 아직도 풀과 이슬의 냄새가 묻어 있는 듯했다. 나는 기운차게 반쯤 열린 도어를 밀치고 들어선다.

뜻밖에도 거기에는 현규가 이쪽을 보며 서 있었다. 내가 없을 때에 그렇게 들어오는 일이 없는 그라 해서 놀란 것은 아니었다. 그는 몹시 화를 낸 얼굴을 하고 있었다. 너무도 맹렬한 기세에 나는 주춤한 채 어떻게 할지를 모르고 있었다.

"어딜 갔다 왔어?"

낮은 목소리에 힘을 주고 말한다.

"……"

"편지를 거기 둔 건 나 읽으라는 친절인가?"

그는 한 발 한 발 다가와서, 내 얼굴이 그 가슴에 닿을 만큼 가까이 섰다.

"……."

"어디 갔다 왔어?"

나는 입을 꼭 다물었다.

죽어도 말을 할까 보냐고 생각했다.

별안간 그의 팔이 쳐들리더니 내 뺨에서 찰깍 소리가 났다.

화끈하고 불이 일었다. 대번에 눈물이 빙글 돌았으나 그는 거들떠보지도 않고 방을 나가 버렸다.

나는 멍청하니 창밖으로 시선을 던졌다.

연회색 샤쓰를 입은 지수가 숲 샛길을 걸어가고 있는 것이 보였다. 그리고 조금 전에 지수가 풀벌레를 털어 주던 자리도 손에 잡힐 듯이 내려다보였다.

전류 같은 것이 내 몸속을 달렸다. 나는 깨달았다. 현규가 그처럼 자기를 잃은 까닭. 부풀어 오르는 기쁨으로 내 가슴은 금방 터질 것 같았다. 나는 침대 위에 몸을 내던졌다. 그리고 새우처럼 팔다리를 꼬부려 붙였다. 소리 내며 흐르는 환희의 분류가 내 몸속에서 조금도 새어 나가지 못하도록.

🔖 소설 한 장면　위기　현규가 '나'에게 온 연애편지를 보고 화를 냄

5

나는 어떻게 하면 좋을까?

밤에 우리는 어두운 숲속을 산보하였다.

어두운 숲속에서 우리는 손을 잡고 걸었다.

그리고 나는 그에게 안겨 버렸다.

나는 어떻게 하면 좋을까?

어떻게 해야 할지 점점 더 알 수 없어진다.

여하간 나는 숲속에 가는 일을 그만두어야 한다.

지금 확실히 말할 수 있는 일은 그것뿐이다.

학교에서 돌아오니까 엄마가 기다린다고 안방으로 가라고 했다. 요즈음 인사도 않고 나가고 들어오던 나는 우선 가슴이 철썩 내려앉았다.

"인제 오니? 그런데 얼굴이 파랗구나. 어디 나쁜 것 아닌가?"

엄마는 내 이마에 손을 얹어 보았다.

"오빠는 밤늦어야 돌아오고 숙희도 이렇게 부르지 않음 보기 어렵고……."

엄마는 조금 웃었다. 아무것도 알지 못하는 웃음 같았다.

"……편지가 왔는데 어쩌면 엄마가 미국에 가야 할지 모르겠어. 그렇게 되면 일 년이나 아마 그쯤은 못 돌아올 것 같은데 숙희하고 오빠를 버리고 가기도 어렵고…… 그래 싫다고 몇 번이나 회답을 냈지만……."

엄마는 조금 외면을 하였다.

"어떨까? 오빠는 찬성을 해 주었는데."

그러면서 내 눈 속을 들여다보았다.

"나도 좋아요."

"우리는 그러면 구체적으로 어떻게 할지는 내일이라도 의논하지. 큰댁 할머니더러 와 계셔 달랄까? 그래도 미덥지 않긴 마찬가지고……."

큰댁의 꼬부랑 할머니는 사실 오나 마나 마찬가지였다. 엄마가 없는 이 집에서 어떤 일이 일어나려고 하는 걸까?

현규와 단둘이 있어야 할 일을 생각하니 얼굴에서 핏기가 가시었다. 아무도 막아 낼 수 없는, 운명적인 사건이, 이미 숲속에 가지 않는 것쯤으로는 어찌할 수도 없는 벅찬 일이 생기고야 말 것이다.

잠을 잘 수 없었다. 내 온 신경은 가엾은 상처처럼 어디를 조금만 건드려도 피를 흘렸다.

며칠이 지나니까 나는 더 견딜 수 없어졌다. 할머니한테 갔다 온다고 우겨 대어서 서울을 떠났다.

다시는 그곳에 돌아가지 않으리라고 결심하였다. 다시는 학교에 다니지도 않으리라고 마음먹었다. 내 삶은 일단 여기서 끝막았다고 그렇게 생각을 가져야만 이 모든 일이 수습될 것같이 여겨졌다. 그것은 칼로 살을 도려내는 듯한 아픔이었다. 그러나 다른 무슨 일을 내 머리로 생각해 낼 수 있었을까?

날이면 날마다 나는 뒷산에 올라갔다. 한 시간 남짓한 거리에 여승들의 절이 있다. 나는 절이라는 곳이 몹시 싫었으나 거기를 좀 더 지나가면 맘에 드는 장소가 나타났다. 들장미의 덤불과 젊은 나무들의 초록이 바람을 바로 맞는 등성이였다.

바람을 받으면서 앉아 있곤 하였다. 젊은 느티나무의 그루 사이로 들장미의 엷은 훈향이 흩어지곤 하였다.

터키 블루의 원피스 자락 위에 흰 꽃잎은 찬란한 하늘 밑에서 이내 색이 바라고 초라하게 말려들었다.

그리고 있다가 시선을 들었다. 다음 찰나에 나는 나도 모르게 일어서 있었다.

현규였다.

그는 급한 비탈을 올라오고 있었다. 입을 일자로 다물고 언젠가처럼 화를 낸 것 같은 얼굴이었다. 아니 일자로 다문 입은 좀 슬퍼 보여서 화를 낸 것 같은 얼굴은 아니었다.

그가 이삼 미터의 거리까지 와서 멈추었을 때 나는 내 몸이 저절로 그 편으로 내달은 것 같은 착각을 느꼈다. 사실은 그와 반대로 젊은 느티나무 둥치를 붙든 것이었다.[1]

"그래, 숙희, 그 나무를 놓지 말아. 놓지 말고 내 말을 들어."

그는 자기도 한두 걸음 뒤로 물러서면서 말하였다. 그 얼굴에는 무언지 참

---

1) 젊은 느티나무는 '나'와 현규의 순수하고 아름다운 사랑을 상징한다. 현규에게 안기고 싶은 잠재의식이 느티나무를 붙들게 하고 있다.

담한 것이 있었다.

"숙희는 돌아와서 학교에 가야 해. 무엇이고 다 잊고 공부를 해야 해. 나도 그렇게 할 작정이니까. 우리는 헤어져 있어야 해. 헤어져서 공부해야 해. 어머니가 떠나시려면 비용도 들 테니까 집은 남 빌려 주자고 말씀 드렸어. 내가 갈 곳도 생각해 놓고. 숙희도 어머니 친구 댁에 가 있으면 될 거야. 그렇게 헤어져 있어야 하지만, 숙희, 우리에겐 길이 없는 것은 아니야. 내 말을 알아들어 줄까?"

그는 두 발로 땅을 꾹 딛고 서서 말하였다. 나는 느티나무를 붙들고 가늘게 떨고 있었다.

"그때 숲속에서의 일은 우리에게는 어찌할 수도 없는 진실이었다. 우리는 이 일을 부정하고는 살아가지도 못할 게다. 우리는 만나기 위해서 헤어지는 것이야. 우리에겐 길이 없지 않아. 외국엘 가든지……."

그는 부르쥔 손등으로 얼굴을 닦았다.

"내 말을 알아줄까, 숙희?"

나는 눈물을 그득 담고 끄덕여 보였다. 내 삶은 끝나 버린 것이 아니었다.

현규 오빠가
왜 여기에?

📙 소설 한 장면   절정   시골로 내려간 '나'를 보러 현규가 찾아옴

나는 그를 더 사랑하여도 되는 것이었다.

"이제는 집에 돌아오겠다고 약속해 주겠지? 내일이건 모레건 되도록 속히……."

나는 또 끄덕여 보였다.

"고마워, 그럼."

그는 억지로 조금 미소하였다.

그리고 빙글 몸을 돌려 산비탈을 달려 내려갔다.

바람이 마주 불었다.

나는 젊은 느티나무를 안고 웃고 있었다. 펑펑 울면서 온 하늘로 퍼져 가는 웃음을 웃고 있었다. 아아, 나는 그를 더 사랑하여도 되는 것이었다.

🍍 소설 한 장면   결말   훗날을 기약하며 각자 현재의 길을 가기로 약속함

🔭 생각해 볼까요?

선생님 '나'와 현규가 만나고 헤어지는 과정을 정리해 볼까요?

💬 2 ♥ 2

↳ **학생 1** '나'는 어머니의 재혼으로 현규와 남매 관계가 돼요. 현규와 가까이 지내면서 그에게 사랑을 느껴요. 그러나 이는 사회적으로 금지된 사랑이므로 내면적 갈등을 겪다가 현규의 곁을 떠나요. 얼마 후 현규는 '나'를 찾아오고 두 사람은 훗날을 기약하며 다시 헤어져요.

↳ **학생 2** 결국 두 사람은 사회 규범에 얽매이지 않고 새로운 미래를 설계하기 위해 현실의 아픔을 담담하게 받아들이는 거예요.

선생님 소설은 "그에게는 언제나 비누 냄새가 난다."라는 문장으로 시작해요. 이때 현규에게서 나는 비누 냄새가 '나'에게 주는 의미는 무엇일까요?

💬 2 ♥ 2

↳ **학생 1** 현규의 비누 냄새는 실제로 존재하는 냄새일 수도 있지만 '나'가 마음으로 느끼는 것일 수도 있어요. '나'는 현규를 비누 냄새와 같은 아련한 존재로 여기면서 첫사랑의 대상으로 삼아요.

↳ **학생 2** 하지만 '나'는 현규와 남매 관계라는 운명을 떠올려요. 이때 비누 냄새는 '나'에게 사랑의 아픔을 형상화해요.

선생님 소설에서는 '나'가 '오빠. 그것은 나에게 있어 무리와 부조리의 상징 같은 어휘이다.'라고 서술하는 부분이 나와요. 또한 '오누이. 동생. 이런 말은 내 맘속에 혐오와 공포를 자아낸다.'라고도 하지요. 이렇듯 '나'가 현규를 '오빠'라고 부르는 것에 어려움을 느끼는 이유는 무엇일까요?

💬 2 ♥ 2

↳ **학생 1** '나'가 현규에게 이성으로서 사랑의 감정을 느끼고 있으므로 남매라는 관계를 부정하고 싶기 때문이에요.

↳ **학생 2** 그래서 현규를 '그'라고 지칭하는군요.

선생님 이 작품에는 '서울 S촌'과 '시골 할머니 댁'이라는 공간적 배경이 등장해요. 두 공간은 각각 무엇을 의미할까요?

💬 1 ♥ 1

↳ **학생 1** 서울 S촌은 현규가 있는 사랑과 갈등의 공간이에요. 반면 시골 할머니 댁은 도피의 공간이자 훗날을 기대할 수 있는 희망의 공간이라고 할 수 있어요. 두 사람은 서울 S촌을 떠나며 헤어지지만 시골 할머니 댁에서 다시 만나요.

선생님 시골 할머니 댁에 있던 '나'는 현규가 찾아온 것을 보고 느티나무 둥치를 꽉 붙잡아요. 작품의 제목이기도 한 이 '젊은 느티나무'는 무엇을 상징하나요?

💬 3 ♥ 3

↳ **학생 1** 바람 앞에 굳건히 서 있는 느티나무는 사회적 통념에 굴하지 않는 젊은 남녀의 순수한 사랑을 상징해요.

↳ **학생 2** 느티나무의 푸르름은 자연의 생명력과 젊음의 열정을 의미해요.

↳ **학생 3** '나'를 찾아온 현규를 보고 '나'가 느티나무 둥치를 꽉 붙잡는 행동은 현규에게 달려가고 싶은 마음을 절제하려는 심리를 보여 주기도 해요.

소설의 첫 문장 ▼ 🔍

연관 검색어 젊은 느티나무 날개 이방인 설국

사람을 마주했을 때 첫인상이 중요한 것처럼 책을 펼쳤을 때 마주하는 첫 문장은 중요하다.

강신재의 「젊은 느티나무」는 부모님의 재혼으로 이루어진 남매가 사랑에 빠진다는 파격적인 내용으로도 유명하지만 '그에게는 언제나 비누 냄새가 난다.'라는 서정적이고 감각적인 첫 문장으로도 유명하다.

첫 문장이 유명한 다른 소설들도 많다. 국내 소설에서는 '박제가 되어 버린 천재를 아시오?'로 시작하는 이상의 「날개」, '나는 내 아버지의 사형집행인이었다.'라고 시작하는 정유정의 『7년의 밤』 등이 있다.

국외 소설에도 인상 깊은 첫 문장이 많다. 알베르 카뮈의 「이방인」은 '오늘 엄마가 죽었다. 아니 어쩌면 어제.'라는 첫 문장으로 많은 사람들에게 충격을 주었고, 톨스토이의 『안나 카레니나』는 '행복한 가정은 모두 고만고만하지만 불행한 가정은 제각각이다.'라는 첫 문장으로 독자들이 고개를 끄덕이게 했다. 일본 최초의 노벨 문학상 수상 작품인 가와바타 야스나리의 『설국』 첫 문장에서는 소설의 전체 분위기가 단박에 드러난다. '국경의 긴 터널을 빠져나오자, 눈의 고장이었다.'

김승옥
(1941~)

✉ 작가에 대하여

일본 오사카(大阪) 출생. 서울대학교 문리대 불문과를 졸업하였다. 1962년 〈한국일보〉에 「생명연습」으로 등단하였다. 김승옥 소설의 특징은 크게 두 시기로 나누어 볼 수 있다. 「환상수첩」, 「확인해 본 열다섯 개의 고정관념」, 「생명연습」 등의 초기 소설은 환각이나 환상에 대한 강렬한 동경을 보여 준다. 「무진기행」 이후의 후기 소설은 주로 산업 사회에서 살아가는 인간들의 상실감이 형상화되어 있다. 현실의 엄정한 법칙성을 인정하고 꿈이나 환상이 사라진 삶에 대한 환멸과 허무 의지로 가득 차 있다. 대표적인 작품은 「서울, 1964년 겨울」, 「야행」, 「차나 한잔」, 「염소는 힘이 세다」, 「1960년대식」, 「서울 달빛 0장」 등이다. 김승옥은 「서울, 1964년 겨울」로 1965년에 동인문학상을 수상하였다.

김승옥은 감각적인 문체, 언어의 조응, 배경과 인물의 적절한 배치, 소설적 완결성 등 소설의 구성원리 면에서 새로운 기원을 열었다고 평가받는다. 그는 인간의 내밀성을 유려한 문체로 표현해 '감수성의 혁명'을 이루었다는 평가를 받기도 한다.

무진기행

#안개   #귀향   #도피   #여로형구조

⚓ 작품 길잡이

갈래: 순수 소설
배경: 시간 – 배금사상이 만연했던 1960년대
　　　　공간 – 추억의 공간인 무진과 현실의 공간인 서울
시점: 1인칭 주인공 시점
주제: 일상에서 벗어나 자아를 찾고자 하는 현대인의 심리
출전: 〈사상계〉⁽¹⁹⁶⁴⁾

📷 인물 관계도

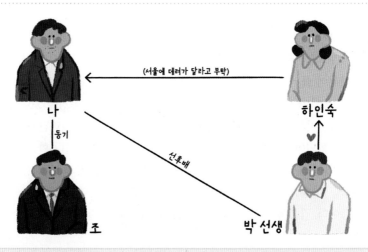

나	장인이 경영하는 제약 회사의 전무가 되기 전에 고향 무진을 방문한다. 하인숙에게 사랑을 느끼지만 서울로 돌아온다.
하인숙	무진 중학교의 음악 교사로 무진을 떠나고 싶어 한다.
박 선생	'나'의 후배이자 무진 중학교 국어 교사로 하인숙을 사랑한다.

📋 구성과 줄거리

발단 **'나'는 잠시 쉬기 위해 고향 무진으로 내려감**

제약 회사 간부인 '나'는 고향인 작은 항구 도시 무진으로 내려간다. 처가에서 운영하는 제약 회사의 주주 총회에서 전무로 선출되기에 앞서 잠시 머리를 식히기위해서다. 모든 일은 장인과 아내가 알아서 처리하게 되어 있다.

전개 **후배 박 선생과 친구 조와의 술자리에서 하인숙을 만남**

'나'는 동기인 세무서장 조, 모교에서 교편을 잡고 있는 후배 박 선생, 같은 학교 음악 선생인 하인숙과 술자리를 함께한다. '나'는 술자리에서 '목포의 눈물'을 부르는 하인숙에게 연민의 정을 느낀다.

위기 **하인숙에게서 우울했던 과거의 자신을 발견함**

술자리를 끝내고 나오는 길에 박 선생이 하인숙을 좋아한다는 사실을 알게 된다. 귀갓길에 하인숙은 자신을 서울로 데려가 달라고 '나'에게 간청한다.

절정 **'나'는 하인숙과 정사를 나누지만 사랑을 고백하지는 않음**

다음 날 '나'는 어머니 묘에 성묘를 하고 돌아오다 방죽에서 자살한 술집 여자의 시체를 목격한다. '나'는 여자의 죽음을 보며 젊었을 때 무진을 탈출하려고 했던 자신의 모습을 떠올린다. 오후에 세무서장 조를 찾아가자 그는 자랑스러운 듯이 '나'를 맞이한다. 조는 하인숙을 대수롭지 않게 여기는 발언을 한다. '나'는 아무것도 모르고 연애편지를 보내고 있는 후배 박 선생을 불쌍하게 여긴다.

세무서에서 나온 '나'는 바닷가 방죽으로 가 하인숙을 만난다. 방죽을 걷다가 예전에 살던 집에 찾아가 인사하고 옛날 살던 방에서 하인숙과 관계를 맺는다. 하인숙은 서울에 가고 싶지 않아졌다고 말하고 '나'는 하인숙을 서울로 데리고 가겠다고말한다.

결말 **아내의 전보를 받고 무진을 떠남**

이튿날 아침, 아내로부터 갑자기 상경하라는 전보가 온다. '나'는 하인숙에게 편지를 쓰다가 찢어 버리고 무진을 떠난다.

무진기행

버스가 산모퉁이를 돌아갈 때 나는 '무진 Mujin 10km'라는 이정비里程碑 주
로 도로에서 어느 곳까지의 거리와 방향을 알려 주는 비석를 보았다.[1] 그것은 옛날과 똑같은 모습으로
길가의 잡초 속에서 튀어나와 있었다. 내 뒷좌석에 앉아 있는 사람들 사이
에서 다시 시작된 대화를 나는 들었다.

"앞으로 십 킬로 남았군요."

"예, 한 삼십 분 후에 도착할 겁니다."

그들은 농사 관계의 시찰원직접 돌아다니며 둘러보고 실제의 사정을 살피는 일을 수행하는 사람들인 듯
했다. 아니 그렇지 않은지도 모른다. 그러나 하여튼 그들은 색 무늬 있는 반
소매 셔츠를 입고 있었고 데드롱직纖의 바지를 입었고 지나쳐 오는 마을과
들과 산에서 아마 농사 관계의 전문가들이 아니면 할 수 없는 관찰을 했고
그것을 전문적인 용어로 얘기하고 있었다. 광주에서 기차를 내려서 버스로
갈아탄 이래, 나는 그들이 시골 사람들답지 않게 앉은 목소리로 점잔을 빼
면서 얘기하는 것을 반수면 상태 속에서 듣고 있었다. 버스 안의 좌석들은
많이 비어 있었다. 그 시찰원들의 대화에 의하면 농번기이기 때문에 사람
들이 여행을 할 틈이 없어서라는 것이었다.

"무진엔 명산물이…… 뭐 별로 없지요?"

그들은 대화를 계속하고 있었다.

"별 게 없지요. 그러면서도 그렇게 많은 사람들이 살고 있다는 건 좀 이
상스럽거든요."

"바다가 가까이 있으니 항구로 발전할 수도 있었을 텐데요?"

"가 보시면 아시겠지만 그럴 조건이 되어 있는 것도 아닙니다. 수심이 얕
은데다가 그런 얕은 바다를 몇백 리나 밖으로 나가야만 비로소 수평선이
보이는 진짜 바다다운 바다가 나오는 곳이니까요."

"그럼 역시 농촌이군요."

"그렇지만 이렇다 할 평야가 있는 것도 아닙니다."

"그럼 그 오륙만이 되는 인구가 어떻게들 살아가나요?"

---

1) 안개 무(霧)와 나루 진(津)을 사용한 이름으로 작가가 만들어 낸 가상의 공간이다.

"그러니까 그럭저럭이란 말이 있는 게 아닙니까?"

그들은 점잖게 소리내어 웃었다.

"원, 아무리 그렇지만 한 고장에 명산물 하나쯤은 있어야지."

웃음 끝에 한 사람이 말하고 있었다.

무진에 명산물이 없는 게 아니다. 나는 그것이 무엇인지 알고 있다. 그것은 안개다. 아침에 잠자리에서 일어나서 밖으로 나오면, 밤사이에 진주해 온 적군들처럼 안개가 무진을 뺑 둘러싸고 있는 것이었다. 무진을 둘러싸고 있던 산들도 안개에 의하여 보이지 않는 먼 곳으로 유배당해 버리고 없었다. 안개는 마치 이승에 한이 있어서 매일 밤 찾아오는 여귀女鬼가 뿜어내놓은 입김과 같았다. 해가 떠오르고, 바람이 바다 쪽에서 방향을 바꾸어 불어오기 전에는 사람들의 힘으로써는 그것을 헤쳐 버릴 수가 없었다.

손으로 잡을 수 없으면서도 그것은 뚜렷이 존재했고 사람들을 둘러쌌고 먼 곳에 있는 것으로부터 사람들을 떼어 놓았다. 안개, 무진의 안개, 무진의 아침에 사람들이 만나는 안개, 사람들로 하여금 해를, 바람을 간절히 부르게 하는 무진의 안개, 그것이 무진의 명산물이 아닐 수 있을까! 버스의 덜커덩거림이 좀 덜해졌다. 버스의 덜커덩거림이 더하고 덜하는 것을 나는 턱으로 느끼고 있었다. 나는 몸에서 힘을 빼고 있었으므로 버스가 자갈이 깔린 시골길을 달려오고 있는 동안 내 턱은 버스가 껑충거리는 데 따라서 함께 덜그럭거리고 있었다. 턱이 덜그럭거릴 정도로 몸에서 힘을 빼고 버스를 타고 있으면, 긴장해서 버스를 타고 있을 때보다 피로가 더욱 심해진다는 것을 알고 있었지만 그러나 열려진 차창으로 들어와서 나의 밖으로 드러난 살갗을 사정없이 간질이고 불어 가는 유월의 바람이 나를 반수면 상태로 끌어넣었기 때문에 나는 힘을 주고 있을 수가 없었다.

바람은 무수히 작은 입자로 되어 있고 그 입자들은 할 수 있는 한, 욕심껏 수면제를 품고 있는 것처럼 내게는 생각되었다. 그 바람 속에는, 신선한 햇볕과 아직 사람들의 땀에 밴 살갗을 스쳐 보지 않았다는 천진스러운 저온, 그리고 지금 버스가 달리고 있는 길을 에워싸며 버스를 향하여 달려오고 있는 산줄기의 저편에 바다가 있다는 것을 알리는 소금기, 그런 것들이 이상스레 한데 어울리면서 녹아 있었다. 햇볕의 신선한 밝음과 살갗에 탄력을 주는 정도의 공기의 저온, 그리고 해풍에 섞여 있는 정도의 소금기, 이 세 가지만 합성해서 수면제를 만들어 낼 수 있다면 그것은 이 지상에 있는 모든 약방의 진열장 안에 있는 어떠한 약보다도 가장 상쾌한 약이 될 것이고 그리고 나는 이 세계에서 가장 돈 잘 버는 제약 회사의 전무님이 될 것이다. 왜냐하면 사람들은 누구나 조용히 잠들고 싶어 하고 조용히 잠든다는 것은 상쾌한 일이기 때문이다……. 그런 생각을 하자 나는 쓴웃음이 나왔다. 동시에 무진이 가까웠다는 것이 더욱 실감되었다. 무진에 오기만 하면 내가 하는 생각이란 항상 그렇게 엉뚱한 공상들이었고 뒤죽박죽이었던 것이다.

다른 어느 곳에서도 하지 않았던 엉뚱한 생각을, 나는 무진에서는 아무런 부끄럼 없이, 거침없이 해내곤 했었던 것이다. 아니 무진에서는 내가 무엇을 생각하고 어쩌고 하는 게 아니라 어떤 생각들이 나의 밖에서 제멋대로 이루어진 뒤 나의 머릿속으로 밀고 들어오는 듯했었다.

"당신 안색이 아주 나빠져서 큰일 났어요. 어머님의 산소에 다녀온다는 핑계를 대고 무진에 며칠 동안 계시다가 오세요. 주주 총회에서의 일은 아버지하고 저하고 다 꾸며 놓을게요. 당신은 오랜만에 신선한 공기를 쐬고 그리고 돌아와 보면 대회생 제약 회사의 전무님이 되어 있을 게 아니에요?"

라고 며칠 전날 밤, 아내가 나의 파자마 깃을 손가락으로 만지작거리며 나에게 진심에서 나온 권유를 했을 때도, 가기 싫은 심부름을 억지로 갈 때 아이들이 불평을 하듯이 내가 몇 마디 입안에 소리로 투덜댄 것도, 무진에서는 항상 자신을 상실하지 않을 수 없었던 과거의 경험에 의한 조건 반사였었다.

내가 좀 나이가 든 뒤로 무진에 간 것은 몇 차례 되지 않았지만 그 몇 차례 되지 않은 무진행이 그러나 그때마다 내게는 서울에서의 실패로부터 도망해야 할 때거나 하여튼 무언가 새 출발이 필요할 때였었다. 새 출발이 필요할 때 무진으로 간다는 그것은 우연이 결코 아니었고 그렇다고 무진에 가면 내게 새로운 용기라든가 새로운 계획이 술술 나오기 때문도 아니었었다. 오히려 무진에서의 나는 항상 처박혀 있는 상태였었다. 더러운 옷차림과 누우런 얼굴로 나는 항상 골방 안에서 뒹굴었다. 내가 깨어 있을 때는 수없이 많은 시간의 대열이 멍하니 서 있는 나를 비웃으며 흘러가고 있었고, 내가 잠들어 있을 때는 긴긴 악몽들이 거꾸러져 있는 나에게 혹독한 채찍질을 하였었다.

나의 무진에 대한 연상의 대부분은 나를 돌봐 주고 있는 노인들에 대하여 신경질을 부리던 것과 골방 안에서의 공상과 불면을 쫓아 보려고 행하던 수음과 곧잘 편도선을 붓게 하던 독한 담배꽁초와 우편배달부를 기다리던 초조함 따위거나 그것들에 관련된 어떤 행위들이었었다. 물론 그것들만 연상되었던 것은 아니다. 서울의 어느 거리에서고 나의 청각이 문득 외부로 향하면 무자비하게 쏟아져 들어오는 소음에 비틀거릴 때거나, 밤늦게 신당동 집 앞의 포장된 골목을 자동차로 올라갈 때, 나는 물이 가득한 강물이 흐르고, 잔디로 덮인 방죽이 시오 리 밖의 바닷가까지 뻗어 나가 있고, 작은 숲이 있고, 다리가 많고, 골목이 많고, 흙담이 많고, 높은 포플러가 에워싼 운동장을 가진 학교들이 있고, 바닷가에서 주워 온 까만 자갈이 깔린 뜰을 가진 사무소들이 있고, 대로 만든 와상臥牀 누워서 잘 수 있도록 만든 가구 이 밤거리에 나앉아 있는 시골을 생각했고 그것은 무진이었다. 문득 한적이 그리울 때도 나는 무진을 생각했었다. 그러나 그럴 때의 무진은 내가 관념 속에서 그리고 있는 어느 아늑한 장소일 뿐이지 거기엔 사람들이 살고 있지 않았다. 무진이라고 하면 그것에의 연상은 아무래도 어둡던 나의 청년이었다.

그렇다고 무진에의 연상이 꼬리처럼 항상 나를 따라다녔다는 것은 아니다. 차라리 나의 어둡던 세월이 일단 지나가 버린 지금은 나는 거의 항상 무진을 잊고 있었던 편이다. 어제저녁 서울역에서 기차를 탈 때에도, 물론 전송 나온 아내와 회사 직원 몇 사람에게 일러둘 말이 너무 많아서 거기에 정신이 쏠려 있던 탓도 있었겠지만, 하여튼 나는 무진에 대한 그 어두운 기억들이 그다지 실감나게 되살아오지는 않았다. 그런데 오늘 이른 아침, 광주에서 기차를 내려서 역구내를 빠져나올 때 내가 본 한 미친 여자가 그 어두운 기억들을 홱 잡아 끌어당겨서 내 앞에 던져 주었다. 그 미친 여자는 나일론의 치마저고리를 맵시 있게 입고 있었고 팔에는 시절에 맞추어 고른 듯한 핸드백도 걸치고 있었다. 얼굴도 예쁜 편이고 화장이 화려했다. 그 여자가 미친 사람이라는 것을 알 수 있는 것은 쉼 없이 굴리고 있는 눈동자와 그 여자를 에워싸고 서서 선하품 몸에 이상이 있거나 흥미 없는 일을 할 때에 나오는 하품 을 하며 그 여자를 놀려 대고 있는 구두닦이 아이들 때문이었다.

"공부를 많이 해서 돌아 버렸대."

"아냐, 남자한테서 채여서야."

"저 여자 미국 말도 참 잘한다. 물어볼까?"

아이들은 그런 얘기를 높은 목소리로 하고 있었다. 좀 나이가 든 여드름쟁이 구두닦이 하나는 그 여자의 젖가슴을 손가락으로 집적거렸고 그럴 때마다 그 여자는 여전히 무표정한 얼굴로 비명만 지르고 있었다. 그 여자의 비명이, 옛날 내가 무진의 골방 속에서 쓴 일기의 한 구절을 문득 생각나게 한 것이었다.

그때는 어머니가 살아 계실 때였다. 6·25 사변으로 대학의 강의가 중단되었기 때문에 서울을 떠나는 마지막 기차를 놓친 나는 서울에서 무진까지의 천여 리 길을 발가락이 몇 번이고 부르터지도록 걸어서 내려왔고, 어머니에 의해서 골방에 처박혀졌고 의용군의 징발도 그 후의 국군의 징병도 모두 기피해 버리고 있었었다. 내가 졸업한 무진의 중학교의 상급반 학생들이 무명지無名指 넷째 손가락에 붕대를 감고 '이 몸이 죽어서 나라가 선다면…….'을 부르며 읍 광장에 서 있는 트럭들로 행진해 가서 그 트럭들에 올라타고 일선으로 떠날 때도 나는 골방 속에 쭈그리고 앉아서 그들의 행진이 집 앞을 지나가는 소리를 듣고만 있었다. 전선이 북쪽으로 올라가고 대학이 강의를 시작했다는 소식이 들려왔을 때도 나는 무진의 골방 속에 숨어 있었다. 모두가 나의 홀어머님 때문이었다. 모두가 전쟁터로 몰려갈 때 나는 내 어머니에게 몰려서 골방 속에 숨어서 수음을 하고 있었다. 이웃집 젊은이의 전사 통지가 오면 어머니는 내가 무사한 것을 기뻐했고, 이따금 일선의 친구에게서 군사 우편이 오기라도 하면 나 몰래 그것을 찢어 버리곤 하였었다. 내가 골방보다는 전선을 택하고 싶어 하는 것을 알고 있었기 때문이다. 그 무렵에 쓴 나의 일기장들은 그 후에 태워 버려서 지금은 없지만, 모두가 스스로를 모멸하고 오욕을 웃으며 견디는 내용들이었다. '어머니, 혹시 제가 지금 미친다면 대강 다음과 같은 원인들 때문일 테니 그 점에 유의하셔서 저를 치료해 보십시오…….' 이러한 일기를 쓰던 때를, 이른 아침 역구내에서 본 미친 여자가 내 앞으로 끌어당겨 주었던 것이다. 무진이 가까웠다는 것을 나는 그 미친 여자를 통하여 느꼈고 그리고 방금 지나친 먼지를 둘러쓰고 잡초 속에서 튀어나와 있는 이정비를 통하여 실감했다.

"이번에 자네가 전무가 되는 건 틀림없는 거구, 그러니 자네 한 일주일 동안 시골에 내려가서 긴장을 풀고 푹 쉬었다가 오게. 전무님이 되면 책임이 더 무거워질 테니 말야."

아내와 장인 영감은 자신들은 알지 못하는 사이에 퍽 영리한 권유를 내게 한 셈이었다. 내가 긴장을 풀어 버릴 수 있는, 아니 풀어 버릴 수밖에 없는 곳을 무진으로 정해 준 것은 대단히 영리한 짓이었다. 버스는 무진 읍내로 들어서고 있었다. 기와지붕들도 양철 지붕들도 초가지붕들도 유월 하순의 강렬한 햇볕을 받고 모두 은빛으로 번쩍이고 있었다. 철공소에서 들리는 쇠망치 두드리는 소리가 잠깐 버스로 달려들었다가 물러났다. 어디선지 분뇨 냄새가 새어 들어왔고 병원 앞을 지날 때는 크레졸 냄새가 났고, 어느 상점의 스피커에서는 느려 빠진 유행가가 흘러나왔다. 거리는 텅 비어 있었고 사람들은 처마 끝의 그늘에 쭈그리고 앉아 있었다. 어린아이들은 빨가벗고 기우뚱거리며 그늘 속을 걸어 다니고 있었다. 읍의 포장된 광장도 거의 텅 비어 있었다. 햇빛만이 눈부시게 그 광장 위에서 끓고 있었고 그 눈부신 햇빛 속에서, 정적 속에서 개 두 마리가 혀를 빼물고 교미를 하고 있었다.

저녁 식사를 하기 조금 전에 나는 낮잠에서 깨어나서 신문 지국들이 몰려 있는 거리로 갔다. 이모님 댁에서는 신문을 구독하고 있지 않았다. 그렇지만 신문은, 도회인이 누구나 그렇듯이 이제 내 생활의 일부로서 내 하루의 시작과 끝을 맡아 보고 있었던 것이다. 내가 찾아간 신문 지국에 나는 이모님

당신 안색이 아주 나빠져서 큰일 났어요. 무진에 며칠 동안 계시다가 오시면 주주 총회에서의 일은 아버지하고 저하고 다 꾸며 놓을게요.

무진 MUJIN 10KM

🍷 소설 한 장면　　발단　'나'는 잠시 쉬기 위해 고향 무진으로 내려감

댁의 주소와 약도를 그려 주고 나왔다. 밖으로 나올 때 나는 내 등 뒤에서 지국 안에 있던 사람들이 그들끼리 무어라고 수군거리는 소리를 들었다.

아마 나를 알고 있는 사람들이었던 모양이다.

"……그래애? 거만하게 생겼는데……."

"……출세했다지……?"

"……옛날…… 폐병……."

그런 속삭임 속에서, 나는 밖으로 나오면서 은근히 한마디를 기다리고 있었다. 그러나 결국 '안녕히 가십시오.'는 나오지 않고 말았다. 그것이 서울과의 차이점이었다. 그들은 이제 점점 수군거림의 소용돌이 속으로 끌려 들어가고 있으리라. 자기 자신조차 잊어버리면서, 나중에 그 소용돌이 밖으로 내던져졌을 때 자기들이 느낄 공허감도 모른다는 듯이 수군거리고 또 수군거리고 있으리라.

바다가 있는 쪽에서 바람이 불어오고 있었다. 몇 시간 전에 버스에서 내릴 때보다 거리는 많이 번잡해졌다. 학생들이 학교에서 돌아오고 있었다. 그들은 책가방이 주체스러운 모양인지 그것을 뱅뱅 돌리기도 하며 어깨 너머로 넘겨 들기도 하며 두 손으로 껴안기도 하며 혀끝에 침으로써 방울을 만들어서 그것을 입바람으로 혹 불어 날리곤 했다. 학교 선생들과 사무소의 직원들도 달그락거리는 빈 도시락을 들고 축 늘어져서 지나가고 있었다. 그러자 나는 이 모든 것이 장난처럼 생각되었다.

학교에 다닌다는 것, 학생들을 가르친다는 것, 사무소에 출근했다가 퇴근한다는 이 모든 것이 실없는 장난이라는 생각이 든 것이다. 사람들이 거기에 매달려서 낑낑댄다는 것이 우습게 생각되었다.

이모 댁으로 돌아와서 저녁을 먹고 있을 때, 나는 방문을 받았다. 박*이라고 하는 무진중학교의 내 몇 해 후배였다. 한때 독서광이었던 나를 그 후배는 무척 존경하는 눈치였다. 그는 학생 시대에 이른바 문학 소년이었던 것이다. 미국의 작가인 피츠제럴드를 좋아한다고 하는 그 후배는 그러나 피츠제럴드의 팬답지 않게 아주 얌전하고 매사에 엄숙하였고 그리고 가난하였다.

"신문 지국에 있는 제 친구에게서 내려오셨다는 얘길 들었습니다. 웬일 이십니까?"

그는 정말 반가워해 주었다.

"무진엔 왜 내가 못 올 덴가?"

그렇게 대답하며 나는 내 말투가 마음에 거슬렸다.

"너무 오랫동안 오시지 않았으니까 그러는 거죠. 제가 군대에서 막 제대했을 때 오시고 이번이 처음이시니까 벌써……."

"벌써 한 4년 되는군."

4년 전 나는, 내가 경리의 일을 보고 있던 제약 회사가 좀 더 큰 다른 회사와 합병되는 바람에 일자리를 잃고 무진으로 내려왔던 것이다. 아니 단지 일자리를 잃었다는 이유만으로 서울을 떠났던 것은 아니다. 동거하고 있던 희^姬만 그대로 내 곁에 있어 주었던들 실의의 무진행은 없었으리라.

"결혼하셨다더군요."

박이 물었다.

"흐응, 자넨?"

"전 아직. 참, 좋은 데로 장가 드셨다고들 하더군요."

"그래? 자넨 왜 여태 결혼하지 않고 있나? 자네 금년에 어떻게 되지?"

"스물아홉입니다."

"스물아홉이라. 아홉수가 원래 사납다고 하데만, 금년엔 어떻게 해 보지 그래?"

"글쎄요."

박은 소년처럼 머리를 긁었다. 4년 전이니까 그해의 내 나이가 스물아홉이었고, 희가 내 곁에서 달아나 버릴 무렵에 지금 아내의 전남편이 죽었던 것이다.

"무슨 나쁜 일이 있었던 건 아니겠죠?"

옛날의 내 무진행의 내용을 다소 알고 있는 박은 그렇게 물었다.

"응, 아마 승진이 될 모양인데 며칠 휴가를 얻었지."

"잘되셨군요. 해방 후의 무진중학 출신 중에선 형님이 제일 출세하셨다고들 하고 있어요."

"내가?"

나는 웃었다.

"예, 형님하고 형님 동기 중에서 조^趙 형하고요."

"조라니 나하고 친하게 지내던 애 말인가?"

"예, 그 형이 재작년엔가 고등 고시에 패스해서 지금 여기 세무서장으로 있거든요."

"아, 그래?"

"모르셨어요?"

"서로 소식이 별로 없었지. 그애가 옛날엔 여기 세무서에서 직원으로 있었지, 아마?"

"예."

"그거 잘됐군. 오늘 저녁엔 그 친구에게나 가 볼까?"

친구 조는 키가 작았고 살결이 검은 편이었다. 그래서 키가 크고 살결이 창백한 나에게 열등감을 느낀다는 얘기를 내게 곧잘 했었다. '옛날에 손금이 나쁘다고 판단 받은 소년이 있었다. 그 소년은 자기의 손톱으로 손바닥에 좋은 손금을 파 가며 열심히 일했다. 드디어 그 소년은 성공해서 잘살았다.' 조는 이런 얘기에 가장 감격하는 친구였다.

"참, 자넨 요즘 뭘 하고 있나?"

내가 박에게 물었다. 박은 얼굴을 붉히고 잠시 머뭇거리다가 모교에서 교편을 잡고 있다고, 그것이 무슨 잘못이라도 되는 것처럼 우물거리며 대답했다.

"좋지 않아? 책 읽을 여유가 있으니까 얼마나 좋은가. 난 잡지 한 권 읽을 여유가 없네. 무얼 가르치고 있나?"

후배는 내 말에 용기를 얻었는지 아까보다는 조금 밝은 목소리로 대답했다.

"국어를 가르치고 있습니다."

"잘했어. 학교 측에서 보면 자네 같은 선생을 구하기도 힘들 거야."

"그렇지도 않아요. 사범 대학 출신들 때문에 교원 자격 고시 합격증 가지고 견디기가 힘들어요."

"그게 또 그런가?"

박은 아무 말없이 씁쓸한 미소만 지어 보였다.

저녁 식사 후 우리는 술 한 잔씩을 마시고 나서 세무서장이 된 조의 집을 향하여 갔다. 거리는 어두컴컴했다. 다리를 건널 때 나는 냇가의 나무들이 어슴푸레하게 물속에 비쳐 있는 것을 보았다. 옛날 언젠가, 역시 이 다리를 밤중에 건너면서 나는 이 시커멓게 웅크리고 있는 나무들을 저주했었다. 금방 소리를 지르며 달려들 듯한 모습으로 나무들은 서 있었던 것이다. 세상에 나무가 없다면 얼마나 좋을까 하고 생각하기도 했었다.

"모든 게 여전하군."

내가 말했다.

"그럴까요?"

후배가 웅얼거리듯이 말했다.

조의 응접실에는 손님들이 네 사람 있었다. 나의 손을 아프도록 쥐고 흔들고 있는 조의 얼굴이 옛날보다 윤택해지고 살결도 많이 하얘진 것을 나는 보고 있었다.

"어서 자리로 앉아라. 이거 원 누추해서…… 빨리 마누랄 얻어야겠는데……."

그러나 방은 결코 누추하지 않았다.

"아니 아직 결혼 안 했나?"

내가 물었다.

"법률책 좀 붙들고 앉아 있었더니 그렇게 돼 버렸어. 어서 앉아."

나는 먼저 온 손님들에게 소개되었다. 세 사람은 남자로서 세무서 직원들이었고 한 사람은 여자로서 나와 함께 온 박과 무언가 얘기를 주고받고 있었다.

"어어, 밀담들은 그만하시고, 하㉳ 선생, 인사해요. 내 중학 동창인 윤희중이라는 친굽니다. 서울에 있는 큰 제약 회사의 간사님이시고, 이쪽은 우리 모교에 와 계시는 음악 선생님이시고. 하인숙 씨라고, 작년에 서울에서 음악 대학을 나오신 분이지."

"아, 그러세요. 같은 학교에 계시는군요."

나는 박과 그 여선생을 번갈아 가리키며 여선생에게 말했다.

"네."

여선생은 방긋 웃으며 대답했고 내 후배는 고개를 숙여 버렸다.

"고향이 무진이신가요?"

"아녜요. 발령이 이곳으로 났기 땜에 저 혼자 와 있는 거예요."

그 여자는 개성 있는 얼굴을 가지고 있었다. 윤곽은 갸름했고 눈이 컸고 얼굴색은 노리끼리했다.

전체로 보아서 병약한 느낌을 주고 있었지만 그러나 좀 높은 콧날과 두꺼운 입술이 병약하다는 인상을 버리도록 요구하고 있었다. 그리고 카랑카랑한 목소리가 코와 입이 주는 인상을 더욱 강하게 하고 있었다.

"전공이 무엇이었던가요?"

"성악 공부 좀 했어요."

"그렇지만 하 선생님은 피아노도 아주 잘 치십니다."

박이 곁에서 조심스런 목소리로 끼어들었다. 조도 거들었다.

"노래를 아주 잘하시지. 소프라노가 굉장하시거든."

"아, 소프라노를 맡으시는가요?"

내가 물었다.

"네, 졸업 연주회 땐 '나비 부인 푸치니의 대표적인 오페라' 중에서 '어떤 개인 날'을 불렀어요."

그 여자는 졸업 연주회를 그리워하고 있는 듯한 음성으로 말했다.

방바닥에는 비단의 방석이 놓여 있고 그 위에는 화투짝이 흩어져 있었다. 무진이다. 곧 입술을 태울 듯이 불타 들어가는 담배꽁초를 입에 물고 눈으로 들어오는 그 담배 연기 때문에 눈물을 찔끔거리며 눈을 가늘게 뜨고, 이미 정오가 가까운 시각에야 잠자리에서 일어나서 그날의 허황한 운수를 점쳐 보던 화투짝이었다. 혹은, 자신을 팽개치듯이 기어들던 언젠가의 놀음판, 그 놀음판에서 나의 뜨거워져 가는 머리와 떨리는 손가락만을 제외하곤 내 몸을 전연 느끼지 못하게 만들던 그 화투짝이었다.

"화투가 있군, 화투가."

나는 한 장을 집어서 소리가 나게 내려치고 다시 그것을 집어서 내려치고 또 집어서 내려치고 하며 중얼거렸다.

"우리 돈내기 한판 하실까요?"

세무서 직원 중의 하나가 내게 말했다. 나는 싫었다.

"다음 기회에 하지요."

세무서 직원들은 싱글싱글 웃었다. 조가 안으로 들어갔다가 나왔다. 잠시 후에 술상이 나왔다.

"여기엔 얼마쯤 있게 되나?"

"일주일가량."

"청첩장 한 장 없이 결혼해 버리는 법이 어디 있어? 하기야 청첩장을 보냈더라도 그땐 내가 세무서에서 주판알 튕기고 있을 때니까 별수도 없었겠지만 말이다."

"난 그랬지만 청첩장 보내야 한다."

"염려 마라. 금년 안으로는 받아 볼 수 있게 될 거다."

우리는 별로 거품이 일지 않는 맥주를 마셨다.

"제약 회사라면 그게 약 만드는 데 아닙니까?"

"그렇죠."

"평생 병 걸릴 염려는 없겠습니다그려."

굉장히 우스운 익살을 부렸다는 듯이 직원들은 방바닥을 치며 오랫동안 웃었다.

"참 박 군, 학생들한테서 인기가 대단하더구먼. ……기껏 오 분쯤 걸어오면 될 거리에 살면서 나한테 왜 통 놀러 오지 않나?"

"늘 생각은 하고 있었습니다만……."

"저기 앉아 계시는 하 선생님한테서 자네 얘긴 늘 듣고 있었지. ……자, 하 선생 맥주는 술도 아니니까 한잔 들어 봐요. 평소엔 그렇지도 않던데 오늘 저녁엔 왜 이렇게 얌전을 피우실까?"

"네 네, 거기 놓으세요. 제가 마시겠어요."

"맥주는 좀 마셔 봤지요?"

"대학 다닐 때 친구들과 어울려서 방문을 안으로 잠가 놓고 소주도 마셔본걸요."

"이거 술꾼인 줄은 몰랐는데."

"마시고 싶어서 마신 게 아니라 시험 삼아서 맛 좀 본 거예요."

"그래서 맛이 어떻습디까?"

"모르겠어요. 술잔을 입에서 떼자마자 쿨쿨 자 버렸으니까요."

사람들이 웃었다. 박만이 억지로 웃는 듯한 웃음이었다.

"내가 항상 생각하는 바지만, 하 선생님의 좋은 점은 바로 저기에 있거든. 될 수 있으면 얘기를 재미있게 하려고 한다는 점, 바로 그거야."

"일부러 재미있게 하려고 하는 게 아녜요. 대학 다닐 때의 말버릇이에요."

"아하, 그러고 보면 하 선생의 나쁜 점은 바로 저기 있어. '내가 대학 다닐 때'라는 말을 빼놓곤 얘기가 안 됩니까? 나처럼 대학엔 문전에도 가 보지 못한 사람은 서러워서 살겠어요?"

"죄송합니다."

"그럼 내게 사과하는 뜻에서 노래 한 곡 들려주시겠어요?"

“그거 좋습니다.”

“좋지요.”

“한번 들어 봅시다.”

사람들이 박수를 쳤다. 여선생은 머뭇거렸다.

“서울 손님도 오고 했으니까……. 그 지난번에 부르던 거 참 좋습디다.”

조는 재촉했다.

“그럼 부릅니다.”

여선생은 거의 무표정한 얼굴로 입을 조금만 달싹거리며 노래를 부르기 시작했다. 세무서 직원들이 손가락으로 술상을 두드리기 시작했다. 여선생은 ‘목포의 눈물’을 부르고 있었다. ‘어떤 개인 날’과 ‘목포의 눈물’ 사이에는 얼마만큼의 유사성이 있을까? 무엇이 저 아리아들로써 길들여진 성대에서 유행가를 나오게 하고 있을까? 그 여자가 부르는 ‘목포의 눈물’에는 작부_{酌婦 술집에서 손님을 접대하고 술 시중을 드는 여자}들이 부르는 그것에서 들을 수 있는 것과 같은 꺾임이 없었고, 대체로 유행가를 살려 주는 목소리의 갈라짐이 없었고, 흔히 유행가 내용으로 하는 청승맞음이 없었다. 그 여자의 ‘목포의 눈물’은 이미 유행가가 아니었다. 그렇다고 ‘나비 부인’ 중의 아리아는 더욱

무자비하게 청승맞고, 높은 옥타브의 절규를 포함하고 있고, 무진의 냄새가 스며 있다. ……무엇이 아리아들로써 길들여진 성대에서 유행가를 나오게 하고 있을까?

소설 한 장면 전개 후배 박 선생과 친구 조와의 술자리에서 하인숙을 만남

아니었다. 그것은 이전에는 없었던 어떤 새로운 양식의 노래였다. 그 양식은 유행가가 내용으로 하는 청승맞음과는 다른 좀 더 무자비한 청승맞음을 포함하고 있었고, '어떤 개인 날'의 그 절규보다도 훨씬 높은 옥타브의 절규를 포함하고 있었고, 그 양식에는 머리를 풀어 헤친 광녀의 냉소가 스며 있었고, 무엇보다도 시체가 썩어 가는 듯한 무진의 그 냄새가 스며 있었다.

그 여자의 노래가 끝나자 나는 의식적으로 바보 같은 웃음을 띠우고 박수를 쳤고 그리고 육감이랄까, 나는 후배인 박이 이 자리에서 떠나고 싶어하는 것을 알았다. 나의 시선이 박에게로 갔을 때, 나의 시선을 박은 기다렸다는 듯이 자리에서 일어났다.

누군지가 그에게 앉아 있기를 권했으나 박은 해사한 웃음을 띠우며 거절했다.

"먼저 실례합니다. 형님은 내일 또 뵙지요."

조는 대문까지 따라 나왔고 나는 한길까지 박을 바래다주려고 나갔다. 밤이 깊지 않았는데도 거리는 적막했다. 어디선지 개 짖는 소리가 들려왔고, 쥐 몇 마리가 한길 위에서 무엇을 먹고 있다가 우리의 그림자에 놀라 흩어져 버렸다.

"형님, 보세요. 안개가 내리는군요."

과연 한길의 저 끝이, 불빛이 드문드문 박혀 있는 먼 주택지의 검은 풍경들이 점점 풀어져 가고 있었다.

"자네, 하 선생을 좋아하고 있는 모양이군."

내가 물었다. 박은 다시 해사한 웃음을 띠었다.

"그 여선생과 조 군과 무슨 관계가 있는 모양이지?"

"모르겠습니다. 아마 조 형이 결혼 대상자 중의 하나로 생각하고 있는 거 같아요."

"자네가 그 여선생을 좋아한다면 좀 더 적극적으로 나가야 해. 잘해 봐."

"뭐 별로……."

박은 소년처럼 말을 더듬거렸다.

"그 속물들 틈에 앉아서 유행가를 부르고 있는 게 좀 딱해 보였을 뿐이지요. 그래서 나와 버린 거죠."

박은 분노를 누르고 있는 듯이 나직나직 말했다.

"클래식을 부를 장소가 있고 유행가를 부를 장소가 따로 있다는 것뿐이겠지, 뭐 딱할 거까지야 있나?"

나는 거짓말로써 그를 위로했다. 박은 가고 나는 다시 '속물'들 틈에 끼었다. 무진에서는 누구나 그렇게 생각하는 것이다, 타인은 모두 속물들이라고. 나 역시 그렇게 생각하는 것이다, 타인이 하는 모든 행위는 무위와 똑같은 무게밖에 가지고 있지 않은 장난이라고.

밤이 퍽 깊어서 우리는 자리에서 일어났다. 조는 내가 자기 집에서 자고 가기를 권했다. 그러나 다음 날 아침에 잠자리에서 일어나서 그 집을 나올 때까지의 부자유스러움을 생각하고 나는 기어코 밖으로 나섰다. 직원들도 도중에서 흩어져 가고 결국엔 나와 여자만이 남았다. 우리는 다리를 건너고 있었다. 검은 풍경 속에서 냇물은 하얀 모습으로 뻗어 있었고 그 하얀 모습의 끝은 안개 속으로 사라지고 있었다.

"밤엔 정말 멋있는 고장이에요."

여자가 말했다.

"그래요? 다행입니다."

내가 말했다.

"왜 다행이라고 말씀하시는 줄 짐작하겠어요."

여자가 말했다.

"어느 정도까지 짐작하셨어요?"

내가 물었다.

"사실은 멋이 없는 고장이니까요. 제 대답이 맞았어요?"

"거의."

우리는 다리를 다 건넜다. 거기서 우리는 헤어져야 했다. 그 여자는 냇물을 따라서 뻗어 나간 길로 가야 했고, 나는 곧장 난 길로 가야 했다.

"아, 글루 가세요. 그럼……."

내가 말했다.

"조금만 바래다주세요. 이 길은 너무 조용해서 무서워요."

여자가 조금 떨리는 목소리로 말했다. 나는 다시 여자와 나란히 서서 걸었다. 나는 갑자기 이 여자와 친해진 것 같았다. 다리가 끝나는 바로 거기에서부터, 그 여자가 정말 무서워서 떠는 듯한 목소리로 내게 바래다주기를 청했던 바로 그때부터 나는 그 여자가 내 생애 속에 끼어든 것을 느꼈다. 내 모든 친구들처럼, 이제는 모른다고 할 수 없는, 때로는 내가 그들을 훼손

하기도 했지만 그러나 더욱 많이 그들이 나를 훼손시켰던 내 모든 친구들처럼.

"처음에 뵈었을 때, 뭐랄까요, 서울 냄새가 난다고 할까요, 퍽 오래전부터 알던 사람처럼 느껴졌어요. 참 이상하죠?"

갑자기 여자가 말했다.

"유행가."

내가 말했다.

"네?"

"아니 유행가는 왜 부르십니까? 성악 공부한 사람들은 될 수 있는 대로 유행가를 멀리하지 않았던가요?"

"그 사람들은 항상 유행가만 부르라고 하거든요."

대답하고 나서 여자는 부끄러운 듯이 나지막하게 소리 내어 웃었다.

"유행가를 부르지 않으려면 거기에 가지 않는 게 좋다고 얘기하면 내정 간섭이 될까요?"

"정말 앞으론 가지 않을 작정이에요. 정말 보잘것없는 사람들이에요."

"그럼 왜 여태까진 거기에 놀러 다녔습니까?"

"심심해서요."

여자는 힘없이 말했다. 심심하다, 그래 그게 가장 정확한 표현이다.

"아까 박 군은 하 선생님께서 유행가를 부르고 계시는 게 보기에 딱하다고 하면서 나가 버렸지요."

나는 어둠 속에서 여자의 얼굴을 살폈다.

"박 선생님은 정말 꽁생원 마음이 너그럽지 못하고 소견이 좁은 사람을 놀림조로 이르는 말 이에요."

여자는 유쾌한 듯이 높은 소리로 웃었다.

"선량한 사람이죠."

내가 말했다.

"네, 너무 선량해요."

"박 군이 하 선생님을 사랑하고 있다는 생각을 해 본 적은 없었던가요?"

"아이, '하 선생님, 하 선생님' 하지 마세요. 오빠라고 해도 제 큰오빠뻘이나 되실 텐데요."

"그럼 무어라고 부릅니까?"

"그냥 제 이름을 불러 주세요. 인숙이라고요."

"인숙이, 인숙이."

나는 낮은 소리로 중얼거려 보았다.

"그게 좋군요."

나는 말했다.

"인숙인 왜 내 질문을 피하지요?"

"무슨 질문을 하셨던가요?"

여자는 웃으면서 말했다. 우리는 논 곁을 지나가고 있었다. 언젠가 여름 밤, 밀고 가까운 논에서 들려오는 개구리들의 울음소리를, 마치 수많은 비단 조개껍질을 한꺼번에 맞비빌 때 나는 듯한 소리를 듣고 있을 때 나는 그 개구리 울음소리들이 나의 감각 속에서 반짝이고 있는, 수없이 많은 별들로 바뀌어져 있는 것을 느끼곤 했었다. 청각의 이미지가 시각의 이미지로 바뀌는 이상한 현상이 나의 감각 속에서 일어나곤 했었던 것이다. 개구리 울음소리가 반짝이는 별들이라고 느낀 나의 감각은 왜 그렇게 뒤죽박죽이 었을까? 그렇지만 밤하늘에서 쏟아질 듯이 반짝이고 있는 별들을 보고 개구리의 울음소리가 귀에 들려오는 듯했었던 것은 아니다. 별들을 보고 있으면 나는 나의 어느 별과 그리고 그 별과 또 다른 별들 사이의 안타까운 거리가, 과학책에서 배운 바로써가 아니라, 마치 나의 눈이 점점 정확해져 가고 있는 듯이, 나의 시력에 뚜렷하게 보여 오는 것이었다. 나는 그 도달할 길 없는 거리를 보는 데 홀려서 멍하니 서 있다가 그 순간 속에서 그대로 가슴이 터져 버리는 것 같았다. 왜 그렇게 못 견디어 했을까? 별이 무수히 반짝이는 밤하늘을 보고 있던 옛날 나는 왜 그렇게 분해서 못 견디어 했을까?

"무얼 생각하고 계세요?"

여자가 물어 왔다.

"개구리 울음소리."

대답하며 나는 밤하늘을 올려 봤다. 내리고 있는 안개에 가려서 별들이 흐릿하게 떠 보였다.

"어머, 개구리 울음소리. 정말예요. 제겐 여태까지 개구리 울음소리가 들리지 않았어요. 무진의 개구리는 밤 열두 시 이후에만 우는 줄로 알고 있었는데요."

"열두 시 이후예요?"

"네, 밤 열두 시가 넘으면, 제가 방을 얻어 있는 주인댁의 라디오 소리도 꺼지고 들리는 거라곤 개구리 울음소리뿐이거든요."

"밤 열두 시가 넘도록 잠을 자지 않고 무얼 하시죠?"

"그냥 가끔 그렇게 잠이 오지 않아요."

그냥 그렇게 잠이 오지 않는다, 아마 그건 사실이리라.

"사모님 예쁘게 생기셨어요?"

여자가 갑자기 물었다.

"제 아내 말씀인가요?"

"네."

"예쁘죠."

나는 웃으면서 대답했다.

"행복하시죠? 돈이 많고 예쁜 부인이 있고 귀여운 아이들이 있고 그러면……."

"아이들은 아직 없으니까 쬐끔 덜 행복하겠군요."

"어머, 결혼을 언제 하셨는데 아직 아이들이 없어요?"

"이제 삼 년 좀 넘었습니다."

"특별한 용무도 없이 여행하시면서 왜 혼자 다니세요?"

이 여자는 왜 이런 질문을 할까? 나는 조용히 웃어 버렸다. 여자는 아까보다 좀 더 명랑한 목소리로 말했다.

"앞으로 오빠라고 부를 테니까 절 서울로 데려가 주시겠어요?"

"서울에 가고 싶으신가요?"

"네."

"무진이 싫은가요?"

"미칠 것 같아요. 금방 미칠 것 같아요. 서울엔 제 대학 동창들도 많고……. 아이, 서울로 가고 싶어 죽겠어요."

여자는 잠깐 내 팔을 잡았다가 얼른 놓았다. 나는 갑자기 흥분되었다. 나는 이마를 찡그렸다. 찡그리고 또 찡그렸다. 그러자 흥분이 가셨다.

"그렇지만 이젠 어딜 가도 대학 시절과는 다를걸요. 인숙은 여자니까 아마 가정으로 숨어 버리기 전에는 어느 곳에 가든지 미칠 것 같을걸요."

"그런 생각도 해 봤어요. 그렇지만 지금 같아선 가정을 갖는다고 해도 미칠 것 같은 생각이 들어요. 정말 맘에 드는 남자가 아니면요. 정말 맘에 드

는 남자가 있다고 해도 여기서는 살기가 싫어요. 전 그 남자에게 여기서 도
망하자고 조를 거예요."

"그렇지만 내 경험으로는 서울에서의 생활이 반드시 좋지도 않더군요.
책임, 책임뿐입니다."

"그렇지만 여긴 책임도 무책임도 없는 곳인걸요. 하여튼 서울에 가고 싶
어요. 절 데려가 주시겠어요?"

"생각해 봅시다."

"꼭이에요, 네?"

나는 그저 웃기만 했다. 우리는 그 여자의 집 앞에까지 왔다.

"선생님, 내일은 무얼 하실 계획이세요?"

여자가 물었다.

"글쎄요. 아침엔 어머님 산소엘 다녀와야 하겠고, 그러고 나면 할 일이
없군요. 바닷가에나 가 볼까 하는데요. 거긴 한때 내가 방을 얻어 있던 집이
있으니까 인사도 할 겸."

"선생님, 내일 거긴 오후에 가세요."

"왜요?"

내 경험으로는 서울에서의 생활이 반드시 좋지도 않더군요. 책임, 책임뿐입니다.

그렇지만 여긴 책임도 무책임도 없는 곳인걸요. ……하여튼 서울에 가고 싶어요. 절 데려가 주시겠어요?

소설 한 장면　위기　하인숙에게서 우울했던 과거의 자신을 발견함

"저도 같이 가고 싶어요. 내일은 토요일이니까 오전 수업뿐이에요."

"그럽시다."

우리는 내일 만날 시간과 장소를 약속하고 헤어졌다. 나는 이상한 우울증에 빠져서 터벅터벅 밤길을 걸어 이모 댁으로 돌아왔다.

내가 이불 속으로 들어갔을 때 통금 사이렌이 불었다. 그것은 갑작스럽게 요란한 소리였다. 그 소리는 길었다. 모든 사물이 모든 사고思考가 그 사이렌에 흡수되어 갔다. 마침내 이 세상에선 아무것도 없어져 버렸다. 사이렌만이 세상에 남아 있었다. 그 소리도 마침내 느껴지지 않을 만큼 오랫동안 계속할 것 같았다. 그때 소리가 갑자기 힘을 잃으면서 꺾였고 길게 신음하며 사라져 갔다.

내 사고만이 다시 살아났다. 나는 얼마 전까지 그 여자와 주고받던 얘기들을 다시 생각해 보려 했다. 많은 것을 얘기한 것 같은데 그러나 귓속에는 우리의 대화가 몇 개 남아 있지 않았다. 좀 더 시간이 지난 후, 그 대화들이 내 귓속에서 내 머릿속으로 자리를 옮길 때는 그리고 머릿속에서 심장 속으로 옮겨 갈 때는 또 몇 개가 더 없어져 버릴 것인가. 아니 결국엔 모두 없어져 버릴지도 모른다.

천천히 생각해 보자. 그 여자는 서울에 가고 싶다고 했다. 그 말을 그 여자는 안타까운 음성으로 얘기했다. 나는 문득 그 여자를 껴안고 싶은 충동에 사로잡혔다.

그리고…… 아니, 내 심장에 남을 수 있는 것은 그것뿐이었다. 그러나 그것도 일단 무진을 떠나기만 하면 내 심장 위에서 지워져 버리리라. 나는 잠이 오지 않았다. 낮잠 때문이기도 하였다. 나는 어둠 속에서 담배를 피웠다.

나는 우울한 유령들처럼 나를 내려다보고 있는 벽에 걸린 하얀 옷들을 흘겨보고 있었다. 나는 담뱃재를 머리맡의 적당한 곳에 떨었다. 내일 아침 걸레로 닦아 내면 될 어느 곳에. '열두 시 이후에 우는' 개구리 울음소리가 희미하게 들려오고 있었다. 어디선가 한 시를 알리는 시계 소리가 나직이 들려왔다. 어디선가 두 시를 알리는 시계 소리가 들려왔다. 어디선가 세 시를 알리는 시계 소리가 들려왔다. 어디선가 네 시를 알리는 시계 소리가 들려왔다. 잠시 후에 통금 해제의 사이렌이 불었다. 시계와 사이렌 중 어느 것 하나가 정확하지 못했다. 사이렌은 갑작스럽고 요란한 소리였다. 그 소리는 길었다. 모든 사물이 모든 사고가 그 사이렌에 흡수되어 갔다. 마침내 이 세상에선 아무것도 없어져 버렸다. 사이렌만 이 세상에 남아 있었다. 그 소리도 마침내 느껴지지 않을 만큼 오랫동안 계속할 것 같았다. 그때 소리가 갑자기 힘을 잃으면서 꺾였고 길게 신음하며 사라져 갔다. 어디선가 부부들은 교합하리라. 아니다. 부부가 아니라 창부와 그 여자의 손님이리라. 나는 왜 그런 엉뚱한 생각을 하고 있는지 알 수 없었다. 잠시 후에 나는 슬며시 잠이 들었다.

그날 아침엔 이슬비가 내리고 있었다. 식전에 나는 우산을 받쳐 들고 읍 근처의 산에 있는 어머니의 산소로 갔다. 나는 바지를 무릎 위까지 걷어 올리고 비를 맞으며 묘를 향하여 엎드려 절했다. 비가 나를 굉장한 효자로 만들어 주었다. 나는 한 손으로 묘 위의 긴 풀을 뜯었다. 풀을 뜯으면서 나는, 나를 전무님으로 만들기 위하여 전무 선출에 관계된 사람들을 찾아다니며 그 호걸웃음을 웃고 있을 장인 영감을 상상했다. 그러나 나는 묘 속으로 들어가고 싶었다.

돌아가는 길은, 좀 멀기는 하지만 잔디가 곱게 깔린 방죽 길을 걷기로 했다. 이슬비가 바람에 뿌옇게 날리고 있었다. 비를 따라서 풍경이 흔들렸다. 나는 우산을 접어 버렸다. 방죽 위를 걸어가다가 나는, 방죽의 경사 밑 물가의 풀밭에, 읍에서 먼 촌으로부터 등교하기 위하여 온 학생들이 모여서 웅성거리고 있는 것을 보았다.

나이 많은 사람들이 몇 사람 끼여 있었고 비옷을 입은 순경 한 사람이 방죽의 비탈 위에 쭈그리고 앉아서 담배를 피우며 먼 곳을 바라보고 있었고 노파 한 사람이 혀를 차며 웅성거리고 있는 학생들의 틈을 빠져나와서 갔다. 나는 방죽의 비탈을 내려갔다. 순경 곁을 지나면서 나는 물었다.

"무슨 일입니까?"

"자살 시쳅니다."

순경은 흥미 없는 말투로 말했다.

"누군데요?"

"읍에 있는 술집 여잡니다. 초여름이 되면 반드시 몇 명씩 죽지요."

"네에."

"저 계집애는 아주 독살스러운 년이어서 안 죽을 줄 알았더니, 저것도 별수 없는 사람이었던 모양입니다."

"네에."

나는 물가로 내려가서 학생들 틈에 끼었다. 시체의 얼굴은 냇물을 향하고 있었으므로 내게는 보이지 않았다. 머리는 파마였고 팔과 다리가 하얗고 굵었다. 붉은색의 얇은 스웨터를 입고 있었고 하얀 스커트를 입고 있었다. 지난밤의 새벽은 추웠던 모양이다. 아니면 그 옷이 그 여자의 맘에 든 옷이었던가 보다. 푸른 꽃무늬 있는 하얀 고무신을 머리에 베고 있었다. 무엇인가를 싼 하얀 손수건이 그 여자의 축 늘어진 손에서 좀 떨어진 곳에 굴러 있었다.

하얀 손수건은 비를 맞고 있었고 바람이 불어도 조금도 나부끼지 않았다. 시체의 얼굴을 보기 위해서 많은 학생들이 냇물 속에 발을 담그고 이쪽을 향하여 서 있었다. 그들의 푸른색 유니폼이 물에 거꾸로 비쳐 있었다. 푸른색의 깃발들이 시체를 옹위하고 있었다.

나는 그 여자를 향하여 이상스레 정욕이 끓어오름을 느꼈다. 나는 급히 그 자리를 떠났다.

"무슨 약을 먹었는지 모르지만 지금이라도 어쩌면……."

순경에게 내가 말했다.

"저런 여자들이 먹는 건 청산가립니다. 수면제 몇 알 먹고 떠들썩한 연극 같은 건 안 하지요. 그것만은 고마운 일이지만."

나는 무진으로 오는 버스 안에서 수면제를 만들어 팔겠다는 공상을 한 것이 생각났다. 햇볕의 신선한 밝음과 살갗에 탄력을 주는 정도의 공기의 저온, 그리고 해풍에 섞여 있는 정도의 소금기, 이 세 가지를 합성하여 수면제를 만들 수 있다면……. 그러나 사실 그 수면제는 이미 만들어져 있었던 게 아닐까. 나는 문득, 내가 간밤에 잠을 이루지 못하고 뒤척거리고 있었던 게 이 여자의 임종을 지켜 주기 위해서가 아니었을까 하는 생각이 들었다. 통금 해제의 사이렌이 불고 이 여자는 약을 먹고 그제야 나는 슬며시 잠이 들었던 것만 같다. 갑자기 나는 이 여자가 나의 일부처럼 느껴졌다. 아프긴 하지만 아끼지 않으면 안 될 내 몸의 일부처럼 느껴졌다. 나는 접어든 우산에 묻은 물을 휙휙 뿌리면서 집으로 돌아왔다. 집에는 세무서장인 조가 보낸 쪽지가 기다리고 있었다. '할 일 없으면 세무서에 좀 들러 주게.' 아침밥을 먹고 나는 세무서로 갔다. 이슬비는 그쳤으나 하늘은 흐렸다. 나는 조의 의도를 알 것 같았다. 서장실에 앉아 있는 자기의 모습을 보여 주고 싶은 거다.

아니 내가 비꼬아서 생각하고 있는지 모른다. 나는 고쳐 생각하기로 했다. 그는 세무서장으로 만족하고 있을까? 아마 만족하고 있을 게다. 그는 무진에 어울리는 사람이다. 아니, 나는 다시 고쳐 생각하기로 했다. 어떤 사람을 잘 안다는 것, 잘 아는 체한다는 것이 그 어떤 사람의 입장에서 보면 무척 불행한 일이다.

우리가 비난할 수 있고 적어도 평가하려고 드는 것은 우리가 알고 있는 사람에 한하는 것이기 때문이다.

조는 러닝샤쓰 바람으로, 바지는 무릎 위까지 걷어붙이고 부채를 부치고 있었다. 나는 그가 초라해 보였고 그러나 그가 흰 커버를 씌운 회전의자 위에 앉아 있는 것을 자랑스러워하는 듯한 몸짓을 해 보일 때는 그가 가엾게 생각되었다.

"바쁘지 않나?"

내가 물었다.

"나야 뭐 하는 일이 있어야지. 높은 자리라는 건 책임진다는 말만 중얼거리고 있으면 되는 모양이지."

그러나 그는 결코 한가하지 않았다. 여러 사람들이 드나들면서 서류에 조의 도장을 받아 갔고 더 많은 서류들이 그의 미결※※ 함에 쌓여졌다.

"월말에다가 토요일이 되어서 좀 바쁘다."

그는 말했다. 그러나 그의 얼굴은 그 바쁜 것을 자랑스럽게 여기고 있었다. 바쁘다. 자랑스러워 할 틈도 없이 바쁘다. 그것은 서울에서의 나였다. 그만큼 여기는 생활한다는 것에 서투를 수 있다고나 할까? 바쁘다는 것도 서투르게 바빴다. 그리고 그때 나는, 사람이 자기가 하는 일에 서투르다는 것은, 그것이 무슨 일이든지 설령 도둑질이라고 할지라도 서투르다는 것은 보기에 딱하고 보는 사람을 신경질 나게 한다고 생각하였다. 미끈하게 일을 처리해 버린다는 건 우선 우리를 안심시켜 준다.

"참, 엊저녁, 하 선생이란 여자는 네 색싯감이냐?"

내가 물었다.

"색싯감?"

그는 높은 소리로 웃었다.

"내 색싯감이 그 정도로밖에 안 보이냐?"

그가 말했다.

"그 정도가 뭐 어때서?"

"야, 이 약아빠진 놈아, 넌 빽 좋고 돈 많은 과부를 물어 놓고 기껏 내가 어디서 굴러 온 줄도 모르는 말라빠진 음악 선생이나 차지하고 있으면 맘이 시원하겠다는 거냐?"

말하고 나서 그는 유쾌해 죽겠다는 듯이 웃어 대었다.

"너만큼만 사는 정도라면 여자가 거지라도 괜찮지 않아?"

내가 말했다.

"그래도 그게 아니다. 내 편에 나를 끌어 줄 사람이 없으면 처가 편에서라도 누가 있어야 하는 거야."

그가 대답했다. 그의 말투로는 우리는 공모자였다.

"야, 세상 우습더라. 내가 고시에 패스하자마자 중매쟁이 막 들어오는데……. 그런데 그게 모두 형편없는 것들이거든. 도대체 여자들이 성기 하나를 밑천으로 해서 시집가 보겠다는 고 배짱들이 괘씸하단 말야."

"그럼 그 여선생도 그런 여자 중의 하나인가?"

"아주 대표적인 여자지. 어떻게나 쫓아다니는지 귀찮아 죽겠다."

"퍽 똑똑한 여자일 것 같던데."

"똑똑하기야 하지. 그렇지만 뒷조사를 해 보았더니 집안이 너무 허술해. 그 여자가 여기서 죽는다고 해도 고향에서 그 여자를 데리러 올 사람 하나 변변한 게 없거든."

나는 그 여자를 어서 만나 보고 싶었다. 나는 그 여자가 지금 어디서 죽어가고 있는 것처럼 생각되었다. 어서 가서 만나 보고 싶었다.

"속도 모르는 박 군은 그 여자를 좋아한대."

그가 말하면서 빙긋 웃었다.

"박 군이?"

나는 놀라는 체했다.

"그 여자에게 편지를 보내어 호소를 하는데 그 여자가 모두 내게 보여 주거든. 박 군은 내게 연애편지를 쓰는 셈이지."

나는 그 여자를 만나 보고 싶은 생각이 싹 가셨다. 그러나 잠시 후엔 그 여자를 어서 만나 보고 싶다는 생각이 되살아났다.

"지난 봄엔 그 여잘 데리고 절에 한번 갔었지. 어떻게 해 보려고 했는데요 영리한 게 결혼하기 전까지는 절대로 안 된다는 거야."

"그래서?"

"무안만 당하고 말았지."

나는 그 여자에게 감사했다.

시간이 됐을 때 나는 그 여자와 만나기로 한, 읍내에서 좀 떨어진 바다로 뻗어 나가고 있는 방죽으로 갔다. 노란 파라솔 하나가 멀리 보였다. 그것이 그 여자였다. 우리는 구름이 낀 하늘 밑을 나란히 걸어갔다.

"저 오늘 박 선생님께 선생님에 관해서 여러 가지 물어봤어요."

"그래요?"

"무얼 제일 중요하게 물어보았을 것 같아요?"

나는 전연 짐작할 수가 없었다. 그 여자는 잠시 동안 키득키득 웃었다. 그리고 말했다.

"선생님의 혈액형을 물어봤어요."

"내 혈액형을요?"

"전 혈액형에 대해서 이상한 믿음을 가지고 있어요. 사람들이 꼭 자기의 혈액형이 나타내 주는…… 그, 생물책에 씌어 있지 않아요? ……꼭 그 성격대로이기만 했으면 좋겠어요. 그럼 세상엔 손가락으로 꼽을 정도의 성격밖에 없을 게 아니에요?"

"그게 어디 믿음입니까? 희망이지."

"전 제가 바라는 것은 그대로 믿어 버리는 성격이에요."

"그건 무슨 혈액형입니까?"

"바보라는 이름의 혈액형이에요."

우리는 후덥지근한 공기 속에서 괴롭게 웃었다. 나는 그 여자의 프로필을 훔쳐보았다. 그 여자는 이제 웃음을 그치고 입을 꾹 다물고 그 커다란 눈으로 앞을 똑바로 응시하고 있었고 코끝에 땀이 맺혀 있었다. 그 여자는 어린아이처럼 나를 따라오고 있었다. 나는 나의 한 손으로 그 여자의 한 손을 잡았다. 그 여자는 놀라는 듯했다. 나는 얼른 손을 놓았다. 잠시 후에 나는 다시 손을 잡았다.

그 여자는 이번엔 놀라지 않았다. 우리가 잡고 있는 손바닥과 손바닥의 틈으로 희미한 바람이 새어 나가고 있었다.

"무작정 서울에만 가면 어떻게 할 작정이오?"

내가 물었다.

"이렇게 좋은 오빠가 있는데 어떻게 해 주겠지요."

여자는 나를 쳐다보며 방긋 웃었다.

"신랑감이야 수두룩하긴 하지만…… 서울보다는 고향에 가 있는 게 낫지 않을까요?"

"고향보다는 여기가 나아요."

"그럼 여기 그대로 있는 게……."

"아이, 선생님. 절 데리고 가시잖을 작정이시군요."

여자는 울상을 지으며 내 손을 뿌리쳤다. 사실 나는 내 자신을 알 수 없었다. 사실 나는 감상이나 연민으로써 세상을 향하고 서는 나이도 지난 것이다. 사실 나는, 몇 시간 전에 조가 얘기했듯이 '빽이 좋고 돈 많은 과부'를 만난 것을 반드시 바랐던 것은 아니지만 결과적으로는 잘되었다고 생각하고 있는 사람인 것이다.

나는 내게서 달아나 버렸던 여자에 대한 것과는 다른 사랑을 지금의 내 아내에 대하여 갖고 있었다. 그러면서도 나는 구름이 끼어 있는 하늘 밑의 바다로 뻗은 방죽 위를 걸어가면서, 다시 내 곁에 선 여자의 손을 잡았다. 나는 지금 우리가 찾아가고 있는 집에 대하여 여자에게 설명해 주었다. 어느 해, 나는 그 집에서 방 한 칸을 얻어 들고 더러워진 나의 폐를 씻어 내고 있었다. 어머니도 세상을 떠나간 뒤였다. 이 바닷가에서 보낸 일 년. 그때 내가 쓴 모든 편지들 속에서 사람들은 '쓸쓸하다'라는 단어를 쉽게 발견할 수 있었다. 그 단어는 다소 천박하고 이제는 사람의 가슴에 호소해 오는 능력도 거의 상실해 버린 사어死語 같은 것이지만 그러나 그 무렵의 내게는 그 말밖에 써야 할 말이 없는 것처럼 생각되었었다.

아침의 백사장을 거니는 산보에서 느끼는 시간의 지루함과 낮잠에서 깨어나서 식은땀이 줄줄 흐르는 이마를 손바닥으로 닦으며 느끼는 허전함과 깊은 밤에 악몽으로부터 깨어나서 쿵쿵 소리를 내며 급하게 뛰고 있는 심장을 한 손으로 누르며 밤바다의 그 애처로운 울음소리에 귀를 기울이고 있을 때의 안타까움, 그런 것들이 굴 껍데기처럼 다닥다닥 붙어서 떨어질 줄 모르는 나의 생활을 나는 '쓸쓸하다'라는, 지금 생각하면 허깨비 같은 단어 하나로 대신 시켰던 것이다. 바다는 상상도 되지 않는 먼지 낀 도시에서, 바쁜 일과 중에, 무표정한 우편배달부가 던져 주고 간 나의 편지 속에서 '쓸쓸하다'라는 말을 보았을 때 그 편지를 받은 사람이 과연 무엇을 느끼거나 상상할 수 있었을까? 그 바닷가에서 그 편지를 내가 띄우고 도시에서 내가 그 편지를 받았다고 가정할 경우에도 내가 그 바닷가에서 그 단어에 걸어 보던 모든 것에 만족할 만큼 도시의 내가 바닷가의 나의 심경에 공명할 수 있었을 것인가? 아니 그것이 필요하기나 했었을까? 그러나 정확하게 말하자면, 그 무렵 편지를 쓰기 위해서 책상 앞으로 다가가고 있던 나도, 지금에 와서 내가 하고 있는 바와 같은 가정과 질문을 어렴풋이나마 하고 있었고 그 대답을 '아니다'로 생각하고 있었던 듯하다. 그러면서도 나는 그 속에 '쓸쓸하다'라는 단어가 씌어진 편지를 썼고 때로는 바다가 암청색으로 서투르게 그려진 엽서를 사방으로 띄웠다.

"세상에서 제일 먼저 편지를 쓴 사람은 어떤 사람이었을까요?"

내가 말했다.

"아이, 편지, 정말 편지를 받는 것처럼 기쁜 일은 없어요. 정말 누구였을까요? 아마 선생님처럼 외로운 사람이었겠죠?"

여자의 손이 내 손안에서 꼼지락거렸다. 나는 그 손이 그렇게 말하고 있는 듯한 느낌이 들었다.

"그리고 인숙이처럼."

내가 말했다.

"네."

우리는 서로 고개를 돌려 마주 보면서 웃음 지었다.

우리는 우리가 찾아가는 집에 도착했다. 세월이 그 집과 그 집 사람들만은 피해서 지나갔던 모양이다. 주인들은 나를 옛날의 나로 대해 주었고 그러자 나는 옛날의 내가 되었다. 나는 가지고 온 선물을 내놓았고 그 집 주인 부부는 내가 들어 있던 방을 우리에게 제공해 주었다. 나는 그 방에서 여자의 조바심을, 마치 칼을 들고 달려드는 사람으로부터, 누군가 자기의 손에서 칼을 빼앗아 주지 않으면 상대편을 찌르고 말 듯한 절망을 느끼는 사람으로부터 칼을 빼앗듯이 그 여자의 조바심을 빼앗아 주었다. 그 여자는 처녀는 아니었다. 우리는 다시 방문을 열고 물결이 다소 거센 바다를 내어다보며 오랫동안 말없이 누워 있었다.

"서울에 가고 싶어요. 단지 그거뿐예요."

한참 후에 여자가 말했다. 나는 손가락으로 여자의 볼 위에 의미 없는 도화를 그리고 있었다.

"세상엔 착한 사람이 있을까?"

나는 방으로 불어오는 해풍 때문에 불이 꺼져 버린 담배에 다시 불을 붙이며 말했다.

"절 나무라시는 거죠? 착하게 보아 주려는 마음이 없으면 아무도 착하지 않을 거예요."

나는 우리가 불교도라고 생각했다.

"선생님은 착한 분이세요?"

"인숙이가 믿어 주는 한."

나는 다시 한 번 우리가 불교도라고 생각했다. 여자는 누운 채 내게 조금 더 다가왔다.

"바닷가로 나가요, 네? 노래 불러 드릴게요."

여자가 말했다. 그러나 우리는 일어나지 않았다.

"바닷가로 나가요, 네? 방이 너무 더워요."

우리는 일어나서 밖으로 나왔다. 우리는 백사장을 걸어서 인가가 보이지 않는 바닷가의 바위 위에 앉았다. 파도가 거품을 숨겨 가지고 와서 우리가 앉아 있는 바위 밑에 그것을 뿜어 놓았다.

"선생님."

여자가 나를 불렀다. 나는 여자 쪽으로 고개를 돌렸다.

"자기 자신이 싫어지는 것을 경험하신 적이 있으세요?"

여자가 꾸민 명랑한 목소리로 물었다. 나는 기억을 헤쳐 보았다. 나는 고개를 끄덕이며 말했다.

"언젠가 나와 함께 자던 친구가 다음 날 아침에 내가 코를 골면서 자더라는 것을 알려 주었을 때였지. 그땐 정말이지 살맛이 나지 않았어."

나는 여자를 웃기기 위해서 그렇게 말했다. 그러나 여자는 웃지 않고 조용히 고개만 끄덕거렸다.

한참 후에 여자가 말했다.

"선생님, 저 서울에 가고 싶지 않아요."

나는 여자의 손을 달라고 하여 잡았다. 나는 그 손을 힘을 주어 쥐면서 말했다.

"우리 서로 거짓말은 하지 말기로 해."

"거짓말이 아니에요."

여자는 방긋 웃으면서 말했다.

"'어떤 개인 날' 불러 드릴게요."

"그렇지만 오늘은 흐린걸."

나는 '어떤 개인 날'의 그 이별을 생각하며 말했다. 흐린 날엔 사람들은 헤어지지 말기로 하자. 손을 내밀고 그 손을 잡는 사람이 있으면 그 사람을 가까이 가까이 좀 더 가까이 끌어당겨 주기로 하자. 나는 그 여자에게 '사랑한다'고 말하고 싶었다. 그러나 '사랑한다'라는 그 국어의 어색함이 그렇게 말하고 싶은 나의 충동을 쫓아 버렸다.

우리가 바닷가에서 읍내로 돌아온 것은 저녁의 어둠이 밀려든 뒤였다. 읍내에 들어오기 조금 전에 우리는 방죽 위에서 키스를 했다.

"전 선생님께서 여기 계시는 일주일 동안만 멋있는 연애를 할 계획이니까 그렇게 알고 계세요."

헤어지면서 여자가 말했다.

"그렇지만 내 힘이 더 세니까 별수 없이 내게 끌려서 서울까지 가게 될걸."

내가 말했다.

집으로 돌아와서 나는 후배인 박이 낮에 다녀간 것을 알았다. 그는 내가

소설 한 장면　　절정　'나'는 하인숙과 정사를 나누지만 사랑을 고백하지는 않음

'무진에 계시는 동안 심심하시지 않을까 하여 읽으시라.'고 책 세 권을 두고 갔다. 그가 저녁에 다시 오겠다고 하더라는 얘기를 이모가 내게 했다. 나는 피로를 핑계로 아무도 만나기 싫다는 뜻을 이모에게 알려 두었다.

이모는 내가 바닷가에서 아직 돌아오지 않았다고 대답하겠다고 말했다. 나는 아무것도 생각하고 싶지 않았다, 아무것도. 나는 이모에게 소주를 사 오게 하여 취해서 잠이 들 때까지 마셨다. 새벽녘에 잠깐 잠이 깨었다. 나는 이유를 집어낼 수 없이 가슴이 두근거렸는데 그것은 불안이었다. '인숙이' 하고 나는 중얼거려 보았다.[1] 그리고 곧 다시 잠이 들어 버렸다. 나는 이모가 나를 흔들어 깨워서 눈을 떴다. 늦은 아침이었다. 이모는 전보 한 통을 내게 건네주었다. 엎드려 누운 채 나는 전보를 펴 보았다. '27일 회의참석필 요, 급상경바람 영'. '27일'은 모레였고, '영'은 아내였다. 나는 아프도록 쑤 시는 이마를 베개에 대었다. 나는 숨을 거칠게 쉬고 있었다. 나는 내 호흡을 진정시키려고 했다. 아내의 전보가 무진에 와서 내가 한 모든 행동과 사고 를 내게 점점 명료하게 드러내 보여 주었다. 모든 것이 선입관 때문이었다. 결국 아내의 전보는 그렇게 얘기하고 있었다. 나는 아니라고 고개를 저었 다. 모든 것이, 흔히 여행자에게 주어지는 그 자유 때문이라고 아내의 전보 는 말하고 있었다. 나는 아니라고 고개를 저었다. 모든 것이 세월에 의하여 내 마음속에서 잊혀질 수 있다고 전보는 말하고 있었다.

그러나 상처가 남는다고, 나는 고개를 저었다. 오랫동안 우리는 다투었 다. 그래서 전보와 나는 타협안을 만들었다. 한 번만, 마지막으로 한 번만 이 무진을, 안개를, 외롭게 미쳐 가는 것을, 유행가를, 술집 여자의 자살을, 배반을, 무책임을 긍정하기로 하자. 마지막으로 한 번만이다.[2] 꼭 한 번만, 그리고 나는 내게 주어진 한정된 책임 속에서만 살기로 약속한다. 전보여, 새끼손가락을 내밀어라. 나는 거기에 내 새끼손가락을 걸어서 약속한다. 우리는 약속했다.

그러나 나는 돌아서서 전보의 눈을 피하여 편지를 썼다. '갑자기 떠나게 되었습니다. 찾아가서 말로써 오늘 제가 먼저 가는 것을 알리고 싶었습니 다만 대화란 항상 의외의 방향으로 나가 버리기를 좋아하기 때문에 이렇게

---

1) 하인숙을 사랑하는 마음이 불안스럽게 느껴졌다는 의미이다.

2) '나'는 무진과 무진의 모든 것들을 긍정하기로 하였으나, 결국 그렇게 하지 못하고 무진을 떠나게 된다.

글로써 알리는 것입니다. 간단히 쓰겠습니다. 사랑하고 있습니다. 왜냐하면
당신은 제 자신이기 때문에, 적어도 제가 어렴풋이나마 사랑하고 있는 옛
날의 저의 모습이기 때문입니다. 저는 옛날의 저를 오늘의 저로 끌어 놓기
위하여 있는 힘을 다할 작정입니다. 저를 믿어 주십시오. 그리고 서울에서
준비가 되는 대로 소식 드리면 당신은 무진을 떠나서 제게 와 주십시오. 우
리는 아마 행복할 수 있을 것입니다.' 쓰고 나서 나는 그 편지를 읽어 봤다.
또 한 번 읽어 봤다. 그리고 찢어 버렸다.[1]

　덜컹거리며 달리는 버스 속에 앉아서 나는, 어디쯤에선가, 길가에 세워
진 하얀 팻말을 보았다. 거기에는 선명한 검은 글씨로 '당신은 무진읍을 떠
나고 있습니다. 안녕히 가십시오.'라고 씌어 있었다.

　나는 심한 부끄러움을 느꼈다.

사랑하고 있습니다. 왜냐하면 당신은 제
자신이기 때문에, 적어도 제가 어렴풋이나마
사랑하고 있는 옛날의 저의 모습이기 때문입니다.

당신은 무진읍을
떠나고 있습니다.
안녕히 가십시오

🎬 소설 한·장면　　결말　아내의 전보를 받고 무진을 떠남

---

1) 전보는 실용성이 강조되는 반면, 편지는 개인의 내면을 표시하는 수단이다. 하인숙에게 전달하려던 편지를 찢어
　버리고 아내가 보낸 전보대로 행동하는 것은 현실을 따르는 '나'의 모습을 상징적으로 보여 준다.

🔭 생각해 볼까요?

선생님 「무진기행」에서 '안개'가 상징하는 것은 무엇일까요?
💬 3 🤍 3

↳ **학생 1** 안개는 시야를 가리며 불투명하고 모호하다는 속성이 있어요.

↳ **학생 2** 작품 속에서 안개는 현실과 꿈, 삶과 죽음, 진실과 거짓 등이 뒤섞여 있는 혼돈 상태를 의미해요.

↳ **학생 3** 이는 혼돈 속에서 자아를 찾아 나서는 주인공의 내면세계를 반영한다고 볼 수 있어요.

선생님 이 소설은 '서울 → 무진 → 서울'의 여로 구조를 취하고 있어요. 무진과 서울은 '나'에게 각각 어떤 의미일지 얘기해 볼까요?
💬 3 🤍 3

↳ **학생 1** '나'의 아내가 있는 서울은 현실적 가치가 지배하는 일상적 공간이에요. 반면 안개와 바다, 자살한 여인의 시체, 하인숙의 노래가 있는 무진은 몽환적 공간이에요.

↳ **학생 2** 몽환적인 공간은 현실의 공간보다 아름다워요. 하지만 사람은 몽환 속에서만 살 수는 없어요.

↳ **학생 3** 결국 서울을 택한 '나'는 현실과 타협한 것에 부끄러움을 느껴요.

선생님 '나'에게 고향 무진과 무진에서 만난 하인숙은 어떤 의미일까요?
💬 1 🤍 1

↳ **학생 1** 무진은 '나'를 연민과 감상이 지배하는 과거로 이끄는 장소예요. 하인숙은 과거 자신의 모습을 보여 주는 분신과도 같은 인물이에요.

🔍 **여로형 소설** ▼

연관 검색어 여행 「만세전」 「삼포 가는 길」

주인공이나 등장인물이 여행하면서 겪는 일들을 다룬 소설을 여로(旅路)형 소설이라고 한다. 대표적인 여로형 소설로는 염상섭의 「만세전」과 황석영의 「삼포 가는 길」이 있다. 「만세전」은 도쿄 유학생인 '나'가 아내가 위독하다는 전보를 받고 도쿄에서 서울로 향하면서 보고 들은 내용을 담은 소설이다. 황석영의 「삼포 가는 길」에는 농촌을 떠나 도시에서 힘겹게 살아가던 정 씨와 영달, 백화가 정 씨의 고향인 삼포로 향하는 길에 동행하면서 벌어지는 일을 다룬다.

서울, 1964년 겨울

#개인주의 #인간소외 #소통단절 #익명성

⚓ 작품 길잡이

갈래: 순수 소설, 도시 소설
배경: 시간 – 1960년 / 공간 – 서울
시점: 1인칭 주인공 시점
주제: 뚜렷한 가치관을 갖지 못한 사람들의 심리적 방황과 인간적 연대감의 상실
출전: 〈사상계〉(1965)

📷 인물 관계도

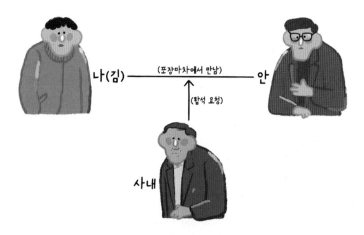

나(김) ——— (포장마차에서 만남) ——— 안

(합석 요청)

사내

나(김) 사내를 걱정하는 마음은 있으나 도울 여력이 없어 적극적으로 행동하지 못한다.

안 사내와 함께 다니지만 공감하지 못하고 사내가 자살할 것을 짐작하면서도 외면한다.

사내 아내를 잃은 절망에 빠져 '나'와 '안'에게 함께 있어 달라고 간청하다 혼자 남게 되자 스스로 목숨을 끊는다.

📋 구성과 줄거리

발단 '나'와 '안'은 선술집에서 무의미한 대화를 나눔
구청 병사계에 근무하는 '나'와 대학원생인 '안'은 선술집에서 우연히 만나 대화를 나눈다. '나'는 육군사관학교에 불합격한 후 현실에 안주하며 살아가고 있다. '안'과 '나'가 밤거리에 나온 이유는 그저 낭만적 미소를 짓는 예쁜 여자나 거리의 네온사인에 취하기 위해서다.

전개 30대 중반의 사내가 끼어들어 동행을 요청함
선술집에서 어떤 사내가 우리에게 말을 걸어온다. 그는 자신이 술을 사겠다며 함께 가 줄 것을 요청한다. 그다지 달갑지 않았지만 우리는 근처의 중국집으로 들어간다. 사내는 오늘 자신의 아내가 죽었고 장례를 치를 돈이 없어 아내의 시신을 병원에 팔았다고 이야기한다. 그리고 오늘 그 돈을 모두 써 버릴 때까지 자신과 함께 있어 달라고 부탁한다.

위기 사내는 아내의 시신을 판 돈을 불 속에 던짐
세 사람은 택시를 잡아타고 소방차를 뒤따른다. 사내는 호주머니를 뒤져서 돈을 모두 '안'에게 준다. '안'과 '나'는 돈을 세어 보고 다시 그에게 돌려준다. 화재가 난 곳에 도착한 세 사람은 페인트 통 위에 앉아서 불구경을 한다. 아내가 타고 있다는 환각에 사로잡힌 사내는 남은 돈을 흰 보자기에 싸서 불 속으로 던진다.

절정 사내는 같은 방에 들자고 하지만 각자 다른 방에 투숙함
'나'와 '안'이 사내에게 작별을 청하자 그는 혼자 있기 무서우니 같이 있자고 하소연한다. 사내는 자신이 여관비를 내겠다면서 어느 집에 들러 월부 책값을 요구한다. 통금 시간이 다 되어서야 여관에 든 세 사람은 혼자 있기 싫다는 사내의 말을 외면하고 각자 다른 방으로 들어간다.

결말 다음 날 사내가 주검으로 발견되고 '나'와 '안'은 헤어짐
다음 날 아침 '안'이 '나'를 깨우며 사내가 죽었다고 말한다. '나'와 '안'은 그가 자살했을 것이라고 단정하고 서둘러서 여관을 나선다. '안'은 사내의 죽음을 예상했지만 그를 살릴 수 있는 유일한 방법은 혼자 두는 것이라 생각했다고 말한다. '나'와 '안'은 '스물다섯이지만 너무 많이 늙었음.'에 동의하면서 헤어진다.

서울, 1964년 겨울

1964년 겨울을 서울에서 지냈던 사람이라면 누구나 알고 있겠지만, 밤이 되면 거리에 나타나는 선술집—오뎅과 군참새와 세 가지 종류의 술 등을 팔고 있고, 얼어붙은 거리를 휩쓸며 부는 차가운 바람이 펄럭거리게 하는 포장을 들치고 안으로 들어서게 되어 있고, 그 안에 들어서면 카바이드 carbide 물과 반응하면 아세틸렌 가스를 발생시키는 물질 불의 길쭉한 불꽃이 바람에 흔들리고 있고, 염색한 군용軍用 잠바를 입고 있는 중년 사내가 술을 따르고 안주를 구워 주고 있는 그러한 선술집에서, 그날 밤, 우리 세 사람은 우연히 만났다. 우리 세 사람이란 나와 도수 높은 안경을 쓴 안安이라는 대학원 학생과 정체를 알 수 없지만 요컨대 가난뱅이라는 것만은 분명하여 그의 정체를 꼭 알고 싶다는 생각은 조금도 나지 않는 서른대여섯 살짜리 사내를 말한다.

먼저 말을 주고받게 된 것은 나와 대학원생이었는데, 뭐 그렇고 그런 자기소개가 끝났을 때는 나는 그가 안 씨라는 성을 가진 스물다섯 살짜리 대한민국 청년, 대학 구경을 해보지 못한 나로서는 상상이 되지 않는 전공을 가진 대학원생, 부잣집 장남이라는 걸 알았고, 그는 내가 스물다섯 살짜리 시골 출신, 고등학교는 나오고 육군사관학교를 지원했다가 실패하고 나서 군대에 갔다가 임질에 한 번 걸려 본 적이 있고, 지금은 구청 병사계兵事係에서 일하고 있다는 것을 아마 알았을 것이다.

자기소개들은 끝났지만 그러고 나서는 서로 할 얘기가 없었다. 잠시 동안은 조용히 술만 마셨는데, 나는 새카맣게 구워진 군참새를 집을 때 할 말이 생겼기 때문에 마음속으로 군참새에게 감사하고 나서 얘기를 시작했다.

"안 형, 파리를 사랑하십니까?"

"아니오, 아직까진……."

그가 말했다.

"김 형은 파리를 사랑하세요?"

"예."

라고 나는 대답했다.

"날 수 있으니까요. 아닙니다. 날 수 있는 것으로서 동시에 내 손에 붙잡힐 수 있는 것이니까요. 날 수 있는 것으로서 손안에 잡아본 적이 있으세요?"

"가만 계셔 보세요."

그는 안경 속에서 나를 멀거니 바라보며 잠시 동안 표정을 꼼지락거리고 있었다. 그리고 말했다.

"없어요. 나도 파리밖에는⋯⋯."

낮엔 이상스럽게도 날씨가 따뜻했기 때문에 길은 얼음이 녹아서 흙물로 가득했었는데 밤이 되면서부터 다시 기온이 내려가고 흙물은 우리의 발밑에서 다시 얼어붙기 시작했다. 소가죽으로 지어진 내 검정 구두는 얼고 있는 땅바닥에서 올라오고 있는 찬 기운을 충분히 막아내지 못하고 있었다. 사실 이런 술집이란, 집으로 돌아가는 길에 잠깐 한잔하고 싶은 생각이 든 사람이나 들어올 데지, 마시면서 곁에 선 사람과 무슨 얘기를 주고받을 데는 되지 못하는 곳이다. 그런 생각이 문득 들었지만 그 안경잡이가 때마침 나에게 기특한 질문을 했기 때문에 나는 '이 놈 그럴듯하다.'고 생각되어 추위 때문에 저려 드는 내 발바닥에 조금만 참으라고 부탁했다.

"김 형, 꿈틀거리는 것을 사랑하십니까?"

하고 그가 내게 물었던 것이다.

"사랑하구말구요."

나는 갑자기 의기양양해져서 대답했다. 추억이란 그것이 슬픈 것이든지 기쁜 것이든지 그것을 생각하는 사람을 의기양양하게 한다. 슬픈 추억일 때는 고즈넉이 의기양양해지고 기쁜 추억일 때는 소란스럽게 의기양양해진다.

"사관학교 시험에서 미역국을 먹고 나서도 얼마 동안, 나는 나처럼 대학 입학시험에 실패한 친구 하나와 미아리에 하숙하고 있었습니다. 서울엔 그때가 처음이었죠. 장교가 된다는 꿈이 깨어져서 나는 퍽 실의에 빠져 있었습니다. 그때 영영 실의해 버린 느낌입니다. 아시겠지만 꿈이 크면 클수록 실패가 주는 절망감도 대단한 힘을 발휘하더군요. 그 무렵 재미를 붙인 게 아침의 만원된 버스 칸이었습니다. 함께 있는 친구와 나는 하숙집의 아침 밥상을 밀어 놓기가 바쁘게 미아리고개 위에 있는 버스 정류장으로 달려갑니다. 개처럼 숨을 헐떡거리면서 말입니다. 시골에서 처음으로 서울에 올라온 청년들의 눈에 가장 부럽고 신기하게 비치는 게 무언지 아십니까? 부러운 건 뭐니 뭐니 해도, 밤이 되면 빌딩들의 창에 켜지는 불빛, 아니 그 불빛 속에서 이리저리 움직이고 있는 사람들이고, 신기한 건 버스 칸 속에서 일 센티미터도 안 되는 간격을 두고 자기 곁에 예쁜 아가씨가 서 있다는 사실입니다. 때로는 아가씨들과 팔목의 살을 대고 있기도 하고 허벅다리를 비비고 서 있을 수도 있어서 그것 때문에 나는 하루 종일 시내버스를 이것저것 갈아타면서 보낸 적도 있습니다. 물론 그날 밤에는 너무 피로해서 토했습니다만……."

"잠깐, 무슨 얘기를 하시자는 겁니까?"

"꿈틀거리는 것을 사랑한다는 얘기를 하려던 참이었습니다. 들어 보세요. 그 친구와 나는 출근 시간의 만원 버스 속을 쓰리꾼^{소매치기}들처럼 안으로 비집고 들어갑니다. 그리고 자리를 잡고 앉아 있는 젊은 여자 앞에 섭니다. 나는 한 손으로 손잡이를 잡고 나서, 달려오느라고 좀 멍해진 머리를 올리고 있는 손에 기댑니다. 그리고 내 앞에 앉아 있는 여자의 아랫배 쪽으로 천천히 시선을 보냅니다. 그러면 처음엔 얼른 눈에 뜨이지 않지만 시간이 조금 가고 내 시선이 투명해지면서부터 나는 그 여자의 아랫배가 조용히 오르내리는 것을 볼 수 있습니다……."

"오르내린다는 건…… 호흡 때문에 그러는 것이겠죠?"

"물론입니다. 시체의 아랫배는 꿈쩍도 하지 않으니까요. 하여튼…… 나는 그 아침의 만원 버스 칸 속에서 보는 젊은 여자 아랫배의 조용한 움직임을 보고 있으면 왜 그렇게 마음이 편안해지고 맑아지는지 모르겠습니다. 나는 그 움직임을 지독하게 사랑합니다."

"퍽 음탕한 얘기군요."

라고 안은 기묘한 음성으로 말했다. 나는 화가 났다. 그 얘기는, 내가 만일 라디오의 박사 게임 같은 데에 나가게 돼서 '세상에서 가장 신선한 것은?'이라는 질문을 받게 되었을 때, 남들은 상추니 오월의 새벽이니 천사의 이마니 하고 대답하겠지만 나는 그 움직임이 가장 신선한 것이라고 대답하려니 하고 일부러 기억해 두었던 것이었다.

"아니 음탕한 얘기가 아닙니다."

나는 강경한 태도로 말했다.

"그 얘기는 정말입니다."

"음탕하지 않다는 것과 정말이라는 것 사이엔 어떤 관계가 있죠?"

"모르겠습니다. 관계 같은 것은 난 모릅니다. 요컨대……"

"그렇지만 그 동작은 '오르내린다'는 것이지 꿈틀거린다는 것은 아니군요. 김 형은 아직 꿈틀거리는 것을 사랑하지 않으시구먼."

우리는 다시 침묵 속으로 떨어져서 술잔만 만지작거리고 있었다. 개새끼, 그게 꿈틀거리는 게 아니라고 해도 괜찮다, 하고 나는 생각하고 있었다. 그런데 잠시 후에 그가 말했다.

"난 지금 생각해 봤는데, 김 형의 그 오르내림도 역시 꿈틀거림의 일종이라는 결론을 얻었습니다."

"그렇죠?"

나는 즐거워졌다.

"그것은 틀림없는 꿈틀거림입니다. 난 여자의 아랫배를 가장 사랑합니다. 안 형은 어떤 꿈틀거림을 사랑합니까?"

"어떤 꿈틀거림이 아닙니다. 그냥 꿈틀거리는 거죠. 그냥 말입니다. 예를 들면…… 데모도……."

"데모가? 데모를? 그러니까 데모……."

"서울은 모든 욕망의 집결지입니다. 아시겠습니까?"

"모르겠습니다."

라고 나는 할 수 있는 한 깨끗한 음성을 지어서 대답했다.

그때 우리의 대화는 또 끊어졌다. 이번엔 침묵이 오래 계속되었다. 나는 술잔을 입으로 가져갔다. 내가 잔을 비우고 났을 때 그도 잔을 입에 대고 눈을 감고 마시고 있는 게 보였다. 나는 이젠 자리를 떠나야 할 때가 되었다고 다소 서글픈 기분으로 생각했다. 결국 그렇고 그렇다. 또 한 번 확인된 것에 지나지 않다고 생각하면서, '자 그럼 다음에 또…….'라고 말할까, '재미있었습니다.'라고 말할까, 궁리하고 있는데 술잔을 비운 안이 갑자기 한 손으로 내 한쪽 손을 살그머니 잡으면서 말했다.

"우리가 거짓말을 하고 있었다고 생각하지 않으십니까?"

"아니오."

나는 좀 귀찮은 생각이 들었다.

"안 형은 거짓말을 했는지 모르지만 내가 한 얘기는 정말이었습니다."

"난 우리가 거짓말을 하고 있었던 것 같은 느낌이 듭니다."

그는 붉어진 눈두덩을 안경 속에서 두어 번 끔벅거리고 나서 말했다.

"난 우리 또래의 친구를 새로 알게 되면 꼭 꿈틀거림에 대한 얘기를 하고 싶어집니다. 그래서 얘기를 합니다. 그렇지만 얘기는 오 분도 안 돼서 끝나 버립니다."

나는 그가 무슨 이야기를 하고 있는지 알 듯하기도 했고 모를 것 같기도 했다.

"우리 다른 얘기합시다."

하고 그가 다시 말했다.

나는 심각한 얘기를 좋아하는 이 친구를 골려 주기 위해서, 그리고 한편으로는 자기의 음성을 자기가 들을 수 있는 취한 사람의 특권을 맛보고 싶어서 얘기를 시작했다.

"평화시장 앞에서 줄지어 선 가로등들 중에서 동쪽으로부터 여덟 번째 등은 불이 켜져 있지 않습니다……."

나는 그가 좀 어리둥절해하는 것을 보자 더욱 신이 나서 얘기를 계속했다.

"……그리고 화신백화점 육 층의 창들 중에서는 그중 세 개에서만 불빛이 나오고 있었습니다……."

그러자 이번엔 내가 어리둥절해질 사태가 벌어졌다. 안의 얼굴에 놀라운 기쁨이 빛나기 시작했기 때문이다.

그가 빠른 말씨로 얘기하기 시작했다.

"서대문 버스 정거장에는 사람이 서른두 명 있는데 그중 여자가 열일곱 명이고 어린애는 다섯 명, 젊은이는 스물한 명, 노인이 여섯 명입니다."

"그건 언제 일이지요?"

"오늘 저녁 일곱 시 십오 분 현재입니다."

"아"

하고 나는 잠깐 절망적인 기분이었다가 그 반작용인 듯 굉장히 기분이 좋아져서 털어놓기 시작했다.

"단성사 옆 골목의 첫 번째 쓰레기통에는 초콜릿 포장지가 두 장 있습니다."

"그건 언제?"

"지난 십사 일 저녁 아홉 시 현재입니다."

"적십자병원 정문 앞에 있는 호두나무의 가지 하나는 부러져 있습니다."

"을지로 삼가에 있는 간판 없는 한 술집에는 미자라는 이름을 가진 색시가 다섯 명 있는데, 그 집에 들어온 순서대로 큰 미자, 둘째 미자, 셋째 미자, 넷째 미자, 막내 미자라고들 합니다."

"그렇지만 그건 다른 사람들도 알고 있겠군요. 그 술집에 들어가 본 사람은 꼭 김 형 하나뿐이 아닐 테니까요."

"아 참, 그렇군요. 난 미처 그걸 생각하지 못했는데. 난 그중에 큰 미자와 하룻저녁 같이 잤는데 그 여자는 다음 날 아침 일수日收로 물건을 파는 여자가 왔을 때 내게 팬티 하나를 사 주었습니다. 그런데 그 여자가 저금통으로 사용하고 있는 한 되들이 빈 술병에는 돈이 백십 원 들어 있었습니다."

"그건 얘기가 됩니다. 그 사실은 완전히 김 형의 소유입니다."

우리의 말투는 점점 서로를 존중해 가고 있었다.

"나는……."

하고 우리는 동시에 말을 시작하기도 했다. 그럴 때는 번갈아서 서로 양보했다.

"나는……."

이번에는 그가 말할 차례였다.

"서대문 근처에서 서울역 쪽으로 가는 전차의 트롤리trolley 전차의 전극 꼭대기에 달린 작은 쇠바퀴가 내 시야 속에서 꼭 다섯 번 파란 불꽃을 튀기는 것을 보았습니다. 그건 오늘 밤 일곱 시 십오 분에 거길 지나가는 전차였습니다."

"안 형은 오늘 저녁엔 서대문 근처에서 살고 있었군요."

"예, 서대문 근처에서만……."

"난 종로 이가 쪽입니다. 영보빌딩 안에 있는 변소 문의 손잡이 조금 밑에는 약 이 센티미터가량의 손톱자국이 있습니다."

하하하하, 하고 그는 소리 내어 웃었다.

"그건 김 형이 만들어 놓은 자국이겠지요?"

나는 무안했지만 고개를 끄덕이지 않을 수 없었다. 그건 사실이었다.

"어떻게 아세요?"

하고 나는 그에게 물었다.

"나도 그런 경험이 있으니까요."

그가 대답했다.

"그렇지만 별로 기분 좋은 기억이 못 되더군요. 역시 우리는 그냥 바라보고 발견하고 비밀히 간직해 두는 편이 좋겠어요. 그런 짓을 하고 나서는 뒷맛이 좋지 않더군요."

"난 그런 짓을 많이 했습니다만 오히려 기분이 좋았……."

좋았다고 말하려고 했는데, 갑자기 내가 했던 모든 그것에 대한 혐오감이 치밀어서 나는 말을 그치고 그의 의견에 동의하는 고갯짓을 해 버렸다.

그러나 그때 나는 이상스럽다는 생각이 들었다. 내가 약 삼십 분 전에 들은 말이 틀림없다면 지금 내 옆에서 안경을 번쩍이고 앉아 있는 친구는 틀림없는 부잣집 아들이고 높은 공부를 한 청년이다. 그런데 왜 그가 이래야만 되는가?

"안 형이 부잣집 아들이라는 것은 사실이겠지요? 그리고 대학원생이라는 것도……."

내가 물었다.

"부동산만 해도 대략 삼천만 원쯤 되면 부자가 아닐까요? 물론 내 아버지 재산이지만 말입니다. 그리고 대학원생이라는 건 여기 학생증이 있으니까……."

그러면서 그는 호주머니를 뒤적거리면서 지갑을 꺼냈다.

"학생증까진 필요 없습니다. 실은 좀 의심스러운 게 있어서요. 안 형 같은 사람이 추운 밤에 싸구려 선술집에 앉아서 나 같은 친구나 간직할 만한 일에 대해서 얘기하고 있다는 것이 이상스럽다는 생각이 방금 들었습니다."

"그건…… 그건……."

그는 좀 열띤 음성으로 말했다.

"그건…… 그렇지만 먼저 물어보고 싶은 게 있는데요. 김 형이 추운 밤에 밤거리를 쏘다니는 이유는 무엇입니까?"

"습관은 아닙니다. 나 같은 가난뱅이는 호주머니에 돈이 좀 생겨야 밤거리에 나올 수 있으니까요."

"글쎄, 밤거리에 나오는 이유는 뭡니까?"

"하숙방에 들어앉아서 벽이나 쳐다보고 있는 것보다는 나으니까요."

"밤거리에 나오면 뭔가 좀 풍부해지는 느낌이 들지 않습니까?"

"뭐가요?"

"그 뭔가가. 그러니까 생^{生}이라고 해도 좋겠지요. 난 김 형이 왜 그런 질문을 하는지 그 이유를 조금은 알 것 같습니다. 내 대답은 이렇습니다. 밤이 됩니다. 난 집에서 거리로 나옵니다. 난 모든 것에서 해방된 것을 느낍니다. 아니, 실제로는 그렇지 않는지 모르지만 그렇게 느낀다는 말입니다. 김 형은 그렇게 안 느낍니까?"

"글쎄요."

"나는 사물의 틈에 끼어서가 아니라 사물을 멀리 두고 바라보게 됩니다.

안 그렇습니까?"

"글쎄요, 좀……."

"아니, 어렵다고 말하지 마세요. 이를테면 낮엔 그저 스쳐 지나가던 모든 것이 밤이 되면 내 시선 앞에서 자기들의 벌거벗은 몸을 송두리째 드러내 놓고 쩔쩔맨단 말입니다. 그런데 그게 의미가 없는 일일까요? 그런, 사물을 바라보며 즐거워한다는 일이 말입니다."

"의미요? 그게 무슨 의미가 있습니까? 난 무슨 의미가 있기 때문에 종로 이가에 있는 빌딩들의 벽돌 수를 헤아리는 일을 하는 게 아닙니다. 그냥……."

"그렇죠? 무의미한 겁니다. 아니 사실은 의미가 있는지도 모르지만 난 아직 그걸 모릅니다. 김 형도 아직 모르는 모양인데 우리 한번 함께 그거나 찾아볼까요. 일부러 만들어 붙이지는 말고요."

"좀 어리둥절하군요. 그게 안 형의 대답입니까? 난 좀 어리둥절한데요. 갑자기 의미라는 말이 나오니까."

"아, 참, 미안합니다. 내 대답은 아마 이렇게 될 것 같군요. 그냥 뭔가 뿌듯해지는 느낌이 들기 때문에 밤거리로 나온다고."

김 형이 추운 밤에 밤거리를 쏘다니는 이유는 무엇입니까?

하숙방에 들어앉아서 벽이나 쳐다보고 있는 것보다는 나으니까요.

🎬 소설 한 장면　　발단　　'나'와 '안'은 선술집에서 무의미한 대화를 나눔

그는 이번엔 목소리를 낮추어서 말했다.

"김 형과 나는 서로 다른 길을 걸어서 같은 지점에 온 것 같습니다. 만일 이 지점이 잘못된 지점이라고 해도 우리 탓은 아닐 거예요."

그는 이번엔 쾌활한 음성으로 말했다.

"자, 여기서 이럴 게 아니라 어디 따뜻한 데 가서 정식으로 한 잔씩 하고 헤어집시다. 난 한 바퀴 돌고 여관으로 갑니다. 가끔 이렇게 밤거리를 쏘다니는 밤엔 꼭 여관에서 자고 갑니다. 여관엘 찾아든다는 프로가 내게는 최고죠."

우리는 각기 계산하기 위해서 호주머니에 손을 넣었다. 그때 한 사내가 우리에게 말을 걸어왔다. 우리 곁에서 술잔을 받아 놓고 연탄불에 손을 쬐고 있던 사내였는데, 술을 마시기 위해서 거기에 들어온 것이 아니라 불이 쬐고 싶어서 잠깐 들렀다는 꼴을 하고 있었다. 제법 깨끗한 코트를 입고 있었고 머리엔 기름도 얌전하게 발라서 카바이드 등의 불꽃이 너풀댈 때마다 머리칼의 하이라이트가 이리저리 움직이고 있었다. 그러나 어디선지는 분명하지는 않았지만 가난뱅이 냄새가 나는 서른대여섯 살짜리 사내였다. 아마 빈약하게 생긴 턱 때문이었을까. 아니면 유난히 새빨간 눈시울 때문이었을까. 그 사내가 나나 안 중의 어느 누구에게라고 할 것 없이 그냥 우리 쪽을 향하여 말을 걸어온 것이다.

"미안하지만 제가 함께 가도 괜찮을까요? 제게 돈은 얼마든지 있습니다만……."

이라고 그 사내는 힘없는 음성으로 말했다.

그 힘없는 음성으로 봐서는 꼭 끼워 달라는 건 아니라는 것 같았지만, 한편으로는 우리와 함께 가고 싶은 생각이 간절하다는 것 같기도 했다. 나와 안은 잠깐 얼굴을 마주 보고 나서,

"아저씨 술값만 있다면……."

이라고 내가 말했다.

"함께 가시죠."

라고 안도 내 말을 이었다.

"고맙습니다."

하고 그 사내는 여전히 힘없는 음성으로 말하면서 우리를 따라왔다.

안은 일이 좀 이상하게 되었다는 얼굴을 하고 있었고, 나 역시 유쾌한 예감이 들지는 않았다. 술좌석에서 알게 된 사람끼리는 의외로 재미있게 놀

게 되는 것을 몇 번의 경험으로 알고 있었지만, 대개의 경우, 이렇게 힘없는 목소리로 끼어드는 양반은 없었다. 즐거움이 넘치고 넘친다는 얼굴로 요란스럽게 끼어들어야만 일이 되는 것이었다. 우리는 갑자기 목적지를 잊은 사람들처럼 사방을 두리번거리면서 느릿느릿 걸어갔다. 전봇대에 붙은 약 광고판 속에서는 예쁜 여자가 '춥지만 할 수 있느냐.'는 듯한 쓸쓸한 미소를 띠고 우리를 내려다보고 있었고, 어떤 빌딩의 옥상에서는 소주 광고의 네온사인이 열심히 명멸明滅 불이 켜졌다 꺼졌다 함하고 있었고, 소주 광고 곁에서는 약 광고의 네온사인이 하마터면 잊어버릴 뻔했다는 듯이 황급히 꺼졌다간 다시 켜져서 오랫동안 빛나고 있었고, 이젠 완전히 얼어붙은 길 위에는 거지가 돌덩이처럼 여기저기 엎드려 있었고, 그 돌덩이 앞을 사람들이 힘껏 웅크리고 빠르게 지나가고 있었다. 종이 한 장이 바람에 휙 날리어 거리의 저쪽에서 이쪽으로 날아오고 있었다. 그 종잇조각은 내 발밑에 떨어졌다. 나는 그 종잇조각을 집어 들었는데 그것은 '미희美姬 서비스, 특별 염가特別廉價'라는 것을 강조한 어느 비어홀의 광고지였다.

"지금 몇 시쯤 되었습니까?"

하고 힘없는 아저씨가 안에게 물었다.

"아홉 시 십 분 전입니다."

라고 잠시 후에 안이 대답했다.

"저녁들은 하셨습니까? 난 아직 저녁을 안 했는데, 제가 살 테니까 같이 가시겠어요?"

힘없는 아저씨가 이번엔 나와 안을 번갈아 보며 말했다.

"먹었습니다."

하고 나와 안은 동시에 대답했다.

"혼자서 하시죠."

라고 내가 말했다.

"그만두겠습니다."

힘없는 아저씨가 대답했다.

"하세요. 따라가 드릴 테니까요."

안이 말했다.

"감사합니다. 그럼……."

우리는 근처의 중국 요릿집으로 들어갔다. 방으로 들어가서 앉았을 때,

아저씨는 또 한 번 간곡하게 우리가 뭘 좀 들 것을 권했다. 우리는 또 한 번 사양했다. 그는 또 권했다.

"아주 비싼 걸 시켜도 괜찮겠습니까?"

라고 나는 그의 권유를 철회시키기 위해서 말했다.

"네, 사양 마시고."

그가 처음으로 힘 있는 목소리로 말했다.

"돈을 써 버리기로 결심했으니까요."

나는 그 사내에게 어떤 꿍꿍이속이 있는 것만 같은 느낌이 들어서 좀 불안했지만, 통닭과 술을 시켜 달라고 했다. 그는 자기가 주문한 것 외에 내가 말한 것도 사환使喚 잔심부름을 시키기 위해 고용한 사람에게 청했다. 안은 어처구니없는 얼굴로 나를 보았다. 나는 그때 마침 옆방에서 들려오고 있는 여자의 불그레한 신음소리를 듣고만 있었다.

"이 형도 뭘 좀 드시죠?"

라고 아저씨가 안에게 말했다.

"아니 전……."

안은 술이 다 깬다는 듯이 펄쩍 뛰고 사양했다.

우리는 조용히 옆방의 다급해져 가는 신음소리에 귀를 기울이고 있었다. 전차의 끽끽거리는 소리와 홍수 난 강물 소리 같은 자동차들의 달리는 소리도 희미하게 들려오고 있었고 가까운 곳에선 이따금 초인종 울리는 소리도 들렸다. 우리의 방은 어색한 침묵에 싸여 있었다.

"말씀드리고 싶은 게 있는데요."

마음씨 좋은 아저씨가 말하기 시작했다.

"들어 주시면 고맙겠습니다. ……오늘 낮에 제 아내가 죽었습니다. 세브란스병원에 입원하고 있었는데……."

그는 이젠 슬프지도 않다는 얼굴로 우리를 빤히 쳐다보며 말하고 있었다.

"네에에."

"그거 안되셨군요."

라고 안과 나는 각각 조의를 표했다.

"아내와 나는 참 재미있게 살았습니다. 아내가 어린애를 낳지 못하기 때문에 시간은 몽땅 우리 두 사람의 것이었습니다. 돈은 넉넉하지 못했습니다만 그래도 돈이 생기면 우리는 어디든지 같이 다니면서 재미있게 지냈습니다. 딸기 철엔 수원에도 가고, 포도 철에 안양에도 가고, 여름이면 대천에도 가고, 가을엔 경주에도 가 보고, 밤엔 함께 영화 구경, 쇼 구경하러 열심히 극장에 쫓아다니기도 했습니다……."

"무슨 병환이셨던가요?"

하고 안이 조심스럽게 물었다.

"급성 뇌막염이라고 의사가 그랬습니다. 아내는 옛날에 급성 맹장염 수술을 받은 적도 있고, 급성 폐렴을 앓은 적도 있다고 했습니다만 모두 괜찮았었는데 이번의 급성엔 결국 죽고 말았습니다. ……죽고 말았습니다."

사내는 고개를 떨구고 한참 동안 무언지 입을 우물거리고 있었다. 안이 손가락으로 내 무릎을 찌르며 우리는 꺼지는 게 어떻겠느냐는 눈짓을 보냈다. 나 역시 동감이었지만 그때 그 사내가 다시 고개를 들고 말을 계속했기 때문에 우리는 눌러앉아 있을 수밖에 없었다.

"아내와는 재작년에 결혼했습니다. 우연히 알게 되었습니다. 친정이 대구 근처에 있다는 얘기만 했지 한 번도 친정과는 내왕이 없었습니다. 난 처갓집이 어딘지도 모릅니다. 그래서 할 수 없었어요."

그는 다시 고개를 떨구고 입을 우물거렸다.

"뭘 할 수 없었다는 말입니까?"

내가 물었다. 그는 내 말을 못 들은 것 같았다. 그러나 한참 후에 다시 고개를 들고 마치 애원하는 듯한 눈빛으로 말을 이었다.

"아내의 시체를 병원에 팔았습니다. 할 수 없었습니다. 난 서적 월부판매 외교원에 지나지 않습니다. 할 수 없었습니다. 돈 사천 원을 주더군요. 난 두 분을 만나기 얼마 전까지도 세브란스병원 울타리 곁에 서 있었습니다. 아내가 누워 있을 시체실이 있는 건물을 알아보려고 했습니다만 어딘지 알 수 없었습니다. 그냥 울타리 곁에 앉아서 병원의 큰 굴뚝에서 나오는 희끄무레한 연기만 바라보고 있었습니다. 아내는 어떻게 될까요? 학생들이 해부 실습하느라고 톱으로 머리를 가르고 칼로 배를 찢고 한다는데 정말 그러겠지요?"

우리는 입을 다물고 있을 수밖에 없었다. 사환이 다쿠앙^{단무지}과 파가 담긴 접시를 갖다 놓고 나갔다.

"기분 나쁜 얘길 해서 미안합니다. 다만 누구에게라도 얘기하지 않고서는 견딜 수 없었습니다. 한 가지만 의논해 보고 싶은데, 이 돈을 어떻게 하면 좋을까요? 저는 오늘 저녁에 다 써버리고 싶은데요."

"쓰십시오."

안이 얼른 대답했다.

"이 돈이 다 없어질 때까지 함께 있어 주시겠어요?"

사내가 말했다. 우리는 얼른 대답하지 못했다.

"함께 있어 주십시오."

사내가 말했다. 우리는 승낙했다.

"멋있게 한번 써 봅시다."

라고 사내는 우리와 만난 후 처음으로 웃으면서, 그러나 여전히 힘없는 음성으로 말했다.

중국집에서 거리로 나왔을 때는 우리는 모두 취해 있었고, 돈은 천 원이 없어졌고, 사내는 한쪽 눈으로는 울고 다른 쪽 눈으로는 웃고 있었고, 안은 도망갈 궁리를 하기에도 지쳐 버렸다고 내게 말하고 있었고, 나는

"악센트 찍는 문제를 모두 틀려 버렸단 말야, 악센트 말야."

라고 중얼거리고 있었고, 거리는 영화에서 본 식민지의 거리처럼 춥고 한산했고, 그러나 여전히 소주 광고는 부지런히, 약 광고는 게으름을 피우

아내가 죽었는데 장례 치를 돈이 없어 시체를 병원에 팔았습니다. 이 돈을 오늘 저녁에 다 써 버리고 싶습니다. 함께 있어 주십시오.

쓰십시오. 멋있게 한번 써 봅시다.

🔊 소설 한 장면   전개   30대 중반의 사내가 끼어들어 동행을 요청함

며 반짝이고 있었고, 전봇대의 아가씨는 '그저 그래요.'라고 웃고 있었다.

"이제 어디로 갈까?"

하고 아저씨가 말했다.

"어디로 갈까?"

안이 말하고,

"어디로 갈까?"

라고 나도 그들의 말을 흉내 냈다.

아무 데도 갈 데가 없었다. 방금 우리가 나온 중국집 곁에 양품점의 쇼윈도가 있었다. 사내가 그쪽을 가리키며 우리를 끌어당겼다. 우리는 양품점 안으로 들어갔다.

"넥타이를 골라 가져. 내 아내가 사 주는 거야."

사내가 호통을 쳤다.

우리는 알록달록한 넥타이를 하나씩 들었고, 돈은 육백 원이 없어져 버렸다. 우리는 양품점에서 나왔다.

"어디로 갈까?"

라고 사내가 말했다.

갈 데는 계속해서 없었다. 양품점의 앞에는 귤 장수가 있었다.

"아내는 귤을 좋아했다."고 외치며 사내는 귤을 벌여 놓은 수레 앞으로 돌진했다. 삼백 원이 없어졌다. 우리는 이빨로 귤껍질을 벗기면서 그 부근에서 서성거렸다.

"택시!"

사내가 고함쳤다.

택시가 우리 앞에서 멎었다. 우리가 차에 오르자마자 사내는,

"세브란스로!"

라고 말했다.

"안 됩니다. 소용없습니다."

안이 재빠르게 외쳤다.

"안 될까?"

사내는 중얼거렸다.

"그럼 어디로?"

아무도 대답하지 않았다.

"어디로 가시는 겁니까?"

라고 운전수가 짜증 난 음성으로 말했다.

"갈 데가 없으면 빨리 내리쇼."

우리는 차에서 내렸다. 결국 우리는 중국집에서 스무 발자국도 더 벗어나지 못하고 있었다.

거리의 저쪽 끝에서 요란한 사이렌 소리가 나타나서 점점 가깝게 달려들었다. 소방차 두 대가 우리 앞을 빠르고 시끄럽게 지나쳐 갔다.

"택시!"

사내가 고함쳤다.

택시가 우리 앞에 멎었다. 우리가 차에 오르자마자 사내는,

"저 소방차 뒤를 따라갑시다."

라고 말했다.

나는 귤껍질 세 개째를 벗기고 있었다.

"지금 불구경하러 가고 있는 겁니까?"

라고 안이 아저씨에게 말했다.

"안 됩니다. 시간이 없습니다. 벌써 열 시 반인데요. 좀 더 재미있게 지내야죠. 돈은 이제 얼마 남았습니까?"

아저씨는 호주머니를 뒤져서 돈을 모두 털어 냈다. 그리고 그것을 안에게 건네줬다. 안과 나는 헤아려 봤다. 천구백 원하고 동전이 몇 개, 십 원짜리가 몇 장이 있었다.

"됐습니다."

안은 다시 돈을 돌려주면서 말했다.

"세상엔 다행히 여자의 특징만 중점적으로 내보이는 여자들이 있습니다."

"내 아내 얘깁니까?"

라고 사내가 슬픈 음성으로 물었다.

"내 아내의 특징은 잘 웃는다는 것이었습니다."

"아닙니다. 종삼鐘三 종로 3가와 4가 일대에 있던 윤락가 으로 가자는 얘기였습니다."

안이 말했다.

사내는 안을 경멸하는 듯한 웃음을 띠며 고개를 돌려 버렸다. 그러는 사이에 우리는 화재가 난 곳에 도착했다. 삼십 원이 없어졌다. 화재가 난 곳은 아래층인 페인트 상점이었는데 지금은 미용 학원 이 층에서 불길이 창으로

부터 뿜어 나오고 있었다. 경찰들의 호각 소리, 소방차들의 사이렌 소리, 불길 속에서 나는 탁탁 소리, 물줄기가 건물의 벽에 부딪혀서 나는 소리. 그러나 사람들의 소리는 아무것도 나지 않았다. 사람들은 불빛에 비쳐 무안당한 사람들처럼 붉은 얼굴로, 정물靜物 정지하여 움직이지 아니하는 물체 처럼 서 있었다.

우리는 발밑에 굴러 있는 페인트 든 통을 하나씩 궁둥이 밑에 깔고 웅크리고 앉아서 불구경을 했다. 나는 불이 좀 더 오래 타기를 바랐다. 미용 학원이라는 간판에 불이 붙고 있었다. '원' 자에 불이 붙기 시작했다.

"김 형, 우리 얘기나 합시다."

하고 안이 말했다.

"화재 같은 건 아무것도 아닙니다. 내일 아침 신문에서 볼 것을 오늘 밤에 미리 봤다는 차이밖에 없습니다. 저 화재는 김 형의 것도 아니고 내 것도 아니고 이 아저씨 것도 아닙니다. 우리 모두의 것이 돼 버립니다. 그러기 때문에 난 화재엔 흥미가 없습니다. 김 형은 어떻게 생각하십니까?"

"동감입니다."

나는 아무렇게나 대답하며 이젠 '학' 자에 불이 붙고 있는 것을 보았다.

"아니 난 방금 말을 잘못했습니다. 화재는 우리 모두의 것이 아니라 화재는 오로지 화재 자신의 것입니다. 화재에 대해서 우리는 아무것도 아닙니다. 그러기 때문에 난 화재에 흥미가 없습니다. 김 형은 어떻게 생각하십니까?"

"동감입니다."

물줄기 하나가 불타고 있는 '학'으로 달려들고 있었다. 물이 닿는 곳에서는 회색 연기가 피어올랐다. 힘없는 아저씨가 갑자기 힘차게 깡통으로부터 일어섰다.

"내 아냅니다."

하고 사내는 환한 불길 속을 손가락질하며 눈을 크게 뜨고 소리쳤다.

"내 아내가 머리를 막 흔들고 있습니다. 골치가 깨질 듯이 아프다고 머리를 막 흔들고 있습니다. 여보……."

"골치가 깨질 듯이 아픈 게 뇌막염의 증세입니다. 그렇지만 저건 바람에 휘날리는 불길입니다. 앉으세요. 불 속에 아주머님이 계실 리가 있습니까?"

라고 안이 아저씨를 끌어 앉히며 말했다. 그리고 나서 안은 나에게 나지막하게 속삭였다.

"이 양반, 우릴 웃기는데요."

나는 꺼졌다고 생각하고 있던 '학'에 다시 불이 붙고 있는 것을 보았다. 물줄기가 다시 그곳으로 뻗어 가고 있었다. 그러나 물줄기는 겨냥을 잘 잡지 못하고 이러저리 흔들리고 있었다. 불은 날쌔게 '용'을 핥고 있었다. 나는 '미'까지 어서 불붙기를 바라고 있었고 그리고 그 간판에 불이 붙는 과정을 그 많은 불구경꾼들 중에서 나 혼자만 알고 있기를 바랐다. 그러나 그때 문득 나는 불이 생명을 가진 것처럼 생각되어서, 내가 조금 전에 바라고 있던 것을 취소해 버렸다.

무언가 하얀 것이 우리가 웅크리고 앉아 있는 곳에서 불타고 있는 건물 쪽으로 날아가는 것이 보였다. 그 비둘기는 불 속으로 떨어졌다.

"무엇이 불 속으로 날아 들어갔지요?"

내가 안을 돌아다보며 물었다.

"예, 뭐가 날아갔습니다."

안은 나에게 대답하고 나서 이번엔 아저씨를 돌아다보며,

"보셨어요?"

하고 그에게 물었다.

아저씨는 잠자코 앉아 있었다. 그때 순경 한 사람이 우리 쪽으로 달려왔다.

"당신이다."

라고 순경은 아저씨를 한 손으로 붙잡으면서 말했다.

"방금 무엇을 불 속에 던졌소?"

"아무것도 안 던졌습니다."

"뭐라구요?"

순경은 때릴 듯한 시늉을 하며 아저씨에게 소리쳤다.

"내가 던지는 걸 봤단 말요. 무얼 불 속에 던졌소?"

"돈입니다."

"돈?"

"돈과 돌을 수건에 싸서 던졌습니다."

"정말이오?"

순경은 우리에게 물었다.

"예, 돈이었습니다. 이 아저씨는 불난 곳에 돈을 던지면 장사가 잘된다는 이상한 믿음을 가졌답니다. 말하자면 좀 돌았다고 할 수 있는 사람이지만 나쁜 짓을 결코 하지 않는 장사꾼입니다."

안이 대답했다.

"돈은 얼마였소?"

"일 원짜리 동전 한 개였습니다."

안이 다시 대답했다.

순경이 가고 났을 때 안이 사내에게 물었다.

"정말 돈을 던졌습니까?"

"예."

"모두?"

"예."

우리는 꽤 오랫동안 불꽃이 튀는 탁탁 소리에 귀를 기울이고 있었다. 한참 후에 안이 사내에게 말했다.

"결국 그 돈은 다 쓴 셈이군요……. 자, 이젠 약속이 끝났으니 우린 가겠습니다."

"안녕히 계십시오."

라고 나는 아저씨에게 작별 인사를 했다.

안과 나는 돌아서서 걷기 시작했다. 사내가 우리를 쫓아와서 안과 나의

돈과 돌을 수건에 싸서 던졌습니다.

정말이오?

예, 돈이었습니다.

🍎 소설 한 장면　위기　사내는 아내의 시신을 판 돈을 불 속에 던짐

팔을 한쪽씩 붙잡았다.

"나 혼자 있기가 무섭습니다."

그는 벌벌 떨며 말했다.

"곧 통행금지 시간이 됩니다. 난 여관으로 가서 잘 작정입니다."

안이 말했다.

"난 집으로 갈 겁니다."

내가 말했다.

"함께 갈 수 없겠습니까? 오늘 밤만 같이 지내 주십시오. 부탁합니다. 잠깐만 저를 따라와 주십시오."

사내는 말하고 나서 나를 붙잡고 있는 자기의 팔을 부채질하듯이 흔들었다. 아마 안의 팔에 대해서도 그렇게 했으리라.

"어디로 가자는 겁니까?"

나는 아저씨에게 물었다.

"여관비를 구하러 잠깐 이 근처에 들렀다가 모두 함께 여관으로 갔으면 하는데요."

"여관에요?"

나는 내 호주머니 속에 든 돈을 손가락으로 계산해 보며 말했다.

"여관비라면 내가 모두 내겠으니 그럼 함께 가시지요."

안이 나와 사내에게 말했다.

"아닙니다. 폐를 끼쳐 드리고 싶지 않습니다. 잠깐만 절 따라와 주십시오."

"돈을 빌리러 가는 겁니까?"

"아닙니다. 받아야 할 돈이 있습니다."

"이 근처에요?"

"예, 여기가 남영동이라면."

"아마 틀림없는 남영동인 것 같군요."

내가 말했다.

사내가 앞장을 서고 안과 내가 그 뒤를 쫓아서 우리는 화재로부터 멀어져 갔다.

"빚 받으러 가기에는 시간이 너무 늦었습니다."

안이 사내에게 말했다.

"그렇지만 저는 받아야만 합니다."

우리는 어느 어두운 골목길로 들어섰다. 골목의 모퉁이를 몇 개인가 돌고 난 뒤에 사내는 대문 앞에 전등이 켜져 있는 집 앞에서 멈췄다. 나와 안은 사내로부터 열 발짝쯤 떨어진 곳에서 멈췄다. 사내가 벨을 눌렀다. 잠시 후에 대문이 열리고, 사내가 대문 앞에 선 사람과 말하는 소리가 들렸다.

"주인아저씨를 뵙고 싶은데요."

"주무시는데요."

"그럼 주인아주머니는……."

"주무시는데요."

"꼭 뵈어야겠는데요."

"기다려 보세요."

대문이 다시 닫혔다. 안이 달려가서 사내의 팔을 잡아끌었다.

"그냥 가시죠?"

"괜찮습니다. 받아야 할 돈이니까요."

안이 다시 먼저 서 있던 곳으로 걸어왔다. 대문이 열렸다.

"밤늦게 죄송합니다."

사내가 대문을 향해 고개를 숙이며 말했다.

"누구시죠?"

대문은 잠에 취한 여자의 음성을 냈다.

"죄송합니다. 이렇게 너무 늦게 찾아와서, 실은……."

"누구시죠? 술 취하신 것 같은데……."

"월부 책값 받으러 온 사람입니다."

하고, 사내는 비명 같은 높은 소리로 외쳤다.

"월부 책값 받으러 온 사람입니다."

이번엔 사내는 문기둥에 두 손을 짚고 앞으로 뻗은 자기 팔 위에 얼굴을 파묻으며 울음을 터뜨렸다.

"월부 책값 받으러 온 사람입니다. 월부 책값……."

사내는 계속해서 흐느꼈다.

"내일 낮에 오세요."

대문이 탕 닫혔다.

사내는 계속해서 울고 있었다. 사내는 가끔 '여보'라고 중얼거리며 오랫동안 울고 있었다. 우리는 여전히 열 발짝쯤 떨어진 곳에서 그가 울음을 그치기를 기다리고 있었다. 한참 후에 그가 우리 앞으로 비틀비틀 걸어왔다. 우리는 모두 고개를 숙이고 어두운 골목길을 걸어서 거리로 나왔다. 적막한 거리에는 찬 바람이 세차게 불고 있었다.

"몹시 춥군요."

라고 사내는 우리를 염려한다는 음성으로 말했다.

"추운데요. 빨리 여관으로 갑시다."

안이 말했다.

"방을 한 사람씩 따로 잡을까요?"[1]

여관에 들어갔을 때 안이 우리에게 말했다.

"그게 좋겠지요?"

"모두 한방에 드는 게 좋겠어요."

라고 나는 아저씨를 생각해서 말했다.

아저씨는 그저 우리 처분만 바란다는 듯한 태도로, 또는 지금 자기가 서 있는 곳이 어딘지도 모른다는 태도로 멍하니 서 있었다. 여관에 들어서자 우리는 모든 프로가 끝나 버린 극장에서 나오는 때처럼 어찌할 바를 모르고 거북스럽기만 했다. 여관에 비한다면 거리가 우리에게 더 좋았던 셈이었다. 벽으로 나누어진 방들, 그것이 우리가 들어가야 할 곳이었다.

"모두 같은 방에 들기로 하는 것이 어떻겠어요?"

내가 다시 말했다.

"난 지금 아주 피곤합니다."

안이 말했다.

"방은 각각 하나씩 차지하고 자기로 하지요."

"혼자 있기가 싫습니다."

라고 아저씨가 중얼거렸다.

"혼자 주무시는 게 편하실 거예요."

안이 말했다.

우리는 복도에서 헤어져 사환이 지적해 준, 나란히 붙은 방 세 개에 각각 한 사람씩 들어갔다.

"화투라도 사다가 놉시다."

---

1) 사내의 상황과 심정을 알고 있으면서도 방을 따로 잡자고 하는 안의 말에서 개인주의적 모습이 단적으로 드러난다.

헤어지기 전에 내가 말했지만,

"난 아주 피곤합니다. 하시고 싶으면 두 분이나 하세요."

라고 안은 말하고 나서 자기의 방으로 들어가 버렸다.

"나도 피곤해 죽겠습니다. 안녕히 주무세요."

라고 나는 아저씨에게 말하고 나서 내 방으로 들어갔다. 숙박계엔 거짓 이름, 거짓 주소, 거짓 나이, 거짓 직업을 쓰고 나서 사환이 가져다 놓은 자리끼 밤에 자다가 마시기 위해 잠자리의 머리맡에 준비해 두는 물를 마시고 나는 이불을 뒤집어썼다. 나는 꿈도 안 꾸고 잘 잤다.

다음 날 아침 일찍 안이 나를 깨웠다.

"그 양반, 역시 죽어 버렸습니다."

안이 내 귀에 입을 대고 그렇게 속삭였다.

"예?"

나는 잠이 깨끗이 깨어 버렸다.

"방금 그 방에 들어가 보았는데 역시 죽어 버렸습니다."

"역시……."

나는 말했다.

🍎 소설 한 장면   절정   사내는 같은 방에 들자고 하지만 각자 다른 방에 투숙함

"사람들이 알고 있습니까?"

"아직까진 아무도 모르는 것 같습니다. 우선 빨리 도망해 버리는 게 시끄럽지 않을 것 같습니다."

"자살이지요?"

"물론 그렇겠죠."

나는 급하게 옷을 주워 입었다. 개미 한 마리가 방바닥을 내 발이 있는 쪽으로 기어오고 있었다. 그 개미가 내 발을 붙잡으려고 하는 것 같은 느낌이 들어서 나는 얼른 자리를 옮겨 디디었다.

밖의 이른 아침에는 싸락눈이 내리고 있었다. 우리는 할 수 있는 한 빠른 걸음으로 여관에서 떨어져 갔다.

"난 그가 죽으리라는 것을 알고 있었습니다."

안이 말했다.

"난 짐작도 못했습니다."

라고 나는 사실대로 이야기했다.

"난 짐작하고 있었습니다."

그는 코트의 깃을 세우며 말했다.

"그렇지만 어떻게 합니까?"

"그렇지요. 할 수 없지요. 난 짐작도 못 했는데……."

내가 말했다.

"짐작했다고 하면 어떻게 하겠어요?"

그가 내게 물었다.

"씨팔 것, 어떻게 합니까? 그 양반 우리더러 어떡하라는 건지……."

"그러게 말입니다. 혼자 놓아두면 죽지 않을 줄 알았습니다. 그게 내가 생각해 본 최선의, 그리고 유일한 방법이었습니다."

"난 그 양반이 죽으리라는 짐작도 못 했다니까요. 씨팔 것, 약을 호주머니에 넣고 다녔던 모양이군요."

안은 눈을 맞고 있는 어느 앙상한 가로수 밑에서 멈췄다. 나도 그를 따라가서 멈췄다. 그가 이상하다는 얼굴로 나에게 물었다.

"김 형, 우리는 분명히 스물다섯 살짜리죠?"

"난 분명히 그렇습니다."

"나도 그건 분명합니다."

그는 고개를 한 번 기웃했다.

"두려워집니다."

"뭐가요?"

내가 물었다.

"그 뭔가가, 그러니까……"

그가 한숨 같은 음성으로 말했다.

"우리가 너무 늙어 버린 것 같지 않습니까?"

"우린 이제 겨우 스물다섯 살입니다."

나는 말했다.

"하여튼……"

하고 그가 내게 손을 내밀며 말했다.

"자, 여기서 헤어집시다. 재미 많이 보세요."

하고 나도 그의 손을 잡으며 말했다.

우리는 헤어졌다. 나는 마침 버스가 막 도착한 길 건너편의 버스 정류장으로 달려갔다. 버스에 올라서 창으로 내다보니 안은 앙상한 나뭇가지 사이로 내리는 눈을 맞으며 무언지 곰곰이 생각하고 서 있었다.

소설 한 장면 결말 다음 날 사내가 주검으로 발견되고 '나'와 '안'은 헤어짐

🔭 생각해 볼까요?

선생님 '나'와 '안'이 선술집에서 나누는 대화는 상대방을 이해하기 위한 것이 아니라 무의미한 말놀이에 불과해요. 이러한 언어적 단절은 작품에서 고의적으로 부각되고 있지요. 또한 여관에서 '나'와 '안'은 한 방에 들자는 사내의 부탁에도 불구하고 각자 다른 방에 투숙하지요. 이러한 장면이 보여 주고자 하는 것은 무엇일까요?

💬 2 ♥ 2

↳ **학생 1** '나'와 '안'의 대화는 현대인의 의미 없는 만남과 소외 의식을 드러내요. 등장인물들은 인간적 소통이 단절된 채 대화를 나눠요.

↳ **학생 2** 세 사람은 익명성을 지닌 채 서로 거리를 둬요. 그들이 각자 다른 방에 들어가는 행위는 서로 진실한 관계를 맺지 않는 개인주의를 상징적으로 보여 줘요.

선생님 사내는 '나'와 '안'에게 자신의 사연을 이야기하며 함께 있어 달라고 부탁해요. 이러한 사내의 요구에는 어떤 마음이 담겨 있을까요?

💬 1 ♥ 1

↳ **학생 1** 사내는 의사소통, 즉 사람과 사람의 연대 의식을 원하는 거예요. 하지만 자신의 고통을 이해해 줄 사람을 찾지 못하고 혼자 남겨진 후 죽음을 택해요.

선생님 결말에서 '나'와 헤어질 때 '안'은 "우리가 너무 늙어버린 것 같지 않습니까?"라고 말하지요. 이 말에 담긴 의미는 무엇일까요?

💬 2 ♥ 2

↳ **학생 1** '나'와 '안'은 사내의 죽음을 방치해요. 심지어 '안'은 사내가 목숨을 끊을 것을 짐작했음에도 불구하고 사내의 부탁을 외면했어요. 두 사람은 스물다섯 살의 젊은이이지만 열정이나 현실을 비판하는 저항적 행동을 보여 주지 않아요.

↳ **학생 2** '나'와 '안'은 주변에 무관심하고 현실에 순응하는 태도를 취해요. '안'이 한 말에는 사회적 역할을 다하지 못했다는 자책의 의미가 담겨 있다고도 볼 수 있어요.

소설의 익명성

연관 검색어 등장인물의 이름

> 김승옥의 「서울, 1964년 겨울」은 인물의 이름을 '김', '안' 등으로 설정하여 익명성을 띤다. 다른 예로 채만식의 「레디메이드 인생」 또한 인물의 이름이 'P', 'M', 'H' 등으로 설정되어 있다. 「서울, 1964년 겨울」에서 익명성이 소통의 단절을 의미한다면, 「레디메이드 인생」에서의 익명성은 기성품처럼 양산된 지식인을 비판하는 의미를 지닌다.

김정한
(1908~1996)

✉ **작가에 대하여**

....

호는 요산(樂山). 경상남도 동래 출생. 1928년 동래고등보통학교를 졸업하고 일본 와세다대학교 부속 제일고등학원 문과를 중퇴하였다. 1932년 농민봉기사건에 연루되어 투옥되기도 하였다. 부산대학교 교수와 〈부산일보〉 논설위원을 역임하였다.

1936년 일제 강점기 궁핍한 농촌의 현실과 친일파 승려들의 잔혹함을 그린 「사하촌」이 〈조선일보〉에 당선되어 등단하였다. 그 후 「옥심이」, 「항진기」, 「기로」 등의 작품을 발표하면서 요주의 작가로 지목되기도 하였다. 〈부산일보〉 논설위원으로 활동하면서 작품 발표가 뜸하던 중에 1966년 「모래톱 이야기」로 문단에 복귀하였다. 그 뒤 「축생도」, 「수라도」, 「인간 단지」 등의 작품을 발표해 민중의 목소리를 생기 있는 문체로 소설화하면서 한국 문학의 큰 물줄기를 새롭게 형성하였다.

그의 문학적 특징은 역사를 현재와 밀접한 관계에서 파악한다는 점, 토속적인 배경과 요소를 중시한다는 점, 낙동강 유역 농경민의 순박한 언어를 즐겨 다룬다는 점, 민족적 리얼리즘을 기조로 한다는 점 등이 있다.

모래톱 이야기

#낙동강   #고발자   #권력의횡포   #민중의저항

⚓ 작품 길잡이

갈래: 농민 소설, 현실 참여 소설, 사실주의 소설
배경: 시간 - 일제 강점기부터 1960년대 / 공간 - 낙동강 하류의 모래톱 마을
시점: 1인칭 관찰자 시점
주제: 개발이란 명목으로 삶의 터전을 잃은 섬사람들의 저항
출전: 〈문학〉[(1966)]

📷 인물 관계도

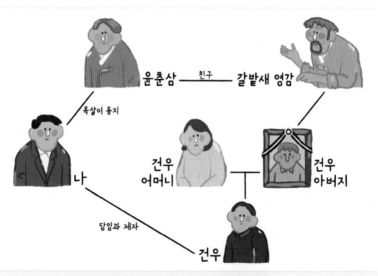

나	건우의 담임으로 조마이섬의 비극적인 상황을 고발한다.
건우	K중학교 학생으로 순박하지만 상황을 바라보는 인식이 뚜렷하다.
갈밭새 영감	건우의 할아버지로 우직하고 무뚝뚝하면서도 정의를 추구한다.

📖 구성과 줄거리

발단　**'나'는 조마이섬에 있는 건우 집에 가정 방문을 감**

이 글은 '나'가 20년 전에 경험한 이야기다. 명문 K중학교 교사였던 '나'는 조마이섬에서 나룻배로 통학하는 건우에게 관심을 가진다. '나'는 건우가 살고 있는 섬이 실제 주민과는 무관하게 소유자가 자주 바뀌었다는 내용의 글을 읽는다. 가정 방문을 위해 조마이섬을 찾아간 '나'는 예의 바른 건우 어머니의 모습에서 범상한 집안이 아니라는 인상을 받는다.

전개　**윤춘삼 씨와 갈밭새 영감으로부터 섬사람들의 사연을 들음**

건우의 아버지는 6·25 전쟁 때 전사했고 삼촌은 삼치잡이를 나갔다가 목숨을 잃었다. 건우의 가족은 어부인 할아버지 갈밭새 영감의 벌이로 겨우 생계를 유지한다. '나'는 돌아오는 길에 우연히 함께 옥살이를 한 적이 있는 윤춘삼 씨를 만난다. 그의 소개로 갈밭새 영감을 만나 그들이 살아온 내력에 대해 자세히 듣게 된다. 선조로부터 물려받은 땅은 일제 강점기에 동양 척식 주식회사의 명의로 둔갑한다. 광복 이후에는 국회의원의 명의로, 다음에는 하천 부지 매립 허가를 받은 유력 인사의 소유로 변한다.

위기　**그해 처서 무렵 홍수로 섬이 위기를 맞음**

그해 여름 막바지에 홍수가 난다. 건우의 집이 걱정된 '나'는 조마이섬을 향해 길을 나선다.

절정　**갈밭새 영감이 홍수를 막으려다 살인을 저지름**

'나'는 섬으로 가는 길에 우연히 윤춘삼 씨를 만나 섬에서 일어난 사건의 내막을 듣는다. 둑을 허물지 않으면 섬 전체가 위험해져서 주민들은 미리 둑을 파헤친다. 이때 둑을 쌓아 섬 전체를 집어삼키려는 계획을 세웠던 유력자의 하수인들이 방해를 한다. 화가 치민 갈밭새 영감은 그중 한 명을 물에 집어 던지고 살인죄로 투옥된다.

결말　**황폐한 모래톱을 군대가 정지한다는 소문이 들림**

2학기가 되었지만 건우는 학교에 나타나지 않는다. 황폐한 모래톱 조마이섬을 군대가 정지하고 있다는 소문이 들린다.

모래톱 이야기

　이십 년이 넘도록 내처 붓을 꺾어 오던 내가 새삼 이런 글을 끼적거리게 된 건 별안간 무슨 기발한 생각이 떠올라서가 아니다. 오랫동안 교원 노릇을 해 오던 탓으로 우연히 알게 된 한 소년과, 그의 젊은 홀어머니, 할아버지, 그리고 그들이 살아오던 낙동강 하류의 어떤 외진 모래톱……. 이들에 관한 그 기막힌 사연들조차, 마치 지나가는 남의 땅 이야기나, 아득한 옛날 이야기처럼 세상에서 버려져 있는데 대해서까지는 차마 묵묵할 도리가 없었기 때문이다.

　건우란 소년은 내가 직접 담임했던 제자다. 당시 나는 K라는 소위 일류 중학에서 교편을 잡고 있었다. 비가 억수로 내리던 날 첫 시간의 일이었다. 지각생이 많았다. 지각생이 많으면 교사는 짜증이 나게 마련이다. 그럴 때 유독 닦이는 놈은 으레 그런 일이 잦은 놈들이다.

　"넌 또 지각이로군? 도대체 어찌 된 일이냐?"

　건우의 차례였다. 다른 애와 달리 그는 옷이 비에 흠뻑 젖어 있었다. 아래 윗도리 옷깃에서 물이 사뭇 교실 바닥에 뚝뚝 떨어지고 있지 않는가!

　"나룻배 통학생임더."

　낮고 가는 목소리가 그의 가냘픈 입술 사이에서 새어 나오듯 했다. 그리고 이내 울상이 된 얼굴을 아래로 떨구었다. 차라리 무엇인가를 하소연하는 듯이 느껴졌다.

　"나룻배 통학생?"

　이쪽으로선 처음 듣는 술어였다.

　"맹지면에서 나룻배로 댕기는 아입니더."

　지각생 아닌 다른 애가 대신 대답했다. 명지면이라면 김해 땅이다. 낙동강 하류 강을 건너야만 부산으로 나올 수 있는 곳이다.

　"나룻배 통학생이라……."

　나는 건우의 비에 젖은 옷을 바라보면서 자리에 들어가라고 했다.

　이런 일이 있고부터 나는 건우란 소년에게 은근히 동정이 가게 되었다. 더더구나 아버지가 없다는 걸 알고부터는. 동무들끼리 어울려 놀 때 그를 곧잘 '거무거미'라고 놀려 대던 이상한 별명의 유래도 곧 알게 되었다. 그의 고향 친구들의 말에 의하면 거미란 짐승은 물에 날쌘 놈이라 해서 즈^{자기} 할아버지가 지어 준 아명이었다는 거다. 거미! 강가에 사는 사람들의 자식 아끼는 심정을 가히 짐작할 수가 있었다. 호적에 올릴 때는 부득이 건우로 했으리라. 그것도 아마 누구의 지혜를 빌어서.

두 번째로 내가 건우란 소년에 대해서 관심을 더욱 가지게 된 것은 학기 초 가정 방문을 나가기 전에 그가 써낸 작문을 읽고부터였다─나는 가정 방문을 나가기 전 가끔 학생들에게 자기 자신에 관한 글을 써 오라고 하였다─.

'섬 얘기'란 제목의 그의 글은 결코 미문은 아니었다. 그러나 내용은 끔찍한 것이라 생각했다. 자기가 사는 고장─복숭아꽃도, 살구꽃도, 아기 진달래도 피지 않는 조마이섬은, 몇백 년, 아니 몇천 년 갖은 풍상과 홍수를 겪어 오는 동안에 모래가 밀려서 된 나라 땅인데, 일제 때는 억울하게도 일본 사람의 소유가 되어 있다가 해방 후부터는 어떤 국회의원의 명의로 둔갑이 되었는가 하면, 그 뒤는 또 그 조마이섬 앞 강의 매립 허가를 얻은 어떤 다른 유력자의 앞으로 넘어가 있다든가 하는─말하자면 선조 때부터 거기에 발을 붙이고 살아오던 사람들과는 무관하게 소유자가 도깨비처럼 뒤바뀌고 있다는, 섬의 내력을 적은 글이었다. 그저 그런 정도의 얘기를 솔직히 적었을 따름인데, 어딘지 모르게 무엇인가를 저주하는 듯한, 소년의 날카롭고 냉랭한 심사가 글 밑바닥에 깔려 있었다. 나는 나 자신이 갑자기 무슨 고발이라도 당한 심정으로 그 글발을 따로 제쳐서 책상 서랍 속에 넣어 두었다.

가정 방문이 있는 주간은 대개 오전 수업뿐이다. 점심시간이 시작될 무렵 나는 건우를 교무실로 불렀다.

"오늘 명지로 갈까 하는데, 너 외에 몇이나 있지?"

"A반 학생은 저 하나뿐입니더."

건우의 노르께한 얼굴에는 순간적인 그늘이 얼씬 지나가는 것 같았다.

"그래? 그럼 한 시 반쯤 해서 현관 앞으로 다시 오게."

명지 갈음 어둡기 전에 돌아오기가 힘들는지 모른다. 나는 부랴부랴 점심을 마치고서 교무실을 나섰다.

건우는 벌써 현관께로 와 있었다. 역시 약간 어둔 얼굴을 하고, 아마 미리 어머니에게 알리지 않고서 가는 것이 약간 켕겼던 모양이었다.

"가 볼까!"

내가 앞장을 서듯 했다. 버스 요금도 제 것까지 내가 얼른 내는 걸 보고는 아주 송구스러운 듯한 표정을 지었다. 명지로 가는 하단 나루까지는 사오십 분이면 족했다. 그러나 한 척밖에 없다는 그 나룻배가 좀처럼 나타나지 않았다.

"집이 저쪽 나루터에서 먼가?"

나는 갈대 그림자가 그림처럼 고요히 잠겨 있는 강물을 내려다보며 물었다.

"예, 제북 갑니더."

그는 민망스런 듯이 나를 잠깐 쳐다보더니 눈을 역시 물 위로 떨어뜨렸다.

"얼마나?"

"반 시간 좀 더 걸립니더."

"그럼 학교까지 오려면 시간이 꽤 걸리겠는걸?"

"나룻배만 진작 타지고 빠른 날은 두어 시간만 하면 됩더."

"그래? 그래서 지각을 자주 하는군."

나는 환경 조사표의 카피를 펴 보았으나, 곁에 사람들이 있기에 더 묻지 않았다. 아니, 설사 곁에 다른 사람들이 없다 하더라도, 아직 열다섯 살밖에 안 되는 소년에게 물어도 좋을 만한 그런 가정 형편이 못 되었다.

아버지는 없고,

어머니 33세 농업

할아버지 62세 어업

삼촌 32세 선원

재산 정도 하下

끼우뚱거리는 나룻배 위에서도 건우의 행복하지 못할 가정 환경이 자꾸만 내 머리 속에 확대되어 갔다. 나룻배를 내려서자, 갈밭 속을 뚫고 나간 좁고 긴 길이 있었다. 우리는 반 시간 남짓 그 길을 걸어가면서도 별반 얘기가 없었다.

"아버진 언제 돌아가셨지?"

해 놓고도 오히려 후회할 정도였으니까.

"육이오 때라 캅디더만……"

건우의 말눈치가 확실치 않았다.

"어쩌다가?"

"군에 나갔다가 그랬다 캅디더."

"언제 어디서 돌아가셨는지도 잘 모른단 말인가?"

"야, 그래도 살아온 사람들 말이 암마 '워카 라인'인가 하는 데서 그랬을 끼라 카데요."

생각했던 바와는 달리, 건우의 이야기는 비교적 담담하였다.

"그래, 아버지의 얼굴은 기억하나?"

나는 속으로 그의 나이를 손꼽아 보았던 것이다.

"잘 모릅니다. 저가 두 살 때 군에 나갔다 카니……. 그라곤 통 안 돌아왔 거던요."

나를 쳐다보는 동그스름한 얼굴, 더구나 그린 듯이 짙은 양미간에는 미처 숨기지 못한 을씨년스런 빛이 내비쳤다. 순간 나는 그의 노르께한 얼굴에서 문득 해바라기 꽃을 환각했다.

삼사월 긴긴 해라더니, 보릿고개는 오후 세 시가 훨씬 지나도 해가 메 끝과는 멀었다. 길가 수렁과 축축한 둑에는 빈틈없이 갈대가 우거져 있었다. 쑥쑥 보기 좋게 순과 잎을 뽑아 올리는 갈대청은, 그곳을 오가는 사람들과는 판이하게 하늘과 땅과 계절의 혜택을 흐뭇이 받고 있는 듯, 한결 싱싱해 보였다.

"저 갈대들이 다 자라면 지나다니기가 무서울 테지? 사람의 길이 훨씬 넘을 테니까."

나는 무료에 지쳐 건우를 돌아보았다.

"괜찮심더, 산도 아인데요."

그는 간단히 대답할 뿐이었다. 아직도 짐승보다 인간이 더 무섭다는 것을 미처 모르는 모양이었다.

길바닥까지 몰려나왔던 갈게들이, 둔탁한 사람들의 발자국 소리에 놀라 이리저리 황급히 구멍을 찾아 흩어지는가 하면, 어느 하늘에선지 종달새가 재잘재잘 쉴 새 없이 재잘거리고 있었다. 잔등에 땀을 느낄 정도로 발을 재게_{동작이 재빠르고 날쌔게} 떼 놓아, 건우가 사는 조마이섬에 닿았을 때는 해가 얼마만큼 기운 뒤였다.

섬의 생김새가 길쭉한 주머니 같다 해서 조마이섬이라고 불려 온다는 건우의 고장에는, 보리가 거의 자랄 대로 자라 있었다. 강바람이 불어올 때마다 푸른 물결이 제법 넘실거리곤 했다.

낙동강 하류의 삼각주 일대가 대개 그러하듯이, 이 조마이섬이란 데도 사람들이 부락을 이루고 사는 것이 아니라 그저 한 집 두 집 띄엄띄엄 땅을 물고 있을 따름이었다.

건우네 집은 조마이섬 위쪽에서 그리 멀지 않았다. 역시 외따로 떨어진 집이었다. 마침 뒤꼍 사래 긴 남새밭에 가 있던 어머니가 무슨 낌새를 차렸던지 우리가 당도하기 전에 어느새 사립께로 달려와 있었다.

"인자 오나?"

아들에게부터 먼저 말을 건네고 나서 내게도 수인사修人事 인사를 차림를 하였다.

"우리 건우 선생인가배요?"

상냥하게 웃었다. 가정 조사표에 적혀 있는 서른세 살의 나이보다는 훨씬 핼쑥해 보였으나, 외간 남자를 대하는 붉은빛이 연하게 감도는 볼에는 그래도 시골 색시다운 숫기가 내비쳤다.

"수고하십니더."

하고 나는 사립을 들어섰다.

물론 집은 그저 그러했다. 체목體木 집 짓는 데 중요한 기둥과 도리 같은 재목을 이르는 말은 과히 오래되지 않았지만, 바깥 일손이 모자라는 탓인지, 갈대로 엮어 두른 울타리에는 몇 군데 개구멍이 나 있었다.

"좀 들어가입시더. 촌집이 돼서 누추합니더만……."

건우 어머니는 나를 곧 안으로 인도했다. 걸레질을 안 해도 청은 말끔했다. 굳이 방으로 모시겠다는 것을 나는 굳이 사양하고 마루 끝에 걸쳤다.

"어머니 혼자 힘으로 공부시키기가 여간 힘들지 않으실 텐데……."

건우가 잠깐 자리를 비키는 것을 보고 나는 으레 하는 식으로 가정 사정부터 물어보았다. 할아버지와 아저씨와 그리고 재산 따위에 대해서.

"할아버지는 개깃배를 타시고, 재산이랄 끼사 머 있입니꺼. 선조 때부터 물려받은 밭뙈기들은 나라 땅이라 캤다가, 국회의원 땅이라 캤다가……. 우리싸 머 압니꺼."

이렇게 대략 건우 군의 글에서 알았을 정도의 얘기였고, 건우의 삼촌에 대해서는 웬일인지 일체 말이 없었다. 대신 길이 먼데다 나룻배까지 타야되기 때문에 건우가 지각이 많아서 죄송스럽다는 얘기와, 아버지가 없으니 그런 점을 생각해서 잘 도와 달라는 부탁이 고작이었다.

생활은 어떻게 무사히 꾸려 나가느냐고 했더니, 시아버님이 고깃배를 타기 때문에 가끔 어려운 돈을 기백 원씩 가져온다는 것과, 먹고 입는 것은 보리 농사와 채소로써 그럭저럭 치대어 간다는 얘기였다.

"재첩은 더러 안 건지세요?"

강 마을 일이라 이렇게 물었더니,

"그건 남자들이라야 안 됩니꺼. 또 배도 있어야 하고요."

할 뿐, 그러나 이쪽에서 덤덤하니까,

"물 빠질 땐 개발^{갯벌}이싸 늘 안 나가는기요. 조개 새끼도 파고 재첩도 줏지만 그런기사 어데 돈이 됩니꺼."

이렇게 덧붙였다.

잠시 안 보이던 건우가 어디서 다섯 홉짜리 정종을 한 병 들고 왔다. 이마에 땀이 번질번질한 걸 보면 필시 뛰어온 게 틀림없다. 아마 어머니가 시킨 일이려니 싶었다.

나는 미안스런 생각으로 건우 어머니가 따라 주는 술잔을 받았다. 손이 유달리 작아 보였다. 유달리 자그마한 손이 상일에 거칠어 있는 양이 보기에 더욱 안타까울 정도였다.

기어이 저녁까지 대접하겠다고 부엌으로 가 버린 뒤, 나는 건우를 앞에 두고 잔을 들면서, 그녀의 칠칠한^{주접이 들지 않고 깨끗하고 단정한} 인사 범절에 새삼 생각되는 바가 있었다.

나는 모든 것을 다시 보았다. 농삿집치고는 유난히도 말끔한 마루청, 먼지를 뒤집어쓰고 있지 않은 장독대, 울타리 너머로 보이는 길찬 장다리꽃들……. 그 어느 것 하나에도 그녀의 손이 안 간 곳이 없으리라 싶었다. 이러한 집 안팎 광경들을 통해서 나는 건우 어머니가 꽤 부지런하고 친절한 여성이라는 것을 고대 짐작할 수가 있었다. 젊음이 한창인 열아홉부터 악지 세게 혼자서 살아왔다는 것과, 어려운 가운데서도 외아들 건우를 나룻배를 태워 가면서까지 먼 일류 중학에 보내고 있다는 사실, 그리고 농촌 아이라고는 믿어지지 않을 만큼 건우의 입성이 항시 깨끗했다는 사실들이 어련히 안 그러리 싶어지기도 했다. 얼핏 보아서는 어리무던한^{어련무던한. 별로 흠잡을 데 없이 무던한} 여인 같기도 하지만 유난히 볼가진 듯한 이마라든가, 역시 건우처럼 짙은 눈썹 같은 데선 그녀의 심상치 않을 의지랄까, 정열 같은 것을 읽을 수가 있었다.

　나는 술상을 물리고서, 건우의 공부방을—어머니의 방일 테지만— 잠깐 들여다보았다. 사과 궤짝 같은 것에 종이를 발라 쓰는 책상 위에는 몇 권 안 되는 책들이 나란히 꽂혀 있었다. 그 가운데서 '섬 얘기'라고 잉크로써 굵직하게 등마루에 씌어진 두툼한 책 한 권이 특별히 눈에 띄었다.

　"섬 얘기? 저건 무슨 책이지?"

　나는 건우를 돌아보고 물었다.

　"암것도 아닙니더."

　"소설?"

　"아입니더."

　"어디 가져와 봐!"

　건우는 싫어도 무가내막무가내. 몹시 고집을 부리거나 버티어서 어찌할 수가 없는 일라 뽑아 오면서,

　"일기랑 또 책 같은 거 보고 적은 김더."

　부끄러운 내색을 하였다.

　"일기는 남의 비밀이니까 읽을 수가 없고, 어디 책 읽은 소감이나 뵈주게."

　나는 책을 도로 돌렸다. 건우는 마지못해 여기저길 뒤적거리다가 한군데를 펴 주었다. 또박또박 깨알같이 박아 쓴 글씨였다.

　🗣 어머니 혼자 힘으로 공부시키까가 여간 힘들지 않으실 텐데⋯⋯.

　🗣 건우도 그렇고, 건우 어머니도 그렇고 범상한 집안이 아니구나.

　🗣 나룻배까지 타느라 건우가 지각이 많아 최송스럽니더⋯⋯. 아버지가 없으니 잘 부탁드립니더.

　🔖 소설 한 장면　발단 '나'는 조마이섬에 있는 건우 집에 가정 방문을 감

×××여사는 어머니처럼 혼자 사시는 분이라 그런지 그분의 글에는 한결 감동되는 바가 있었다. '내가 본 국토' 속의 한 구절 ―

'그래도 선거 때가 되면 소속 육지에서 똑딱선을 가지고 섬 백성을 모시러 오는 알뜰한 정당이 있어, 이들은 다만, 그 배로 실려 가서 실상 자기네 실생활과는 무연한 정치를 위하여 지정해 주는 기호 밑에 도장을 찍어 주고 그 배에 실려 돌아온다는 것입니다.

현대 문명의 혜택이라곤 아직 받아 보지 못한 그들의 생활 속에도 현대 문명인이 행사하는 선거란 상식이 깃들게 되고, 어느 정당이나 정치의 영향도 알뜰히 받아 보지 못한 그네들에게도 투표하는 임무만은 지워져야 하고 조국의 사랑이라곤 받아 본 일이 없이 헐벗고 배우지 못한 그들의 아들들이 먼저 조국을 수호해야 할 책임을 지고 훈련을 받고 총을 메고 군인이 되어 갔다는 것……'

우리 아버지도 응당 이러한 군인 중의 한 사람이었으리라. 그래서 언제 어디서 쓰러졌는지도 모르고, 따라서 국군묘지에도 묻히지 못하고, 우리에겐 연금도 없고…….

내 눈이 미처 젖기 전에 건우는 부끄러운 듯이 그 노트를 내게서 뺏아갔다.

"건우야!"

나는 노트 대신 건우의 손을 꽉 쥐었다.

"이 땅이 이곳 사람들의 땅이 아니랬지? 멀쩡한 남의 농토까지 함께 매립 허가를 얻은 어떤 유력자의 것이라고 하잖았어? 그러나 두고 봐. 언젠가는 너희들이 이 땅의 주인이 될 거야. 우선은 어떠한 괴로움이 있더라도, 억울하더라도 희망을 잃지 말고 꾹 참고 살아가야 해."

어조가 어떻게 아까 그 노트를 읽을 때와 같은 것을 깨닫고 나는 잠깐 말을 끊었다. 건우는 내처 묵연해 있었다.

"나라 땅, 남의 땅을 함부로 먹다니! 그건 땅을 먹는 게 아니라, 바로 '시한폭탄'을 먹는 거나 다름없다. 제 생전이 아니면 자손 대에 가서라도 터지고 말거든! 그리고 제 아무리 떵떵거려 대도 어른들은 다 가는 거다. 죽고마는 거야. 어디 땅을 떼 짊어지고 갈 수야 있나. 결국 다음 이 나라 주인인 너희의 거란 말야. 알겠어?"

나는 말이 절로 격해지는 것을 깨달았다. 저녁상이 들어왔다.

부엌에서 바깥 동정을 죄다 엿들었는지 건우 어머니는 저녁상을 물리기가 바쁘게 손을 닦으며 청 끝에 와 걸치더니,

"선생님 이야기는 우리 건우한테서 잘 듣고 있심더. 그라고 이 섬 저 웃 바지에 사는 윤샌도 선생님 말을 곧잘 하데요. 우리 건우가 존 담임 선생님 만났다면서……."

해가 막 떨어진 뒤라 그런지 그녀의 웃음이 적이 붉게 보였다.

"윤샌이라뇨?"

윤 생원이라는 말인 줄은 알았지만, 그가 누군지 미처 생각이 안 났다.

"성은 윤씨고, 이름이 머라 카더라……."

건우를 흘끔 돌아보며,

"수딕이 할배 이름이 멋고?"

"춘삼이 아잉기요."

건우의 말이 떨어지자,

"내 정신 보래. 그래 춘삼 씨다."

그녀는 다시 나를 돌아보며,

"춘삼이란 어른인데 와 선생님을 잘 알데요. 부산에도 가끔 나갑니더. 죄 깐 포도밭도 가주고 있고요……."

"윤춘삼? ……네, 이제 알겠습니다."

비로소 생각이 났다.

"그분하고는 어데서도 같이 지냈담서요?"

건우 어머니는 '세상은 넓고도 좁지요.' 하는 듯한 눈매로 웃어 보였다.

"네."

아닌 게 아니라, 나는 적이 놀랐다. 어디서든 나쁜 짓 하고는 못 배기리라는 생각이 문득 들기까지 했다. 그와 동시에, 지난날 어떤 어두컴컴한 곳에서 그 윤춘삼이란 사람을 처음으로 만났던 일, 그리고 다시 소위 큰집이란 데서 한때 같이 고생을 하던 갖가지 일들이 마치 구름 피어오르듯 기억에 떠올랐다.

'육이오' 때의 일이었다. 나는 어떤 혐의로 몇몇 사람의 당시 대학 교수들과 함께 육군 특무대란 데 갇혀 있었다. 거기서 윤 생원을 처음 만났다. 물론 그때 그가 이곳 사람인 줄도 몰랐다. 무슨 혐의로 들어왔느냐고 물어도 그는 얼른 대답을 하지 않았다. 곧 나갈 거라고만 했다. 곧 나갈 거라고 장담을 하던 사람이 얼마 뒤 역시 우리의 뒤를 따라 감옥으로 넘어왔다. 감옥에서는 그도 제법 사상범으로 통해 있었다. 누가 붙였는지는 모르되, '송아지 빨갱이'라는 별명이 붙어 있었다. 그의 말에 의하면 이유는 간단했다. 한창 무슨 청년단인가 하는 패들이 마구 설칠 땐데, 남에게 배내^{남의 가축을 길러서 다 자라거나 새끼를 친 뒤에 주인과 나누어 가지는 일}를 주었던 그의 송아지를 그들이 잡아먹은 게 분해서, 배내 먹이던 사람에게 송아지를 물어내라고 화풀이를 한 것이 동기의 하나였다고 한다. 그 바보 같은 사람이 뒤퉁스럽게 그 청년단을 찾아가서 그런 고자질을 한 것이 꼬투리가 되어, "이 새끼 맛 좀 볼 테야?" 하는 식으로 잡혀 왔다는 이야기였다. 그 밖에 또 하나 주목받을 이유가 될만한 것은, 자기 고향인 조마이섬에 문둥이 떼가 이주해 왔을 때―물론 정부의 방침이었지만― 그들을 몰아내기 위해 싸우다가 결국 경찰 신세를 졌던 일이라 했다. 그러면서도 그 자신 무슨 영문인지를 확실히 모르고서 옥살이를 했다. 다만 '송아지 빨갱이'라는 별명으로서.

어쩌다가 세수터에서라도 마주칠 때, "송아지 빨갱이!" 할라치면, 텁수룩한 머리를 끄덕대며 사람 좋게 웃던 윤춘삼 씨의 그때 얼굴이 눈에 선해 왔다.

"좋은 사람이었지요."

"그라문니요! 지금도 우리 집에 가끔 옵니더."

건우 어머니도 맞장구를 쳤다.

이야기꾼들이 곧잘 쓰는 '우연성'이란 것을 아주 싫어하는 나지만, 그날 저녁 일만은 사실대로 적지 않을 수가 없다.

어둡기 전에 건우의 집을 나서서 하단 쪽 나루터로 되돌아오던 길목에서 뜻밖에 이제 얘기하던 바로 그 윤춘삼이란 사람과 마주치게 되었으니 말이다.

"야, 이거 ×선생 아니오! 이런 섬에 우짠 일로?"

송아지 빨갱이, 아니 윤춘삼 씨는 덥석 내 손을 잡으며 반가워했다.

"아이들 가정 방문을 왔다 가는 길이죠. 참 오랜만이군요."

"가정 방문?"

그는 수인사는 제쳐 놓고,

"그럼 건우 집에도 들렀겠네요?"

"네, 이 섬에는 건우 한 애뿐입니다. 내가 맡아 있는 애로서는……."

"마침 잘됐다. 허허 참 세상에는 이런 수도 다 있다 카이! 인자 막 선생 이 바구^{'이야기'의 방언}를 하고 오던 참인데……."

윤춘삼 씨는 뒤에 따라오던 웬 성큼한 털보 영감을 돌아보며,

"자, 인사 드리시오. 당신 손자 '거무'란 놈 선생이오."

하며 내처 허허 하고 웃어 댔다. 벌써 약간 주기가 있어 보였다. 두 사람이 인사를 채 나누기 전에 윤춘삼 씨는,

"허허, 노상에서 이럴 수가 있나. 나도 여러 해 만이고……."

하며 털보 영감더러 하단으로 되돌아가자는 것이었다. 아니 바로 떠밀 듯 했다.

"암 그래야지. 나도 언제 한 분^{한번} 꼭 찾아볼라 캤는데, 바래다 드릴 겸 마침 잘됐구만."

멀쩡한 날에 고무장화를 신은 품이 누가 보나 뱃사람이 완연한 건우 할아버지도 약간 약주가 된데다 역시 같은 떼거리였다.

윤춘삼 씨는 만나자 덥석 잡았던 내 손을 내처 아플 정도로 쥔 채 놓지 않았고, 건우 할아버지도 나란히 서게 되어 셋은 가뜩이나 좁은 들길을 좁으라 걸어 댔다. 땅거미를 받아선지, 건우 할아버지의 갯바람에 그을린 얼굴이 거의 검둥이에 가까울 정도로 검어 보였다.

"갈밭새 영감, 오늘 참 재수 좋네. 내가 술 샀지. 또 이런 훌륭한 선생님을 만났지……. 그러나 이분에는 영감이 사야 돼오."

윤춘삼 씨의 말이 떨어지기가 바쁘게,

"암, 내가 사야지. 이분에는 정종이다. 고놈의 따끈한!"

아마 '갈밭새'가 별명인 듯한 건우 할아버지는, 그 억세고 구부정한 어깨를 건들거리며 숫제 신을 내듯 했다.

하단 나룻가의 술집은 모두가 그들의 단골인 모양이었다.

"어이 또 왔쇠이!"

건우 할아버지가 구부정한 어깨를 먼저 어느 목로집으로 들이밀었다. 다시 술자리가 벌어졌다. 술자리랬자 술상 대신 쓰이는 네 발 달린 널빤지를 사이에 두고 역시 네 발 달린 널빤지 걸상에 마주 앉은 것이었지만.

"술은 정종! 따끈한 놈으로. 응이, 알겠소? 우리 거무 선생님이란 말이어!"

갈밭새 영감은 자기와 비슷하게 예순 고개를 넘어 보이는 주인 할머니더러 일렀다.

그가 소원인 듯 말하던 '따끈한 정종'은 그와 윤춘삼 씨보다 나를 먼저 취하게 했다. 그러나 좀처럼 놓아 줄 눈치들이 아니었다.

"한 잔만 더……."

이번에는 건우 할아버지의 커다란 손이 연신 내 손을 덮쌌다.

"비록 개깃배를 타고 있지만 나도 과히 나뿐 놈이 아임데이. 내, 선생 이바구 다 듣고 있소. 이 송아지 빨갱이―섬에까지 그런 별명이 퍼졌던 모양이다―한테도 여러 분 들었고 우리 손잣놈한테도 듣고 있소. 정말 정말 훌륭한 선생님이라고. 그까진 국회의원이 다 먼교? 돈만 있음 ×라도 다 되는 기고, 되문 나랏땅이나 훑이고 팔아묵고 그런 놈들이 안 많던기요? 왜, 내 말이 어데 틀립니꺼?"

갈밭새 영감은 말이 차츰 엇나가기 시작했다.

자기로선 취중 진담일지 모르나 듣기만 해도 섬뜩한 소리를 함부로 뇌까렸다.

그런 얘길랑 그만두고 술이나 들라 해도 갈밭새 영감은 물론 이번엔 윤춘삼 씨까지 되레^{도리어} 가세를 하고 나섰다.

"촌사람이라꼬 바본 줄 알지 마소. 여간 답답해서 그런 소릴 하겠소."

전깃불이 들어왔다. 불빛에 비친 갈밭새 영감의 얼굴은 한층 더 인상적이었다. 우악스럽게 앞으로 굽어진 두 어깨 가운데 짤막한 목줄기로 박혀 있는 듯한 텁석부리 얼굴! 얼굴 전체는 키를 닮아 길쭉했으나, 무엇에 짓눌려 억지로 우그러뜨려진 듯이 납작해진 이마에는, 껍데기가 안으로 밀려들기나 한 듯한 깊은 주름이 두어 줄 뚜렷하게 그어져 있었다. 게다가 구레나룻에 둘러싸인 얼굴 전면이 검붉은 구릿빛이 아닌가! 통틀어 원시인이라도 연상케 하는 조금 무서운 면상이었다.

"과 빤히 보능기요? 내 안주^{아직} 술 안 취했음데이. 염려 마이소."

갈밭새 영감은 기름이 절은 수건을 꺼내더니 이마를 한 번 훔치고서,

"인자 딴 말은 안 하지요. 언제 또 만날지 모르이칸에 이왕 만낸 짐에 저 송아지 빨갱이나 이 갈밭새가 사는 조마이섬 이바구나 좀 하지요."

그러곤 정신을 가다듬기나 하듯이 앞에 놓인 술잔을 훌쩍 비웠다.

건우 할아버지와 윤춘삼 씨가 들려준 조마이섬 이야기는 언젠가 건우가 써냈던 '섬 얘기'에 몇 가지 기막히는 일화가 붙은 것이었다.

"우리 조마이섬 사람들은 지 땅이 없는 사람들이요. 와 처음부터 없기싸 없었겠소마는 죄다 뺏기고 말았지요. 옛적부터 이 고장 사람들이 젖줄같이 믿어 오던 낙동강 물이 맨들어 준 우리 조마이섬은……."

건우 할아버지는 처음부터 개탄조로 나왔다. 선조로부터 물려받은 땅,

자기들 것이라고 믿어 오던 땅이 자기들이 겨우 철 들락말락할 무렵에 별안간 왜놈의 동척 東拓 '동양 척식 주식회사'의 준말. 일본이 한국의 경제를 독점·착취하기 위하여 설립한 국책 회사 명의로 둔갑을 했더란 것이었다.

"이완용이란 놈이 '을사보호조약'이란 걸 맨들어 낸 뒤라 카더만!"

윤춘삼 씨의 퉁방울 같은 눈에도 증오의 빛이 이글거리기 시작했다.

1905년 을사년 겨울, 일본 군대의 포위 속에서 맺어진 '을사보호조약'이란 매국 조약을 계기로, 소위 '조선 토지 사업'이란 것이 전국적으로 실시되던 일, 그리고 이태 후인 정미년에 가서는 "한국 정부는 시정 개선에 관하여 통감의 지도를 수할사"란 치욕적인 조목으로 시작된 '한일 신협약'에 따라, 더욱 그 사업을 강행하고 역둔토의 대부분과 삼림 원야 原野 개척하지 않아 인가가 없는 벌판과 들들을 모조리 국유로 편입시키는 등 교묘한 구실과 방법으로써 농민으로부터 빼앗은 뒤, 다시 불하하는 형식으로 동척과 일인 수중에 옮겨 놓던 그 해괴망측한 처사들이 문득 내 머리 속에도 떠올랐다.

"쥑일 놈들."

건우 할아버지는 그렇게 해서 다시 국회의원, 다음은 하천부지의 매립 허가를 얻은 유력자…… 이런 식으로 소유자가 둔갑되어 간 사연들을 죽 들먹거리더니,

"이 꼴이 되고 보니 선조 때부터 둑을 맨들고 물과 싸워 가며 살아온 우리들은 대관절 우찌 되는기요?"

그의 꺽꺽한 목소리에는, 건우가 지각을 하고 꾸중을 듣던 날 "나릿배 통학생임더." 하던 때의, 그 무엇인가를 저주하듯 한 감정이 꿈틀거리고 있는 것 같았다.[1] 얼마나 그들의 땅에 대한 원한이 컸던가를 가히 짐작할 수가 있었다.

"섬사람들도 한번 뻗대 보시지요?"

이렇게 슬쩍 건드려 봤더니, 이번엔 윤춘삼 씨가 얼른 그 말을 받았다.

"선생님은 그런 걸 잘 알면서 그러네요. 우리 겉은 기 멀 알며, 무슨 힘이 있습니꺼. 하도 하는 짓들이 심해서 한 분 해 보기는 해 봤지요. 그 문딩이 떼를 싣고 왔일 때 말임더……."

윤춘삼 씨는 그때의 화가 아직도 사라지지 않는 듯이 남은 술을 꿀꺽 들

---

1) 조상 대대로 땅을 빼앗기고 살아온 분노는 갈밭새 영감뿐만 아니라 손자인 건우에게까지 깊이 내재되어 있다.

이켰다.

"쥑일 놈들!"

마치 그들의 입버릇인 듯 되어 있는 이 말을 안주처럼 되씹으며 윤춘삼
씨는 문둥이들과 싸운 얘기를 꺼냈다.

큰 도둑질은 언제나 정치하는 놈들이 도맡아 놓고 한다는 게 서두였다.
그러면서도 겉으로는 동포애니 우리들의 현 실정이 어떠니를 앞세우겠나!
그때만 해도 불쌍한 문둥이들에게 살 곳과 일거리를 마련해 준다면서 관청
에서 뜻밖에 웬 문둥이들을 몇 배 해 싣고 그 조마이섬을 찾아왔더란 거다.
그야말로 섬사람들에게는 아닌 밤중에 홍두깨 내미는 격으로, 옳아, 이건
어느 놈의 엉큼순지는 몰라도 필연 이 섬을 송두리째 집어삼킬 꿍심으로
우릴 몰아내기 위해서 한때 문둥이를 이용하는 거라고…… 누군가의 입에
서부터 이런 말이 퍼지기 시작하고, 그래서 그 섬사람들뿐 아니라 이웃 섬
사람들까지 한둥치가 되어 그 문둥이 떼를 당장 내쫓기로 했더란 거다.

상대방은 자다가 호박을 주운 격인 병신들인데 오자마자 그 꼴을 당하고
보니 어리둥절은 하였지만, 그렇다고 호락호락 떠나갈 빼짱들은 아니었다.
결국 나가라니 못 나가겠느니 싸움이 벌어졌다.

"그때 바로 이 갈밭새 부자가 앞장을 안 섰능기요. 어데, 그때 문딩이한
테 물린 자리 한 분 봅시더……."

윤춘삼 씨는 하던 말을 별안간 멈추고, 건우 할아버지 쪽을 쳐다보았다.
그러고는 골동품 같은 마도로스 파이프를 뻑뻑 빨고만 있는 건우 할아버지
의 왼쪽 팔을 억지로 걷어 올렸다. 나이에 관계없이 아직도 우악스러워 보
이는 어깻죽지 바로 밑에 커다란 흉터가 하나 남아 있었다.

"한 놈이 영감 여길 어설피 물고 늘어지다가 그만 터졌거든!"

윤춘삼 씨는 자랑삼아 이야기를 이었다.

그렇게 악을 쓰는 문둥이들에 대해서, 몽둥이, 괭이, 쇠스랑 할 것 없이
마구 들이대고 싸웠노라고. 그래서 이쪽에서도 물론 부상자가 났지만, 괜
히 문둥이들이 많이 상하고 덕택에 자기와 건우 할아버지를 비롯해서 많은
섬사람들이 그야말로 문둥이 떼처럼 줄줄이 경찰에 붙들려 가고…… 그러
나 뒷일이 영 켕겼던지 관청에서는 그 '기막힌 동포애'를 포기하고 그 문둥
이들을 도로 싣고 갔다는 얘기였다.

"그 바람에 저 사람은 육이오 때 감옥살이 또 안 했능기요. 머 예비 검거

라 카드나……."

건우 할아버지가 이렇게 한마디 끼우니,

"그거는 송아지 때문이라 캐도……."

"누명을 써도 문둥이 빨갱이는 되기 싫은 모양이제? 송아지 빨갱이는 좋고."

건우 할아버지의 이런 농에는 탓하지 않고서,

"그런 짓들 하다가 결국 그것들이 안 망했나."

윤춘삼 씨는 지금도 고소한 듯이 웃었다.

"다른 패들이 나와도 머 벨수 있더나?"

건우 할아버지는 내처 같은 표정을 하였다.

"그놈이 그놈이란 말이지? 입으로만 머니머니 해 댔지, 밭 맨드라 카니 제우^{겨우} 맨들어 논 강뚝이나 파헤치고, 나리^{나루} 막는다 카면서 또 섬이나 둘러 마실라카이……."

윤춘삼 씨도 그리 밝은 표정은 아니었다.

"× 선생님!"

건우 할아버지가 별안간 그 그로테스크^{grotesque 괴기하고 끔찍스러움}한 얼굴을 내게로 돌렸다.

"우리 거무란 놈 말을 들으니 선생님은 글을 잘 씬다 카데요? 우리 섬에 대한 글 한 분 써 보이소. 멋지기! 재밌실 낌데이. 지발 그 썩어 빠진 글을랑 말고……."

"썩어 빠진 글이라뇨?"

가끔 잡문 나부랑이를 써 오던 나는 지레 찌릿해졌다.

"와 그 신문 같은 데도 그런 기 수타^{많이} 난다 카데요. 남은 보릿고개를 못 넹기서 솔가지에 모가지들을 매다는 판인데, 낙동강 물이 파아랗니 푸르니 어쩌니…… 하는 것들 말임더."

갈밭새 영감이 이렇게 열을 내기 시작하자, 곁에 있던 윤춘삼 씨가,

"허허이 우리 선생님이 오늘 잘못 걸렸네요. 이 영감이 보통이 아임데이. 그래도 선배의 씨라꼬……."

핀잔 비슷이 말했지만, 건우 할아버지는 벌인 춤이 되어 버렸다.

"하기싸 시인들이니칸에 훌륭하겠지. 머리도 좋고…… 선생도 시인 아입니꺼. 그런데 와 우리 농사꾼이나 뱃놈들의 이바구는 통 안 씨는기요? 추접

다꼬? 글 베린다꼬 그라능기요?"

입이 말을 한다기보다 차라리 수염이 떨어 댄다고 느껴질 정도로, 건우 할아버지는 열을 냈다.

"그만하소. 영감이 머 글이나 이르능기요. 밤낮 한다는 기 '곡구롱 우는 소리 오경화의 시조로 전원에서 가족과 함께 생활하는 가운데 느끼는 삶의 행복을 읊은 작품'지. 어데 그기나 한 분 해 보소."

윤춘삼 씨가 또 참견을 했다.

"곡구롱 우는 소리라뇨?"

나도 윤씨의 그 말에 귀가 쏠렸다. 어떤 고시조가 문득 생각났기 때문이다.

"어데, 해 보소. 모초롬 선생님을 모신 자리니."

하는 윤춘삼 씨의 말에, 그는 괜한 소리를 했구나 하는 표정을 지으며, 그 꺽꺽한 목청에 느린 가락을 넣기 시작했다…….

곡구롱 우는 소리에 낮잠 깨어 니러 보니
작은 아들 글 이르고 며늘아기 베 짜는데 어린 손자는 꽃놀이한다.
마초아 지어미 술 거르며 맛보라 하더라.

건우 할아버지는 갑자기 침착해진 채 눈을 지그시 감고 불렀다. 땀에 번지르르한 관자놀이 짬에 가뜩이나 굵은 맥이 한 줄 불쑥 드러나 보이기까지 하였다. 가락은 육자배기에 가까웠으나, 내용은 역시 내가 생각했던 오아무개의 고시조였다.

"이 노래 하나만은 정말 떨어지게 잘한다 카이!"

윤춘삼 씨는 나 못지않게 감탄을 하면서 그가 그 노래를 즐겨 부르는 사연을 대강 이렇게 말했다.

그러니까 그의 증조부 되는 분이 옛날 서울에서 무슨 벼슬깨나 하다가 그놈의 당파 싸움에 휘말려서 억울하게 이곳 조마이섬으로 귀양인지 피신인지를 해 와 살았는데, 그분이 살아 계실 때 즐겨 읊던 시조란 것이었다.

사연을 듣고 보니, 새삼 생각되는 바가 있었다. 그 노래를 부를 때의 갈밭새 영감의 표정에, 은근히 누군가를 사모하는 듯한 빛이 엿보였을 뿐 아니라, 그 꺽꺽한 목청에도 무엇인가를 원망하는 듯, 혹은 하소하는 듯한 가락이 확실히 떨리고 있었기 때문이다. 착각이 아니리라! 동시에 나는 아까 본 건우 군의 집 사립 밖에 해묵은 수양버들 몇 그루가 서 있던 광경이 새삼 기억에 떠오르고, 건우 어머니의 수인사 태도나 집안을 다스리는 범절이 어딘지 모르게 체통이 있는 선비 가문의 후예같이 짚어졌다.

"아드님은 육이오 때 잃으셨다지요?"

내가 술을 한 잔 더 권하며 위로 삼아 물으니까,

"야…… 큰놈은 그래서 빼도 못 찾기 되고 작은놈은 머 사모아섬이라 카던기요, 그곳 바다 속에 너어^{넣어} 버리지요."

"사모아섬?"

나는 그의 기구한 운명을 생각했다.

"야, 삼치잡이 배를 탔거던요……."

이러고 한숨을 쉬는 건우 할아버지의 뒤를 곁에 있던 윤춘삼 씨가 또 받아 이었다.

"와 언젠가 신문에도 짜다라^{많이} 안 났던기요. '허리켄'인가 먼가 하는 폭풍을 만나 시운찮은 우리 삼칫배들이 마구 결단이 난 일 말입더."

나도 건우 할아버지도 더 말이 없는데, 윤춘삼 씨가 혼자 화를 내듯,

"낙동강 잉어가 띠이 정지^{부엌} 바닥에 있던 부지깽이도 띤다 카듯이, 배도

우리 조마이섬 사람들은 지 땅이 없는 사람들이요. 와 처음부터 없기싸 없었겠소마는 죄다 뺏기고 말았지요.

이완용이란 놈이 '을사보호조약'이란 걸 맨들어 낸 뒤에 선조로부터 물려받은 땅을 왜놈이 다 가져갔소!

⏺ 소설 한 장면 [전개] 윤춘삼 씨와 갈밭새 영감으로부터 섬사람들의 사연을 들음

남 씨다가^{쓰다가} 베린 걸 사 가주고 제북 원양 어업인가 먼가 숭내^{흉내}를 낼라 카다가 배만 카에는 사람들까지 떼죽음을 안 시킷능기요. 거에다가 머 시체도 몬 찾았거이와 회사가 워낙 시원찮아 노오니 위자료란 기나 어디 지데로 나왔능기요. 택도 앙이지 택도 앙이라!"

"없는 놈이 할 수 있나. 그저 이래 죽고 저래 죽는 기지머!"

갈밭새 영감은 이렇게 내뱉듯이 해 던지고선, 아까부터 손안에서 만지작거리고 있던 두 알의 가래 열매를 별안간 세차게 달가닥대기 시작했다. 마치 그렇게라도 함으로써 세상의 모든 근심 걱정을 잊어버리기나 하려는 듯이. 어찌 들으면 남의 신경을 곤두서게 하는 그 딱딱한 소리가, 실은 어떤 깊은 분노의 분출을 억제하는 그의 마음의 울부짖음 같기도 했다.

그러나 나는 이내, 따그르르 따그르르 하는 그 소리가, 바로 나룻가 갈밭에서 요란스럽게 들려오는 진짜 갈밭새들의 약간 처량스런 울음소리와 흡사하다 느꼈다. 한편 또 조마이섬의 갈밭 속에서 나고 늙어 간다는 데서 지어졌으리라 믿어 왔던 갈밭새란 별명에, 어쩜 그가 즐겨 굴리는 그 가래 소리가 갈밭새의 울음소리와 비슷한 데 연유되지나 않았을까 하는 생각이 들기도 했다.

세 사람은 한참 동안 말이 없었다. 갓 나온 듯한 흰 부나비 두 마리가 갈팡질팡 희미한 전등에 부딪칠 뿐이었다. 파닥거리는 소리도 없이.

그러고 두어 달이 지났다.

낙동강 물이 몇 차례 불었다 줄었다 하는 동안에 그해 여름도 어느덧 막바지에 접어들었다. 갈대도 이젠 길길이 자라서, 가뜩이나 섬사람들의 눈에도 잘 띄지 않는 갈밭새들이, 더욱 깃들기 좋을 만큼 우거진 무렵이었다. 아침저녁 그 속에서 갈밭새들이 한결 신나게 따그르르 다그르르 지저귀어대면 머잖아 갈목^{갈대의 이삭}도 빠져 나온다 한다. 물론 학교도 방학이 끝날 무렵이다.

건우는 그동안 그 지긋지긋한 지각 걱정을 안 해도 좋았다. 한나절이면 그야말로 물거미처럼 물 위를 동동 떠다녀도 무방했다.

아닌 게 아니라 한여름 동안 얼마나 물과 볕에 그을었는지, 마지막 소집날에 나타난 건우의 얼굴, 사시장춘^{四時長春 일 년 내내 늘 봄과 같음} 바다에서 산다는 즈 할아버지 못잖게 검둥이가 되어 있었다.

"어지간히 그을었구나. 할아버지와 어머니도 잘 계시니?"

늦게까지 어름거리는 그를 보고 일부러 물어봤더니,

"예, 수박 자시러 오시라 캅디더."

어머니의 전갈일 테지, 딴소리까지 했다. 까막 딱지가 묻힐 정도로 새까매진 얼굴이라 이빨이 유난히 희게 빛났다.

"집에서 수박을 심었던가?"

"예, 언제쯤 오실랍니꺼?"

숫제 다그쳐 묻는 것이었다.

"글쎄 언제 한번 가지."

"꼭 모시고 오라 카던데요?"

"그래, 오늘은 안 되고, 여가 봐서 한번 갈 테니까."

나는 그의 좁다란 어깨를 툭 쳐 주며 돌려보냈다. 처서가 낼모레니까 수박도 한물 갈 때리라. 이왕이면 처서께쯤 한번 가 볼까 싶었다.

그런데 공교히도 그 처서 날에 비가 내리기 시작했다. 처서에 비가 오면 독 안의 곡식도 준다는 하필 그날에 추적추적 비가 내리기 시작했으니, 내가 건우네 집으로 가고 안 가고가 문제가 아니라, 그러한 경험과 속담 속에 살아온 농촌 사람들의 찌푸려질 얼굴들이 먼저 눈에 떠올랐다.

게다가 이건 이른바 칠팔월 긴 장마가 아니라, 하루 이틀, 그러다가 사흘째부터는 바로 억수로 변해 가더니 마침내 광풍까지 겹쳐서 온통 폭풍우로 바뀌고 말았다.[1] 육십 년 이래 처음이니 뭐니 하고 떠드는 라디오나 신문들의 신나는 듯한 표현들은 나중에 있은 얘기고, 아무튼 그날 새벽에는 하늘이 내려앉고 땅이 뒤흔들리기나 하듯이 우레 번개가 잦고 비바람이 사나웠다.

이렇게 되면 속담 말로 '칠월 더부살이 주인 마누라 속곳 걱정^{자기 분수를 모르고} _{남을 걱정함을 일컫는 속담}' 정도의 장마 경황이 아니다. 더부살이도 우선 제 살 구멍 찾기가 급하다. 반면 제 한 몸이나 제 집구석에 별 탈만 없으면 남의 불행쯤은 오히려 구경 삼아 보아 넘기는 게 도회지 사람들의 버릇이다.

한창 천지가 진동하던 몇 시간 동안은 움쭉달싹도 않던 사람들이, 비가 좀 뜨음하니까 사립 밖으로 개울가쯤 나가면 족하지만, 어른들은 그 정도로서는 한에 차질 않는다.

---

1) 홍수는 주민들의 생존을 위협하며 인물들 간의 갈등을 심화시키는 소재이다.

"낙동강이 넘는다지?"

"구포 다리가 우투룹단다 위태롭단다!"

가납사니 된 소리 안 된 소리로 쓸데없이 말수가 많은 사람 같은 도시 사람들은 제멋대로 그럴싸한 소문을 퍼뜨리며, 소위 물 구경에 미쳐서 낙동강이 내려다보이는 언덕으로, 산으로 올라들 갔다.

내가 집을 나선 것은 반드시 그런 호기심에서만은 아니었다. 다행히 하단 방면으로 가는 버스가 통한다기 얼른 그것을 집어탔다. 군데군데 시뻘건 뻘물이 개울을 이루고 있는 길을, 차는 철버덕 철버덕 기어가듯 했다. 대티 고개서부터 내 눈은 벌써 김해 들을 더듬었다.

'저런……!'

건우네 집이 있는 조마이섬 일대는 어느덧 벌건 홍수에 잠겨 가고 있지 않은가! 수박이 문제가 아니다. 다시 흩날리기 시작하는 차창 밖의 빗속을 뚫고서, 내 시선은 잘 보이지도 않는 조마이섬 쪽으로 얼어붙었다. 동시에 "나룻배 통학생임더!" 하던 건우 군의 가냘픈 목소리가 갑자기 귀에 쟁쟁 되살아나는 것 같았다.

고개 넘어서부터 차는 더욱 끼우뚱거렸다. 논두렁을 밀고 넘어오는 물살이 숫제 콰 하는 소리까지 내면서 길을 사뭇 덮었다. 때로는 길과 논밭이 얼른 분간이 안 되어, 가로수를 어림해서 달리기도 했다. 그럴 때마다 차 안의 손님들은 한층 더 떠들어 댔다. 대부분이 무슨 사연들이 있어서 가는 사람들이었겠지만, 그러한 사연들보다 우선 눈앞의 사정에 더욱 정신을 파는 것 같았다.

하단 나루께는 이미 발목물이 넘었다. '사라호'에 데인 경험이 있는 그곳 주민들은, 잽싸게 이불이랑 세간 부스러기를 산으로 말끔 옮겨 놓았고, 부랴부랴 끌어올린 목선들이 여기저기 나둥그러져 있는 길 위에는, 볼멘소리를 내지르는 아낙네와 넋 잃은 듯한 사내들이 경황없이 서성거릴 뿐이었다. 물론 나룻배가 있을 리 없었다. 예측 안 한 바는 아니지만, 행여나 싶었던 마음에도 실망은 컸다.

배 없는 나루터를 비롯해서 가까운 강가에는, 경비를 나온 듯한 소방대원 같은 복장의 사람들과 순경 한 사람이 버티고 있었다. 아무리 가까이 오지 마라, 혹은 가지 말라 외쳐도 사람들은 들은 체 만 체했다. 물이 점점 더 붇고 있는 모양이었다.

나는 닭 쫓던 개 지붕 쳐다보듯이 밀려오는 강물만 맥없이 바라보았다. 어느 산이라도 뒤엎었는지 황토로 물든 물굽이가 강이 차게 밀려 내렸다. 웬만한 모래톱이고 갈밭이고 남겨 두지 않았다. 닥치는 대로 뭉개고 삼킬 따름이었다. 그러고도 모자라는 듯 우르르하는 강 울림 소리는 더욱 무엇을 노리는 것같이 으르렁댔다.

둑이 넘을 정도로 그악스럽게 밀려 내리는 것은 벌건 물굽이만이 아니었다. 얼마나 많은 들녘들을 휩쓸었는지, 보릿대랑 두엄 더미들이 무더기 무더기로 흘러내리는가 하면, 수박이랑, 외'오이'의 준말 또는 '참외'의 방언, 호박 따위까지 끼리끼리 줄을 지어 떠내려왔다. 이상스런 것은 그러한 것들이 마치 서로 약속이라도 한 듯이 모두 강 한가운데로만 줄을 지어 지나가는 것이었다.

"쳇, 용케도 피해 간다!"

저만큼 떨어진 데서 장대 끝에 접낫자그마한 낫을 해 단 억척보두심성이 굳고 억척스러운 사람들이 둥글둥글한 수박의 행렬을 향해 군침들을 삼켰다.

"그까진 수박은 건지서 머할라꼬? 하불실下不失 아무리 적어도 적은 대로의 희망은 있음 돼지 새끼라도 아담아 내야지?"

이런 농지거리도 들렸다. 역시 접낫을 해 든 주제에, 이들은 그저 물 구경을 나온 것이 아니라, 그런 가운데서도 엄연히 생활을 계산하고 있는 것이었다.

나는 그들의 대담한 태도와 농담에 잠깐 정신을 팔다가, 다시 조마이섬이 있는 쪽으로 눈을 돌렸다. 부슬비가 계속 광풍에 흩날리고 있었다. 얼핏 홍적기洪積期 인류가 처음 나타난 신생대 제4기의 전반를 연상케 하는 몽롱한 안개비 속이라, 어디가 어딘지 분별할 도리가 없었다.

'건우네 집은 벌써 홍수에 잠기지나 않았을까?'

불안한, 그리고 불길한 예감이 자꾸 들기 시작했다.

"물이 이 정도로 불어나면 건너편 조마이섬께는 어찌 되지오?"

생면 부지한 접낫 패들에게 불쑥 묻기까지 하였다.

"조마이섬?"

돼지 새끼를 안아 내겠던 키다리가 나를 흘끗 쳐다보더니,

"맹지면에서는 땅이 조금 높은 편이라카지만, 물이 이래 불으면 마찬가지지요. 만약 어제 그런 소동이 안 일어났이문 밤새 무슨 탈이 났을지도 모를 끼요."

"어제 무슨 일이라도 있었던가요?"

나는 신경이 별안간 딴 곳으로 쏠렸다.

"있다 뿐이라요? 문딩이 쫓아낼 때보다는 덜했겠지마 매립인강 먼강 한 답시고 밀가리만 잔득 띠이 처먹고 그저 눈가림으로 해 놓은 둘^ᆨ을 섬사람들이 우 대들어서 막 파헤쳐 버리고, 본래대로 물길을 티났다 카드만요. 글안 했으문……."

키다리는 혼자서 신을 내가며 떠들었다.

"쓸데없는 소리 말게. 괜히 혼날라꼬."

곁에 있던 약삭빠른 얼굴의 사내가 이렇게 불쑥 쏘아붙이듯 하더니, 마침 저만큼 떠내려오는 널빤지를 향해 잽싸게 접낫을 던졌다. 그러나 걸리진 않았다. 그렇게 허탕을 친 게 마치 이쪽의 잘못이나 되는 듯,

"조마이섬에 누가 있소?"

내뱉듯한 소리가 짐짓 퉁명스러웠다.

"건우란 학생이 있어서……."

나는 일부러 학생의 이름까지 대보았다. 약삭빠른 눈초리가 다시 물굽이만 쏘아보고 말이 없으니까, 또 키다리가,

"그 아이 아배가 누군교?"

하고 나를 새삼 쳐다보았다.

"아버진 없고, 즈 할아버지 별명이 갈밭새 영감이라더군요."

나는 건우 할아버지의 이름이 얼른 생각나지 않았다.

"아, 그렁기요? 좋은 노인임더."

키다리는 접낫대를 세워 들더니,

"조마이섬의 인물 아잉기요. 어지^{어제} 아침 이곳에 지내갔는데, 그 뒤 대강 알아봤거든……. 가고 난 뒤 얼마 안 되서 그 일이 났단 말이여."

말머리가 어느덧 자기들끼리로 돌아갔다. 나는 굳이 파고 묻지 않았다.

그때 마침 판잣집 용마루 비슷한 길다란 나무가 잠겼다 떴다 하며 떠내려가자, 조금 떨어진 신신 바위 짬에서 별안간 쬐깐 쪽배 하나가 쏜살같이 나타나더니, 기어코 그눔에게 달라붙어서 한참 파도와 싸우며 흐르다가 마침내 저 아래쪽 기슭에 용케 밀어다 붙였다. 박수를 치기보다는 모두 숨을 죽이고 바라보기만 했다. 용감하다기보다 차라리 처참한 광경이었다. 나는 거기서 누구에게도 보장을 받아 오지 못한 절박한 생활을 읽었다. 한 표의

값어치로서가 아니라, 다만 살기 위해서 스스로 죽을 모험을 무릅쓰는 그러한 행위는, 부질없이 그것을 경계하거나 방해하는 힘을 물리침으로써만 오히려 목숨 그 자체를 이어 갈 수 있다는 산 증거 같기도 했다.

'갈밭새 영감이나 송아지 뺄갱이도 그냥 있지는 않았으리라!'

나는 조마이섬의 일이 불현듯 더 궁금해져서 이내 구포 가는 버스를 잡아탔다. 다리만 건너면 조마이섬에 가까이까지 갈 수 있으리라 믿었다.

구포 다릿목에서 차를 내렸으나 물은 이미 위험 수위를 훨씬 돌파해서, 다리는 통금이 돼 있었다. 비상경계의 붉은 깃발이 찢어질 듯 폭풍우에 펄럭이고, 다릿목을 건너지른 인줄 곁에는 한국인 순경과 미군이 버티고 있었다. 무거워 보이는 고무 비옷에 철모를 푹 눌러 쓰고 방망이를 해 든 포옴 **폼. form**이 여간 엄중해 뵈지 않았다.

그런데도 무슨 핑계들을 꾸며 대고 용케 건너가는 사람들이 있었다. 더러는 다리 위에서 유유히 물 구경을 하는 사람들도. 나도 간신히 그들 틈에 끼었다. 우르르르하는 강 울림은 다리 위에서 듣기가 한결 우람스러웠다.

통행금지의 팻말이 서 있어도, 수해 시찰을 나온 듯한 새까만 관용차만은 사뭇 물을 튀기며 지나갔다. 바람이 휘몰아칠 때는 거기에 날리기나 하듯이 더욱 빨리 지나갔다. 요컨대 일종의 모험이기도 했으리라. 안에 타고 있는 얼굴들은 알 길이 없었지만 어련히 심각한 표정들을 했으랴 싶었다.

내려다봄으로 해서 한결 사나운 물굽이가 숫제 강을 주름잡듯 둘둘 말려오다간, 거의 같은 지점에서 쏴아 하고 부서졌다. 그럴 때마다 구슬, 아니 퉁방울 같은 물거품이 강 위를 휘덮고 때로는 바람결을 따라서 다리 위까지 사뭇 퉁겼다. 그러한 강 한가운데를 잇달아 줄을 지어 떠내려오는 수박이랑 두엄 더미들이, 하단서 볼 때보다 훨씬 많았다. 말하자면 일종의 장관에 가까웠다.

"아까 그 송아지는 정말 아깝던데……."

이런 뚱딴지같은 소리도 푸득 귓가를 스쳐 갔다.

조마이섬이 있는 먼 명지면 짬은 완전히 물바다로 보였다. 구름을 이고 한가하던 원두막들은 다시 찾아볼 길이 없고, 길찬 포플러 나무들도 겨우 대공이만은 남은 듯, 바람에 누웠다 일어났다 했다.

지루하게 긴 다리를 지루하게 건너, 물 구경 나온 인파를 헤치고 강둑길을 얼마 못 갔을 때였다. 뜻밖에 거기서 윤춘삼 씨와 마주쳤다. 헐레벌떡 빗속을 뛰어오던 송아지 빨갱이—, 아니 윤춘삼 씨는 머리끝에서 발끝까지 온통 물에서 막 건져 올린 사람처럼 젖어 있었다. 하긴 내 꼴도 그랬을 테지만.

"우짠 일인기요?"

하고 덥석 내 손을 검잡는 윤춘삼 씨는, 그저 반갑다기보다 숫제 고마워하는 기색까지 보였다.

"조마이섬은 어찌 됐소?"

수인사란 게 이랬더니,

"말 마이소. 자, 저리 가서 이야기나 합시더……."

그는 나를 도로 다릿목 쪽으로 끌었다.

"아니, 섬 쪽으로 가 보려 했는데요?"

"가야 아무것도 없소. 모두 피난소로 옮기고, 남은 건 물바다뿐입더. 우짤라꼬 이 놈의 하늘까지……!"

별안간 또 한줄기 쏟아지는 비도 피할 겸 윤춘삼 씨는 나를 다릿목 어떤 가겟집으로 안내했다. 언젠가 하단서 같이 들렀던 집과 거의 비슷한 차림의 주막집이었다.

🍎 소설 한 장면   위기   그해 처서 무렵 홍수로 섬이 위기를 맞음

둘 사이에는 한참 동안 말이 없었다. 너무나 다급하고 또 수다한 말들이 두 사람의 입을 한꺼번에 봉해 버렸다 할까!

"건우네 가족도 무사히 피난했겠지요?"

먼저 내 입에서 아까부터 미뤄 오던 말이 나왔다.

"야……."

해 놓고도 어쩐지 말끝이 석연치 않았다.

"집들은 물론 결단이 났겠지만, 사람은 더러 상하진 않았던가요?"

나는 이런 질문을 해 놓고, 이내 후회했다. 으레 하는 빈 걱정 같아서.

"집이고 농사고 머 있능기요. 다행히 목숨들만은 건졌지만, 그 바람에 갈밭새 영감이 또 안 끌려갔능기요."

윤춘삼 씨는 가슴이 내려앉는 듯한 무거운 한숨을 내쉬었다.

"건우 할아버지가?"

나는 하단서 그 접낮 패에게 얼핏 들은 얘기를 상기했다.

"그래서 내가 지금 경찰서꺼정 갔다 오는 길인데, 마침 잘 만냈임더. 글 안 해도……."

기진맥진한 탓인지, 그는 내가 권하는 술잔도 들지 않고 하던 이야기만 계속했다.

바로 어제 있은 일이었다. 하단서 들은 대로 소위 배짱들이 만들어 둔 엉터리 둑을 허물어 버린 얘기였다.

비는 연 사흘 억수로 쏟아지지, 실하지도 않은 둑을 그대로 두었다가 물이 더 불었을 때 갑자기 터진다면 영락없이 온 섬이 떼죽음을 했을 텐데, 마침 배에서 돌아온 갈밭새 영감이 선두를 해서 미리 무너뜨렸기 때문에 다행히 인명에는 피해가 없었다는 것이다.

"그런데 와 건우 할아버진 끌고 갔느냐고요?"

윤춘삼 씨는 그제야 소주를 한 잔 훅 들이키고 다음을 계속했다.

섬사람들이 한창 둑을 파헤치고 있을 무렵이었다. 좀 더 똑똑히 말한다면, 조마이섬 서쪽 강둑길에 검정 지프차가 한 대 와 닿은 뒤라 한다. 웬 깡패같이 생긴 청년 두 명이 불쑥 현장에 나타나더니, 둑을 허물어뜨리는 광경을 보자, 이내 노발대발 방해를 하기 시작하더라고. 엉터리 둑을 막아 놓고 섬을 통째로 집어삼키려던 소위 유력자의 앞잡인지 뭔지는 모르되, 아무리 타일러도, "여보, 당신들도 보다시피 물이 안팎으로 이렇게 불어나는

데 섬사람들은 어떻게 하란 말이오?" 해 봐도, 들어 주긴커녕 그중 힘깨나 있어 보이는, 눈이 약간 치째진 친구가 되레 갈밭새 영감의 팽이를 와락 뺏더니 물속으로 핑 집어 던졌다는 거다.

그리곤 누굴 믿고 하는 수작일 테지만 후욕패설誣辱悖說 꾸짖어 욕하고 사리에 어긋나게 말함을 함부로 뇌까리자, 순간 화가 머리끝까지 치밀었을 갈밭새 영감도,

"이 개 같은 놈아, 사람의 목숨이 중하냐, 네 놈들의 욕심이 중하냐?"

말도 채 끝내기 전에 덜렁 그자를 들어 물속에 태질을 해 버렸다는 것이다. 상대방은 "아이고." 소리도 못 해 보고 탁류에 휘말려 가고, 지레 달아난 녀석의 고자질에 의해선지 이내 경찰이 둘이나 달려왔더라고.

"내가 그랬소!"

갈밭새 영감은 서슴지 않고 두 손을 내밀었다는 거다. 다행히도 벌써 그때는 둑이 완전히 뭉개지고, 섬을 치덮던 탁류도 빙 에워 돌며 뭉그적뭉그적 빠져나가고 있었다는 것이다.

"정말 우리 조마이섬을 지키다시피 해 온 영감인데…… 살인죄라니 우짜문 좋겠능기요?"

게까지 말하고 나를 쳐다보는 윤춘삼 씨의 벌건 눈에서는 어느덧 닭똥

물이 안팎으로 이렇게 불어나는데, 사람의 목숨이 중하냐, 네 놈들의 욕심이 중하냐?

왜 허락도 없이 둑을 허물어뜨리는 거야!

우리 조마이섬을 지키다시피 해 온 영감인데…… 살인죄라니 우짜문 좋겠능기요?

법과 유력자의 배짱 앞에서 선량한 다수의 목숨이 희생될 뻔하다니…….

💿 소설 한 장면 절정 갈밭새 영감이 홍수를 막으려다 살인을 저지름

같은 눈물이 뚝뚝 떨어지기 시작했다.

법과 유력자의 배짱과 선량한 다수의 목숨……. 나는 이방인처럼 윤춘삼씨의 캉캉한^{몹시 여위어 날카롭게 보이는} 얼굴을 건너다보았다.

폭풍우는 끝났다. 60년래 처음이니 뭐니 하고 수다를 떨던 라디오와 신문들도 이젠 거기에 대해선 감쪽같이 말이 없었다. 그저 몇몇 일간 신문의 수해 구제의연란에 다소의 금액과 옷가지들이 늘어 갈 뿐이었다.

섬사람들의 애절한 하소연에도 불구하고 육십이 넘는 갈밭새 영감은 결국 기약 없는 감옥살이로 넘어갔다.

그리고 9월 새 학기가 되어도 건우 군은 학교에 나오지 않았다. 끝내 돌아오지 않았다. 그의 일기장에는 어떠한 글이 적힐는지.

황폐한 모래톱, 조마이섬을 군대가 정지^{整地 땅을 반반하고 고르게 만듦}를 하고 있다는 소문이 들렸다.

조마이섬을 군대가 정지한다는데,
건우네 가족은 어찌 됐을까……

🎬 소설 한 장면 결말 황폐한 모래톱을 군대가 정지한다는 소문이 들림

🔭 생각해 볼까요?

📖 **선생님** 건우 가족이 살고 있는 조마이섬은 작가가 소설 속에서 창조해 낸 낙동강 하류의 조그만 섬이에요. 이 섬의 소유권은 시대의 흐름을 겪으며 여러 번 바뀌었어요. 일제 강점기에는 동양 척식 주식회사에 강제로 매각되었고, 광복 이후에는 국회의원과 하천부지의 매립 허가를 얻은 유력자에게 넘어갔지요. 이러한 조마이섬이 상징하는 것은 무엇일까요?

💬 1　♥ 1

↳ **학생 1** 섬의 소유권은 실제로 거주하는 사람들이 아니라 외부에서 일어나는 힘의 논리에 의해 바뀌었어요. 이를 생각해 볼 때 조마이섬은 우리나라의 부당한 권력과 부조리한 현실을 압축적으로 보여 주는 공간이에요.

📖 **선생님** 이 작품은 액자식 구성을 취하고 있어요. 이를 외화와 내화로 구분하여 이야기해 볼까요?

💬 1　♥ 1

↳ **학생 1** 외화는 소설의 화자인 '나'가 작품을 창작한 동기를 설명하는 부분이에요. 내화는 갈밭새 영감과 조마이섬 사람들의 이야기예요. 이러한 액자식 구성은 이야기를 객관적으로 전달하여 소설에 사실성을 부여해요.

📖 **선생님** 이 작품의 서술상 특징은 무엇인가요?

💬 3　♥ 3

↳ **학생 1** 이 소설은 조마이섬 사람들의 생존을 위한 투쟁 이야기예요. '나'는 관찰자의 시점에서 그들의 이야기를 객관적으로 전달해요.

↳ **학생 2** '나'는 서술자인 동시에 고발자의 역할을 한다고 볼 수 있어요.

↳ **학생 3** 그렇다면 이 소설은 1인칭 관찰자 시점의 액자 구성이라고 할 수 있겠어요.

📖 **선생님** 조마이섬 사람들은 살아온 터전에서 떠나야 할 위기에 처해 있어요. 조마이섬 사람들을 위협하는 것은 사회적 요인과 자연적 요인으로 나눌 수 있지요. 이에 대해 자세히 설명해 볼까요?

💬 1　♥ 1

↳ **학생 1** 사회적 요인은 유력자들의 횡포예요. 건우 가족이 선조 때부터 물려받은 밭도 시대적 상황에 따라 소유권이 이리저리 넘어가요. 자연적 요인은 폭풍우예요. 계속되는 비 때문에 조마이섬이 물에 잠길 위기에 처해요.

선생님 갈밭새 영감은 살인을 저질렀어요. 그러나 마을 사람들은 갈밭새 영감이 감옥에 가지 않도록 애절한 하소연을 하였지요. 그 이유는 무엇일까요?

 2 ♥ 2

 ↳ **학생 1** 갈밭새 영감이 마을 사람들을 위하여 희생하였기 때문이에요. 조마이섬에 물이 불어나 둑을 무너뜨리지 않으면 사람들의 목숨이 위태로운 상황이었어요. 그러나 홍수로 조마이섬을 통째로 집어 삼키려는 계획을 가진 유력자들은 둑을 무너뜨리는 것을 방해하면서 갈밭새 영감의 괭이를 집어 던져요. 이를 항의하다가 갈밭새 영감이 살인을 저지른 거예요. 이 때문에 마을 사람들이 갈밭새 영감이 감옥에 가지 않도록 하소연해요.

 ↳ **학생 2** 그러나 살인은 명백한 범죄이기 때문에 이를 용인할 수는 없다고 생각해요.

나룻배   ▼ 🔍

연관 검색어   뱃사공   교통수단

김정한의 소설 「모래톱 이야기」에는 등장인물인 건우가 자신을 '나룻배 통학생'이라고 말하는 장면이 나온다. 낙동강 하류의 외진 섬마을에 사는 건우는 매일 나룻배를 타고 통학한다.

나룻배는 나루와 나루 사이를 오가며 사람과 짐을 실어 나르던 작은 배를 말한다. 나룻배에는 직업적으로 배를 모는 뱃사공이 있어 뱃삯을 받기도 하였다.

과거에 나룻배는 사람들의 중요한 교통수단이었다. 강을 낀 동네에 사는 사람들은 시장이나 일터, 학교 등에 가기 위해 나룻배를 타고 이동하였다.

나룻배와 뱃사공은 1970년대 무렵까지 있었지만, 기술의 발달로 많은 교량이 세워지면서 점차 사라졌다. 현재는 일부 지역에서 관광용으로 만든 전통 나룻배를 볼 수 있다.

조세희
(1942~2022)

경기도 가평군 출생. 1963년 서라벌예술대학교 문예창작과를 졸업하고 1965년 경희대학교 국문과를 졸업했다. 1965년 〈경향신문〉에 「돛대 없는 장선(葬船)」이 당선되어 등단했으며, 1979년 '난장이' 연작으로 동인문학상을 수상했다. 1975년 '난장이' 연작의 첫 작품인 「칼날」을 발표하면서 문단의 각광을 받기 시작한다. 1976년 '난장이' 연작 「뫼비우스의 띠」, 「우주공간」, 「난장이가 쏘아 올린 작은 공」 등을 발표했으며, 1977년 역시 '난장이' 연작 「육교 위에서」, 「궤도 회전」, 「은강 노동 가족의 생계비」, 「잘못은 신에게도 있다」 등을 발표했다. 1978년 「클라인씨의 병」, 「내 그물로 오는 가시고기」, 「에필로그」를 이전의 '난장이' 연작과 함께 묶어 『난장이가 쏘아 올린 작은 공』으로 출간했다. '난장이' 연작 외에 대표작으로는 「오늘 쓰러진 네모」, 「긴팽이 모자」 등이 있다.

조세희는 1970년대 한국 사회의 최대 과제였던 빈부와 노사의 대립을 극적으로 제시했다. 그는 '난장이' 연작에 환상적 기법을 도입함으로써 계급적인 대립과 갈등이 마치 동화의 세계에 존재하는 것처럼 묘사했다. 이는 현실의 냉혹함을 더욱 강조하는 역할을 한다. '난장이' 연작 형식은 소설 양식을 확대해 종래의 단편과 장편이 보여 줄 수 없는 현실 대응 방식을 보여 주었다.

뫼비우스의 띠

#고정관념   #현실고발   #철거민   #도시빈민

⛵ 작품 길잡이

갈래: 액자 소설, 연작 소설, 모더니즘 소설
배경: 시간 - 1970년대 / 공간 - 서울의 한 재개발 지역
시점: 3인칭 전지적 작가 시점
주제: 산업화 진행 과정에서 나타난 인간 소외 현상
출전: 〈문학과지성〉(1976)

📷 인물 관계도

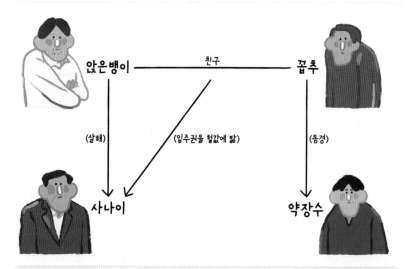

앉은뱅이 ———— 친구 ———— 꼽추

(살해)   (입주권을 헐값에 팖)   (동경)

사나이   약장수

앉은뱅이	불의를 참지 못하는 성격으로 부동산 업자인 사나이를 살해한다.
꼽추	앉은뱅이와 비슷한 상황에 처했지만 주어진 상황에 순응하며 살아간다. 사나이를 살해하는 데 동참하지만 후회한다.
사나이	부동산 업자로 사람들의 입주권을 헐값에 사들인다.

📋 구성과 줄거리

발단(외화) 　**수학 교사가 '뫼비우스의 띠' 이야기를 들려줌**
수학 교사는 학생들에게 굴뚝 청소를 하는 두 아이의 우화를 제시한다. 교사의 질문에 학생들은 상식적인 대답을 하고, 고정 관념을 깨는 교사의 설명을 듣고 감탄한다. 이어서 교사는 '뫼비우스의 띠'의 개념을 제시한다.

전개(내화) 　**앉은뱅이와 꼽추는 삶의 터전을 잃고 복수를 결심함**
앉은뱅이와 꼽추는 아파트 재개발 때문에 집을 헐값에 빼앗기고 집이 철거된다. 그들은 복수를 결심한다.

위기(내화) 　**꼽추와 함께 복수를 결심한 앉은뱅이는 부동산 업자를 잔인하게 죽임**
앉은뱅이는 적극적인 반면 꼽추는 겁을 낸다. 앉은뱅이는 저녁이 되어 집으로 돌아가는 부동산 업자의 길을 막는다. 앉은뱅이가 집값에 대한 요구 사항을 말하자 부동산 업자는 거짓말을 하고 폭력을 휘두른다. 부동산 업자의 거짓말에 화가 난 앉은뱅이는 이십만 원씩 두 뭉치의 돈을 빼앗은 다음, 업자를 살해한다.

절정(내화) 　**꼽추는 앉은뱅이의 폭력에 환멸을 느끼고 그와 함께하지 않기로 함**
앉은뱅이는 돈으로 강냉이 기계를 사서 살아갈 계획을 세우지만 꼽추는 약장수를 따라서 가겠다고 말한다. 꼽추가 사라지고 혼자 남은 앉은뱅이는 눈물을 흘린다.

결말(외화) 　**교사는 '뫼비우스의 띠'의 의미를 되새기며 지식의 폭력화를 경고함**
수학 교사는 안과 밖이 구분되지 않는 '뫼비우스의 띠'에 대해 설명한다. 지식을 이익에 따라 쓰지 말라고 충고한다.

뫼비우스의 띠

수학 담당 교사가 교실로 들어갔다. 학생들은 그의 손에 책이 들려 있지 않은 것을 보았다. 학생들은 교사를 신뢰했다. 이 학교에서 학생들이 신뢰하는 유일한 교사였다.

그가 입을 열었다.

제군, 지난 1년 동안 고생 많았다. 정말 모두 열심히들 공부해 주었다. 그래서 이 마지막 시간만은 입학시험과 상관이 없는 이야기를 하고 싶었다. 나는 몇 권의 책을 뒤적여 보다가 제군과 함께 이야기해 보고 싶은 것을 발견했다. 일단 내가 묻는 형식을 취하겠다. 두 아이가 굴뚝 청소를 했다. 한 아이가 얼굴이 새까맣게 되어 내려왔고, 또 한 아이는 그을음을 전혀 묻히지 않은 깨끗한 얼굴로 내려왔다. 제군은 어느 쪽의 아이가 얼굴을 씻을 것이라고 생각하는가?

학생들은 교단 위에 서 있는 교사를 바라보았다. 아무도 얼른 대답을 하지 못했다.

잠시 후에 한 학생이 일어섰다.

얼굴이 더러운 아이가 얼굴을 씻을 것입니다.

그런데, 그렇지가 않다.

교사가 말했다.

왜 그렇습니까?

다른 학생이 물었다.

교사는 말했다.

한 아이는 깨끗한 얼굴, 한 아이는 더러운 얼굴을 하고 굴뚝에서 내려왔다. 얼굴이 더러운 아이는 깨끗한 얼굴의 아이를 보고 자기도 깨끗하다고 생각한다. 이와 반대로 깨끗한 얼굴을 한 아이는 상대방의 더러운 얼굴을 보고 자기도 더럽다고 생각할 것이다.

학생들이 놀람의 소리를 냈다. 그들은 교단 위에 서 있는 교사에게서 눈을 떼지 않았다.

한 번만 더 묻겠다.

교사가 말했다.

두 아이가 굴뚝 청소를 했다. 한 아이는 얼굴이 새까맣게 되어 내려왔고, 또 한 아이는 그을음을 전혀 묻히지 않은 깨끗한 얼굴로 내려왔다. 제군은 어느 쪽의 아이가 얼굴을 씻을 것이라고 생각하는가?

똑같은 질문이었다. 이번에는 한 학생이 얼른 일어나 대답했다.

저희들은 답을 알고 있습니다. 얼굴이 깨끗한 아이가 얼굴을 씻을 것입니다.

학생들은 교사의 말을 기다렸다.

교사는 말했다.

그 답은 틀렸다.

왜 그렇습니까?

더 이상의 질문을 받지 않을 테니까 잘 들어 주기 바란다. 두 아이는 함께 똑같은 굴뚝을 청소했다. 따라서 한 아이의 얼굴이 깨끗한데 다른 한 아이의 얼굴은 더럽다는 일은 있을 수가 없다.

교사는 분필을 들고 돌아섰다. 그는 칠판 위에다 '뫼비우스의 띠'라고 썼다.

제군이 이미 교과서를 통해서 알고 있는 것이지만, 이것 역시 입학시험

얼굴이 더러운 아이는 자기도 깨끗하다고 생각한다. 반대로 깨끗한 얼굴을 한 아이는 자기도 더럽다고 생각할 것이다. 뫼비우스의 띠를 보고 안과 겉을 구별할 수 없는 곡면을 생각해 보자.

🔲 소설 한 장면   발단(외화)   수학 교사가 '뫼비우스의 띠' 이야기를 들려줌

과는 상관없는 이야기니까 가벼운 마음으로 들어 주기 바란다. 면에는 안과 겉이 있다. 예를 들자. 종이는 앞뒤 양면을 갖고 지구는 내부와 외부를 갖는다. 평면인 종이를 길쭉한 직사각형으로 오려서 그 양끝을 맞붙이면 역시 안과 겉 양면이 있게 된다. 그런데 이것을 한번 꼬아 양끝을 붙이면 안과 겉을 구별할 수 없는, 즉 한쪽 면만 갖는 곡면^{이차원 공간으로, 공간 내의 어떤 점의 근방도 평면의 일부분과 동일시할 수 있는 것}이 된다. 이것이 제군이 교과서를 통해서 잘 알고 있는 뫼비우스의 띠이다. 여기서 안과 겉을 구별할 수 없는 곡면을 생각해 보자.[1]

앉은뱅이는 콩밭으로 들어갔다. 아직 날이 저물기 전이어서 잘 여문 콩대를 몇 개 골라 꺾을 수 있었다. 콩밭에 잡초가 너무 많았다. 앉은뱅이는 꺾은 콩대를 가슴에 끼고 밭고랑 사이를 기었다. 조용해서 잡초의 씨앗 떨어지는 소리까지 그는 들을 수 있었다. 말이 콩밭이지 잡초밭이나 마찬가지였다. 앉은뱅이는 황톳길을 나와 콩대를 빼었다. 나무 타는 냄새가 좋았다. 날은 금방 저물기 시작했다. 그가 콩밭으로 들어가기 전에 불을 붙여 놓은 나무들이 빨갛게 타 들어갔다. 그는 깨어진 철판을 불 위에 놓고 콩을 까넣었다. 바짝 마른나무는 연기 한 줄기 내지 않고 잘 탔다. 그 나무는 몇 시간 전까지만 해도 꼽추네 마루로 깔려 있었던 것이다.

사람들이 꼽추네 집을 무너뜨렸다. 쇠망치를 든 사나이들이 한쪽 벽을 부수고 뒤로 물러서자 북쪽 지붕이 거짓말처럼 내려앉았다. 그들은 더 이상 꼽추네 집에 손을 대지 않았고, 미루나무 옆 털여뀌풀 위에 앉아 있던 꼽추는 일어서면서 하늘만 쳐다보았다. 그의 부인은 네 아이와 함께 종자로 남겨 두었던 옥수수를 마당가에서 땄다. 쇠망치를 든 사나이들은 다음 집으로 건너가기 전에 꼽추네 식구들을 말없이 바라보았다. 아무도 덤벼들지 않았고, 아무도 울지 않았다. 이것이 그들에게 무서움을 주었다.

주위가 어두워 왔다. 앉은뱅이는 먹이를 찾아 나선 몇 마리의 쏙독새가 들판에 낮게 나는 날개 소리를 들었다. 그는 철판 위에 계속 콩을 까 넣었다. 나무 타는 냄새와 콩 익는 냄새가 좋았다. 호수 건너편으로 한 떼의 사람들이 지나가고 있었다. 아파트 공사장 인부들이었다. 앉은뱅이는 호숫

---

1) 전개될 내용이 안과 겉, 선과 악을 구별할 수 없는 얘기라는 것을 알려 준다.

가 들판을 가로지른 그들의 실루엣이 버스 정류장 쪽으로 이어지는 것을 보았다.

그는 꼽추의 발짝 소리를 기다리면서 철판을 불 위에서 끌어 내렸다. 꼽추의 발짝 소리는 들리지 않았다. 꼽추의 부인, 큰아이, 작은아이 모두 잘 참았다. 그는 익은 콩을 입 안에 넣고 씹었다. 꼽추네 마루는 아주 잘 탔다. 동네 사람들이 참지 못하고 쇠망치를 든 사나이들에게 울면서 달라붙었다. 사람들은 집단행동에 대해서는 책임을 지지 않아도 되는 것으로 믿고 있었다. 그들은 쇠망치를 든 한 사나이를 끌어내어 치고받았다. 그는 몇 분 뒤에 피를 흘리며 일어나 한쪽 팔을 흔들더니 입에 물고 있던 피를 확 뱉어 냈다. 부러진 앞니들이 피에 섞여 나왔다.

앉은뱅이는 쇠망치를 든 사나이들이 다가오자 코스모스가 한창인 길옆으로 비켜 앉으며 집을 가리켰다. 앉은뱅이네 식구들은 꼽추네 식구들보다 대가 약했다. 부인은 펌프대 뒤쪽에 쪼그리고 앉더니 때 묻은 치마를 올려 얼굴을 감쌌다. 아이들은 그 옆에서 연신 두 눈을 쓸어 내렸다. 지붕과 벽은 순식간에 내려앉고 먼지만 올랐다.

앉은뱅이는 꼽추가 다가오는 발짝 소리를 들었다. 꼽추는 들고 온 플라스틱 통을 불기가 닿지 않을 곳에 놓았다. 통에 휘발유가 가득 들어 있었다. 꼽추는 이 무거운 통을 들고 어두운 십 리 벌판길을 걸어왔다. 그 벌판 끝 공터에는 약장수들이 은박지에 싼 산토닌^{회충 구충제의 하나}을 팔고 있었다.

그들은 폐차장에서 망가진 승용차를 사 몰고 다녔다. 차 안에는 나왕 각목, 단단한 돌, 맥주병, 긴 못, 숫돌에 날카롭게 간 장검들을 실었다. 사범이라는 사람이 사용하는 도구였다. 그는 손으로 돌과 맥주병을 깨고, 나왕 각목을 부러뜨리고, 나무에 박아 끝을 구부린 긴 못을 이로 뽑았다. 그가 날카로운 장검을 손아귀에 넣어 나일론 끈으로 묶고, 그 칼끝을 배에 대어 눌러 뺄 때 사람들은 온몸 피부 조직이 칼날 밑에서 짓이겨지는 착각을 느끼고는 했다. 사범은 아무렇지도 않았다.

그의 힘은 무서웠다. 꼽추는 그에게서 휘발유를 얻었다. 승용차의 구조도 자세히 살펴보았다. 앉은뱅이는 꼽추가 어둠 속에 잠겨 있는 동네 쪽으로 고개를 돌리고 서 있는 것을 보았다. 꼽추가 주저앉자 그는 철판을 밀어 주었다. 꼽추는 콩을 입으로 가져가다 말고 낮게 물었다.

"무슨 소리지?"

"응?"

"무슨 소리가 났어."

두 사람은 잠깐 숨소리를 죽였다.

"새가 날아다니는 소리야."

앉은뱅이가 말했다.

"쏙독새가 먹이를 찾아 날고 있어."

"밤에?"

"낮에 잠을 잔다구, 나무에 혹처럼 붙어서 잠을 자는 새야."

꼽추는 입으로 가져가던 콩을 철판 위에 놓았다. 앉은뱅이는 꼽추가 떨리는 손으로 담배를 피워 무는 것을 보았다.

"왜 그래?"

앉은뱅이가 물었다.

"아무것도 아냐."

꼽추가 말했다.

"겁이 나서 그래?"

저걸 어째.

갑자기 어디로 가서 살라고.

입주권도 자기네들이 헐값에 사갔다던데.

🔔 소설 한 장면   전개(내화)   앉은뱅이와 꼽추는 삶의 터전을 잃고 복수를 결심함

"무서울 건 없어."

"마음이 내키지 않으면 들어가."

꼽추는 고개를 저었다. 꼽추네 아이들은 천막 안에서 잠을 잤다. 그 아이들은 잠들기 전에 천막 앞에다 불을 피웠다. 앉은뱅이네 아이들이 저희 집 부엌 문짝을 가져와 불 위에 놓았다. 다 부서져 팔 수도 없는 것이었다.

천막 안은 캄캄했다. 불 앞에 모여 섰던 동네 사람들이 흩어져 가자 집들이 들어섰던 어수선한 땅은 어둠에 싸였다. 어른들은 한줄기 부연 불빛을 따라갔다.

방범 초소 앞 공터에 승용차가 서 있었고, 사나이는 차 안에서 몇 사람이 건네준 종이쪽지와 인감 증명을 들여다보았다. 사나이는 밖으로 돈을 내밀었다. 사람들은 차 앞 쪼그리고 앉아 돈을 세었다.

앉은뱅이는 철판을 다시 불 위에 올려놓고 콩을 까 넣었다. 그는 꼽추가 콩이라도 먹는 것을 보고 싶었다. 그는 꼽추가 지난 며칠 동안 무엇을 먹는 것을 본 적이 없다.

"나올 때가 됐잖아?"

꼽추가 물었다. 그의 담배는 바짝 타 들어가 두 손가락 끝에 걸려 있었다.

"됐어."

앉은뱅이가 말했다.

"그자가 날 죽이지만 않게 해 줘, 살이 피둥피둥 찐 친구야. 그 몸무게로 눌러 오면 난 숨 한번 제대로 못 쉬고 뻗을 거야."

"그러면서 날더러 들어가래?"

"자네가 들어가면 다른 방법을 써야지."

"다른 방법?"

"묻지 마."

앉은뱅이는 고개를 돌렸다. 그의 시야를 아파트 건물들이 가렸다. 벌판 서쪽 끝에서 동쪽 끝까지 잔뜩 들어선 아파트의 골조들이 시꺼먼 모습으로 서 있었다. 꼽추가 두 손으로 모래흙을 퍼 불 위에 뿌렸다. 앉은뱅이는 철판을 끌어 내렸다. 그는 꼽추가 불을 다 끌 때까지 묵묵히 보고만 있었다. 마지막 한 점의 불까지 덮어 버리자 주위는 어둠에 싸였다.

"불을 껐어."

꼽추가 말했다. 앉은뱅이는 동네 쪽으로 고개를 돌렸다. 승용차의 불빛이 밤하늘을 몇 번 휘둘러 젓더니 서서히 움직이기 시작했다.

"먹어."

앉은뱅이가 철판을 밀어 놓으며 말했다. 꼽추는 철판을 콩밭으로 차 버렸다. 그는 휘발유가 든 플라스틱 통을 들고 앞서 걸었다. 앉은뱅이는 급히 그의 뒤를 따라갔다. 길이 움푹 파인 곳에 물이 괴어 있었다. 물 가운데 디딤돌이 두 개 놓여 있어 꼽추는 어림짐작으로 그것들을 밟고 건너뛰었다. 그는 앉은뱅이를 기다렸다. 앉은뱅이는 물웅덩이를 피해 길가 잡초 위로 기어 꼽추가 양쪽 주머니에 꼭꼭 감아 넣었던 전깃줄을 꺼내 친구에게 보였다. 꼽추는 고개를 끄덕이고 바른쪽 콩밭으로 들어가 숨었다. 앉은뱅이는 사방이 너무 조용해 겁이 났다. 그래서 친구에게 말을 걸었다.

"오늘 시세 알아봤어?"

"응."

꼽추는 보이지 않고 목소리만 들려왔다.

"얼마래?"

"삼십팔만 원."

앉은뱅이는 더 이상 말할 기분이 나지 않았다.

"앞을 봐."

꼽추가 콩밭 속에서 말해 왔다. 앉은뱅이는 두 줄기의 불빛이 밤하늘을 휘저으며 다가오는 것을 보았다. 불빛 이외에는 아무것도 보이지 않았다. 눈을 감았다. 밝은 불빛은 앉은뱅이의 망막에 진한 어둠만 남겼다. 그는 꼼짝을 하지 않았다. 승용차가 물웅덩이를 건너며 경적을 울려대도 그는 꼼짝하지 않았다. 완충기가 그의 턱을 밀어붙이더니 승용차는 멎었다. 욕을 퍼부어대는 사나이의 목소리가 들려왔다.

꼽추는 바른쪽 콩밭에서 몸을 찰싹 붙였다. 사나이가 문을 열고 나왔다. 앉은뱅이는 옆으로 몸을 들더니 눈이 부신 얼굴로 사나이를 올려다보았다.

"이봐, 왜 그래?"

사나이가 외쳤다. 앉은뱅이가 작은 목소리로 뭐라고 중얼거리고 있었다. 사나이는 허리를 굽히며 물었다.

"뭐라고?"

"죽고 싶다구."

앉은뱅이가 말했다.

"내 위로 차를 몰아가. 나를 상관하지 말구."

그 목소리가 아주 작아 사나이는 앉은뱅이 옆에 쭈그리고 앉았다.

"이유나 알자. 도대체 왜 그러는 거야?"

"나를 알겠어?"

"알잖구. 나에게 입주권을 팔았잖아."

"그래, 당신이 십육만 원에 사갔지."

"나를 원망할 건 없어. 나는 시에서 주는 이주 보조금보다 만 원이나 더 준 거야."

"아무도 원망하지 않아."

앉은뱅이가 말했다.

"우린 그 돈으로 전세 들었던 사람을 내보낼 수 있었어."

"이봐, 길을 비키게."

사나이가 말했다. 앉은뱅이는 얼굴을 돌렸다.

"전셋돈을 빼 주니까 끝이야."

"아파트 입주 능력이 없어서 팔아버린 것 아냐? 그런데 이제 와서 무슨 이야길 하는 거야?"

"집이 헐린 걸 봤지?"

"봤어."

사나이의 목소리가 거칠어졌다.

"우리 집이 없어졌어."

앉은뱅이의 목소리는 여전히 작았다.

"당신은 나에게 이십만 원을 더 줘야 돼."

"뭐라구?"

"아무것도 모른다고 그럴 수가 있어? 삼십팔만 원짜리를 십육만 원에 사다 이십이만 원씩이나 더 받고 넘긴다는 건 말이 안 돼. 나에게 이십만 원을 줘도 이만 원의 이익을 보는 것 아냐? 더구나 당신은 우리 동네 입주권을 몰아 사 버렸지?"

"비켜!"

사나이가 몸을 일으켰다.

"비키지 않으면 집어던질 테야."

"마음대로 해."

아주 짧은 순간 앉은뱅이는 정신을 잃었었다. 사나이의 구둣발이 그의 가슴을 차 버렸던 것이다. 앉은뱅이는 거듭 들어오는 사나이의 구둣발을 정신없이 잡고 늘어졌다. 앉은뱅이는 너무 약했다. 사나이는 앉은뱅이의 얼굴을 큰 주먹으로 몇 번 쥐어박더니 번쩍 들어 풀숲으로 내던졌다.

그는 거꾸로 처박히듯 내던져진 앉은뱅이가 길 위로 기어 나오려고 곰지락거리는 것을 확인하고 돌아섰다. 방해물이 기어 나오기 전에 빨리 지나가야 했다.

그는 승용차 안으로 들어가기 위해 몸을 굽혔다. 순간, 검은 그림자가 그의 명치 밑을 힘껏 차 왔다. 사나이의 큰 몸이 힘없이 나가떨어졌다. 콩밭에 숨어 있던 꼽추가 차 안으로 들어가 있다 죽을힘을 다해 사나이를 차 버렸던 것이다.

"돈을 줄게!"

사나이는 말을 하고 싶었다. 그러나 그는 말을 할 수가 없었다. 꼽추가 그의 입에 큰 반창고를 붙인 뒤였다. 몸도 움직일 수가 없었다. 그의 몸은 전깃줄로 꽁꽁 묶여 있었다. 사나이는 꼽추가 앉은뱅이를 차 앞으로 끌고 가는 것을 보았다. 불빛에 드러난 앉은뱅이의 얼굴은 피투성이였다. 꼽추가 그의 얼굴을 씻어 주었다. 앉은뱅이는 울고 있었다.

"내가 뻗는 꼴을 보고 싶었지?"

앉은뱅이가 말했다.

"그렇지 않으면 좀 더 빨리 나왔어야 했어. 자넨 내가 뻗는 꼴을 보고 싶었던 거야."

"그만둬."

꼽추가 몸을 돌려 걸으며 말했다.

"저자를 차에 태워야 돼. 그리고 가방을 찾아야지."

"태워."

앉은뱅이가 따라오며 말했다. 사나이는 온몸을 뒤틀다 지쳐 조용히 누워 있었다.

꼽추가 차 안으로 들어가 밤하늘을 일직선으로 가르며 켜져 있던 두 줄기의 불을 꺼 버렸다. 엔진도 껐다. 그는 운전석 밑에서 검정색 가방을 찾았다.

밖에서는 앉은뱅이가 사나이의 등을 받쳐 밀어 앉혔다. 꼽추가 나와 허리를 끼어 안아 일으켰다. 두 친구는 사나이의 몸을 떠받치듯 밀어 운전석으로 올려 앉혔다.

"나를 저자 옆에 앉혀 줘."

앉은뱅이가 말했다. 꼽추가 그를 안아 바른쪽 좌석에 앉혀 주었다. 자신은 뒤쪽으로 들어가 검정색 가방을 열었다. 사나이는 보기만 했다.

"돈과 서류야."

꼽추가 말했다.

"보여 줘."

앉은뱅이가 말했다. 사나이는 앉은뱅이와 꼽추가 자기의 모든 것을 갖고 있다는 것을 알았다.

"우리 것은 벌써 팔아 버렸어."

앉은뱅이가 가방 안을 뒤적이면서 말했다. 사나이는 두 눈만 껌벅거렸다.

"잘 봐."

"우리 이름이 이 공책에 적혀 있어. 그런데 연필로 그어 버린 거야. 이건 팔았다는 뜻이야."

앉은뱅이가 쳐다보자 사나이가 고개만 끄덕였다.

"삼십팔만 원에?"

사나이가 다시 고개를 끄덕였다.

"돈을 세어 봐."

꼽추가 말했다. 앉은뱅이가 돈을 세기 시작했다. 그는 꼭 이십만 원씩 두 뭉치의 돈만 꺼냈다.

"이건 우리 돈야."

앉은뱅이가 말했다. 사나이는 다시 고개만 끄덕였다. 그는 앉은뱅이가 뒷좌석의 친구에게 한 뭉치의 돈을 넘겨주는 것을 보았다. 앉은뱅이의 손이 부들부들 떨렸다. 꼽추의 손도 마찬가지로 떨렸다. 두 친구의 가슴은 더 떨렸다.

앉은뱅이는 앞가슴을 풀어헤쳐 돈뭉치를 넣더니 단추를 잠그고 옷깃을 여몄다. 꼽추는 웃옷 바른쪽 주머니에 넣었다. 꼽추의 옷에는 안주머니가 없었다.

돈을 챙겨 넣자 내일 할 일들이 머리에 떠올랐다. 앉은뱅이의 머리에도 내일 할 일들이 떠올랐다. 아이들은 천막 안에서 잠을 자고 있었다.

"통을 가져 와."

앉은뱅이가 말했다. 그의 손에는 마지막 전깃줄이 들려 있었다. 밖으로 나온 꼽추는 콩밭에서 플라스틱 통을 찾았다. 그는 친구의 얼굴만 보았다. 그 이외에는 정말 아무것도 보지 않았다. 그는 승용차 옆을 떠나 동네를 향해 걷기 시작했다. 유난히 조용한 밤이었다. 불빛 한 점 없어 동네가 어디쯤 앉아 있는지 알 수 없을 정도였다. 그는 이따금 걸음을 멈추고 앉은뱅이가 기어오는 소리를 듣기 위해 귀를 기울였다.

앉은뱅이는 승용차 안에서 몸을 굴려 밖으로 떨어져 나올 것이다. 그는 문을 쾅 닫고 아주 빠르게 손을 놀려 어둠 깔린 황톳길 위를 기어 올 것이다.

꼽추는 자기의 평상 걸음과 손을 빠르게 놀렸을 때의 앉은뱅이의 속도를 생각하면서 걸었다.

동네 입구로 들어선 꼽추는 헐린 외딴집 마당가로 가 펌프의 손잡이를 눌렀다. 그는 두 손으로 물을 받아 입을 축였다. 그 손을 웃옷 바른쪽 주머

🔘 소설 한 장면 　(위기(내화))　꼽추와 함께 복수를 결심한 앉은뱅이는 부동산 업자를 잔인하게 죽임

니에 대어 보았다. 앉은뱅이가 가쁜 숨을 몰아쉬며 기어오고 있었다. 꼽추는 앞으로 다가가 앉은뱅이의 얼굴을 들여다보았다. 어두워서 잘 보이지 않았다.

앉은뱅이의 몸에서는 휘발유 냄새가 났다. 꼽추가 펌프를 찧어 앉은뱅이의 얼굴을 씻어 주었다. 앉은뱅이는 얼굴이 쓰라려 눈을 감았다. 그러나 이런 아픔쯤은 아무것도 아니었다. 그는 가슴속에 들어 있는 돈과 내일 할 일들을 생각했다. 그가 기어온 황톳길 저쪽 끝에서 불길이 솟아올랐다. 그는 일어서려는 친구를 잡아 앉혔다.

쇠망치를 든 사람들이 왔을 때 꼽추네 식구들은 정말 잘 참았다. 앉은뱅이네 식구는 꼽추네 식구들보다 대가 약했다. 앉은뱅이는 갑자기 일어서려고 한 친구가 마음에 들지 않았다. 폭발 소리가 들려왔을 때는 앉은뱅이도 놀랐다. 그러나 그것도 잠깐뿐이었다. 불길도 자고 폭발 소리도 자 버렸다.

어둠과 침묵이 두 사람을 싸고 있었다. 꼽추가 앞서 걸었다. 앉은뱅이가 그 뒤를 따랐다.

"살 게 많아."

그가 말했다.

"모터가 달린 자전거와 리어카를 사야 돼. 그다음에 강냉이 기계를 사야지. 자네는 운전만 하면 돼. 내가 기어 다니는 꼴은 보지 않게 될 거야."

앉은뱅이는 친구의 반응을 기다렸다. 꼽추는 말이 없었다.

"왜 그래?"

앉은뱅이는 급히 따라가 꼽추의 바짓가랑이를 잡았다.

"이봐, 왜 그래?"

"아무것도 아냐."

꼽추가 말했다.

"겁이 나서 그래?"

앉은뱅이가 물었다.

"아무렇지도 않아."

꼽추가 말했다.

"묘해. 이런 기분은 처음야."

"그럼 잘됐어."

"잘된 게 아냐."

앉은뱅이는 이렇게 차분한 친구의 목소리를 처음 들었다.

"나는 자네와 가지 않겠어."[1]

"뭐!"

"자네와 가지 않겠다구."

"갑자기 무슨 소릴 하는 거야? 내일 삼양동이나 거여동으로 가자구. 그곳엔 방이 많아. 식구들을 안정시켜 놓고 우린 강냉이 기계를 끌고 나오면 되는 거야. 모터가 달린 자전거를 사면 못 갈 곳이 없어. 갈현동에 갔었던 일 생각나? 몇 방을 튀겼었는지 벌써 잊었어? 밤 아홉 시까지 계속 돌려댔 었잖아. 그들은 강냉이를 먹기 위해 튀기러 오는 게 아냐. 옛날 생각이 나서 아이들을 앞세우고 올 뿐야. 그런 델 찾아다니면 돼. 우린 며칠에 한 번씩 집에 돌아가 여편네가 입을 벌릴 정도의 돈을 쏟아 놓을 수가 있다구. 그런데 자네는 무슨 생각을 하는 거야?"

"나는 사범을 따라갈 생각야."

나는 자네와 가지 않겠어.
나는 사범을 따라갈 생각야.
그는 완전한 사람야. 내가
무서워하는 것은 자네 마음야.

그 약장수? ……가, 막지 않겠어.
나는 아무도 죽이지 않았어.

🗨 소설 한 장면 (절정(내화)) 꼽추는 앉은뱅이의 폭력에 환멸을 느끼고 그와 함께하지 않기로 함

---

1) 부동산 업자를 살해하고도 죄의식을 느끼지 않는 앉은뱅이 역시 문제가 있다. 결국 두 사람 모두 피해자인 동시에 가해자인 것이다. 꼽추는 앉은뱅이의 잔인함에 이질감과 두려움을 느껴 떠나간다.

"그 약장수?"

"응."

"미쳤어? 그 나이에 무슨 약장사를 하겠다는 거야?"

"완전한 사람은 얼마 없어. 그는 완전한 사람야.[1] 죽을힘을 다해 일하고 그 무서운 대가로 먹고살아. 그가 파는 기생충 약은 가짜가 아냐. 그는 자기의 일을 훌륭히 도와줄 수 있는 내 몸의 특징을 인정해 줄 거야."

꼽추는 이렇게 말하고 한마디 덧붙였다.

"내가 무서워하는 것은 자네의 마음야."

"그러니까, 알겠네."

앉은뱅이가 말했다.

"가, 막지 않겠어. 나는 아무도 죽이지 않았어."

"어쨌든."

꼽추가 돌아서면서 말했다.

"무슨 해결이 나야 말이지."

어둠이 친구를 감싸 앉은뱅이는 발짝 소리밖에 듣지 못했다. 조금 있자 발짝 소리도 들리지 않았다. 그는 아이들이 잠든 천막을 찾아 기어가기 시작했다. 울지 않겠다고 이를 악물었다. 그러나 흐르는 눈물은 어쩔 수 없었다. 그는 이 밤이 또 얼마나 길까 생각했다.

교사는 두 손을 교탁 위에 얹었다. 그는 제자들을 향해 말했다.

끝으로 내부와 외부가 따로 없는 입체는 없는지 생각해 보자. 내부와 외부를 경계 지을 수 없는 입체, 즉 뫼비우스의 입체를 상상해 보라. 우주는 무한하고 끝이 없어 내부와 외부를 구분할 수 없을 것 같다. 간단한 뫼비우스의 띠에 많은 진리가 숨어 있는 것이다. 내가 마지막 시간에 왜 굴뚝 이야기나 하고, 띠 이야기를 하는지 제군은 생각해 주리라 믿는다. 차차 알게 되겠지만 인간의 지식은 터무니없이 간사한 역할을 맡을 때가 많다. 제군은 이제 대학에 가 더 많은 것을 배우게 될 것이다. 제군은 결코 제군의 지식이 제군이 입을 이익에 맞추어 쓰여지는 일이 없도록 하라. 나는 제군을 정상

---

1) 신체적 장애를 가진 앉은뱅이와 꼽추는 사회적 약자를 상징한다. 반면 자신을 지킬 힘을 소유한 비장애인인 약장수는 '완전한 사람'으로 설정되어 있다.

적인 학교 교육을 받은 사람, 사물을 옳게 이해할 줄 아는 사람으로 가르치려고 노력했다. 이제 나의 노력이 어떠했나 자신을 테스트해 볼 기회가 온 것 같다. 다른 인사말은 서로 생략하기로 하자.

차렷!

반장이 벌떡 일어서며 소리쳤다.

경례!

교사는 상체를 굽혀 답례하고 교단에서 내려왔다. 그는 교실에서 나갔다. 겨울 해는 이미 기울어 교실 안이 어두워 왔다.

내가 마지막 시간에 왜 굴뚝 이야기나 하고, 띠 이야기를 하는지 제군은 생각해 주리라 믿는다. 제군은 결코 제군의 지식이 이익에 맞추어 쓰여지는 일이 없도록 하라.

🔔 소설 한 장면 결말(외화) 교사는 '뫼비우스의 띠'의 의미를 되새기며 지식의 폭력화를 경고함

생각해 볼까요?

 선생님 이 작품은 연작 소설 『난장이가 쏘아 올린 작은 공』에 실린 12편 가운데 하나예요. 「뫼비우스의 띠」는 다른 작품과 달리 액자 소설의 형태를 보여 줘요. 외화와 내화가 어떻게 연결되어 있는지 제목과 연관 지어 설명해 볼까요?

💬 3 ♥ 3

> **학생 1** 외화는 수학 교사가 질문을 던지고 학생들이 대답하는 내용이에요. 수학 교사는 안쪽과 바깥쪽이 구별되지 않는 곡면인 뫼비우스의 띠에 대해 설명하면서 흑백 논리와 고정 관념의 문제점을 학생들에게 일깨워요.

> **학생 2** 내화에는 앉은뱅이와 꼽추가 부동산 업자의 돈을 빼앗고 살해하는 내용이 담겨 있어요. 자신의 돈을 가로챈 부동산 업자를 납치한 뒤 살해한 앉은뱅이는 피해자와 가해자의 양면성을 가졌어요.

> **학생 3** 결국 누가 피해자이고 가해자인지 알 수 없는 왜곡된 현실(내화)이 수업 상황(외화)과 긴밀하게 비유적으로 연결돼요.

 선생님 수학 교사가 들려준 굴뚝 청소 이야기와 '뫼비우스의 띠'는 무엇을 의미할까요?

💬 3 ♥ 3

> **학생 1** 굴뚝 청소 후에 얼굴이 깨끗한 아이는 더러운 아이를 보고 얼굴을 씻어요. 얼굴이 더러운 아이를 보고 자신의 얼굴도 더러울 거라고 생각한 거죠.

> **학생 2** 이처럼 우리의 삶은 다른 사람과의 관계 속에서 이뤄져요. 인간은 상대방을 통해 자신의 상황을 파악하는 데 익숙해져 있어요. 이러한 상대성은 왜곡된 선택을 유도하거나 자아를 상실하게 하는 원인이 되기도 해요.

> **학생 3** 인간은 일정 부분 고정 관념과 흑백 논리에서 벗어날 수 없는 한계를 갖고 있지만, 고정 관념에서 벗어나 문제를 해결할 수 있는 지혜 역시 갖추고 있어요. 이런 인간의 속성은 모든 면이 이어져 있는 '뫼비우스의 띠'로 설명할 수 있어요.

『난장이가 쏘아 올린 작은 공』의 집필 이유 ▽

연관 검색어 유신 체제 독재 인권 탄압

조세희는 "좋은 작품을 쓸 자신이 없어 작가가 되는 것을 포기했다가 우리 땅에 독재자가 얼마나 못되게 국민을 옥죄는지 그 독재자와 독재자의 시대와 싸워야 하는데 내가 잘할 수 있는 것은 그래도 글 쓰는 것밖에 없어서 『난장이가 쏘아 올린 작은 공』을 집필하게 되었다."라고 집필 이유를 밝혔다. 이때는 박정희 정부가 '10월 유신'을 선포하고 개인의 자유와 민주주의 활동을 제약하였던 시기였다.

난장이가 쏘아 올린 작은 공

#도시화와산업화 #재개발 #도시빈민 #계급대립

⛵ 작품 길잡이

갈래: 연작 소설
배경: 시간 - 1970년대 / 공간 - 서울의 한 재개발 지역(낙원구 행복동)
시점: 1인칭 주인공 시점
주제: 도시 빈민이 겪는 삶의 고통과 좌절
출전: 〈문학과지성〉(1976)

📷 인물 관계도

아버지(난장이)	가족의 생계를 책임지다 현실을 극복하지 못하고 자살한다.
나(영수)	여러 공장을 전전하다가 사회 운동에 뛰어든다.
영호	형과 함께 여러 공장을 전전하다 은강 전기 회사에서 연마 일을 한다.
영희	투기업자에게 판 아파트 입주권을 다시 훔쳐 온다.

📋 구성과 줄거리

발단 **'나'의 집에 철거 계고장이 도착함**

'나(영수)'의 가족은 '난장이'라고 불리는 아버지, 어머니, 첫째아들 영수, 둘째아들 영호, 막내딸 영희로 다섯 명이다. '나'의 가족은 날마다 천국을 생각하며 지겨운 생활을 견뎌 나간다. 그러던 어느 날 통장으로부터 정해진 날짜까지 집을 자진 철거하라는 내용의 철거 계고장을 받는다.

전개 **명희네 돈을 갚기 위해 입주권 값이 오르기를 바람**

몇몇 거간꾼들이 자신에게 입주권을 팔라고 하지만 영수네 가족은 팔지 않고 그냥 돌아온다. 어머니는 이웃에 사는 명희 어머니에게 15만 원을 빌려 건넌방 전셋돈을 내준다. 밤에 다시 온 명희 어머니는 입주권이 18만 5천 원으로 올랐으니 좀 더 기다려 보라고 한다.

위기 **투기업자에게 입주권을 판 후 영희는 가족 몰래 투기업자를 따라감**

아버지는 투기업자에게 입주권을 팔고, 다음 날 어머니는 명희 어머니에게 빌린 돈 15만 원을 갚는다. 한편, 영희는 입주권을 되찾기 위해 투기업자를 따라간다. 하지만 입주권을 되찾지 못하고 그의 집에서 지내게 된다.

절정 **집이 철거되고 아버지가 사라짐**

철거일 아침, 평소 아버지와 알고 지내던 지섭이 쇠고기를 사 들고 집에 온다. 아침 식사 중에 철거반원들이 찾아와 벽을 부수기 시작한다. 지섭이 철거를 지휘하는 사나이에게 항의하며 그를 때리자 철거반원들이 한꺼번에 달려들어 지섭을 때린다.

결말 **가족에게 돌아온 영희는 이미 아버지가 돌아가셨음을 알게 됨**

영희는 투기업자의 금고에서 입주권과 돈, 칼을 가지고 뛰쳐나온다. 그길로 동사무소에 갔다가 아는 사람을 만나 가족에 대해 묻는다. 동사무소 직원은 윤신애 아주머니가 아버지와 아는 사이니 찾아가 보라고 한다. 영희는 아주머니의 집에 가서 아버지가 이미 돌아가셨다는 소식을 듣는다.

난장이가 쏘아 올린 작은 공

1

사람들은 아버지를 난장이라고 불렀다. 사람들은 옳게 보았다. 아버지는 난장이였다. 불행하게도 사람들은 아버지를 보는 것 하나만 옳았다. 그 밖의 것들은 하나도 옳지 않았다. 나는 아버지·어머니·영호·영희, 그리고 나를 포함한 다섯 식구의 모든 것을 걸고 그들이 옳지 않다는 것을 언제나 말할 수 있다. 나의 '모든 것'이라는 표현에는 '다섯 식구의 목숨'이 포함되어 있다. 천국에 사는 사람들은 지옥을 생각할 필요가 없다. 그러나 우리 다섯 식구는 지옥에 살면서 천국을 생각했다. 단 하루도 천국을 생각해 보지 않은 날이 없다.[1] 하루하루의 생활이 지겨웠기 때문이다. 우리의 생활은 전쟁과 같았다. 우리는 그 전쟁에서 날마다 지기만 했다. 그런데도 어머니는 모든 것을 잘 참았다. 그러나 그날 아침 일만은 참기 어려웠던 것 같다.

"통장이 이걸 가져왔어요."

내가 말했다. 어머니는 조각 마루 끝에 앉아 아침 식사를 하고 있었다.

"그게 뭐냐?"

"철거 계고장戒告狀 행정상의 의무 이행을 재촉하는 내용을 담은 문서 예요."

"기어코 왔구나."

어머니가 말했다.

"그러니까 집을 헐라는 거지? 우리가 꼭 받아야 할 것 중의 하나가 이제 나온 셈이구나!"

어머니는 식사를 중단했다. 나는 어머니의 밥상을 내려다보았다. 보리밥에 까만 된장, 그리고 시든 고추 두어 개와 졸인 감자.

나는 어머니를 위해 철거 계고장을 천천히 읽었다.

---

1) 가족들의 현재 삶이 고통스럽다는 것을 천국과 지옥을 대비하여 표현하고 있다.

어머니는 조각 마루 끝에 앉아 말이 없었다. 벽돌 공장의 높은 굴뚝 그림
자가 시멘트 담에서 꺾어지며 좁은 마당을 덮었다. 동네 사람들이 골목으
로 나와 뭐라고 소리치고 있었다. 통장은 그들 사이를 비집고 나와 방죽 쪽
으로 걸음을 옮겼다. 어머니는 식사를 끝내지 않은 밥상을 들고 부엌으로
들어갔다. 어머니는 두 무릎을 곧추세우고 앉았다. 그리고 손을 들어 부엌
바닥을 한 번 치고 가슴을 한 번 쳤다.

나는 동사무소로 갔다. 행복동 주민들이 잔뜩 몰려들어 자기의 의견들을
큰 소리로 말하고 있었다. 들을 사람은 두셋밖에 안 되는데 수십 명이 거의
동시에 떠들어 대고 있었다. 쓸데없는 짓이었다. 떠든다고 해결될 문제는
아니었다.

나는 바깥 게시판에 적혀 있는 공고문을 읽었다. 거기에는 아파트 입주 절차와 아파트 입주를 포기할 경우 탈 수 있는 이주 보조금 액수 등이 적혀 있었다. 동사무소 주위는 시장 바닥과 같았다. 주민들과 아파트 거간꾼흥정을 붙이는 일을 직업으로 하는 사람들이 한 데 뒤엉켜 이리 몰리고 저리 몰리고 했다.

나는 거기서 아버지와 두 동생을 만났다. 아버지는 도장포圖章鋪 도장을 새겨 주는 가게 앞에 앉아 있었다. 영호는 내가 방금 물러선 게시판 앞으로 갔다. 영희는 골목 입구에 세워 놓은 검정색 승용차 옆에 서 있었다. 아침 일찍 일들을 찾아 나섰다가 철거 계고장이 나왔다는 소리를 듣고 돌아온 것이었다. 누군들 이런 날 일을 할 수 있을까. 나는 아버지 옆으로 가 아버지의 공구들이 들어 있는 부대를 둘러메었다. 영호가 다가오더니 나의 어깨에서 그 부대를 내려 옮겨 메었다. 나는 아주 자연스럽게 그것을 넘겨주면서 이쪽으로 걸어오는 영희를 보았다. 영희의 얼굴은 발갛게 상기되어 있었다. 몇 사람의 거간꾼들이 우리를 둘러싸고 아파트 입주권을 팔라고 했다. 아버지가 책을 읽고 있었다. 우리는 아버지가 책을 읽는 것을 처음 보았다. 표지를 쌌기 때문에 무슨 책을 읽는지도 알 수 없었다. 영희가 허리를 굽혀 아버지의 손을 잡아끌었다. 아버지는 우리들의 얼굴을 물끄러미 쳐다보더니 자리를 털고 일어났다. "난장이가 간다."고 처음 보는 사람들이 말했다.

어머니는 대문 기둥에 붙어 있는 알루미늄 표찰을 떼기 위해 식칼로 못을 뽑고 있었다. 내가 식칼을 받아 반대쪽 못을 뽑았다. 영호는 어머니와 내가 하는 일이 못마땅한 모양이었다. 그러나 마음에 드는 일이 우리에게 일어나 주기를 바랄 수는 없는 일이었다. 어머니는 무허가 건물 번호가 새겨진 알루미늄 표찰을 빨리 떼어 간직하지 않으면 나중에 괴로운 일이 생길 것이라는 것을 알고 있었다.

어머니는 손바닥에 놓인 표찰을 말없이 들여다보았다. 영희가 이번에는 어머니의 손을 잡아끌었다.

"너희들이 놀게 되지만 않았어도 난 별걱정을 안 했을 거다."

어머니가 말했다.

"스무날 안에 무슨 뾰족한 수가 생기겠니. 이제 하나하나 정리를 해야지."

"입주권을 팔려고 그래요?"

영희가 물었다.

"팔긴 왜 팔아!"

영호가 큰 소리로 말했다.

"그럼 아파트 입주할 돈이 있어야지."

"아파트로도 안 가."

"그럼 어떻게 할 거야?"

"여기서 그냥 사는 거야. 이건 우리 집이다."

영호는 성큼성큼 돌계단을 올라가 아버지의 부대를 마루 밑에 놓았다.

"한 달 전만 해도 그런 이야길 하는 사람이 있었다."

아버지가 말했다. 어머니가 내준 철거 계고장을 막 읽고 난 참이었다.

"시에서 아파트를 지어 놨다니까 얘긴 그걸로 끝난 거다."

"그건 우릴 위해서 지은 게 아녜요."

영호가 말했다.

"돈도 많이 있어야 되잖아요?"

영희는 마당가 팬지^{삼색제비꽃} 앞에 서 있었다.

"우린 못 떠나. 갈 곳이 없어. 그렇지 큰오빠?"

"어떤 놈이든 집을 헐러 오는 놈은 그냥 놔두지 않을 테야."

영호가 말했다.

"그만둬."

내가 말했다.

"그들 옆엔 법이 있다."[1]

아버지 말대로 모든 이야기는 끝나 버린 것이나 마찬가지였다. 마당가 팬지 앞에 서 있던 영희가 고개를 돌렸다. 영희는 울고 있었다. 어렸을 때부터 영희는 잘 울었다. 그때 나는 말했다.

"울지 마, 영희야."

"자꾸 울음이 나와."

"그럼, 소리를 내지 말고 울어."

"응."

그러나 풀밭에서 영희는 소리를 내어 울었다. 나는 손으로 영희의 입을 막았다. 영희의 몸에서는 풀 냄새가 났다. 개천 건너 주택가 골목에서는 고기 굽는 냄새가 났다. 나는 그것이 고기 굽는 냄새인 줄 알면서도 어머니에

---

1) 법이 약자를 보호하지 못하고 가진 자들을 위해 존재한다는 의미로 부조리한 현실을 드러낸다.

게 묻고는 했다.

"엄마, 이게 무슨 냄새야?"

어머니는 말없이 걸었다. 나는 다시 물었다.

"엄마, 이게 무슨 냄새지?"

어머니는 나의 손을 잡았다. 어머니는 걸음을 빨리하면서 말했다.

"고기 굽는 냄새란다. 우리도 나중에 해 먹자."

"나중에 언제?"

"자, 빨리 가자."

어머니는 말했다.

"너도 공부를 열심히 하면 좋은 집에 살 수 있고, 고기도 날마다 먹을 수 있단다."

"거짓말!"

어머니의 손을 뿌리치면서 내가 말했다.

"아버지는 나쁜 사람야."

어머니가 우뚝 섰다.

"너 방금 뭐라고 했니?"

"우리 아버지는 나쁜 사람야."

"너 매 좀 맞아야겠구나. 아버지는 좋은 분이다."

"나도 주머니가 달린 옷을 입고 싶어."

"빨리 가자."

"엄마는 왜 우리들 옷에 주머니를 안 달아 주지? 돈도 넣어 주지 못하고, 먹을 것도 넣어 줄 게 없어서 그렇지?"

"아버지에 대해 말을 막 하면 너 매 맞을 줄 알아라."

"아버지는 악당도 못 돼. 악당은 돈이나 많지."

"아버지는 좋은 분이다."

"알아."

나는 말했다.

"수백 번도 더 들었어. 그렇지만 이젠 속지 않아."

"엄마, 큰오빠는 말을 안 들어."

영희는 부엌문 앞에 서서 말했다.

"엄마 몰래 또 고기 냄새 맡으러 갔었대. 나는 안 갔어."

어머니는 아무 말이 없었다. 나는 영희를 흘겨보았다. 영희는 또 말했다.

"엄마, 큰오빠가 고기 냄새 맡으러 갔었다고 말했더니 때리려고 그래."

영희는 좀처럼 울음을 그치지 못했다. 나는 영희의 입에서 손을 떼었다. 영희를 풀밭으로 끌고 들어간 것이 잘못이었다. 영희를 때려 주고 나는 후회했다. 귀여운 영희의 얼굴은 눈물로 젖었다. 우리는 그때 주머니 없는 옷을 입고 있었다.

아버지는 철거 계고장을 마루 끝에 놓고 책을 읽었다. 우리는 아버지에게서 무엇을 바라지는 않았다. 아버지는 그동안 충분히 일했다. 고생도 충분히 했다. 아버지만 고생을 한 것이 아니다. 아버지의 아버지, 아버지의 할아버지, 할아버지의 아버지, 그 아버지의 할아버지 ─ 또 ─ 대대로 거슬러 올라간다. 그들은 아버지보다 더 심한 고생을 했을 수도 있다. 나는 공장에서 이상한 매매 문서가 든 원고를 조판한 적이 있다. 그 내용의 일부를 짜기 위해 나는 열심히 손을 놀렸다.

婢비 金伊德김이덕의 한 소생 奴노 今同금동 庚寅生경인생, 奴 今同의 양처 소생 奴 金今伊김금이 丁卯生정묘생, 奴 今同의 양처 소생 奴 德水덕수 己巳生기사생, 奴 今同의 양처 소생 奴 存世존세 辛未生신미생, 奴 今同의 양처 소생 奴 永石영석 癸酉生계유생, 奴 金今伊의 양처 소생 奴 鐵壽철수 丙戌生병술생, 奴 金今伊의 양처 소생 奴 今山금산 戊子生무자생.

나는 그때 이것이 무엇인지 몰랐다. 그 판을 짜고 다음 판을 짜 나가다 겨우 알았다. 노비 매매 문서의 한 부분이었다. 나는 열흘 동안 같은 책을 조판했다. 그 열흘 동안 나는 아버지와 아무 말도 하지 않았다. 어머니하고도 이야기를 하지 않았다. 나는 어머니의 어머니, 어머니의 할머니, 할머니의 어머니, 그 어머니의 할머니들이 최하층의 천인으로서 무슨 일을 해 왔는지 알고 있었다. 어머니라고 달라진 것은 없었다. 마음 편할 날이 없고, 몸으로 치러야 하는 노역은 같았다. 우리의 조상은 세습하여 신역身役 관아에 속한 종과 개인이 부리던 종이 치르던 노역을 바쳤다. 우리의 조상은 상속·매매·기증·공출 농업 생산물이나 기물 따위를 정부에 내어 놓음의 대상이었다.

어느 날 어머니는 나에게 말했다.

"너희들은 엄마를 잘못 두어 이 고생이다. 아버지하고는 상관이 없단다."

어머니는 장남인 나에게만 말했다. 외할머니에게 들은 말을 나에게 전한 것이다. 천년을 두고 우리의 조상은 자손들에게 이 말을 남겼다. 그러나 나는 알고 있었다. 아버지도 씨종^{대대로 내려가며 종노릇을 하는 사람의 자식}이었다.

할아버지의 아버지 대에 노비제는 사라졌다. 증조부 내외분은 아무것도 몰랐다. 나중에서야 해방을 맞았다는 것을 알았으나 두 분이 한 말은 오히려 "저희들을 내쫓지 마십시오."였다. 할아버지는 달랐다. 할아버지는 유습^{遺習 예로부터 전해 오는 풍속}에서 벗어나려고 했다. 늙은 주인은 할아버지에게 집과 땅을 주었다. 그러나 쓸데없는 일이었다. 모르는 면에서는 할아버지나 증조부나 같았다. 증조부 대까지는 선조들이 살아온 경험이 도움이 되었으나 할아버지 대에는 그것이 도움을 주지 못했다. 할아버지에게는 어떤 교육도 없었고 경험도 없었다. 할아버지는 집과 땅을 잃었다.

• 뒷부분 줄거리

이웃집에 사는 명희 어머니는 입주권을 팔고 온다. 그리고 우리집에 찾아와 어머니에게 어차피 아파트로 입주하지 못할 바에는 빨리 입주권을 팔고 떠날 생각을 하라고 한다. 그러나 곧 다시 온 명희 어머니는 입주권 가격이 올랐다며 좀 더 기다려 보라고 한다.

동사무소에 간 영호는 한 투기업자에게 25만 원에 입주권을 팔라는 제안을 받는다. 아버지는 투기업자에게 입주권을 팔고 어머니는 명희 어머니에게 빌린 돈 15만 원을 갚는다. 명희 어머니는 집을 헐고 동네를 떠난다. 난장이 가족은 집을 떠나지 않고 계속 살아간다.

어머니가 아침 밥상을 차리는 동안 철거반원들이 집으로 들이닥친다. 식구들이 아침 식사를 하는 도중에도 철거반원들은 담을 쇠망치로 부수는 일에 열중한다. 아버지와 각별한 사이인 지섭은 화가 나 항의하다가 철거를 지휘하던 사내를 때린다. 그러자 철거반원들이 한꺼번에 달려들어 지섭을 때린다.

입주권을 판 날 영희는 투기업자를 따라간다. 입주권을 되찾아 오려고 하지만 실패하고 투기업자의 집에서 지내게 된다. 어느 날 영희는 투기업자의 금고에서 입주권과 돈, 칼을 꺼내 도망쳐 나온다.

영희는 행복동 동사무소에서 아파트 입주를 위한 철거 확인 절차를 마친다. 그리고 가족을 찾기 위해 윤신애 아주머니를 찾아간다. 영희는 윤신애 아주머니로부터 아버지가 벽돌 공장 굴뚝에서 스스로 목숨을 끊었음을 듣게 된다. 영희는 울면서 큰오빠인 영수를 떠올린다. 영수에게 아버지를 난장이라고 부르는 악당은 다 죽여 버리라고 말한다.

🍎 소설 한 장면   발단 '나'의 집에 철거 계고장이 도착함

🍎 소설 한 장면 전개 명희네 돈을 갚기 위해 입주권 값이 오르기를 바람

🍎 소설 한 장면 위기 투기업자에게 입주권을 판 후 영희는 가족 몰래 투기업자를
따라감

🍎 소설 한 장면   절정   집이 철거되고 아버지가 사라짐

🍎 소설 한 장면   결말   가족에게 돌아온 영희는 이미 아버지가 돌아가셨음을 알게 됨

🔭 생각해 볼까요?

📖 **선생님** 1970년대는 산업화·도시화가 진행되면서 경제 발전이 급속도로 이루어진 시기였어요. 농민들이 도시로 몰려들어 농촌이 해체되었고, 도시의 노동자들은 빈민층을 이루며 열악한 환경 속에서 살아갔지요. 이러한 시대적 상황을 고려할 때 '난장이'와 '난장이가 쏘아 올린 작은 공'의 상징적 의미는 무엇일까요?

💬 1   🤍 1

↳ **학생 1** 작품 속의 '난장이'는 가난하고 소외된 약자를 대표해요. '난장이가 쏘아 올린 작은 공'은 날아오르고자 하는 꿈을 의미하고요. 즉 사회의 구조적 모순인 빈부격차와 불평등에서 벗어나고자 하는 약자의 열망을 상징해요.

📖 **선생님** '난장이' 가족이 사는 '낙원구 행복동'이라는 지명의 의미는 무엇일까요?

💬 2   🤍 2

↳ **학생 1** 낙원구 행복동에 사는 난장이 가족의 삶은 가난하고 불행해요. 게다가 이곳마저도 재개발이 되면서 '난장이' 가족과 주민들은 더 이상 살 수 없는 공간이 되고 말아요. 이처럼 '낙원구'나 '행복동'이라는 이름은 등장인물들이 처한 현실과 대조돼요.

↳ **학생 2** 그렇다면 이러한 지명에는 반어적이고 냉소적인 의미가 담겨 있어 등장인물들의 암울한 현실을 더욱 효과적으로 드러냄을 알 수 있네요.

연작 소설   ▼ 🔍

연관 검색어   연쇄적 독립적

연작 소설이란 한 명의 작가가 같은 주인공, 혹은 같은 배경의 소설을 여러 편 창작한 소설이다. 하나하나의 소설은 독립성을 지니면서도 주인공이나 장소 등의 공통점이 있다. 이러한 소설 유형은 우리 사회가 다양화되고 사회 계층의 갈등이 심화하면서 여러 각도로 당대의 문제들을 바라보고자 하는 작가 의식에서 비롯되었다고 할 수 있다. 대표적인 연작 소설로는 이문구의 『우리 동네』 『관촌수필』, 윤흥길의 『아홉 켤레의 구두로 남은 사내』, 양귀자의 『원미동 사람들』, 조세희의 『난장이가 쏘아 올린 작은 공』 등이 있다.

조세희의 『난장이가 쏘아 올린 작은 공』은 열두 편의 소설로 이루어진 연작 소설로 우리 책에 수록된 「난장이가 쏘아 올린 작은 공」은 네 번째 작품이다.

전상국
(1940~)

강원도 홍천 출생. 경희대학교 국문과를 졸업하였다. 고등학교 국어교사와 강원대학교 국어국문학과 교수를 지내고, 현재 김유정기념사업회 명예 이사장과 강원대학교 명예 교수를 맡고 있다.

1963년 「동행」이 〈조선일보〉 신춘문예에 당선되어 등단했다. 전상국 문학의 중심소재는 분단문제이다. 등단작인 「동행」을 비롯해 「아베의 가족」, 「길」에 이르는 그의 분단소설은 전쟁으로 인한 상처로 고통받는 가족사를 다루며 분단된 현실의 모순을 파헤친다. 한편으로는 권위주의와 관련된 권력 문제와 인간의 속성을 탐구하는 데도 힘을 기울였다. 학교라는 폐쇄적인 공간을 배경으로 하는 「돼지새끼들의 울음」, 「우상의 눈물」이 대표적이다.

주요 중단편소설로 「할아버지 묻힌 날」, 「하늘 아래 그 자리」, 「아베의 가족」, 「우상의 눈물」, 「여름의 껍질」, 「지빠귀 둥지 속의 뻐꾸기」, 「거울의 알리바이」 등이 있다. 현대문학상, 한국문학작가상, 대한민국문학상, 동인문학상, 윤동주문학상, 김유정문학상, 한국문학상, 후광문학상 등을 두루 수상했다.

우상의 눈물

⚓ 작품 길잡이

갈래: 현대 소설, 순수 소설
배경: 시간 – 1970년대 말 / 공간 – 도시의 고등학교
시점: 1인칭 관찰자 시점
주제: 호의를 가장한 위선의 무서움과 권위주의에 대한 비판
출전: 〈세계의 문학〉[1980]

📷 인물 관계도

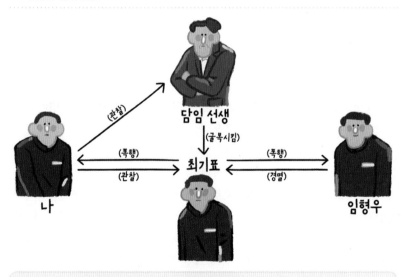

나	소설의 관찰자로 자존심이 강하고 상대방의 심중을 잘 파악한다.
최기표	문제 학생으로 갖은 비행에도 불구하고 학생들의 혹평을 별로 받지 않는다.
임형우	반장으로 학급을 잘 이끄는 모범생이나 위선적이다.
담임 선생	학급 관리에 능숙한 사람으로 치밀한 성격에 권위주의적이다.

📋 구성과 줄거리

발단   **임시 반장이었던 '나'는 기표와 재수파에게 린치를 당함**

새 학년이 시작된 고등학교 이 학년, 임시 반장을 맡게 된 '나'는 기표를 비롯한 재수파에 메스껍게 보였다는 이유로 심한 폭행을 당한다.

전개   **형우가 정식 반장이 됨**

'나'는 가정 방문을 온 담임 선생에게 형우를 반장으로 추천한다. 형우가 정식 반장으로 임명되고 형우와 담임은 기표의 비행이 없도록 노력한다.

위기   **부정행위를 도우려고 했던 형우가 기표에게 맞음**

형우는 기표의 시험을 돕자고 반 아이들에게 제안한다. 기표의 자존심을 건드린 형우는 기표 무리에게 폭행을 당하지만 끝까지 가해자를 밝히지 않음으로써 영웅이 된다.

절정   **담임과 형우가 기표의 미담을 만듦**

담임과 형우의 주도면밀한 계획에 의해 기표는 효자로, 재수파는 의리의 사나이로 미화된다.

결말   **기표가 편지를 남기고 가출함**

미담은 사람들에게 퍼져 성금과 위문편지가 기표에게 전달된다. 그럴수록 기표는 부끄러움을 잘 타는 아이로 변하고 아이들은 그를 더 이상 무서워하지 않는다. 무기력한 아이로 전락한 기표는 그동안 자기를 둘러싸고 전개된 일련의 일들이 무서워 견딜 수 없다는 내용의 편지를 남기고 사라진다.

우상의 눈물

학교 강당 뒤편 으슥한 곳에 끌려가 머리에 털 나고 처음인 그런 무서운 린치정당한 법적 수속에 의하지 아니하고 잔인한 폭력을 가하는 일를 당했다. 끽소리 한 번 못한 채 고스란히 당해야만 했다. 설사 소리를 내질렀다고 하더라도 누구 한 사람 쫓아와 그 공포로부터 나를 건져 올리지 못했을 것이다. 토요일 늦은 오후였고 도서실에서 강당까지 끌려가는 동안 나는 교정에 단 한 사람도 얼씬거리는 걸 보지 못했다. 더욱이 강당은 본관에서 운동장을 가로질러 아주 까마아득 멀리 떨어져 있었다. 재수파再修派들은 모두 일곱 명이었다. 그들은 무언극을 하듯 말을 아꼈다. 그러나 민첩하고 분명하게 움직였다. 기표가 웃옷을 벗어 던진 다음 바른손에 거머쥐고 있던 사이다 병을 담벽에 깼다. 깨어져 나간 사이다 병의 날카로운 유리조각이 그의 걷어올린 팔뚝에 사악사악 그어 갔다. 금간 살갗에서 검붉은 피가 꽃망울처럼 터져 올랐다. 기표가 그 팔뚝을 내 눈앞에 들이댔다. 핥아! 기표 아닌 다른 애가 말했다. 내가 고개를 옆으로 비키자 곁에 둘러선 서너 명의 구두 끝이 정강이에 조인트를 먹였다. 진득한 액체가 혀끝에 닿자 구역질이 났다. 오장이 뒤집히듯 역한 것이 치밀었다. 나는 비로소 온몸을 와들와들 떨기 시작했다. 나 자신도 헤아릴 길 없는 거센 공포로 해서 나는 그 자리에 무릎을 꿇고 앉아 두 손을 비벼댔다. 그들이 나를 일으켜 세웠다. 내 바지에서 혁대가 풀려 나간 다음 벗겨져 맨살이 드러난 허벅지에 칼끝이 박히는 것 같은 아픔이 왔다. 나는 그들에게 양쪽 겨드랑이를 잡힌 채 몸부림쳤다. 도저히 견딜 수 없는 고통이었다. 칼끝은 상당히 오랜 시간 허벅지에 박혀 있는 것 같았다. 나는 내 살 타는 냄새를 맡았다. 칼침이 아니라 그들은 담뱃불로 내 허벅지 다섯 군데나 지짐질을 했던 것이다. 소리 질러 봐, 죽여 버릴 거니, 한 놈이 귓가에 속삭였다. 나는 드디어 허물어져 내리듯 의식을 잃어 갔다. 그런 몽롱한 의식 속에서 기표가 씨부려 댄 한마디 말소릴 놓치지 않았다.

—메시껍게 놀지 마!

어처구니없게도 그들이 내게 린치를 가한 이유란 단지 그것이었다. 이 학년 재수파들이 나를 첫 표적으로 삼은 것은 내가 그들 눈에 메스껍게 보였기 때문이다.

"유대야, 너 그대로 참을 꺼냐?"

분식집에서 만난 형우가 슬쩍 내 심중을 떠보고 있었다. 내가 입 한 번 뻥긋하지 않았는데도 그 소문은 파다했다. 소문이 쉬쉬 떠도는 며칠 동안 나는 심한 공포에 휩싸였다. 그 소문이 학교 선생들에게 알려져 문제가 생길 경우 십중팔구 나는 결딴[어떤 일이나 물건 따위가 아주 망가져서 도무지 손을 쓸 수 없게 된 상태]이 나고 말 것이다. 기표는 그런 일을 충분히 해낼 수 있는 아이였다.

"그 새낀 악마다."

형우가 동정어린 눈으로 나를 충동질했다. 그러나 나는 대답 없이 빙그레 웃어 보였을 뿐이다. 누구에게나 그렇게 해 보였다. 그것은 이미 겪은 우월감 같은 오만감이었다. 나는 나를 충동질하는 형우의 눈에서 자기도 미지에 당해야 하는 두려움과 아울러 내게 대한 선망이 깔려 있음을 놓치지 않았다. 형우가 기표에게 당할 것은 너무나 당연했다. 그것은 기표와 같은 배에 오른 우리들의 공동 운명이었던 것이다.

그날 편반이 끝나고 키 크기에 따른 각자의 번호와 교실 좌석까지 다 정해졌을 때 새 담임이 된 김 선생이 입을 열었다.

"이제부터 육십육 명이 운명을 함께 하는 역사적 출항을 선언한다. 목적지에 이를 때까지 단 한 사람의 낙오자나 이탈자가 없기를 진심으로 기원한다. 아울러 이 시간 분명히 밝혀 둘 것은 우리들의 항해를 방해하는 자, 배의 순탄한 진로를 헛갈리게 하는 놈은 용서하지 않을 것이다. 우리가 나무를 전정(剪定 가지치기)할 때 역행 가지를 잘라 버려야 하듯 여러분의 항해에 역행하는 놈은 여러분 스스로가 엄단(嚴斷 엄중히 처단함)할 수 있어야 한다. 더 중요한 것은 일 년간의 일사불란한 항해를 위해서는 서로 사랑과 신뢰로써 반을 하나로 결속하는 슬기를 보이는 일이다."

새 담임 선생은 과학 교사답지 않게 적절한 비유로써 자기가 맡은 반 아이들에게 뭔가 불어넣으려 애쓰고 있는 것 같았다. 그에게 중요한 것은 무사안일 속의 일 년이었던 것이다.

"고삐는 여러분 손에 쥐어져 있다. 필요하다고 생각할 때 그 고삐를 당겨 여러분 스스로를 제어해 주기 바란다. 내가 가장 우려하는 바는 여러분 스스로가 내 손에 그 고삐를 쥐어 주는 일이다. 나는 자율이라는 낱말을 좋아한다."

담임 선생님은 자율이라는 낱말로 요술을 부려 우리들을 묶고 있었다. 어느 연극 잡지에서 완숙한 연출가는 배우 스스로가 연출하도록 유도하는 비결을 가지고 있다는 것을 읽은 것이 생각났다. 대단한 담임을 만났다는 기대로 아이들은 가슴을 부풀이며 앉아 있었다. 열네 개 반에서 사오 명씩 떨어져 나와 새로이 편성된 새 반의 분위기는 사뭇 숙연했다. 나는 문득 이런 숙연한 분위기가 우습게 생각되었다. 단 며칠 못 가 형편없이 허물어질 아이들이 목에 잔뜩 힘을 주고 앉아 담임 선생의 말을 경청하고 있는 게 우습게 보였던 것이다. 이들의 긴장을 풀어 주고 싶은 충동을 받았다.

"선생님, 우리가 탄 배의 선장은 누굽니까?"

내가 불쑥 일어나서 말했다. 선장은 도대체 누구란 말인가. 자율이라는 낱말로 우리를 묶으면서도 실상 우리들 머리 위에 군왕처럼 군림하고 싶은 그의 저의底意 겉으로 드러나지 아니한, 속에 품은 생각를 찔러주고 싶었던 것이다. 아이들이 내 느닷없는 질문에 부스럭부스럭 굳은 몸을 풀고 있었다.

"이 배의 선장이 누구냐, 그렇게 묻고 있는 사람의 번호와 이름은?"

담임이 얼굴 가득 미소를 잡으며 여유 있게 나를 훑었다. 반격을 당한 나는 얼굴을 붉히며 엉거주춤 다시 일어나야 했다.

"삼십오 번 이유댑니다."

메시껍게 놀지 마!

🕮 소설 한 장면　　발단　임시 반장이었던 '나'는 기표와 재수파에게 린치를 당함

"예수를 판 유댄가, 이스라엘 유댄가?"

아이들이 와하하 웃음을 터뜨렸다.

"오얏 리, 옥 유, 큰 댓자, 이유댑니다."

"좋았어. 이유대 군이 오늘 이 시간부터 일주일간 이 학년 십삼 반의 임시 선장이다. 물론 일주일 뒤에는 새 선장을 뽑겠다. 다시 한 번 강조해 두겠다. 이 배의 주인은 여러분 자신이다. 이유대 선장, 내 말의 뜻을 알겠나?"

아이들이 와하하 웃으며 박수를 쳤다. 반장하고 싶어 몸살 난 애라구요. 그렇게 소리 지르는 놈도 있었다. 실로 난처한 입장이 돼 버렸다. 한낱 농으로 시작한 일이 담임의 임기응변에 의해 꼼짝없이 임시 반장 감투^{벼슬이나 직위를} ^{속되게 이르는 말}를 쓰게 되었다. 꽁무닐 빼고 어쩌고 할 기회를 주지 않은 채 담임은 첫 만남을 끝냈다. 이렇게 해서 된 임시 반장이 기표의 비위를 사납게 하는 결정적인 이유가 됐을 것이다.

"어떤가, 약 일주일간 반장을 하면서 느낀 우리 반에 대한 소감은?"

담임 선생이 가정 방문을 나왔다. 학교에서 만나는 선생과 집에서 만나는 선생의 이미지는 전연^{全然 도무지, 완전히} 다르게 마련이다. 학교에서보다 훨씬 부드럽게 대해 주는데도 공연히 거북스럽고 몸이 찌부러든다. 그래서 우리들이 경험한 바에 의하면 담임 선생에게 가정 방문을 당한 뒤로는 독 빠진 뱀처럼 맥을 쓸 수 없게 된다. 가정 방문을 나온 담임 선생은 대개 여러 가지 정보를 얻어 내려 부심^{腐心 어떤 문제를 해결하기 위한 방안을 생각해 내느라고 몹시 애씀}하게 된다.

"얘네 반 아이들이 좋은 담임 선생님을 만났다고 좋아들 한답니다."

곁에서 엄마가 의례적인 아부의 말을 했고 담임은 내 얼굴에서 눈을 떼지 않은 채 못 들은 척했다. 사실 아이들은 좋은 선생이 어떤 사람인가를 알았다. 좋은 선생이란 조건 없이 아이들의 입장을 이해한 다음 그것을 가볍게 입 밖으로 내지 않은 사람이었던 것이다.

"어때, 유대가 그대로 반장을 맡는 게?"

이번에는 담임이 엄마의 귀를 겨냥한 말을 했다.

"아닙니다. 전 그런 일이 적성에 맞지 않습니다."

내가 단호한 어조로 말했고 엄마가 거들었다.

"그래요 선생님, 앤 반장하는 게 죽어두 싫다는군요"

뭔가 아쉬워하면서도 엄마는 내 뜻을 따라 주었다. 반장을 하면 성적이 떨어지게 마련이란 내 생각을 잊지 않고 있었던 것이다. 남 앞에 나서는 일, 남들보다 한 발짝 높은 데 선다는 일이 얼마나 외롭고 번거로운 일인가를 나는 엄마의 극성에 의해 중학교 삼 년간 반장을 하면서 절실히 체득^{體得 몸소} ^{체험하여 알게 됨}했던 것이다. 그것은 내게 무서운 구속이었다. 남을 다스리는 그런 자유보다 남에게 다스림 받는 데서 얻는 마음의 안일이 내게는 더 좋았다. 나는 고독하기를 바라지 않는다. 기표 같은 애들이 누리는 지배욕 그 안쪽에 몸을 뒤틀고 있는 고독의 그림자를 나는 어렴풋하게나마 본 것 같았다.

"맞습니다. 사실 유대는 반장을 하는 것보다 공부에 달라붙는 게 더 좋을 겁니다. 아깝지만 유대를 위해서 제가 양보할 수밖에요."

우리의 담임 선생은 일을 요령 있게 풀어 나가 재치 있게 마무리하는 명수였다. 아무튼 나는 굴레에서 벗어났고 담임 선생의 논리대로라면 누군가 내 대신 희생이 되어야 한다.

"임형우, 걔가 반장으론 괜찮지?"

일주일 동안 그는 우리들을 상당히 깊게 파악한 것처럼 보였다. 그의 안목은 대단했다. 반장이 되고 싶어하는 아이를 알고 있는 담임이었다.

"형우라면 틀림없습니다."

내 말의 꼬리를 잡아 엄마가 껴들었다.

"형우라니? 오매, 형우하고 또 한 반이 됐냐? 선생님, 얘하고 형우는 중학교 때부터 친구랍니다. 걔하고 늘 전교에서 일이 등을 다퉜는걸요. 그룹 과외도 같은 데서 죽 함께해 왔고…… 우리 유대가 늘 앞선 편이긴 했지만…… 그래요, 걘 반장 같은 건 잘할 거예요. 애가 통솔력이 보통이 아녜요."

중학교 삼 년 동안 아들에게서 위대한 통솔력이 나타나 주기를 고대했던 엄마의 푸념이 깃든 말대로 형우는 반장이 될 만한 여건을 많이 갖추고 있었다. 무게가 있고 때로는 교만하고 생각한 것을 무슨 일이 있어도 해내는 결단력도 대단했다. 학교 당국의 지시에는 일단 긍정적인 생각을 가지고 임하다가도 어떤 결점이 보일 때는 무섭게 반격을 가하는 용기도 갖추고 있었다. 한마디로 그는 아이들에게 인기가 있었다.

"어떤가, 우리 반에 크게 문제가 될 만한 애는 없겠지?"

첫 만남에서 담임이 말한 우리들의 항해에 방해가 될 만한 그런 역행 가지를 귀띔해 달라는 것일 게다. 나는 불현듯 담뱃불에 지짐질 당해 아직도 진물이 줄줄 흐르는 내 허벅지를 내보이고 싶은 충동을 받았다. 어쩌면 담임도 내 입에서 기표에 대한 얘기가 나오길 기대하고 있을는지 모른다. 일 학년 때의 기표 담임이 기표가 일 학년 때 한 번 유급한 경력을 가지고 있다는 얘길 전하지 않았을 리가 없기 때문이다. 그러나 나는 입을 열 수가 없었다. 엄마 앞에서 반우를 매도하는 일 같은 건 할 수 없다고 생각한 것이다.

"최기표, 그놈 괜찮을까?"

담임 선생이 조심스럽게 내 반응을 살폈다. 나는 내 허벅지의 상처를 내보인 것처럼 불유쾌한 기분이 되어 얼굴을 돌렸다.

"최기표라면 그 일 학년 때 낙제해서 한 해 묵었다는 애 말이구나?"

엄마는 교육에 관심이 많았다. 학교에서 일어나는 모든 걸 알고 싶어 안달했다. 일주일에 두 번씩 담임 선생한테 전화를 걸곤 했다. 그러나 엄마는 가장 가까운 데 있는 내 허벅지의 담뱃불 자국을 알지 못하고 있다. 최기표의 이름을 알고 있으면서도 최기표가 어떤 아이인지를 진정 모르는 어른들에 대해서 내 상처를 내보이는 것은 무의미한 일이었다.

"맞습니다. 걘 유급한 것도 문제지만 보통 말썽꾸러기가 아니지요. 왜, 한눈에 이건 범죄형이다, 그렇게 보여지는 얼굴이 있지 않습니까. 걔가 바로 그런 전형적인 범죄형이지요. 음침하고 포악스럽고…… 일 학년 때 걔 담임을 한 선생이 그러더군요. 십년감수를 했다구요. 그러면서 나를 동정한다는 얘기였어요. 그 정도면 알조^{알 만한 일}가 아닙니까."

"그런 애가 어떻게 여태 퇴학을 안 당했나요. 교칙이 엄하기로 이름난 학교인데……."

엄마가 의아하다는 듯 얼굴에 그늘을 깔았다.

"바로 그겁니다. 이놈이 원래 교활하고 지능적이어서 도대체 제적^{除籍 학적, 당적 따위에서 이름을 지워 버림}을 당할 만한 큰일에는 직접 앞에 나타나지 않고 뒤로 쑥 빠진다 그겁니다. 엉뚱한 놈이 당하곤 하지요. 정학을 몇 번 당하긴 했지만 어떤 결정적 꼬투릴 잡을 수 없으니까 제적을 못 시키는 거지요."

기표가 무서워서, 그의 안하무인^{眼下無人 눈 아래에 사람이 없다는 뜻으로, 방자하고 교만하여 다른 사람을 업신여김을 이르는 말}한 앙갚음이 두려워서 제적을 못 시켰다는 그런 얘기는 할 수 없을 것이다. 어떻든 나는 놀라지 않을 수 없었다. 며칠 사이에 기표에 대해서 이처럼 깊이 파악하고 있다니—과연 기표는 이름난 애라는 생각이 들었다. 더구나 기표 얘기를 입에 올리는 담임은 얼굴까지 벌겋게 상기돼 있었다.

나는 문득 이제부터 일 년간 담임 선생과 최기표 사이에 치열하게 벌어질 싸움을 상상해 보았다. 이제까지의 결과로 미루어 보아 최기표에게 승산이 크다는 생각이 들면서도 우리의 담임 선생 또한 그렇게 만만치 않으리란 예감이 들었다. 어쩌면 그 싸움에 임형우도 한몫 끼어들지 모른다. 그가 어떤 편에 서느냐 하는 문제도 퍽 흥미 있는 문제일 것이다. 아무튼 이처럼 멀찍이 떨어져서 그네들 싸움을 구경한다는 것은 진정 즐거운 일임에 틀림이 없다.

"이놈들이 옛날과 달라서 선생을 우습게 알기 때문에……."

담임 선생은 엄마와 함께 교육론을 펴고 있었다.

그랬다. 슬픈 일이지만 우리들은 언제부터인가 교사들을 한낱 껄끄러운 존재로 여길 뿐 오히려 그룹 과외 선생의 완벽함에 더 매료되곤 했다. 그것은 상대적이었다. 우리들의 교사들을 존경하지 않는 것처럼 교사들도 우리를 사랑으로 가르치지 않았다. 그렇다고 그룹 과외 선생처럼 철저하게 얼굴에 철판도 깔지 못하고, 어정쩡한 태도를 취했다. 문제는 지배^{支配}에 대한 견해의 다름이었다. 그네들은 옛날 훈장이 누렸던 권위가 고스란히 쥐어지길 바랐고 실상 그러한 권위만이 변화된 가치 속에서 그들이 누릴 수 있는 유일한 보상이었다. 그러나 우리들은 그러한 인습적^{因襲的 예전의 풍습, 습관, 예절 따위를 그대로 따르는 것} 권위에 대해서 콧방귀를 날릴 수 있을 만큼 그보다 더 완벽하고 조직적인 분명한 권위의 다스림 속에 몸을 맡기길 좋아하고 있었다. 그 한 가지 예로 우리 엄마는 촌지^{寸志 정성을 드러내기 위하여 주는 돈. 흔히 선생이나 기자에게 주는 것을 이름} 봉투로 담임 선생을 움직일 수 있다는 확신을 가지고 있었던 것이다.

"선생님, 그 기표라는 애네 집에 가 보셨어요?"

무슨 얘기 끝인가 엄마가 물었다.

"아직 못 갔습니다. 일 학년 때 담임들도 걔 부모를 못 만났다더군요. 놈이 중간에서 훼방을 놓은 거지요. 한양천 뚝방 동네에 살고 있는 건 틀림이 없는데 번지를 제대로 알아도 집 찾아내기가 어렵다더군요. 어떤 애 얘기론 기표 아버지가 중풍으로 드러누운 폐인이래요."

담임 선생은 우리 집 방문을 끝내고 다른 집으로 가는 도중에 내게 말했다.

"유대, 네 도움이 필요하다."

"뭘 말입니까?"

"우리 반을 위해서 네 협조를 받고 싶다는 얘기다. 물론 나는 네가 반에서 일어나는 일들을 일일이 고자질하는 그런 사람이라고 생각하지 않는다. 다만 내가 원하는 것은 반 전체를 위한 너의 조언이다. 어때 협조해 줄 수 있겠지?"

나는 얼굴에 열기가 끼쳤다. 이것은 치욕이었다. 담임은 나를 자신의 첩자로 삼으려는 것이다. 일 학년 때도 그랬다. 나는 담임 선생이 원하는 대로 반에서 일어나는 일들을 하나도 빼놓지 않고 담임에게 알렸다. 그것은 즐거운 일이었다. 역사를 만든다고 생각하는 사람들이 바로 그런 즐거움을 느낄 것이다. 내 입에서 전해진 말이 요술을 부려 일사불란하게 움직이고 있는 것을 시치미 떼고 바라볼 수 있다는 것은 통쾌한 일이었다. 아이들 자신을 위해서 내가 이바지했다고 하는 자부였다. '우리'를 위해서 내 힘이 쓰여지고 있다는 기꺼움마음속으로 느끼는 은근히 기쁜 감정 때문에 나는 그러한 고자질을 해낼 수 있었던 것이다. 그러나 나는 내가 어수룩하다고 생각했던 많은 아이들에게 따돌림 받았다. 나는 한낱 '우리'의 힘을 해치는 담임의 첩자였을 뿐이다. 나를 이용해 먹은 담임이 그 사실을 새 담임에게 인계引繼 하던 일이나 물품을 넘겨주거나 넘겨받음 하는 배신을 했다는 것을 안다는 것은 울화통이 터질 일이었다.

"불쾌하게 생각하지 않기를 바란다. 다만 나는……."

내 표정이 꽤 굳어 보였던 모양이다. 담임 선생은 내 눈치를 살피며 말했다.

"다만 나는 인간적인 면에서 네 도움이 받고 싶었을 뿐이다."

"선생님, 그런 일이라면 임형우가 잘 해줄 겁니다. 선생님이 염려하는 최기표도 형우가 잘 다스려 나갈 겁니다. 내일 당장 형우를 반장에 임명하세요."

"그럴까? 네 말대로 임형우가 최기표를 잘 다스려 준다면 고맙겠지만…… 내 생각엔 최기표를 부반장에 임명하면……."

"선생님, 기표 한 개인을 위해서입니까, 아니면 기표의 힘을 빼어 반 아이들을 보호하기 위해서입니까?"

담임은 무슨 소리냐는 듯 내 얼굴을 뻔히 치어다보다가 음모의 한 귀퉁이를 드러내 보인 무안감을 감추기라도 하듯,

"여러 사람에게 해가 되는 그런 힘은 아예 빼어 버리는 게 좋은 거다."

기표가 이 세상을 살아갈 수 있는 힘은 바로 그런 것에 있는지도 모르는데요—이렇게 말하려다 나는 그만두었다. 그 대신,

"선생님, 기표는 유급생인데다 여러 번 정학을 당했잖아요. 그런 아이를 간부로 임명하면 아이들이 좋지 않게 생각할 겁니다."

기표가 학교의 지시 사항을 전달하기 위해 교단 위에 서서 아이들한테 애원하는 광경은 생각만 해도 불쾌했다. 누가 사자를 울 속에 넣어 길들이는 발상을 처음 했는가. 나는 내 허벅지의 상처를 결코 격하시키고 싶지 않았다.

춘계 교내 체육 대회를 위해서 우리는 정해진 체육복 외에도 매스 게임 집단적으로 행하는 맨손 체조나 율동 용 추리닝 한 벌을 사야 했다. 협동심과 조화 속의 미를 창조하는 데 그것은 없어서는 안 되는 일이었다. 툴툴거리는 아이도 몇 없 지는 않았지만 결국 그들도 그것을 모두 준비했다. 그러나 우리 반에 단 둘 뿐인 재수파들은 끝내 그것을 사 입지 않았다. 담임이 말했다.

"두 사람 때문에 반의 일사불란한 결속이 깨질 수 없다. 두 사람 모두 집 이 어려운 걸로 알고 있다. 그래서 담임이 두 사람 것을 준비했다. 받아 주 면 고맙겠다."

한 아이가 기표의 눈치를 살피며 머뭇거렸다. 그러나 기표는 무표정한 얼굴로 창 쪽을 바라보고 있었다. 담임 선생이 그 추리닝을 기표와 또 한 아 이의 책상 위에 놓은 다음 교실을 나갔다.

담임 선생이 교실을 나가기가 무섭게 기표가 주머니에서 칼을 꺼내 그 추리닝을 찢기 시작했다. 너덜너덜 조각난 추리닝을 쓰레기통 쪽으로 던졌 다. 다른 한 아이가 기표처럼 그렇게 추리닝을 찢었다. 기표가 반의 총무를 맡고 있는 정수라는 애한테 다가갔다.

"야, 네 추리닝 나 줄 수 없냐?"

정수가 고개를 끄덕거렸다. 정수 뒤의 애한테도 같은 말을 했다.

"쟤도 나처럼 돈이 없어 못 사 입었다. 네 거 좀 얻자. 줄래?"

정수 뒤에 앉은 애도 고개를 끄덕거렸다. 이렇게 해서 우리 반 육십육 명 은 매스 게임용 추리닝을 다 사 입었다.

우리가 볼 때 기표는 구제 불능이었다. 그의 환경이 그를 그렇게 만들었다 고 보기보다 선천적인 어떤 포악성을 가지고 있는 것처럼 보였다. 냉혈동물 처럼 피가 찬지도 모르는 일이었다. 그는 뱀처럼 작고 징그러운 눈을 가지고 있었다. 그는 교활한 자들이 가끔 보이는 그런 거짓 착함마저도 나타내 보일 줄 몰랐다. 철저하게 악할 뿐이었다. 평생을 두고 사랑이라는 낱말로 미화될 수 있는 행동거지를 해 보일 인간과는 거리가 멀어 보였다. 물론 그는 자신 의 그런 포악성 때문에 누구에게도 사랑받지 못할 것이다. 그의 표정은 항상 독기를 음울하게 깔고 있어 맞서는 사람으로 하여금 섬뜩함을 느끼게 했다.

그런데 이해하기 어려운 것은 중학교 때부터 기표를 알고 지내온 아이들 —대부분 삼 학년이거나 졸업했다—은 기표가 그처럼 철저하게 나쁜 애임 에도 불구하고 그에 대해서 좋지 않게 말하는 것을 들어 본 적이 없다는 것이다. 물론 좋은 애라고 말하는 일도 없었지만 아무도 기표를 욕하지 않았다. 피해를 직접 받은 애들마저도 기표에 대해 나쁘게 말하지 않았다.

—말하길 꺼려하는 거야. 악에 대한 공포 때문이지.

나는 이렇게 생각해 보았다. 그러나 나는 내 생각이 옳지 않음을 내 자신의 경험 속에서 너무나 잘 알고 있었다. 기표에 대한 공포는 그에게 린치를 당할 때뿐이었다. 내가 린치를 당한 사실을 아무에게도 털어놓지 않은 것은 앙갚음에 대한 두려움 때문이 아니었다. 나는 또한 그처럼 무자비한 린치를 당했으면서도 그를 미워할 수가 없었다. 무언가 헤아릴 수 없는 힘이 그에게 있는 것 같았다.

"형!"

동급생이면서도 우리들은 이 학년에 재학하는 유급생 이십여 명을 꼭 공대恭待 상대에게 높임말을 함했다. 재수파들이 그렇게 대해 주길 바랐기 때문이기도 했지만 그렇게 공대하면서도 입이 껄끄럽지 않은 것은 재수파를 이끌고 있는 기표의 위력 때문인지도 모른다.

"야, 체육복 좀 빌려 줘라."

재수 없는 아이가 유급생인지 모르고 말을 함부로 놓을 때가 더러 있었다. 그럴 때 그 아이는 영락없이 얻어터졌다. 일의 특징을 따지지 않는 게 기표가 행하는 악의 특징이었다.

—명칭, 조직의 목적, 모임의 횟수를 모두 대라구!

교실에서의 집단 구타 사건으로 그들이 걸려들었을 때 학생 주임은 전말서顚末書 잘못을 저지른 사람이 사건의 경위를 자세히 적은 문서를 내밀며 소리쳤다. 기표들은 일 학년 때부터 음성陰性 밖으로 드러나지 아니하는 성질 서클로 지목되어 수차례 조사를 받아 왔기 때문이다. 그러나 학생 주임은 번번이 아무것도 알아내지 못했다. 하나도 그것에 대해 알고 있는 게 없었기 때문이다. 재수파는 우리들이 편의상 붙인 이름이었을 뿐이다. 조직이 아니기 때문에 어떤 목적이나 정기적인 모임 같은 게 없었다. 동물 영화를 보면 밀림을 달리는 맹수 떼들은 한 리더를 중심해서 같은 방향으로 달려간다. 그들도 그랬다. 그냥 기표를 중심해서 그들은 모였고 계획된 것이 아니라 지극히 우발적인 악이 그들에 의해서 저질러졌을 뿐이다.

기표는 교실에서 담배를 피웠다. 그의 담배 은닉처는 고흐의 자화상이 있는 액자 뒤쪽이었다. 쉬는 시간이면 그는 액자 뒤쪽을 더듬어 담배를 꺼냈다. 미션 계통의 학교라 일주일에 몇 번씩 있는 채플 시간을 통해 교목校牧 학교에서 예배와 종교

^{교육을 맡아보는 목사}이 인간 양심의 타락을 개탄했다. 바로 그러한 시간에 기표는 주변을 대신해서 교실에 남아 담배를 피우거나 아이들 도시락을 먹어 버리는 일을 했다. 그는 적어도 하루 두 개의 도시락을 축냈다. 아무도 그것을 항의하지 않았지만 기표 또한 미안해하는 표정이나 사과의 말을 남기는 법이 없었다.

기표들에게 린치를 당하고 학교 골목을 절뚝거리며 나오던 그 고통스럽고 긴 시간 내가 생각한 것은 기표야말로 우리들이 흔히 말하는 악마의 자식이 아닐까 하는 생각이었다.

내가 이런 생각을 얘기가 통할 만한 집안의 어떤 형에게 말했더니 그가 대답했다.

—맞아. 신이 매우 거북하게 생각하는 악마란 바로 네가 말한 놈처럼 착함을 가질 수 있는 가능성이 전혀 없는 그런 순수한 악마지. 그러한 순수한 악마만이 신을 돋보이게 하기 때문에 신은 마음속으로 괴로운 거야. 그렇기 때문에 신은 결코 악마를 영원히 추방하지 않아. 항상 곁에 두고 자신을 돋보이게 하는 일에 그것을 이용할 뿐이야.

오월 중간고사가 끝나는 날 오후 반장인 임형우가 드디어 재수파한테 당했다. 아무도 상상하지 못한 일이었다. 그처럼 근본이 포악한 기표마저도 형

일주일 동안 우리를 상당히 깊게 파악하셨군.

임형우, 걔가 반장으로 괜찮을지?

형우라면 틀림없습니다. 기표도 형우가 잘 다스려 나갈 겁니다.

걘 반장 같은 건 잘할 거예요. 얘가 통솔력이 보통이 아네요.

○ **소설 한 장면**　전개　형우가 정식 반장이 됨

우의 얘기라면 귀를 기울이곤 했었다. 그처럼 형우는 모든 아이들의 인심을 살 줄 알았다. 형우의 성실성이, 남을 위해 자기를 던질 줄 아는 의협심이, 그의 천성적으로 착하게 보이는 외모가 아이들을 사로잡았다. 다른 반 선생들도 이 학년 십삼 반 반장 임형우를 칭찬했다. 형우의 겸손함이 다른 선생님들의 호감을 샀다. 형우는 특히 기표에게 잘해 주었다. 아우가 형을 대하듯 스스럼없이 사랑해 주었다. 그렇다고 기표에게 특혜를 얻어 주려고 노력하는 것 같지도 않았다. 유독 그의 환심을 사려고 노력하는 것 같지도 않았다. 물론 다른 아이들이 기표에 대해 갖는 그런 공포 같은 것도 없어 보였다.

그런데 오월 고사에 이르러 형우가 결정적 실수를 했다. 시험을 며칠 앞둔 어느 날 형우가 반에서 성적이 괜찮은 몇몇 아이를 모았다.

"두 사람을 조금씩 도와주자."

그가 제의했다.

"이번 시험을 잘 못 보면 또 낙제할 가능성이 있다고 담임 선생님이 말했다."

"나쁜 낙제 제도 때문에 그들이 구제 불능의 상태에 놓이도록 방관하는 것은 옳지 못한 것 같다. 물론 공부를 잘 못하는 것은 그들의 책임이다. 그러나 책임으로 그들을 추궁하기에는 그들이 너무 한심한 상태의 아이들이다."

"결국 동정하자는 거군."

어떤 아이가 말했다.

"인간을 구제한다는 것은 값싼 동정과는 근본적으로 다르다."

"다투고 싶지 않다. 결국 우리가 어떻게 돕자는 거냐?"

먼저 아이가 물었다.

"조금씩만 돕자."

"결국 부정 행위를 하란 말이냐?"

"그렇다. 커닝이 교칙에 위반된다고 해서 하기 싫으면 안 해도 좋다. 나는 다만 너희에게 부탁했을 뿐이다."

"걸렸을 때는?"

"모든 책임은 내가 진다. 내가 시켜서 했다고 해라."

우리는 형우의 단호한 어조에 감명받았다.

"걔들이 우리들의 도움을 거부하면?"

어떤 애가 그런 우려를 내놓았다. 충분히 있을 수 있는 일이었다.

"거부하지 않을 것이다. 사월 고사에서 내가 약간 시도해 보았기 때문에 자신할 수 있다."

나는 형우의 눈꼬리에 매달린 교활해 뵈는 웃음을 보았다. 나는 참지 못하고 말했다.

"누구를 위해서 그렇게 하자는 거냐? 기표냐, 아니면 우리들 자신이냐?"

"유대, 네 말은 대답할 가치가 없다고 생각해서 대답을 않겠다."

"대답해라. 대답 못 할 것도 없을 텐데?"

내가 빈정거리는 투로 다그쳤다.

"그렇게 해 주는 것이 옳다고 판단했기 때문이다. 왜 옳은가는 네 자신이 생각해도 된다."

"네 의협심을 존중한다."

내가 간단히 손을 들어버리자 형우가 당연하다는 듯이 씨익 웃었다.

"이왕 얘기가 났으니 말이지만 이 일은 우리 모두를 위해서 하는 것이라고 생각해도 좋다. 최소한 반장인 내가 기표의 환심을 사려는 개인적인 일이 아니라는 것만 알아줘라. 마지막으로 부탁할 것은 이 일이 내 제안에 의해 이루어졌다는 걸 기표가 모르도록 해 달라는 것이다."

우리들은 형우의 말을 믿었다. 자기가 모든 것을 책임지겠다고 하는 얘기도 그의 진심으로 받아들였다. 사월 중순께 기표가 삼 학년 형을 구타한 일로 벌을 받게 됐을 때 학급 전원이 서명해서 기표를 구하기 위해 일사불란하게 움직였던 것처럼 우리는 형우의 지시에 따라 세심한 계획을 짜고 시험 날을 기다렸던 것이다. 무슨 과목은 누가 어떤 방법으로 도와준다는 등 그들이 또다시 유급하지 않을 정도의 점수를 올리기 위해 우리들은 빈틈없이 준비했다. 남을 위해서 일한다는 것이 마음에 이다지 큰 기꺼움을 준다는 것도 비로소 알게 되었다.

삼 일간 계속되는 중간고사 첫날이었다. 기표와 대각으로 앉게 된 정수가 자리의 이점을 이용해서 답안지를 바른쪽 허리께로 내리밀어 기표가 보기 좋게 해 주었다. 첫 시간에 기표가 정수의 그러한 호의를 어떻게 받아들였는지는 알 수 없었다. 다만 그는 퇴장할 수 있는 삼십 분이 되자 제일 먼저 답안지를 놓고 나갔을 뿐이다. 시간이 끝나고 답안지를 거둔 아이의 말에 의하면 기표의 답안지는 거의 백지에 가까웠다는 것만 알았을 뿐이다. 둘째 시간은 영어였다. 총무를 맡은 애가 시간 중간쯤에 문제 번호와 답을 쓴 커닝페이퍼를 몇 사람 손을 거쳐 기표에게 전달했다. 그러나 그것이 문제였다. 기표가 벌떡 일어나 감독 선생 앞으로 걸어나갔다.

"어떤 새끼가 이걸 나한테 전해 왔습니다."

그는 감독으로 들어온 선생한테 쪽지 한 장을 내밀었다. 그리고 제자리에 돌아와 앉으며 사방을 휘이 적의 깊게 노려봤다. 악한 자의 간특한 미소가 입가에 고물고물 기어다녔다.

감독으로 들어온 선생은 마음 너그럽기로 이름난 영어 교사였다. 그는 기표가 내놓은 종이쪽지를 한참 들여다본 후에 말했다.

"누가 이런 메모지를 지금 저 학생한테 전달했나?"

문제 풀기에 여념이 없던 아이들이 한 번씩 고개를 들었다간 다시 문제로 돌아갔다.

"누군가?"

그래도 대답이 없었다.

"어떤 개새끼야?"

이번에는 기표가 자리에 앉은 채 으르렁거렸다.

"선생님, 제가 그랬습니다."

반장인 임형우가 벌떡 일어섰다. 감독 선생이 어이없다는 듯 허허 웃었다.

"아닙니다. 그건 제가 썼습니다."

불쑥 딴 자리에서 또 한 애가 일어섰다. 총무를 맡아보는 애였다.

"아닙니다. 제가 그랬습니다."

다른 아이 하나가 또 일어섰다. 함께 모의를 했던 아이 중의 하나였다.

"접니다."

또 다른 놈이 일어섰다. 접니다. 접니다. 사방에서 우루루 아이들이 일어섰다.

허, 허허, 허허허…… 감독 선생은 이 어처구니없는 사태에 어리둥절한 모양이었다. 기표의 얼굴이 노오랗게 질렸다.

"자, 모두 앉아요."

감독 선생이 뭔가 사태를 파악한 듯 이삼십 명의 아이들을 자리에 앉도록 지시했다. 아이들이 다 자리에 앉은 다음, 그 나이 많은 감독 선생이 말했다.

"오늘 이 일은 전연 없었던 것으로 해 두기로 한다. 아주 훌륭한 사람들이 모인 반이라는 생각이 든다. 종이쪽지를 가지고 나왔던 사람의 곧은 정

신이나 우정이 무엇인가를 여실히 ^{사실과 꼭 같이} 보여 준 여러분 모두의 결의는
대단히 훌륭했다."

일은 이런 방향으로 매듭지어졌다. 그 시간이 끝나자 아이들은 숨을 죽
이고 기표를 살폈지만 그는 자리에 보이지 않았다. 끝 시간인 셋째 시간도
별일 없이 끝났다. 종례가 끝나고 청소 시간까지 아무런 일이 없었다.

"유대야, 담임이 아까 오라고 한 사람 빨리 교무실로 오래."

한 애가 내게 말을 전해 왔다. 종례가 끝나고 교무실로 돌아가던 담임이
복도에서 나를 불러내어 청소가 다 끝난 뒤 나와 반장 그리고 정수를 교무
실로 오라고 했던 것이다.

함께 교무실로 가려고 찾으니 반장도 정수도 보이지 않았다. 나는 운동
장으로 내려서는 계단 휴게실까지 가 보았다. 거기도 그들은 없었다. 교무
실에 먼저 가 있겠거니 하고 계단을 올라서는데 정수가 학교 후문 있는 데
서 뛰어오면서 손짓하고 있는 게 보였다.

"반장은 어디 갔나?"

담임 선생은 그날 끝낸 화학 시험지의 답안지를 정리하면서 건성으로 물
었다.

"아무리 찾아도 보이지 않아 저희들만 왔습니다."

나는 정수의 얼굴을 쳐다보지 않은 채 대답했다. 곁에 선 정수의 숨소리
는 아직도 고르지 않았다.

"응, 됐어, 너희들 둘이 해도 되겠지."

짐작했던 대로였다. 우리는 담임 선생의 채점 기계로 호출된 것이다. 답
안지를 든 담임 선생을 따라 우리는 화학실로 올라갔다.

"나 화학실에 있다고 사환 애한테 알려 둬라. 밖에서 전화 올 게 있다."

복도에서 담임이 말했다. 내가 아래층 교무실로 뛰어 내려갔다. 우리들
사이에 넙쩍이라고 불리는 사환 계집애가 만화책을 보고 있었다.

"우리 담임 선생님 화학실에 계셔. 무슨 일 있으면 그리 연락하라고!"

넙쩍이가 고개를 들지 않은 채, 알았어— 했다.

우리는 담임 선생과 함께 아이들의 답안지에 OX해 나갔다. 맞은 것 틀린
것, 좋은 답 나쁜 답, 착한 놈 나쁜 놈……. 우리들이 동그라미 하나 더 치면
그 아이는 오 점이 올라갈 수 있었다.

"야, 느덜 오늘은 속도가 느리구나."

담임의 말이 사실이었다. 우리는 다른 때와 달리 몇 장 넘기지 못하고 있었다. 정수나 나나 매한가지였다. 정수는 눈에 띄게 허둥거리고 있었다. 나역시 답안지의 내용이 자꾸 헛갈렸다. 적어도 일곱 명쯤의 재수파들 속에 형우가 무릎을 꿇고 와들와들 떨고 있을 것이다. 명치를 찌르는 주먹, 정강이뼈를 겨냥한 구둣발 세례, 피가 꽃망울처럼 솟아오르는 기표의 팔뚝, 허벅지를 태우는 살냄새…… 하나, 두우울, 세에—엣, 네에—엣, 다아…… 아악. 소리 질러 봐, 죽여 버릴 거니! 석공이 돌을 다듬듯 완벽한 솜씨로 그들은 형우의 육체와 영혼을 주장질시키는^{몹시 나무라거나 때리는} 일에 탐닉하고 있을 것이다. 형우는 지금 어떤 표정으로 무슨 생각을 하고 있을까. 정수가 담임에게 일러바쳐 지금쯤 자기를 구원해 주러 오는 사람들을 기다리고 있을 것인가, 아니면 죽기를 각오하고 그들에게 도도한 자세를 보일 것인가, 나는 짐짓 정수의 눈을 찾았다. 나를 바라보는, 정수의 눈이 애원하듯 타고 있었다. 그렇게 무서우면 네가 말해! 그런 뜻의 눈짓을 내가 보냈지만 목덜미를 더욱 벌겋게 달구며 고개를 꺾었다.

"너희들이 잘해 주어서 올해는 퍽 수월하게 넘어갈 것 같구나."

담임 선생은 채점을 쉬며 담배를 피워 물었다.

"반장이 생각했던 것보다 잘해 주는 것 같단 말이야. 느이들이 아다시피 우리 반이 이 학년 전체에서 제일이거든. 지난 춘계 체육 대회 때 종합 우승이며 이번 이사분기 납부금 실적도 단연 으뜸이고……."

나는 실소하며 정수의 눈을 찾았다. 그러나 정수는 고개를 들지 않았다. 아직 한 권에서 반도 넘기지 못한 채였다. 나는 다시 한 번 실소했다. 담임 선생이 지금 형우가 처하고 있을 상황을 안다면 어떤 표정으로 바뀔 것인가.

"참 알 수 없는 일은 최기표가 들던 것과는 달리 양처럼 순하다 그거야. 몇 번 말썽이 있긴 했지만 그까짓 거야 별거 아니지. 어떻든 그놈도 본성은 착한 놈인데 가정 형편이 좋지 않은가 보더라."

담임 선생은 자기가 부리는 채점 기계의 묵묵한 작업에 눈을 보낸 채 자못 흐뭇한 표정이었다.

"다 담임 선생님께서 잘 지도해 주신 덕분이죠 뭐."

내가 시치미를 떼면서 말하자,

"아닌 게 아니라 나로서도 그동안 너희들이 이해 못 할 애로^{隘路 어떤 일을 하는 데 장애가 되는 것} 사항이 많았다. 인간을 교육한다는 것이 새삼 어렵다는 걸 깨닫게 됐고, 또한 그런 어려움 속에서 교육하는 보람도 얻을 수 있었던 거지."

정수가 비로소 고개를 들어 나를 쳐다보았다. 그의 이마에 번지르르 땀이 배어나고 있었다. 그의 눈알이 불안하게 움직였다. 그는 몹시 괴로워하고 있음이 분명했다. 형우가 재수파들한테 끌려 학교 뒷산 으슥한 곳으로 끌려 갔다는 사실을 내게 전해 준 것만으로도 그는 마음이 가벼워질 줄 알았을 것이다. 그러나 그는 지금 그 사실을 나한테 얘기한 것을 몹시 후회하고 있는지도 모른다. 나라면 담임 선생한테 그 사실을 쉽게 알릴 수 있으리라고 생각한 자신의 판단이 빗나간 데 대한 당혹감으로 그는 떨고 있는 것이다.

─인마, 느덜이 생각한 것처럼 난 담임 선생의 첩자가 아냐.

나는 다시 정수의 눈에 맞춰 눈싸움을 벌였다. 정수는 금방 울음을 터뜨릴 것 같은 표정이었다. 자칫하다가는 이 녀석이 발광^{비정상적이고 격하게 행동함. 또는 그런 행동} 을 할는지도 모른다는 생각이 들었다.

일 학년 때 나는 해중이란 아이가 기표 때문에 학교를 그만둔 일을 알고 있었다. 그 애 역시 재수파였다. 다섯 놈이 캠핑을 나가 여학생 하나를 결딴 냈다. 피해자 측에서 사생결단하고 덤벼 일이 크게 번졌다. 당한 애가 인상을 말했기 때문에 범위는 대번 좁혀져 재수파들이 학생부실에 불려 갔다. 그러나 그들은 한사코 잡아뗐다. 하루 내내 족쳐도 헛일이었다. 여학생과 대면을 시키겠다고 해도 만나게 해 달라고 날뛰었다. 그때 그들 재수파 중의 한 아이 어머니가 학교에 나타난 것이다. 그네는 학생부실에 들어가기가 무섭게 기표를 손가락질했다. 저놈, 저놈이 우리 해중일 맨날 불러냈지! 우리 해중일 망치는 놈이 바로 저놈이라우! 모두 기표를 바라보았다. 기표는 눈썹 하나 까닥하지 않은 채 해중이를 돌아다보았다. 이 새끼야 내가 느네 엄마 말대로 널 맨날 불러냈냐? 소름이 끼치도록 낮고 매서운 추궁이었다. 말해라, 이 녀 석아, 왜 사실대로 말 못 하는 게야? 해중이 엄마가 퍼댔다. 말해! 기표가 씹 어 뱉듯 말했다. 해중이가 느닷없이 몸을 와들와들 떨기 시작했다. 그리고 미친 사람처럼 부르짖기 시작했다. 엄마, 기표는 우리 집에 한 번도 안 왔어. 우리 집도 모른단 말이야. 선생님, 접때 그 일은 제가 했어요. 딴 학교 애들하고 그랬단 말예요. 그는 말을 마치기가 무섭게 학생부실 시멘트벽에 머리를 두어 번 부딪쳤다. 해중이가 병원으로 들려간 뒤 학생부 선생이 함께 조사를 받던 놈들한테 물었다. 해중이 말이 사실이냐? 기표가 고개를 끄덕거린 다음, 그 쌍새끼─ 하고 중얼거렸다. 다른 애들도 모두 기표처럼 고개를 끄덕거렸다. 해중이가 스스로 학교를 물러난 것으로 일은 끝나 버렸던 것이다.

"아직 멀었냐?"

담배를 피운 다음 책상에 앉아 잠시 졸고 난 선생님이 다시 물었다.

"느 정말 오늘 왜 이렇게 늦냐?"

우리들은 대답할 수가 없었다.

"어때, 90점 이상 많이 나오냐?"

"하나도 없는데요."

"참 느덜 공부 안 해 큰일났다."

그때 화학실 문이 열렸다. 넙쩍이 아가씨가 거기 서 있었다.

"왜, 나한테 전화 왔냐? 여자?"

그러나 넙쩍이 아가씨가 헐떡이는 목소리로 말했다.

"전화가 아녜요. 선생님 빨리 내려가 보세요. 야단났어요."

담임 선생이 허둥지둥 달려나갔다. 정수의 얼굴이 하얗게 질리고 있었다.

"유대야, 말하는 건데 그랬다."

"난 네가 말할 줄 알았지."

"아까 네가 말랬잖아? 난 네가……."

정수는 금방 울음을 터뜨리기라도 할 듯 얼굴을 우그러뜨렸다.

"기표가 안 좋아할걸, 고자질하는 거 말이야."

"그렇지만 형우가……."

"아마 형우도 원하지 않았을 거다."

"왜, 왜 그렇게 생각하니?"

"응, 형우는 자신이 스스로 그렇게 당하길 원했거든."

정수가 무슨 얘기냐는 듯 나를 보았지만 나는 짐짓 딴전^{딴청}을 부렸다.

"죽진 않았을 거다."

우리들이 답안지를 정리해 들고 교무실을 내려왔을 때는 교무실은 넙쩍이 아가씨 혼자 있었다.

"김 선생님이 빨리 한강 병원으로 오라고 하던데요."

"무슨 일이래요?"

"어떤 아줌마가 아까 막 달려와서 학생들이 뒷산에서 사람을 죽인다고 해 학생 주임 선생님이 가 봤더니요, 이 학년 십삼 반 반장이 혼자 뒹굴고 있더래요."

우리들은 학교에서 가까운 한강 병원까지 단 한마디 말도 않은 채 달려 갔다. 죽지 않았을 거다. 나는 뛰면서 생각했다. 기표가 사람을 죽일 리가 없지. 기표는…….

형우는 응급실 의자에 엉거주춤 누워 있었다. 형우가 외관상 멀쩡해 보이는 데 대한 한 가닥 실망이 스쳤다. 그러나 자세히 보니 형우의 얼굴은 퉁퉁 부어 있었고 임시로 잡아맨 넓적다리의 붕대 위엔 꽃송이처럼 선명한 핏자국이 피어올랐다.

우리를 발견한 형우가 재빠른 동작으로 손가락 하나를 퉁퉁 부은 제 입술에 댔다가 떼었다. 나는 고개를 끄덕거려 주었다.

"유대야, 너 형우네 집 전화번호 알지?"

학생 주임과 함께 서 있던 담임이 물었다.

"모르겠는데요."

나는 시치미를 떼며 형우의 표정을 살폈다. 형우는 얼굴을 찡그리며 말했다.

"선생님, 제발 저를 그냥 돌아가게 해 주세요. 전 아무렇지도 않단 말씀이에요."

"인마, 여길 나가기 전에 사실대로 대란 말이다."

학생 주임이 다그쳤다.

"말씀드릴 수 없습니다. 제가 잘못한 일로 싸웠는데 왜 친구들을 괴롭혀야 합니까?"

"인마, 넌 싸우지 않았어. 본 사람이 그랬어, 네가 몰매를 맞더라고."

"아닙니다 선생님, 제가 먼저 그 아이한테 시비를 걸었던 것입니다. 그리고 싸웠던 겁니다."

"그게 누구냐 말이다."

"말할 수 없습니다."

"너 정말……."

학생 주임이 혀를 내둘렀다.

"너 정말 학교를 허수아비로 아는 거냐? 학교 다니기 싫어?"

"저는 처벌을 달게 받겠습니다. 그러나 그 아이들을 말할 수는 없습니다."

담임 선생은 얼굴에 그늘을 깐 채 팔짱을 끼고 한편에 묵묵히 서 있었다. 우리 반의 일사불란한 항해를 거스른 자가 누굴 것인가, 그것을 생각하고 있는지도 몰랐다. 이제야말로 우리들 손에서 고삐를 낚아채어 거머쥐고 목을 옥죄고 싶은 심정일 것이다.

"유대, 넌 알 거다, 형우를 때린 놈들이 기표네 패라는 걸 말이다."

"형우가 그렇게 말했나요?"

"그런 건 아니지만 그건 틀림이 없다. 기표 놈이 아니곤 그런 짓을 할 놈이 없다."

담임은 헐떡거렸다. 양같이 순하게 길들여졌다고 확신했던 자신의 어리석음을 질타하고 있을 것이다.

"선생님, 형우가 뭘 잘못했다는 걸까요?"

내가 짐짓 떠보았다.

"형우가 거짓말을 하고 있는 거다. 잘못하기는커녕 형우가 그놈들을 위해서 얼마나 많은 일들을 했는지 넌 모를 게다."

담임 선생님은 몹시 흥분하고 있었다. 기표에 대한 혐오감으로 해서 얼굴이 벌겋게 달아올랐다. 기표를 미워하다니. 나 역시 담임 선생에 대한 적대감으로 몸을 떨었다.

"뭡니까, 선생님. 형우가 기표를 위해서 무얼 했단 말입니까?"

인마, 누구한테 맞았는지 사실대로 대란 말이다.

말씀드릴 수 없습니다. 제가 잘못한 일로 싸웠는데 왜 친구들을 괴롭혀야 합니까.

소설 한 장면 위기 부정행위를 도우려고 했던 형우가 기표에게 맞음

내 반감 짙은 어투에 놀랐는지 담임 선생은 좀 멈칫했다. 그러나 곧 비웃음을 섞어 말했다.

"인마, 나는 다 알고 있어. 기표가 저질러 온 짓 말이다. 유대, 너도 기표한테 당했잖아! 그리고 너희들이 그놈들 부정행위를 거들어 준 것도 알고 있다."[1]

그랬겠지. 나는 속으로 신음처럼 중얼거렸다. 무서웠다. 어른들의 음흉스러운 심보^{마음을 쓰는 속바탕}, 알면서도 모른 체 시치미를 뗀 그 저의는 무엇인가.

형우는 우리들 사이에서 일약^{一躍 지위, 등급, 가격 따위가 단번에 높이 뛰어오르는 모양} 영웅이 돼 버렸다. 예상 안 한 건 아니지만 그 여세는 보통이 아니었다. 삼 학년에도, 일 학년 하급생들도 이 학년 십삼 반 반장 임형우가 입에 올랐다. 전치 이 주의 상해를 입고도 끝내 그 상대를 입에 올리지 않으므로 해서 형우의 존재는 풍선처럼 부풀었다.

기표가 그 사건 다음 날부터 내리 사흘이나 학교에 나오지 않았어도 재수파들은 학생부에 불려 가지 않았다. 아무도 그것을 문제 삼지 않았다.

담임이 학교에 나오지 않는 기표를 찾기 위해 뚝방 동네를 연 이틀이나 헤맨 사실도 학교에 널리 알려졌다. 기표가 학교에 나온 날 담임은 조회 시간에 간단히 말했다.

"최기표 군은 그동안 피치 못할 가정 사정으로 결석했다. 앞으로 다시는 결석이 없을 것으로 안다."

항상 빳빳하게 쳐들고 앉았던 기표의 고개가 잠깐 숙여지는가 싶게 느껴졌다. 그것은 이상한 조짐이었다.

형우가 병원에서 퇴원을 해 이 주일 만에 학교에 나왔다. 악수 세례가 쏟아지고, 등을 두드리고, 체육 시간에는 헹가래까지 시키려고 했지만 형우가 도망을 쳤다. 그렇게 하면서 우리들은 숨죽여 기표의 동정을 살폈다. 그러나 그의 차가운 시선에 부딪친 아이들은 섬뜩한 느낌으로 고개를 돌리곤 했다. 나는 후우— 가슴을 쓸어내렸다.

"형, 우리 미술 시간에 라면 먹으러 갈까?"

내가 말을 건넸다. 우리들은 가끔 후동 교사 뒷담을 넘어 구멍가게에서 라면

---

1) 기표의 폭행과 반 아이들의 부정행위를 알면서도 모른척했던 담임 선생의 위선적인 태도가 드러난다.

을 사 먹은 다음 감쪽같이 들어오곤 했다. 재수파들이 그 전문이었던 것이다.

"필요 없어."

기표가 쳐다보지도 않은 채 퉁명스럽게 뱉었다. 그는 국어책을 읽고 있었다. 안톤 슈나크의 「우리를 슬프게 하는 것들」— 울음 우는 아이는 우리를 슬프게 한다.

다른 반 애들이 말했다. 선생들이 교실에 들어올 때마다 임형우의 일화가 예로 들어지면서, 학우를 아끼고 의리로써 지켜 준 참다운 우정과 반의 결속을 위해 담임 선생님과 함께 남모르게 애써 온 그 숨은 이야기가 술술 펼쳐지더란 것이다. 교정에 모여 선 아이들도 입에 형우의 얘기로 만발했다.

"우리들이 커닝을 도와준 것이 기표의 비위를 상하게 한 모양이지?"

병원에 있을 때는 남의 눈을 생각해 못 물어본 걸 하굣길 둘만의 자리가 됐을 때 내가 넌지시 물어보았다.

"글쎄 그런 것 같았다."

형우가 짐짓 좌우를 둘러보면서 대답했다.

"그때 그 일, 담임 선생님이 시켜서 한 거지?"

내가 넘겨짚자 형우가 한순간 당황하는 것 같았다. 언제고 밝히고 싶었던 것이라 나는 다시 다그쳤다.

"그렇지?"

"꼭 그런 건 아니지만 그 문제를 담임 선생님과 의논한 건 사실이다."

"합법적으로 만들기 위해서냐?"

"아니다. 담임 선생님이 기표를 나한테 일임 ―任 모두 다 맡김하겠다고 말했기 때문이다. 선생님은 기표를 구원해 주고 싶었던 것이다."

"그랬겠지. 형우야, 넌 지금 네가 기표를 구원했다고 보니?"

"아직 완전히는……. 그러나 멀지 않았다."

나는 웃어 주었다.

"기표는 그렇게 생각하지 않을걸. 형우, 네가 구원해 주고 있다고 말이야."

"그것은 기표가 생각할 일이 아니다."

"무슨 뜻이냐?"

"우리가 무서워했던 건 기표가 아니라 기표를 둘러싸고 있는 재수파들이었다."

"그런데?"

"이제 그 조직은 없어졌다."

"무슨 근거로 그렇게 말하는 거냐?"

"내가 병원에 있을 때 그 애들이 모두 나한테 사과하러 왔었다. 하나하나 서로가 모르게 다녀갔다."

"기표두 왔었니?"

내가 헐떡이면서 물었다.

"오지 않았다. 그러나 난 그런 놈한테 사과도 받고 싶지 않다."

그럴 테지. 나는 후우 가슴을 쓸어내렸다.

"그래, 다른 애들이 너한테 사과를 했다고 해서 재수파가 없어졌다고 생각하는 건 잘못일 거야."

"물론 겉으로야 그대로 남아 있겠지. 그러나 그들은 이미 이빨 뺀 뱀이나 다름없어. 걔들이 모두 나한테 말했다. 기표는 악마라고. 자기들 피를 빨아먹고 사는 흡혈귀라고."

형우와 갈라서야 하는 길목에 와 있었다. 나는 형우네 집 쪽으로 따라가며 물었다.

"너 지금 무슨 얘길 하는 거냐?"

형우가 나를 향해 싱긋 웃었다.

"기표는 다 아는 것처럼 가난한 집 애다. 거기다가 그 부모가 다 병들어 누워 있다. 시집간 기표 누나가 대 주는 돈으로 겨우겨우 먹고 산댄다. 기표 동생이 셋이나 있다. 기표 바로 밑의 동생이 버스 안내원을 해서 생활비를 보탰는데 요즘 무슨 일로 해서 그것도 그만두었다. 아무튼 생활이 말두 아니란 거야. 재수파들이 매달 얼마씩 모아 생활비를 보태줬다는 거야. 집에서 돈을 뜯어낼 수 없는 애들은 혈액은행에 가 피를 뽑아 그 돈을 내놓았다는 거다."

"그렇게 해 달라고 기표가 강요한 건 아닐 텐데."

"마찬가지다. 재수파들은 기표가 무서웠다는 거야."

"지금도 무서워하고 있는걸."

"그렇지 않아."

병원에서 지내는 동안 혈색이 더 좋아진 형우가 자신 있게 말했다.

"이제 아무도 기표를 무서워하지 않게 될 거다."

형우가 손을 흔들고 자기 집 골목으로 사라져 버렸다. 그는 유능한 반장이 틀림없다고 나는 생각했다. 씁쓸한 느낌이 가슴을 스쳤다.

담임의 예언대로 기표는 결석을 하지 않았다. 형우와 기표 사이에도 이렇다 할 마찰이 없이 여름 방학이 지났다. 교실에서 도시락이 없어지는 일도 드물었다. 물론 재수파들이 기표를 찾아 교실에 들락거리는 횟수는 잦았지만 아이들은 그닥 신경을 곤두세우지 않아도 되었다. 기표는 여전히 침묵하고 있었다. 담임 선생이 가끔 기표에게 학급 사무를 맡기는 게 눈에 띄었다. 기표가 별 표정 없이 그런 일을 맡아 했다.

그날도 기표는 담임 선생의 지시에 의해 체육부실에 내려가 우리 반 아이들의 체력 검사 통계를 내고 있었다. 그럴 시각 담임 선생이 말했다.

"육십육 명이 탄 우리 배는 순풍을 맞아 참으로 순탄한 항해를 하고 있다. 다 여러분의 노력에 의한 것이라고 생각한다. 그런데 한 가지 알려줄 게 있다. 여러분의 한 친구가 매우 어려운 처지에 놓여 있다. 그 자세한 얘기는 반장이 해 줄 것이다. 다만 담임으로서 당부하고 싶은 것은 그것이 남의 일 아닌 내 일이라고 생각해서 그 사람을 돕는 일에 앞장서 주기 바란다."

담임 선생이 교단에서 내려서고 그 대신 반장 임형우가 사뭇 엄숙한 표정으로 단 위에 섰다.

"담임 선생님의 말씀처럼 지금 우리 친구 하나가 매우 어려운 처지에 놓여 있다. 좀 늦은 감이 있지만 지금이라도 힘을 합쳐 그 친구를 구원해 주어야 한다고 생각한다."

이렇게 서두를 잡은 형우는 언젠가 하굣길에서 내게 들려 준 기표네 가정 형편을 반 아이들한테 이야기하기 시작했다. 그런데 놀라운 일은 형우의 혀였다. 나한테 얘기를 들려줄 때의 그런 적대감은 씻은 듯 감추고 오직 우의와 신뢰 가득한 말로써 우리의 친구 기표를 미화하는 일에 열을 올렸던 것이다.

기표 아버지가 중풍에 걸려 식물인간처럼 누워 있는 정경이며 기표 어머니의 심장병, 그러한 부모들을 위해서 버스 안내원을 하던 기표 여동생의 눈물겨운 얘기, 라면으로 끼니를 때우는 기표네 식구들의 배고픔이 눈에 보이듯 열거되었다. 그런 가난 속에서도 가난을 결코 겉에 나타내지 않고 묵묵히 학교에 나온 기표의 의지가 또한 높게 치하致賀 남이 한 일에 대하여 고마움이나 칭찬의 뜻을 표시함되었다. 더구나 그런 가난 속에서 유급을 했기 때문에 일 년간의 학비를 더 마련해야 했던 그 고통스러운 얘기도 우리 가슴에 뭉클 뭔가 던져 주었다.

"나는 얼마 전 기표가 버스 안내원을 하던 여동생을 몹시 때린 일을 알고 있습니다. 그 여동생은 몸이 약해 버스 안내원을 그만두었던 것인데 생활이 더 어렵게 되자 돈을 벌기 위해 술집에 나가기로 했었다는 것입니다. 우리는 그 여동생이 앞으로 어떤 무서운 수렁에 떨어져 내릴는지 아무도 알수가 없습니다."

반 아이들은 사뭇 숙연한 자세로 형우의 말에 귀를 기울였다.

형우는 기표네 가정 사정을 낱낱이 얘기함으로써 이제까지 우리들에게 신화적 존재로 군림해 온 기표의 허상을 빈곤이라는 그 역겨운 것의 한 자락에 붙들어 맨 다음 벌거벗기려 하는 것 같았다. 기표는 판잣집 그 냄새나는 어둑한 방에서 라면 가락을 허겁지겁 건져 먹는 한 마리 동정 받아 마땅한 벌레로 변신되어 나타났다.

"한 가지 또 알려 줄 게 있습니다. 그것은 어려운 처지의 친구를 위해서 이제까지 남이 모르게 도와 온 우정이 있다는 것입니다. 그것은 기표의 가까운 친구들입니다. 이제까지 우리들이 재수파라고 불러 온 아이들입니다. 우리들이 무시해 온 그들이야말로 진정 아름다운 우정이 어떤 것인가를 보여 주었던 것입니다. 그들은 매달 용돈을 저축하고 또는 방학 때 공사장에 나가 일을 해서 받는 돈으로 기표를 도와 온 것입니다. 그들 중에는 매달 자신의 귀한 피를 뽑아 그 돈을 내놓기도 했습니다. 한 달에 피를 세 번이나 뽑았기

> 그의 아버지는 중풍으로 쓰러졌고, 어머니는 심장병이 있습니다. 우리가 재수파라고 불러 온 아이들은 용돈이나 공사장에서 번 돈으로 기표를 도와 온 것입니다.

> 기표네 가정 사정을 낱낱이 얘기해서 마땅히 동정받아야 할 사람으로 만드는구나.

🔖 소설 한 장면 　절정　 담임과 형우가 기표의 미담을 만듦

때문에 빈혈을 일으켜 병원에 입원했던 사람도 있습니다. 사회에서 구원받지 못한 가난을 우정으로써 구원하려 한 그들이야말로 훌륭한 정신의 소유자입니다. 협동과 봉사 — 기여 정신의 산증인^{어떤 분야의 역사 따위를 생생하게 증언할 수 있는 사람}들입니다. 우리들은 가끔 학교에 싸 가지고 온 도시락이 텅텅 비어 있는 것을 발견하고 기분 나쁘게 생각한 적이 있습니다. 그것은 진정으로 배고파 보지 못한 우리들의 우매함^{어리석고 사리에 어두움}이었습니다. 남의 찬 도시락을 훔쳐 먹어야 했던 우리의 가난한 이웃을 우리는 너무나 모르고 지냈습니다. 나는 반장으로서 그 사실을 몹시 부끄럽게 생각합니다. 그것을 사과하는 뜻에서 나는 오늘이라도 우리의 친구 기표를 돕는 일에 앞장서기로 결심한 것입니다.”

아이들이 술렁거리기 시작했다. 깊은 감동의 강물이 모두의 가슴 한가운데를 출렁이며 흘러가고 있었던 것이다.

담임 선생이 교단으로 다가갔다. 그는 주머니에서 만 원짜리 한 장을 꺼내어 교탁 위에 놓았다. 반장도 안주머니에 손을 넣었다. 아이들이 조용한 술렁거림 속에서 모두 돈을 찾아 들었다.

“오늘 돈이 없는 사람은 내일 가져오는 게 어떻습니까?”

한 아이가 일어나서 큰 소리로 제안하자 모두, 그럽시다— 소리쳤다. 박수가 쏟아져 나왔다.

모 일간지 편집부 국장을 지내는 학부형이 우리 반에 있었다. 담임 선생과 반장이 그 학부형을 만나러 갔다. 그 신문사 기자가 학교에도 여러 번 다녀갔다.

며칠 뒤에 신문 미담란에 우리 반 얘기가 크게 다뤄졌다. 박스 기사였다. 기표의 갸륵한 효성에서부터 재수파들의 우정 어린 피 뽑기와 급우들로부터 시작된 친구 돕기 운동이 전교적으로 파급되어 이룩한 성과가 자세하게 났다. 기표의 여동생 얘기도 끼어 있어 그 기사를 읽은 우리들의 콧등이 새삼 찡했다. 기사 맨 위에 담임 선생과 반장, 그리고 기표의 사진이 박혀 있었다. 교장 선생님 지시에 의해 그 기사는 각 교실 후편 게시판에 붙이게 돼 있었다.

그 신문 기사가 나가고부터 월요 조회 때마다 교장 선생님은 사회 각계에서 보내오는 성금과 위문편지를 최기표에게 전달했다. 담임 선생도 종례 때면 기표에게 편지 여러 장을 건네며,

“거기 여학생 편지도 많이 있으니까 혼자 몰래 보라구.”

아이들이 와하하 웃었다. 기표가 얼굴을 벌겋게 달구며 편지 다발을 책상 속에 넣곤 했다. 그럴 때마다 아이들이 박수를 쳤다. 실로 화기애애한 반이 되었던 것이다.

"기표 얘기가 영화로 된다며?"

"그렇대. 재수파들을 중심으로 한 얘긴데 TV에 나오는 〈제3교실〉 같은 거겠지."

어디서 나온 얘긴지 기표의 얘기가 영화로 만들어진다는 소문이 파다했다.

이제 아이들은 아무도 기표를 무서워하지 않았다. 형이라고 호칭하는 아이도 드물었다. 아무나 곁에 가서 말을 걸 수가 있었고 때로는 어깨도 쳤다.

그것은 기표가 아주 부끄러움을 잘 타는 아이로 변해버렸기 때문이다. 누구를 만나도 수줍어하는 그 아이는 그렇게 당당하던 체구마저도 왜소하게 짜부라진 채 우리가 보통 사진을 찍을 적에 '치즈' 하고 웃듯 그런 미소를 얼굴에 담고 있었다.

우리는 그렇게 미소 짓는 기표의 얼굴을 보면서 일사불란한 항해를 계속했다. 담임은 더욱 깊은 이해로써 우리 반을 돌봐 주었다. 반장 형우는 그 나름의 성실과 지혜로 '우리'를 위해 헌신했다. 우리 교실에 들어오는 선생님마다 칭찬의 말을 아끼지 않았다. 기표의 얘기가 영화로 만들어진다는 얘기가 더욱 구체적으로 드러나기 시작했고 우리들은 덩달아 들떠서 술렁거렸다.

그러던 어느 날 우리는 기표의 자리가 빈 것을 알았다. 다음 날도 그는 결석했다. 무단결석이었다. 담임 선생이 한 아이를 기표네 집에 보냈다.

"집에도 없어. 이틀 전에 집을 나갔대."

우리들은 서로 얼굴을 마주 보며 술렁거리기 시작했다. 뭔가 심상찮은 생각들이 머리를 스치고 지나갔다.

기표가 내리 사흘이나 결석을 한 아침나절이었다. 수업 중인데 담임이 형우와 나를 찾는 쪽지가 왔다.

우리가 교무실에 내려갔을 때 담임 선생은 병색이 완연해 뵈는 어떤 여자와 얘기를 나누고 있었다. 그네는 초가을인데도 낡고 두터운 오바를 걸치고 있었다.

"아이구, 우리 기표 친구들이구만, 시상에 이렇게 고마운 친구들이 어디 있겠누. 그런데 이눔에 자슥이……"

그네는 몸을 일으켜 우리에게 굽실거리며 때 낀 손수건으로 눈물을 찍어

냈다. 그네는 우리의 손을 더듬어 쥐고 싶어했다.

"자, 이제 고만 돌아가십시오. 애들하고 의논해서 찾아보겠습니다."

담임 선생은 기표 어머니를 내쫓듯 교무실에서 밀고 나갔다. 그네는 교무실을 나가며 자꾸 아쉬운 듯 우리들 얼굴을 돌아다보았다.

그네를 배웅하고 돌아온 담임이 의자에 소리나게 주저앉으며 부들부들 떨리는 손으로 담배를 피워 물었다.

"이 망할 새끼가 끝까지 말썽이란 말이야."

그는 담배 연기를 깊이 빨아들였다가 내뿜으며 투덜거렸다.

"내일 천일 영화사 사람들하고 만나기로 약속한 날이잖냐? 그런데 이 망할 새끼가……"

그는 서랍에서 편지 하나를 꺼내 우리들 앞에 내던졌다. 기표가 바로 밑의 여동생한테 보낸 편지였다. 편지 맨 앞줄에 이렇게 씌어 있었다.

— 무섭다. 나는 무서워서 살 수가 없다.[1]

🍎 소설 한 장면 결말 기표가 편지를 남기고 가출함

---

1) 담임 선생과 형우는 사실을 왜곡하고 과장되게 미화시켜 기표를 무기력하게 만들었다. 기표는 이들의 주도면밀한 위선에 두려움을 느낀 것이다.

🔭 생각해 볼까요?

📖 **선생님** 「우상의 눈물」이라는 제목이 의미하는 바는 무엇일까요?
💬 1 🤍 1

↳ **학생 1** '우상'은 기표를 의미해요. '눈물'은 아이들에게 우상으로 군림했던 기표가 도움이 필요한 나약한 존재로 전락해 버리는 상황에서 느끼는 비애를 의미해요.

📖 **선생님** 작품 속에서 겉으로 드러난 폭력의 상징은 기표예요. 그러나 소설을 읽다 보면 작가의 숨은 의도가 드러나요. 함께 이야기해 볼까요?
💬 2 🤍 2

↳ **학생 1** 기표는 벌거벗은 폭력의 상징이라면 담임과 반장은 합법적인 권력으로 포장된 폭력의 상징이에요.

↳ **학생 2** 담임과 반장은 최기표를 동정의 대상으로 만들어 버리는 교묘한 술책으로 그를 굴복시켜요. 이를 통해 작가는 합법적인 권력이 더욱 무서운 폭력일 수 있음을 시사해요.

📖 **선생님** 작품 속에서 '나'는 어떤 인물인가요?
💬 2 🤍 2

↳ **학생 1** '나'는 담임이 기표를 부반장으로 임명하려 할 때 "선생님, 기표 한 개인을 위해서입니까, 아니면 기표의 힘을 빼어 반 아이들을 보호하기 위해서입니까?"라고 하고, 반장이 기표의 부정 행위를 돕자고 했을 때 "누구를 위해서 그렇게 하자는 거냐? 기표냐, 아니면 우리들 자신이냐?"라고 해요. 이를 통해 '나'는 담임과 반장의 속내를 꿰뚫어 보는 논리적이며 날카로운 판단력의 소유자라는 걸 알 수 있어요.

↳ **학생 2** 그럼에도 자신의 힘으로 어쩔 수 없는 일에 대해서는 순응하며 기다리는 분별력을 가지고 있어요.

『우리들의 일그러진 영웅』 ▽ 🔍

연관 검색어 학교 권력 독재자

전상국의 「우상의 눈물」과 항상 같이 논의되는 작품이 있다. 바로 이문열의 중편 소설 『우리들의 일그러진 영웅』이다. 초등학교가 배경인 이 작품에서는 엄석대라는 아이가 권력을 이용해 반 친구들 사이에서 군림하다가, 6학년의 새 담임교사인 김 선생에 의해 무너진다는 내용을 담고 있다. 1987년 이상문학상을 수상했다.

임철우
(1954~)

✉ 작가에 대하여

전남 완도 출생. 전남대학교 및 서강대학교 대학원 영문과를 졸업하였다. 1981년 〈서울신문〉 신춘문예에 「개도둑」이 당선되어 등단하였다. 한국일보창작문학상, 이상문학상, 대산문학상, 요산문학상 등을 수상하였다. 주요 작품으로는 『아버지의 땅』, 『그리운 남쪽』, 『달빛 밟기』, 『불임기』, 『직선과 독가스』 등의 작품집과 장편 「붉은 산, 흰 새」, 「그 섬에 가고 싶다」, 「봄날」 등이 있다. 1995년부터 2016년까지 한신대학교 문예창작과 교수를 역임하였다.

임철우의 소설은 분단 문제와 이념의 폭력성을 고발하는 데 초점이 맞추어져 있다. 특히 직접 체험했던 1980년 5·18 민주화운동을 소재로 한 작품을 지속적으로 발표하였는데, 당시의 모습을 기록한 다큐멘터리 형식의 장편소설 「봄날」은 그 결정판에 해당하는 작품이다.

「사평역」, 「등대 아래서 휘파람」에서는 매우 서정적인 세계를 보여 준다. 그의 작품에 나타나는 서정성은 간결하고 서정적인 문체와 인간에 대한 따뜻한 시선 등에서 기인한다. 이런 점은 정치적 권력에 대한 비판적인 시선 이면에 휴머니즘에 대한 작가의 깊은 애착이 놓여 있음을 짐작하게 해 준다.

사평역

⚓ 작품 길잡이

갈래: 순수 소설
배경: 시간 - 1970~1980년대 / 공간 - 간이역 대합실
시점: 3인칭 전지적 작가 시점
주제: 삶의 애환과 인간에 대한 따뜻한 시선
출전: 〈민족과 문학〉(1983)

📷 인물 관계도

역장

대학생

중년 사내

서울 여자

춘심이

행상꾼 아낙네들

농부와 아버지

미친 여자

대학생	학생 운동을 하다 대학에서 제적당했다.
중년 사내	전쟁 이후 자신의 이념을 지키려다 25년 동안을 감옥에서 살고 얼마 전 출옥했다.
서울 여자	가난했던 시절을 보상받기 위해 악착같이 돈을 벌며 물질적 가치를 최고로 여긴다.
춘심이	돈을 벌기 위해 매춘을 한다.

📋 구성과 줄거리

발단 **시골 간이역 대합실에서 몇 사람이 기차를 기다리고 있음**

작은 산골 간이역의 역장은 30분이 지나도 오지 않는 막차를 기다리며 대합실을 둘러본다. 눈까지 내려 더욱 추운 겨울밤, 사람들은 한가운데 놓인 톱밥 난로 주위에 앉아 있다.

전개 **대합실에 모인 사람들이 각자의 사연을 회상함**

대합실에 모인 사람들의 사연은 매우 다양하다. 병이 난 아버지와 함께 읍내 병원에 가려는 농부와 그의 아버지, 난리 후 옥살이를 하다가 출소한 중년 사내, 학생 운동을 하다가 대학에서 제적된 대학생, 서울에서 음식점을 하는 서울 여자, 술집에서 일하는 춘심이는 생각에 잠겨 열차를 기다린다.

절정 **사람들이 산다는 것이 무엇일지 생각함**

그들은 각자의 사연을 가슴에 품은 채 톱밥 난로의 불빛을 바라본다. 누군가가 "흐유, 산다는 게 대체 뭣이 간디……."라고 말하자 모두 산다는 것은 무엇일지 생각한다. 중년 사내에게 삶이란 감옥처럼 갇힌 공간에서 언제 올지 모를 희망을 기다리는 것이다. 농부는 일하고 근심하다가 늙고 병들어 죽는 것이라고 생각한다. 서울 여자에게 삶이란 돈이며, 춘심이는 삶에 별다른 의미를 부여하지 않는다. 대학생에게 삶은 세상과 구별할 수 없는 무엇이지만 그러한 신념도 혼란을 겪고 있다. 행상꾼 아낙네들은 삶이 무엇일지 생각해 보는 것조차 사치일 뿐이다.

결말 **다들 막차에 올라타 사평역을 떠남**

두 시간이 지나자 완행열차가 도착한다. 미친 여자를 제외하고 모두가 막차에 올라탄다. 역장은 미친 여자를 위해 난로에 톱밥을 더 붓는다.

사평역

내면 깊숙이 할 말들은 가득해도
청색의 손바닥을 불빛 속에 적셔 두고
모두들 아무 말도 하지 않았다.
—곽재구의 시 「사평역에서」

막차는 좀처럼 오지 않았다.[1]

별로 복잡한 내용이랄 것도 없는 장부를 마저 꼼꼼히 확인해 보고 나서야 늙은 역장은 돋보기안경을 벗어 책상 위에 놓고 일어선다.

벌써 삼십 분이나 지났군. 출입문 위쪽에 붙은 낡은 벽시계가 여덟 시 십오 분을 가리키고 있다. 하긴 뭐 벌써라는 말을 쓰는 것도 새삼스럽다고 그는 고쳐 생각한다. 이렇게 작은 산골 간이역簡易驛 일반 역과 달리 역무원이 없고 정차만 하는 역에서 제시간에 정확히 도착하는 완행열차를 보기가 그리 쉬운 일은 아님을 익히 알고 있는 탓이다. 더구나 오늘은 눈까지 내리고 있지 않은가.

역장은 손바닥을 비비며 창가로 다가가더니 유리창 너머로 무심히 시선을 던진다. 건널목 옆 외눈박이 수은등이 껑충하게 서서 홀로 눈을 맞으며 희뿌연 얼굴로 땅바닥을 내려다보고 있다. 송이눈이다. 갓난아이의 주먹만 한 눈송이들은 어둠 저편에 까맣게 숨어 있다가 느닷없이 수은등의 불빛 속에 뛰어 들어오면서 뚱그렇게 놀란 표정을 채 지우지 못한 채 땅바닥으로 곤두박질치고 있다. 굉장한 눈이다. 바람도 그리 없는데 눈발이 비스듬히 비껴 날리고 있다. 늙은 역장은 조금은 근심스런 기색으로 유리창에 얼굴을 바짝 대어본다. 하지만 콧김이 먼저 재빠르게 유리창에 달라붙어 뿌연 물방울을 만들었기 때문에 소매로 훔쳐내야 했다. 철길은 아직까지는 이상이 없었다.

그는 두 줄기가 레일이 두툼한 눈을 뒤집어쓴 채 멀리 뻗어나간 쪽을 바라본다. 낮엔 철길이 저만치 산모퉁이를 돌아가는 모습까지 뚜렷이 보였

---

1) 곽재구의 「사평역에서」의 첫 구절이 소설로 이어지고 있다.

다. 봄날 몸을 푼 강물이 흐르듯 반원을 그리며 유유히 산모퉁이를 돌아 사라지는 철길의 끝을 보고 있노라면 마치도 모든 걸 다 마치고 평온하게 죽음을 맞이하는 어느 노년의 모습처럼 그것은 퍽이나 안온하고 평화로운 느낌을 주곤 하는 것이다. 하지만 지금, 철길은 훨씬 앞당겨져서 끝나 있다. 수은등 불빛이 약해지는 부분에서부터 차츰 희미해져 가다가 이윽고 흐물흐물 녹아 버렸는가 싶게 철길은 더 이상 볼 수가 없다. 그 저편은 칠흑 같은 어둠이다. 어둠에 삼켜져 버린 철길의 끝이 오늘밤은 까닭 없이 늙은 역장의 가슴 한구석을 썰렁하게 만든다. 그는 공연히 어깨를 떨어 보며 오른편 유리창 쪽으로 몸을 돌린다. 그쪽은 대합실과 접해 있는 이를테면 매표구라고 불리는 곳이다.

역장은 먼지 낀 유리를 통해 대합실 안을 대충 휘둘러본다. 대합실이라고 해야 고작 초등학교 교실 하나 정도의 크기이다. 일제 때 처음 지어졌다는 그 작은 역사 건물은 두 칸으로 나뉘어져서 각각 사무실과 대합실로 쓰이고 있는 터였다. 대개의 간이역이 그렇듯이 대합실 내부엔 눈에 띌만한 시설물이라곤 거의 없다. 유난히 높은 천장과 하얗게 회칠한 사방 벽 때문에 열 평도 채 못 되는 공간이 턱없이 넓어 보여서 더욱 을씨년스런 느낌을 준다. 천장까지 올라가 매미마냥 납작하니 붙어 있는 형광등의 불빛이 실내 풍경을 어슴푸레하게 드러내 주고 있다.

지금 대합실에 남아 있는 사람은 모두 다섯이다. 한가운데에 톱밥 난로가 놓여져 있고 그 주위로 세 사람이 달라붙어 있다.[1] 난로는 양철통 두 개를 맞붙여서 세워 놓은 듯한 꼬락서니로, 그나마 녹이 잔뜩 슬어 있어서 그간 겨울을 몇 차례나 맞고 보냈는지 어림잡기조차 힘들다. 난로의 허리께에 톱날 모양으로 촘촘히 뚫린 구멍 새로는 톱밥^{나무를 톱질할 때 쓸려 나오는} ^{가루}이 타들어 가면서 내는 빨간 불빛이 내비치고 있다. 하지만 형편없이 낡아빠진 그 난로 하나로 겨울밤의 찬 공기를 덥히기에는 어림도 없을 듯싶다.

난롯가에 모여 있는 셋 중 한 사람만 유일하게 등받이 없는 의자에 앉아 있는데, 그러고 있는 것도 힘겨운지 등 뒤에 서 있는 사람의 팔에 반쯤 기댄 자세로 힘없이 안겨 있다. 그는 아까부터 줄곧 콜록거리고 있는 중늙은

---

1) 난로는 아늑하고 따뜻한 정감을 느끼게 하는 소재로, 대합실에 모인 사람들이 과거를 회상하게 하는 매개체이다.

이로, 오래 앓아 오던 병이 요즘 들어 부쩍 심해져서 가까운 도회지都會地 인구가
많고 번화한 지역을 일반적으로 이르는 말의 병원을 찾아가려는 길이라는 것을 역장도 알고 있
다. 등을 떠받치고 있는 건장한 팔뚝의 임자는 바로 노인의 아들이다. 대합
실에 있는 다섯 사람 가운데에서 그들 두 부자만이 역장에겐 낯익은 인물
들이다.

그 곁에서 난로를 등진 채 불을 쬐고 있는 중년의 사내는 처음 보는 얼굴
이다. 마흔은 넘었을까 싶은 사내는 싸구려 털실 모자에 때 묻은 구식 오바
를 걸쳐 입었는데 첫눈에도 무척 음울해 뵈는 표정을 지니고 있다. 길게 자
란 턱수염이며, 가무잡잡한 얼굴 그리고 유난히 번뜩이는 눈빛이 왠지 섬
뜩하다. 오랜 세월을 햇볕 한 오라기 들지 않는 토굴 속에 갇혀 보낸 사람처
럼 사내의 눈은 기묘한 광채마저 띠고 있다.

그 셋 말고도 저만치 벽을 따라 길게 붙어 있는 나무의자엔 잠바 차림의
청년 하나가 웅크리고 앉아 있다. 그리고 청년으로부터 약간 떨어진 곳에
는 미친 여자가 의자 위에 벌렁 누워 있다. 닥치는 대로 옷을 껴입은 여자는
속을 가득 채운 걸레 보퉁이물건을 보에 싸서 꾸려 놓은 것 모양으로 몸집이 퉁퉁하다.

청년은 추운지 호주머니에 두 손을 찔러넣은 채 어깻죽지를 잔뜩 웅크리
고 있으면서도 무슨 까닭인지 난로 곁으로 갈 생각은 하지 않는 눈치다. 뭔
가 골똘히 생각하는 표정으로 청년은 들여다볼 만한 것이라곤 아무것도 없
는 시멘트 바닥을 뚫어져라 내려다보고 있다.

톱밥이 부족할 것 같은데…….

창 너머 그들을 하나하나 둘러보다가 문득 난로 쪽을 슬쩍 쳐다보며 늙
은 역장은 중얼거린다. 불을 지핀 게 두어 시간 전이니 지금쯤은 톱밥이 거
의 동이 났을 것이다.

톱밥은 역사 바깥의 임시 창고에 저장해 놓고 있었다. 월동용 톱밥이 필
요량의 절반 정도밖에 남아 있지 않다는 사실을 역장은 아까서야 알았다.
미리미리 충분한 톱밥을 확보해 두는 것은 김 씨가 맡은 일이었지만 미처
확인하지 못한 자신에게도 책임은 있다고 역장은 생각한다. 역원이라고 해
야 역장인 자신까지 합해 기껏 세 명뿐이니 서로 책임을 확실히 구분 지을
수 있는 일 따위란 애당초 있을 턱이 없었다. 하필 이날따라 사무원인 장 씨
는 자리를 비우고 없는 참이었다. 아내의 해산일이라고 어제 아침 고향인
K시로 달려갔으므로 그가 돌아올 때까지는 역장은 김 씨와 둘이서 교대로

야근을 해야 할 처지였다.

하지만 톱밥은 우선 당분간 창고에 남아 있는 것으로 이럭저럭 견디어낼 수 있으리라. 대합실 난로는 하루 두 차례씩만 피우면 되니까.

역장은 웅크렸던 어깨를 한 번 힘차게 펴 보기도 하고 두 팔을 앞뒤로 흔들어 보기도 한다. 역시 춥긴 마찬가지다. 그새 손발이 시려오기 시작했으므로 역장은 코를 훌쩍이며 엉금엉금 책상 앞으로 되돌아간다. 그리고는 사무실용으로 쓰고 있는 석유 난로를 마주하고 앉아 손발을 펼쳐 널었다.

"아야, 말이다. 이러다가 기차가 영 안 올라는 갑다."

"아따, 아부님도 참. 좀 기다려보십시다. 설마 온다는 기차가 안 오기사 할랍디여."

아들은 짜증스럽다는 듯이 얼굴도 돌리지 않고 건성 대답한다. 그는 삼십 대 중반의 농부다. 다시 노인이 쿨룩거리기 시작한다. 그때마다 빈약하기 그지없는 가슴팍이 훤히 드러나도록 흔들리고 있다. 아들은 흘끗 노인

🖥 소설 한 장면   발단   시골 간이역 대합실에서 몇 사람이 기차를 기다리고 있음

을 내려다보았으나 이내 고개를 돌리고 난로만 들여다본다. 노인에겐 미안한 일이긴 하나 아들은 모든 게 죄다 짜증스럽다. 벌써 몇 달째 끌어온 노인의 병도 그렇고, 하필이면 이런 날, 그것도 밤중에 눈까지 펑펑 쏟아져 내리는데 기차를 타야 한다는 일도 그렇다. 그 모두가 노인의 괴팍한 성깔 탓이라는 생각이 들자 그는 버럭 소리라도 질러 주고 싶은 심정이다.

아들이 전에도 여러 번 읍내 병원에 가 보자고 했지만, 막무가내로 고집을 피우며 죽더라도 그냥 집에서 죽겠노라던 노인이 난데없게도 이날 점심나절에는 스스로 먼저 병원엘 가자면서 나선 것이었다. 소피^{오줌}에 혈이 반이 넘게 섞여 나온다는 거였다. 부랴부랴 차비를 꾸리고 나니, 이번엔 하루 두 차례씩 왕래하는 버스는 멀미 때문에 절대로 타지 않겠다며 노인은 한사코 역으로 가자고 우겼다. 이놈아, 병원에 닿기도 전에 내 죽는 꼴을 볼라고 그라냐. 놔라. 싫으면 나 혼자라도 갈란다. 어찌나 엄살을 떠는 통에 할 수 없이 노인을 등에 업고 나오긴 했는데, 그나마 일이 안 되려니까 기차마저 감감무소식이었다.

"빌어묵을 눔의 기차가……."

농부는 문득 치밀어오르는 욕지거리를 황황히 ^{갈팡질팡 어쩔 줄 모를 정도로 급하게} 깨물며 지레 놀라 노인의 눈치를 살핀다. 다행히 눈곱 낀 노인의 눈은 아까처럼 질끈 닫혀져 있다. 아들은 고통으로 짙게 고랑을 파고 있는 노인의 추한 얼굴을 내려다보고는 약간 죄스러운 맘이 된다.

이거, 내가 무슨 짓이다냐. 죄 받는다. 죄 받어…….

노인이 또 쿨룩쿨룩 기침을 토해낸다. 가슴 밑바닥을 쇠갈퀴로 긁어내는 듯한 고통스런 기침 소리.

그들 부자 곁에 서서 등을 돌린 채 난로의 불기를 쬐고 있는 중년 사내는 자지러지는 기침 소리를 들을 때마다 깜짝깜짝 놀라는 시늉을 한다. 기침 소리를 들으면 사내에겐 불현듯 떠오르는 얼굴이 하나 있다. 감방장인 늙은 허 씨다. 고질^{痼疾 오래되어 고치기 어려운 병}인 해소병^{해수병. 기침을 심하게 하는 병}으로 맨날 골골거리던 허 씨는 그것이 감방에 들어와 얻은 병이라고 했다. 난리 후에 사상범으로 잡혀 무기형을 받은 허 씨는 스물일곱 살부터 시작한 교도소 생활이 벌써 이십오 년에 이르고 있었지만, 언제나 갓 들어온 신참마냥 말도 없고 어리숙해 뵈는 사람이었다.

자네 운이 좋은 걸세. 쿨룩쿨룩. 나가면 혹 우리 집에 한번 들러 봐 줄라

나. 이거 원, 소식 끊긴지가 하도 오래돼 놔서…… 죽었는지, 살았는지…….

사내가 출감하던 날, 허 씨는 고참 무기수답지 않게 눈물까지 글썽이며 사내의 손을 오래오래 잡고 있었다.

사내는 저만치 유리창 밖으로 들이치는 눈발 속에서 희끗희끗한 허 씨의 머리카락이며 움푹 패어 들어간 눈자위를 기억해 내고 있다.

아마 지금쯤 그곳은 잠자리에 들 시간일 것이다. 젓가락을 꽂아 놓은 듯한 을씨년스런 창살 너머로 이 밤 거기에도 눈이 오고 있을까. 섬뜩한 탐조등의 불빛이 끊임없이 어둠을 면도질해 대고 있을 교도소의 밤이 뇌리에 떠오른다. 사내의 눈빛은 불현듯 그윽하게 가라앉고 있다. 그곳엔 사내가 잃어버린 열두 해 동안의 세월이 남아 있었다. 이렇듯 멀리 떨어져서도 그 모든 것들을 눈앞에 훤히 그려낼 수 있을 만큼 어느덧 사내는 이미 그 생활의 일부가 되어 있었다.

출감한 지 며칠이 지났건만 사내는 감방 밖에서 보낸 그간의 시간이 오히려 꿈처럼 현실감이 없다. 푸른 옷과 잿빛의 벽, 구린내 같은 밥 냄새, 땀 냄새, 복도를 걷는 간수의 구둣발 소리, 쩔그렁대는 쇳소리…… 그런 모든 익숙한 색깔과 촉감, 냄새, 소리, 그리고 언제나 똑같이 반복되는 일과 같은 것들이 별안간 그에게서 떨어져 나가버리고 대신에 전혀 생소한 또 다른 사물들의 질서가 사내에게 일방적으로 떠맡겨진 거였다. 그 새로운 모든 것들은 다만 사내를 당혹감에 빠뜨리고 거북하게 만들 뿐이었다. 그 때문에 사내는 출감 후부터 자꾸만 무엇인가 대단히 커다란 것을 빼앗겼다는 느낌을 감출 수가 없었다. 감방 안에서 사내는 손바닥 안에 움켜쥔 모래알이 빠져나가듯 하릴없이 축소되어가고 있는 자기 몫의 삶의 부피를 안타깝게 저울질해 보곤 했었다. 하지만 기이한 일이다. 낯선 시골 역에 홀로 앉아 있는 이 순간 정작 자기가 빼앗긴 것은 흘려보내는지 모르게 보낸 지난 십이 년의 세월이 아니라, 오히려 그 푸른 옷과 잿빛 담벼락과 퀴퀴한 냄새들이 배어 있는 사각형의 좁은 공간일지도 모른다는 가당찮은 ^(도무지 사리에 맞지 않고 엉) ^(뚱한) 느낌이 문득문득 들곤 하는 거였다.

쿨룩쿨룩. 아, 저 기침 소리. 사내는 흠칫 몸을 돌려 소리가 나는 쪽을 찾는다. 그러나 그것은 감방장 허 씨가 아니다. 낯 모르는 사람들뿐. 사내는 낮게 한숨을 토해내며 고개를 흔들어 버리고 만다.

밖엔 간간이 바람이 불고 있다. 전깃줄이 윙윙 휘파람을 불었고 무엇인가 바람에 휩쓸려 다니며 연신 딸그락 소리를 낸다.

대합실 안은 조용하다. 산골짜기를 돌아 달려온 바람이 역사 건물을 지나칠 때마다 유리창이 덜그럭거리고 이따금 난로 속에서 톱밥이 톡톡 튀어오를 뿐 사람들은 아무도 입을 열지 않는다. 저만치 혼자 쭈그려 앉은 청년은 줄곧 창밖의 바람 소리를 헤아리고 있던 참이다. 이윽고 청년은 의자에서 몸을 일으킨다. 딱딱한 나무 의자로부터 스며오는 한기로 엉덩이가 시리다. 창가로 다가가다 말고 그는 문득 누워 있는 미친 여자 쪽을 근심스레 살핀다. 여자는 새우등을 하고 모로 누웠는데 시체가 아닌가 싶을 만큼 미동조차 없다.

세상에, 이렇게 추운 곳에서…… 그런 지경에도 사람이 잠들 수 있다는 사실이 청년은 도대체 믿기지 않는 모양이다. 여자에게서는 가느다란 숨소리만 이따금 새어 나오고 있다.

청년은 다시 유리창 밖을 내다본다. 밤새 오려는가. 송이눈이 쏟아져 내리고 있다. 대합실 안에서 새어 나간 불빛이 유리창 가까운 땅바닥 위에 수북하게 쌓인 눈을 비추고 있다. 하얗게 쏟아지는 눈발을 망연히 ^{아득히} 바라보며 청년은 그것이 무수한 나비 떼 같다고 생각한다.

그래. 나비 떼야. 활활 타오르는 불길 속으로 밤이 되면 미친 듯 날아 들어와 비명조차 지르지 못하고 타 죽어가는 수많은 흰 나비 떼들…….

그는 대학생이다. 아니, 정확히 말하면 그건 보름 전까지의 이야기이다. 청년은 아직도 저고리 안주머니에 학생증을 지니고 있긴 하지만 앞으로 그것을 사용해 볼 기회는 영영 없을지도 모른다. 이젠 누렇게 바랜 어린 날의 사진만큼의 의미도 없는 그것을 미련 없이 찢어버려야 하리라는 걸 잘 알고 있었음에도 불구하고, 여전히 간직하고 있는 자신을 스스로 감상적이라고 비난하고 있는 중이다.

청년은 유리창에 반사된 톱밥 난로의 불빛을 응시한다. 그 주홍의 불빛은 창유리 위에 놀랍도록 선명하게 재생되어지고 있었으므로 청년은 그것이 정작 실물이 아닌가 하는 착각을 일으킬 뻔했다. 그것은 한 폭의 그림처럼 아름다웠다. 먹빛 어둠은 화폭으로 드리워지고 네모진 창틀 너머 순백의 눈송이들이 화폭 위에 무수히 흩날리고 있다. 거기에 톱밥 난로의 불꽃이 선연한 주홍색으로 투영되어지자 한순간 그 모든 것들은 기막힌 아름다움을 이루어내는 것이었다. 아아, 저건 꿈일 것이다. 아름답지만 존재하지 않는 것, 존재하지 않으므로 아름다운 것. 청년은 불현듯 눈빛을 빛내며 한 발 창 쪽으로 다가서고 있다.

　―아우슈비츠의 학살이 있었고, 그 후 아무도 아름다움을 노래하지 않았다. 더는 누구도 꿈꾸지 않았다.

　―침묵, 잠, 그리고 죽음.

　―가슴의 뜨거움에 대해서 우리는 얼마나 오래 생각해야 하는 것일까, 이 ×자식들아.

　그날, 청년은 누군가가 어지럽게 볼펜으로 휘갈겨 놓은 책상 위의 낙서들을 물끄러미 내려다보며 홀로 강의실에 앉아 있었다. 텅 빈 하오^{下午오후}의 교정엔 차츰 땅거미가 깔리기 시작하고 플라타너스 나무에 설치된 스피커로부터 나지막이 흘러나오고 있는 교내 방송의 고전 음악을 들으며 학생들이 띄엄띄엄 집으로 돌아가고 있을 무렵이었다. 그는 바로 전날 밤, 제적 처분되었다는 사실을 학교로부터 통고 받았었다. 주인도 없는 새에 주인도 아닌 사람들이 주인도 모르게 자신의 이름 석 자를 제멋대로 재판했다는 거였다. 이튿날 조간신문 귀퉁이에서 제 이름을 찾아냈을 때 그는 한동안 자신과 기사 속의 그 이름과의 정확한 관계를 찾아내려 애를 썼다. 끝내 실감이 나지 않아서 여느 때 하듯 귀퉁이가 쭈그러진 책가방을 챙겨 들고 쭈뼛쭈뼛 강의실로 들어서자마자 친구들은 너도나도 그를 에워쌌다. 아침부터 학교 뒤 막걸리집으로 끌고 가 술을 퍼먹이던 녀석들 중 몇은 저쪽에서 먼저 찔찔 짜기도 했다.

　하는 데까진 해 봤네만 나로서도 어쩔 수가 없었네. 자네 볼 면목이 없구먼.

　지도 교수는 짐짓 눈물겨운 표정으로 그의 손을 덥석 잡아주었다.

　괜찮습니다.

　모두들 돌아가 버린 텅 빈 강의실은 관 속처럼 고요했다. 창틈으로 비껴 들어온 일몰의 잔광이 소리 없이 부유하는 무수한 먼지의 입자를 하나하나 허공으로 떠올리고 있었다. 미처 덜 지운 칠판의 글자들, 분필 가루 냄새, 휴식 중인 군대의 대오^{隊伍대열}마냥 흐트러져 있는 책상들, 강의실 바닥의 얼룩…… 그런 오래 친숙해 온 사물들 속에서 그는 노교수의 나직한 음성과 친구들의 웅얼거림, 그들의 체온과 호흡과 웃음소리와 함성이 아무도 없는 그 순간에 또렷하게 되살아나오고 있음을 놀라움으로 지켜보고 있었다. 그리고 삼 년 동안이나 자신을 그 한 부분으로 포함시켜 왔던 친숙한 이름들로부터 대관절 무엇이 그를 억지로 떼어 내려 하고 있는 것인가에 대해 오래오래 생각했다. 그러나 끝내 알 수가 없었다. 강의실 문을 잠그러 들어왔다가 그를 발견한 수위가 의심스런 눈초리로 당장 나가기를 명령했을 때까지도 그는 해답을 찾지 못했다.

문학부 건물을 나설 즈음, 백마고지 전투에서 훈장까지 받은 역전의 상이용사傷痍勇士_{군에서 복무하다가 부상을 입고 제대한 전사}인 수위 아저씨가 절뚝이며 뒤쫓아 나오더니 그의 가슴에 가방을 내던져주고 가 버렸다. 그는 깜박 잊고 가방을 두고 온 거였다. 그러자 주체할 수 없이 웃음이 터져 나오기 시작했다. 무엇이 그토록 우스웠는지 모른다. 그는 혼자 미친 듯 웃어 제꼈다. 한참이나 벤치에 엎디어 킬킬대다가 그는 뱃속에 든 오물을 모조리 토해내고 말았다. 토하면서도 자꾸만 웃고 또 웃었다. 그러다가 끝내 울음이 터져 나와 버렸던 거였다.

덜커덩.

하는 데까지 해 봤지만 제적을 막을 순 없었네. 미안하네.

자네, 여기서 나가면 우리 집에 들러 봐 주겠나? 소식 끊긴 지가 하도 오래돼 놔서…….

📖 소설 한 장면   전개   대합실에 모인 사람들이 각자의 사연을 회상함

대합실 출입문이 열리며 한 떼의 사람들이 나타난다. 우연인지 모르지만 네 사람 다 여자들이다. 그녀들의 등 뒤로 삼동三冬 겨울의 석 달의 시린 바깥바람이 바싹 달라붙어 함께 들어왔다. 바람 끝에 묻어온 싸늘한 냉기에 놀라서 대합실 안에 있던 사람들의 고개가 일제히 그쪽으로 꺾여진다.

첫눈에도 그녀들이 모두 일행이 아니라는 걸 쉽게 알 수 있다. 몸집이 큰 중년 여자와 바바리코트를 입은 처녀, 그리고 나머지 둘은 큼지막한 보따리를 하나씩 이고 오는 품이 무슨 행상꾼 아낙네들이 분명하다. 그녀들은 무척 서둘러 온 눈치다. 머플러며 어깨 위에 눈이 수북하다. 추위에 바짝 얼은 뺨을 씰룩이며 가쁜 입김을 뿜어내고 있다.

"기차, 떠난 건 아니죠?"

맨 처음 들어섰던 중년 여자가 그 말부터 묻는다. 그녀는 아까 문을 여는 순간 난롯가에 서 있는 사람들을 보고 기차가 오지 않았다는 걸 짐작했었지만 그래도 재차 확인하려는 속셈이다.

"아, 와야 뜨든지 말든지 하지요. 그 빌어묵을 놈의 기차가 한 시간이 넘었는디도 감감무소식이다니께요."

늙은이를 받쳐 주고 있던 농부가 부아가 나서 대꾸한다.

그 말에 중년 여인은 대단히 만족한 표정을 역력히 떠올린다. 아예 기뻐 어쩌지 못하겠다는 양 헤벌쭉 웃기까지 한다. 웃고 있는 그녀의 빨갛게 칠한 입술을 손으로 쥐어뜯어 주었으면 싶지만 농부는 참는다. 이 여편네는 기차가 연착하기를 오매불망寤寐不忘 자나 깨나 잊지 못함하고 있었다는 투로구나, 젠장.

"후유, 다행이지 뭐야. 난 틀림없이 놓쳐버린 줄로만 여겼다구요. 고생한 보람이 있군요."

농부는 눈살을 찌푸리며 여자를 훑어본다. 그녀는 꽤 비쌀 게 틀림없는 밍크 목도리를 두르고 있지만 참 지독히도 뚱뚱하다. 기름 찬 아랫배가 개구리 모양 불룩하고, 코트 속에 감춘 살덩어리가 터져 나올 듯 코트 자락을 압박하고 있다. 농부는 여인의 무릎에 여기저기 짓이겨진 눈을 훔쳐보며 저렇듯 둔하고 커다란 몸뚱이가 논밭에 미끄러져 뒹굴었을 때 얼마나 거창한 소리가 났을까 하고 상상해 보는 걸로 화풀이를 대신한다.

처녀는 머리에서 눈을 털어내고 있고 행상꾼 아낙네들은 보따리를 내려놓은 다음 난로로 달려와 한 자리씩 차지했다. 그러다가 뚱뚱보 중년 여자가 표를 사기 위해 매표구 쪽으로 가는 눈치였으므로 나머지 세 여자도 어정어정 그녀를 따라간다.

"여보세요. 기차 아직 안 왔대믄서요?"

뚱뚱보가 매표구 유리창을 두드리며 뻔한 질문을 안으로 쑤셔 박아 넣었을 때 늙은 역장은 벌써 차표를 준비하고 있던 참이다.

"예예. 조금만 기다리십시오. 곧 올 겁니다."

역장은 표를 넉 장 팔았다. 처녀와 중년 여인은 서울행이고 아낙네들은 읍내까지 가는 모양이다.

그녀들이 다시 난로 쪽으로 달려가고 나자 역장은 대합실을 넘겨다보며 오늘 막차는 뜻밖에 손님이 많은 편이라고 생각한다. 대합실에 있는 아홉 명 가운데서 표를 산 사람은 여덟이다. 의자 위에서 웅크린 채 잠들어 있는 그 미친 여자는 늘 공짜 승객이기 때문이다. 아홉 시 오 분 전이다. 역장은 암만해도 톱밥을 더 가져다 주어야 하리라고 여기며 장갑을 찾아 끼고 일어선다.

난로를 에워싸고 있는 사람은 어느덧 일곱으로 불어났다. 늦게 나타난 것이 무슨 특권인 양, 여자들은 비좁은 틈을 비집고 들어와 각기 섭섭지 않게 공간을 확보했다. 그 통에 중년 사내는 연통 뒤켠으로 밀려나고 말았다.

청년은 아직도 저만치 창가에 서 있고 미친 여자는 죽은 듯 움직이지 않는다.

한동안 여자들은 추위 속을 걸어온 끝에 마침내 불기를 쬘 수 있게 되었다는 사실에 감격해서 한마디씩 호들갑을 떨기 시작한다. 덕분에 푹 가라앉아 있던 대합실이 부쩍 활기를 띠는 것 같다.

"영락없이 난 얼어 죽는 줄 알았당께. 발톱이 다 빠질 것 같드라고, 금매."

"그랑께 내 뭐라고 그랍디여. 눈 오는 날은 일찌감치 기차 탈 염^念'생각'을 해야 된다고라우. 싸래기만 조끔 쏟아져도 버스가 망월재를 못 넘어간당께요."

"글씨. 자네 말을 들을 거신디. 무담씨^{'공연히'의 방언} 그놈의 버스 기다리니라고 생고생만 했네, 그랴."

아낙네들은 목청도 크다. 그녀들의 목소리가 대합실 사방 벽을 쩽쩽 울리며 튕겨다닌다. 그녀들은 눈에 길이 막혀 버스가 오지 못한다는 걸 늦게야 전해 듣고는, 으레 지각하기 일쑤인 완행열차를 혹시나 탈 수 있을까 하고 역까지 허겁지겁 달려 나온 참이었다.

"어머, 안심하긴 아직 일러요. 혹시 누가 알아요. 기차도 와 봐야 오는가 부다 하지."

뚱뚱이 여자가 말했을 때 아낙네들은 문득 멀뚱한 얼굴로 그녀를 쳐다본다. 하지만 둘 중 누구도 그 말을 선뜻 받지 못한다. 눈부시게 흰 밍크 목도리와 값비싼 코트를 걸친 여자의 반질반질한 서울 말씨가 그녀들을 주저하게 했을 것이다. 무엇보다도 그녀가 난로 가까이 바로 그녀들의 코앞에 보란 듯이 펼쳐 놓은 손, 비록 과도한 영양 섭취 탓으로 뭉뚝하게 살이 쪄서 예쁘지는 않지만 그래도 뽀얗게 살집이 고운 그 손가락에 훌륭한 보석 반지가, 그것도 두 개씩이나 둘러져 있는 것 때문에 아낙네들은 은근히 기가 질린다. 저 여자는 구정물 통에 손 한 번 담가 보지 않고 사는 모양인갑네. 아낙네들은 불어터진 오징어발 모양 볼품없이 아무렇게나 난로 위에 펼쳐 놓은 자기들 손이 문득 죄없이 부끄럽다.

뚱뚱이 서울 여자는 눈치도 빠르다. 주위의 그런 분위기를 이내 간파해 내고 내심 우쭐한다. 그녀는 이제 얼었던 몸이 풀리고 나니 입이 심심해지기 시작한다. 하지만 시골 보따리 장사 여편네들 따위와 얘기한다는 것은 자신의 품위에도 관계가 있을 것이므로 다른 마땅한 상대를 찾기 위해 고개를 휘둘러본다.

마침, 맞은편에 서 있는 바바리코트 아가씨에게 초점이 맞춰진다. 스물 대여섯쯤. 화장이 짙은 편이고, 머리엔 노리끼한 물을 들였다. 얼굴은 제법 반반한 편이지만 어딘지 불결감 같은 게 숨어 있는 듯하다. 도시의 뒷골목, 어둡고 침침한 실내, 야하게 쏟아지는 빨간 불빛, 청승맞은 유행가 가락…… 그런 짤막한 인상들이 티브이 광고처럼 서울 여자의 시야에 잠깐씩 머무르다 사라진다.

틀림없어. 그렇고 그런 계집애로군.

아무리 눈가림을 해도 낸 눈은 속일 수가 없지, 하고 뚱뚱이 서울 여자는 바바리 아가씨에 대한 까닭 없는 악의를 준비하며 확신하듯 중얼거린다.

바바리코트 처녀는 고개를 갸웃 숙인다. 처녀는 맞은편 중년 여자의 시선이 제게 따갑게 부어지고 있음을 느끼면서도 일부러 모른 척한다.

흥, 지까짓 게 쳐다보면 어때.

처녀의 이름은 춘심이다. 그래, 춘심이가 내 이름이다. 어쩔래. 그녀는 은근히 부아가 치민다. 도대체 사람들은 뻔뻔스럽게 왜 남을 찬찬히 훑어보는 개 같은 버르장머리를 갖고 있는지 모르겠다. 그녀는 다른 사람들이 자기를 쳐다보는 듯한 눈치가 뵈면 아주 딱 질색이다. 그것은 흡사 온몸을 하나하나 발가벗기는 것 같아서 불쾌하기 그지없다. 참 알 수 없는 일인 것이, 그녀는 어둠 속에서 혹은 빨간 살구알 전등이 유혹하듯 은근한 불빛을 쏟아내는 방구석에서, 또는 취한 사내들과 뚜덕뚜덕 젓가락 장단을 맞춰가며 뽕짝을 불러대는 술자리에서라면 누구 못지않은 용감한 여자인 것이다.

부끄러움? 흥, 그따위 잊은 지 왕년이다. 실오라기 같은 팬티 한 잎 걸치고 홀랑 벗어 제친 몸뚱이 하나만으로도 사내들 얼을 빼놓기쯤이야 그녀에겐 식은 죽 먹기다. 춘심이. 적어도 신촌 바닥에서 민들레집 춘심이 하면 아직은 일류다. 하지만 그런 그녀가 대낮에 한길에 나서기만 하면 형편없는 겁쟁이 계집애가 되고 마는 거였다. 무슨 벌거지[벌레] 떼처럼 무수히 거리를 오가는 행인들 중에 민들레집 춘심이의 얼굴을 기억할 사람이라곤 좀체 없을 터인데도 그녀는 언제나 고개를 쳐들기가 어려웠다. 벌써 삼 년째 되어가는 이력에도 불구하고 그 버릇은 여전히 떨어지지 않고 있었다.

춘심이는 애써 고개를 빳빳이 세워 뚱뚱이 여자가 자기를 여전히 뻔뻔스레 훑고 있음을 확인한다. 이제 춘심이는 아까보다 훨씬 오만한 표정을 떠올리며 무심한 척 난로의 불빛만 들여다보기로 한다.

춘심이는 고향에 내려왔다가 서울로 다시 올라가는 길이다. 중학을 졸업하고 나서 몇 년 빈둥거리다가 어느 날 밤 무작정 상경한 후로—그때도 바로 이 기차였다—삼 년 만에 처음 찾아온 고향집이었다. 그래도 편지는 가끔 띄웠었다. 물론 이쪽 주소는 한 번도 알려주지 않았다. 화장품 회사에 다닌다고 전해두긴 했지만 식구들이 꼭 믿는 눈치는 아니었다.

어쨌든 그녀의 귀향은 비교적 환영을 받은 셈이었다. 때 묻은 가방 하나만 꿰차고 줄행랑을 친 계집애가 완연한 멋쟁이 처녀로 변신해서 얼마의 돈과 식구들은 물론 친척 어른들 몫까지 웃가지며 자질구레한 선물들을 꾸려 갖고 나타났으니 그럴 법도 했다. 휴가를 틈타 내려온 걸로 된 그 닷새

동안, 오랜만에 그녀는 고향에서 어린 시절의 행복을 되찾은 기분이었다. 이름도 춘심이가 아니라, 예전의 옥자로 돌아왔다. 하지만 고무줄처럼 느 즈러진 긴장이 풀려 느긋해진 시골 생활이 조금씩 지겨워지기 시작했을 즈음, 알맞게 도 닷새간의 옥자 역은 끝나주었으므로 그녀는 다시 춘심이가 되기 위해 산골짜기 고향집을 나선 거였다.

언니, 나도 언니 댕기는 회사에 취직 좀 시켜 주소 잉.

그래, 염려 마. 내 서울 가서 연락해 줄게.

더러는 콧물을 찍어내고 있는 식구들을 뒤로한 채, 하이힐을 삐적거리며 고샅 시골 마을의 좁은 골목길을 빠져나올 때 동생 옥분이가 쭈르르 뒤쫓아 나와 신신 당부하던 일이 떠올라 춘심이는 혼자 쓴웃음을 짓는다.

미친년. 그 짓이 뭔지도 모르구…….

문득 가슴 한쪽이 싸아 아려와서 그녀는 손수건을 꺼내어 핑 코를 푼다.

이윽고 멀리서 기적 소리가 울려왔다.

기차다. 온다. 행상꾼 아낙네들과 서울 여자가 맨 먼저 짐꾸러미를 챙겨 들었고, 의자에 앉아 졸고 있는 노인을 황급히 흔들어 깨워 농부가 등에 업 었다. 중년 사내와 창가에 혼자 서 있던 대학생도 천천히 몸을 돌려 세운다. 미친 여자마저 그 소란통에 부스스 일어났다.

그들이 문을 열어젖히고 플랫폼 쪽으로 바삐 몰려가고 있을 때 저편 어 둠을 질러오는 불빛을 확실히 볼 수 있었다. 하지만 뜻밖에 기차는 속도를 조금도 늦추지 않은 채로 그들을 지나쳐 가고 말았다. 유난히 밝은 기차 내 부의 불빛과 승객들의 거뭇거뭇한 머리통 정도조차도 언뜻 분간하기 어려 웠을 만큼 기차는 쏜살같이 반대쪽으로 내달려 가버렸다.

기차가 사라지고 난 뒤 사위는 다시금 고요해졌다. 눈발이 하염없이 쏟 아지고 있을 뿐 모두가 아까 그대로 남아 있다. 달려 나왔던 사람들은 한참 이나 어안이 벙벙하다. 방금 그들의 눈앞을 스쳐 지나간 것은 꿈속에서 본 휘황한 도깨비불이거나 난데없는 돌풍에 휩쓸려 날아가 버린 무슨 발광체 였는지도 모른다. 그만큼 그것은 순식간에 일어난 일이었다.

기차가 스쳐간 어둠 저편에서 손전등을 든 늙은 역장이 나타나 그것이 특급 열차라고 알려 주었을 때에야 사람들은 풀죽은 모습으로 대합실로 어 기적어기적 되돌아왔다.

"나 원 참, 좋다가 말았구마이."

누군가 투덜댔다. 난로를 차지하고 둘러서서 한동안은 모두들 입을 봉하고 있다. 저마다 실망한 기색이다. 대학생은 아까처럼 창을 내다보고 있고 미친 여자는 의자에 멀뚱하게 앉아 있다.

조금 있으려니, 문이 열리며 역장이 바께쓰를 들고 나타난다. 바께스 속엔 톱밥이 가득 들어 있다.

"추위에 고생하십니다요."

농부가 얼른 인사를 차린다. 그에겐 제복을 입은 사람은 무조건 존경의 대상이 된다.

"뭘요. 그나저나 이거 죄송합니다. 기차가 자꾸 늦어지는군요."

눈이 오니까 그렇겠지라우, 하고 너그러운 소리를 농부가 또 덧붙인다. 역장은 난로 뚜껑을 열고 안을 살펴본다. 생각보다 톱밥이 꽤 남았다. 바께쓰를 기울여 톱밥을 반쯤 쏟아 넣은 다음 바께쓰는 다시 바닥에 내려놓는다. 역장은 돌아가지 않고 함께 이야기를 주고받기 시작한다. 그도 역시 무료했으리라.

눈 얘기, 지난 농사와 물가에 관한 얘기, 얼마 전 새로 갈린 면장과 머잖아 읍내에 생기게 된다는 종합 병원 이야기에 이르기까지 화제는 이어진다. 처음엔 역장과 농부가 주연이지만 차츰 여자들도 끼어들게 된다. 그들 중 음울한 표정의 젊은 사내만이 끝내 입을 열지 않은 채로이다.

역장이 나타나는 바람에 자리가 더욱 좁아졌으므로, 중년 사내는 난로 가까이 놓아둔 자신의 작은 보퉁이를 한켠으로 치워놓는다. 그 보퉁이엔 한 두름의 굴비, 그리고 낡고 때 묻은 내복 따위 같은 사내의 옷가지가 들어 있을 뿐이다. 그것은 사내가 벽돌담 저쪽의 세상에서 가지고 나온 유일한 재산이다.

"선생은 향촌리에 사시우?"

늙은 역장이 곁의 중년 사내에게 묻는다.

"아, 아닙니다."

"그래요. 근데 무슨 일로……."

"누굴 찾아왔다가 그만 못 만나고 가는 길입지요."

"누굴 찾으시는데요. 어디 말씀해 보구려. 이 근처 삼십 리 안팎에 있는 동네라면 내가 얼추 다 아니까요. 허허."

"아, 아닙니다. 제가 주소를 잘못 알았었나 봅니다."

오, 그래요. 역장은 사내가 뭔가 말하기를 꺼려한다는 느낌을 받았으므로 더 캐묻지 않는다.

톱밥 난로의 열기가 점점 강하게 퍼져 오르고 있다. 역장은 난로의 뚜껑을 닫고 나서 한산도를 꺼내 사내와 농부에게 권한다. 그들은 담배를 피우기 시작한다.

사내는 기차를 타기 전, 서울역 앞에서 그 굴비 한 두름을 샀다. 언젠가 감방에서 허 씨가 흰 쌀밥에 잘 구운 굴비를 먹고 싶다고 말한 적이 있었기 때문인지도 모른다. 비록 허 씨 자신은 먹을 수 없겠지만, 홀로 산다는 허 씨의 칠순 노모에게 빈손으로 찾아갈 수는 없을 것이라는 생각에 역 광장의 행상꾼에게서 한 두름을 샀다. 그리고 밤 내내 완행열차를 타고 이날 새벽 사평역에서 내려 허 씨가 일러준 대로 그 조그마한 산골 마을을 찾아들었던 것이다.

하지만 허 씨의 노모는 이미 만날 수가 없었다. 죽어 묻힌 지가 오 년도 넘었다고 했다. 노모가 죽은 이듬해, 허 씨의 형도 식솔들을 데리고 훌훌 마을을 떴고, 그 후 그들의 소식은 영영 끊어졌다는 거였다.

그 말을 전해 듣는 순간 사내는 사지의 힘이 일시에 빠져나가는 듯한 허탈감을 맛보았다. 어느덧 초로初老 노년기에 접어드는 나이에 접어든 허 씨의 쓸쓸한 모습이 눈앞에 선히 떠올랐다. 노모의 죽음조차 모르고 비좁은 벽돌담 안에 갇힌 채 다만 다른 사람들의 것일 따름인 그 숱한 계절들을 맞고 보내다가, 어느 날인가는 푸른 옷에 싸여 죽음을 맞아야 할 한 늙고 병든 무기수의 얼굴이 사내의 발길을 차마 돌릴 수 없도록 만드는 거였다. 등 뒤에 두고 돌아서려니, 사내는 그 마을이 바로 자기의 고향인 듯한 느낌이 들었다. 그의 고향은 본디 이북이었지만 피난 통에 가족들과 헤어져 집도 부모도 없이 떠돌아다니며 커 왔던 것이었다.

하염없이 눈송이만 펑펑 쏟아지는 산길을 걸어 나오며 사내는 자꾸만 발을 헛디뎠다. 문득 되돌아보면 멀리 산골 초가의 굴뚝에선 저녁 짓는 연기가 은은히 피어오르고 있었다. 눈 내리는 산자락에 고요히 묻혀 가는 저녁 무렵의 산골 풍경은 눈물겹도록 평화스러워 보였다.

이보쇼, 허 씨. 당신이나 나는 이젠 매양언제나, 늘 마찬가지구려. 피차 어디 찾아갈 곳 하나 없어졌으니 말이오. 하지만 그래도 당신은 나보다야 낫소.

그 속에 있으면 애써 고향을 찾아 나설 수도, 또 그래야 할 필요도 없을 테니까 말이외다. 허허허. 그나저나 난 도대체 이제부터 어디로 가야 한다는 말이오.

사내는 휘적휘적 눈길을 헤쳐 내려오며 몇 번이나 그렇게 넋두리를 했다.

역장은 시계를 본다. 아홉 시 반. 이거 너무 늦는걸. 그러다가 역장은 저만치 창가에서 서성이고 있는 청년을 새삼 발견한다.

청년은 벽에 붙은 지명 수배자 포스터를 들여다보고 있는 참이다. 포스터엔 스무 명 남짓, 지극히 평범하게 생긴 한국 사람들의 얼굴이 적혀져 있고 그 밑에 성명, 나이, 범행 내용, 인상착의 따위가 기록되어 있다. 그 중 몇은 '검거'라고 쓰인 붉은 도장이 쿵쿵 박혀져 있다. 수배자들의 사진 가운데엔 대학생 아는 얼굴도 하나 끼여 있다. 그는 청년의 선배이다. 시위를 주동한 혐의로 선배는 몇 달 전부터 수배되어 있는 중이다. 청년은 지금 그 선배의 사진과 무슨 얘기라도 나누는 양 골똘히 마주 대하고 있다. 바로 그때 역장이 청년을 불렀으므로 청년은 적이 놀란 모양이다.

"이봐요, 젊은이. 추운데 거기 있지 말고 이리 와서 불 좀 쬐구려."

청년은 우물쭈물하더니 이윽고 난로 쪽으로 걸어온다. 그리고 역장에게 꾸벅 고개를 숙인다.

"누구…… 더라."

역장은 의외라는 표정이다. 청년의 얼굴이 금방 기억나지 않는다.

"저, 역장님은 잘 모르실 거예요. 고등학교 때 통학하면서 줄곧 뵈었는데…… 재 너머 오동삼 씨가 제……."

"아아, 이제야 알겠네. 자네가 바로 오 씨 큰아들이구먼. 지금 대학에 다닌다면서, 그렇지?"

"예……."

"맞아. 작년 여름에 내려왔을 때도 봤었지. 그래, 방학이라서 집에 왔구먼."

"예……."

역장은 청년을 새삼 믿음직스러운 듯 바라본다. 역장은 그를 기억해 낼 수 있다. 어릴 때부터 남달리 성실하고 착한 학생 같았었다. 여느 애들과는 다르게 생각이 많아 뵀고 늘 손에 책이 들려져 있는 것도 대견스러웠다. 그러길래 청년이 인근 마을에선 유일하게 도회지의 국립 대학에 합격했다는 소문을 들었을 때, 그게 우연이 아니라고 여겼던 것이다.

"아믄, 공부 열심히 해서 성공해야지. 뒷바라지하시느라 촌구석에서 뼈 빠지게 고생하시는 부모님 호강도 시켜드리고, 고향에 좋은 일도 많이 해야 하네. 알겠는가."

"예……."

역장이 어깨를 툭툭 두드려주며 격려했고, 청년은 고개를 떨군 채 희미한 대답을 한다.

불현듯 청년의 뇌리엔 아버지의 얼굴이 떠오른다. 소나무 등걸처럼 투부룩한 아버지의 손. 그 손으로 아버지는 평생을 논밭만 일구며 살아왔다. 아버지의 꿈은 판사 아들을 두는 거였다. 그렇게만 된다면 내일 죽어도 한이 없노라고, 젊은 시절을 남의 집 머슴으로 전전했던 가난한 아버지는 대학생이 된 아들 앞에서 주먹을 불끈 쥐어 보이곤 하던 거였다.

청년에겐 동생이 다섯이나 있었다. 모두가 초등학교만 겨우 마쳤거나 아직 다니고 있는 중이었다. 청년은 그의 집의 유일한 희망이었고, 어김없이 찾아올 밝아오는 새벽이었다. 그런 부모와 형제들 앞에서 끝내 퇴학당했다는 말을 꺼낼 수가 없었다. 언젠가 여름에 자기도 그냥 집에 내려와 농사나 짓는 게 어떻겠느냐고 한마디 건넸다가 그만 노발대발한 아버지에게 용서를 비느라 혼쭐이 난 적도 있었다. 결국 아무런 얘기도 꺼내 보지 못하고 이젠 누구 하나 찾아갈 사람도 없는 그 거대한 도시를 향해 집을 나섰을 때 청년은 하마터면 울음을 터뜨릴 뻔하였다.

자. 이거 받으라이. 느그 아부지가 준 돈은 책값하고 하숙비 빼면 니 쓸 것도 부족하꺼이다. 괜찮다이. 내, 그동안 몰래 너 오면 줄라고 모아둔 돈이니께. 달걀도 모았다가 팔고 동네 밭일 해 주고 품삯 받은 거이다. 아무쪼록 애껴쓰면서, 공부도 좋재만 항상 몸을 살펴야 쓴다이.

동구 밖까지 따라 나온 어머니는 꾸깃꾸깃 때에 절은 돈을 억지로 손에 쥐어 주었다. 어머니와 동생들은 마른버짐이 허옇게 핀 얼굴로 그가 고개를 꼬박 넘어설 때까지 손을 흔들고 있었다.

흥, 대학생? 그까짓 대학생이 무슨 별거라구…….

춘심이가 역장과 청년의 대화를 들으며 입을 비쭉인다.

춘심이가 벌써 삼 년이나 몸 비비고 사는 민들레집 근방 일대엔 서너 개의 대학이 몰려 있었으므로 허구한 날 보는 게 대학생이었다. 그 녀석들은 덜렁대며 책가방을 들고 다니긴 하지만 대체 언제 공부를 하는 줄 모르겠다고 그녀는 늘 의아해했다. 아침이면 교문을 엄청난 수가 떼를 지어 몰려 들어갔고 어쩌다 교문 앞을 지나치다 보면 거의 날마다 무슨 운동회다 축제 행사다 해서 교정이 뻑적지근하도록 시끄러웠다. 게다가 삐끗하면 데모다 시위다 하여 죄 없는 부근 주민들까지 매운 냄새를 맡게 만들었기 때문에 번번이 장사에 지장도 많았다. 하필 학교 정문으로 통하는 네거리 길목에 자리 잡은 민들레집으로서는 데모가 터졌다 하면 그날 장사는 종을 쳤다. 그런 날은 일찌감치 문 닫고 그녀들은 옥상으로 올라가 한여름에도 신라 시대 장군들처럼 투구에다 갑옷 차림으로 학교 문 앞을 겹겹이 막고 도열해 있는 사람들을 재미나게 구경하는 거였다.

하교 시간이면 술집들이 빽빽하게 들어차기 시작했다. 무슨 뼈 빠지는 막노동이라도 종일 하고 온 사람처럼 열나게 술을 퍼마시는 녀석들, 알아듣지도 못할 골치 아픈 얘기 따위나 해대며 괜스레 진지한 척 애쓰는 배부른 녀석들. 그것이 춘심이네가 생각하는 대학생들이었다. 그러다가 그들은 자정이 넘어서야 곤드레가 되어 더러는 민들레집을 찾아 기어들어 오기도 했는데 가끔 술값이 모자라 이튿날 아침이면 가방을 잡혀두고 허겁지겁 돈 구하러 뛰어나가는 얼빠진 녀석들도 있었다.

그러나 아무리 비쭉여대긴 해도 대학생은 역시 부러운 존재였다. 그들은 모두 머잖아 도심지의 고층 빌딩을 넥타이 차림으로 오르락내리락할 것이고, 유식한 잘난 상대를 만나 그럴싸한 신혼살림에 그럴싸하게 살아갈 것이라는 빤한 사실 때문인지도 모른다. 언젠가 춘심이는 민들레집 계집애들과 함께 일이 없는 오후에 근처 대학교로 놀러 갔었다. 그러나 그녀들은 교문에 들어서기도 전에 수위한테 내쫓김을 당했다. 씨발, 여대생은 얼굴에 무슨 금딱지라도 붙이고 다닌다던. 춘심이는 홧김에 씹고 있던 껌을 교문 돌기둥에 꾹꾹 눌러 붙여놓고 왔었다.

쿨룩쿨룩.

노인이 기침을 시작한다. 농부는 노인의 가슴을 크고 볼품없는 손으로 문질러 준다. 난로가 달아오르고 있다. 훈훈한 열기가 주위에 서 있는 사람들의 몸을 기분 좋게 적신다.

남자들이 담배를 피우는 모습을 보고 있으려니 여자들은 문득 입 안이 허전한가 보다. 아낙네 하나가 보따리에 손을 집어넣고 무엇인가를 찾고 있다. 이윽고 아낙의 손끝에 북어 두 마리가 따라 나온다. 그녀는 그걸 대뜸 난로 위에 얹어 굽더니 북북 찢어 내어 사람들에게 골고루 나누어 준다.

"벤벤찮으요만 잡숴들 보실라요. 입이 궁금할 때는 이것도 맛이 괜찮합디다."

"고맙긴 하오만, 이렇게 먹어버리면 뭐 남기나 하겠소?"

역장이 한 조각 받아들며 말한다.

"밑질 때 밑지드라도 먹고 싶을 때는 먹어야지라우. 거시기, 금강산도 식후경이라 안 합디여. 히히히."

아낙은 제법 유식한 말을 했다는 생각에 스스로 대견해서 익살맞게 이빨을 드러내고 웃는다.

농부와 대학생과 춘심이도 한 오라기씩 입에 넣고 우물거리고 있다. 뚱뚱이 서울 여자는 마지못한 시늉으로 그걸 받더니, 행여 더러운 것이라도 묻지 않았나 싶은 듯 손가락 끝에서 요모조모 뜯어보다가 입에 넣었다. 그녀는 여전히 마지못한 표정을 짓고 있었지만 속으로는 그게 생긴 것보다는 맛이 괜찮다고 생각한다. 그러고 보니 그녀는 저녁을 거른 채로였다.

"북어를 팔러 다니시는가 부죠."

뚱뚱이 여자는 북어 얻어먹은 걸 반지르르한 서울말로 갚아야겠다는 속셈이다.

"북어뿐 아니라 김, 멸치, 미역 같은 해산물도 갖고 다녀라우. 산골이라 해산물이 귀해서 그런지 사평에 오면 그런대로 사 주는 편입디다."

"저쪽 아주머니두요? 보따리가 꽤 커 보이는데."

"아니라우. 나는 옷장사요. 정초도 가까워 오고 해서 애들 옷가지랑 노인네 솜바지 같은 걸 조까 많이 떼어 와 봤등만, 이번엔 영 재미를 못 봤소야. 삼사일 전에 다른 옷장사가 먼저 들러 갔다고 그럽디다. 오가는 차비 빠지기도 힘들게 돼부렀는 갑소."

"아따, 성님도 엄살. 그만큼 팔았으면 됐지, 손해는 무슨 손해요."

젊은 아낙은 북어 두 마리를 더 꺼내어 난로에 얹으며 호들갑을 떤다.

"근데 이거 기차도 다 틀린 건 아닌지 모르겠네. 어떡하믄 좋지. 이눔의 시골 바닥엔 여관 하나도 안 보이던데, 쯧."

서울 여자가 코를 찡그린다.

"누구, 아는 사람을 찾아오신 게 아닌갑네요?"

젊은 아낙이 퍽 호의를 보이며 묻는다.

"아는 사람이 누가 있겠수. 이런 두메산골은 눈 째지고 나서 첨 와 봤다구요. 말만 들었지, 종이쪽지 하나 들구 찾아와 보니깐 이거 원. 이게 모두가 다 그……."

모두가 다 그 몹쓸 년 때문이지 뭐야, 하려다가 서울 여자는 입을 오므리고 만다. 단무지같이 누렇게 뜬 사평댁의 낯빛이 눈에 선하게 떠오른 까닭이다.

뚱뚱이 여자는 이날 아침 버스로 사평에 도착했다. 하지만 사평댁이 사는 마을은 고개를 둘이나 넘어야 하는 산골짜기에 있었다. 커다란 몸집을 절구통 옮기듯 씩씩거리며 두어 시간이나 걸려 마을에 다다랐을 때는 점심나절이 한참 넘어서였다.

그녀는 사평댁을 만나면 머리채부터 휘어잡고 그동안 쌓인 분풀이를 톡톡히 할 참으로 벼르고 있었다. 그녀는 서울에서 음식점을 하나 갖고 있었는데 몇 달 전만 해도 사평댁은 주방에서 일을 했었다. 갓 서른이 넘은 나이에 성깔도 고와 뵈고 믿을 수 있을 것 같아서 그녀는 남다른 신뢰와 애정을 베풀어 주었노라고 지금도 자부하고 있는 터였다. 한데, 믿는 뒷에 뭐가 핀다더니 바로 그 사평댁에게 가게를 맡기고 단풍놀이를 갔다가 돌아와 보니 사평댁은 돈을 챙겨 넣은 채 온간다 말도 없이 사라져 버리고 없던 거였다. 이상한 건 금고에 돈이 더 있었는데도 없어진 것은 다만 삼십여 만 원 정도였다. 하지만 그녀가 분해하는 것은 없어진 돈 때문만은 아니었다. 세상이 아무리 막되었기로소니 친언니보다도 더 극진히 믿고 위해 주었던 은혜를 사평댁이 감쪽같이 배신했다는 사실이 더욱 분했다. 처음엔 그저 잊어버리고 말지, 했으나 생각하면 할수록 부아가 치밀어 올라 급기야는 어설픈 기억을 더듬어 사평댁의 고향으로 이날 쫓아 내려온 거였다.

사평댁이 살고 있는 마을은 지독한 빈촌이었다. 겨우 이십여 호 남짓한 흙벽돌 집들은 대부분이 초가였고, 한결같이 금방이라도 귀신이 나올 듯한 험상 맞은 꼬락서니를 하고 있었다. 산비탈 여기저기에 밭을 일구어 간신히 입에 풀칠이나 하고 살아가는 화전민촌이라는 사실을 첫눈에 쉽사리 알 수 있었다.

세상에, 이눔의 동네는 그 요란한 새마을 운동인가 뭔가도 여태 구경 못 했담.

발 디딜 자리 없이 쇠똥이 지천으로 내갈겨진 고샅을 더듬어 올라가며 그녀는 내내 오만상을 구겨야 했다. 엄청나게 큰 아가리를 벌리고 있는 똥통이며 두엄더미, 그리고 어쩌다 마주치는 시골 사람들의 몰골은 하나같이 수세미처럼 거칠고 쭈그러져 있었다.

금방 주저앉을 듯한 초가 사립을 들어섰을 때 그녀는 이미 그때까지 등등하던 기세가 사그라져버리고 없었다. 기척을 들었는지 누구요, 하고 방문을 연 것은 바로 사평댁이었다. 순간 그녀를 보자마자 사평댁은 그 자리에서 풀썩 주저앉고 마는 거였다. 처음에 그녀는 송장같이 핼쑥한 그 여자가 바로 사평댁이라는 사실을 깨닫지 못했다. 그만큼 사평댁은 오랜 병석의 기색이 완연했다.

에그머니나. 이게 무슨 꼴이야. 곱던 얼굴이 세상에 이렇게 못쓰게 될 수가 있담. 아니, 정말 네가 사평댁이 틀림없니, 틀림없어?

머리채를 박박 쥐뜯어 놓겠다고 벼르던 일은 까맣게 잊고 뚱뚱이 여자는 사평댁의 허깨비 같은 몸뚱이를 부둥켜안고 안타까워 어쩔 줄을 몰랐다. 속사정이야 제쳐 두고 우선 두 여자는 한참 동안 울음보를 풀었다. 서울 여자는 일찍이 젊어 과부가 된 제 팔자가 새삼 서러웠을 테고, 송장같이 말라 빠진 사평댁 또한 기구한 제 설움에 겨워 눈물을 쭐쭐 쏟아 내었다.

한바탕 소란이 끝나고 차츰 그간의 경위를 들어보니 사평댁의 소행이 이해가 갈 만도 했다. 본디 사평댁은 결혼 후 그 마을에서 죽 살아왔노라고 했다. 주정뱅이에다가 노름꾼인 건달 남편과의 사이에 아이 둘을 낳았으나, 갈수록 심해지는 남편의 손찌검에 못 견뎌 집을 나온 거였다. 물론 그런 사실을 사평댁은 까맣게 숨기고 있었다. 그런 어느 날 식당에 우연히 들어온 고향 사람을 만났고, 그에게서 지난 겨울 술 취한 남편이 밤길 눈밭에서 얼어 죽었다는 소식을 들었다. 부모 없이 거지 신세가 되어 이집 저집에 맡겨져 있다는 아이들을 생각하니 한시도 머물러 있을 수가 없었노라고 사평댁은 울먹이며 자초지종을 털어놓았다. 그러고 보니 방 한쪽 구석에는 사평댁의 아이들이 눈이 휘둥그레져서 그녀들을 쳐다보고 있었다. 머리통은 부스럼딱지로 더껑이 더께의 잘못된 표현. 몹시 찌든 물건에 달라붙은 거친 때 가 져 있고 영양실조로 낯빛이 눌눌한 아이들은 유난히 배만 불쑥 튀어나온 기이한 모습들이었다. 다시 한바탕 설움에 겨운 넋두리를 퍼붓다가 뚱뚱이 여자는 몸에 지닌 몇 푼의 돈까지 쓸어모아 한사코 마다하는 사평댁의 손에 쥐어 준 채 황황히 그 집을 나오고 말았다.

젠장맞을. 하여간 나는 정이 많은 게 탈이라구. 그 꼴을 하고 있는 줄 알
았으면 애당초 여기까지 찾아오지도 않았을 거 아냐. *쯔쯔쯔.*

서울 여자는 분풀이라도 하듯 북어를 어금니로 쭉 찢어서 씹기 시작한다.

짧은 순간, 사람들은 모두 바깥의 어둠에 귀를 모은다. 분명히 기적 소
리다.

야아, 오는구나.

저마다 눈빛을 빛내며 그들은 서둘러 짐꾸러미를 찾아 들고 플랫폼을 향
해 종종걸음을 친다. 그러나 맨 앞장선 서울 여자가 유리문에 미처 다다르
기도 전에 문이 드르륵 열리며 역장이 나타났다.

"그대로들 계십시오. 저건 특급 열찹니다."

그렇게 말하고 역장은 문을 다시 닫더니 플랫폼으로 바삐 사라진다.

참, 그러고 보니 저건 하행선이구나. 대합실 안의 사람들은 일시에 맥이
빠진다. 이번에도 특급이야? 뚱뚱이는 짜증스레 내뱉았고 아낙네들은 욕
지거리를 섞어가며 툴툴대었으며, 노인은 더 심하게 기침을 콜록거렸고,

🔘 소설 한 장면　　전개　대합실에 모인 사람들이 각자의 사연을 회상함

농부는 이번엔 늙은이의 가슴을 쓸어 줄 생각을 하지 못했다. 중년 사내와 청년도 말없이 난롯가로 되돌아갔고 맨 뒤로 몇 발짝 따라 나왔던 미친 여자는 쭈뼛쭈뼛 눈치를 살피며 도로 의자 위로 엉덩이를 주저앉힌다.

그 사이, 열차는 쿵쾅거리며 플랫폼을 통과하고 있다. 차 내부의 불빛과 승객들의 미라라 같은 형상들이 꿈속에서 보듯 현란한 흔적으로 반짝이다가 이내 사라져 버리고 말았다. 사위는 아까처럼 다시금 고요해졌고, 창밖으로 칠흑의 어둠이 잽싸게 제자리를 찾아 들어온다. 열차가 사라진 어둠 저편에서 늙은 역장의 손전등 불빛이 휘적휘적 걸어오고 있는 게 보인다. 그 모든 것이 아까와 똑같이 반복되고 있는 것이다.

대학생은 방금 눈앞에 나타났다가 사라진 열차의 불빛이 아직 자신의 망막에 남아 있는 듯한 느낌이다. 그것은 어느 찰나에 피어올랐다가 소리 없이 스러져버린 눈물겨운 아름다움 같은 거였다고 청년은 생각한다. 어디일까. 단풍잎 같은 차창들을 달고 밤 열차는 또 어디로 흘러가고 있는 것일까. 그것이 마지막 가 닿는 곳은 어디쯤일까. 그런 뜻 없는 질문을 홀로 던지며 청년은 깊숙이 가라앉은 시선을 창밖 어둠을 향해 던지고 있다.

사람들은 누구도 입을 열지 않는다. 대합실 벽에 붙은 시계가 도착 시간을 한 시간 반이나 넘긴 채 꾸준히 재깍거리고 있었지만 누구 하나 눈여겨 보는 사람은 없다. 창밖엔 싸륵싸륵 송이눈이 쌓여 가고 유리창마다 흰보라빛 성에가 톱밥 난로의 불빛을 은은하게 되비추어 내고 있을 뿐.

사람들은 약속이나 한 듯 말을 잊었다. 어쩌면 그들은 열차를 기다리고 있다는 사실조차 망각하고 있는 것인지도 모른다. 중년 사내는 담배를 입에 문 채 성냥불을 당기려다 말고 멍하니 난로의 불빛을 들여다보고 있다. 노인을 안고 있는 농부도, 대학생도, 쭈그려 앉은 아낙네들도, 서울 여자도, 머플러를 쓴 춘심이도 저마다 손바닥들을 불빛 속에 적셔 두고 망연한 시선을 난로 위에 모은 채 모두들 아무 말도 하지 않았다. 저만치 홀로 떨어져 앉아 있는 미친 여자도 지금은 석고상으로 고요히 정지해 있다. 이따금 노인의 기침 소리가 났고, 난로 속에서 톱밥이 톡톡 튀어 올랐다.

"흐유, 산다는 게 대체 뭣이간디……."

불현듯 누군가 나직이 내뱉었다.

그러자 사람들은 그 말꼬리를 붙잡고 저마다 곰곰히 생각해 보기 시작한다. 정말이지 산다는 게 도대체 무엇일까…….

중년 사내에겐 산다는 일이 그저 벽돌담 같은 것이라고 여겨진다. 햇볕도 바람도 흘러들지 않는 폐쇄된 공간. 그곳엔 시간마저도 아무런 흔적을 남기지 않는다. 마치 이 작은 산골 간이역을 빠른 속도로 무심히 지나쳐 가 버리는 특급 열차처럼……. 사내는 그 열차를 세울 수도 탈 수도 없다는 것을 잘 알고 있다. 그러면서도 여전히 기다릴 도리밖에 없다는 것, 그것이 바로 앞으로 남겨진 자기 몫의 삶이라고 사내는 생각한다.

농부의 생각엔 삶이란 그저 누가 뭐해도 흙과 일뿐이다. 계절도 없이 쳇바퀴로 이어지는 노동. 농한기農閑期 추수를 끝낸 뒤의 한가로운 기간라는 겨울철마저도 융자금 상환과 농약값이며 비료값으로부터 시작하여 중학교에 보낸 큰아들 놈의 학비에 이르기까지 이런저런 걱정만 하다가 보내고 마는 한숨철이 되고 만 지도 오래였다. 삶이란 필시 등뼈가 휘도록 일하고 근심하다가 끝내는 늙고 병들어 죽는 것이리라고 여겨졌으므로, 드디어 어려운 문제를 풀어냈다는 듯이 농부는 한숨을 길게 내쉰다.

서울 여자에겐 돈이다. 그녀가 경영하고 있는 음식점 출입문을 들어서는 사람들은 모조리 그녀에겐 돈으로 뵌다. 어서 오세요. 입에 붙은 인사도 알고 보면 손님에게가 아니라 돈에게 하는 말일 게다. 그래서 뚱뚱이 여자는 식사를 마치고 나가는 손님들에게 결코 안녕히 가세요, 라는 말은 쓰지 않는다. 또 오세요다. 그녀는 가난을 안다. 미친 듯 돈을 벌어서, 가랑이를 찢어 내던 어린 시절의 배고픈 기억을 보란 듯이 보상받고 싶은 게 그녀의 욕심이다. 물론 남자 없이 혼자 지새워야 하는 밤이 그녀의 부대 자루 같은 살덩이를 이따금 서럽게 만들기도 한다. 하지만 그녀는 두 아들을 끔찍이 사랑했다. 소중한 두 아들과 또 그들을 행복하게 만드는 데에 쓰여 질 돈, 그 두 가지만 있으면 과부인 그녀의 삶은 그런대로 만족할 것도 같다.

춘심이는 애당초 그런 골치 아픈 얘기는 생각하기도 싫어진다. 산다는 게 뭐 별것일까. 아무리 허덕이며 몸부림을 쳐 본들, 까짓 것 혀 꼬부라진 소리로 불러대는 청승맞은 유행가 가락이나 술 취해 두들기는 젓가락 장단과 매양 한가지일걸 뭐. 그래서 춘심이는 술이 좋다. 아무것도 생각나지 않게 해 주는 술님이 고맙다. 그래도 춘심이는 취하면 때로 울기도 하는데 그 까닭이야말로 춘심이도 모를 일이다.

대학생에겐 삶은 이 세상과 구별할 수 없는 그 무엇이다. 스물셋의 나이인 그에게는 세상 돌아가는 내력을 모르고, 아니 모른 척하고 산다는 것은 절대로 용서할 수 없다. 그런 삶은 잠이다. 마취 상태에 빠져 흘려보내는 시간일 뿐이라고 청년은 믿고 있다. 하지만 그는 얼마 전부터 그런 확신이 조금씩 흔들리기 시작하는 걸 느끼고 있다. 유치장에서 보낸 한 달 남짓한 기억과 퇴학. 끓어오르는 그들의 신념과는 아랑곳없이 이루어지고 있는 강의실 밖의 질서…… 그런 것들이 자꾸만 청년의 시야를 어지럽히고 혼란을 일으키고 있는 중이다.

행상꾼 아낙네들은 산다는 일이 이를테면 허허한 길바닥만 같다. 아니면, 꼭두새벽 장사치들이 때로 엉켜 아우성치는 시장에서 허겁지겁 보따리를 꾸려나와, 때로는 시골 장터로 혹은 인적 뜸한 산골 마을로 돌아다니며 역시 자기네 처지보다 나을 것이라곤 눈곱만큼도 없는 시골 사람들 앞에서 거짓말 참말 다 발라가며 펼쳐놓는 그 싸구려 옷가지 같은 것인지도 모른다. 어쨌든 그녀들에겐 그따위 사치스런 문제를 따지고 말고 할 능력도 건덕지도 없다. 지금 아낙네들의 머릿속엔 아이들에게 맡겨둔 채로 떠나온 집 생각으로 가득 차 있다. 어린것들이 밥이나 제때에 해 먹었을까. 연탄불은 꺼지지 않았을까. 며칠째 일거리가 없어 빈둥대고 있는 십 년 노가다 경력의 남편이 또 술에 취해서 집구석에 법석을 피워 놓진 않았을까…….

그러는 사이에도, 밖은 간간이 어둠 저편으로부터 바람이 불어왔고, 그때마다 창문이 딸그락거렸다. 전신주 끝을 물고 윙윙대는 바람 소리, 싸륵싸륵 눈발이 흩날리는 소리, 난로에서 톡톡 튀어 오르는 톱밥, 그런 크고 작은 소리들이 간헐적_{얼마 동안의 시간 간격을 두고 되풀이하여 일어나는}으로 토해 내는 늙은이의 기침 소리와 함께 대합실 안을 채우고 있을 뿐, 사람들은 각기 골똘한 얼굴로 생각에 빠져 있다.

대학생은 문득 고개를 들어 말없이 모여 있는 그들의 얼굴을 하나하나 눈여겨본다. 모두의 뺨이 불빛에 발갛게 상기되어 있다. 청년은 처음으로 그 낯선 사람들의 얼굴에서 어떤 아늑함이랄까 평화스러움을 찾아내고는 새삼 놀라고 있다. 정말이지 산다는 것이란 때로는 저렇듯 한 두름의 굴비, 한 광주리의 사과를 만지작거리며 귀향하는 기분으로 침묵해야 하는 것인지도 모른다.[1]

청년은 무릎을 굽혀 바께쓰 안에서 톱밥 한 줌을 집어 든다. 그리고 그것

---

1) 곽재구의 시 「사평역에서」의 한 구절을 인용한 부분이다.

을 난로의 불빛 속에 가만히 뿌려 넣어 본다. 호르르르. 삐비꽃¹'삘기꽃'의 호남 사투리
이 피어나듯 주황색 불꽃이 타오르다가 이내 사그라져들고 만다. 청년은 그
짧은 순간의 불빛 속에서 누군가의 얼굴을 본 것 같다. 어머니다. 어머니가
주름진 얼굴로 활짝 웃고 있었다.

다시 한 줌 집어넣는다. 이번엔 아버지와 동생들의 모습이 보였다. 또 한
줌을 조금 천천히 흩뿌려 넣는다. 친구들과 노교수의 얼굴, 그리고 강의실
의 빈 의자들과 잔디밭과 교정의 풍경이 차례로 떠오르기 시작한다.

음울한 표정의 중년 사내는 대학생이 아까부터 톱밥을 뿌려대고 있는 모
습을 곁에서 줄곧 지켜보고 있는 참이다. 대학생의 얼굴은 줄곧 상기되어
있다.

이 젊은 친구가 어쩌면 꿈을 꾸고 있는지도 모르겠군. 그러면서도 사내
역시 톱밥을 한 줌 집어낸다. 그리고는 대학생이 하듯 달아오른 난로에 톱
밥을 뿌려준다.¹⁾ <u>호르르르.</u> 역시 삐비꽃 같은 불꽃이 환히 피어오른다. 사내

 소설 한 장면　절정　사람들이 산다는 것이 무엇일지 생각함

---

1) 중년 남자는 이념을 추구하다 현실에 벽에 부딪혀 좌절한 인물이라는 점에서 대학생과 유사하다. 함께 톱밥을 뿌
리는 행위는 대학생의 심정에 교감하는 것이다.

는 불빛 속에서 누군가의 얼굴을 얼핏 본 듯하다. 허 씨 같기도 하고 전혀 낯모르는 다른 사람인 것도 같은, 확실치 않은 얼굴이었다. 사내의 음울한 눈동자가 간절한 그리움으로 반짝 빛나기 시작한다. 사내는 다시 한 줌의 톱밥을 집어 불빛 속에 던져넣고 있다.

어느새 농부도, 아낙네들도, 서울 여자와 춘심이도 이젠 모두 그 두 사람의 치기稚氣 어리고 유치한 기분이나 감정 어린 장난을 지켜보고 있다. 누구도 입을 열지 않았다.

사평역을 경유하는 야간 완행열차는 두 시간이나 지난 후에야 도착했다.

막상 열차가 도착했을 때, 대합실에서 그때까지 기다리고 있던 승객들은 반가움보다는 차라리 피곤함과 허탈감에 젖은 모습으로 열차에 올라탔다. 늙은 역장은 하얗게 눈을 맞으며 깃발을 흔들어 출발 신호를 보냈고, 이어 열차는 천천히 미끄러져가기 시작했다. 얼핏, 누군가가 아직 들어가지 않고 열차 난간에 기대어 서 있는 게 보였다. 역장은 그 사람이 재 너머 오 씨 큰아들임을 알았다. 고개를 반쯤 숙인 채 난간 손잡이에 위태로운 자세로 기대어 있는 청년의 모습이 역장은 왠지 마음에 걸렸다. 이내 열차는 어둠 속으로 길게 기적을 남기며 사라져버렸다.

한동안 열차가 달려가 버린 어둠 저편을 망연히 응시하고 서 있던 늙은 역장은 옷에 금방 수북이 쌓인 눈을 털어 내며 대합실로 들어섰다. 난로를 꺼야 하기 때문이었다. 거기서 역장은 뜻밖에도 아직 기차를 타지 않고 남아 있는 한 사람을 발견했다. 미친 여자였다. 지금껏 난로 곁에 가지 않았던 유일한 사람이었던 그녀는 이제 난로를 독차지한 채, 아까 병든 늙은이가 앉았던 의자에 비스듬히 앉아 잠들어 있었다.

그녀의 집이 어디며, 또 어디서 왔는지 역장은 전혀 모른다. 다만 이따금 그녀가 이 마을을 찾아왔다가는 열차를 타고 떠나곤 했다는 정도만 기억할 뿐이었다. 오늘은 왜 이 여자가 다른 사람들을 따라 열차를 타지 않았을까 하고 역장은 의아하게 생각했다. 아마 그 여자에겐 갈 곳이 없었을지도 모른다. 그녀에게 있어서 출발이란 것은 이 하룻밤, 아니 단 몇 분 동안이나마 홀로 누릴 수 있는 난로의 따뜻한 불기만큼의 의미조차도 없는 까닭이리라.

역장은 문득 그녀가 걱정스러웠다. 올겨울 같은 혹독한 추위에 아직 얼어 죽지 않고 여기까지 흘러들어왔다는 사실이 신기했다. 꿈이라도 꾸는 중인지 땟국물에 젖은 여자의 입술 한 귀퉁이엔 보일락말락 웃음이 한 조각 희미하게 남아 있었다.

이거 참 난처한걸. 난로를 그대로 두고 갈 수도 없고…….

하지만 결국 역장은 김 씨를 깨우러 가기 전에 톱밥을 더 가져다가 난로에 부어 줘야겠다고 생각하며 천천히 사무실로 돌아가고 있었다. 눈은 밤새 내내 내릴 모양이었다.

🍎 소설 한 장면　결말　다들 막차에 올라타 사평역을 떠남

🔭 생각해 볼까요?

선생님 이 작품은 곽재구의 시 「사평역에서」를 바탕으로 쓴 소설이에요. 소설 또한 원작 시의 첫 문장인 "막차는 좀처럼 오지 않았다."라는 문장으로 시작하지요. 장르가 다른 두 작품의 공통점과 차이점을 말해 볼까요?

💬 4 ♥ 4

학생 1 두 작품 모두 '대합실', '눈', '막차', '톱밥' 등의 소재를 사용하였어요. 또한 대합실에 모인 사람들이 난로 불빛을 바라보며 생각에 잠기는 상황으로 설정하였어요.

학생 2 '산업화 시대를 살아가는 사람들의 삶의 애환'이라는 주제도 유사해요.

학생 3 차이점은 시에서는 사평역 대합실의 광경이 1인칭 화자의 시점에서 하나의 풍경으로 제시되었지만, 소설에서는 전지적 작가 시점에서 서술되었다는 점이에요. 이 때문에 소설에서는 각각의 인물들이 가진 삶의 모습과 내면이 구체적으로 드러나요. 시에서 화자 역할을 했던 '나'는 소설에서 '대학생'으로 바뀌었고요.

학생 4 또한 원작 시의 경우 막차가 도착하지 않은 채 작품이 끝나지만, 소설은 두 시간이 지난 후 열차가 도착하는 것으로 끝이 나요. 당시의 시대적 분위기를 고려한다면 이 기다림은 민주화에 대한 열망을 상징한다고 볼 수 있는데, 그렇다면 결말은 미래에 대한 보다 낙관적인 전망을 제시한다고 할 수 있어요.

선생님 이 작품에서 '난로'와 '톱밥'의 역할은 무엇인가요?

💬 2 ♥ 2

학생 1 난로의 불꽃은 인물들에게 회상과 성찰의 계기를 부여해요. 이 불꽃을 바라보는 사람들은 말로 표현할 수 없는 교감을 느끼게 돼요. 각자 다른 삶을 살아가는 사람들이지만 난로의 불꽃을 바라보는 순간에는 하나가 되는 거예요.

학생 2 청년이 톱밥 한 줌을 집어 들어 난로의 불빛 속에 뿌려 넣자 주황색 불꽃이 타올라요. 이러한 불빛은 사람들에게 사색의 분위기를 제공해 과거를 회상하고 성찰하게 되는 계기가 돼요.

선생님 이 작품에서는 뚜렷한 주인공이 등장하거나 특별한 사건이 전개되지 않아요. 또한 작품 속에 초점 화자가 설정되어 있지요. 초점 화자란 전지적 작가 시점의 소설에서 내면이 서술되는 중심 화자를 말해요. 이와 관련한 서술상의 특징에 대해 이야기해 볼까요?

💬 1 ♥ 1

학생 1 작가는 사평역 대합실에 모여든 사람들을 모두 초점 화자로 설정하고 이들의 숨겨진 사연을 들려주어요. 「사평역」에서 초점 화자는 대학생, 중년 사내, 서울 여자 등으로 계속 바뀌어요.

선생님 이 소설은 눈 내리는 겨울밤에 시골 간이역에서 기차를 기다리는 사람들의 이야기예요. '기차역'과 '기차'가 의미하는 바는 무엇일까요?

💬 3 ❤️ 3

↳ **학생 1** 기차역은 다른 곳으로 떠나기 위한 장소인 동시에 각각의 인물들이 과거의 삶을 되돌아보게 만드는 장소예요. 펄펄 내리는 눈은 춥고 쓸쓸한 느낌을 주어 산업화 시대 속에서 힘들게 살아가는 서민들의 모습을 형상화해요.

↳ **학생 2** 기차는 삶의 희망을 상징해요. 사람들이 기차를 기다리지만 기차는 시간이 지나도 오지 않아요. 고통받는 사람들에게 희망이 쉽게 찾아오지 않는다는 걸 의미해요.

↳ **학생 3** 반면 기차가 연착되었기 때문에 이들은 자신의 삶을 돌아볼 수 있는 기회를 얻게 돼요.

5·18 민주화 운동

연관 검색어   광주   전두환   민주화

1979년 박정희 대통령이 암살되자, 국무총리였던 최규하가 대통령이 되었다. 이후 전두환, 노태우 등 신군부 세력이 12·12 사태를 일으켜 정권을 장악하였다. 이에 반발한 학생들과 시민들은 1980년 5월 13일부터 15일까지 서울역 광장에서 민주화 운동을 전개하였다.

하지만 신군부 세력은 시민들의 민주화 요구를 거부하고 비상계엄을 전국으로 확대하였다. 이러한 신군부의 억압에 광주 학생들과 시민들이 강하게 저항하며 1980년 5월 18일, 광주에서 5·18 민주화 운동이 일어났다. 그러자 신군부는 공수 부대를 투입하였는데, 공수 부대원들이 전남대학교 학생들의 시위를 과잉 진압하면서 시위가 광주 전체로 확산되었다. 광주 시민들은 시민군을 조직해 공수 부대에 맞섰고, 신군부는 광주를 고립시킨 뒤 시민군을 폭력적으로 진압하였다. 이 과정에서 많은 사람이 목숨을 잃고 부상을 입었다. 심지어 시위에 참여하지 않은 시민까지도 무차별적인 폭력의 대상이 되었다. 비록 이 운동은 신군부 세력의 진압으로 좌절되고 말았지만, 이후 전개된 민주화 운동의 원동력이 되었다.

박완서
(1931~2011)

✉ 작가에 대하여

경기도(현 황해북도) 개풍군 출생. 어린 시절을 조부모와 숙부모 밑에서 보냈다. 1944년 숙명여자고등학교에 입학, 1950년 서울대학교 국문과에 입학했으나 전쟁으로 중퇴하였다. 1970년 마흔이 되던 해에 〈여성동아〉 장편 소설 공모전에 『나목』이 당선되어 등단하였다. 『그 가을의 사흘 동안』으로 한국문학작가상, 『엄마의 말뚝』으로 이상문학상 등을 수상하였다. 1998년 문화 관광부에서 수여하는 보관 문화 훈장에 이어 2011년 사후에 금관 문화 훈장이 추서되었다.

박완서는 데뷔작 『나목』을 비롯해 「세모」, 「부처님 근처」, 「카메라와 워커」, 『엄마의 말뚝』 등 여러 작품을 통해 6·25 전쟁으로 인한 작가 자신의 혹독한 시련을 냉철한 리얼리즘에 입각하여 형상화했다. 1980년대에 들어서는 『살아 있는 날의 시작』, 『서 있는 여자』, 『그대 아직도 꿈꾸고 있는가』 등의 장편 소설을 통해 여성의 억압 문제를 다루었다. 박완서는 유려한 문체와 여성 특유의 섬세한 감각으로 물질 중심주의와 가부장제에 대한 비판적 의식을 보여 주어 여성 문학의 대표적 작가로 주목받았다.

해산 바가지

#현실비판   #남아선호사상   #생명존중   #자기고백

⛵ 작품 길잡이

갈래: 액자 소설, 세태 소설
배경: 시간 - 1980년대 / 공간 - 도시
시점: 1인칭 주인공 시점
주제: 탄생의 고귀함과 생명 존중의 가치
출전: 〈세계의문학〉(1985)

📷 인물 관계도

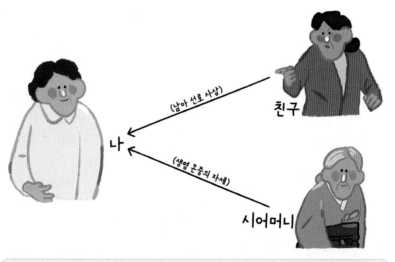

나	시어머니의 치매로 갈등을 겪지만, 시어머니의 생명 존중 의식을 깨닫고 반성한다.
친구	며느리가 딸만 둘을 낳자 속상해하며 남아 선호 사상을 드러낸다.
시어머니	성별에 따라 아이를 차별하지 않는 성숙한 모습을 보여 준다.

📋 구성과 줄거리

발단   '나'는 딸만 낳은 며느리를 구박하는 친구의 모습을 목격함

'나'는 외며느리가 둘째 딸을 낳아 속상해하는 친구와 함께 병원에 간다. 그곳에서 '나'는 다른 산모와 문병 온 사람들이 나누는 대화를 듣고 남아 선호 사상과 성차별을 느낀다. 이에 혐오감을 느낀 '나'는 병원 밖으로 나와 '나'가 결혼할 당시의 과거를 떠올린다.

전개   '나'의 시어머니는 남녀 구별 없이 정성스럽게 아기를 돌봐 줌

'나'가 결혼하려고 했을 때 남편이 외아들에 홀시어머니라 일가친척들은 모두 걱정했다. 걱정과 달리 시어머니는 성품이 인자하고 온화하였다. '나'는 별다른 시집살이 없이 살면서 네 명의 딸을 낳고 다섯째로 아들을 낳았다. 시어머니는 손주들을 차별하지 않고 정성껏 길러 주었다.

위기   시어머니의 치매로 인해 '나'의 심신이 황폐해짐

'나'와 시어머니는 좋은 관계를 유지하며 살아간다. 그러나 시어머니가 치매에 걸리면서 상황이 달라진다. '나'는 다른 사람들의 눈을 의식하여 효부인 척 위선을 떨다가 신경 안정제를 복용할 만큼 힘들어진다.

절정   요양원을 보러 가던 중 지붕 위 박을 보며 해산 바가지를 떠올림

친척들과 상의 끝에 '나'와 남편은 시어머니를 요양원에 모시기로 한다. 남편과 함께 요양원을 보러 가던 길에 '나'는 초가지붕 위에 열린 박을 보고 해산 바가지를 떠올린다.

결말   시어머니의 생명 존중 태도를 깨닫고 임종 때까지 곁을 지킴

'나'는 손주가 태어날 때마다 정성껏 해산 바가지를 준비하고 한결같이 사랑을 주던 시어머니의 아름다운 정신을 깨닫는다. 감동한 '나'는 좀 더 편안해진 마음과 태도로 시어머니를 돌보며 임종 때까지 곁을 지킨다.

해산 바가지

　서로 깊이 좋아하면서도 일부러 만날 기회를 만들 필요 없이 생각만으로도 푸근해지는 친구가 있는가 하면 며칠만 목소리를 못 들어도 궁금증이 나서 전화질이라도 해야 배기는 친구도 있다. 오늘 아침 설거지를 하다 말고 나중 경우에 속하는 친구 목소리를 못 들은 지가 일주일은 된다는 데 생각이 미치자 불현듯 좀이 쑤셔서_{마음이 들뜨거나 초조하여 가만히 있지 못하여} 일손을 놓고 허겁지겁 전화통에 매달렸다. 용건 같은 건 따로 없었다. 애써 용건을 꾸며대자면 나의 고질적이고 주기적인 우울증이 듣기만 해도 절로 세상만사가 별거아닌 것으로 여겨질 만큼 낙천적인 그녀의 목소리에 의해 무산될 수 있길 은근히 바랐다고나 할까.

　하마터면 전화 잘못 건 줄 알고 끊을 뻔하게 친구의 목소리는 침울하게 가라앉아 있었다.

　"느이 파산했구나?"

　나는 그 친구와의 평소의 버릇대로 이렇게 농지거리부터 해 보았다. 생판 농지거리만은 아닌 것이 씀씀이가 헤프고, 해놓고 사는 게 친구들 사이에선 가장 화려해서 우리가 샘을 낼라치면 언제 파산할지도 모르는 신세라고 엄살을 떨곤 했기 때문이다. 그녀의 남편은 중소기업 정도의 사업체를 갖고 있는 유능한 사업가지만 대기업도 하루아침에 물거품처럼 꺼지는 세상이니 그 정도의 엄살은 부릴 만도 했다.

　"아냐, 차라리 파산이라도 했으면 좋게……."

　"뭐라구, 그럼 더 나쁜 일이 생겼단 말이니?"

　"글쎄 더 나쁜 일이라면 좀 이상하지만, 파산을 했다고 해도 이렇게 서운하진 않을 것 같아. 그까짓 돈이야 있다가도 없고 없다가도 있는 거 아니니?"

　"난 또 뭐라고. 조 사장이 바람을 피웠나 보구나? 맞지?"

　"얘는, 생각하는 것하고…… 바람은커녕 어제부터 맥이 빠져 회사에도 못 나가고 지금도 내 옆에 쓰고 드러누워 있단다."

　"무슨 일이야? 그럼."

　"내가 또 손녀를 봤단다. 또 딸을 낳을 게 뭐니."

　"이번이 참 둘째지? 약간은 섭섭하겠지만 곧 나아져. 낳을 때 섭섭한 거

벌충하고도 남을 만큼 예쁘게 구는 게 딸 아니니?"

"남의 일이니까 그렇게 말할 수 있는 게지. 당해 보면 심각하다 너. 우리 영감은 숫제 쓰고 드러누웠다니까. 맥이 풀려 사업이고 돈이고 다 귀찮대."

"알 만해, 네 목소리만 들어도. 그렇지만 어쩌겠니? 임의로 할 수 있는 노릇이 아니니 며느리한테도 행여 그런 내색 하지 마."

"왜 임의로 못 하니? 양수 검사니 초음파 검사니 아들딸 미리 알 수 있는 방법이 얼마든지 있는데 제가 뭐 잘났다고 그런 것도 안 해 보고 겁 없이 또 딸년을 덜컥 낳아놓느냐 말야. 시집을 우습게 봐도 분수가 있지!"

"아들딸을 미리 알 수 있을지는 몰라도, 딸을 아들 만들 수는 없는 거라면 그거 안 해 본 걸 나무랄 수는 없잖니."

"딸을 아들 만들지는 못해도 딸인 줄 알면 안 낳을 수는 얼마든지 있잖느냐 말야. 다들 그러려고 양수 검사하지, 미리 궁금증이나 풀어 보려고 하는 사람이 어딨니? 요새 애 떼는 게 무슨 큰일이라고."

"얘, 우리 피차 살날이 창창한 것도 아닌 늘그막에 그런 하늘 무서운 소린 안 하도록 하자."

"넌 왜 꼭 나만 나무라려고 그러니? 우리 며늘애 개가 보통 애 아닌 건 너도 알지."

"그럼 소문난 재원才媛이지. 외며느리 그만큼 보기 어렵다고 다들 얼마나 부러워했니."

"얘 얘, 듣기 싫다. 그건 다 옛날 고릿적 얘기고, 걔 콧대 세고, 시집 어려운 줄 모르는 고약한 성깔 말야."

"여직껏 잘 지내고서 지금 와서 그게 무슨 소리니? 성깔 때문에 딸을 낳은 것도 아니겠다."

"걔가 딸만 내리 둘 낳은 것 때문에만 내 속이 이렇게 상하겠니? 나도 말이다, 딸 낳으면 아들 낳는 날도 있겠지 마음 눙쳐 먹고 기다릴 아량도 있는 시에미다 너. 근데 적반하장도 분수가 있지, 이번 애 뱄을 적부터 시부모 앞에서 고개를 꼿꼿이 세우고 한다는 소리가 '아들이고 딸이고 둘까지만 낳아보고 그만 낳을 테니 그런 줄 아세요.' 글쎄 이러지 뭐니? 제가 남의 집 외며느리로 들어와서 그게 글쎄 할 소리니? 그래도 그때만 해도 속으로 필시 쟤가 양수 검사라도 해서 아들 밴 걸 미리 알고 저렇게 큰소리치려니 하는 한 가닥 희망이 있었기에 나무라고 싶은 것을 꾹 참을 수가 있었는데, 딸

년을 배고 시부모 앞에서 감히 그런 발칙한 소리를 한 생각을 하면 괘씸하고 분해서 미칠 지경이지 뭐니. 앞으로 그 고집을 어떻게 꺾어 또 아이를 갖게 할 것이며 억지로 하나를 더 갖게 한들 그게 아들이란 보장이 있는 것도 아니고…… 글쎄 이런 법도 있니? 외며느리 입에서 딸이라도 둘만 낳겠다는 소리가 감히 어떻게 나올 수가 있느냐 말야."

"애야, 좀 진정을 해. 세상이 그런 걸 어떡허니. 아들딸 가리지 말고 둘만 낳자가 둘도 많다로 변한 것도 몰라? 꼭 그대로 해야 된다는 법적 제약이 있는 건 아니지만 요즈음 젊은 부부라면 의당 인구문제를 모른 척할 순 없는 거 아니니? 내버려둬. 그 애들 자녀의 수는 그 애들 스스로 알아서 결정하게 내버려둬야지, 우리네 부모가 섣불리 나설 일이 아니라고 생각한다, 나는."

나는 꽤 조심스럽게 내 생각을 말했는데도 기가 팍 죽었던 친구의 목소리가 별안간 귀청이 째지게 날카로워졌다.

"넌, 넌 아들 하나 낳으려고 딸을 넷씩이나 낳았기에 내 이 속 타는 걸 알아줄 줄 알았더니 어쩜 그렇게 남 복장 찢을 소리만 골라서 하니. 나는 지금 우리 집안의 손이 끊길지도 모르는 중대한 고비를 맞아 미치고 환장을 할 지경인데 인구문제가 나하고 무슨 상관이야. 지는 아들 하나 낳으려고 딸을 넷씩이나 내리 낳은 주제에 누구한테 인구문제를 뒤집어씌우려고……."

이렇게 마구 지껄이더니 분에 못 이겨 전화를 끊고 마는 게 아닌가. 나의 오남매는 주시는 대로 낳을 수밖에 없었던 시대의 오남매일 뿐인데, 그중 딸 넷을 마치 막내로 아들 하나를 얻기 위한 네 번의 시행착오에 불과한 것으로 단정하는 친구의 말투가 어이없었지만 변명할 겨를도 없었고, 또 그러고 싶지도 않았다. 아무 데나 마구 싸움을 걸고 싶게 착란돼 있는 친구의 상태가 측은하기도 했지만 남자 여자 문제라면 더욱 갈피를 못 잡는 이 시대의 우리 의식의 갈등과 혼란이 한동안 나를 우울하게 했다. 다음 날 그 친구로부터 전화가 왔다.

"오늘 나한테 시간 좀 내주지 않을래?"

"왜? 아들딸 푸념 더 하고 싶어서? 미안하지만 사양하겠다."

"오늘 퇴원한다니까 한번 가봐야지 않겠니?"

"가보긴 가봐야 한다니, 누구 말야?"

"누군 누구야, 우리 잘난 며느리 말이지?"

"그럼 여직껏 한 번도 안 가봤단 말이니? 그리고 퇴원한다니까 가봐야겠다니, 집으로 퇴원하는 거 아냐?"

"그동안 가 볼 기운이 어딨니? 밥해 먹을 기운도 없어서 정 배고프면 아무거나 한 그릇 시켜 먹으면서 산걸. 우리 영감도 오늘 겨우 출근했다. 그것도 나갈래 나간 게 아니라 사장님 아니면 안 되는 일이 있다고 야단법석들을 해서 마지못해 나간걸. 퇴원은 즈이 친정으로 하지 왜 우리 집으로 하니? 그건 딸을 낳았대서가 아니야. 아들을 낳았어도 마찬가진데 다만 사돈집에서 면목이 있고 없고의 차이는 있겠지."

"딸이 딸을 낳으면 친정에서까지 면목이 없어야 하니?"

"그래, 그걸 몰라서 묻니? 그러니까 딸은 애물이고 어떡허든 아들은 있어야 한다는밖에."

"몰랐어. 모를 수밖에. 딸이 넷씩 되지만 다 아직 출가 전이잖니?"

"그러니까 네가 세상 물정 모르는 소리만 탕탕 해서 남의 기통을 터뜨려 놓아도 내가 봐주는 거야. 하나만 출가를 시켜 보렴. 어떤 맛인가. 딸 아들이 똑같단 생각이 하루아침에 회까닥 뒤집힐 테고, 내 섭섭한 심정도 이해가 될걸. 정말이야. 네가 몰라서 그러지 나 조금도 심한 시에미 아니다 너."

"알았어, 알았으니 용건이나 빨리 말해."

"병원에 같이 가 보자구. 시간 있으면 말야."

"시간은 있지만 좀 우습다."

"뭐가?"

"축하가 될지 문병이 될지 모르지만 그런 걸 네 쪽에서 요청한다는 게 말야."

"혼자 가기가 암만해도 어색해서 그래. 친정어머니도 와 있고 할 텐데 좋지 않은 기색 드러내기도 그렇고, 아무렇지 않은 척할 자신도 없고 네가 중간에서 이쪽저쪽 위로도 좀 해주고 분위기를 좀 잡아주라. 친구 좋다는 게 뭐니?"

나는 내키지가 않았지만 승낙을 하고 말았다. 그쪽에서 청하지 않아도 가서 축하해줄 만한 사이였지만 축하가 아닌 심심한 위로를 해야 할 판이고 보니 우선 자신의 감정 처리가 문제였다. 한편 호기심도 없지 않아 있었다. 친구 며느리가 얼마나 당당한 여자라는 걸 잘 알고 있는 나는 그녀가 시어머니의 부당한 죄인 취급으로부터 어떻게 자신을 지키나, 또 사돈끼리는 그런 문제에 어떻게 대처하나, 좀 안된 얘기지만 구경해보고 싶었다.

우리는 K대학 부속 병원 일층 엘리베이터 앞에서 만나기로 약속을 했는데 피차 어찌나 시간을 잘 지켰던지 앞서거니 뒤서거니 거의 동시에 닿은 택시에서 나란히 내렸다. 친구는 생각보다 더 초췌하고 늙어 보였다.

"화장이라도 좀 하지 않구……."

자기가 얼마나 속상하다는 걸 한껏 과장하려는 친구의 속셈을 은근히 경멸하면서 나는 이렇게 핀잔을 주었다. 그리고 조금 웃었다. 화장 타령은 친구가 나를 만날 때마다 하던 소리였기 때문이다. 친구는 웃지도 않고 대꾸도 안 하고 앞장섰다.

면회 시간 중의 신생아실 유리창엔 사람들이 다닥다닥 붙어 있었다. 미키마우스 그림이 붙은 쇼윈도 너머론 신생아실이 훤히 들여다보였지만 아기를 보여 주는 간호사는 한 명밖에 없어서 차례로 잠깐씩만 보여 주는 것 같았다. 자연히 감질^{疳疾 바라는 정도에 아주 못 미쳐 애타는 마음}이 난 가족들이 유리창에 잔뜩 얼굴을 갖다 대고 저만치 소쿠리 같은 침대에서 새근새근 잠든 아이들 중에서 자기네 아기를 찾아내려고, 또는 방금 유리창 옆에서 선을 보이고 있는 남의 아기와 자기의 아기를 비교하려고 눈을 빛내고 있었다. 아기 아버지인 듯싶은 젊은 남자는 어찌나 유리창에 얼굴을 바싹 갖다 댔는지 코가 짜부라져 바보같이 보였지만 눈빛만은 진지하고 심각했다.

"어쩜, 무슨 애가 저렇게 클까. 신생아 같지도 않네."

"글쎄 3.5킬로래. 저 눈 뜨고 두리번대는 것 좀 보게나."

"3.5킬로나요. 조그만 엄마가 어쩌면 저렇게 크게 낳았을까. 그것도 첫아들을. 형님, 앞으로 며느리한테 더 쩔쩔맬 테니 눈꼴시어서 어찌 보지."

"왜 샘나나?"

나는 친구의 손녀는 어디쯤 누워 있나 찾는 것도 아니면서 그 큰 유리창 앞에서 멈칫대며 빙글대고 있었다. 참으로 즐거운 쇼윈도였다. 나는 새롭고 이상한 행복감이 스멀대며 전신에 퍼지는 걸 느꼈다.

"우리도 아기 먼저 보고 나서 산모 보러 가자."

나는 응석 부리듯이 친구에게 동의를 구했다.

"안 돼. 싫어."

친구가 단호하게 신생아실을 외면하고 입원실 쪽으로 앞장섰다. 나는 그 이상한 행복감에서 갑자기 깨어난 것도 아까웠지만 신생아실에 전혀 매혹당하지 않는 친구의 미욱스러움^{매우 어리석고 미련함}이 혐오스러워 거기까지 따라

온 것을 후회했다. 무엇보다도 나는 곧 목격해야 할 지긋지긋하고도 잔혹한 대결이 두려워서 잠시라도 유예의 시간을 얻고 싶었던 것이다.

병실은 예상과는 달리 시끌시끌하고 명랑하게 들떠 있었다. 젊고 교양있어 보이는 한 떼의 남녀가 산모의 침대를 에워싸고 주스 깡통으로 막 축배를 들려는 찰나였다. "득남을 축하하네." "첫아들이라니 짜아식 홈런 깠잖아." "정말 장하십니다." "득남 턱은 언제 낼 건가." 그런 소리들이 어울려 축제 분위기가 한껏 고조돼 있었다.

"방을 잘못 알았나 봐."

친구가 씹어뱉듯이 말하며 내 소매를 잡아끌었다. 나 역시 그렇게 생각하고 멈칫 돌아서려는데 초췌한 노부인이 울상을 하면서 친구를 가로막았다.

"사부인 나오셨습니까? 뵐 면목이 없습니다."

그 병실은 2인실이었던 것이다. 사태는 내가 예상했던 것보다 더욱 나빠질 게 뻔했다. 남이야 어찌 됐건 깡통을 서로 요란하게 부딪치고 난 득남 축하객들은 계속해서 떠들기 시작했다. "그 녀석 장군감이던데. 백날 아기만 해." "몇 킬로나 되나?" "3.8킬로야. 아마 그 신생아실에선 우리 아들이 1등일걸." "이 친구 벌써부터 1등 바치는 것 좀 보게." "내가 뭐라던, 배가 두루뭉실한 게 아들 낳겠다고 안 하던?" "그래도 우리 시어머니는 자꾸만 딸이라고 그러시잖니? 뭐 태점에 딸이라고 나왔다나." "그게 시어머니 곤조^{근성의} 비표준어. 뿌리가 깊게 박혀 고치기 힘든 성질라는 거야." "그래도 제일 기뻐하시는 게 시어머니더라." "친정어머니가 더 기뻐하시는 거 아니니?" "그건 기뻐하는 것하곤 다르지. 큰 근심 하나 덜어서 개운하신 것뿐이지." "하긴 우리 어머니도 내가 첫딸 낳고 두 번째 아기 가졌을 때 어찌나 조바심을 하시는지 정말 못 봐주겠더라." "딸이 시집가서 아기 낳을 때까지 그렇게 속을 태워야 하니 딸이 애물일 수밖에." "정말 딸 낳을 건 아냐. 헛수고 중에도 그렇게 고약한 헛수고는 없을걸." "헛수고면 좋게. 헛수고는 아무것도 안 남는 거지, 딸이 왜 아무것도 안 남니? 딸이 또 딸 낳을까 봐까지 전전긍긍해야 할 생각을 하면 악순환이야." "얘 그만해 두라. 남자들 좋아할라." "우린 똑똑히 들어두었습니다. 김 선생님의 중대한 실언을." "제가 무슨 실언을 했다고 그러세요?" "김 선생님처럼 우리나라에서 알아주는 남녀평등주의자가 그런 보수적인 발언을 하시다니."

그들은 서로 잘 아는 사이인 듯 남자는 남자끼리 여자는 여자끼리 지껄이다가 이번엔 남녀가 공방전을 펼 낌새였다. 나도 김 선생이라고 불리는 우리나라에서 알아주는 남녀평등주의자라는 여자를 눈여겨보았다. 그럴싸해서 그런지 신문이나 잡지 같은 데서 많이 본 듯싶은 얼굴이었다. 소위 명사名士 세상에 널리 알려진 사람 가 하나 끼여 있다고 생각하니 그 명사와 흉허물 없이 지껄이는 그들이 모조리 어딘지 명사다운 데가 있어 보였다. 젊은 나이에 교양과 옹졸함이 너무 드러나 보이는 사람들이었다.

"있는 그대로의 현실을 말했을 뿐이에요. 현실을 외면하고 어떻게 주의나 운동이 있을 수가 있겠어요." "그렇지만 주의나 운동의 본뜻이 현실 개조에 있는 거라면 주의자가 앞장서서 그릇된 현실을 바로잡아야 하는 거 아닙니까?" "그런 면으론 이름난 여권운동자보다 간호사가 한 수 위더군. 아들은 아드님이에요 하고 딸은 공주님이에요 하니 말야." "자넨 모를 걸세, 그 공주님이에요 소리를 처음 들었을 때, 아버지가 된 남자의 속이 얼마나 철썩 내려앉나를. 그 아찔한 실망을 모르면 가히 복 받은 남자라 할지어다." "어머머, 저 남자들 말하는 것 좀 봐." "남자들보다 김 선생, 당신을 성토해야 할까 봐. 당신 여권운동 거꾸로 하는 거 아냐? 우리 때만 해도 첫딸은 세간 밑천이라고 해서 그래도 대우를 해주었는데 요샌 어떻게 된 세상이 첫애 때부터 아들 아들 아들만 바치니." "어떡허든 남보다 앞서가고 이겨야 된다는 경쟁사회적인 심리 아닐까?" "결국 아들은 이기는 거고 딸은 지는 거라는 남성 우위이구먼." "남성 우위라기보다는 경제성 우위 아닐까. 딸이 얼마나 손해라는 것은 길러본 사람 아니라도 다 아는 사실 아냐? 시집보낼 때 봐, 기둥 하나씩 빼 가던 건 옛날 얘기고 네 기둥을 다 빼 가니 말야. 집 한 채 값은 우습게 든다지, 아마." "설마." "설마가 뭐야. 그야 집도 집 나름이긴 하지만 아무튼 호화 주택에 살 만한 사람이면 호화 주택 값이, 오막살이에 살면 오막살이 값이, 셋집에 살면 전세값 만치는 들어야 딸 하나를 치우는 모양이니 경제 제일주의 사회에서 손해가 내다보이는 게 환영 못 받는 건 당연하잖아." "아무렴, 인간의 가치라는 게 별거야, 돈을 얼마나 벌 수 있느냐는 경제적 가치를 빼면 뭐 남을 게 있다구." "어머머 그건 너무 했잖아요, 윤 선생님." "뭐가 너무합니까. 탁 까놓고 말해서 우리가 일생 공부하고 노력해서 추구하는 게 뭡니까. 이상? 학문적 완성? 자기 성취? 그건 다 그럴듯한 속임수고 실상은 자신의 경제적 가치를 높이는 일 아닙니까? 난 미국 가서 전공까지 바꾸었습니다. 왠 줄 아시죠? 처음 전공 가지고 학위 따봤댔자 돌아와서 취직하기도 어려울 것 같아서였죠." "남의 경사에 와서 왜 언성들을 높이고 야단일까." "놔둬, 그것도 축하야. 절대로 취직이 보장 안 된 딸을 안 낳아 얼마나 다행이냐고 득남의 기쁨을 새삼스럽게 할 수 있잖아?" "정말 아들 낳기 잘했어." "공주면 어쩔 뻔했니?" "아들이란 소리 들으니까 제일 먼저 떠오르는 생각이 다신 그 무서운 고생 안 해도 되겠다는 해방감이더라." 산모가 응석이 섞인 소리로 말했다.

"그러니까 너도 딸이면 더 낳을 작정이었구나? 아들딸 가리지 않고 하나 이상 절대로 안 낳는다고 큰소리 땅땅 치더니." "마냥 낳겠다는 것보다 더 지독한 각오지, 아들 낳을 때까지는 낳아야겠다고 생각했으니." "어쩜 남편이 외아들도 아닌데 그런 생각을 할 수가 있니?" "아들을 갖고 싶다는 건 본능 같은 거지 누가 시켜서 되는 거 아니잖아." "본능이자 남편에 대한 의무 아닙니까? 아들이 이렇게 좋은 건 줄은 나도 애 아버지가 되기 전엔 미처 몰랐댔죠. 최상의 기쁨이에요. 아들이 소중한 나머지 내 몸 소중한 걸 알겠더라니까요. 습관적으로 차를 마구 몰다가도 아서라, 우리 아들을 위해 오래 살아야지, 이러면서 살살 몰면서 느끼는 벅찬 기쁨, 아내는 남편에게 그 정도의 기쁨은 선사할 의무가 있는 거 아닙니까?" "그만해두게. 징그럽네 징그러워, 젊은 사람이." "왜 샘나나?"

새로 아버지가 된 남자와 그의 친구가 여자들끼리처럼 서로 옆구리를 간질이며 킬킬댔다. 그제서야 비로소 내가 정작 문병 온 산모도 잊고 팔려 있던 그들의 화제에 구역질 같은 혐오감을 느꼈다. 친구의 며느리는 모포를 머리끝까지 뒤집어쓰고 누워 있었다. 늘 당당하고 쾌활한 태도에 어울리게 늘씬하고 볼륨 있는 그녀의 몸매를 알고 있는 나는 반쯤 침대 속으로 잦아든 것처럼 얄팍하게 위축된 모습에 가슴이 찡한 연민을 느꼈다.

"안녕하세요. 어머니께서 애 많이 쓰십니다. 산모는 어떻습니까? 미역국이나 잘 먹는지요."

나는 겨우 이렇게 뒤늦은 인사치레를 사돈한테 했다. 내 친구는 아직도 저쪽 이야기에 깊이 빠져 며느리는 알은척도 안 하고 있었다. 친구의 표정이 폭풍 전야처럼 암울하고 험악했다. 산모를 보러 오기까지 가까스로 억제했던 분통이 그들의 철딱서니없는 화제 때문에 다시 지글지글 끓어오르고 있음이 분명했다. 그들이 다시 한번 와자지껄 목청 높고 과장된 축하 인사를 남기고 한꺼번에 병실을 나갔다. 남자가 네 명, 여자가 세 명 도합 일곱 명의 축하객은 서로 나이뿐 아니라 풍기는 것도 엇비슷해서 동창이나 직장 동료쯤 되는 관계로 보였다.

"뭐 저렇게 무식한 사람들이 다 있어요?"

나는 그동안 안쓰럽도록 몸 둘 바를 모르고 쩔쩔매고 있는 사돈 마님한테 위로 겸 이렇게 그쪽 흉을 봤다. 한방 산모가 두 번째 딸을 낳고 누워 있다는 걸 모르지 않을 텐데 첫아들 축하를 너무도 거침없이 대대적으로 하는 그들의 몰인정과 잔혹성을 나로서는 그렇게밖에 표현할 길이 없었다.

"무식하긴요. 다 이 대학 교수들일 텐데요. 아기 아빠가 이 대학 공대 교수라니까요. 온종일 겨끔내기로 ^{겨끔내기. 서로 번갈아서} 저렇게들 드나든다니까요. 쟤나 나나 못 할 노릇이죠 뭐."

사돈 마님이 쓰고 누운 딸한테 눈물이 그렁한 눈길을 보내며 한숨처럼 말했다.

"천하에 무식한 것들 같으니라구."

사돈 마님은 극구 부정했지만 나는 계속해서 입속으로 그들의 무식을 강조했다. 전엔 그렇게 생각한 바가 전혀 없었음에도 불구하고 그 자리에선 왠지 무식함과 잔혹함이 한 치의 어긋남도 없는 동일한 것으로 여겨졌다. 산모의 어깻죽지가 세차게 흔들리는 게 모포 밖으로 여실히 드러났다. 그녀의 자존심이 죽자꾸나 억제하고 있으련만, 미미하지만 철저한 흐느낌도 밖으로 새어 나오고 있었다.

친구의 눈길이 잠깐 이런 며느리의 모습을 스치고 나서 사돈 마님을 똑바로 봤다. 험악하다 못해 살기가 등등한 눈빛이었다. 나는 앞으로 일어날 일에 지레 겁을 내며 원망스럽게 옆의 침대를 건너다보았다. 앞으로 일어날 일의 책임의 반 이상은 그쪽에 있다 싶었다. 그러나 방금 축하객을 전송하고 난 그쪽 산모는 나른하게 포만한 표정으로 머리맡의 가습기의 방향을 조절하고 나서 창 쪽으로 모로 누웠다.

이웃에 대한 철저한 무관심 때문에 그 여자는 일자무식보다 훨씬 더 답답해 보였다.

"쟤가 시에미 대접을 어찌 이리 할 수가 있습니까? 한 번쯤은 쳐다봐도 제가 시에미 같은 건 안중에도 없다는 걸 모를 내가 아닌데."

친구가 착 가라앉은 그러나 떨리는 소리로 사돈 마님한테 이렇게 쓰고 드러누운 며느리를 나무랐다.

"저도 면목이 없어서 안 그럽니까. 잘 먹지도 않고 시시때때로 저렇게 울고 속을 끓이니 저 애 꼴이 말이 아닙니다."

"아니죠, 쟤가 시에미 알기를 워낙 개떡같이 아는 앱니다. 벼르고 별러서 한마디 해도 어느 바람이 부나 하는 식이죠. 그러니 말해 뭘 하겠습니까. 그래도 이번 일만은 어른 된 입장에서 한마디 다짐을 받고 넘어가야겠다 싶어 이렇게 왔더니만 바로 내가 하고 싶은 말을 아까 그 사람들이 다 해주지 뭡니까? 저도 귀가 있으니까 들었겠죠. 더 보태지도 덜지도 않을 테니 그 사람들한테서 들은 소리를 고스란히 명심하고 있으라 이르세요. 나 절대로 심한 시에미 아닙니다. 이번에 또 딸 낳은 것 가지고 뭐라지 않아요. 이 친구는 딸을 넷 낳고 기어이 아들을 낳았답니다. 딸 둘이 흉될 것 하나 없어요. 그렇지만 남의 집 대를 끊어 놓겠다는 걸 어떻게 가만히 보고만 있습니까. 그건 안 될 말이죠. 부처님 가운데 토막도 눈을 부라릴 일입니다. 알아들으셨죠, 사돈 마님? 더 긴 말은 안 하겠어요. 아까 그 사람들이 내 속에 들어갔다 나온 것처럼 내 하고 싶은 말 다 해줬으니까. 그 사람들처럼 젊고 교양 있는 사람들이 그렇게 말했으니 이 시에미 생각을 덮어놓고 구닥다리

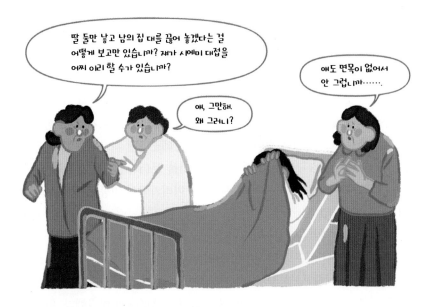

소설 한 장면 　발단　'나'는 딸만 낳은 며느리를 구박하는 친구의 모습을 목격함

낡은 생각으로 치지도외(置之度外 : 마음에 두지 아니함)하지는 못하겠죠. 이만 가보겠습니다. 지가 시에미 꼴 안 보려고 흉물을 떨고 있는데 시에미라고 제 꼴 보고 싶겠습니까? 얘, 가자."

친구가 서슬이 퍼렇게 말하고 나서 내 소매를 잡아끌었다.

"이대로 가면 어떡허니? 안 오니만도 못하게."

나는 친구 눈치를 봐가며 모포 위로 슬며시 산모의 어깨를 잡았다. 격렬한 떨림이 손아귀에 닿자마자 나는 미리 준비한 축하와 위로를 겸한 인사말을 까먹고 말았다.

"가자니까, 시에미 우습게 아는 게 시에미 친군들 안중에 있을라구."

친구는 내 등을 떠다밀다시피 해서 먼저 문밖으로 내쫓고 따라 나왔다. 뒤쫓아 나온 사돈 마님은 참회하는 죄인보다 더 기운 없이 고개를 떨구고 파리한 입술을 간신히 들먹여 면목 없다는 소리만 되풀이했다.

면회 시간이 끝나갈 무렵의 부속병원 택시 정류장은 들어오는 차는 드물고 기다리는 손님은 밀려 끝이 보이지 않게 긴 줄을 이루고 있었다. K대학 본부로 넘어가는 고갯길가엔 앵도꽃인지, 키 작은 나무에 흰 꽃이 만발해 면면 한적하고 평화로운 마을로 이어진 듯한 착각을 일으켰다. 그 환상적인 길을 뒤통수가 준수한 청년이 환자복을 입은 소녀가 탄 휠체어를 천천히 밀면서 거닐고 있었다. 소싯적에 가졌던 병이니 입원이니 하는 것에 대한 감미로운 동경이 아련하게 되살아났다. 그들이 고개를 넘어 보이지 않자 아름다운 환각에서 깨어난 것처럼 정신이 아뜩하면서 속이 메슥거렸다. 친구의 희끗희끗하고 부스스한 파마머리와의 간격을 바싹바싹 좁혀 가며 택시를 기다리는 일이 별안간 참을 수 없이 고역스럽게 여겨졌다. 정문까지의 비스듬하고 드넓은 잔디밭은 아직은 군데군데만 파릇파릇했다. 유난히 파란 부분은 곧 구박받고 제거당할 토끼풀 무더기인지도 몰랐다. 거기 삼삼오오 모여 앉은 흰 가운의 젊은이들의 머리카락이 미풍에 나부끼는 게 참으로 보기 좋았다.

"저기서 좀 쉬었다 가지 않을래?"

나는 미풍처럼 친구의 귓전에 속삭였다. 딴 뜻은 없었다. 그냥 쉬고 싶었고 바람이 허락한다면 희끗희끗한 머리나마 나부껴보고 싶었다. 나는 친구의 동의를 기다릴 것 없이 그 지루한 기다림의 행렬에서 이탈했다. 친구도 순순히 뒤따라왔다. 우리는 누가 야단칠까 봐 감히 잔디밭에 들어가지 못

하고 가장자리에 걸터앉았다. 할 말을 다 한 친구도 그닥 유쾌해 보이진 않았다. 그러나 사나워 보였다. 요즈음 아이들은 생명에 대한 존엄성을 모르거든. 점점 미워져가는 요즘 아이들을 보면서 한탄하던 상투어가 밑도 끝도 없이 문득 생각났다.

"무슨 말이든지 좀 해 봐."

친구가 사나움이 많이 가신 목소리로 말했다. 아마 나의 말없음을 자신에 대한 비난으로 받아들인 모양이다. 무슨 말이든지? 나는 친구의 말을 속으로 되뇌면서 불쑥 하고 싶은 얘기가 생각났다. 그 이야기는 내가 살아온 이야기 중의 한 토막이어서 당연히 시시할 수밖에 없었고 친구도 대강은 다 아는 이야기였다. 그럼에도 불구하고 나는 그 시시한 이야기 속에 우리가 이 세상을 살아가며 허구한 날 맺는 온당한 인연, 온당치 못한 인연이 훗날 무엇이 되어 돌아오나를 풀 수 있는 암시 같은 게 들어 있는 것처럼 느꼈다. 아니 그렇게 복잡한 까닭이 아닌지도 몰랐다. 나는 친구에게 그저 겁을 주고 싶었다. 친구가 이 세상에 두려운 거라곤 없는 것처럼 구는 게 견딜수가 없었다. 나는 마치 아이에게 겁을 주기 위해 손가락으로 제 입을 찢고 제 눈을 까뒤집어 도깨비 형상을 만들듯이 과장법을 써야겠다고 마음먹었다. 그렇게 해봤댔자 이 겁 없는 친구가 무서움을 타게 되리란 보장은 물론 없었다. 그러나 생각만으로 미리 즐거웠다.

내가 시집갈 때, 신랑이 하필 과부의 외아들이라고 해서 친정에선 참 걱정들을 많이 했다. 그러나 나는 그 과부 시어머니를 처음 뵈었을 때부터 싫지가 않았다. 친정어머니는 신식 학력은 없었지만 아는 것이 많으셨다. 한글은 물론 한학에도 조예가 깊으셨고 어쩌다 하루 신문이 안 오면 신문사에 전화를 걸어 호통을 치실 만큼 세상 돌아가는 일에도 관심이 많으셨다. 지식욕이 강한 사람이 흔히 그렇듯이 어머니도 꼬치꼬치 따지길 좋아했고, 꼬치꼬치 따질 대상이 집안일과 자식들 일밖에 없는지라 당하는 자식들은 피곤할 밖에 없었다. 그래 그런지 친정어머니가 지닌 일종의 지적인 분위기가 빠진 어수룩한 시어머니에게 나는 단박 호감을 느꼈다. 편하게 시집살이할 수 있을 것 같은 확실한 예감이 왔다. 이모나 고모들이 예로부터 전해 내려오는 갖은 해괴망측한 외아들의 홀시어머니 노릇을 수집해다가 나를 위협했지만 내 마음은 변하지 않았다. 어머니는 워낙 똑똑한 분이라 말려 봤댔자 소용없다는 걸 미리 알고 계셨는지 그것도 네 팔자지 하는 태도로 일관했다. 어머니는 그런 분이셨다. 나는 어려서 등잔불을 만지고 싶어 안달을 했다고 한다. 식구들은 다 그런 나를 등잔불로부터 멀리 떼어놓으려고 조심했지만 어머니는 어린 내가 등잔불을 만져 볼 수 있도록 도와줌으로써 불이 얼마나 뜨겁다는 걸 체험하게 해 그 버릇을 고쳤다는 걸 자랑스럽게 말씀하시곤 했다.

시어머님은 내 관상이 적중해 나는 마음 편히 시집살이를 할 수가 있었다. 실상 시집살이랄 것도 없었다. 나는 두 살 터울ᐟ한 어머니의 먼저 낳은 아이와 다음에 낳은 아이와의 나이 차이 로 아이를 다섯씩이나 낳았지만 젖만 먹였다 뿐 기른 건 시어머님이셨다. 그때만 해도 식모가 흔할 때여서 우리도 식모를 두고 살았지만 그분은 식모에게 절대로 기저귀를 빨리거나 아이를 업히는 법이 없었다. 왜 내 천금 같은 손자 똥을 남이 더러워하고 찡그리게 하느냐는 것이었다. 업히는 것도 질색이었다. 업고 갈 데 안 갈 데 가는 것도 싫지만 혹시 아기를 떨어뜨리거나 부딪혀도 안 그랬던 척 속일지도 모른다는 거였다. 젖만 떨어지면 데리고 자는 것도 그분의 일이었다. 아이가 에미애비하고 한방 쓰면 아이에게도 부모에게도 이로울 게 하나도 없다는 게 그분의 생각이었다. 그분은 한글도 제대로 해독을 못 했다. 한때 언문은 깨쳤었지만 써먹을

어머님이 아들딸 차별 없이 손주를 진심으로 사랑해 주셔서 정말 다행이야.

자장 자장 우리 아기, 잘도 잔다 우리 아기.

🍎 소설 한 장면   전개   '나'의 시어머니는 남녀 구별 없이 정성스럽게 아기를 돌봐 줌

데가 없다 보니 거의 다 잊어버리고 말았다는 것이었다. 깨친 글도 써먹을 바를 모를 만치 지적인 호기심이 결여된 분이었지만 자기 나름의 확고한 사랑법을 가지고 있었다.

그분은 안방을 쓰고 우리는 건넌방을 썼었는데 작은 집이라 귀를 기울이면 그분이 칭얼대는 손자를 잠재우려고 토닥거리는 소리와 함께 나직하고 그윽한 자장가 소리를 들을 수 있었다.

자장 자장 우리 아기, 잘도 잔다 우리 아기. 금자동아 은자동아, 금을 주면 너를 사랴, 은을 주면 너를 사랴, 자장 자장 우리 아기, 잘도 잔다 우리 아기. 멍멍 개야 짖지 마라, 꼬꼬 닭아 우지 마라, 우리 아기 잠을 잔다.

그분의 자장가를 듣고 있노라면 나도 착하고 무구無垢한 아기가 되어 너그럽고 큰 손에 안겨 온갖 세상 시름과 악으로부터 보호받고 있는 듯한 편안감에 잠기곤 했다. 고모나 이모한테서 들은 해괴한 홀시어머니 노릇이란 거의가 아들의 침실을 엿본다든가 아들을 데리고 자고 싶어 한다든가 하는 다분히 성적인 거여서 신혼 초엔 내 쪽에서 문득 침실 밖을 살피기도 했었다. 강박관념에서라기보다는 일종의 호기심이었다. 그러나 그런 일은 처음부터 일어나지 않았고, 앞으로 일어날 가망도 없었다. 그렇게 서로 구순하고 ^{사이가 좋아 화목하고} 편안하게, 서로 사랑한달 순 없어도 자꾸만 늘어나는 새 식구를 더불어 사랑하고 예뻐 어쩔 줄을 모르면서 어느새 그분은 일흔 고개의 정상에, 나는 마흔 고개의 정상에 다다랐으니 말이다. 일흔다섯까지도 그분은 정정해서 손자들 도시락 찬을 챙기고 싶어 했고, 입시가 있을 때마다 절에 가서 천 번이나 절을 하고 그 생색을 내고 싶어 했고, 증손자 볼 때까지 살고 싶다는 생의 의욕에 충만해 있었다. 좀 지나치리만치 건강하시어 고혈압으로 쓰러지실 때까지도 우리는 그분의 혈압이 높다는 것도 모르고 있었다. 반신불수가 될 것 같다는 우려와는 달리 그분은 얼굴이 약간 비뚤어졌을 뿐 신속하게 건강을 회복했다. 식욕은 더욱 왕성해졌고, 목소리는 더욱 쨍쨍해졌고 아침잠은 더욱 엷어졌다. 나는 일흔다섯 살의 이런 정력적인 재기를 경탄해 마지않았지만 때때로 배은망덕하게도 부담스러워하기도 했던 것 같다. 우리 시어머님은 아마 백 살은 사실 거예요, 이러면서 입술을 삐쭉댔으니 말이다.

그분의 망가진 부분이 육신보다는 정신이었다는 걸 알아차린 건 그 후였다. 우리는 그걸 서서히 알아차리게 됐다. 처음엔 아이들 이름을 헷갈려 부르는 정도였다. 노인들이 흔히 그러는 걸 봐온지라 대수롭지 않게 알았다. 그러나 바로 가르쳐드려도 믿지를 않고 한사코 자기가 옳다고 주장하는 건 묘하게 신경에 거슬렸다. 숫제 치지도외하기로 했다. 어쩌면 나는 그걸 기화(奇貨 뜻밖의 이익을 얻을 수 있는 물건이나 기회)로 그때까지도 그분이 한사코 움켜쥐고 있던 살림 권리를 빼앗을 수 있어서 은근히 기뻤는지도 모르겠다. 그러니까 그분의 노망을 근심하는 소리는 집 안에서보다 집 밖에서 먼저 났다. 오랜만에 고모님을 뵈러 온 당신 조카한테 당신 누구요? 하며 낯선 얼굴을 해서 조카를 당황하게 하더니 어찌어찌해서 그가 조카라는 걸 알아보고 나서 아이가 몇이냐고 물었다. 아들이 둘이라고 하자 아이구 대견해라 일찌거니 농사 잘 지었구나라고 정상적인 대답을 했다. 그러나 곧 똑같은 질문을 하고 똑같은 덕담을 했다. 똑같은 질문은 한없이 되풀이됐다. 그는 내가 애써 차려준 점심을 뜨는 둥 마는 둥 진저리를 치며 달아나버렸다. 그렇게 해서 그분이 노망났다는 소문은 그분의 친정 쪽으로부터 먼저 퍼졌다.

집에서도 같은 말의 되풀이가 점점 심해졌다. 그 대신 그분의 주된 관심사에서 제외된 어휘는 급속도로 잊히는 것 같았다. 쌀 씻어 놓았냐? 빨래 걷었냐? 장독 덮었냐? 빗장 걸었냐? 등 주로 의식주에 관한 기본적인 관심이 온종일 되풀이되는 대화 내용이었다. 하루 이틀도 아니고 허구한 날 같은 말에 같은 대꾸를 해야 된다는 것도 쉬운 일은 아니었다. 더구나 그 빈도가 하루하루 잦아지고 있었다. "쌀 씻어 놓았냐?" "네." "쌀 씻어 놓아라. 저녁때 다 됐다." "네, 씻어 놓았다니까요." "쌀 씻어 놓았냐?" "씻어 놓았대두요." "쌀 씻어 놓았냐?" "쌀 안 씻어 놓으면 밥 못 할까 봐 그러세요. 진지 안 굶길 테니 제발 조용히 좀 계세요." 이렇게 짜증이 나게 마련이었다. 그렇다고 그 줄기찬 바보 같은 질문이 조금이라도 뜸해지거나 위축되는 것도 아니었다. 남들은 몇 년씩 똥오줌 싸는 노인도 있는데 그만하면 곱게 난 망령이라고 나를 위로했지만 나는 온종일 달달 볶이고 있는 것처럼 신경이 피로했다. 차라리 똥오줌 치는 게 온종일 같은 말대꾸하는 것보다 덜 지겨울 것 같았다.

사태는 점점 더 나빠졌다. 언제부터인지 우리 방문 창호지에 손가락에 침 묻혀 뚫은 것 같은 구멍이 하나둘 생겨났다. 어느 날 밤, 인기척도 같고 야기(夜氣 밤공기의 차고 눅눅한 기운)와도 같은 섬뜩한 느낌에 깬 나는 그 구멍에서 음험하게 반짝이는 눈빛을 보았다. 시집오기 전 고모와 이모한테서 들은 해괴망측한 외아들의 홀시어머니 노릇을 이 나이에 당할 줄이야. 억압된 성^性이 얼마나 무서운 화근이라는 걸 어설프게 얻어들은 프로이트까지 떠올리며 재확인한 것처럼 느꼈다. 그렇다고 그분의 소싯적의 불행과 고독을 손톱만큼이라도 동정할 수 있었던 것은 아니다. 오직 소름이 끼치게 혐오스러울 뿐이었다. 우리 부부는 이미 누가 침실을 엿본다고 해서 우리 자신의 성적 불만이 축적될 만큼 젊지가 않았다. 그러나 그분이 징그럽고 혐오스러운 것은 성적 불만보다 더 참기가 힘들었다. 때때로 혐오감이 고조될 땐 살의를 방불케 해 섬찟한 전율을 느끼곤 했다. 이런 정서적인 불균형을 은폐하고, 아이들 앞에서나 이웃이나 친척 보기에 여전히 좋은 며느리처럼 보이려니 여간 힘이 들지 않았다. 나는 점점 못쓰게 돼갔고 때로는 자신의 몸과 마음이 망가져가는 걸 즐기기도 했다. 저 늙은이가 저렇게 며느리를 못살게 굴다가 필시 며느리를 앞세우고 말걸. 두고 보라지. 이렇게 악담을 함으로써 복수의 쾌감 같은 걸 느꼈다. 그러나 그건 어디까지나 내 비밀스러운 속마음일 뿐 겉으론 음전한^{얌전하고 점잖은} 효부 노릇을 해야 했으므로 나는 어느 틈에 신경 안정제를 상습적으로 복용하고 있었다. 그러나 그 음험하고 초롱초롱한 눈동자는 문밖에만 머물러 있으려 하지 않았다. 언제고 문 안에 들어오려고 호시탐탐 노리고 있다는 걸 나도 알고 있었다. 어느 날 밤, 화장실에 가려고 미닫이를 열던 남편이 억 소리를 지르며 주춤했다. 그때까지도 우리의 침실을 지키고 있는 밤눈이 있다는 걸 모르고 있던 남편이 흰머리를 산발하고 내복 바람으로 문밖에서 떨고 있는 귀신 같은 노인을 보고 비명을 지른 건 당연했다. 그러나 그다음에 놀란 건 오히려 나였다. 시어머님은 기다리고 있었다는 듯이 밤눈에도 반짝반짝 빛나는 놋요강을 남편한테 내밀면서 말했다.

"내 이럴 줄 알고 요강을 닦아놓았느니라. 요강을 놓아두고 뭣 하러 그 먼 뒷간에 가냐 가길. 감기 들려고."

남편이 반짝거리는 놋요강에 소피^{오줌} 보는 소리를 들으며 나는 이불을 뒤집어쓰고 오래도록 진저리를 쳤다. 화장실이 시골집처럼 멀달 순 없어도 구옥이라 마루를 지나 댓돌을 내려서 대문간까지 나가야 있었다. 그러나 나는 요강은 야만적이라고 시집을 때 해 온 놋요강을 마루 밑에 처박아두고 쓰지 않았다. 남편이나 나나 밤중에 화장실에 가는 일은 어쩌다나 있었으므로 조금도 불편한 줄 몰랐다. 아마 이사를 한 대도 그 요강이 거기 있는 걸 잊어버렸을 테고 생각났다고 해도 버리고 떠났을 것이다. 그런 요강을 언제 어떻게 꺼내서 무슨 생각과 무슨 기운으로 그렇게 반짝반짝 광을 냈을까? 나는 진저리를 치다가 기어코 몸부림을 치면서 울기 시작했다. 뭔가 견딜 수가 없어서 미칠 것 같았다. 자신이 미쳐가고 있다는 것을, 정신에도 미친 세포가 있어 정상적인 온당한 세포를 마구 잡아먹고 마침내 그 질서를 증오와 광란의 도가니로 만들어가고 있음을 역력히 감지한다는 것은 무서운 일이었다. 오밤중에 그런 일이 있은 다음 날부터 시어머님은 큰 구실이 하나 생긴 셈이었다. 아침 일찍 우리 방으로 건너와 요강을 내가고 밤이 이슥해 어리어리 잠이 들 만하면 요강을 받쳐 들고 와서 머리맡에 놓고 나갔다. 우리 부부는 이상하게도 그날부터 밤 오줌을 누기 시작했다. 나도 남편이 잠들었건 말건 궁둥이를 허옇게 까고 놋요강에다 사뭇 요란스럽게 방뇨를 했다. 행여 그 일을 누구한테 빼앗길세라 첫새벽에 요강을 비우러 들어올 때나 이슥한 밤에 요강을 들고 들어올 때의 그분의 표정은 아무도 흉내 낼 수 없을 만치 특이했다. 가장 신령스러운 일에 영혼이 부림을 당하고 있는 무당처럼 요괴스러워 보이기도 하고 자기 아니면 안 되는 일에 헌신한다고 생각하는 독재자처럼 고집스럽고 당당해 보이기도 했다. 나는 내가 숨쉬기 위해 매일 밤 그분을 죽였다. 밝은 날엔 간밤의 내 잔인한 소망을 부끄러워했지만 내 잔인한 소망은 매일 밤 살쪄갔다. 그 기운을 조금이라도 죽일 수 있는 방법은 신경 안정제밖에 없었다. 은밀히 먹던 그 약을 남편 앞에서 당당히 입에 털어 넣었고 분량도 여봐란듯이 늘려 갔다. 그가 약을 빼앗으려는 시늉을 하면 마귀처럼 무섭게 이를 갈며 덤볐다.

"괜히 이러지 말아요. 이 약 없으면 내가 당신 어머니를 죽일 거예요. 그래도 좋아요? 그것보다는 당신 어머니가 나를 죽이는 게 나을걸요. 그게 낫다는 걸 알기 때문에 이 약을 먹는단 말예요. 이래도 당신 말릴 수 있어요?"

요강을 계기로 시작된 시어머님의 우리 방 밤출입은 그 빈도가 점점 잦아졌다. 문 창호지 구멍으로 엿보다가 미풍처럼 가볍게 문을 열고 들어와 머리맡에서 속삭였다.

"아범 대문 빗장 걸었나?" "어멈아, 아범 자리끼_{밤에 자다가 마시기 위하여 잠자리의 머리맡에} _{준비하여 두는 물} 떠다놨냐?" 이렇게 하찮은 걸 물어보기도 하고 방이 차서 발을 녹이러 왔다고 요 밑에다 하얀 맨발을 넣으며 부르르 진저리를 치기도 했다.

"그럴 리가 있습니까? 안방이 제일 외풍 없는 방이고 연탄불이 괄하던데요."

참다못해 이렇게 말하면 내가 거짓말시켰나 가보자고 굳이 우리 두 사람을 다 끌어내어 당신 방 요 밑을 만져보게 했다. 절절 끓어도 소용이 없었다.

"아범 봤지? 냉골이지? 내가 얼마나 서러운 세상 산다는 걸 아범도 이제 알았지? 세상에 이런 법은 없는 게야. 젊으나 젊은 것들은 절절 끓는 방에서 자고 외로운 홀시에민 냉골로 혼자 내치다니."

이러면서 앙상한 몸을 돌돌 말아 일으켜 세운 양 무릎 사이에 산발한 머리를 파묻고 훌쩍훌쩍 울었다. 그런 그분의 모습은 늙었다기보다는 열서너 살 먹은 소녀처럼 미숙해 보여 남편의 얼굴엔 비통한 연민이 어렸다.

"왜 이러세요, 어머니! 절 봐서라도 망령 좀 그만 부리세요. 네, 어머니!"

그러나 내 눈엔 그분의 그런 짓이 평범한 망령으로 보이지 않았다. 빌어먹을 프로이트 때문인지 성적인 연상을 하고 내 속에 또 하나의 지옥을 만들었다. 그분은 점점 더 자주 우리 방으로 야행을 하였다. 당신 방으로 아들을 불러냈다. "아범, 추워 죽겠어. 정말이야, 냉골이라니까, 늙은이 얼어 죽는 꼴 안 보려면 한 번만 와서 만져봐." "아범, 나 배고파 죽겠어. 어멈이 나를 굶겨. 정말이야, 배가 등갓에 붙었어. 와서 한 번만 만져보라니까." 이렇게 새록새록 구실을 만들어냈다. 구실만 새로워지는 게 아니라 망령 노릇도 새록새록 새로워졌다. 겨울에서 봄이 되어도 엷은 옷으로 갈아입기를 한사코 마다고, 가을에서 겨울로 접어들어도 두터운 옷으로 갈아입히기가 며칠은 걸릴 만큼 힘든 일이 되었다. 그런 증세가 점점 심해져 옷 자체를 안 갈아입으려 들어 어쩔 수 없이 강제로 내복을 갈아입히려면 동네가 떠나가게 비명을 지를 만큼 망령은 날로 심해졌다. 갈아입기를 싫어하고부터는 씻지도 않았다. 목욕을 시키기는 갈아입히기보다 더 힘이 들었다. 순순히 몸을 맡겨도 애정이 없는 분의 속살을 만진다는 건 극기를 요하는 일인데 길길이 뛰며 마다는 걸 씻길 엄두가 나지 않았다. 그분이 정성과 힘을 다해 하루도 빠지지 않고 닦아 주는 건 오로지 아들의 낫요강밖에 없었다.

이렇게 나는 구원의 가망이 조금도 안 보이는 지옥을 살면서도 아이들이나 친척과 이웃들에겐 여전히 무던하고 참을성 있는 효부로 보이길 바랐다. 내가 양다리를 걸친 두 세계 사이의 심한 격차로 미구에 ^{얼마 지나지 않아} 자신이 분열되고 말 것을 번연히 알면서도 나는 나의 이중성에 악착같이 집착했다. 어쩌면 나는 내가 처한 고통으로부터 벗어날 수 있는 길이 자신의 분열밖에 없다는 자포자기한 생각을 하고 있었는지도 모른다.

그 무렵 집에 드나들던 파출부가 어느 날 나한테 이런 소리를 했다.

"세상 사람들이 눈이 멀어도 분수가 있지. 왜 사모님 같은 분을 효부 표창에서 빠뜨리느냐 말예요. 별거 아닌 사람들이 다 효자 효녀 효부라고 신문에 나고 상금도 타던데."

그 여자가 순진하게 분개하는 소리를 들으며 나는 나의 완벽한 위선에 절망했다. 나는 막다른 골목에 쫓긴 도둑이 살의를 품고 돌아서듯이 그 여자에게 돌아서서 무서운 얼굴로 말했다.

"오늘 우리 어머님 목욕을 좀 시키고 싶은데 아줌마가 좀 도와줘야겠어요."

"그러믄요, 도와 드리고 말고요."

"목욕탕에 물 받으세요."

나는 벌써부터 내 속에서 증오와 절망적인 쾌감이 지글지글 끓어오르는 걸 느끼고 있었다. 아줌마 보는 앞에서 시어머님의 옷부터 벗기기 시작했다. 조금도 인정사정 두지 않고 거칠게 함부로 다루었다. 목욕 한번 시키려면 아이들까지 온 집안 식구가 총동원되어 좋은 말로 어르고 달래가며 아무리 참을성 있고 부드럽게 다루다가도 종당엔 다소 폭력적으로 굴어야 겨우 그게 가능했다. 그러나 이번엔 처음부터 폭력적으로 다루기로 작정하고 있었다. 그분도 내 살기등등한 태도에 뭔가 심상치 않은 걸 느끼고 그 어느 때보다도 심한 반항을 했다. 믿을 수 없을 만큼 강한 힘으로 저항했지만 나역시 거침없이 증오를 드러내니까 힘이 무럭무럭 솟았다. 옷 한 가지를 벗겨낼 때마다 살갗을 벗겨내는 것처럼 절절한 비명을 질렀다. 보다 못한 아줌마가 제발 그만 해두라고 애걸했다. 알지 못하면 가만있어요. 이 늙은이는 이렇게 해야 돼요. 나는 씨근대며 말했다. 그리고 아줌마도 내 일을 도울 것을 명령했다. 노인은 겁에 질려 목쉰 소리로 갓난아기처럼 울었다. 발가벗긴 노인을 번쩍 들어다 탕 속에 집어넣고 다짜고짜 때를 밀기 시작했다. 나 죽는다, 나 죽어. 저년이 나 죽인다. 노인이 온 동네가 떠나가게 비명을 질렀다. 나는 그러면 그럴수록 더 모질게 때를 밀었다.

"너무하세요. 그렇게 아프게 밀 게 뭐 있어요?"

아줌마가 노인 편을 들었다. 그녀는 이제 아무 도움도 안 됐다. 혼비백산한 얼굴로 구경만 했다.

"알지 못하면 가만히나 있으라니까요. 아무리 살살 밀어도 죽는시늉할

게 뻔해요."

골치가 빠개질 듯이 땅하고 귀에서 잉잉 소리가 났다. 나는 남의 일처럼 내가 미쳐가고 있다고 생각했다. 골속에 아니 온몸에 가득 찬 건 증오뿐이었다. 그런데도 나는 자꾸자꾸 증오를 불어넣고 있었다. 마치 터뜨릴 작정을 하고 고무풍선을 불듯이. 자신이 고무풍선이 된 것처럼 파멸 직전의 고통과 절정의 쾌감을 동시에 느끼고 있었다. 별안간 아찔하면서 온몸에서 힘이 쭉 빠졌다. 그런 중에도 나는 냉혹한 미소를 잃지 않았다. 이래도 나를 효부라고 할 테냐고 묻고 싶었다.

그날 이후 나는 몸져누웠다. 파출부도 다시는 우리 집에 오지 않았다. 몸살에 신경 안정제의 후유증까지 겹쳐 정신과 치료까지 받지 않으면 안 되었다. 집 안 꼴이 엉망이 되었다. 정신과 의사도 그런 귀뜸을 했지만, 시어머님을 한동안 어디로 보낼 수 있었으면 하는 논의가 본격화된 것은 그분의 친정 조카들로부터였다. 그런 분을 잠시라도 맡아줄 만한 아들이나 딸이 또 있는 것도 아니니까 입원을 일단 생각해 보았던 것 같다. 그러나 그때만 해도 의료보험 제도는 없을 때고 쉬 나을 병도 아니고 아직도 몇 년을 더 사실지 모르게 몸은 정정하시니, 우리가 부자가 아니란 걸 아는 그들

"사모님, 너무하세요.
그렇게 거칠게 할 필요가 있나요?"

"모르시면 가만히 있어요.
이렇게 해야 된다고요."

🍎 소설 한 장면　위기　시어머니의 치매로 인해 '나'의 심신이 황폐해짐

이 비용 문제를 생각 안 할 수가 없었으리라. 달리 여기저기 수소문해본 끝에 양로원과 정신 치료를 겸한 수용 기관이 꽤 있다는 걸 알아내서 우리에게 권했다. 물론 유료였고 그게 그닥 싸달 수 없는 상당한 액수인 게 되레 우리를 솔깃하게 했다. 경치 좋고 공기 좋은 한적한 시골 정갈한 거처에서 비슷한 처지끼리 가벼운 운동과 이런저런 이야기로 소일하며 적절한 치료도 받을 수 있는 노인들의 천국이 꼭 있을 것 같았다. 우리는 물론 자주 면회를 갈 테고 또 자주 그분을 가정으로 초대할 테고, 상태를 봐가며 퇴원도 시킬 수 있으리라. 이런 꿈을 꾸며 남편이 직접 일요일마다 그런 수용 기관 중 시설이 괜찮다고 소문난 데를 찾아 나섰다. 그러나 번번이 기대에 어긋나는지 남편은 일요일마다 초주검^{피곤에 지쳐서 꼼짝할 수 없게 된 상태}이 돼서 돌아왔다. 어떻더냐고 캐물으면 몬도가네야 몬도가네, 하는 대답이 고작이었다. 남편이 노인들의 천국을 단념하고 나도 십자가를 다시 질 만큼 건강을 회복해갈 무렵 역시 시어머님의 친정 쪽에서 스님이 하는 아주 좋은 수용 기관이 있다는 소문을 들었다고 일러주었다. 왠지 남편이 또 솔깃해했다.

"불교 쪽보다는 기독교 쪽에서 하는 기관이 안 낫겠어요?"

"그건 또 왜?"

"그냥요, 기독교 계통이 학교도 더 많이 짓고 경영도 더 잘하는 것 같아서요."

나는 약간 근거가 희박한 소리를 했다.

"모르는 소리 말아요. 여직껏 내가 다녀온 데가 다 무슨 기도원 이름이 붙은 덴데 망령 난 노인이나 정신병자를 다 함께 마귀 들린 걸로 취급하면서 마귀 쫓는 기도를 하는데, 마귀 쫓는 기도가 왜 꼭 마귀 목소리처럼 소름이 끼치던지……"

처음으로 남편한테서 그런 기관에 대한 구체적인 얘기를 들은 셈이었다.

"시설은 어때요? 살 만해요? 주위 환경은요?"

"그렇게 궁금하면 같이 가볼래? 우리가 무슨 일을 저지르려는지 당신도 어차피 알아야 할 테니까."

이렇게 해서 오래간만에 동부인^{同夫人 아내와 함께 동행함}해서 기차를 탔고, 완행열차나 서는 작은 역에서 내린 우리는 다시 버스를 타고 포장 안 된 시골길을 한 시간이나 달렸다. 기도원 대신 무슨 암자라는 이름이 붙은 그곳은 거기서도 한참을 더 가야 한다고 했다. 마침 가을이었다. 논에서는 벼가 누렇게 익어가고 경운기가 겨우 다닐 정도의 소롯가엔 코스모스가 한창 보기 좋게 끝도 없이 피어 있었다. 우선 코스모스 길을 말없이 타박타박 걸었다. 남편이 윗도리를 벗어 들었다. 알맞은 기온인데도 그의 와이셔츠 등허리에 동그랗게 땀이 배어 있는 게 보였다. 나도 괜히 진땀이 났다.[1] 조그만 마을이 나타났다. 마을 어귀엔 구멍가게도 있었다. 구멍가게 좌판엔 비닐통에 든 부연 막걸리와 라면이 진열돼 있을 뿐 주인은 보이지 않았다. 남편이 그 앞에서 걸음을 멈추었다. 그의 얼굴엔 막걸리가 먹고 싶다고 씌어져 있었다. 나는 너그럽게 웃었지만 속으론 까닭 없이 낭패스러웠다. 남편이 좌판에 털썩 주저앉았다. 그리고 주인도 찾지 않고 막걸리 병 마개를 비틀었다. 등허리뿐 아니라 이마에도 번드르르 땀이 배어 있었다. 서늘한 미풍이 숲을 이루다시피 한 길가의 코스모스를 잠시도 가만 놔두지 않았다. 색색가지 꽃이 오색의 나비 떼처럼 하늘댔다. 쾌적한 날씨였다. 그런데도 우린 둘 다 달군 프라이팬에 들볶이고 있는 것처럼 안절부절을 못했다. 막걸리를 병째 마시는 그가 조금도 호방해 보이지 않고 조바심만이 더욱 드러나 보이는 걸 나는 쓰라린 마음으로 곁눈질했다.

"라면이라도 하나 끓여 달랠까요?"

"당신 시장하오?"

"아뇨, 당신 술안주 하게요."

"안주는 무슨……."

나는 주인을 찾아 가게터 뒤로 돌아갔다. 좀 떨어진 데 초가가 보였다. 초가지붕 위엔 방금 떠오른 보름달처럼 풍만하고 잘생긴 박이 서너 덩이 의젓하게 자리 잡고 있었다.

"여보, 저 박 좀 봐요. 해산 바가지 했으면 좋겠네."

나는 생뚱한 소리로 환성歡聲 기쁘고 반가워서 지르는 소리을 질렀다.

"해산 바가지?"

남편이 멍청하게 물었다.

"그래요. 해산 바가지요."

실로 오래간만에 기쁨과 평화와 삶에 대한 믿음이 샘물처럼 괴어오는 걸

---

1) 가을빛이 완연한 날씨임에도 시어머니를 요양원에 보낸다는 죄책감에 땀을 흘리고 있다. 쾌적한 날씨와 불편한 심리가 대조된다.

느꼈다.

내가 첫애를 뱄을 때 시어머님은 해산달^{아이를 낳을 달}을 짚어보고 섣달^{음력으로 한 해의 맨 끝 달}이구나, 좋을 때다, 곧 해가 길어지면서 기저귀가 잘 마를 테니, 하시더니 그해 가을 일부러 사람을 시켜 시골에 가서 해산 바가지를 구해 오게 했다.

"잘생기고, 여물게 굳고, 정한 데서 자란 햇바가지여야 하네. 첫 손자 첫 국밥^{아이를 낳은 뒤에 산모가 처음으로 먹는 국과 밥. 주로 미역국과 흰밥을 먹음}지을 미역 빨고 쌀 씻을 소중한 바가지니까."

이러면서 후한 값까지 미리 쳐주는 것이었다. 그럴 때의 그분은 너무 경건해 보여 나도 덩달아서 아기를 가졌다는 데 대한 경건한 기쁨을 느꼈었다. 이윽고 정말 잘 굳고 잘생기고 정갈한 두 짝의 바가지가 당도했고, 시어머니는 그걸 신령한 물건인 양 선반 위에 고이 모셔 놓았다. 또 손수 장에 나가 보얀 젖빛 사발도 한 쌍을 사다가 선반에 얹어두었다. 그건 해산 사발이라고 했다.

나는 내가 낳은 첫아기가 딸이라는 걸 알자 속으로 약간 켕겼다. 외아들

해산 바가지?

여보, 저 박 좀 봐요.
해산 바가지 했으면 좋겠네.

🍎 소설 한 장면 절정 요양원을 보러 가던 중 지붕 위 박을 보며 해산 바가지를 떠올림

을 둔 시어머니가 흔히 그렇듯이 그분도 아들을 기다렸음직하고 더구나 그분의 남다른 엄숙한 해산 준비는 대를 이를 손자를 위해서나 어울림직했기 때문이다. 그러나 퇴원한 나를 맞아들이는 그분에게서 섭섭한 티 따위는 조금도 찾아볼 수 없었다. 그 잘생긴 해산 바가지로 미역 빨고 쌀 씻어 두 개의 해산 사발에 밥 따로 국 따로 퍼다가 내 머리맡에 놓더니 정성껏 산모의 건강과 아기의 명과 복을 비는 것이다. 그런 그분의 모습이 어찌나 진지하고 아름답던지, 비로소 내가 엄마 됐음에 황홀한 기쁨을 느낄 수가 있었고, 내 아기가 장차 무엇이 될지는 몰라도 착하게 자라리라는 것 하나만은 믿어도 될 것 같은 확신 같은 게 생겼다. 대문에 인줄을 걸고 부정을 기^忌하는 삼칠일 동안이 끝나자 해산 바가지는 정결하게 말려서 다시 선반 위로 올라갔다. 다음 해산 때 쓰기 위해서였다. 다음에도 또 딸이었지만 그 희색

_{喜色 기뻐하는 얼굴빛} 이 만면하고도 경건한 의식은 조금도 생략되거나 소홀해지지 않았다. 다음에도 딸이었고 그다음에도 딸이었다. 네 번째 딸을 낳고는 병원에서 밤새도록 울었다.¹⁾ 의사나 간호사까지 나를 동정했고 나는 무엇보다도 시어머니의 그 경건한 의식을 받을 면목이 없어서 눈물이 났다. 그러나 그분은 여전히 희색이 만면했고 경건했다. 다음에 아들을 낳았을 때도 더도 아니고 덜도 아닌 똑같은 영접을 받았을 뿐이었다. 그분은 어디서 배운 바 없이, 또 스스로 노력한 바 없이도 저절로 인간의 생명을 어떻게 대접해야 하는지를 알고 있는 분이었다. 그분이 아직 살아 있지 않은가. 그분의 여생도 거기 합당한 대우를 받아 마땅했다.²⁾ 나는 하마터면 큰일을 저지를 뻔했다. 그분의 망가진 정신, 노추한_{늙고 추한} 육체만 보았지 한때 얼마나 아름다운 정신이 깃들었었나를 잊고 있었던 것이다. 비록 지금 빈 그릇이 되었다 해도 사이비 기도원 같은 데 맡겨 있지도 않은 마귀를 내쫓게 하는 수모와 학대를 당하게 할 수는 없는 일이었다.

나는 남편이 막걸리 병을 다 비우기도 전에 길을 재촉해 오던 길을 되돌아섰다. 암자 쪽을 등진 남편은 더 이상 땀을 흘리지 않았다. 시어머님은 그후에도 3년을 더 살고 돌아가셨지만 그동안 힘이 덜 들었단 얘기는 아니다.

---

1) '나' 역시도 당대의 남아 선호 사상에서 자유롭지 못했단 걸 알 수 있다.

2) 시어머니가 차별 없이 손주들을 대했던 것처럼 시어머니의 생명도 소중하게 여겨야 한다는 것을 깨닫고 있다. 그동안 쌓였던 '나'의 불만도 해소된다.

그분의 망령은 여전히 해괴하고 새록새록해서 감당하기 힘들었지만 나는 효부인 척 위선을 떨지 않음으로써 조금은 숨구멍을 만들 수가 있었다. 너무 속상할 때는 아이들이나 이웃 사람의 눈치 볼 것 없이 큰 소리로 분풀이도 했고 목욕시키거나 옷 갈아입힐 때는 아프지 않을 만큼 거칠게 다루기도 했다. 너무했다 뉘우쳐지면 즉각 애정 표시에도 인색하지 않았다.

위선을 떨지 않고 마음껏 못된 며느리 노릇을 할 수 있고부터 신경 안정제가 필요 없게 됐다. 시어머니도 나를 잘 따랐다. 마치 갓난아기처럼 천진한 얼굴로 내 치마꼬리만 졸졸 따라다녔다. 외출했다 늦게 돌아오면 그분은 저녁도 안 들고 어린애처럼 칭얼대며 골목 밖에서 나를 기다리고 있곤 했다. 임종 때의 그분은 주름살까지 말끔히 가셔 평화롭고 순결하기가 마치 그분이 이 세상에 갓 태어날 때의 얼굴을 보는 것 같았다. 나는 마치 그분의 그런 고운 얼굴을 내가 만든 양 크나큰 성취감에 도취했었다.

생명 존중의 자세를 알려준 어머님은 아름다운 정신을 가진 분이셨어.

📖 소설 한 장면 결말 시어머니의 생명 존중의 태도를 깨닫고 임종 때까지 곁을 지킴

선생님 이 작품은 전반부와 후반부로 구성되어 있어요. 전반부는 남아 선호 사상에 빠진 친구 이야기, 후반부는 모든 손주들에게 따뜻한 사랑을 준 시어머니의 이야기이지요. 이를 통해 작가는 어떤 주제를 전달하려고 한 것일까요?

💬 2 ♥ 2

학생 1 전반부에서는 당시 사회에 만연하였던 남아 선호 사상을 비판해요. 후반부에서는 시어머니의 사랑과 생명 존중의 가치를 이야기하며, 시어머니의 아름다운 정신을 잊고 함부로 대했던 자신의 모습을 뉘우쳐요.

학생 2 전반부와 후반부의 이야기는 서로 대비되면서 주제를 더욱 효과적으로 드러내요. 당대 사회의 왜곡된 가치를 비판적으로 바라보고 생명 존중의 가치를 다시 한 번 깨닫게 해요.

선생님 '나'는 시어머니를 모실 요양원에 가던 중 박을 보고 해산 바가지를 떠올려요. 그리고 깨달음을 얻지요. 작품에서 '해산 바가지'는 어떤 의미일까요?

💬 2 ♥ 2

학생 1 '나'의 내적 갈등이 해소되고 행동이 변화하는 매개체가 돼요. 해산 바가지를 떠올린 후 '나'가 시어머니에 대한 마음을 바꾸고 예전보다 편안한 마음으로 시어머니를 대하게 되기 때문이에요.

학생 2 해산 바가지는 '나'에게 '인간의 생명은 그 자체로 소중하다.'라는 깨달음을 줘요. 즉 생명 존중의 상징이라고 할 수 있어요.

남아 선호 사상 ▼ 🔍

 연관 검색어   출생 성비   성비 불균형   인구 억제 정책

1980년대에는 출생률이 매우 높았다. 정부는 인구수를 조절하기 위해 '하나만 낳아 잘 기르자.'라는 말을 유행시키며 인구 억제 정책을 내세웠다. 그 결과 한 가정에서 낳는 아이의 수가 1960년대에는 6명, 1970년대에는 4명이었다가 1980년대에 이르러 2명 정도로 크게 줄어들었다.

하지만 여전히 바뀌지 않는 문제가 있었다. 유교 문화의 영향으로 조선 시대부터 이어져 온 남아 선호 사상이다. 남자아이의 수는 점점 많아졌고 특히 셋째 아이 이상에서 성비 불균형이 극명히 나타났다. 1993년이 되자 셋째 아이 이상의 출생성비는 무려 209.7명을 기록하였다. 이는 여자아이 100명당 남자아이의 수는 209.7명이라는 뜻이다. 이러한 성비 불균형은 1980년대와 1990년대의 중요한 사회 문제였다.

그 여자네 집

⚓ 작품 길잡이

갈래: 액자 소설
배경: 시간 - 일제 강점기, 1990년대 / 공간 - 38선 부근의 행촌리, 서울
시점: 1인칭 관찰자 시점(부분적으로 1인칭 주인공 시점)
주제: 개인의 아픔과 상처를 통해 본 민족사적 비극과 불행
출전: 『너무도 쓸쓸한 당신』(1998)

📷 인물 관계도

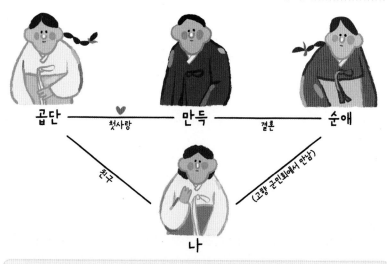

곱단 ——— 첫사랑 ——— 만득 ——— 결혼 ——— 순애

곱단 —— 친구 —— 나 —— (고향 군민회에서 만남) —— 순애

나	순애의 말을 듣고 오해하나 만득의 해명을 듣고 오해를 푼다.
곱단	만득을 좋아하나 정신대 징발을 피하기 위해 다른 이와 일찍 결혼한다.
만득	일제의 징병 때문에 연인인 곱단과 이별하고 해방 후 순애와 결혼한다.
순애	남편인 만득이 아직도 곱단을 잊지 못했다고 오해하여 질투한다.

📖 구성과 줄거리

발단(외화) 「그 여자네 집」이란 시를 접한 '나'는 곱단과 만득의 사연을 떠올림
'나'는 북한 돕기 시 낭송회에서 시를 낭송해 달라는 요청을 받고 수락한다. 김용택의 시 「그 여자네 집」을 낭송하고 싶었기 때문이다. '나'는 그 시를 처음 읽었을 때 어린 시절 고향 마을의 곱단과 만득이 떠올랐다.

전개(내화) 곱단과 만득은 주변의 인정을 받으며 서로 좋아함
일제 강점기에 '나'는 행촌리에 살았다. 같은 마을에 살던 곱단과 만득은 마을의 마스코트다. 두 사람은 공공연한 짝이었고, 서로 애틋한 사랑을 키운다. 양가는 물론 주변 사람 모두 두 사람이 언젠가는 결혼할 것이라고 생각한다.

위기(내화) 만득은 징병에 끌려가고 곱단은 정신대를 피하기 위해 다른 사람과 결혼함
어느 날 징집 영장이 떨어져 만득이 징병에 끌려간다. 곧 정신대와 관련한 끔찍한 소문이 돌자 곱단네 식구들은 징발을 피하기 위해 급히 곱단을 시집보낸다. 이후 곱단이 시집간 신의주는 38선이 그어져 갈 수 없는 땅이 된다. 광복 이후 돌아온 만득은 같은 마을 처녀인 순애와 결혼한다.

절정(내화) '나'는 만득 부부와 재회하고 순애는 '나'에게 하소연함
세월이 흘러 '나'는 친척 어른과 함께 고향 군민회에 간다. 그곳에서 '나'는 우연히 만득과 순애 부부를 만난다. 순애는 '나'에게 만득이 여전히 곱단을 가슴속에 품고 산다고 하소연한다. '나'는 순애의 말에 의문을 품지만 부음을 듣고 찾아간 순애의 장례식장에서 젊은 얼굴로 찍은 순애의 영정 사진을 보고 순애를 이해한다.

결말(외화) 만득은 '나'의 오해를 풀어 준 뒤 일제의 만행에 분노함
순애가 죽은 후 '나'는 정신대 할머니를 돕는 모임에 나갔다가 만득을 만난다. 만득이 여전히 곱단을 못 잊고 있다고 생각하는 '나'에게 만득은 자신이 모임에 온 연유를 설명한다. 만득은 직접적으로 피해를 받은 사람들뿐만 아니라 간접적으로 피해를 받은 사람들도 모두 일제의 피해자라고 말하며 눈물을 흘린다.

그 여자네 집

　지난여름 작가 회의에서 북한 동포 돕기 시 낭송회를 한 적이 있다.[1] 시인들만 참여하는 줄 알았더니 각계 원로들도 자기가 평소 애송하던 시를 낭송하는 순서가 있다고, 나한테도 한 편 낭송해 달라고 했다. 내가 원로 소리를 듣게 된 것이 당혹스러웠지만, 북한 돕기라는 데 핑계를 둘러대고 빠질 만큼 빤질빤질하지는 못했나 보다. 하겠다고 했다. 그러나 거역할 수 없는 명분보다 더 중요한 것은 낭송하고 싶은 시가 있었다는 게 아니었을까. 그 무렵 나는 김용택의 「그 여자네 집」이라는 시에 사로잡혀 있었다. 김용택은 내가 좋아하는 시인 중의 한 사람일 뿐 가장 좋아하는 시인이라고는 말 못 하겠다. 마찬가지로 「그 여자네 집」이 그의 많은 시 중 빼어난 시인지 아닌지도 잘 모르겠다.
　「그 여자네 집」은 다음과 같다.

　　가을이면 은행나무 은행잎이 노랗게 물드는 집
　　해가 저무는 날 먼 데서도 내 눈에 가장 먼저 뜨이는 집
　　생각하면 그리웁고
　　바라보면 정다운 집
　　어디 갔다가 늦게 집에 가는 밤이면
　　불빛이, 따뜻한 불빛이 검은 산속에 살아 있는 집
　　그 불빛 아래 앉아 수를 놓으며 앉아 있을
　　그 여자의 까만 머릿결과 어깨를 생각만 해도
　　손길이 따뜻해져 오는 집

　　봄이면 살구꽃이 하얗게 피었다가
　　꽃잎이 하얗게 담 너머까지 날리는 집
　　살구꽃 떨어지는 살구나무 아래로

---

[1] 서술자인 '나'는 작가이며 자신의 경험담을 얘기한다. 이는 소설의 실제 작가인 박완서가 직접 경험한 일을 전달한다는 느낌을 주어 작품의 사실성을 높인다.

물을 길어 오는 그 여자 물동이 속에
꽃잎이 떨어지면 꽃잎이 일으킨 물결처럼 가 닿고
싶은 집

샛노란 은행잎이 지고 나면
그 여자
아버지와 그 여자 큰 오빠가
지붕에 올라가
하루 종일 노랗게 지붕을 이는 ^{기와나 볏짚, 이엉 따위로 지붕 위를 덮는} 집
노란 집

어쩌다가 열린 대문 사이로 그 여자네 집 마당이 보이고
그 여자가 마당을 왔다 갔다 하며
무슨 일이 있는지 무슨 말인가 잘 알아들을 수 없는 말소리와
옷자락이 언뜻언뜻 보이면
그 마당에 들어가서 나도 그 일에 참여하고 싶은 집

마당에 햇살이 노란 집
저녁 연기가 곧게 올라가는 집
뒤안에 감이 붉게 익는 집
참새 떼가 지저귀는 집
눈 오는 집
아침 눈이 하얗게 처마 끝을 지나
마당에 내리고
그 여자가 몸을 웅숭크리고
아직 쓸지 않은 마당을 지나
뒤안으로 김치를 내러 가다가 "하따, 눈이 참말로 이쁘게도 온다이이." 하며
눈이 가득 내리는 하늘을 바라보다가
속눈썹에 걸린 눈을 털며
김칫독을 열 때
하얀 눈송이들이 김칫독 안으로

하얗게 내리는 집

김칫독에 엎드린 그 여자의 등허리에

하얀 눈송이들이 하얗게 하얗게 내리는 집

내가 목화송이 같은 눈이 되어 내리고 싶은 집

밤을 새워, 몇 밤을 새워 눈이 내리고

아무도 오가는 이 없는 늦은 밤

그 여자의 방에서만 따뜻한 불빛이 새어 나오면

발자국을 숨기며 그 여자네 집 마당을 지나 그 여자의 방 앞

뜰방에 서서 그 여자의 눈 맞은 신을 보며

머리에, 어깨에 쌓인 눈을 털고

가만히, 내리는 눈송이들도 들리지 않는 목소리로

가만 가만히 그 여자를 부르고 싶은 집

그

여

자

네 집

어느 날인가

그 어느 날인가 못밥 모내기를 하다가 들에서 먹는 밥 을 머리에 이고 가다가 나와 딱 마주쳤을 때

"어머나" 깜짝 놀라며 뚝 멈추어 서서 두 눈을 똥그랗게 뜨고

나를 쳐다보며 반가움을 하나도 감추지 않고

환하게, 들판에 고봉으로 담아 놓은 쌀밥같이

화아안하게 하얀 이를 다 드러내며 웃던 그

여자 함박꽃 같던 그

여자

그 여자가 꽃 같은 열아홉 살까지 살던 집

우리 동네 바로 윗동네 가운데 고샅 시골 마을의 좁은 골목길. 고샅길 첫 집

내가 밖에서 집으로 갈 때

차에서 내리면 제일 먼저 눈길이 가는 집

그 집 앞을 다 지나도록 그 여자 모습이 보이지 않으면

저절로 발걸음이 느려지는 그 여자네 집

지금은 아, 지금은 이 세상에 없는 그 집
내 마음속에 지어진 집
눈 감으면 살구꽃이 바람에 하얗게 날리는 집
눈 내리고, 아, 눈이, 살구나무 실가지 사이로
목화송이 같은 눈이 사흘이나
내리던 집
그 여자네 집
언제나 그 어느 때나 내 마음이 먼저
가
있던 집
그
여자네
집
생각하면, 생각하면, 생. 각. 을. 하. 면……

내가 〈녹색평론〉에서 그 시를 처음 읽고 깜짝 놀란 것은, 이건 바로 우리 고향 마을과 곱단이와 만득이 이야기다 싶었기 때문이다. 지금은 칠순이 훨씬 넘은 장만득 씨는 아직도 문학청년 기질을 가지고 있다. 불과 몇 년 전 까지만 해도 신춘문예 철만 되면 가슴이 울렁거린다고 했다. 가슴이 울렁 거린 게 아니라 응모도 해 봤으리라고 나는 넘겨짚고 있다. 그 울렁거림이 얼마나 참을 수 없는 울렁거림이라는 걸 알고 있기 때문이다. 만일 그 시가 김용택이라는 유명한 시인의 시가 아니라 처음 들어 보는 시인의 시였다 면, 나는 장만득 씨가 가명으로 등단을 했으리란 걸 의심치 않았을 것이다. 나는 그 시를 읽고 또 읽었다. 처음에 희미했던 영상이 마치 약물에 담근 인 화지처럼 점점 선명해졌다. 숨어 있던 수줍은 아름다움까지 낱낱이 드러내 자, 나는 마침내 그리움과 슬픔으로 저린 마음을 주체할 수가 없어서 혼자 서 느릿느릿 포도주 한 병을 비웠다.

곱단이는 범강장달이^{키가 크고 우락부락하게 생긴 사람을 이르는 말} 같은 아들을 내리 넷이나 둔 집의 막내딸이자 고명딸^{아들 많은 집의 외딸}이었다. 부지런한 농사꾼 아버지와 착실한 아들들은 가을이면 우리 마을에서 제일 먼저 이엉^{지붕이나 담을 이기 위해 짚이나 새 따위로 엮은 물건}을 이었다. 다섯 장정이 휘딱 해치울 일이건만 제일 먼저 곱단이네 지붕에 올라앉아 부산을 떠는 건 만득이였다. 만득이는 우리 동네의 유일한 읍내 중학생이라 품앗이 일에서는 저절로 제외되곤 했건만 곱단이네가 일손이 모자라는 집도 아닌데 제일 먼저 달려들곤 했다. 곱단이 작은오빠하고 만득이는 친구 사이였다. 그래도 마을 사람들은 만득이가 곱단이네 집 일이라면 발 벗고 나서고 싶어 하는 게 친구네 집이라서가 아니라 그 여자, 곱단이네 집이기 때문이라는 걸 알고 있었다. 부엌에서 더운 점심을 짓느라 연기가 곧게 올라가는 따뜻한 가을날, 곱단이네 지붕에 제일 먼저 뛰어올라 깃발처럼 으스대는 만득이를 보고 동네 노인들은 제 색시가 고우면 처갓집 말뚝에도 절을 한다더니만, 하고 혀를 찼지만 그건 곧 만득이가 곱단이 신랑이 되리라는 걸 온 동네가 다 공공연하게 인정하고 있다는 증거였다.

둘 사이는 그들보다 어린 우리 또래들 사이에도 선망의 대상이었다. 우리들은 그들 사이를 연애를 건다고 말하면서 야릇하게 마음 설레곤 했다.

이 시를 읽으면 고향 마을의 곱단이와 만득이 이야기가 떠올라……

🎬 소설 한 장면   발단(외화)   「그 여자네 집」이란 시를 접한 '나'는 곱단과 만득의 사연을 떠올림

40년대의 보수적인 시골 마을에서도 젊은 남녀가 부모 몰래 사랑을 나누는 일이 아주 없었던 건 아니었나 보다. 누가 누구하고 바람이 났다던가, 눈이 맞았다던가, 심지어는 배가 맞았다는 소문까지 날 적이 있었다. 그건 부모가 얼굴을 못 들고 다닐 만한 스캔들이었고, 그 뒤끝도 거의 다 너절하거나 께적지근한 것이었다.

곱단이하고 만득이가 좋아하는 것을 바람났다고 말하지 않고, 연애 건다고 말한 것은 그런 스캔들과 차별 짓고 싶은 마음에서였을 것이다. 마을 사람들로서는 일종의 애정이요 동경이었다. 남자들은 서당에서 한문 공부를 하고, 여자들은 어깨 너머로 언문을 해독할 수 있을 정도로 까막눈은 면했다 하나, 읍에서 이십여 리나 떨어진 이 마을에서 신식 학교 교육은 아직 먼 풍문이었다. 그러나 기회만 닿으면 자식에게만은 시켜 보고 싶은 거였다. 연애에 대해서도 비슷한 생각을 가졌던 것 같다. 도시에서 배운 사람들이 하는 개화된 풍속에 대한 거역할 수 없는 호기심을 가지고 있었다. 젊은 사람들 사이에서뿐만 아니라 사사건건 트집 잡기 좋아하는 노인네들한테까지 그들의 연애는 일찌거니 인정받은 거나 다름없었다. 왜냐하면, 그들이 미처 연정을 느끼기 전부터 둘이 짝이 된다면 얼마나 보기 좋은 한 쌍이 될까 눈을 가느스름히 뜨고 상상하는 것만으로 즐거워한 게 노인들이었기 때문이다. 만득이나 곱단이네나 일 년 계량繼糧 한 해에 추수한 곡식으로 다음 해 추수할 때까지 양식을 이어 감하기에 모자라지도 넘치지도 않을 만한 토지를 가진 자작농이었고, 인품이 후하여 어려운 사람 살필 줄 아는 집안이었다. 만득이는 위로 누나들만 있고, 곱단이는 오빠들만 있어서, 기다리던 귀한 아들딸이었다. 제집에서 귀히 여기는 자식은 남들도 한 번 볼 거 두 번 보면서 덕담을 아끼지 않는 법이다. 그들 또한 그러하였다.

곱단이는 시골 아이답지 않게 살갗이 희고, 맑은 눈에 속눈썹이 길었다. 나는 그녀의 속눈썹이 얼마나 길었는지 표현할 말을 몰랐었는데 김용택의 시 중에서 마침내 가장 알맞은 말을 찾아냈다. 함박눈이 내려앉아서 쉴 만큼 길었다. 함박눈은 녹아 이슬방울이 되고 촉촉이 젖은 눈썹이 그녀의 검은 눈동자에 그늘을 드리우면, 목석의 애간장이라도 녹일 듯 애틋한 표정이 되곤 했다. 만득이는 총명하여 하나를 가르치면 열을 알았고, 생긴 것 또한 관옥冠玉 관의 앞을 꾸미는 옥. 남자의 아름다운 얼굴을 비유한 말 같았다. 촌구석에서는 드문 인물들이었다. 만득이가 개천에서 난 용이라면 곱단이는 진흙탕에 핀 연꽃이었다. 누가 먼저랄 것도 없이 둘이 장차 신랑 각시가 되면 얼마나 어여쁜 한 쌍이 될까 하는 소리가 저절로 나왔다. 이구동성으로 두 사람의 천생연분을 점친 것이다. 양가의 처지 또한 서로 기울지도 넘치지도 않았고, 어른들은 소박하고 정직하여 남들이 사윗감 며느릿감으로 점찍어 둔 아이들을 어려서부터 눈여겨보며 아름답고 늠름하게 자라는 걸 서로 기특해하며 귀여워하였다. 곱단이와 만득이는 우리 마을의 화초요 꿈이었다.[1] 그러나 한두 번이라도 중매를 서 본 사람은 알 것이다. 남 보기에는 하늘이 정해 준 배필처럼 어울리는 한 쌍이 있어 그들을 맺어 주는 것에 거의 소명 의식 같은 걸 느끼고 중매에 나서지만 본인은 의외로 냉담한 경우가 많다는 것을. 남자와 여자가 서로 연정을 느끼는 건 신의 장난질처럼 인간의 계획 밖의 일이다. 남이 나서서 잘되기를 꾀하거나 도와주려고 하면 되레 어깃장^{짐짓 순종하} 지 않고 뻗대는 행동 을 놓는 속성까지 있는 것 같다.

그러나 만득이와 곱단이는 마을 사람들의 꿈을 배반하지 않았다. 곱단이가 만득이를 보면 유난히 부끄럼을 타기 시작한 게 그 증거였다. 곱단이가 만득이 때문에 방구리^{주로 물을 긷거나 술을 담는 데 쓰는 질그릇}를 깨트린 일은 두고두고 동네 사람들의 입초시^{이러쿵저러쿵 남의 흉을 보는 입놀림의 방언}에 오르내렸다. 윗말 아랫말 합쳐야 이십여 호밖에 안 되는 작은 마을이라 우물이 하나밖에 없었다. 물 긷는 일은 전적으로 아낙네들 몫이었고, 물동이를 이고도 동이를 손으로 잡는 법 없이 두 손을 자유롭게 놀리며, 고개도 이리저리 돌려 볼 것 다 보고 다닐 수 있어야 비로소 살림에 관록이 붙은 주부였다. 계집애들은 엄마들의 그런 솜씨에 찬탄의 눈길을 보내는 한편, 언젠가는 자기들도 그런 최고의 경지에 도달하지 않으면 안 된다는 압박감을 가졌음 직하다. 계집애들은 어려서부터 물동이를 이고 싶어 했다. 아이들도 능히 일 수 있는 작은 물동이를 방구리라고 했다. 방구리는 실용보다는 딸애들의 놀이 기구에 가까워서 깨트리기도 잘했다. 계집애를 얕볼 때, 쬐그만 계집애란 말 대신 방구리만한 계집애로 통하는 게 우리 마을이었다.

곱단이는 귀한 딸이고 올케^{오빠나 남동생의 아내}가 둘씩이나 있어서 물동이 같은 거 안 이어도 됐건만 자기 몫의 방구리는 가지고 있었고, 동무들이 하는 건 다 해 보고 싶은 나이였다. 그러나 머리에 인 방구리 손잡이를 양손으로 움

---

1) 곱단이와 만득이가 마을 사람들의 기대를 한 몸에 받고 있음을 나타낸 구절로 은유법이 사용되었다.

켜잡지 않고는 한 발자국도 못 떼는 초보였다. 그렇게 방구리로 물을 길어 가는데 저만치서 만득이가 오는 게 보였다. 만득이는 방구리를 들어 주려고 급히 달려오고 그걸 본 곱단이는 에구머니나, 흘러내린 치마말기를 추어올리려고 급히 방구리 손잡이를 놓아 버린 것이다. 방구리가 깨진 건 말할 것도 없다. 곱단이가 열너덧 살 가슴이 살구씨만큼 부풀어 올랐을 무렵이었다. 저고리를 짧게 입고 치마말기로 가슴을 동일 때라 임질_{물건 따위를 머리 위에 이는 일}을 할 때면 겨드랑과 가슴이 드러나게 돼 있었다. 그 무렵의 우리 고장의 풍습으로는 젊은 여자들도 거기에 대한 수치감이 별로 없었다. 임_{머리 위에 인 물건. 또는 머리에 일 만한 정도의 짐}을 이고 가는 엄마 뒤에 업힌 아이가 겨드랑 밑으로 엄마의 앞가슴을 더듬거나 끌어당겨 빨기까지 하는 모습도 흔히 볼 수 있었다. 가슴에 대한 수치심도 일종의 문화 현상이 아닐까? 그 시절엔 엄마의 가슴은 아이들의 밥그릇 정도로 여겼던 반면 배꼽을 드러내는 건 수치스럽게 여겼다. 처녀는 좀 달랐겠지만, 그런 풍토에서 방구리를 깨트리면서까지 가슴을 가리고 싶어 했던 것은 예사로운 일이 아니었다.

우리 마을에서 만득이가 제일 먼저 읍내 중학교로 진학하자 곱단이는 아버지를 졸라 십 리 밖에 새로 생긴 소학교 분교에 입학했다. 방구리 사건이 있고 나서였다. 분교를 간이 학교라고 불렀고, 입학하는 데는 연령 제한 같은 것도 없었다. 남학생 중에는 아이 아범도 있을 정도였다. 중학교도 마찬가지였나 보다. 만득이도 소학교만 나오고 몇 년 집에서 농사를 거들다가 서울로 시집간 큰누나가 신식 교육의 필요성을 역설해서 상급 학교에 가게 됐으니 늦공부인 셈이었다.

간이 학교는 우리 마을에서 읍으로 가는 도중에 있는 긴냇골이라는 오십여 호가 넘는, 인근에서는 가장 큰 마을에 있었다. 고개를 두 번 넘고 시냇물을 한 번 건너야 했다. 만득이와 곱단이가 등·하굣길을 자연스럽게 같이 했을 것은 말할 것도 없다. 겉으로 보기에 두 사람이 유별나 보이지는 않았다. 늘 곱단이가 한참 뒤져서 걷고 만득이는 휘적휘적 앞서 가다가 기다려 주곤 했다. 부부가 같이 외출을 해도 나란히 걷지를 못하고 아내가 한참 뒤에서 걷는 걸 예절처럼 알던 시대였다. 곱단이보다 갈 길이 곱절이 되는 만득이가 갑갑한 곱단이의 걸음걸이를 참지 못하고 휭하니 먼저 가 버릴 적도 있었다.

들을 적시는 개울물이 도처에 그물망처럼 퍼져 있는, 물이 흔한 고장이었지만 다리를 통해 건너야 하는 긴냇골의 시냇물은 유난히 아름다운 강이었다. 물은 깊지 않았지만 골이 깊어서 길에서 수면까지 비스듬히 가파른 둔덕에는 잔다란 들꽃들이 봄여름, 가을 내 쉴 없이 피었다 지곤 했고, 흰 자갈과 잔모래와 꽃 그림자 사이를 무리 지어 유영하는 물고기들과 장난치듯 부서지는 잔물결은 수정처럼 투명했다. 그 시냇물에는 흙다리가 놓여있었다. 양쪽 둔덕을 두 개의 기둥목으로 가로질러 놓고, 그 사이를 새끼줄이나 칡넝쿨 같은 것으로 엮고는 진흙으로 빤빤하게 싸 바른 흙다리는 마치 오솔길의 연속처럼 편안했다. 그러나 비가 많이 오거나 봄의 해토 무렵엔 흙다리 곳곳에 구멍이 뚫리기도 하고 미끌거리기도 했다. 그런 불편은 잠깐, 곧 누군가의 손길로 감쪽같이 보수가 되곤 했지만 문제는 장마 중이거나 미처 보수를 하기 전이었다. 특히 계집애들은 구멍 난 흙다리를 건너기를 무서워했다. 차라리 둔덕을 내려가 신발 벗고 점벙점벙 강물로 들어가는 게 안심스러웠다. 물이 불어 봤댔자 허리 정도밖에 안 찼지만, 그럴 때는 앞서서 작대기로 물의 깊이를 알려 주고 계집애들을 인도하는 게 남학생들의 중요한 사내구실이었다. 그러나 만득이는 곱단이가 사내 녀석들하고 치마를 배꼽 위까지 걷어 올리고 속바지를 적셔 가며 물을 건너는 걸 참을 수 없어 했다. 등굣길은 물론 하굣길까지 어떻게든 시간을 맞춰 지키고 있다가 구멍 뚫린 흙다리 위로 건너게 해 주었다. 흙다리를 건너면서 곱단이가 얼마나 무섬을 타고, 앙탈을 하고, 그러면 만득이는 그걸 다 받아 주며 다독거리느라 길지도 않은 흙다리 위에서 둘이 몇 번씩이나 서로 얼싸안는다는 소문이 자자하게 퍼지곤 했다. 그러나 구닥다리 노인들도 그런 소문을 망신스러워하지 않고 귀엽게 여겼다. 둘은 어차피 혼인할 테고 둘이 서로 좋아하는 것은 아름다운 한 쌍의 새가 부리를 비비는 것처럼 예쁘게만 보였다. 흙다리가 아니라 연애 다리라는 소리도 악의라곤 없었다.

중학교 상급반으로 오르면서 만득이는 문학에 눈을 뜨게 된 것 같다. 한동안 그는 『오뇌의 무도 _{1921. 김억의 번역 시집}』라는 시집을 책가방에 넣지 않고 옆구리에 끼고 다닌 적이 있는데 그게 그렇게 멋있어 보일 수가 없었다. 학교 문턱에도 못 가 본 이도 남자들은 한문을 다 읽을 줄 알았다. 서당이 마을 사내애들의 의무 교육 기관처럼 돼 있었다. 『오뇌의 무도』라고 붙여서 읽을 수는 있어도 그게 무슨 뜻인지 확 오는 게 아니었다. 글자는 한자건만 그 낱말이 불러일으키는 이미지는 이국적이고 하이칼라 _{서양식 유행을 따르던 멋쟁이를 이르던 말}

한 것이었다. 어디서 흘러들어온 말인지 하이칼라란 말이 우리 마을 젊은 이들 사이에서 한창 유행할 때였다. 어딘지 이국적이고 약간 겉멋 들어 보이는 건 뭐든지 하이칼라라고 했다.

마을 젊은이들 사이에 춘원 바람을 일으킨 것도 만득이였다. 『흙』, 『단종애사』, 『무정』 같은 춘원의 책이 젊은이들 사이를 돌며 나달나달해질 때까지 읽혔다. 책은 나달나달해졌지만 거기 한번 맛들인 청년들의 눈빛은 별처럼 빛났다. 그러나 곧 춘원이 창씨개명 創氏改名 일본식 성명 강요의 전 용어. 일제가 강제로 우리나라 사람의 성과 이름을 일본식으로 고치게 한 일에 앞장서고 청년들을 전쟁터로 내모는 연설을 했다는 말을 퍼트려, 청년들을 실의에 빠트리고 헷갈리게 만든 것도 만득이였다. 그가 마을 청년들의 정신의 맥을 쥐었다 폈다 한다고 해도 과언이 아니었다. 2차 세계 대전이 말기에 접어들면서 마을의 형편도 날로 어려워지고 있었지만, 젊은이들의 정신의 기갈은 그보다 더 심각하였기 때문에 먹혀들기도 그만큼 쉬웠다. 만득이가 퍼뜨린 책 때문에 마음이 통하게 된 젊은이들이 모여서 문학 얘기도 하고 세상 돌아가는 일에, 울분을 토로하기도 하는 모임이 자연히 형성되었는데, 거기서도 중심인물은 물론 만득이였다. 그러나 고작 만학의 중학생이었다. 식민지 청년의 의식 있는 모임이라기보다는 만득이의 지적 허영심을 충족시키는 장이었다. 그는 가끔 자기가 쓴 시를 비장한 어조로 읽어 주곤 했는데 그중 곱단이가 눈물이 글썽할 정도로 좋아하는 시가 나중에 알고 보니 임화의 시 뒷부분이었다.

오늘도 연기는
구름보다 높고
누구이고 청년이 몇
너무나 좁은 하늘을
넓은 희망의 눈동자 속 깊이
호수처럼 담으리라
벌리는 팔이 아무리 좁아도
오오! 하늘보다 너른 나의 바다

이런 시였는데 팔을 벌리고 "오오! 하늘보다 너른 나의 바다" 할 때에는 어찌나 격정적으로 목메어 부르는지 곱단이는 그때마다 만득이를 더 넓은 세상으로 내놓아야 할 것 같아 가슴이 떨린다고 했다.

곱단이는 나에게 가끔 만득이가 보낸 편지를 보여 줄 적이 있었다. 누가 보여 달랜 것도 아닌데 보여 주는 게 계면쩍었던지 혼자 보기 아까워서…… 라는 말을 덧붙이곤 하였다. 연애편지를 혼자 보기 아까워한다는 건 실상 말이 안 되는 소리다. 그건 보여 줘도 무관한 담백한 편지라는 뜻도 되지만, 곱단이 보기에 그럴듯한 문학적 표현을 자랑하고 싶어서이기도 했을 것이다. 그중 아직도 생각나는 것은 곱단이네 울타리 밑의 꽈리나무를 '꼬마 파수꾼들이 초롱불을 빨갛게 켜 들고 서 있는 것 같다.'라고 표현한 거였다. 당시 우리 동네 집들은 거의 다 개나리로 뒤란^{집채 뒤의 울안} 울타리를 치고 살았다. 그리고 뉘 집이나 울타리 밑에서 꽈리가 자생했다. 봄에서 여름에 걸쳐서는 거기에 꽈리나무가 있다는 것도 모를 정도로 전혀 눈에 안 띄는 잡초나 다름없었다. 꽈리가 거기 있다는 걸 알게 되는 건 풀숲이 누렇게 생기를 잃고 난 후였다. 익은 꽈리는 단풍보다 고왔고, 아닌 게 아니라 초롱처럼 앙증맞았다. 그러나 그맘때면 붉게 물든 감잎도 더 고운 감한테 자리를 내주고, 들에서는 고추가 다홍빛으로 물들 때였다. 꽈리란 심심한 계집

소설 한 장면 **전개(내화)** 곱단과 만득은 주변의 인정을 받으며 서로 좋아함

애들이 더러 입 안에서 뽀드득대는 것 외엔 아무짝에도 쓸모없는 하찮은 잡초에 불과했다. 우리 집 울타리 밑에도 꽈리가 지천으로 자라고 있었다.

그렇게 흔해 빠진 꽈리 중 곱단이네 꽈리만이 초롱에 불 켜 든 꼬마 파수꾼이 된 것이다. 만득이는 어쩌면 그리움에 겨워 곱단이네 울타리 밑으로 개구멍을 내려다 말고 발갛게 초롱불을 켜 든 꼬마 파수꾼 때문에 이성을 찾은 거나 아닐까. 그렇지 않고서야 그 흔해 빠진 꽈리 중에서 곱단이네 꽈리만을 그렇게 특별한 꽈리로 만들 수는 없는 일이었다.

우리 마을엔 꽈리뿐 아니라 살구나무도 흔했다. 살구나무가 없는 집이 없었다. 여북해야^{오죽했으면} 마을 이름도 행촌리^{杏村里}였겠는가. 봄에 살구나무는 개나리와 함께 온 동네를 꽃 대궐처럼 화려하게 꾸며 주었지만, 열매는 시금털털한 개살구였다. 약에 쓰려고 약간의 씨를 갈무리하는 집이 있긴 해도 열매는 아이들도 잘 안 먹어서 떨어진 자리에서 썩어 갔다. 아름다운 마을이었다. 살구꽃이 흐드러지게 필 무렵엔 자운영과 오랑캐꽃이 들판과 둔덕을 뒤덮었다. 자운영은 고루 질펀하게 피고, 오랑캐꽃은 소복소복 무리를 지어 가며 다문다문^{사이가 조금씩 떨어져서} 피었다. 살구가 흙에 스며 거름이 될 무렵엔 분분히 지는 찔레꽃이 외진 길을 달밤처럼 숨 가쁘게 그윽하게 만들었다.

「그 여자네 집」을 읽으면서 돌이켜 보니 행촌리의 그 흔한 살구나무 중에서도 곱단이네 살구나무는 특별났던 것 같다. 다 같은 초가집 중에서도 만득이에겐 곱단이네 지붕이 유난히 샛노랬던 것처럼, 그 흔해 빠진 꽈리나무 중에서 곱단이네 꽈리나무만이 특별났던 것처럼.

곱단이네는 행촌리 윗말 첫 집이었다. 뒷동산에서 흘러내린 개울물이 곱단이네를 휘돌아 아랫말로 흐르면서 만득이네 문전옥답^{門前沃畓 집 앞 가까이에 있는 기름진 논} 논배미^{논두렁으로 둘러싸인 논의 하나하나의 구역}를 지나게 돼 있었다. 곱단이네 살구나무는 곱단이 아버지가 딸과 딸의 동무들을 위해 튼튼한 그네를 매줄 정도로 큰 나무였다. 만득이는 아마 개울물이 하얗게 하얗게 실어 나르는 살구꽃을 연서처럼 울렁거리며 바라보았을 것이다.

1945년 봄에도 행촌리에 살구꽃 피고, 꽈리꽃, 오랑캐꽃, 자운영이 피었을까. 그럴 리 없건만 괜히 안 피고 말았을 거 같다. 그 꽃들이 피어나기 전에 만득이와 곱단이의 연애도 끝나고 말았을까. 만학이던 만득이는 읍내의 사 년제 중학교를 졸업하자마자 징병으로 끌려 나갔다. 며칠간의 여유는 있었고, 양가에서는 그 사이에 혼사를 치르려고 했다. 연애 못 걸어 본 총각도 씨라도 남기려고 서둘러 혼처를 구해 혼사를 치르는 일이 흔할 때였다. 더군다나 만득이는 외아들이었고, 사주단자는 건네지 않았어도 서로 연애 건다는 걸 온 동네가 다 아는 각싯감이 있었다. 그러나 그는 한사코 혼사 치르기를 거부했다. 그건 그의 사랑법이었을 것이다. 남들이 다 안 알아줘도 곱단이한테만은 그의 사랑법을 이해시키려고, 잔설殘雪 녹다 남은 눈이 아직 남아 있는 이른 봄의 으스름달밤을 새벽닭이 올 때까지 곱단이를 끌고 다녔다고 한다. 곱단이가 그의 제안에 마음으로부터 승복했는지 안 했는지 알 길이 없다. 그러나 끌려 다니지를 않고 어디 방앗간 같은 데서 밤을 지냈다고 해도 만득이의 손길이 곱단이의 젖가슴도 범하질 못하였으리라는 걸 곱단이의 부모도, 마을 사람들도 믿었다. 그런 시대였다. 순결한 시대였는지, 바보 같은 시대였는지는 모르지만, 그때 우리가 존중한 법도라는 건 그런 거였다.

만득이네 대문에 일본 깃대와 출정 군인의 집이라는 깃발이 만장처럼 처량히 휘날리고, 그 집 사랑에서 며칠씩 술판이 벌어져도 밀주 단속에도 안 걸리고……. 그렇게 그까짓 열흘 눈 깜박할 새 지나가 만득이는 마침내 입영을 하게 됐다. 만득이가 꼭 살아 돌아올테니 기다리라고 곱단이를 설득하기는 어렵지 않았을 것이다. 곱단이가 딴 데 시집갈 아이도 아니거니와 식구들 역시 딴 데 시집 보낼 엄두라도 낼 사람들이 아니었으므로. 설득에 그렇게 오랜 시간이 걸린 것은, 그럴 것이면 왜 혼사를 치르고 나서 떠나면 안 되냐는 곱단이의 지당한 생각 때문이었을 것이다. 곱단이는 이름처럼 마음씨도 비단결 같은 처녀였지만, 옳다고 생각하는 걸 굽힐 만큼 호락호락하진 않았으니까. 사위스러워서 마음에 불길한 느낌이 들고 꺼림칙해서 아무도 입에 올리진 않았지만, 마을 사람들은 만득이가 사지死地로 가고 있다는 걸 알기 때문에 과부 안 만들려는 그의 깊은 마음을 내심 여간 대견히 여기는 게 아니었다. 만득이와 곱단이는 요샛말로 하면 마을의 마스코트라고나 할까. 둘 다 행복해지지 않으면 재앙이라도 내릴 것처럼 지켜 주고 싶어 했고, 만득이의 처사는 그런 소박한 인심에도 거슬리지 않는 최선의 것이었다.

만득이가 떠난 후에도 마을 청년들은 앞서거니 뒤서거니 징병이나 징용으로 끌려가 마을에 남자라고는 중늙은이 이상만 남게 되었다. 곱단이의 오빠들도 도시로 나가 공장에 취직한 셋째 오빠와 부모님을 모시는 큰오빠 빼고 두 오빠가 징용으로 나가 아들 부잣집이 허룩해졌다. 장정만 데려가는 게 아니라 양식 공출供出 일제 때 식량·물자 등을 민간에게 강제적으로 바치게 한 일도 극악해져 그 풍요하던 마을도 앞으로 넘길 보릿고개 걱정이 태산 같았다. 궂은 날 부침질만 해도 서로 나누느라 한 채반껍질을 벗긴 싸릿개비 따위로 울이 거의 없이 결어 만든 채 그릇은 부쳐야 했던 인심도 스스로 금가기 시작할 무렵이었다. 아주 나쁜 소식이 염병보다 더 흉흉하고 걷잡을 수 없이 온 동네를 휩쓸었다. 전에도 여자 정신대에 대해서 아주 모르고 있었던 것은 아니다. 일본 본토나 남양 군도에 가서 일하고 싶은 처녀들은 지원하면 보내 주고 나중에 집에 송금도 할 수 있다는 면사무소의 공문이 한바탕 돈 후였지만, 그럴 생각이 있는 집은 한 집도 없었고, 설마 돈벌이를 강제로 보내리라고는 아무도 짐작을 못했다. 그러나 들려오는 소문은 그게 아니어서 몇 사람씩 배당을 받은 면사무소 노무과 서기들과 순사들이 과년한 딸 가진 집을 위협도 하고 다짜고짜 끌어가는 일까지 있다고 했다. 설마설마하는 사이에 더 나쁜 일이 생겼다. 그건 같은 면 내에서 생긴 일이기 때문에 소문이 아니라 실제 상황이었다. 동구 밖에서 감춰 놓은 곡식을 뒤지려고 나타난 면서기와 순사를 보고 정신대를 뽑으러 오는 줄 지레짐작을 한 부모가 딸애를 헛간 짚더미 속에 숨겼다고 했다. 공출 독려반들은 날카로운 창이 달린 장대로 곡식을 숨겨 두었음 직한 곳이면 닥치는 대로 찔러 보는 게 상례였다. 헛간의 짚가리로 창을 들이대는 것과 그 부모네들이 안 된다고 비명을 지른 것은 거의 동시였다. 창끝에 처녀의 살점이 묻어 나왔다고도 하고, 꿰진 창자가 묻어 나왔다고도 하고, 처녀는 그 자리에서 죽었다고도 하고, 피를 많이 흘리면서 달구지로 읍내 병원으로 실려 갔는데 죽었는지 살았는지 모른다고도 했다. 아무튼 그 소문의 파문은 온 면 내의 딸 가진 집을 주야로 가위눌리게자다가 무서운 꿈에 질려 몸을 마음대로 움직이지 못하고 답답함을 느끼게 했다. 끔찍한 일이었다.

도시에서 군수 공장에 다니는 곱단이의 오빠가 종아리에 각반을 차고 징 달린 구두를 신은 중년 남자를 데리고 내려왔다. 신의주에 있는 중요한 공사판에서 측량 기사로 있는, 한 번 장가갔던 남자라고 했다. 곱단이 부모로부터 그 흉흉한 소문을 듣고 급하게 구해 온 곱단이의 신랑감이었다. 첫 장가든 부인이 십 년이 가깝도록 아이를 못 낳아 내치고, 새장가를 든다는 그는 곱단이의 그 고운 얼굴보다는 별로 크지 않은 엉덩이만 유심히 보면서, 글쎄, 아이를 잘 낳을 수 있을까? 연방 고개를 갸우뚱, 그닥 탐탁지 않아 했다고 한다. 그러나 워낙 총각이 씨가 마른 시대였다. 게다가 지금 그 늙은 신랑감이 하고 있는 일은 군사적인 중요한 일이라 징용은 절로 면제된다고 한다. 곱단이네는 그 고운 딸을 번갯불에 콩 구워 먹듯이 그 재취再娶 아내를 여의었거나 아내와 이혼한 사람이 다시 장가가서 아내를 맞이함 자리로 보내 버렸다.

곱단이가 어떤 심정으로 그 혼사에 응했는지는 알 길이 없다. 피를 보면 멀쩡한 사람도 정신이 회까닥해진다고 하지 않는가? 피 묻은 소문도 마찬가지였다. 곱단이네 식구뿐 아니라 마을 사람들도 이성을 잃고 말았다. 만득이와 곱단이의 연애를 어여삐 여기고, 스스로 증인이 된 마을 어른들도 이제 곱단이를 위해 할 수 있는 일은 일본군한테 내주지 않는 일뿐이었다. 더군다나 곱단이 어머니는 피가 무서워 닭 모가지 하나 못 비트는 착하디 착한 위인이었다. 그 피 묻은 소문에 살이 떨려 우두망찰했을갑자기 당한 일에 정신이 얼떨떨해 어찌할 바를 몰랐을 것이다. 곱단이는 만득이와의 언약을 저버리고 딴 데로 시집을 가느니 차라리 죽고 싶었을 것이다. 그러나 그녀도 스스로 제 목숨을 끊을 만큼 모질지는 못했다. 죽은 것과 마찬가지로 넋을 놓아 버리는 게 고작이었을 것이다. 곱단이네서 혼사를 치르고 사흘 만에 신랑을 따라 집을

🖐 소설 한 장면　위기(내화)　만득은 징병에 끌려가고 곱단은 정신대를 피하기 위해 다른 사람과 결혼함

떠나는 곱단이는 사자死者를 분단장해 놓은 것처럼 섬뜩하니 표정이라곤 없었다.

멀고 먼 신의주로 시집가 첫 근친覲親 시집간 딸이 친정 부모를 뵘도 오기 전에 해방이 되었다. 그녀는 열아홉에 떠난 지붕 노란 집에 다시 돌아오지 못했다. 우리 고장은 아슬아슬하게 38 이남이 되어 북조선의 신의주와는 길이 막히고 말았다. 만득이는 살아서 돌아왔다. 그 이듬해 봄 만득이는 같은 행촌리 처녀인 순애와 혼사를 치렀다. 순애는 투덕투덕 복 있게 생긴 처녀였지만 곱단이에겐 댈 것도 아니었다. 혼삿날 마을 풍속대로 신랑을 달았는데, 군대나 징용 갔다가 심성이 거칠 대로 거칠어져 돌아온 청년들이 어찌나 호되게 신랑 발바닥을 때렸던지 만득이가 엉엉 울었다고 한다. 만득이 또한 군대 가서 고초를 겪을 만큼 겪었는데 그까짓 장난삼아 치는 매를 못 견디어 울었을까? 울고 싶어, 실컷 울고 싶었을 것 같다. 이렇게 만득이의 일거수일투족을 곱단이와 연관 지어 생각하고 싶은 게 아직도 두 사람의 어여쁜 사랑을 못 잊어 하는 마을 사람들의 심정이었으니, 그리로 시집간 순애의 마음도 편치는 않았을 것이다. 그러나 두 사람은 마을 사람들이 금실을 확인해 볼 겨를도 없이 곧 서울로 세간집안 살림에 쓰는 모든 기구. 살림살이을 냈다. 외아들이었지만 서울 누나가 동생의 일자리를 구해 놓고 데려갔다.

6·25 전쟁 후 38선 대신 그어진 휴전선은 행촌리를 휴전선 이북 땅으로 만들어 놓았다. 그동안 서로 만나지는 못했어도 귀향길에 만득이가 순애하고 곧잘 산다는 소식 정도는 들을 수 있었는데 그나마 못 듣게 되었다. 6·25 전쟁 때 죽지 않았으면 같은 서울 하늘 밑 어디메 살아 있겠거니, 문득문득 생각이 나던 것도 잠시 만득이는 내 기억 속에서 아주 사라져 버렸다. 서울살이라는 게 촌수 닿는 친척도 결혼 청첩장이나 부고나 받아야 마지못해 챙길 정도로, 이해관계가 닿지 않는 인간관계는 지딱지딱 잊게 돼 있었다.

만득이를 서울에서 다시 만난 지는 채 십 년도 안 된다. 지금은 돌아가셨지만 그때까지는 생존해 계시던 삼촌이 우리 고향 군민회에 가 보고 싶다고 해서서 모시고 간 자리에서였다. 실향민들이 마음을 달래려는 자리가 흔히 그렇듯이 노인네들 천지였다. 매년 열리는 군민 회의라지만 삼촌처럼 처음 간 분은 서로 알아보는 데도 한참 시간이 걸렸다. 알아보는 걸 도와주려는 주최 측의 배려로 면 단위로 나눠서 자리를 잡았고, 우리끼리 다시 리 단위로 무리를 만들었다. 행촌리는 나하고 삼촌하고 낯모르는 노부부 네 사람밖에 없었다. 그 이듬해 돌아가신 삼촌은 그때도 이미 여든 가까운 연세셔서 고향의 흙냄새 대신 고향 사람 체취라도 맡고 싶은 마음에 느닷없이 군민회 나들이를 하고 싶어 한 것 같다. 죽을 날이 가까우면 안 하던 짓을 하게 되는 걸 자손들은 가벼운 망령 정도로 취급했다. 오죽해야 조카가 모시고 가게 됐을까. 행촌리 노신사도 삼촌을 알아보는 것 같지 않았다. 그냥 어른 대접으로 행촌리 살던 아무개라고 공손하게 인사를 했지만 나는 별로 귀담아듣지 않아 못 알아들었다. 나중에 그가 나에게 명함을 주며 인사를 청하지 않았으면 아마 끝까지 못 알아보았을 것이다. 무슨 전업사 대표 장만득으로 돼 있는 명함을 보고 나서야 뭔가 이상해서 다시 한 번 쳐다보니, 젊은 날의 그가 어디 숨어 있다가 고개를 내밀듯이 분명하게 떠올랐다. 몸집도 별로 불지 않고 얼굴도 잘 늙지 않는 동안이었다. 나하고 그는 그닥 친한 사이가 아니었다. 그는 곱단이 것이었으므로 당시의 우리 또래들은 다들 그를 소 닭 보듯 하는 걸 예절로 알았다. 그건 장만득 씨도 마찬가지였을 것이다. 그는 워낙 마을에서 유명했지만, 유명 인사가 팬을 알아보란 법은 없다. 나는 그에게 하나도 안 변했다고 말하고 나서 쑥스럽게 웃었다. 한참 동안 못 알아본 주제에 그건 말도 안 되는 소리였기 때문이다.

순애를 떠올리는 건 더욱 불가능했다. 이 유복하고 ^{살림이 넉넉하고} 금실 좋아 보이는 노부부 중 한쪽이 순애인지도 자신이 없었다. 오히려 순애 쪽에서 나에게 아는 척을 하며 하나도 안 변했다고 해 줘서 순애려니 했다. 나는 학교 다닌답시고 학교도 안 다니는 집에서 바느질이나 배우는 나보다 나이 많은 애들하고 동무한 적이 없었다. 만득이하고 순애는 보기 좋은 부부였다. 그냥 헤어지기는 섭섭하여 서로 전화번호를 교환했는데 뜻밖에도 순애가 자주 전화를 해서 점심도 같이하고 쇼핑도 같이하는 교분이 이어졌다. 그 여자는 장만득 씨가 아직도 곱단이를 못 잊고 있다는 얘기를 하소연했다.

아우님, 다들 나더러 팔자 좋다고 하지만 나 같은 빛 좋은 개살구도 없다우. 아우님이니까 얘기야, 딴 사람들한테 아무리 얘기해 봤댔자 나만 이상한 사람 되지 누가 내 속을 알겠수. 돈 잘 벌고 생전 외도라곤 모르고, 애들한테 잘하고, 나한테도 죄지은 것 없이 죽는시늉도 하라면 하는 남편이 어디 있냐고들 하지만, 아마 나처럼 지독한 시앗 ^{남편의 첩}을 보고 사는 년도 없을 거유. 곱단이 년이 내 남편한테 찰싹 붙어 있다는 걸 번연히 알면서도 머

리채를 잡을 수가 있나, 망신을 줄 수가 있나, 미칠 노릇이라우. 그래도 내
가 아우님을 만났게 망정이지. 그렇지 않았으면 이 억울한 사정을 누구한
테 말이라도 할 수가 있겠수. 그 영감 지금도 글쎄 그년한테 연애편지를 쓴
다니까요. 설마라고? 나도 처음엔 설마 했지. 지도 쑥스러운지 시를 쓴다고
합디다. 내가 몰래 훔쳐봤더니 뭐 '그대 어깨에 살구꽃 내리네' 아니면 '살
구꽃은 해마다 피는데, 우리 임은 왜 한 번 가고 다시 아니 오시나' 이 따위
가 연애편지지 그래 시란 말이유. 그뿐인 줄 알아요? 우리가 작년 중국 여
행을 갔을 적에도 얼마나 내 오장을 뒤집었다구요. 속 모르고 따라간 나도
배알^{'창자'를 속되게 이르는 말} 빠진 년이지만, 백두산 구경하고 나서, 단동^{중국 요동반도에 있는}
^{도시}인가 어디서 배를 타고 북한 땅 가까이까지 가 보는 압록강 유람선 관광
이라는 걸 했는데, 정말 저쪽 북한 땅 강가에 놀이 나온 아이들까지 보이게
배가 가까이 가니까 나도 마음이 좀 이상해집디다. 그냥 뱃놀이를 편하게
즐기는 건 다 중국 사람들이고, 표정이 심각하게 굳어지는 건 다들 남한 사
람들이더라구요. 그 정도는 당연한 거지. 근데 우리 영감은 별안간 뱃전에
다 고개를 떨구고 소리 내어 엉엉 울지를 않겠수. 머리가 허연 늙은이가 온
몸을 들먹이면서. 분단의 슬픔이라구? 어이고, 그게 아니라 거기서 보이는
땅이 신의주였어요. 곱단이 년 사는 데가 닿을 듯 닿을 듯, 닿지는 않으니까
미치겠는 거지 뭐. 당장 강으로 밀어 처넣고 싶더라구요. 헤엄쳐서 어서 그
년한테 가라구요. 그뿐일 줄 알아요. 여기서 돈 잘 벌고 사업 잘 하다가 느
닷없이 아이들은 여기서 키우고 싶지 않다면서 미국으로 이민을 가잔 적이
다 있었다니까요. 지나 내나 영어 한 마디 못 하는 주제에 이민을 가자는 속
셈이 뭐였겠수? 뻔하지. 미국 시민권을 얻으면 북한을 마음대로 드나든다
면서요. 내가 그 꼬임에 넘어갈 성싶어요? 가려면 혼자 가라구, 가서 그년
데려다 잘살아 보라고 했더니 나를 정신병자 취급하면서 주저앉습디다. 아
이들한테는 끔찍한 양반이니까요. 실상 그거 하나 믿고 여태껏 서러운 세
상 견딘 거죠.

간추리면 대강 그런 얘기였다. 아닌 게 아니라 그런 얘기는 곱단이와 만
득이가 연애 걸던 시절을 아는 사람 아니면 도저히 먹혀들 것 같지 않은 이
야기였다. 그러나 그 여자 레퍼토리는 그 몇 가지의 에피소드에 국한돼 있
었다. 아직도 만득이가 곱단이 생각만 한다는 증거를 더는 대지 못했고, 나
도 비슷한 얘기를 하도 여러 번 들으니까 넌더리가 나면서 그 여자보다는

장만득 씨가 불쌍해질 무렵 그 여자의 부음을 듣게 됐다. 장만득 씨가 상처
喪妻 아내의 죽음을 당함를 한 것이다. 고혈압으로 몇 년째 약을 복용하고 있었는데,
돌연 쓰러진 후 의식을 회복하지 못한 채 사흘 만에 숨을 거두었다고 했다.
문상을 가서 그 여자의 영정 사진을 보고 섬뜩했다. 이십대 후반으로밖에
안 보이는 사진이었다. 요샌 영정 사진도 너무 늙은 건 보기 싫다고, 아주
늙기 전에 찍어놓는다고는 하지만 칠순의 남편이 눈물을 떨구고 있는 앞에
이십대의 사진은 너무했다 싶었다. 자식들이 문상객들의 그런 눈치를 채
고, 어머니는 평소에도 나 죽거든 늙어 빠진 영정 쓰지 말라고 부탁하시더
니, 돌아가신 후 보니까 손수 마련해 놓으신 영정 사진이 있더라고 했다. 나
는 나도 모르게 그 여자의 젊었을 적과 곱단이의 젊었을 적을 머릿속으로
비교하고 있었다. 댈 것도 아니었다. 내 상상 속에서 곱단이는 더욱 요요해
지고 아주 어여쁘고 아리땁고, 그 여자는 젊다는 것 외엔 흔한 얼굴 그대로였다. 그리고
그제야 그 여자가 불쌍해졌다. 아아, 저 여자는 일생 얼마나 지독한 연적戀敵
과 더불어 산 것일까. 생전 늙지도, 금도 가지 않는 연적이란 얼마나 견디기
어려운 적이었을까.

🔖 소설 한 장면 　절정(내화)　 '나'는 만득 부부와 재회하고 순애는 '나'에게 하소연함

그 여자가 죽고 나서 만득이를 따로 만날 일이 있을 리 없었다.

그를 우연히 만난 것은 그가 상처하고 나서도 이삼 년 후 엉뚱하게 정신대 할머니를 돕기 위한 모임에서였다. 뜻밖이었지만, 생전의 그의 아내로부터 귀에 못이 박이게 주입된 선입관이 있는지라 그가 그 모임에 나타난 것도 곱단이하고 연결 지어서 생각되는 걸 어쩔 수가 없었다. 모임이 끝난 후 그가 보이지 않자 나는 마치 범인을 뒤쫓듯이 허겁지겁 행사장을 빠져나와 저만치 어깨를 축 늘어뜨리고 걸어가는 그를 불러 세웠다. 그리고 다짜고짜 따지듯이 재취 장가를 들었느냐고 물었다. 그는 아니라고 말하고 나서 앞으로도 할 생각이 없다고, 묻지도 않은 말까지 덧붙이는 것이었다.

왜요? 곱단이를 못 잊어서요? 여긴 왜 왔어요? 정신대에 그렇게 한이 맺혔어요? 고작 한 여자 때문에. 정신대만 아니었으면 둘이서 혼인했을 텐데 하구요? 참 대단하십니다.

내 퍼붓는 말에 그는 대답 대신 앞장서서 근처 찻집으로 갔다. 그 나이에 아직도 싱그러움이 남아 있는 노인을 마치 순애의 넋이 씐 것처럼 꼬부장한 마음으로 바라다보았다. 그가 나직나직 말했다.

내가 곱단이를 아직도 잊지 못한다는 건 순전히 우리 집사람이 지어낸 생각이에요. 난 지금 곱단이 얼굴도 생각이 안 나요. 우리 집사람이 줄기차게 이르집어 오래전의 일을 들추어내어 주지 않았으면 아마 이름도 잊어버렸을 거예요. 내가 곱단이를 그리워했다면 그건 아마 누구에게나 있을 수 있는 젊은 날에 대한 아련한 향수였겠지요. 아름다운 내 고향에서 보낸 젊은 날을 문득문득 그리워하는 것도 죄가 되나요. 내가 유람선 위에서 운 것도 저게 정말 북한 땅일까? 남의 나라에서 바라보니 이렇게 지척인데 내 나라에선 왜 그렇게 멀었을까? 그게 서럽고 부끄러워 나도 모르게 눈물이 받친 거지. 거기가 신의주라는 건 별로 중요하지 않았어요.

오늘 여기 오게 된 것도, 글쎄요. 내가 한 짓도 내가 설명할 수 있을 것 같지 않지만……. 아마 얼마 전 우연히 일본 잡지에서 정신대 문제를 애써 대수롭게 여기지 않으려는 일본 사람들의 생각을 읽고 분통이 터진 것과 관계가 있겠죠. 강제였다는 증거가 있느냐, 수적으로 한국에서 너무 부풀려 말한다, 뭐 이런 투였어요. 범죄 의식이 전혀 없더군요. 그걸 참을 수가 없었어요. 비록 곱단이의 얼굴은 생각나지 않지만 나는 지금도 생생하게 느낄 수가 있어요. 곱단이가 딴 데로 시집가면서 느꼈을, 분하고 억울하고 절망적인 심정을요. 나는 정신대 할머니처럼 직접 당한 사람들의 원한에다 그걸 면한 사람들의 한까지 보태고 싶었어요. 당한 사람이나 면한 사람이나 똑같이 그 제국주의적 폭력의 희생자였다고 생각해요. 면하긴 했지만 면하기 위해 어떻게들 했나요? 강도의 폭력을 피하기 위해 얼떨결에 십 층에서 뛰어내려 죽었다고 강도는 죄가 없고 자살이 되나요? 삼천리강산 방방곡곡에서 사랑의 기쁨, 그 향기로운 숨결을 모조리 질식시켜 버리니 그 천인공노할 범죄를 잊어버린다면 우리는 사람도 아니죠. 당한 자의 한에다가 면한 자의 분노까지 보태고 싶은 내 마음 알겠어요?[1]

장만득 씨의 눈에 눈물이 그렁해졌다.

면하긴 했지만 면하기 위해 어떻게들 했나요? 나는 직접 당한 사람들의 원한에다 그걸 면한 사람들의 한까지 보태고 싶었어요. 모두가 똑같이 제국주의적 폭력의 희생자라고요.

⌃ 소설 한 장면   결말(외화)   만득은 '나'의 오해를 풀어 준 뒤 일제의 만행에 분노함

---

1) 위안부에 끌려간 사람들이나 피한 사람들 모두가 피해자라는 의미로 작품의 주제가 드러난다.

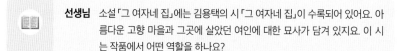

생각해 볼까요?

선생님 소설 「그 여자네 집」에는 김용택의 시 「그 여자네 집」이 수록되어 있어요. 아름다운 고향 마을과 그곳에 살았던 여인에 대한 묘사가 담겨 있지요. 이 시는 작품에서 어떤 역할을 하나요?

💬 2   💙 2

학생 1 '나'가 어린 시절 한마을에 살았던 만득과 곱단의 이야기를 떠올리게 해요. '나'는 이 시가 마치 만득이 곱단에 대한 그리움과 사랑을 표현한 것 같다고 느껴 자연스럽게 옛 생각에 빠져들어요.

학생 2 시는 소설의 서두에 배치되어 독자로 하여금 소설 속 만득과 곱단의 사랑에 대한 이미지를 상상할 수 있도록 도와줘요.

선생님 '나'는 고향 군민회에서 우연히 만득과 순애 부부를 만나요. 이후 만득의 아내 순애와 친분을 이어 가지요. 이때부터 '나'의 심리는 어떻게 변화하나요?

💬 3   💙 3

학생 1 순애는 만득이 아직도 곱단을 잊지 못하고 있다며 하소연해요. 순애의 반복되는 하소연을 듣던 '나'는 오히려 만득이 불쌍하다고 생각해요.

학생 2 그러나 순애의 장례식장에서 젊은 시절 찍어 둔 영정 사진을 본 '나'는 순애의 한을 이해하고 연민을 느껴요.

학생 3 몇 년 후 '나'는 '정신대 할머니'를 돕기 위한 모임에서 만득을 만나요. 이를 곱단과 연결 지어 생각한 '나'는 만득을 못마땅하게 바라봐요. 아직도 곱단을 못 잊었냐며 따지는 '나'에게 만득은 당한 사람과 면한 사람이 모두 겪어야 했던 민족적 아픔을 이야기해요. '나'는 안타까움과 만득에 대한 미안함을 느꼈을 거예요.

선생님 결말에서 만득은 "당한 사람이나 면한 사람이나 똑같이 그 제국주의적 폭력의 희생자였다고 생각해요. 면하긴 했지만 면하기 위해 어떻게들 했나요? …… 당한 자의 한에다가 면한 자의 분노까지 보태고 싶은 내 마음 알겠어요?"라고 말해요. 만득의 이러한 말은 무엇을 의미하나요?

💬 2   💙 2

학생 1 만득은 곱단과의 이별이 단지 개인적인 슬픔이나 운명에 국한된 것이 아니라 일제 강점기와 분단을 겪은 우리 민족 전체의 아픔이라고 생각해요. 그는 과거의 잃어버린 사랑에 집착하지 않고 그 아픔이 왜 생겼는지 이성적으로 판단하죠. 만득이 눈물을 흘린 이유는 일제의 강압에 의해 희생된 자와 면한 자 모두 피해자이고 이에 대한 분노와 한이 겹쳤기 때문이에요.

학생 2 만득의 이야기는 곧 작가가 하고자 하는 이야기예요. 이 작품의 주제는 '개인의 아픔과 상처를 통해 본 민족사적 비극과 불행'이라고 할 수 있어요.

선생님 「그 여자네 집」에서 이야기에 사실성을 높이는 장치들은 무엇이 있을까요?
 3 ♥ 3

학생 1 소설의 배경인 일제 강점기의 강제 징용, 정신대 징발, 6·25 전쟁 이후의 국토 분단 등은 실제로 일어났던 일이자 우리 민족이 처한 현실이었어요. 작가는 개인의 비극 이야기를 통해 민족의 비극을 자연스럽게 일깨워요.

학생 2 또한 이 소설에서 인용된 시 김용택의 「그 여자네 집」과 임화의 「하늘」 또한 실제로 있는 작품이에요.

학생 3 글의 도입부에서 작가가 사실적이고 체험적인 경험을 쓰는 형식을 빌린 것도 독자에게 친근감을 주고 작품의 사실성을 높여요. 이러한 점에서 이 소설은 허구이면서도 실제로 있었던 이야기 같은 느낌을 줘요.

일본군 '위안부' ▽ 🔍

연관 검색어   일제 강점기   식민지 수탈   여자 정신 근로령

일제가 침략 전쟁 당시 자행하였던 반인륜적인 범죄 행위 중 하나는 여성들을 전쟁에 강제 동원한 일이었다. 만주 사변부터 일본군은 위안소를 운영하며 조선을 비롯한 중국, 동남아시아 등지에서 수십만 명의 젊은 여성들을 일본군 '위안부'로 강제로 동원하였다.

특히 1944년에는 여자 정신 근로령을 공포하여 약 12세에서 40세의 여성들을 후방의 병참 지원 인력으로 동원하였다. 이때 최소 5만 명 이상의 여성들이 일본군의 '위안부' 생활을 강요당하였다. 일제는 이러한 증거를 남기지 않기 위해 피해자들을 폭사하거나 수장하기까지 하였다. 살아남은 사람들 역시 광복 후 아무런 사과와 보상을 받지 못하고 고통스럽게 살아야 하였다.

이문구
(1941~2003)

✉ **작가에 대하여**

충청남도 보령 출생. 서라벌예술대학 문예창작과를 졸업하였다. 1966년 〈현대문학〉에 「다갈라 불망비」와 「백결」이 추천되면서 등단하였다. 1978년 한국문학작가상, 1993년 만해문학상, 2000년 동인문학상, 2001년 대한민국문화예술상 등을 수상하였고, 2003년 사후에 은관문화 훈장이 추서되었다. 주요 작품으로 「관촌수필」, 「매월당 김시습」, 「내 몸은 너무 오래 서 있거나 걸어왔다」 등이 있다.

초기에는 도시 빈민의 문제를 다루었고, 후기에는 농촌과 농민의 문제에 천착해 농민 소설의 새로운 장을 개척했다. 그는 산업화의 물결 속에서 무너져 가는 농촌 공동체의 모습을 사실적으로 그려내며 토속적 정감을 잃어 가는 농민들의 슬픔과 불행, 그것을 초래한 사회적 모순을 담담한 어조로 토로하였다. 그러나 이러한 현실을 비극적으로만 묘사하지 않고, 농촌 사람들의 삶에 내재되어 있는 인간적인 정감을 걸죽한 입담과 해학으로 드러내는 데 주력하였다.

우리말 특유의 가락을 잘 살렸다는 평가를 받는다. 한자어와 토속어의 빈번한 사용과 비유와 속담의 삽입, 만연체 문장 등은 이문구 소설의 문체를 특징짓는 요소들로 작용한다.

유자소전

#풍자　　#전기적　　#향토적　　#물질만능주의비판

⛵ 작품 길잡이

갈래: 풍자 소설, 사실주의 소설, 실명 소설
배경: 시간 – 1950~1987년 / 공간 – 시골과 서울
시점: 1인칭 관찰자 시점
주제: 부와 사치에 젖은 현대인의 삶의 자세 비판
출전: 〈창작과비평〉⁽¹⁹⁹¹⁾

📷 인물 관계도

나(이문구)	서술자이자 작가인 이문구 자신이다. 유자의 친구로 그의 삶을 관찰한다.
유자(유재필)	약자를 배려하며 자신의 신념과 소신을 지키는 삶을 살아 사람들에게 존경받는다.
총수	사치심이 강하고 위선적이다. 유자와 대비되는 삶을 산다.

📋 구성과 줄거리

발단 **유자는 어린 시절부터 말을 잘하고 붙임성이 좋았음**

유자는 매사에 생각이 깊고 침착하며 성품이 곧아 자신의 주장과 태도를 항상 명확히 했다. 그의 이름은 유재필인데, 사람들은 그를 유자라고 불렀다. 어린 시절 유자는 그의 이름을 모르는 사람이 없을 정도로 지역의 명물로 통했고, 임기응변과 붙임성이 좋은 아이였다.

전개 **유자는 기지로 위기를 극복하며 재벌 총수의 운전수가 됨**

학교를 졸업한 유자는 민주당 지구당 위원장의 유세 현장에서 확성기 줄을 이어 준 것이 인연이 되어 위원장과 동행하게 된다. 사월 혁명 직후 총선에서 위원장이 승리하자 유자는 위원장 집에서 숙식하며 정치 식객들과 어울린다. 위원장이 부정 축재자로 몰려 잡혀가자 유자도 덩달아 끌려가지만 특유의 기지를 발휘해 풀려난다. 그 뒤 유자는 군대에 가고 군대에서 가짜 도사 노릇을 한다. 제대 후에는 서울로 올라가 재벌 총수의 운전수가 된다.

위기 **회사에서 좌천된 유자는 운수 회사 노선 상무가 됨**

유자는 총수의 신임을 받으며 안정된 삶을 산다. 그러나 유자는 인건비보다 더 비싼 잉어의 죽음을 안타까워하는 총수를 보면서 그의 위선적인 모습에 회의를 느낀다. 어느 날 유자는 총수가 아끼는 불상을 침으로 문질러 닦으려다가 집에서 쫓겨나고 회사에서 좌천되어 운수 회사 노선 상무가 된다.

절정 **유자는 교통사고 피해자와 가해자 모두에게 선행을 베풂**

노선 상무가 된 유자는 교통사고를 처리하는 부서에 들어가게 된다. 유자는 자신에게 주어진 소임을 다하고자 노력한다. 유자는 늘 공명정대하게 일을 처리해 피해자와 가해자 모두에게 도움을 주고자 한다.

결말 **마지막까지 사람들을 돕던 유자가 간암으로 세상을 떠남**

유자는 문인들과도 활발히 교류하면서 자신이 필요한 상황이면 최선을 다해 돕는다. 유자는 만년에 종합 병원 원무 실장이 되었는데, 6·29 선언 당시 시위를 하다 부상 당한 사람들을 돕다가 그 자리에서 물러난다. 그 뒤 유자는 간암으로 급작스럽게 세상을 떠난다.

유자소전

1

한 친구가 있었다.

그냥 보면 그저 그렇고 그런 보통 사람에 불과한 친구였다.

그러나 여느 사람처럼 이 땅에 그런 사람이 있는지 마는지 하게 그럭저럭 살다가 제물에^{저 혼자 스스로의 바람에} 흐지부지하고 몸을 마친 예사 허릅숭이^{일을 실답게 하지 못하는 사람을 낮잡아 이르는 말}는 아니었다.

그의 이름은 유재필이다. 1941년 홍성군 광천에서 태어나 보령군 대천에 와서 자라고 배웠다. 그리고 그 나머지는 서울에서 살았다. 그는 어려서부터 타고난 총기叢記^{총명한 기운}와 숫기^{활발하여 부끄러워하지 않는 기운}로 또래에서 별쫑맞고^{말이나 하는 짓이 아주 별스럽고} 무리에서 두드러진 바가 있어, 비색否塞^{운수가 꽉 막힘}한 가운과 불우한 환경 속에서도 여러모로 일찍 터득하고 앞서 나아감에 따라 소년 시절은 장히 숙성하고, 청년 시절은 자못 노련하고, 장년에 들어서는 속절없이 노성하였으니^{많은 경험을 쌓아 세상일에 익숙하였으니}, 무릇 이것이 그가 보통 사람 가운데서도 항상 깨어 있는 삶을 살게 된 바탕이었다.

그의 생애는 풀밭에서 뚜렷하고 쑥밭에서 우뚝하였다.

그는 애초에 심성이 밝고 깔끔하였다. 매사에 생각이 깊고 침착하였으며, 성품이 곧고 굳은 위에 몸소 겪음한 바와 힘써 널리 보고 애써 널리 들은 것을 더하여, 스스로 갖추어진 줏대와 나름껏 이루어진 주견主見^{자기 주장이 있는 의견}으로 갈피 있는 태도를 흩트리지 아니하였다.

그러므로 주변머리 없이 기대거나 자발머리없이^{행동이 가볍고 참을성이 없이} 나대어서 남을 폐롭히거나^{괴롭히거나} 누를 끼치는 자는 반드시 장마에 물걸레처럼 쳐다보기를 한결같이 하였고, 분수없이 남을 제끼거나 밟고 일어서서 섣불리 무엇인 척하고 으스대는 자는 『삼국지』에서 조조 망하기를 기다리듯 미워하여 매양^{번번이} 속으로 밑줄을 그어 두기에 소홀함이 없었다. 또 모름지기 세상의 일에 알면 아는 대로 힘지게 말하고, 모르면 모르는 대로 숫지게^{순박하게} 말하여 마땅한 자리임에도 불구하고 어딘지 떳떳치 못하게 주눅부터 들어서 좌우의 눈치에 딱 부러지게 흑백을 하지 못하는 자가 있으면, 마치 말만 한 딸을 서울 가게 하는 데에 힘입어 그날로 이잣돈을 놓는 매몰스런쌀쌀맞은 구두쇠를 보듯이 으레 가래침을 멀리 뱉기에 이력이 난 터이었다.

그의 됨됨이는 물론 그것이 전부는 아니었다. 체취는 그윽하고 체온은 따뜻하며 체질이 묵중한 사내였다. 또한 남의 아픔이 자신의 아픔임을 깨달아 아픔을 나누고 눈물을 나누되, 자기가 아는 바 사람 사는 도리에 이르기를 진정으로 바라던 위인이었으니, 짐짓 저 옛말을 빌어서 말한다면 그야말로 때아닌 특립독행特立獨行 세속에 따르지 않고 소신대로 행동함의 돌출이요, 이른바 "세상 사람들의 걱정거리를 그들보다 앞서서 걱정하고 세상 사람들이 즐거워함을 본 연후에야 즐거움을 누린다先天下之憂而憂 後天下之樂而樂."라고 말한 선비적인 덕량德量 어질고 너그러운 마음씨나 생각의 본보기라 하지 않을 수 없는 친구였다.

"이간감? 나 유가여."

그가 내게 전화를 할 때마다 매번 거르지 않던 첫마디였다.

그렇지만 유가는 이미 다른 사람을 이르는 말이었다. 그는 유자儒子였다.[1]

2

유자는 직업적인 문필가에 못지않은 뛰어난 어휘 감각으로 이 나라 문단의 제자백가들과 교유를 하면서도 언제나 대화의 선도鮮度 생선이나 야채 따위의 신선한 정도를 유지했거니와, 그중에서도 보령 지방의 방언 구사에서는 그와 겨룰 만한 사람이 드물다고 해도 과언이 아니었다.

대개 일정한 지역의 방언은 그 유통 구조적인 한계에 따라 자연스럽게 시르죽어서기를 펴지 못해서 종당에는 용도 폐기를 면치 못하기가 쉽고, 그로부터 호흡이 끊기고 박제화剝製化하여 사전辭典에 정리되고 나면 한갓 현장을 잃은 고어나 은퇴어가 되고 말아서, 모처럼 어디에 갔다가 만나더라도 뜨악하고꺼림칙하고 서먹해지기 마련인 것이었다.

그러나 아무리 잊은 지가 언젠지조차 모르는 귀꿈맞은전혀 어울리지 않고 촌스러운 방언이라고 해도, 그것이 유자의 입에서 흘러나올 때는 그 말이 지닌 본래의 숨결까지도 고스란히 살아 있어서 생각지도 않은 신선한 느낌마저 덤을 얹는 것이었다. 그만큼 일상적으로 즐겨 사용해 온 탓이었다.

---

1) 성에 자(子)를 붙이는 것은 그 대상을 존경한다는 의미이다. 이 작품의 서술자는 유재필을 '유자'라고 부름으로써 그의 품성과 삶을 높이 평가한다.

보령 지방의 독특한 방언 가운데 지금도 흔히 쓰이는 것으로 "개갈 안 난다."라는 말이 있다. 이것은 요즈음 산하의 국어 연구원에서 의례적인 용어부터 정립해 주기를 독려하고 있는 이어령 문화부 장관도 사석에서는 자기도 모르게 곧잘 튀어나오던 방언이기도 한 것이다.

이 "개갈 안 난다."라는 말은 보통 '말이' 맺고 끊는 맛이 없다거나, 섞갈리거나^{갈피를 잡지 못하게 여러 가지가 한데 뒤섞이거나}, 요령부득이다. '뜻이' 가당치 않거나, 막연하거나, 어림도 없다. '일이' 매동그려지지^{매만져서 뭉쳐 싸지지} 않거나, 매듭이 나지 않거나, 마무리가 없다. '짓이' 칠칠치 못하거나, 갈피가 없거나, 결과가 예측 불허다, 따위와 비스름한 의미로 쓰이고 있거니와, 나도 그 어원이 '가결^{可決} 안 나다.'에 있는지 어떤지는 아직도 모르고 있는 터이다.

한번은 내가 짐짓 해 보는 말로,

"대관절 그 개갈 안 난다는 말이 무슨 뜻이라나?"

유자더러 물었더니, 유자 대답하여 가로되,

"아, 그 개갈 안 난다는 말처럼 개갈 안 나는 말이 워디 있간듸세 나버려 개갈 안 나게 묻는다나."

하고 사뭇 퉁명을 부리는데, 그러는 그의 표정을 읽으니 말이 난 계제^{階梯}^{기회}에 아예 어원까지 캐서 적실하게 밝혀 줄 수만 있다면 작히나 좋을까만, 허나 말인즉 원체가 '개갈 안 나는' 말인지라 당최 종잡을 수가 없어서 유감이라는 내색이 역연하였다^{분명히 알 수 있도록 또렷하였다}.

재주가 메주인 이런 삼류 작가에게는 유자만큼 소중하고 요긴한 위인도 드물었다. 그는 내 직업에도 여러 가지로 도움이 되었는데, 이를테면 1950년대부터 고향과 멀어진 까닭에 '잊은 지가 언젠지조차 모르는', 그래서 모처럼 한 번이나 들어 보더라도 뜨악하고 서먹할 수밖에 없는 궁벽한^{매우 후미지고 으슥한} 방언들을 아주 새삼스럽게, 그것도 그 말이 지닌 본래의 숨결까지 고스란히 살아 있는 그대로 재생시켜 주면서 '말하는 방언사전' 노릇을 톡톡히 해 주었던 것도 그중의 하나였다.

그것은 비단 방언만도 아니었다. 그가 사무적으로 왕래하는 각계각층의 전문적인 용어를 비롯하여, 가령 벌면 먹고 놀면 굶는 뜨내기들, 빈손이 큰손이요 끗발이 맨발인 따라지들, 심지어는 보다 보다 볼장 다 본 막살이들의 험험한^{대범한} 허텅지거리^{상대편을 꼭 집어내어 바로 말하지 아니하고 하는 말}와 종작없는 결말들까지도 나는 거의가 그를 통하여 얻어들었으며, 또 무슨 말이든지 일단은 힘 하나 안 들이고 주워대는 그의 입을 거쳐야만 비로소 제대로 실감이 나고, 나중에 용도를 가름하는 데에도 수나로울^{어려움이 없이 순조로울} 수가 있었던 것이다.

유자는 그가 아니면 안 되는 그 걸쩍한 입담뿐 아니라 그 자신의 모든 것이 바로 신선한 소재이기도 하였다. 한 예를 들면 중진^{重鎭 어떤 집단이나 분야에서 지도적인 영향력을 가진 중요한 인물} 작가 천승세 씨의 장편 소설 『사계의 후조』도 곧 유자를 모델로 하여 이룩한 작품이었던 것이다.

내가 오래전에 쓴 「그가 말했듯」이란 졸작의 주인공도 유자가 모델이었다. 주인공이 일인칭인 이 소설을 본 사람들은, 읍내에 말쉬바위^{곡마단}가 들어와서 악사들이 말에 원숭이를 태워 앞세우고 트럼펫 가락도 심란스럽게 가두선전^{街頭宣傳 마이크 장치나 샌드위치맨 따위를 이용하여 거리에서 선전하는 일}에 나설 때마다 철딱서니 없이 단기^{團旗 '단'의 이름이 붙은 단체나 모임의 상징이 되는 기}의 기수가 되어 우쭐거리는 주인공을 나의 과거사로 짐작하고 실소를 금치 못했다는 거였지만, 실은 유자가 그렇게 보낸 소년 시절이야말로 한쪽은 하릴없는 허드레 웃음거리였고, 한쪽은 공연히 웃어넘길 수만도 없는 애틋한 대목이 안팎을 이루고 있었던 것이다.

유자는 육이오 난리 이듬해에 한내^{대천}의 구장태로 이사 오면서 대남 국민학교에 전학하였다. 그는 전학하고 며칠이 안 되어서부터 스스로 존재를 드러내었다. 아무 데서나 주워대는 그 입담이 밑천이었다. 다른 아이들이 밥 먹을 때 모이를 먹고, 다른 아이들이 죽 먹을 때 여물을 먹었는지, 나이답지 않게 올되고 걸었던 그 입은, 상급생이나 선생님들 앞에서도 놓아먹인 아이처럼 조심성이며 어렴성이라곤 없이 넉살 좋게 능청을 떨어 대었던 것이다.

일테면 여선생님이 쉬는 시간에 교문 밖에 나가서 딴전을 보다가 늦게 들어온 그를 불러 세우고 왜 늦었느냐고 다잡으며 따끔하게 혼내 줄 기미를 보이면,

"일 학년짜리 지집애가 오재미루 찜뿌^{고무공을 가지고 야구 형식으로 하는 아이들 놀이}를 허다가 사리마다^{'팬티'의 일본어} 끈이 째서 끊어져 흘렀는디, 그냥 보구 말수가 읎어서 그것 좀 나우 잇어 주다 보니께 이냥 늦었 번졌네유."

하고 '힘 하나 안 들이고' 넉덕스럽게 너스레를 떨며 둘러방치기^{핑계}를 하는 것이었다.

그럼 그대로 두었나?

그대로 두었다. 학교에서도 초저녁에 싸가지 없는 아이로 치부하여 매를 들고 성화대거나, 어머니까지 오너라 가거라 하면서 닦달하느니보다, 숫제 배냇적부터 마치 우진마불경 牛嗔馬不耕 소는 밭갈이를 하지 않는 말을 미워한다는 뜻 의 원진살 元嗔煞 까닭이 없이 서로 미워하는 한때의 기운 이라도 타고난 녀석인양 내놓아 버리는 것으로써 차라리 속이나 편키를 도모한 셈이었으니, 마침내 교감 선생님의 이름은 몰라도 그의 이름을 모르면 대남 학교 아이가 아닌 줄로 여기게끔 명물이 되기에 이르렀다.

명물은 되잖게 올바르지 않게 입만 되바라졌다고 해서 아무나 되는 것도 아니었다.

그는 보매보다 겉으로 보기보다 반죽이 무름하고 잘되어 있고 너울가지 남과 잘 사귀는 솜씨 가 좋아 붙임성이 있었고, 싸움 난 집에서 누룽지를 얻어먹을 만큼이나 두름성 주변성이 좋아서 일을 잘 변통하는 재주 이 있었으며, 하다못해 엿장수를 상대로 엿치기를 해도 따먹은 엿 토막이 앞에 수북할 정도로 눈썰미와 손속이 뛰어난 터수 '처지'나 '형편'의 뜻을 나타내는 말 였다. 나이가 한참이나 위인 중학생들과 예사로 너나들이 허물없이 지냄 를 하고, 가는 데마다 시답지 만족스럽지 않은 성님과 대가리 굵은 아우가 수두룩했던 것이 다 그와 같은 사실을 증명하던 일이었다.

그 천연덕스럽고 숫기 좋던 붙임성은 말쉬바위가 들어올 적마다 맡아놓고 모갑이 우두머리 를 찾아가서 단기의 기수로 자원하는 데에도 단단히 한몫했을 것은 두말할 나위가 없다.

그는 깃광목이나 무색 인조견 바탕에 '뉴-서울 서커스' 따위가 쓰인 깃대를 들고, 그 모양 나던 뒤듬발이 뒤듬바리. 어리석고 둔하며 거친 사람 걸음으로 가두선전반을 이끌었다. 바람이라도 있어서 기장 폭이 펄럭거리는 날은 깃대를 가누기는 고사하고 제 몸뚱이조차 고루 잡기에도 힘이 부쳐 엎드러질지 곱드러질지 모르게 비칠거리면서 땀으로 미역을 감게 마련이었다. 그는 땀으로 미끈거리며 주책없이 자꾸 벗겨져 주천스럽던 고무신은 일찌감치 벗어서 허리춤에 차기를 잊지 않았지만. 그러나 그러고 까불거리면서 장터를 휘젓는 풍신이 바로 한내 사람들의 좋은 구경거리가 됐던 사실은 알고 있을 까닭이 없었다.

그가 번번이 기를 쓰고 기수가 되고자 안달을 했던 것은, 겨우 무료 봉사에 한해서 무료입장을 보장했던 그 지지한 미끼에 눈이 가린 탓이었다.

하지만 그것도 초엽 여름에 잠깐이었다. 하루는 난리 때 노무자로 갔다 와서 육장六場 한 번도 빼지 않고 늘 싸전 머리쌀가게 앞에 노박이한곳에 붙박이로 사는 사람로 나앉아 지게벌이를 하던 이웃집 논규 애배가 보다 못해 한마디 나무랄 요량으로 핀잔을 하였다.

"이녀리 자슥은 밤나…… 너넌 뭣 땜이 말쉬바우만 들왔다 허면 그러구 혹해서 사죽을 못 쓰구 댕긴다네?"

그는 서슴없이 대꾸하였다.

"그게 워디 그냥 싸카쓰간유. 사리마다만 입은 지집애덜이 사까다찌'물구나무'의 일본어를 해쌌는디, 기도 보는 이가 여간 사람이 아닝게 그거래두 해 주구서 봐야 션허지후련하지 워치기어떻게 그냥 만대유."

대남 학교 사 학년 때의 대답이었다.

그는 싸전 마당 한복판에 빙 둘러쳐 놓은 포장 어디에 혹 개구멍이라도 없나 하여 우물쭈물 쭈뼛거리면서 이리 기웃 저리 기웃 얼씬거리다가 막대기로 삿대질을 하며 지키는 단원에게 걸리적거리고 성가시다며 지청구꾸지람를 얻어먹어 풀이 죽은 아이들 앞에서 여봐란 듯이 무료입장을 하였다. 그리고 깔아 놓은 멍석 귀퉁이에 옹송그리고옹크리고 앉아서 이따가 그 쥐 잡아먹은 것 같은 입술의 해반주그레한겉모양이 말쑥한 계집애가 나와서 재주 부리는 차례를 기다렸다. 그러나 공空구경도 속이 든든해야 보이는 것이 있는 법이었다. 여린 삭신에 저보다 서너 길이 넘은 깃대에 시달려 옷이 척척하도록 땀을 흘리며 읍내를 헤맨 터에, 점심 굶고 저녁 걸러 곤할 대로 곤하고 허기진 몸이, 기름독에 빠졌다 나온 사내가 버나사발 등을 막대기나 담뱃대 따위로 돌리는 묘기를 한들 보이고, 쥐 잡아먹은 입술이 통 굴리기를 한들 보일 리가 없었다.

"인마, 어여 집이 가서 자빠져 자."

그는 매양 소스라치면서 눈을 떴다. 깨어 보면 막은 아까아까 내린 뒤였고, 구경꾼이 두고 간 쓰레기와 썩음썩음한써금써금한. 물건이 오래되어 아주 낡은 멍석에 쌓인 답쎄기답세기. 잘게 부스러진 짚 따위의 찌꺼기를 쓸던 단원이 대빗자루로 등짝을 냅다 갈기는 바람에, 저도 모르게 앉은 채로 곯아떨어져 있다가 그렇게 실없이 혼이 났을 따름이었다.

야간 통행금지 시간이 다 되어 집집이 불을 끄고 찬바람만 휑하던 골목길은, 만날 그 앞으로 지나다니는 가겟집들의 굴뚝 모퉁이마다 왜 그렇게도 껄쩍지근하고 떨떠름하니 무서웠는지 몰랐다. 그렇지만 아무리 오금탱이^{무릎}가 저리고 당겨도 뜀박질은 하지 않았다. 졸음이 쏟아져서 반도 넘게 놓친 것도 그리 억울하지가 않았다. 그는 오히려 캄캄한 오밤중임에도 별을 보고 점을 치는 페르시아 왕자, 어쩌고 하며 그 무렵에 한창 유행하던 노래를 콧소리로 흥얼거렸다. 밤길에 노래를 하면서 가다보면 무섬증이 훨씬 덜했으니까. 그리고 다음 날도 기수를 맡아서 보다가 못 본 것들을 마저 보게 되려니 하면 다시금 신이 나지 않을 수 없었으니까.

판문점에서 정전 회담이 오락가락하던 무렵에는 싸전 마당에 화면이 홑이불만 한 '대한 늬우스'나 '리버트 늬우스'가 고작이던 한내에도, 난리가 시나브로^{모르는 사이에 조금씩} 꺼끔해진^{뜸해진} 뒤로는 가끔가다 활동사진^{'영화'의 옛 용어}도 들어오기 시작하였다. 되게 수리목^{걸걸한 목소리} 지른 변사가 혼자서 열두 가지 소리를 내던 벙어리 영화^{무성 영화}가 들어오고, 확성기가 끓탕이어서 차라리 벙어리 영화가 낫던 발성 영화도 들어오고, 그런가하면 어쩌다가 천연색 영화까지도 들어오는 것이었다. 말이 천연색이지 영화에서는 어리중천에 해가 쨍쨍한데 화면에서는 영화가 다 끝날 때까지 가랑비가 줄창 쏟아지고, 그리고도 모자라서 바야흐로 볼 만한 대목에 이르렀다 싶으면 제멋대로 필름이 툭 하고 끊어졌다가, 앞에 앉은 영감이 독한 파랑새 담배 한 대를 거진 다 태운 뒤에야 아까 그 대목은 훌쩍 건너뛰고 생판 딴 장면이 튀어나오던 서부 활극이 그 주종이었다.

천연색 서부 활극에도 변사가 따랐다.

"아, 저 인디안을 잡아라, 놓치면 영화 끝난다. 그러자 그때 저 인디안을 향하여 마상에 높이 앉아 황야를 달려가는 한 사나이가 있었던 것이었었으니, 자, 그는 과연 누구라는 사나이였었던 것이였었더냐. 그렇다, 그 사나이는 바로 우리의 톰이라는 사나이였었던 것이였던 것이였었다……."

목통이 다 닳아 버린 목소리로 '것이였었던 것이였었다.'를 즐기던 변사가 그렇게 따라다녔던 것은, 그때까지도 우리나라엔 화면에 자막을 넣는 기술이 없었기 때문이었을 터이었다. 일제 때 지은 농업 창고에서처럼 한동안 가마니때기를 깔고 볼 수밖에 없었던 면 공관조차 아직 생기기 전이었으므로, 장터의 한 골목을 양쪽으로 막은 노천 가설극장에서 그나마 어중간하여 비라도 오는 날이면 초장에 구경을 품메는^{그만두는} 편이 나을 성싶은데도 본전 생각에 못내 자리를 못 뜬 채, 보면서 젖고 가면서 얼고 해도 별로 흥이 아니었던 시절의 일이었다.

구경이라면 제백사除百事 다른 일은 다 제쳐 놓음하던 취미에 하물며 활동사진이 들어올 때였겠는가. 유자는 영화가 들어올 때에도 남에 없는 부지런을 떨어서 이른바 샌드위치맨몸 앞뒤에 두 장의 광고판을 달고 거리를 돌아다니는 사람이 되기를 자원하고 나섰다. 앞뒤로 포스터를 붙인 널빤지 거지게샌드위치 광고판를 짊어지고, 일껏 다려 입힌 바짓가랑이를 양잿물에 삶아도 소용이 없도록 휘지르면서, 걸어 다니는 광고판 노릇으로 골목골목을 쏘다니기에 숙제 한 번을 제대로 해 간 적이 없는 학생이었던 것이다. 역시 웃느라고 자장면 한 그릇 먹어 보란 말이 없었던 생고생을 사서 하는 일이었으니, 무료 봉사에 무료입장의 원칙은 개똥모자 비껴쓰고 사람을 돌려먹는 흥행업자나, 중절모자 제껴 쓰고 기계를 돌려먹는 흥행업자나 매양 그 사람이 그 사람이었던 모양이었다.

비록 걸어 다니는 광고판 노릇이었을망정 무더운 여름철에는 엄벙덤벙하고 덤벙거리다가 더러는 남의 손에 빼앗기는 날도 없지가 않았다. 그가 점심시간이나 보건 시간체육 시간에 학교에서 빠져나와 아수꾸리아이스크림 통을 메고 돌아다니다가 쇠전소를 사고파는 장 마당 근체에 전을 벌이고 떠드는 약장수 구경에 넋을 놓아 한참씩이나 충그리게웅크리게 된 결과가 그것이었다.

그래도 영화는 빠뜨리지 않고 구경을 할 수가 있었다. 면 공관에 문지기나 들무새남의 막일을 힘껏 도움로 있던 상이군인 아저씨의 연애편지 배달원으로 선발되어, 주막 강아지 부엌 드나들 듯이 꺼먹고무신이 닳창닳아서 구멍이 뚫어짐이 되도록 들락거리고 다닌 보람이었다. 성냥 하면 천안 조일표, 고무신 하면 군산 만월표밖에 몰랐던 시절, 그러니까 지금은 우둥퉁한몸집이 크고 통통한 노파가 되어 십중팔구 하염없이 추억이나 되새기고 있을 조미령이 일쑤 새파란 과부로 분장하고 나와서, 밥만 먹고 잠만 자던 촌사람들의 무딘 가슴을 이리 집적 저리 집적하여, 육백六百 화투 놀이의 하나을 치면서 조인다고 조여도 국진 열 끗이 목단 열 끗으로밖에만 안보였던 어수룩하던 시절의 일이었다.

3

내가 유자를 처음 본 것은 중학교에 들어가고 한 달포한 달이 조금 넘는 기간나 됐나 해서였다.

그날은 첫 시간이 수학 시간이었는데 수학 선생님이 결근을 하는 바람에 옆 반하고 합반으로 수업을 하게 되어 있었다. 나는 초등학교에서도 내내 셈본^{셈하는 방식}만큼은 오십 점을 넘어 본 적이 한 번도 없었으므로, 기하고 대수고 간에 수학 시간이라고 하면 으레 지옥도 그런 지옥이 없이 걱정이 태산이었다. 그러니 수학 선생의 결근은 선생의 사정 여하를 떠나서 무슨 경사를 만난 것이나 진배없이 ^{그보다 못하거나 다를 것이 없이} 반가워하였고, 그날은 단지 수학 시간을 까먹게 되었다는 사실 하나만으로도 온종일 흐뭇한 기분에 젖어서 지내는 것이 보통이었다.

그런데 그날은 무턱대고 그리 좋아만 하고 있을 형편이 아니었다. 옆 반의 시간표에 맞추어 합반으로 때워야 할 시간이 하필이면 실업 시간이었기 때문이었다. 실업 선생은 싸낙배기^{사나운 사람}였다. 성질이 벼락인데다가 툭하면 불러내서 덮어놓고 매질을 해 대는 것이었다.

"어금니 꽉 다물어. 안 그러면 이빨 안 남아나."

실업 선생은 불러낸 아이에게 그렇게 미리 겁을 준 다음, 두 주먹으로 두 볼을 번갈아 가면서 사정없이 쳐돌리는 것이 장기였다. 손도 여간 맵지가 않았다. 한 대만 맞아도 눈에 불티가 일면서 머리가 휘둘리어 어질어질하였다. 그래서 실업 시간만 되면 죄다 지레 얼겁^{겁에 질려 어리둥절한 상태}이 들어서 선생이 수업을 마치고 나갈 때까지는 교실에 실업 선생 외에는 아무도 없던 것처럼 허망할 뿐 아니라 공기도 끄무러진^{구름이 끼어 날이 흐린} 날씨처럼 한없이 무거울 뿐이었다.

그날의 그 시간도 예외가 아니었다. 그렇잖아도 한 반이 칠십여 명이나 되어 여유가 없는 교실에, 두 반이 뒤섞이어 둘씩 앉기에도 빠듯한 걸상에 넷씩이나 엉겨 붙으니 앞이고 옆이고 복잡하여 옴나위^{꼼짝할 만큼의 적은 움직임}를 할 수가 없을 지경이었다. 그래도 수업이 시작되자 먼지가 자욱하던 교실이 이내 없는 집 장광^{장독대}처럼 조용해졌다. 누군들 잠음 한마디라도 새어 나갈세라 감히 조심하지 않을 수 있을쏜가.

그런 와중에도 수업이 시작된 지 한 오 분쯤 하여 드르륵하는 문짝 소리도 요란하게 뒷문을 밀고 들어오는 지각생이 있었다. 재빨리 훔쳐보니 키는 중간 키요, 두툼하고 너부데데한 얼굴에 눈은 까닭 없이 작고 코는 쓸데 없이 크막한 옆 반 아이, 지금 이야기하고 있는 그 유자였다.

너는 죽었다……. 나는 그렇게 줄을 치면서 나부터 숨을 죽이고 뻔한 순서를 기다렸다.

"실……, 저놈의 자식은 또 왜 지각이여?"

실업 선생은 성깔을 있는 대로 얼굴에 모으면서 뼛성^{갑자기 발칵 일어나는 짜증} 있는 억양으로 물었다. 나는 나더러 물은 것이나 다름없이 숨이 막힐 지경인데 그 아이는 뜻밖에도 전혀 그렇지가 않은 것이었다.

"거시기, 저 교문 앞서 자즌거포집^{자전거를 팔거나 고치는 가게} 가이^개가 워떤 집 수캐허구 꿀붙었는디, 여적지^{여태껏} 안 떨어져서 늦었슈."

"나불거리지 말구 들어가 앉어."

실업 선생은 불러내어 주먹을 쓰기는커녕 금이빨을 반짝이면서 웃기까지 하는 것이었다. 그가 호랑이 선생에게서도 간단히 면허를 따던 순간이었다.

저 선생님도 왕년에 누구한테 이빨이 안 남아나서 저렇게 금니를 한 것인가, 나는 얼핏 그런 엉뚱한 생각도 들었으나, 그 시간이 다 가도록 내 머릿속을 떠나지 않고 있었던 것은, 저런 천둥벌거숭이^{철없이 두려운 줄 모르고 함부로 덤벙거리거나 날뛰는 사람을 비유적으로 이르는 말}가 어떻게 하여 삼 대 일이나 되었던 경쟁을 이기고 중학교에 들어올 수 있었을까 하는 의문이었다.

나는 그 뒤로도 선생의 출석부가 그의 머리통에 떨어지는 것을 심심치 않게 구경할 수가 있었다. 누구하고 다툰다거나 선생이 발끈하도록 일을

☝ 소설 한 장면   발단   유자는 어린 시절부터 말을 잘하고 붙임성이 좋았음

저질러서가 아니었다. 그는 운동 신경이 젬병이어서 아이들과 툭탁거리는 일 따위는 애초에 엄두도 내지 못하던 둔발이었다. 그러므로 출석부가 그의 머리통에서 둔탁한 소리를 냈던 것은, 기껏해서 처녀 선생님을 '우리 아줌니'라고 부른다거나, 교감 선생님을 '꼬깜^{꽃감}'으로 부르다가 들켰을 때뿐이었다.

호랑이 선생에게서까지 면허를 딴 터였으니 다른 선생님들의 이야기는 하나 마나 한 일이다.

그는 정학 한 번 맞아 본 일이 없이 학교를 마쳤다.

나하고는 물론 가까운 사이가 아니었다. 서로가 시들하게 지낸 것이 오히려 당연한 일이었다. 첫째는 삼 년 동안에 단 한 번도 같은 반이 되어 본 일이 없었다. 게다가 나는 그 번잡하고 어수선한 아이와 한 반이 되지 않은 것을 늘 다행으로 여기고 있었고, 그는 또 그 나름으로, 지지리 못나 터져서 아무 존재도 없이 한갓 소설책 나부랭이나 들여다보는 것이 일이던 나를 처음부터 쳐주려고 ^{인정해 주려고} 하지 않았던 것이다.

존재라는 말이 나올 때마다 지금도 불현듯 생각나는 일이 있다. 이 학년도 다 돼서였다. 하루는 무슨 일인가로 담임 선생의 호출을 받아 교무실에 갔더니, 입학하고부터 줄곧 생물과 미술을 담당하여 일주일에도 너더댓 시간씩이나 교실에 들어왔던 백모 선생이 내 얼굴과 명찰을 번갈아 가며 쳐다보고 나서, 암만 봐도 처음 보는 아이란 듯이 이러고 묻는 것이었다.

"야, 너는 워느 반 애냐?"

"일 반인디유."

"니가 왜 일 반여?"

"기유."

"일 반에 너 같은 애가 워딨어?"

"있슈."

"원제 전학 왔는디?"

"입학허구버텀 여태 댕겼는디유."

"집이 워딘디?"

"대천유."

"그럼 대천 국민핵교 댕겼게?"

"그렇지유."

"그려? 그런디 왜 그렇게 통 존재가 읎어?"

이태 동안이나 두 과목을 가르친 선생도 못 알아보던 무존재였으니, 그 유명하던 아이가 나 같은 것쯤 안중에도 없었을 것은 열 번 당연한 일이었다.

나는 일제 고사니 기말고사니 하는 것에 한 번도 긴장해 본 적이 없었다. 그리고 시험 기간 직전까지 손에서 놓지 못하던 것이 소설책이었다. 어린 것이 소설책을 읽으면 어려서부터 사람 되기 다 틀린 줄 알고 눈 밖으로 보던 어지간히 무식했던 시절의 일이었다.

유자와 나는 중학교 입학으로 만나고 중학교 졸업으로 헤어졌다.

가는 길도 달랐다.

그는 한내에 주저앉아 직업을 생각하고 있었다. 숙부가 주관하여 지어주는 농사가 있었으니 사는 것이 급해서가 아니었다. 대남 학교 삼 학년때 점심시간마다 몰래 나가서 아이스케키 통을 메었던 것으로 알 수 있듯이, 그가 미처 뼈도 여물기 전에 학업보다 직업을 먼저 생각했던 것은 오직 유별난 장난기와 호기심, 그리고 하루도 진드근히^{차분히} 앉아 있지 못하는 왕성한 활동 의지의 작용이었다.

호기심의 첫 대상은 면 공관의 영사기였다. 곡마단의 기수와 걸어 다니는 광고판에서 한 걸음 나아간 것이었다.

그는 면 공관의 영사 기사처럼 부러운 것이 없어서 그 조수가 되기를 자원했다. 역시 무료 봉사였다. 그러나 영사 기사의 꿈은 끝끝내 이루어지지 않았다. 그때만 해도 영사기가 한번 고장 나면 근방에서는 고칠 데가 없어서 행여 함부로 만질세라 기계 근처에는 얼씬도 못하게 하였으니, 얼마를 쫓아다녀도 영사기에 대한 요리^{要理 긴요한 이치나 도리}를 익힐 기회는 도무지 가망성이 없었다. 한내 장날은 여전히 자동차보다 소달구지가 붐벼서 교통이 복잡하던 시절이라 전축은 그만두고 유성기조차 드물었고, 그리하여 명문당 옆댕이에 있는 기쁜소리사를 아무리 주살나게^{뻔질나게} 드나들어도 영사기 비슷한 것은 고사하고 일껏^{모처럼} 고쳐 봤자 며칠이 안 돼 도로 바글대는 제니스 라디오 따위나 구경하고 말 뿐이었다.

그래도 한 가지 보아 둔 것은 있었다. 노천 가설극장에서나 쓰이던 확성기의 배선 요령이 그것이었다. 하지만 그것은 어디까지나 요령이었지 기술은 아니었다. 그러니 기술 축에도 못 드는 그까짓 것을 장차 무엇에 써먹는

단 말인가.

그런데 그런 것만도 아니었다. 꼭 한 군데 필요한 경우가 있었다.

때는 어언간^{於焉間 알지 못하는 동안에 어느덧}에 자유당이 말기 증상을 보이기 시작하던 때였다. 국회 의원 선거가 다가오자 민주당에 대한 탄압이 벌건 대낮에도 버젓이 벌어졌다. 민주당 지구당 위원장 겸 후보의 개인 유세장마다 직업적인 선거꾼이 몰려다니며 확성기 줄부터 끊어 놓고 난장판을 벌였다.

유자는 그럴 때마다 확성기 줄을 손보아 주었다. 쇳덩이나 다름없이 무거운 확성기를 걸머메고^{한쪽 어깨에 걸치어 놓고} 생쥐들도 미끄러워서 꺼리던 가가^{假家 임시로 지은 집}의 함석지붕을 아슬아슬하게 오르내리며 확성기를 설치하는 일도 그가 자청하고 나선 일이었다. 어린 소견에도 여당의 횡포에 반감이 일었던 것이며, 그에 대한 반사 작용으로 야당의 일손을 거들게 된 것이었다.

위원장은 그의 올바른 심성과 용기를 기특하게 여겨 동지로서 대하였다. 전례에 따라 무료 봉사에 무자격 입당이 이루어졌다. 천진난만한 정의감이 미성년 선거 운동원으로 이어진 것이었다.

위원장과 함께 지프를 타고 관내를 누비는 동안에 그 유별난 장난기와 호기심이 다시금 들먹이기 시작했다. 선거 운동원들이 비계 한 점에 막걸리 한 사발로 요기를 하면, 그도 덩달아서 비계와 막걸리로 끼니를 에우게^{때우게} 되었다. 같은 또래의 아이들이 겨우 사춘기의 문턱에 이르렀을 무렵 그는 단계를 건너뛰어 성인들의 세계를 넘성거리게^{자꾸 넘보게} 된 것이었다.

지프를 타고 다니다 보니 그의 호기심은 틉틉하고^{'텁텁하다'의 방언} 트릿한^{흐릿한} 막걸리에만 머물지 않고 자동차 운전으로 옮겨 갔다. 운전은 기술에 속하는 것이었다.

운전수가 되기로 작정하니 이번에는 오던 기회가 달아났다. 선거는 끝나고 위원장은 낙선이었다. 기를 펴 볼 날이 갈수록 멀어지는 것이었다.

4

생기는 것 없이 야당붙이가 되고, 따라다니다 보니 발이 넓어지고, 그렇게 지내고 있으니 씀씀이만 커지고 하여, 날이 좋으면 좋아서 심란하고, 날이 궂으면 궂어서 심란하고 하던 그에게도 드디어 반짝 경기가 슬며시 다가오고 있었다. 반짝 경기의 내용은 사월 혁명의 여덕^{餘德 앞선 사람이 남겨 놓은 은덕}을 누리는 일이었고, 무료 봉사를 졸업하는 일이었고, 서울 생활을 수습하는 일이었다.

사월 혁명 직후의 총선에서는 위원장의 낙승이었다. 민주당 신파의 참모이자 장면 씨의 측근으로 삼선 의원이 된 위원장은, 민주당의 신파가 정부를 맡게 되자 대번에 재무부 장관으로 입각하였다.

그도 위원장의 자택에 입주하였다. 정치 식객으로 주저앉은 것이 아니라 동거인이 된 거였다. 직책은 무엇이었든 오랫동안 움츠렸던 기를 펴보기 위해서는 당장 있어야 할 것이 대외용 명함이었다. 쓸쓸했던 집의 자제들이 넉넉해지면 조상들의 무덤치레부터 하여 행세하려 드는 심정으로 명함을 찍어 가지고 다녔다. 직함은 민의원 의원 비서관이었다. 명함은 숫기 좋고, 반죽^{비위} 좋고, 붙임성 있고, 두룸성 있는 외에, 입담과 장난기와 호기심을 겸비했던 그에게 두 발에는 발동기가 되고, 두 팔에는 팔랑개비가 되어 주기에 부족함이 없었다.

명함이 없을 때는 되는 일이 없더니, 명함을 쓰면서부터는 안 되는 일이 없었다. 신분은 장관을 겸직한 의원의 자택 동거자에 지나지 않았으나, 활동의 주권은 그 자신에게 있고, 모든 권력은 그 명함으로부터 나왔다.

입대할 나이가 되었으나 생각이 없어서 미루적거렸더니^{해야 할 일을 자꾸 미루었더니} 시나브로 병역 기피자가 되어 있었다. 그래서 제대증을 만들어서 넣고 다녔다.

정치 식객들과 어울리다 보니 대학 졸업장도 필요할 듯하였다. 그래서 대졸 학력을 만들었다. 서울 사대문 안에 있는 명문 대학의 졸업생으로 구색을 갖춘 것이었다.

그랬으나 만든 학력을 활용할 기회는 오지 않았다. 이듬해 오월의 군사 정변이 먼저 들이닥친 것이었다.

집주인이 부정 축재자^{옳지 못한 방법으로 재산을 모은 사람} 로 몰려 잡혀갔다.

동거인도 끌려갔다. 그가 안내된 곳은 그 자리에 있는 것들만 쓰더라도 그 한 몸 뼈를 추리기에는 일도 아닐 듯한 방이었다.

수사관은 소지품을 뒤어내어^{뒤져내어} 명함이 나오자 보기보다는 딴판이라는 듯이 무슨 명색의 비서였느냐고 눈을 부라렸다.

"저는 가정 비서였는디유."

그가 엉겁결에 둘러댄 말이었다. 수사관은 듣다가 처음 듣는 직종이라 싶은지 구체적인 내용을 다그쳤다. 그는 기중 무난할 성부른 것으로만 주워대었다.

"보일라실두 드나들구, 시장두 왔다 갔다 허구, 마당에 빗자루질두 허구……."

그는 털어 봤자 담배 부스러기밖에 나올 것이 없는 몸이기에 그 이상의 닦달을 면할 수가 있었다.

오막살이가 무너져도 아궁이하고 굴뚝은 남는 법인데, 재무부 장관 집이 한물가 버리니 그에게는 장항선 기찻삯도 근근하였다.

한내로 돌아왔다.

길은 이제 한 군데밖에 없었다.

군대 가는 길이었다.

군대는 가면 숟가락도 놓기 전에 꺼지는 배로 하여 허천들린^{몹시 굶주리어 지나치게 음식을 탐하는} 듯이 껄떡대던 시대였지만, 그의 병영 생활은 훈련병 시절부터 배를 곯아 본 일이 없었다.

입이 벌어 먹인 덕이었다.

논산 훈련소로 가는 길은 먼저 홍성읍에 집결하여 가다 서고 가다 서고 하는 완행열차로 천안까지 올라왔다가 대전으로 꺾여져서 호남선을 갈아 타는 노정 탓에, 으레 낮차가 밤차 되고 밤차가 낮차가 되어야 비로소 자리를 털고 일어설 수가 있었다.

그가 홍성에서 자리를 잡은 옆자리에는 중씰한^{중년이 넘은} 연배에 주제꼴이 꾀죄죄하면서도 생긴 것보다는 땀내가 한결 덜한 사내가 앉아 있었는데, 그이가 온양에서 내릴 때는 몰랐다가 차가 뜨고 난 뒤에야 허름한 보통이^{물건을 보에 싸서 꾸려 놓은 것} 하나를 두고 내린 것이 눈에 띄었다. 만져 보니 먹는 것이 아닌 것 같아 적이 실망스러웠으나, 무슨 책인지는 몰라도 책은 분명한 것이 그나마 다행이었다.

한창 따분하던 판에 돼도 잘됐다 싶어서 보자기를 끌러 보았다. 짐작했던 대로 책은 책인데 두 권이었고, 그것도 다른 책이 아니라 하나는 서울에 있을 때 길바닥에 흔히 널려 있던 당사주책^{唐四柱冊 사주점을 칠 때에 보는 책}이요, 그보다 약간 얇은 것은 사주책에 부속처럼 따라다니는 천세력^{千歲歷 백중력, 만세력 따위를 통틀어 이르는 말}이었다.

당사주책을 떠들어 보니 국문 해득자면 누구나 육갑^{六甲 육십갑자}을 짚을 수 있게 사주 풀이 하는 방법부터 자세히 친절을 베풀고 있었다.

그는 무엇보다도 지루함을 잊어 보려고 사주책을 붙들었다. 과연 기차가 천안에서 근 한 시간이나 충그리고, 조치원에서 해찰^{쓸데없이 다른 짓} 부리고, 대전에서 늘어지고 하는데도 지루한 줄을 몰랐다. 아니 눈코 뜰 새 없이 바빴다. 여기저기서 너도나도 하고 저마다 생년월일시를 주워섬기며 줄을 섰기 때문이었다. 천세력까지 곁들여 있으니 일진^{日辰 그날의 운세}·월건^{月建 그달의 운세}·태세^{太歲 그해의 운세}를 셈느라고 왼손가락을 자주 짚어 댈 필요도 없었다.

일이 엉뚱한 방향으로 번나가기 시작하니 입인들 점잔을 빼고 있을 까닭이 없었다. 물어보는 사람마다 늙고 젊고 없이 말머리는 존댓말로 꺼냈어도 말꼬리는 일부러 반말지거리로 흐렸다. 엉터리가 아니란 것을 강조하는 방법은 그 수밖에 없었으니까.

꿈보다 해몽이라고 했듯이, 수^數를 보는 술객^{術客 점술에 정통한 사람}은 괘사^{卦辭 점괘를 쉽게 풀어 놓은 글}보다 술수^{術數 길흉을 점치는 방법}였고, 술수보다는 말수가 많고 걸쭉해야 물어본 사람도 듣기가 괜찮은 법이었으니, 그는 기차간에서부터 그 수를 일찌감치 터득한 셈이었다. 게다가 '가정 비서'를 하면서 정치 식객들과 노닥거리는 동안에 들은 것이라곤 거의 허랑하고 부황한^{부황부황한. '허풍이 심하다'의 북한 말} 소리들뿐이어서, 그것을 이리 갖다 붙이고 저리 갖다 붙이고 하니 금상첨화일밖에.

"이번엔 뭐 보는 사람도 하나 들어왔다며?"

훈련소에 입소하자마자 들리는 소리가 그 소리였다. 소문이 한 발짝 앞서서 입소를 한 거였다. 그에게는 신수 대통을 뜻하는 희소식이었다. 다른 입소자들은 이리 채이고 저리 채이며 얼먹어서^{언걸먹어. 큰 고생을 해} 갈팡질팡 난리였으나, 그는 득의만면하여 느직하게 뒷짐을 지고 있었다.

그는 그날부터 훈련에 정신없는 신병으로서 바쁜 것이 아니라, 팔자에 없는 동양 철학자로 인정받아 높은 사람들 앞에서 동양 철학을 강의하기에 바빴다. 군사 정변이 일어나고 얼마 아니 된 때여서 장교들은 말할 나위 없고, 장교가 될 가망성이 없는 직업 군인들까지도 심리적인 불안감에 안절부절못하던 상황이었음은, 그들이 물어보는 부분만 가지고도 쉽게 미루어 볼 수가 있었다.

중학교 때 단짝까지는 안 갔어도 곧잘 어울려 놀았던 친구 중에 최 모가 있었다. 최는 대학에 진학하였으나 제때에 입영을 했던 관계로 그 무렵에는 이미 훈련소의 조교가 되어 있었다.

최는 제대하며 일변 복학을 하면 그만이었으니 따로 물어볼 것이 없었으나, 소문이 하도 요란하여 에멜무지로^{속는 셈치고} 구경이나 한번 해 보자 하는 생각에서 남의 뒤를 따라나서게 되었다.

가서 보니 유자였다. 최는 깜짝 놀랐다. 최는 친구가 신병 생활을 수월히 하는 것이 반가운 한편으로, 결국 언젠가는 들통이 나도 나게 될 것을 생각하면 불안해서 못 볼 지경이었다. 또 그게 아닌 친구가 겁 없이 벌리는 사기 행각을 모르쇠하고만^{잡아떼고만} 있다는 것도 친구 된 도리가 아니었다. 그렇다고 친구의 본색을 사실대로 밝힐 수도 없었다. 그러기에는 때가 늦은 것이었다.

최는 고심 끝에 한 가지 방도가 있다는 것을 알았다. 자기가 훈련병들의 조교에 머물지 않고 친구의 조수도 겸하는 방법이었다.

그로부터 유자는 높은 사람이 찾을 때마다 조수에게 먼저 달려가서 예비지식을 단단히 쌓은 연후에야 술수에 임하게 되었다.

누구는 부인이 하던 얼마짜리 계가 언제 깨졌고, 누구는 난봉이 나서 논산 읍내에 작은집^{첩 또는 첩의 집}을 차렸고, 누구는 뒷배^{겉으로 나서지 않고 뒤에서 보살펴 줌}를 보아주던 별이 반혁명 세력으로 몰려 군법 재판에 넘어갔고…… . 최는 아는 것은 아는 대로, 모르는 것은 다른 조교들에게 알아 들이고 하여, 밑천이 달리지 않게끔 조수 노릇 한번 착실히 하지 않을 수가 없었다.

유자는 조수에게 얻은 정보를 바탕으로 힘 하나 안 들이고 강의를 계속할 수가 있었다. 뇌물을 밝힌다는 사람에겐 구설수를 예고하였고, 집안에 우환이 있는 사람에겐 따뜻한 위로를 하였고, 두 집 살림에 시달리거나 좋아지내는 여자로 하여 속을 끓이는 사람에겐 여난^{女難 여색이나 여인과의 교제로 인하여 생기는 근심과 재난}을 경고하였다.

"역시 용한데, 족집게 같어…… ."

물어보는 사람마다 백발백중이니 혀를 내두를 수밖에 없었다.

그러나 그의 별명은 족집게가 아니라 도사였다. 유 도사였다. 입소 동기생들이 땡볕에서 낮은 포복이다, 높은 포복이다 하고 군살을 빼는 동안, 그는 도사답게 가만히 서 있기만 해도 군살이 찔 것 같은 그늘에 앉아서 졸^卒을 함부로 죽여 가며 초한전^{楚漢戰 장기}으로 실전 훈련을 쌓았고, 궁이 면줄^{장기판에서, 장기를 두는 사람을 기준으로 앞 끝에서부터 포를 놓는 셋째 줄}에 몰릴 지경으로 다된 판을 붙들고 늘어져 빗장을 부르는 흘떼기장기^{뻔히 질 것을 알면서도 안 지려고 떼를 써 가며 끈질기게 두는 장기}와 보리

바둑_{법식도 없이 아무렇게나 두는 서투른 바둑} 주제에 반집짜리 끝내기 패로 시간을 끌면서, 남들이 다들 어려워했던 신병 시절을 유감없이 마쳤다. 병과는 그쪽이 편할 듯해서 헌병을 택하고, 기회가 없어서 못 배웠던 자동차 운전도 도사 시절에 익혔다.

도사라는 애칭은 평생을 두고 따라다녔다. 직업의식이 철저하여 맺고 끊는 맛이 분명한 데다, 기술이건 지식이건 그것이 직업과 관련이 있는 것은 완벽에 가깝도록 익히고 펼치고 했던 특유의 장인 기질에 따른 것이었다.

자동차 운전만 해도 그러하였다. 운전 기술은 '군대 운전'에서 비롯된 것이었으나 그는 그것으로써 평생을 경영하였다.

그는 제대 후에 한내에서 한동안 택시를 몰았으나, 한내도 보령도 그가 기량을 펴기에는 바닥이 너무 좁았다.

그는 서울로 옮겼다. 다시 운전대를 잡았다. 그때나 지금이나 국내의 십대 재벌 그룹에 드는 재벌 그룹 총수의 승용차 운전대였다. 그룹의 총수도 본래는 차량 운전으로 시작하여 운수업체를 일으켰고, 운수업체를 주력 기업으로 하여 그룹을 이룩한 인물이었다. 따라서 웬만한 운전 기술로는 그

부인이 하던 계가 저번 달에 깨졌구…… 뒷배를 봐주던 사람이 군법 재판에 넘어갔구만유.

아니, 그걸 어떻게? 듣던 대로 족집게 같구만!

🍎 소설 한 장면　전개　유자는 기지로 위기를 극복하며 재벌 총수의 운전수가 됨

앞에서 **땅띔** _{무거운 물건을 들어 땅에서 뜨게 하는 일}도 할 수 없는 '땅띔도 못하다'는 감히 생각조차 못함을 뜻하는 말
처지였다. 총수는 그러나 유자의 운전 기술내지 장인 기질 앞에서는 아무
말도 없었다.

5

1970년, 내가 지금의 세종 문화 회관 자리에 있던 예총 회관의 문인 협회
사무실에서 협회 기관지 〈월간 문학〉을 편집하고 있을 어름이었다.

어느 날 난데없이 유자가 불쑥 찾아왔다. 십 년도 넘어 된 해후였다. 이산
怡山의 시처럼 "어디서 무엇이 되어 다시 만나랴." 했더니, 그는 재벌그룹 총
수의 승용차 운전수가 되고, 나는 글이라고 끄적거려 봤자 누구 하나 알아
주는 이가 없는 무명작가가 되어서 다시 만나게 된 것이었다.

그가 잡지를 보다가 우연히 나를 알아보고, 그 잡지사에 전화로 내 소재
를 찾는 번거로운 절차를 무릅쓰고 찾아온 데에는 그 나름의 속셈이 한 가
지 있었기 때문이다. 지금은 대학 교수의 부인이 된 자기 누이동생을 내게
중매해 봤으면 하고 찾아본 것이었다. 아니, 결혼을 하면 처자를 굶길 놈인
지 먹일 놈인지 우선 그것부터 슬쩍 엿보려고 온 것이었다. 그는 해가 바뀌
어 그 누이동생을 여의고 _{시집보내고} 난 뒤에야 비로소 그 말을 내게 하였다. 그
는 처음 만났던 날 저녁에 내가 말술을 마시고도 양에 안 차 하는 데에 질
려서 대번에 가위표를 쳐 버리고 말았다는 것이었다.

한번은 다 본 책이 있으면 달라고 하여 번역판 『사기史記』를 한 질 주었더
니, 그 후부터는 올 때마다 책탐을 드러내는 것이었다. 잡지사 편집실에는
사시장천 _{사시장철, 사철 중 어느 때나 늘} 기증본으로 들어오는 책만 해도 이루 주체를 못
하도록 더미로 답쌓이기 _{한군데로 들이덮쳐서 쌓이기} 마련이었다. 그는 오는 족족 자기
욕심껏 그 책더미를 헐어 갔다. 장근 십칠 년 동안 밥상머리에서도 책을 놓
지 않았던 그의 열정적인 독서 생활이야말로 실은 그렇게 출발한 것이었다.

또 책 때문에 오는 것만도 아니었다. 직장에서 답답한 일이 있으면 터놓
고 하소연할 만한 상대로서 나를 택했던 것도 비일비재의 경우에 속하였다.

하루는 어디로 어디로 해서 어디로 좀 와 보라고 하기에 물어물어 찾아
갔더니, 귀꿈맞게도 _{촌스럽게도} 붕어니 메기니 하고 민물고기로만 술상을 보는
후미진 대폿집이었다. 나는 한내를 떠난 이래 처음 대하는 민물고기 요리
여서 새삼스럽게도 해감내 _{바닷물 따위에서 흙과 유기물이 썩어서 생긴 찌꺼기 냄새}가 역하고 싫었으

나, 그는 흙탕내도 아니고 시궁내도 아닌 그 해감내가 문득 그리워져서 부득이 그 집으로 불러냈다는 것이었다.

"허울 좋은 하눌타리지, 수챗구녕내가 나서 워디 먹겄나, 이까짓 냄새가 뭐시 그리워서 이걸 다 돈 주구 사 먹어. 나 원 참, 취미도 별 옵둑가지 같은 괴상한 취미 다 있구먼."

내가 사뭇 마뜩찮아 했더니,

"그래두 좀 구적구적헌 디서 물이 흐린 곳에서 사는 고기가 하꾸라이버덤은 물을 건너 온 것보다는 맛이 낫어."

하면서 그날사말고 그날따리 수그러들 기미를 보이지 않는 것이었다. 그가 자기 주장에 완강할 때는 반드시 경험론적인 설득 논리로써 무장이 되어 있는 경우였다.

"무슨 얘기가 있는 모양이구먼."

"있다면 있구 읎다면 읎는디, 들어 볼라남?"

그는 이야기를 펼쳐 놓았다.

총수의 자택에 연못이 생긴 것은 그 며칠 전의 일이었다. 뜰 안에다 벽이고 바닥이고 시멘트를 들이부어 만들었으니 연못이라기보다는 수족관이라고 하는 편이 알맞은 시설이었다. 시멘트가 굳어지자 물을 채우고 울긋불긋한 비단잉어들을 풀어 놓았다.

비단잉어들은 화려하고 귀티 나는 맵시로 보는 사람마다 탄성을 자아내게 하였으나, 그는 처음부터 흘기눈 흘겨보는 눈 을 떴다. 비행기를 타고 온 수입 고기라서가 아니었다. 그 회사 직원의 몇 사람치 월급을 합쳐도 못 미치는 상식 밖의 몸값 때문이었다.

"대관절 월매짜리 고기간디그려?"

내가 물어보았다.

"마리당 팔십만 원씩 주구 가져왔댜."

그 회사 직원들의 봉급 수준을 모르기에 내 월급으로 계산을 해 보니, 자그마치 삼 년 사 개월 동안이나 봉투째로 쌓아야 겨우 한 마리 만져 볼까 말까 한 값이었다.

"왠늠으 잉어가 사람버덤 비싸다나?"

내가 기가 막혀 두런거렸더니,

"보통 것은 아닐러먼그려. 뱉어낸벤또 베토벤 라나 뭐라나를 틀어 주면 또 그 가락대루 따라서 허구, 차에코풀구싶어^{차이콥스키}라나 뭐라나를 틀어 주면 또 그 가락대루 따라서 허구, 좌우간 곡을 틀어 주는 대로 못 추는 춤이 옰 는 순전 딴따라 고기닝께. 물고기도 꼬랑지 흔들어서 먹구사는 물고기가 있다는 건 이번에 그 집에서 츰 봤구먼."

그런데 이 비단잉어들이 어제 새벽에 떼죽음을 한 거였다. 자고 일어나 보니 죄다 허옇게 뒤집어진 채로 떠 있는 것이었다.

총수가 실내화를 꿴 발로 뛰어나왔지만 아무 소용없는 일이었다.

"어떻게 된 거야?"

한동안 넋 나간 듯이 서 있던 총수가 하고많은 사람 중에 하필이면 유자 를 겨냥하며 물은 말이었다.

"글쎄유, 아마 밤새에 고뿔^{감기}이 들었던 개비네유."

유자는 부러 딴청을 하였다.

"뭐야? 물고기가 물에서 감기 들어 죽는 물고기두 봤어?"

총수는 그가 마치 혐의자나 되는 것처럼 화풀이를 하려 드는 것이었다.

그는 비위가 상해서,

"그야 팔자가 사나서 이런 후진국에 시집와 살라니께 여러 가지루다 객 고^{客苦 객지에서 고생을 겪음}가 쌓여서 조시^{肇始 무엇이 처음 시작됨}두 안 좋았을 테구…… 그런 디다가 부르쑤^{블루스}구 지루박^{지르박}이구 가락을 트는 대루 디립다 춰 댔으리 께 과로해서 몸살끼도 다소 있었을 테구…… 본래 받들어서 키우는 새끼덜 일수록이 다다 탈이 많은 법이니께……."¹⁾

그는 시멘트의 독성을 충분히 우려내지 않고 고기를 넣은 것이 탈이었으 려니 하면서도 부러 배참^{꾸지람을 듣고 화풀이를 다른 데다 함}으로 의뭉^{겉으로는 어리석은 것처럼 보이나 속으 로는 엉큼함}을 떨었다.

"하는 말마다 저 말 같잖은 소리…… 시끄러, 이 사람아."

총수는 말 가운데 어디가 어떻게 듣기 싫었는지 자기 성질을 못 이기며 돌아섰다.

그는 총수가 그랬다고 속상해할 만큼 속이 옹색한 편이 아니었다. 그렇 지만 오늘 아침에 들은 말만은 쉽사리 삭힐 수가 없었다.

총수는 연못이 텅 빈 것이 못내 아쉬운지 식전마다 하던 정원 산책도 그

---

1) 유자는 비단잉어가 죽은 이유를 추측하며 비꼬고 있다. 총수의 허영심을 풍자하는 것이다.

만두고 연못가로만 맴돌더니,

"유 기사, 어제 그 고기들은 어떡했나?"

또 그를 지명하며 묻는 것이었다.

그는 아무렇지 않게 대답했다.

"한 마리가 황소 너댓 마리 값이나 나간다는디, 아까워서 그냥 내뻔지기두 ^{버리기도} 거시기허구, 비싼 고기는 맛두 괜찮겠다 싶기두 허구…… 게 비눌을 대강 긁어서 된장끼 좀 허구, 꼬치장두 좀 풀구, 마늘 두서너 통 다져 놓구, 멀국 ^{국물}두 좀 있게 지져서 한 고뿌 ^{'컵'의 일본어} 덜씩 했지요."

"믯이 어쩌구 어째?"

"왜유?"

"왜애유? 이런 잔인무도한 것들 같으니……."

총수는 분기탱천하여 부쩌지 ^{'부접'의 방언. 한곳에 붙어 배기거나 견디어 내지}를 못하였다. 보아하니 아는 문자는 다 동원하여 호통을 쳤으면 하나 혈압을 생각하여 참는 눈치였다.

"달리 처리헐 방법두 읎잖은 감유."

총수의 성깔을 덧들이려고 ^{남을 건드려서 언짢게 하려고} 한 말이 아니었다. 그가 할 수 있는 것이 그 방법 말고는 없었기 때문에 그렇게 뒷동 ^{말의 뒷부분}을 단 거였다.

총수는 우악스럽고 무식하기 짝이 없는 아랫것들하고 다따부따해 ^{따따부따해. 딱딱한 말씨로 따지고 다툰다는 뜻} 봤자 공연히 위신이나 흠이 가고 득 될 것이 없다고 판단했는지, 숨결이 웬만큼 고루 잡힌 어조로,

"그 불쌍한 것들을 저쪽 잔디밭에다 고이 묻어 주지 않고, 그래 그걸 술안주 해서 처먹어 버려? 에이…… 에이…… 피두 눈물두 없는 독종들……."[1]

하고 혼잣말처럼 중얼거리며 들어가 버리는 것이었다.

"그래, 지져 먹어 보니 맛이 워떻타?"

내가 물은 말이었다.

"워떻기는 뭐가 워뗘…… 살이라구 허벅허벅헌 ^{퍼석퍼석한} 것이, 똑 반반헌 화류곗년 ^{화류계 여자} 별맛 읎는 거나 비젓허더먼그려 ^{비슷하더구먼그려}."

하고 그는 다시 말을 이었다.

---

1) 인간보다 물고기를 소중하게 생각하는 총수의 비인간적인 면모가 드러난다.

"내가 독종이면 저는 말종인디……. 좌우지간 맛대가리 읎는 서양 물고기 한 사발에 국산 욕을 두 사발이나 먹구 났더니, 지금지금^{음식에 섞인 잔모}^{래나 흙 따위가 가볍게 자꾸 씹히고} 해감내가 나더래두 이런 붕어 지지미 생각이 절루 나길래 예까장^{여기까지} 나오라구 했던겨."

총수는 그 뒤로 그를 비롯하여 비단잉어를 나눠 먹었음직한 대문 경비원이며, 보일러실 화부며, 자녀들 등하교용 승용차 운전수며, 자택에서 근무하는 종업원들에게는 조석으로 눈을 흘기면서도, 비단잉어 회식 사건을 빌미로 인사이동을 단행할 의향까지는 없는 것 같았다.

그는 하루바삐 총수의 승용차 운전석을 떠나고 싶었다. 남들은 그룹 소속 운전수들의 정상이나 다름없는 그 자리에 서로 못 앉아서 턱주가리가 떨어지게 올려다보고들 있었지만, 그는 총수가 틀거지^{듬직하고 위엄이 있는 겉모양}만 그럴듯한 보잘것없는 위선자로 비치기 시작하자, 그동안 그런 줄도 모르고 주야로 모셔 온 나날들이 그렇게 욕스러울 수가 없었고, 그런 위선자에게 이렇듯 매인 몸으로 살 수밖에 없는 구차스러운 삶이 칙살맞고^{얄밉고} 가련하지 않을 수가 없었다.

그래서 총수가 더 붙들어 두고 싶어도 불쾌하고 괘씸해서 갈아 치울 수밖에 없는 어떤 사단이나 한바탕 뭉그러지기만을^{저절로 뒤틀어지기만을} 이제나 저제나 하고 기다리고 있었다.

그 사단은 생각보다 이르게, 그리고 싱겁게 다가왔다.

그는 그 비단잉어 회식 사건이 있고 두어 달 만에 나타났는데, 그날이 바로 그가 그동안 벼르고 별러 온 그 그룹 소속 운전수들의 정상으로부터 하야^{下野 관직이나 정계에서 물러남}를 한 날이었다.

사단의 전말은 다음과 같았다.

총수는 본디 각근^{恪謹 마음가짐과 몸가짐을 조심함}하고 신실한 불교 신자였다. 총수의 원당^{願堂 소원을 비는 곳}만 해도 어디라고 하면 아이들도 이내 짐작할 수 있는 국립공원 안의 명찰이거니와, 언필칭^{言必稱 말을 할 때마다 이르기를} 민족 문화유산 운운하지만 실은 총수의 사찰^{私札}이라고 해도 과언이 아닐 지경이었다. 오랫동안 물심양면으로 해 온 것이 있었기에 그리된 것이라고 보면, 총수의 신심이 어떠한가를 능히 헤아릴 수 있는 일이었다.

총수는 자택에도 불당을 두고 있었다. 자택의 불당은 저만치 떨어진 후원에 있었다. 정원이 웬만한 국민학교의 운동장보다도 너른데다 잘 가꾼 정원수가 가득하여 살림집인 본채에서는 잘 보이지도 않는 외진 곳이기도 하였다.

불당은 여느 암자들처럼 불단에 황금색의 등신불^{等身佛 사람의 크기와 같게 만든 불상}을 모시고 있었으나, 불상 주변에는 정화수를 올리는 불기^{佛器 부처에게 올릴 밥을 담는 놋그릇}와 향완^{香椀 제사 때에 향을 담는 사발}이 하나씩, 그리고 양쪽에 풍물의 한 가지인 날라리^{태평소}를 거꾸로 세운 듯한 촛대뿐으로, 재벌가의 불당치고는 썩 정갈하고 소박한 편이라고 할 만하였다.

그런 반면에 총수는 불상이나 불단에 먼지 하나라도 앉으면 큰일 나는줄 알고 청소 한 가지는 하루도 거르는 날이 없도록 엄히 다루고 있었다.

이 불당의 청소를 맡고 있던 것이 유자였다. 총수를 출근시키기 전에는 손이 놀고 있기도 했지만, 그보다도 총수를 모시고 국립 공원에 있는 원당을 자주 왕래하여, 절에서 하는 불교 의식이나 풍속에 대해서는 누구보다 익숙했던 것이 청소를 맡게 된 이유였다.

총수는 어슴새벽에 일어나면서 일변 불당에 참배를 하는 것이 일과의 시작이었다.

유자는 총수가 참배 오기 전에 사닥다리를 오르내리며 불두^{佛頭 부처의 머리}에서 결가부좌^{結跏趺坐 부처의 좌법으로 좌선할 때 앉는 방법의 하나}까지 융으로 만든 마른행주로 불상의 먼지를 거두었고, 불단을 훔치고^{닦아 말끔하게 하고} 촛불을 써 놓은 다음 전날 제주도에서 공수해 온 약수로 정화수를 갈아 올리는 것이 일과의 시작이었다.

그날도 그렇게 하고 있었다.

불상의 먼지를 찍어 내려오던 그의 손이 항마촉지^{降魔觸地 마귀를 물리치는 부처의 손동작}한 손등에 이르렀는데, 파리똥인지 뭔지 마른행주로는 냉큼 지워지지 않는 것이 있었다.

행주에 물을 축여 오려면 넓은 정원을 가로질러 본채까지 다녀와야 할 텐데, 그렇게 지체하다가는 십중팔구 총수가 나타나기 전에 청소를 마치지 못하기가 쉬웠다. 불단의 정화수를 쓸 수도 없었다. 묵은 정화수는 총수 부인이 손수 식구대로 컵에 나누어 온 가족이 음복^{飮福 제사를 지내고 난 뒤 제사에 쓴 음식을 나누어 먹음}하듯이 마시게 하고 있어서 조금이라도 축낼 수가 없는 것이었다.

그가 차량을 다루던 버릇으로 자기도 모르게 툽 하고 마른행주에 침을 뱉어서 막 파리똥을 지우려는 순간이었다.

"야야, 저런 천하에 몹쓸……."

돌아다볼 것도 없이 총수의 호통이었다. 총수가 소리 없이 나타나서 청소하는 것을 지켜보고 있었던 것이다.

"너, 너…… 너 오늘부터 내 집에서 당장 나가."

총수가 큰 절마다 정문의 문간에 좌우로 험악하게 서 있는 금강역사金剛力士금강신의 눈을 해 가지고 명령하면서도 '내 회사'가 아니라 '내 집'에서 나가라고 한 것은, 거듭 생각해 보아도 대자대비하신 부처님의 굽어살피심이라고 아니할 수가 없었다.

6

그는 여지없이 그날로 좌천되었다. 좌천지는 그룹에 속한 모든 차량의 교통사고를 처리하는 부서였고, 관할 구역은 특별시 전역이었다.

이른바 노선 상무路線常務가 된 것이었다.

노선 상무는 또 노상路上 길바닥 상무였다. 다른 것은 몰라도 풍찬노숙風餐露宿바람을 먹고 이슬에 잠잔다는 뜻으로 고생한다는 말 한 가지는 제도적으로 보장이 된 자리였다.

남들은 관례로 보아서 그도 당연히 사표를 던지려니 하고 있었다. 업무의 내용이며, 업무의 난이도며, 조직에서의 위상이며가 비교도 할 수 없는

왜 이리 안 닦여…….

야아, 저런 천하에 몹쓸……. 너 오늘부터 내 집에서 당장 나가!

📖 소설 한 장면　위기　회사에서 좌천된 유자는 운수 회사 노선 상무가 됨

거리로 벌어진 것이 사실이기 때문이었다.

그는 사표를 내지 않았다.

그는 아무 말 없이 새로운 업무를 캐고 익히고 있었다.

그가 그러고 있으니 남들은 창자도 없는 인간으로 여기는 눈치였다. 그를 쳐다보는 연민 어린 눈길이 그것이었다.

그는 비록 총수의 측근에서 그야말로 하루 식전에 원악도^{遠惡島 서울에서 멀리 떨어}^{져 있고 살기가 어려운 섬}와 다름없는 말단 부서의 현장 실무자로 유배된 셈이었지만, 공사석을 막론하고 한마디의 불평도 입에 올리지 않았다. 적어도 위선자의 몸을 모시고 다니는 것보다는 떳떳하며, 아울러서 속도 그만큼 편할 터이라고 자위하고 있었다.

새로 맡은 자리가 험악한 자리임을 설명하기에는 실로 긴말이 필요치 않았다.

노선 상무에게는 차량의 운행 노선이 여러 갈래인 만큼이나 거래처가 많았다. 대강만 꼽아 보더라도 우선 사고 현장에 뛰어온 교통순경을 첫 거래처로 하여, 경찰서와 검찰청과 법원이 있고, 변호사가 있었다. 노선을 달리하여 병원의 응급실이 있고, 입원실이 있고, 원무실이 있고, 또한 보험 회사가 있었다. 그리고 또 다른 노선에는 병원의 영안실과 장의사와 공원묘지와 화장터가 있었다. 그러나 어떤 기관보다도 상대하기가 까다로운 것은 피해자 측에서 선임한 변호사가 아니라 피해 당사자 내지는 그 유가족들이었다.

노선 상무의 업무는 사고 차량이 속한 단위 회사 사장 및 그룹의 총수를 대리하여, 교통사고로 빚어진 모든 복잡하고 사나운 일에 사무적으로, 법률적으로, 경제적으로, 사회적으로, 나아가서 인간적으로 임하는 일이요, 헌신적으로 뒤치다꺼리를 하는 일이요, 후유증이 일지 않도록 깔끔하게 마무리를 하는 일이었다.

그러나 그 '모든 복잡하고 사나운 일'의 처리는 앞에 말한 여러 갈래 노선의 거래처를 상식적으로, 논리적으로, 과학적으로, 법률적으로, 경제적으로, 현실적으로, 인간적으로 일단은 이기는 것을 기본으로 하지 않으면 안되는 것이었다.

그는 그러나 모든 거래처와 그렇게 겨루어서 이기더라도 이긴 것 자체에만 뜻이 있어 하고 만족할 위인이 아니었다. 그 스스로가 그것을 용납하지 않았다. 이기되 양심적으로 이겨야 하고 정서적으로도 이겨야만 하였다.

그가 인간적으로, 양심적으로, 정서적으로 이기는 일은 그리 어려운 일이 아니었다. 사필귀정事必歸正 모든 일은 반드시 바른길로 돌아감 의 원칙과 진실에 대한 신뢰에 흔들림이 없는 이상은 어려운 일이 아니었다.

그는 자신의 양심과 정서를 바탕으로 하고 거래처의 인성人性을 짝으로 삼아 주어진 소임을 다하고자 노력하였다. 그는 가해자—총수 혹은 그룹의 동료 운전수—에게나 피해자에게나 부정한 승리, 부당한 패배가 있을 수 없도록 하는 일이 자신의 진정한 역할이라고 스스로 다짐하기를 변함없이 하고 있었다.

그러한 소신을 관철하기 위해서는 남다른 수고와 오해를 감수하지 않으면 아니 되었다.

사고 현장에 나가서 원인 유발의 동기와 환경을 과학적으로 증명하기 위해서는 정직한 실험과 논리의 개발에 부지런하지 않으면 아니 되었다. 그런 까닭에 법의학에 대하여, 인체 생리학에 대하여, 정신 신경과에 대하여, 심리학에 대하여, 보험법에 대하여, 도로교통법에 대하여, 도로 관리법이니, 교통 관리법이니 무슨 시행령이니, 무슨 지침이니 조례니 하는 것들에 대하여, 무엇 한 가지도 설익거나 어설프거나 소홀히 해서는 아니 되었다.

그는 남다른 노력으로 그것을 극복하였다. 아니 통달하였다. 도사였다.

그는 소설에 도움이 되도록 하고자 이 만년 수리문맹數理文盲 인 나에게 호프만식 계산법을 비롯하여 보험금 계산법에 이르기까지 자신의 실무경험과 선례, 판례, 사례를 들어가며 사건별로 누누이 강의를 되풀이하였으나, 일개 백면서생白面書生 한갓 글만 읽고 세상일에는 전혀 경험이 없는 사람 에 불과한 나에게는 이렇다 할 도움이 된 적이 별로 없었다.

나는 그가 줄줄 외워 대는 법령이나 조문 해석이 하도 복잡하여, 대개는 듣는 도중에 앞에서 말한 것들을 말해 준 순서대로 잊어 가다가, 그가 결론에 다다른 연후에야 겨우 결과가 어떻게 되었다는 말꼬리 부분에만 건성으로 고개를 끄덕이며, 그가 보기보다는 훨씬 악바리란 사실만을 번번이 재확인하고 말았을 뿐이었다.

그는 깎아서 말하자면 보기 드문 악바리였다. 하지만 가해자나 피해자 편으로는 오히려 인간미가 넘치는 든든한 해결사였고, 그를 세상에서 다시 없는 악바리로 치부함 직한 곳은 오직 한 군데, 즉 자동차 보험 회사 뿐이었던 것이다.

그는 피해자나 피해 가족에게 공정한 보상이 되도록 애쓰면서도, 가령 사건 브로커 따위가 뛰어들어 총수의 사회적인 위치를 기화^{奇貨 뜻밖의 이익을 얻을 수 있는 기회}로 사망자의 장례를 거부하고 버티거나, 시체를 볼모 잡아 시위하며 터무니없는 요구를 하는 경우에는 단호하게 대처하였다.

그런 경우에도 물론 법에 묻기 전에 설득을 먼저 하였다.

"이봐요. 돌아가신 양반이 돈 타 먹으려고 돌아가신 건 아니잖소. 시신두 부르는 게 값인 중 아슈? 물건이던감? 시방 무슨 흥정을 허구 있는겨. 여기 식인종 읎어. 산 사람은 월급이나 품삯이 챘다^{올렸다} 하렸다^{내렸다} 허니께 혹 상품이 되는지 몰라두 시신은 상품이 아닌규."

그런 와중에도 피해 가족의 대개는 사건이 마무리된 뒤에 그에게 사의^{謝意 감사하게 여기는 뜻}를 표하는 것이 예사였다. 환자에 대한 잦은 문병과 신속한 치료 조치, 사망자가 난 사건에는 넉넉한 부의^{賻儀 상가에 부조로 보내는 돈이나 물품}와 정중한 조문, 장지까지 따라가서 장례를 거드는 보기 드문 성의와 적극적인 보상 절차 이행, 그리고 한 푼이라도 더 보태어 주려고 보험 회사와 밀고 당기는 지능 대결 등을 통하여 그의 진면목을 발견한 사람은, 비록 악연으로 만난 사이일망정 그 나름의 감동이 없을 수가 없었던 것이다.

그리하여 사건을 끝내면서 그들에게 진심 어린 치하와 더불어 따끈한 차라도 한잔 대접받게 되면, 그는 그 일로 인하여 누적된 피로가 씻은 듯이 가시면서 자신의 소임에 대한 새로운 인식과 함께 보람마저 느끼는 것이었다.

뒷맛이 씁쓸했던 일도 없지는 않았다. 사망자가 생전에 변변치 못했던가 싶은 사례가 그러하였다.

사고 발생의 요인이 복합적으로 뒤엉켜서 본의 아니게 해결이 지연되는 사건도 적지 않았다. 사건을 들고 법정으로 가거나, 보험 회사에서 제기한 이의에 분쟁의 소지가 있어도 자연히 시일을 끌었다.

사망자의 부인이 젊으면 더욱 그러하였다. 부인의 뒤에 친정 오라비를 자처하는 자가 따라다니면서, 부인에게 잘 보이려고 생색이 날 일을 찾게 되면 열에 일고여덟이 그렇게 되는 것이었다.

그가 보기에는 그런 친정 오라비에도 두 가지 종류가 있었다. 사망자의 사십구재 이전부터 모습을 나타내는 친정 오라비는, 사망자가 살아 있어서부터 그녀와 서로 네 거니 내 거니 해 온 사이였고, 사십구재라도 지나가고 나서 끌고 다니는 친정 오라비는, 유흥가에서 만난 직업적인 제비족이 분명하였다.

그는 사건 처리를 하면서도, 신통찮던 남편에게서 속 시원히 해방되고, 예정에 없었던 목돈을 쥐게 되고, 사내를 새로 만나서 딴 세상이 있었음을 발견한 젊은 과부의 그 의기양양한 모습을 볼 때처럼 맥살[맥]이 풀리고 마음이 언짢을 때가 없었던 것이다.

그는 그럴수록이 공사 간을 분명히 하여 일을 매듭지었다.

그런데 그런 여자일수록 사건이 해결된 뒤 그에 대한 사의 표시가 차 한 잔 정도로는 크게 결례라고 생각하는 축이 많은 편이었다. 여러 말 할 것 없이 몸으로 때우겠다는 거였다. 그에게는 정해진 대답이 있었다.

"드으런 년."

그렇게 한마디로 자리를 박차 버리는 것이었다.

그가 괴로워하는 것은 비단 피해자 쪽의 사정만도 아니었다.

사고를 낸 운전수가 당황하여 숨어 버리거나 구속이 되어도 마찬가지로 안됐고 안타까운 것이었다.

그는 운전자의 운전 윤리에 누구보다도 반듯하였다. 그러므로 운행 중에 때아닌 곳에서 과속으로 앞지르기를 하거나, 옆에서 끼어들어 진로 방해를 하거나, 차선을 함부로 넘나들거나, 신호등이 바뀌기 전부터 앞으로 나가지 않는다고 뒤에서 경적을 울려 대거나, 운전 상식이나 도로 질서에 도전하는 자를 보면, 매양 혼잣말처럼 중얼거리기를 잊지 않았다.

"츤헌[천한] 늠…… 저건 아마 즤 증조할애비는 상전덜 뫼시구 가마꾼 노릇 허구, 할애비는 고등계 형사 뫼시는 인력거꾼 노릇 허구, 애비는 양조장 허는 자유당 의원 밑에서 막걸리 자즌거나 끌었던 집안 자식일껴, 질바닥서 까부는 것덜두 다 계통이 있는 법이니께."

그가 다루는 사건도 태반이 가해자의 운전 윤리 마비증이 자아낸 것이었다. 그렇지만 가해자가 그룹 내의 동료 운전수라 하여 팔이 들이굽는다는[안쪽으로 꾸부러진다는] 식의 적당주의를 취한 적은 거의 없었다.

다만 사건 처리에 필요한 서류를 갖추기 위해 신상 기록 대장에 있는 주소를 찾아가 보면 일쑤 비탈진 산꼭대기에 더뎅이[부스럼 딱지나 때 따위가 거듭 붙어서 된 조각] 진 무허가 주택에서 근근이 셋방살이를 하는 축이 많았고, 더욱이 인건비를 줄이느라고 임시로 쓰던 스페어 운전수들이 사는 꼴이 말이 아닐 때는, 그 운전자의 자질 여부를 떠나서 현실적인 딱한 사정에 괴로워하지 않을 수가 없었던 것이다.

스페어 운전수는 대체로 벌이가 시답지 않아 결혼도 못한 채 늙고 병든 홀어미와 단칸 셋방을 살고 있거나, 여편네가 집을 나가 버려 어린것들만 있는 경우가 적지 않았고, 들여다보면 방구석에 먹던 봉짓쌀이 남은 대신 연탄이 떨어지고, 연탄이 있으면 쌀이 없거나 밀가루 포대가 비어 있어, 한심해서 들여다볼 수가 없고 심란해서 돌아설 수가 없는 집이 허다한 것이었다.

그는 결국 주머니를 털었다. 스페어 운전수의 사고에는 업무 추진비 명색도 차례가 가지 않아 자신의 용돈을 털게 되는 것이었다.[1] 식구가 단출하면 쌀을 한 말 팔아^{톤 주고 사} 주고, 식구가 많은 집은 밀가루를 두 포대 팔아^{톤 주고 사} 주고, 그리고 연탄을 백 장씩 들여놓아 주는 것이 그가 용돈에서 여툴_{돈이나 물건을 아껴 쓰고 나머지를 모아 둘} 수 있는 한계였다.

그는 쌀가게에서 쌀이나 밀가루를 배달하고, 연탄 가게에서 연탄 백 장을 지게로 져 올려 비에 안 젖게 쌓아 주기를 마칠 때까지 그 집을 떠나지 않았다. 그리고 그 집을 나와서 골목을 빠져나오다 보면 늘 무엇인가를 빠뜨리고 오는 것처럼 개운치가 않았다.

그는 비탈길을 다 내려와서야 그것이 무엇이라는 것을 깨닫곤 하였다. 산동네 초입의 반찬 가게를 보고서야 아까 그 집의 부엌에 간장밖에 없었던 것이 뒤늦게 떠오른 것이었다.

그러면 다시 주머니를 뒤졌다.

그가 반찬 가게에서 집어 드는 것은 만날 얼간하여_{소금을 약간 뿌려서 조금 절여} 엮어 놓은 새끼 굴비 두름이었다. 바다와 연하여 사는 탓에 밥상에 비린 것이 없으면 먹어도 먹은 것 같지 않아 하는 대천 사람의 속성이 그런 데서까지도 드티었던 것이다.

도로 산비탈을 기어 올라가서 굴비 두름을 개 안 닿게 고양이 안 닿게 야무지게 매달아 주면서,

"뵉에^{부엌에} 제우^{겨우} 지랑^{'간장'의 방언} 뱅이^{밖에} 읎으니 뱁이구 수제비구 건건이

---

1) 손해를 보면서까지 형편이 어려운 사람들을 도와주는 유자의 자상하고 따뜻한 성품이 드러난다.

^{간략한 반찬}가 있으야 넘어가지유. 탄불에 궈 자시던지 뱁솥에 쪄 자시던지 하면, 생긴 건 오죽잖어두 뇌인네 입맛에 그냥저냥 자셔 볼 만헐규.”

쌀이나 연탄을 들여 줄 때는 회사에서 으례 그렇게 돌봐 주는 것이거니 하고 멀건^{어리둥절하여 멍멍한} 눈으로 쳐다만 보던 노파도, 그렇게 반찬거리까지 챙겨 주는 자상함에는 그가 골목을 빠져나갈 때까지 눈시울을 적시고 있는 것이 보통이었다.

7

그가 노선 상무로 나간 초기에는 피해자 가족들에게 속절없이 봉변을 당하기에 바빴다.

사망자가 난 사고에서는 더욱 그러하였다. 운전수가 연행되어 조사를 받고 있거나 아예 달아나 버려서 분풀이를 하고 싶어도 상대가 없어서 앙앙불락^{快快不樂 매우 마음에 차지 아니하거나 야속하게 여겨 즐거워하지 아니함}하던 차에, 사고를 낸 회사에서 사고 처리반이 나왔다고 하면 대개는 옳거니, 때맞추어 잘 만났다 하고 떼거리로 달려들어 덮어놓고 멱살을 잡으며 주먹부터 휘두르고 보는 것이 예사였다. 나중에는 사람을 잘못 알고 실수했노라고 사과하고, 일을 처리하는 데도 싹싹하고 상냥하게 협조하는 위인일수록 처음에는 흥분을 가누지 못해 사납게 부르대고^{남을 나무라기나 하는 듯이 거친 말로 야단스럽게 떠들어 대고} 날뛰는 편이었다.

“야, 너. 흥부는 놀부같이 잘사는 형이라도 있어서 매품을 팔고 살었다지만, 너는 뭐냐, 뭐여. 못사는 운전수를 동료라구 둔 값에 매품이나 팔며 살 거라, 그거여? 너야말루 군사 정변이 나서 구정권의 거물 비서 자격으루 끌려가서두 볼탱이 한 대 안 줘백히고 니 발루 걸어 나온 물건인디 말여, 그런디 이제 와서 냄의^{남의} 영안실이나 찌웃그리매^{기웃거리매} 장삼이사헌티 놈짜 소리 듣는 것두 과만해서^{분수에 넘쳐서} 주먹질에 자빠지구 발길질에 엎어지구 허니, 니가 그러구 댕긴다구 상무 전무가 아까징끼^{머큐로크롬. 흔히 ‘빨간 소독약’이라 부름} 값을 물어 주데, 사장 회장이 떨어져 밟힌 단추값을 보태 주데? 사대부 가문을 자랑허시던 할아버지가 너버러이냥 냄의 아랫도리루만 돌며 살라구 가르치셨네, 동경 유학 출신의 아버지가 동넷북으로 공매나 맞구 살라구 널 나 놓셨네? 너두 처자가 있는 뭄이 이게 뭐라네? 뭐여? 니 신세두 참……”

그는 봉변을 당하고 나면 자기를 저만치 떼어 놓고 바라보며 그런 허희탄식 歔欷歎息 한숨을 지으며 탄식함 으로 시간 가는 줄을 몰랐다.[1]

세상사란 대저 궁즉통 窮卽通 궁하면 통함 인지라, 곰곰이 생각해 보니 사나운 일은 그저 예방이 제일이었다.

그가 찾아낸 예방책은 그가 먼저 선수를 쳐서 저쪽의 예봉 銳鋒 창이나 칼 따위의 날카로운 끝 을 피하자는 것이었다.

그는 실천을 하였다.

사망자의 빈소가 있는 병원의 영안실에 가면 처음부터 신분을 밝히지 않았다. 그는 빈소의 형식이 불교색인지 기독교색인지도 살피지 않았다. 우선 고인의 영정에 절부터 재래종으로 하고 꿇어앉아, 손수건으로 눈자위를 눌러 가며 눈시울을 훔쳤다. 눈물 같은 건 비칠 생각도 않던 눈도 그렇게 거듭 귀찮게 하면 진짜로 눈물이 있었던 것처럼 보이기가 쉬웠다. 또 그렇게 흉물을 떨며 눌러 있으면 상가의 친인척 중에서 나잇살이나 된 사람이 다가와 어깨를 다정히 흔들며 달래기도 했다. 일은 어차피 당한 일인데 애통해한들 무슨 소용이 있겠느냐, 그만 마음을 가라앉히고 저리 가서 술이나 한잔 하라는 것이었다.

"에이 쥑일 늠덜…… 암만 운전질이나 해 처먹구 사는 막된 것덜이래두 그렇지, 워쩌자구 이런 짓을 허는 겨, 에이 쥑일 늠덜……."

천연스럽게 운전수를 나무라며 두툼하게 장만해 간 부의를 하고 물러나면, 아까 어깨를 흔들어 달래던 사람이 술상으로 안내를 하였고 또 대개는 그 사람이 마주 앉아 술을 권하는 것이었다.

서로 잔을 건네고 담뱃불을 나누고 하면서 서너 순배 巡杯 술자리에서 술잔을 차례로 돌림 쯤 하고 나면 궁금한 쪽은 그쪽이라.

"실롑니다만, 망인하고는 어떻게 되시는지……."

하고 신분을 묻는 것이었다.

그는 그제야 앉음새를 고치면서 정중하게 명함을 내밀었다.

이왕에 손님 대접으로 술까지 권커니 잣커니 해 온 사이인데 새삼스럽게 술상을 걷어차며 대거리를 하려 든다면 이미 경우가 아닌 거였다. 비록 성

---

[1] 자신이 분풀이 대상이 되는 것이 억울하고 부당한 일임을 자각하고 있으나, 어쩔 수 없는 상황이기에 자조적인 한탄을 하고 있다.

질이 불같은 사람이라 하더라도 때를 놓친 것이었다.

그뿐 아니라 사고 처리반이 나왔다는 말에 가만두지 않을 작정으로 눈을 홉뜨며 ^{눈시울을 위로 치뜨며} 다가오는 이가 있으면, 중간에 서서 볼썽사나운 일이 일어나지 않게 하는 책임 의식이 들기도 하는 모양이다. 그러므로 그가 빈소에서 물리적인 대우를 면치 못했던 것은 노선 상무 초기의 얼마 동안에 지나지 않았던 것이다.

빈소에 드나들다 보면 망자의 가족 가운데 담이 들거나 풍기가 있어서 몸을 제대로 추스르지 못하는 노인이 많았다. 그런 사람을 보아 주려고 침 놓는 법을 배웠다.

그는 돌팔이 침쟁이였지만 침통을 항상 몸에 지니고 다녔다.

장지에 따라다니다 보니 묏자리가 좋으니 나쁘니 하고 상제나 친척들간에 불통거리고, 좌향 ^{坐向 묏자리나 집터 따위가 등진 방위에서 정면으로 바라보이는 방향}이 옳으니 그르니 하고 공원묘지 산역꾼 ^{시체를 묻고 뫼를 만들거나 이장하는 일을 직업으로 하는 사람}들과 불화하여 장례를 정중하게 치르지 못하는 집도 많았다. 그래서 그럴 때 쓰려고 책을 구해 들여 풍수지리를 배우고 쇠를 장만하여 좌향을 정해 주기도 하였다.

🖐 소설 한 장면 절정 유자는 교통사고 피해자와 가해자 모두에게 선행을 베풂

그럴 때는 훈련소 신병 시절에 써먹었던 입담도 한몫 거들었다.

풍수를 배우는 과정에서 지하의 수맥에 대한 이치도 배워 둘 필요가 있었다. 상도동 성당인지 노량진 성당인지 버드나무 가지로 수맥을 짚는 데에 권위인 신부님을 찾아다니며 수맥을 배우고, 그러는 동안에 천주교에 입문하여 세례를 받기도 하였다.

그러고 보면 그의 총수는 사람을 보는 눈이 있었고 사람을 부리는 꾀가 있었다.

총수는 유자의 능력을 높이 사서 곧 과장으로 올려 주었다. 그러나 그 이상의 승진은 불허하였다.

유자는 십 년이 가도 과장이었다. 그가 자리를 옮기면 누가 그 자리에 가더라도 그만한 능력을 보이지 못하리라는 것을 총수는 익히 알고 있었던 것이다.

유자는 총수에게 자신의 상한선이 과장으로 굳어진 이유를 물었다.

총수는 오로지 신원 조회 탓이라고 말했다.

유자는 구태여 운수 회사에서까지 연좌제를 받드는 까닭에 대하여 구구하게 묻지 않았다. 항공 사업도 겸하고 있었기 때문이었다.

유자는 총수를 원망하지 않았다.

선거 때마다 연좌제 폐지를 공약으로 내걸었다가 정권이 보장되면 언제 그랬느냐 해 온 정권 담당자에 대해서도 원망하지 않았다.

연좌제에 관해서도 불원천불우인 不怨天不尤人 하늘을 원망하지 말며, 남을 탓하지 말라 의 자세가 기본이었다. 하물며 소신껏 살다가 일찍이 처형당한 부친을 원망할 터이겠는가.

그는 부친의 제사를 모실 때마다 지방 紙榜 종잇조각에 지방문을 써서 만든 신주 을 썼다. 그러나 현고 학생 운운하는 통속적인 지방은 한 번도 써 본 적이 없었다.

반드시 이렇게 썼다.

현고 남조선노동당 홍성군당위원장 신위.

일가의 아낙 한 사람이 제삿날 일을 거들어 주러 왔다가 그 지방을 보고 물었다.

"얼라, 워째 이 댁 지방은 저냥 질대유 저렇게 길데요?"

"예. 약간 질게 되어 있슈."

유자는 그러면서 비시시 웃었다.

고독한 웃음이었다.

그는 고독하고 고단한 삶을 살면서도 그것을 내색하지 않았다.

술과 독서와 그리고 남에 대한 봉사의 즐거움으로써 시름을 잊고 애달픔을 삭혔다.

문인들과의 폭넓은 교유도 일말의 위안이 됐을는지 몰랐다.

그가 사랑하는 문인, 그를 사랑하는 문인이 많았다. 자주 어울렸던 문인으로 이호철, 고은, 천승세, 신경림, 박용수, 염재만, 김주영 제씨諸氏 여러 사람을 높여 이르는 말는 그가 성님형님으로 모신 문인이었다. 동년배인 한승원, 손춘익, 조태일, 안석강, 박태순, 양성우 제씨는 친구로서 지낸 문인이었고, 강순식, 송기원, 이시영, 이진행, 채광석, 김성동, 임재걸, 정규화, 홍일선, 김사인 제씨는 그가 아우님으로 부르던 문인이었다. 김지하 씨가 오랜만에 출옥해 있을 때는 원주까지 찾아가서 보았고, 김성동 씨는 고향 후배라 하여 항상 애틋한 눈길을 주었다.

원로 작가 유승규, 천승세 씨가 교통사고를 입으니 자기 일처럼 뛰어다니고, 우리 집 아이가 교통사고를 당했을 때도 그가 해결사 노릇을 해주었다.

어디를 가나 교통순경이 먼저 경례를 붙이고, 경찰서마다 말이 통하는 이가 있어서 즉결 재판감을 훈방으로 깎는 데에도 그가 아니고는 어려운 일이었다.

어느 병원을 가더라도 너나들이를 하고 지내는 의사가 있고 원무 실장이 있었다.

그로 인하여 여러 문인이 의료 혜택을 입었으니, 그가 입원한 인사를 한 번 위문하고 가면 그날부터 의사나 간호사나 한 번 들여다볼 것도 두 번 세 번씩 들여다보기 마련이었다. 말 한마디로 특진이 이루어지고 치료비가 예외로 깎였다.

문인들과 관계된 일이라면 언제나 소매를 걷어붙였다.

내가 대표 명색으로 있던 실천문학사에서 집들이를 겸하여 고사를 지내던 날이었다.

문인과 기자들로 발 디딜 곳이 없는 가운데 대표의 책상 위에 시루와 돼지머리가 올려졌다. 사원들부터 차례로 절을 하였다. 무당이 없으니 대표부터 차례로 꿇어앉아 희망 사항을 신고하고 두 손을 비비라는 농담이 사방에서 빗발치고 있었다.

그러나 숫기 없는 내가 나서서 그럴 터인가, 대중 앞에 나서기를 꺼려하는 송기원 주간이 나설 터인가, 독실한 가톨릭 신자인 이석표 상무가 그러기를 할 것인가, 꼬장꼬장한 성품의 이해찬 편집장이 그러기를 할 것인가.

손님들은 손님이라서 점잖게 서 있고, 사원들은 손님을 따라서 남의 집에 온 사람들처럼 막연하게 서 있을 뿐이었다.

그럴 때 소매를 걷어붙이고 나서는 것이 유자였다.

"……그저 관재수官災數 관청으로부터 재앙을 받을 운수 좀 읎게 해 주시구, 내는 책마다 베스트셀러가 돼서 돈두 좀 벌게 해 주시구, 또 이 회사 대표 되는 늠 술 좀 작작 처먹게두 해 주시구……."

그는 두 손을 싹싹 빌어 가며 걸쩍한 비라리 구구한 말을 하며 남에게 무엇을 청하는 일 를 대행하는 것이었다.

그로부터 서너 해가 지나서 펴낸 도종환 시인의 시집 『접시꽃 당신』이 시집 출판 사상 세계적인 기록을 세우며 일백만 부 이상의 초베스트셀러가 됐던 것도, 혹 유자의 비라리에 감응이 있어서였는지 모를 일이었다.

1987년이 되었다.

갑자기 다가온 그의 만년이었다.

그는 어느 개인 종합 병원의 원무 실장으로 일하고 있었다.

그는 자기가 일하는 병원보다 큰 대학 부속 병원에 불쑥 입원을 했던 것도 이해 봄이었다.

가 보니 나처럼 아무것도 모르는 눈으로 보기에도 족보가 있는 병이 아닌가 싶은 증세였다.

그는 며칠 있다가 일터에 복귀했다. 걱정할 병이 아니라 하여 퇴원했다는 것이었다. 나는 긴가민가하였으나 그 자신이 현직 종합 병원 원무 실장이기에 자기의 병쯤은 제대로 다스릴 수 있으려니 하는 생각도 아울러 하고 있었다.

여름에 6·29 선언이 있었다.

전국의 노동자들이 들고일어났다. 서울에서도 노동자들의 가두시위가 파상적波狀的 일이 일정한 간격을 두고 차례로 되풀이됨 으로 일어났다.

어느 날, 그가 있는 병원에 남녀 노동자들이 떼지어 몰려들었다. 모두가 다친 사람들이었고 중상자도 여러 명이나 되었다.

장기간의 치료가 필요한 중상자와 입원 조치 여부는 입원실의 배정권을 쥐고 있는 원무 실장이 결재할 사항이었다.

알아보니 복직을 요구하며 가두시위를 하다가 최루탄 작전에 쫓겨 어느 건물로 피해 들어갔던 노동자들이, 뒤쫓는 추격에 갈 곳이 없어 이 층에서 뛰어내리다가 중상을 입었다는 것이었다.

그는 즉시 입원 조치를 지시하였다.

병원장이 가만히 있을 리가 없었다. 원장은 사회면에 중간 크기의 기사로 다루어진 신문을 들이대며, 아무것도 없는 환자들이 무슨 수로 치료비를 대겠는가, 노사 분규로 해고된 사람들이니 회사에서 부담하겠는가, 뛰어내리다가 다친 사람들이니 정부에서 보상을 하겠는가, 원장이 종주먹^{울러}_{멜 때의 주먹}을 대듯이 따지는 것도 당연한 일이었다.

그는 병원은 환자를 위하여 있는 것이란 말로써 대답을 대신하였다.

"책임지시오."

"책임지지요."

원장과의 언쟁은 그런 약속을 담보로 하여 끝났다.

환자들의 회복은 빨랐다.

완치된 환자가 늘어 갔다. 다만 치료비가 없어서 인질로 있는 환자도 적지 않았다.

그가 책임지기로 한 일이 박두한 것이었다.

그는 책임지는 방법을 알고 있었다.

어차피 그 한 가지 방법밖에는 없었으니까.

당직 의사와 당직 간호사만 나오는 일요일을 택하여 환자들을 모두 탈출시켰다. 그리고 이튿날 아침에 사표를 냈다. 딱한 사람들에게 베푼 마지막 선물이었다.

실업자가 되어 집에 있으니 주춤했던 병마가 다시 기승을 부렸다. 주춤했던 것이 아니라 환자들을 탈출시킬 때까지 긴장의 연속이어서 자신의 몸은 돌아볼 경황이 없었던 것이다.

그를 만날 때마다 몸이 나날이 허물어지고 있는 것이 눈에 보였다. 걸음걸이도 걷는 것이 아니라 다리를 끌고 다니는 형국이었다. 승용차가 있어서 그나마 외출이 가능한 것 같았다.

그런 상태임에도 남의 딱한 일이라면 외면할 줄을 몰랐다.

날이 밝기도 전부터 전화가 오고 있었다. 새벽에 오는 전화치고 좋은 소식이 없었다. 나는 불길한 예감을 떨치지 못한 채 전화를 받았다.

뜻밖에도 젊은 평론가 채광석 씨의 불행을 알리는 전화였다. 교통사고였다.

전화를 놓고 담배 한 대를 피우고 나니 다시 전화가 왔다. 채 씨의 문인장 장례위원회에서 유자에게 도움을 청하는 내용이었다.

유자는 그 몸을 하고도 일을 맡아서 뛰어다녔다.

내가 치산위원회에 배속되자 그는 쇠를 챙겨 가지고 나왔다.

채 씨의 문인장 영결식이 있던 날 아침에 유자는 나와 함께 묘지로 차를 몰았다.

장지는 공원묘지의 꼭대기여서 길이 몹시 가파른 데다 장마에 파이고 무너져서 거칠기가 짝이 없었다. 산에서 쓸 장례 용품을 싣고 뒤따라온 차들은 반도 오르지 못해서 시동이 꺼졌다.

유자가 나섰다. 뒤로 미끌어지기만 하던 차들을 모두 끌어 올렸다. 삼십 대의 젊은 운전수들이 유자의 노련한 운전 솜씨에 탄성을 지르고 있었다.

영결식을 마치고 온 조객들이 산을 뒤덮고 있었다.

조객들이 열이면 열 소리로 참견을 해 대니 산역꾼들도 그들 나름의 성질과 버릇이 있어서 뻣버듬하게^{말이나 행동이 거만하게} 나왔다. 그러나 유자가 한 번 쇠를 놓자 아무 일도 없었다.

유자는 산역을 마치고 내려오다가 비석 공장에 들렀다. 거기서도 먼저 알아보고 인사를 하는 석수가 있었다. 보령에서 올라온 석수였다. 유자는 비석값을 깎았다. 석수는 깎자는 대로 깎아 주었다.

채 씨의 묘비를 계약해 주고 귀로에 올랐다. 이시영 씨와 정상묵 씨가 동행이었다. 정 씨는 양수리의 강가에서 채소 농장을 하고 있었다. 무공해 유기 농업을 주창해 온 농민 운동가였다.

정 씨의 농장에 들러 정 씨가 담근 딸기술을 한잔씩 했다.

유자와 내가 함께 나눈 마지막 잔이었다.

지금은 영광·함평 보궐 선거를 통해 국회 의원으로 일하는 이수인 교수가 유자의 마지막 특진을 주선해 주었다. 내 위장병을 고쳐 준 신일 병원 지영일 박사의 특진이었다.

유자는 지 박사의 노련한 표정 관리에 속아 태연하게 병원을 나섰다.

나도 내내 속고 싶었다. 그래서 일주일이 지나도록 지 박사에게 전화를 하지 않았다.

일주일이 넘도록 전화가 없자 병원에서 먼저 진실을 알려 왔다.

간암. 여명 餘命 얼마 남지 않은 수명 삼 개월.

남은 기간의 투병 생활에 대해서는 차마 쓸 수가 없다.

다만 한승원, 조태일, 양성우, 정규화 씨 등이 문병하던 모습, 특히 직장암을 세 축이나 수술하고도 재발하여 자신의 여명도 얼마 남지 않았던 작가 강순식 씨가 유자의 병상을 부여잡고 하늘을 부르며 기도해 주던 모습, 대천에서 국민학교, 중학교 동창들이 버스를 몰고 와서 문병하던 모습, 그리고 유자가 혼수상태에 빠진 것을 보고 "이건 혼수가 아니야, 저승잠이야." 하고 오열하던 천승세 씨의 모습이나 오래도록 간직하고 싶을 뿐이다.

유자의 빈소에서 그의 죽마고우들이 모여 그의 개구쟁이 시절에 대해서 이야기하고 있었다.

문인들이 줄을 잇고 있었다. 그가 혹은 성님으로 모시고, 혹은 친구로서 놀고, 혹은 아우님으로 부르면서 어울렸던 문단의 원로, 문단의 중진, 문단의 신예들이었다.

유자의 장례식은 가을비 속에서 이루어졌다.

그리고 달포가량 지나서 시인 이시영 씨가 유자를 읊은 시 한 편이 경향신문사에서 발행하는 〈월간 경향〉지에 발표되었다. 제목은 「유재필 씨」였다.

유재필 씨

비가 구죽죽이 비가 구질구질하고 줄기차게 내리는 모양 내린 날, 유재필 씨의 시신은 영구차에 실려 답십리 삼성 병원 영안실을 떠났습니다. 그 뒤를 호상 護喪 초상 치르는 데에 관한 온갖 일을 책임지고 맡아 보살핌. 또는 상여 뒤를 따라가는 사람 이문구 씨가 따랐습니다. 번뜩이는 익살과 놀라운 재기로 수많은 사람들의 소설 속 주인공이 되었지만 자신은 이 지상에 한 편의 소설도 시도 남기지 않은 채 새파란 아내와 자식들을 남기고 갔습니다.

오늘은 또한 벗 채광석의 일백 일 탈상 날이기도 합니다. 바로 일백 일 전 오늘 유재필 씨는 채광석 장례의 지관이 되어 이 산 저 산을 뒤지며 터를 잡고 돌집에 내려와서는 '시인 채광석의 묘'라고 새긴 돌 값을 깎았습니다. 돌 값을 깎고 내려와선 양수리 한강변에서 장어를 사 먹었던가요. 햇빛에 그을은 새까만 얼굴과 단단한 어깨, 넘치는 재담에서 우리는 그의 죽음을 상상도 못했습니다. 왜냐하면 그의 길지 않은 생애의 대부분의 직업이 죽은 자의 시신을 처리하는 사고 처리반 주임이었으니까요. 죽음은 어쩌면 그와 가장 친숙한 길동무였습니다. 그러나 그의 죽음이 왜 이렇게 자연스럽지 않은지요. 그는 우리들을 잠시 놀라게 하려고 이웃 마실^{'마을'의 방언}에 간 것만 같습니다.

오늘은 일백 일 전에 세상을 떠난 광석이와 그를 묻고 돌을 세운 유재필 씨가 한강변의 이 산 저 산에서 만나는 날입니다. "잘 있었니?" "예, 형님 어서 오십시오. 제가 이곳에 좀 먼저 온 죄로 터를 닦아 놨습니다. 야, 얘들아 인사드려라, 재필이 성님이다. 소설가 이문구 씨 친구." "이문구 씨가 누구요?" "야 씨팔놈들아, 저세상에 그런 소설가가 있어!" 유재필 씨는 아직 아무 말이 없습니다. 남들이 묻힐 자리를 찾기 위해 수차례 오갔지만 아직은 좀 서먹한 산천과 무엇보다도 세상에 두고 온 가족들에 대한 슬픔이 뼈끝에 시려 오기 때문입니다. 그리고 문구는 잘 갔는지, 그 자식은 내가 없으면 어려운 일 당했을 때 뉘를 찾을지도 궁금하여 안심이 안 됩니다. "형님, 제 교통사고건 맡아 처리하시느라고 수고 많으셨다메요. 저번 사십구재 때 내려가서 가족들이 얘기하는 것 들었습니다. 술도 한잔 못 받아 드리고……." 그러나 유재필 씨는 아직 말이 없습니다. 저세상에 비가 내리는지 누운 자리가 좀 끕끕합니다^{후텁지근합니다}. 그리고 강물 소리가 시원히 들리지 않는 것이 마음에 걸립니다.

이 산문시는 이시영 씨의 세 번째 시집 『길은 멀다 친구여』—실천문학사 발행—에도 실려 있다.

내가 두서없이 늘어놓느라고 못 다한 이야기가 이 시 속에 절제된 언어로 잘 함축되어 있다.

찬비를 맞으며 돌아섰던 그의 무덤을 나는 그 뒤로 한 번도 찾아보지 않았다. 있을 수 없는 일이었다.

그러나 나는 지금도 그를 찾아갈 수가 없다. 내가 가면 그 다정한 음성으로, "야, 너두 그 고생 구만허구 나랑 하냥^{'늘'의 방언} 있자야. 덥두 않구 춥두 않구, 여기두 있을 만혀……."

하며 내 손을 꼭 붙들 것만 같아서.

이제 찬한다^{글을 짓다. 또는 칭찬하거나 찬양하다}.

유명이 갈렸건만 아직도 그대를 찾음이여
오롯이 더불어 삶은 진한 삶이었음이네
수필이 되고 소설이 되고 시가 되어 남음이여
그 정신 아름답고 향기로웠음이네

아아 사십 중반에 만년이 되었음이여
남보다 앞서 살고 앞서 떠났음이로다
붓을 놓으며 다시금 눈물 젖음이여
그립고 기리는 마음 가이없어라

존경받을만한 삶을 산 자네는
유자라고 불려야 마땅하네.

🍎 소설 한 장면   결말 마지막까지 사람들을 돕던 유자가 간암으로 세상을 떠남

🔭 생각해 볼까요?

📖 **선생님** 유자소전은 작가의 친구 유재필에 대한 이야기예요. 작가는 유재필에 대하여 어떻게 평가하고 있나요?
💬 1 🤍 1

↳ **학생 1** 유재필은 어릴 때부터 사교성이 좋고 성숙하였어요. 원칙을 중요하게 생각하면서도 누구보다 인간적인 사람이었어요. 항상 최선을 다해 일하였고 약한 사람들을 돕기 위해 노력하였어요. 자신의 주머니를 털어서 가난한 사람들을 돌보았으며 많은 문인의 살림까지 맡아 처리하기도 하였어요.

📖 **선생님** 작가가 유재필에게 '유자'라는 칭호를 붙인 까닭은 무엇일까요?
💬 2 💜 2

↳ **학생 1** 유재필은 본받을 만한 삶을 살았어요. 이러한 그를 통해 우리의 삶을 돌아본다는 점에서 유가가 아니라 '유자'라고 부른 거예요. 유자를 공자나 맹자처럼 여긴다는 의미예요.
↳ **학생 2** '유자'라는 호칭에 유재필에 대한 작가의 애정과 존중의 마음이 담겨 있음을 알 수 있어요.

📖 **선생님** 이 작품은 인물의 부정적인 측면을 조롱하면서 웃음을 유발하는 풍자의 형식을 차용하고 있어요. 풍자는 어떤 역할을 하나요?
💬 1 🤍 1

↳ **학생 1** 풍자는 사회가 이원적 구조로 대립할 때 하부 구조에서 상부 구조를 비판하는 방식으로 널리 사용돼요. 풍자의 대상은 '재벌 총수'예요. 유자는 사람보다 물고기가 더 귀한 대접을 받는 상황을 풍자하고 더 나아가 총수처럼 물질만을 우선시하는 현대 사회의 세태를 꼬집고 있는 것으로 볼 수 있어요.

📖 **선생님** 이 작품은 전통적인 서사 전개 방식을 계승하였다고 볼 수 있어요. 어떤 점이 그런가요?
💬 2 💜 2

↳ **학생 1** 「유자소전」이라는 제목에서 알 수 있듯 어떤 사람의 일생을 요약하여 서술하고 교훈이나 비판을 덧붙이는 '전(傳)'의 형식을 취하였어요.
↳ **학생 2** 희극적 상황을 설정하며 사건을 전개하고 이를 통해 주제를 효과적으로 전달하였어요.

선생님 유자소전이 지닌 서술상의 특징에 대하여 이야기해 봐요.

💬 3 ♥ 3

학생 1 유자는 충청도에서 태어나고 자라 충청도 방언을 사용해요. 이 때문에 소설은 토속성과 사실성을 띠어요. 또한 유자의 구수한 충청도 사투리는 소설에 재미를 더하고 친근감을 유발해요.

학생 2 인물들의 비속어 사용은 인물이 처한 상황과 감정, 계층을 짐작하게 하며, 비판과 풍자의 효과를 더하기도 해요.

학생 3 유자소전은 판소리 사설체를 사용해요. 등장인물이나 상황에 대하여 직접적으로 논평하며 독자의 공감을 얻어요. 도입 부분의 '그는 애초에 심성이 밝고 깔끔하였다. 매사에 생각이 깊고 침착하였으며……'와 같이 인물을 직접적으로 평가하기도 해요.

실명 소설 ▼ 🔍

연관 검색어　실제 인물

실명 소설은 실제 인물의 이름을 소설 속 등장인물의 이름으로 사용해 그 인물의 삶을 재구성한 소설을 말한다. 이동주라는 작가가 최초로 개척한 분야로 〈현대문학〉에 한 선배의 프로필을 짧은 분량으로 쓴 것이 계기가 되었다. 이후 그는 1967년부터 김영랑, 김소월, 유치환 등 다른 작가들의 삶을 소설로 재구성해 〈현대문학〉에 발표하였다. 이처럼 실명 소설은 주로 작가나 정치인 등 유명한 사람의 삶을 소재로 삼는다. 이문구의 「유자소전」도 실제 인물을 주인공으로 삼은 실명 소설이다. 그러나 유명인이 아닌 작가의 30년 지기 친구 유재필이라는 사람의 일생을 다뤘다는 점이 특이하다.

오정희
(1947~)

✉ 작가에 대하여

　서울 출생. 이화여자고등학교를 거쳐 서라벌예술대학 문예창작과를 졸업했다. 1968년 〈중앙일보〉 신춘문예에 단편 소설 「완구점 여인」이 당선되면서 등단했다. 1979년 「저녁의 게임」으로 이상문학상을, 1982년 「동경」으로 동인문학상을 수상했다. 2003년에는 독일에서 번역 출간된 장편 『새』로 리베라투르상을 수상했는데, 해외에서 한국인이 문학상을 받은 최초의 사례이다. 오정희는 『새』에서 어린아이를 화자로 내세워 암울하고 황폐한 현실을 섬세한 문체로 담아냈다.

　그는 인간의 존재론적 불안과 내면의 고뇌를 자의식적인 측면에서 예리하게 묘사하는 데 능숙한 작가이다. 창작 초기에는 타인과 단절되고 고립된 인물들의 굴절된 파괴 충동을 주로 그렸다. 이후 중년 여성들을 주인공으로 삼아 본질적이고 근원적인 여성성을 탐구했다. 주요 작품으로는 「불의 강」, 「중국인 거리」, 「유년의 뜰」, 「불망비」, 「파로호」, 「옛 우물」 등이 있다.

소음 공해

#아파트 #층간소음 #단절 #이웃에대한무관심

⛵ 작품 길잡이

갈래: 현대 소설
배경: 시간 - 현대 / 공간 - 도시의 아파트
시점: 1인칭 주인공 시점
주제: 이웃에 무관심한 현대 도시인의 삶에 대한 비판
출전: 〈술꾼의 아내〉(1993)

📷 인물 관계도

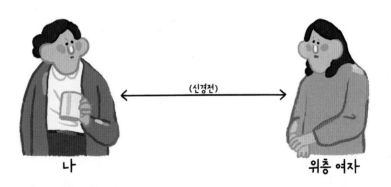

나	자원봉사를 하며 고등학생 아들 둘을 기르는 가정주부로 공동생활의 수칙을 중요하게 여긴다.
위층 여자	층간 소음을 내지 않으려 노력하지만 '나'가 인터폰을 자주 해 예민해져 있다.

📋 구성과 줄거리

발단　휴식 중에 소음 문제가 발생함

심신장애인 시설에 자원봉사 활동을 다녀온 '나'는 피곤하지만 뿌듯함을 느낀다. '나'는 음악을 들으며 휴식을 취하던 중 위층에서 들리는 소음에 신경이 날카로워진다.

전개　소음으로 인해 '나'와 가족들은 고통을 느낌

'나'는 한 달 전부터 정체를 알 수 없는 위층 소음에 시달려 왔다. 처음에는 대수롭지 않게 생각하고 농담하던 아들도 나중에는 짜증을 낸다. 좀처럼 남의 험담을 하지 않는 남편도 공동생활의 기본 수칙을 모르는 이웃을 나무란다. 가족 전체가 고통받는 상황에서 참다못한 '나'는 인터폰을 들어 경비원에게 연락한다. '나'는 경비원을 통해 윗집에 주의시킬 것을 당부한다.

위기　위층 소음을 해결하려고 직접 항의함

경비원에게 연락했지만 소음은 멈추지 않는다. '나'는 인터폰을 들어 위층 여자에게 직접 항의한다. 이웃과의 갈등이 고조되고, '나'는 신경질적으로 응답하는 위층 여자가 뻔뻔하다고 생각한다. '나'는 위층에서 들리는 소음에 불쾌하기만 하고 왜 소음이 발생했는지에 대해서는 알려 하지 않는다.

절정　공동생활의 규범을 일깨워 주기 위해 직접 위층 집으로 찾아감

'나'는 위층 여자에게 소음을 줄여 달라고 부탁하기 위해 슬리퍼를 선물로 준비한다. 발소리를 죽이는 슬리퍼를 전달함으로써 '나'의 의사를 간접적으로 전달하기 위해서다.

결말　소음의 원인이 휠체어 때문임을 알고 자신의 무관심함에 부끄러움을 느낌

공동생활의 규범에 대해 타이를 생각으로 위층에 직접 찾아간 '나'는 위층 여자가 휠체어를 타는 장애인임을 알고 놀란다. 소음의 원인이 휠체어 때문임을 알게 되고, 주변 사람들에게 무심하고 경솔했던 자신에 대해 부끄러움을 느낀다. 할 말을 잃은 '나'는 슬리퍼를 등 뒤로 감춘다.

소음 공해

집에 돌아오자마자 뜨거운 물로 샤워를 하고 실내복으로 갈아입었다. 목요일, 심신장애자 시설에서 자원봉사자로 일하는 날은 몸이 젖은 솜처럼 피곤하고 무거웠다.[1] 그래도 뇌성마비나 선천적 기능 장애로 사지가 뒤틀리고 정신마저 온전치 못한 아이들을 씻기고 함께 놀이를 하고 휠체어를 밀어 산책을 시키는 등 시중을 들다 보면 나를 요구하는 곳에서 시간과 힘을 내어 일한다는 뿌듯함이 느껴졌다. 고등학생인 두 아들은 아침에 도시락을 두 개씩 싸들고 가서 밤 11시나 되어야 올 것이고 남편은 3박 4일의 출장 중이니 날이 저물어도 서둘 일이 없었다. 더욱이 나는 한나절 심신이 지치게 일을 한 뒤라 당당히 휴식을 즐길 권리가 있다. 아이들은 머리가 커져 치마폭에 감기거나 귀찮게 치대는 일이 없이 "다녀왔습니다." 한마디로 문 닫고 제 방에 들어앉기 마련이지만 가족들이 집에 있을 때는 아무리 거실이나 방에 혼자 있어도 혼자 있다는 기분을 갖기 어려웠다. 사방 문 열린 방에서 두 손 모두어 쥐고 전전긍긍 24시간 대기하고 있는 형국이었다. 거실 탁자의 갓등을 켜고 커피를 진하게 끓여 마시며 슈베르트의 아르페지오네 소나타를 틀었다.[2] 첼로의 감미로운 선율이 흐르고 나는 어슴푸레하고 아득한 공간, 먼 옛날로 돌아가는 듯한 기분에 잠겨 들었다. 몽상과 시와 꿈과 불투명한 미래가 약간은 불안하게, 그러나 기대와 신비한 예감으로 존재하던 시절, 내가 이러한 모습으로 살아가리라는 것은 상상할 수도 없었던 시절로.

사람이 단돈 몇 푼 잃는 것은 금세 알아도 본질적인 것을 잃어가는 것에는 무감각하다던가? 눈을 감고 하염없이 소나타의 음률에 따라 흐르던 나는 그 감미롭고 슬픔에 찬 흐름을 압도하며 끼어든 불청객에 사납게 눈을 치떴다. 드륵드륵드르륵, 무거운 수레를 끄는 듯 둔탁한 그 소리는 중년 여자의 부질없는 회한과 감상을 비웃듯 천장 위에서 쉼 없이 들려왔다. 십 분, 이십 분. 초침까지 헤아리며 천장을 노려보다가 나는 신경질적으로 전축

---

1) 자원봉사자로 일할 정도로 사회적 약자에게 관심이 많다는 걸 알려주고 있다. 이는 결말 부분에서 반전을 극대화한다.

2) 클래식의 구체적인 이름이 나온 것은 '나'가 교양있는 사람이란 걸 부각하기 위한 작가의 의도적 장치이다.

을 껐다. 그 사실적이고 무지한 소리에 피아노와 첼로의 멜로디는 이미 소음에 지나지 않았다. 하루 이틀의 일이 아니었다. 위층 주인이 바뀐 이래 한 달 전부터 나는 그 정체 모를 소리에 밤낮없이 시달려왔다. 진공청소기 소리인가, 운동 기구를 들여놓았나, 가내 공장을 차렸나. 식구들마다 온갖 추측을 해 보았으나 도시 알 수 없는 일이었다. 도깨비가 사나 봐요, 롤러스케이트를 타는 도깨비. 아들 녀석이 처음에는 머리에 뿔을 만들어 보이며 히히덕거렸으나 자정 넘도록 들려오는 그 소리에 드디어 짜증을 내기 시작했다. 좀체 남의 험구를 하지 않는 남편도 한 지붕 아래 함께 못 살 사람들이군, 하는 말로 공동생활의 기본적인 수칙을 모르는 이웃을 나무랐다. 일주일을 참다가 나는 인터폰을 들었다. 인터폰으로 직접 위층을 부르거나 면대하지 않고 경비원을 통해 이쪽 의사를 전달하는 간접적인 방법을 택한 것은 상대방과 자신에 대한 품위와 예절을 지키기 위해서였던 것이다. 나는 자주 경비실에 전화를 걸어, 한밤중 조심성 없이 화장실 물을 내리는 옆집이나 때 없이 두들겨 대는 피아노 소리, 자정 넘어서까지 조명등 켜들고 비디오 찍어 가며 고래고래 악을 써 삼동네 잠을 깨우는 함진아비의 행태 따위가 얼마나 무교양하고 몰상식한 짓인가 등등을 일깨워 주었다. 그리고

또 시작이야?

🔊 소설 한 장면 발단 휴식 중에 소음 문제가 발생함

는 소음 공해와 공동생활의 수칙에 대해 주의를 줄 것을, 선의의 피해자들을 대변해서 강력하게 요구하곤 했었다. 직접 대놓고 말한 것은 아래층 여자의 경우뿐이었다. 부부 싸움을 그만두게 하라고 경비실에 부탁할 수는 없는 것이 아닌가. 남편이 오퍼상을 한다는 것, 돈과 여자 문제로 부부 싸움이 잦다는 것은 부엌 옆 다용도실의 홈통을 통해 들려온 소리 때문에 알게 된 일이었다. 홈통은 마이크처럼 성능이 좋았다. 부엌에서 일을 할라치면 남자를 향해 퍼붓는 여자의 앙칼진 소리들을 싫어도 들을 수밖에 없었다. 엘리베이터에 단둘이 타게 되었을 때 나는 여자에게, 부엌이나 다용도실에선 남이 알면 거북할 얘기는 안 하는 게 좋다고 조용히 말했다. 여자가 자꾸 남편의 자존심을 건드리고 약점을 잡아 몰아대면 남자는 더욱 밖으로 돌기 마련이라고, 알고도 모르는 채 속아 주기도 하는 게 좋을 때도 있는 법이라는 충고를 덧붙인 것은 나이 많은 인생 선배로서의 친절이었다. 여자는 차갑게 굳은 얼굴로 명심하겠노라고 말했지만 다음부터는 인사는커녕 마주치면 괴물을 보듯 아예 고개를 돌려 버리곤 했다.

위층의 소리는 멈추지 않았다. 드르륵거리는 소리에 머리카락 올이 진저리를 치며 곤두서는 것 같았다. 철없고 상식 없는 요즘 젊은 엄마들이 아이

충분히 주의하고 있으니 염려 마십니다.

한두 번도 아니고 몰상식하게 벌써 몇 번째예요?

뭐? 염려 마시라고? 이젠 한판 싸워보자는 얘긴가?

🍎 소설 한 장면　전개　소음으로 인해 '나'와 가족들은 고통을 느낌

들에게 집 안에서 자전거나 스케이트보드 따위를 타게도 한다는데 아무래도 그런 것 같았다. 인터폰의 수화기를 들자 경비원의 응답이 들렸다. 내 목소리를 알아채자마자 길게 말꼬리를 늘이며 지레 짚었다. 귀찮고 성가셔하는 표정이 눈앞에 역력히 떠올랐다.

"위층이 또 시끄럽습니까? 조용히 해 달라고 말씀드릴까요?"

잠시 후 인터폰이 울렸다.

"충분히 주의하고 있으니 염려 마시랍니다."

경비원의 전갈이었다. 염려 마시라고? 다분히 도전적인 저의가 느껴지는 전언이었다. 게다가 드륵드륵 소리는 여전하지 않은가. 이젠 한판 싸워보자는 얘긴가. 나는 인터폰을 들어 다짜고짜 909호를 바꿔 달라고 말했다.

신호음이 서너 차례 울린 후에야 신경질적인 젊은 여자의 응답이 들렸다.

"아래층인데요. 댁이 그런 식으로 말할 건 없잖아요? 나도 참을 만큼 참았다구요. 공동 주택에는 지켜야 할 규칙들이 있잖아요. 난 그 소리 때문에 병이 날 지경이에요."

"여보세요. 난 날아다니는 나비나 파리가 아니에요. 내 집에서 맘대로 움직이지도 못하나요? 해도 너무하시네요. 이틀거리로 전화를 해 대시니 저

댁이 그런 식으로 말할 건 없잖아요?
공동 주택에는 지켜야 할 규칙들이 있잖아요.
난 그 소리 때문에 병이 날 지경이에요.

난 날아다니는 나비나 파리가 아니에요.
내 집에서 맘대로 움직이지도 못하나요?

🔖 소설 한 장면 위기 위층 소음을 해결하려고 직접 항의함

도 피가 마르는 것 같아요. 저더러 어쩌라는 거예요?"

"하여튼 아래층 사람 고통도 생각하시고 주의해 주세요."

나는 거칠게 수화기를 내려놓았다. 뻔뻔스럽긴. 이젠 순 배짱이잖아. 소리 내어 욕설을 퍼부어도 화가 가라앉지 않았다. 그렇다고 언제까지 경비원을 사이에 두고 '하랍신다.', '하신다더라.' 하며 신경전을 펼 수도 없는 일이었다. 화가 날수록 침착하고 부드럽게 처신해야 한다는 것은 나이가 가르친 지혜였다. 지난겨울 선물로 받은, 아직 쓰지 않은 실내용 슬리퍼에 생각이 미친 것은 스스로도 신통했다. 선물도 무기가 되는 법, 발소리를 죽이는 푹신한 슬리퍼를 선물함으로써 소리를 죽이라는 메시지와 함께 소리로 인해 고통 받는 내 심정을 간접적으로 나타낼 수 있으리라. 사려 깊고 양식 있는 이웃으로서 공동생활의 규범에 대해 조곤조곤 타이르리라.

위층으로 올라가 벨을 눌렀다. 안쪽에서 누구세요, 묻는 소리가 들리고 십 분 가까이 지나 문이 열렸다. '이웃사촌이라는데 아직 인사도 없이…….' 등등 준비했던 인사말과 함께 포장한 슬리퍼를 내밀려던 나는 첫마디를 뗄 겨를도 없이 우두망찰했다. 좁은 현관을 꽉 채우며 휠체어에 앉은 젊은 여자가 달갑잖은 표정으로 나를 올려다보았다.

> 푹신한 슬리퍼를 선물하면 사려 깊고 교양 있게 내 메시지와 심정을 전달할 수 있지.

🕐 **소설 한 장면** | 절정 | 공동생활의 규범을 일깨워 주기 위해 직접 위층 집으로 찾아감

"안 그래도 바퀴를 갈아 볼 작정이었어요. 소리가 좀 덜 나는 것으로요. 어쨌든 죄송해요. 도와주는 아줌마가 지금 안 계셔서 차 대접할 형편도 안 되네요."

여자의 텅 빈, 허전한 하반신을 덮은 화사한 빛깔의 담요와 휠체어에서 황급히 시선을 떼며 나는 할 말을 잃은 채 슬리퍼 든 손을 등 뒤로 감추었다.

안 그래도 소리가 덜 나는 바퀴로 갈아 볼 작정이었어요.

🍎 소설 한 장면　　결말　소음의 원인이 휠체어 때문임을 알고 자신의 무관심함에 부끄러움을 느낌

🔭 생각해 볼까요?

선생님 이 작품의 줄거리를 간추리고 주제를 말해 볼까요?
💬 2 ♥ 2

↳ **학생 1** 이 소설은 도시의 아파트에서 층간소음 때문에 일어난 갈등을 다루고 있어요. '나'는 위층에서 들리는 소음과 자신의 항의에 달갑지 않게 반응하는 위층 여자에게 불쾌한 감정을 가져요. 결국 소음 문제를 원만히 해결하기 위해 슬리퍼를 준비해 위층 여자를 찾아가요. 결말에서 '나'는 위층 여자가 휠체어를 타고 있다는 사실을 알게 돼요.

↳ **학생 2** '나'가 겪은 이러한 사건은 이웃의 입장에 무관심한 현대인들의 세태를 비판하고 반성하는 계기를 제공해요.

선생님 주제를 강조하기 위해 작가가 사용한 기법은 무엇인가요?
💬 1 ♥ 1

↳ **학생 1** 소설은 위층 여자를 찾아간 '나'가 슬리퍼 든 손을 등 뒤로 숨기며 끝나요. 위층 여자의 상황을 깨닫고 이웃에 대한 자신의 무관심에 부끄러움을 느꼈기 때문이에요. 결말에서 보이는 이러한 극적 반전은 주제 의식을 강하게 드러내기 위한 효과적인 장치로 사용되었어요.

선생님 '인터폰', '실내용 슬리퍼'의 의미와 역할은 무엇인가요?
💬 2 ♥ 2

↳ **학생 1** 작품에서 등장인물들은 전통적인 소통 방식으로 직접 대면하기보다는 인터폰을 이용해 편의적이고 간접적인 의사소통을 하고 있어요. 그러므로 인터폰은 '현대인들의 의사소통 단절'을 상징하는 소재예요.

↳ **학생 2** 실내용 슬리퍼는 '현대인들의 무관심'을 상징하는 소재예요. 이웃의 상황을 몰랐다는 것은 관심이 부족했다는 의미로 해석할 수 있어요. 이는 도입부에 소개된 봉사활동을 다닌다는 주인공의 모습과 대조되어 주제를 부각해요.

1990년대 문학 경향 ▼ 🔍

연관 검색어   자본주의   개인주의   정보화 시대

1990년대에는 경제가 급속히 성장하고 정보화 시대가 열렸다. 이에 따른 환경오염이나 개인주의 현상 등이 나타났다. 이러한 변화는 문학에도 반영되었다. 1990년대 이후 우리나라 문학에서는 계급과 이념 대신 문학 자체의 예술성이나 개인의 내면에 집중하는 모습이 두드러지게 나타났고, 소재 역시 다문화, 자연, 여성 등 다양해졌다.

윤흥길
(1942~)

✉ 작가에 대하여

전라북도 정읍 출신. 원광대학교 국문과를 졸업하고, 숭신여자중고등학교 교사와 일조각 편집위원으로 근무하였다. 1968년 〈한국일보〉 신춘문예에서 「회색 면류관의 계절」로 등단하였다. 문단의 주목을 받기 시작한 것은 1973년에 발표한 「장마」를 통해서이다. 1977년 「아홉 켤레의 구두로 남은 사내」로 제4회 한국문학작가상, 1983년 「꿈꾸는 자의 나성」으로 제15회 한국창작문학상, 1983년 「완장」으로 제28회 현대문학상 등을 수상하였다. 이외의 주요 작품으로는 「황혼의 집」, 「완장」 등이 있다.

윤흥길은 우리 민족 고유의 정한을 6·25와 같은 역사적 격동기 속에서 다루거나, 고난에 찬 민중의 삶을 지식인의 입장에서 다루었다. 또한 전쟁과 이데올로기 대립, 급격한 산업화와 도시화 등 한국 현대사의 질곡들을 날카롭게 파헤치며 중산층과 소시민의 의식 각성, 샤머니즘과 모성애를 통한 상처 회복 등을 사실주의적 수법으로 그려 내었다. 그의 작품은 현실의 부조리를 고발하는 동시에 이를 넘어서려는 인간의 노력을 그린다.

종탑 아래에서

⚓ 작품 길잡이

갈래: 전후 소설, 세태 소설, 액자 소설
배경: 시간 - 6·25 전쟁 당시 / 공간 - 전북 익산
시점: 1인칭 주인공 시점
주제: 6·25 전쟁으로 인한 비극과 극복 가능성 탐색
출전: 〈숨소리〉(2003)

📷 인물 관계도

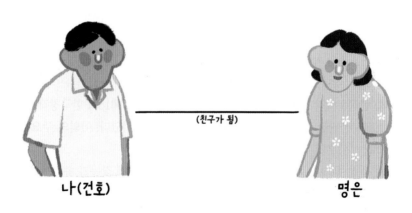

나(건호) ————(친구가 됨)———— 명은

나(건호)	순수하고 따뜻한 마음을 가진 아이로 종을 치려고 하는 명은이를 돕는다.
명은	부모를 잃은 충격 때문에 눈이 먼 소녀로 종을 직접 울리고 싶어 한다.

📋 구성과 줄거리

도입(외화)　초등학교 동창생들이 모여 대화를 나눔

나이가 환갑에 가까운 초등학교 동창생들이 모여 이야기를 나눈다. 그중 건호가 자신의 어린 시절 사랑 이야기를 하겠다고 나선다.

발단(내화)　하굣길에 처음 명은을 만남

하굣길에 '나'는 익산 군수 관사의 철책 안에서 명은을 발견한다. 시각장애가 있는 명은이 '나'의 기척을 느끼자 '나'는 달아나 버린다. 이튿날 '나'는 학교가 파하자마자 관사로 달려가지만 명은의 외할머니를 보고는 놀라 줄행랑을 놓는다.

전개(내화)　명은의 할머니에게 명은에 대한 이야기를 들음

'나'는 자꾸 명은의 모습이 떠오른다. 사흘 만에 군수 관사를 찾은 '나'는 명은의 외할머니를 만난다. 외할머니는 명은이 부모님을 잃고 충격을 받아 시력을 잃게 된 사연을 들려주며 앞으로 명은에게 하지 말아야 할 세 가지를 당부한다.

위기(내화)　명은은 전쟁 이야기를 들으며 괴로워함

'나'는 명은에게 재미있는 이야기를 들려주기 위해 시청 앞 벽보에 적힌 전쟁 이야기를 한다. 명은은 소리를 지르며 고통스러워한다. '나'는 그제야 명은의 외할머니가 전한 세 가지 당부를 떠올린다.

절정(내화)　명은이 교회 종소리에 귀를 기울임

다시 관사를 찾은 '나'는 교회 종소리에 귀를 기울이는 명은의 모습에 감동을 받는다. 주일 저녁, '나'는 교회에서 명은에게 종소리를 들려준다. 명은의 기뻐하는 모습에 나도 모르게 "종을 치며 소원을 빌면 이루어진다."라고 말해 버린다.

결말(내화)　명은이 종을 치며 소원을 빎

어느 목요일 밤, 명은의 부탁에 '나'는 명은을 데리고 교회로 간다. 명은과 '나'는 밧줄에 매달려 종지기 몰래 종을 친다. '나'는 달려온 종지기에게 맞으면서도 명은에게 소원을 빌라고 소리치며 종탑의 밧줄을 놓지 않는다.

종결(외화)　동창들은 건호의 이야기에 대해 대화를 나눔

동창들은 건호의 이야기를 싱겁게 여기면서도 건호의 이야기야말로 가장 아름다운 순애보라며 이런저런 대화를 나누다가 자리를 파한다.

종탑 아래에서

1

"대미 _{大尾 어떤 일의 맨 마지막}를 장식헐 만헌 순애보라고 내 입으로 말허기는 약간 거시기헌 구석이 있지마는……."

인테리어 전문점을 운영하는 최건호였다. 묵비권이라도 행사하는 듯 내내 잠자코 앉아 남의 이야기를 듣고만 있던 그가 뜻밖에도 자진해서 마지막 이야기 순번을 떠맡고 나서자 그에게도 입이 달려 있었음을 뒤늦게 깨닫고 좌중은 깜짝 반가워했다.

"반세기가 지나가드락 영 잊혀지지 않는 소녀가 있다면 혹시 순애보 계열에 턱걸이로라도 낄 수 있지 않을까 싶어서……."

묵적보살 _{입이 무거운 보살}처럼 입이 천 근이기로 소문난 최건호가 절대로 허튼소리를 할 리 없다고, 최건호가 순애보라 주장하면 그건 백발백중 순애보임이 틀림없다고 모두들 이구동성으로 떠들어 댔다. 순애보 여부를 판별하는 첫 번째 기준은 아무래도 발화자 _{發話者 이야기를 하는 사람}의 과묵성인 듯했다.

> 반세기가 지나가드락 영 잊혀지지 않는 소녀가 있다면 혹시 순애보 계열에 턱걸이로라도 낄 수 있지 않을까 싶어서…….

🔘 **소설 한 장면** **도입(외화)** 초등학교 동창생들이 모여 대화를 나눔

"열 살짜리 머시매, 지지배가 사랑을 알면은 뭣을 얼매나 알 것이냐. 아름다운 러브 스토리허고는 애당초 거리가 먼 얘기라서 혹시라도 낭중에 실망허지 않을까 겁난다."

고백 성사라도 하려는 사람처럼 최건호의 표정은 그지없이 진지해 보였다. 그 진지한 태도로 미루어, 본론을 들어 보나 마나 벌써 순애보가 틀림없는 줄 알겠다고 한바탕 또 떠들어 댔다. 순애보 여부를 판별하는 두 번째 기준은 아무래도 발화자의 진지성인 듯했다. 모처럼 어렵게 입을 연 최건호가 일껏 모처럼 애써서 꺼낸 이야기를 도로 주워 담는 불상사가 일어나지 않게끔 좌중은 온갖 발림으로 충동질했다.

"낭중에라도 순애보가 기네, 아니네, 허고 우리 건호한티 시비 거는 놈이 나타났다 허면 당장 내가 가만 안 놔둔다!"

동창생들의 전폭적인 성원에 힘입어 최건호가 마침내 이야기를 풀어내기 시작했다.

"만세 주장酒場 술을 파는 곳 근방에서 살 적에 있었던 일인디……."

2

만세 주장 뒷골목에 살고 있었다. 유명한 술도가를 옆구리에 끼고 산다 해서 특별히 득 볼 것도, 해될 것도 없었다. 날만 궂을라치면 주장 건물 전체가 모주망태로 흠씬 취해서 문뱃내술 취한 사람의 입에서 나는 냄새를 펑펑 풍기듯 찌든 막걸리 냄새를 사방에 퍼뜨리는 바람에 비위가 많이 상하긴 했지만, 그렇다고 그 집에 따로 유감이 있는 건 아니었다. 다만 문제가 있다면 그것은 지에밥찹쌀이나 멥쌀을 물에 불려 찐 밥이었다. 볕이 좋은 날 만세 주장에서는 도롯가에 멍석을 여러 개 나란히 펴 놓고 술밑으로 쓸 엄청난 양의 지에밥을 말리곤 했다. 입에 넣고 씹기 딱 알맞을 만큼 꼬들꼬들 마른 상태에서 단내를 확확 풍기는 그 고두밥아주 되게 지어져 고들고들한 밥이 배곯는 아이들을 환장하게끔 만드는 것이었다. 멍석 근처에 가까이 다가갈 적마다 배 속에서 회가 동하는구미가 당기는 바람에 참말이지 미칠 지경이었다.

목구멍 안쪽에서 마구 고무래질하는고무래 따위로 무엇을 펴거나 그러모으거나 하는 것 같은 유혹을 견디다 못한 아이들이 학교를 오가는 길에 한 줌씩 지에밥을 슬쩍 하다가 주장 일꾼인 짝눈이 아저씨한테 들켜 경을 치기 일쑤였다. 나 역시 짝눈이 아저씨한테 붙잡혀 두 차례나 혼띔단단히 혼냄을 당했다. 서로 빤히 얼굴을 아는 이웃지간이라서 나는 다른 아이들보다 훨씬 더 불리한 처지였다. 지에밥을 멍석 위에 고루 펼 때 사용하는 고무래 자루를 휘두르며 세상 이쪽 끝에서 저쪽 끝까지라도 그악스레^{끈질기고 억척스럽게} 뒤쫓아 올 성싶은 그 성미 고약한 일꾼의 눈을 피하기 위해서는 다른 아이들보다 더 영악스러워질 필요가 있었다. 짝눈이 아저씨가 짝눈을 한껏 지릅뜨고^{눈을 크게 부릅뜨고} 주로 감시하는 쪽은 학교가 파해서 집으로 돌아가는 아이들이었다. 주장을 사이에 두고 학교와는 반대 방향에서 하굣길의 아이들 행렬을 거슬러 움직이며 기회를 엿보는 것이 고무래의 위협에서 벗어날 수 있는 가장 효과적인 방법이었다. 그러려면 학교에서 집으로 향할 때 부러^{일부러} 가까운 길을 두고 시내쪽으로 먼 길을 에돌아가는^{곧바로 가지 않고 피해서 멀리 돌아가는} 수고를 감수해야만 했다.

내가 그 계집애를 맨 처음 본 것은 봄볕이 당양^{當陽 햇볕이 잘 들어 밝고 따뜻함}하게 내리쬐는 한낮이었다. 아침에 등교하면서 길가에 멍석을 펴는 짝눈이 아저씨를 봤기 때문에 나는 그날도 하굣길에 일부러 네거리 하나를 더 지나 먼 길을 에돌아 집으로 향하고 있었다.

경찰서 앞을 지난 다음 시청 앞에서 잠시 발걸음을 멈추었다. 시청 담벼락을 따라 길게 잇대어 세워 놓은 게시판이 큼지막한 벽보들로 더덕더덕 도배되어 있었다. 벽보에는 최근의 전황^{戰況 전쟁 상황}들이 주먹 덩이만 한 붓글씨로 짤막짤막하게 적혀 있어 지나가던 행인들을 게시판 앞에 한참씩 붙들어 세우곤 했다. '국군 1사단 평양 입성', '국군과 유엔군 청천강 도하, 압록강 향해 진격 중', '중공군 참전 사실 밝혀져' 따위 새로운 소식들을 내가 차례로 접하게 된 것도 그 게시판을 통해서였다. 만세 주장 고두밥을 훔쳐먹기로 작정한 날은 덤으로 최근의 전황에 접하는 날이기도 했다.

최전방에서는 중공군의 춘계 대공세가 한창이었다. 국군 또는 유엔군 몇 사단이 무슨 고지 전투에서 북괴군 몇 개 연대를 섬멸했고, 무슨 고지 전투에서 중공군 몇 개 사단을 궤멸시켰다는 등등의 내용을 담은 벽보들이 게시판에 어지럽게 나붙어 있었다. 1·4 후퇴를 거쳐 전쟁은 처음 시작되었던 그 자리로 얼추 되돌아와 삼팔선을 사이에 두고 오랫동안 교착 상태에 빠져 있었다. 빼앗아 새로 차지한 땅은 거의 없는 셈인데 국군과 유엔군은 날마다 승승장구하는 반면 북괴군과 중공군은 날마다 무더기로 죽어 나자빠진다는 내용만 벽보에 적히는 그 속내를 나는 당최 이해할 수 없었다.

낡은 양복 차림에 중절모를 눌러쓴, 꽤 유식해 뵈는 아저씨가 곁에서 소리

내어 벽보를 읽고 있는 중이었다. 나는 그 아저씨에게, 섬멸이 무슨 뜻이냐고 물어보았다. 몽땅 씨를 말린다는 뜻이라고 아저씨가 시원스레 대답했다. 그럼 궤멸은 또 무슨 뜻이냐고 다시 물었다. 아저씨는 잠시 뜸을 들이더니만, 겨우 씨만 남기고 나머지는 모조리 다 때려잡는 거라고 일러 주었다. 언젠가 벽보에 자주 등장하는 그 말들의 뜻을 아버지한테 물어본 적이 있었다. 아버지는 다짜고짜 화부터 버럭 내면서, 쥐방울만 한 녀석이 그런 건 알아서 얻다 쓰려고 묻느냐고, 욕설이나 다름없는 상스러운 말이니까 굳이 알 필요도 없다고 사정없이 윽박지르는 것이었다. 아버지는 매번 그런 식이었다.

시청 앞을 떠나 시 공관 네거리에서 오른쪽으로 꺾어 돌면 곧바로 익산 군청이었다. 나는 군청 입구에서 길바닥에 떨어진 나뭇개비를 찾느라 사방을 두리번거렸다. 그다음 차례가 익산 군수 관사이기 때문이었다. 관사 정원과 도로 사이에 담장 대신 내부가 훤히 들여다보이는 철책이 쳐져 있었다. 철책에 나뭇개비를 대고 이쪽 끝에서 저쪽 끝까지 힘껏 달리면 따발총같이 타타타타 소리가 요란하게 울리곤 했다.

관사 철책에 나뭇개비를 막 갖다 대려다 말고 나는 갑자기 손놀림을 멈칫했다. 며칠 전까지만 해도 나무 몇 그루와 잔디밭만 휑하니 드러내 보이던 정원에서 인기척이 났다. 나하고 동갑 또래로 보이는 계집애였다. 화사한 꽃무늬 원피스 차림에 정갈하게 단발머리를 한 계집애가 한 손에 하얀 고무공을 쥔 채 양팔을 앞으로 나란히 뻗은 괴상야릇한 자세로 도로 쪽을 향해 소리 없이 다가오는 중이었다. 계집애가 황금빛 잔디밭 위로 하얀 공을 도르르 굴리면서 말했다.

"나비야! 나비야!"

공은 잔디밭과 철책이 만나는 지점에서 정확히 구르기를 멈추었다. 내가 철책 틈새로 손을 집어넣으면 충분히 공에 닿을 만한 자리였다. 뜬금없이 웬 나비 타령인가 의아해서 나는 계집애의 행동거지를 주의 깊게 살폈다. 그때였다. 얼룩 고양이 한 마리가 정원수 가지에서 잔디밭 위로 햇솜^{그해에 새로} ^{난솜} 뭉치처럼 사뿐히 내려앉더니만 공을 향해 달려왔다. 고양이는 철책 너머에 버티고 서 있는 웬 낯선 사람을 뒤늦게 발견하고는 갑자기 달음질을 멈추었다. 녀석은 노란 눈동자에 잔뜩 경계의 빛을 담아 나를 노려보았다. 나는 뾰족한 근거도 없으면서 옷차림과 용모만으로 계집애를 대뜸 서울 아이라고 단정해 버렸다. 그리고 서울내기들은 제아무리 똑똑한 척해봤자 모르는 게 너무 많아 탈이라고 속으로 비웃었다. 멀쩡한 고양이를 나비라 부르다니, 그렇다면 팔랑팔랑 공중을 날아다니는 진짜배기 나비는 대관절 무슨 이름으로 불러야 옳단 말인가.

"거기 누구……."

뭔가 수상쩍은 낌새를 챘는지 계집애가 내 쪽을 멀뚱멀뚱 건너다보며 위아래 입술을 연방 달막거렸다. 계집애의 행동을 훔쳐보다 들킨 것이 창피해서 나는 슬금슬금 뒷걸음질을 치기 시작했다. 계집애의 눈길이 내 움직임을 제때제때 따라잡지 못했다.

"거기 누구?"

내가 처음 서 있던 그 자리에 아직도 눈길을 고정한 채 계집애는 날카로운 목소리로 다시 물었다. 나는 손에 든 나뭇개비를 아무렇게나 땅바닥에 팽개치면서 담박질을 놓기 시작했다. 당달봉사┌겉으로 보기에는 눈이 멀쩡하나 앞을 보지 못하는 눈. 또는 그런 사람┘다! 집 쪽을 향해 정신없이 뛰면서 나는 속으로 부르짖었다. 계집애가 눈뜬장님이란 사실을 최초로 알아차리던 순간의 놀라움이 나로 하여금 만세 주장 지에밥을 훔쳐 먹으려던 애초의 계획을 깜빡 잊도록 만들었다. 그날 밤이 깊도록 서울 계집애의 그 희고도 곱상한 얼굴이, 그 화사한 옷맵시가, 어딘지 모르게 굼뜨고 어설퍼 보이던 그 행동거지 하나하나가 내 머릿속에서 줄곧 떠나지 않았다.

이튿날 나는 학교가 파하기 무섭게 곧장 익산 군수 관사로 달려갔다. 관사 정원에서는 전날과 똑같은 상황이 되풀이되고 있었다. 계집애는 양팔을 앞으로 나란히 뻗은 부자연스러운 자세로 거리를 재기 위함인 듯 몇 발짝 조심스레 걷다가 공을 잔디밭 위로 도르르 굴렸다.

"나비야! 나비야!"

아마도 철책 너머 낯선 사람에 대한 경계심 때문인 듯 나비란 놈은 정원수 가지들 사이에 몸을 숨긴 채 꼼짝도 않고 냐옹냐옹 울어 대기만 했다. 공은 전날과 마찬가지로 잔디밭과 철책이 만나는 지점에 거의 정확히 멎어있었다. 나는 통탕거리는 가슴을 애써 누르면서 철책 틈새로 손을 넣어 공을 집어 들었다. 그리고 계집애를 향해 던져 주었다. 공이 발치 가까이에 떨어지는 순간 계집애의 얼굴에는 놀라움인지 반가움인지 모를 괴상야릇한 표정이 떠올랐다.

"거기 누구?"

"사람이여."

"아, 어제 바로 그 애!"

계집애는 말 한마디로 상대방을 단박에 알아맞혔다. 뿐만이 아니었다.

"난 널 알아. 나이는 나랑 비슷해. 키는 나보다 조금 더 커. 그리고 얼굴이 아주 못생긴 애야."

마치 두 눈으로 똑똑히 본 것처럼 자신 있게 말하는 것이었다. 심지어 얼굴 못생긴 것까지 정확히 알아맞히는 바람에 나는 가슴 복판이 뜨끔 쑤셨다. 계집애가 내 앞으로 천천히 다가오기 시작했다. 양팔을 앞으로 나란히 뻗지 않은 정상적인 자세로 걷느라고 철책까지 다다르는 데 반나절은 족히 걸리는 듯했다.

"못생겼다고 해서 미안해. 그냥 괜히 해 본 소리야."

못생긴 게 사실이라고 나는 하마터면 실토정實吐情 사정이나 심정을 솔직하게 말함할 뻔했다. 생기다 만 얼굴 같다고 모두들 나를 놀려 대곤 했으니까.

"느그 아버지가 군수냐?"

얼굴 문제에서 빨리 벗어나고 싶어 나는 엉뚱한 데로 말머리를 돌렸다.

"군수가 뭔데?"

"니가 익산 군수 딸이냔 말여."

"익산 군수가 뭔데?"

군수 관사에 살면서 군수가 뭔지도 모르다니. 역시 서울내기들은 아는 것보다 모르는 것이 훨씬 더 많은 무지렁이아무것도 모르는 어리석은 사람들이라고 생각했다. 서울내기들한테는 잠자리면 무조건 다 그냥 잠자리에 지나지 않을 뿐이었다. 실잠자리, 기생잠자리, 비단잠자리, 고추잠자리, 된장잠자리, 쌀잠자리, 보리잠자리, 밀잠자리, 말잠자리, 호랑잠자리 등등 가지각색의 수많은 잠자리가 세상에 있는 줄 꿈에도 모르는 버꾸'바보'의 방언들이었다.

"난 그런 거 잘 몰라. 외갓집 식구들이 가자는 대로 그냥 여기까지 따라왔을 뿐이야."

계집애가 심드렁한 어조로 중얼거렸다.

"으쩌다가 그러코롬 당달봉사는 되야 뿌렀다냐?"

나는 마침내 용기를 내어 간밤부터 줄곧 품어 나온 의문을 입 밖으로 불쑥 털어 냈다.

"당달봉사가 뭔데?"

역시 서울내기라서 별수가 없었다. 나는 당달봉사가 어떤 건지 설명해주려고 철책에 바싹 달라붙었다. 그 순간 뭔가 이상한 낌새가 퍼뜩 느껴졌다. 나는 반사적으로 고개를 홱 돌려 관사 쪽을 살펴보았다. 머리가 희끗희끗한 노파가 유리창 안쪽에서 무시무시한 눈초리로 나를 쏘아보는 중이었다. 어마 뜨거라 하고 나는 전날처럼 또 담박질을 놓기 시작했다. 애, 애, 하고 다급히 부르는 소리가 등 뒤에서 들려왔지만 나는 뒤도 안 돌아다보고 진둥한둥 _{매우 급하거나 바빠서 몹시 서두르는 모양} 줄행랑을 놓았다.

이튿날은 군수 관사 근처에 얼씬도 하지 않았다. 그 이튿날도 마찬가지였다. 관사 쪽을 외면한 채 지낸 그 이틀 동안에는 만세 주장 앞길 멍석 위에 널린 지에밥을 봐도 배 속의 회가 전혀 동하지 않았다. 서울 계집애의 그 새하얀 낯꽃 _{감정의 변화에 따라 얼굴에 드러나는 표시}이 끊임없이 눈에 밟히는 바람에 그러잖아도 재미를 못 붙여 애를 먹던 학교 공부가 한결 더 부실해졌다.

이틀 동안이 내 인내심의 한계였다. 좀이 쑤셔서 더 버티지 못하고 나는 사흘 만에 또다시 군수 관사를 찾아갔다. 정원에는 아무도 안 보였다. 나비란 놈도 안 보였다. 하얀 고무공 하나만이 잔디밭 한가운데 동그마니 놓여 있을 따름이었다. 한참 더 기다려 보다가 관사 안에 아무런 기척도 없음을

으쩌다가 그러코롬 당달봉사는 되야 뿌렀다냐?

당달봉사가 먼데?

🔴 소설 한 장면 발단(내화) 하굣길에 처음 명은을 만남

거듭 확인하고 나서 무척이나 아쉬운 마음으로 발길을 돌렸다. 바로 그 순간, 누군가 내 퇴로를 우뚝 가로막고 있다는 사실을 비로소 알아차렸다. 머리가 희끗희끗한 노파였다. 내가 또 달아나려 하자 노파가 갑자기 내 팔을 덥석 붙들었다.

"널 혼내 주려는 게 아니다. 아가, 겁낼 것 없다."

할머니는 몬존한성질이 차분한 말씨로 나를 안심시키려 했다.

"우리 명은이, 지금 병원에 있다. 그저께 밤부터 갑자기 신열身熱 병으로 인해 오르는 몸의 열이 끓고 헛소리가 우심尤甚 더욱 심함해서 병원에 입원시켰다."

노파한테 단단히 붙들려 있던 내 팔이 갑자기 자유로워졌다.

"나는 명은이 외할미다. 우리 명은이 말동무가 돼 줘서 고맙구나. 명은이는 아마 내일쯤 퇴원할 게다."

일단 되찾은 팔을 또다시 뺏길까 봐 나는 뒷짐을 진 채 명은이 외할머니의 말에 무턱대고 고개를 주억거렸다.

"너는 어디 사는 누구냐? 집이 어디냐?"

나는 대충 만세 주장께를 어림하고는 턱짓으로 그쪽을 가리켰다. 그러자 명은이 외할머니가 대뜸 앞장을 섰다.

"나랑 같이 가 보자."

집까지 가는 동안 명은이 외할머니는 별의별 시시콜콜한 것들을 다 물었다. 이름은? 나이는? 부모님은? 형제자매는? 전쟁 때문에 혹시 불행을 당한 가족이나 일가친척은?

"건호야, 학교 끝나면 우리 관사에 자주 놀러 와도 괜찮다. 그 대신 너한테 신신당부할 게 있다. 우리 명은이 듣는 데서는 절대로 입 밖에 꺼내지 말아야 될 말들이 있단다."

첫째, 부모 이야기. 둘째, 사람이 죽고 사람을 죽이는 이야기. 셋째, 장님 이야기.

"더군다나 당달봉사 같은 말은 아주 좋지 않은 말이니까 우리 명은이 앞에서 다시는 꺼내지 않도록 단단히 입조심해야 된다. 알겠냐?"

나는 홧홧 달아오른 낯꽃을 들키지 않으려고 부러 두어 발짝 뒤로 처져서 걸었다. 명은이 외할머니는 만세 주장 뒷골목까지 나랑 동행해서 기어이 우리 집을 확인한 다음에야 발길을 돌렸다.

"건호야!"

대문간에 막 발을 들여놓으려는 나를 명은이 외할머니가 등 뒤에서 큰소리로 다시 불러 세웠다.

　"우리 명은이, 참 불쌍한 아이다. 제 엄마, 아빠가 한꺼번에 죽창에 찔려서 죽는 처참한 꼴을 두 눈 번히 뜨고 지켜본 아이다. 그날부터 제 눈엔 아무것도 안 보인다면서, 저는 아무것도 못 봤다면서 하루아침에 장님이 되는, 아주 몹쓸 병에 걸려 버렸단다. 의사도 못 고치고 약으로도 못 낫는, 아주 고약한 병이란다."

　눈물 구덩이에 풍당 빠져 허우적대는 눈동자로 명은이 외할머니는 내 얼굴을 간신히 건너다보았다. 때깔이 고운 한복 차림에 기품이 넘쳐 나던 명은이 외할머니의 모습이 한순간에 와르르 허물어져 내리는 순간이었다. 마땅히 그래야만 될 성싶어 나는 덮어놓고 고개를 끄덕이는 동작만 되풀이했다. 명은이 외할머니가 내 손을 덥석 움켜쥐었다.

　"우리 명은이한테 말동무라고는 세상천지 달랑 고양이 새끼 한 마리밖에 없었단다. 앞을 못 보게 된 뒤로 우리 명은이가 고양이 말고 사람을 말동무로 삼은 건 건호, 니가 맨 처음이란다."

　명은이의 퇴원이 예정된 날은 때마침 주일이었다. 우리 식구들은 서울에

자주 놀러 와도 괜찮다. 그 대신 우리 명은이 앞에서는 부모 얘기, 사람이 죽는 얘기, 장님 얘기는 절대 꺼내지 말아야 한단다.

📖 소설 한 장면　　전개(내화)　명은의 할머니에게 명은에 대한 이야기를 들음

서 피란 내려온 막내 이모의 전도 덕분에 수복 직후부터 신광교회에 다니기 시작했다. 교회 사찰인 딸고만이 ^{딸을 그만 낳고 아들을 낳고 싶다는 희망의 표시} 아버지가 힘차게 울려 대는 종소리에 이끌려 나는 주일 아침에 신광교회로 향했다.

주일 학교 반사 ^{班師 교회 학교 선생}의 지시에 따라 나는 예배 도중 죄를 고백하는 기도를 드렸다. 이북 피란민 출신으로 중앙 시장에서 철물점을 경영하는 홀아비 반사는 매주 공과 공부가 끝날 때마다 한 주일 동안 저지른 죄를 모조리 고백할 것을 어린 제자들에게 강요하곤 했다. 전에는 만세 주장 지에 밥을 훔쳐 먹은 죄와 어쩌다 길에서 주운 돈을 주전부리에 사용한 죄 따위가 내 고백 기도의 주된 내용이었는데, 명은이를 만난 후 당달봉사라는 나쁜 말을 사용한 죄 하나가 내 기도 속에 덧붙여졌다.

나는 주일 학교를 마치기 무섭게 신광교회에서 곧장 시청을 향해 달려갔다. 명은이에게 건넬 선물을 장만하기 위해서였다. 전황에 대한 새로운 소식은 앞 못 보는 명은이에게 의미 있는 선물이 될 뿐만 아니라 내가 결코 시골뜨기라고 만만히 볼 상대가 아님을 서울내기 계집애한테 일깨워 주는 확실한 증거물이 될 것이었다.

아무도 없는 정원 내부를 기웃거리며 철책 앞에서 서성거리는 참인데 관사 현관문이 빠끔히 열렸다. 명은이 외할머니가 손짓으로 나를 불렀다. 나는 난생처음 익산 군수 관사 안으로 주뼛주뼛 발을 들여놓았다. 잔뜩 겁을 집어먹은 채 낯선 구조의 양옥집 거실을 통과하는 나를 액자 속의 이승만 대통령이 근엄한 표정으로 내려다보고 있었다. 나는 명은이가 들어 있는 작은 방으로 안내되었다. 명은이 머리맡을 지키고 있던 나비란 놈이 나를 보더니만 냐옹 소리와 함께 냉큼 책상 위로 튀어 오르면서 경계의 눈초리를 보냈다. 명은이는 얇고 보드라운 차렵이불 ^{솜을 얇게 두어 지은 이불}로 턱밑까지 가린 채 반듯한 자세로 드러누워 있었다. 며칠 사이에 눈에 띄게 야윈 모습이었다. 그래서 전보다 더욱 새하얗고 전보다 더욱 예뻐 보였다. 멋쩍고 쑥스러운 나머지 나는 괜스레 히죽히죽 웃기부터 했다. 명은이는 보이지 않는 눈을 내 얼굴에 맞추려고 내 웃음소리를 좇아 머리를 움직거렸다.

"재미있는 얘기 나누면서 천천히 놀다 가거라."

명은이 외할머니가 잣알이 동동 뜬 수정과 그릇과 과자가 수북이 담긴 쟁반을 방바닥에 내려놓았다. 명은이 외할머니가 방에서 나가기를 기다려 나는 준비해 온 선물 보따리를 다짜고짜 풀어놓기 시작했다. 트루먼 대통령이 맥아더 원수를 유엔군 총사령관직에서 해임한 소식부터 먼저 전했다. 연이어 의정부 전투에서 국군 1사단과 미군 3사단이 연합 작전으로 북괴군 1군단을 포위해서 1개 연대를 섬멸한 소식을 숨차게 전했다.

"명은이 너, 섬멸이 무신 말인지 알어? 몰르지? 몽땅 씨를 말린다는 뜻이여."

초점을 잃은 채 내 얼굴 근처를 헤매던 명은이의 눈이 갑자기 회동그라졌다. 명은이의 그 같은 반응을 이를테면 저보다 훨씬 아는 게 많은 상대에 대한 우러름의 표시로 받아들이면서 나는 더욱더 신떨음^{신이 나는 대로 실컷 함}에 고부라졌다^{열중하다}. 내친김에 나는 미군 9군단이 '철의 삼각지' 전투에서 중공군 대부대를 궤멸시킨 이야기를 들려주었다.

"명은이 너, 궤멸이 무신 뜻인지 알어? 몰르지? 씨만 빼놓고 몽땅 다 때려잡는다는 뜻이여."

"과자 안 먹니?"

"뭣이라고?"

"과자나 먹으라고!"

명은이는 핼쑥하게 핏기가 가신 입술을 바르르 떨면서 눈꺼풀을 아래로 착 내리깔았다. 명은이가 눈을 꼭 감자 그때껏 숨어 있던 속눈썹이 기다랗게 드러났다. 명은이의 권유를 받아들여 나는 아무 눈치코치도 없이 쟁반 위의 과자들을 마구 입안으로 걸터들이기^{이것저것 가리지 않고 휘몰아 들이기} 시작했다. 명은이는 끝내 과자에 손도 대지 않았다.

명은이는 단 하루 사이에 놀라우리만큼 기력을 되찾아 이튿날 또다시 정원에서 나비와 함께 공놀이를 시작했다. 나를 피해 정원수 위로 숨어 버린 나비를 대신해서 얼른 공을 집어 명은이에게 돌려준 다음 나는 득의에 찬 목소리로 그날 치의 선물을 전했다.

"영국군 29여단 글로스터 대대가 육십여 시간 사투 끝에 중공군을 무찌르고 적성 고지를 사수했디야."

시청 앞 게시판에서 공들여 외워 온 벽보 내용을 뜻도 모르는 채 앵무새처럼 고스란히 옮기면서 나는 명은이의 반응을 살폈다. 아나나 다를까, 명은이의 손아귀에서 스르르 힘이 풀리면서 공이 잔디밭으로 굴러떨어졌다. 명은이의 그런 반응을 나는 일종의 감동의 표시로 받아들였다. 서울내기 계집애를 감동시킨 내 솜씨에 자부심을 느끼면서 나는 곧장 다음 소식으로 넘어갔다.

"중부 전선 임진강 전투에서 우리 국군이 중공군 63군 3개 사단을 격퇴
허고 대승을 거두었디야."

"듣기 싫단 말야! 제발 그만두란 말야!"

명은이가 쇠꼬챙이 같은 소리를 내지르며 갑자기 잔디밭에 퍼더버리고
앉았다. 전혀 예상치 못한 돌발 사태에 별안간 어안이 벙벙해져서 나는 어
찌할 바를 몰랐다.

"꼴도 보기 싫어! 가 버려! 가란 말야!"

제 손으로 제 머리칼을 마구 쥐어뜯으며 명은이는 거푸 쇠꼬챙이 소리를
질러 댔다. 명은이 외할머니가 해끔하게^{조금 하얗고 깨끗하게} 놀란 표정으로 관사 안
에서 허둥지둥 달려 나왔다. 가라니까 가는 수밖에 달리 도리가 없었다. 아
직 영문을 모르는 채로 나는 부리나케 관사를 빠져나왔다. 무엇이 서울 계집
애의 성깔머리를 그토록 버르집어^{크게 벌려} 놓았는지 당최 알다가도 모를 일이
었다. 내 호의가 무시당한 관사 근처엔 앞으로 두 번 다시 얼씬도 하지 않겠
다고 다짐하면서 나는 길바닥의 돌멩이를 발부리로 힘껏 걷어차 버렸다.

명은이 외할머니의 신신당부를 기억에서 언뜻 되살려 낸 것은 집에 거반
다다랐을 무렵이었다. 사람이 죽고 사람을 죽이는 이야기는 절대로 입 밖

우리 국군이 중공군을 궤멸 시켰디여.
명은이 너, 궤멸이 무신 뜻인지 알어? 몰르지?
씨만 빼놓고 몽땅 다 때려잡는다는 뜻이여.

듣기 싫단 말야!
가 버려! 가란 말야!

🍎 소설 한 장면   위기(내화)   명은은 전쟁 이야기를 들으며 괴로워함

에 꺼내지 말 것. 세 가지 당부 가운데서 나도 모르게 두 번째 당부를 어긴 셈이었다. 시청 앞 게시판을 기웃거리는 버릇이 내게서 영영 떠나게 되리라는 것을 나는 그때 퍼뜩 예감할 수 있었다.

혼자서 다짐했던 대로 나는 하루 동안 관사 근처에 얼씬하지 않았다. 그러나 집 안에 머물러 지내는 동안에도 내 마음은 관사 언저리를 줄곧 배회하고 있었다. 꼴도 보기 싫다고 명은이가 지르던 쇳소리가 내 귓바퀴를 끊임없이 맴돌았다. 더는 참을 수가 없어 나는 결국 다음 날 해 질 녘에 관사를 또다시 찾아가고 말았다.

저녁놀에 물든 발그레한 낯꽃으로 명은이는 정원 한복판에 오도카니^{넋이}
^{나간 듯이 가만히} 서 있었다. 손에 공이 쥐여 있고 곁에 나비란 놈도 알짱거리고 있었지만 공놀이는 아예 시작할 생각조차 하지 않았다. 하릴없이 먼산바라기가 되어 언제까지고 꼼짝도 하지 않는 명은이 모습을 나는 철책 밖에서 한참이나 몰래 지켜보았다.

바로 그때였다. 종소리가 데엥, 하고 묵중하게 울렸다. 한번 울리기 시작한 종소리는 짧은 쉴 참을 거친 후 뎅그렁 뎅, 뎅그렁 뎅, 연달아 기세 좋게 울렸다. 명은이는 느닷없는 종소리에 움찔 놀라는 기색이었다. 종소리가 들려오는 신광교회 쪽을 향해 명은이의 고개가 천천히 돌아갔다. 저녁놀에 함빡 젖은 채 종소리에 다소곳이 귀를 기울이는 명은이 모습에서 나는 가슴이 철렁 내려앉으리만큼 묘한 감동을 받았다.

"삼일 종이여."

나는 철책 밖에 내가 와 있다는 사실을 그예 큰 소리로 기별하고 말았다. 명은이가 화들짝 놀라는 몸짓을 취했다.

"나비야! 나비야!"

하마터면 잊을 뻔했다는 듯이, 마치 내가 나타나기 전까지 줄곧 나비와 함께 공놀이를 하고 있었던 것처럼 명은이는 공을 잔디밭 위로 도르르 굴리면서 부산을 떠는 시늉을 했다. 겨냥이 지나쳐 공은 철책 밑을 통과해서 내 발치까지 데굴데굴 굴러 왔다. 나는 공을 주워 철책 안으로 던졌다.

"왔으면 얼른 들어와야지 왜 거기 서 있니?"

거기 누구, 하고 묻는 대신 명은이는 나를 책망하는 척했다. 때맞춰 관사 현관문이 활짝 열렸다. 명은이 외할머니가 꾸짖음 반 반가움 반의 어정쩡한 기색으로 나를 맞아들였다. 잔뜩 낯꽃을 붉힌 채 나는 관사 내부를 빠른 걸음으로 통과해서 정원으로 나갔다.

"삼일 종이 뭔데?"

"수요일에 치는 종이여. 교회 사람들은 수요일 저녁 예배를 삼일 예배라고 불러. 저것은 초종이여. 한참 있다가 재종을 칠 거여."

명은이한테 미안해하던 참에 나는 도롱태^{사람이 밀거나 끌게 된 나무 수레} 굴리듯 빠른 말씨로 한바탕 정신없이 지껄였다.

"어머나, 건호 너 교회 다니니?"

"엉. 딸고만이 아부지가 시방 초종을 치고 있는 중이여. 명은이 너, 딸고만이 아부지가 누군지 몰르? 딸고만이 아부지는……."

야트막한 언덕 위 신광교회 종탑 밑에서 종 줄 끝에 대롱대롱 매달려 허공 속을 연방 오르락내리락하면서 신나게 종을 치고 있을 사찰 아저씨의 앙바틈한^{짤막하고 딱 바라진} 모습을 머리에 떠올리니까 절로 웃음이 비어졌다. 다섯 번째로 또 딸을 낳고 나서 지어 준 이름이 딸고만이였다.

"딸내미 이름을 그러코롬 엉터리없이 지어 놓으면 요담 번엔 틀림없이 아들을 낳게 된다야."

명은이는 한바탕 기분 좋게 깔깔거렸다. 아, 명은이가 웃는다! 내가 서울내기 지지배를 웃게코롬 맨들었다! 나는 득의양양해서 넋이야 신이야 하며 마구잡이로 떠벌렸다.

"딸고만이 아부지가 종 치는 걸 보면 너도 아매 배꼽을 잡고 웃을 거여. 얼매나 괴상허게 생겼는지 알어? 키는 나보담 쬐꼼 더 크고, 머리는 훌러덩 벳겨지고……."

말을 하다 말고 나는 갑자기 입을 다물었다. 명은이가 앞을 못 본다는 점에 뒤늦게 생각이 미친 까닭이었다. 종소리의 꼬리 부분이 긴 여운을 끌면서 저녁 하늘 속으로 천천히 사라지고 있었다.

"딸고만이 아버지 얘길 계속해 봐."

명은이가 잔디밭 위에 아무렇게나 퍼벌하고^{겉모양을 꾸미지 아니하고} 앉으면서 재촉했다. 나도 덩달아 명은이 앞에 퍽석 주저앉았다.

딸고만이 아버지는 정말 괴짜였다. 교회 종을 치기 위해 이 세상에 태어난 사람 같았다. 종을 치지 않을 때는 우리에게 놀림감이 되지만 종을 치는 동안만큼은 언제나 존경의 대상이 되곤 했다. 마치 종 줄의 일부분인 양 앙바틈한 몸집이 굵은 밧줄 끝에 매달려 발바닥이 땅에 닿을 새가 없으리만큼 위로 솟구쳤다 아래로 곤두박질치기를 되풀이하면서 힘차게 종소리를 울려 대는 동안 그는 얼굴이 온통 시뻘겋게 상기한 채 꿈을 꾸는 듯한 표정을 짓곤 했다. 종 치는 일이 거반 끝나 갈 무렵쯤 되면 그는 자기 주위로 새까맣게 몰려들어 찬탄 어린 눈빛으로 구경하는 조무래기들 가운데서 딱 한 명만 골라 딱 한 차례만 종 줄을 잡아당기는 영광을 안겨 주곤 했다. 그악스레 뒤쫓아 다니며 딸고만이 아버지라고 놀려 먹은 적이 없는 착한 아이한테 대개 특혜를 베푸는 것이었다.

"딸고만이 아버지를 한번 봤으면 좋겠다."

"나랑 같이 교회 가면 얼매든지 볼 수 있어."

말을 주고받다 보니 뭔가 좀 이상하다는 생각이 퍼뜩 들었다. 앞을 못 보는 명은이가 무슨 재주로 딸고만이 아버지를 본단 말인가.

"눈엔 안 보여도 마음으로는 얼마든지 볼 수 있어."

내 속마음을 읽었는지 명은이가 얼른 어른스럽게 말했다. 기왕 말이 나온 김에 우리는 주일 저녁에 함께 신광교회에 가기로 약속을 정했다.

주일 저녁이 오기까지 시간은 굼벵이 걸음처럼 더디 흘러갔다. 외할머니의 허락을 받고 명은이와 나는 딸고만이 아버지가 초종을 울릴 시간에 맞추어 관사를 출발했다. 명은이 손을 잡고 조심조심 길을 인도하는 탓에 관사에서 신광교회까지 평상시보다 곱절 이상 거리가 멀게 느껴졌다. 먼 길을 걷는 동안 나는 전에 주일 학교 반사한테서 들은 이야기를 재탕해서 명은이에게 들려주는 일로 시간을 때웠다.

옛날 어느 성에 용감한 기사와 바람처럼 빨리 달리는 백마가 살고 있었다. 기사는 사랑하는 백마를 타고 전쟁터마다 다니며 번번이 큰 공을 세워 성주로부터 푸짐한 상을 받곤 했다. 전쟁이 끝났다. 세월이 흘러 백마는 늙고 병들게 되었다. 그러자 기사는 자기와 오랫동안 생사고락을 함께한 백마를 외면한 채 전혀 돌보지 않았다. 늙고 병든 백마는 성내를 이리저리 떠돌다가 어떤 종탑 앞에 이르렀다. 누구든지 종을 쳐서 억울한 사연을 호소할 수 있게끔 성주가 세워 놓은 종탑이었다. 백마의 눈에 종탑을 휘휘 감고 올라간 칡넝쿨이 보였다. 배고픔에 못 이겨 백마는 칡넝쿨을 뜯어 먹기 시작했다. 그러다 종 줄을 잘못 건드리는 바람에 그만 종소리를 울리고 말았다. 종소리를 들은 성주가 무슨 사연인지 자세히 알아보도록 부하에게 지시했다. 그리하여 백마의 억울한 사연을 알게 된 성주는 은혜를 저버린 기사를 벌주고 백마를 죽을 때까지 따뜻이 보살펴 주었다.

"억울한 사람은 누구든지 종을 칠 수 있다고?"[1]

느슨히 잡고 있던 내 손을 갑자기 꽉 움켜쥐면서 명은이가 물었다. 나는 괜스레 우쭐해진 나머지 얼김에^{정신이 얼떨떨한 상태에} 말갈망^{자기가 한 말의 뒷수습}도 못할 허세를 부리고 말았다.

"그렇다니께. 아무나 다 종을 침시나 맘속으로 소원을 빌으면은 그 소원이 죄다 이뤄진디야."

마침내 신광교회 입구로 들어섰다. 아직 이른 시간이라서 그런지 우리 말고 다른 교인들 모습은 교회 근처에서 전혀 찾아볼 수 없었다. 하늘로 오르는 사닥다리인 양 높고 가파른 돌계단이 우리 앞을 떡하니 막아섰다. 발을 헛디디지 않게끔 명은이를 단단히 부축한 채 천천히 돌계단을 오르기 시작했다. 돌계단이 거의 끝나가는 지점에서 나는 명은이가 들을 수 있게끔 돌 위에 새겨진 글씨를 큰 소리로 읽어 주었다.

"내가 곧 길이요 진리요 생명이니 나로 말미암지 않고는 아버지께로 올 자가 없느니라. ^{요한복음 14장 6절}"

그게 무슨 말이냐고 명은이가 물었다. 명은이는 툭하면 내가 설명하기 곤란한 것들만 골라 밑두리콧두리^{확실히 알기 위해 자세히 자꾸} 캐묻는, 아주 좋지 않은 버릇을 지니고 있었다. 예수님은 동정녀 마리아에게서 나신 여호와 하나님의 아들이란 뜻이라고 나는 엉이야벙이야^{일을 얼렁뚱땅해 교묘히 넘기는 모양} 제멋대로 둘러댔다. 명은이는 더욱 무슨 말인지 모르겠다는 표정이었다.

돌계단을 다 오르자 비낀 저녁 햇살을 듬뿍 받아 아름답게 빛나는 웅장한 석조 교회당이 시야를 그득 메웠다. 우리는 종탑 앞에서 손을 맞잡은 채 때가 되기를 기다렸다. 잠시 후에 교회당 뒤편 사택 쪽에서 딸고만이 아버지가 모습을 드러냈다.

"딸고만이 아부지다."

나는 명은이에게 귀엣말로 가만히 속삭였다. 길게 뻗은 교회당 건물 옆구리를 따라 통로에 깔린 자갈을 밟으며 딸고만이 아버지가 걸어왔다. 명은이는 몹시 긴장한 자세로 저벅저벅 다가오는 발소리에 조용히 귀를 기울였다. 저녁 햇살을 함빡 뒤집어쓴 딸고만이 아버지의 민머리가 알전구처럼

---

1) 명은에게 우화 속 백마처럼 간절히 풀고 싶은 억울함이 있다는 것을 알 수 있다.

반짝거렸다. 나는 최대한 허리를 굽혀 예바르게 꾸뻑 인사를 올렸다. 딸고만이 아버지는 나를 금세 알아보았다. 그러나 낯선 얼굴인 명은이 쪽에 짤막한 눈길을 던졌을 뿐, 여느 때와 딴판으로 모범생처럼 구는 나를 거들떠도 안 보면서 그는 되우 뻐겨 대는 걸음걸이로 종탑에 다가섰다. 그는 몸에 익은 솜씨로 종탑 쇠기둥을 타고 뽀르르 위로 기어오른 다음 아이들 손이 닿지 않을 높직한 자리에 매어 놓은 종 줄을 밑으로 풀어 내렸다. 그가 굵은 밧줄을 힘차게 아래로 잡아당기자 종탑 꼭대기 그 까마득한 높이에 매달려 있던 거대한 놋 종이 한쪽으로 휘우뚱 기울어졌다. 또 한 차례 줄을 잡아당기자 이번에는 반대편으로 놋 종이 휘우뚱 넘어갔다. 오른쪽, 왼쪽, 번차례로 기울어지기를 두 번, 세 번…….

"인제 종소리가 울릴 차례여."

내 말이 끝남과 동시에 데엥, 하고 첫 번째 종소리가 묵직하게 울려 퍼졌다. 갑자기 귀를 먹먹하게 만드는 둔중한 종소리에 놀라 명은이는 눈살을 찌푸리며 잽싸게 손바닥으로 귀를 막았다. 종소리가 차츰 빨라지기 시작했다. 딸고만이 아버지의 앙바틈한 몸집은 어느새 종 줄과 한 몸을 이루어 쉴 새 없이 허공을 오르락내리락하느라 발바닥이 땅에 닿을 겨를도 없을 지경이었다. 뎅그렁 뎅, 뎅그렁 뎅, 기세 좋게 울리는 종소리가 귀싸대기를 사정없이 갈겨 댔다. 나는 명은이 손바닥을 붙잡아 귀에 붙였다 뗐다 하는 동작을 되풀이했다. 기다란 종소리의 중동을 뚝 잘라 동강을 내었다가 다시 이어 붙이기를 되풀이하는 그 장난이 명은이 얼굴에 발갛게 꽃물^{불그스름한 혈색을 비}유적으로 이르는 말이 배게끔 핏기를 돋우었다.

건공중乾空中 땅으로부터 그리 높지 아니한 허공에 둥둥 떠 있던 딸고만이 아버지의 발바닥이 어느새 슬그머니 땅으로 되돌아와 있었다. 종 치는 작업을 마무리하기 위해 종 줄 잡아당기는 힘을 적당히 조절하는 중이었다. 나는 실오라기 같은 희망을 품은 채 딸고만이 아버지가 아닌 사찰 아저씨를 향해 최대한 존경의 눈빛을 띄워 보냈다. 하지만 아무 소용이 없는 아첨이었다. 사찰 아저씨 아닌 딸고만이 아버지는 결국 나로 하여금 마지막 순간에 딱 한 차례 종 줄을 잡아당기게 하는 그 특혜를 베풀지 않은 채 매정하게 종 치기를 끝내 버렸다. 주일마다 뒤꽁무니를 밟고 다니며 딸고만이 아버지라고 그악스레 놀려 댄 지난날들이 여간만 후회되는 게 아니었다.

아쉬움을 달랠 요량으로 나는 얼른 고무신을 벗어 들었다. 여태껏 늘 해 왔던 방식에 따라 나는 바야흐로 저녁 하늘 저 멀리 사라지려는 마지막 종소리를 고무신짝 안에 양껏 퍼 담았다. 그런 다음 잽싸게 고무신짝을 명은이 귓바퀴에 찰싹 붙여 주었다. 그러자 명은이 얼굴에 해맑은 미소가 가득 번져 나기 시작했다. 어미 종은 이미 움직임을 멈추었지만 고무신짝 안에는 새끼 종이 담겨 아직도 작은 움직임을 계속하고 있었다. 그 종이 꿀벌처럼 잉잉거리면서 대고^{계속해자꾸} 명은이 귀를 간질이고 있을 것이었다.

왔던 길과는 달리 돌아가는 길은 호사스러운 감동의 보자기에 감싸여 있어서 관사까지 걷는 시간이 조금 전보다 절반 이하로 짧게 느껴졌다. 명은이는 흥분한 기색을 여간해서 감추지 못했다. 관사 앞에서 헤어지기 직전에 명은이는 나에게 고맙다고 말했다. 깍쟁이 서울 계집애 입에서 고맙다는 인사가 나오기는 그때가 처음이었다.

"건호야."

일껏 내 이름을 불러 놓고도 명은이는 한참이나 더 뜸을 들인 다음에야 가까스로 뒷말을 이었다.

"네 얼굴이 어떻게 생겼는지 궁금해. 내 손으로 한번 만져 보고 싶어."

참으로 난처한 순간이었다. 틀림없이 집 안 어느 구석에서 우리를 지켜

🍎 소설 한 장면   절정(내화)   명은이 교회 종소리에 귀를 기울임

보고 있을 명은이 외할머니를 의식하면서 나는 잠시 망설였다. 에라, 모르 겠다는 심정으로 나는 결국 명은이 손을 끌어다 내 얼굴에 대 주었다. 그리 고 두 눈을 질끈 감아 버렸다. 촉촉이 땀에 젖은 손이 내 얼굴 윤곽을 천천 히 더듬어 나가기 시작했다. 명은이는 내 이목구비 하나하나를 차례차례 신중히 어루만졌다.

"얼굴이 아주 잘 생겼구나. 나한테 얼굴을 보여 줘서 고마워."

난생처음 잘생겼다는 소리를 들었다. 나는 홧홧 달아오르는 낯꽃을 주체 할 수가 없어 도망치다시피 관사 앞을 떠나 버렸다. 관사로부터 멀어지자 나는 경중경중 뜀걸음을 놓기 시작했다. 비록 서투른 솜씨나마 휘파람을 후익후익 날리면서 나는 신나게 집으로 향했다.

명은이가 내게 무리한 부탁을 해 온 것은 신광교회 종탑에서 색다른 경 험을 한 바로 그다음 날이었다. 다시 만나자마자 명은이는 나를 붙잡고 엉 뚱깽뚱한 소리를 했다.

"건호야, 날 다시 교회로 데려가 줘. 내 손으로 종을 쳐 보고 싶어."

"그랬다간 큰일 나! 딸고만이 아부지 손에 맞어 죽을 거여!"

나는 팔짝 뛰면서 그 청을 모지락스레 보기에 억세고 모질게 거절했다. 하지만 명은 이는 나한테 검질기게 성질이나 행동이 몹시 끈덕지고 질기게 달라붙으면서 계속 비라리 구구한 말을 해 가며 남에게 무엇을 청하는 일 치고 있었다.

"제발 부탁이야. 딱 한 번만 내 손으로 직접 종을 쳐 보고 싶어."

"종은 쳐서 뭣 헐라고?"

"그냥 그래! 내 손으로 울리는 종소리를 듣고 싶을 뿐이야."

말은 그렇게 했지만 나는 명은이의 진짜 속셈이 무엇인가를 금세 알아 차릴 수 있었다. 동화 속의 늙고 병든 백마를 흉내 내고 싶은 것이었다. 버 림받은 백마처럼 자신의 억울한 사정을 성주에게 호소하고 싶은 것이었다. 다름 아닌 눈을 뜨고 싶다는 소원을 하나님에게 전할 속셈임이 틀림없었 다. 누구든지 종을 치면서 소원을 빌면 다 이루어진다고 명은이 앞에서 공 연히 허튼소리를 지껄인 일이 새삼스레 후회되었다. 대관절 무슨 재주로 딸고만이 아버지 허락도 없이 교회 종을 무단히 울린단 말인가.

"알었다고. 알었다니께."

연방 도리머리 도리질를 하는 내 마음과는 딴판으로 내 입에서는 승낙의 말 이 잘도 흘러나왔다. 끝끝내 명은이의 간청을 뿌리칠 재간이 내게 없다는 사실을 나는 처음부터 잘 알고 있었다.

"일요일은 절대로 안 되야. 수요일도 절대로 안 되야."

"그럼 언제?"

보이지도 않는 눈을 반짝 빛내면서 명은이가 대답을 재촉했다. 예배 모임이 없는 평일이라면 어찌어찌 가능할 것 같기도 했다.

"목요일 밤중이라면 혹간 몰라도……."

목요일 아침이 밝았다. 목요일 낮이 지나갔다. 마침내 목요일 밤이 찾아왔다. 명은이는 시내 산보를 구실 삼아 외할머니한테 밤마을_{밤에 이웃이나 집 가까운 곳에 놀러가는 일}을 허락받았다. 어둠길을 나서는 우리를 명은이 외할머니가 관사 밖 길가까지 따라 나와 걱정스러운 얼굴로 배웅했다. 앞 못 보는 외손녀를 걱정하는 백발 노파의 마음이 신광교회까지 줄곧 우리와 동행하는듯한 기분이었다.

명은이 손을 잡고 신광교회 돌계단을 오르는 동안 내 온몸은 사뭇 떨렸다. 지레 흥분이 되는지, 아니면 두려움 때문인지 땀에 흠씬 젖은 명은이 손또한 달달 떨리고 있었다. 명은이가 소원을 이룰 수만 있다면 딸고만이 아버지한테 맞아 죽어도 상관없다고 각오를 다지면서 나는 젖은 빨래를 쥐어짜듯 모자라는 용기를 빨끈 쥐어짰다. 돌 위에 새겨진 낯익은 성경 구절이 어둠 속에서 조용히 우리를 맞았다.

내가 곧 길이요 진리요 생명이니…….

신광교회는 어둠 속에 고자누룩이_{한참 떠들썩하다가 조용히} 가라앉아 있었다. 이제부터 우리가 저지르려는 엄청난 짓거리에 어울리게끔 주변에 아무런 인기척이 없음을 거듭 확인하고 나서 나는 종탑 가까이 명은이를 잡아끌었다. 괴물처럼 네 개의 긴 다리로 일어선 철제의 종탑이 캄캄한 밤하늘을 향해 우뚝 발돋움을 하고 있었다. 깊은 물속으로 자맥질하기 직전의 순간처럼 나는 까마득한 종탑 꼭대기를 올려다보며 연거푸 심호흡을 해 댔다. 그런 다음 딸고만이 아버지가 항상 하던 방식대로 종탑 쇠기둥을 타고 뽀르르 위로 기어올라 철골에 매인 밧줄을 밑으로 풀어 내렸다.

"꼭 붙잡고 있어."

명은이 손에 밧줄 밑동을 쥐여 주고 나서 나는 양팔을 높이 뻗어 밧줄에다 내 몸무게를 몽땅 실었다. 그동안 늘 보아 나온 딸고만이 아버지의 종 치는 솜씨를 흉내 내어 나는 죽을힘을 다해 밧줄을 잡아당기기 시작했다. 종탑 꼭대기에 되똑_{중심을 잃고 한쪽으로 기울어지게} 얹힌 거대한 놋 종이 천천히 한쪽으로 기울어지는 첫 느낌이 밧줄을 타고 내 손에 얼얼하게 전해져 왔다. 마치 한 풀 줄기에 나란히 매달려 함께 바람에 흔들리는 두 마리 딱따깨비^{메뚜깃과의 곤충}처럼 명은이 역시 밧줄에 제 몸무게를 실은 채 나랑 한통으로 건공중을 오르내리는 동작에 어느새 눈치껏 장단을 맞추고 있었다. 어둠 때문에 잘 보이지 않았지만 내 코끝에 훅훅 끼얹히는 명은이의 거친 숨결에 섞인 단내로 미루어 명은이가 시방 어떤 표정을 짓고 있는지 너끈히 짐작할 수 있었다.

"소원 빌 준비를 혀!"

내 말이 채 끝나기도 전에 데엥, 하고 첫 번째 종소리가 울렸다. 그 첫 소리를 울리기까지가 힘들었다. 일단 첫 소리를 울리고 나니 그다음부터는 모든 절차가 한결 수월해졌다. 뎅그렁 뎅, 뎅그렁 뎅. 기세 좋게 울려 대는 종소리에 귀가 갑자기 먹먹해졌다.

"소원을 빌어! 소원을 빌어!"

종소리와 경쟁하듯 목청을 높여 명은이를 채근하는 한편 나도 맘속으로 소원을 빌기 시작했다. 명은이가 소원을 다 빌 때까지 딸고만이 아버지를 잠시 귀먹쟁이^{'귀머거리'의 방언}로 만들어 달라고 빌고 또 빌었다.[1] 명은이와 내가 한 몸이 되어 밧줄에 매달린 채 땅바닥과 허공 사이를 절굿공이처럼 오르락내리락하면서 온몸으로 방아를 찧을 적마다 놋 종은 우리 머리 위에서 부르르부르르 진저리를 치며 엄청난 목청으로 울어 댔다. 사람이 밧줄을 다루는 게 아니라 이젠 탄력이 붙을 대로 붙어 버린 밧줄이 오히려 사람을 제멋대로 갖고 노는 듯한 느낌이었다.

한창 종 치는 일에 고부라져^{열중해} 있었던 탓에 딸고만이 아버지가 달려오는 줄도 까맣게 몰랐다. 되알지게^{몹시 세게} 엉덩이를 한 방 걷어채고 나서야 앙바틈한 그의 모습을 어둠 속에서 겨우 가늠할 수 있었다. 기차 화통 삶아 먹은 듯한 고함과 동시에 그가 와락 덤벼들어 내 손을 밧줄에서 잡아떼려 했다. 그럴수록 나는 더욱더 기를 쓰고 밧줄에 매달려 더욱더 힘차게 종소리를 울렸다. 주먹질과 발길질이 무수히 날아들었다. 마구잡이 매타작에서 명은이를 지켜 주기 위해 나는 양다리를 가새질러^{엇갈리게 X자로 매어} 명은이 허리를 감싸 안았다. 한데 엉클어져 악착스레 종을 쳐 대는 두 아이를 혼잣손으로 좀처럼 떼어 내기 어렵게 되자 나중에는 딸고만이 아버지도 밧줄에 함

---

1) '나'의 소원은 명은을 위한 것으로 명은을 배려하는 마음이 잘 나타나 있다.

께 매달리고 말았다. 결국 종 치는 사람이 셋으로 불어난 꼴이었다. 그 어느 때보다 기운차게 느껴지는 종소리가 어둠에 잠긴 세상 속으로 멀리멀리 퍼져 나가고 있었다. 명은이 입에서 별안간 울음이 터져 나오기 시작했다. 때때옷_{알록달록하게 곱게 만든 아이의 옷}을 입은 어린애를 닮은 듯한 그 울음소리를 무동 태운 채 종소리는 마치 하늘 끝에라도 닿으려는 기세로 독수리처럼 높이높이 솟구쳐 오르고 있었다.

뎅그렁 뎅 뎅그렁 뎅 뎅그렁 뎅……[1]

3

"아니, 벌써 다 끝난 거여?"

나서기 좋아하는 나 서방이었다. 최건호가 고개를 끄덕거렸다. 나중에 순애보가 기네, 아니네, 시비 거는 놈은 가만 안 놔두겠다고 엄포를 놓던 바로 그 나기형이 되레 노골적으로 시비를 걸고 나섰다.

"그것도 순애보 축에 든다고 여태까장 읊어 댔단 말여, 시방?"

🍎 소설 한 장면 결말(내화) 명은이 종을 치며 소원을 빎

---

1) 청각적 이미지의 종소리로 내화를 마무리하여 강한 여운을 남긴다.

"미안혀, 실망시켜서……."

"내 복에 무신 얼어 죽을 순애보!"

희붐히〔날이 새려고 빛이 희미하게 돌아 약간 밝은 듯하게〕 터 오는 갓밝이〔날이 막 밝을 무렵〕 속에서 홍성만이 끄응 소리와 함께 앵돌아앉는〔토라져서 홱 돌아앉는〕 시늉으로 자기가 느끼는 실망의 크기를 드러냈다. 이를테면 그것은 자신이 바로 앞 순번으로 이야기를 끝마친, 역사는 밤에 이루어진다는, 그 문화 영화 제목 같은, 소매치기와 창녀의 사랑이 보다 더 순애보에 가깝다고 주장하는 시위인 셈이었다.

"어쨌피 순애보는 벌써 물 건너간 꼴이께 어쩔 수 없다 치고, 한 가지만 물어보자. 그 명은이란 지지배는 종소리 울려서 소원을 빈 덕택으로 결국 눈을 떴냐, 못 떴냐?"

나기형은 계속 검질기게 최건호를 물고 늘어졌다.

"잠깐만!"

최건호가 막 입을 열려는 순간, 미술 교사 이진원이 손을 번쩍 들어 대답을 중간에서 가로채 버렸다.

"진짜 순애보란 게 가물에 콩 나딧기 귀헌 세상에서 우리가 그 이상 뭘 더 바래? 내 기준으로는 오늘 밤 요 자리를 통틀어서 건호가 기중 아름다운 사랑 얘기를 들려준 게 틀림없어. 순애보라 불러도 전연 손색이 없다고 믿어. 다만 그 순진무구헌 애들끼리 주고받은 동화적인 사랑을 우리가 왈칵 순애보로 받아들이지 못허는 이유는 반백 년 세월이 흘러가는 사이에 우리가 늙고 감정이 메마르고 세상 때가 많이 묻어 버린 탓에 우리네 심미안에 녹이 슬고 그만침 가치관이 멍들었기 때문이 아닐까?"

"오냐, 진원이 너 참말로 잘났다! 오냐, 니 똥 굵은지 다 안다! 칠십 미리 총천연색 시네마스코프다!"

작년에도 멍청했고 금년에도 여전히 멍청하다고 핀잔을 듣는 황만근이 또다시 빠드득 이를 가는 시늉으로 좌중을 웃기려 했다.

"좌우지간 건호는 입을 열면 못써."

이진원이 다시 한 번 손을 들어 최건호가 답변할 기회를 가로막았다.

"건호 입에서 사실 여부가 밝혀지는 순간 아름다운 동화는 밋밋헌 다큐멘터리로 변질되고 말어. 명은이가 눈을 떴는지 못 떴는지 그 문제는 각자가 자기 마음속에 여백으로 냉겨 두고 그 위에다 자기 상상력으로 그림을 그릴 수 있게코롬 내비 두는 것이 좋아."

이진원의 주장에 아무도 이의를 달지 않았다. 그것으로 순애보 여부를 둘러싼 시비는 일단락된 셈이었다. 죽사산 기슭 어디쯤에서 목청 좋은 수탉들이 잇달아 새날이 밝았음을 기운차게 고했다. 모기들이 슬금슬금 자취를 감추기 시작할 무렵에 맞추어 모깃불의 생명을 연장해 줄 생초목도 얼추 동이 나 버린 상태였다.

  "제발 잠 좀 자자. 늙다리 첨지들이라고 인자는 잠도 다 없어졌냐?"

  못 자게끔 누가 곁에서 밤새도록 발바닥에 불침이라도 놓은 듯이 이덕주가 불퉁거렸다 .성을 내며 함부로 말하다

  "맞다. 고만 자러 들어가자. 나는 아직도 젊어서 그런지 하루 밤샘 고스톱을 치고 나면 사흘을 내리뻗는 체질이다."

  삼군 소년단에 들어갈 자격을 얻으려는 일념으로 억지 전쟁고아가 되고자 했다던 조만형이 연방 하품을 꺼 가며 땅바닥에 뻗어 버리는 시늉을 했다. 야전 지휘관 격인 김 교장이 제일 먼저 자리에서 일어나더니만 엉덩이에 붙은 모래알들을 툭툭 털었다.

  "이 시각 이후부텀 재향 동기 놈들이 떼로 몰려와서 기상나팔 불 때까장 전원 무제한 취침을 실시헌다!"

⏱ 소설 한 장면　종결(외화)　동창들은 건호의 이야기에 대해 대화를 나눔

🔭 생각해 볼까요?

 선생님 실제로 윤흥길은 어른으로서 6·25 전쟁을 직접 겪은 것이 아니라 어린이로서 그 주변에 머물러 있었어요. 「종탑 아래에서」의 건호 또한 열 살의 어린이예요. 이러한 어린이를 서술자로 내세움으로써 얻는 효과는 무엇일까요?

 2 ♥ 2

↳ **학생 1** 어린이의 눈으로 6·25 전쟁을 바라보기 때문에 전쟁의 비극과 공포를 담으면서도 이에 대한 인물의 감정이 자세히 다루어지지 않아요.

↳ **학생 2** 천진난만한 어린이를 서술자, 관찰자로 내세움으로써 6·25 전쟁의 비극적이고 폭력적인 상황을 더욱 효과적으로 드러낼 수 있어요.

 선생님 작품에서 종소리는 전쟁으로 부모님을 잃은 명은의 슬픔과 고통을 보여 줘요. 이 외에 '종소리'가 지닌 상징적 의미는 무엇일까요?

 2 ♥ 2

↳ **학생 1** 명은의 간절하고 순수한 마음을 의미해요. 명은은 종을 치면서 상처를 호소하고 소원을 이루고 싶어 해요. 즉 종소리는 구원의 존재라고 할 수 있어요.

↳ **학생 2** 크게 울리는 종소리는 전쟁의 참혹함을 세상에 전하며 평화가 오기를 기대하는 희망의 소리이기도 해요. 명은을 도와주는 '나'의 모습을 통해 전쟁의 상처는 사람 간의 사랑으로 치유할 수 있음을 보여 주기도 해요.

 선생님 소설 속에 삽입된 백마 이야기의 의미와 기능은 무엇일까요?

2 ♥ 2

↳ **학생 1** 소설 속 평범한 종에 특별한 의미를 부여해요. 또한 백마는 명은을, 백마를 종으로 인도한 칡넝쿨은 '나'와 대응하면서 내용의 긴밀성을 높여요.

↳ **학생 2** 또한 백마 이야기는 '인과응보'와 '권선징악'이라는 교훈을 담고 있어요. 이는 「종탑 아래에서」의 주제를 더욱 부각하는 역할을 해요.

> 윤흥길의 삶

연관 검색어 6·25전쟁 비극 어린아이

> 윤흥길이 초등학교 2학년이었던 1950년에 6·25 전쟁이 시작되었다. 전쟁이 몰고 온 가난 때문에 어린 동생이 세상을 떠나고, 그의 이모와 외삼촌 역시 비극적인 죽음을 맞이한다. 특히 윤흥길의 우상이었던 외삼촌이 소대장으로 복무하다가 전사한 사실은 그에게 큰 충격을 주었다. 어린 시절 전쟁의 폭력성을 깨달은 그는 이런 경험을 작품 속에 녹여냈다.

성석제
(1960~)

경북 상주 출생. 소설가이자 시인이다. 연세대학교 법학과를 졸업하였다. 1986년 〈문학사상〉에서 「유리 닦는 사람」으로 시 부문 신인상을 수상해 등단하였으며, 1995년 〈문학동네〉 여름호에 단편 「내 인생의 마지막 4.5초」를 발표하며 본격적인 소설가의 길로 들어섰다. 주요 저서로는 소설집 『그곳에는 어처구니들이 산다』, 『황만근은 이렇게 말했다』 등과 수필집 『쏘가리』, 『칼과 황홀』 등이 있다.

성석제의 작품에는 우리 주변에 흔히 있음 직한 인물들이 등장한다. 성석제는 그들의 삶을 흥미롭게 써 내려간다. 거침없는 입담으로 독자들에게 유쾌한 웃음을 선사하지만, 세상을 바라보는 날카로운 통찰이 빠지지 않는다. 또한 풍자와 해학, 익살이 섞인 이야기 속에서도 인물들을 향한 따뜻한 시선을 놓치지 않는다.

아무도 모르라고

#교훈적   #오해와편견   #반전   #콩트

⚓ 작품 길잡이

갈래: 장편(掌篇) 소설, 성장 소설, 콩트(conte)
배경: 시간 - 현대 / 공간 - 고등학교
시점: 1인칭 관찰자 시점
주제: 열렬히 바라고 간절히 노력하면 밝은 미래가 찾아옴
출전:『인간적이다』⁽²⁰¹⁰⁾

📷 인물 관계도

나	음악 선생님을 따르고 좋아한다.
친구	대학을 가고 싶다는 열정으로 음악 선생님에게 노래를 배운다.
음악 선생님	학생들의 존경을 받는 선생님으로 간절히 바라면 밝은 미래가 찾아온다는 교훈을 준다.

📋 구성과 줄거리

처음　**고등학교 때의 음악 선생님을 떠올림**

'나'에게는 어른이 된 지금까지도 인상 깊게 남아 있는 음악 선생님이 있다. 고등학교 때의 음악 선생님인 그는 노래를 잘하고 재미있는 이야기를 많이 들려주어 학생들에게 인기가 많았다.

중간　**한 친구가 아무도 몰랐던 노래 실력을 뽐냄**

어느 날 봄 소풍에서 한 친구가 노래를 불렀는데, 실력이 무척 뛰어나 모든 학생들이 놀란다. 그 친구는 평소에 노래보다는 폭력계의 실력자로 알려져 있던 친구이다. '나'는 이 친구가 대학에 가고 싶은 마음에 음악 선생님께 노래 실력을 키워 달라고 부탁하여 열심히 노력하였음을 알게 된다.

끝　**음악 선생님의 말씀을 마음에 새김**

어른이 된 '나'는 열렬히 바라고 간절히 노력하면 밝은 미래가 찾아온다고 말했던 음악 선생님의 말씀을 마음에 새기고 살아가고 있다.

아무도 모르라고

    고등학교에 입학하고 나서 첫 번째 음악 시간에 들어온 선생님은 목소리가 정말 좋았다. 음역은 테너남성의 가장 높은 음역의 가수 였고 오페라 가수로도 활동하고 있다고 했다. 음악 시간은 재미있는 이야기를 많이 들려주는 선생님 덕분으로 돌아오기를 기다리는 시간이 되었다.

    "베르디의 〈아이다〉를 공연할 때였던가. 기사가 말을 타고 지나가는 장면이 있어서 경마장에 가서 훈련이 잘된 말을 한 마리 빌려왔어. 그런데 이 말을 타고 무대로 나오니까 말이 픽 쓰러져버리는 거야. 말에 타고 있던 기사도 떨어져서 나자빠지고. 알고 보니까 말은 전기에 굉장히 예민하대. 무대에는 조명 때문에 전선이 아래위로 지나가고 있거든. 그러니까 감전이 된 것처럼 일으켜 세워놔도 픽 쓰러지고, 픽 쓰러지고 해서 청중들은 웃고 박수 치고 난리가 났지. 『돈키호테』의 로시난테도 아니고."

    무엇보다 매력적인 것은 선생님의 노래였다. 이따금 방과후에 운동장에

🍎 소설 한 장면   처음 고등학교 때의 음악 선생님을 떠올림

서 축구를 하는 중에 음악실에서 연습하는 선생님의 노랫소리를 들을 수 있었다. 청아하고 가늘면서도 단단하게, 끝없이 올라갈 듯 아슬아슬하게 이어지는 그 목소리에 발밑에 굴러온 공을 차는 것도 잊을 정도였다.

선생님은 어려운 이야기를 하는 법이 없었다. 또한 언제나 구체적이었다. 이를테면 이런 식이었다.

"좋은 목소리를 가지고 싶어? 누구든지 그렇게 될 수 있어. 방법을 이야기해주겠다. 매일 아침, 잠에서 깨어 목이 풀리기 전에 도레미파솔라시도를 두 옥타브씩 세 번만 불러라. 빨리 좋아지기를 바라는 사람은 세 번이 아니라 열 번쯤 부르면 된다. 매일 세 옥타브 이상을 열 번을 부르면 유명한 가수도 될 수 있다. 중요한 건 하루도 빼먹지 말고 매일 하라는 거야. 그렇게 변성기 지나고 목소리가 정해지는 고등학교 3년 동안만 해도 누구한테나 좋은 인상을 주는 매력적인 목소리를 가지게 된다."

선생님의 말씀을 실천하는 일은 어렵지 않을 것 같았지만 나는 단 보름도 계속하지 못했다. 하지만 그것만으로도 목소리에 전에 없는 윤기가 생긴 것 같았다.

같은 반에 학교 주변 폭력계의 실력자로 알려진, 학교에서는 거의 말을 하지 않는 친구가 있었다. 그 친구와 단 한 번 마음속에 있는 이야기를 나눈 적이 있다. 그는 대학에 꼭 가고 싶다고 했다. 학교 성적으로는 불가능하고 싸움은 자신 있지만 싸움 실력으로는 체대에도 못 가니 예능 쪽으로 알아봐야겠다는 것이었다. 나는 그가 노래 부르는 것을 한 번도 들어본 적이 없었다. 음악 시간에도 평소처럼 입을 열지 않았기 때문이다.

그로부터 일 년쯤 뒤인 2학년 봄 소풍을 갔을 때였다. 장기자랑 시간에 음악 선생님이 갑자기 그 친구에게 나와서 노래를 불러보라고 하는 것이었다. 그러자 그 친구가 망설임 없이 나오더니 독일어로 된 가곡을 유창하게 불렀다. 아이들은 깜짝 놀랐다.

"앙코르 안 해? 니들 다 죽고 싶어?"

그가 미소를 머금고 어안이 벙벙한 우리를 향해 말했다. 그제야 박수가 나왔다. 의아함과 두려움, 수런거림이 섞인 약한 박수였다. 그는 두 번째 노래로 우리가 음악 시간에 배운 가곡 〈아무도 모르라고〉를 선택했다.[1]

---

1) 작품의 제목이기도 한 가곡의 이름은, 아무도 모르게 노래 연습을 한 상황과 겹쳐지며 작품의 흥미를 더하고 있다.

떡갈나무숲 속에 졸졸졸 흐르는
아무도 모르는 샘물이길래
아무도 모르라고 도로 덮고 내려오지요.
나 혼자 마시곤
아무도 모르라고
도로 덮고 내려오는 이 기쁨이여.

나는 그 노래가 그토록 우아하고 기품이 있으며 위트가 들어 있는 노래인 줄 몰랐다. 노래가 끝난 뒤 한 곡 더 하라는 아우성과 박수, 휘파람 소리가 요란했다. 그는 무대 위의 가수처럼 멋진 포즈로 사양을 하고 제자리로 돌아갔다.

나중에 알고 보니 그는 음악 선생님을 찾아가 대학에 가고 싶고 노래를 잘 부르고 싶다는 자신의 바람을 말했다고 한다. 선생님은 한번 마음먹은 것을 바꾸지 않는다, 시키는 대로 꾸준히 실천한다는 조건하에 아무런 대가 없이 음대에 진학할 수 있는 노래 실력을 갖출 수 있게 도와주었다.

🍎 소설 한 장면   중간   한 친구가 아무도 몰랐던 노래 실력을 뽐냄

고등학교 2학년, 생애 마지막 음악 시간이 되어버린 그 시간에 음악 선생님은 지금까지도 가끔 곱씹고 있는, 오래도록 여운이 남는 말씀을 해주었다.

"너희의 미래는 지금 너희가 되기를 열렬히, 간절하게 바라는 바로 그것이다."[1]

🍎 소설 한 장면　끝　음악 선생님의 말씀을 마음에 새김

---

1) 작품의 주제 의식이 집약적으로 담겨 있다.

🎞 생각해 볼까요?

선생님 이 작품의 분량은 아주 짧아요. 그런데 왜 '장편 소설'이라고 할까요?
💬 1 ❤️ 1

↳ **학생 1** 길다는 뜻의 장편(長篇)이 아닌, 손바닥처럼 짧은 소설이라는 뜻의 장편(掌篇)이기 때문이에요. 이 장편 소설(掌篇小說) 또한 소설의 한 장르로 '손바닥 소설'이라 부르기도 한대요.

선생님 그렇다면 장편 소설(掌篇小說)의 특징을 말해 볼까요?
💬 1 ❤️ 1

↳ **학생 1** 단편 소설보다도 분량이 짧기 때문에 삶의 인상적인 한 장면을 유머 있게 표현하여 주제를 전달하는 점이 특징이에요.

선생님 이 작품에서 작가가 전하려고 한 메시지는 무엇일까요?
💬 1 ❤️ 1

↳ **학생 1** 고등학교 시절의 음악 선생님과 얽힌 이야기를 통해 '간절히 바라고 노력하면 밝은 미래가 찾아온다.'라는 주제 의식을 드러냈어요.

가곡 〈아무도 모르라고〉 ▼ 🔍

연관 검색어 김동환 임원식

성석제의 소설 「아무도 모르라고」에는 친구가 봄 소풍에서 부르는 동명의 가곡이 등장한다. 이 가곡은 실재하는 곡으로 김동환의 시에 임원식이 곡을 붙여서 만든 노래이다. 작사의 김동환은 우리나라 최초로 장편 서사시 「국경의 밤」을 발표한 시인이다. 시인의 네 번째 시집인 『해당화』에 수록된 「아무도 모르라고」에는 아무도 모르는 자신만의 비밀스러운 장소를 찾은 순박한 기쁨이 담겨 있다. 이 노래를 작곡한 임원식은 일제 강점기에 태어나 피아노, 작곡, 지휘를 공부한 1세대 음악가이다. 그는 23세 때였던 1942년 도쿄 유학 중에 김동환의 시 「아무도 모르라고」를 발견해 곡을 붙여 가곡 〈아무도 모르라고〉를 작곡하였다.